神医帝妃

第2部【第五卷】

翡翠求暖谁与共

阿彩 著

新世界出版社
NEW WORLD PRESS

图书在版编目（CIP）数据

神医帝妃. 第二部. 第五卷，翡翠求暖谁与共 / 阿彩著. — 北京 ：新世界出版社，2019.12

ISBN 978-7-5104-6780-6

Ⅰ. ①神… Ⅱ. ①阿… Ⅲ. ①长篇小说－中国－当代 Ⅳ. ①I247.5

中国版本图书馆CIP数据核字(2019)第094385号

神医帝妃．第二部．第五卷，翡翠求暖谁与共

作　　者：阿　彩
策划编辑：张铁成
责任编辑：张晓翠
责任印制：王宝根
出版发行：新世界出版社
社　　址：北京西城区百万庄大街24号（100037）
发 行 部：（010）6899 5968　（010）6899 8733（传真）
总 编 室：（010）6899 5424　（010）6832 6679（传真）
http：//www.nwp.cn
http：//www.nwp.com.cn
版 权 部：+8610 6899 6306
版权部电子信箱：nwpcd@sina.com
印　　刷：三河市金元印装有限公司
经　　销：新华书店
开　　本：710mm×980mm　1/16
字　　数：407千字　印张：18
版　　次：2019年12月第1版　2019年12月第1次印刷
书　　号：ISBN 978-7-5104-6780-6
定　　价：149.80元（全四卷）

目录

【第五卷 翡翠衾暖谁与共】

第 一 章 与君共患难 /1
第 二 章 携手共风雨 /18
第 三 章 千金不换金吾卫 /31
第 四 章 他是天神下凡 /44
第 五 章 为家国而战 /57
第 六 章 千里奔走谋生机 /69
第 七 章 此生最大的幸运 /81
第 八 章 许你柔情万千 /95
第 九 章 铁血震山河 /108
第 十 章 夫君太毒舌 /121
第十一章 提前说吻你 /134
第十二章 吃相太难看 /149
第十三章 天生我材必有用 /164
第十四章 此刻岁月静好 /178
第十五章 独守大营战边疆 /195
第十六章 我自是倾城倾国 /210
第十七章 偏偏对你动了心 /228
第十八章 救不了自己的命 /240
第十九章 那时喜欢你 /253
第二十章 欲戴皇冠必承其重 /268

第一章　与君共患难

五位武神高手坐镇战场，就如同五座大山压在萧天耀的身上，萧天耀此刻承受的压力，超出所有的想象。

萧天耀写信给苏茶，让苏茶帮忙寻找能对付武神的人，但他并没有把希望寄托在苏茶身上。

林初九能想到的事，萧天耀当然也能想到。想要让时逸寒出手，也许试一试还能办到，但想要天藏阁与影月楼的武神出手助他，那几乎是不可能的事情。天藏影月要是这么随性，任意插手四国和中央帝国之间的事，就不可能在这片大陆屹立数百年而不倒。

萧天耀很清楚，哪怕四国毁灭，中央帝国崩塌，天藏影月也不会出手，就如同当年圣元王朝破灭时，天藏影月虽与圣元王朝有交情，也只是冷眼旁观一样。

萧天耀给苏茶写信，不过是本着多个人多个法子的想法，苏茶能请到人最好，请不到萧天耀也不会太失望，他从来不会把希望寄托在别人身上！

收到西武出兵攻打东文的消息，萧天耀就知东文与北历这一战不能再僵持下去了。作为东文的大将军、一品亲王，萧天耀很清楚东文的情况。东文虽富庶，也只是比西武、南远稍好，东文的国库能支撑东文与北历一战，甚至两军打个一年半载，东文也撑得住，但支撑不起东文同时与西武和北历打。

东文的国力远胜北历，可与西武相比也只是高上那么一两成，真要打起拉锯战，东文会吃大亏。

“此战必须尽快结束！”萧天耀召来副将，将自己的意思表明。

左侧的副将一听，立刻说道：“金吾卫已寻到压制象兵的策略，北历的骑兵在我们手上讨不到好，如果对方的武神不出手，我们就有必胜的把握。”

话落，右侧的副将就立刻拆台："你可真是天真，武神不出手来前线干什么？练功吗？这儿也找不到适合练功的静地。"

"每战都把武神算上，我们还需要打吗？直接认输算了。"左侧副将凶恶地瞪了对方一眼。

右侧副将一听，冷笑："算上武神有错吗？对方确实是让武神出手了，每次在战场上出现的那两个武神，你没有看到吗？要不是王爷厉害，把人挡住，你以为你还能站在这里说话吗？"

"你既然知道要是没有王爷，我们都没法站在这里，就应该明白，在战场上只要武神出现，这一仗就不用打了。武神不是以一敌百，而是以一敌万，敌数万。一个武神在战场上的杀伤力，相当于五万，甚至十万大军，你叫我们怎么打？"左侧的副将越说底气越足，声音也越来越高。

右侧的副将气极，想也不想就怼了回去，两人就这样旁若无人地吵了起来……

萧天耀看着两人，冷笑。他本以为，上次挨过军棍后，这群副将会学乖，就算提不出合理的建议，至少也能安安静静的，不想这群人记吃不记打，身上的伤还没有好，又吵了起来。

萧天耀刚开始没有吭声，只是冷眼看着，不想这群人把他的沉默当放任，越吵越激烈，甚至都动手打起来了。

"啪……"萧天耀一巴掌拍在桌子上："你们吵够了吗？"

声音很轻，慢而低沉，每一个字都咬得很清楚，没有一丝杀气，可是……

"王，王爷……"前一秒还激烈争吵的副将们立刻噤声，一个个如同受惊的鹌鹑一样，恨不得缩成一团，让萧天耀看不到自己。

"哼……"萧天耀没好气地冷哼一声，于是大营内更安静了，连呼吸的声音都听不到。

萧天耀却像是没有看到一般，冷着脸道："上次打得太轻了吗？需要本王提醒你们在本王面前争吵的代价吗？"

"扑通……"副将们不约而同地跪下："王爷恕罪，末将，末将知错了。"

前头几个苦着一张脸认错，后面的立刻跟上。他们不敢大声喧哗，一个个压低声音，生怕嗓门太大，会引得萧天耀不悦。

"知、错？"萧天耀说话一向缓慢，每一个字都像是砸在人心口一样，让人不敢出声，而今天尤为明显，因为萧王不高兴了！

"这是第二次。"淡漠的眼神扫向跪成两排的副将，萧王冷声道："事不过三，再有下次，你们说本王要如何处治你们？"

众副将齐声说道："末将任由王爷处治。"

"很好！有你们这句话，本王就放心了。"萧天耀垂眸，轻轻掸了掸衣袖，站起来道，“这次本王先记下，如有下次两罪并罚。”

“是！”副将们不敢吭声，将头埋得更低，随着萧天耀往前走。众副将甚至紧张到颤抖，有几个稍弱一些的，更是一副随时要晕倒的样子。

这就是武神的威压！

萧天耀走到中间，停下脚步，眼神从左到右，在众副将的头顶扫过，直把众人看得瑟瑟发抖，才不疾不徐开口道：“武神可怕吗？”

“可，可怕……”众副将的头差点儿埋到地上，不是他们不敢抬头，而是在武神的威压下，他们根本无法抬起头。

“既然知道可怕，就好好练功，早日成为武神。”武神的威压有多可怕，萧天耀很清楚，他当年不止一次领教过武神的威压，否则他也不会拼命练功，以期自己能早日晋升武神。

想要不被人欺负，自身就得强大才行！

副将们暗暗叫苦，果断转移话题：“王，王爷……可，我们现在怎么办？”

萧天耀自然知道这些人在想什么，他提点一句已是难得，至于这些人听不听，那就不是他需要操心的事了。

听到众副将避重就轻的问题，萧天耀嘲讽地道：“你们需要担心什么？”

“我，我们……”众副将摸摸脑袋，一时间也不知如何回答。

难道要他们说，他们担心武神对他们出手吗？可这种事，是担心就能避免的吗？

萧天耀收起身上的威压，摇了摇头：“武神可曾对你们动过手？”

“不曾。”没了武神的威压，众副将立刻像是活了过来，连说话都是中气十足，一不小心嗓门大了，吓得直捂嘴。

“既然不曾，你们担心什么？你们是战士，你们要做的就是打赢这一场战役，至于那几个武神，不需要你们操心。”萧天耀说了今天最长的一句话，众副将却没有注意到这个细节，他们一个个目瞪口呆地看着萧天耀，完全无法言语……

王爷的意思是，他要一个人去解决那五位武神？

“王爷，那可是五个武神。”有人真心担心萧天耀，失态地问道。

“然后呢？”萧天耀转身，看向那人，“你们有对上武神的勇气？”萧天耀问的不是能力，而是勇气！

虽说莽夫不可为，但在战场上，没有勇气是不行的！

“末将无能。”那人低头，再不敢言语。他不是怕死，而是害怕死亡的那一刻。

“既知自己无能，便做好你们本职的事。”萧天耀又一次看向众副将，这一次目光平和了许多，“天黑之前，本王要看到你们的作战计划。”

说完，一甩衣袖，转身而去，留下众副将面面相觑。

萧天耀回到自己的营帐，流白就出现了，双手奉上一封信，略有几分激动地道：“王爷，北域莫家的来信，与信同来的还有莫家三少莫清风，以及莫家几位高手，虽非武神，实力却是不凡。”

北域莫家就是林初九之前救的那个孕妇的娘家，萧天耀先前从莫家调了一批粮，莫家则凭借萧天耀的势力，在北域稳固了自己一流家族的地位。双方可谓是密切合作，不过莫家此时派人前来，并非投桃报李，而是他们莫家已经和萧天耀绑在一起，要是萧天耀倒了，莫家也不会有好下场。

莫家的当家人很有眼光，知晓前线的战况后，莫家没有退缩，而是派出家中高手前来助阵。

“莫家倒是通透。”萧天耀脸部冷硬的线条稍软，接过信，不疾不徐地看了起来。信中所写不外乎就是表忠心的话，不过莫家用实际行动表明，他们并非说说，而是真的能做到。

萧天耀并没有多激动，随手将信搁在手边，淡然地道：“既然人来了，便让莫清风来见本王。”

七斗武神的弟子，武功虽高，但与武神相比还是差太远了，像莫清风这样的，真要与武神对上，也只有送死的份儿。

“是。”萧天耀的淡然，令流白冷静了不少，脸上显而易见的喜悦淡去，取而代之的是和萧天耀差不多的死人脸。

莫清风很快被带了进来，与萧天耀见礼后，就将自己的来意说明：“王爷，清风此次虽是奉父亲之命，却也是自愿前来。清风虽非武神，却有与武神一战的勇气，恳请王爷给清风一个机会，也好叫清风知道自己与武神的差距。”

莫清风的师父就是武神，他很清楚自己与武神的差距，他选择来前线，就是抱着必死的决心。就如同他父亲所说的那样，他可以死，但是萧天耀不能死。他死了，莫家仍旧会是北域数一数二的大家族，但萧天耀死了，北域王还有单家绝不会放过莫家。

他是莫家人，享受了莫家带来的荣耀，自然要为莫家付出。

“你倒是心直口快。”萧天耀面上虽然不显，心里却是喜悦的。自古以来，总是锦上添花易，雪中送炭难，莫家与他结交，正是他处在低谷之时，莫家倒是值得好好培养，日后必是一大助力。

莫清风莞尔一笑：“清风当王爷是夸我了。”许是觉得自己命不久矣，莫清风在萧天耀面前，也没有那么拘谨，不自觉地就带出了原有的洒脱与不羁。

“确实是夸你。”莫清风此举倒是意外地合了萧天耀的胃口，言谈间也少了几分冷硬与客套。

听到萧天耀正儿八经的夸奖，饶是莫清风脸皮再厚，这个时候也有些不好意思，颇不自在地道：“多谢王爷夸奖。”

他只是开个玩笑罢了，没想到萧王会当真。果然，传言无误，萧王此人严谨认真到呆板，根本就不是会开玩笑的主……

莫清风一行人的实力，无法与武神相比，但他们的到来却让全军上下信心大增！

“你们这群人简直是瞎操心，王爷怎么可能没有准备？这不，帮忙的人就来了嘛。我可是听说了，北域莫家的清风少爷，师从七斗武神，实力深不可测，与武神对上也不会输。”

“王爷果然是深藏不露，我就说嘛，王爷这么厉害，怎么可能没有几个厉害的朋友？那个清风少爷可是说了，他师父七斗武神与王爷可是好友，王爷认识的人也是武神呢。”

“听说王爷还不是武神的时候，就到过武神山，王爷肯定认识很多武神。可惜了，武神山上的那些武神是不会下山的，不然王爷振臂一呼，北历那几个武神算什么？”

在流白有意无意的引导下，全军上下都坚定地认为莫清风武功高强，也知萧天耀早有安排，那五个武神绝不是威胁，至少不会威胁到普通将士的性命。

莫清风原本还觉得不好意思，听到流白说此举是为了振奋军心、提升士气，莫清风也就不说什么了，他来前线就是为了帮萧王，不管怎么帮，只要能帮上忙就好。

只是每每外出，都被众将士用火辣辣的眼神扫视，让莫清风十分心虚。他真的没有他们说的那么厉害，他就是一个普通人，虽说在江湖上被称为数一数二的高手，但对上武神也就是渣渣，只有被打的份儿。

偏偏这些话他不能说，就算说了也没有用，会被人当成是谦虚。为此，莫清风最近减少外出，不想他此举落在众将士眼中却是高人风范。

莫清风已经不想说话了，反正无论他此刻说什么，那些将士都有本事歪曲他的本意。

前线的战事依旧紧张，不过有了莫清风一行的加入，军心大稳，士气大增，一切都朝好的方向发展。消息传回京城，就是皇上也高兴不少。

虽说东文与西武也打了起来，但皇上很清楚，他们与北历那一战才是重点，只要东文胜了北历，西武便会不战而退。反之，倘若东文败给北历，那么与西武这一战，东文就是赢了，意义也不大。

萧天耀在前线的表现可圈可点。面对中央帝国派出来的武神，萧天耀没有回京求救，而是以一已之力独扛五个武神的压力。这份气魄，放眼四国，除了萧天耀外恐怕再无人能及，只是……

满意之余，皇上又有些忧心。萧天耀表现得太好了，此战之后，萧天耀在东文的威望恐怕无人能及，到时候恐怕东文的百姓会只知萧天耀而不知皇上。

一想到这个可能，皇上心里就像猫抓一样难受，可他不是一个拎不清的人，他很清楚，这个时候，他绝不能与萧天耀内斗，拖后腿，做出仇者快、亲者痛的事。

“皇帝做到朕这份上，也是绝了。”皇上忍不住自嘲，在人前也不免带出三分。

林相几个帝王心腹暗自揣摩一番，猜到皇上为何不高兴，正犹豫着要不要替皇上分忧，不想他们还来不及出招，又一件大事发生了！帝国花家的大少爷花锦容突至东文！

事先没有任何迹象，花锦容直到进京才表明身份，并且不顾守城将领劝说，执意要去萧王府。

“我的老天爷呀，帝国顶级豪门的少爷呀！”守城的将领惊得丢了魂似的，劝说无效后，果断安排人给花锦容一行人引路，带他们去萧王府，自己则火速进宫禀报此事。

守城将领非常尽职，花锦容一行人还未到萧王府，他就已经跑进皇宫，将此事禀报给皇上知晓。

皇上一愣：“帝国花家？天耀什么时候认识帝国的人了？”而且还是花家这个顶级世家，这简直不合理。

萧天耀既已认识帝国花家，想要皇位还需要和他斗吗？

只要花家出面施压，他必然不敢再争。

“圣上，也许萧王与帝国花家并不相识，王爷最近在中央帝国名气很大，花家此刻去萧王府，不一定是好事。”林相适时开口，说出自己的想法。

只是他话音刚落，右相就提出相反的意见：“圣上，臣有不同的看法。不知圣上可还记得一年前帝国花家寻求四国帮忙一事？”

右相一向谋定而后动，心思细腻，总能注意到旁人忽视的细节。

“你是说……”皇上猛地站了起来，瞳孔放大，震惊道，“天耀找到了花家小少爷？！”一定是这个原因，除此之外，皇上实在想不到还有什么事能让花家大少爷亲至。

右相谨慎惯了，虽说自认为猜了个八九不离十，但此刻皇帝问起，他仍旧是保守地道：“臣也只是猜测，不一定准。”

皇上摇了摇头，不无憋闷地道：“你的猜测没有错，萧王妃之前意外发现慈恩堂的黑幕，把慈恩堂的孩子全部抱走，那些孩子里面……可能就有花家小少爷。”

最后一句话，皇上说得异常苦涩，甚至带着显而易见的后悔与懊恼。

一年前，帝国花家向四国求助，请四国帮他们寻找被人绑架的小少爷。只要找到花家小少爷，金银财宝自不必说，花家还许下众多灵丹妙药，甚至还承诺，只要四国找到他们家小少爷，他们花家在不违背国家道义的情况下，可以为对方做一件事。

这个许诺对四国皇帝来说有致命的诱惑。得到花家这个许诺，就等于多了一张保命符，别说救命，就是国破家亡之际，有花家这个承诺在，也能让国家起死回生。

这个消息一出，四国皇帝都疯了，轰轰烈烈地找了好一阵子，可惜掘地三尺，把全国都找遍了，也没有找到花家小少爷，到最后不得不放弃。

花家倒是没有让四国白忙活，人虽然没有找到，金银珠宝和灵丹妙药却给了不少。四国皇帝虽然觉得遗憾，倒也没有懊恼，他们没有找到人，其他三国也没有，大家都一样，一个个心理十分平衡。可现在却有人告诉皇上，花家的小少爷就在东文，就在他的眼皮底下！

他原本可以凭花家小少爷去换取花家的承诺，却白白错过了这个机会，不仅没有把人找出来，还便宜了萧天耀，怎么不叫皇上懊悔？

“噗……”皇上只感觉喉咙一阵甜腥味，气血翻涌，当即喷出了一口血，眼前一黑，“咚”的一声栽倒在地。

“朕……”

“皇上，皇上……”林相和右相吓蒙了，好半天才反应过来，立刻上前。贴身服侍皇上的太监比他们更快一步，顺利挤开林相与右相，占据了有利的位置。

“几位大人，快，快叫太医呀！”贴身太监扶着皇上，慌得大喊。

“太医，太医，快宣太医！”林相和右相心里暗恼，面上却是一脸惊慌。

多好的表忠心的机会，居然被一个太监抢了，亏了！

“秦，秦太医，找他来。”皇上双眼紧闭，意识涣散，却还惦记着自己常用的太医。可秦太医受伤在家，等秦太医进宫，黄瓜菜都凉了。

林相才不管这些，听到皇上的要求，转身就往外跑：“快，快去找秦太医，快去……”

右相又慢了一步，眼睁睁地看着林相表忠心，只能干站着。右相暗恨自己年纪大，腿脚不好，让林相占了便宜。

吩咐人去请秦太医后，一群人手忙脚乱地把皇上抬到寝宫。

出了这样的事，林相和右相也不敢走，只能守在宫外等皇上清醒过来。如此一来，就没有不长眼的人跑去萧王府打探消息或者求见花锦容了，倒是让林初九和花锦容有了足够的时间说话。

林初九虽然知道帝国花家的人会来，却不知哪天会来，听到曹管家的通传，和皇上一样被吓了一跳，连忙出来迎接。

林初九跨出门槛，就见一名身着宝蓝色长袍的男子缓步踏上台阶。无疑，这人就是帝国花家花锦容。

花锦容身上几乎没有多余的装饰，只在腰间挂着一块玉饰，色泽温润，古朴大方，一看就是有些年头的老玉，哪怕林初九不懂玉，也知那东西不寻常。

林初九不敢多看，只扫了一眼，心里便有了大概的印象，果断收回眼神，落落大方地上前，与花锦容见礼。哪怕是面对帝国花家的大少爷，林初九依旧是不卑不亢，没有摆亲王妃的架子，也没有露出一丝谄媚讨好的姿态，更没有一丝紧张与忐忑。

在林初九打量花锦容时，花锦容也在打量她。花锦容来得突然，林初九不敢让他久等，是以穿着常服便出来了，虽说不难看，却到底失礼，这一点落在花锦容的眼中，就是对他的轻慢。当然，花锦容绝不会承认，是他没有按规矩递帖子，突来造访，才让主人家准备不及时。

林初九在花锦容心中的第一印象不太好，这么一来，花锦容看林初九就有些不顺眼了。五官过于精致，长相过于艳丽，举止倒是落落大方，颇有贵气，可在他面前太平静了！他可是帝国花家的大少，这人见到自己居然不激动？不紧张？

花锦容不由得皱眉，眼中流露出几分不喜。作为帝国花家的大少爷，花锦容教养很好，不会表现出看不起人的高傲姿态，可他的骨子里却是高傲的。别说林初九这个来自东文小国的亲王妃，就是中央帝国那些亲王的妃子，对他也是客客气气，未语先笑，这林初九还真是目中无人！

在花锦容看来，在上位者面前谦卑是正常的，林初九的表现太出格了，不知是真的这般淡然，还是装出来的，故意引起他的注意。

花锦容眼眸微动，已将那一丝不悦收起，带着贵族特有的矜持，轻轻点头："萧王妃！"

华丽的尾音如同浅唱低吟，十分好听。好在林初九听惯了萧天耀更好听、更华丽的声音，所以反应十分正常。

双方见礼后，林初九没有和花锦容客套，不等花锦容询问，就道："知道花公子急着确定小少爷的身份，我们先去看小少爷如何？"

"多谢萧王妃。"花锦容眼眸一挑，眼角的余光扫向林初九，一脸玩味。

这个萧王妃倒是有意思，居然没有趁机攀谈或者拉交情，还算不错。花锦容对林初九的印象，终于好了一点……

萧王府很大，不过花家小少爷所住的院子离主院很近，两人走了约莫一刻钟就到了。

林初九指了指院门："花公子，小少爷就住在这里。"

位于东南方位，一看就知不是主院，花锦容脚步略一停顿，扭头看向林初九："我以为，你会亲自照顾我弟弟。"

"啊……"林初九愣了一下，笑道，"花公子，你觉得我亲自照顾，会比下人做得更好吗？"

花锦容知道林初九的话有道理，可他仍旧不满："你就算不能亲自照顾我弟弟，也该将我弟弟放在主院，万一我弟弟有什么事，你担待得起吗？"

听到花锦容的指责，林初九无力苦笑："花公子，主院虽好，但并不适合小孩子居住。这里靠近主院，院子里没有假山、小河，但有专门为孩子准备的草地，室内还有专门给孩子用的浴池。院中的器具都是最好的，所有的摆件与家具都是圆角。这院子原是为王府小世子准备的，我特意让人收拾出来，给小少爷用。"

"是吗？"花锦容怒火稍减。林初九用力点头："花公子不信，可以进去看看，我绝没有骗你。"

花锦容不是一个小气的人，听到林初九这话，明白自己错怪对方了，当即大方地道歉："如此倒是我错怪你了，还请萧王妃见谅。"

"不知者不罪。"林初九没想到花锦容会道歉，这人虽然看着优雅从容、平易近人，可林初九却能感觉到花锦容不经意间表现出来的疏离与冷傲。并非刻意，而是刻在骨子里的矜贵，林初九能理解，也不觉得是羞辱，毕竟花锦容的出身摆在那里。

林初九落后一步，让花锦容先走。走进小院后，林初九便简单地介绍了一下院子的布局，让花锦容明白，她把花家小少爷放在这个院子并不是轻视，而是看重。

林初九不管花锦容想不想听，一路上喋喋不休，为花锦容介绍小院的一草一木。等她介绍完，两人也来到花家小少爷的住处。

林初九事先就让曹管家通知了照顾花家小少爷的奶娘。两人一进来，奶娘就把孩子抱了过来。

奶娘不知花锦容的身份，只是稍显局促，倒没有怠慢孩子："王妃，小少爷……"

花家大少自打进门就保持着高贵优雅的贵族气度，然而小孩被抱过来的那一刻，他失态了！

"小九！"花锦容三步并作两步走上前，一把从奶娘怀中抢过孩子。

"小少爷……"奶娘吓了一跳，想要去抢孩子。林初九适时制止："好了，你可以下去了。"

"是，是。"孩子突然被抢，虽说不是什么歹人，奶娘仍旧吓得惊魂未定，出门时差点被门槛绊住。

花锦容抱着小孩子，看到小孩子的脸，惊喜地道："和他八哥哥长得一模一样。"

小孩胆子很大，被陌生人抱着也不哭，笑嘻嘻地挥着小手，朝花锦容咿咿呀呀地叫唤着，这声音把花锦容的心都叫融化了。

为了进一步证实，花锦容急切地撩起小孩子的衣服，果然在小孩的胸前，看到了指甲大小的花形胎记。

"小九，大哥总算找到你了。"花锦容眼眶泛红，哽咽了一声。为了不让自己失态，花锦容深深地吸了口气，强压下心中的惊喜，努力保持世家公子的形象。

"牙牙……"小孩咯咯笑着，趁花锦容失态之际，一把拽住花锦容的头发。花锦容吃痛，却又不敢用力，别提多狼狈了。

小孩子看着小，力气却不小，拽着花锦容的头发就是不松手，疼得花锦容直抽气。林初九看得好笑，倒是没有说什么，只是静静地坐在一旁，等花锦容空下来。

花锦容没让林初九等太久，很快就从小孩子手中抢回了自己的头发，一脸宠溺地道："你这个小调皮。"

抬头，对上林初九戏谑的眸子，花锦容淡淡一笑，没有一丝尴尬与不自在，将孩子交给一旁的随从，理好凌乱的长发，徐徐道："抱歉，一时高兴，失态了。"

嘴上说着抱歉，言行中却没有一丝歉意，林初九点头："理解。"理解贵族家的少爷不会抱小孩，第一次抱小孩就把自己弄得狼狈不堪。

花锦容眉头轻蹙，他总觉得林初九所说的"理解"二字别具深意，可他又不想问，直觉告诉他，真要问出来，吃亏的一定是他。

花锦容轻咳一声，在林初九身侧坐下，一脸严肃地道："萧王妃，现在我们来谈谈你能得到的东西！我花家不会平白欠人情！"

"花家能给我什么？"听到花锦容的话，林初九并不觉得被污辱了，大方地问道。

要是旁人给好处就是污辱，那她宁可天天被污辱。

"花家曾许诺，只要找到小九，会重金酬谢，另外会在不违背国家大义的前提下，帮对方做一件事。"花锦容也没有拐弯抹角，直接将这个四国皆知的条件说了出来。

"重金就不必了，花家若肯帮我一个忙，我感激不尽。"林初九推拒金银，并不是为了博好感，而是她开出来的条件，绝不是轻易能办到的。

明显花锦容也明白这一点，听到林初九这话，眉头轻蹙，摇头拒绝："该给的我花家不会少，花家不缺那点东西。"

对于他们这样的人家来说，能用钱财解决的事都不叫事，真正麻烦的是条件。

林初九听罢，没有再推拒。她不会因为花家给了重金酬谢，就改变原定的条件："花公子，你可知东文与北历一战？"

"花家不插手两国之战。"花锦容不等林初九说完，就先一步堵住林初九的嘴。

"我知道，不违背国家大义嘛。"林初九看似随意一说，可花锦容却从这一句话中听出了深深的嘲讽之意。

不过，这种段数的嘲讽，花锦容完全不看在眼里。作为一流世家精心培养的公子，花锦容虽不至于和混迹官场的老油条一样脸厚心黑，可也不至于玻璃心，听到一句嘲讽就伤心、尴尬、难堪。

花锦容笑容不变地看着林初九，静等林初九继续说。林初九暗骂了一声笑面虎，继续说道："插手东文与北历一战是违背国家大义，但我若请花公子帮我救一个人，是否算违背国家大义？"

"你要我帮你救萧王？"不需要林初九点明，花锦容就明白了。

"是的，我希望花公子能在关键时刻，出手救我家王爷一次。"她也算是救了花家小少爷一命，现在她请花家帮她救萧天耀，这也算是一命还一命了。

花锦容没有应下，而是反问了一句："听闻萧王对你并不好，甚至逼得你与娘家反目？"

萧天耀之前对待林初九的态度，只要有心的人都能察觉到，花锦容明显就是有心的人。

"王爷之前待我确实不好。"林初九大大方方地承认，并不觉得难堪或者尴尬，这是事实，不是吗？

"可王爷待我再不好，他也是我的夫君。夫荣妻贵，他要是有个三长两短，我下半生怎么办？"虽然林初九不觉得萧天耀死了，她就一定会死，可她还是舍不得萧天耀死，至少在自己能救他的情况下，她做不到眼睁睁地看着萧天耀出事而什么都不做。

“凭萧王妃你的手段，需要担心这些吗？如果萧王妃你愿意，我可以认你做义妹，带你回花家，到时候我会让你以花家义女的身份重嫁。”花锦容给了林初九一条锦绣大道，至少在许多人眼中，这就是一条锦绣大道。凭花家在中央帝国的地位，哪怕是义女，也能嫁入名门。

这个提议很让人心动，可林初九不仅不为所动，反倒是嘲讽地道：“然后，我一辈子依附、讨好花家。”

花家的义女，身份确实很高，可再高高得过亲生女儿吗？

她真要跟着花锦容去中央帝国，做了花家的义女，那么花家就是她在中央帝国唯一的依靠，到时候为了讨好花家，为了在中央帝国立足，花家让她做什么她都得做，她会成为花家手中的一颗可以随意摆布的棋子。

花锦容没想到林初九看得这么透彻，眉毛轻挑，面带笑意地道：“你在这里，也不会比在花家好多少。”

“如果是半年前，也许我会跟着你去中央帝国，但现在没有必要。”如果刚成婚那会儿，有花家这件事，她会毫不犹豫地踹了萧天耀，跟着花锦容去中央帝国。那时候，她在萧王府举步维艰，性命岌岌可危，为了能活下来，哪怕明知会被人利用，她也会毫不犹豫地离开东文。但现在，她已经打开局面，没必要了。

“为什么没有必要？”花锦容对此颇为好奇。林初九也不隐瞒他：“共富贵总比不上同患难，我家王爷是个重情重义的人，这个时候我对他不离不弃，甚至放弃唾手可得的富贵荣华，只为救他一命，你要是他，你会不会感动？”这话七分真，三分假。并非算计，而是事实就是如此。

她陪萧天耀熬过人生中最艰难的时刻，日后就算萧天耀另有所爱，也不会待她太差。

“哈哈哈……有趣，有趣，原来竟是这个理由，好好好，萧王妃巾帼不让须眉。能见到萧王妃你这般有趣的女人，本公子不虚此行。”花锦容大笑，显得十分愉悦。他的笑声似乎传染给了小孩，小孩本在一旁玩得高兴，听到花锦容的笑声，拼命扭着身子，朝林初九这边张望，嘴里咿咿呀呀叫个不停。

“小公子……”小孩扭得厉害，抱着小孩的人怕摔着了他，紧张得手心冒汗。

花锦容见状，立刻让人把小孩抱来，小孩到了花锦容怀里仍旧不安分，挣扎着要林初九抱。

花锦容无奈一笑：“我家小弟都在威胁我，看样子不答应是不行了。”花锦容用一种调侃的方式，应下了林初九的条件。

林初九璨然一笑，起身将小孩接过：“小少爷英明。”

花锦容点了点头，起身道：“事情就此了了，我也不多待了。”

花锦容作为中央帝国一流世家花家的大少爷，没有意外的话，他就是花家未来的家主。别说在东文，就是在中央帝国，想要求见他的人都要排队。为了不让自己陷入无止境的应酬中，和林初九谈妥条件后，花锦容一刻也没有多待，让人打包小孩用的东西，立刻就要动身。

“以后有机会到中央帝国，记得去找我。”花锦容对林初九的第一印象不怎么样，不过经过短暂的沟通后，改观了不少。

林初九虽然不懂尊卑、不识好歹，至少很真实，不掩饰自己的小算计与小心思。这样的人，他即使不喜欢，也不会太讨厌。

林初九没有挽留花锦容，也没有用过就丢，她亲自将花锦容送了出去，和迎接时的态度一般，并没有因为花锦容的客气，就顺竿子往上爬。

花锦容突然觉得林初九还是挺不错的，不过他没有进一步结交的打算。简单地告别后，花锦容转身就走，可就在转身之际，抱在怀中的小孩突然哇哇大哭，扭着小身子要林初九抱。

“呜啊……呜啊……”小孩似乎知道要走一般，突然扭着身子，拼命朝林初九伸手，要林初九抱。

“小九，不许哭。”花锦容眉头紧皱，手忙脚乱地抱着小孩，生怕小孩挣脱他的怀抱，摔下去。

“大少爷，让奴婢来吧。”一旁的下人见状，怕花锦容弄伤小孩，忙接了过来。

花锦容面上不显，却飞快地松手，暗暗松了口气。他是心疼自家弟弟才会抱着他，事实上他并不会抱小孩子，也没有抱过小孩。

下人抱着小孩，轻声哄着，哪知越哄小孩哭得越凶。林初九虽然心疼小孩哭得可怜，也怕小孩哭岔气，可她并没有上前，只是站在一旁看着。

她从来没有想过凭借花家小少爷与花家攀上关系，当初救这小孩子时，她根本不知其身份。

“哇啊，哇啊……”林初九不抱，小孩哭得更卖力，任下人怎么哄都不行。下人也怕小孩哭岔气，忙道：“大少爷，小公子再这么哭下去，会伤身子。”

花锦容自然明白其未尽之意，颇感无奈，只得对林初九道：“萧王妃，劳驾你帮我哄一哄。”

有了花锦容这话，林初九就没有顾忌了，忙将小孩接过来。

说来也怪，小孩一到林初九手中就不哭了，不过刚刚哭得太狠了，小孩还是一抽一抽的，大大的眼睛仍挂着泪珠，小手紧紧拽着林初九的衣服，一副害怕被丢弃的样子，看上去十分可怜。

“小哭包，你想让姐姐心疼死吗？”林初九捏了捏小孩子的鼻子，引得小孩破涕为笑。

看到小孩子纯真的笑颜，林初九的心都要化了。虽说她没有亲自照顾过小孩，可她每天都要抱上一抱，这一走她还真是不舍。

“乖，别哭了……你哥哥来接你回去了，这是好事。”林初九不管小孩听不听得懂，一边给他擦鼻涕、眼泪，一边轻声哄着。

“嗯，嗯……”小孩以为林初九跟他玩，搂着林初九的脖子，将满是泪水与鼻涕的小脸往林初九怀里蹭。林初九早就习惯了，也不觉得有什么，小孩子不都是这样？

花家大少爷花锦容却是第一次见到自家小弟有多脏，而这么脏一个小孩往身上蹭，林初九居然不嫌弃？

花锦容相信林初九对他弟弟真不错，因为要换作是他，他肯定会嫌弃。

小孩把鼻涕、眼泪全部蹭在林初九的衣服上，仰着纯真的小脸，朝林初九咯咯笑，林初九和往常一样，在小孩脸上亲了一口，换来小孩子“无齿”的甜笑。

一大一小旁若无人地打闹起来，等到林初九反应过来，发现花锦容和花家的下人齐齐目瞪口呆地盯着她，那眼神就好像在看外星生物。这一刻，饶是厚脸皮如林初九也不由得脸红。

“咳咳……那个……这是意外。”林初九强自镇定，低头不看花锦容等人，拍了拍小孩的屁股，一本正经地道：“小东西，乖一点，跟哥哥回去，以后有机会我会去看你的。”

“啊啊……”小孩挥舞着双手，玩得欢快。

“不许再哭了，再哭不陪你玩了。”林初九板着脸训斥，小孩继续笑，林初九又陪他疯了一会，看着差不多了，便把孩子给花家的下人。

这一次小孩子没有哭，乖巧地窝在下人怀里，葡萄似的大眼滴溜地转着，一副看什么都好奇的样子。

林初九看了一眼自己身上不成形的衣服，没有和花锦容多说，只朝他俯了俯身：“花公子，恕我不能远送。”

“萧王妃客气。”花锦容的语气明显亲近了许多。林初九笑了一声，她很清楚，花锦容对她客气，完全是因为小包子。

小包子的杀伤力，果然可怕！不知是懂事还是被林初九哄住了，小包子这一次没有哭，乖乖地跟着花锦容走了，看得林初九又是高兴又是失落。

小孩什么的真是难懂，刚刚还哭得要死要活，这会儿却一脸笑容，完全忘了她的存在。不过，再失落也没用，孩子是别人家的，她能阻止孩子与家人团聚吗？

送走了花家小少爷，又解除了萧天耀的生命危险，林初九整个人都松快了。

“曹管家，去请苏茶公子来。”花锦容来得太突然，走得太迅速，有些事她来不及和苏茶商量，也来不及通知苏茶，现在只能事后说。

花锦容来的时候很低调，走的时候也没有惊动人，皇上醒来后还不知花锦容已经走了，强撑着虚弱的身子起来，说是要去萧王府见花锦容……

帝王出行，哪怕只是从宫里到萧王府，也不能任性地说走就走。龙辇、仪仗这些可以从简，但安全保卫工作绝不能省。

提前探路，禁军开道，这些都是必不可少的事。禁军就是效率再高，等他们做好准备，也是半个时辰后了。

“圣上，一切准备就续，请圣上移驾。”新任禁军统领战战兢兢地上前，他倒不是怕皇上，他是怕去萧王府。禁军私下流传，萧王府就是禁军统领的杀手，前两任禁军统领官位被撸，都与萧王府有关，对禁军来说，去萧王府就等同于撸官位。

“咳咳……”皇上咳了一声，苍白的脸色泛着不正常的红，不过没有人敢直视圣颜，皇上脸色难看一些也没人敢说什么。

为了尽快去萧王府，皇上一切从简，乘坐龙辇，由护龙卫保护，朝萧王府走去。

皇上要去臣子的家里，都会提前派人说一声。林初九得知皇上要来萧王府，当即就笑了。传旨的人虽然什么也没有说，林初九却知皇上必然是冲着花锦容来的，只可惜花锦容已经走了，皇上来晚了。

“圣上是为花公子而来吗？”林初九明知故问。那传旨的太监还想着要如何打探花锦容的消息，听到林初九主动问起，飞快地点头：“没错，圣上听闻花公子在萧王府，特意亲自前来一见，不知花公子此时可有空？”

“恐怕要让皇上失望了，花公子已经走了。”林初九实在不愿意招待皇上，不然她一定会假装什么都不知，等着皇上满怀期待而来，失望而去。

“什么？”太监猛地提高音量，声音尖锐，似要将人的耳膜刺穿。林初九忙捂住耳朵：“公公，你不用这么大声，我耳朵没聋。”

太监却没空和林初九贫，急切地追问道：“萧王妃，你刚刚说花家公子走了是什么意思？离开萧王府，还是离开京城了？”皇上已经在路上了，这个时候让皇上知晓他白跑一趟，和往皇上脸上打一巴掌有什么区别？

“花公子早在半个时辰前就已离开萧王府，至于有没有离开京城，我就不知道了。”看花锦容来去匆匆的样子，林初九猜测他这个时候肯定已经离开京城，只是没有宣扬罢了。

“你，你，你怎么就让花公子走了呢？你就不知留一留吗？！”太监气愤地指着林初九，手指直颤抖，可见他气成什么样了。

“啪……”林初九抓起桌上的杯子，砸向太监：“下次再用手指指着我，我剁了你的手。”皇上拿手指指着她，她没有话说，太监也拿手指指着她，当她是什么了？

“你，你，你……”太监吓了一跳，可却不敢再指着林初九。

“我什么我？还不快去告诉皇上，要是让皇上白跑一趟，小心你的脑袋。”林初九恶人先告状。太监气得不行，想到林初九的话又不敢多待，火急火燎地往外跑。

可以想象皇上听到这个消息会有多愤怒，本以为自己能一步登天，却不想一脚踏空！

先不说这份失落感，就说这面子往哪里摆？

帝王亲自出宫，却没有见到人，这脸可真是丢到萧王府了！

没有意外，皇上听到这个消息，气得差点想杀人，可人走了，他能如何？

宣林初九问话，林初九只有一句：“花家大公子要走，我能拦得住吗？”

是呀，花家大公子要去要留，可不是林初九能决定的事。皇上心里憋了一口气，偏偏这口气出不了，只得半路折回，结果一到宫里就病倒了。

皇上这一病，倒是便宜了林初九，皇上病倒，就没空再找她麻烦了，她也可以安心做事，不用担心被人找碴。

花锦容虽然答应在关键时刻会救萧天耀一命，林初九却没有把全部希望都寄托在花锦容身上。她虽不是商人，却也知把鸡蛋放在一个篮子里有多危险，尤其这个篮子还由别人提着，到时候磕了碰了，都由不得她做主。

在苏茶来之前，林初九将给萧天耀的信提前写好。在信里，林初九写了自己能想到的所有法子。信写好，林初九认真地将信封口，并在封口处落下印鉴。

林初九封好信，正想着要不要用萧天耀上次送来的“密码”盒装信，就见苏茶一阵风似的跑了进来：“王妃，花家大少来了？”

“是，把花家小少爷接走了。”林初九打消了找盒子装的念头，那木盒虽然精巧，但拿刀一砍就没用了，那盒子只能防君子，不能防小人。

“接走了？花家大少也走了？”苏茶双手撑在书桌上，身子前倾，瞪大眼睛看着林初九。

“嗯。”林初九淡然地点头。苏茶紧张地问道：“王妃，你提了我们事先说的条件吗？花家答应了吗？”

“没有，我给花家提的条件是，让他们在关键时刻，救王爷一命。”关于给花家提什么条件，苏茶和萧天耀之前就商量好，也告诉了林初九。

他们的条件是，要花家允许他们萧王府的人，在中央帝国与东文之间来去自由。这对东文的人来说，几乎是办不到的事情，可对花家人来说，不过一句话。

“啊……”听到这个条件，苏茶不知该失落还是该高兴，不过现在条件已经提出来了，也容不得他们更改。苏茶坐下，琢磨一下，说道：“这个条件也挺好的，王爷的性命比什么都重要。”至于来去自由的事，以后再想办法吧。

“我也觉得没什么比王爷的性命更重要，去中央帝国的事不急，只要能保住王爷的命，什么事办不到？”林初九不提苏茶所说的条件是有私心的，她虽然没有想过借此讨好、攀上花家，却也希望能在花家留下一个好印象，日后去了中央帝国，就算不能成为朋友，也不会惹人讨厌不是？

提出救萧天耀这个条件，无疑会在花锦容心中留下一个有情有义的好印象！

“是的，王爷的安危第一。”就这样用掉花家的承诺，苏茶虽然觉得很可惜，但也不会说林初九这么做不对，因为要换作是他也会这么做。

苏茶匆匆赶来，就是为了和林初九确定花锦容一事，本想与花锦容碰一面，好探听中央帝国的事，可惜他来时花锦容已经走了。苏茶虽然觉得可惜，却不会像皇帝那样失落：“花家大少既然走了，我也就不多留，我已联系上天藏阁的一位武神，看看能不能请对方私下出手。”

苏茶最近上天入地地寻找能对付武神的人，现在好容易才看到一点希望，他不想放过，话落，转身就走，不料竟被林初九叫住：“等一等。”

林初九将信递到苏茶面前：“我给王爷的信，信里写了我能想到的办法，你尽快派人送去。记住，一定要尽快，而且要亲手交到王爷手上，绝不能落入他人之手。”

“你想到办法了？”苏茶眼前一亮，一脸惊喜。

“是个法子，但不保证一定能成，只能说尽人事听天命，毕竟对方不是一个人，而是五个顶尖高手。”林初九不敢把话说得太满。

“有一丝希望都不能放过，王妃你放心，我回去就安排人将你的信送给王爷，信使日夜赶路的话，三天就能到。”苏茶手上有一组送信的人，平时不会这么赶，事关萧天耀的安危，苏茶绝不会小气。

“快去吧。”林初九知晓事情的重要性，没有再留苏茶。

苏茶虽然没有看林初九的信，可他相信林初九的为人，一回到苏府，就安排人将林初九的信送出去。至于私下接触的那位武神？

林初九这里有办法，苏茶也就不像之前那般着急，至少不会一次一次上赶着让人羞辱，任人漫天要价。

和苏茶预估的一样，三天后，信送到萧天耀手上：“王爷，苏公子送来的急信。”

“急信”两个字，说明事情十分严重。萧天耀脸色微变，接过信，看到信封上的字与印鉴，眉头微皱：“林初九的信？”

不是说苏茶的急信吗？苏茶在搞什么鬼，耗费大量的人力物力，就为了帮林初九送一封信？萧天耀的眼中闪过一抹不满，可当他看到信中的内容时，眼中的不满立刻被狂喜给取代了。

“好，好，好法子！如果真有这等威力，区区武神算什么。”萧天耀冰冷的面容出现裂缝，眼中是满满的骄傲，“有妻如此，夫复何求！”娶到林初九这么一个旺夫的妻子，可能是他这辈子最幸运的事。

不过，萧天耀毕竟是萧天耀，就算再欢喜，很快也冷静下来，挥退左右，萧天耀唤一句：“流白，出来！”

“王爷。”流白“嗖”的一声出现，如同幽灵一般。

萧天耀飞快地将林初九所写的配方抄录一份：“按这个方子，准备材料，记住，一定要秘密进行，不得让任何人知晓。”

“是。”流白接过方子一看，不解地道，“王爷，这是炸药？似乎对武神无效。”

“仔细看清楚，这是毒烟炸药，就是武神也扛不住。”林初九知道兵部已经有简易炸药，但没有毒烟炸药，林初九想起自己曾看到的一个配方，便写了下来。

方子是林初九在一本书上看到的，能不能做成她也不知，只能叫萧王让人反复地试。当然，给了毒烟炸药的配方，林初九也开了一份解药方子，提醒萧天耀事先服下。

用毒烟炸药害人，总不能把自己毒死吧?

“毒烟炸药，苏茶哪里弄来的？可不可靠？”流白握纸条的手一紧，焦急地问道。

“与苏茶无关，是王妃让人送来的，至于可靠与否，你让人试了就知。”萧天耀今天心情好，大发慈悲地回答了流白的问题。

“王，王妃让人送来的，她，她怎么懂这个？”流白承认，他对林初九还是存在偏见的。

萧天耀一个冷眼扫过去：“这不是你需要想的问题，还不下去？”

他并不在乎林初九懂多少，也不在乎林初九身上有多少秘密，只要林初九一心向着他，就是有再多的秘密，他都能包容。他萧天耀还不至于无能到守不住自己的女人。

“是，是。”流白明显能感觉到萧天耀的不悦，不敢再多待，转身就往外走。

毒烟炸药的配方都是一些寻常东西，可在战场上却不多见，流白花了两天的工夫，才把东西凑齐。

“寻一个手巧的工匠过去。”东西准备好，萧天耀片刻也不等，立刻命人研制。

有配方，有做法，工匠要把毒烟炸药做出来，并不是难事，难的是试威力。毒烟炸药可以说是他们的秘密武器，在没有投入使用前，绝不能让人知晓，哪怕自己人也不行。

“王爷，工匠已按配方制出十枚毒烟炸药，今夜就可试验。”做这种不能让人知道的事，还是要挑夜黑无人之时。

“就在后山，让人准备好猎物。”中央帝国那三个武神蠢蠢欲动，如果毒烟炸药的威力足够强，那么与中央帝国那三位武神一战，就在眼前了！

第二章　携手共风雨

今夜无月，苍穹寂灭，狂风肆虐，是个做坏事的好日子！

漆黑的夜伸手不见五指，四周没有阻碍，风吹得呼呼作响，如同鬼哭狼嚎，四处的树枝被风吹得来回挥舞，如同群魔乱舞、百鬼夜行，好不骇人。

这样的夜，轻易没有人往山上跑，一般人就是有胆跑上去也没有本事活着下去，这也正方便了萧天耀在山上检验毒烟炸药的效果。

“王爷，四匹狼，一只虎。另外还有十个北历死囚。”时间太紧急，流白只能安排到这个地步。

“够了。”狼和虎的生命力都很强，萧天耀对流白的办事能力还是很满意的，随手将解药丢出去，“让人提前服下。”

“是。”流白并不知林初九连同解药的方子一起送来，只当是萧天耀提前做的准备，心中暗自责怪自己想事不周全。

除去流白外，在场的有五名暗卫、三名工匠，九人一一服下解药后，便把关在笼子里的虎、狼放出来。

“嗷呜……”四匹狼一出笼便仰头大吼，瞪着绿幽幽的眼睛，看向举着火把的暗卫，腥臭的涎液顺着嘴角往下滴，一副饿极了的样子。可它们却不敢妄动，可见这畜生也是极聪明的，知道怕。

“嗷……”那头猛虎亦是如此，不过它垂涎的目光落在那几头狼身上。狼感受到了来自老虎的恶意，立刻放弃目标猎物，转而抱成一团，与老虎对峙。

四狼一虎占据两侧，凶狠地瞪向对方，完全没有对萧天耀等人出手的打算。不过，就算它们联手也无用，就这么点东西，萧天耀一只手就能解决。

“点火。”萧天耀下达命令，同时后退一步。

工匠早将炸药埋好，萧天耀一下令，暗卫便上前点燃引线。引线很长，遇火“刺刺”作响，闪着刺目的火花。

“后退！”快要引爆炸弹时，萧天耀下令，暗卫与工匠立刻退到爆炸范围之外。

动物对危险的感知十分敏锐，四狼一虎似察觉到危险，再顾不得要咬死对方，纷纷往林子里跑……

“刺刺，刺刺……”引线越烧越短，很快就烧到炸药处，众人包括萧天耀在内，齐齐睁眼看着炸弹，等待炸药爆炸的那一刻。

“啪”的一声，引线全部烧完。

“咚咚咚……”流白感觉自己的心快要跳出来了，眼睛一眨不眨地盯着炸弹，心里不停地喊着：炸，炸开，快炸开！

没有让流白失望，只听“砰”的一声巨响，炸弹炸开，火花四溅，周围的泥土与小草齐齐被炸飞。同时，一股浓烟瞬间散开，那味道，闻过一次的人绝不想闻第二次。

“轰……”第一个炸药炸开后，第二个，第三个紧接着爆炸，炫目的火光在黑夜中异常刺目。

“嗷呜……”一声声凄厉的惨叫声响起，隔着浓烟看不到四狼一虎的情况，但听这声音也足够他们明白毒烟炸药的杀伤力。

“王爷，成了！”流白一脸兴奋，恨不得跳起来。

“嗯。”萧天耀不像流白那般情绪外露，可微扬的嘴角泄露了他的真实情绪。

没等浓烟散去，萧天耀便命暗卫把那几个死囚拖出来。

死囚一直被关在密封的马车里，马车只有一个小窗，可以让他们呼吸，却不会让毒烟吹进去。

死囚四肢被束，眼、口都被黑布遮住，根本不知自己在哪里。暗卫将人拖出来，解开了对方的绳索，然后去点燃引线。

北历俘虏不知萧天耀一行人要做什么，可他们之前听到声音，就猜到不是什么好事，一得到自由，他们便不管不顾地往林子里跑，十个人分别向不同的地方跑去。

萧天耀没有派人去追他们，就这么站在原地看着，等着，等炸药引爆。

“刺刺……”闪耀的火花在黑夜中异常醒目，几个北历俘虏却没空注意这些细节，他们拼命地往林中深处跑，哪怕林中深处有猛兽，他们也宁可一闯，可是没有机会了！

俘虏们跑出去不到百米，炸药就炸开了。

“轰，轰……轰……”一声接一声的巨响，炸得脚下的大地都震动了，因爆炸产生的浓烟很快就将这一片林子笼罩，就是萧天耀等几人也没有避开。

爆炸声结束，林中恢复宁静，萦绕的浓烟却久久未曾散去，直到一刻钟后，浓烟才变淡……

“去。看看人死了没有。”萧天耀右手背在身后，眼神淡漠地看着前方，在黑夜的衬托下，显得神秘而强大！

暗卫人手不够，流白也没有闲着，和暗卫一起上前查看。

很快，结果就出来了：“四狼一虎全死，腹部有炸伤，口鼻流黑血，离炸药两百米远。”

“十个死囚全死，身上多处有炸伤，口鼻流黑血，离炸药百米远。”

无一人一兽逃脱，足以证明毒烟炸药的威力。虽说这么一点小毒要不了武神的命，却能大大削减武神的战斗力，到时候就是普通高手，也能杀死武神。

“很好，处理干净！”知晓结果后，萧天耀心中已有计划。

北历两位武神年纪偏大，行事稳重，他们每次出手都不敢用全力，就怕自己死在战场上，北历没了依靠。这样的人轻易不会冒险，要设计他们很难，可中央帝国来的那三个武神就不一样了，那三位武神年轻、傲气，只需要一激就会上当。

萧天耀相信，只要他发出以一战三的战书，对方明知是陷阱也会来。因为，武神的傲骨，容不得他们拒绝！

下了山，萧天耀洗去一身火药味，才返回大营。

“流白，命工匠连夜赶制一千枚毒烟炸药，十枚一根引线，按今晚的布局，埋入小金川。”萧天耀半刻也不等，当即就给流白下令。

流白一怔，立刻明白了萧天耀为何把战斗的地方选在小金川。那个地方有一块盆地，中间凹下，非常适合埋炸药，尤其是毒烟炸药……

一切准备妥当，萧王也将战书送至北历！

高手都有自己的骄傲与尊严，萧天耀发下战书，以一个刚达到武神修为的人挑战三位武神，中央帝国的三个武神顿时觉得被羞辱了。

“区区一个小国武神，竟敢挑衅我们，不给他一个教训，日后指不定什么人都能骑在我们中央帝国的头上！”三位武神中，最年轻的青衣武神最是不忿，拍桌叫骂道。

“就算有什么阴谋算计，凭我们三人，又有何惧？”坐在左侧的棕衣武神附和道。

青衣武神和棕衣武神被萧天耀的挑衅之举气坏了，两人恨不得现在就杀到东文大营中，把萧天耀拖出来，当众宰杀。

“来之前，君上叮嘱过我们，东文的萧王不好惹，要我们谨慎行事，切不能落入对方的圈套。”坐在中间的紫衣武神开口，他年纪并不大，不过二十五六的样子，不过较之另外两个气质稍好，一看就知出身不错。

中央帝国以黑、金、红、紫为尊。皇上的龙袍与常服以黑、金二色为主，这两色也作为皇家的常用色。虽说没有明文规定旁人不能用，不过一般人家极少用这两色，为了避讳皇家，夜行服都以灰黑为主，纯黑的颜色除了皇家外，几乎无人敢用。

红与紫虽说没有什么限制，可正红、纯紫只有世家才能穿，稍次一些的只能穿浅紫。

紫衣武神的衣服就是浅紫色，他是中央帝国林家的旁支，也是三人当中家世最好的，其余两人自然以他为尊，但也不是事事都听他的。听到紫衣武神这话，另外两人就不高兴了。

“林兄，东文萧王固然是个狠角色，可我们也不是什么软柿子。君主叮嘱我们谨慎些，不是叫我们坠了帝国的威严。你看那萧王，可有把我们放在眼里？我们出现在战场上，他依旧打他的，丝毫没有退兵认输之意，我们要不给他一个教训，他还真以为我们中央帝国怕了他！”青衣武神刚开始只是说说而已，结果越说越生气。

棕衣武神十分赞同地点头：“我们再不出手，他还真当我们怕了他，也是时候给他一点教训了。左右一个小国王爷罢了，死了，东文也不敢拿我们怎么样。”

“他这个时候约我们三人一战，也许手上有制衡我们的法子。”紫衣武神颇为担心地开口。他只是来镀金的，并不想冒险，要是靠震慑能让萧天耀认输退兵，他一点也不想出手。

萧天耀之前以一敌二都没有落到下风，现在以一敌三，虽说压力大一些，可拼了命要拉一两个垫背，还是能办到的。三个武神中，就数他的修为最低，到时候真要出事，他估计最早丢命。

“如果林兄担心萧王使诈，不如让北历两位武神为我们护法，你看这样可好？”青衣武神略一思索，给出一个十分“完美”的方案。

紫衣武神双眼一亮，连连点头：“这个主意很好，我们五个武神，他就是布下天罗地网也没用。三天后我们就让他明白，在绝对的实力面前，他那些小聪明、小算计不过是上不得台面的笑话。”

青衣武神见两人应下，又道：“小金川那个地方我觉得不太妥当，太适合埋伏了。”

“我们让北历两位武神做公证人，他就是派再多的伏兵也没用。”紫衣武神好笑道。

萧天耀选地方，他们选公证人，这再公平不过，至于萧天耀同不同意？这个一点也不重要，因为他们不会给萧天耀说不的机会。

“派人盯着小金川，别让萧王的人在那儿做手脚。”不怕一万就怕万一，紫衣武神还是很怕死的，可惜他们晚了一步，流白已经带人将毒烟炸药埋好，只等三天后一战！

萧天耀约战三位武神一事并不是什么秘密，北历与东文当天下午就知晓此事了。双方都知，这一战结束后，便能决定东文与北历的战局。萧天耀胜则东文胜，萧天耀败则东文败。

以一敌三，哪怕东文的将士崇拜萧王、相信萧王，听到这个消息还是忍不住担心。他们家王爷是很厉害，可是以一敌三，王爷真的能赢吗？赢了后，王爷能保证自己不受伤吗？要是受了伤，剩下的两位武神，谁来对付？

东文上下忧心忡忡，可这个时候谁也不敢说丧气话，他们只能默默地用行动支持萧天耀。他们很清楚，萧王这么做是被逼无奈，哪怕有一点办法，萧王也不会冒险去挑战三位武神。以一敌三，就算准备再充分，风险也是极大的！

和东文相反，北历收到这个消息，军中上下一片欢呼，北历的主帅甚至提前开了庆功宴，预祝三位武神大胜，预祝北历大捷。

此时正值秋末，粮食正好收割，如果北历这一战大胜，未来三到五年的粮食都不用愁，北历怎么能不高兴？

一方担忧，一方兴奋，两军的气氛形成鲜明的对比，不过两军却很有默契，这三天，两军都没有出兵的迹象，只是保持高度戒备，以防对方偷袭……

三天时间一晃而过，在众人紧张又期待下，萧天耀与三位武神决战的时间到了！

这一天，晴空万里，天公作美，是个难得的好天气。流白看到这好天气，高悬的心稍稍落了一点。

天气大好，流白也就不用担心埋好的毒烟炸药会被淋湿。

“王爷，老天爷都站在我们这边，此战我们必胜。”临出发前，流白信誓旦旦地说道，也不知他是在对自己说，还是在对萧天耀说，反正萧天耀没有看他，脚步不停地往前走。

营外，众将士自发站在外面等萧天耀，见到萧天耀出来，众将士在副帅的带领下，齐刷刷地行军礼，异口同声地道：“我等预祝王爷凯旋归来！”

东文的将士，每一个人脸上的表情都十分凝重，可他们目光坚定，没有一个露怯。他们相信王爷！

萧天耀在人前一向是高冷疏离，虽说众将士此举让人感动，他却没有太大的感触，只淡淡地说了一句：“本王不会输！”

是的，他不会输！

萧天耀拒绝带军中的人马前往，只令莫清风与流白跟着，最后带了十八个金吾卫前往。连同萧天耀在内才二十一人，和北历那五位武神百余亲卫相比，排场小了不止一点。

萧天耀约战中央帝国的武神，自然是萧天耀先到。不过中央帝国的三位武神也没有让萧天耀久等，萧天耀前脚到，他们后脚就来了。

双方一东一西地站在盆地两侧，隔得太远，能看清对方，却无法交流。萧天耀带着人率先走下来，中央帝国的三位武神没有动，而是先让小兵下去检查，确定没有意外，这才纡尊降贵地走下来。

十八名金吾卫站在身后，萧天耀身旁就只有莫清风与流白，中央帝国也只有三位武神上前，北历两位武神留在后方。

双方离十步远站定，萧天耀淡漠地看着对方，没有开口。三位武神面露不满，最后青衣武神开口道：“东文的萧王爷，你还不是武神吧？”

“不是。”这一点瞒不过武神，萧天耀也没有打算瞒。他要是突破武神境界，按四国与中央帝国的规定，就不能再出现在战场上。

有些规矩，他也得守。

青衣武神听罢，嘲讽地笑道："还不是武神，就敢挑战我们三人，我该说你艺高人胆大，还是说你蠢好呢？"

"肯定是蠢，自以为是的蠢货。"棕衣武神挑衅地看着萧天耀，试图激怒萧天耀，可惜萧天耀根本不上当，一双幽深的眸子没有任何情绪，就好像在看死人一样。

萧天耀高冷的模样激怒了中央帝国三位武神，紫衣武神眼露不满，同样用看死人的眼神看着萧天耀："既然你自不量力，主动挑衅，就别怪我们以多欺少、以强凌弱。"

紫衣武神转身，指着北历两位武神道："今天这一战，由他们二人做见证。"

"可以。"萧天耀满不在乎地开口，挥手对流白与莫清风道，"退下！"

这个动作还有一个意思，那就是——行动！

流白会意，后退数步，同时朝身后的金吾卫打出后退的手势。这举动在战场上很常见，战场上人多嘴杂，下达命令或者做简单的沟通，通通都是用令旗与手势。萧天耀和流白此举并没有引起北历的怀疑，中央帝国三位武神见萧天耀做好战斗准备，同样命北历两位武神与士兵后退。

"唰……"北历的武神与士兵退到盆地边缘，金吾卫亦然，退到墙壁处，只是北历武神与士兵没有注意到，十八个金吾卫站得很开，而且他们皆是右手握枪，左手背在身后。

背在身后的左手，在他们后退的那一刻，就拿出早已准备好的火折子。退到死角处，他们手中的火折子，正好碰到埋在里面的引线！

没错，毒烟炸药并没有埋在盆地中间，而是埋在四周，引线也全部用空竹子包了一层，才埋在土里。

呼呼的风声掩去了引线燃烧的声音，而竹子不仅保护了引线，也挡住了闪耀的火花，就是偶有声响发出，也会被人忽视。此时，所有人的注意力都放在即将大打出手的萧天耀与三位武神身上，就连北历的两位武神也不例外。

他们和萧天耀交过手，知晓萧天耀的本事，怎么也不敢相信萧天耀有本事以一战三。可萧天耀敢发出邀战，肯定就是有底气的，北历两位武神很想知道，萧天耀会怎么做？

"你一对三，我们让一招，你出招吧！"紫衣武神倒是想要直接出手杀萧天耀，可这么多人看着呢，他也不想做得太难看。

"好。"萧天耀没有推让，缓缓抽出缠在腰间的长软剑。

"长软剑？剑为百兵之君，是礼器，不适合用在战场上杀人。"紫衣武神一脸不屑地看着萧天耀手上的剑。

剑好看但不好使，在中央帝国有人用剑，但都是修为极高的人。一般的人，就好比他，也不会选择用剑。

"兵器宜不宜杀人，端看用的人如何。"萧天耀并不受紫衣武神的话影响。

所谓杀人，重点从来都不在兵器上，而在于人身上。

"果然狂妄。"紫衣武神眼神冰冷，拿出随身佩带的刀。

没错，他的兵器就是刀。剑为百兵之君，刀乃百兵之王，枪乃百兵之贼，棍为百兵之祖。虽说刀没有剑拿在手上好看，但杀伤力却极强，其他两位武神的武器也是刀，在阳光的照射下，泛着青光。

“动手吧！”紫衣武神催促道。

“好。”萧天耀没有拖延，凌空一个跃起，就朝紫衣武神刺去。

“轻功够俊，速度够快。”紫衣武神赞了一句，提刀迎上，手腕一动，试图缠住萧天耀的长软剑，可就在众人都以为萧天耀的剑和紫衣武神的刀会在半空中交会时，萧天耀突然收手，身形一转，往后疾退。

“想走？做梦！”紫衣武神以为萧天耀怕了，左脚一点，凌空掠了过去。青衣武神和棕衣武神见状，脸色微变，想了想也跟了过去：“林兄，小心有诈。”

“这么多人，他敢动什么手脚？”紫衣武神一脸自傲，原本还有几分忌惮，看到萧天耀连他一招都不敢接，便不将萧天耀看在眼里，直接扑了过去……

然而，就像是为了打紫衣武神的脸一样，他的话刚落下，就听到“轰”的一声巨响，紧接着黄沙漫天，浓烟滚滚。

“小心！”

“当心有毒！”

青衣武神与棕衣武神立刻屏气后退，可惜没用，流白让人埋了一圈炸药，随着这一声爆炸响起，其他地方的几颗炸药也一一炸开。

“轰……轰……”爆炸带来的威力，将沙土炸飞起来，浓烟从四面八方涌来，阻挡了众人的视线，也挡住了离开的路。

“啊！”北历的护卫就处在爆炸口，一个个被炸药炸得飞了起来。

“快走，这烟有毒。”北历两位武神经验老到，见状拔腿就跑，至于被困在浓烟中的三位武神？

对不起，他们现在自身难保，哪里有能耐管他们。

“想走？先过我们这一关再说。”流白和莫清风立刻抽剑迎上去。

没有毒烟炸药，这两人绝不会是武神的对手，现在却不一样，流白和莫清风还真是一点也不担心。

两个武神本已跑了出去，却在最后关头被流白和莫清风挡住去路，当即怒了：“区区蝼蚁，胆敢挡我们的路，你们该死。”

“蝼蚁？今日就让我们这蝼蚁，来试一试武神的实力。”被人骂蝼蚁，流白和莫清风并不生气。

对武神来说，他们确实是蝼蚁，但他们不会永远都是这个实力，终有一天他们也会成为武神。

流白与莫清风二话不说，提剑就刺了过去。北历两位武神的脸色很难看，察觉到自己似乎受到了毒烟的影响，两人也不犹豫，果断出招，试图速战速决。不想，流白与莫清风二人很狡猾，他们打不过武神却躲得过，至少一两招还是能避开的，而一两招后，毒烟已对两位武神产生了影响，两位武神的实力大打折扣，当下就便宜了流白与莫清风……

萧天耀那里的情况也差不多，三位武神站在中间，虽说爆炸的威力没有给三人带来伤害，毒烟却全往三人身上涌。三人刚开始还能屏气凝神，可是一边要屏气，一边要应付萧天耀一招接一招的杀招，时间久了，就是武神也撑不住。

“卑鄙无耻的小人。”紫衣武神被萧天耀刺中了一剑，又吸了一口毒烟，是三人当中最狼狈的。萧天耀也不客气，重点往他身上招呼。

他以一敌二可以一战，对上三个却不行，他必须尽快解决一个。

至于紫衣武神口中的评价？萧天耀连个眼神也没有给。如果他用计就是卑鄙无耻的小人，那中央帝国不顾规矩，派三个武神来战场上给他施压又是什么？一连五个武神出现在战场上，中央帝国就不卑鄙吗？

萧天耀一点儿也不客气，招招往紫衣武神身上招呼，每一招都十分犀利、狠辣，摆明要置紫衣武神于死地。

青衣武神和棕衣武神自然要上前解救，可惜两人试了几次，都无法打断萧天耀的剑招，而等他们试图偷袭时，却发现萧天耀的身影居然变成了两个、三个，甚至更多……

“怎么回事？”青衣武神脸色一变，“这是月影分身？你怎么会的？你和时家有什么关系。”

“什么？月影分身？你是时家人？不可能，时家绝不会插手朝廷纷争。”紫衣武神听到这话，眼中飞快地闪过一抹恐惧。

萧天耀仍旧没有搭理他们三人，凭着形似的月影分身，分散了三人的注意力后，萧天耀抓紧机会全力攻击紫衣武神。

许是月影分身威名太盛，紫衣武神在萧天耀使出半调子月影分身后，心神大乱，萧天耀抓住这个机会，猛地上前，撞向紫衣武神的右臂，将他使刀的手格开。同时，握剑的手挽了一个漂亮的剑花，将前来营救的青衣武神逼退。

一击成功，萧天耀后退半步，拉开两人之间的距离，左手成爪……

“噗哧……”只一动，直击紫衣武神的要害。

“啊！”紫衣武神惨叫一声，僵立在原地，手中的刀指向萧天耀，“你，你敢杀我，你可知，我是帝国……帝国……”

紫衣武神一边说一边吐血，最后两个字怎么也说不出来。

“帝国皇室，本王也敢杀。”萧天耀后退数步，拉开双方之间的距离。

“林兄，林兄……”青衣武神和棕衣武神看到这一幕，瞳孔猛地放大，一个个震惊无比，两人反应过来，连忙上前搀扶住紫衣武神。

“替我……报仇，告诉……林家。千刀……”紫衣武神每说一个字，就会吐出一口血，而一句话没有说完，人就倒了下去。

“林兄，林兄……”两位武神抱着紫衣武神大喊，青衣武神更是气急败坏地用刀指向萧天耀，“你……好大的胆子，你居然敢杀我中央帝国的人。”

“帝国林家？倒是提前遇上了。”萧天耀淡漠地看了紫衣武神一眼，面上是毫不掩饰的厌恶。

他厌恶帝国林家，也讨厌姓林的人，当初欲杀林初九，有一半的原因是因为她姓林，本以为她是遭了无妄之灾，后来才知林初九不过是受了她该受的一切！甚至，林初九要庆幸，他之前不知她是帝国林家的血脉。不然，这世上便没有萧王妃林初九了！

萧天耀顺利斩杀紫衣武神后，便只需要以一对二，压力瞬间小了许多。无视两位武神的大喊大叫，萧天耀剑尖一指，高傲地道：“一起上吧！”

“你，哇……”青衣武神、棕衣武神一开口，就吐出一口黑血。

“你……们东文，好，好大的胆子。”棕衣武神恨恨地抹掉嘴角的血，一脸气愤，“你就不怕帝国知晓，没有好果子吃吗？”

“帝国知道？知道什么？知道本王杀了你们三人？你们觉得帝国的人会信吗？”萧天耀并不急着动手，那两人已吸进毒烟，拖得越久对他越有利。

“你，你……居然还想杀我们，你就不怕我们身后的人报复吗？”青衣武神和棕衣武神这个时候真的怕了。

他们中了毒烟，虽说这毒烟无法要他们的命，却影响他们的实力，凭萧天耀刚刚表现出来的战斗力，此时想杀他们并不是难事。

“不杀你们，中央帝国就会放过本王？”萧天耀一脸嘲讽。

这两人是多天真，才会觉得他会放过他们？他都杀了一个，还会在乎多杀两个吗？

“你……”两位武神同时看看萧天耀，又扭头看看紫衣武神的尸体，心里明白萧天耀是不会放过他们的。

杀一个是杀，杀两个也是杀。与其放他们两个回去告状，不如一起杀了，说不定还能将事情往北历身上推。反正，没有第三方证人，到时候东文和北历怎么说都成。

“东文的萧王果然狡诈。”两人不再心存侥幸，更不奢望萧天耀会放过他们，两人将紫衣武神的尸首放好，同时上前，“哪怕中了毒，我们两个要杀你也不是难事。”

两人不敢再拿大，联手同时朝萧天耀出招，萧天耀不慌不忙，提剑应对。

“当当当……”刀剑相交，火花闪烁，三人从盆地打到半空，又落了回来，继续在盆地打起来。而此时，盆地里的毒烟已经散去，地上全是北历护卫的尸体。

没有毒烟，青衣武神和棕衣武神也少了顾忌，可以放心、大胆地呼吸，只可惜，到这个时候，他们已失了先机！

萧天耀再次使出月影分身，以凌厉迅速的招式，将两人逼到死角。

“你……和时家到底是什么关系？”两位武神再次见到月影分身，仍旧忌惮。他们真的不明白，东文一个亲王怎么会月影分身？

“这不是你们需要关心的事。”萧天耀一剑挑飞青衣武神手中的刀，同时飞身而起，抬脚踢向对方。

“该死。”青衣武神低咒一声，不得不后退，以避开萧天耀这一击。

萧天耀一脚踢空，可这一招却没有落空，萧天耀旋身侧转，脚轻轻一动，将青衣武神飞起的刀硬生生改了个方向，让它朝棕衣武神飞射而去。

棕衣武神举刀欲将其格开，可萧天耀却是落地，朝他攻来。前有狼，后有虎，棕衣武神咬咬牙，凭借灵巧的身法，避开青衣武神的刀，同时举刀砍向萧天耀。

刀刃凌空劈向萧天耀的头顶，十分霸道，萧天耀却没有躲，举剑相迎！

“当”的一声巨响，萧天耀在刀离自己脑门三寸时，挡住了对方的攻击。

两人僵持住，同时青衣武神飞起，接过自己的刀，从背后砍向萧天耀。然，就在此时，萧天耀突然一动，整个人凭空从两人中间消失。

青衣武神这一刀挥出去，正中棕衣武神！

“小心！”青衣武神脸色大变，想要将刀收回，奈何他挥出去时使了全力，此时要收回根本不可能，更不用提萧天耀此时闪到他的身后，推了他一把……

“啊……”棕衣武神被砍中，惨叫一声。

“对，对不起。”青衣武神脸色一白，任鲜血溅了他一身也没有动，而是反手砍向萧天耀，“萧王，你好样的，我记住你了。”

青衣武神像是疯了一样，毫无章法朝萧天耀挥刀，刀风划破虚空，呼呼作响。萧天耀一时还真被他的疯劲逼得连连后退，而在闪躲之际，萧天耀也看到了惨死的棕衣武神。

刀乃兵器之王，这一刀果然霸道。

此时只剩下一个青衣武神，萧天耀根本不放在心上，冷冷一哼，在对方发疯之际，萧天耀随手捡起紫衣武神的刀：“死在同伴的武器之下，想必能让你安心。”

“你好卑鄙！”萧天耀这话说得好听，实际上却是想要制造他们三位武神自相残杀的假象。

虽说中央帝国不一定会信，可他们三人都不是死在萧天耀的剑下，到时候萧天耀一推六二五，中央帝国能拿他怎样？

“本王从来不是君子。”手起刀落，萧天耀利落地解决了青衣武神。

他不是猫，他不喜欢戏耍对手，不管对方强弱，他都会在第一时间解决掉，以免给对方逆转的机会。

成功解决掉了中央帝国的三位武神，压在萧天耀身上的巨山终于搬空了，萧天耀长长地吐了口气……

这一战，终于可以结束了！

萧天耀扭头看了一眼被流白与莫清风缠住的两位北历武神，见两人落在下风，萧天耀没有动，而是丢掉手中的刀，拿出帕子将左手上的血擦拭干净。

随手将染血的帕子丢掉，萧天耀对流白与莫清风道：“放他们走！”

“啊？”两人不解，但不敢不从萧天耀的命令，咬咬牙还是将人放了。

北历两位武神一听，也顾不得面子不面子，转身就逃。

没办法，他们怕呀，怕萧天耀杀过来。萧天耀一举斩杀了三位武神，再杀他们两个会难吗？

莫清风和流白看着北历两位武神一阵风似的跑掉，郁闷得不行。王爷为什么要放他们走？明明可以杀了他们。

“为什么？”从小金川回来后，流白还在问萧天耀这个问题。

好不容易有斩杀北历两位武神的机会，萧天耀为什么要放弃？以后想要再杀他们，得多难呀？

流白想不明白，见萧天耀没有回答，又问了一遍，大有萧天耀不回答，他就不住口的架势。

如果有苏茶在还好，这样的问题苏茶自然会替萧天耀回答，偏偏苏茶不在，被流白问烦了的萧天耀无奈，只得抬头说了一句：“杀了他们有什么用？没有他们也会有别人，中央帝国不会允许四国之间互相制衡的局面被打破。”

中央帝国为什么要规定，东文等四国每国只允许有两名武神坐镇，并且不准武神出现在战场上？明面上的理由是为了维持四国平定，保护武神，不让武神做没必要的牺牲，实际上则是怕四国中某一国独大，吞并其他三国，达到与中央帝国抗衡的局面。

这个道理有脑子的人都明白，偏偏流白就是想不明白，或者说他想明白了，此刻却在钻牛角尖。

“这和杀北历武神有什么关系？杀了北历两个武神，这一战就能结束。”流白又问。

萧天耀道：“他们对本王心生惧意，而且中了毒，短时间内无法再战，与其让两个更强大的敌人出现，为什么不留着他们？再说了，你以为他们两个死了，就能影响北历与东文一战？别忘了，在此之前，北历两位武神并没有对普通士兵出手。”

北历不顾规定，派武神出现在战场上，只是为了制约他。

流白明白了萧天耀的顾虑，可他仍旧担心一件事：“万一他们把毒烟炸药的事报到中央帝国怎么办？”

“你以为，你不说，毒烟炸药的存在就能藏一辈子？”萧天耀摇了摇头，看流白还是一副不解的样子，萧天耀实在懒得与他多说，“这些事你不必管，做好自己该做的就可以。”

“为……是。”流白张了张嘴，却最终什么也没有说。他自认他的提议是为王爷着想，可王爷似乎不高兴。

流白颇为失落，走出营帐，在外面遇到了独自揣摩招式的莫清风。流白心情烦闷，看莫清风使的几招正是萧天耀今天所用的招数，便起了与他拆招的心思。

“我们打一打。”流白取出自己的佩剑，指向莫清风。这是根本不给莫清风说不的机会，莫清风也不介意，点头就与流白拆起招来。

两人的武功不相上下，也没有非要置对方于死地的狠劲，拆了数百招仍是平手，两人都有些累了，默契地收手。

“痛快！”棋逢对手，痛痛快快地打了一场，流白心中的郁结消散不少，将剑反插在地上，寻了一块石头坐了下来。

莫清风在他身旁坐下，从石头后面摸出一壶酒丢给流白：“怎么？心情不好？”

“嗯，有些事想不明白。”流白知道莫清风的底细，再加上今天与北历武神交手，两人联手过，多少有些兄弟情谊，流白略一犹豫，便将自己想不明白的事说了出来。

莫清风听到流白的话，未语先笑：“你呀，这种事有什么好想的，王爷叫你怎么做，你就怎么做便是，王爷考虑问题肯定比我们周全。”

“多好的机会呀，白白错过真是可惜。要是今天杀了北历武神，我们的压力会小很多。而且此举也可以震慑四国，让那些躲在暗处的老鼠，不敢再找王爷的麻烦。”流白是真心为萧天耀想，可惜他想事不够全面。

莫清风本不想多说，听流白说到震慑四国的事，忍不住提了一句：“流白，你说，要是你知道王爷一人斩杀五名武神，你会怎么看王爷？”

“当然是王爷很厉害，不能惹了！”流白一脸崇拜，双眼闪闪发亮。

“是呀，你听到了都会说王爷很厉害不能惹，那么南远、西武和东文的皇帝呢？他们会怎么想？”莫清风多少能猜到萧天耀的意思，但他并没有直说，而是慢慢引导流白去想。

流白想也不想，理所当然地道：“当然是害怕王爷，再不敢对王爷出手。”流白到现在都忘不掉，一年前萧天耀被人伏杀的事。

那时候，不就是因为他们家王爷不够强大，所以四国才敢出手吗？要是让四国知晓，他们家王爷一举斩杀五位武神，看谁还敢出手！

莫清风不用问，也知流白在想什么，摇头道：“流白，事情不是一加一等于二这么简单，让四国知晓王爷能一举斩杀五位武神，并不是什么好事。”

“为什么？”流白不解。

莫清风好人做到底，解释道：“中央帝国够厉害吧？可四国也只是表面上臣服，心底却一直谋划独立。王爷再厉害，凭他一个人也不可能厉害得过中央帝国，如果四国举全国之力，要斩杀王爷，你能拦得住吗？”

“这，这怎么可能？”流白脸色一白，又想起一年前的事。那件事，不就是四国联手吗？

“有什么不可能？如果王爷今天杀了北历两位武神，他就创下一人斩杀五位武神的纪录。且因为两位武神死了，就没有人知道王爷是用毒药弄死了五位武神，你说四国皇帝得多害怕？”

“我们可以证明呀。”流白说这话时，声音很小，可见底气不足。

莫清风笑了一声：“到时候，就算我们对外说，王爷当时用的是毒，别人也不会相信，他们只会认为王爷是想隐藏实力，而到那个时候，四国忌惮王爷，必会不惜一切代价除掉王爷，以免王爷变得更强。”

莫清风刚开始也没有想明白，回来细细一想，就明白了萧天耀的打算……

之前的萧天耀很强，但还没有强大到能让四国不惜举全国之力，也要联手斩杀他的地步，但如果萧天耀一举斩杀了五位武神，情况就会不同了。萧天耀能一口气杀掉五位武神，实力足以让四国害怕，足以让四国皇帝不惜一切，也要将他除去！在中央帝国的强力干预下，四国明面上只有八名武神，加上私底下的，最多也就只有十几位武神。没办法，中央帝国对武神的控制非常严格，一国能多出一个就很了不起，而这多出来的还不能轻易暴露，不然被中央帝国知晓，只有被中央帝国带走的份儿。四国总共才八名武神，萧天耀今天要是把北历两位武神杀了，那就只剩下六位武神。萧天耀能一举斩杀五位武神而不受伤，那他拼一拼，以一对六会是很难的事吗？

四国的武神联起手来都不是萧天耀的对手，有一个这么强的人在，四国皇帝还能坐得住吗？南远、西武和北历和萧天耀都有仇，就算萧天耀没有灭了他们的心思，三国的皇帝也不会相信。而且，他们不敢保证萧天耀日后不会变得更强大，为了除去萧天耀这个潜在的强敌，三国皇帝必然不会手软。同样，东文的皇帝也是坐不住的。萧天耀个人实力太强，又有兵权在手，那会严重威胁到他的皇位。除了四国外，就是中央帝国的人也坐不住。臣强主便弱，臣属国的人太强，对中央帝国来说，本身就是一种威胁，中央帝国绝不会放任萧天耀活着。

莫清风知道流白是萧天耀的亲信，他没有隐瞒，把自己的猜测都说了出来。看流白一脸凝重，莫清风叹了口气：“王爷不是不想杀北历两位武神，而是不能现在杀。”

杀了，谁去宣扬萧天耀是靠下毒赢了三位武神的？不宣扬出这件事，那些人还不得把萧天耀当怪物看？

流白沉默片刻，才道：“是我……想事太简单了。”说完，狠狠灌了一口酒，因喝得太急，直接呛住了。

莫清风看了一眼，并没有说什么，同样拎起一壶酒，灌了一口道：“我父亲说王爷是个走一步算三步的人，莫家以前从不掺和这些事，一旦掺和，就会一条路走到底。王爷是个值得追随的人，他不需要我们替他想什么，我们只需要按王爷的命令办事就好。”

莫清风这话是在劝流白，又何尝不是说给萧天耀听，可惜流白没有听明白，事后也就没有和萧天耀提起，白白费了莫清风一番苦心……

第三章　千金不换金吾卫

三位武神横死的消息根本瞒不住，不到一天，萧天耀斩杀三位武神的消息就传遍了四国。不过，众人关注的不是萧天耀的实力，而是萧天耀用来放倒三位武神的毒烟炸药。

如果说，之前流白对莫清风的话只信七分，现在就信了十分，接下来的日子再不敢多言，萧天耀叫他做什么，他便做什么，想不明白也不多问。

以前苏茶不止一次劝说流白，别打着为萧天耀好的名义去左右萧天耀的决定。可惜流白一直没有听进去，这次莫清风一点一点掰开给他说，他总算是听进去了，这事传到萧天耀的耳朵里，倒是让萧天耀对莫清风高看一眼。

中央帝国三位武神战死，北历两位武神受伤，以二对一也不是萧天耀的对手。一时间东文将士士气高昂，恨不得打到北历皇庭，可最近南远的象兵像是疯了一样，一连数天都朝东文发起猛烈的攻击！

这一次流白不需要问人也明白，一定是中央帝国对南远施加压力，要南远尽全力打败东文。当然，也不排除南远看到东文太强，想要与北历联手压下东文的气焰。国与国之间从来不存在什么友好，联手与背叛都是因为利益。

好在东文这边有毒烟炸药，虽说无法大面积地在战场上使用，用来阻挡象兵却是可以的。没几天，南远象兵就失去了战斗力，局势很快倒向东文。消息传回京城，皇上大喜，大手一挥，大笔的赏赐流水般地涌进萧王府。

之前花家大少的事，皇上这个时候也没空和林初九计较，事情已经发生，他再计较有失帝王气概，也于事无补。

至于林初九脸上的伤？皇上能肯定林初九没有受伤，可他没有证据。花锦容来了一趟后，林初九就闭门养伤，皇上这段时间也在养病，等到皇上病好想要追究这件事，林初九先一步对外宣布，帝国花家送的灵丹妙药医好了她的脸。

此举也是为了告诉皇上，她用花家的承诺，换了她的脸。

这个说辞，别说皇上，就是皇后也不信，可不信又能如何？他们找不到证据，也无法去找花家对质，就算明知林初九在撒谎，他们也无法当面指责她，只能睁只眼闭只眼，左右这件事对他们的影响不大。

唯有帝国张家的人，听到这个消息后，差点吐了血。他们之前看萧王府关门闭户，萧王妃闭门不出，任何人都不见，便坚定地认为萧王妃被他们绑走了，萧王府是为了隐瞒萧王妃失踪的事情，才对外说萧王妃伤了脸。可现在萧王妃就出现在人前，他们要如何自欺欺人，认定他们把萧王妃绑走了？别说帝国张家的人不蠢，此刻他们就是再蠢也明白，他们被林初九耍了！什么脸受伤无法见人，通通都是装出来的，林初九此举，不过是为了方便躲在暗处看他们的笑话。

“萧王妃实在可恶。”张家在中央帝国的管事气得摔了自己心爱的茶壶，“还有那萧王，更是可恶！明明萧王妃无事，我们的人送消息过去时，他还装模作样地放狠话，说什么不放过我们张家，简直就是在看我们张家的笑话。”

张家的管事越想越气，越想越担心，担心帝国本家知道这个消息，会有多么愤怒。

算算时间，货船这个时候应该到了中央帝国。本家的人正想拿萧王妃出气，可他们却绑了一个假货回去，费了那么大的力气，却派不上任何用场。

“我们绑走的人不是萧王妃，那是谁？”张家的管事再次提出这个问题。

当天参加福寿长公主宴请的年轻贵妇，就只有林初九一个，他们没道理会绑错人。

“难不成我们绑的是林家的二小姐？可是不对呀，林二小姐还未婚，她应该还是黄花闺女，船上的人可是被……她早已破了身。”张家的管事怎么想也想不出，当天除了林初九外，还有哪个年轻的贵妇在？

“总不至于绑了一个侍女吧？他们没道理看不出贵人与侍女的区别。”张家的管事怎么想也想不到，他们绑的人是福寿长公主。在所有人的认知里，福寿长公主已经死了，他们再怎么想，也不会想到一个死人身上去。而这事张家的管事又不敢对外明说，只能一个人闷头苦想。可这事他光闷着也不行，他还得写信去中央帝国，告诉本家的人，他们绑错了人，别妄想拿那个假货去威胁萧王，羞辱萧王。

“这次可真是亏大了，人绑错了不说，还把萧王得罪了，也不知会不会给本家带来麻烦。”此前张家的管事根本不将萧天耀和林初九看在眼里，可是当前线传来萧天耀斩杀帝国三位武神的消息时，他就无法不重视萧天耀了。

无论是东文还是中央帝国，都是以实力为尊，凭萧天耀斩杀三位武神的实力，就是放在中央帝国也是一个人物。

这样的人，中央帝国虽然无法放心，也不会明晃晃地跳出来说要杀他。如果萧天耀放聪明一点，依附于中央帝国的某个大世家，有了这层庇护，就是皇帝也要顾忌一二。届时萧天耀要收拾一个张家，还会太难吗？就算萧天耀不依附大世家，花家还欠他们一个人情。只要萧天耀不蠢，花家看在他的实力的分上，也会照看一二。

“这事闹的呀。”张家管事悔不当初，早知道林初九能和帝国花家搭上线，早知道萧天耀有斩杀三位武神的实力，他们张家绝不会出这样的昏招。

不就是损失了一点银子吗？他们张家又不是亏不起，而且要说起损失，富天钱庄的损失比他们还大。

张家的管事现在悔得肠子都青了，写了信回去后，又立刻让人准备厚礼，亲自上门求见林初九。林初九现在有了一个威名赫赫的丈夫，在东文的地位翻了不止一倍，一般人想要见她，还真的不容易。

张家管事在东文固然有脸面，可他现在想要见林初九却不是易事。听到张家管事的来意后，曹管家矜持有礼地道：“我们家王妃现在很忙，恐怕没空见张管事，张管事改日再来如何？”

都是这个圈子里混的人，这话一听就是推拖之语，张家管事没有说改天再来拜访，只说先把礼物留下，萧王妃什么时候有空见他都成。

“稍等，我问问我们家王妃。”张家给的礼十分厚重，曹管家也拿不准林初九会不会收，毕竟一旦收礼，也就等于林初九不计较张家之前做的事了。

曹管家并没有撒谎，林初九这个时候真的没空，她正忙着和苏茶商量银库的事。银库眼看就要建成，只剩下几个小问题没有解决，苏茶拿不准，便来找林初九商量，想让林初九帮他做个决定。

苏茶的性子就是这样，遇事总是有些犹豫不决，习惯依赖别人。

曹管家敲门进来，简单地说明来意后，便恭敬地站在下首，等林初九示下。林初九这段时间在萧王府的威严与日俱增，尤其是曹管家等人从苏茶口中得知萧天耀此次能斩杀三位武神全是林初九的功劳后，萧王府上下更是对林初九敬畏有加，林初九在下人心目中的地位直逼萧天耀。

不管在哪里，世人打从心里崇拜强者。此前萧王府的人敬重林初九，是因为她是萧王妃，换成别的女人，只要萧天耀认可，萧王府的人一样会尊敬。但现在不同，现在，萧王府上下尊重的是林初九这个人。

只可惜，现在的林初九已不是当初的林初九，面对萧王府上下发自内心的尊重，林初九并没有多大的喜悦。听到曹管家的话，林初九想也不想就道：“人没空见，礼收下。”

如果是以往，曹管家必然要劝说一二，或者指点一二，现在曹管家虽然觉得这样做有欠妥当，却也没有多说，只默默地应是。

曹管家不敢问，苏茶却没有那么多顾忌：“张家的礼收着干吗？张家那群人可不是什么好东西。”要不是林初九警醒，说不定这个时候就被张家的人绑走了。

“只是收礼罢了，张家不会天真地以为，我收了重礼就会忘记他们要绑架我的事吧？”林初九一脸冷讽，苏茶当即噎住。他要告诉林初九，张家真的会这么认为吗？

林初九收下了张家的重礼，张家管事心下大安，认为林初九是不计较之前的事，将过往一笔勾销。张管事甚至写信回去邀功，说自己把这件事处理得多好，说萧王妃如何忌惮张家的威名，自己如何轻松地就把此事揭过了。

帝国张家的人收到管事的信，见林初九居然这么轻易就服软，一面沾沾自喜，一面又看不起林初九。确定绑错了人，事情也解决了，张家人就更不会把福寿长公主当回事，直接吩咐下面的人把福寿长公主杀了，可动手的那人，这段时间没少与福寿长公主欢好，心里十分不舍，见上面没派人监视，便悄悄地把福寿长公主藏了起来，对上只说杀了。反正是一个东文来的贱民，他就是养着也不会有什么事。

林初九不知张家的这些事，她现在忙得很，没有时间理会这些不重要的人与事。前线战事对东文越来越有利，林初九也就越来越忙，忙着应酬，忙着应对京城贵妇的讨好。

任谁都知道，萧天耀这次从前线回来，身份地位必然会更上一层楼。虽然，作为手握兵权的一品亲王，皇上对萧天耀已是赏无可赏，除了皇位外，萧天耀也不可能再往前一步，可这些都无法阻碍京中权贵对林初九的讨好与追捧。

任谁都看得出来，萧王与皇上就是东风与西风，两人不可能和平相处，不是东风压倒西风，就是西风压倒东风。现在萧王即将大胜归朝，明显压倒了皇上那股风，萧王就算坐不上皇位，在东文也会是说一不二的存在。要是萧王心狠一点，权倾朝野、架空皇帝也不是什么难事。这个时候不讨好萧王妃，什么时候讨好？

虽说那些个妇人上门，林初九没有必要全见，可她也不能一个都不见。萧天耀不可能永远一个人单打独斗，他需要盟友，也需要助力，上次萧天耀出事，除了手下的武将，没有人出来为他说话，就是一个很好的证明。

结交朝臣方能巩固势力，而要与朝臣结交，夫人外交必不可少。萧天耀不愿意与朝臣结交，那只能是她来做了。而且，就算她一个人都不见，和萧天耀一样不与朝臣结交，皇上也不会认为她是在避嫌，说不定还以为她是装模作样。以前萧天耀不与朝臣结交，皇上也没有放过萧天耀。左右萧王府的人怎么做都不会让皇上满意，林初九也没有必要顾忌，大大方方在家里招待她觉得该见的人。

不能让追随者心寒，那些一直追随萧天耀的官员，他们的夫人上门，林初九得见，不仅得见，还得奉上重礼。手握实权的大臣，在朝中和各个衙门都有话语权，为了日后好办事，就算不交好也不能得罪，对方的夫人上门，她得见。勋贵之家并无实权，可他们姻亲遍布京城，跟谁都能扯上一点关系，指不定某位国公府的当家夫人就是哪家女儿。这些连成一气的人家可以不交好，但不能得罪，不然被使绊子就不好了。他们的夫人上门，林初九也得见。

这段时间，萧王府的访客不断，门庭若市，林初九成天面带微笑地周旋于各家夫人之间，累得不行。可虽然累了一点，辛苦了一点，收获也很大。至少这一通碰面后，京城再也没有人说林初九粗鄙任性、刁蛮无知了，林夫人之前精心经营的好名声也没了。

之前林夫人是京城出了名的好继母，林初九则是京城出了名的烂泥，结果一嫁人就发现这烂泥根本不是真烂泥，一切不过是自污。你说，好好的姑娘家，为何要自污、抹黑自己的名声？要不是在家里活不下去，未出嫁的姑娘，哪个愿意让自己的名声受损？不需要林初九说什么，她前后巨大的反差摆在那里，众位夫人又不是真的眼盲心瞎，怎么可能不明白？事实上，以前也有不少人看出来林夫人是在捧杀林初九。只是，那时候的林初九什么都不是，谁会自找麻烦，平白无故去得罪左相夫人？

现在，林初九的身份地位因萧天耀而水涨船高，不管是真是假，那些个夫人为了讨好林初九也要为她正名，如此一来，林夫人的名声就臭了。

太子原本准备在林婉婷为蒙老夫人守满三个月孝后，就提出娶她为侧妃，现在因林夫人的名声受损，这事也只能不了了之。

林婉婷收到消息，在家里把眼睛都哭肿了。没嫁成萧王，她忍，现在连太子也嫁不成，她还要怎么活？

林婉婷不止一次在林夫人面前抱怨，说林夫人当初为什么没有把她嫁给萧王，要是她嫁给了萧王，现在被人追捧、风光无限的人就是她了。

林夫人初时听到林婉婷这话，还会觉得受伤，认为女儿不理解自己，后来听多了也就麻木了，甚至渐渐地也觉得林婉婷的话很对。

越是这么想，林夫人心里就越后悔。后悔自己当初费尽心机抢走林初九的婚约，要是让林初九嫁给太子，她哪里会有现在的风光？

林夫人越想越后悔，越想越难过，然后林夫人病了！

太医诊断，心思太重！

林相又不是瞎子，怎么可能不知府里的动向？这个诊断一出，林相就把林夫人和林婉婷送去城外的庄子上静养。

林相此举当然不是为了林夫人和林婉婷好，他是怕这两个不长眼的去惹林初九。萧王府现在可谓炙手可热、如日中天，就是皇上都要避其锋芒，万一这两个不长眼的惹上林初九，他还要去给林初九那个孽女低头认错不成？

林相果断把人送走，不想他刚把人送出城没两天，前线就传来一个天大的消息，这个消息把东文上下都炸晕了……

中央帝国的黑甲卫出现在战场上！

中央帝国的黑甲卫号称三千黑甲可灭一国，轻易不会出动。但现在却毫无预兆地出现在了东文与北历的战场上，而他们明显是帮北历。不，不应该说他们是为援助北历而来，黑甲卫会出现，是为了给三位死去的武神报仇。

萧天耀杀死中央帝国三位武神的消息，当然没有这么快就传到中央帝国。按常理，萧天耀完全可以利用这个时间差将北历打退，稍后再应对中央帝国的斥责或者刁难。到那时，事情摆在明面上，中央帝国就是火再大，也不可能派人杀到东文，毕竟他们派武神出现在战场上，理亏在前。

偏偏萧天耀运气不好，黑甲卫正在附近执行秘密公务，带队的大皇子听到这个消息，当即怒了！

“区区一小国的王爷，居然敢杀我中央帝国的武神，活得不耐烦了！”打狗还要看主人，萧天耀实力强悍又如何？那三位武神是中央帝国的人，萧天耀杀了中央帝国的人，就是打中央帝国的脸。萧天耀此举，无疑是在挑衅中央帝国的权威，这事别说大皇子，就是中央帝国的普通百姓知晓也会愤怒。在他们看来，他们中央帝国的人天生就高东文等小国一等，东文等小国的人就是有本事在他们面前也要低头。

没有意外，大皇子知晓此事后，带着黑甲卫就杀了过来！

黑甲卫是中央帝国最厉害的军队，只有三千人，只听命于皇帝。平时只有遇到大战，或者执行高难度的秘密任务才有可能全军出动，不然都是出动几百，最多一千人。

这次大皇子直接带一千黑甲卫杀到战场上，可想而知大皇子气成了什么样。而这一千人的出现，又给东文的将士带来了怎样的打击？

碾压！真正的碾压！黑甲卫单人便可做到以一敌百，团队作战威力更甚。黑色的战马、黑色的战甲、漆黑透亮的长枪……明明只有一千人，可当大皇子带着黑甲卫出现时，战场上就只有黑压压的一片，别的都无法入眼。

这就是黑甲卫！

如同神兵降临，黑甲卫一出现，在战场上打得正酣的士兵们不需要将领叫停，自发停了下来，齐齐看向不远处朝自己逼近的黑甲卫。甚至有受伤的士兵，在看到黑甲卫出现的那一刻，直接忘了自己还在流血的伤口，呆愣愣地看着气势惊人的黑甲卫离自己越来越近！

“黑，黑甲卫……”随着黑甲卫的逼近，战场上的将士好似要窒息一般，一个个梗着脖子站在原地，一动不动。

事实上他们是想走的，只是双腿像是生了根，一步也迈不动。

“怎么，怎么回事？”将士们快哭了。

他们以为象兵已经足够难缠了，他们以为萧王的金吾卫足够强悍了，可看到黑甲卫才知道，什么象兵、金吾卫，在黑甲卫面前都不够看。甚至就是武神，不对，就是此前中央帝国三个武神齐齐出现，也没有黑甲卫这般惊人的气势。

“王，王，王爷……我，我，我们该怎么办？”将士们呆滞地看着萧天耀，哭丧着张脸。不是他们胆小，实在是黑甲卫太可怕了，他们不敢和黑甲卫打呀！

怎么办？当然是打！

萧天耀看到越来越近的黑甲卫，幽深的眸子飞快地闪过一抹精光。他承认，在黑甲卫出现的那一刻，他着实是震撼了，一千名黑甲卫的气势，比他二十万金吾卫还要强。

他是四国出名的会带兵的人，他带出来的兵比之黑甲卫却弱了不知多少，可这并不表示他会怯！

萧天耀回头看了一眼目瞪口呆的东文将士，面无表情地收回眼神，同时下令道：“金吾卫上前，其他人撤退！”

“是，是！”东文将士应了，只是声音比平日弱了不少。

“快，撤退，撤退！”东文将士得到撤退的命令，半刻也不敢多待，可在黑甲卫的压迫下，他们即使撤退也是溃不成军，乱作一团，有不少将士不小心踢到战场上的尸体，摔倒在地，被后面走过来的人活活踩死！

当然，类似的事故在北历军中也不断地上演。在东文叫撤退时，北历的将军也反应过来，立刻下令退兵。

北历的将领不是笨蛋，黑甲卫一出现，他就知道是冲着东文来的，毕竟他们北历对中央帝国还是十分恭敬的，这几年可没有做违背中央帝国要求的事。

北历大军撤退，东文大军撤退，很快战场上就只剩下一千黑甲卫和萧天耀身后的二十万金吾卫。

金吾卫不愧为萧天耀一手训练出来的军队，虽说初时吓到了，现在还受着惊，可当萧天耀一声令下，他们就以最快的速度列队，一个个如同松柏一般，笔直地站在萧天耀身后，等着黑甲卫过来！

“唰唰……”即使是骑着马，黑甲卫的动作也是整齐划一。领头的人是同样穿着黑甲的帝国大皇子，他带着黑甲卫，直接逼到萧天耀面前才停下来。

“停！”帝国大皇子抬手！

“唰！”只一声，黑甲卫就停了下来，整齐得就像一个人。

“你就是杀了我帝国三位武神的东文萧王？”帝国大皇子轩辕挚坐在战马上，一脸傲慢，虽说是在跟萧天耀说话，却不拿正眼看萧天耀。在轩辕挚看来，萧天耀这样的小角色，还入不了他的眼。

“是又如何，阁下是？”萧天耀当然不会因此生气，能率领帝国黑甲卫的人，只有皇室中人。帝国皇室中人，看不起东文一个小小的王爷，再正常不过。

“帝国，轩辕挚。”最后三个字，轩辕挚念得轻飘飘的，可又如有万斤重，而随着这三个字一出，战场上的气氛明显凝重了几分。

轩辕是帝国皇室的姓氏。

“原来是帝国大皇子。”萧天耀语气不变，依旧缓慢而低沉，丝毫不受轩辕挚的威压影响。

“你很狂妄。”轩辕挚斜了萧天耀一眼，仍旧不把萧天耀放在眼里。

萧天耀没有说话，神色淡漠……

萧天耀与轩辕挚两人，一个冷傲，一个雍容，两人都没有正眼看对方，可他们的每一个眼神、每一个动作，都蕴含杀气！

金吾卫与黑甲卫尽皆进入高度戒备状态，金吾卫见识到了黑甲卫的气势，一个个恨不得拿出十二分的实力应战，根本不敢走神。

黑甲卫作为帝国最强的军队，其实力毋庸置疑，对上金吾卫他们根本不需要使全力，可就是这样，他们也不曾放松半刻。哪怕帝国所有人都说，附属的四个小国很弱，他们的士兵参与中央帝国的大战，只能做炮灰送死，黑甲卫也不曾轻视金吾卫。

黑甲卫从不轻敌，每一个站在他们对面的敌人，他们都会尽全力将对方打败！

两军剑拔弩张，气氛紧张，随时都有打起来的可能。东文与北历的将领们退回营地后，一个个站上烽火台，打算观摩这一场战斗。

烽火台距离战场有数百米之远，就是这样，将领们也能感受到战场上扑面而来的肃杀之气。

“好可怕！”哪怕是喋血战场的老将，面对黑甲卫与金吾卫散发出来的杀气，也不免腿软。

在黑甲卫的刺激下，金吾卫的整体气势似乎又上升了一层，二十万金吾卫对上一千黑甲卫，没有怯！

此刻，无论是东文还是北历的将领，对接下来的大战都是既紧张又期待，一个个翘首以待。

可是，战场上对峙的两方却是一点也不急。轩辕挚见萧天耀面对帝国黑甲卫还能从容不迫，不由得高看几眼，以评价货物的姿态说道：“确实是个有本事的，难怪这么傲。”

无论是眼神还是语气都带着侮辱性质，萧天耀没有生气，可他身后的金吾卫做不到，握长枪的手紧了又紧，望向黑甲卫的眼神又添了三分凶狠。

士可杀不可辱，他们可以被侮辱，但要侮辱他们王爷，绝对不可以。

萧天耀感受到身后士兵气势的变化，眼中闪过一抹满意之色，对上轩辕挚打量的眼神，萧天耀不急不缓地回道：“比不得大皇子，没本事也傲！”

“噗……”如果不是黑甲卫气势太强，金吾卫肯定要哈哈大笑给自家王爷撑场子。

王爷，你太毒了！

轩辕挚也是脸色一黑：“你说谁没有本事？”他也是武神，可在萧天耀这个能斩杀三位武神的人面前，武神似乎不是什么值得骄傲的东西。

“本王没兴趣陪你斗嘴。要战便战，不战就给本王滚。”萧天耀右手握在剑柄上，眼中迸发出森冷的杀意。

他是真的生气了！中央帝国欺人太甚，不说之前三位武神，现在居然直接带兵打到东文的国土上，中央帝国有把东文当回事吗？中央帝国要面子、要尊严，东文就不要吗？帝国的威严不容挑衅，东文的国威也不容践踏！

“你疯了！”轩辕挚睁大眼睛看着萧天耀。

他还真没有见过比萧天耀更嚣张、更疯狂的人。这般挑衅中央帝国，对他一点好处也没有。

萧天耀没有理会轩辕挚，此时金吾卫士气高涨，他要错过这个时机，金吾卫就更不是黑甲卫的对手。

“唰……”萧天耀抽出随身佩带的剑，指向轩辕挚：“私自带兵入我东文，罪无可恕。金吾卫，杀！”

“好，好，好一个东文萧王，竟敢拿剑指着本殿下，你……们好。”轩辕挚简直气疯了，二话不说就对黑甲卫下令，“上！”

“哈！”二十万金吾卫一声怒吼，大地都抖了三抖，而随着他们前进，地面确实震动起来。

二十万人，没有一丝客气，摆开阵势，齐齐涌上！

面对黑甲卫，可不讲究什么以多欺少。别说二十万大军，就是百万大军面对黑甲卫也要一起上。

“咚咚咚……”如雷的脚步声，如同踩在人的心尖上。在烽火台上观战的将领，看到这一幕不由得热血沸腾，恨不得下去打一场，可当他们看到沉默的黑甲卫如同闪电一般杀入战场时，又立刻心生惧意！

“嗖……”一道黑光闪过，一千黑甲卫骑着战马，却如同豹子一样灵敏，不过眨眼之间，他们就杀到了金吾卫的面前。

“嗒嗒……”黑甲卫似乎与战马融为一体，动作灵敏无比，令人心生恐惧。

长枪挂于马侧，重刀在手，每一刀划过，都能迅速收割一个生命。杀入大军中后，黑甲卫三三一队，将背后交给自己的同伴，左手刀，右手枪，同时使出却不曾混乱。

“啊……”黑甲卫冲入阵中，只看到一道道血花飞过。

一道接一道的惨叫声响起，黑甲卫如同狼入羊群，毫无压力地碾压金吾卫，面对黑甲卫的绞杀，金吾卫完全没有招架之力。

这就是差距，实力上的差距。实力上的差距，还能拿人数来追平，可横在金吾卫与黑甲卫之间的，远不止实力上的差距。

“哨……”金吾卫手中的长枪，刺中黑甲卫的铠甲，枪头立刻断成两截，黑色的铠甲上只有一道浅痕，很快就消失不见。

“天外玄铁！”这一刻，饶是萧天耀也不得不说，黑甲卫很强，实力强，配置更强。

天外玄铁乃稀世矿石，坚不可摧，极为罕见，整个东文只有两把由天外玄铁打造的长剑，而这两把剑还在守卫皇宫的两位武神手上。

黑甲卫全身上下，除了眼睛外全部被黑色铠甲包裹着，而他们胯下的战马，并非全是黑马，而是套上一层天外玄铁制成的战衣。

不仅仅是黑甲卫，就连战马也全部由天外玄铁武装，可见中央帝国之富，黑甲卫之强。面对全副武装、没有死角的黑甲卫，金吾卫还打什么？

金吾卫确实打不过黑甲卫，可拼着命不要，一百、一千人就为拿下一个，这总有可能吧？之前，金吾卫就抱着这种想法，在他们看来，就算他们讨不到好，二十万人也能让黑甲卫吃大亏，真正交手后他们才明白自己太天真了，他们拿黑甲卫一点办法也没有。

黑甲卫的防御力实在太强，凭他们手中的武器，根本不可能破了黑甲卫的防御，想要击败黑甲卫，除非他们换武器，只是现在换来得及吗？

初次交手还不到一刻钟，金吾卫就已心生退意，失了再战的勇气。不是他们不想打，也不是他们害怕，而是他们根本看不到胜利的希望。

“啊……老子跟你们拼了！”一名身材魁梧的金吾卫，将手上的武器一丢，以不要命的姿势朝黑甲卫扑去。

“嘭……”金吾卫撞在黑甲卫的马头上，黑甲卫与胯下的战马一动不动，金吾卫却被撞飞了出去。

“啪……”战马上前，一脚踩在对方的脑门上，脑浆当即飙了一地。

“啊啊啊……我跟你们拼了。让开，让我炸死这群王八蛋。”身后，有金吾卫将炸药绑在自己身上，扑向黑甲卫。

“轰……”人落到黑甲卫中间，炸药炸开，血肉四溅，可死的只有金吾卫，黑甲卫身上的铠甲，只有几道划痕。

“哈哈哈……这样怎么打？这样怎么打？”金吾卫在萧天耀的训练下，从来不懂放弃，从来不懂退缩，他们在战场上只有一个宗旨，那就是坚持，坚持到胜利为止，可现在他们根本看不到胜利的希望。

“王爷，卑职无能，卑职无能！”横在金吾卫面前的武器上的差距，如同一道鸿沟，不是他们拼命、努力就能超越的。

“不！”在战场上，一向不喜欢多话的萧天耀，这一刻却开口了，“你们很好！本王以你们为荣！”

他的金吾卫确实不是黑甲卫的对手，却是实打实的铁汉，是最好的士兵。

面对强敌，不畏艰难，不畏失败，他以金吾卫为荣！

“王爷，我们辜负了你的期待。”金吾卫一声嘶吼，再次不要命地朝黑甲卫扑去。

战场上的黑甲卫就如同机器人，不知疲倦，没有感知，面对狂暴而又悲壮的金吾卫，他们没有一丝动容，只知道杀戮。

远处，烽火台上，观看此战的将领们双腿都在发抖，看到黑甲卫凶残地收割人命，一个个吓得嘴唇直哆嗦：“黑甲卫真的，真的太厉害了。”厉害到，他们根本不敢与之一战。

不，不是一战，而是连近身面对的勇气都没有。

东文的将士看到了黑甲卫的凶猛，北历的将士也看到了，除此之外他们还看到了金吾卫的强悍。

“遇强则强，经此一战，萧王手中的金吾卫已脱胎换骨，非昔日能比。日后我们若是与金吾卫遇上，怕是一点胜算也没有。”北历元帅忧心忡忡，其他将领一听，立刻将关注在黑甲卫身上的视线，转移到金吾卫身上。

金吾卫才是他们的敌人，黑甲卫离他们太遥远。

这一看，北历的将领们一个个脸色难看至极：“元帅，萧王的金吾卫变强了。”与黑甲卫对战虽说败得惨烈，却也激发了金吾卫的潜力，金吾卫的实力在瞬间爆发出来，日后怕是会更上一层楼。

“是变强了，给他们配上同等的武器，金吾卫完全能与黑甲卫一战。”北历元帅重重叹了口气，高大的身子似有几分佝偻，“此战有中央帝国出手，我们都没有占到便宜，十年内怕是再无能力与东文一战了。”

北历元帅此言一出，将领们个个脸色凝重，一个个抿嘴不语，烽火台上出现了死一般的寂静，半晌后才有人道：“元帅，我们派人从后方出手，与黑甲卫一同夹击金吾卫可好？”

北历元帅没有直接拒绝，他冷冷瞥向提出建议的人：“黑甲卫的对手，你也敢抢？”嫌死得不够快吗？

陷入呆怔的将领们回过神，听到这话，纷纷道：“局势已经很明显，我们现在不需要做什么，只要等黑甲卫灭了金吾卫就成。”

“对对，萧王的金吾卫虽强，却不是黑甲卫的对手，我们现在什么都不需要做，只要等……萧王手中的金吾卫自然会消耗掉。”到时候金吾卫全部战死，他们还怕什么？

北历元帅听到这话，摇了摇头：“你们……太小看萧王了。”萧王不是坐以待毙之人。

“萧王还能如何？他只有一个人，就是有斩杀三位武神的能力，也不可能力挽狂澜，而且我们最是清楚，他是怎么斩杀了三位武神。”北历将领们自然知道萧王的厉害，却不肯承认萧王有逆转战局的本事。

萧王之强不过是在四国罢了，他们不信萧王能对付得了中央帝国的人！

可有些事，不是你不相信就不会发生，北历将领的话刚落下，就看到萧天耀突然动了！

身形一动，如同闪电，又如同惊雷，穿过黑甲卫的层层守护，直接杀到了中央帝国大皇子轩辕挚的面前！

“大皇子，出招吧！”萧天耀抬脚踢掉马背上的黑甲卫，剑指轩辕挚。

“想挑战本皇子？先看看他们同不同意。”轩辕挚没有出招，他身旁的黑甲卫便凶残地冲上前，手中的长枪刺向萧天耀。

萧天耀是血肉之躯，黑甲卫手上的长枪乃是天外玄铁所铸，真要被刺中，任萧天耀是武神也无可奈何。

萧天耀跃起，手中的剑一侧，枪头刺在剑身上。萧天耀的剑很薄，看不出什么材质，天外玄铁所铸的长枪，硬是没有在上面留下一点痕迹。

轩辕挚眼眸一亮，很快又归于平静："有意思。"是的，萧天耀的剑在轩辕挚眼中也只是有意思，还无法让他忌惮。

在轩辕挚看来，有黑甲卫在此，萧天耀除了完败外，没有第二条路可以走。

轩辕挚无疑是骄傲的，也是狂妄的，而且没有人觉得他嚣张狂妄有什么不对，因为他是中央帝国的皇子，天生就高人一等。

在轩辕挚面前，别说只是一个一品亲王，就是四国的皇帝也要毕恭毕敬。轩辕挚虽然不怎么和四国的人接触，也知四国皇室，甚至百姓，在中央帝国面前是何等卑微。

轩辕挚已经习惯了高高在上，受人追捧。东文等四国的人包括皇帝在内，在轩辕挚眼中，都是可以随意捏死的蝼蚁。

身为蝼蚁就应该有蝼蚁的自觉，萧天耀之前斩杀三个武神，轩辕挚就对萧天耀十分不满，此时萧天耀拿剑指着他，无疑是挑战了轩辕挚的忍耐极限。

"杀了他！"轩辕挚没有自己动手，而是对黑甲卫下格杀令。

"是！"军人的天职是服从，黑甲卫是优秀的军人，他们从不考虑将领的命令合不合理，他们唯一要做的就是听从命令，不择手段地完成命令。

有了轩辕挚的格杀令，黑甲卫下起手来更是毫无顾忌，只是他们低估了萧天耀的实力。萧天耀能一举斩杀三位武神，虽有借助毒烟炸药，但本身也有以一敌二的实力。

能正面迎接两位武神的攻击，萧天耀会怕这么几个黑甲卫？

萧天耀不是金吾卫，萧天耀手中用的兵器也比金吾卫用的好，两件材质相当的兵器相交，就要比谁实力更强、谁更快。而拥有武神实力的萧天耀，明显胜黑甲卫好几筹。

"唰……"一剑侧挑，破了黑甲卫的铠甲，抽剑的瞬间，一个旋身，将人踢下马，而后脚尖落在黑甲卫的战马背上，手中的剑反手刺入。

"嘶……"一道悲鸣声响起，黑甲卫全副武装的战马，被萧天耀斩杀。

"好大的胆子！"在战场上，黑甲卫从不说与战争无关的话，这是轩辕挚的声音。

而更让轩辕挚生气的是，萧天耀斩杀黑甲卫的战马后，居然逼退攻过来的黑甲卫将战马的尸体踢到金吾卫中间："接着！"

金吾卫与萧天耀配合默契，听到萧天耀的话，立刻抬头查看，迅速退到安全位置。

"嘭……"战马落地，一摊血水流出，金吾卫却是两眼放光，几个副将更是激动地大喊："快，快剥了它的铠甲！"

萧天耀把战马丢过来，就是让金吾卫剥下它身上的铠甲。战马身上的铠甲张开后，足够挡住四五个侍卫，有天外玄铁的铠甲做阻挡，黑甲卫想要绞杀他们就不是那么容易的事了。

金吾卫明白的道理，轩辕挚当然也明白，轩辕挚怒极，快速下令："立刻抢回来！"

天外玄铁绝不能落到东文手里。在中央帝国的控制下，四国几乎没有天外玄铁，以前没有，现在也不能有。

他这次带黑甲卫出现在北历与东文边境，就是发现了一处天外玄铁矿脉，这座矿脉暂时没有人知道，中央帝国打算在不惊动东文与北历的情况下，悄悄将天外玄铁挖走。

天外玄铁对中央帝国来说十分重要，就算他们中央帝国不能带走，也绝不能让天外玄铁落到东文与北历手中，以免他们增强实力。可轩辕挚的话刚落下，就见萧天耀又踢了一匹马到金吾卫中间。

“混蛋，你们都是死人吗？连个小国的王爷也对付不了，你们还有资格穿这身黑甲吗？”轩辕挚怒极，对着黑甲卫破口大骂。

黑甲卫没有反驳，只是更加小心、沉着地应战，只是黑甲卫终究不是武神，萧天耀不想被黑甲卫缠上，只需要提气就可以离开，黑甲卫根本奈何不了他。

这情况轩辕挚也看到了，可在场的只有他一个武神，难不成要他亲自动手？

轩辕挚倒不是害怕萧天耀，也不是认为自己打不过萧天耀，而是不屑，他不愿意纡尊降贵，对一个蝼蚁出手。要是在中央帝国，他一声令下，多的是武神愿意为他打头阵，这样的人物压根就到不了他面前，今天他却要亲自出手，轩辕挚怎么想都感觉恶心。

轩辕挚还在犹豫，期间萧天耀又杀了三个黑甲卫，并将他们连人带马一起踢入金吾卫中间。不过两刻钟的时间，金吾卫便收获十匹战马、五个黑甲卫的铠甲与武器。

别看数量不多，放眼东文、西武、南远与北历四国，也没有一套完整的天外玄铁铠甲。

“赚到了，赚到了，萧王赚到了。”北历的人看到这一幕，心里在滴血。

天外玄铁的铠甲呀，他们也想要。好吧，他们可以不要，但千万别落到萧王或者东文手里呀！

东文的人看到这一幕，顿时激动无比，有不少自认有脸面的将领，已经在心里盘算着这么多铠甲，要怎样才能给自己弄一套。

至于金吾卫那庞大的牺牲？在东文和北历看来，有那几套玄铁铠甲，别说死几万人，就是金吾卫全死了，萧王也赚到了。兵没了，可以再练，天外玄铁对他们四国来说，却是可遇而不可求。

要是萧天耀知道他们的想法，一定会杀了他们。在萧天耀看来，他手上的人比那几套铠甲重要太多了，如果可以，他宁愿把那些铠甲全部丢出来，只求换金吾卫不死！

只可惜，现实从来不以人的意志为转移，不管是东文、北历的将领，还是萧天耀，都不可能如愿。

萧天耀从不做不切实际的幻想。趁轩辕挚不出手，萧天耀以最快的速度，尽可能多地斩杀黑甲卫和战马，好给金吾卫添置更多的筹码。

而在萧天耀又一次利落地连人带马一起斩杀并丢入金吾卫中间后，轩辕挚终于坐不住了。

“萧天耀，你的对手是我！”

第四章　他是天神下凡

轩辕挚终于出手了！

这是萧天耀一直在等的结果，等轩辕挚出手！

虽说轩辕挚不出手，黑甲卫也奈何不了他，但是黑甲卫却能碾压金吾卫，轩辕挚出手越晚，金吾卫的死伤就越重！

“本王一直在等你出手。”只有轩辕挚跳出黑甲卫的保护与他正面交手，他才有可能拿轩辕挚做人质。

没错，这就是萧天耀的算盘。金吾卫不是黑甲卫的对手，再打下去除了加重死伤，没有任何意义。

他的本事再大，也不可能将一千黑甲卫全部斩杀。想要结束或者说终止这次战斗，最好的办法就是拿下轩辕挚。有帝国大皇子在手，黑甲卫自然会投鼠忌器。

轩辕挚显然也明白萧天耀的打算，可自负如他，又哪里会放在眼里？

“东文一个小小的王爷，也敢在本殿下面前放肆，本殿下今日就让你明白，什么叫心比天高，命比纸薄。”即使萧天耀展现出了非凡的实力，轩辕挚仍旧看不起他，因为他不是中央帝国的人。

帝国皇室出身的轩辕挚，看不起东文等四国的人，哪怕对方实力再强。在中央帝国，东文四国的武神地位也是最低的。

毫无意义的口舌之争，并不会影响战局，萧天耀一句话都没有说，只是“哼”了一声。

没有不满，没有不屑，没有高傲，他只是在告诉轩辕挚他的态度。

“唰……”剑锋一转，萧天耀手中的长软剑已刺向轩辕挚。

轩辕挚一拍马背，凌空跃起，与萧天耀在半空中缠斗。

两人都是武神，武神之战旁人根本插不了手，黑甲卫倒是能插进去，但是他们有自己的对手，十几万金吾卫还在等着他们。

有了天外玄铁保护，黑甲卫想要绞杀金吾卫，明显没有之前那般容易。不过，也只是稍稍提升了难度，金吾卫依旧只有被动挨打的份儿，战局并不会因为几件天外玄铁的铠甲而逆转。

可就是这一点改善，便给了金吾卫无穷的斗志。和之前的绝望不同，他们此刻心中有了新的希望，那就是坚持，坚持到王爷打赢轩辕挚！

远处，观战的人看到这一幕，有人欢喜有人忧愁。欢喜的自然是东文的将领，忧愁的不用说也知，必然是北历将领无疑。

“大皇子太年轻，也太冲动了。”北历大帅嘴上没有说，可他心里仍希望黑甲卫将金吾卫灭了。没了金吾卫，他们北历就少了一个强敌，就算有萧天耀领兵，他们与东文作战，胜负也会在五五之数。

可现在看来，这只能是奢望，因为中央帝国的大皇子，已落入萧天耀的圈套。

“不是冲动，萧王这手段让人无法说不。”北历副帅是一个老头子，他一直站在角落没有说什么，如同隐形人一般。可他一开口，众人就齐齐看向他，北历大帅更是恭敬地问道：“副帅这话怎么说？”

“换作你是大皇子，你能一直不出手吗？”副帅没有回答，而是反问了一句，这个问题让在场的人都沉默了。

前方战况他们看得很清楚，萧天耀仗着自己武神的实力，一直在绞杀黑甲卫，甚至强抢黑甲卫身上的铠甲。任何人都知道黑甲卫的重要性，也知天外玄铁的重要性，萧天耀此举不仅仅是挑衅，而是严重损害中央帝国的利益。

大皇子轩辕挚要是一直坐视不理，任由萧天耀掠夺天外玄铁，回到中央帝国必然要受罚。是以，他不得不与萧天耀一战！

“这是‘阳’谋，就算知道这是陷阱，也要往里跳。”副帅一脸感慨。北历将领们重重点头：“是我们着相了，还以为大皇子沉不住气。”

几个将领连连解释，北历副帅仍旧失望地摇头：“你们看到这些，为何不想想黑甲卫到底出什么任务？怎么会没有带武神随行？”

黑甲卫是军团，是战场上的雄狮，可论单打独斗，他们绝不是武神的对手。为了防止敌人用武神攻击黑甲卫，黑甲卫出行都会配备武神。这一次却是不同，帝国黑甲卫出现在东文与北历边境执行任务，除了大皇子，一个随行的武神都没有，这说明什么？

“他们执行的任务虽然重要，却不会危险。”北历大帅立刻就得出答案，“大皇子来得这么及时，就说明他们执行的任务就在附近，在我们与东文交界处。东文和北历的武神不敢对黑甲卫出手，中央帝国认为此行没必要配备武神。由大皇子帝自带队，则说明这次的任务不仅不难，还十分体面，绝对能让大皇子立大功。”

别说中央帝国的皇子，就是他们北历也不会轻易让皇子离国，除非他们有绝对的把握保证皇子的安全，并且皇子此行还能得到好处。

轻松又体面的任务，一向都是留给皇子皇孙攒功劳的，像萧天耀这种靠自己一刀一枪在战场上打出来的皇子，整个四国也就这么一个。就算东文的文王说是从军，走萧天耀的路，实际上待遇比萧天耀高出不止百倍。

冲锋在前这种危险事永远轮不到文王，文王上战场，身边也有无数护卫保护，每次战争结束后，文王不管做了什么，必然能捞一份功劳。文王这种才是各国皇子成长的模式，就算个中细节不一样，也是殊途同归。

北历副帅这一提醒，北历众将领立刻茅塞顿开，北历大帅更是急忙下去：“我去找两位武神大人商量。”

这事，还需要武神一同前去探查。黑甲卫实在太可怕了，万一在探查途中遇到黑甲卫，他们不仅会没有收获，还会暴露身份，得罪中央帝国。

北历众将领经副帅的提醒，发现了黑甲卫这次任务的不寻常之处，东文就没有这么幸运了。东文几个副将的注意力全部在战场上，根本没有想过黑甲卫出现在这里做什么，也没有想过黑甲卫身边为何不配备武神。

东文的将领此刻全都在等这一战的结果，然后再决定是站在萧王这一边，还是把萧王卖了，以平息中央帝国的怒火。

不要怪东文的将领现实，现在的东文承受不起中央帝国的怒火。如果萧天耀赢了还好，至少中央帝国找麻烦还有萧天耀顶在前面。一旦萧天耀败了，或者死在这里，谁去平息中央帝国的怒火?

不是东文的将领蠢，而是现在的他们，根本没有心思去关注其他的。

战场上，萧天耀与轩辕挚之间的较量，已渐露端倪。轩辕挚很明显被萧天耀打压，隐有无力招架之势。

“萧王深不可测。”北历副将感慨一句，转身下了烽火台。

东文的将领一个个热血沸腾，站在烽火台上，挥着拳头大喊：“王爷，打趴下他们。”

“王爷，必胜！”东文的将领已看到胜利的曙光，可以肯定这一战他们赢定了。至于此战过后，中央帝国如何处置萧王，或者说如何打压东文，就不是他们要考虑的事情了。祸是萧王闯的，最后自然会由萧王出面摆平。

远处观战的人都能看出端倪，更不用提正在与萧天耀打的轩辕挚了。百招过后，轩辕挚明显感觉自己渐渐不敌，甚至不出百招就有败的可能。

可是，轩辕挚不肯认输：“本皇子怎么会输给东文一个小小的亲王？本皇子不会输！”

轩辕挚咬牙反击，将看家本事一一施展出来。然，实力差距摆在那里，轩辕挚此举也不过是垂死前的挣扎。要不是萧天耀不想取轩辕挚的性命，一再收敛，轩辕挚早就惨死沙场。

双方又过了数十招，轩辕挚渐感不支，犹豫半晌，终是顾不得丢不丢脸的问题，飞快地命令黑甲卫来支援他。

“黑甲卫，上！”轩辕挚一声令下，近百名黑甲卫立刻转身，一拥而上。

一瞬间少了百人，金吾卫压力骤减，萧天耀却是压力倍增。他之前对黑甲卫出手，都是一个个单挑，此刻由数百黑甲卫围攻，就是萧天耀也难以招架。

一个武神，再加上一百名黑甲卫，除非萧天耀的实力暴涨三成以上，不然他没有胜算。

饶是如此，萧天耀也没有多说一个字，面上也不见一丝慌张，他一脸平静地应战，即使渐落下风也不见着急。

“本皇子之前小看你了，你倒是个人物。”轩辕挚一直看不起萧天耀，此刻不得不说萧天耀是个硬汉。

如果他肯放下偏见，那么他会明白，萧天耀不仅仅是个人物那么简单。像萧天耀这样的人，要么就别与之为敌，真要得罪了就一定要赶尽杀绝，绝不能给他卷土重来的机会。有这样的敌人活着，任谁都寝食难安。

可惜，轩辕挚不懂这个道理，见自己占了上风，轩辕挚傲慢地下令：“本皇子要活口。”

带活口回到中央帝国，自然比带一具尸首更好看，功劳也更大，可轩辕挚再次高估了自己与黑甲卫的本事，也低估了萧天耀。因要活口，黑甲卫变得束手束脚，萧天耀正好就趁这个机会，以大无畏之姿杀入黑甲卫中间。

“噗哧……”黑甲卫的长枪刺来，萧天耀没有后退，任长枪刺入身体里。

刀砍来，萧天耀抬剑挡了一下，仍旧义无反顾地往前冲。

“你疯了！”轩辕挚被萧天耀神佛难挡的气势镇住了，手中的剑一抖，险些掉在地上。

“大皇子，让你的人退下，不然就别怪本王不客气。”萧天耀一路杀人，离轩辕挚只有五个人的距离，而这个距离对轩辕挚来说太危险了。

“你想干什么？”轩辕挚咬牙，最终没跑。身为中央帝国的大皇子，他没脸跑。

“本王要你退兵，并承诺绝不再犯东文。”说话间，萧天耀已杀到轩辕挚的面前，身旁的黑甲卫被他一一踢开。

“轩辕挚，你不是本王的对手。”萧天耀身上有伤，却丝毫不影响他的动作，轻身一跃便来到轩辕挚的背后。

“你做梦。”轩辕挚转身，长枪刺向萧天耀。

“嗖……”一枪飞过，萧天耀紧贴着长枪，朝轩辕挚的方向旋转，手中的长软剑离轩辕挚越来越近。轩辕挚想要逃离，双脚却像是生了根一样，完全无法动弹。

“放开殿下！”黑甲卫杀来，萧天耀连眉毛也没有抬。当黑甲卫的长枪与大刀砍来时，萧天耀只是避开要害，任由他们攻击，完全没有后退的意思。

“噗哧……”长枪没入萧天耀的体内，又飞快抽出，大刀砍向他的胳膊与大腿，血液飙出。

看似黑甲卫围攻萧天耀一人，可黑甲卫却输了，因为，萧天耀拿下了轩辕挚！

“唰……”长软剑横在轩辕挚的脖子上，一身是血的萧天耀站在那里，如同杀神：“让你的人退下！”

“咚……”时间就好像静止一样，黑甲卫发出的攻击生生卡在半空，再无人敢上前一步。甚至已有一柄枪头抵到萧天耀背后，只要轻轻一用力就能将萧天耀的身体刺穿，可那人不敢动。

“放开殿下！”黑甲卫不敢继续进攻，也不肯收回，就这么与萧天耀僵持着。

“本王再说一遍，让你的人住手。”萧天耀将剑逼近轩辕挚，在他的脖子上留下一道血痕，威胁的意味十足。

轩辕挚却毫不受影响，傲慢地道：“你不敢杀本皇子！”他死了，萧天耀和东文上下都要为他陪葬。

轩辕挚笃定萧天耀不敢杀他，根本不将萧天耀的威胁放在眼里，黑甲卫听到这话，也暗自松了口气。

轩辕挚见自己一句话，就逼得萧天耀不敢言语，当即张狂大笑：“萧天耀，现在放了本皇子，本皇子大人大量，可以给你一个痛快。”

“本王虽不能杀你，却能废了你。”萧天耀身上的伤还在滴血，他握剑的手却不曾松动半分，语气也不曾弱半分。

轩辕挚一怔：“你什么意思？”

“字面上的意思。”萧天耀架在轩辕挚脖子上的剑，又近了几分，“轩辕挚，你说……一个残废的皇子，还有可能成为储君吗？”

萧天耀怕轩辕挚听不懂，又补了一句：“你说……本王要是废了你，你的弟弟们会不会感激本王？”

“你想干什么？”轩辕挚的声音，带着说不出来的颤抖。

他怕了，这一刻他真的怕了。他不怕死，因为他知道萧天耀不敢杀他，可他怕萧天耀真的废了他。

中央帝国多的是皇子，哪怕他再能干，出身再好，身后的势力再大，皇室和百官也不会让一个残疾之人登上皇位。

“如你所想的那般，本王废了你，你觉得黑甲卫会如何做？”萧天耀一点点摧毁轩辕挚的信念。

轩辕挚看向黑甲卫，黑甲卫没有闪躲，一脸冷漠地看着他。

黑甲卫虽然没有说话，态度却很明确。他们是皇上的人，他们听从轩辕挚的命令。轩辕挚叫他们退，他们一定会退，他们会为轩辕挚的生命安全妥协，但绝不会因为要保住完整的轩辕挚而牺牲自己。

在中央帝国，黑甲卫远比一个什么都不是的光头皇子重要。如果轩辕挚死在东文，帝国皇帝也许会处罚黑甲卫。如果轩辕挚只是残废的话，帝国皇帝只会怪轩辕挚无能。

这一点不论是轩辕挚还是黑甲卫都很了解，黑甲卫只要把轩辕挚活着带回去就行，至于大皇子是残是伤并不重要。

当然，要是轩辕挚自己喊停，并放过萧天耀与东文士兵，黑甲卫也不会死扛，黑甲卫不会傻傻地得罪一个身体健康、有可能登上皇位的皇子。

反正，最后背黑锅的不会是他们黑甲卫。

"你……够狠！"轩辕挚明白萧天耀的意思，也知道黑甲卫的选择。

"跟你学的。"萧天耀并不生气，他已经得罪了轩辕挚，他需要在乎轩辕挚的评价吗？

"大皇子，让黑甲卫停下。"萧天耀逼近一步，不知何时左手上居然拿了一把匕首，匕首从后方抵在轩辕挚的眼角，"喊停，本王的耐心有限。"

不喊，毁的就是眼睛，轩辕挚根本没有选择。

"停。"轩辕挚不情不愿地喊道，而黑甲卫不愧为训练有素的军队，轩辕挚一喊，他们便立刻后退，整个过程不超过五秒。

"黑甲卫果然名不虚传。"萧天耀不得不说，帝国的黑甲卫实在很强，强到可怕。

"你今天得罪了我，来日，我必将带黑甲卫灭了东文。"轩辕挚气得脸色发青，他不用回到中央帝国，都能猜到等待他的是什么。

本来是一个极好的捞功劳的机会，结果呢？

回去后，恐怕会被那些弟弟笑死，父皇也会对他很失望。轩辕挚越想越愤怒，可萧天耀的匕首就抵在他的眼角，他就是再愤怒也于事无补。

面对轩辕挚的恐吓，萧天耀不置可否地一笑："等大皇子你坐上皇位，再来说这样的话吧。"一个皇子，一个办差失利的皇子，回到中央帝国至少有大半年得夹着尾巴做人。

"你……"轩辕挚五官扭曲，狰狞恐怖，可惜萧天耀站在他身后，根本看不到。

"大皇子，既然黑甲卫已停手，不如做得再彻底一些。"萧天耀眼眸轻动，再次说出自己的条件。

轩辕挚这一次没有发脾气，而是问道："你还要怎样？"

"让黑甲卫退兵，退出百里外好了。"萧天耀薄唇轻启，说得漫不经心。

轩辕挚冷笑一声："百里够吗？要不退出千里外如何？万一退到百里后，我又让他们杀回来呢？”

“放心，本王不会给你这样的机会。”萧天耀这话说得很平静，轩辕挚却感觉背脊一寒：“你又想做什么？”

“大皇子放心，只要你让黑甲卫退兵，我定会让你全须全尾地回到中央帝国。”萧天耀语速缓慢，语气低沉，只是说到“全须全尾”这几个字时，咬得重了一些。

“你保证？”轩辕挚现在最在乎的，就是自己能否完好无损地回去。只要完好地回去，他沉寂一段时间后，自然还能东山再起。

“君子一诺，快马一鞭。”萧天耀说这话时，并没有多重的语气，却让人无端地信服。

“好，本皇子信你一次。”轩辕挚信了，事实也容不得他不信。

“退兵，百里外！”轩辕挚话一落，黑甲卫便迅速列队，撤退。

“诺！”黑甲卫得到命令，利落地转身，撤退。

“嗒嗒嗒……”整齐划一的马蹄声响起，黑压压的一片齐齐撤退。别看黑甲卫胯下的战马矮小，奔跑起来速度极快，不过眨眼之间，黑甲卫就只剩下一个小黑点了。

“这就走了？”站在烽火台上观战的东文、北历将领，一个个傻眼了。

就这么简单地结束了一场恶战，这也太简单了。

“这就打完了？黑甲卫不再出手了？”北历将领扼腕不已。金吾卫才死了几万人，你们倒是把金吾卫都灭了再走呀！

“那些天外玄铁还在呢，你们就不能清醒一点吗？”北历将领真是要哭了，黑甲卫说走就走，留在战场上的天外玄铁铠甲也不管，这玩意儿留下来，不是便宜了东文人吗？

“黑甲卫退兵了，王爷赢了，我们王爷赢了。”东文的士兵站在下面，看不到战场上发生了什么，但他们能看到黑甲卫退兵了。

那黑压压的一片，一点点消失在眼前，就算眼神再差的人也能看到。

“黑甲卫退兵了，退兵了！”东文士兵们欢呼着，雀跃着……

在他们眼中，中央帝国是神，黑甲卫是神，他们听到中央帝国就想跪下，看到黑甲卫就腿软，然而这等神一般的存在，却被他们王爷打退了。

这一刻，全军上下都沸腾了，就连站在烽火台上的将领们也十分地高兴，不过他们和普通士兵不一样。普通士兵是单纯地高兴，他们却想到了更多。

此战结束后，中央帝国一定会讨伐东文，到时候萧王肯定要倒霉。

萧王与中央帝国的大皇子经此一战，必是结怨了，得罪了中央帝国的大皇子，萧王以后怕是难了。

当然，这些离他们还远了一点，他们现在要考虑的是，如何从萧王和金吾卫手中，把那十几具天外玄铁铠甲抢来。

财帛动人心，天外玄铁可比财帛还要动人心，东文将领的想法虽然无耻自私了一些，却也是人之常情。

莫清风虽然没有站在烽火台上，不过远远地看到台上的将领一个个心事重重的样子，隐隐能猜到他们在想什么。

莫清风远远看了一眼还在与轩辕挚对峙的萧天耀，再看向身旁一脸兴奋、两眼放光的流白，重重地叹了口气。他终于明白，萧王那句“看着点流白”是什么意思了。

流白这人十分矛盾，说他不好吧，他对萧王忠心耿耿，可是说他好吧，他的“单蠢”令人无法接受。

比如此时，萧王多危险，偏偏流白看不到，他只看到了萧王的胜利，却不知胜利背后的血腥，以及即将到来的狂风暴雨。

跟这种人共事，真的心好累！

莫清风叹气，看到远处北历的将领从烽火台下去，莫清风知道他们必定要有所行动，不然王爷就惨了。

“流白，你过来……我有话跟你说。”莫清风拍了一下流白的肩膀，示意流白跟他走。

流白吓了一跳：“啊……出什么事了？”

“跟我来就是了。”莫清风懒得多说，径直往角落里走。

战场上，萧天耀估摸着依黑甲卫的速度，此时应该走到百里之外了，便道：“大皇子，黑甲卫已经走了，你有什么打算？”

“放本皇子离开，此次的事本皇子不予计较。”轩辕挚说得大气，实际如何恐怕在场的人心里都明白。

别说轩辕挚不是一个大气的人，就算他再大气，也不会忘记今天之辱。今天之事，狠狠地打了他身为帝国大皇子的脸。

“放心，本王一定会放了大皇子。”把轩辕挚放回去无疑是纵虎归山，可萧天耀现在也没有更好的办法，得罪中央帝国一个皇子，总比现在就与中央帝国正面对上强。

“算你识相。”听到这话，轩辕挚稍稍安心。现在黑甲卫不在，萧天耀真要扣住他，他也无可奈何。

“来人，牵一匹马过来。”萧天耀高喊，同时收回抵在轩辕挚眼角的匕首。不过，脖子上的剑却没有移动半寸。

金吾卫在黑甲卫撤退的刹那，就重新整顿好，整齐有序地排列在战场上，他们没有“打退”黑甲卫的喜悦，只是静静地站在那里，一脸肃穆。

听到萧天耀的话，副将立刻牵来一匹马，同时还有伤药与水，十分贴心。

“东文有什么好药？本皇子看不上，丢了！”轩辕挚一脸不屑，嘲讽地道。

“你一定会需要。”萧天耀收回剑，“大皇子，你可以走了。”

轩辕挚紧绷的神经一松，可不等他迈步，就见一股凌厉的剑气朝他刺来。轩辕挚想要躲，可剑势比他的动作更快，他甚至来不及侧身……

“噗哧……”剑没入他的右肩，又飞速抽回。

“萧天耀！”轩辕挚大吼，转身看着萧天耀。

“抱歉了大皇子，为了防止你杀回来，本王只能先下手为强。”萧天耀指着马上的药，“药虽一般，还请大皇子笑纳。”

“你，你……”轩辕挚眼珠凸起，一副要杀人的架势。

“大皇子还是快点动身吧，晚了……你那只胳膊恐怕就要废了。”萧天耀下手很有分寸，轩辕挚右肩的伤看似严重，却没有伤筋动骨，只是需要时间休养罢了。

“今日之辱，本皇子记下了。”轩辕挚咬牙，捂着受伤的胳膊，翻身上马，单手握住缰绳，调转马头追着黑甲卫而去。

轩辕挚渐行渐远，一身是血的萧天耀终于不再强撑，踉跄地后退一步。

“王爷。”副将上前询问，却被萧天耀打住，“没事，退兵！”

金吾卫立刻退兵，可就在此时，北历军营动了！

趁你病要你命，北历这种做法虽然龌龊、无耻，可换作是东文也会这么做！

对于北历来说，萧天耀几乎是一个不可战胜的强敌，多少北历儿郎都因萧天耀而死在战场，现在萧天耀受伤虚弱，他们要不乘机发难，都对不起死在战场上的北历男儿。

“杀！”没有给东文喘息的时间，北历大帅带兵到战场上后，直接挥军而上。

至于萧天耀?

“萧王就拜托两位大人了。”北历大帅异常恭敬地对北历两位武神说道。

这两人中了毒，余毒未清，身上还有伤，如果是在萧天耀巅峰时期，他们俩这样子只有送死的份儿，现在就难说了。萧天耀也受伤了，大家半斤八两，就算不能杀了萧天耀，最差也能和以前一样打成平手。

“你们专心应战，萧王交给我们了。”为了威慑金吾卫，两位武神拍马而起，踩着金吾卫的头顶，直奔萧天耀面前。

萧天耀也没有示弱，即使身上的伤口还在流血，仍旧提剑迎上。

“王爷，接住。”金吾卫与萧天耀算是配合默契，在萧天耀飞身而起的刹那，丢了一件天外玄铁铠甲给他。

萧天耀伸手接住，在半空略一停，一个旋转，铠甲便穿在身上。

脚踏金靴，身着黑甲，手持长剑，凌空而立，看到这一幕的人不约而同地想起一个词：天神下凡!

“萧王……简直让人嫉妒。”东文将领远远看到这一幕，心里说不出来地嫉妒。

同样是天外玄铁的铠甲，穿在黑甲卫身上就只是铠甲，穿在萧天耀身上却处处透着尊贵与不凡，明明是一件外形普通的铠甲，却像是为萧天耀量身定做的一般。

“天外玄铁，可恶！”北历两个武神看到萧天耀身上的铠甲，又是愤怒又是嫉妒。凭他们手中的武器根本不可能刺穿天外玄铁，有此铠甲，萧天耀无疑多了一层保命符。

天外玄铁他们也很想要，抢不到黑甲卫的，抢萧王的总可以吧？

两个武神对视一眼，将这个念头传达给彼此，然后……两人毫不客气地主动出击。

“无耻！”东文的将领气得牙痒痒，可他们也只是嘴上说说，完全没有出兵的意思。不仅北历想要借机要萧天耀的命，东文也是。这个时候，东文是不会出兵的。

经莫清风提醒后，流白已明白萧天耀的处境，他正调集萧天耀的亲信，准备带兵援助金吾卫，可他们还未走出营地，就被东文的大军包围了。

“让开！”流白知道这些人不会出兵，他也不指望这些人帮忙，可拦着他算什么？

“流白公子，没有将军命令，不得出兵。”来人并不惧流白，气定神闲地站在那里，他身后则是一排排准备充分的精兵。

流白冷哼：“我让你出兵了吗？”

“他们也是东文的士兵。”来人指着流白身后的人道。

“你什么意思？”流白脸色微变，眼中迸发出渗骨的杀气。

来人仍旧没有退缩，淡然道：“就是流白公子听到的意思，没有收到命令，这里所有的人都不能动。”

“要谁的命令？”流白知道军中规矩，令出必行，无令私自出兵罪名可大可小，流白不敢给萧天耀添麻烦，虽感气愤却强忍住了。

“王爷是我军统帅，王爷无令，我等不敢出兵。另外，流白公子并非军中人，你无权调遣兵马。”来人越说越理直气壮，“流白公子，你在军营也有一段时间了，应该明白军中的规矩，你并非军中的人，军中之事你无权插手。”

流白语塞，他身后的副将不干了，抄起刀就道：“王爷在战场上和北历打得你死我活，你们还不让我出兵？”

“没有军令，你们私自出兵，是想要谋反吗？”来人一顶大帽子扣下来，不等流白等人反驳，又道，“若是要谋反，我们只能依令处死你们了。”

“你们才是谋反。不准出兵是哪个王八蛋下的命令？”流白气炸了，这些人简直就是趁人之危，过河拆桥。

东文这群混蛋，看着北历已无再战之力，不成威胁，就要借北历之手来杀王爷，简直不是人。

来人听到流白飙脏话，并不生气：“军事机密，恕我无可奉告。”

“好，好一个无可奉告，老子今天就是出兵了，你奈我何？谋反？我倒要看看王爷从战场上回来，我们谁才是谋反的人！”流白也光棍，直接拿萧天耀出来说事。只要萧天耀不死，这些人现在蹦跶得越高，就死得越惨。

“这事就是告到王爷面前，我也不怕。我依律办事，还请流白公子莫要仗着与王爷交好，便无视军纪。”又是一顶帽子扣下来，看似占理，实则是歪理邪说。

流白本来就不是能说会道的人，也懒得跟这种人讲理，直接拔出剑："让开！否则别怪我不客气。"

"军令不可违。"来人一点也不怕，抬手，他身后的人一一拔出刀，摆出了战斗的架势。

流白身后的人也不示弱，同样拔出刀，毫不畏惧。

来人冷笑一声："流白公子，我要是你我就会收手，看看你身后的人，再看看我身后的人。我手中的人是你的数十倍之多，你觉得打起来谁胜谁负？"

萧天耀的亲兵是金吾卫，除了受伤的，大多都在战场上，流白能调动的不足万人。军中东文的士兵多达十数万，真要打起来，流白和他身后的人，也只是白白牺牲，可流白咽不下这口气，提气就要往前冲："今天就是死……"

"慢着！"关键时刻，莫清风站出来了。

"莫清风，你也要阻止我？"流白气结。莫清风走到他身边，按住他的肩膀："流白不可冲动。这位将军说得很对，军令不可违，别做无谓的牺牲。"最后一句话，莫清风放低音量，压在流白耳边道。

"那我们该怎么办？"流白当然知道，真要动手，他们这点人根本不是对方的对手，可是王爷那里怎么办？

"别管这些，你先跟我走。"莫清风没有多说，只是把流白拽走，同时让流白身后的人解散。

那些人不服，莫清风只说了一句："别给王爷添乱。"那些人顿了一下，就乖乖退下了。

"王爷在战场上够难了，不能再给王爷添乱呀。"几个火气重的忍不住，却被年纪稍大的老兵劝住。

王爷在前面拼命，他们就算帮不上忙，也不能拖王爷后腿，给王爷丢人。

忍，忍，忍……忍到这一战结束，忍到王爷回来，新仇旧恨一起算！

萧天耀的亲兵，从来不认为他们家王爷回不来，他们坚信萧王一定会得胜回来，所以他们忍！

东文的将领和他们不一样，小兵也许不多，可几个参将都明白上头的打算。

萧天耀这一战，回不来了！

不管是东文、北历还是南远，都不会乐意看到萧王活着从战场上走下来，这一次萧王必死无疑。

是以，东文的将领才敢不将萧天耀的人放在眼里。这一点莫清风看明白了，流白也看清楚了，只是他不肯面对。

莫清风把流白叫到角落才道："王爷身边的暗卫在哪里？"

"你找他们干吗？"流白戒备地看着莫清风，在这个时候，除了他自己，他无法相信任何人。

“别用这种眼神看我，我和你一样都希望王爷好好的。”莫清风拍了流白一下，“把你能调动的，又没有军籍的人全部调出来。”

流白眼睛一瞪：“你想怎么做？”莫清风说的是他手上的最后一批人，没有万全的把握，他是不会暴露的。

“上战场！我没有军籍，军令管不着我。”莫清风无比庆幸，他带了一些人来。虽说无法和武神比，可总能拖住一二。

他们要的不多，只要萧王平安无事，他们牺牲再多都可以。

流白愣了愣：“你……不怕死？”这次可不比之前对战五位武神，这一次他们事先没有准备，就算用毒烟炸药也发挥不了多大的效果。

“流白，愿为某人而死并不单单只因为忠诚，有许多原因会迫使一个人为救另一人而死。比如我会为了家族的兴衰，宁可牺牲自己也要救王爷。”这是莫清风第一次这么直白地告诉流白他对萧天耀的“忠诚”。

他永远不可能像流白一样，因为萧王这个人而对他忠心耿耿，但只要莫家依附萧王一天，他就会为萧王卖命一天。

“我不懂你的想法，不过，我相信你。”流白转身，把自己能调动的人都调集起来，预存的毒烟炸药也一一带上，以备不时之需。

“悄悄离开。”莫清风指向一旁看似巡视实则监视他们的人。

“一群鼠辈。”流白低骂一声，到底是听了莫清风的安排，低调行事。

萧天耀的暗卫虽然在营地，军中的人却管不到他们，甚至军中的将领都不知萧王的暗卫在哪里，他们就是想拦也拦不住。

莫清风与流白带着莫家人，光明正大地从营地大门离开，有将领阻拦，不等莫清风开口，流白就道：“军营重地，无军籍的人不得久待，我们现在就离开，也有错？”

东文的将领当然不肯放人，可萧天耀还有上万的亲兵在，这些人虽说不是大军的对手，却也会造成无辜的伤亡，甚至会引来金吾卫暴动，东文将领并不想与之交手。

就在拦路的将领犹豫不决时，传令兵过来，在他耳边说道：“大将军说让他们过去，不过几个人，成不了气候。”

在战场上，除非你是武神，不然单人再强也无法扭转战局。

莫清风与流白顺利离开，飞奔至战场。

战场上，萧天耀以一对二，对战北历两位武神。有天外玄铁的铠甲在，萧天耀没受外伤，内伤却不可避免。

北历两位武神知晓萧天耀身上的铠甲刀枪不入，索性用纯武力打在萧天耀身上，如此一来即使有铠甲阻挡，萧天耀也不可避免会带伤。不过，北历两位武神也好不到哪里去，萧天耀有铠甲护身，根本不担心对方的刀剑，两位武神却不是这样，身上很快就带上了深可见骨的伤痕。

“萧王果然好本事，身上带伤，以一敌二还能不落下风。”伤痕累累的两位武神又气又怒。萧天耀伤成这样，他们两个联手都杀不了，以后他们还能是萧王的对手吗？

“今日，本王定要取你二人性命。”萧天耀手中的剑招越发凌厉。

此一时彼一时，当初他不能杀这两人，也没有必要杀这两人，反正有他坐镇，这两人即使是武神也掀不起风浪。可现在不同，现在他受伤了，如果不能及时把这两人处理干净，北历还会卷土重来。

“杀我们？萧王好大的口气。”北历两位武神怒了，“今天，是我们杀你才是。”

两位武神知道萧天耀对他们动了杀心后，心里又急又怕，不约而同地想要先发制人。

“杀了萧王！”今天，不是你死就是我亡。

就在两人发起猛烈攻击时，流白和莫清风来了。

流白和莫清风不是武神的对手，可当他们套上天外玄铁的铠甲后，却能在萧天耀身后助他一臂之力。

“王爷，我们来帮你。”流白和莫清风轻身跃起，朝萧天耀和两位武神飞来。

“很好，这个交给你们了。”萧天耀立刻给他们让出位置，专心对付其中一个。

以一敌二都能不落下风，只一个人，还是萧天耀的对手吗？

第五章　为家国而战

一对一，北历武神根本不是萧天耀的对手，哪怕萧天耀此时身上有伤。

一剑，只一剑萧天耀就赢了！

没有人知道萧天耀是怎么办到的，只听到一声厉啸，萧天耀手中的长软剑飞过，带起一片青光，而后就见血花飙起，与萧天耀对战的那个北历武神死了。

就这么死了，快到让所有人都无法相信。

“死了？”众人傻眼了，“这么快？”

“王爷到底是怎么做到的？”别说其他人，就是站在萧天耀身侧的流白和莫清风也不明白。

萧天耀没有回答，仍旧保持着将剑挥出的姿势，约莫数息才缓缓将剑收回。

这一剑，耗费了他太多的力气！

“不可能！萧王，这不可能，怎么可能……你，你好狠。”被萧天耀一剑击毙的武神，到死仍不敢相信，自己就这么死了。

“本王给过你们一次机会，是你们不珍惜。”萧天耀收剑，视线落在已死的武神身上。不过，所有人都知道，萧天耀这话是对活着的那位武神说的。

当初一战，萧天耀放了北历两位武神一马，但这不表示，这一次他还会放过这两人。既然都杀了三个武神，萧天耀一点也不介意再杀两个。

“你，你不能杀我们，我们是北历的武神，中央帝国不会允许你杀我们。”北历仅剩的那个武神看到萧天耀如有实质的杀气，又惊又恐，连连后退想要逃走，可惜晚了。

“想跑？”萧天耀手中的剑如同闪电，“唰”地挥出，一时间剑气凛然。那位武神脚步一顿，生生停了下来，大喊：“萧王，你不能杀我！”

萧天耀淡淡道："在这战场上，没有本王不能杀的人。"他不能杀的人已经走了。

"不，不能，你不能杀我，你杀了我，北历不会放过你。"北历武神左闪右躲，萧天耀之前一剑斩杀一位武神的神勇把他吓坏了，他脑中已深深种下自己打不过萧天耀的念头，他现在根本没有与萧天耀一战的勇气。

"没了武神，北历拿什么报复本王？"萧天耀根本不将对方的威胁放在心上，手腕轻动，剑光闪过，密密麻麻如同一张网，快到让人看不见也躲不开。

"萧天耀，你这么做只会引来中央帝国的忌惮，中央帝国一定会杀了你！"北历武神气急败坏，只能一味地闪躲，可惜他的身形再快也快不过萧天耀的剑。

"本王在东文等他。"萧天耀是打定主意，非要杀了北历武神不可。此人不死，此战便无法停止，而他也没办法去做他该做之事。

"好，好，好……萧王，是你逼我的！"北历武神眼见萧天耀软硬不吃，知道自己今天必死无疑，索性豁出去。

"想要杀我？萧王，我会让你付出血的代价！"北历武神双眼通红，如同疯了一般扑向萧天耀。

"不好！他要自爆。"萧天耀暗叫了一声糟糕，扭头看到站在自己身侧的流白与莫清风。萧天耀想也不想，抬脚就是一踢，将两人踹飞。

"王爷……"流白和莫清风大叫，可惜来不及了，他们根本没法回去救萧天耀。

"哈哈哈……萧王，一起去死吧。"没错，北历武神选择自爆，形神俱灭，尸骨无存！

"轰……"以萧天耀和北历武神为中心，一股巨大的力量炸开，飞速朝四周辐射，一时间尘土飞扬，粉碎的血肉骤落，如同大雨落下。

"啊……"凄厉的惨叫声响起，不是萧天耀，而是他们脚下的士兵。

萧天耀与北历武神开战的方位，正是东文与北历士兵交锋之处，北历武神这一自爆，金吾卫和北历的士兵都死伤惨重。就是有萧天耀关键的一脚，流白和莫清风也被爆炸的余波炸晕了过去。由此可见，武神自爆的杀伤力有多强。

而萧天耀，此时正处在爆炸中心！

这一刻，不论是东文人还是北历人，目光都齐刷刷地盯紧萧天耀所站的位置，他们在等，等浓烟散去，尘土落下，露出尘土中萧天耀的尸首，或者尸骨无存！

所有人都在等，等萧王的死讯！

东文和北历的将领，甚至已经开始欢喜了。

是的，欢喜！

在场的人都不相信萧天耀能在武神的自爆中活下来，包括活下来的金吾卫都认为萧天耀死定了，因为武神自爆的杀伤力强大无比。

别说处在爆炸中心的萧天耀，就是战场上的小兵被自爆的余波所伤，都被炸成一块块的，连具完整的尸体都没，金吾卫拿来当防御盾牌的天外玄铁，也被炸成了渣渣。

刀枪都刺不穿的天外玄铁，在武神自爆中都变成了渣渣，萧王那血肉之躯还能活下来吗？

“王，王爷！”战场上，金吾卫一脸泪水，看着爆炸中心。

漫天飞舞的尘土与粉碎的血肉一一落下，笼罩在爆炸中心外的那一层阻碍消失，视线渐清，在场的人已经能清楚地看到爆炸中心的场景。

上空空无一物，这是众人预料之中的事。视线往下，地上一片狼藉，混在一起，血肉已分不清谁是谁，就在这一片血肉中，有一具完整的身躯蹲在那里。

只有一个背影，就是这个背影却让金吾卫欢喜得找不到北：“王，王爷？是王爷，王爷没死，王爷没死！”

“啊……是王爷，王爷没事！王爷没事！”金吾卫高声呼喊，这一刻，只有呐喊才能表达他们心中的喜悦。

“什么？萧王没有死？”带着人跑到战场上的东文将领听到这话，脸色大变，那脚怎么也迈不出去了。

“没死？怎么就没死呢？”北历的将领同样带人过来，听到这话亦是顿住脚步。

“那是武神自爆呀，萧王怎么可能不死？”北历将领完全不敢相信自己所听到的，或者说他们不能接受。

牺牲两位武神，最终也杀不了萧天耀吗？

而没了武神的北历，还是萧王的对手吗？

北历的将领齐齐呆住了，不能接受眼前的事实，可是他们不能接受又如何？现实从不会因人的意志而转移。

武神自爆，战场上被炸出了一个坑，无数人因此横死，处在爆炸中心的萧天耀却无事人一般地站了起来。

“这怎么可能？我不相信！我不相信！”有将领亲自奔赴战场，看到这一幕，尽皆不敢相信地摇头。

萧天耀站了起来，转身，利剑指向北历的大帅：“滚出东文的领土，别逼本王灭了北历！”

“萧，萧王……”北历大帅当即僵在原地，脑子一片空白，完全不知要说什么。

“别让本王再说第二次。”萧天耀再次开口，语气比之前更森冷。北历大帅此时已无法反应，只本能地点头。

“退兵！”萧天耀再次开口。北历大帅的嘴比脑子反应更快，等他反应过来时，已经喊出“退兵”二字。

“退兵！”得到命令，在战场上的北历士兵如同潮水一般飞快地退下，南远的象兵也不落人后，跑得飞快。

萧王就是一尊杀神，他们是作死才会和萧王这个杀神对上。退兵，退兵，赶紧退兵，等找到武神把萧王先杀了，再来考虑出兵攻打东文的事。不然，在萧王有生之年，他们都不想再和东文开战了。

萧王，太可怕了！

一声退兵，战场上立刻清空了一半，剩下的全是金吾卫。此时，站在战场外的东文将领，进也不是，退也不是。

“将军，我们现在该怎么办？”有胆小的副将问主事的将领。

“什么怎么办？现在当然是恭迎萧王凯旋。”不愧为主事的人，脸皮就是比常人厚三分。不等身后的人反应过来，主事将领就一脸欢喜地冲向战场前方：“恭喜王爷，大败北历。王爷千岁千岁千千岁！”

主事将领一喊，身后的人也反应过来，一个个高喊：“王爷威武，东文万岁！”

东文的营地里传出万人齐诵的呼喊声，不是高喊“王爷千岁千岁千千岁”，就是高喊“王爷威武，东文万岁”。

一时间，东文的营地热闹非凡，每个人脸上都挂着属于胜利者的、骄傲的、得意的笑，就好像在战场上神威大展的人是他们一样。

可是，金吾卫却沉默了。金吾卫一声不吭，他们只用眼神默默地仰望着萧天耀，仰望着他们心中的神！

萧天耀的脸上，没有露出胜利者该有的骄傲，他沉默地看着北历退兵，淡漠地转身，对金吾卫道：“收拾战场，退兵！”

“是！”金吾卫异口出声，十几万人却喊出了三十几万的气势，只一个字便盖住了身后东文士兵的声音。

萧天耀什么都没有说，持剑，朝东文的营地走去。

“王爷。”流白与莫清风短暂地眩晕后便醒了，看到萧天耀往回走，两人自觉地走到萧天耀身后。

“嗯。”萧天耀应了一声，脚步不停，每一步都迈得从容有度、十分沉稳。

流白与莫清风就像是左右护法，一左一右护在萧天耀身后，萧天耀走得慢，他们也放缓速度，两人紧绷着脸，一脸凝重。

很快，萧天耀就穿过金吾卫，来到东文将领的面前。这些人并不像金吾卫一样，见萧天耀过来立刻让开，而是腆着一张脸上前，殷勤万分地道：“王爷，大……”

“滚！”可惜，刚开口就被萧天耀不耐烦地打断了。

“王，王，王爷……”主事的将领吓得腿软，嘴唇直哆嗦，双腿偏偏迈不动。

“想死？”萧天耀手中的剑微动，主事将领一哆嗦，直接跌倒在地。

“王爷，卑职该死！”他身后的人反应过来，立刻将人拖走，飞似的把路让出来，再不敢多看萧天耀一眼。

没有阻碍，萧天耀一路往前，营地里的士兵早已自发地分开，不敢挡萧天耀的去路，更不敢跑上前讨好、卖乖。他们前不久才冷眼旁观萧王与金吾卫大战北历，这个时候哪里有脸上前？

“王爷，王爷……回来了！王爷平安回来了！”萧天耀留在营地的上万亲信，一个个走到人前，可他们也只是欢喜，只是高兴，并不敢拦住萧王的去路。

萧王对东文的将领很不客气，对自己人却十分亲近，朝他们点了点头，才继续往前走。

在众人崇拜、敬佩、害怕以及不安的眼神下，萧天耀始终保持他的步伐，从容不迫地走进自己的营帐。

踏进营帐前，萧天耀突然停下，军中众人见到这一幕，倏地安静下来，一个个屏住呼吸，紧张又期待地看着萧天耀。

他们知道，萧王要说话了！

果然，没让众人久等，萧王开口了，一如既往地低沉华丽：“没有本王的命令，任何人不得踏入本王营帐百步之内。”

话落，转身往里走……

“流白，莫清风，你们两个进来。”萧天耀说完这话，就消失在人前。流白和莫清风匆匆交代亲兵把守，把百步内的人全部驱逐，然后才跟进去。

一进去，两人就吓坏了，迎接他们的不是萧天耀冷傲肃穆的表情，而是……

“哇……”萧天耀吐了口血，晕倒在地。

“保密！”这是萧天耀晕倒前说的最后两个字。

“王……”流白吓了一跳，差点惊呼出声，不过被莫清风及时捂住了嘴：“白痴，别乱喊。”

“我，我不喊，可是……现在怎么办？”流白扯开莫清风的手，一脸不安地道。

“帮忙，把王爷抬到床上去。”莫清风也不指望流白，主动将事情揽到身上。

萧王伤得很重，也不知会不会有生命危险……

萧天耀倒下后，一直不曾醒来。好在，萧天耀进来前下了死命令，并没有人敢踏入营帐，这两天只有流白与莫清风进来，悄悄给萧王换药，给萧王喂吃的。

吃食能喂进去，但萧王却没有醒来的迹象。

一连数天，也不见萧王醒来，外面的人不断打探萧王的消息，流白快要撑不住了。

“这么多天了，王爷还没有醒。七天后，北历的降书谁来接？万一王爷一直醒不过来，我们该怎么办？”看着躺在床上呼吸微弱的萧天耀，流白急得团团转。

北历已降，会在七天后将降书交给东文。届时，需要萧王这个主帅出面，可萧天耀自从那天晕倒后，就再也没有醒过，这样子怎么去接降书？

要是萧王十多天不出现，甚至连接降书也不露面，那些人真的不会怀疑吗？

别说十多天，这才三天就有人起疑了，只是碍于萧天耀的强势，无人敢冒头。

“我们已经快马加鞭，把消息传回京城，王妃收到消息定会做出处理。”莫清风没有流白那么不安，他很清楚，有些事，不是你着急就能办到的。

“王妃一个女人能处理什么？而且隔着这么远，王妃就是再有能耐也赶不过来。”不是流白不相信林初九，实在是远水救不了近火。

“王妃是大夫，至少王妃知晓王爷的情况后，知道怎么救他。”莫清风见识过林初九的医术。

当初他姐姐那个情况几乎注定是死局，放眼四国恐怕只有墨神医那等医术的人才能保母子平安，不想林初九做到了。就凭这一点，莫清风就认为林初九的医术不亚于墨神医。

“知道又如何？书信一来一回至少也要七八天，等到七八天后，黄瓜菜都凉了。”流白除了担心萧天耀久久不露面会引人怀疑外，更担心萧天耀的安危。

萧天耀受伤的事不能泄露，他也不能找大夫，更不敢把屋子弄得全是药味，只能靠人参给萧天耀吊着命。

给萧天耀喂的药，就是当初林初九为萧天耀准备的那些，什么退烧的、消炎的、治风寒的……凡是能治病的药，流白都给萧天耀按分量喂了，也不管有没有用。

“王爷虽然没有清醒，好在伤势也没有恶化，我们要相信王爷，相信王妃。”莫清风看流白急得团团转，不由得叹气。他也担心，可担心能改变什么？

“算了，我们只能等了。”流白叹气，脸上的表情慢慢恢复平静。他现在也明白了，自己再急也不能在人前表现出来，不能让人看出半点破绽。

流白与莫清风又给萧天耀喂了一次药，另外喂了一些水，再三叮嘱暗卫贴身保护萧天耀，不得让任何人靠近，这才往外走。

萧天耀一进营帐就四五天不出现，不仅仅是东文的将领，就是北历的将领也有所怀疑，只是没有人敢动！

他们确实猜测萧天耀可能受了伤，却不知萧天耀伤势如何，他们也不敢肯定，萧天耀不出面是不是还有别的什么原因，比如他的修为压制不住，需要冲击武神。

如果是为了冲击武神而不露面，他们傻傻地冲进去，可能会引来萧天耀无情的斩杀。

投鼠忌器，不管是东文还是北历都不敢冒险，至于私下打听？

金吾卫将萧天耀的住处守得水泄不通，除了莫清风与流白外，根本没有第三个人能踏进百步之内，他们能打听到什么消息？

在无法确定萧天耀到底是个什么情况之前，东文的将领不敢乱动，北历也不敢乱动。他们虽然退兵了，可大家都知道他们并不是打了败仗、没有再战之力，而是怕了萧王，不敢与萧天耀对战。

现在情况不明，局势不明，东文与北历都不敢轻举妄动，但并不表示他们不敢私下结盟。

北历私下找到东文的将领，和他们商谈合作一事。这天下，没有永远的敌人，也没有永远的朋友。北历虽然与东文打得你死我活，却也不是没有合作的可能，当他们利益一致，合作就变成顺理成章的事。

北历说的合作很简单，如果七天后北历交降书时萧天耀没有出面，他们就会带兵冲进萧王的营帐，试探萧王的情况。不管结果如何，北历都会退兵，但东文要送他们三万石粮食！

北历为什么打仗？没粮！

为了吃的，北历可以拼命，他们就是退兵也不忘讨粮草。

三万石粮食不多不少，反正不够北历上下过冬，北历拿到这笔粮食也只能稍稍缓解国内粮食紧缺的情况，到了冬季一样会饿死许多人。

东文将领琢磨了一下，大胆同意了。不是他们胆子太大，而是摸不清萧天耀的实际情况，他们实在不安，用三万石粮食买个心安，这买卖不算太划算，但也不太亏。

至于会不会引狼入室？

这个东文的将领还真不担心，就算萧王重伤，无法再战，可他们还有金吾卫，北历在金吾卫手上讨不到好。

在流白和莫清风不知的情况下，北历与东文悄悄地达成合作协议……

而此时，送信的人一路快马加鞭，不知跑死了多少匹马，终于在萧天耀倒下的第四天，把信送到京城，送到苏茶手里。

“苏公子，紧急信件。”送信的人将信交到苏茶手中，便累得晕了过去。

“把人带下去好好休息。”苏茶急急忙忙拆信，这一看就慌了，好半天才回过神来，“快，快，安排车马，我要去王府。”

苏府的车马随时候着，以备不时之需，苏茶走出去，马车就已经准备好了。

“快，去王府。”苏茶一路急催，恨不得马车能飞起来，这般不寻常的速度自然引起了某些人的注意。

“派人跟上。”皇上手底下的密探一天十二时辰监视苏茶与林初九，见苏府的马车出来，怎么可能不盯？

事情太过紧急，苏茶根本没有想过伪装之事，对身后跟踪之人，苏茶是连想都没有想到，就算想到了，他现在也顾不上了。

好在萧王府的侍卫远远看到苏家的马车，先一步开了侧门，让马车直接驶进去。不然，外面监视的人看到苏茶急匆匆的样子，必要顺着此线往下查。

“王妃呢？快，快带我去见王妃。”苏茶跳下马车，随便拉了一个下人，就往书房跑。

曹管家收到消息，急急忙忙跑过来：“苏公子，你这是怎么了？”

“十万火急的大事，快带我去见王妃。”苏茶脚步不停，拉着曹管家就往前跑，“快点，事情很紧急。”

“知道了，知道了，苏茶公子，你先放开我。”曹管家一把老骨头，哪里跑得动，不过十几步就累得喘粗气。

“你快点。”苏茶松开了曹管家，直接朝书房跑去，曹管家也不是不知轻重之人，见状顾不得喘气，立刻叫年轻力壮的侍卫去找林初九。

侍卫找到林初九时，林初九正蹲在药园子里拔草，听到侍卫的汇报，林初九不疾不徐地站起来，净了净手，这才朝书房走去。

苏茶跑进书房，等了片刻没有见着林初九的身影，一急就跑出来找人了。在天井处看到林初九，苏茶忙上前，拽着林初九就走：“王妃，快……出大事了。”

“出什么事了？”林初九脸色微变，她原本以为又是苏茶小题大做，现在看来好像不是。

苏茶压低声音道：“王爷出事了！”

“呃？”林初九脚步一顿。苏茶急得拽了她一把：“这里不是说话的地方，去书房再说。”

这一次，林初九不需要苏茶拉就跑了起来。一到书房，苏茶就把门关上，将流白的信拿给林初九：“王妃，你看……”

林初九接过信，展开……

“这，这不是真的吧？”看完信，林初九震惊得后退数步。

萧天耀重伤，昏迷不醒！

“王爷这次是被人算计了，不知为何，中央帝国的黑甲卫突然杀到战场上，王爷费了不少心思才逼得黑甲卫退兵。不想北历却趁人之危，东文也跟着落井下石，王爷腹背受敌，最后因北历武神自爆而重伤昏迷。”苏茶一脸气愤地将事情经过说给林初九听。

他知道林初九没有把信看完，看到王爷重伤昏迷就打住了，因为他之前也是这样。后面的内容，还是他坐在马车上才看完的。

林初九不关心萧天耀是怎么伤的，她现在只想知道：“这封信送到你手上，过了几天？”

“四天，王爷四天前昏迷的。”这一点苏茶可以肯定。

“那么，王爷要是现在醒了，我们也收不到消息，对不对？”四天的时间足够做很多事，也可以发生很多事。

“话是这么说没有错，可依流白信中所写，王爷伤得非常重，怕是不可能。”苏茶知道流白的性子，要不是事情万分危急，他是不可能写信求救的。

“我们不在前线，王爷现在到底是个什么情况，我们也不知。”林初九冷静地说道。

“是这样没有错，但前线的情况不容乐观。不管是北历还是东文，一旦得知王爷受了伤，必不会放过这个机会。”苏茶知道林初九在想什么，他也希望王爷现在就清醒过来，可这种事不是希望就能成的。

“呼……”林初九重重地吐了口气，沉默片刻后道，“你说得对，所以，准备一下，我们今晚出发去前线。”

“啊？”苏茶被林初九吓住了，怎么突然就要去前线了？

“王爷重伤昏迷，流白写信给你，不就是寻求帮助吗？”林初九解释道。

“是，是这样没有错。”流白虽然没有直说，可也差不了多少。

“既然是求救，我们现在就赶过去救王爷。只要王爷醒了，北历和东文就不敢轻举妄动。”林初九不得不说，萧天耀那人很强，强到能让东文、北历的将士看到他就害怕，看到他完好无损，就没有再战的勇气。

“可，可是……”流白是向他们求救不错，可不是叫王妃去前线呀。

“没有可是，流白若要隐瞒王爷受伤的消息，必是不敢请大夫，写信给你就是想要我去。”林初九提醒苏茶，别忘了她是一个大夫。

“你看我，”苏茶一拍脑门，“居然忘了王妃你就是大夫。王妃既然决定去前线，我这就安排。”

话落，苏茶转身就走，却被林初九叫住了：“回来，别做任何安排，今晚你我带着暗卫悄悄离开，其他人全都不带。”

他们这是悄悄行事，带一大堆人，那不是等着暴露吗？

苏茶一愣：“就我们俩？我去干吗？我又不是大夫，我不一定能帮上忙。”

“你必须去，我不敢保证能医好王爷，也不敢保证流白能把消息一直瞒下去，万一……”林初九说到这里，略一停顿，叹了口气，才继续说道，“万一王爷重伤不治的消息传回京城，而我又不在京城，那么第一个倒霉的就是你。”

柿子挑软的捏，没了萧天耀做靠山，苏茶就是一个普通的商人，家里有钱却没有权，万一前方的消息没有瞒住，皇上、太子等人绝不会放过苏茶。

“你手上的钱庄是人人盯着的肥肉，一旦王爷失势，皇上就会逼你把钱庄的经营权交出来。”

钱庄交出去了，萧天耀就算好了也讨不回，可苏茶不在京城就不一样了。苏茶不在京城，皇上把钱庄或者他苏家的产业拿走就是强抢，等到萧天耀伤势一好，就可以直接抢回来。

若是萧天耀的伤好不了，那么苏茶也就别指望那些东西了，能保住命就算不错了。

苏茶一默，重重地叹气：“王妃说得是，我晚上和你一起走。”

林初九见苏茶明白个中要害，也不再多说，只叮嘱了一句：“把你的家人安排好，尤其是你父亲。”

林初九多少知道苏茶的一些家事，作为局外人，她无权评价苏茶做得对不对，但她明白，不能让苏家人在关键时刻添乱。

“我明白了，下午就把他们送走。王妃你放心，不管是钱庄还是苏家的产业，我父亲都插不了手。”其实最好的办法，就是杀了他们，可那人是他的父亲，他要怎么下杀手?

“你自己明白就好，无论如何你自己要把尾巴清理干净，我不希望等我们回来时，苏家投靠了皇帝。”林初九这话算是忠告，也是警告。

苏茶明白事情的重要性，不敢耽搁：“我这就去处理，今夜子时在城外驿部等王妃。”

“就这么定了。”林初九三言两语就把事情定了下来，等到苏茶走后，林初九把曹管家叫来。

她要离开可以瞒住任何人，唯独瞒不了曹管家，而且她也需要曹管家的配合。简单地说了一下萧天耀受伤的事，不给曹管家反应的时间，林初九又道：“我不会把府上的侍卫带走，有侍卫在，一般人进不来，至于皇上，只要你们不和他硬扛，他应该不会要你们的命。”

只要萧天耀不死，皇上就算为难萧王府的人也有限度。反之，萧天耀要是有个三长两短，就算林初九在京中，也一样要受皇上的折磨。

“老奴明白，请王妃放心，老奴会守好萧王府。”曹管家一脸坚定地说道，没有一丝迟疑和害怕。

这不是第一次，也不是最后一次，萧王府上下都会陪王爷一起，渡过这个难关。

“有你在，我不担心。”经过大半年的相处，林初九很清楚曹管家对萧王府的忠诚度。哪怕所有人都背叛了萧天耀，曹管家也不会。

府上的事交代完毕后，林初九便为出行做准备：“把王府的印鉴拿出来，我要带走。”她路上未必会用到，但留在萧王府不安全。萧王府的侍卫可以挡住任何人，却挡不住皇上的军队。

要取印鉴，需要林初九和曹管家两人一同打开，曹管家捧着盒子过来，林初九打开后没有急着收起来，而是写了一封请罪的折子。

林初九的字一般，文采也一般，不过把事情说清楚的能力还是有的。在折子里，林初九为自己私自离京认罪，并再三表明等到回京后，任由皇上处罚。

“如果皇上发现我私自离京，就把这封请罪的折子奉上。”林初九盖上萧王府的印鉴，等到墨迹干后，才将折子递给曹管家。

“奴才明白。”曹管家佝偻着身子，好似一瞬间老了数十岁一般。林初九见状不由得叹了口气：“曹管家你不必如此，我和王爷很快就会回来的。”

“老奴知道，老奴会在王府等王爷和王妃回来。”曹管家哽咽了一声，却没有真的哭出来，只是红着眼睛。

林初九没有说萧天耀伤得多重，可要林初九连夜赶往前线，就足以表明萧天耀伤势极重，不然不至于如此。

"放心，王爷一定不会有事的。"除此之外，林初九不知道自己还能再说什么，毕竟她自己也不知道萧天耀的伤势重不重。

今晚就要离开，林初九要做的准备工作很多，尤其是防身用的利器，准备得越多越好。

原先，木匠在萧王府不受人重视，几乎没什么用，自从有了鲁班锁后，木匠就忙碌了起来，给林初九做了许多暗器。比如，可以绑在手腕处的袖剑；可以绑在腿上的暗盒；像鸡蛋一样薄，可以往里面装药粉的小球；还有林初九所说的暴雨梨花针。

当然，暴雨梨花针这么高大上的暗器，木匠暂时还没有做出来，因为林初九根本不知原理。她只知暴雨梨花针是一个小盒子里面装了数百枚淬了毒的细针，平时不用不要紧，一旦按动机关，里面的毒针会在一瞬间迸射出来，密密麻麻，如同一张弥天大网，将敌人笼在这张网中，无处可逃。

木匠听到林初九的描述，十分想将那样的盒子做出来，可惜他的手不够巧，费了许多心思也没有弄出来，后来又把铁匠找来。

木匠与铁匠成天埋头在屋子里研究，花了半个月时间，做出可以装十八枚毒针的小盒子，射程五十米，杀伤力不算惊人，但用来防身却可以。

林初九试了下，效果还不错，虽说不一定能取人性命，但只要毒针够毒，沾上一样能要人命。

林初九之前就让木匠和铁匠做了百八十个，现在正好派上用场，林初九一点儿也不客气，把府上的存货全拿走了。

除了准备暗器外，林初九还让珍珠、玛瑙准备了很多肉干与玉米饼，这样一来也能节省路上寻找食物的时间。他们这一路，可谓是日夜兼程，能不浪费时间就不浪费时间。

只有一天的时间，除去准备工作还有许多事情要安排，王府的下人和侍卫被林初九支使得团团转，林初九自己也是忙得连喝水的时间都没有。

林初九这一忙就错过了晚膳，翡翠和珍珠将饭菜热了又热，还不见林初九回来，不由得叹气，最后只能让厨娘给林初九蒸几个包子、馒头，给她路上吃。

林初九这一忙就忙到深夜，等到她停下来，离约定的时间还有一个时辰。林初九想了想，还是决定梳洗一番，再眯一会儿。她要养足精神，才好赶路。

而此时，苏茶也在忙活。钱庄和苏家的生意没有太多的事，他平时也只是把握一个大方向，具体的事务都由心腹处理，让他头痛的是苏家的人。

他今天匆匆跑去萧王府，引起了有心人的注意，有人趁他不注意之际，暗中接触了他的父亲和异母弟妹。这几人见此机会，与外人联合想要偷跑出去，幸亏府上的护卫机警，在最后关头把人拦了下来，不然事情就麻烦了。

他那异母弟弟、妹妹就不说了，他父亲终归是他父亲，虽说苏家的生意已经全部握在他手上，可他父亲曾是苏家的家主，趁他不在与外人勾结夺下家业，也不是不可能。

“父亲，我一直想要留你一条命，你却一再挑衅我的忍耐底线，你说我该拿你怎么办才好？”苏茶疲惫地看着被押进来的四人，心里说不出来地烦闷。

要不是不想背负弑父的罪名，他真想把这一家人全部送去陪他娘和弟弟。

苏父被人捆住，看到苏茶高坐首位，气得全身颤抖：“你这个孽子，还不快让人放了我。”

“放了你？父亲，在你勾结外人时，你就该想到落到我手中的下场。”苏茶在萧天耀和林初九面前也许软绵，可并不表示他好欺负。

真要好欺负，他也不可能握住苏家的产业，毕竟苏家除了他父亲外，还有一堆叔伯、族老。苏茶能从他父亲手中抢走苏家的产业，并得到宗族的支持与认可，就表明他手段不一般。

“什么勾结外人？你这个孽障，苏家本来就是我的，我现在不想给你了，不行吗？”苏父一脸愤怒地看着苏茶，眼中没有一丝温情，只有愤怒与杀意。

他当初就不该让这个孽子活下来，就该在他一出生时掐死他。

“你什么时候把苏家给我了？而我想要的东西，需要你给吗？父亲，既然你不安分，又认不清自己的处境，那就别怪我不客气了。”苏茶真的是累了，如果是平时，他还会念在父子情分上，把人关起来算了，可现在，不给他们一点警告，这些人怕是永远不知“安分”这两个字怎么写。

苏茶指着异母弟弟、妹妹，还有那个白莲花继母，眼皮也不抬地道：“这三个人，打断腿，丢到庄子上去。”

什么？苏茶继母和继弟、妹三人顿时吓慌了。

“不，不，你不能这么对我。苏茶，苏茶，我是你的娘……”白莲花继母本以为这次也和以往一样，顶多是被关起来，不想苏茶这么狠，当即吓慌了。

“哥哥，哥哥，我错了……你放过我吧，我再也不敢，再也不敢了。”异母弟弟与妹妹也哭着大喊，一改刚刚的趾高气扬。苏茶不为所动：“还不快拖下去。”

“孽子，你敢！”苏父气得破口大骂，可惜他挣不开护卫的钳制。

“爹，爹，救我们。”

“三郎，救我，救我……”

“有什么是我不敢的？”苏茶面无表情地看着苏父，右手一抬，打了个响指，“来人，把药端上来！”

“什么药？你，你这个孽障，你要做什么？”苏父见火烧到自己身上，顿时吓坏了。

苏茶冷冷道：“放心，不会要你的命。”他不弑父，他不想以后都背负着弑父的心理折磨，他会给他父亲留一口气，但也仅仅是一口气，他绝不会让这几人坏了王爷的大事。

可苏茶不知，他今天的举动已引起某些人的注意……

第六章　千里奔走谋生机

事出反常必有妖，苏茶以雷霆手段解决了苏家的隐患，却不知他此刻表现出来的，与平时截然不同的处理手段，已引起暗中之人的怀疑。

皇上手底下的密探就是再差也有三两三，探查萧王府的消息他们也许做不到，但查苏家的事却是不成问题。

当天晚上，苏家的消息就呈到了御前："圣上，今天下午苏茶从萧王府回来后，就果断将手中事务安排给亲信之人，甚至通元钱庄也交给心腹打理，大有出远门的架势。"

苏茶出远门并不是第一次，作为商人，他经常四处奔走，可从来没有一次像这次一样急。

"除了将手中的生意全部交给亲信外，苏茶还将自己的父亲，还有异母弟妹全部关在庄子上。甚至苏茶命人将他继母和异母弟妹手脚打断，关在庄子上养伤，没有半年以上养不好。还给他的父亲灌了重药，现在苏茶的父亲已瘫痪在床，不能行动，也无法言语。"医好一个人很难，但要弄残、弄病一个人，只是抬手间的事。

"苏茶。"皇上轻敲桌面，看着折子上的字，眼中闪着冷意，"可知，他这般匆忙是要去哪儿？"

"卑职愚钝，未能查出。"密探头子低头请罪。皇上没有生气，只道："盯紧点，朕不希望有意外发生。"

"卑职明白。"密探头子退下，转身就去执行皇上的命令。

今晚，注定不太平！

除了皇上外，皇后、太子和文王也都收到了苏家异常的消息。崔家也收到了，倒不是崔家有心打探什么，而是苏茶今天的动静实在太大了。

“莫不是萧王出事了？不然苏茶怎么会这般急躁？”崔家家主得知这消息，与儿子们讨论此事背后的深意。这个理由一说出来，他自已就先反驳了：“没道理。萧王一举斩杀三个武神后，还有哪个不开眼的敢犯上萧王？”

放眼四国，确实没人敢犯上萧天耀，所以京中的人都没有往萧天耀受伤一事上想。

北历那方总共只有五个战神，死了三个，伤了两个，萧天耀身边也不缺高手，这样的情况下，谁还能伤得了萧天耀？

在收到消息前，他们是做梦也想不到，中央帝国威名赫赫的黑甲卫会出现在战场上，会与萧天耀对战。更想不到，北历的武神为了拉下萧天耀，居然会选择自爆！

因为想不到，所以也就想不出来苏茶这么急急忙忙的是要去哪儿。

“养了那么多年的人，也是时候派上用场了。”皇后收到消息时，正在修剪桌上的盆栽。

“苏茶出城后，就一路盯着他。记住，沿途换人，不要让他察觉出异样。”这个时候，皇后的优势就展现出来了。

她在每个城镇都有人手，因为那些地方都有慈恩堂！

“奴才明白。”皇后身后的老嬷嬷应道，躬身退了下去。

她一走，一直站在角落，完全没有存在感的七皇子子墨，才从阴影处走出来。

“母后，你说……这一次是不是萧皇叔受伤了？”七皇子仰着头，小脸绷得紧紧的，特别严肃的样子。

“不好说，看看萧王府什么反应，林初九要是也走了，十有八九就是萧天耀受伤了。”皇后慢条斯理地剪着一旁的枝枝叶叶，没有一丝急切，神情安详，举止优雅，一举一动都可入画。

七皇子却看得心生不安，紧紧拽着皇后的裙摆：“母后，你会没事的对不对？”

“母后不会有事。”皇后扭头，温柔地看着七皇子，“林初九不是已经和帝国花家搭上线了吗？你放心，她的身份很快就会被拆穿，等她回到林家就好办了。”

“嗯。”七皇子重重点头，可仍旧没有松手。

除去皇上、皇后外，太子与文王也分别派人盯上了苏家，不过这两人没有想到林初九身上去，并没有安排人去盯萧王府。他们就是派了人也没有用，他们手底下的人，恐怕还没有接近萧王府，就被查出来了。

是夜，林初九戴着长长的帷帽，将自己包裹得严严实实，在暗卫的保护下，悄悄地往城外走。

进出城的门只有一道，可总会有一些不见光的方法，能让人在半夜不惊动任何人的情况下出城门。林初九和暗卫就选择了一条水路，这是暗卫在得知林初九会水后做出的选择。水道最近，相对来说也安全。

林初九与暗卫潜在水里，顺着水流往下，心中默默盘算着禁军换班的时间。暗卫与林初九寻了一个空当，翻城墙离开。

出了城，便将身上的鱼皮服脱下，来到与苏茶约定的地方。林初九过来时，苏茶已经到了，林初九没有问他怎么过来的，确定没有人跟踪后，一行人便骑马离去。待到天亮，他们已离城门数十里。

早晨，一行人随意找了个隐秘的地方吃东西，顺便休息一下。

“你把事情都安排好了吗？”林初九一边吃东西，一边问道。

“安排好了，你放心吧。我家那些人闹不起风浪。”苏茶的眼中闪过一抹森冷的杀意，很快，快到他自己都没有意识到。

“你突然离开，不会引人起疑吧？”林初九最怕的还是这一点。他们这次走得太匆忙，难免会有疏漏，一旦让人发现就不好了。

“放心，我做了一些安排，两天后皇上的探子就会发现，苏家在南边发现了一座银矿，紧急离开就是私下去找银矿。”也许有疏漏，可这种大纰漏苏茶还是不会犯的，他又不是流白。

“银矿？你还真是摸准了皇上的命脉。”皇上现在缺什么？银子，很缺很缺，他发了疯似的想要囤积银子和黄金，偏偏东文的银矿和金矿全部握在中央帝国手中，现在有一座未曾发现的银矿出现，皇上要是会放过才有鬼。

不得不说，苏茶这个理由真的太好了！

解决了皇帝这个隐患，林初九也就彻底放下心了。

事实上，他们也不是怕皇上查到萧天耀受伤，除非萧天耀的伤立马好，不然这事就不可能一直隐瞒下去，只是不能是现在。现在绝对不能让皇上知道萧天耀受伤的事，不然他们就没有活路了。

她和苏茶如此急促，不就是想要抓紧时间，赶个时间差嘛，要是这点优势都没了，没了萧天耀这个超级大靠山在，他们还拿什么和皇上斗？

现在天大地大，救醒萧天耀最大。

吃完干粮，林初九拍了拍手，站起来：“差不多我们走吧。”趁现在还有精神，多赶一点路，后面几天他们肯定撑不住，到时候就是想赶路也做不到。

“好。”苏茶站起来，忍了半天还是没有忍住，指着林初九的帽子问道，“王妃，你这帽子，到底是干什么用的？”丑成这个样子，又没有什么效果，林初九居然连睡觉都不拿下，遮脸吗？

“出门在外别叫我王妃，叫我初九或者阿九都行。”林初九先纠正苏茶的称呼，然后指着头顶上的帽子道，“至于这个帽子嘛，防风防尘，效果多好呀。万一从马上摔下来，戴着它还能保护头。”

她这帽子是丑，但有了这帽子，她就不用担心医圣之心强迫她救人了。这个帽子，是她在萧王府花了近一个月的时间反复试验，才得到的成果。不过，这些都没有必要跟苏茶说。

“可也不至于吃饭睡觉都戴呀。”苏茶就没有看到林初九取下来过。

“我喜欢，不行吗？”有钱，任性。多好的理由，不是吗？

“行行行，你是王妃，你说了算。”万能答案一出，苏茶还能如何？

一行人再次赶路，而随着他们的离去，平静的京城也掀起了一阵波澜。林初九的失踪并没有引人注意，此刻不管是皇上还是皇后，都把注意力放到了苏茶身上。

比苏茶预计得早，皇上的密探在一天后就查到了银矿的事。

“皇上，苏家的商队在南边发现了一处未曾开采的银矿。”密探说这话时，有强压下来的激动。

“银矿？你说的是真的？”皇上激动得直接站了起来，他现在最缺的就是银子。不，他最缺的应该是金子，可金矿不好找，有银矿他就满足了。

“卑职可以肯定，苏家的商队已将那地方保护起来。苏茶急忙处理家事，悄悄离京，就是为了那处银矿，看他的举动应该是想私下开采。”密探头子十分尽职，不仅将消息探出来，还将自己的猜测也说了出来。

“私下开采？好大的胆子。”欢喜过后，皇上很快就冷静下来，“传朕旨意，调派当地的军队，将发现银矿的整片山区包围起来。”这一次，他绝不会让任何人插足自己地盘上的银矿，中央帝国也不行。

“卑职明白。”密探头子声音洪亮地应道。

没过多久，皇后也收到了这个消息，和皇上的欢喜不同，皇后并不相信。

“母后，苏家真的发现银矿了吗？”七皇子一脸怀疑地问道。

皇后一听，笑了：“怎么，小七不信吗？”

“总觉得不对。苏茶不是没有经过风浪的人，当时开钱庄他都能闷不吭声，现在不过是发现一处银矿，怎么会失态到忘乎所以，露出这么大的破绽？”苏茶此举就好像引着他们去发现银矿一般，这真是找银矿该有的举动？

“我的小七长大了，懂事了。”皇后摸了摸七皇子的头，笑得温柔，“小七，也许你猜对了。你萧皇叔在战场上可能遇到麻烦了。”苏茶才会弄个什么银矿来转移皇上的注意力。

得到夸奖，七皇子并没有高兴，他疑惑地问道：“母后，苏茶表现得这么明显，父皇怎么没有想到呢？是不是我们想错了。”

“想没想错，不是我们在这里猜就有用的，过段时间你就知道结果了。至于你父皇？你父皇身在局中，与我们不同。”银矿这种东西，也只对皇上有吸引力，对他们？不是没有吸引力，而是再有吸引力也不行，他们没有能耐吃得下一座银矿。

七皇子似懂非懂地点了点头，黑葡萄似的眼睛染上一层迷雾……

苏茶抛出银矿这块大饵后，皇上就没有再管林初九这个小虾米。林初九和苏茶这一路十分顺利，唯一痛苦的就是三天后，林初九发现自己大腿内侧被马鞍磨破了。

这么一点外伤也没有什么，养两天结痂就好了，可林初九第二天还要骑马，哪有时间等伤口结痂？晚上，林初九上了药，用布缠了好几层，第二天继续骑马，受过伤的地方一碰就像刀割似的，痛得人直咬牙，就好像新鞋磨脚，她还得一直穿着，一直磨着伤处。

当天晚上，林初九悄悄查看自己的伤处，发现果然如她所猜想的那般，纱布直接粘在伤口上，一撕就要连皮一起扯下来。

"真倒霉了，居然忘了提前做准备。"没出过远门的人，没有吃过这样的苦，林初九只能在吃了苦后，才知道下次要怎么做。

还有三天的路程，林初九不敢把伤口上的绷带撕下来，因为今天撕下来后，明天还会如此，没有外面这些死皮撑着，磨着新皮与伤口会更痛。

"就这么凑合吧，幸亏现在天不热，要不然都得烂了。"林初九没有动，直接往伤口上撒药，再包一层，就像包粽子一样。

林初九受伤的事，当然瞒不过暗卫与苏茶，只是他们也没有办法，骑马的人都得受这种苦，其实他们也只是比林初九稍好一点。

"初九，再忍忍，三天后我们就到了，到时候就不用再骑马了。"苏茶闻到林初九身上浓郁的药味与血腥味，就知道她伤得不轻，苏茶真的很担心林初九撑不下去，可撑不下去他们也要撑。

未来三天是最重要的三天，他们要在三天之内赶到前线，哪怕他们此时已是筋疲力尽，也要继续赶路。同样，对于萧天耀和流白来说，这三天也是至关重要。

三天过后就是北历递交降书的日子，要是三天内萧天耀没有醒来，事情就麻烦了。

"王爷已经昏迷七八天了，怎么还不醒呢？"流白真的快要哭了。

前几天还好，就算有人怀疑也没人敢有动作，就怕萧天耀是在准备冲击武神，或者这是萧天耀安排的引人入彀的局，就算某些人起了疑心，也不敢乱动。可一连四五天也不见萧天耀出面，营帐内也没有任何的武力波动，就有些胆大的按捺不住，开始往外跳了。

刚开始只有几个小人物，流白三两下就把人压了下去。随着时日渐长，萧天耀仍旧没有露面，就有不少大人物也开始蹦跶，这些人不是流白可以按下去的。

现在，军中已有不少人私底下说，萧王可能已经受伤，只是碍于萧王的威名，没有人敢当面说什么。

看流白那样，莫清风也忍不住叹气："还有三天，他们在等，我们也在等。要是北历递交降书的那天王爷出现在人前，那么谣言不攻自破，反之我们就有一场硬仗要打了。"

"只有三天了，也不知王爷能不能醒，也不知王妃能不能赶来。"流白越想越觉得悲观。

从京城骑马到这里，一路换人换马，一刻不停也要四五天，林初九一个弱女子，如何能在七天内赶来？

“你太悲观了，我们不是只有三天，而是还有三天。三天的时间足够做很多事，而且你就算不相信王妃，也要相信王爷。”莫清风也不相信林初九收到信后，能在七天之内赶到战场。日夜奔波的苦他可是知道的，林初九这么一个养尊处优的女子，怎么可能受得了那样的苦？没有半个月时间，林初九怕是赶不来了。

莫清风也没有指望林初九赶来，他只希望林初九看到萧王的病症后，能送来对症良药。让传信的人送药，一路不停的话，四天就能到，正好可以赶在北历递交降书之前。

可是，让莫清风失望的是，四天后没有人来，五天后也没有人来，六天后仍旧不见人影，而明天就是北历递交降书的日子，东文的主帅萧王爷现在还躺在床上，一动不动。

“明天就是最后一天，王妃的药没有送来，王爷也没有醒，我们怕是要跟他们打上一仗了。”流白之前一直担心、不安，事到临头反倒出奇地冷静。因为他知道，自己现在已经没有别的路可走。

“金吾卫实力不凡，虽说只有二十万不到，可北历与东文加起来，未必是我们的对手。”到这一刻，莫清风也不得不做最坏的打算。

流白点了点头，道：“我怕他们今晚有异动，你在这里保护王爷，我去安排明天的事。”既然要打，那当然要做好准备，他们怎么也不能输，不是吗？

莫清风刚要说好，暗卫突然现身，说道：“流白公子，王妃来了。”

“什么？”流白愣住了。

“王妃和苏茶公子来了，正在外面，请你安排人接他们进来。”暗卫重复了一遍，声音平直，没有一丝起伏，可不管是流白还是莫清风都惊呆了。

“你确定你说的是王妃来了？”这么快，不可能吧？是他听错了吗？

“卑职确定，还请流白公子尽快安排。”萧王的暗卫虽是流白一手调教的，可跟在萧王身边的人并不听命于流白，对流白也是客气多过恭敬。

“真的是王妃来了，太好了，太好了。”流白大喜，“莫清风，你照顾王爷，我去接王妃。”

流白一脸欢喜地往外走，脸上的喜悦只要长眼睛的人都能看出来。东文的士兵虽无法接近萧天耀的营帐，但百步外却有不少人来回巡视，或者说监视。流白一出来就有人盯上了他，看到他一改前几日的沉稳，笑得如花一般，一个个都惊呆了。

流白这是怎么了？莫不是萧王有什么计划，打算明天将他们和北历一网打尽？

太诡异了，这个流白到底在高兴什么？

一群人被流白的笑弄蒙了，一个个飞快地去报告给自己的头领听，头领听到这事亦是一头雾水：“流白在高兴什么？”

流白一高兴，他们就不安了，他们谁也不知流白高兴什么，萧王到底是个什么情况。

流白完全不管旁人怎么想，一脸欢喜地走出营帐，半个时辰后带了六个人回来，据说是萧王府的亲兵，每个人都有完整的身份证明。

六个人，除了简单的行李外，什么都没有带，每个人都穿着侍卫服，看上去英气得很，就连个子最矮的那个，也是一脸肃穆。

萧王的亲卫那也是四品的侍卫，放在军中也是一个不小的官职，负责检查的人不敢为难，立马放行。有几个将领倒是想为难一下，不想让这六人进来，可流白和莫清风这两个没有军籍的人都因萧王的关系可以待在军营，他们又有什么理由拒绝萧王的亲兵进入营地?

“不过是六个亲兵，还能翻天不成?让他们进来。”东文的将领碰了个面，最后一致同意让这六个人进来，有流白担保，他们也不担心这是奸细什么的。

“明天就是决定性的一天，不过区区六个亲兵，还能逆转局势不成?让人盯着他们就是了。”

六个亲兵，丢在几十万人的大军里，实在不起眼，东文的将领根本没有将这六人放在眼里，大大方方地让流白把人迎了进来，顺利得让流白都以为东文那群将领转性了。

林初九和苏茶顺利走进营帐，一路上有不少人盯着他们看，不过林初九和苏茶都不为所动，每一步都迈得十分正，务必让自己看上去像个侍卫。

很快，一行人就走进了萧天耀的营帐，不过只是外室，并没有进去看萧天耀。他们一个个脏兮兮的，实在不好直接去见萧天耀。

“王爷怎么样了?”林初九和苏茶一进来，就问出最关心的问题。

“王爷一直昏迷不醒，好在气息平稳，应该没有生命危险。”流白如实说道。林初九一听，松了口气：“没有生命危险就好。”

“太好了，这一路我们可担心死了。”苏茶一听，立刻放松下来，四个暗卫也没有之前那么紧张了，借着柱子稍作休息。

这一路，真的太累了，别说林初九，就是他们几个也有些吃不消了。苏茶表现得最明显，一屁股坐在地上，任流白怎么拉都不肯起来。

“不行了，我真的不行了，我快死了你知不知道，你就让我坐下歇会儿行不行?”苏茶觉得自己的两条腿就像是灌了铅，每迈一步都异常沉重，一坐下就不想起来。

“懒得管你。”流白本想把他扶到一旁坐下，可惜苏茶不领情。

林初九羡慕地看了苏茶一眼，暗暗叹气。她是萧王妃，营帐里还有人在，她不能丢脸，就是死撑，也要撑住。

“王妃。”莫清风上前行礼，一走近就闻到了林初九身上淡淡的药香与血腥味，“王妃，你受伤了?”

林初九用的药味道极淡，考虑到进军营，林初九还特意用别的味道遮住了血味，不想莫清风还是闻到了。

莫清风一听，流白也想起来了：“咦?王妃受伤了?我就说怎么闻到了血腥味，你们是不是在路上遇到了危险，王妃你没事吧?”

“一路平安，小伤罢了。”林初九不想多说，毕竟她伤的地方着实尴尬。

哪知苏茶不放过她，嘟囔了一句：“什么小伤，你都疼得没办法走路了好不好。”

苏茶这话并不是为了拆林初九的台，纯粹是觉得林初九不容易。他一直都知道林初九在萧王府不容易，可这一次一路走来，他更是深刻体会到，林初九并不是随便就得到王爷的认可与真心对待的，她付出了很多才有今天。

最后三天，别说林初九，就是他也撑不住了，他本以为林初九会倒下或者叫停，可是没有。林初九拖着血淋淋的双腿，一路咬牙前行，最严重的一次马毛都染红了，她仍旧没有叫一声苦，叫一声疼。

苏茶曾问林初九：“不疼吗？”

林初九说：“疼，很疼，钻心般地疼。”

“那你为什么不说出来？”苏茶又问。

林初九笑了一声：“说给谁听？你吗？还是我身后的暗卫？说了，你们会让我留下来休息，养好伤再走吗？别说你们不会同意，我自己也不会同意，所以我要说什么呢？”

因为看得太清楚、太明白，所以林初九选择自己承受，而不是叫嚷让人人皆知。就算人人皆知又如何？他们这些人，除了说一句“再忍忍，很快就到了”，还能做什么？

听到苏茶的话，莫清风皱眉问道：“不是说一路没有遇到危险吗？怎么还会受伤？”

流白亦扭头看向林初九，一脸担心，心想王妃你可不能有事呀，王爷还等着你医治呢。

林初九脸一红，想了想，还是大大方方地说道：“没有骑过这么长时间的马，准备不充分，磨伤了。”

“呃……王妃多骑几次就习惯了。”莫清风面露尴尬，忙别开脸。林初九伤的位置着实尴尬了一点，他就是想关心也不成。

流白也不好多说，连日赶路伤到大腿内侧再正常不过，别说林初九，就是他们这些皮糙肉厚常年骑马的人，时间久了也会受伤。

“王妃，要不我先让人给你送点热水，你先梳洗一下，清理清理伤口？”流白道。

“好，动作快一点，收拾干净了，我也好去看看王爷怎么样。”林初九没有拒绝，她的双腿火辣辣地疼，她现在迫切需要处理一下伤口，脱掉这身厚重的侍卫服。

在军中要热水并不方便，可萧天耀是主帅，一品亲王，他要的东西就是再难，下面的人也会以最快的速度送来。

“王妃，你留在这里照顾王爷，我先带他们出去。”除了林初九外，其他人都被流白带走了，苏茶就是再不乐意，这个时候也得站起来往外走。

萧天耀的营帐很大，不仅有内外两间，还有专门的浴室。到了室内，林初九终于可以把戴了一路的帽子取下来了。别看她这帽子丑，这一路上真的帮了她大忙。

林初九自己带了衣服，全是男装，正好符合她在军中的身份。

热水很快就送进来了，来人应该是萧天耀的心腹，他们一路低着头，将热水放下就走，一句话也不说，一眼也不敢乱看。

林初九等人走后，将内室的门帘放下，便将外衣、中衣脱去，将长发洗净，又用热水将身上的灰尘擦去，这才坐到萧天耀的床边，拿出药箱，准备处理腿上的伤。

“幸亏你昏迷不醒，不然还要以为我在勾引你。”因大腿内侧的伤，林初九根本没有办法穿裤子，就是穿裙子也不方便，所以她此刻双腿是光溜溜的。

不过，林初九此刻就是露腿也没有什么吸引力，因为她的腿，现在真没有什么可以看的。双腿都缠了厚厚一层绷带，而且沾满污血，那味道简直能熏死人。

“幸亏你昏迷不醒，不然我十有八九会被你丢出去。”林初九可没有忘记某个男人该死的洁癖。

将缠在腿上的绷带一一剪下来，丢入空盆里，很快就剪到贴肉的那层。紧贴肌肤的那层绷带和肉粘到一块儿，林初九不用试也知道，这一层剪不下来，得一点点撕下来，连着坏死的皮肉一起。

林初九捏着绷带一角，却久久下不了手。不用试也知道，必然是疼极了，要对自己下这样的重手，需要一点儿勇气。

林初九深深地吸了口气，扭头看向躺在床上一动不动的萧天耀：“为了你，我这次可真的是拼了，你要是对不起我，都不应该。”

“呼……”林初九又呼了口气，低头，用烈酒清伤口，同时将粘在伤口上的绷带与死皮一一剪掉。一块块死皮剪下来，哪怕她再小心，也不可避免地戳到了伤口的嫩肉。每碰一次，她都疼得想把剪刀丢了。

此时已是深秋，夜晚的天气带着几分凉意，林初九的额头却沁出一层密密麻麻的汗珠。

她太疼了！疼得她一度想给自己打麻醉，或者吃止痛药，然而作为大夫，她很清楚止痛药不能乱吃，此时更不能麻醉。即使是局部麻醉，也会影响她的动作，她只能继续忍着。

一点一点将嵌入伤口的死皮与绷带揭下来，很快左腿就只剩下一片血红。林初九很想一鼓作气，把右腿上的绷带也清理干净，可是她的手很酸，而且一直低头，脖子也酸得不行。

林初九无奈，只得先用烈酒清理左腿上的伤，然后上药，包扎。

林初九给自己上的药，带有轻微的止痛效果，上了药后疼痛感明显减轻。

“总算好了。”左腿上的绷带干净如新，看上去顺眼极了。略作休息，林初九又继续清理右腿上的伤。

不知是骑马姿势的问题，还是别的什么，林初九右腿的伤比左腿要严重，甚至有几处都伤到真皮组织，揭开死皮与绷带，带出了不少血，疼得林初九差点咬伤舌头。

“以后，再也不遭这样的罪了。”吃了一次亏，她下次绝不会毫无准备地远行。

费了半个时辰，才将右腿清理干净，林初九已经痛得不想说话，舌尖也咬伤了好几处，嘴里还含着药。

“呼……”林初九瘫坐在床边喘了好几口气，这才有精神给自己上药。

上药包扎的活，林初九十分熟练，三两下就包扎好了。处理好伤口，林初九也没有休息，将宽大的裤子套上，然后又拿了件长袍披上，如果不仔细看，倒也不会看出她里面只穿了一条裤子。

林初九忍着痛，将地上脏污的绷带清走，又打来热水，将床和地面都擦了一遍，确保不会留下什么脏东西，林初九这才满意地收手。

净手，净心，林初九坐到萧天耀身边，拿出听诊器，替萧天耀检查。之前，她就替萧天耀诊了脉，萧天耀脉象虽弱，好在平稳，并不是重症垂死之脉，至于有没有内伤?

请恕林初九才疏学浅，靠把脉诊不出来。

医圣之心倒是能帮萧天耀诊治，可也只能诊断出他内脏出血，需要开胸医治，至于具体哪个器官出血，就需要林初九自己确诊了。

“肺部、肝部出血，甚至心脏还受到压迫，这简直就是……重伤要死的节奏呀。”林初九看到诊断结果，真的要哭了，萧天耀五脏六腑没一处完好的，这伤不是一般的棘手。而且除了内脏外，林初九猜测萧天耀的脑部还受了伤，不然不会昏迷这么久，一直不曾醒来。

林初九再次检查萧天耀的脑部，没有意外，脑内有淤血，需要立刻医治，将淤血引出。

人体最复杂的两部分都受了伤，萧天耀还能活着，绝对是他身体底子好，而这样的伤草药很难治好，也就是萧天耀运气好，遇到了林初九。

“娶我，是你这辈子最英明的决定，也是你这辈子最大的幸运。”林初九看着毫无反应的萧天耀，莞尔一笑……

不管是开颅还是开胸，都不是小事，林初九没做好准备是不敢随便下手医治的。给萧天耀诊断完后，林初九便先给他喂了一碗鸡汤，以保证他身体正常所需。

萧天耀昏迷的这十来天，流白一直给他喂汤汤水水，每隔一个时辰就会喂上几口人参汤，就怕萧天耀无法进食，身体扛不住，不等治好他的伤，人就先倒下了。

林初九调整好输液瓶，便坐在一旁，拿出病历将萧天耀的情况写明，同时把医治方案也写了出来。

一碗鸡汤喂完，林初九又给萧天耀喂了一点水，顺便将药也喂了下去，才让暗卫把流白找来。

林初九知道，萧天耀身边必然是有暗卫的，她只是对空气说了一声，然后就在那儿等着。没有让林初九失望，一炷香后，流白和莫清风走了进来。

“参见王妃，王妃千岁。”流白和莫清风走进来，一前一后给林初九行礼。流白本来没有这个习惯，还是莫清风先给林初九行礼，他才反应过来，这才跟着学。

林初九看了流白一眼，抬手，一脸平静地道：“免礼。”

莫清风起身后，便站到一旁，流白则是直接问道：“王妃，可是查出病因了？”

“王爷内脏出血，脑中也有淤血，伤势很重。”从外面看，萧天耀没有受伤，内里却是伤得不轻。

“王爷伤得这么重？”流白吓了一大跳，萧天耀怎么看都不像是受了重伤呀。

“不然你以为王爷为什么会昏迷不醒？”林初九反问道。

流白一怔，这才知自己问了蠢话，轻咳一声，转移话题道：“王妃既然能查出王爷的病情，必然是能医治的，不知王爷明天能否醒来？”这才是流白最关心的问题。

萧天耀的伤可以晚一步治，但明天一定要清醒才行，不然，他们就有一场硬仗要打。

林初九脸色一沉：“我不敢保证。”萧天耀的伤必须切开胸膛，将淤血清出，除此之外，她没有别的办法。

“王妃，明天就是北历递交降书的日子，王爷若不出现，怕是会有麻烦。”虽说流白已经做好了开战的准备，可终归是不想打的。真要开打，北历与东文讨不到好，他们也讨不到好，最终必然是两败俱伤。

“我知道王爷明天最好出现，但有些事不是我能决定的。”林初九很清楚明天的重要性，否则她和苏茶也不会不要命地赶路，可病来如山倒，病去如抽丝，这病不是你说治就能立刻治好的。

“我是大夫，不是神。”她没有素手一指就让萧天耀痊愈的能力。

流白一叹，知道自己再说下去就是为难人了：“王妃你放手医治，属下会安排好一切。”不管王爷明天能不能醒来，他都会撑住！

林初九思索片刻，说道：“你去和北历说，递交降书的时辰，改在下午酉时。”

“改时辰？”流白一听，愣住。

“对，从辰时改到酉时，我们能多出四个时辰，说不定王爷就能醒来。”如果她今晚不睡，通宵为萧天耀医治，明天下午萧天耀应该能醒来。只要萧天耀醒来，林初九就相信他一定能下床，能英姿焕发地出现在人前，证明他没有受伤。

流白有些担心：“突然改时间，北历会不会起疑？”

“你不改时间，北历就不会起疑吗？”林初九冷笑着反问。

流白忙解释道：“不，我不是这个意思，我的意思是，我们突然改时间，北历会不会另做安排，到时候我们怕是会更加危险。”

“都是一样的，明天辰时他们没有看到王爷，我们一样危险。”某些情况下，林初九就像是一个赌徒，但凡有一线机会，她都愿意押上筹码去豪赌一场。

“好吧，我去试试。”流白咬牙，重重点头。

北历兵败，在东文面前没有话语权，改时辰的事，只要说服东文的将领就成，可东文的将领并不是那么好说服的，流白也不敢保证自己一定能成。

“你现在就去，我要确定你能否成功，才会考虑要不要继续下一步。”要是流白无法说服东文将领，那么她今晚就不需要匆忙为萧天耀医治。

“我这就去。”流白听出了林初九话中的意思，不敢耽搁，转身就往外走。

莫清风犹豫了一下，也跟了上去：“王妃，我和他一起去。”他真不放心流白。

“嗯。”林初九没有挽留，待到两人出去后，林初九转身走回内室，开始做准备工作。

不管流白能不能成功，萧天耀的伤都要医治，她必须提前做好准备。

人命是脆弱的，她要对萧天耀和自己负责，萧天耀要是死在她手上，她也不用活了。

林初九将所需药物从医圣之心里面取出来，又将内室的每一处都擦拭了一遍，因腿上有伤，林初九做得特别慢，足足花了一个时辰，才将内室打扫干净。

而一个时辰过去后，流白和莫清风还没有回来。这个时候还没有回来，林初九几乎可以肯定二人差不多能成功。

原因很简单，东文的将领要是不答应，就会一口拒绝，不给流白和莫清风劝说的机会。他们这么久还没回来，就说明东文将领的态度并不是那么坚决，至少还有商量的余地。

而只要有余地，那就好办了！

第七章　此生最大的幸运

林初九心中已有猜测，却不知流白和莫清风要多久才能把事情办好，保险起见，林初九先让人给她送来一些吃的。

医治外伤是个体力活，萧天耀的伤势棘手，一旦开始就不能停下来，她必须保存体力。

两炷香后，饭菜端了上来，林初九很快就吃完了，正准备让人把餐盘端走，流白和莫清风就进来了。

林初九没有什么不好意思的，淡然地将碗筷移至一旁，问道："他们开了什么条件？"

流白愣了一下才道："要天外玄铁的战甲。"

"你们答应了吗？"林初九抬眸，却是看着莫清风。

莫清风立刻上前："没有，我不肯同意。"所以流白很是不满，觉得他把事搞砸了。

"对，就是莫清风不同意，本来这件事都快成了，现在怕是不行了。"流白低头，一脸懊恼，责怪地看了莫清风一眼。

莫清风没有说话，只是定定地站在那里，完全没有为自己辩解的意思。

林初九看了看莫清风，又看了看流白，见流白一脸气愤，不由得摇头："这事本来就不该同意。"萧天耀多么强硬的一个人，怎么可能退让?

"可要是不答应，他们根本不改时间。"流白不解地看向林初九，似在怪她找麻烦。说改时间的人是她，现在不肯答应对方条件的人又是她，林初九到底要做什么?

"流白，你忘了你代表着谁吗？"林初九真不明白，流白常年跟在萧天耀和苏茶身边，怎么就没有把两人的精明学到呢?

"王爷！"这个流白肯定是不会忘的。

"既然知道你代表的是王爷，那你需要跟他们妥协吗？"谈条件和妥协是两回事，流白怎么就不懂呢？

流白一愣："王妃你是说我答应他们的条件就是妥协？可不妥协他们哪里肯同意改时辰？"忙活了两个时辰，眼见有收获了，却在最后关头被莫清风搅了，林初九还说他做得不对，流白郁闷极了。

"流白，你是去告诉他们改时辰的事，而不是与他们商量。给些许的好处，做一些让步可以，过了就是妥协。你退让太多，对方只会认为你好欺，认为王爷软弱。所以有些条件可以答应，但有些绝对不能。"林初九看在萧天耀的面子上，才跟流白说这么多，不然她根本不会理会流白。

"我明白了。"流白低头，似乎认识到了自己的错。林初九也没有揪着不放，说道："流白，你去告诉他们，把北历递降书的时间改到酉时是王爷的命令，谁不满让他明天来找王爷。"

"莫清风之前就让我这么说了，可他们不肯，一个个嚷着要见王爷。"流白无奈地说道。

王爷昏迷不醒，他们做什么事都是束手束脚的。

林初九冷笑一声，不怒自威："要见王爷？可以！让他们在外面跪着，王爷什么时候愿意见他们，他们什么时候才能起来。"

"这……好吗？万一他们闹事呢？"流白很想这么做，可又怕惹出麻烦，引得东文与北历提前动手。

"闹事？怕什么，金吾卫是吃素的吗？谁敢闹事杀了谁！"林初九将萧王府的令牌丢给流白，"这是皇上亲赐的令牌，见令如见人，拿着令牌你想宰谁都行。"

林初九手中的令牌，是皇上赐给萧天耀的，上面有一个大大的"萧"字。萧是东文的国姓，也是萧天耀的封号，这块令牌就代表了萧天耀。

皇上赏这块令牌给萧天耀，看似荣宠，实则鸡肋无比。萧天耀本人往那一站，就代表了他的身份地位，需要一块破令牌来证明吗？

萧天耀拿在手上没啥用处，便在离京时给了林初九，让林初九被人欺负时拿出来。

"这是王爷的令牌。"流白拿到令牌，有些不解地看着林初九。王爷的令牌怎么会在林初九手上，林初九是怎么拿到的？

"是代表王爷的令牌。"林初九纠正道。

"怎么会在你手上？"最终流白还是问了出来。

他一问出来，莫清风就暗叫糟糕，果然，林初九生气了！

林初九冷冷道："流白，你是不是忘了我的身份？"

林初九的声音很轻，流白听在耳朵里却莫名地觉得不对，对上林初九平静的眸子，双脚不受控制地后退一步："王妃，我，我不是那个意思。"

"我不在乎你是什么意思，流白……别触了我的底线。"这是林初九第一次明明白白地告诉流白，她不高兴。

之前，她不把流白的轻视放在眼里，是因为她没能耐处置流白，也没想过一辈子待在萧王府，萧王府的人怎么看她，她并不在意，她只在乎萧天耀怎么看她，可现在不同。既然跑不掉，既然只能做萧王妃，那她就要做尊贵无比、高高在上的萧王妃，流白的轻视可一不可再。

"是，我……属下知道了。"流白低头，不敢多言。

"下去吧。"林初九没有和流白多说，待到流白走后，便召来暗卫，让他去取铜镜、烛台与热水。

本来这些事，林初九是打算交给流白去办的，现在她看流白不顺眼，实在不想搭理他。

许是暗卫见到了林初九给流白下马威的画面，再次出现时，不仅语气上，就是神态上也十分尊敬，林初九不置可否一笑，心里却泛着冷意。有些人就是那样，把她的客气当好欺。

不知是因为有了萧天耀的令牌，还是林初九的交代，流白这一次办得很快也很顺利，一刻钟后，流白便与莫清风走了进来。

"王妃，事情办好了。"拿出代表萧王的令牌，加上流白的语气又强硬，东文的将领拿不准萧天耀到底是个什么情况，见几个不服的都被流白以雷霆手段收拾了，其他人也不敢说什么。

改时辰的事定好后，林初九便能为萧天耀医治了。

至于会不会成功？酉时前萧天耀能不能醒？

这个林初九一点儿也不担心，林初九见识过萧天耀变态的恢复力，她可以肯定萧天耀的生命力绝对比一般人顽强，在普通人身上不可能的事，在萧天耀身上都会有可能。

萧天耀绝对能让她见证奇迹的诞生！

动手医治前，林初九把流白和莫清风赶了出去，并再三交代让暗卫在外面守着，没有她的命令任何人都不能进来。如果是之前，流白也许会用言语表达一下自己的不满，可现在流白真的不敢。

林初九之前流露出来的气势实在是太吓人了，林初九发怒的样子和萧天耀一样可怕，他面对林初九时，就有一种面对王爷的错觉。

流白和莫清风退了出去，不过两人并不敢离得太远，一直在外面守着。

东文将领见到这一幕，当面什么也没有说，转身几个人就碰头商量此事："流白和莫清风今晚居然守在外面，王爷今晚到底要做什么？"

"今晚必是关键的一晚，你说我们要不要动手？上面那位可是暗示过我们，寻到机会，不惜一切代价也要除了萧王。”

上面那位不用想也知，必然是指当今圣上。要不是有当今圣上在背后给他们撑腰，这些将领哪里敢在萧天耀面前蹦跶，嫌命太长了吗？

有主张今天动手的大胆派，自然也有谨慎派：“我们都不知萧王在营帐里做什么，万一是突破武神的关键时刻呢？虽说突破时萧王没有办法与人作战，可突破的时间可长可短，要是萧王在短时间内就突破了，我们却没有攻破金吾卫的防守，届时怎么办？”

“萧王爷应该没有受伤，当天武神自爆都没有伤到萧王，还有谁能伤到萧王？我也觉得萧王应该是到了武神突破的关键时刻，我们还是别冒险的好。”还有胆小怕事派。

皇上交代下来的任务，他们要是没有机会动手，顶多被皇上骂两句无能，要是动手却没有完成，那可是会死无葬身之地，甚至还会连累家人。

“萧王当天有没有受伤谁知道呢？十几天也不曾露面，我们根本不知萧王的情况，也许萧王真的受伤了，萧王府今天来的人，说不定就是来给萧王送药的。”

此言一出，马上得到了大部分的人认可，但仍旧没法让他们下定决心，今夜就动手。

胆小派劝说道：“我们还是等明天，让北历为我们试探吧，我实在不敢动手。”

谨慎派听到这话，点头说道：“如果萧王真的受伤了，那必然是重伤。萧王一连十几天不曾露面，营帐里也没有药味，此刻就算有萧王府的人送药过来，也无法让萧王立刻恢复到巅峰时刻。”

“所以呢？”胆大派看到同僚一个个泼冷水，心里也产生了怯意。

他们早就怀疑萧王受伤了，但没有一个人敢动手。一旦动手，杀了萧王还好，要是没有弄死，他们和家族就全完了，皇上绝对不会保他们，也保不了。

不是他们看不起皇上，而是萧王的手段太可怕了，萧王从来不是一个讲规矩的人，明的不行，他就来暗的。

之前那些受墨神医煽动、抢萧王府粮草与药材的江湖人士，现在下场有多惨？

萧王就是猛虎，打虎不死反伤其身。别说他们现在还不能确定萧王到底有没有受伤，就算他们确定了，轻易也不敢对萧王出手。

东文的将领商量来，商量去，最终还是不敢冒险，决定等明天北历的人过来。

“酉时便酉时吧，我就不信一天的工夫，萧王就能生龙活虎。”这句话便是总结。

北历收到东文要求改时辰的通知后，全军上下都坚定地相信，萧天耀一定是受伤了，而且伤得很重，可是……

“四个时辰能有什么用？萧王就算多拖四个时辰，也不可能养好伤。”萧天耀受伤，必然是武神自爆引起的，武神自爆带来的伤，绝不是十天半个月就能养好的，也不是四个时辰能改变的。

“四个时辰足够萧王做周密的安排，众位忘了毒烟炸药？”北历副帅出声提醒，而他说了这句话后，就不再吭声。

“难道萧王打算用这个方法对付我们？可一旦萧王点燃毒烟炸药，东文的士兵也会遭殃。”毒烟炸药有解药，可北历不认为萧天耀会准备几十万粒解药。

“不是毒烟炸药也会是别的，萧王这人一向狡诈，我们明天得当心，千万不要中了萧王的计。当然，东文那些人也不一定可信，他们不过是想借我们的手，试探萧王的情况罢了，他们不会以诚相待。”北历大帅出言提醒众人。

“我们自当小心，只是明天的事怎么办？难道我们还是按原计划实施？”副将看向大帅。

北历大帅想了好一会儿，摇头道：“按原计划肯定不行，我怀疑萧王是知晓我们的计划，所以才会改时辰，好打我们一个措手不及，我们得另想他法才是。”

“大帅说得是，末将也是这么认为的。”

“大帅此言有理，萧王必是收到了消息，我们得万分谨慎才是。”

北历大帅此言一出，在场副将尽皆附和，只有北历副帅不吭声，而他不吭声并不代表旁人会忽视他。

北历大帅见副帅一脸严肃，恭敬地道：“老将军，有何高见？”

“不……我只是在想，东文能借刀杀人，我们是不是也能如此？”北历副帅摸了摸下巴上的胡子，一脸沉思。

北历大帅一听，眼前一亮：“老将军，您的意思是？”

北历副帅本不想多说，可看北历上下皆在想要如何防备萧天耀，却没有一个人想过要如何反击，他只得站出来，说出自己的想法。

“我们的人不是一直盯着黑甲卫吗？帝国大皇子与萧王之间的事，你们都看在眼里，即使帝国大皇子什么也没有说，我们也知大皇子是十分厌恶萧王的。如果我们把萧王重伤的消息透露给黑甲卫和大皇子，你们说……大皇子会放过这个机会吗？”

东文想借他们的手试探萧王，那他们也能借黑甲卫的手除了萧王。要知道，萧王的敌人可不止他们一个。

“老将军这办法好。”副帅一说完，北历大帅就连连附和。

不需要自己动手，却能给萧王致命一击，再也没有比这个更好的办法。

“最好的还是萧王改了时辰，多出四个时辰的时间，足够我们把黑甲卫找来。”有一个副将十分得意地说道，那神情就好像在说萧天耀搬起石头砸了他自己的脚一样。

“对对对，萧王这时辰改得太好了。有这四个时辰，足够黑甲卫赶来收拾他们，而我们也能在帝国面前卖一个好。”如果说东文想要挣脱中央帝国的钳制，那么此刻的北历就要紧抱帝国的大腿，因为他们的镇国武神死了！

没有武神的北历，要是与中央帝国的关系不好，绝对会被其他三国吃得只剩下骨头，而之所以会剩下骨头，则因其他三国顾忌中央帝国的存在，不敢一举灭了他们。

北历副帅见众人兴致极高，一副恨不得现在就去办的样子，泼了一盆冷水：“事情没有你们想的这么简单，你们要明白，万一萧王没有受伤，黑甲卫跑来没有落到好处，我们如何跟大皇子交代？”

事情都是双面的，虽说他们现在有九成把握可以肯定萧王受伤了，可谁敢保证最后那一成可能不会发生呢？

北历副帅此言一出，几个副将顿时十分不安：“不，不会这么巧吧？”

“是呀，萧王受伤绝对是板上钉钉的事，我们也不是胡说呀。”

“这世间之事不怕一万，就怕万一，万一萧王没有受伤呢？你们谁敢保证？”北历副帅一脸严肃地扫向众副将，而被他看到的人一个个后退，不敢与之对视。

北历大帅一见，急了：“老将军，照你这么说，这事岂不是办不成了？”大好的机会就在眼前，要是因为这一成的顾忌，就错过杀死萧天耀的机会，他们会后悔一辈子的。

“谁说办不成了？”副帅摸了摸自己的长胡子，高深莫测地道，“祸水东引，懂不懂？”

“懂。”北历大帅忙点头，等着副帅继续说，副帅一见就知这人还是没有明白自己的意思，不由得暗自叹气。他们北历的男儿骁勇善战，可惜只会打仗，脑子不够灵活，要不然，他们哪里需要把东文、南远和西武放在眼里？

“罢了罢了，不说出来你们也想不到。”北历副帅很想调教他们，奈何现在时间紧张，他没有时间浪费，“劝说帝国大皇子杀回来很有必要，但并不表示需要我们亲自出面。”

“老将军的意思是，劝说东文去请大皇子？”北历大帅终于明白了副帅的意思，虎目一亮，杀气腾腾，战意十足。

“没错，就是让东文的人去做这件事。他们得罪了大皇子，得罪了黑甲卫，正怕得很，我们只需要一提，他们就是明白我们故意把他们推出去，也会入这个局，因为……”北历副帅一顿，冷笑道，“他们东文得罪了大皇子，要是萧王在还好，中央帝国找麻烦，他们可以把萧王推出去。要是萧王死了呢？他们推谁出去平息帝国的怒火？现在有个机会，可以在大皇子面前卖好，他们一定会硬着头皮去做。”

“妙，妙，实在是太妙了，老将军此计甚妙，我这就派人去和东文的人谈。”北历大帅一拍大腿，乐了。

能借黑甲卫之手杀萧王，又不用把自己牵扯进去，实在是太好了。虽说他们会错过讨好大皇子的机会，可总比以身犯险要好。

北历将领订好计划后，立刻联系东文的将领，诚如北历副帅所猜测的那样，东文将领听到这个消息，立刻明白了北历的险恶用心。然，事情就像北历副帅所说的那样，他们东文需要一个机会向大皇子轩辕挚赔罪，不然萧天耀死了，轩辕挚火气没地方发，他们这些人就惨了。

东文的将领并没有立刻应下此事，只说多谢北历的提醒，他们还需要商量一下。

把北历的人暗中安排好后，东文几个将领便聚在一起商量起来：“北历真是阴险，明知我们得罪了大皇子，需要一个机会给大皇子赔礼道歉，他们就推我们出去犯险。”

“他们是料定我们只有妥协的份儿。萧王在战场上落了大皇子和黑甲卫的面子，要是不让大皇子出这口气，定会把错算到我们头上。如果我们把萧王受伤的消息卖给大皇子，等到大皇子出了气，也许会放我们一马。”

他们不是萧天耀，实在没有那个能力与底气和帝国大皇子叫板。

“所以，我们现在明知这是北历的陷阱，也只能往下跳？可你就不怕引狼入室吗？一旦黑甲卫杀过来，把王爷和金吾卫全部斩杀干净，北历那些人再次打过来，我们该怎么办？”

“这事，真是麻烦。”东文将领因这一句话，齐齐陷入深思之中。

他们想要卖轩辕挚一个好，想要平息轩辕挚的怒火，可又害怕消息不实，万一轩辕挚再次吃亏，定会把账记在他们头上。

“我们拼了，这是一场赌注，赌赢了我们一举两得。”东文的胆大派豪气万千地说道。

赢了，他们不仅能卖轩辕挚一个好，还能借中央帝国之手杀了萧天耀。

“万一输了呢？大皇子没法拿萧王怎样，却不会放过我们，萧王一旦知道我们这般算计他，不仅我们要倒霉，就是子孙后代也要倒霉，甚至有可能遗臭万年。”胆小派站出来，冷着一张脸道。不要怪他们胆小，实在是后果太严重了，他们承担不起。

“你们是什么意思？难道要错过这么好的机会？你们应该很清楚，要是让上面那位知晓我们错过这么好的机会，我们和后代子孙同样没有活路。”胆大派这一次是打定主意要冒险一试。

他们是皇上那边的人，与萧王注定不可能友好，想要步步高升，照拂后代，只能除掉萧王，踩着萧王的尸体往上爬。

“我只是希望大家谨慎一些，别落入萧王与北历的圈套中。萧王一直闭门不出，又在递交降书的前一天提出改时辰，你们不觉得萧王这是在耍我们玩吗？”胆小派为了说服众人，大胆说道，“我们一直猜测萧王受伤，可你们有没有想过另一种可能？”

“什么可能？”谨慎派的将领问道。

“萧王现在既没有受伤，也不是在突破武神，他是站在暗处等我们自己跳出来。”胆小派曾提过一次这种可能，只是没有人相信，“你们一直说萧王十天不曾露面，营帐内也没有武力波动的迹象，便坚定地认为萧王受伤了，为什么不想想萧王有可能不在营帐内呢？”

“萧王不在营帐内，那他在哪里？”胆大派与谨慎派齐齐看向胆小派的将领，等待他进一步说服自己。

胆小派的将领也不惧，侃侃说道：“我之前有这个猜测，但是找不到理由。可今天北历人来找我，我突然想到一件事。”

“什么事？”

“帝国大皇子和黑甲卫突然出现在东文与北历的边境，到底是为什么？他们到底在执行什么样的任务？要知道，不管是东文还是北历，都不可能拿帝国大皇子怎样，一般的任务根本不需要大皇子带着黑甲卫来。”胆小派说的这些，正是十天前北历副帅就想到的事。

胆大派的将领一听，立刻就想到了：“帝国大皇子这次出的任务，必然是获利极丰、用处极大，但又不会太危险。之所以派黑甲卫出动，应该是任务带来的价值很高。”

“没错。”胆小派的将领点头道，“我想北历人肯定猜到了，所以他们一直暗中跟着黑甲卫，而北历人能猜到，你们说，萧王会想不到吗？”

“你是说……”谨慎派的将领眼睛一眯。胆小派的将领点头：“我怀疑萧王没有受伤，也没有在营帐内，他盯着大皇子和黑甲卫去了！”

“如果真是这样，萧王大可直接说，何必藏着掖着，对他有什么好处？”

“怎么没有好处？没有这故布迷阵的安排，我们这些人会跳出来吗？会让萧王拿到把柄吗？你们难道不知与北历勾结是什么罪吗？”

与北历勾结，是通敌叛国的死罪，到时候罪证确凿，就是皇上也保不了他们。

“你是说，萧王此举，是为了将我们一网打尽？”胆大派的将领脸色一白，身子摇晃。

“除此之外，还有什么值得萧王费心的？别忘了当初萧王与黑甲卫、北历对阵时，我们都不曾出手。”胆小派的将领越说越有理，继续说道，“你们想想，如果你是萧王，你要是真的受伤了，为了打消旁人的怀疑，你们会怎么做？”

不等旁人回答，胆小派的将领又道：“萧王要真受伤了，除非他伤得一直醒不过来，不然为了掩饰他受伤的事，他就是硬撑，也要撑着出现在人前。”

“对，对，对，就是这样，如果萧王真的受伤，他不可能不露面，任我们在这里猜测。”谨慎派的将领一拍桌子，大声附和。

胆大派的将领木木地坐在那里，不敢再动。

真相，有时候就是在不断的争论中，越走越偏。如果这是一群文官，也许他们还能猜到萧王的真实情况，可武将们对那些弯弯绕绕的事天生就少一根筋，当有人提出合乎情理的解释时，这些人就不再相信自己的判断了。

毕竟，他们一旦判断失误，付出的不仅仅是自己的性命。付出的代价越大，他们就越谨慎，而越谨慎，他们就想得越多，想得越多，就越不敢乱来。

东文将领不敢乱来，也不敢什么都不做，他们怕萧王的报复，也怕皇帝的报复。几番商量后，东文的将领决定把北历拉下水，两方人一起去找帝国大皇子轩辕挚。

东文为此给出冠冕堂皇的理由：“我们是一条船上的人，有功劳自然要一起领，独吞好处这种事我们东文做不出来。”

明知北历胆小怕事，想推他们出去冒险，可东文将领就是当作不知，把话说得十分漂亮，让北历人无法拒绝。北历人也不是那么想拒绝，萧王受伤的消息要是真的，他们也能得到一些好处，消息要是假的，也有东文陪他们一起承受大皇子的怒火。

双方就此约定，天不亮就派人快马加鞭去追黑甲卫，流白和莫清风收到消息，决定安排人在途中暗杀传消息的人。

两人分头行动，一个守在营帐外，一个去安排这些事，而这一切林初九都不知道，林初九已经在为萧天耀医治胸腔处的伤。

要打开胸腔，医治受伤的内脏，是一件极为危险的事，林初九全程不敢有半分松懈，就怕中途出现什么意外……

长时间保持精神高度集中，忙碌时不觉得有什么，甚至会觉得时间过得很快，可一旦忙完，紧绷的那根弦松懈下来，人的身体就会特别地疲累。

林初九忙了一夜，一刻也没有停，甚至眼睛都没有眨一下，她一点儿也没有感觉到累，可当她忙完，紧绷的神经松懈下来了，她险些累得摔在地上。

“累死我了。”林初九踉跄一步，后背抵上桌子才没有摔倒在地。她借着桌子的助力，小心翼翼地挪到椅子旁，坐下，揉了揉酸痛的胳膊，有气无力地对着半空唤了一声，“送两盆热水，还有一份早膳进来。”

“是。”暗卫什么也没有说，什么也没有问，低头站在外间，得令后立刻退下。

站久了，突然坐下，这才发现自己的双腿就像是灌了铅一样沉重，尤其是受伤的大腿内侧，许是站了太久，伤口又裂开了，大腿内侧全是血。

“真是倒霉。”林初九忍不住叹气，“师父说得没有错，医治外伤果然是体力活，真累。”

打了个哈欠，林初九靠在椅子上，就这么眨眼的工夫，便睡着了。

莫清风端着早膳走进来，一进来就看到这一幕，站在门口犹豫片刻，最终还是开口提醒林初九：“王妃。”

“唔？”林初九这会儿困得厉害，听到有人叫她，也只是迷糊地应了一声。

莫清风摇了摇头，将早膳放到林初九面前，“咚”的一声，把林初九给惊醒了。

“怎么了？”林初九猛然惊醒，吓了一跳，抬头看到莫清风，这才冷静下来，“对不起，我刚才不小心睡着了。”

“没关系，王妃，你的早膳端来了。”莫清风低着头，没有看林初九。

林初九打了个哈欠，看到桌上还算丰盛的早膳，这才发现自己真的很饿。

“热水打来了吗？”林初九艰难地站起来，问道。

“我去给王妃端过来。”热水放在一侧，莫清风看林初九这般模样，实在担心她走不动，便提出帮她端来，不过林初九拒绝了：“不用了，我起来走一走，就没有那么困了。”

林初九摇了摇头，试图让自己更清醒一些，这才朝一旁的水盆走去，只是她这一走……

随着林初九的走动，身后便落下一连串的血花，一滴一滴，顺着裤脚落下，声音极小，一般人注意不到，可莫清风是什么人?

他是武神的弟子，本身实力也不俗，普通人听不到，他还能听不到?

顺着声音往下看，便看到落在地上，如同血梅绽放的朵朵血花，鲜红的花朵刺目而妖娆。

“王妃，你的伤？”莫清风指着地上的血，有些震惊，可更多的是担忧。

“啊？”林初九的脑子有些迟钝，听到莫清风的话，回头看了一眼，这才发现自己居然一直在流血。

只是，她现在真的没有力气管它，只能摆摆手道：“没事，回头养两天就好了。”她这是皮外伤，和萧天耀的伤势相比，小巫见大巫。

“王妃还是小心些才好，不然留了疤可就不好了。”伤在大腿处，莫清风也不好多说，而且林初九自己就是大夫，莫清风相信林初九自有分寸。

“嗯。”林初九应了一声，却没有管腿上的伤，净手后，便坐下来用早膳。

看得出来准备早膳的人十分用心，不仅分量足够，就是品种也很多，而且营养均衡，甚至还有一碗羊奶。羊奶的味道有点儿膻，但还能入口，林初九知道羊奶营养很高，即使不喜欢，还是喝了一碗。

早膳用完，林初九就更困了，让莫清风把餐盘拿下去，林初九捏了捏自己的脸，让自己更精神一些，这才往里走。

林初九给萧天耀换好药，再次检查萧天耀的心跳、体温等体征，确定没有问题后，林初九给自己留了一炷香的休息时间。

有一炷香的时间休息，林初九相信自己能恢复精神。

内室没有桌椅，林初九只能躺在床边休息，为了不碰到受伤的萧天耀，林初九睡得十分小心，蜷缩在一角后便一动不动，生怕碰到萧天耀的伤口。

一炷香的时间很短暂，林初九顶多就是合一合眼，根本不可能进入深度睡眠中。是以，林初九睡得十分大方，甚至毫无防备，以至于萧天耀醒了，她都没有发现!

虽然林初九根据上次的经验，加重了麻醉剂的药量，可萧天耀的实力也提升了，那点儿麻醉药，萧天耀只需要将内力运行一周天，就能自动排出。

萧天耀这段时间虽然一直处在昏迷中，可他并不像林初九和流白认为的那样，陷入深度昏迷中，不知外面的事。事实上，流白和林初九他们的交谈，萧天耀全部知晓。

流白和莫清风的担心他知道，林初九赶来的事他也知道，甚至林初九双腿受伤的事，他也听到了，只有医治过程中发生的事，萧天耀一点儿也不知，那时候他受麻醉的影响，的确昏迷不醒。

此时，睁开眼，看到面前熟悉却又陌生的容颜，萧天耀有片刻的怔忡。睡在自己身边的女人依旧美丽，面容却透着苍白与疲倦，只看着就让人心疼。

抬手，想要摸一摸近在咫尺的脸，却发现自己做不到。

“武神自爆的威力，果然不容小觑。”萧天耀略一动就发现，自己此时比任何一刻都要虚弱。他长这么大，除了上次险些双腿尽毁，就数这次伤得最重了。要不是林初九及时赶来，他恐怕还要再躺上十来天，才能将伤势慢慢养好。

察觉到内脏的滞重与负荷消散，萧天耀缓缓地呼出一口气。他的内脏伤得很重，当时北历武神自爆，大部分的伤害都落在他的胸膛上，若非他实力深厚，又有天外玄铁的铠甲护身，怕是早就死了。

“果然，娶你，是本王最大的幸运。”萧天耀之前听到林初九在他面前自言自语，此时心念一动，不由得将这句话说了出来。

这个女人，一次次用行动告诉他，她是值得信任的，她是值得被爱的。

“本王，绝不负你！”缓过劲后，萧天耀抬手，扯掉输液的管子与针，血珠往外冒泡，萧天耀却没放在心上，伸手将林初九抱在怀里，“好好睡一觉，本王醒了，那些跳梁小丑不足为惧。”

林初九没有反应，仍旧睡得香甜。林初九真的是累狠了，要知道，和她一起来的苏茶与暗卫这个时候还在营帐里呼呼大睡呢，也是她命苦，现在不仅不能休息，还要熬夜为萧天耀医治。

林初九的体力已经消耗到了极限，她给自己定的一炷香的睡眠时间远远不够，当医圣之心提醒她时间到了，林初九根本不想睁眼，有那么一刹那，她甚至想要放弃起床的念头，继续睡……

她真的太累，也太困了。可是，心底的责任与使命感，还有对萧天耀的担忧战胜了睡意，哪怕脑袋疼得快要炸掉了，林初九依旧努力睁开眼睛……

这一睁眼，林初九直接傻了：“王，王爷。”她怎么会睡在萧天耀的怀里？

“啊……伤口。”林初九像是受惊的小兔，猛地一动，拉开自己与萧天耀的距离，可她一动便惊动了萧天耀。

“别乱动。”萧天耀没有睁眼，只是抱着林初九的力道加重了。

“王爷，你，你，你居然醒了？”林初九惊呆了，就好像是被雷劈了一样，脑子完全无法思考，眼珠子也是一动不动。

“这怎么可能？我一定是在做梦，要不就是我睁开眼的方式不对。萧天耀怎么可能这么快就醒过来？”林初九忙闭眼，告诉自己一定是她幻听了、眼花了。

再次睁开眼，看到双眸紧闭的萧天耀，林初九试探地问道：“王爷，你要是醒了，回答我一声好不好？”

“现在，相信本王醒了吗？”萧天耀哭笑不得，睁开眼，看着她，用低沉嘶哑的嗓音说道。

真的醒了？

看着近在咫尺的俊颜与黑瞳，林初九的大脑完全无法思考：“这，这怎么可能呢？你怎么会这么快就醒来？”别说萧天耀身上的伤，就是麻醉也没有这么快结束呀。

“本王醒了不好吗？”萧天耀虽然醒了，可仍旧很虚弱，语气轻柔，少了平日的冷傲与杀气，低沉的声音似有安抚人心的力道，林初九的情绪也渐渐平复下来。

她就是不平复也不行，事实摆在面前，她不得不信。林初九乖乖点头，附和道：“好，当然好。只是……”

“只是什么？”萧天耀见林初九小脸皱成一团，一副迷茫的样子，不由得笑了出来。能让一向冷静理智的林初九露出这般小女人姿态，他颇有成就感。

“没，没什么……”突然而来的微笑晃花了林初九的眼，林初九傻傻地看着萧天耀，清明的眸子染上一层迷蒙，就像迷了路的小鹿。

萧天耀本来就长得好看，这么一笑，简直是犯规，她根本无法正常思考好不好。

萧天耀不自觉地再次勾唇微笑：“没什么就继续睡，不是累了吗？”

“哦，好好。”像是受人蛊惑，林初九完全没有自己的思考，萧天耀说什么她都只会点头，可是……

一闭眼，没了萧天耀那张俊颜的诱惑，林初九立刻就清醒过来了：“不，不对，你醒了，我得给你检查一下，你现在可是病患。”

林初九挣扎着要起来，不想萧天耀长腿一伸，就把人压住了：“本王没事，继续睡。”

“别乱动，你身上有伤。”双腿被萧天耀缠住，身子也被萧天耀禁锢，换作平时，林初九直接挣开了，可现在她根本不敢乱动。

萧天耀身上可是有伤的，她要是用力挣扎，把萧天耀的伤口挣开了怎么办？

而且她自己身上也带着伤呢，就算她不心疼萧天耀，也得心疼自己吧？

“既然知道不能动，你还动什么？”萧天耀恶人先告状。林初九瞪大眼睛看着他：王爷，不要这么无耻好不好？明明她是为他好耶。

萧天耀被林初九的大眼睛瞪着，不自在地别开眼，清了清嗓子道：“好了，别动。有什么事等睡醒了再说。”

“不行，你的伤……”林初九谨记自己医生的职责，可是病人萧天耀一点也不配合：“本王说了，没事。”

“让我检查一下。”林初九坚持，十分地坚持。

萧天耀实在拗不过她，只得妥协，只是这妥协的方式让林初九吐血。

萧天耀松开林初九，可却不让她起身，而是直接扯开自己的上衣，指着伤处道：“没事，没有流血。好了，可以睡了。”

然后，不由分说又抱着林初九，闭上了眼。

林初九郁闷至极：“这么睡会弄伤你的伤口，你松开我，我睡里面去。”

可惜某个男人不配合，不仅不配合，还极度无耻地道：“别闹，本王身上有伤。”

“我没……”林初九委屈得快要哭了。萧天耀却不给她诉说委屈的机会，一脸严肃地道：“等本王伤好了，随你闹。”

“噗……”林初九差点儿吐血，“你赢了！”

林初九不敢再“闹”，果断合上眼，不多时就沉沉地睡着了，气息平稳，脸蛋红扑扑的，一看就知睡得十分香甜。

萧天耀睁开眼，唇角微扬，凑上前，在林初九的眉心落下一吻：“好好睡，天塌下来有本王撑着。”

说话间，自己也闭上眼，与林初九相拥而眠。

时间一分一秒过去，营帐内的人睡得香甜，可苦了在外面守候的莫清风，以及在外处理事情的流白。

营帐内没有声响，莫清风也不敢随意进去，只能在外面等着，而且还不能表露出半分焦急的神色。

至于流白，他此时正带人伏杀北历与东文的探子。这些人是北历和东文派出来与帝国大皇子联系的人，流白埋伏在半路，就是为了将这群人一网打尽。只是流白有心，东文和北历的将领也不是毫无准备。这些探子出发前，全部服了解药，流白的毒烟炸药几乎没有起到什么作用。

无奈，流白只能出手，用武力阻拦对方。流白带来的人单人实力虽强，可架不住对方人多。这么一来，双方的实力就没有太大的悬殊，真正打起来，流白也没有占到多少便宜。双方陷入一场恶战，虽然最后流白胜了，却也是损失惨重，人员伤亡率非常高。

“把人拦下了就好。”流白只能这样安慰自己，对还有力气的属下道，“把尸体处理好，别让人发现。”

“是。”暗卫将伤势较重的同伴扶到一旁，然后就开始挖坑埋人。只是，流白不知道的是，他虽然把这一批人拦了下来，也暴露了他出手杀人的事。

东文和北历的将领，眼见半个时辰过去，也没有收到信号，就知他们派出去的人出事了。

“萧王的人动手了。”东文和北历的将领紧急碰头，双方都是一脸凝重，可又隐含窃喜，“萧王急着出手，怕是真的不好了，要不然他根本不会害怕大皇子和黑甲卫。”

“确实，可以通知我们的人，把事情说给大皇子听，至于大皇子如何判断，就不是你我能左右的了。”北历将领点点头，微闭的双眼散发着精光。

要是能借此机会除了萧王，他们北历就不惧东文了！

第八章　许你柔情万千

萧天耀的身体比常人强上百倍，医治过后不到三个时辰就醒了，看着怀中睡得香甜的女子，萧天耀没有打扰她，而是像以往在萧王府那样，小心地起床，绕过林初九，完全没有惊醒她。

翻身下床，替林初九掖好被角："好好睡一觉，等本王回来。"

吻，落在林初九轻颤的睫毛上，很轻，很轻……就像是羽毛拂过，林初九不舒服地嘤咛了一声，红唇微启，似在抱怨，又似在娇嗔。

萧天耀面色微柔，冷硬的面容因此而软化，望着林初九的睡颜看了数息，萧天耀压下心中的眷恋与不舍，转身拿起一旁的衣服穿上。

因胸口有伤，萧天耀的动作很小心，没办法，伤口要是再裂开了，恐怕林初九第一个不饶他。

想到林初九炸毛的样子，萧天耀忍不住失笑。他极少对人和事感兴趣，几乎没有太大的情绪起伏，但每每看到林初九炸毛的样子，都会忍不住发笑。

穿戴整齐，回头看了林初九一眼，萧天耀收起眼中的不舍，转身去了外间。

"来人！"低沉的声音并不大，却惊得屋外的暗卫差点摔下来。

"王，王爷。"暗卫现身，看到无事人一般的萧天耀，当即瞪大眼睛。王妃这也太神了，明明昨天王爷还昏迷不醒，怎么今天就跟没事人一样？

"王爷您醒了！"莫清风走进来，看到没事人一般的萧天耀，也是吓了一大跳。

不是说酉时才可能醒吗？这离酉时还有一两个时辰呢，这，这也太早了吧？

"嗯。"萧天耀轻应一声，无事人一般坐下，开口问道，"外面的情况怎么样了？"

萧天耀太淡然了，淡然到让人无法对他醒来的事产生惊奇，就好像他醒来是理所当然的事一般。

莫清风和暗卫惊讶过后，很快就沉下心来，回答萧天耀的问题：“王爷您昏迷了数十天，一直不曾露面，外面传出不少流言，有许多人坐不住了，蹦了出来。军中有不少将领秘密与北历人联系，想要联手伏杀王爷，只不过他们一直拿不准主意，不知王爷有没有受伤，便一直按兵不动。”

“昨夜，王妃让我们改时辰，东文和北历似乎嗅到了什么，今天天还没亮就派人去接触中央帝国的大皇子。流白昨夜带人在半路上伏杀他们，绝不会让他们把消息带给大皇子。”

莫清风长话短说，只把重要的事交代一遍，其余细节之处现在没有时间细说。

萧天耀点点头：“嗯，你们处理得很好。”能把他昏迷不醒的消息瞒到现在，莫清风很不错。

为什么不是流白？别说萧天耀并没有完全昏迷，就算毫无意识，他也不会把功劳往流白身上记，流白什么德行，他再清楚不过。

“当不起王爷的夸奖，这是我该做的。”莫清风面上平静，心里却在暗喜。明明萧王比他大不了几岁，可被萧王这么一夸，他竟然有种被自家父亲认可的感觉，这……诡异的心思。

萧天耀算不得什么好说话的主子，这一句夸奖已是顶天。了解完事情经过后，萧天耀便淡淡地命令道：“派人盯着与北历勾结的将领，本王要人赃并获。”

自他掌兵以来，那些属于皇帝心腹的将领就处处给他使绊子，丝毫不顾大局，仗还没有打赢，就想着要他的命，抢功劳。

面对黑甲卫的进攻时，他们不出兵他能理解，毕竟中央帝国的威名摆在那里，无人敢招惹。可当北历攻打过来，他们还不出兵就实在可恶了，连公事与私事都分不清，这样的人留着何用?

莫清风得知萧天耀要收拾那些趾高气扬的家伙，脸色一喜，高声应道：“王爷放心，我一定会办好。”

中气十足的喊声，昭显了莫清风的信心，要是平时，萧天耀定会满意地点头，可现在吗?

萧天耀皱眉，不满地轻呵：“小点儿声。”

“啊?”莫清风不承想，萧天耀会在这种小事上呵斥他，当即呆住。

“王妃在睡觉。”萧天耀难得好心地解释了一句，不想却把莫清风吓了一跳：王爷什么时候这么贴心了?

莫清风一副见鬼的样子，引得萧天耀十分不满，大手一挥：“好了，出去吧。”

“是，是是是。”这一次，莫清风不敢再大声，几乎是踮着脚尖离开的，一点儿声音也没有发出。

走到门口，就听到萧天耀又提醒了一句：“别让人看出端倪。”明显，萧王殿下打算让北历与东文多高兴一会儿，而后出其不意，将其一网打尽。

“是。”莫清风转身，本能地高声应道，不想说到一半就对上萧天耀不满的眼神，当即闭嘴。

他走，他走还不行吗？

王爷真的是太可怕了，那般杀气腾腾的样子，哪里像是受了伤，也不知王妃给王爷喂了什么灵丹妙药，怎么一醒来就生龙活虎的。

要是林初九知道莫清风此时心中所想，一定会郁闷坏的。她什么都没有给萧天耀喂，她自己都不知萧天耀为什么这么快就醒了，简直是奇迹！

萧天耀醒来，暗卫就像是找到了主心骨，一个个精神十足，不需要萧天耀问起就将这几天发生的事，不论大小一一禀报，自然也包括林初九收到消息，日夜兼程赶来的事，以及流白对林初九的轻视！

流白轻视林初九不是一天两天的事，以前萧天耀也知道，只是他并不会把这种事放在心上。

他的妻子，要是连这点儿小事都处理不来，那就不配做他的妻子，可今天听到此事，萧天耀却对流白多了几分不满。

“流白来了，让他来见本王。”萧天耀黑着脸下令，暗卫一听就知道萧天耀不高兴了，默默地在心里为流白烧了一把纸钱。

萧天耀虽然不曾露面，却对外面的事了如指掌，只需要问两句，便能做出最妥善的安排。

萧天耀自醒来后，就一直忙着安排接下来的事，直到林初九醒来！

离酉时还有半个时辰，林初九终于睡饱了。林初九睡了一个好觉，醒来后精神好多了，眼中也多了一抹神采，不像之前那样泛着血丝，透着疲倦。

林初九醒来时没有看到萧天耀一点儿也不意外，自个儿乖乖地翻身下床，可还没有站起来，门帘就动了。

“醒了？”萧天耀走进来，气宇轩昂，看不出半点虚弱与病态。

“王爷，你这就起来了？”林初九再次瞪大眼睛：这真的是昏迷了十天的人？为什么她觉得萧天耀的气色比她还好呢？

萧天耀不知林初九在想什么，看着她凹陷的小脸，又想到林初九睡了一整天，便道：“本王让人给你送饭，收拾一下出来吃饭。”

“哦……”林初九正要起身，大腿上的伤突然抽痛，提醒林初九现在有一件比吃饭更重要的事，林初九跌坐回去，“王爷，能不能先让人给我送两桶热水？”

“沐浴？”萧天耀不解地问道，他记得林初九昨天已经沐浴了。

林初九摇头：“算是吧，要擦一下。”

萧天耀点点头，转身就往外走，不多时就有人送来热水，不过是低头拎进来的，放下就走，连头都不敢抬一下，而萧天耀也没有进来。

林初九知道这是萧天耀给她时间，让她收拾好自己。如果只是简单地清洗一下，顶多两炷香的时间就可以了，可林初九要拆掉刚染了血的绷带，还要重新清理污血，以及上药，难免要久些。

萧天耀之前就知林初九腿上受了伤，却不知伤得多重，见林初九许久不曾出来，便直接走进来。

萧天耀是什么人？就算不刻意收敛，他走路时也是悄无声息的，别说林初九，就是一般的高手，也发现不了。

萧天耀进来时，林初九还在用烈酒清洗伤口，烈酒与伤口接触，疼得林初九频频皱眉、咬唇，嘴唇都给她咬出血来了。

不过，萧天耀现在没空注意这些，他的心神都放在林初九血淋淋的大腿上。

只一瞬间，萧天耀的眼中就布满了杀气，而林初九也察觉到了，抬头就对上了萧天耀杀气腾腾的眼神，林初九吓了一跳，手一抖，镊子戳到肉了。

“啊……”林初九疼得大叫。萧天耀快步上前，蹲在她面前，抓住她的手，质问道：“怎么伤成这样？”

“王爷，你抓疼我了，放手。”林初九动了动手腕，提醒道。

萧天耀松了松，却没有放开，再次问道：“怎么伤成这样？”

林初九一脸尴尬，不自在地拉过放在床上的衣服，遮在腿上：“骑马磨伤的，没什么啦。”

“伤成这样，还没什么！”萧天耀松开林初九的手，又伸手在她的伤口上点了一下。

林初九顿时皱眉：“嘶……王爷，别碰。”想要痛死她呀？

萧天耀没好气道：“不是说没什么吗？”

“是没什么，只是皮外伤，养两天就好了。”林初九犹豫着要不要起身，就听到萧天耀说：“把衣服掀开。”

“啊……”可不可以不要呀？

她虽然不像时下的小姑娘那般矫情，可也没有大方到在男人面前随便露双腿的地步。

“掀开！”萧天耀重复一遍，而这一遍明显带着不容拒绝的意味。

“好吧。”林初九乖乖掀开衣服，露出受伤的大腿，“我快上好药了，王爷你不用管我。”要是萧天耀不打扰她，都快清理好了。

萧天耀看了林初九一眼，直接拿起一团棉花：“蘸什么药？”

虽是第一次用，萧天耀的姿势却十分标准，林初九一时看傻了。萧天耀开口询问时，她就乖乖地把烈酒递上：“蘸这里面的烈酒，清创。”

萧天耀从林初九手中接过，认真地清理起伤口来，那动作比林初九自己温柔百倍，至少林初九没有察觉到疼。

林初九呆呆地看着蹲在自己身前，冷着脸却动作轻柔地给自己清理伤口的萧天耀，一时间不知说什么好。

这样的萧天耀好陌生，可却该死地吸引人。都说认真的女人最美，其实认真的男人更帅，尤其是这份认真用在他的女人身上。

“王爷……”好半晌，林初九才反应过来，轻轻唤了一声。只听萧天耀冷冷地回了一声：“嗯。”林初九轻声道：“王爷，我自己可以的，真的只是一点儿小伤。”至少和萧天耀的伤相比不算什么。

“嗯。”萧天耀应了一声，手上的动作不停，眼睛也不眨，好似他眼里除了林初九腿上的伤外，就再也没有其他一样。

好不容易清理完一条腿，林初九想要自己来，萧天耀却不搭理她，依旧我行我素，认真仔细地将林初九另一条腿上的药渍与污血清除。

动作很轻、很仔细，每一处都清理得干干净净，就是林初九自己做，也不见得比萧天耀做得更好……

萧天耀动作细致，费的时间就更多了。北历与东文约定递交降书的时辰是今天酉时，没等到萧天耀帮林初九把两腿都清理干净，酉时就到了。

营帐外，已响起震耳欲聋的战鼓声，还有整齐划一的马蹄声和脚步声，只听声音就知是军中有大活动。

“王爷，时辰快到了。”眼见着还剩下一小块没有清理干净，林初九出声提醒。

“嗯。”萧天耀清冷而高傲地应了一声，仍旧没有看林初九，只继续自己手中的事，就好像这世间再也没有比这更重要的事一般。

林初九承认，有那么一刻，她的虚荣心得到了极大的满足。没办法，她也是女人，女人大多虚荣，她也不例外。

不过，虚荣归虚荣，林初九不会因此就忘了分寸，外面号角响起，林初九又道：“王爷你不出去，不要紧吗？”

“出去了，哪来的好戏看？”萧天耀似讥讽又似不屑地道。

“懂了！”林初九秒懂，再不多言。

只要萧天耀不是因为她而耽误正事就好。像萧天耀这样的男人，偶尔为她耽误些不伤大雅的小事那是情趣，要是因为她而耽误正事，害死手下的将领，那她可就是祸水了。就算萧天耀现在不会说什么，谁能保证他日后不后悔，萧天耀的属下也会不满。

有的人爱江山更爱美人，为了美人可以连江山都不要，可谁能确定那些人事后不后悔？

林初九不想因为一点儿小事，就沦落到让人怨恨的地步。不过，萧天耀自有分寸，林初九自然不会矫情，待萧天耀帮她清理好伤口，不需要萧天耀开口，林初九就把伤药递到萧天耀面前："涂一层。"

"你这是……使唤上本王了？"萧天耀没有接，而是抬头看着林初九，黑洞似的眸子，染上一层笑意。

只一眼，林初九就知道萧天耀没有生气，便大着胆子道："难得有使唤王爷的机会，错过了这次，不知得等到哪年哪月。"

萧天耀没有说话，只深深地看了林初九一眼，直把林初九看得不自在地低头，这才接过林初九手中的药瓶。只是，不知是有心还是无意，萧天耀在接药瓶时，指腹从林初九指间滑过，温热酥麻的触感传来，林初九吓了一跳，差点把手中的药瓶给打了。

"笨手笨脚！"而某个得了便宜还卖乖的人，一本正经地训斥。

无耻！

林初九磨牙，可对上萧天耀严肃的俊颜，又默默地把话收了回来。

林初九乖乖不辩解，萧天耀自然不会拉着她不放，拧开药瓶，确定里面的药没有问题后，萧天耀就给林初九上药。不想才抹了一下，门外就响起莫清风的声音："王爷，北历的人到了，几位将领问您什么时候出去。"

此时已是酉时一刻，北历的人已经等了一刻钟。迟迟没有看到萧王出现，东文与北历的将领并不生气，恰恰相反，他们十分高兴。

萧王迟迟不出现代表了什么？代表着要么他不在营中，要么就是出事了。而不管哪一种，都是一件值得高兴的事。

"让他们等着。"萧天耀头也不回地说道。

莫清风顿了一下，又道："王爷，时辰已经到了。"您老既然醒了，就别再龟缩着不出面了，您老不知外面的情况，北历和东文的将领见您老迟迟没有出现，兴奋得两眼都放光了。

"没听到本王的话吗？让他们等着！"萧天耀重复一遍，冰冷的语气充分表露了他的不满。莫清风吓了一跳，再不敢多说，应了一声是，转身就跑。

至于东文与北历的将领，听到这个消息会有多兴奋，事后又会摔得多惨，那就与他无关了。

萧天耀无事人一般，耐心而细致地给林初九上药，刚开始林初九还沉得住气，随着时间流逝，林初九渐渐忍不住了，开口问道："王爷，你这么久不出去，真的没有事吗？王爷，你还真当自己是铁打的？你身上还有伤呢，你现在不出去震慑他们，非得等打起来再露面吗？"

"打？战场上还有武神吗？"萧天耀知道林初九担心什么，一向懒得安慰人的他，破天荒地多说了一句。

"现在是没有武神，可中央帝国的人来了，不就有了吗？"她不怎么担心北历和东文的人，但她担心中央帝国的黑甲卫和大皇子。

虽然没有亲眼看到，可看到流白在信中所写，林初九也能想象出黑甲卫的厉害。

“轩辕挚看到本王，就不会出手。”他能拿下轩辕挚一次，就能拿下第二次，除非轩辕挚不怕再次丢人，不然绝不会轻易出手。

毕竟，他现在这个样子，谁也看不出来他受伤了。

“可不怕一万，就怕万一，万一我们遇到一个犯羣的呢？”这年头蠢货太多，林初九真怕又遇到一个像福寿长公主那样的，自己把自己给玩残了。

这帝国大皇子可不是福寿长公主，真要把帝国大皇子玩残了，帝国哪怕为了颜面也不会放过萧天耀。她现在和萧天耀已经分不开了，夫荣妻贵不错，可夫倒霉，妻子也跑不掉呀。

她好容易才过上两天安生的日子，真不想和中央帝国斗，即使萧天耀不惧中央帝国，她也不想与中央帝国对上。她知道萧天耀很强，可是任你个人实力再强，也无法与其抗衡，她不想过亡命天涯的日子。

只是，这世间之事不是你不想，就不会发生的。萧天耀还没有给林初九上完药，外面就传来一阵骚动，随即莫清风就来报……

他们被围了！

萧天耀迟迟不出现，东文与北历的将领更加确信萧天耀出事了。

这么好的机会摆在面前，不管是东文还是北历，都不想错过。双方不需要多说，只一个眼神就明白了彼此的意思。于是，北历士兵主攻，东文士兵放行，将萧天耀和近二十万金吾卫围了起来。

“王爷，我们被包围了。”莫清风进来禀报。当然，他只敢站在外间，林初九在营帐内，就是有天大的事，他也不敢直接冲进来。

“动手了？”萧天耀不紧不慢地给林初九上药，头也不回地问道，就好像被围的人不是他一样。

“是的，北历十万人，东文三十万人。”兵力是他们的两倍，包围他们毫无压力。

“勾结敌国，证据确凿，告诉他们，本王会秉公办理。”萧天耀迟迟不露面，等的就是这一刻。

东文将领与北历勾结一事，如果不闹到明面上，不闹大，皇上绝对会包庇他手下的人。现在抓了他们一个现行，他倒要看看，皇上拿什么包庇那些与敌国勾结的将领，又拿什么跟文武大臣和天下百姓交代。

“啊？”莫清风愣了一下才明白过来，“王爷是要治他们通敌叛国的罪名？”

“通敌卖国，故意打败仗。在本王得胜后，与敌国勾结，问他们这个罪名，能让他们死几次？”萧天耀不出手则已，一出手就是雷霆之击。

“我明白了。”莫清风虽然不混官场，但为人聪慧，一点就透，不需要萧天耀多说就明白了萧天耀的打算，转身就去处理外面的事。

现在不怕闹，就怕东文与北历不闹大，这件事闹得越大，对他们好处越大。

莫清风走后，营帐内又恢复原来的宁静。林初九看着萧天耀，想了想还是说了一句：“王爷这么做，不怕皇上不满吗？”

萧天耀淡淡道：“怕什么？没有外面那些人，还会有别人为他卖命，皇上不会在意死几个人。”尤其是这些人与北历勾结。

皇上曾为了除掉他，与南远、西武和北历联手，但并不表示皇上允许自己手下的人与他国联手。任何一个帝王，都忌讳手下的人背叛，这些人就是死了也是白死，皇上不会多说半句。

林初九默然不语，在萧天耀为她上好药后，默默地递上绷带，让萧天耀给她包扎。

萧天耀也没有意见，林初九递过来他便接，而包扎伤口这种小事根本难不倒萧王，三两下就将绷带缠好，不紧不松，方便行走，又不会掉下来。

林初九赞道：“王爷这水准，比大夫也不差。”和她相比也就差一点点。

萧天耀淡淡道：“熟能生巧。”多受几次伤，多包扎几次伤口，就知道怎么做最快最好了。

林初九极少听到萧天耀提起这些，见机问了一句：“王爷以前经常受伤吗？”

萧天耀点点头：“嗯，经常。”十次就有九次受重伤，还有一次差点儿死去。

“怎么身上一道疤也没有？”林初九歪着脑袋问道。

她可不止一次欣赏过萧天耀的裸体。

萧天耀不无得意道：“皇家有秘药。”除非身上多出一个窟窿，不然他身上还真不容易留疤。

“哦……”英雄的勋章没了，她也不知以前的萧天耀到底受过多少伤。

萧天耀已包好一条腿，林初九将剪刀递给他，萧天耀抬头看了一眼，接过来，将绷带剪断，林初九又伸手接剪刀。

整个过程，两人一句话也没有说，却配合默契，萧天耀甚至一秒也没有多等。这般默契，这般顺利，让萧天耀心里产生了一种微妙的好感——林初九果然是最适合他的女人。

萧天耀继续包扎另一条腿，林初九闲着没事，又道：“王爷，你这次伤得很重，除了内脏受损外，脑子里还有一块淤血，你之所以昏迷不醒，就和那块淤血有关。”

“嗯。”久病成医，萧天耀不需要林初九多说也知道自己的情况。

“受伤的内脏我已经为你医治好了，不过脑子里的血块还没有取出来。”林初九将自己的医治计划说给萧天耀听，“我原先想着，今天白天再医治，没想到王爷你竟然醒了，我后来又不小心睡过头了。”

“现在无事，稍后再说。”他醒了，那点伤就不是问题。

林初九劝道：“王爷，你的伤不能再拖了，如果可以的话，你尽快处理完外面的事，安排三到五天好好休养。”

萧天耀虽然恢复能力强悍，个人实力更是变态，可并不表示他是铁打的，他伤得那般重，哪怕她医治好了，萧天耀也得好好休养一段时间才行。

萧天耀明白林初九是关心自己，没有拒绝，只说“知道了”。

很快，林初九两条腿上的伤都包扎好了，穿上长裤也就看不出什么了。

“谢谢王爷。”林初九麻溜地拿起裤子套上。

“不必。”萧天耀站起来，一瞬间屋内的空间好似变小了，察觉到头顶上的阴影，林初九不自觉地挪开。

王爷，你能站远一点吗？十分有压力呀！

不等林初九抱怨出声，外面突然传来一阵骚动，莫清风一阵风似的冲了进来，人未到，声先至：“王爷，不好了，不好了！帝国大皇子轩辕挚带着黑甲卫折回来了！

黑甲卫来了，则代表着流白拦截失败。

“黑甲卫？真是愚不可及。”萧天耀听到莫清风的禀报，不仅没有惊慌，反倒露出不屑。

林初九见萧天耀半点不惧，心里那点不安立刻消失了，不过还是关心地问了一句：“王爷，黑甲卫要动手怎么办？”

“担心什么？黑甲卫不会再动手。”萧天耀在林初九的脑门上弹了一记，“外面的事不用操心，睡你的觉。”

萧天耀虽说不担心，却没有再在营帐内磨蹭，转身就往外走。

“王爷。”莫清风看到萧天耀走出来，长长松了口气。萧天耀不出来，他一个人真的扛不住。

“嗯。”萧天耀拿起一旁的铠甲换上。

冰冷的铠甲穿在身上，生生多了一份尊贵之气，明明是简陋的营帐，萧天耀一站便无端给人一种富丽堂皇的错觉。莫清风差点晃花了眼，直到萧天耀走出去，他才反应过来，快步跟了上去。

营帐外，金吾卫被北历和东文四十万大军围困，虽然个个面露愤怒，却不惊慌。四十万大军在他们眼中并不可怕，哪怕王爷不在，他们也不会放在眼里。可是，黑甲卫的出现，却带给了他们莫大的压力。

不管如何自我勉励，金吾卫都不得不承认，他们这二十万人加起来，也不是黑甲卫的对手，要是王爷不在营中，他们今天必败无疑。

营帐外一片肃穆，金吾卫以视死如归之姿，与东文、北历的将士对峙，面对他们或嚣张或愧疚的眼神，金吾卫一个个面无表情，只是握着长枪与大刀的手，略略紧了紧。

这一切，都在萧天耀出来后被打破了。

当身着黑色铠甲的萧天耀大步走出来时，营帐之外，数十万人立刻呆住了，时间停住，空间凝滞，所有人都望向萧天耀，一个个不可思议地瞪大眼睛。

怎么可能？

萧王不是受伤了吗？

萧王不是不在营帐吗？

他们现在看到的是鬼吗？

黑甲卫在外围，并不知这一幕，他们只觉得前方有异，具体有何异常暂时还不知。黑甲卫正欲派人上前打探，他们还没有动，前方就有动作了。

最先反应过来的是东文的将领，有几个大将呆呆地唤了一句："王，王爷！"

东文将领这一喊，金吾卫立刻反应过来，手持长枪，不需要人说，齐刷刷地收枪跪下："参见王爷，千岁千岁千千岁。"

好似要将刚刚的憋屈全部喊出来一样，金吾卫的声音响彻云霄，堪比惊雷。

"什么？"正在外围的轩辕挚，听到这声响差点傻眼了。不是说萧天耀重伤不治，十天都没有在人前现身吗？现在这算什么，他被人玩了吗？

"起来吧！"萧天耀抬手，金吾卫"唰"的一声站起，整齐无比，如同一人。

金吾卫不需要萧天耀命令，自发地握紧长枪、大刀，将枪头、刀尖对准包围住他们的东文、北历士兵。

不知是东文、北历将士们的错觉还是什么，他们总觉得金吾卫的气势一瞬间变强了，而他们似乎变弱了。

该死的，四十万人包围二十万，他们怎么可以变弱？

东文和北历的将领很不甘心，可他们自己对上萧天耀也是双腿发软，又有什么资格怪罪手下的兵？

东文将领扑通一声跪下："王，王爷，末，末将参见王爷。"东文的将领在萧天耀出来的那一刻便已经腿软了，要不是实在吓狠了，他们早就跪下了。

萧天耀没有叫起，只冷哼一声，说道："本王当不起你们的礼。"

"王爷，这里面……有误会，请，请您听我们解释。"谨慎派和胆小派的将领，一见到萧天耀出来，第一反应就是如何择清自己。他们一路谨慎小心，真的不想在这最后关头把自己搭进去。

"解释？解释什么？"萧天耀眼神淡漠地扫了一眼那几个吓惨的将领，先一步道，"你们是想解释，北历这些兵马不是你们放进来的？还是想解释站在你身旁的北历将军，是带兵来投奔东文，而不是与你们里应外合，带兵来围攻本王？"

"王爷，王爷……"胆小派的将领被萧天耀呛了一句，吓得脸色发白，已经不知如何言语。

胆大派的将领见状，咬牙道："萧王，没错……我就是勾结北历人，引来北历人攻打你，你又当如何？你只有二十万人，而我们却有四十万人，另外中央帝国的大皇子也在，真要交手，你可不是我们的对手。"

事已至此，他们已经和萧王撕破脸，除非他们现在就投降，不然与萧王一战不可避免。

胆小派将领一听有人跳出来，立刻不顾道义地说道："是他，是他，王爷，是冷将军勾结北历将领，末将毫不知情，请王爷明察。"

"刘将军，你……"胆大派将领见状，气得差点吐血。这人是得多无耻，才会说出这样的话来。

谨慎派的将领出于保守，这个时候什么也没有说。有帝国黑甲卫在，鹿死谁手尚未可知，现在就表明立场，实在太早了。

"冷将军，我说错了吗？你没有勾结北历将领吗？"胆小派以刘将军为首，一起攻击冷将军，试图将所有的罪名全部推到冷将军身上，可萧天耀又不是瞎子。

"本王就那么好糊弄吗？"萧天耀看着两拨人当着他的面吵起来，不由得冷笑。

"是挺好糊弄的，居然被手下在你的眼皮底下里应外合包了饺子。萧王，你也不过如此。"轩辕挚得知萧天耀露面，并没有就此放弃，而是带着几个黑甲卫，直接来到营帐前。

轩辕挚的目标一直都是萧天耀，他之所以带着黑甲卫杀回来，就是因为得知萧天耀受伤，想借机找回场子。现在，看到身着铠甲、武威不凡、不见半丝病态的萧天耀，轩辕挚的脸色很不好看。

"不是说你伤得快要死了吗？"轩辕挚在黑甲卫的保护下，与萧天耀面对面站着。

面对气势汹汹的轩辕挚，萧天耀神情如初："大皇子哪里听来的消息？"

"要不是你快死了，这些人敢动？"这一点轩辕挚可以肯定，要不是萧天耀真的受伤了，那就是萧天耀给了这些人错误的信息，让这些人包括他都上了当。

前者还好，要是后者的话……

轩辕挚冷眼扫向场上的人，杀气凛凛。他不介意被北历、东文的人算计，带兵过来围杀萧天耀，可他如果得不到好处，这些人就死定了。

他奈何不了萧天耀，还奈何不了这几个将领?

萧天耀只一眼便明白轩辕挚所想，不疾不徐地道："他们仗着有大皇子你撑腰，胆子肥了。"

这话很有歧义，只要多想一点儿，就会认为是北历和东文的人，在不知萧天耀真实情况下，故意捏造他受伤的事，骗轩辕挚为他们出头。

轩辕挚乍听到萧天耀的话，的确就是这么想的，不过当他看到东文和北历那些将领的孬样，便否决了这个想法。给这群废物一百个胆子，他们也不敢打萧天耀的主意，更不用提打他的主意。

轩辕挚神色如常地说道："这么说来，今天这一出戏，还是本皇子的功劳了？"

萧天耀淡淡道："大皇子这么认为也没错，大皇子放心，今天的事……本王定会告知帝国皇帝。”

“告状？”轩辕挚不屑冷哼，“就凭你也敢告本皇子的状？你不会天真地以为，只要是武神就能进中央帝国，就能见到我父皇吧？武神在我中央帝国不过是打手罢了，你见过有哪国的皇帝会见几个打手、护院？”

东文等四国的武神到了中央帝国，大部分会被人招揽，和打手、护院差不多。

当然，这些人绝不包括萧天耀，别说萧天耀比一般的武神更强大，就说他在东文的亲王身份，也会让帝国厚待他，另外就是：“大皇子也许不知，本王与帝国花家略有交情。”

萧天耀说这话时，眼眸正好对上轩辕挚的眼睛，没有意外，轩辕挚立刻变脸：“帝国花家？你怎么会认识花家的人？”

帝国花家是帝国七大世家之一，依花家的身份地位，就是他这个皇子，见到花家嫡系也要客气三分，如果萧天耀与花家有关系，要见帝国皇帝就不是多难的事了。

萧天耀淡淡道：“花家的小少爷被人绑架，本王意外救了他，前些日子花家大少已经把人带走了。”帝国大皇子势大，他现在也不适合与轩辕挚交手，就只能借势压他了，花家是很不错的选择。

“你为何不早说？”轩辕挚心里暗恨，早知萧天耀与花家有这样的交情，他说什么也不会带黑甲卫过来。

萧天耀削的是中央帝国的脸面，他没得到公文和旨意，就是不出头也没有人会怪他，要是因为自己强出头而得罪了帝国花家，让花家转而支持其他人，那他就得不偿失了。

“大皇子没有给本王说的机会。”萧天耀依旧是慢条斯理，一副气死人不偿命的模样。

轩辕挚快要气死了，可事已至此，他根本无法挽回，只能死磕到底：“你是故意的，故意挑起花家与本皇子之间的矛盾。萧天耀，你以为花家会为了你这么一个小人物而与本皇子作对吗？”

“会与不会，大皇子心里明白。”萧天耀也是皇子，也是皇族中人，焉能不知轩辕挚在想什么？

轩辕挚恨恨道：“你……哼，本皇子今天杀了你，看看帝国花家会如何做。”人死了，花家也就不欠萧天耀的人情了，他就不信花家会因为一个死人而得罪他这个皇子。

萧天耀根本不将轩辕挚的威胁放在眼里，只道：“前提是，大皇子你杀得了本王。”

“本皇子就不信你现在还是本皇子的对手。”轩辕挚在赌，他赌萧天耀受伤了。

纵身一跃，宝剑挥出，剑气纵横，轩辕挚以雷霆之姿扑向萧天耀，周围的人连连后退，稍弱的直接被剑气划伤。

“好强的剑气！”北历和东文的将领看到这一幕，又惊又喜。

大皇子的实力好像上涨了，这一剑的杀气，恐怕就是武神也扛不住。众人齐齐看向萧天耀，要看他如何接这一剑！

当然，他们更多的是想看萧天耀有没有受伤。

轩辕挚这一剑，将他的实力发挥到极致，萧天耀要不是处在巅峰状态，根本接不住这一剑。

这一刻，众人的心都提到嗓子眼了。

是死是活，就在这一剑了！

众人睁大眼睛，一眨也不眨，就怕一眨眼就错过精彩的画面，可是……

萧天耀没有动！

他就站在那里一动不动，任轩辕挚的快剑刺来。众将士惊得嘴巴大张，不能理解萧天耀这是要做什么。当剑尖逼近萧天耀的刹那，甚至有人情不自禁合上了眼：萧王，怕是要死在剑下了！

就在此时，让所有人都惊呆了的一幕发生了……

第九章　铁血震山河

“嘭……”

一声巨响，只见一道残影飞快闪过，之后一切迅速归于平静！

“怎么回事？”看到这一幕的人，皆不敢置信地揉着眼睛。

他们好像看到了什么，又好像什么也没有看到。

“人呢？是不是有人飞了过去？”

当然，这些人问的不是萧天耀，因为萧天耀仍像是无事人一般站在营帐前，脚步未曾挪动半寸，身上的铠甲也没有半点儿划痕，更不用提他腰间的剑了，连抽都没有抽出来。

这些人问的是轩辕挚，他们只看到残影闪过，却没有看到轩辕挚的身影，轩辕挚哪里去了？

顺着残影望去，众人仍旧没有看到人，最后还是黑甲卫在百米外的一个半人深的坑里找到了轩辕挚。

黑甲卫把他扶起来时，轩辕挚灰头土脸的，好在他身上有天外玄铁的铠甲护身，再加上萧天耀用的力道不大，轩辕挚并没有受什么伤，只是落了面子罢了。

“萧天耀，好，你很好！本皇子不会放过你的。”轩辕挚身上没有受多重的伤，他的自尊却受伤了，他现在恨不得生吞了萧天耀。

“来人！列阵！”轩辕挚这个时候毫无理智可言，他现在只想用黑甲卫将萧天耀灭了。

“唰”的一声，黑甲卫立刻摆出攻击的阵式，而围在外围的东文与北历的小兵看到这一幕，不需要将领下令，就立刻让出道来。小兵们的举动稍稍修补了轩辕挚所剩不多的自尊。

“大皇子，何必呢？”面对来势汹汹的黑甲卫，萧天耀脸上没有一丝惧色，轻描淡写的一句话，不仅让轩辕挚脸色难看，就是在场的将领也有些不自在。

萧天耀这句话虽然只说了一半，可在场的人都明白他这句话是什么意思。

大皇子，何必呢？何必自取其辱，何必丢人呢？

轩辕挚在黑甲卫的重重保护下，萧天耀都能拿住他一次，现在也可以。

轩辕挚第一次落到萧天耀手里，还可以解释为疏忽大意，实战经验不够丰富，可是第二次呢？他除了承认自己无能外，还能做什么？

“混蛋！”轩辕挚气得大骂，这个时候他退也不是，不退也不是。

萧天耀也是一个不厚道的家伙，按说这个时候他只要给轩辕挚一个台阶下，轩辕挚就是再不甘愿，也会顺着那台阶下了，偏偏萧天耀就是不吭声，就那么静静地站在那里，等轩辕挚出兵，或者退兵。

“该死！”轩辕挚心里憋了口气，握刀的手紧了又紧，可仍旧下不了决定。

打，打不过。不打，他的面子往哪里摆？

轩辕挚不动，其他人也不敢动，整个战场上，六十多万人，此刻却是落针可闻，静得吓人。胆小的士兵吓得双腿发软，脸色发白，却不敢多动一下，就怕，就怕……自己成了某个大人物的出气筒。

就在众人以为这死一般的寂静还会继续下去时，突然传来一阵马蹄声。

“什么人？”居然在这个时候出现在战场上，胆子不小。

“嗒嗒嗒……”马蹄声越来越近，很快，黑甲卫看清了来人：“大皇子，是花家的人。”

来人一身素衣，胸前一朵金色的花纹，在阳光的照射下，十分显眼。

“花家人？”轩辕挚的第一反应就是去看萧天耀，却见萧天耀面色如常，不见惊慌也不见惊喜，轩辕挚心中暗道：难道花家人是萧天耀请来的？萧天耀早就知道他会杀回来？

可惜，萧天耀不会给轩辕挚任何答案。

得知来人是帝国花家的人，战场上的士兵也不敢阻拦，让对方一路骑马来到轩辕挚的面前。

离轩辕挚数十米远，那人纵身跃下，走了几步，单膝跪在轩辕挚面前：“花家花十一参见大皇子殿下。”

“免礼，你家主子呢？”轩辕挚知道花十一是花家大少身边的人。

花家家主身边有十个心腹，分别是花一到花十。花家大少花锦容身边的十个心腹，则是花十一到花二十，花十一是花锦容身边的第一心腹。

“回大皇子的话，我家大少爷抱着小少爷坐马车，还在后面。得知大皇子在此，大少特命小人前来给大皇子请安。”花十一不卑不亢地说道，言辞客气，却不见惧意。

“原来是小少爷找到了，恭喜恭喜。”轩辕挚心里大致明白花家的来意，不过他也不生气，花家这个时候出现，对大家都有好处。

“多谢大皇子。”花十一客气一番，便直接切入主题，“我们家小少爷能找到，还多亏东文的萧亲王，要不是萧亲王与萧王妃夫妇有心，我们家小少爷此刻怕是凶多吉少。”这句话，足以表明花家的态度。

花家很看重萧天耀。在场的人，不仅仅是轩辕挚，就是东文与北历的将领，看萧天耀的眼神也变了。

难怪，难怪敢和帝国大皇子叫板，难怪敢杀中央帝国的武神，原来背后有花家做靠山。

“萧王的运气……真是好。”轩辕挚听明白了花家的暗示，而他这句话也得到了众人的附和。

四国花了多少人力、物力去寻找花家小少爷，结果谁也没有找到，想不到，萧王却找到了花家小少爷，这运气好到让人嫉妒呀。

花十一见轩辕挚并无反感之意，接着道：“大皇子，大少知晓您和萧王之间有些误会，还请大皇子给花家一个面子，让萧王有机会给您道个歉。”

道歉？让萧王给轩辕挚道歉？花家没有搞错吧？现在的局势，可是萧天耀占了上风，花家居然让萧天耀给轩辕挚道歉？这到底是个什么意思呀？

可聪明人都知道，花家这是在帮萧天耀。轩辕挚已经输了里子，让他赢个面子又怎样？一句道歉的话，不痛不痒，要能就此打发掉轩辕挚这个麻烦，萧天耀绝对是赚了。

萧天耀听到这话，不等轩辕挚开口，便道：“大皇子，本王失礼了，还请大皇子别往心里去。”

话落，双手作揖，微微点头。

这就是道歉了？轩辕挚一瞬间就像是吃了苍蝇一样难受。这是一个好台阶，他要是顺着这个台阶下，面子占足了，可他心里不舒服呀。尤其是萧天耀这道歉的姿态，与其说他是在道歉，不如说他是在敷衍，简直是恶心人。

久久等不到轩辕挚的回应，萧天耀又唤了一声：“大皇子？”

轩辕挚回神，看了一眼萧天耀，又看了一眼花十一，最后将视线落在萧天耀身上，十分憋屈地道：“看在花家的面子上，本皇子……不与你计较。”要是不顺着这个台阶下，他就没有台阶下了。

“大皇子大人有大量，本王佩服。”既然轩辕挚退了一步，萧天耀不介意再捧他一句，左右不费事。

“哼……”轩辕挚冷哼一声，扭头不看萧天耀。

今天这事，让他窝火，可偏偏他有火没地方发。不对，他的火气还可以对北历和东文那些个将领发。

轩辕挚突然回头，眼眸扫向东文和北历那几个将领：“你们几个，胆敢算计本皇子，本皇子记住了，等着本皇子写信问北历与东文的皇帝。”

“大皇子，事情，事情不是这样的。”

“大皇子，你听我们解释。”

……

东文和北历那几个将领吓傻了，忙跪下来求情，轩辕挚哪里会看他们。留下这句威胁意味十足的话，轩辕挚带着黑甲卫，头也不回地离开。

轩辕挚和黑甲卫一走，金吾卫就感觉压在自己头顶上的那座大山没了，不由得暗暗松了口气。可东文和北历那几位将领，却如丧考妣，一个个脸色惨白地瘫在那里，身子直哆嗦，不停地道：“怎么办？这下怎么办？”

“得罪了帝国大皇子，这下死定了，死定了。”

萧天耀看了那些人一眼便收回眼神。他会告诉那些人，就算他们没有得罪轩辕挚也死定了吗？

他萧天耀会放过算计他的人？这些人真的是太天真了。

萧天耀扫了东文与北历的将领一眼，没有意外，那些人吓得更严重了，萧天耀冷哼一声，收回眼神，抬腿走到花十一面前：“代本王谢谢花大少，这份情本王记下了。”

“萧王客气，我们花家也没有帮上什么忙。”花十一虽然来得晚，可他只看一眼就明白了，即使没有他们花家介入，萧王也能和平解决此事。他的到来与其说是帮了萧王，不如说是帮了轩辕挚。他们花家给了轩辕挚一个台阶下。当然，这也算是帮了萧天耀，至少没让萧天耀和轩辕挚成为死敌，虽说两人不可能冰释前嫌，可也不至于不死不休。

“不管如何，本王都要感谢花大少。”萧天耀知道林初九与花家的约定。救一次命这个恩情太实用了，萧天耀可不想浪费在今天这件事情上。

花十一也明白，今天的事完全不够花家还萧天耀的恩情，大方地收了萧天耀的感谢，临去前又提醒了一句：“萧王，大皇子一向爱恨分明，睚眦必报，如若有机会，还是尽早与大皇子和解为好。”

这话听着漂亮，实则是在告诉萧天耀，轩辕挚那人爱记仇，而且还有仇必报，如果无法和解，就要尽快灭了轩辕挚，免得给自己惹麻烦。

萧天耀点点头：“替我多谢花大少。”这话可以说是掏心窝的话了，花家还真是有意思。

花十一见萧天耀明白他的意思，也没再多说，翻身上马离去。

轩辕挚走了，花十一走了，接下来就该解决正事了。

萧天耀转身，看着瘫倒在地的东文与北历将领，眼中闪过一抹不屑：“就这点出息，也敢带兵包围本王。”

“王，王爷恕罪，末将知罪，末将知罪。”东文的将领早就被这一出出吓蒙了，胆小派和谨慎派全部跪在地上，一个个哭着、喊着求饶，倒是胆大派的，这个时候硬气了一回，在萧天耀看过来时，已强撑着爬了起来。

“你们这群天真的蠢货，以为现在求萧王，萧王就会放过你们吗？别忘了，你们现在做的是通敌卖国的事，就算萧王肯放过你们，皇上和东文的律法也不会放过你们。”胆大派的将领并不是不惧萧王，他也是没有办法，事已至此，他们根本没有回头路可走。

“通敌卖国？我，我们……”谨慎派和胆小派的将领很想说没有，可是他们却说不出口。

他们确实没有通敌卖国，他们只是和北历勾结，一起围攻萧天耀，这事就是皇上知晓了，也会睁一只眼闭一只眼，毕竟当初皇上也曾暗中与其他三国联手，想要除掉萧天耀，现在底下的人这么做，不过是有样学样罢了。

“我们现在就是通敌卖国，你们就是不想承认也不行。”胆大派的将领怕这些人退缩，再次加重了语气。这个时候，不是他们想退就能退的。

萧天耀看到这一幕，唇角轻扬，看上去心情颇好，可他只说了一句，就断了东文将领的后路：“你们确实是通敌卖国，当诛九族。”

这句话，就是压垮骆驼的最后一根稻草，胆小派和谨慎派的将领当即大哭：“我们，我们怎么就走到这一步了？”

他们一路走来，小心谨慎，怎么还是落入了萧王的圈套，被萧王拿了现行？

萧天耀冷哼一声，无意与这些人浪费口舌，冷漠而高傲地道：“你们是束手就擒，还是开战？”

前者，也许还有从轻处理的可能，后者嘛……

东文和北历的将领要是选择与萧天耀开战，他们就必须要有必胜的把握。不然，迎接他们的是比死还可怕的下场。不战，就此束手就擒，他们也许能有活命的机会，可他们犯下这样的错，还有未来可言吗？一样都是要牵连家人，不战一点机会都没有，战还有一线可能。手上握着四十万人马，就此束手就擒他们不甘心呀！东文几位将领飞快地交换视线。这一刻，不管是胆小派还是谨慎派，都毫不犹豫选择一战！萧王不会放过他们，他们只能战。

“萧王，对不起了。”胆小派和谨慎派的人，一改刚刚的懦弱，一脸坚毅地看向萧天耀。

他们也曾是铁骨铮铮的战士，刚刚呼天喊地地求饶已是他们忍耐的极限，面对气势逼人的萧天耀，他们再也说不出求饶的话。

因为他们此刻已知，求饶无用。

“要战便战，本王倒要看看，你们这四十万人有多大的能耐。”萧天耀迈步往前，再次走到营帐口，而莫清风十分有眼色地让人搬了一把椅子出来。

萧天耀半点也不客气，直接坐下：“来人，把他们拿下！”

事先毫无预兆，萧天耀突然下令。擒贼先擒王，既然这些人不肯束手就擒，萧天耀也不会给他们做准备的机会，直接下令。

“萧王，你卑鄙。”北历和东文的将领没想到萧天耀前一秒还在问他们战不战，下一秒就直接动手，一时间慌了神。

可是他们慌了，金吾卫却不会慌，萧天耀一声令下，金吾卫便动手上前拿人。

“快，快……拦住他们。”东文将领一阵慌张，连连后退，躲到亲兵身后，生怕自己被金吾卫拿下。

“胆小如鼠，你们有什么资格坐在将军的位置上？”萧天耀将东文将领的丑态看在眼里，十分不屑。

真不知皇上是什么眼光，居然养这么一群草包。当然，草包也有草包的好处，至少这些人给萧天耀省了不少事。

因为他们的草包，被金吾卫打了个措手不及，只顾着自己逃命，甚至忘了指挥作战，放任自己的人马与金吾卫混战，完全不讲究战略，甚至不给手底下人一个出兵的理由。

萧天耀抓住这个机会，召来莫清风，在莫清风耳边说了几句话，就见莫清风放声大喊：“王爷开恩，知晓在场的大部分人都是受人蒙骗，并不是真正的想要通敌叛国。凡是东文的士兵，只要放下兵器，往后退百米，皆不算在通敌叛国之列。”

“哗啦……”莫清风这话一出，不管是真是假，东文一半的士兵立刻丢了长枪、大刀，后退百米，有的生怕百米不够，直接后退两百米、三百米，总之离战场越远越好。

东文的将领听到这话，立刻回神，转头为自己正名：“别听萧王胡言乱语，萧王杀死帝国三位武神，又打伤帝国大皇子，违抗圣旨，忤逆犯上，本将军是奉命捉拿萧王回京问罪。”

师出有名，手底下的兵打起来才不会心虚，东文的将领虽然孬，可关键时刻还是顶得住的，尤其是这个理由，简直不能再好了。

“萧王忤逆犯上，给我杀……杀了金吾卫，活捉萧王重重有赏。”东文的将领高喊，一声高过一声。北历的将领也不甘示弱：“我等奉帝国之命，协助东文捉拿萧王，一旦拿下萧王，我们北历即刻退兵，并承诺永不犯东文。”

为了拿下萧天耀，北历也是蛮拼的，甚至许下永不犯东文的承诺，可北历一个将领许下的承诺有用吗?

别说北历一个将领许下的承诺，就是北历皇上许下的承诺，那也是一个屁。承诺不是用来执行的，而是用来打破的。北历穷成那样，不靠打劫东文各国，百姓怎么活?

可这一刻，东文有不少将士信了，他们相信北历不会再犯东文，他们相信东文与北历是想联手拿下萧王，以平息中央帝国的怒火。

萧天耀杀帝国武神，重伤帝国大皇子是他们看到的事，帝国绝不会放过萧王，至于为什么帝国大皇子不出手？那不是因为有花家出面，大皇子不得不卖花家面子嘛。

“大家给我上，捉拿萧王以平息帝国怒火。”东文将领高声喊道，而他这句话引来了不少人附和，甚至有不少放下了武器的小兵，又冲上前与金吾卫对战。

不过再次加入战斗的人并不多，至少不会影响大局。

现在战场上再不是四十万对二十万，顶多就是二十多万对二十万，而在兵力相差无几的情况下，金吾卫明显更有胜算，只是……

莫清风心疼金吾卫的战损，硬着头皮问了萧天耀一句："王爷，要不要再说几句？"

只要萧天耀肯再说几句，东文这边退出战场的士兵就会更多，到时候他们只要面对北历十万兵马，会轻松很多。

"不必，金吾卫一直都是打出来的，不打怎么知道自己弱在哪里。"在兵力没有太大悬殊的情况下，金吾卫要是输了，那就是他们无能。

带兵，莫清风显然不如萧天耀。萧天耀这么说了，莫清风再不敢多说，静静地站在萧天耀的身侧，认真地看着战场上的局势。

每一次战斗都是一次提升的机会，而看别人战斗是一次学习的机会，也许他这辈子都不会带兵，但不妨碍他学习。

战争是残酷的，没有亲眼见到，你就永远无法体会战场上的血腥与暴力。

林初九一直在营帐里没有出去，她也没有休息，不是不想，而是真的做不到。呼天喊地的厮杀声与惨叫声传入耳中，别说睡觉，就是闭眼也做不到。一合眼，她满脑子都是血腥的画面。

这个时候，她庆幸自己待在营帐内，不然她一出去，肯定要被医圣之心强制救人。是以，任凭外面的喊声多凄惨，林初九也没有出去，只一个人默默地坐在营帐里，等待战争的结束。

天越来越黑，外面的战斗仍在继续，这个时候也没人有工夫管林初九，营帐内一片漆黑，而营帐外却处处都是火把，将黑夜照得如同白昼，可这个时候，北历与东文的士兵都希望这些火把不存在，或者没有这么明亮。

看不见，这一场仗就不用打了，他们就可以休兵，明天再战，可是……

萧天耀根本不给他们机会，天一见黑，他就命人点满火把，将战场照得透亮，下令继续打，打到北历与东文的士兵爬不起来为止。

金吾卫是萧天耀一手训练出来的铁血军队，是四国最强的军队，而与黑甲卫一战后，金吾卫虽然损失惨重，却也突破了，比之前更胜一筹，此时完全可以碾压东文与北历的士兵。

莫清风不懂打仗，但他有眼睛看，照这个局势下去，天亮前金吾卫绝对可以扫平东文与北历的联军，至于能不能活捉那几位通敌的将领，那还需要再看。毕竟刀剑无眼，谁也不知会不会一不小心就把人杀了，而萧天耀这人从来不会在战场上对自己的兵下达务必捉拿活口的命令。

在萧天耀看来，一旦给战场上的士兵下达务必拿活口的命令，这些人打的时候就会有诸多顾忌，而被捉拿的那个人也会有恃无恐，平添麻烦。

东文那几个将领的罪名，已是板上钉钉的事，到时候随便拿一两个活口进京就够了。

杀！这是萧天耀给金吾卫的命令，他带出来的兵，不需要顾忌太多，只要杀光战场上的敌人，保全自己，就够了。

杀！无止境的厮杀，无止境的杀戮。地上的尸体越来越多，战场上的人越来越少，之前东文与北历的小兵们还能抱成一团，三五成群地对上金吾卫，现在却不一样了。

经过数个时辰的激战，金吾卫死伤不大，反倒是东文与北历死伤惨重。打到半夜，局势全面反转，现在是金吾卫三五成群，对上东文或者北历的小兵。

从一开战，东文与北历的联军就露出败象，而现在已是板上钉钉，除非有天兵神将相助，不然他们再无反转的可能。

东文与北历的将领很清楚自己的处境，可惜他们无力改变，之前一直在调整作战方针，妄想扳回一局，现在却没有那样的想法了。

“聚拢兵力，突围。”这个时候，东文与北历的联军根本不敢想打赢萧天耀的事，他们现在只想跑出去，逃过眼前这一劫再说。

“想逃？”萧天耀抬眸冷笑，抬手打了一个响指，“告诉后面那些人，立功的机会到了。”

萧天耀这是指之前那批退到百米外的东文士兵。他们一直在战场上，却没有参与战斗，这个时候精气神正好着，他们出手也能让金吾卫休息休息。

“是，王爷。”莫清风明白萧天耀的意思，立刻上前传达命令。

没有让萧天耀失望，那些士兵听到这个命令，一个个飞快地拿起长枪、大刀，拼了命地拦住想要逃跑的联军。他们要立功，只有立功了，才有底气。

前面是如同猛虎一般的金吾卫，身后则是二十万以逸待劳的大军，他们该怎么跑？

东文与北历的将领看到后方二十万大军的动作，一个个气得脸色发绿。

他们之前还在想，萧王让投降的士兵退到百米之外，是个什么意思，现在才明白，原来萧王在这里等着他们。

“杀，杀出去。”东文与北历的将领知道，这个时候除了杀出去别无选择，哪怕双腿发软，也要强撑着往前冲，冲出包围圈。

“杀，杀出去！”北历的士兵知道，他们一旦落到萧王手里，绝对保不住命，他们毫不犹豫地冲在前方，身后则是东文的士兵。

东文的士兵之前凭着一腔热血，听从将领的命令与金吾卫对抗。可看到死了那么多兄弟，最终还要狼狈逃走，他们真的怕了。

“王爷，王爷，我们投降，我们投降。”不知是谁喊了一句，跟在北历士兵身后的东文小兵突然停下，一个个裹足不前，站在原地高喊。

投降，他们投降！

他们不能跑，一跑就再也回不去了，不仅自己倒霉，就是家里的父母、孩子也会倒霉。

“投降，我们投降呀。王爷，王爷开恩呀。”

“扑通，扑通……”有人带头跪下，越来越多的人跟着跪了下来：“我们投降，我们投降，王爷开恩，救救我们。”

一声高过一声的求饶声响起，不仅拖住了联军突围的脚步，也大大地消减了士气。

“混蛋！”东文与北历的将领气得大骂，扭头，剑指投降的小兵，“你们……该死。来人呀，杀了他们。听到没有？谁敢投降老子现在就杀了谁。”

北历的士兵在前面冲杀，本以为身后的人就算不帮忙，也不至于拖后腿，不想在他们拼命厮杀时，东文的小兵居然跪下来投降，反插他们一刀。

是可忍孰不可忍，北历的士兵陷入包围圈，本就心烦气躁，面对联手之人临阵背叛，北历士兵实在气不过，转身就给投降的东文小兵一枪：“你们这群孬种，软蛋！”

本来，双方联手拼死一战，他们未尝没有杀出去的可能，现在东文小兵叛变，他们就一点希望也没有了。北历士兵气愤无比，下手十分狠辣。

东文的小兵虽然投降，可他们并不是怕死，而是怕这一叛变出去，他们会连累家人，再也回不到东文，回不到自己的家。再说了，东文的小兵虽然与北历联手，并不表示他们背叛东文倒向北历。他们忘不了在战场上，北历人杀了他们多少同伴，面对北历士兵的攻击，投降的东文小兵完全不客气，举刀就反击回去，于是……

战场上一片混乱，北历士兵还好，他们处在东文人的包围圈，四周都是自己的敌人，他们见到东文士兵，不管是金吾卫还是小兵，只要杀就成。

大部分东文小兵就懵了，金吾卫朝他们下手，身侧和自己穿着同样战服的人，很有可能下一秒就朝自己插一刀，而刚刚与他们一起并肩作战的北历士兵，也不客气地朝他们下手，他们根本分不清敌友，他们处在战斗圈中，除了自己外到处都是敌人。

“造孽呀！造孽呀！”东文几个没有叛变的将领站在萧天耀身侧，看到这一幕忍不住抹眼泪。他们东文的儿郎，没有死在北历士兵的刀下，却死在自己人手里，这是何等的可悲。

“王爷，王爷……末将求求你，喊停吧！”几个真心忠于朝廷的将领实在不忍自己带出来的兵因此事折损，不得不舍下脸皮去求萧天耀，“王爷，他们都是被人煽动的，求求你，喊停吧！”北历就十万人，全部杀了也就十万，再打下去，损失惨重的是他们东文呀。

“被人煽动？”萧天耀冷笑一声，反问道，“如果今天本王没有现身，他们带着四十万大军围攻金吾卫，你们会喊停吗？”

“当然会，末将怎么也不会眼睁睁地看着我们自己人自相残杀。”跪在萧天耀面前的将领想也不想就说道。

萧天耀冷冷道："你倒是实诚，只是……你喊停，他们会停吗？"为了找到一个杀他的机会，这些人战战兢兢地准备了这么久，会因为旁人一句请求而停下来吗？

"这，这……"跪求的将领很想违心地说"会"，可对上萧天耀那双好似能洞悉一切的眸子，却怎么也说不出来。

"他们不会，他们为了杀本王，不惜与北历勾结，怎么可能在即将取得胜利时放手？同样，他们要杀本王，你又有什么资格叫本王停下？就因为本王没有死吗？"世上最可笑的事就在这里。旁人要害你，只要你没死，就会有一群人为那些害你的人求情，却不想想，要是那些人没有动害人的心思，又怎么会落得这般下场？

跪求的将领无法反驳，只能道："王爷，那些小兵是无辜的，他们是被人利用的。"

"无辜？"再次听到这个词，萧天耀再次冷笑，"本王知道他们是无辜的，本王给过他们机会，是他们自己没有把握住，能怪谁？"

无辜？他的金吾卫就不无辜？他的金吾卫就该死？那些在战场上喊打喊杀又求饶的人之前还动了要杀金吾卫的心思，他们有什么资格说自己无辜？

要说无辜，他的金吾卫才是真正的无辜，金吾卫只是保护他，可没有动任何伤人的念头。

"王爷……"跪求的将领瘫坐在地。

他有许多许多求情的话想说，可一张嘴却发现自己所说的话全部站不住脚。

战场上的那些小兵会陷入这般境地，是因为他们动了杀王爷的心，否则他们就会和站在百米外的士兵一样，平安无事地渡过这次劫难。

莫清风见那人闭嘴了，上前将人搀扶了起来："将军，起来吧。"

萧天耀没有说话，战斗仍在继续……

趁联军内战，金吾卫毫不客气地加入，以最快的速度收割人命。

东文和北历的联军加起来，将近二十余万人，按萧天耀的意思是，这二十万人全部都要死。

之前东文与北历交战，规模最大的一场战役，双方死伤加起来也不过三万余人，别说打仗，就是要杀死这二十余万人都不是一件轻松的事。

不过，在天亮时战场上突然发生了一个意外，提前结束了这场战斗。

北历元帅，被活捉了！

这次北历派来递交降书的代表，就是北历元帅，他同时也是这次计划的牵头人之一，是北历军方最高指挥者。北历士兵拼死杀出一条血路，就是想要护送他们的元帅出去，不想他们还没有杀出一条血路，他们的元帅就被活捉了，而捉住北历元帅的不是别人，正是东文谨慎派与胆小派的将领。

他们被逼无奈，想要放手一搏，可搏到现在他们很清楚自己已是日薄西山，再无东山再起的可能。为了拼一条活路，双方毫不犹豫地联手，趁北历大帅不备之时，将人活捉。

“卑鄙，无耻，你们东文人简直无耻到极点，老子看不起你们。”在东文小兵投降叛变时，北历将领就防备了东文将领，只是……百密一疏。

“随便你怎么说。”本就不是什么牢靠的联盟，东文的将领会拿北历元帅当投名状，再正常不过。面对北历元帅的谩骂，东文将领压根不放在心上。他们现在要做的，就是拿北历元帅换自己一条命，可萧王会就此放过他们吗？

简直太天真了！

谨慎派与胆小派的将领，挟持北历元帅大喊停战，萧天耀也给他们面子，让底下的人停战，把路让出来，让他们一行人走进来。

谨慎派与胆小派的将领见状，以为有戏了，不顾北历士兵杀人般的眼神和北历元帅的辱骂，拎着北历元帅走到萧天耀面前，重重踹了北历元帅一脚：“跪下。”

“卑鄙小人。”北历元帅小腿受挫，痛得跪了下来。谨慎派与胆小派的将领也不落后，扑通一声双腿跪下，请求道：“王爷，末将拿下北历元帅将功折罪，恳请王爷给末将一条生路。”

“窝里反，真是有意思。”萧天耀开口，没有嘲讽，没有轻蔑，可那平静的语气却叫人更觉得难堪。

北历元帅听罢，冷哼：“萧王，你们东文的将领就是孬种，一个个卑鄙无耻，完全没有底线。他们先是与我合谋要弄死你，现在事情败露就拿我邀功，这样的人……你也肯放过？”

“闭嘴。”谨慎派与胆小派的将领猛地打向北历大帅。

这些事他们确实是做了，可不能说出来，说出来真正是叫他们难堪。

北历将领被打得一脸是血，可他却不低头，高傲地冷哼：“怎么，做了还怕人说？”

“你找死。”东文将领抡起拳头又要打过去，却被萧天耀阻止了：“好了，少丢人现眼。”

“是，是是是，王爷说得是，末将给您丢人了，请王爷恕罪。”谨慎派与胆小派的将领这个时候也顾不得颜面，一脸讨好地道。

萧天耀一向不耐烦应酬这些，挥挥手示意亲卫把人带走：“把人关起来，好生看着，别让他们死了。”

“王，王爷。”谨慎派与胆小派的将领一听，傻眼了。

怎么还要关他们？

“怎么？还奢望本王高床软枕厚待你们？”萧天耀冷冷地看着跪在自己面前的将领，那眼神就像是在看死人。

谨慎派与胆小派的将领顿时吓得瘫软在地，北历元帅却是哈哈大笑：“活该。”

亲卫把人带走，谨慎派与胆小派的将领如同烂泥，根本不敢挣扎。北历元帅担心自己的兵，临走前挣扎着说道：“萧王，我已被你们拿下，你放过我手下的兵，你要什么我们皇帝都会给。”

萧天耀淡淡道：“放？本王从来不会放过对手。”能斩草除根还放过，真当他是傻子？

北历元帅只得退一步：“那求你别杀他们，我们北历人会拿银子和牛羊来赎他们。”

“不杀？你们北历不是第一次与本王交手，本王从不留俘虏。”萧天耀神色平淡地说道，当着北历元帅的面，下令道，“东文人，降者不杀。北历人……杀无赦！”

“是。”金吾卫高声领命。北历元帅急得大喊：“萧王不要杀他们，不要杀他们，你要杀就杀我，杀我呀！”

“吵，拖下去。”萧天耀看也不看北历元帅一眼，淡墨色的眸子再次落到战场上。

而战场上的东文小兵们，因萧天耀一句话纷纷丢下兵器：“我们降，我们降。”都是自己人，就算投降也没有什么可丢脸的，不是吗？

“你们东文人卑鄙无耻。”东文小兵一降，战场上就只剩下几万北历士兵，这些人聚在一起，看着将他们团团围住的金吾卫，不由得悲从中来。

东文人真是太可恶了！可他们却不想想，要不是他们动了不该动的心思，又怎么会落得今天的下场？

战场上，只剩下金吾卫与北历士兵厮杀，结果已是板上钉钉的事，萧天耀也不再观战，站起来道：“将降者全部圈起来，登记造册。”

说罢，便转身走回营帐，将这一切丢给副手。

而一走进营帐，萧王那张不管发生什么都面不改色的脸，突然皱成一团，捂住心口，脚步一顿，痛闷一声：“唔……”

林初九走出来，就看到萧天耀一脸痛苦的样子，忙上前扶着萧天耀：“王爷，你怎么了？”

“没事。”萧天耀嘴里说没事，却将全身的重量都压在林初九身上。

萧天耀一个大老爷们儿本就不轻，再加上他身上的铠甲，那重量能把林初九压垮。林初九踉跄一步，险些摔倒：“王爷，你太沉了。”

萧天耀只得自己站好，收回大部分的力道，人仍旧挂在林初九身上：“扶本王进去。”

“你小心一点儿。”林初九看得出来，萧天耀此时的情况不太好，并没有拒绝。

“嗯。”萧天耀轻应一声，闻着林初九身上的淡香，面色柔和了不少。

从门口到内间不过五六米的距离，平时萧天耀迈两步就能过去，今天却走得异常慢，等林初九把萧天耀扶到床边坐下时，已累得满头大汗。

“王爷，你还好吗？”林初九喘了口气，又问了一句。

萧天耀没有回答，只是指着自己身上的铠甲道：“解开。”

林初九没有动，而是看着萧天耀，摆明是让萧天耀先说，可萧天耀也不吭声，就这么坐在那里，眼睛一眨不眨地看着林初九，等着林初九给他脱衣服。

时间一分一秒过去，林初九也不知过了多久，只觉得她站得腿疼，瞪得眼睛酸，最后不得不妥协。

“跟小孩子似的，真是败给你了。”林初九示意萧天耀站起来，她好给他脱铠甲。

萧天耀很配合地站了起来，却不是让林初九给他脱衣服，而是伸手将林初九揽进自己的怀里，右臂紧紧地锢着她：“小孩子？你说本王是小孩子？”

猛地撞上冰冷坚硬的铠甲，林初九疼得眼泪都飙出来了：“王爷，疼。”这力道是要压死她吗？

“本王是小孩子？”萧天耀稍稍放松力道，却没有松手。

林初九被萧天耀身上的铠甲硌得生痛，忙不迭地摇头：“不是，不是，王爷英明神武，运筹帷幄，怎么会是小孩子？我才是，我才是小孩子。”

林初九默默地为自己的原则和节操默哀。

哪想萧天耀不满意，冷着脸道：“油嘴滑舌，言不由衷。”

林初九泪奔，抬头看着萧天耀，一脸真诚地道：“王爷，我说的都是真的，保证比珍珠还真。”

说真话被处罚，顺着他说又是言不由衷，这男人怎么这么难伺候？

“这么假的话本王也会信？你当本王和你一样没脑子？”萧天耀冷冷地扫了林初九一眼，那鄙视的眼神，让林初九有一种张口咬死萧天耀的冲动。

明明顺了他的意，还要鄙视她笨，要不要这么毒舌！

第十章　夫君太毒舌

萧天耀这人总能一本正经地说着调戏人的话，比谁无耻、比谁脸皮厚，小媳妇一般的林初九自然是完败。

当下她只能乖乖听话，给萧天耀脱掉身上的铠甲，至于之前的询问?

林初九已放弃，反正她就是再问一百遍，萧天耀不说还是不会说，反正她奈何不了萧天耀。

可当林初九把萧天耀的铠甲脱下，看到萧天耀胸前裂开的伤口时，小媳妇瞬间化身母老虎。

“王爷，这是怎么回事？”林初九脸上的表情“咻”的一收，和萧天耀一样面无表情，看上去吓人极了。

萧王知道自己有错，这次没有那么冷傲，林初九问，他就答：“伤口裂开了。”

“伤口裂开了？你出去时，我怎么提醒你的？”林初九气得直磨牙，手指在萧天耀的伤口上戳了一下，“你可以不爱惜自己，可你能不能尊重一下我的劳动成果？我赶了六天的路，磨得双腿流血，连眼睛都没有合一下，就给你治伤，可是你呢？一天的工夫，就让伤口裂开了，你嫌我太闲了是吧？”

手指戳在伤口上，即使隔着衣服，那疼痛指数也是常人受不了的，萧天耀却一动不动，任林初九戳，待到林初九发泄完怒火，才道：“与中央帝国大皇子过了一招。”

这是解释，也是告诉林初九原委。他现身了，可他身受重伤的流言还在，要是不露一手，如何能震慑得住外人?

人生在世，有很多事不得已。如果可以，他也不希望伤口再次裂开，他可是知道林初九有多讨厌他不爱惜自己。

“算了，这也不是你的错。”林初九不是无理取闹的人，听到萧天耀这话，就明白了他的无可奈何，他的不得已。

轻叹了口气，林初九收起怒容，不无抱怨道：“你就不能让别人出手吗？明明身上有伤，也不知道注意一点，你知不知道裂开的伤口有多难缝合？”

“下次注意。”萧天耀从善如流，而他的配合把林初九吓了一跳。

萧天耀什么时候这么好说话了？

林初九愣愣地看着萧天耀，换来萧天耀毫不客气的一个弹指：“还愣着干什么，还不快帮本王把铠甲全脱了？”

“哎哟……”林初九捂着被弹痛的脑门，没好气地白了他一眼，“很疼的。”肯定红了，十有八九留下印子了。

“不疼不长记性。”萧天耀指了指自己的铠甲，提醒林初九做事不能做到一半就停。

“真难伺候，终于明白你之前为什么不娶妻了，肯定是怕人家受不了你，休了你。”林初九抱怨道。

“胡扯，谁敢休本王？”萧天耀脸色一凝，一脸严肃地道，“本王之前不娶妻，是在等你，早早娶妻了你还有机会嫁给本王吗？”

“真是……委屈王爷你了。”明明是一句十分动人的情话，可由萧天耀嘴里说出来，却是生硬、冰冷，完全没有情意绵绵的味道，林初九实在感动不起来。

萧天耀认同地点头：“知道本王委屈就好，以后乖一点儿。”

萧天耀那一副理所当然的样子，可把林初九郁闷坏了，这男人还真是得寸进尺！

林初九发现自己说不过萧天耀，索性闭嘴，老老实实地帮萧天耀把铠甲给脱了，然后扶着他躺下。

“我给你重新缝合。”才刚缝好的伤口，这个男人就让伤口裂开，简直是不要命。

“嗯。”萧天耀应下，眼眸微闭，不过很快又睁开了，“记住，不许给本王喂乱七八糟的药，让本王失去意识。本王不怕痛。”

萧天耀十分厌恶身体不受控制的感觉，之前意识不清，服了就算了，现在绝对不可以。

“知道了。”林初九见识过萧天耀忍痛的能力，便不再劝，反正痛死也与她无关。

将屋内的灯都点亮，调整好角度，确定没有问题后，林初九一丝不苟地将长发包起来，然后换上干净的外袍。

“女人就是麻烦，除了本王还有谁受得了你？”看林初九磨磨蹭蹭的，萧天耀十分高冷地道。

林初九没有接话，只是默默地看天……

夫君太毒舌，招架不住怎么办？她好怀念当初那个高冷、不苟言笑的萧王！

默默地吸了吸鼻子，林初九收拾好心情，走到萧天耀身旁，弯腰……

“会有一点痛，王爷你忍着点儿。”林初九说话时，手里拿着一把医用剪刀，正在剪萧天耀的上衣，为了避免意外，林初九一直盯着萧天耀的胸膛看，那眼神专注到就好像全世界只有萧天耀一个人！

而这是萧天耀最喜欢的，他喜欢林初九眼里只有他一个人，就好像他是她的全世界，他是她的全部！

林初九动作很快，三两下就把衣服剪开了，稍稍拭去外面的血迹，林初九小心翼翼地将断裂的缝合线挑出来。

这是一个细致的工作，为了不给萧天耀造成二次伤害，林初九必须高度集中注意力，全心全意只看着伤口那一块。

认真，专注……完全不受外界干扰。却不知在她工作时，萧天耀一直在看着她，眼睛一眨也不眨，幽深漆黑的眸子里只有林初九，就好像她是他的全世界，是他的全部！

细细挑出所有的断线，林初九长长地松了口气，萧天耀合上眼，没让林初九看到他眼中的欢喜与情意。

不能让这个女人知道他有多在乎她，不然这女人十有八九会高傲得找不到北，以后想要降住她，就难了！

伤口裂开后再次缝合是一件很麻烦的事，原来的针孔都被撕开，无法再落针，林初九得重新找地方下针，得用力将皮肉绷紧，还要将坏死的皮肉清除。

这不仅仅是个技术活，还是一个力气活，不过缝了十来针，林初九就累出了一头大汗。

林初九正打算停下来给自己擦擦汗，就见一只大手伸过来，林初九愣了一下，一抬头，就对上萧天耀深邃的眸子……

林初九就这么愣在那里，任萧天耀给她擦汗。

别看萧天耀是个大男人，杀人不眨眼，他拿着帕子的手却异常温柔，擦拭的动作也很轻，至少林初九感觉不到一丝疼，只觉得像是羽毛轻轻拂过，心尖不由自主地颤动。

不知是受伤还是因为什么，萧天耀擦拭的动作很慢，一点一点，十分细心地将林初九额头、鼻尖还有脸颊的汗珠一一擦拭干净。

那一刻，林初九有一种自己是珍宝，被这个男人捧在手心的错觉。可也只有那一刻，因为萧天耀擦完后就坐了回去，冷着脸道：“还愣着干什么？继续！”

声音冰冷，就像是在训斥下属，没有一丝温情。

“啊……哦，我这就继续。”林初九愣了一下，才反应过来自己失神了，自己居然在医治的过程中失神了！

太不严谨了，要是让她的师父知道了，估计会气得吐血。

林初九一张俏脸涨得通红，再不敢胡思乱想，专心地给萧天耀缝合，就怕再出什么意外。是以，林初九也没有看到萧天耀戏谑的笑容和隐含得意的眼神。

因刚刚失神的事，林初九十分郁闷，为了不让萧天耀认为她不专业，林初九手上的动作更快，也更仔细，很快就收针了。

“呼……王爷，伤口重新缝合了，接下来的几天，你最好卧床休养，要是伤口再裂开，我就真没有办法给你缝好了。”再裂开，内脏都得露出来了。

“嗯。”萧天耀应了一下，也不知有没有听进去。

林初九也知道萧天耀这人主意大，没再多说，麻利地帮萧天耀上好药，便给他缠绷带。

伤在胸口，为了固定，林初九必然要将绷带一圈一圈从萧天耀背后绕过来。萧天耀也很配合，林初九缠绷带时，他便坐了起来，好方便林初九动作。

萧天耀是典型的穿衣显瘦、脱衣有肉，身材非常好。上半身并不粗犷，也没有凸起的肌肉，但萧天耀是男人，他上半身怎么也不可能娇小，林初九想要将手绕到后面，必然要紧贴着萧天耀。

美人投怀送抱，这对萧天耀来说，绝对是一个折磨，可萧天耀却没有喊停，更没有提醒林初九，就这么任林初九一次一次靠近，又一次一次离开，任由林初九挑逗他、勾引他……

可惜的是，萧天耀不叫停，林初九也不可能一直给他缠绷带，绕了十来圈，林初九便停下了，在后面打了个结，麻利地剪断绷带。

“王爷，包扎好了，你可以躺下去了。”萧天耀脸色如常，眼眸仍旧是平静淡漠，林初九压根不知，她已经勾起了这个男人的欲念。

“嗯。”声音比平时低沉、嘶哑，像是在极力压抑什么，不过萧天耀只说了一个字，要不仔细分辨，不会察觉到他的异样。

林初九就没有发现，缠好绷带后，林初九将染血的绷带收拢，而后便转过身去洗手。

萧天耀的目光紧随林初九而动，看着她走到铜盆前，看着她转身，视线从后脑勺落到林初九的翘臀上！

以欣赏的眼神看了一眼，萧天耀无事人一般移开。

不多时，林初九便回来了，右手端着一杯温水，左手则是一把药：“王爷，先吃药，等会再用早膳。”

军中三餐有时间规定，就是萧天耀也不例外。昨晚打了一晚上的仗，今天的早膳怕是会晚些。

萧天耀点了点头，坐在那里等林初九服侍。

林初九很想说：“王爷，你伤的是胸和头，不是手！”

可看萧天耀那大爷的样子，林初九忍了。左右是喂一餐药嘛，就当是在照顾瘫痪在床的重症患者好了。

林初九在萧天耀身侧坐下，先给他喂了一口水润润嗓子，这才给他喂药。

一共十粒药，不多，至少林初九一张嘴就能吞下，可萧天耀却一颗一颗地吃。不知是有心还是无意，萧天耀每次吞药，舌尖都会从她手心扫过！

炙热的舌尖滑过手心，滑腻酥麻，林初九的头皮直发麻，又忍不住心中一荡。

这是挑逗吧？心里痒痒的，心尖就像是被人挠了一下，想要避开，又想要更多……

随着萧天耀的动作，林初九的小腹似有一股无名之火升起，她有种丢下药丸就跑的冲动，低头看到萧天耀一副什么都没发生的样子，她又生生忍住了。

她要跑了，那不就是不打自招了？左右还有几粒药，她忍还不行嘛。

林初九努力压抑身体的悸动，闭着眼，咬着牙，不去看萧天耀，任萧天耀一粒一粒地卷起手心的药丸。

总共也就十来粒药，萧天耀又不想做得太明显，很快就将药丸全部含在嘴里。

林初九长长地松了口气，可被萧天耀舔过的手心怎么都觉得不自在，为了掩饰自己的尴尬，林初九还在自己身上搓了两下，想把手心的口水，还有那种触电般的感觉搓走。

萧天耀垂眸微笑，假装什么也没有看到。

大部分药丸都没有外衣，遇水则化，苦涩的味道在嘴里蔓延，不过和刚刚得到的福利相比，这点苦涩对萧天耀来说，真的不算什么。

就着林初九喂的水，萧天耀一口将嘴里的药丸全吞了。

“王爷，你好好休息。”最后一口水喂完，林初九飞快地起身，转身就往外跑，再不出去，她的脸都要烧红了。

看着林初九落荒而逃的身影，萧天耀唇角微扬，笑得灿烂，可下一秒萧天耀就笑不出来了。

“啊……”跑出去的林初九，突然痛苦地大叫，随即就听到一道重物落地声，萧天耀不用想也知道，林初九摔倒了。

“林初九！”萧天耀想也不想就跃下床，往外跑，刚走出去就看到抱着头跪在地上的林初九。

“我的头，我的头好痛。”林初九抱着脑袋，痛苦地大叫。

脑子里不断地响起医圣之心的提示音，一声接一声，像是要把她的脑袋挤爆一样。

“不要，不要再响了，不要再响了，我求你，我求你呀！”林初九抱着头，痛得直打滚。

可是，她的请求，她的示弱，压根改变不了现在的处境，医圣之心仍旧丧心病狂地提醒她，有病人需要医治，丝毫不管她此时承受的痛苦。

“林初九，你怎么了？”萧天耀蹲下来，将林初九抱住。

突然落到一个温暖的怀抱，林初九没有挣开，而是痛苦地抬眼。看到萧天耀放大的俊颜，林初九的眼泪立刻落了下来：“王爷，好痛，我的头好痛。”就像是有人拿刀子，一刀一刀割着她的脑袋，没有止境。

“王爷，我好痛，好痛。你带我离开，离开这里。”林初九将头埋在萧天耀的怀里，像是在逃避什么。

“好，本王带你走。”萧天耀二话不说，将林初九打横抱起，往外走，可刚走两步就被林初九打断：“不要，不要出去，王爷……我不要出去，进去，你抱我进去。”

沾了泪水的眸子水灵灵的，就像是被人欺负的小狗，可怜兮兮地哀求着。面对这样一双写满委屈的眼，萧天耀无法拒绝。

“好，本王抱你进去。”萧天耀抱着林初九往里走，身后是敞开的营帐门。

回到内室，关上门，隔绝了外面的求救声，可医圣之心却没有停，仍旧不断地提醒林初九，请她尽快去救人，一声赶一声。

“痛，好痛。”林初九窝在萧天耀的怀里，不敢乱动，她怕自己会弄开萧天耀的伤口，可是不动她又难受。

“忍一忍，本王让人宣太医来。”萧天耀紧紧地将林初九禁锢在怀里，不许她动。

林初九忙摇头：“不要，不要太医，王爷……我没病。”她这是被折磨的，被医圣之心折磨的！

她就说医圣之心坑人，这简直就不是人用的东西。这玩意儿一到战场上，那就是催命符，别说救人，能在这种痛苦中活下来，都不容易。

“痛成这样，还说没病？”萧天耀不理会林初九，只抱着她不许她乱动，“别弄伤了自己。”人痛到极致时，会用自虐的方式来转移痛苦，萧天耀怕林初九弄伤自己。

“是……老毛病，大夫医不好，让我缓一缓就好了。”林初九上气不接下气地说道，不知何时嘴唇已被咬破，她自己不觉得痛，可每次说话时都有血珠沁出。

“有本王在，没有医不好的病。”萧天耀低头，含住林初九受伤的双唇，舌尖轻扫，将唇上的血珠全部吞进嘴里。

“王……”林初九惊呆了，完全忘了脑子里的疼痛，瞪大眼睛看着萧天耀，沾了水的睫毛轻颤，就像是受惊的小鹿。

“闭上眼睛，乖……”吻着吻着，这个吻的味道就变味了，萧天耀趁呼吸间提醒了林初九一句，然后继续吻着她，一点一点撬开她的双唇。

“唔……”林初九从最初的震惊、被动，到渐渐地动情、回应，双手不知何时搂住了萧天耀的脖子。

暗卫带着太医十万火急赶来，正准备冲进去，就被同伴给拦住了：“先不要进去。”

“啊，王爷不是说很急吗？”暗卫一脸不解地问道。同伴面无表情地看了他一眼，郑重地道：“听我的没错。”

“可……”暗卫担心。同伴再道：“放心，出了事我担着。”

“好吧。”暗卫只能带着太医在外面候着。

时间一分一秒过去，医圣之心的提醒从急促到密集，到后面越来越少。没了医圣之心的祸害，林初九的头也不痛了。等到萧天耀放开林初九，看到林初九一脸呆萌，不见一丝痛苦，问道："不痛了？"

此时，医圣之心提示完毕，只给出一个总数字：共计三千七百五十三位伤患需要救治，请林大夫尽快救治。医圣之心与大夫绑定后，会强制大夫救治三千人，林大夫医好两千八百一十六人后，医圣之心将不再强制你救治病患，谢谢合作。

林初九正想说不痛了，就听脑子里浮出这条提示音，不由得乐了。

"哈哈哈，不痛了，不痛了，太好了……"只要医好两千八百来人，她以后就再也不用受医圣之心管制了，真是太好了。

虽说这次苦了一点，医两千多人难了一点，可战场上的病人全是外伤，处理外伤可比医治其他的病简单多了，她只要熬过这一次，日后就再也不用担心被医圣之心强制要求救人了。

"王爷，你真是太好了。"这一趟来得也算值了。

林初九一乐呵，抱着萧天耀就亲了一下，那欢喜的样子，就好像刚刚痛得大哭的人不是她一样。

"原来要医好你的老毛病，得用这个法子。"萧天耀摸着被林初九亲过的地方，一脸戏谑。

林初九脸皮薄，被萧天耀一调戏就要下床，却被萧天耀抱住："初九，做人要厚道，不能用完就丢。"

林初九倒是不想丢，可谁有萧天耀这么厚的脸皮呀？她再和萧天耀闹下去，肯定被他啃得骨头都不剩。

"松手。"林初九推了推萧天耀，考虑到他身上的伤，林初九也不敢太用力。

萧天耀就仗着林初九不敢用力，将人抱得更紧："松开了，你要去哪里？"

"出去走走。"林初九想也不想就说道，可惜被萧天耀拆穿了："这是军营，你一个女子往哪里走？"

萧天耀压根就没有想过让林初九在军中行走，更不用提林初九此刻脸颊通红，眼眸含情，恐怕穿着男装也是女子样。

"我就去外间走走。"林初九退而求其次。萧天耀仍旧没有放手："刚刚头痛的事忘了？"

"刚刚那是意外，现在不会痛了。"医圣之心要求她医治三千人，现在数量已经达到了，她只需要去医治就行。

"你确定？"萧天耀不相信地问道。林初九重重点头："我保证不会再痛了。"

萧天耀见林初九一脸笃定，问道："既然你如此笃定，那么是不是该告诉本王，你这老毛病到底怎么回事？"

"这……"林初九一脸迟疑。萧天耀不耐烦地挑眉："怎么，连本王也不能说？"

“本王”二字咬得极重，可见萧王不高兴了。他一直知道林初九有秘密，有不少秘密，他并不在意，毕竟谁没有一点秘密呢?

可他现在开口问了，林初九还不说，是不是太不把他当回事了?

萧天耀一向喜怒不形于色，这一次直白地表现出不满，林初九哪里看不出来，可她能把医圣之心的秘密说给萧天耀听吗?

林初九不想也不敢撒谎，只低着头道：“王爷，能不能不逼我?”

萧天耀掷地有声：“不能!”换句话说，林初九今天非说不可。

林初九叹了口气，抬头看着萧天耀：“不能说，怎么办?”

萧天耀逼问：“说了会怎样?”

林初九幽幽道：“不知道，但肯定不能再留下。”她不敢保证萧天耀不会弄死她，但她可以肯定，说出来后，只要萧天耀不立刻弄死她，她一定会在医治完外面那些伤员后，寻机会离开，以免发生什么让人不愉快的事。

“说出来，就一定要离开?”萧天耀的脸色很难看，林初九不敢直视，耷拉着脑袋，点了点头。

萧天耀猛地推开林初九：“很好，林初九，你居然学会了威胁本王。”

林初九没有防备，被萧天耀推得跌坐在地，一不小心扯到腿上的伤，疼得直皱眉，可仍旧倔强地道：“不是威胁。”是事实，萧天耀真要逼她，她一定会离开。

她害怕，害怕被人当成妖怪烧死，更害怕杀人夺宝的事发生，虽然她并不认为医圣之心是宝物。

林初九双眸染着雾气，却十分地倔强，完全没有妥协之意。萧天耀心底涌出一股无名的火，直接指着门口道：“滚!本王不想见到你。”

“我……这就去。”林初九站起来，看了一眼萧天耀，最终转身往外走。

“嘭……”屋内传来一声巨响，林初九脚步一顿，却没有回头，稍稍整理了一下自己的衣服，便往外走。

她本来就打算出去找苏茶，让苏茶安排人陪她出去一趟，这样她就能寻机会从医圣之心拿药出来，去医外面的伤患，早日完成医圣之心的要求。这样一来她就是离开了萧天耀，也不需要藏头露尾地活。

林初九进来时，戴了一个奇怪的竹帽，出去时自然没有忘记把它戴走。守在萧天耀营帐外的人都知道萧王的营帐有一个少年待了两天两夜，看到林初九走出来，不少人都在猜测他和萧天耀的关系，不过也仅仅是猜测，没有人敢多问。

林初九在营中和谁都不熟，询问驻守的小兵，萧王府来的人住在哪里，就直接去找苏茶了。

苏茶很早就醒了，一醒来就被暗卫砸了一堆工作，苏茶连营帐都没有出，就埋头处理，见到林初九走进来，十分诧异：“初九，你怎么来了?”在路上相处了十几天，苏茶一直称呼林初九的名字，这会儿也习惯了。

“我来找你借两个人，我要去拿一些东西，你能让人送我一程吗？”林初九记得他们来边境时路过一片树林，她可以在那里把医圣之心里的药弄出来。

不是林初九太过谨慎，而是匹夫无罪，怀璧其罪，在她看来医圣之心鸡肋无比、坑人无比，可在旁人看来这就是一个宝物，一旦被人知道，必会引来杀身之祸。

“拿东西？你要去哪里拿东西？”苏茶可不是流白，林初九这话一出口，他就想到了不妥当之处。

林初九事先想好了说辞：“我师父在这附近留了一批药材，我看到军中受伤的人很多，我想去取来，也许能帮上忙。”

“你，你说什么？你师父在附近藏了药材？”苏茶瞪大眼睛，一脸狂喜，随即又是不满，“既然你师父在这里留了一批药，为什么之前不拿出来呢？你知不知道，有许多士兵因为没有药，没有得到及时医治而死。”

一说起这事，苏茶就十分不满。当时，为了救治前线受伤的士兵，萧天耀下令王府的大夫跟在林初九后面学习如何快速有效地包扎外伤，同时也向林初九学习制药之法。

林初九确实没有藏私，全教给了吴大夫他们，药材却是半点也没有出，甚至在他们第一批药材被人抢后，也没有出来帮助一二。

如果林初九真没药材，那也没什么，可现在林初九却告诉他，她师父在附近留了一批药材，这是玩他吗？

苏茶不高兴，十分不高兴，望向林初九的眼神也透着不满与责怪。

苏茶这是在责怪她？

林初九气笑了：“我欠你和萧王的吗？我师父为我准备的药，我为什么要无偿给你们？我师父准备的药材，我想怎么处理就怎么处理，给你是情分，不给也没有错。不是吗？”

苏茶一呆，没想到林初九会这么说，半晌才反应过来，说道：“你和王爷是夫妻，王爷……”

说到一半，就被林初九打断了：“我和王爷是夫妻，王爷好，我才好，是不是？”

苏茶还来不及点头，就听到林初九一脸冷笑地道：“这话无数人和我说过，就是王爷自己也和我说过，可苏茶你是不是忘了一点，王爷好的时候，我也没有捞到什么好处；反之，王爷出事，我必跟着倒霉。还有也是最重要的一点，苏茶，王爷永远是萧王，我却随时都可能不是萧王妃，你说，我要是一股脑儿地把自己的家底全掏给王爷，事后王爷一脚把我踹了，我找谁哭去？”

“这，这怎么可能？王爷不是这样的人。”苏茶结结巴巴地说道。

林初九嘲讽一笑：“你看，你自己都不敢肯定，不是吗？”林初九知道，苏茶的母亲就是那个全心全意为丈夫付出，却被丈夫一脚踹掉的女人。

“王妃，这事……终归是你不对。”苏茶不知道该怎么说，毕竟他家就有一个现成的例子在，他根本没有立场劝林初九，也没有立场代萧天耀做保证。

“我不对？”林初九冷笑，“苏茶，你真以为事情就这么巧，我师父会提前放一批药材在这里？”

“啊？你刚刚骗我的？”比起林初九没有提前说，苏茶更在意被骗。军中缺药，林初九可别耍着他玩。

“当然不是，我师父确实在附近存了一批药，但不是早就存好的。你当我师父是神仙呀？知道王爷会在这里打仗，所以早早就命人存好药？”林初九想到苏茶之前的指责，这会儿也不客气了，直接反讽回去。

“你的意思是……”苏茶不由得放低声音，小心翼翼地问道。

“药材是前不久刚送来的，以备不时之需。”林初九低头，掩去眼中的情绪，只是那低沉无力的语气，泄露了她此时的心情。她在委屈。

“王妃，实在对不起，我为之前的胡乱指责给你道歉，还请王妃原谅。”苏茶一脸自责，双手抱拳，九十度鞠躬，行了个大礼。

“算了，一点小事罢了。”林初九大度地摆手，一副我懒得与你计较的模样，并且主动说道，“事不宜迟，你安排人驾两辆马车跟我走吧。”

“我这就去安排。”苏茶这次应得爽快，转身就往外走，不过走到门口时突然被林初九叫住：“这事先别告诉王爷，我想给他一个惊喜。”要是让萧天耀知道，说不定会被他查出什么来，她暂时还不想冒险。

苏茶只当这是林初九和萧天耀之间的小情趣，想也不想就应下：“王妃放心，我知道该怎么办。”

苏茶效率很高，不到半个时辰便准备好了人手与车马，并带上三天份的干粮：“王妃，这些都是军中好手，还有几个是北域莫家的高手。我这次特意没调王爷的亲兵和金吾卫，王爷不会知道的。”

苏茶说得信心满满，不想林初九走了不到半天，萧天耀就知道了。

“是你安排她离开的？”萧天耀抬眸看着苏茶，平静深邃的眸子没有任何情绪起伏。苏茶却吓得双腿发软：“王，王爷，有问题吗？”

王妃不就是想给你一个惊喜嘛，你，你要这么吓人吗？

“不经本王允许，私自进出军营重地，你确定没有问题吗？”萧天耀轻敲桌面，不答反问，质问的语气充分表明了他此时的情绪。

他很生气！

苏茶不知萧天耀在气什么，只得硬着头皮解释：“王爷，王妃不是私自出军营，她有要事要办。”

“你确定王妃是有要事要办，而不是打算离开？”萧天耀可以肯定，他之前在林初九眼中看到了逃离的打算，虽然只是一晃而过。

苏茶一听，立刻挺起胸膛道："我可以保证，王妃绝不是那种人。"林初九要走，在来的路上就跑了，这会儿王爷都醒了，林初九还跑什么？

"王妃去干什么了？"萧天耀压根不信苏茶的保证，苏茶能替林初九保证什么？

苏茶一脸犹豫："王爷，能不说吗？王妃说了，想给你一个惊喜。"

"惊喜？你确定是惊喜而不是惊吓吗？"萧天耀敲打桌面的动作一顿，"咄咄咄"三重一轻的规律声被打断，苏茶的心也跟着漏跳一拍，一瞬间他有一种他是流白的感觉，因为他完全不懂王爷这是什么意思。

苏茶硬着头皮道："王爷，我敢保证一定是惊喜。"

"哦？会是什么惊喜呢？"萧天耀换了个方式问了出来。苏茶差点上当，张嘴欲说，好在快要说出来时，苏茶反应过来，忙打住，一脸苦恼地道："王爷，真的要说吗？王妃让我别告诉你，说是想给你一个惊喜，我现在说了不是毁了王妃的惊喜吗？"

夹在这对夫妻中间，苏茶突然觉得压力好大，好像怎么做都不对，明明他劳心劳力，却有种左右不是人的感觉。

"苏茶，本王最后一次问你，林初九干什么去了？"这是第三遍，而萧天耀的耐性一向不好，一件事问了三遍苏茶还不肯说，那苏茶就等着倒霉吧。

苏茶苦着脸道："王爷，王妃要是知道我提前告诉了你，她准备的惊喜没了，一定会杀了我。"这一路上，他可是见识到了林初九有多么的彪悍。

林初九的体力和耐力，虽说不能和训练有素的暗卫比，可绝对比他这小胳膊小腿的强百倍，要揍他绝对不是什么难事。

"不说？"萧天耀轻声问了一句，微微上扬的语调清冷无比，让苏茶不由自主地打了个战："我说，我说……"他敢不说吗？

"王妃说，她之前让她师父准备了一批伤药，就藏在附近，她见军中有很多人受伤，就想把那批药取来。"

"药？她师父？"萧天耀眉头轻皱，再次敲打起桌面，"本王记得你查过她师父，结果是……"

"查无此人！"苏茶被萧天耀这么一提醒，立刻反应过来，"王爷不说我都忘了，我记得王妃说过她师父走了的？怎么这又找到了？"

"哼……"萧天耀冷笑一声，隐约猜到林初九口中所谓的师父十有八九和她的秘密有关。

苏茶暗道自己办了错事，忙补救道："王爷，要不我派人跟上去查一查？"

"不必了，让她玩去吧。"萧天耀不是一个好奇心重的人，之前问起此事也是因为担心林初九，既然林初九不说，他也不会强迫，只要人乖乖回来就好。

"是，王爷。"苏茶暗自松了口气。

说实话，他一点也不想去查林初九的事，林初九的事很好查，可是她会医术的事，还有那个神秘师父的事，却像是凭空冒出来的一样，不管他们怎么查，都查不到半点消息，他都快疯了。

萧天耀挥挥手道：“出去吧，此事你就当不知，日后王妃问起，就说没有告诉本王。”

“呃……”苏茶面部一阵抽搐，说都说了，还能当作没有说吗？王爷你也太有才了。

林初九带着苏茶安排的侍卫一路往回走，临近傍晚时，一行人终于来到林初九说的树林，不过夜晚进林十分危险，一行人只好在外面休息。

带了两辆马车过来，林初九一行人也就用不着搭帐篷，林初九直接睡在马车里，其他人则点了堆火，在火旁休息。

林初九昨晚一宿没睡，紧接着白天又赶路，困得不行，一路睡过来的，现在反倒睡不着了。

人一睡不着就爱胡思乱想，林初九躺在马车里，翻来覆去地想着早晨的事，越想越觉得萧天耀知道了什么。她在萧王府的一举一动，都在萧天耀的监视之下，虽说她每次从医圣之心里拿药都很小心，但事情做了就会有破绽，更不用提医圣之心时不时抽风，逼她救人，她不可能防得滴水不漏。

“烦死了！”一想到萧天耀可能知道医圣之心的存在，林初九就烦躁得不行。

不是她不信萧天耀，而是人心易变，她怕呀，她真的害怕!

她知道医圣之心是个什么玩意儿，不会拿它当宝贝，可是旁人不知呀，旁人看她不断地从医圣之心里取东西，还以为她有一个取之不尽、用之不竭、予取予求的宝贝。她要给人解释医圣之心的用处，旁人指不定认为，她是为了不让人抢她的东西，故意说医圣之心不好。

人心都是贪婪的，就算萧天耀现在不会杀人夺宝，可是以后呢？她知道萧天耀对她有些喜欢，可她不知这份喜欢有多深，又会维持多久。万一，万一哪天她或者萧天耀变了，她该怎么办?

“所以，不能说，哪怕他猜到了也不能说，一定要装傻到底。反正医治完三千人后，医圣之心就不会再强制我救人，我以后少用或者不用医圣之心，被人发现的可能就低了。”

林初九理了一遍又一遍，还是觉得不能告诉萧天耀，再说她就是说了，萧天耀也不一定会相信，指不定会认为，是她故意编个夸张的谎话哄他，为了掩盖自己真正的秘密。

打定主意后，林初九也安心了，虽然睡不着，可也不会再像之前那般烦躁。

而且，她现在也有奔头了，只要完成医圣之心的三千人任务，她以后就不怕医圣之心了，到时候想去哪里都行，再也不用担心暴露行踪。

“突然觉得……未来很美好。”林初九想着想着就乐呵起来，到了下半夜迷迷糊糊地睡了过去，直到清晨听到外面的动静才醒来。

天亮了，一行人便往林子里面走，走了不到一个时辰，林初九就喊停了："你们在这里等我，剩下的路我自己走就行。"

她得趁无人之时，找个山洞或者山谷什么的地方藏药，实在找不到她也得单独把药拿出来，假装这药是提前放在这里的。

"是。"护送林初九的侍卫事先得了苏茶的令，非常听话。

林初九打发掉侍卫后，对着半空喊了一句："暗谱，出来！"下一秒，一道黑影从林子里蹿了出来，单膝跪在林初九面前："王妃。"

"你和你的人留下，不许跟着我。"林初九冷着脸下令。暗谱一惊，抬头道："王妃，万一您遇到危险怎么办？"

王爷可是再三交代，不惜一切保证王妃的安全，现在王妃不肯让他们跟着，这要是遇到危险了，谁去保护王妃？

"没事，这片林子很安全。"林初九一脸笃定，暗谱还是不肯同意，可林初九十分坚持，暗谱身为下人哪里拗得过主子，只得咬牙同意。

林初九把人都打发了，放心地往林子里走，只是……

她太高估自己的运气了！

第十一章　提前说吻你

林初九之所以选择这片林子，是因为她与苏茶一行人赶路时，曾在林子外围休息过一晚，暗卫稍稍说了一下林中的地形。

当时，暗卫还告诉林初九，这片林子因为离军营近，军中粮草不够时，萧王经常带人来这里打猎，每每都收获颇丰，只是林中的猎物有限，军汉们的食量又大，几年下来，这片林子里已经没有凶猛的大猎物，只剩下一些没有杀伤力的兔子、野鸡、狍子之类。而这些小东西还是萧天耀特意让人留下来的，免得这地方的猎物死绝了，后面的人吃不到。

打听好树林的情况，知道这里面没有危险后，林初九毫不犹豫地把藏药材的地方选在这片林子里。

林初九摆脱了暗卫与侍卫后，独自往里面走，她记得暗卫说过，他们在林子里挖了几个山洞，还搭了几间木屋，要不是怕晚上走林子会迷路，他们都会考虑去林子里休息了。可惜的是，暗卫并没有说那几间屋子和山洞的具体位置，林初九只能自己去找。

林初九在心里默默地计算了时间，一路上也留下了标记，约莫一个时辰后，还没有找到暗卫所说的屋子与山洞，林初九放弃了。

林初九四处看了一眼，挑了一个灌木丛，直接划拉开，发现中间居然是空的，眼前一亮，毫不犹豫地钻进去，从医圣之心里面把伤药和清理伤口的烈酒拿出来。

东西一一准备好，再三检查确保没有遗漏后，林初九准备出去发信号，让暗谱带人来取，可信号还没来得及发出，外面突然传来一阵“嗖嗖”声，速度很快，像是什么东西在快速移动。

林初九心一惊，扒开灌木丛一看，一条胳膊粗、数十米长的大蛇正朝她这个方向游走而来。

“我的妈呀！”林初九正对上蟒蛇的血盆大口，隐约还能看到它嘴角的鲜血。

不用想也知道，这条蟒蛇刚刚吃了猎物，而且还没有吃饱。

“不是说这里没有凶猛的猎物吗？怎么会有一条这么大的蛇呀？”林初九最怕蛇这种冷血动物，当即吓得脸色发白，好在她还没有彻底吓蒙，还记得从医圣之心里取出雄黄和迷药。

“真是要被萧天耀坑死了，有这么一条蟒蛇在，居然还说把猎物都处理干净了，大骗子。”林初九一边抱怨，一边往外面撒雄黄，希望能挡住蟒蛇。

雄黄似乎对那条蟒蛇无效，只见它完全不受雄黄的影响，径直朝林初九滑来，那双发绿的蛇眼一直盯着林初九，要不是林初九知道蛇的视力很差，都要怀疑这条蛇已经发现了她。

“怎么好像是冲着我来的？”林初九有些后怕，这个时候她也顾不得身后的药，想也不想就从灌木丛另一头钻了出去。

她想知道，这条蛇是盯上了她，还是这片灌木丛里有什么东西，是那条蛇要的？

很快林初九就知道了，不是她占了蟒蛇的地盘，而是那条蟒蛇真的盯上了她。林初九一从灌木丛里钻出来，那条蟒蛇就改道朝她追出去，不断吐着蛇信子，而且动作越来越快。

“这是饿极了，要拿我当食物。”林初九泪流满面，跑到一个顺风的方位，飞快地撒迷药。

风吹过，白色的粉末扑在大蟒蛇的脸上，可大蟒蛇只是停了一下，又继续追上来。

“能放倒十几个大汉的迷药，居然对它无效。”林初九傻眼了，“我不会这么倒霉吧？现在放信号让暗谱过来，还来得及吗？”

在自救与求救之间，林初九果断选择自救。有时间放信号弹，不如从医圣之心取出自己调配好的百毒液，她就不信百毒液对这条蛇也无效。

林初九取出百毒液瓶子，来不及打开盖子，直接朝地上砸去。

“嗤……”一股难闻的气味随着白烟冒出，蟒蛇顿了一下，似乎很讨厌百毒液的气味，可想要吞食猎物的心态，战胜了对百毒液气味的厌恶，蟒蛇再次上前追赶林初九。

这一追赶，蟒蛇就出事了。它一上前，身体正好压在百毒液上，它那层外皮很厚，可再厚的外皮也怕百毒液！

百毒液瞬间腐蚀了它坚韧的外皮，蟒蛇痛得全身扭曲，不断地在地上打滚，将地上的百毒液全部沾在身上，痛得蟒蛇扭来扭去，同时更加凶猛地扑向林初九。

好在林初九早有准备，见百毒液对蟒蛇有用，早就准备好了百毒液，当巨蟒张大嘴朝她扑来时，林初九直接将手中没来得及打开的百毒液瓶掷过去。

林初九这一掷，正好将百毒液瓶掷进蟒蛇的嘴里，蟒蛇本能地吞咽，林初九还能看到那个瓶子在蟒蛇的身体里滚了数圈。

林初九一边跑，一边回头查看，不断地在心里道：“爆，爆开！”

只要百毒液瓶爆开，蟒蛇就死定了，可它就是不爆！

眼见着蟒蛇离林初九只有几步远，只要往前一伸就能咬住林初九，蟒蛇肚子里的百毒液瓶还没有炸开。

“完蛋了。”闻到浓重的腥臭味，林初九不用回头也知巨蟒离她很近。就在此时，林初九突然想到，她出发前曾让木匠给她做了暗器！

“缩小版的暴雨梨花针呀！”林初九突然就想到了这个。

有救了！

林初九停下脚步，转身……

手中的暴雨梨花针对上身后的蟒蛇，同一时刻，巨蟒的嘴也伸到了林初九的面前，那血淋淋的大口，要吞一个林初九，绝对是分分钟的事。

“嘶嘶……”腥红的蛇信子眼见就要扫到林初九的脸，林初九紧张得心都快跳了出来，也不管暴雨梨花针有没有对准蟒蛇，想也不想就按下机关。

“嘭……”如同烟花绽放，蓝色的细针一瞬间从小盒子里爆出来，射进了巨蟒的嘴里。

“嘶……”巨蟒吃痛，狂叫一声。

“啊！”同一时刻，林初九也吓得跌坐在地，当即连滚带爬地往前逃，逃得远了才扭头看了一眼，只见那条巨蟒正瘫在地上痛苦地挣扎。

大蟒蛇巨大的身子扭成麻花状，腥红的信子不断地往外吐，那双绿眼睛死死地盯着林初九，眼里满是怨恨与愤怒，就好像林初九是它的大仇人一样。

林初九顿时惊呆了：“这蛇莫不是成精了？居然真能看到我。”

林初九观察了两眼，确定自己不认识这条蛇，也就不再为难自己，那巨蟒一时半刻动不了，林初九也就不逃了，主要是她跑不动了。

林初九靠在身后的树上，右手按在胸口，平息一下自己狂跳的小心脏，同时发出信号让暗谱带人来接她。

信号发出后，第一时间赶来的不是暗谱，而是一对年轻的男女。

“七哥，信号弹就是从前面那个方向发出来的，你看这里有巨蟒的痕迹，说不定那条蛇就在前面。”林初九听到一个清脆的女声，说到巨蟒时一脸狂喜，绝对不像是怕蛇的人。

“我不会是弄死了人家要的东西吧？”林初九有点儿小担心，她现在跑还来得及吗？

好像来不及了呢，因为那对男女已经出现在了她面前。

“七哥，你看……是黑焰巨蟒，它在那里，好像被人弄伤了。”女子一脸狂喜，快步走来，落脚时不小心踩到了林初九之前洒的百毒液，只听“嗤”的一声，脚尖立刻出了一个洞。

“啊……”

“姑娘小心！”林初九想要提醒，可是晚了。

“七哥，七哥，我中毒了，我中毒了。”脚尖灼烧的感觉，把女子吓得不行，与她同行的青衣男子忙上前扶住女子：“小舞，别乱动。”

男子扶住女子，同时看向林初九，只可惜他们中间隔了一条巨蟒，双方都看不真切，男子只能凭刚刚听到的声音，来推断林初九的身份。

“姑娘，我们兄妹二人是追赶这条巨蟒而来，并无恶意，恳请姑娘将解药给我们。”明明是求人拿解药，却是一副不卑不亢的样子，完全没有求人该有的姿态。

这种人，不用想也知出身极好，林初九不打算得罪。

“两位放心，那并不是什么毒，只是一些小玩意儿，把鞋袜脱了，用清水清洗即可。”林初九虽然没有看到，可也能猜到对方伤得不重，不然不会只喊一声疼，就不再叫了。

“七哥，快，快拿水，我疼死了。”叫小舞的女子立刻将鞋袜脱了。

诚如林初九所说的那样，她伤得并不重，只大脚指尖碰到一点，用清水冲洗后，再上上一层药就没事了。

兄妹二人费了一些时间清理，待到小舞重新换上鞋后，男子又道：“这位姑娘，这条巨蟒是我们兄妹二人寻到的，我们兄妹二人要它有用，不知能否将其让给我们？姑娘放心，我们会用同等价值的东西交换，绝不让姑娘吃亏。”

只是男子的话一落下，叫小舞的女子就不满地道：“七哥，这明明是我们发现的，也是我们从洞里引出来的，为什么要她让给我们？”

林初九一惊：“原来这蛇，是你们弄出来的？”看样子，她错怪萧天耀了。

“姑娘，舍妹不懂事，还请见谅。”男子听出林初九的不满，连忙道歉，转头又对女子道，“小舞闭嘴，这巨蟒乃是这位姑娘所伤。”这话看似训斥，实则是借机告诉小舞，对方能把巨蟒弄得半死不活，可见不是一个简单的人。

林初九听到女子不情不愿地应了一句。接着男子又道：“姑娘，这巨蟒对我们十分重要，还请姑娘割爱。”

“这巨蟒对我没有用处，你们要便拿走。不过我要提醒你们一句，它的肉沾了你妹妹刚刚碰到的东西，已经不能吃了。”林初九虽然不知这兄妹要巨蟒做什么，还是好心地提醒了一句。

男子沉默片刻，又道：“蛇胆呢？能用吗？”

林初九道：“现在还能用，不过等到它体内的东西炸开，就不能用了。”

“啊……那它什么时候会炸开？”叫小舞的女子惊呼，一副很着急的样子。

林初九摇了摇头：“我也不知，如果两位要取蛇胆，需尽快才好。”

“你这女人好恶毒，万一我们取蛇胆的时候，它炸开了怎么办？”叫小舞的女子气急败坏地说道，隐约还带着哭腔，“七哥，现在怎么办？我们拿不到黑焰巨蟒的蛇胆了。”

“别急，那位姑娘不是说了嘛，我们还有机会。”男子也急，不过他显然稳重多了，忙道，“姑娘，我现在就要取其蛇胆，还请姑娘让一让，我要将此蛇斩杀。”

“请便。”林初九想也不想，立刻跑开，扭头看了一眼对面的男子与女子，只见两人衣着精致，长相俊美，气质亦是不凡，便知对方不是什么简单的人物。

同样，那对自称兄妹的男女也在打量林初九，见她只是一个普通人，兄妹二人都惊了一跳。一个脚步沉重，完全没有武功的女人。这样的人，怎么可能把这条巨蟒弄得这么狼狈？要知道，他们追了这条巨蟒三天了，都没有办法在它身上留下哪怕一道伤口！

“七哥，是我看错了吗？那个女人好像不会武功。”叫小舞的女子看着林初九飞快跑开的身影，不禁揉了揉眼睛。那个女人跑得再快，身形再矫健，也改变不了她不会武功的事实！这就么一个弱女子，居然能重伤这条黑焰巨蟒？

“是不会武功，但有很多小东西防身，你忘了刚刚踩到的东西了？”男子指着外皮被灼伤的蟒蛇，“看到没有？黑焰巨蟒可伤得不轻。”

“就算有小东西防身，她一个不会武功的女人，怎么可能困得住黑焰巨蟒？黑焰巨蟒可是出了名的身形灵活，最主要的是它和别的蛇不一样，视力极好，可以避开一些要命的攻击。”叫小舞的女子还是不敢相信，困住黑焰巨蟒的人是林初九。

“事实摆在面前，我们说这些没用。对方能把黑焰巨蟒制住，就表示有两下子，对方无意对我们出手，我们也没有必要纠结对方的实力。”男子对林初九并不感兴趣，他在意的是黑焰巨蟒的蛇胆，“小舞你盯着点，我去取蛇胆。”

“好，七哥你当心些。”小舞重重点头，指了指地上被灼伤的草地，“别踩到白泡，虽然不是毒，可是真的很疼。”

“知道了。”男子没有一丝不耐烦，提剑，纵身一跃，落到黑焰巨蟒的头顶上。男子双手握剑，正欲刺下，就在此时，重伤之后无法动弹的黑焰巨蟒突然奋力一动，整个蛇身在原地三百六十度大翻滚，然后弹了起来。

没有意外，男子也被弹飞了出去。

“该死。”男子咒骂了一声，在半空中一个翻滚，还未落地就看到黑焰巨蟒朝他扑来，男子没有犹豫，举剑迎了过去。然，黑焰巨蟒的皮真不是一般的厚，男子一剑斩去，却只在蛇皮上划出一道浅痕，连血都没有见。

“该死的，早知道就该把天外玄铁铸成的武器带上。”男子一击不中，只得翻身后退。

黑焰巨蟒不依不饶地扑过去，因为受伤，身形有些笨拙，饶是如此也把男子折腾得够呛。

“七哥，怎么了？黑焰巨蟒不是受伤了吗？”小舞在一旁急得大叫，恨不得上前帮忙。

“它应该是中毒了，现在只是撑着一口气。小舞别急，七哥可以应付。”男子明显能看出来，黑焰巨蟒不管是速度还是力度都弱了许多，知道只要拖时间，就能把黑焰巨蟒耗死。

一人一蛇便在林中打了起来，渐渐地，男子占了上风，可就是这样，他也无法轻易取黑焰巨蟒的命。

林初九跑回灌木丛，还能听到男子与巨蟒交手的声音，不过她并没有放在心上，她就躲在灌木丛里等暗谱带人过来。别看她在林子里走了一个时辰，实际上她离暗谱几个并不远，林初九估计暗谱几个最多两刻钟就能赶到。

林初九暗自祈祷那条蟒蛇能撑过两炷香，这样那对兄妹就不会关注她了，只可惜现实与想象相反，不到一刻钟的时间，林初九就听到“噗”的一声响，紧接着是女子尖锐的叫声：“啊啊啊……七哥，炸尾，黑焰巨蟒炸尾了！”

光凭这声音，林初九就知道肯定是蟒蛇肚子里的百毒液瓶摔碎了，里面的百毒液流出来了，在蛇体内流动。

果然，林初九很快就听到了巨蟒凄惨的嚎叫声，还有男子气急败坏的声音：“糟了，蛇胆。”

“七哥，快退开。别被它的毒液灼伤了，那东西好毒，你看黑焰巨蟒的肉都烂了。”小舞见男子纵身要去抢蛇胆，生怕哥哥出事，忙出声阻止。

“不行，我要拿蛇胆。”男子想要拼一把，趁黑焰巨蟒上半身还未炸开，先一步把蛇胆取出来，可那条黑焰巨蟒虽然受了重伤，一时半刻却死不了，而且剧痛让它扛过了毒针带来的眩晕，一瞬间那条蟒蛇的动作更快、更凶猛，甚至差一点儿就咬住了男子。

“七哥，快退回来！要是大哥知道你为了他把命丢了，他一定不肯用蛇胆的。”小舞气急败坏地大叫，眼泪都哭出来了。

“蛇胆……”男子仍旧不肯放弃。小舞无奈，只得拔剑跃过来：“七哥，我来帮你。”

“别，小舞你站在那里，别过来……”“添乱”二字还没有说出来，小舞就被黑焰巨蟒盯上了。

小舞之前和黑焰巨蟒交过手，黑焰巨蟒知道她的实力比男子弱，立刻扭头扑向小舞。

“啊……”小舞大叫一声，眨眼间就被黑焰巨蟒缠住了，“七哥，七哥救我！”

……

林初九蜷缩在灌木丛里，虽然没有亲眼看到，可也能想象到那两人一蛇是个什么情况。

不外乎那青衣男子想要蛇胆，却打不过蟒蛇，叫小舞的女子担心男子，上前帮忙，结果却被蟒蛇缠住。

作为一个有“仁心仁术”的好大夫，林初九表示，如果对方受伤了，她一定会救治，可对方若是被蟒蛇给缠上，她就爱莫能助了，毕竟凭她的小身板，根本不是蟒蛇的对手。而且她可没什么七哥、八哥的，她就是被蟒蛇活吞了，那男子恐怕也不会救她。是以，她还是躲在角落里，别上去添乱的好。

可是，林初九不知，那对兄妹却因为她没有上前而怪上了她！

黑焰巨蟒不是什么简单的角色，如果没有林初九之前放的毒针，那对兄妹绝不是黑焰巨蟒的对手。现在黑焰巨蟒受了伤又中了毒，实力大减，虽说叫小舞的女子被黑焰巨蟒缠住了，不过一时半刻还死不了。

“小舞，你再坚持一会儿，我很快就能救你出来。”男子一边与黑焰巨蟒缠斗，一边安慰女子。

“七哥，我快不能呼吸了。”小舞用力挣扎，可惜怎么也挣不开黑焰巨蟒，“七哥，刚刚那位姑娘呢？她不是能制服黑焰巨蟒吗？她怎么不来救我？我好疼呀。”

“小舞，再坚持一下，很快就好。”因为小舞的催促，男子不得不加快速度，而这么一来，他也没空管蛇胆了，现在救人要紧。

小舞也发现了，一脸愧疚地道：“七哥对不起，都是我给你添乱了，否则你现在就拿到蛇胆了。”

“跟你没关系，是七哥实力不济，别说话，保存体力，七哥不会让你有事的。”男子手中的剑越挥越快，几次都刺中了黑焰巨蟒，却因为黑焰巨蟒的外皮太硬太滑而滑开了。

小舞被黑焰巨蟒越缠越紧，双腿被蛇身绞着，痛苦不堪：“七哥，我不行，快不行了……救命，救命，救我……七哥。”

“小舞，再坚持一下，七哥这就去救你。”男子看了小舞一眼，知道她快撑不住了，咬咬牙，迎面冲向黑焰巨蟒的蛇头。

“嘶嘶……”黑焰巨蟒嘴巴大张，涎液顺着嘴角往下流，男子双手握剑，如同利箭扑向蛇嘴。

“嗖……”人与剑同时没入蛇嘴。

“啊……七哥，不要呀！”叫小舞的女子惊恐大喊，拼命地挣扎，“七哥，七哥，不要呀！”

其实她的担心是多余的，男子并不是被巨蟒吞噬，他是主动跃入，怎么可能会没有准备？

黑焰巨蟒外皮实在太硬，男子无从下手，只能从里面攻克，当他握剑冲进去的那一刻，他手中的剑就将黑焰巨蟒的内部搅烂了。

“嘶嘶嘶……”黑焰巨蟒痛苦地扭来扭去，这个时候也顾不得小舞，蛇身一动就将小舞给甩了出去。

“啊……”小舞被甩飞出去，撞在树上，又重重落下，当即就晕了过去。

男子仍在蛇腹，不过双腿还露在外面，被黑焰巨蟒咬住，可也只是一刹那，很快那黑焰巨蟒就无法动弹了，因为……男子的剑，直接从里面刺了出来。

“噗……”一时间鲜血如泉涌，而男子的剑也往后收，一点一点割破蛇皮，很快男子的头就从里面冒了出来。

此时，黑焰巨蟒已一动不动，嘴里仍咬着男子的双腿，不过已经没了之前禁锢的力道。

男子很快就从蛇身里面钻了出来，不知在蛇腹里粘上了什么，男子身上带着一层薄薄的血膜，看上去好不吓人。

男子腿上受了伤，踉跄地从蛇腹里出来后，便将这层薄膜撕了，跌跌撞撞地朝小舞走去。

“小舞，小舞……”男子探了探女子的鼻息，见女子还有气，狠狠松了口气。手忙脚乱地从身上取了药，放在女子鼻间。

不多时，女子幽幽转醒，虚弱地道：“七哥，你没事？”

“七哥没事。”男子扶着女子坐了起来，女子惊呼一声：“啊……好痛。”

“小舞，哪里痛？”男子一脸关切。

小舞喘了两口气，脸色惨白地道：“背，还有腿，肋骨断了，七哥，我的腿使不上力了。”

小舞看着自己的双腿，眼中闪过一抹惊恐：“七哥，我的腿是不是废了？”这腿还有救吗？

“当然有救，你只是受了伤，七哥带你回帝国，到时候让御医为你诊治，很快就会没事。”男子连忙安慰女子，眼中闪过一抹自责与愧疚。

小舞这腿……不可能治好了。

“七哥，我的腿真的能治好吗？”女子如同溺水的人抓住浮木，紧张地问道。

男子重重点头：“相信七哥，一定能好。要是御医治不好，七哥就去给你找龙魄草，有龙魄草在一定能好。”

“我相信七哥。”小舞听到这话，情绪平复下来，看着不远处的黑焰巨蟒，问道，“七哥，蛇胆呢？你拿到了吗？”

“没有，蛇胆被我搅碎了。”男子一脸遗憾地道。

小舞脸色一白：“蛇胆没了？那我们不是白忙一场？”小舞看着自己的双腿，眼泪直落，“七哥，都是我不好，否则你也不会为了救我，拿不到蛇胆。没有蛇胆，大哥的眼睛怎么办？都是我的错，都是我的错，都怪我。”

“不关你的事，是七哥没有保护好你。”男子也很遗憾，为了得到黑焰巨蟒的蛇胆，他们踏遍四国，好容易才找到一条百年以上的黑焰巨蟒，结果却没有拿到蛇胆。

“不是，不关七哥的事，是……那个女人。对，就是那个女人，她居然见死不救。七哥，都是她的错，她若肯出手，我们怎么会拿不到蛇胆，我的腿又怎么会出事？”小舞不承认自己的错，也不肯承认自己哥哥有错，便把错全往林初九身上推。

男子自然知道这事与林初九无关，可看到小舞一脸狰狞的样子，怕小舞出事，只得顺着她的话道："对，都是那个女人的错，小舞别难过。"

小舞用力点头："七哥，那个女人太坏了，我要杀了她，我一定要杀她。我东阳若舞以东阳家的名义起誓，我一定要杀了那个害我双腿受伤，害大哥眼睛无法恢复的女人。七哥，你也是，见到那个女人，绝不能放过她，你一定要杀了她，为我和大哥报仇。"

男子见小舞已入魔障，怕反驳会让小舞失控，只得附和地点头："好，我们杀了她，为大哥和你报仇。"

没错，这对兄妹就是中央帝国七大世家之首的东阳家的公子与小姐。

躲在灌木丛中的林初九还不知道，她人还未到中央帝国，就得罪了东阳家的人，要是她知道的话，一定会气得吐血。

明明她什么也没有做，那对兄妹凭什么把错推到她头上？而且，她都没有怪那对兄妹引来巨蟒，差点害死她，那对兄妹凭什么怪她呀？

她有本事在巨蟒的追逐下自保，并不表示她有能耐救人，就算她有能耐救人又如何？哪条律法规定，她看到有人遇险，就一定要上前搭救？

她不出手相救不犯法，顶多就是要受道义上的谴责。要是为了这几句谴责，她就豁出性命去救人，那她对得起自己的家人朋友吗？对得起生她的父母吗？

虽说她没有家人，可为了救别人而牺牲自己这种事，她真的做不出来，虽然这么说很自私，可她又不欠谁的，她若连自己都保护不好，有什么能耐救别人？

他们的命是命，她林初九的命就不是命了？

林初九坚定地认为，自己没救那对兄妹并没有错，也不会因此而自责愧疚。那对兄妹自己送上门去找那条蟒蛇，不管什么后果他们都得自己承担。

任凭外面打得如何激烈，林初九都不理会，一脸平静地待在灌木丛里，看着那对兄妹离去，然后静静地等暗谱带人来找她。

大概一炷香后，暗谱带人过来，他们远远地就闻到了血腥味，一个个吓得脸色发白，连忙大喊："王妃，王妃，你没事吧？"

"王妃，你在哪？"

林初九听到声音，默默地从灌木丛里爬了出来，应了一声："我在这里，我没事！"

暗谱几人听到消息，忙跑了过来，看到完好无损的林初九，暗谱狠狠地松了口气："王妃，你没事就好，我们闻到血腥味，还以为你出事了。"

"是别人，与我们无关。"林初九挥挥手，没有多说的意思，指了指灌木丛里的东西，说道，"把东西带上，我们快走。"

"是。"暗谱示意侍卫上前，自己则护在林初九身后，生怕林初九出事。

天知道他们刚刚闻到血腥味吓成了什么样。

一旦林初九出事，王爷肯定会宰了他们。

侍卫默默地上前搬东西，他们没有问那些药材是如何在荒郊野外保存得这么好，也没有问地上的痕迹为什么都是新的痕迹。拿到东西后，一行人快速离开林子，往回走。

同一时刻，在军中的萧王也收到了林初九平安无事回来的消息。

"本王还以为，你会趁机离开。"萧天耀轻敲桌面，依旧是一下一下，十分有规律，却比以往轻快了不少，微微上扬的唇角将冷硬的面容柔化了不少。

回来比去的时候要快，第二天中午林初九就回到了军营，苏茶亲自出来接人。林初九一见到苏茶就说道："给我安排一个独立的营帐，我好放东西和休息。"这是摆明了不和萧天耀一起睡。

苏茶想到这是军营，咬咬牙应下了。林初九带来这么多药材，绝对是有特殊贡献的人才，单独住一个营帐是合理的要求，苏茶很快就安排好了。

没有萧天耀的营帐大，也没有萧天耀的营帐密封与独立，好在现在林初九不用担心医圣之心强制她救人，那些个小问题就不必计较了，在军中有这样的住宿条件就算是不错了。

东西一一归位，林初九略作收拾，便让苏茶找人给她送两桶热水，她需要清洗一下，另外腿上的伤也要换药了。

苏茶二话没说应下，可是林初九没有等到热水送来，她等到的是萧王的亲卫带来萧天耀的命令："九公子，王爷有请！"

"九公子？"林初九听到这个称呼也是醉了，她姓林好不好？就算要化名，也该称呼林公子。九公子是什么鬼称呼，难不成萧天耀讨厌"林"这个姓吗？

"王爷说，让我们称呼王妃为九公子。"亲卫见过林初九，知道她的身份。

"好吧，王爷说了算。"林初九没再多说。

萧天耀有请，林初九没法拒绝，只是她怕萧天耀还惦记着那天的事，想要询问她的秘密，便假装不在意地问了一句："王爷有说什么事吗？"

"王爷没有说。"不过，王爷让人把王妃要的热水，改送到了王爷的营帐。

"那王爷心情如何？"林初九又问。亲卫想了一下道："上午流白公子回来了，王爷重惩了流白公子。"

至于王爷的心情？请原谅他们眼拙，实在看不出王爷什么样子是心情好，什么样子是心情差，在他们看来王爷常年都是没有心情的样子。

"这么说，王爷这是心情不好了？"林初九立马蔫了，有一种调头回去的冲动，嘟囔道，"现在装病还来得及吗？"

声音不大，可足够亲兵听到，这次换亲兵蔫了："九公子，你千万别这么做。"王妃要是装病不来，倒霉的肯定是他们。

"我就知道来不及……看到我活蹦乱跳进入军营的人太多了。"早知道，就一直窝马车里不出来，假装自己虚弱。

萧天耀的营帐外仍旧由金吾卫层层把守，百米内无人靠近，林初九和亲卫刚走到百米外，就被人拦住，核实身份无误才被放行。

林初九很快就来到营帐外，放缓脚步等亲兵进去通报，却听到亲兵道："九公子，王爷说了，你来了直接进去。"

"哦……"本着早死早投胎的原则，林初九没有迟疑，大步往里走，那步子，那气势，就好像英勇赴义的壮士，亲兵目送，在心里默默地为林初九祈祷：愿王妃安好！

林初九硬着头皮走了进去，闭着眼睛朝正前方的位置唤了一声："王爷！"

结果，半天没等到萧天耀的回应，林初九的小心脏怦怦直跳，悄悄睁开眼睛，却没有看到人……

"咦，人呢？"刚发出疑问，身后就传来萧天耀的声音："连本王在哪都不知道，就闭着眼睛唤王爷，林初九你可以呀！"

"呃……王爷。"林初九默默转身，没有意外，看到了萧天耀黑沉沉的脸。

"哼……"萧天耀不悦地冷哼，从林初九身边走过，在主位上坐下，见林初九像木桩子一样站在原地一动不动，萧天耀心里更塞，"愣着干什么？还不快进去？"这个死女人，就不知道转过身看他一眼吗？

"哦……"林初九本能地抬步往内室走，刚走两步就反应过来，转身问萧天耀，"我进去干吗？"萧天耀找她来干吗？好像什么也没有说呀？

"问那么多干吗？进去！"萧天耀没有回答林初九的问题，而是高傲地下令，然后就不再理会林初九。

林初九见萧天耀已心无旁骛地看起公文，默默地咽下到嘴边的话，转身进去。

内室被屏风隔成两个小间，外面是床和椅子，里面则是一个大大的浴桶，此时还冒着白烟。

林初九眼睛睁得大大的："居然有浴桶！"在军营弄个浴桶，王爷你不觉得太奢侈了吗？

不过，她喜欢，因为享受的人是她。

林初九一脸欢快地脱衣服，这个时候她也就不计较萧天耀的冷脸了，可当她看到腿上的伤，立刻就郁闷了。

"我根本不能泡澡。"萧天耀明明知道她腿上有伤，还弄个热腾腾的浴桶在这里，这是摆明了馋她吗？

她就知道萧天耀这厮不是什么好人，太坏了。

林初九一脸郁闷地趴在浴桶外，看着里面的热水，心里怨念满满。世上最痛苦的事，莫过于十天半个月没有洗澡，好不容易有一桶热水摆在你面前，你却没法泡澡。

林初九无奈叹气："擦擦就好，顺便洗个头。"她的头发都快发馊了，不洗真没法见人。

浴桶很大，水有六分满，为了不浪费水，林初九没有直接就着水洗，而是用盆子将里面的水打出来，然后才开始擦拭、洗头。

腿上的伤并不影响行动，可林初九还是折腾了近半个时辰，才把自己洗干净，这时浴桶里的水已所剩无几。

换上干净的衣服和绷带，林初九觉得自己全身轻快了不少，唯一郁闷的就是头发湿漉漉的，一时半刻干不了。

林初九便用大毛巾将头发包了起来，犹豫再三，还是决定去找萧天耀。头发太长，靠她擦，不知得擦到何年何月，在军营这个坑人的地方，她又不好披散着头发。

萧天耀仍旧在外间，林初九出去时，他还保持着坐在那里审阅公文的姿势，而且十分认真专注，甚至林初九走出来，他都没有动一下。

林初九站在门口，犹豫着要不要上前，王爷这么认真，她这个时候上前打扰好吗？还是不打扰了，头发就等它慢慢晾干。林初九想了一下，果断转身，就在这时忽听萧天耀说道："过来！"

"叫我吗？"林初九愣了一下，转身，眼巴巴地看着萧天耀。

"除了你，这里还有别人吗？"萧天耀放下手中的折子，问道。

"没有。"林初九十分上道地上前，而且不是站在桌子前，而是站在萧天耀身侧，这个距离让萧天耀十分满意，语气不由自主地柔和起来："有事？"

"没事，我沐浴完了，过来和王爷说一声。"林初九本来是想找萧天耀擦头发的，突然一想又不对，为什么每次洗了头，都会想到找他擦头发呢？果然，习惯什么的真是太可怕了。

"是吗？"萧天耀勾唇，明显不信，眼神若有若无地落在林初九的头发上。

"咳咳……"林初九尴尬地低头，有些不好意思地道，"那个……王爷，我来问问你有空没？"

"现在有空。"萧天耀眼眸含笑，就等着林初九自己说出来。

"那……能不能帮我擦个头发？"林初九抬头，一脸祈求地看着萧天耀，怕萧天耀不高兴，飞快解释道，"头发太长不好干，在这里又不能披着头发。"

"坐过来。"萧天耀身子往后一靠，拉开自己与桌子之间的距离，好方便林初九坐上去。

"坐？"林初九嘴角微抽，这里除了萧天耀屁股下的那把椅子外，就没椅子了，萧天耀确定要她坐下？

萧天耀扬了扬眉："不坐下，本王怎么给你擦头发？"要他擦头发，怎么可能一点福利都不给？

"要不，我还是自己擦吧。"和坐在萧天耀腿上相比，林初九更愿意自己擦。

林初九后退一步，转身欲走，可人都送上门了，现在要走，晚了！

林初九转身的刹那，萧天耀伸手拉住，暗中使了个巧劲，林初九朝后踉跄两步，萧天耀趁机将人抱在怀里，放在腿上。

“本王现在很闲。”萧天耀将人禁锢在怀，不让林初九动。

都坐人腿上了，林初九也就不矫情，大方地道：“那就麻烦王爷了。”

林初九放柔身子，收起防备，软软地靠在萧天耀的怀里，没有一丝抗拒与不满。萧天耀没想到林初九这么配合，眉毛微挑，可也没有说什么，只是将林初九的长发散开，然后……

有一下没一下地擦了起来。

真的是擦，而不是用内力将林初九的长发瞬间烘干，林初九本想小小地提一下意见，转念想到那天萧天耀因她不肯说出自己的秘密而发火，就没勇气了。

不就是慢慢擦嘛，萧天耀乐意，那就随他好了，反正她坐在萧天耀怀里，一点也不累。

萧天耀见林初九如此配合，心情极好，也就不再计较林初九私自出军营的事了。

至于这一头湿发？萧天耀倒是想慢慢擦，左右他不忙，可考虑到边境天气偏冷，林初九顶着一头湿发时间久了可能会着凉，萧天耀不得不用内力将林初九的长发尽快烘干。

“头发干了。”萧天耀压低声音，在林初九耳边说道。

“哦……”林初九懒懒地应了一声，耳朵轻动，眼睛微眯，一副快要睡着的样子。

萧天耀看着像猫一样窝在自己怀里的女人，不由得笑了起来，双手环住林初九，在她耳边轻声说道：“累了吗？”

耳根痒痒的，林初九忍不住往萧天耀怀里钻了一点儿，嘟囔道：“有点儿……”

“那……睡吧。”萧天耀轻轻拍着林初九的背，声音轻柔如同催眠曲。

林初九心尖一颤，再次往萧天耀的怀里缩。林初九不是声音控，可萧天耀的声音太好听了，每每萧天耀压低声音说话，林初九都忍不住浑身一颤，尤其是萧天耀附在她耳边说话，那种酥麻的感觉更是让人无法忍受。

萧天耀一直都知道，林初九很喜欢他压低声音附在她耳边说话，有好几次林初九甚至因为他的声音而耳根发红。这个发现，让萧天耀很高兴。

这时林初九确实犯困了，萧天耀怀里热热的，很舒服，宽厚的胸膛又给人足够的安全感，林初九靠着靠着就想睡了，而萧天耀也宠她，任由她睡着，甚至轻轻拍着她的背，就像哄孩子一样哄她睡觉。

刚开始只是迷糊了过去，很快就睡死了，小脸因为靠在萧天耀的怀里，熏得通红，嘴唇微张，似乎有银丝流出，衬得双唇饱满水嫩，引人犯罪。

“时刻不忘勾引本王。”萧天耀垂眸就看到林初九这副惹人怜爱的样子，要不是理智尚存，他肯定把林初九丢床上，直接吃干抹净。他和林初九是夫妻，同床再正常不过，不是吗？

萧天耀没有委屈自己，现在不能做别的，同床却是没有问题的。抱着林初九起身走进内室，小心翼翼地将人放在床上，然后自己也跟着躺下。

“嗯……”萧天耀一躺下，林初九就自发地寻着热源靠了过来，像八爪鱼似的抱着萧天耀。

萧天耀拉被子的手一怔，看着林初九这般可爱的样子，不由得笑了出来。他还是第一次在床上看到林初九缠人的样子，要知道林初九睡觉时一向自律，每晚都是躺在角落一动不动，根本不会像现在这样缠着他。

不知是太累了，还是床上的人形抱枕太舒服，林初九一觉就睡到了半夜，醒来时发现自己不仅躺在床上，还抱着萧天耀。

营帐里有微弱的灯光，既不会影响睡觉，又能视物。林初九猛地惊醒，完全没有刚睡醒的迷糊，手忙脚乱地松开萧天耀，一脸错愕地道：“王爷？你怎么在这儿？”

她不是躺在萧天耀怀里太舒服，迷糊过去了吗？怎么两人睡到床上来了？

“这是本王的床，本王不在这儿，在哪儿？”用完就丢，这女人真是没心。

“啊啊……我睡多久了？”林初九这才想起，她还在萧王的营帐呢。

“睡了五六个时辰，现在应该是子时了。”害得他也跟着睡了这么久，全身骨头都酸了。

“居然睡了这么久？”林初九打了个哈欠，坐了起来，解释道，“我可能是太累了。”

“嗯。”这一点萧天耀认同，苏茶和林初九一起来的，苏茶一到营地就睡了一天一夜，林初九不仅没睡，还忙了一天一夜，这会多睡一点再正常不过。

“饿了没？外面有吃的。”萧天耀直接下床，从衣架上拿了一件皮毛披风，包在林初九身上，“是在屋里吃，还是出去吃？”

萧天耀这个问题问得很有技巧，给出两个选择，令人潜意识地就会顺着他的问题回答。林初九略一想，便道：“出去吃。”

话落，还来不及起身，人就被萧天耀凌空抱起。

“啊……”林初九吓了一跳。萧天耀眉头一皱：“不许叫，难听。”

“拜托，你突然抱我起来，吓到了我，还怪我叫得难听？”林初九郁闷坏了，这男人太霸道了。

萧天耀严肃地道：“处变不惊，知道吗？”

林初九瞪眼：“那你行动前先说一声好不好？”处变不惊这种技能，她学不来。

“说了，做什么都行？”萧王眼前一亮，问道。

林初九隐隐有种不好的预感，忙不迭摇头：“当然不是。”

“那本王为什么要说？”萧天耀眼中的亮光，立刻消失不见。

“你告诉我一声，我好有个心理准备呀。”林初九发现，她真的无法和萧王沟通了，心好累。

“好，现在本王告诉你，本王要吻你！”说完，萧天耀便低头，吻住林初九的双唇。

“唔……”林初九又一次被吓到，瞪大眼睛看着萧天耀，这个男人，什么时候这么厚颜无耻了？

唇被狠狠吻住，舌头发麻，林初九很想将这个男人推开，可她现在被人抱在怀里，要是把人推开，第一个摔下去的就是自己，为了自己的安全着想，她只能任由萧天耀蹂躏。

……

第十二章　吃相太难看

一吻完毕，林初九俏脸通红，眼眸含泪，看上去就像是被人狠狠欺负了一样，让人忍不住想要再欺负一把。

不过，萧王一向见好就收，在林初九表达不满之前，先一步抱着人坐下，一脸严肃地道："吃饭了。"

刚刚吻完林初九的萧王，一转身又变成了那个高傲冷漠的王爷，一本正经，令人完全看不出他刚刚做了什么。害得林初九想要表达一下自己的不满，都不知道该怎么说。

萧天耀的样子太正经，太理所当然，她一度怀疑，刚刚把她吻得晕头转向的男人到底是不是萧天耀？是不是被什么奇怪的东西附身了？

然，每当林初九觉得她已经见识到了萧天耀的无耻时，萧天耀马上刷新尺度，让她明白萧天耀的无耻是没有下限的！

萧天耀抱她出来时，直接用一件大大的披风裹着她，刚开始她的双手明明是露在外面的，可抱着她坐下后，她的双手就被衣服裹上了，完全没有办法动弹。

林初九无奈问道："王爷，这样我怎么吃饭呢？"整个人就像一个蚕茧一样，除了脑袋外，什么都不露。

"想怎么吃就怎么吃。"萧天耀一手抱着林初九，一手将放在炉子上的饭菜端过来。

林初九闻着香喷喷的饭菜，肚子"咕咕"直叫："王爷，你松松手，让我把手拿出来吃饭。"

结果萧天耀不仅没有松手，反倒拉得更紧："吃饭用手干什么？"

"不用手怎么吃？"林初九张嘴反驳，却被萧天耀塞了一团米饭到嘴里："张嘴就成。"

“唔……”嘴里塞满饭，林初九没办法说话，好不容易咽下去，张嘴想要和萧天耀说道说道，嘴里又被塞了一口菜。

“王……爷。”林初九囫囵嚼了两口，就吞了下去，忙道，“我自己吃就成，不用喂。”刚刚萧天耀一筷子差点戳到她舌头，痛死她了。

“吃饭不许说话。”萧天耀根本不理会林初九的控诉，继续往她嘴里塞饭菜。林初九无奈，只得一口接一口地吃，连说话的时间都没有。

有一种人，得老天厚爱，天生就比旁人强三分，不管做什么，只需要做上两遍就能做得极好，而萧天耀就是这种人。萧天耀此前可没喂过谁吃饭，不过喂了几口后，他就熟练了，至少林初九不用担心，萧天耀手中的筷子会戳到自己的鼻孔，或者戳到唇了。

两人配合默契，一个吃一个喂，待到饭菜过半后，林初九的肚子已经滚圆了：“吃不下了，好饱。”

“嗯。”萧天耀应了一声，却没有放下筷子，林初九一脸不解，不等她开口询问，就见萧天耀端起饭菜吃了起来。

林初九一脸震惊：“王爷，你还没吃？”这不是重点，重点是萧天耀怎么会吃人剩下的东西？

即使这个人是她，林初九还是无法接受，要知道萧天耀有严重的洁癖，绝不可能吃人剩饭剩菜。

萧天耀道：“你不会以为桌上的饭菜是你一人份吧？”桌上饭菜还剩下一大半，就是再给林初九一个胃也吃不完。

林初九道：“我还真以为是……”在王府，她一个人用四五个菜再正常不过，刚开始她每顿都是十几个菜，还是她实在不忍浪费，这才减到四个菜，可就是这样，她每天也吃不完。

“这是军营，没有王府那么奢侈。”在军中，不管什么物资都是紧张的，哪怕身为主帅，萧天耀吃得比旁人好，也不能浪费。

这是怪她在王府太奢侈了吗？

林初九想想也觉得蛮奢侈的，默默地低头道：“我错了！”

“知错能改就好。”萧天耀满意地点头，边吃边说，完全忘了他刚刚才教训林初九，不要在吃饭的时候说话。

林初九一脸诚恳地道：“嗯。我回去后，每顿只吃两个菜，这样就不会浪费了。”虽然两个菜单调了一点，可她本身就是从苦日子过过来的，王府厨娘的手艺极好，一餐两个菜足够了。

“不必减少菜的数量，你以后和本王一起吃。”两个人四个菜就不浪费了，这么简单的问题，林初九这个笨女人怎么就想不到？

“呃……”有这样解决问题的吗？

林初九语塞，默默地没有接话。

萧天耀也没有再说，他刚刚不是征求林初九的意见，而是将自己的决定告诉林初九。待到他们回京后，必然是要同吃同住的。

萧天耀没有再说话，而是以最快的速度将林初九吃剩的饭菜一并扫光。

当然，萧王殿下吃得虽快，却不是狼吞虎咽，一举一动仍保持着贵族的优雅与风度，就好像他坐的地方不是简陋的军营，而是金碧辉煌的皇宫。

林初九蜷在萧天耀的怀里，一脸欣赏地看着萧天耀吃饭的样子，眸中满是羡慕。

得天独厚就是得天独厚，连吃个饭都这么好看，简直是让人羡慕嫉妒恨呀！

萧天耀吃完饭后，完全没有收摊子的念头，碗盘往桌上一丢，便抱着林初九回到内室。

林初九老老实实地窝在萧天耀的怀里，任由萧天耀这个勤劳的搬运工将她搬来搬去。

回到内室，萧天耀又将林初九放在床上，并将屋内的灯拨亮。

可是，那小小的煤油灯，就是再亮堂也是昏昏暗暗的，再配上身下的床，林初九怎么看都觉得暧昧，都觉得自己有危险。

为了不让自己被人吃干抹净，林初九忙从“蚕茧”里挤了出来，跪坐在床上，讨好地道：“王爷，你的伤该换药了，我给你换药吧。”

离天亮还有两三个时辰，不知道换个药能磨多久。

“嗯。”萧天耀听到这话，配合地脱下上衣，露出缠了绷带的胸膛。

这一次的情况很好，绷带干干净净的，没有血。

林初九爬下床，将外衣披上，拎了药箱走过来，就看到萧天耀倚在床头，半躺在床中间，距离床边只有一个胳膊的距离，她站在床边根本没有办法给他换药。

林初九一脸无奈，故作不知地道：“王爷，你能不能坐起一下？或者往外躺一点，我够不着。”

“不能。”萧天耀不动，手上还拿着一卷书，低头，认真看书……

“王爷……”林初九撒娇，“你这样，我没办法给你上药啦。”

“你可以爬上来。”萧天耀眼皮也不抬地说道，双眼一直盯在手中的书上，不知情的人还以为，他手中的书十分有吸引力，可天知道，这么长时间了，萧王连一页都没翻开呀！

和萧天耀相比，无论是脸皮、实力……还是无耻程度，林初九通通完败，最终只能屈服在萧天耀的淫威下，乖乖地爬上床给他换药。

可萧天耀从来都不是一个见好就收的主，他一向是得寸进尺，尤其是与林初九有关的事，萧天耀更是恶劣。

林初九爬到床上，示意萧天耀坐起来，好方便她缠绷带，萧王大人却一点也不配合，傲娇地别过脸：“本王累了，就这么拆吧。”

“你躺着，我怎么拆呀？”林初九泪奔，这是要她趴萧天耀身上去拆？

萧天耀终于翻了一页手上的书，同时亦看了林初九一眼：“本王相信你能做到。”

然后，继续看书，继续不理林初九。

林初九跪坐在萧天耀面前，瞪大眼睛看着他。

萧天耀怎么越来越无耻了？

这样，真的好吗？

“王爷……”林初九郁闷地喊了一声，萧天耀不理会。

“王爷……”林初九提高音量喊了一声，萧天耀仍旧不理会。

林初九无力了：“王爷，你到底要怎么样？”

“是你到底要怎样，不是本王要怎样。”萧天耀瞪了林初九一眼，没好气地道，“女人，你真难伺候。”

说罢，终于坐起来一点，一脸高冷地看向林初九：“现在满意了吗？”

我能说不满意吗？大爷您虽然坐起来了，仍旧是靠在床头呀，我仍旧要趴你身上才行呀。

林初九抱怨的话还没有说出来，萧王就不悦地道：“还愣着干吗？还不快点。”

“来了。”看在萧天耀刚刚给她喂饭的分儿上，她忍了！

林初九将药箱打开，所需药材一字排开，然后戴上手套，跪在萧天耀面前，给他拆绷带。

萧天耀靠床头而坐，林初九要拆绷带，必然要倾身上前，不可避免就会与萧天耀有亲密的接触……

之前缠绷带时林初九没有注意，这会儿躺在床上，林初九不可能不注意，为了避免不必要的误会，林初九拿起剪刀，咔嚓一声，把绷带剪了。

“啪……”绷带剪开时，萧天耀手中的书也掉了下去。

这个女人，要不要这么狠？

“王爷你怎么了？”林初九停下手上的活，抬头看了他一眼。

“本王没事！”萧天耀黑着脸，捡起床上的书继续看。

林初九抬头，偷笑道：“王爷，你的书拿反了。”她就知道萧天耀不安好心，呵呵……

她今天就让萧天耀看看，什么叫道高一尺，魔高一丈。

“咳咳……”萧天耀被口水猛呛了一下，耳根“唰”的一下就红了，随手就将书给丢了，闭上眼道，“本王困了，你动作快一点儿。”

林初九坏笑道：“王爷，你从下午睡到半夜，你真的困了吗？”

“从下午睡到晚上的是你，不是本王。”萧天耀闭着眼睛说瞎话，好似一直抱着林初九睡的人不是他一样。

“好吧，王爷你说是就是。”林初九耸耸肩，那语气、那动作摆明了是不信。

萧天耀倒是想要好好解释一番，可他还没有开口，林初九就假装忙碌，根本不给他说话的机会。

可恶！吃了一记闷亏的萧天耀，心里憋屈得要死。

小胜一场的林初九心中暗喜，一脸欢乐地给萧天耀换药，整个过程没有碰到萧天耀一下，因为林初九这次没给萧天耀缠绷带，只敷了一层药，用纱布粘着，“王爷，后天我还要给你换药，你这两天动作小一点，别把纱布弄掉了。”

如果是之前，萧天耀一定会义正词严地要求林初九缠绷带，可现在？

萧天耀怎么也说不出口，只能应一声了事。

成功完成换药任务，也没有主动送上门让萧天耀占便宜，林初九表示很开心，一脸欢乐地清理工具。与她相反，费了半天心机，最终连个小手也没有碰到的萧王，表示心好塞，可当他看到林初九一副小人得志的样子，唇角又忍不住上扬。

林初九这么笨，偶尔让让她，让她高兴高兴也挺好的。

林初九将换下来的绷带收拾好，细细地洗干净自己的手后，突然发现一个问题。她这么快就给萧天耀换好了药，剩下的时间怎么办？

“失算了。”林初九郁闷地一拍脑门，萧天耀迟迟不见人回来，抬头一看，就见林初九犯傻的一幕。

“果然蠢。”这么蠢，要不是嫁给他，被人卖了都不知。

“你说什么？”萧天耀说话的声音不小，林初九不可能听不到。

“本王说，你怎么会蠢成这个样子？”萧天耀耐心极好地重复道。林初九气得咬牙：“我怎么蠢了？我蠢你还娶我？”

“没办法，圣旨赐婚，本王不能不娶。”萧天耀一副无可奈何的样子，脸上就差写上：本王也不想娶你。

被人嫌弃到这个份上，林初九直接炸毛了：“你，你若抗旨，谁敢拿你怎么样？”

“没办法，本王没有你眼光好。”萧天耀仍旧是一副无可奈何的样子，只是眼中的笑意越发深了，可惜萧天耀坐在背光处，林初九看不到。

不过，被萧天耀夸眼光好，林初九还是很高兴的：“那是，我眼光肯定比你好。”可一说完，她就觉得不对了，“这话不对，你这是夸我还是夸你自己？”

“当然是夸你了，”萧天耀压下到嘴的笑，说道，“你选丈夫的眼光，比本王选妻子的眼光好多了。”

“你……你确定这是夸我？”说到最后，林初九的语调越来越高。

她又被萧天耀涮了！

“本王哪里不是夸你？”萧天耀没有忍住，笑了出来。

这一笑，直接把林初九看傻了：“你，你笑了。”

还笑得这么好看，这么勾人。

“怎么？本王不能笑吗？”林初九呆傻的样子，实在太可爱了，萧天耀脸上的笑容不由得放大。

“可是，能，能不能别笑得这么帅？”太勾人了，万一她把持不住，扑倒了萧天耀怎么办？

萧天耀平时总是冷着一张脸，就算偶尔有个笑脸，也只是唇角轻扬，眼眸含笑，几乎不曾像现在这般放肆地大笑，是以林初九一时间不由得看呆了，差点就扑了上去，好在关键时刻理智回笼，没有做出让自己丢脸的事。

为免失态，林初九果断选择出去：“王爷，我不打扰你睡觉了，你好好休息，我去外面坐一坐。”

“嗯。”萧天耀心里颇为失望，可有些事能做，却不好点破，是以萧天耀并不劝说。

林初九见萧天耀这么轻易就放过她，大喜，转身就往外跑。

萧天耀看着像兔子一样飞快溜走的林初九，不由得失笑，他还能吃了这个女人不成？就算他想，也要他俩现在能做呀。他们一个伤在胸膛，一个伤在大腿内侧，就是想做什么也不方便，真不知林初九在担心什么。

军营重地，一般人不可能进来，萧天耀的营帐外不仅有暗卫保护，还有金吾卫看守，萧天耀知道林初九是个有分寸的人，不会乱闯。

在军中，萧天耀并不担心林初九的安全，在林初九出去后，萧天耀便合眼睡下。

事实上他并没有撒谎，从下午睡到晚上的人真是林初九不是他，虽然他也躺在床上，可大部分时间都是睁着眼，直到晚上才合眼。算来算去他最多也只睡了一两个时辰，再睡上一两个时辰，一点问题也没有。

被子上还留有林初九的馨香，也不知林初九用了什么，身上的味道极其好闻，似花香又不似花香，清雅得很，闻着这香味，萧天耀很快就睡着了。

坐在外室的林初九，跑出来才发现萧天耀的书桌上空空的，除了笔墨纸砚外，一本可看的书都没有，她根本找不到事打发时间。

“难不成回去继续睡？”林初九坐在书桌前，百无聊赖地撑着脑袋。

营帐内空荡荡的，连个人影都没有，就是想说个话都不成，这么枯坐一两个时辰，她会无聊死的。

林初九坐了不到一炷香就站起来，决定出去找暗卫问问伤兵营现在要人不，她可以现在就去帮忙，可一看身上的衣服，林初九就知道她要出门，还得先进去换衣服才行。

林初九不确定萧天耀睡没睡着，保险起见，林初九还是蹑手蹑脚地走了进去，看到躺在床上、双眼闭合、气息绵长的萧天耀，林初九怔了片刻，才收回视线。

人美，睡觉也好看，真叫人嫉妒不起来。

偷偷拿了衣服准备去外面穿，转身的刹那又看了眼萧天耀，林初九猛地记得，萧天耀的脑子里还有一块淤血，她还没有给他清除呢。

“我果然很笨。”林初九暗暗嘀咕了一声，默默地转身，准备明天和萧天耀提提这件事。

林初九自以为动作很轻，没有惊醒萧天耀，却不知她一转身，萧天耀就睁开了眼，不过萧天耀什么也没有说，而是继续合眼睡觉。

还是那句话，在营中他不需要担心林初九的安危，自然也就不需要束缚林初九，让林初九觉得不自由。

林初九在外间换好衣服后，便提着灯笼往外走，刚出营帐就有值守的亲兵上前：“九公子，可有事？”

“我听王爷说，这次受伤的士兵很多。我带了一些药过来，你派两个人帮我去取，带我去伤兵营。”林初九知道，她要是不打萧天耀的旗号，没有人搭理她。

果然，一扯出萧天耀这面大旗，亲兵一句也不敢问，立刻照办。

夜晚的军营比白天安静许多，只有呼呼的风声与巡逻士兵来回走动的声音，一切都显得肃穆庄严，让人不由自主地挺直背脊，严阵以待。

亲兵随着林初九来到存放药物的营帐，按林初九的指示，一人抱了两箱东西，走在前面为林初九引路。

路上，亲兵为林初九解释道：“伤兵营离主营地有一段距离。主要是怕传染，另外则是伤兵们到了晚上，会因疼痛而无法入睡，时不时就会呼痛，为了让彼此都有一个好的休息空间，只得将伤兵营隔开。”

“我知道了。”林初九能理解军中的安排，给伤兵一个安静的空间休养，也是为了他们好。

一行人走了近两刻钟，沿途遇到五拨询问的人，可见军中巡视之严格。

亲兵怕林初九不高兴，主动解释道：“到了晚上，按军中的规矩是不允许乱走的，九公子情况特殊，这才通融。”

“给你们添麻烦了。”林初九不好意思地说道。

早知道她就等到天亮了，枯坐一两个时辰又不会死人，顶多无聊一些罢了。

“九公子千万不要这么说，九公子心系伤兵，卑职们感激还来不及，哪里有什么麻烦？”亲兵急忙说道，生怕林初九不高兴。

伤兵营大夫和药材都极度匮乏，即使萧天耀派了一队小大夫过来，可这些小大夫也只能处理伤势较轻的外伤，类似断骨、缺胳膊少腿的大伤，那些小大夫都没有办法，要是林初九肯出手，肯定能让更多的人活下来。

至于林初九身份尊贵，是不是适合亲自出手？这个就不是他们需要考虑的问题了，王爷都同意了，他们还要担心什么？

“没事就好。”林初九听亲兵这么说，稍稍安心。要是好心办了坏事，那就得不偿失了。

伤兵营和其他营帐不同，这里灯火通明，远远地就听到伤兵们哀号的声音，还有士兵们安排人医治，叫唤着拿药的声音。

说实话，伤兵营确实很吵，而且稍近一些，就能闻到血腥味与药草味混在一起的怪味，要是离一干士兵住的地方太近，着实是会影响将士们的正常休息。

亲兵引着林初九到了伤兵营，并没有立刻带她进去，而是让她稍等一下，他们去寻这里的主事，让他给林初九安排。

林初九很清楚，每个地方都有规矩与制度，她虽是好心来医人，可也不能破坏这里的规矩。

林初九没有意见，耐心地站在外面等候，可还没等到进去询问的亲兵出来，林初九就听到伤兵营内，有人凄厉地大喊："来人呀，救命呀，救命呀！"

"大夫，大夫，你快来呀，救救我大哥，救救我大哥呀！"

"啊啊啊……大夫！"这是男儿的哭声，悲壮无比，足以让天地动容。

"来了，来了……"紧接着是一连串急促的奔跑声。

出于医生的本能，林初九无法坐视不理，抱着药箱便冲了进去。

"九公子……"另一亲兵大惊，想要阻止，却听林初九道："搬上东西，跟我过来。"

亲兵愣了一下，最后咬牙跟上。

他不能叫林初九为公子，就真把林初九当成普通的公子少爷，林初九可是王妃，是萧王妃。

林初九和亲兵抱着药箱进来，就见一个大夫打扮的中年男子，蹲在一伤兵面前，他身旁围了不少人，有伤势轻的，也有没有受伤的。

"这腿，得锯了。"中年大夫检查完男子的伤势，断然说道。

"不……我宁死不锯。"受伤的男子斩钉截铁地说道，光听声音林初九就可以推断，对方此时正承受着巨大的痛楚。

"不锯，只有死路一条。"中年大夫再次说道，语气有些不善。

做大夫的，最讨厌这种不配合的病人，要是有办法医，他又怎么会让人锯腿？

受伤的男子听到这话，一言不发，他身旁的人劝说道："大哥，锯了吧。以后还有兄弟们呢。"

"大哥，以后……我就是你的腿，你听大夫的话，锯了吧。没了腿总比没命的强。"

"是呀，大哥……你就听大夫的吧。"

受伤的男子依旧不吭声，劝说的人见状，威胁道："大哥，你要不听大夫的话，我们就把你打晕，到时候你不锯也得锯。"

受伤的男子终于开口了："我宁可不要命，也要保住我的腿。你们谁敢锯了我的腿，我就杀了谁。”

“大哥……”围在男子身旁的人纷纷喊道。中年大夫亦是忍不住黑脸：“你这倔脾气……你以为你每次都能撑过去？你的伤势太重，骨头全碎了，就算不锯以后也是瘸腿，没法上战场。”

“我不锯腿，我绝不锯腿，我宁可瘸，宁可死，也不锯腿。”受伤的男子十分坚决，而他的话引起了其他伤兵的共鸣：“瘸了，我们还能走路，还能想办法养活自己，可要没了腿，我们回了老家怎么活呀？”

“没了腿，活着也是受罪，活着也是拖累家人。”

……

说着说着，几个伤势较重的伤兵便哭了出来，为自己的伤哭，为自己的未来哭。

他们见到太多太多缺胳膊少腿的老兵凄惨度日，他们不想走那样的路，可是……他们好不容易从战场上捡了一条命回来，他们哪里舍得死？

悲伤是会传染的，一瞬间整个伤兵营都弥漫着一股悲痛之气，甚至有人仰天大哭：“老天爷呀，求求你，帮帮我们吧。”

求到老天爷，其实就是走投无路，实在没有办法了。人但凡有一点办法，也不会去求虚无缥缈的老天爷。林初九不是一个感性的人，甚至因为成长环境，她自私、凉薄，这一刻却无法不动容。

深深地吸了口气，林初九拨开人群，上前……

“让我看看你的伤。”林初九挤进人群，这才看清受伤男子的情况。

只见他一身脏污，右腿被血浸染，一张脸已看不出模样，只有一双眸子坚定如磐石，明亮如星辉，闪烁着不屈的光芒。

“你是谁？”中年大夫见林初九面生，防备地道。

不等林初九回答，身后的亲兵便道：“王爷亲自请来的大夫，九公子医术高超，对医治外伤十分拿手。”

亲兵不得不把萧王这面大旗扯出来，不然这些人不会看重林初九。

“王爷请来的？这位公子……这般年轻，学医几载？”中年大夫面露忧色，倒不是怀疑林初九，只是担心林初九能力不够，帮不上忙反倒添乱。

“学医数十载，在娘胎里就开始学，他的腿已坏到不能再坏的地步，你让我试试。”林初九粗粗扫了一眼，便知受伤男子的右腿确实很难保住，如果这人宁可要腿也不要命的话，她倒是可以试一试。

“你，你能医好我大哥的腿？”身侧，一大胡子大汉问道，有胡子遮挡，看不出年龄，但初步判断，这人绝对比受伤男子年纪大。

这人叫受伤男子为大哥，应该不是因为年纪，而是因为实力。

林初九没有立刻回答，而是蹲下，摸了摸受伤男子的腿。

“啊……”受伤男子痛闷一声，唇角咬出血来。

行家一出手，就知有没有，中年大夫一看林初九的手法，就知林初九必是精通医术，立刻后退两步，将位置让出来给林初九：“劳烦九公子了。”

在军中当值，他们也没想过抢什么功劳，尽可能救更多的人才是好的。

林初九摸骨之后，又为男子诊脉，确定男子生命力旺盛，暗自松了口气，起身道：“我有六成的把握，让人把他抬到架子上去。”

“我，我来，我来！”受伤男子身边的大汉见状，忙上前抬人。

“动作小心一点，别拉扯到伤口。”林初九提醒了一句，而后她就发现自己的提醒是多余的，因为这些人比她想象中小心多了。

在战场上摸爬滚打下来，一次次与死神擦肩而过，这些人比普通人更珍惜生命，更小心谨慎。因为，他们一个不慎，就会丢命。

受伤男子被抬走后，林初九看了一眼挤得满满当当的伤兵营，就知道任务繁重。不过，林初九斗志满满。

医完这些伤兵，她就完成了医圣之心定下的任务，以后再也不用受医圣之心钳制！真是想想就激动！

林初九深吸了口气，见受伤的男子已被抬至内室，正欲跟上去，就见去寻人的亲兵带了一名白胡子老头进来，而白胡子老头望向她的眼神，满是不屑。

白胡子老头步履蹒跚，衣服上满是血迹，看上去脏污不堪。眼睛红肿带着血丝，一看就知没有休息好。

一进来，白胡子老头就怒瞪着她，一脸怀疑地道：“你就是王爷亲自请来的大夫？”

不等林初九回答，亲兵忙上前介绍：“这位就是王爷请来的九公子。九公子，这位是伤兵营的军医朱大夫，朱大夫乃是御医出身，不愿待在宫中，自请来军中帮忙。”

“朱御医好。”林初九恭敬行礼，对方却没搭理她，而是从上到下将她打量了个遍，不无嘲讽地道：“就凭你，一个……”后面的话，白胡子老头没有说，可是林初九知道他要说什么。

身为大夫，这么仔细地打量她，要是还看不出她是男是女，那就好玩了。

林初九见对方并没有直接说出来，便知对方是个聪明人，笑着道：“朱御医，我是王爷请来的人，王爷自然清楚我的底细。”她这是告诉白胡子老头，萧天耀早就知道她是女的。

亲兵见状，忙补充道：“朱御医你请放心，九公子的医术就是王爷也说好，要不是这样，也不会麻烦九公子。”

“那我倒要看看，你这小……子，有多大的能耐。”朱御医别扭地道，显然很排斥林初九女子的身份。

林初九也不多解释，摆出一个请的姿势：“定不会让朱御医失望。”

“要是让我失望，你就滚出去，我这里不养闲人。”朱御医冷着脸道，不过语气缓和了几分。林初九只笑不语。

这个时候，她要用实力证明自己。

两人走进内间，把多余的人赶了出去，林初九拿出药箱，取出剪子，将受伤男子腿上的绷带全剪了，又细细地用烈酒清洗、消毒。

朱御医看到林初九手中闪闪发亮、一点锈斑也没有的剪刀，大惊：“这……是精铁？”

“比精铁更坚硬。”林初九抽空回答了一句。

朱御医点了点头，这个时候不懂也不能表现得太直白，又指了指一旁的烈酒：“这是酒？怎么这般浓烈？”

“蒸馏后的烈酒，百斤水酒方得一斤烈酒，用来清理伤口最好不过。”为了和朱御医搞好关系，林初九也愿意为他解释一二。不然得罪了这老头，她说不定没办法待在伤兵营。

朱御医见林初九这么好说话，立刻化身为十万个为什么：“这个呢？”

“羊肠线，之前军中也有人用。”

“没你这个精致，你这个一看就是好东西。”朱御医还是很识货的，转而看到林初九又拿出来的薄如蝉翼的柳叶小刀，又是一惊，“这是刀？怎么可能这么薄？”

林初九笑了笑：“精钢所制，朱御医要是喜欢，我回头送你一套。”

“咳咳……”朱御医很想要，可长者的风范要顾，“我才不要你一个小娃娃的东西。”还是一个女娃娃，想想就丢脸。

“不是朱御医要的，是我诚心想送你的，反正我手上还有一套，放在那里也是生灰，朱御医拿着它能救更多的人。”和萧天耀相处久了，林初九十分清楚要如何给这种傲娇别扭的人顺毛。

果然，林初九这么一说，朱御医的脸色立马好看起来：“算你这小娃娃会说话，我就勉为其难地收下了。”

朱御医很高兴，不过拿了人家的东西，他也不好意思什么都不做，见林初九一个人忙得手都不停，便道：“小娃娃，有什么要我帮忙的你直接说。”要是这女娃娃医不好这人的腿，他看在那套刀的分上，就通融一下。

“多谢朱御医，那就麻烦您了。”林初九一点儿也不客气，见朱御医说要帮忙，立刻丢了一套柳叶小刀给他，把朱御医当小医僮使唤。

朱御医本身就是医术精湛之辈，先前虽不曾这般细致、繁杂地给人治过伤，可林初九只要说一遍，他立刻就明白怎么处理。

当他了解到林初九是要切开伤者的伤口，清除淤血、固定碎骨后，通红的双眼倏地一亮：“你能做到？”这是他想做而做不到的。

林初九道：“六成的把握。不过就算做不到，我也有时间锯了他的腿，保住他的命。”总之，不管怎么样，这人都不会死。

“老夫倒要好好看看，你是怎么做到的，你可不能骗老夫。”朱御医双眼亮晶晶的，哪里还有刚刚的高人风范。

“放心吧。”林初九也不多说，让人给伤者灌了一碗麻沸散，趁麻沸散起效前，林初九将脏污的血带全部丢出去，又将屋内简单清理，然后换上干净的外袍，也让朱御医换了一套新的。

“好好的换新的衣服干吗？浪费。”朱御医嘴上嘟囔，却没有拒绝，老老实实地把衣服换上。

“干净整洁的衣服和环境，对伤者有益。接触到太多脏东西，伤口会腐烂。”林初九耐心解释了一句。

“行了，行了，知道了。”朱御医嘟囔了一句，却也十分配合。

林初九十分满意朱御医这个搭档，而她也没有想过藏着掖着，当她确定麻沸散已起效，第一时间通知了朱御医，好让朱御医能站在最佳位置，观摩她医治的全过程。

朱御医不知林初九的用意，见林初九喊他帮忙，一脸不高兴地道：“小娃娃年纪不小，架子倒挺大的。”指挥起他堂堂御医来，一点儿也不怯，直是半点儿也不懂得尊师重道。不对，应该是半点儿都不懂尊老。

朱御医撇撇嘴，一脸不悦。林初九哭笑不得，只得寻个理由道：“朱御医，你站的那个位置正当风口，我怕您老着凉，这夜晚寒气重。”

“是吗？”朱御医脾气来得快去得也快，见林初九是为他着想，立刻屁颠屁颠地走到林初九身旁，煞有介事地道，“算你这小娃娃会说话，你还别说，我刚刚站在那儿还真有点冷。”

“呵呵……是吗？”林初九真想说，朱御医，您老说瞎话时能不能别这么认真，这是内室呀，隔了不知多少道门，风根本吹不进来，冷个鬼呀。

她不过是随意寻个由头罢了，朱御医还真是打蛇随棍上，说得有鼻子有眼的。

刚刚她还觉得朱御医和萧天耀挺像的，都是傲娇别扭货，现在看来是她太高估朱御医，也拉低了萧天耀的档次。

不过，朱御医这人挺有意思，至少林初九就觉得朱御医这人挺好相处的，喜怒都形于色，一点儿也不用担心他会暗中使坏，或者表面一套背后一套。

考虑到接下来还需要与朱御医共事，林初九没有在朱御医面前装模作样，也没有藏私，就像是当年她师父教导她一样，手上的动作不停，嘴上的解说也不停，同时不忘指挥朱御医给她帮忙。

朱御医一开始不理解林初九的用意，现在见林初九将步骤解释得详详细细，甚至动刀子时，还特意侧过身方便他查看，朱御医就知林初九这是在借机教他，而且还顾到了他的面子，教得十分隐晦。

这年头，不管什么本事，都讲究父传子，子传孙，就算收徒弟也十分讲究，一般是不会教给外人的，朱御医见林初九这样，心里一阵感慨。

这女娃娃，大气得很哪，而且还懂得为人着想，真是不错。

“骨头里面碎了，需要切开伤口，将碎骨清理出来。”林初九不知朱御医在想什么，只尽职地做自己该做的事，不过随着医治的进行，林初九解说的声音越来越小，有时候甚至来不及解说。

待到林初九将伤者的伤口完全切开，已经没有时间解说，手上的动作也越来越快：“柳叶刀，给我！”

朱御医也忙，眼睛一眨不眨盯着林初九，还要时不时地注意林初九的需求。

柳叶刀刚还给朱御医，林初九又要另一项工具……

朱御医刚刚听林初九介绍了一遍用具，对各个用具的名字都了解，可还不够熟悉，为了赶上林初九的节奏，朱御医连看的时间都没有了。

“擦汗。”林初九头也不抬地道。

这个时候，她真的完全把朱御医当成小医僮了。朱御医心里有点儿小别扭，却也没有排斥，老老实实地动起手来，全程配合林初九医治。

受伤男子的伤势并不算重，只是没有得到及时的医治，如果能及时医治的话，林初九有九成的把握可以保住对方的腿，现在有六成，已经算是不错了。

时间一分一秒过去，随着碎骨一片片被取出来，林初九的信心越来越足，当她将骨头固定好后，林初九已有八成的把握可以保住对方的腿。不过，就算医治成功，也需要很长一段时间的复健，才能恢复正常行走能力。

将伤者的伤口固定好，林初九又用小木片细细地包在外面，以防伤口碰撞，骨头长歪。

做完这一切，林初九已经累得满头大汗，她扭头对朱御医道：“朱御医，我已经医治完了，剩下的事能不能麻烦你？我不擅长给病人开药。”

朱御医听到林初九让他开药，着实愣了一下。在他看来，林初九年纪轻轻，医术却在他之上，开个调理的方子有什么难的？

可是看林初九的样子，又不像是故意酸他，好像是真不擅长用药，安全起见朱御医还是问了一句：“你是不擅长，还是不想自己开药方？”

“是真不擅长，我只擅长医治外伤。”林初九一脸诚恳地说道。朱御医这次百分百确信了，大方地道：“行，药方我来开。那啥……你那套刀，记得给我备上。”打了一晚上的杂，他总得拿点儿好处不是？

“没问题。朱御医你开药方，我去拿刀。”此时天已大亮，林初九忙了一晚上，着实有些累了，也饿了，她需要回去吃一点儿东西再来。

"去吧，去吧，这个病人我帮你看着，保证没有问题。"想到即将到手的刀，朱御医精神百倍，完全看不出他又是一天一夜没有休息。

"多谢朱御医。"林初九道了谢，便脱下长袍走了出去。

屋外，受伤男子的兄弟聚在一起等候，见林初九出来，忙围上来问道："大夫，我大哥怎么样了？"

"我大哥的腿有救吗？没有锯掉吧？"

"大夫，你可一定要医好我大哥的腿，我大哥可能干了，要是他断了腿，我们东文又少一员猛将呀。"

"就是，就是，我大哥可是要做大将军的人，这腿必须要保住。"

……

一群大汉，你一言我一语，林初九被他们吵得脑壳都痛了，后退两步，双手交叉，拒绝任何人靠近："安静点儿。"

她说了一晚上的话，至今还没有喝水，嗓子又干又疼，还要学着男人的粗嗓音，这些人还吵个不停，真是够了。

"呃……"一群人立刻闭嘴，只瞪大眼睛看着林初九，那眼神挺吓人的。好在林初九胆子大，完全不将这些人放在眼里，淡定地道："不用担心，你们大哥的情况很好，至于那条腿能不能保住，得等十二个时辰后才知道。"

"十二个时辰？怎么这么久呀？"耐心差的出声抱怨，还有人一脸威胁地看着林初九，恨不得林初九现在就点头保证，可是……

林初九怎么可能做这种不负责任的保证？哪怕这些大汉摆明威胁她，林初九仍旧坚定地道："必须要十二个时辰后，我才能肯定他的腿保没保住。我现在无法给你们肯定的答复，都让一让，我要出去。对了，你们都别进去，也别在这里大声喧哗，他现在需要静养。"

受伤男子的麻醉还没有过，林初九不让这些人进去，主要是为了卫生。这些个军汉也不知多少天没有洗澡了，大冷天的身上也是一股怪味，不知多脏。

"我们看不到大哥不安心，大夫你就让我们进去吧，我们保证不说话，我们就是陪着大哥。"几个大汉围着林初九，半是请求半是胁迫，林初九有种她救的不是军人，而是黑道老大的感觉。

不过，不管是军人还是黑道老大，这个时候都得乖乖听她的。林初九拉下脸道："你们够了，再吵我就不管你们老大了。"

果然，几个军汉一听，立刻将路让出来，一脸惶恐地道："呃……我们错了，大夫你慢走，我们不闹也不吵。当然，我们也不进去。"

"早这样多好。"林初九没好气地哼了一声，大步往外走。

身后，几个军汉看着林初九的背影，颇有几分后怕："这大夫看着年纪不大，脸又嫩，可脾气却大得很。”

“是呀，是呀，我刚刚都被她吓到了，冷着脸的样子真吓人。”

“你们以后对那什么九大夫客气一点儿，千万别惹上她，万一她一个不高兴，不肯医治我们大哥，那就麻烦了。”

“这什么九大夫，她真有这个能耐吗？她才多大年纪呀。”军汉们议论不已，不怎么相信林初九。

没办法，林初九的脸真的太嫩了，他们无法相信林初九有能耐医好他们大哥的腿。

“没看到朱御医在里面吗？朱御医都没有说什么，就表示这个小大夫是有本事的。”

……

几个军汉你一言我一语，说着说着就吼了起来，完全忘了林初九刚刚交代的不要吵。直把里面的朱御医吵得不行，开门出来呵止，才把这几人制住。

林初九晚上跑去伤兵营的事，别人不知道，萧天耀却是知道的，要不是有他默许，林初九根本无法踏进伤兵营。

军营不比别的地方，管理非常严格，像林初九这种外来的人，没有军籍，无人认识，一般情况下哪里都不能去，伤兵营更是不能踏入。

萧天耀默许林初九去伤兵营，自然会关注她做了什么，得知林初九一去就医了一个要锯腿的病人，萧天耀不由得摇头轻笑。

那个傻姑娘，还真是对自已有信心，什么病人都敢接，只有六成的把握居然就敢下刀。她就不怕没有医好，那些军汉撕了她吗？

要知道，军中那些莽夫一向是拳头比脑子快，行事冲动，不计后果。别说他们不知林初九的身份，就是知道也不会有多少顾忌。

“让人盯紧了，别让王妃出事。”萧天耀知道，他没有办法把林初九拉回来，索性放任她去。

如果他没有猜错的话，林初九那天头痛，十有八九就和那些伤兵有关。就好像当初她痛得死去活来，却只是因为萧子安的病一样。

“是，王爷。”亲兵领命，见萧天耀没有其他的吩咐，这才退下。

而亲兵退下没有多久，暗卫便过来了：“王爷，京中的消息。皇上知晓王妃离京，并且收到王爷病重的消息，已派兵将萧王府围了起来。通元钱庄也被皇上强制收走，现在由安王和户部的人接管。”

果然如同林初九来之前所猜想的那般，皇上一收到萧天耀出事的消息，就迫不及待地吞并萧天耀的势力，而且吃相非常难看……

第十三章　天生我材必有用

萧天耀一直都知道，他那个皇兄的吃相有多难看，又多想把他踩下去。知晓他出了事，要是没有在第一时间接收通元钱庄才叫奇怪。

至于皇上派兵包围萧王府，萧天耀一点儿也不意外，这些都是皇上能干出来的事，他已见怪不怪。

何况他又不是真的出事，皇上现在吃了多少，到时候全要加倍地吐出来。

“封锁消息，不得将本王无事的消息传回京城。另外派人保护王府中人，如有意外可以动用武力。”萧天耀毫不迟疑地下令，即使一旦动用武力就会与皇上撕破脸，萧天耀也不迟疑。

“属下明白。”暗卫听到这话，精神一振。有这样的主子，是他们的幸运。

“下去吧。”萧天耀淡淡开口，在暗卫起身时又道，“叫苏茶来见我。”

“是。”暗卫顿了一下，这才躬身退下。

不多时，苏茶就一脸忐忑地进来：“王爷，您找我？”自知办事不厚道的苏茶，这个时候也不敢和萧天耀贫，老老实实地行了个大礼。

“王妃的营帐是你安排的？”萧天耀一开口就是质问。

苏茶浑身一僵，小声地道：“是，是我安排的。王爷，有问题吗？”

“没有，你做得很好。”萧天耀不仅没有生气，反而夸了苏茶一句。可就是这么一句夸奖，把苏茶吓坏了：“王爷，我是不是做错了什么？”不要这样夸我呀，我好害怕呀！

“本王不是说，你做得很好吗？”萧天耀重复了一句，冷冷的语调没有一丝温度，和他的话形成鲜明的对比，苏茶根本没有被夸奖的喜悦。

“是，是真的吗？”苏茶心里忐忑，小心翼翼地看了萧天耀一眼，见萧天耀面色不变，依旧是一副冷冷的样子，一时间也不敢肯定萧天耀是真夸还是假夸。

萧天耀没有回答苏茶的问题，而是问道："你认为本王说的是假的？莫不是你认为这么做不好？"

"当然不是。"苏茶飞快地否定，他犯傻才会说是。在明知不好的情况下，还给林初九安排一个单独的营帐，他是嫌命太长了吗？

"那你心虚什么？"萧天耀没有放过苏茶，冷冷地补了一句。苏茶的额头瞬间暴汗，急忙道："王爷，我没有心虚。"为了证明自己真的没有心虚，苏茶站直身子，直视萧天耀的眼神，以此证明自己的清白。

萧天耀轻哼一声，不过没有揪着不放，手指轻敲桌面，转而说起京中的事："京城传来消息，通元钱庄已由户部接管。苏家的生意出了问题，苏家在京城的商铺被查封，你的父亲、继母和继兄妹皆已入狱。"

"什么？苏家的铺子被封了？皇上想做什么？莫不是以为我们不会再回京了吧？"从苏茶的话中就可以看出来，他最关心的是苏家的生意，至于他父亲的生死？只要不是他亲手杀的，他就没有太大的感觉，左右死与活都那样，只要不是死在他手里就行。

"也许吧。"萧天耀不以为意地道。

苏茶见状，小心翼翼地试探了一句："王爷，你不生气吗？"

苏茶问得很隐晦，萧天耀却明白他话中的意思。萧天耀没有回答苏茶的话，而是说道："不必担心，苏家的生意，本王会一分不少地还给你。"只要他还活着，就没有人能动了他的人而不付出代价。

小心思被拆穿，苏茶一脸尴尬："王爷，我不是那个意思。"

萧天耀道："是与不是都不重要，本王知道你暗中还有一些生意，好生处理，别让皇上知晓了。"虽说苏茶的生意，他是铁定能讨回来，并且能加倍地要回来，可并不表示那些生意一拿回来，收益就能回到从前。

皇上不是傻瓜，手底下养的那些人也不是傻子，接手苏茶的生意，知晓了苏家的经营之道，他们就算把苏家的生意交出来，也能做类似的生意。而有皇上做靠山，那些人想做什么不成？

"我明白了，我收拾好东西，明天就走。"军中一些杂务缺了苏茶也没关系，那些生意却只有苏茶才能处理。

论起经营之道，萧天耀手底下的人，没有一个能比得上苏茶。这些年要不是苏茶为他提供大量的金银支持，他根本无法在皇上克扣军饷的情况下，将金吾卫养起来。

"嗯。"萧天耀点点头，末了又补了一句，"京中的事，你有什么打算？"萧天耀没有直接说，可苏茶明白萧天耀问的是他父亲的事。

原本是不想管他的死活，现在萧天耀问起，苏茶也不好装作不知，想了一下才道："让他活着就好，别的人、别的事都不用管。"

左右人已经废了，看在是他亲生父亲的分上，他养他。不过其他人就算了，什么和他流着相同血脉的弟、妹，他看了只觉得恶心。

“本王会让人看着。”苏家的事萧天耀从不插手，这一次也是因为苏茶的父亲受苏茶牵连入狱，他才会过问一句。

“谢王爷。”苏茶双手抱拳，心里有些不是滋味。他打心底希望他那父亲死了算了，可心又不够硬、不够狠。这样矛盾的自己，就是他自己也厌恶，可偏偏他改不了。

萧天耀应了一声，示意苏茶退下，就在苏茶即将走出去时，突然开口：“对了，本王不希望那间帐篷能住人。”

那间帐篷指哪间，萧天耀不说苏茶也明白。苏茶脚步一顿，差点摔了出去。生生止住前倾的身子，狼狈转身，闷声道：“王爷放心，我知道该怎么做了。”

他原以为王爷真不在意此事，现在看来都是装的，王爷的表面功夫越练越到位了啊，他已经分不清真假了！嫁给这么一个闷骚又记仇的男人，王妃，你真可怜！

而此时的林初九，跟着朱御医救治伤员，忙得晕头转向，完全把萧天耀抛在脑后，也没有想过让人去和萧天耀说一声。

在林初九看来，她身边全是萧天耀的人，她让不让人去说都不重要，反正萧天耀一问就知道她在哪里。

林初九赶回去时，朱御医已命小药僮给受伤男子喂了药，还给林初九留了一张药方，并且写了一张说明，详细地介绍病人的情况以及所用之药的分量。

朱御医此举可谓投桃报李，林初九教了他，他自然也不会吝啬，见林初九不擅长用药，就将自己的经验写上，希望林初九能用得上。

当然，朱御医并没有直接将药方给林初九。他这种别扭的人，就是想做好人、还人情也是别别扭扭的，一点儿也不干脆。

朱御医见林初九进来，只是哼了一声，一副不高兴的样子。

林初九笑了一声，忙将柳叶小刀奉上：“朱御医你看看，还满意吗？”

林初九献宝似的将装着柳叶小刀的盒子打开，露出里面摆放整齐的刀柄与刀片。朱御医顿时双眼一亮，不过很快又收回眼神，故作不在乎，矜持地点了点头，淡定地道：“还不错。”

林初九也不拆穿，将柳叶小刀递到朱御医手里：“希望朱御医能用得上，用它救更多的人。”

“嗯嗯。”朱御医装作不在意地接过，然后塞进怀里，说道，“没什么事我先走了。”他要回去好好研究一下这套刀，他刚刚看林初九玩刀玩得可漂亮了，他也要好好学一下，总不能比林初九差。

“朱御医慢走。”林初九笑着说道，想了想又补了一句，“朱御医，你昨晚一夜未睡，你还是先回去休息一下吧，这里我也可以帮忙。”朱御医虽然精神亢奋，可状态不佳，依她看，朱御医至少有两天两夜没有合眼。

这么高强度的工作，就是他们这些年轻人都不一定能撑得住，朱御医已经撑到极限了，再这么下去极有可能猝死。

“知道了，知道了，你这小娃娃真是多事。我回去休息了，这里交给你了，年轻人要多吃苦、多锻炼，别怕累。”朱御医习惯性地教训了两句，便像揣着什么宝贝一样，抱着柳叶小刀回到自己的住处。

至于朱御医回到自己的住处，如何兴致勃勃地研究柳叶小刀，林初九就不知了。她查看了一下受伤男子的情况，发现对方情况良好，便准备出去给其他病人包扎。

出去时，林初九看到了朱御医留在桌上的药方，还有那张药量使用说明书。林初九不由得失笑，朱御医是个很可爱的老头，虽然脾气差了些，倒也值得结交。

林初九将药方叠好，贴身收了起来，提着药箱往外走。

伤兵营伤者多而大夫少，哪怕大夫忙得脚不沾地，仍有许多伤者没有得到医治，林初九的出现虽然不至于一瞬间解决所有的问题，却也能缓解大夫们的压力。

大夫们原本是不怎么相信林初九的，她太年轻了，哪怕动手医了那伤兵的断腿，大夫们仍旧不相信林初九有多好的医术。可是，朱御医走之前，特意和伤兵营的大夫、伤者们说了一声，说是林初九的医术不在他之下，这才让众人信服。而且除了朱御医外，在里间给伤者包扎的小大夫们，看到林初九，一个个夸张地喊起师公。当然，这句师公是开玩笑的，小大夫们也解释了，他们的师父吴大夫曾跟着九公子学过一段时间，他们也得到过九公子的指教，所以才会唤九公子师公。

有朱御医保证，还能指导吴大夫，这些人还有什么理由怀疑林初九的医术？再说了，林初九只是给他们医治外伤，几乎不怎么开药方，怎么也治不死人，不是吗？得到众人的肯定，林初九顺利地在伤兵营展开了救治工作。

伤兵营中，伤势较重的人大多由朱御医和他的徒弟亲自医治，林初九来得有些晚，伤势较重的人大部分都得到了医治。她在伤兵营，最多的就是给受了刀伤、枪伤的士兵缝合伤口。这类伤说重不重，说轻不轻，一个处理不好就会感染，导致死人，可要晚上一两个时辰包扎，也不是太大的问题。

林初九的动作很快，她从最外间开始，让受伤的人按伤势轻重一一躺好，然后她一个个医过去。

林初九一般不给伤者开药，也不需要用药僮，只让两个亲兵换了便装，在一旁帮她拎药箱、递药具……

清理伤口，上药，缝合，包扎……

林初九跟在她师父身边多年，每天练的都是这些，处理外伤十分熟稔，闭着眼睛都能完成，而且不会出一丝错。

林初九的动作极快，不过是喝杯茶的工夫，就将一个巴掌大的伤口清理干净，并且在对方反应过来之前就缝合好了。

“咦？不痛，一点儿也不痛。就像被蚂蚁咬了一口。”条件不允许，林初九没有给伤者用麻沸散，在缝合时和伤者说了会有一些痛，让对方忍一忍。伤者已经做好了忍痛的准备，结果等了半天，却没感觉到多痛。

“不痛就好。”林初九没啥表情地说道，将药上好后，飞快地缠上绷带，等对方反应过来时，她已经走向下一个病人。

“九公子的动作真快。”伤兵看着自己包扎好的伤口，不由得瞪大眼睛。这才一眨眼的工夫，就把伤口包扎好了，真的太厉害了。

萧天耀站在外面，将林初九给人医治的过程尽收眼底。见林初九行事颇有章法，暗自点了点头。林初九很好，如果来伤兵营是她想做的事，那就随她吧，左右在他的眼皮底下，也没有人敢动林初九分毫！

伤兵们见林初九这般干脆利落，高悬的心终于落下了。九公子的动作这么快，他们今天应该可以等到大夫了，不用拖着受伤的腿再等一天了。

他们这些当兵的虽然不是大夫，但由于经常受伤，很清楚像他们这样的伤，要是及时清理上药，养几天就没有问题，可要是拖上三五天，那好人也能拖死。天冷还好，要是夏天，他们这伤拖上一两天，就有可能会死人。可是，每次打完仗后，伤兵营就人满为患，大夫再多也忙不过来，只能先医治重伤者。很多时候，受轻伤的士兵会因为没有得到及时医治，而变成重伤，甚至因此而死，可没办法，军中伤者多而大夫少，在战场上受了伤，他们会自发地让重伤者先医治。否则重伤者下一刻就会死，他们这些轻伤的人总得熬上一两天。等待的过程总是难熬的，每一个受伤的士兵都希望下一秒就有大夫给他们医治，可每每都是失望，很多时候他们只能自己用药草敷一下，可就是药草时常也会不够。

林初九刚来伤兵营时，大家还不觉得有什么，只当来了一个医术还不错的大夫，他们当中有不少人的腿和胳膊可以保住了，但当他们看到林初九的速度后，就明白自己错了！

新来的九大夫不仅医术好，速度还快。对伤兵营的伤者们来说，速度快比什么都强。他们不需要医术高超的神医，只需要会处理外伤且速度快的大夫。伤势不等人，只有大夫速度快，他们才可能有命等到大夫医治。

林初九也没有让他们失望，从早到晚，除了中午花了一刻钟的时间吃饭外，林初九一直在伤兵营给伤者包扎，而一天的时间，她足足给一百二十六位伤者包扎完。

“九公子这速度，神了！”看着缝合好的伤口，有不少伤兵都震惊了。

由于吴大夫那批徒弟的原因，许多伤兵都知伤口缝合一事，只是那些人的速度，完全没有办法和林初九比。

“难怪能指教吴大夫，九公子绝对是神医，比朱御医还神的神医。”对许多伤兵来说，朱御医就是最厉害的大夫，再重的伤到了朱御医手里都有好转的可能，只是……

朱御医年纪大了，而且一向只治重伤患者，或者受伤的将领，普通士兵根本无缘见识朱御医的医术。

子夜时分，林初九将这病房内最后一位伤者的伤口缝合好，挣扎着站了起来。

将近十个时辰的高强度工作，林初九心身俱疲，半蹲的腿因血液循环不良，已经麻木了，而双手也因高强度的工作，酸痛无比，抬不起来。

“走吧。”林初九强撑着站起来，亲兵很想上前去扶，但想到林初九的身份，又默默地退下。

这是王妃，是女子，他们就是再想扶，也不能碰！

林初九也没有想过让人搀扶，她虽然累极了，可从伤兵营走出去的力气还是有的。

外面已是繁星点点，林初九抬头看着无垠的夜空，露出一抹虚弱的笑，抬腿就要往自己的营帐走去，却见四个金吾卫带着简易的木轿过来：“九公子，王爷命我等前来接您。”

金吾卫对林初九十分客气，因为林初九今天医治的伤者全是金吾卫，救了不少金吾卫，并且明天还会继续。

“哦。”林初九见有人抬轿子过来，她要不坐那就是傻了。

累极了的人都知道，一旦坐下后就会不想起来，还有可能会瞬间睡着。林初九现在就是这样，虽然木轿很不舒服，但林初九一坐上去就歪着脑袋睡着了，甚至不知金吾卫把她抬到了萧天耀的营帐。

金吾卫抬着林初九来到萧天耀的营帐，连人带轿放在外间，没有惊动林初九，也没有向萧天耀报告，悄声退了出去。

萧天耀一出来，就看到坐在木轿上睡着了的林初九，一时间哭笑不得：“是说你信任本王呢？还是说你蠢呢？这样都能睡着，就不怕被人卖了吗？”

萧天耀捏了捏林初九的鼻子，见林初九皱眉，张嘴呼吸，不由得笑了出来：“防御能力这么差，本王怎么放心你一个人？”

萧天耀摇了摇头，将林初九抱了起来，走进内间。

内间的屏风后面，是一桶还在冒着白烟的热水。那是萧天耀特意让人为林初九准备的，本想让林初九回来好好清洗一下，可看林初九现在的样子，怕是没法自己清洗了。

萧天耀有洁癖，林初九身上一股怪味，要是平常他都不会让林初九进来，可现在？他只能认命地给林初九清洗了。

萧天耀将林初九小心地放在椅子上，仔细观察后，找到了衣服的扣子，把林初九的外衣和中衣全脱了，至于里衣？

萧天耀迟疑片刻，最终还是没有脱下来。

“算了，忍一晚上就好。”萧天耀转身走到屏风后，将毛巾打湿，耐心而细致地为林初九擦拭。

脸上，身上，手上……每一处都不放过。

萧天耀很快就为林初九清理完毕，然后褪下她的长裤。萧天耀知道林初九腿上伤得不轻，可当他看到林初九双腿上那一层又一层的绷带时，还是忍不住为之心疼。

“这么蠢的姑娘，你怎么就是林家人？林家人不是一向精明狡诈，将男人和女人都玩弄于股掌之间的吗？”萧天耀轻叹口气，再次走到屏风后，去拧毛巾给林初九擦拭。而萧天耀不知，在他转身的刹那，熟睡的林初九缓缓睁开了眼睛。

睫毛轻颤，眼神迷茫，明显还是迷迷糊糊、没有清醒，不过她听到了萧天耀的话。

林家人？

她那个宰相父亲，不是寒门学子，往上数十代家里全是贫民吗？怎么有资格称什么林家？这种家族出来的人，又有什么能耐玩弄别人？

想不明白！林初九摇了摇头，打了一个哈欠，然后又睡着了！

是的，林初九听到了萧天耀的话后，想了一下没有想明白，就继续睡了！

林初九只是中途醒了一下，萧天耀出来时她又睡死了，是以萧天耀并不知林初九听到了他的话。

萧天耀将林初九从头到脚擦干净后，便把人抱上床，又替她盖好被子。

萧天耀有洁癖，他不能容忍林初九全身脏兮兮地入睡，自然也无法容忍自己抱了脏兮兮的林初九而不清洗。

萧天耀之前让人准备了一大桶热水，是打算让林初九好好泡个澡，舒缓舒缓筋骨的，结果林初九完全没有用上，萧天耀就自己去泡澡了。

萧天耀之前就已沐浴过，此时纯粹就是泡个澡、换身衣服而已。如果是平时，萧天耀一定会放松精神，舒舒服服地泡个澡，今天却不行。林初九今天的工作强度很高，要不好好给她按揉一下，她明天怕是连筷子都握不起来。

“真是不让人省心。”萧天耀“哗啦”一声从浴桶里起来，随手拿过挂在一旁的衣服披上，便直接走出去。

明明没有用干毛巾擦拭，萧天耀身上的水珠就好像蒸发了一样，完全没有弄湿衣服，要是林初九看到，一定会羡慕嫉妒恨。

有内功什么的，真的太让人讨厌了。

萧天耀出来时，林初九依旧保持着原来的姿势，睡得香甜，让人舍不得叫醒她。当然，萧天耀也没有打算叫醒她。

萧天耀上了床，却没有急着睡，而是抓起林初九的胳膊，替她按揉起来。

萧天耀不是大夫，可他是学武的人，清楚人体的穴位，而且他学武时吃了不少苦头，很清楚要如何做，才能缓解肌肉的酸痛。

萧天耀暗暗施力，使内力随着指尖在林初九的体内游走，温养她酸痛的经脉。

一下，一下……萧天耀的力道不算轻，林初九刚开始不适应，萧天耀每按一下，她就会皱一下眉，一副睡得不安稳的样子。

可就是这样，林初九还是没有醒！

有几次，萧天耀都以为林初九会醒，甚至小心地减缓了力道，最终结果证明，他太低估林初九的睡功了，林初九现在已经完全睡死，根本不会因为这么一点儿小事而醒过来。

“你这是累成什么样了？以前本王一抱你，你就警觉地惊醒呢。”萧天耀怀疑，他今天就是把林初九吃了，林初九都可能不知道。

这个女人，还真是叫他生气。想到这里，萧天耀不由得加重力道，结果惹得睡梦中的林初九嘤咛一声：“唔……好痛。”

林初九伸手揉了揉被按痛的胳膊，转个身继续睡。

这也行？萧天耀呆了一下，好半晌才反应过来，默默地抓起另一只胳膊，继续按了起来。这一次，萧天耀没有刻意使坏加重力道，而是老老实实地用最舒适的力道替林初九按揉。于是林初九睡得十分安稳，脸上都带着笑容，这让萧天耀更加舍不得使坏。

这是他的女人，累坏了，他会心疼。

半个时辰后，萧天耀替林初九按完胳膊，又细心地替她按揉每个手指，以免手指太劳损，不然以后林初九有的苦吃。除了双手外，萧天耀还替林初九揉了小腿，总之他知道的能让人放松的穴位都没有放过，就怕林初九第二天起来会不舒服。

如此折腾了一个时辰，林初九睡得舒舒服服，萧天耀却是一身薄汗。

身上有汗，黏糊糊的感觉让人难受至极，萧天耀命人打来水，又冲了一个澡，这才拥着林初九入睡。

早晨第一缕阳光射进来时，萧天耀就已经醒了。看着怀中仍旧熟睡的林初九，萧天耀深深地吸了口气，然后在她的唇上落下一吻。

如同蜻蜓点水，刚刚碰到便松开了。

萧天耀没有叫醒林初九，落下一吻后便放开林初九，翻身下床。

萧天耀走出去后，让人将早膳端到营帐外，并且叮嘱亲兵护卫不要打扰营帐内的人。

用过早膳后，萧天耀没有和往常一样留在营帐里处理公务，而是在外面巡视营地，同时去见那几个闹事的将领。那几人，身上妥妥的是通敌叛国的罪名，现在只看什么时候把人押进京。

萧天耀平时从来不巡视营地，突然在军中各营之间行走，不少将领既紧张又激动。既盼着入了萧天耀的眼，又怕被萧天耀挑出错来，同时又在思索萧天耀此举的用意。

这些将领坚定地认为，萧王从来不巡视营地，今天突然巡视定有深意，只是他们一时想不到罢了。

要是让这些紧张又兴奋的将领们知道，萧天耀出来巡视营地，纯粹是为了腾地方，好让林初九睡个好觉，不知这些人会不会吐血。

萧天耀为了让林初九睡个好觉，怕人来人往吵着林初九，一大早就出去了，可是……

林初九却浪费了萧天耀的一片好意！萧天耀走后不到半个时辰，林初九就醒了！

醒来的刹那，林初九完全搞不清自己在哪里，待看到室内熟悉的摆设后，林初九一拍脑门：“我怎么又回到萧王的营帐了？难道我昨天累迷糊了，走错了地儿？”

“不对呀，我昨天是坐轿子回来的。我知道了，一定是他们趁我不注意，把我抬过来的。”林初九终于记起了昨晚的事，既郁闷又无力。

昨天，她忘了告诉抬轿子的人她要去哪儿，对方把她抬到萧天耀这边来，也没有太大的错。

“算了，又不是第一次睡一起，矫情什么。”林初九很快就放开了，掀开被子就准备起来，只是这一动，林初九惊呆了，她居然没有一丝不适，身上既不酸也不痛！

“这不合理，昨晚发生了什么？”她读过的书可不少，别骗她。她很清楚自己昨天的工作强度，今天起床后全身必然又酸又痛，绝不可能如现在这般精神百倍，无事人一般。

“难道是萧天耀？”林初九想不出除了萧天耀以外，还有谁会帮她减轻疲劳。

“不可能是医圣之心，医圣之心可没有这么人性化，而且它也没有治疗的功能，一定是萧天耀！”林初九暗暗道，虽然她不知萧天耀为什么突然学会了心疼她，不过这样很好，她才不会矫情地说不需要。身上不酸不痛，手腕、手指也不累，林初九默默地为萧天耀点赞，京城的传闻没有错，萧王果然是十佳好丈夫。

当然，前提是萧王愿意。

林初九一身轻松，欢乐地下床梳洗，一出去就看到一直放在炉子上热着的早膳，眼中闪过一抹欢喜，为了不让自己傻笑出来，林初九故意板着脸用膳。

为了不让萧天耀看到她发傻的样子，林初九飞快地吃完早膳，将碗筷放在一旁，套上外套就往外走。

林初九走得又急又快，就好像身后有野兽在追她一样，走出营帐不到十米时突然又退了回来，对守卫的亲兵道：“回头跟王爷说一声，我去伤兵营了。”看在昨晚萧天耀照顾她的分上，她便回馈一二。

萧天耀不是一个好丈夫，其实她也不算是一个好妻子。萧天耀现在渐渐地在付出，那么她也不能太吝啬，他们终归是夫妻，不是吗？

“是。”亲兵听到林初九的话，颇为意外，怔了片刻才点头。

林初九交代完后就往外走，离营帐百米外处，昨天陪伴林初九的两个亲兵早早就在那里等候，见林初九出来，两人提着药箱跟了上来：“九公子。”

“嗯。我们走吧。”林初九脚步不停，朝伤兵营走去。

伤兵营的大夫和伤兵昨天都看到了林初九做了多少活，心想林初九肯定累得不行，纷纷猜测她今天应该不会来，所以当他们看到林初九走进来时，颇为意外。

“九公子，你今天还吃得消吗？”伤兵营一名大夫见林初九走进来，忍不住问了一句。

“没事。”林初九笑得灿烂，一看就是精神十足的样子。

那大夫见林初九无事人一般，一脸赞叹：“年轻就是好呀。”他昨天才医了三十几人，今天就累得不行，要不是伤患太多，他今天都不想起床。

“伤者太多，早点处理完，我也能安心。还有我昨天接骨的那个病人，今天也得观察一下。”林初九笑着解释了一句，随后便朝内间走去。

林初九进去时，朱御医正在给那名受伤的男子把脉，见到林初九进来也没有说话，只是点点头，示意她等等。

片刻后，朱御医把完脉才道：“你怎么这么早就过来了？我听他们说，你昨天包扎了一百多位伤者。”

“有一百多位吗？我没数。”林初九不知要如何回答，只能装傻。怕朱御医继续问，便指着床上的男子道：“朱御医，他怎么样了？”

“不错，没有发热，腿是保住了，好好养上三个月就成了。”朱御医赞许地看着林初九。

他昨天可是全程观看了，以后遇到类似的伤者，他也能处理了。

病床上的男子听到朱御医与林初九的对话，挣扎着坐了起来：“九公子，谢谢你的救命之恩，大恩大德周平没齿难忘，以后有用得着我的地方，九公子只管说，我周平绝无二话。”

周平，也就是受伤男子，是个极其爽快的人，知晓林初九保住了他的腿，立刻就把林初九视为救命恩人。

不过，林初九并没有想过携恩图报，淡淡地道：“报恩的话别说了。我是大夫，治病救人乃是本分。”

“这怎么行……”周平自然不认同。朱御医抢先一步道：“你这小娃娃不错，治病救人本就是我们大夫该做的事，我们医治病人赚诊金，大家各取所需，除此之外哪有那么多叽叽歪歪的事。”

“朱大夫说得对。”林初九笑着应了一声。

她一大早赶过来，除了担心周平的伤势，也是想多医治几个病人。确定周平的伤势没出问题后，便向朱御医告辞，说要去给另一帐篷的伤员包扎。

朱御医摆了摆手，正想说让林初九快去，突然收回手道：“老夫和你一块儿去。”

他倒想看看，林初九到底怎样做的，竟然能在一天之内给上百伤员包扎伤口。跟着学学，说不定以后所有的大夫都能做到，这样一来伤兵的死亡率也就没有那么高了。

“好呀，朱御医请……”林初九没有拒绝，侧身让朱御医先走。

朱御医和林初九出去后，随意挑了一间帐篷进去，里面躺满了伤者，一排排十分整齐，而且帐篷内十分干净，和昨天见的完全不同。

林初九挑眉，还没有问原因，身后的亲兵就十分有眼色地上前道：“昨晚九公子回去后，伤员们就让人叫来亲近的同伴，将伤兵营全部打扫了一遍。伤员也自发地排好队，好方便大夫医治。”

即使他们纷纷猜测林初九不一定会来，可也提前做好了准备，就是想要节省一些时间，好让林初九或者其他大夫过来时，可以多医治几个人。

朱御医听罢，十分高兴：“小娃娃，你看这些人多可爱。随便哪个都比京城的那些权贵人家好。那些人家哪里懂得救急救命的道理，划破了一块皮都要让大夫先给他看，哪怕那大夫正在救人命也得停下来，因为他们觉得自己的命更金贵。”

朱御医说到这事，眼中闪过一抹嘲讽与黯然。显然，他是一个有故事的人，否则也不会放弃京城优越的生活跑到军中来。

“他们是最可爱的人。”这一点，林初九很认同。

朱御医听到林初九这么说，怕林初九日后吃亏，忙道：“也不是所有人都这样，是王爷带出来的兵好，讲纪律，重情义。老夫这些年不知跟了多少位将领，还是第一次遇到这么听话的兵，这些人……不愧为让四国皆惧的金吾卫。”

这一次东文与北历的战争，伤亡最惨重的就是金吾卫。不是说金吾卫无能，而是大大小小的战役，全都是金吾卫冲锋在前，为后方的人打开血路。

“王爷他……”林初九很想夸萧天耀一句，可除了霸道、傲娇、任性、闷骚，她一时还真想不出什么褒义词适合萧天耀。

朱御医见林初九半天不说，不知她在想什么，接话道：“王爷是个让人敬佩的人，老夫这一生佩服的人不多，王爷是一个。”

林初九正不知该如何评价萧天耀，听到这话连忙点头：“是，王爷是个让人佩服的人。”不管萧天耀对她如何，萧天耀对他的兵，对他手底下的人，确实是好。

而且，正因为有萧天耀在，东文的百姓才能富足安宁，边境的百姓也不用时刻活在死亡的阴影下。

对于东文的百姓来说，萧天耀是神，是守护他们的战神！这样的男人，值得佩服！

林初九的眼中闪过一抹笑意，朱御医扭头看了她一眼，怎么看都觉得林初九怪怪的，上下打量林初九一眼，朱御医没有管林初九，直接往前走。

林初九反应过来，眼中飞快地闪过一抹懊恼，快步跟上，走到角落里换上干净的外袍。

“这是为了什么？”朱御医见状，凑上前来问了一句。

林初九将一件干净的外袍递给朱御医：“为了干净。”

朱御医见林初九身上雪白的外衣，将里面的衣服全包住了，以为林初九说的是为了自己的衣服干净，点了点头，接过来穿上。

“这东西不错，省了洗衣服。”作为一个单身没有家眷，要自己洗衣服的大夫，朱大夫最痛恨洗衣服，这外袍怎么也比衣服好洗。

林初九笑了一声，没有多说，朝亲兵使了一个眼色，让对方跟着她。

“九公子，我伤在胳膊上。”林初九一上前，伤者就自发地将伤口露了出来。

昨晚林初九看到伤员，个个身上脏兮兮的，今天这批却很干净，显然是这些人听了她昨天的话，保持干净的同时，还不让伤口沾水。

“做得很好，继续保持。”林初九竖起大拇指，眼中闪过一抹赞赏。

虽然只是一些小细节，可却能减少感染，不让伤势恶化。

“嘿嘿……我们不懂，都是听九公子的。”伤兵摸了摸后脑勺，憨厚地道。

林初九笑了一声，打开医药箱，开始给伤者清理伤口。

“会痛，忍着一点。”林初九说完，没有意外，就听到伤兵说：“九公子你动手吧，没事，我不怕痛。”和死亡相比，这点痛算什么？

他们不怕痛，他们只怕死在这点小伤上。他们是军人，要死也要死在战场上！

林初九很清楚这些伤员的忍痛能力，提醒之后就不再手软，利落地将伤口上的腐肉刮掉，然后清创，上药，缝合……

动作干脆利落，让人几乎看不清具体动作，伤员们不是大夫，他们不懂这些，只知林初九手法精湛，清理伤口的速度极快，根本不知林初九这一手代表了什么。可伤员们不知，朱御医却知道！

当朱御医看到林初九眨眼间就将伤兵伤口上的腐肉清除掉，眼睛都瞪直了。他知道林初九刀法精湛，没想到竟快到这种地步，这等天赋，简直惊世骇俗。

“你这速度，还有下刀的精准度是怎么练出来的？”朱御医趁林初九空下来，开口问道。

“啊？你问我？”林初九愣了一下，才反应过来朱御医是在跟她说话。

朱御医忙问：“对，我问你。你这速度还有准确率是怎么练的？我看你下刀的时候几乎没有考虑，你怎么能肯定你下刀的角度与力度是对的？”

林初九闻言，自嘲地笑了一声，开玩笑地道：“我怕我说了您老也不信。”这个问题以前也有人问她，朱御医不是第一个，林初九相信也不会是最后一个。

“你这小娃娃的心性我还是知道的，你说了我怎么可能不信？”朱御医虽然和林初九才刚认识，可几次相处下来，他知道林初九是个大方、爽朗的人。要不是知晓林初九的个性，朱御医也不会贸然询问，毕竟这事关家族绝传。

“说出来我怕您认为我是在藏私。”林初九把玩着刀柄，任柳叶小刀在手指间来回跃动，“我知晓下刀的速度与准确率可以练，也就是俗话所说的熟能生巧，可我这一手还真不是练出来的。”

“不是练的，莫不是天生的？”朱御医双眼一亮，热切地看着林初九的双手，好像要将她的双手看出花来。

林初九见朱御医没有不信，点点头道：“的确是天生的，我天生就适合握刀。不需要人教，不需要多练习，看到伤口我就知道怎么下刀，而且速度极快。”

朱御医双眼一亮，激动地道：“果然是天生的，想来也是，依你这样的年纪，除非你是妖孽，要不然怎么也不可能练出这样的速度。好，好，很好，你天生就是吃这碗饭的人。”

一激动，朱御医就忘了林初九的女子身份，在林初九肩膀上拍了数下，林初九一时不察，险些摔了下去。

“咳咳……小娃娃别介意，依老夫的年纪，都能做你爷爷了。”朱御医干巴巴地解释道。

林初九默默地后退两步：“朱御医，没事的。”朱御医在意的是男女之防，她在意的是朱御医差点把她拍死。

“没事就好，没事就好。小娃娃快干活，别偷懒。”朱御医又想伸手拍拍林初九，以示鼓励，一伸手却发现林初九退得老远，他根本拍不到！

朱御医讪讪收手：“你慢慢忙，我就不打扰了。”

知晓林初九的手速是天生的后，朱御医一点也不想围观林初九是如何给伤者包扎的。天生的东西，哪怕常人努力百倍、千倍也不可能超越，因为那是天生的！

朱御医慢悠悠地晃荡出去，把满营的伤兵丢给林初九。

林初九目送着朱御医离去，直到确定朱御医走了，这才上前继续给伤者包扎。

没了朱御医的骚扰，其他人也不说话了，他们巴不得林初九多救人，根本不会给她添乱，一个个闷头坐在原地，翘首以待，只等林初九过来给他们医治。

许是适应了这样的工作节奏与强度，林初九今天的动作更快，天刚刚黑，她就给满营近两百伤员包扎好了。

林初九知道工作要劳逸结合，虽说这并不是她的极限，但也没必要太拼。

和昨天相比，现在时辰还早，林初九却没有继续医治伤员的打算，她起身道：“连着忙了两天，我也累了，今天稍早，我早点儿回去休息，明天再来。”

林初九这个理由合情合理，虽说伤兵营的伤者都希望她继续包扎不要停，可他们也知这是强人所难，伤者们一个个都理解地点头，纷纷开口，劝林初九好好休息。

林初九走出伤兵营，外面依旧有轿子，可今天尚早，营地时不时有人来往，林初九实在不好意思坐在上面让人抬着，再说她今天也不怎么累，所以……

“我自己走吧。”林初九拒绝了抬轿亲兵的好意，选择自己走。

抬轿亲兵没有强求，只道：“王爷正在等公子，公子这边请……”这是告诉林初九，她只能回萧天耀的营地，想回自己的营地？不仅没门，窗子都没有！

“我……先去放一下东西。”林初九不是很想去，不过想到萧天耀昨晚为她做的事，林初九生生改口了。

抬轿亲兵面色不变地道："九公子，你的营帐破了，漏风、漏雨，小人担心公子你存放的东西会被风刮坏、被雨淋湿，请示王爷后，已将你营帐内的东西，全部搬到了王爷的营帐。"

也就是说，林初九只有一个选择……

第十四章　此刻岁月静好

林初九别无选择，只能跟着亲兵回萧天耀的营帐！

她对此倒也没有多排斥，反正她就是跟萧天耀睡一张床，萧天耀也不会做什么，顶多就是像在京城时那样搂着她睡罢了。

有时候林初九也搞不明白，萧天耀对她到底是个什么意思，温柔的时候能溺死人，宠的时候能宠上天。有时候林初九都觉得萧天耀应该很喜欢她，他所谓的“我爱的是你爱我”，应该是萧天耀自欺欺人。可每当林初九觉得萧天耀可能喜欢她时，萧天耀又会用实际行动将其打破。比如冷言冷语，比如高冷别扭，还有……

明明是夫妻，共睡一张床，萧天耀却能做柳下惠，除了偶尔戏弄她外，平时再无任何亲密的举止，纯粹把她当成大号的抱枕，好似对她没有一丝欲望，这完全不正常。

不是林初九非要萧天耀做什么，而是男女之间的某些事，不是应该的吗？要知道他们可是合法的夫妻！

就这样，萧王还能坐怀不乱，让林初九一度怀疑，萧天耀是不喜欢她，还是不行？

林初九一路胡思乱想，直到走回营帐也没有想出个所以然。萧天耀行事诡异，忽冷忽热，说实在话，她真的不知萧天耀在想什么，也不知萧天耀有什么打算，只能被萧天耀牵着鼻子走。

林初九想到萧天耀那张冷峻的面容，站在营帐外深深吸了口气才走进去，可是……

她做好了心理准备，却没有看到人。

“王爷呢？”林初九转身，看向身后的亲兵。亲兵摇了摇头：“属下不知，是否要属下去询问一二？”随意探听王爷的行踪是违纪的事，没有命令，亲兵是不敢做的。

林初九想也不想就摇头道：“不必了。”她也不想随意去探查萧天耀的行踪，万一萧天耀在做什么大事，因她的举动而曝光了呢？

“让人给我打些热水来。”萧天耀不在，林初九正好趁机洗个澡。

“是。”亲兵转身退下，去办林初九交代的事。

此时，被林初九误以为在做大事的萧天耀，正在流白营帐里，朱御医也在。

流白因办事不力，被萧天耀责罚，打了四十军棍。按说依流白的体质，打四十军棍虽痛，不过养个五六天就能行走了，偏偏流白自己作死，觉得自己办事不力，给萧天耀带来了麻烦，死活不肯上药，于是流白的伤势加重，加上不知碰到什么脏东西，以致伤口发炎，高烧不退。要不是照顾流白的亲兵发现得早，流白估计都烧成傻子了。

萧天耀得知这事后，冷笑一声，虽然不满流白犯蠢地用苦肉计，到底无法坐视不理，只得忍着心头的怒火，让人把朱御医召来。

朱御医看到流白的伤势后，第一反应就是：“新来的九公子乃是外伤好手，不如让九公子来。”

结果话一出口，烧得迷迷糊糊的流白与萧天耀同时开口：“不行！”

是的，两人都不答应。

流白心里对林初九还有气，哪怕他现在不像以前那样敌视林初九，心里还是很不舒服，他死活不肯让林初九为他医治。

至于萧天耀？那理由更简单了。打军棍打哪里？打的是屁股和腿，他会让林初九给流白医屁股上的伤？做梦吧！

朱御医的提议被萧天耀一口否决，也就识趣地没有再说，老老实实地拿出柳叶小刀与伤药，替流白刮去腐肉，清理伤口。

柳叶小刀轻薄锋利，是好东西，这一点朱御医很清楚，可他没有林初九那种可怕的天赋，虽说平时也用刀，但材质与重量皆与柳叶小刀不同，第一次用柳叶小刀刮骨疗伤，难免控制不住力道，于是流白悲剧了！下刀轻了腐肉清不干净，加重一点儿力道就戳到了好肉。要不是朱御医经验老到，就他这手法，怎么也得割伤血管。

流白痛得大叫，恨不得就此死去，朱御医忍不住唠叨一声：“这都是你自找的，你要肯让阿九那娃娃来替你医伤，你根本不会感觉到痛。阿九那娃娃看着年纪小，身子弱，力道小，可一手刀功却是叫人赞服，我听说她天生就有这本事，真正是叫人羡慕。”

旁人称林初九为九公子，朱御医觉得他和林初九算是忘年之交，再加上明知林初九是姑娘家，朱御医怎么也叫不出“九公子”这种称呼，为了表示他对林初九的亲近，便称呼她阿九。

却不想，他身边站了一个大醋坛。

“阿九？”萧天耀听到这个称呼，眉头轻皱，他都没有这么亲热地叫过林初九。

听到萧天耀不重不轻的声音，朱御医脸色一变，手一抖，于是狠狠戳了流白一下，好在没有割断血管。

流白痛苦呻吟，朱御医这个时候却没空管他，慌张地站了起来："王，王爷，小人，小人……"朱御医结结巴巴地说道，后面的话怎么也说不出来。

他能说，他把萧王忘了吗？所以才会由着性子胡乱说话？

萧王这么一个大活人，就坐在屋内，他也能把萧王给忽视掉，他这是多粗心呀？

"继续做你的事。"萧天耀冷冷地瞥了朱御医一眼，倒是没有为难朱御医。

"是，是。"朱御医暗暗抹了一把汗，再不敢胡乱说话，老老实实地给流白清理伤口。

朱御医虽说刚开始时没有掌握好力道，让流白吃了不少苦，可现在全副精力都放在流白的伤势上，倒是让流白少受了不少罪。

流白受伤面积大，朱御医费了不少功夫才将伤口清理完，撒上药粉后，包扎好，开了一副调理的药，末了才道："流白公子的伤拖得太久了，要是今晚不能退热，怕是有危险。"

至于能不能退热，那就只能看天意了，虽然他开了退热的药，可不一定有效！

萧天耀不是什么凉薄的人，可也不是什么热血的人，朱御医给流白开了药后，萧天耀便走了，至于流白会不会退热，有没有生命危险，那就不是他要关心的事了。

不管是身为主子，还是身为兄弟，他都尽到了责任。

萧天耀甚至比朱御医早走一步，依他的寡言也不可能交代下人好生照顾流白，只沉着脸离去，一句多余的话也没有说，饶是如此旁人也羡慕死流白了。

也就是流白和王爷亲近，这要换作任何一个人，就是病死了萧天耀也不可能多看一眼，更不用提那人还是因为自己的愚蠢而死。

萧天耀一出营帐，就有亲兵上前道："王爷，九公子已经回营帐了。"萧天耀是王爷，是军中最高掌权者，他的行踪是不能随意泄露的，但林初九的行踪一点儿也不重要，至少对萧天耀来说，林初九的行踪不是秘密。

"嗯。"萧天耀应了一声，看不出什么表情，那名亲兵只看到他的脚步比平时快了几许。

一路穿过无数座帐篷，有不少将领早已在帐篷外等候，只为给萧天耀行一个礼，道一句好，可萧天耀一路目不斜视，笔直往前，完全没有停留的意思，甚至连眼角的余光也没有给身旁的人。

很快就来到主帅营帐，百米外便有金吾卫把守，百米之内无人接近，偌大的帐篷竖在那里，就好像被孤立的荒岛，可这"荒岛"却是权力的代表。

萧天耀抬手，示意亲兵不必跟随，然后从容不迫地往营帐走去。

"王爷！"

"王爷！"

镇守的金吾卫一个个低头行礼，声音中气十足，老远就能听到，在营帐内的林初九也不例外。

听到那一声声“王爷”在耳边响起，林初九胡乱地擦了两下，随手将毛巾丢入木桶，手忙脚乱地找衣服来穿，可惜为时已晚，她堪堪穿好里裤，萧天耀就进来了。

“王，王爷。”林初九的裤子拉到一半，就看到萧天耀走进来，一时间拉也不是，不拉也不是，就这么僵在那里。

萧天耀的眼中飞快地闪过一抹笑意，唇角轻扬，不无嘲讽地道：“怎么？这是邀请本王？”

“咳咳……”林初九差点被呛死，顺过气后，立马道，“王爷，你想太多了。”

无视萧天耀戏谑的目光，林初九淡定地将裤子拉上，然后又将衣服一件件穿上。

天气正冷，她要不赶紧把衣服穿上，十有八九会着凉。

“你确定是本王想多了吗？”萧天耀斜倚在木柱上，双手环抱，眼眸深邃，似有所指。

明明只是随意的一靠，可由萧天耀做出来，却平白多了一丝邪魅。

邪邪的，坏坏的，不仅不让人讨厌，反倒让人有一种心跳加速的感觉。

林初九按着自己狂跳的心脏，真心觉得自己要完了。她发现自己完全无法抵御萧天耀的美男诱惑，怎么办？

心跳加速，血气上涌，没有意外，林初九的脸红了，而这也给了萧天耀戏谑她的机会：“脸这么红，在想什么不该想的事？”

语速缓慢，声音低沉，带着说不出来的勾人意味，林初九的脸更红了！

没办法，她不仅无法抵御萧天耀的美色诱惑，也无法抵御萧天耀的声音诱惑。

萧天耀的声音和他的颜值一样正。

“呼呼……”林初九狠狠地呼了两口气，用手扇了扇脸，想要将热气扇掉，好半天才找回些许神智，没好气地白了萧天耀一眼，说道：“王爷，咱能好好说话吗？”

每次都拿声音诱惑她，真的太坏了！

“怎么才叫好好说话？本王说错了什么？”萧天耀的声音一如既往地缓慢，每一个字都咬得很清楚，不轻不重的音量，特有的语调，生生将一句平淡无奇的话，说出了独属于萧王的韵味。

“没有……”林初九只觉得耳朵一痒，心都酥了。

这声音，要是说起情话，该多动听呀！

林初九看着萧天耀，眼中闪过一抹幻想，幻想着萧天耀在她耳边说情话……

就在这时，萧天耀突然走了过来，伸手挑起她的下巴：“想什么呢？一副春心荡漾的样子。”

温热的手指与冰凉的肌肤相接触，林初九一个激灵，连忙后退，萧天耀却不放过她，林初九退，他便进，直到林初九退无可退，背抵在柱子上，而萧天耀则站在她身前，右手抵在柱子上，上半身微微前倾，将林初九困在自己的双臂间。

萧天耀问：“说吧，刚刚在想什么？”低头，轻喃，似带着蛊惑人心的力道。林初九心神一动，脱口说道：“我在想，你说喜欢我会是什么样子。”

林初九一说完就后悔了，生怕听到萧天耀嘲讽的话语，鸵鸟似的闭上眼睛，假装看不到就听不到。

萧天耀轻轻笑了一声，语带笑意地道：“喜欢你……吗？”

前三个字，萧天耀说得很认真，林初九甚至期待着睁开眼睛，可当她睁眼的刹那，萧天耀又补了最后一个字，将好好的一句表白变成了疑问。

林初九乍听到“喜欢你”三个字时心中一动，眼睛亮得吓人，可当最后一个字说出来，林初九瞬间蔫巴了：“王爷，你就不能一口气说完吗？你这样会要人命的。”

一句话，非得分开说，也不知谁教萧天耀的。

“是吗？”萧天耀唇角微扬，漫不经心地应了一句，手指轻轻勾起林初九披在身后的秀发，“头发湿漉漉的，是在等本王吗？”

说话间，萧天耀再次靠近林初九，两人鼻尖相触，轻轻一个呼吸就能闻到对方身上的味道。

此刻，岁月静好！

此刻，远在京城的皇帝也在心里赞了一句，没有萧天耀的东文，果然静好！

皇上一直都知道前线的消息，只是他和前线的将领一样，不敢肯定萧天耀是真伤还是装病，即使收到消息也不敢轻举妄动。直到皇上发现林初九和苏茶暗暗离京，这才肯定萧天耀十有八九是出事了！

为了试探真假，皇上直接对通元钱庄下手，看看萧天耀和他的支持者会不会有动作。

皇上随便寻了一个错，便将通元钱庄的大管事关进大牢，随即又命自己的人接管。

皇上此举只是试水，等了两日见萧天耀一脉没有反应，皇上思索再三又加重了力度。

这一次皇上直接命户部全权接管通元钱庄，并且将苏茶名下的那两成利益直接划到户部名下。

如此一来，通元钱庄就完全与苏茶无关了！

通元钱庄代表了什么，京城上下无人不知，无人不晓。当初萧王一脉顶着中央帝国的压力，将通元钱庄开了起来，又将近八成的利益送了出去，可谓是出钱又出力，让人不得不敬佩。

现在皇上趁萧王不在京城，吃相这么难看，满京城的人都看着，等着，等萧王出招，等皇上与萧王过招，可是……

他们失望了！

他们等得望眼欲穿，也没有等到萧王出招，萧王一脉就好像凭空消失了一样，任由皇上打脸也没有人跳出来反击。

“萧王莫不是出事了？”聪明人反应过来，咂吧着嘴道。

“这事透着蹊跷，虽说通元钱庄由朝廷管理更好，可这钱庄乃是萧王手上的一块肥肉，萧王怎么可能轻易松手？莫不是前线出事了？”

稍微有点脑子的人都能猜到，皇上敢这么做，肯定是因为萧天耀出事了，而且还不是小事，不然皇上的吃相不会这么难看。

同样，见萧天耀被强夺了利益还没有反应，皇上也能肯定萧天耀是真出事了，前线传来的消息是真的。

趁你病要你命！之前苏家发现的银矿？占了！苏家前不久建的银库？占了！苏家的产业？占了！

……

苏茶是萧天耀的钱袋子，把苏茶手里的东西掐住，就等于掐住了萧天耀的喉咙。萧天耀在东文为什么有这么大的权势？因为他是手握重兵的亲王，他手上的兵厉害！那么萧天耀手中的兵，靠谁养？朝廷？不……皇上是犯傻才会拿朝廷的物资给萧天耀养兵。很早之前，皇上就用各种名目克扣萧天耀的军饷，让萧天耀知难而退，放弃手中的兵权，可惜计划没有成功。

皇上的计划为什么没有成功？萧天耀为什么能在皇上克扣银饷的情况下，还养得起兵？因为萧天耀有苏茶这个钱袋子！

归根结底，萧天耀能有今天的权势，很大一部分原因与苏茶有关。萧天耀虽有兵马，却没有封地，也就没有收益，靠着当年分府的那点儿银子和铺子，别说养三十万大军，就是能将萧王府上下养活都不容易。

银钱的重要性不言而喻，所以皇上这次对萧天耀出手，第一刀就是要砍断他的银钱供给。至于你说皇上为什么不一劳永逸，直接夺了萧天耀的兵权？

你当皇上不想呢！之前萧天耀双腿被废，修为下降，皇上没有夺走萧天耀手中的兵吗？夺了！可结果如何？

北历大军压境之际，东文节节败退，他堂堂皇帝为了哄萧天耀出兵，捏着鼻子，忍着怒火，好言好语地将兵权奉上！费尽心机才夺来兵权，最后却要双手奉上，那种感觉真不是一般的憋屈，皇上再也不想尝试第二次！

这一次，他就要趁萧天耀出事，斩断他的后援，让他有兵却无银两。他就不信，金吾卫在吃不饱、饿肚子的情况下，还会死心塌地地跟着萧天耀。

萧天耀在京中的势力一直没有动作，皇上见状胃口更大，不仅将苏家的产业全部充公，还派人把萧王府给围了！好在皇上还是要脸面的，只是围起来，并没有直接抄了。

皇上的动静很大，摆明是有意挑衅萧天耀，哪怕萧天耀远在边境也收到了消息。

不过，萧天耀的底线是萧王府，如果皇上抄了他的萧王府，把最后一层脸面撕破，那他也会毫不客气地举兵造反，把皇帝拉下来，随便立个傀儡当皇帝。现在，皇上没有抄萧王府，萧天耀也就任由皇上蹦跶，左右现在蹦得越高，日后摔得越惨。

暗卫将京中的消息汇报完后，又奉上苏茶派人快马加鞭传来的紧急消息。

苏茶这次是去处理暗中经营的生意，这些生意虽是这几年才做起来的，可收益十分可观，是他们收益的大头，只是最近不知犯到了哪路神仙，好几条暗线都出了问题，好几桩买卖都折了本，甚至苏茶自己都受了伤。

苏茶怀疑有人盯上了他们，特意传消息回来让萧天耀查一查，到底是谁在对他们出手，莫不是他们暗中做的事情暴露了？

一连数个坏消息传来，萧天耀却连眉头都没有皱一下，似乎完全不把这些事放在心上。倒是林初九有些担心，不过她见萧天耀一脸沉稳，又不敢将担忧的话说出来。

她不是女权主义者，从来没有想过插手萧天耀的事，即使担心，她也不会在人前问出来。

萧天耀一直在听暗卫汇报，时不时注意林初九的动作，见林初九如此沉得住气，不由得暗自点头：这个女人，他是越来越喜欢了，越来越放不下了。

暗卫汇报完后，等萧天耀的命令，等了数息也不见萧天耀开口，暗卫只得硬着头皮喊了一声："王爷……"

"退下。"萧天耀挥手，完全没有下达命令的意思，暗卫见状不敢多言，乖乖退下。

营帐内只余萧天耀与林初九两人，林初九看着萧天耀，犹豫再三，仍旧没有问出来。

问了又如何？倘若萧天耀解决不了这些问题，她也解决不了，问了也是白问。要是萧天耀能解决，她问了萧天耀也不会说。

林初九起身道："王爷，时辰不早了，我先去休息了。"她想，萧天耀今晚肯定有许多事要忙吧。

林初九欠了欠身，正打算离去，就听萧天耀说道："本王以为你会问。"

林初九一顿，看到萧天耀平静无波的面容，心中的担忧蓦地一松，笑道："本来是想问的，不过看王爷胸有成竹，便知王爷心中已有对策，问与不问都不重要。"

"不，很重要。"萧天耀淡淡开口，声音不大，语气却十分重，"初九，夫妻本是一体。"他没有好下场，林初九岂能好过？

林初九道："王爷，除了夫妻一体外，还有一句话——夫妻本是同林鸟，大难临头各自飞。"萧天耀没有好下场，她却有一个机会——卖了萧天耀。

"你……不会！"仍旧是一句话分两句说，不过这话让人听着欢喜，林初九扑哧一笑，乐了："王爷就这么……"

"王爷，不好了！"林初九的话还没有说完，就被营帐外的亲兵打断了。

萧天耀眉头一皱："出什么事了？"

"朱御医说流白公子对药物过敏，此刻全身红肿，高烧不退，朱御医不敢保证流白公子醒来后，会不会烧坏脑子。"亲兵知道事情严重，根本不敢迟疑，一股脑儿地全倒了出来。

“药物过敏？”萧天耀眼中的温情顿消，冷着脸站起来，“初九，随本王走一趟。”他想知道流白是真的药物过敏，还是某些人别有用心。

“等我一下，我去拿药箱。”林初九虽然不喜欢流白，可这个时候也不会拿乔，匆匆走回内室，将头发盘成男子的发髻，拎起药箱就往外走。

萧天耀就站在外面等候，见林初九装扮得体，没有露出女儿姿态，点了点头，转身往外走，至于林初九手上的药箱？

萧天耀看到了，不过他从来没有帮人拎过东西，没这个概念，就是林初九也不例外。

林初九不是什么女权主义者，也不希望旁人把她当公主呵护，她也没有想过要萧天耀帮她拎药箱，自个儿提着药箱就跟了出去。

药箱不重，许是萧天耀考虑到林初九的步子，走得并不快，林初九提着东西跟在身后也不吃力。

流白并没有住在伤兵营，他所住的帐篷离萧天耀的营帐并不远，约莫两炷香的时间就到了。两人一进去，朱御医和他的徒弟就迎了出来：“下官参见王爷，王爷千岁千岁千千岁。”

“免礼。”萧天耀脚步不停，从朱御医身边走过，直接在帐篷内唯一的椅子上坐下，“说，怎么回事？”

林初九提着药箱，站在萧天耀身侧，没有急着去看流白。

朱御医站起来，作了个揖，一脸懊恼地道：“下官该死，没有发现流白公子之前沾了木须草，以至于所开的药物与木须草相克。”

“木须草？那是什么东西？”萧天耀不是大夫，可简单的常识还是知晓的。

“是中央帝国的一种特殊草药，药性奇特，平时无色无味无毒，沾上后只要用热水泡泡就能去了药效。但要是与其他药材中和，就会产生不同的效果。下官所开的退热药中，有一味药与木须草产生反应，致使流白公子过敏，高热不退。”朱御医越说越懊恼，似乎在怪自己太过大意。

萧天耀打量了朱御医一眼，问道：“既是中央帝国的草药，你怎么知道？”

“下官的家族与……中央帝国有些渊源。”朱御医低头，眼神黯然。

“原来如此。”萧天耀点了点头，没有再问，这让朱御医暗暗松了口气。

朱御医暗自调整呼吸，继续说道：“王爷，木须草无毒，虽说与其他的药材混合后，会产生不同的效果，但却不会致命。下官能医好流白公子过敏发热的症状，但需要两天的时间。下官不敢保证，这两天之内，流白公子的脑子会不会烧坏。”

流白身上沾了木须草，时间太久，就是用热水泡也消不掉。他要是再开退热的药，流白不仅无法退热，过敏的症状还会加重。

流白之前已经烧了好几天，再过两天，谁也不敢保证流白会不会烧坏脑子。

“不惜一切代价医好流白，绝不能让他痴傻。”萧天耀不是大夫，他不管大夫要医好流白有多为难，他只要这个结果。

这是命令！

朱御医就知道会是这样，苦着脸道：“王爷，下官没有万全的把握，下官可以给流白公子用药，但流白公子会不会烧坏脑子，下官实在不敢保证。”

退热的关键药材会与木须草起反应，这样流白服药后不仅不会退热，反倒会烧得更厉害。

萧天耀冷冷道：“烧坏了脑子，本王让你的徒子徒孙赔！”朱御医的医术不错，又甘愿来军营为一群军汉医治，萧天耀不想白白浪费这样一个人才，即使朱御医医不好流白，萧天耀也不会要朱御医的命，但朱御医的徒弟就要遭殃了。

“王爷饶命，王爷饶命。”朱御医的徒弟听罢，吓得跪地求饶。

他们真的好冤枉呀，明明是流白自己作死，凭什么他们也跟着倒霉？

要是流白早早上药，按大夫的命令休养，不是什么事都没有了吗？

“王爷，下官的徒弟是无辜的，恳请王爷高抬贵手放他们一条生路，下官一定会尽力救治流白公子。”朱御医知道他现在没得选择，只能祈祷流白能熬过来。

萧天耀冷哼一声，没有应。林初九看了看萧天耀，又看了看朱御医，心中暗暗叹气，上前一步道：“朱御医，如果我能让流白立刻退烧，是不是就没事了？”

“你能让流白公子退烧？”朱御医早就看见林初九进来了，可他哪里敢看林初九，现在林初九开口，他才敢正视林初九。

林初九点点头：“我能，我能保证他这几天不会再发热。”

“能，能。只要阿九你能让流白公子的烧退下去，我就能保证他无事。”朱御医听到林初九的话，就像是溺水的人见到浮木，一脸狂喜，要不是萧天耀在，他真想上前拍拍林初九的肩膀，以示感谢。

救星呀，这可真是大救星！

“那行，你取一杯热水来，我给流白开药。”林初九看了萧天耀一眼，见萧天耀没有反对，便将药箱放在桌上，等朱御医去倒水。

“好咧，我这就去。”朱御医麻溜地爬起来，转身就往外跑，他的徒弟见状，忙跟着跑了出去。

人都出去后，林初九打开药箱，从里面取出一个白色的瓷瓶，从里面倒出五颗药丸。

瓷瓶上面贴了一个小标签“强效退烧药”，字很小，也很丑，这是萧天耀看到的。

林初九拿出一粒，其余的用纸包好，而后又从药箱里拿出一个竹制的漏斗。林初九从头到尾都没有解释的意思，萧天耀也没有问。

朱御医很快就取来一杯热水，林初九将药丸丢进水里，用勺子碾碎，化开。

待到水温正适口，林初九拿着漏斗上前，捏开流白的嘴巴，将细长的那一端塞进流白的嘴里，看那长度，肯定是直接塞到喉咙了。

塞好后，林初九直接将已经融化的药和水倒进漏斗，灌进流白的嘴里。药水直接入喉，流白吐不出来，一杯带了药的水顺利喂进流白的嘴里，一滴也没有流出。

“这也行？”朱御医看到林初九喂药的动作，着实是惊了一大把。

他明明没有看错，这九公子就是一个姑娘，怎会如此粗鲁？

“为什么不行？难不成你有更好的法子？”林初九见一旁的桌子上还有茶水，试了一下水温，不热，但也不冰，便又给流白喂了几口水，“他需要多喝水，你每隔一个时辰让人给他喂点水。”

“用你刚刚的法子喂？”朱御医反射性地问了一句。林初九点头：“可以，不过要小心，别伤了他的喉咙。”别看她动作干脆利落，但她有分寸，没有伤着人。

“我会让人小心的。”朱御医看了看林初九，又看了看那竹制的小漏斗，越看越觉得这东西适合灌药，一点也不浪费。

林初九取出漏斗，放在桌上：“回头让人用开水泡泡再用，不用还给我了。”她让木工做了好几个，而且细长的那一端是可以拆下来换的，很方便。

“我也没打算还。”朱御医虽知林初九是女子，却不知她的身份，和林初九说话随便多了，“流白公子什么时候会退烧？”

“一炷香左右，没有意外的话，三个时辰后他还会再发热，到时候你再给他喂一粒。还有四粒药，至少十五个时辰内他不会再发热。当然，要是他已经退热了，那就别再喂药，药不是什么好东西。”强效退烧药虽然效果显著，不过药效霸道，副作用也大。

“放心，放心，我明白。”朱御医接过药，用鼻子嗅了嗅，然后悲催地发现，他闻不出这药什么成分。

心中暗想，能不能偷偷昧下一粒来？可他刚兴起这个念头，就听到林初九道：“别想着去研究了，你研究不出来的。”

小心思被拆穿，朱御医有点小尴尬：“我不就是想想嘛，放心，放心，我不会耽误流白公子的病情。”

林初九摇头轻笑：“没什么事我就走了，有事你让人去找我。我在……王爷的营帐。”说到最后，林初九颇有几分不自在。

朱御医知晓她是女子，可不知她和萧天耀是夫妻，也不知朱御医会不会想歪。

不用想，朱御医立刻想歪了，有萧天耀在，他不敢表露出来，可当萧天耀背过身去，朱御医就朝林初九挤眉弄眼，一脸暧昧……

林初九一脸郁闷，她想大声告诉朱御医：她和萧天耀是合法夫妻，别朝她挤眼睛，搞得她好像是坏女人一样！

林初九白天医治伤患，本就有些累，晚上又这么来回奔波一趟，一回到营帐就不想再动了，略作梳洗后，就准备上床睡觉。

林初九刚躺下，想起萧天耀昨晚照顾她的事，踌躇片刻，还是说了一句：“王爷，昨晚的事……谢谢你了。”要是没有萧天耀昨晚的照顾，她今天很可能爬不起来。

萧天耀站在床前宽衣解带，听到这话手指一顿，随即无事人一般地道：“这是变相求本王？”

“啊？求你什么？”林初九一愣，没能明白萧天耀的意思，而萧天耀又背对着她，她也看不到萧天耀脸上的神情。

“求本王……继续昨晚的事。”萧天耀将外袍脱下，随手一挥，衣服便如同长了眼睛似的落在衣架上。

林初九默默地看着萧天耀，她能说她确实有这个想法吗？

“怎么？还真有这个想法？”萧天耀转身，姿态从容地上床，靠在床头上，将被子拉过来，整个过程没有看林初九一眼。林初九连忙摇头：“没有，绝对没有！”

林初九再次肯定，萧天耀就是柳下惠。不过这样也好，萧天耀真要做什么，她会不自在的，总觉得两人之间还没有到那分上。

“口是心非。”萧天耀扭头，冷冷地剜了林初九一眼，忽而又道，“手拿来！”

“啊。”林初九慢了一拍，手就被萧天耀抓住了，林初九本想抽回，就见萧天耀很认真地看着她的手，一下一下地按揉起来。

力道适中，恰到好处地缓解了酸痛，还让她冰冷的手指暖和起来。这种感觉让林初九留恋，林初九舍不得抽出来。

一根根手指按揉过去，按完左手换右手，然后又换左手……萧天耀的指尖似有魔力，所到之处带着一股让人着迷的温度，让人沉醉其中，放松戒备，昏昏欲睡。

不过一刻钟，林初九就睡着了！

等萧天耀发现时，林初九的小脑袋不知何时已经枕在他的肩膀上，看到林初九毫无防备的睡颜，萧天耀不知该哭还是该笑。

林初九是不是忘了他是男人，是她的丈夫？居然投怀送抱，真以为他什么都不会做吗？

“蠢的时候比谁都蠢，聪明的时候又比鬼还精，真不知你这性子是怎么养出来的。”萧天耀松开林初九的手，小心地扶着林初九，将她平放在床上，继续未完成的按揉工作，直到深夜才睡。

早晨，林初九醒来时萧天耀依旧不在，只在外面给她准备了早膳。林初九和昨天一样，吃完早膳便出门了，临走前和亲兵说了一句：“告诉王爷一声，我去伤兵营了，晚上会回来用膳。”

以前她一个人，出门不需要向人交代行踪，也不需要特意赶饭点，一个人随时都可以吃，可现在不一样了。她知道有人在等她，而伤者是永远都救不完的，她不想让等她的人陪她一起挨饿，所以她会准点回来。

“是。”亲兵低头应是，目送林初九离去。

林初九出了营帐，本想去流白的营帐看一眼，想到朱御医在那里，流白真要有事肯定会去找她，也就歇了这个心思，直接朝伤兵营走去。

林初九知道萧天耀会等她一起用晚膳，今天工作特别专心，效率极高，就怕出差错耽误回去的时间。

伤兵营的人见林初九的速度越来越快，也只有高兴的份儿，心中暗想明天可以多加几十个人排队了，这么一来大家也能少等几天。

林初九完全不知，由于她的高效率，伤兵营的人已经决定暗中给她加工作量了。

天还未黑，林初九就完成了今天的工作，看了一眼外面的天色，揉了揉酸痛的肩膀，林初九一脸喜气。

“总算可以休息了。”紧绷了一天的神经，终于得到放松，林初九狠狠地吸了好几口气。

所谓劳逸结合，今天提前结束工作，她正好可以好好放松放松。

交代几句后，林初九转身就往外走。伤兵营的负责人本想上前问问林初九，要不要在天黑前多医治几个病人，不过看到林初九一副放松的样子，那人只能默默退下，目送林初九离开。

九公子是人不是神，任谁忙久了都会累，是他们太贪心了！

林初九走出伤兵营，呼吸着新鲜空气，心情好了不少。不是她不想多医几个人，也不是她累得动不了，实在是她心里疲劳了，要是不好好调节，她恐怕会厌恶工作。

从伤兵营出来，林初九并没有急着回去，而是去了流白的住处。朱御医没有找她，说明流白没出事，之所以过来一趟，不过是大夫的责任心使然罢了。

“阿九，你来了。”朱御医见到林初九，一张老脸笑得像向日葵一样灿烂。而朱御医的徒弟对林初九也十分恭敬，不管之前在忙什么，都停了下来，起身给林初九见礼：“九公子！”

要知道，林初九可是他们的救命恩人，要不是有林初九的退热药，流白烧坏了，他们就惨了。

“众位不必多礼。”林初九作揖回道，举止潇洒，要不是朱御医之前就知道她是女子，也要被骗过去。

倒不是林初九和爷们儿一样，而是林初九给自己做了一个假的喉结，那喉结完全能以假乱真，让人无法怀疑林初九的身份。

朱御医的徒弟见林初九长相秀气，举止温和，只当她是个长得好看的少年，并没多想，于是言谈举止也就没多少顾忌，所以当萧天耀进来时，就看到林初九与朱御医的几个徒弟打成一片，活脱一个假小子，于是醋坛子萧王爷当即脸黑了！

同时屋内的温度骤然下降，好像一瞬间从阳春三月到寒冬腊月，让人不由自主地哆嗦起来。

朱御医的反应最大，他知晓林初九是女儿身，又住在萧天耀的帐篷，猜测这两人的关系非同一般。见几个徒弟把林初九围在中间，还被萧天耀看到了，当即吓得不轻，连连朝几个徒弟使眼色，可在这种情况下，他的徒弟哪里有精力关注他？

萧天耀一进来，屋内的气氛就不一样了，朱御医的几个徒弟虽不明白发生了什么事，可萧天耀脸色不好看，他们却是知道的。

朱御医的徒弟不是什么胆小之辈，可面对萧天耀的威压，却一点儿反抗之力都没有，甚至忘了行礼，一个个僵在原地，呆滞地看着萧天耀，魂飞魄散。

好在他们虽然吓傻了，身体仍然能动，当萧天耀走过来时，他们一个个自发地后退，把路让了出来。

萧天耀一路走到林初九面前，看着一脸懵懂，还不知他为何生气的林初九，萧天耀的脸色更难看了。

这个女人，简直蠢得无可救药。

萧天耀冷冷地瞪了林初九一眼，只把林初九瞪得莫名其妙。林初九张嘴欲言，萧天耀先一步收回眼神，扭头看向朱御医："人要死了吗？"

这是摆明了不想和林初九说话，林初九到嘴边的话吞了回去，王爷心情好像不太好，她还是悠着点的好。

朱御医不承想萧天耀会突然问他话，一时间竟是愣住了。

"本王问你，流白死了吗？"萧天耀重复了一遍，语气更差，耐心全无。朱御医吓了一跳，忙摇头："没，没，流白公子没事，高烧已经退了。"

"没事？没事你让她过来做什么？"萧天耀指着林初九，一脸不善，大有"你不说出个子丑寅卯，本王就杀了你"的架势。

朱御医知道萧天耀这是迁怒，背脊一寒，隐晦地瞪了几个徒弟一眼，这才吞吞吐吐地道："王，王爷，阿九她……"

"阿九也是你叫的？"萧天耀早就不爽这个称呼了，这时逮住机会，义正辞严地鄙视朱御医。

朱御医是个聪明人，一听萧天耀不高兴，立马改口："是，是，是九公子。"

"哼……"萧天耀不屑地冷哼一声，看了一眼躺在床上的流白，见他色容平静，气息平稳，就知他无事。

既知流白无事，萧天耀自然不会再问，扭头看了一眼林初九，见林初九乖乖地站在那里，心下满意："随本王出去。"没事待在这里做什么？流白又没死。

"哦……"林初九见萧天耀不高兴，十分配合。

左右流白无事，她尽到了大夫该尽的责任。

萧天耀并没有等林初九，步子迈得极大，林初九得小跑才跟得上。

这个时候林初九才明白，原来自己以前能轻松地跟上萧天耀，是因为萧天耀体贴她，而现在萧天耀不体贴她了，她就得吃苦。

默默望天，林初九实在想不出自己哪里惹萧天耀不高兴了。难不成萧天耀知道她对流白的病情不上心了？可她一忙完就去看流白，这还不够吗？林初九看着萧天耀的背影，怎么想也不明白。

习武之人，本就对眼神十分敏感，林初九也没有隐藏，萧天耀自然知道林初九一路盯着他看。

萧天耀见林初九如此在意自己，脸色稍霁。走到金吾卫驻守的范围，萧天耀不着痕迹地放缓步子，好让林初九跟上来。

他发誓，他绝不是担心林初九，也不是怕下面的人见他不待见林初九，会给林初九脸色看，他纯粹是累了！

对，就是累了，所以现在走慢一点，而他也没有慢多少，不是吗？

两人很快走进帐篷，林初九索性不再多想，直接问道："王爷，你是不是在担心流白的病？你放心，我虽然不怎么喜欢流白，可看在你的面子上，一定会尽力配合朱御医医治他。我刚刚去看了，流白不会有事，也不会烧成傻子。"不过，虚弱一段时间那是肯定的。但这话她不会说给萧天耀听。

"嗯。"萧天耀应了一声，脸色明显好看了许多。没办法，林初九这话取悦了他。

林初九见萧天耀脸色转好，暗自松了口气：果然，王爷是在担心流白。

"王爷你放心好了，朱御医的医术很好。要是王爷还放心不下，我明早再去看一趟。"既然萧天耀担心流白的病情，那她就多关注一下流白，反正就是走两步路的事。

"不必！"萧天耀想也不想就拒绝了，并且打定主意，在流白好之前，坚决不让林初九过去，朱御医那些徒弟，实在太闹心了。

林初九正不想去，见萧天耀拒绝，也不多说，立刻应"好"。

随着萧天耀的脸转阴为晴，帐篷的温度恢复正常，林初九大喜，看着天色渐黑，想到自己身上的衣服还脏兮兮的，立刻道："王爷，我去梳洗一下再来用膳。"

"嗯，本王等你。"萧天耀随口应道，等到他说出来，才意识到自己说了什么，不由得皱眉。

林初九却没有放在心上，吩咐人打来热水，便去内室准备换洗的衣物。

不想林初九的热水还没有等到，就听暗卫在外面急切地说道："王爷，苏茶公子在碧海阁失踪，现在下落不明。"

萧天耀脸色一变，问道："何人动的手？"

"对方未曾露面，属下不知！"暗卫低头，脑袋几乎埋到双膝间。

苏茶在他们的保护下失踪，他们却连动手的人是谁都不知道，实在是羞愧难当。

萧天耀冷冷地看了暗卫一眼，并没有责怪，而是再次问道："可有查出，是何人对我们的产业出手？”

暗卫听罢，头埋得更低……

萧天耀见状，知道再问也没意义，吩咐暗卫全力查找苏茶的下落，然后便让暗卫退下了。

暗卫暗自松了口气，忙不迭往外跑，生怕走慢一步，就会被萧天耀冻死。

暗卫走后，萧天耀并没有急着做什么，而是扭头看向林初九，不疾不徐地道：“苏茶出事了。”

“嗯。”林初九应了一声，不知这事与她有什么关系。

萧天耀并不在乎她的回答，继续道：“本王要外出一趟。”

“所以呢？”林初九眉毛一挑，心中有种不好的预感。

“这里交给你。本王不希望这段时间军中出什么事。”萧天耀理所当然地说道，完全没有考虑到林初九愿不愿意。

“交给我？”林初九承认，她吓到了，“你的金吾卫会听我的话？你的亲卫、暗卫会按我说的办？”

萧天耀是不是太看得起她了？她只是一个普通的女子，顶多学了一点儿医术，她能掌得了兵吗？

萧天耀道：“本王会下令，让他们听你的。”他只需要一个人坐镇军中，林初九懂不懂都不重要，他手下的将领知道怎么做。

林初九嘲讽地笑道：“我以什么身份管他们？萧王妃吗？”军中可不是女人待的地方，那些人也不可能听她一个女人的话。而没有身份，又没拿得出手的才能，也不可能降服那些当兵的。

这确实是一个问题，萧天耀眉头微皱。

林初九见状，继续说道：“而且私自离开军营是违法的，王爷你确定要把把柄送给皇上？”

“这些不需要你管，你只要做好本王交代的事就行。”萧天耀不容拒绝地说道，林初九还要再说什么，就见萧天耀站了起来，“好了，本王还有公务要办，你不需要等本王。”

说完，人就出去了，留下林初九在营帐内气得不行。这男人，是不是太过分了？她凭什么听他的？凭什么他一句话，她就吃力不讨好地帮他坐镇军中？万一遇到什么事，她不是成了罪人？

“老娘不干！”林初九气呼呼地起身，抬步就想往外走，突然又停下。

现在还不能走，她的三千个病人还没有医完，现在走了，医圣之心肯定会要她的命。

不能离开军营，那离开萧天耀的营帐有意思吗？

林初九默默望天。

萧天耀摆明是要去交代离开后的事，走之前也说了不要等他，林初九便自己吃饭。吃完饭后，林初九给自己揉了两下，闷头睡觉了。

第二天起来时，身侧的位置有些冰冷，没有人睡过的痕迹，身上也略有几分酸痛。林初九抱着被子，苦笑一声：还真是小姐的身子丫鬟的命。

默默地起床、洗漱，林初九没有过问萧天耀的下落，用完早膳便去了伤兵营。

许是林初九之前效率太高，今天伤兵营的病人很多，大概比昨天多了二三十人。林初九看到这一屋子的伤兵，也没有时间多想，打起精神开始为伤兵包扎。

不知是人太多，还是林初九今天效率低下，只比昨天多出二十几人，却忙到半夜还没有包扎完。

看到林初九疲累的样子，最后几个伤员十分不好意思："九公子，要不你明天再来给我们包扎吧？我们的伤都不要紧。"

林初九强忍着打哈欠的冲动，摇头道："明天还有明天的事，我没事，很快就好了。"

林初九低头，继续手上未完成的工作……

半个时辰后，林初九终于忙完了，略作收拾便离开了。而她一走，伤兵营就炸开了。

"你们看到没有？九公子刚刚眼中带泪的样子，真比姑娘还娇俏。"林初九不知，她压下了哈欠，却压不住因此带来的泪珠。

"你们说九公子多大年纪？我看着就像十五六岁的少年郎，他年纪这么小，医术怎么这么好？"

"听说九公子和王爷交情不浅，还住在王爷的营帐里呢，也不知九公子和王爷是什么关系。"

……

一群军汉闲着没事就拿林初九出来说事，直到他们的小头目出现，把众人呵止住，这才安静下来。

林初九远远就看到营帐漆黑一片，知晓萧天耀还没有回来，眉头紧皱：萧天耀不会就这么走了吧？他身上还有伤呢，后脑的瘀血也不知怎么样了。

走过去后，林初九问金吾卫："王爷呢？"

"王爷没有回来。"金吾卫能给出的答案只有这个，他们根本不知萧天耀的行踪，就算知道也不敢乱说。

林初九点了点头，并没有为难金吾卫。

拖着疲累的身体回到营帐，草草地梳洗、用膳。人累极了，林初九也就没心思等萧天耀，吃完饭就爬上床睡着了。

第二天醒来，依旧不见萧天耀的身影，身上依旧有几分酸痛，不过和昨天差不多，并不会影响工作。

林初九今天精神不错，给她安排的伤兵也不多，天不黑就包扎完了，林初九心情颇好，回到营帐依旧不见萧天耀。

林初九深思片刻，闭上眼道："暗谱，王爷去哪了？"

暗谱从隐蔽处走出来，单膝跪下："王妃，王爷昨天一大早就离开了军营。"

"昨天一大早？"林初九冷笑一声，又问，"王爷可有交代什么？"

"没有。"暗谱如实回答，林初九点点头表示知道。

挥退暗谱，林初九想了想，还是把莫清风给召来了。

"王妃。"莫清风进来，恭敬而守礼地道。

林初九坐在萧天耀坐的位置上，手指轻敲桌面："王爷走之前，可有交代你什么？"

"王爷说，一切听从王妃调遣。"莫清风低头说道。

"我知道了。下去吧。"林初九闭上眼睛，一脸凝重。

她就知道，萧天耀那人绝不会接受拒绝，那天和她说那些也不是与她商量，而是告知。

萧天耀根本不在乎她愿不愿意、能不能做到，他只要她做到，拼死做到他交代的事！

"混蛋！"林初九忍不住低咒一声，可又不得不打起精神，了解军中的事务。

萧天耀不在军中，她现在只能祈祷军中不要出事，不然就麻烦了。

萧天耀难得不在军中，那些别有用心的人，会放过这个机会吗？

第十五章　独守大营战边疆

京城和前线相隔千里，消息传递难免会有延误，萧天耀无事的消息是边境人尽皆知的事，皇上却直到四天后才知晓此事。而这个时候萧天耀已离开军营，去了苏茶最后出现的碧海阁。

皇上得知萧天耀不仅无事，还端掉了他在军中的亲信，当即又气又怒，要不是理智尚存，恐怕会直接下旨让人押萧天耀进京问罪。

“萧天耀，可恶！”皇上一拳捶在桌子上，“砰”的一声，将桌子上的笔墨纸砚震得哐当作响。

“皇上息怒。”随身服侍的太监扑通一声跪倒在地，吓得瑟瑟发抖。

皇上看也不看，咬牙切齿地道：“息怒？他在边境使计拔除朕在军中的心腹，你叫朕怎么息怒？那群蠢货，连事情都没查清就贸然行动，简直愚不可及，死在萧天耀手里也是活该。”

显然，皇上并不心疼折在边境的将领。身为皇帝，他从来不缺人用，而那些人折在萧天耀手里，就说明他们无能。无能之人死了便死了，他根本不需要心疼。

听到皇上话中的不满，还有明显放弃边境几位将领的意思，心腹太监又惊又惧，背脊一片冰冷。

他们的圣上，果然无情。边境那些将领可是为了他才会落到这个地步，听皇上话中的意思，竟不打算管他们，甚至还责怪他们。

如此一来，那些将领死了也是白死，甚至他们的家人都会受到牵连。

拼命为皇上办事，最后却落得一个这样的下场，光想想就心寒。其他大臣见到皇上如此冷血无情，还有谁敢为皇上卖命？

心腹太监有心劝说两句，抬头看到皇上阴鸷暴怒的双眸，又乖乖闭上嘴巴。

不是他不想尽职地劝说皇上，实在是皇上这个样子，他真的不敢开口。他怕自己被皇上迁怒，甚至怀疑他收了别人的好处。

自古忠臣难做。心腹太监跪在那里一动不动，心里却暗自叹气：世人皆道萧王冷血无情，坑杀数十万人不眨眼，可是那些传流言的人不知道，萧王这人只对敌人冷血，对自己人最是护短。凡是忠于他的人，他定会尽力保护，就算保护不了，也会尽力照顾对方的家人，让忠于他的人没有后顾之忧。

皇帝见朝中不少大臣都偏向萧王，只道萧王收买人的手段高明，却从不想想他寒了多少大臣的心。

皇上在宫里大发脾气的消息虽然封锁了，可仍有不少消息灵通的人知道了此事，比如林相和右相等人。

他们原本不知皇上为何发那么大的火，还想要去探查，可一看到围在萧王府外的禁卫撤离了，林相和右相这两只老狐狸立刻就明白了。皇上此次发怒，必是因为萧王无事！

“萧王这步棋走得真妙，皇上这次输了。”林相一脸失望，暗道萧王怎么就不死在外面呢?

要知道他可是天子亲信，皇上输了，他讨不到好。

右相知晓此事后，说的却是：“萧王命真大，萧王妃果然不简单！”明显，右相那只老狐狸想得比左相更透彻。

皇上发火的消息，宫外的人都知晓了，宫里的妃子没道理不知道。别的妃子也许不知道皇上发怒的真相，皇后却是知道。

“看样子，皇上又输给了萧王。”皇后此时正在暖阁修剪盆栽，听到这个消息连眼皮都不抬一下，手上的动作也不曾停，好似这件事一点也不重要。

跟在她身后的嬷嬷一直低着头，听到皇后这话，犹豫半晌，还是上前一步，说道：“娘娘，萧王势大，他会不会……”

后面的话嬷嬷没有说，可聪明人都明白她的意思。

萧天耀一改以往的退让，即使没有咄咄逼人，可也没给皇上面子。这段时间，皇上每次都被萧天耀狠狠打脸。一连数次都没有讨到好，只怕皇上会越来越心急，极有可能会逼得萧天耀造反。

萧天耀手握重兵，这段时间又得到不少朝臣的支持，真要造反，胜算很大。到时候萧天耀登位，皇后就不再是皇后，皇后的儿子也不再是皇子。

这样的情况下，皇后如何推七皇子上位?

皇后手一顿，“咔嚓”一声剪掉了一朵红花，生生毁了一盆好花：“可惜了。”

皇后遗憾地摇了摇头，将剪刀放在桌上，接过下人递来的帕子擦拭着十指：“以本宫的名义送些药材过去，就说这是本宫给萧王妃压惊的。”

萧王府没有对外解释林初九的踪迹，皇上也没有过问，大家默契地当林初九还在萧王府。

"娘娘，这……会不会引得皇上不满？"嬷嬷一脸担忧。

皇后将帕子丢给下人，笑着道："嬷嬷，皇上是聪明人，他不会给萧王机会。"没有一个好的理由，萧天耀很难篡位，因为中央帝国不会放任不管。

嬷嬷眼前一亮："奴婢明白了。"嬷嬷屈膝，躬身退下。

很快，皇后赏赐的药材就送到了萧王府，一个时辰后，皇上也对外公布，之前他们收到北历的威胁信，要派人刺杀萧王妃。为了不让萧王妃受到惊吓，皇上事先一直瞒着她，只让禁卫保护萧王妃的安全，现在北历的刺客已经伏法，萧王府的人可以放心进出了。

非常不要脸的说法，偏偏没有人挑得出毛病。

不过，这些都和林初九无关。京城与边境相隔甚远，别说林初九不知京城发生了什么事，就算知道，她也赶不回来处理。

再说，现在皇上知晓萧天耀无事，根本不会对她出手，她现在不用担心皇上找麻烦，她担心的是不知为何，中央帝国大皇子轩辕挚又杀回来了！

皇上远在京城，对边境的消息不够灵通，中央帝国的大皇子不一样，他人就在边境附近。

之前碍于花家的面子，大皇子不得不放弃围剿萧天耀的计划，现在得知萧天耀因要事离开军营后，他就知道机会来了。

而放眼整个东文，除了萧天耀外，再没有人是他的对手，萧天耀不在军中，哪怕有彪悍的金吾卫，轩辕挚也没有放在心上。

斩杀所有的金吾卫，让萧天耀没有助力，到时候他和黑甲卫联手，萧天耀还是对手吗？

金吾卫固然厉害，但那是对北历、西武和南远来说的，黑甲卫和金吾卫交过手，虽说金吾卫确实给黑甲卫带来不少麻烦，但黑甲卫想要战胜金吾卫并不是难事。再加上萧天耀此刻不在，金吾卫底气不足，要灭了金吾卫不是太难的事。

南远和北历虽然退了兵，但轩辕挚相信，只要他透露出要出动黑甲卫灭了金吾卫的消息，北历与南远一定会卷土重来。

轩辕挚细细将各种可能都盘算好，越想越觉得不能错过这个机会。他败在萧天耀手上的消息瞒不住，这会儿说不定已经传到中央帝国，他要是不把萧天耀杀了，他大皇子的尊严往哪里摆？

至于帝国花家的态度？这个轩辕挚一点儿也不担心，在花锦容走后，他已经查清楚了，花家确实是欠了萧王府一个人情，不过是欠了萧王妃的。

花家与萧王府并没有交情，只是一个人情罢了，到时候他把萧王夫妇全杀了，花家还要对谁兑现承诺？而且花家也不会为了一个死人和他这个可能继位的大皇子计较吧？

世家行事，一向是权衡利弊，而不是考虑私人感情，花家在萧天耀死后，就算出于道义会为萧天耀说话，却也不会选择与他为敌。

做了决定，轩辕挚就不再迟疑，当天夜里就点齐兵马，留下一百黑甲卫看守矿脉，带着其他人一起前往东文扎营的地方。

流白受伤后，负责监视各方动向的事就落到了莫清风的手上，只是莫清风手上只有莫家人，无法调用萧天耀的暗卫，能做的有限，直到黑甲卫离他们只余百里时，莫清风才收到消息。

"快，快去请九公子过来。"莫清风一收到消息，就跑去找林初九，走到一半突然想起林初九这个时候在伤兵营。

此时正值傍晚，林初九手上还有最后一个病人，当传令兵急急跑进来，大喊"九公子，莫少有要事禀报"时，林初九并没有急着起身，而是背对着传令兵说了一句："知道了。"

林初九给最后一个伤者包扎好后才站起来，无视自己酸痛的腰，转身道："莫少在哪里？"

传令兵忙道："莫少正在王爷的营帐等公子，说是有很重要的事，请九公子快些过去。"

"走吧。"林初九点了点头，飞快地将面罩、手套拆下，边走边将身上染血的白袍解开，丢给跟上来的亲兵，"收拾好。"

衣服一抛，人就大步往前走，没有惊慌，但却看得出她在赶路。

一路上，有不少士兵都看到了行走如风的林初九，愣了一下，又纷纷退开，给林初九让路。

林初九没有客气，冷着脸，笔直往前走。

她不是笨蛋，在听到传令兵说莫清风找她时，她就知道出事了，她心里虽然着急却没有多担忧，不是她自信满满，而是她早就做好了心理准备。

萧天耀在军中的地位，就如同定海神针，现在这根定海神针外出了，那些个牛鬼蛇神怎么可能没有动作？

萧天耀潇洒地走了，把一切丢给她，她真不知要说萧天耀太相信她，还是萧天耀太不把她的生死当回事。

她的身份可以瞒住萧天耀的属下，却瞒不住他的敌人。一旦萧天耀的敌人得知她是女子，还是萧王妃，她会有什么下场？

林初九不敢想，她怕一想自己就会恨萧天耀！

林初九踏入营帐前深深地吸了口气，收起脸上所有的不满，面无表情地走进去："莫少，有什么事？"

莫清风一听到脚步声，就乖乖站在一旁，见林初九询问，立刻道："禀王妃，中央帝国大皇子带着黑甲卫来了，离我们只余百里。”

“黑甲卫？居然又杀了回来，可恶。”林初九虽然没有亲眼所见，却也知道黑甲卫的杀伤力。这几天在伤兵营，也听到不少士兵在说，他们有多少兄弟横死在黑甲卫的马蹄下。

莫清风以为林初九不知，特意解释了一下黑甲卫的实力，末了又道：“王妃，我们不是黑甲卫的对手，尤其是王爷不在的时候。”

林初九道：“我知道。”要不是萧天耀不在，黑甲卫又怎么可能过来？

莫清风见林初九一脸不悦，讷讷地道：“王妃，我们现在怎么办？”

“你问我，我问谁？”林初九不客气地反讽，一个冷眼扫过去。莫清风没来由地低下头，却仍不放弃地道：“王妃，王爷说他走后，军中一切听你指挥。”

林初九没好气道：“听我指挥？我一不会打仗，二不会领兵，我怎么指挥？黑甲卫杀来了，我们除了打还能如何？”

“王妃，不可，我们不能和黑甲卫打，现在王爷不在，我们不是黑甲卫的对手。”莫清风怕林初九真下令开打，忙劝说道。

林初九冷笑：“你以为，你不想打就能不打吗？大皇子带黑甲卫来是逗我们玩的吗？”她虽然不认识轩辕挚，可看轩辕挚在萧天耀一走就带兵过来，便知此人不是一个大度的人。

莫清风当然知道，可是：“王妃，一旦开战我们定会损失惨重，我们必须想办法劝退大皇子。”

“劝？怎么劝？哦……我有办法了。”遇到事就想到她，真当她是神呀？

莫清风却像是没有听到林初九的嘲讽一般，急切地问道：“王妃，什么办法？”

林初九冷笑一声，嘲讽地道：“很简单呀，你们把我献给大皇子，你们就安全了。”

林初九这话有赌气的成分，可又何尝不是一个办法？轩辕挚的目标从来都不是什么金吾卫，而是萧天耀。

这个时候轩辕挚带人杀过来，就是为了趁萧天耀不在，灭了金吾卫，斩断萧天耀的助力，日后轩辕挚与黑甲卫联手，饶是萧天耀本事再大也跑不掉。

虽说黑甲卫实力不凡，可黑甲卫是人不是神，他们要对付数十万大军也非常吃力，甚至可能会有轩辕挚承受不起的伤亡。

如果这个时候暴露林初九的身份，把林初九送到轩辕挚面前，轩辕挚拿到能威胁萧天耀的人质，也不会让黑甲卫与金吾卫动手。

莫清风不是笨蛋，林初九一说他就想明白了个中关键。诚如林初九所说，把林初九献出去是最好的办法，可以不费一兵一卒就能等到萧天耀赶回来，可林初九要是出事了，他怎么跟萧天耀交代？

莫清风虽然很心动，却不敢真这么做，思索再三，尴尬地道：“王妃，现在不是开玩笑的时候。”莫清风只当林初九这话是玩笑，也只能是玩笑。

林初九嘲讽一笑：“你很清楚我有没有开玩笑。”她在莫清风的眼中，看到了一闪而过的迟疑。她知道莫清风是心动的，至于最后为何拒绝？

林初九可以肯定，绝对不是莫清风突然良心发现想到她救过他姐姐，而是担心萧天耀事后怪罪他。

莫清风没有接话，而是说道：“王妃，我们还是想想办法，怎么阻止大皇子吧？”

林初九淡淡道：“你觉得什么情况下，大皇子会收手？”中央帝国的大皇子何等骄傲，萧天耀一再落他的面子，现在机会来了，轩辕挚要是会突然收手，那就奇怪了。

“这……”莫清风思索片刻道，“王妃，你不是与帝国花家交情不错吗？可否请花家人出面帮个忙？”

林初九反问：“你知道花家的人在哪里？就算你能找到，你凭什么认为花家还会帮我们？大皇子一定会卖花家的面子？”上次轩辕挚之所以放过萧天耀，是因为他把不准萧天耀的实力，为了不丢脸，便顺势卖花家一个面子。

而现在呢？别说他们此刻找不到花家的人，就算花锦容愿意为她出面，轩辕挚也不一定会卖面子。

莫清风知道林初九说的是实话，可却无法接受：“难道非打不可吗？我们没有胜算。”就算赢了，那也是惨胜，到时候伤筋动骨，他们回到京城还拿什么和皇上斗？？

“不打，你有更好的法子？”未战先怯，已落了下乘，林初九摇了摇头。

莫清风确实不错，可毕竟是江湖人，而且心太软，优柔寡断。

莫清风沉默，最后无奈地叹气，“如果非打不可的话，请王妃允许我出战，另外我安排人护送王妃离开。”万一让轩辕挚知晓林初九的存在，说不定真会把林初九捉去当人质。

“你？你是有领兵的天赋？还是在军中有威望？”不是林初九看不起莫清风，而是凭莫清风的身份，无法让军中将士们信服。

“王爷手下的将领，个个骁勇善战，我只需要待在军中坐镇，必要的时候牵制住大皇子即可。”轩辕挚是武神，军中的将士皆不是他的对手，一旦动手，只有他可以勉强扛上一两招。

林初九摇了摇头：“你不是大皇子的对手。”即使没有见过武神之间的决斗，可从萧天耀偶尔透露出来的消息中，她也明白武神有多强。

莫清风自然清楚这一点，可是……

“现在别无办法。”他们这些人防备着皇上，却没想到轩辕挚会去而复返。

林初九见莫清风一副视死如归的样子，不由得摇头。

罢了，现在不是怄气的时候，想要找萧天耀算账，也得先把眼前的难关解决掉。

“你可知大皇子一行人之前待在哪里？”林初九开口问道。莫清风不知林初九有何打算，看了她一眼才摇头道："不知。大皇子一行人行踪成谜，我们虽然派人盯了，可惜没有找到他们扎营的地方。"

"找不到吗？"林初九蹙眉，想了想道，"如果你顺着他们来的痕迹，能找到他们扎营的地方吗？"

"有六成的把握。"莫清风不敢把话说得太满。林初九迟疑片刻，像是下了什么重要决定一样，一脸严肃地道："六成就六成，赌一把总比不赌要好。"

"王妃是想断他后方？"莫清风一听，便猜到了林初九的计划。

林初九也不隐瞒，点头道："大皇子一行人待在边境数天都不曾离去，可见他们有要事要办。大皇子这个时候带着大批黑甲卫来围攻我们，留守的人必然不多。我们没有与大皇子正面交战的实力，只能选择攻击防御薄弱的后方。"

"此计甚好，我这就安排人行动。"莫清风思索再三，想不出更好的办法，便点头认可了林初九的决定。

"我不知道大皇子来边境做什么，也不知他们的营地在哪儿，可王爷才刚离开，他就带着黑甲卫过来了，可见他离我们并不远。你让人多带一些火药，把动静闹大一些，确保能让大皇子第一时间看到。"大皇子发现得越早，他们的死伤越少。

"我明白了。王妃放心，我一定会办好这件事。"莫清风神情激动，对接下来的事更有信心。

"王爷走之前，把军中的事务交给你处理，可见你是有能力的，我相信你。"这个时候她除了相信莫清风，根本没有第二个选择，因为萧天耀根本没有给她别的选择。

"清风定不会辜负王妃所望，清风要出去调兵应战，如果王妃没有别的事，清风这就告退了。"莫清风说完就要出去，不料林初九突然道："我说了你的身份无法服众，你现在要做的就是安排人炸了大皇子的后方。至于坐镇军中、稳定军心的事，我自然会办！"

林初九眼神明亮，平和的眸子迸发出强烈的战意！

这一次，她定要把握住机会！

她要把握住这个机会，在军中扬名，让全军上下都知道，在萧天耀丢下他们时，是她这个萧王妃力挽狂澜，救了全军上下！

她以前不在乎名与利，也不在乎军中的人知不知道，她这个萧王妃曾亲自动手给他们医治，她没有想过用这种办法拉拢人心，可现在不同了！

萧天耀为了苏茶的安危，把她一个人置于危险中，将全军上下都丢给她一个人，要是她没有守住这些人，就会成为罪人。

日后，哪怕萧天耀对她再好，全军上下也没有一个人会看得起她，因为活下来的人一看到她，就会想到死去的同僚。为了不做罪人，她只能当英雄！

既然决定当英雄，她要不借此机会收买人心，在金吾卫和东文将士面前刷足好感，她就是蠢了。

这个世道，女人依附于男人，女人的地位也取决于男人，可并不表示她不可以拥有只属于自己的地位与名声。

这是一个机会，一个刷好感、刷名声的机会。以后全军上下提起她，将不再仅限于是萧王的王妃，而是救了他们的萧王妃。

莫清风不知林初九心中的打算，见林初九在这个时候毫不犹豫地挺身而出，心中暗道：王妃果然大义。

莫清风见林初九自信满满，又想到林初九的身份确实比他更能稳定军心，莫清风没有劝说，只道："清风誓死保护王妃的安危。"哪怕拼着命不要，他也会保护好王妃。

林初九轻轻点头，面无表情地道："击鼓，迎战！一炷香后，我会出去。"这是要告诉全军上下，有敌人来袭，要将士们做好准备。

"清风明白。"莫清风恭敬低头，转身退下。

他一直很感激林初九救了他姐姐，可也仅仅是感激罢了，因为她萧王妃的身份才对她客气，可现在他是真正地敬佩林初九。

能在这种情况下冷静如初，沉着地思索应对之策，林初九绝非普通的闺中女子。这样的女子即使站在萧王身侧，也毫不逊色。

林初九不知莫清风心中所想，莫清风走后，她把暗谱叫了出来，让暗谱去找一套她能穿的骑装，并强调："要女子的骑装。"她既已决定以萧王妃的身份出现，就不能再穿男装。

暗谱一听，当即傻眼，这边境要地，他去哪里给林初九弄一套女子的骑装呀？

对暗卫来说，主子的一切要求都必须满足，至于这要求合不合理，那不是重点，对他们来说，主子合理的要求是锻炼，不合理的要求是磨炼。

暗谱得令，立刻去寻找林初九要的衣服。费了不少功夫，终于从朱御医徒弟手中找到一套没人穿过的红色轻甲。

这套轻甲是朱御医的徒弟为自家小妹准备的，花了大价钱请军中擅长锻造的大师打的，虽说防御能力一般，胜在好看。

林初九看到暗谱送上来的大红色轻甲，嘴角微抽：这得多蠢才会穿这么鲜艳上战场，这不是找死吗？

可现在情况特殊，容不得林初九挑剔，而且这套轻甲远比骑装防御能力好，她算是占了便宜。

林初九换上轻甲，便在亲卫的保护下走出营帐。

此时，莫清风已经将大皇子带着黑甲卫朝他们奔来的消息，说给了全军上下听。

没有意外，不管是将领还是普通士兵，听到这个消息都吓了一跳，好在他们还记得自己军人的身份，并没有多么慌乱无序。

莫清风见状，暗自点了点头，继续说道："王爷因要事离开军营，不过很快就会回来。众位不必担忧，只要等到王爷回来，我们就无事了。”

“王爷什么时候回来？”将领们想到萧天耀心下大安，忍不住问了一句。

萧天耀走之前，并没有说什么时候会回来，莫清风不敢胡乱开口，只道：“很快，众位将军只要在王爷回来前，挡住黑甲卫就行了。”

有人察觉到莫清风一直没有说确切的时间，不安地追问道：“很快到底是多快？一天、两天还是三天？我们之前和黑甲卫交过手，他们在战场上就如同虎狼，我们能撑两三天已是不错。”

底下的士兵听到这话，一个个眼巴巴地看着莫清风，等待莫清风的回答。

面对众人的质疑，莫清风的眼中闪过一抹庆幸，庆幸林初九会出面。林初九说得对，即使有王爷的命令，他也不一定能调得动大军，因为他不懂兵法，也没有任何功劳，这些老将不仅不会听他的，还会质疑他的话。

“莫少，你倒是说说，王爷什么时候回来？在王爷没有回来之前，我们这些人怎么办？军中事务由谁来做主？”莫清风只晚了片刻，便迎来一大堆的质问。

莫清风忙收敛心神，说道：“众位，众位……请静下来听我说。”因为知道有林初九在，莫清风半点也不惊慌。

待众人安静下来后，莫清风神色从容地道：“我不知道王爷具体何时回来，但我可以肯定地告诉大家，一定不会太迟，因为不仅仅是你们在这里，王妃也在这里。王爷不会让大家，也不会让王妃涉险。”

“什么？王妃在这里？王妃在哪里？王妃怎么会来战场？”一干将领听到这话，一个个瞪大眼睛，四处寻找莫清风口里的王妃。

军中有外人进来，还是一个女子，没道理他们不知呀？

就在众人不解时，身着火红轻甲的林初九，在亲兵的护卫下，走到人前。

林初九一身红色轻甲，英姿飒爽，明明是女子，却没一丝娇媚之气，冰冷的眸子如同利剑，让人不敢直视！

火红的轻甲如同太阳，一出现便是光芒万丈，刺得人睁不开双眼。好半晌众人才反应过来，看着林初九，嘴巴大张，半天都说不出话来。

林初九迈着大步往前，每一步都走得沉稳有力，完全看不出女子的娇气，就像是随时都可以上战场的将军。

“这，这就是王妃？”有人颤抖地开口，还有人不断地揉眼睛，“这不是九公子吗？怎么成了王妃？是我看错了吗？”

“这真是王妃？怎么一点儿也不像？”还有人心存怀疑。

这些人一辈子也没有见过王妃，在他们看来，王妃应该是端坐在王府的仙女，娇弱优雅，居高临下地看着他们。

反正，王妃可以做很多事，就是不可能出现在战场上。战场上多危险，堂堂王妃怎么会出现在战场上，尤其是王爷不在的情况下！

众人窃窃私语，莫清风并没有阻止，而是放任他们交头接耳，自己则快步上前，走到林初九面前，单膝跪下：“参加王妃娘娘。”

这一个动作，就是在告诉众人，林初九就是萧王妃。可是，在场的人却没有随着莫清风一起行礼。

事情太巧合了，他们不敢凭莫清风一句话，就相信面前的女子就是萧王妃。萧王刚走，萧王妃就出现了。不对，萧王妃之前一直就在战场上，可萧王在的时候，她一直没有表露身份，现在萧王一走她就表露身份，到底有什么目的？

众将士不敢轻举妄动，一个个看着林初九，等待林初九接下来的动作。他们总要知道，这个萧王妃突然出现，到底是为什么？

面对众人的疑惑与防备，林初九一点也不意外，要是这些人轻易就相信了，那才叫奇怪呢。林初九走到人前，停下，拿出萧天耀留给她的令牌：“皇上钦赐金牌，见令如见人。”

林初九将令牌放至最前面几位将领面前，让他们看到上面独有的皇家印记，还有那大大的“萧”字。

这面令牌出自皇家，是皇上赏给萧天耀的，是能代表萧天耀身份的令牌。现在这枚令牌在林初九手中，而莫清风还有萧天耀身边的亲兵，都认可了林初九的身份，其他人还有什么理由怀疑？

只一眼，前排几个将领就确定了令牌的真假，双手抱拳道：“卑职参见王妃娘娘，卑职不知王妃娘娘大驾，多有失礼，还请王妃海涵。”不是他们不尊重林初九，而是军中的规则，身着战甲的将士见上位者并不需要行跪拜之礼。

“不知者不罪，都起来吧。”林初九虚扶了一把，一脸正气地说道。

没办法，她此时要是温柔小意，只会被人瞧不起。当然，她也不需要粗俗彪悍，她只需要表现女子坚强的一面就足够了。

“王爷不在军中，黑甲卫来袭一事想必诸位都已知晓。请诸位不必担心，王爷很快就会回来，我们只要坚持到王爷回来就可以了。而在王爷回来之前，我会与你们同在。”

同样的话，由莫清风说出来，在场的众人不会信，由林初九说出来，在场的众人仍旧心存怀疑。

身为王妃的林初九在黑甲卫来袭之时选择留在军中，可见这一战并不会有太大的危险，至少他们王爷走得不远。可是……

“王爷为何在这个时候突然离开军中？王妃又为什么出现在军营？还有，王爷不在，王妃一个弱女子在军中能做什么？”这番质疑并非针对林初九，而是众将士心里还有那么一点不安。

他们之前和黑甲卫交过手，黑甲卫的厉害他们见识过，他们真的不想与黑甲卫打。

林初九不敢也不能说萧天耀受伤的事，只道：“本王妃与王爷皆是奉圣上之命，秘密办差，尔等不可多问。”

林初九知道自己信口开河，拿皇上当挡箭牌，事后皇上知晓必要找她麻烦，严重点儿还会说她假传圣旨，可她现在真的没有别的选择。

要是不拿皇上说事，她怎么给这些人解释她的到来，还有萧天耀的去向？要让这些人知道真相，这些人恐怕会更惊慌，而且也会对萧天耀失望。

一个暂时办差去了的萧天耀，比一个身受重伤，为属下安危丢下众将士的萧天耀更值得信赖。

果然，听到林初九的解释后，众将士没有再问。他们本身就信服萧天耀，林初九是萧王妃，这个时候萧王不在军中，有萧王妃在，他们也就安心一些。

当然，不是没有人提起林初九以男子身份混在军中的事，可他一开口，就被金吾卫的统领给堵住了：“王妃隐瞒身份，去伤兵营救治伤兵还有错了？你们可知王妃这几天医治了多少伤患？”

不等人回答，说话的金吾卫统领又道：“短短四天的时间，王妃在伤兵营足足医治了八百多人，足足挽救了八百多名兄弟的性命。你们站在这里指责王妃女扮男装混入军营，有何居心？”

这话一出，众将士立刻闭嘴，真要说林初九不好，他们还真是开不了口。林初九在伤兵营医治伤兵的事，他们都知晓。要是让他们知晓林初九的萧王妃身份，他们确实不敢让林初九医治。而且，他们都是刀口舔血的人，谁也不敢保证自己不会受伤。王妃的医术就是朱御医也说好，他们日后指不定还要求上王妃。

有了莫清风的证明，还有金吾卫统领的力挺，林初九顺利地得到众将士的肯定，虽说现在还无法让众人听从她的调遣，可她的话还是有人听的，尤其是金吾卫。

许是萧天耀走之前交代过金吾卫统领，金吾卫统领对林初九十分尊重，凡是林初九的命令，莫有不从。

是以，当大皇子轩辕挚带着黑甲卫出现在军营外时，林初九毫不犹豫地下令让金吾卫随她一同去迎接轩辕挚。

是的，迎接而不是迎战！

谁规定带兵过来就一定要开打了？谁规定她带兵出去，就一定是与轩辕挚打了？他们就不能和和气气地谈一谈吗？

轩辕挚确实是来寻晦气的，可并不表示他们非打不可，也许他们能找到另一条路也说不定呢？不试的话，谁敢保证不行呢？

不管心里如何想，林初九面上始终都是一副平静的样子，好像轩辕挚带兵压境不是什么大事一样。

身后的几位将领见林初九自信从容，高悬的心也跟着放了下来。他们王妃这个时候出现，肯定是有了制敌之法，他们没有必要紧张，只要跟着王妃走就是了。

这么一想，众人心中便无所畏惧，一个个自信十足，哪怕面对黑压压的黑甲卫，也没有人腿软。

他们相信，王妃这个时候出现，肯定是王爷的安排，他们只需要按王妃的命令办事就行了。

林初九要是知道，这些人把功劳全推到萧天耀身上，一定会气得吐血，可惜她现在什么也不知，她全副注意力都放在不远处的轩辕挚与黑甲卫身上。

不愧为帝国皇子，不愧为帝国最强精兵，不到一千人，气势却比她身后数万人还要强。

林初九终于明白莫清风为何不敢打了，真正要打，他们哪怕人多也没有什么胜算。

轩辕挚一身黑衣，坐在雪白的骏马上，看着林初九一行人走出来，不由得眯眼，嘴角轻扬，嘲讽一笑。

林初九没有骑马，她是走出来的。在离轩辕挚三米远处停下，抬头看向坐在马上的轩辕挚，拱手道："不知帝国大皇子驾到，有失远迎，请大皇子恕罪。"

举止从容，不卑不亢，眼神清明，恭敬有余，真心不足。

"你是何人？"轩辕挚不承想此时东文军中还有能主持大局的人，而且还是一个女人。

"东文左相之女，萧王之妻。大皇子称呼我萧林氏便是。"林初九并没有说出自己的名字，入乡随俗，闺名这种东西还是不要随便说的好。

"萧氏？萧亲王妃？萧天耀的妻子？"轩辕挚一脸玩味，狭长的眸子透着渗骨的阴冷，莫清风不由得皱眉，抬头悄悄看了林初九一眼，见林初九无事，莫清风又沉默地低下头。

王妃能应付，再好不过。

林初九没有移开眼，落落大方地应是，换来轩辕挚赞许的点头，可是话锋一转，轩辕挚又冷酷地道："你可知，你的丈夫与本皇子有仇？"

"略知一二，萧林氏在此谢过大皇子手下留情，没有伤我夫君性命。"林初九顺着轩辕挚的话说道，很给面子地捧了轩辕挚一把。

换成一般爱脸面的公子哥，很可能就被林初九捧得飘飘然了，可轩辕挚是帝国皇子，他要这么容易就被人哄住，帝国的皇帝就不会让他带着黑甲卫出任务了。

轩辕挚一脸玩味地道："你这妇人倒是会说话，可惜任你再会说话，也改变不了本皇子的决定。"

轩辕挚指向林初九身后，作金吾卫打扮的将士："他们杀我黑甲卫，夺我黑甲卫的天外玄铁。萧林氏，你说这笔账本皇子怎么和你算？"

"大皇子，黑甲卫的勇猛天下皆知，凭我们东文士兵的能力怎么可能杀得了黑甲卫？

这里面一定有什么误会，还请大皇子明察。”林初九完全没有心理压力地认怂，同时也将罪名推得干干净净。

她不是萧天耀，她不需要维护自己的赫赫威名，她只要能活下去就好。

轩辕挚被林初九气笑了：“萧林氏，你以为捧本皇子两句，本皇子就会放过你吗？你这么天真，是怎么坐上萧王妃位置的？”

林初九笑着道：“我有一个好爹，我爹是东文左相，皇上身边的股肱大臣。”她还想知道，轩辕挚连萧天耀都打不过，是怎么坐稳大皇子的位置呢？

“你这女人，还真是……靠爹也说得这么理直气壮。”换一个场合，换一个身份，轩辕挚相信自己也许会喜欢这样的女人。

家世不差，长相不俗，不清高，不傲气，还有点小聪明，这样的女人很适合做贤内助。

“为什么不能？我就是命好，投了一个好胎，才有今天的身份，这有什么不能说的？大皇子不会以为，我要是平民出身，也能嫁给萧王为正妃吧？我要不是萧王妃，凭我一个女子，能出入军营，站在大皇子面前说话吗？”

林初九这话明着是在说自己，实际上却是在提醒轩辕挚，他此时能这么嚣张，全是因为他有一个帝国皇帝的爹，而想要继续嚣张下去，轩辕挚就得小心一些，别做让他皇帝老爹不满的事。

轩辕挚不是笨蛋，林初九把话说到这个分上，他要是不明白那就是傻了。轩辕挚眼眸微冷，望向林初九的眼神也变了，冷冷道：“你想说什么？”他可以肯定他被人威胁了！

想到林初九与花家的交情，轩辕挚相信林初九的威胁不是说说而已，而是真的能做到。

“大皇子别这么激动，我知道你的来意，你的目的是萧王爷，咱们商量一个办法，兵不血刃，和平地解决这件事如何？”林初九知道轩辕挚上钩了，她有八成的把握，可以让轩辕挚答应她的条件。

“怎么兵不血刃解决？”轩辕挚承认，他对林初九的提议有那么一点儿心动，但前提是林初九提出来的办法让他满意，不然他不介意血洗东文军营。

“大皇子，你带人围攻我们，不外乎是想断了王爷的助力，让他难堪。我们做个约定，你赢了，我跪下来给你道歉，黑甲卫的损失我们十倍赔偿。而且日后不管你带多少人攻击王爷，我和我身后的人都不会出手。反之，要是我侥幸赢了，只希望大皇子能高抬贵手，放我们这些人一马。”柿子挑软的捏，这位大皇子就是个中翘楚。打不过萧天耀，就拿他们这些小人物出气，简直没品。

“挺有意思的约定，你想赌什么？”轩辕挚饶有兴趣地问道，一副很期待的样子，可林初九明白，要是对赌的项目无法让轩辕挚满意，那么这个约定就什么都不是。

关于赌什么，林初九早就想好了，同时也有七成的把握，轩辕挚会同意。

压下心中的小激动，林初九笑语嫣然地道："大皇子，我们赌三招。你要是能接住我三招，算你赢；要是三招后，你无再战的可能，那就是你输了。"

"接你三招？"轩辕挚像是听到了什么天大的笑话一般，一脸不屑地道："你以为你是武神吗？你的三招，别说本皇子，本皇子手底下随便一个人，也能接住。"

"王妃，三思。"莫清风听到这话，也跟着劝说。

林初九根本不会武功，别说三招，就是三十、三百招，也不可能伤轩辕挚半分。

林初九没有理会莫清风，只坚定地看着轩辕挚，等轩辕挚的答案。

轩辕挚本以为林初九是玩笑，见她这般坚持，不由得皱眉："你是认真的？"

"当然。我虽是女子，可说出去的话也同样是一言九鼎。"林初九下颌轻扬，一脸骄傲。

轩辕挚眼眸微闪，轻轻点头："好，我倒要看看，你这女人有什么能耐。"

"大皇子，请……"林初九也不客气，上前数步，同时示意轩辕挚下来。

轩辕挚这一次倒没有找林初九的麻烦，在马背上轻轻一拍，便跳了下来："今天就让本皇子领教一下萧王妃的武功。"

这话看似客气，实则嘲讽意味十足，要是轩辕挚今天带的不是黑甲卫，而是普通亲随的话，怕是要跟着好好嘲讽林初九一番了。

不过，即使无人开口附和，就轩辕挚自己表现出来的高傲与目中无人也足够让人难堪，好在林初九心理素质不错，脸上不见半点尴尬之色，倒是让人高看一眼，也让莫清风等人多了几分信心。

只是轩辕挚仍旧没有把林初九放在眼里，在他看来，就林初九这么一个弱女子，怎么可能伤得了他？所谓的三招约定，不过是一个玩笑罢了。

明眼人都看得出来，轩辕挚没把林初九当回事，林初九却仍旧一本正经地问道："大皇子，你准备好了吗？"轻敌好呀，她就喜欢轩辕挚轻敌，轩辕挚不轻敌，她怎么坑他？

"对上你，本皇子需要准备吗？"轩辕挚一脸平静，没有傲慢，没有轻视，可就是这般才伤人。

林初九笑了一声："大皇子，轻敌是不对的，虽然我的武功不怎么样，可你也不能轻敌呀。"

话落，林初九突然朝轩辕挚出拳，这一拳快、猛、狠，可惜连轩辕挚的衣角也没有碰到。

"萧王妃，本皇子倒是不想轻敌，可你实在不值得本皇子放在眼里。"轩辕挚轻轻一闪，便避开了林初九的攻击。

莫清风等人看到林初九的动作，一个个捂脸低头，不忍直视。

果然和他们想的一样，王妃完全就是一个渣渣！好丢脸！他们感谢王妃所做的努力，可王妃实在太弱了，他们还是做好血战的准备吧。

金吾卫统领朝身后的人使了一个眼色，立刻就有人往营地跑去，准备调集兵马，迎战！

而这个时候，林初九出了第二招！

林初九第一招出的是拳。虽说没有打到轩辕挚，可那一拳挥出去，还是虎虎生威的，看得出来不是花架子。

“哈！”林初九第二招出的是腿，抬腿踢向轩辕挚的脸！

和第一招一样，同样气势十足，也颇有杀伤力，但同样在轩辕挚这个武神面前不够看。

“看不出来，萧王妃还有两下子，可惜这花拳绣腿的在本皇子面前不够看。”轩辕挚身形一侧，抬手握住林初九的腿，轻轻一动就逼得林初九双脚离地，再一挥手，林初九直接被摔飞了出去……

看林初九摔落的方向与姿势，莫清风等人明白，林初九这一下会摔得很重，怕是要受伤了，而事实也是这样！

只听“咚”的一声，林初九重重摔在地上，幸亏她落地时护住了自己的脑袋，不然这一摔十有八九要脑袋开花。

可就是这样，林初九也痛蒙了过去，嘴角甚至溢出一丝血迹。

轩辕挚笑着说道：“萧王妃，你这样子，让本皇子如何高看？不如认输算了。”

“不到最后，我为什么要认输？还有一招呢，说不定我就打中大皇子了呢。”林初九擦了擦嘴角的血，站了起来。

赤红的轻甲沾了灰，看上去就像是蒙尘的珍珠，暗淡了许多。

“不见棺材不落泪。好，本皇子就让你出最后一招，看你如何取胜。”轩辕挚一脸嘲讽。

他原本还觉得这女人不错，现在看来，不过是一个不知天高地厚的蠢物。

“大皇子，得罪了。”林初九走上前，双手抱拳。那煞有介事的模样，引来轩辕挚的嘲笑。

林初九只当没有看到，后退数步，然后猛地朝轩辕挚冲去。

这速度，在普通人看来是极快，可在轩辕挚这个武神眼中，不值一哂。

见林初九离自己只有五步的距离，轩辕挚抬腿，准备将林初九踢飞，可就在这一刻，林初九生生停了下来，然后，以双腿为支撑，往后仰倒。

林初九的柔韧性很不错，她以九十度之姿仰下，上半身几乎与地面齐平，只是这姿势看着花哨，可毫无杀伤力，轩辕挚甚至收回了伸出去的脚。

这么蠢的女人，根本不需要他动手。可就在此时，林初九突然在原地转了一个圈，然后就听见一声闷响，紧接着无数枚细针在林初九面前炸开，朝轩辕挚射去……

第十六章　我自是倾城倾国

不管何时何地，对手是何人，轻敌都是大忌，而很明显轩辕挚轻敌了！

他没有把林初九放在眼里，因为林初九是个女人，因为林初九之前的表现，完全就是一个不会武功的女人，可就是这一刻的疏忽，让他后悔莫及！

林初九在所有人都认为不可能的情况下，朝轩辕挚发了一枚暗器，还幸运地中了！

虽然只有一针，可那一针划破了轩辕挚的手心，在他身上留下一道血痕。

天啊！莫清风等人看到这一幕，只想捂脸假装不认识林初九。

王妃到底知不知道，在比武的时候用暗器，那是下三流的手段，她怎么能对帝国大皇子用暗器？用暗器，就算林初九赢了也不会算，更不用说林初九根本没有赢了。

莫清风承认，林初九刚刚射出来的暗器杀伤力很强，可这样的暗器在武神面前根本不够看。他们呆在原地，一时不知要怎么办才好。他们怕，怕林初九此举激怒了大皇子，大皇子更不会放过他们。莫清风和几个金吾卫将领一脸后悔，后悔他们怎么就任林初九胡闹了！这下死定了！

林初九不知莫清风等人在想什么，趁轩辕挚后退避开满天的细针时，林初九从地上爬了起来，拍了拍衣服上的灰尘，拱手道："大皇子，承让了。"

"你以为，你赢了？"轩辕挚瞥了眼插在地上的细针，眼中闪过一抹杀意，"一枚小小的暗器，也想伤本皇子？天真！"

"到底谁天真，大皇子你先看看自己的手再说。"林初九边说边退，拉开两人之间的距离。

她怕，怕轩辕挚会发疯，万一轩辕挚发疯，要鱼死网破怎么办？

"我的手？"轩辕挚一怔，忙抬手，只见左手上被细针划破的口子，流出黑色的血，而这么短的时间内伤口居然烂了。

“你下毒！”看到自己的伤，轩辕挚还有什么不明白的？

“大皇子英明。”林初九又后退了数步，两人之间已有数十步的距离，就算轩辕挚是武神，也不可能瞬移。

而林初九在轩辕挚移动前，先一步道：“大皇子，你中的是三步倒，你最好别乱动，否则我包你就此长眠地底，再也醒不过来。”

“你在胡诌，这世间怎会有如此奇怪的毒？”话虽如此，轩辕挚却不敢再动，甚至他默默地将刚迈出去的脚收了回去。

他不敢赌！

“大皇子，宁可信其有，不可信其无。莫非你想用自己的命来赌我的毒吗？”林初九笑眯眯地说道，那小模样要多可爱就有多可爱。

“我需要用自己的命来试吗？这地上多的是毒针，我随便扎你们谁，都能让你们中毒。”轩辕挚说话间，就要去动地上的针，忽听林初九说道：“大皇子，那毒不可能一直长存，见光不到片刻就会消失，你看看地上的针，是不是和我之前发出来的不一样？”

轩辕挚这才想起，林初九之前射出来的是蓝针，现在插在地上的针却变成了银色。

“这些针无毒。”林初九说道。

轩辕挚不想相信林初九，可现实却容不得他不信，轩辕挚深深吸了口气，压下翻涌的怒火，问道：“萧王妃，你到底想怎样？”

“大皇子，你知道我想怎样。”林初九仍旧是一副温柔亲切的样子，完全不将轩辕挚的怒火放在眼里。

此时，莫清风等人也发现不对了，忙上前问道：“王妃，你没事吧？”

“我有事，你们又当如何？”林初九扭头看了一眼，同时扫过他身侧的金吾卫将领，眼中闪过一抹失望。

她是委屈的，萧天耀把这些人当责任甩给她，她将这些人的生死放在了心上，可这些人呢？

在她被轩辕挚羞辱时，他们没有出面。在她被摔飞出去时，他们没有出面。在她差点被轩辕挚杀死时，他们仍旧没有出面。现在，眼见局势逆转，这些人终于出现了，可是晚了！

她理解他们害怕中央帝国，害怕黑甲卫，但不表示能认可他们的行为。这些人，和萧天耀一样，让她失望。果然，什么样的人带什么样的兵，她就不该对萧天耀和他的人抱希望。

莫清风闻言脸红，张嘴欲言却不知怎么解释，身后的金吾卫将领也有几分尴尬，一个个低头不语。不是他们不帮王妃，实在是大皇子和黑甲卫的气势太强，他们害怕呀！

轩辕挚冷眼看着林初九和莫清风等人，眼中闪过一抹嘲讽。难怪东文只能成为中央帝国的附属国，东文的将领连个女子都不如。

轩辕挚轻蔑地道："萧王妃，为了一群自私自利的胆小鬼，与本皇子为敌，值得吗？"

这是挑拨离间，有脑子的人都懂，但不能否认他说的是事实。

"大皇子，这招对我没用。我是萧王妃，我的身份就注定我会与你为敌。"因为萧天耀早把轩辕挚得罪死了，她根本没有补救的机会。

"大皇子，你们男人之间的事我不参与。你的毒我先给你五天的解药，五天后……要是萧天耀回来了，我会将最终的解药给你。否则我会再给你五天份的解药。总之什么时候萧天耀回来了，我就把最终的解药给你。到时候你和萧天耀有什么矛盾，你们自己解决。"说实话，林初九是看不起轩辕挚的。

轩辕挚打不过萧天耀，只会趁萧天耀不在时带人打上门，这种做法简直不要脸。

"你的胆子很大！"轩辕挚心里极度窝火，偏偏他现在中了毒，命被林初九捏在手上，他只能按林初九说的办。

林初九摇头："大皇子你错了，我的胆子很小。如果我真的胆大的话，我就会给你下无解的毒，让你立刻死在这里。"

"不，你没有给我下致命的毒，不是因为你胆小，而是因为你聪明。"轩辕挚看着林初九，一副"你的想法，我全部都知道"的样子。

诚如轩辕挚所说的那样，林初九不杀他不是胆了大小的问题，而是局势的问题。局势不允许林初九杀轩辕挚，或者说轩辕挚的身份，让林初九不能杀他。

轩辕挚是什么人？堂堂帝国大皇子，林初九今天要是杀了轩辕挚，确实是痛快了，可后果呢？先不说中央帝国，就是轩辕挚身后的黑甲卫，也不可能放过林初九。

今天能坑到轩辕挚，她就已经很满足了。

轩辕挚现在根本就没有中毒，林初九胡诌了一个三步倒，不过是赌一把而已。

身份越尊贵的人越在乎自己的生死，因为他们拥有太多，舍不得放下，而事实证明，她赌对了，不是吗？

看轩辕挚一脸怒容，却不得不忍她的样子，林初九全身舒畅。果然，她还是不喜欢委曲求全，之前在萧天耀面前各种受委屈，真是憋死她了。

诚如林初九所看到的那样，轩辕挚现在还真憋屈，他想杀了林初九，或者直接让人把林初九拿下，然后逼她交出解药，可是……

他担心林初九会鱼死网破。他相信他要是死在东文，帝国绝对不会放过东文，不会放过林初九，可那些和已经死了的他有什么关系？他人都死了，哪怕帝国将东文夷为平地，他也得不到半点好处。

轩辕挚死死地瞪着林初九，看了半天，最终只能咬牙应下："解药拿来。"

萧林氏贱命一条死不足惜，可他不同，他是帝国大皇子，要因一时赌气死在这里，就是拿整个东文给他陪葬，他也亏。

“大皇子爽快。”林初九面上不显，心里却是狠狠地松了口气。

终于成了！

林初九从怀里掏出一个瓷瓶，朝轩辕挚丢去，轩辕挚随手接住，晃了一下，皱眉问道：“里面是熬好的药汁？”

“大皇子打开看看就知道了，小心点，别洒出来了。”里面装的才是真正的毒药，混在糖水里的毒。

轩辕挚一打开，便闻到一股似药非药的味道，低头一看，发现瓶子里的药清澈如水，完全不似药汁的黑浓。

“这是五天份的解药？”轩辕挚没有急着喝，而是反问。

“是的。大皇子直接喝了吧，别省着，你就算省下一滴，别的大夫也配不出解药。”林初九知道轩辕挚的想法，先一步揭穿。

“是吗？”轩辕挚完全没有被人拆穿的尴尬，仰头喝下，留下一滴，“本皇子倒要看看，有没有人能解。”

林初九并不在意，大方地道：“大皇子随意。没别的事，我是不是可以先回去了？对了，大皇子，要不要我安排人，帮您寻个扎营的地方？我们营中有酒有肉，大皇子要是需要，我这就让人给您送来。”

林初九一脸和气，好像刚刚坑轩辕挚，给轩辕挚下毒的人不是她一样。

“不必。”饶是轩辕挚修养再好，也被林初九气着了，更何况轩辕挚从来就不是好脾气的人。

“那真是可惜了。我还想着办个宴会欢迎大皇子一行呢。”林初九再度刷新她无耻的下限。轩辕挚已经不想和她说话了，冷哼一声，转身就走，黑甲卫自然跟随。

“五天后，本皇子会让人来取解药。萧王妃，记住你今天说的话，要是本皇子拿不到最终的解药，本皇子就出兵踏平东文。”轩辕挚走之前，不忘留下一句威胁意味十足的话。

“大皇子你放心，我说了我不敢杀你的。”林初九大声喊道，至于轩辕挚有没有听到，那就与她无关了。

林初九站在原地，满脸微笑地目送轩辕挚离去，漂亮的眸子眯成一条缝，看上去十分讨喜。

莫清风见林初九心情好，忙开口道：“王妃机智勇敢，无人能敌，清风佩服。今日幸得王妃周旋，不然后果不堪设想。”

是人都有虚荣心，莫清风这话说得十分漂亮，一般人听到这话肯定会嘚瑟得翘尾巴，可惜林初九现在没有这份心思。

“哼……”林初九扭头看了莫清风一眼，这一声，嘲讽意味十足。

不理会其他将领尴尬的神色，林初九一脸严肃地道："回吧。"

转身，松开紧握的手，在无人看到的时候，林初九深深地吐了口气。

莫清风等人只看到她游刃有余地与轩辕挚周旋，却不知她背后承受了多少。

不说被轩辕挚摔出去的那一下，就是与轩辕挚对峙中，她的衣服就不知汗湿了多少次。要不是身着轻甲，她这个时候怕是会狼狈不堪。

"咚咚……"林初九每一步都迈得十分沉重。

她累，身体累，心也累！

莫清风等人跟在林初九身后，见林初九越走越慢，越走越吃力，几次想要开口，问林初九要不要让人抬软轿过来，可对上林初九冷漠的眸子，莫清风什么话也说不出来。

今天这事他们确实是办得不厚道。他们不该把所有的压力，都压在一个弱女子身上。哪怕有王爷的命令，也不该让一个弱女子背负全军上下的性命。

要知道，林初九今天要是没有劝退轩辕挚，黑甲卫和金吾卫一旦打起来，东文人必会将开战的罪名推到林初九头上，哪怕明知轩辕挚带黑甲卫来，就是要打他们的，与林初九半点关系也没有……

林初九是萧王妃的消息，与她凭一己之力挡住帝国大皇子与黑甲卫的消息，瞬间就在军中传开了。

之前金吾卫的将领让亲兵通知底下的人准备作战，可不等金吾卫列阵出击，前方就传来帝国大皇子与黑甲卫退兵的好消息，一时间全军上下都对林初九好奇死了。

好奇林初九的长相，好奇林初九是怎么挡住帝国黑甲卫的。

要知道，之前能见到林初九的人也只有前排几人，能与林初九一同出去"迎接"轩辕挚的人，就更少了。

于是，原本该散去的方阵，仍旧整齐地排列在原地；本该回到自己营帐的士兵，一个个如同松柏一样站得笔直，神情严肃，等待着林初九走过来。不仅仅是他们，就是伤兵营也闹腾起来，一众伤兵知道这几天，天天过来给他们包扎的九公子是萧王妃，一个个惊呆了，嘴巴都能塞得下一颗鸭蛋。

"九，九公子居然是王妃娘娘？天啊，我居然让王妃娘娘给我包扎，我要晕了。"

"听说王妃医术很好，我以前还不相信。现在我终于相信了，王妃不仅医术好，人更好。"

"九公子看上去一点儿也不像王妃呀，她那么和气，医术又那么好，怎么可能是王妃呢？"

"王妃不都是坐在马车里，像尊菩萨一样的吗？怎么会出现在这里？"

"我们王妃哪能和别人一样。能配得上我们王爷的，也只有王妃了。"

"不知九……不对，是王妃，王妃明天还来吗？"

"应该不会了吧，王妃是女子，来这里终归不合适。"

“太可惜了，我的伤还没有包扎呢，我也想让王妃给我包扎一下。这样，等以后我老了，我就可以骄傲地告诉我的儿子、孙子，你爷爷我当年在打仗时受了伤，可是王妃娘娘给我包扎的。”

“你就拉倒吧，还想着显摆？要我说，真要显摆，就只有我们老大能显摆。老大那腿可是王妃娘娘医好的，而且他也是王妃娘娘第一个医治的病人。”

躺在屋内养伤的老大，听到外面弟兄们的话，抬头看着屋顶，喃喃地道：“原来，她是王妃，真的一点儿也看不出来。”

……

伤兵营的人你一言我一语，有遗憾，有兴奋，有激动，有窃喜，最多的还是骄傲。他们王妃娘娘果然厉害，不仅人长得好看，医术还好。最主要的是，他们家王妃把黑甲卫打退了。他们这些人有一半以上就是因为和黑甲卫交手才受伤的，听到林初九一个弱女子将黑甲卫逼退，他们这些人怎么能不高兴？伤兵营热闹非凡，一改前几天的低迷与压抑，伤势较轻的人说得开怀，而伤势较重的人则认真听着。

朱御医听到这个消息的时候，差点儿把手里的笔折断了：“王，王妃？阿九是王妃？她，她真是王妃？”

朱御医早就知道林初九是女人，却从来没有想过林初九会是萧王妃，他之前还以为林初九是萧王的红颜知己呢。

惊讶过后，朱御医又陷入深思：“难道京中的传闻都是真的，萧王妃真的医术不凡？萧王的腿和安王的病，都是萧王妃医好的？”

一想到这个可能，朱御医激动无比，就如同饿狼看到一根闪闪发亮的骨头，恨不得立刻扑上前：“哈哈哈……太好了，太好了。阿九医术这么好，人又好说话，我以后向她请教，肯定不成问题。”

朱御医摩拳擦掌，已经做好随时向林初九讨教的准备。朱御医的徒弟先是被师父口中的阿九是萧王妃的消息给炸蒙了，紧接着又被朱御医癫狂的样子吓坏了。

“师父你没事吧？”几个徒弟忙压下心中对林初九的好奇，上前关切地问道。

“没事，没事，师父是高兴，高兴呀。人生难得一知己，你师父我今天终于遇到知己了。”朱御医嘴角一直上扬，怎么也压不住。

几个徒弟伴在朱御医身边多年，哪里不知他的为人？见朱御医这样，就不管他了。反正过两三个时辰，他们师父就会恢复正常。

在众人望眼欲穿下，脚步如同老黄牛一样沉重，步伐如同蜗牛一样缓慢的林初九，一步一步走进军营。

身上的铠甲脏了，梳得整齐的发丝乱了，娇美的五官因嘴角的瘀青难看了。可这一刻，在所有将士眼中，林初九是最美的。

“啪！”当林初九踏进军营，将士们自觉地站直，行礼道：“卑职参见王妃！”

见两侧的将士突然给自己行礼，林初九脚步一顿，眼中闪过一抹黯然，不过很快就恢复正常，淡然地道："免礼。"

林初九的声音不大，甚至只有莫清风几个离得近的人才能听到，可就是这样也没有人说她半句不是，因为他们看到了林初九微开的嘴角……

一路走过来，凡是林初九所到之处，两旁的将士们都会自发地行礼，高喊："卑职参见王妃！"

林初九不管对方听不听得到，都会说上一句"免礼"，而离得稍远的人，看到林初九的唇形，多多少少能猜出一些来。

这个时候，林初九有一种说不出来的自豪感。

她承认她是一个虚荣的人，一路走来听到众将士发自内心的尊敬，她心情瞬间转好，甚至产生一种"今天这伤值得"的念头。可是，她很快就把这个想法甩在脑后。

这些人是萧天耀的人，什么样的人带什么样的兵，她可不能因为这些人给她行礼就忘了莫清风等人的行为。想到这里，林初九脸上的神情又冷了三分。

莫清风几个见状暗道不好。林初九原本就生他们的气，现在又冷下脸，这是他们哪里做错了？

莫清风看看身边的人，怎么也想不明白，林初九为什么突然冷着脸？

莫清风不是萧天耀，林初九没有向他解释的必要，哪怕明显能看出莫清风的不安与不解，林初九也没有开口，一路沉默地走到营帐。

和之前一样，营帐百米外有金吾卫把守。金吾卫自然不敢拦林初九，却不会轻易放莫清风和他身后的将领进去。

"啪……"待林初九进去后，把守的金吾卫便伸出长枪，将莫清风等人挡住。

"王妃……"莫清风开口，想要说他还有事要说，林初九不等他说出来，就先一步道："有什么事明天再说，我累了。"

林初九说这话时并没有回头，甚至连脚步也没有停下来，语气更是冷漠至极。看着林初九渐行渐远的身影，莫清风眉头紧锁，深感不安。

他好像把事情办砸了。

"莫少，王妃这是不高兴了？"身旁的将领忐忑地问道。

莫清风正烦着，听到这话，冷着脸道："你看不出来吗？"

"这……事情不都解决了吗？王妃还有什么不高兴的？"将领不解，摸着后脑勺问道。

"你问我，我问谁去？想要知道，自己去问王妃。"莫清风转身就走，走了没两步又折了回来，对守卫在外的金吾卫道，"王妃出来时和她说一声，就说我有事要见王妃。"

"是。"明眼人都看得出来，林初九对莫清风不满，看守的金吾卫很想拒绝，可对上莫清风威胁意味的眼神，到嘴的拒绝生生改成了"是"。

莫清风满意地点头，潇洒离去。大皇子和黑甲卫虽然退了兵，可莫清风还有很多事情要做。比如，他派去的人有没有摸到大皇子在附近的老巢？还有就是要立刻写信，把今天的事说给王爷听，尤其是王妃不高兴的事，必须要让王爷知道。

而此时，丢下一干人，独自回到营帐的林初九，一走进营帐，挺直的背就垮了下来，紧绷的脸皱成一团，右手捂着心口，一脸痛苦。

“唔……”林初九艰难地挪到椅子上，一屁股坐下，就没有再动，只瞪大眼睛看着帐篷顶。

这个姿势足足维持了一刻钟，林初九才闭上眼，眨出一滴泪。

抬手，艰难地抹掉脸上的泪，林初九笑得苦涩：“真后悔相信萧天耀的话，真后悔因为他偶尔流露出来的在乎而心软，萧天耀根本没有心。”当然，最后悔的还是当时在京城，没有乘机离开萧王府。

当时她是想走的，可是碍于医圣之心变态的要求，她不敢走。她怕被捉回来后，会面临非人的折磨，她相信萧天耀那个男人绝对做得到。

“现在说这些已来不及了。”林初九捂住脸，捂住即将流出来的泪。

林初九深呼吸许久后才平静下来，将头盔取下，又站起来准备脱掉身上的轻甲。

轻甲虽轻，可穿在身上也很重，尤其是坐下来时特别不舒服。

只是，林初九一起身便扯到了伤口，当即痛得脸色发白。

“唔……”林初九痛闷一声，后退数步，要不是及时扶住桌子，怕是要跌在地上，“该死，难道伤到了内脏？”她现在可没办法给自己清除内脏的瘀血。

林初九顾不得身上还穿着铠甲，立刻启动医圣之心，给自己做检查。

很快，医圣之心就给出答案，她没有伤及内脏，只是外伤，甚至连骨头都没有摔着。

“看样子轩辕挚真是手下留情了，这点儿伤只是痛罢了。”凭轩辕挚的本事，那一下绝对能要她的命，可是轩辕挚没有这么做。

当然，林初九不会自恋地认为，这是轩辕挚对她另眼相看，恐怕是因为皇子的骄傲罢了。

要知道，那个时候他们的约定还没有完成，要是轩辕挚杀了她，或者重伤了她，传出去岂不是要说轩辕挚怕了她?

“呼……”林初九努力调整呼吸，以缓解身体上的疼痛，待到不那么痛，才将轻甲解下。

一件一件，待到轻甲解下后，就看到林初九身上的衣服早已汗湿，此刻正紧紧黏在她身上，看上去十分狼狈。

“果然还是怕的。”要是让人看到她此时的样子，必会明白她面对轩辕挚时并不像众人所看到的那般从容与自信。

轻扯嘴唇，林初九虚弱地笑了笑，便捂着胸口走到内室，用凉透的水将自己擦干净，然后又将腿上的绷带解下来。

腿上的伤好得很快，哪怕这么折腾也没有见血，只是绷带全部湿透了，她得重新上药。

拆绷带，擦掉多余的药，然后再上药，这对林初九来说是再简单不过的事，此刻做起来却分外吃力。

明明没有伤到内脏，可林初九一动就觉得胸口疼得难受，就像是针扎一样。

解绷带和上药林初九还能忍，可缠绷带的时候她缠一圈胸口就痛一下，林初九实在忍不住了："难不成医圣之心出错了？"

林初九停下手上的活，再次检查一遍，结果和刚刚一样，她没有内伤，只是外伤，不严重。

"估计是摔得太重了。"林初九只能这样安慰自己。

她强忍着疼痛，草草缠上绷带，便套上了衣服，略作收拾倒床上就睡，没多久就沉沉地睡了过去。

这一睡便到了晚上，直接把午膳和晚膳都错过了。

狠狠地睡了一觉，林初九的精神不错，胸口也没有那么痛了，穿好衣服便走到外间。

午膳已经端了下去，晚膳则温在炉子上。闻着饭香，林初九发现自己真的饿了，用隔热的毛巾将饭菜端到桌上。她正准备吃，营帐外突然传来一阵骚动……

"我要见阿九……不对，是王妃。我要见王妃。十万火急的大事，你赶紧给我通报。阿九，阿九……王妃，王妃，你快出来呀，我有十万火急、人命关天的大事！"营帐外传来朱御医急切的吼声。

本来，隔着百米左右的距离，林初九肯定是听不到的，可朱御医的嗓门实在太大了，尤其是"阿九"这个称呼，叫得尤其响亮。

"朱御医这个时候找我干什么？"林初九眉头微皱，看了一眼还在冒热气的饭菜，无奈之下只得放下筷子，"难道是流白出事了？没道理呀。"

"王妃正在休息，任何人不得打扰。"任凭朱御医怎么说，金吾卫就是不动。朱御医气得破口大骂："你们这群榆木脑袋，不知道什么叫事急从权吗？死了人你负责呀？"

"朱御医，请不要为难小人，小人只是奉命办事。"金吾卫一板一眼地说道，完全不给朱御医面子。朱御医气得直跳脚："你们，你们……气死我了，气死我了！"

林初九见朱御医一生气，竟和孩子一样又蹦又跳，忍不住笑了出来："朱御医，谁把你气成这样了？"

"咦？阿九，你可出来了，你可让我好等呀。"朱御医看到林初九，眼前一亮。金吾卫默默地提醒了一句："是王妃。"

"我知道，不用你说。"朱御医没好气地哼了一声，随即又换上笑脸，一脸谄媚地对林初九道，"王妃，我有……"

刚开口，就被金吾卫打断了，金吾卫单膝跪下，中气十足地道：“小人失职，请王妃责罚。”

“你们存心捣乱是吧？我正和王妃说话呢。”朱御医气炸了，狠狠地剜了金吾卫一眼，可惜金吾卫压根不拿他当回事。

林初九哭笑不得，忙道：“朱御医，他们是职责所在，你别怪他们。”转而，又对金吾卫道：“起来吧，下不为例。”

“谢王妃不罪之恩。”金吾卫站起来，从头到尾都没有看朱御医一眼，完全没有把朱御医放在眼里。

朱御医刚消的火又升了起来。林初九见状，忙转移话题道：“朱御医，你找我有什么事？”

朱御医一拍脑门，大叫：“啊……你不提我差点忘记了。流白，流白出事了！”

“流白？难不成流白又烧了起来？不可能呀，吃了那么多药，怎么可能会不退烧？”林初九眉头微蹙，一脸惊讶。

朱御医心虚，却只能硬着头皮道：“王妃英明，可不就是流白又烧起来了，怎么也退不下去，我都快急死了。阿九……不对，是王妃，王妃你快跟我去看看吧，不然流白要是烧傻了，或者烧死了，王爷肯定要我抵命。”

“怎么会这样？”林初九皱眉，似有不解，却也没有多问，只道，“我去拿药箱，和你一起去看看。”她不喜欢流白，却不会拿流白的病情开玩笑，她还没有无耻到那个地步。

林初九匆匆折回营帐，朱御医想要跟上去，结果刚往前走了一步，就被金吾卫挡住了，朱御医再次炸毛：“我说你们成心跟我作对是吧？没听到王妃刚刚的话吗？你们还不快放行？”

“朱御医，王妃没说让你进去。”金吾卫好心提醒道。

“你，你，你……”朱御医指着金吾卫，“你”了半天也说不出话来，只能一甩衣袖，故作高傲地道，“老夫不跟你们计较。”

金吾卫面无表情，根本不理朱御医。

林初九拎着药箱出来时，就看到朱御医背对着金吾卫而站，全然一副小孩子赌气的别扭样。林初九闷头笑了一声，为了不让朱御医发现，赶紧又板起脸，轻咳一声道：“朱御医，我们走吧。”

“王妃来了，我们这就走。”朱御医忙转身，一脸殷勤地上前，要替林初九拎药箱，“王妃，我来，我来。”

“不必了，并不重。”林初九知道自己现在的身份是王妃，可朱御医是老者，医德又不错，她尊重朱御医。

见林初九没有因为身份上的转变而轻视他，朱御医笑得眼睛缝都没有了，一脸欢快地道："没事，没事，我来拎，我来拎好了。"

朱御医执意抢走药箱，林初九便没有坚持，只打趣地道："朱御医，你这么殷勤，莫不是做错事了？"无事献殷勤，非奸即盗，朱御医可不是一个会巴结权贵的人。

"咳咳咳……"朱御医一通猛咳，心虚地道，"我，我确实是犯了一点儿小错。"

林初九脚步一顿，一脸震惊地道："你不会是昧了流白的药吧？"她可没忘记朱御医看到退烧药后饥渴炙热的眼神，私下克扣药丸的事，估计朱御医还真做得出来。

"呃……"朱御医做了坏事，又当场被人拆穿，不免有点儿小尴尬，"那啥，就一点点，真的，没有扣下一粒，就每次切了一小块下来。最后一次切得多了一些，有半块。"

"你还真扣了流白的药，还不止一次！"林初九猛地提高音量，显然是生气了，"我不是提醒过你，不能克扣流白的药吗？"

"我，我不是好奇嘛，我真的只是好奇，我可没有要害死流白的意思。王妃，等王爷回来你可得给我证明呀。"朱御医心里发虚，越说声音越小。

"你……"林初九很恼火，可对上朱御医无辜不安的眸子，又说不出重话，只得叹气道，"你知不知道，你这是在拿流白的生命开玩笑。"

"王妃你放心。我，我有让人盯着的。这不，流白一有危险我就来找你了嘛。反正有你在，流白肯定不会出事。"朱御医一脸得意地邀功，好似办了一件漂亮的差事。林初九看着朱御医，张了张嘴却不知说什么，最后只能无力地道："你赢了！"

林初九心里窝火，又不能拿朱御医怎样，只能加快步子往前走，任凭朱御医在身后怎么叫唤，都不理会。

她得让朱御医明白事情的严重性，不然他下次还会拿病人的生命开玩笑。到时候出了什么事，追悔莫及。

流白再次高烧，朱御医的徒弟不敢出去，全部留在营帐内照顾他。听到营帐外有脚步声响起，几个徒弟立刻出来迎接，见到走在前面的林初九，几个徒弟心里一喜，扑通一声，双腿跪下："小人参见王妃。"

活生生的王妃，敢嫁给王爷的王妃，他们不仅见到了，还和王妃说了话，哈哈哈，想想就觉得好激动呀！

至于林初九身后的朱御医？对不起，他们没有看到。

林初九挥挥手："不用行这么大的礼，起来吧。"跪得这么重，这么急，膝盖不疼吗？

"谢王妃。"几个徒弟一脸欢喜地爬了起来，站在一旁，时不时偷瞄林初九一眼，一副想看又怕被人发现的样子，却不知他们鬼鬼祟祟的样子，更引人注意。

林初九只当没有看见，走到放盆架的地方，边洗手边问道："流白怎么样了？"

"啊……王妃你说什么？"几个徒弟还沉浸在看到王妃的喜悦中，完全没有注意到林初九说了什么。

林初九一脸无奈，朱御医收的徒弟果然和他一样不靠谱。

朱御医呼哧呼哧地走进来，一进营帐就看到徒弟在犯傻，当即老脸挂不住了："一群蠢货，还不快下去？别在这里丢人现眼。"

"是，是师父。"徒弟们一看师父生气，再不敢多待，忙不迭地跑了出去。

接着，朱御医一改吹胡子瞪眼的怒态，觍着老脸凑到林初九跟前，搔着后脑勺问道："王，王妃，流白公子的病该怎么办？"

朱御医一大把年纪，却在林初九面前一副忐忑自责的样子，林初九没法继续生气，平静地道："现在还不知道，进去看看再说。"

"王妃请进。"朱御医殷勤地给林初九打帘子。要是换作其他老者这么做，林初九一定会别扭，可面对朱御医，她实在别扭不起来，朱御医这狗腿样，真的太有喜感了。

林初九在床边坐下，明面上是把脉，实则在用医圣之心给流白做检查。外伤没什么，体温却到了深度高烧，还好朱御医发现得及时，要是再烧几个时辰，流白就算不脱水而死，也会烧成白痴。

检查结果出来，林初九便收回手。朱御医急忙上前问道："王妃，流白怎么样了？"

"不是很好，先给他喂药，再灌一点温盐水。"流白严重缺水，免疫力低下，她得给流白输液，但不是现在，至少不能当着朱御医的面。

"药？水？好，我这就去准备水和漏斗。"朱御医的悟性还是很高的，忙朝外间跑去。林初九则趁机打开药箱，取出强效退烧药，本想只拿一粒，但想到朱御医，又多拿了四粒。

朱御医备好温水和漏斗，回来后，看到林初九开的还是上次的药，忍不住问道："王妃，流白公子病情加重，这药还管用吗？"他研究了好久好久，都没有辨别出其成分，着实是好奇呀。

"这是见效最快的退烧药，要是这药不管用，我也没有办法了。"林初九将一粒药丸放到水杯里，另外四粒装着递给朱御医，"你不是要研究它的成分吗？这几粒药拿着吧。至于私下克扣病人药量的事就别再做了，再有下次的话，我会一五一十地告诉王爷。"

"这个是给我的？随我怎么用？"朱御医一脸不可思议地接过药丸，见林初九点头，这才相信是真的，当即欢喜地大喊，"王妃你太好了，你放心，一定不会有下次了。这次是意外，真的是意外，我平时不是这样的。"

朱御医将药丸贴身放着，时不时还要摸一下，生怕它们丢了。林初九默默地扭过头去，脸上的笑意一闪即逝，面对这样的朱御医，她还能咋地？

朱御医虽然昧了药量，但之前每次都是亲力亲为，给流白喂药，动作很熟练，很快就用漏斗把药灌进了流白肚子里，还喂了一碗水。

做完这一切，朱御医邀功地道："王妃，喂完了。还要做什么吗？"

林初九道："接下来就守着他，以免情况有变。我还没有吃晚饭，你先看着他，半个时辰后我来替你。”流白的情况很不好，今晚怕是要人守着，她得先吃饱才行。

“半个时辰后，王妃你真的会来吗？”朱御医刚得到药丸，正想回去研究一二，听说要守着流白，当即有几分郁闷。不过，一听只有半个时辰，朱御医就放心了，忍忍就过去了。

“我肯定会来。”林初九不用问也知，朱御医这个时候肯定坐不住，可他现在坐不住也得坐。

她总不能饿肚子吧？

得到林初九肯定的答复，朱御医忙拍胸脯保证：“没问题，王妃你就放心去吧，流白就交给我了。”

林初九看了一眼，便转身往外走。至于药箱？

林初九并没有拿走，她相信朱御医。

朱御医也没有辜负她的信任，他虽然很想知道林初九的药箱装着些什么，转念想到这是林初九的东西，没有林初九的允许，他就是再好奇也不能打开。

同一时刻，日夜兼程的萧天耀在第一时间赶到了碧海阁，只是他还没有来得及问碧海阁的情况，暗卫便上前道：“王爷，帝国大皇子突然带着黑甲卫前往军中！”

“轩辕挚？好一个趁人之危。”萧天耀嘲讽一笑，手指轻敲桌面，不疾不徐地道，“让人继续盯着，有新的情况第一时间汇报。”

“是。”暗卫领命退下。

屋内，只余萧天耀一人。萧天耀靠在椅子上，眼眸微闭，轻扯嘴唇，喃喃说道：“初九，可不要叫本王失望才好！”

整个过程，萧天耀敲击桌面的重量与频率没有发生一丝变化。

……

萧天耀突至碧海阁的事，除了碧海阁的人外，再无第二人知晓。可就在他抵达碧海阁不到半个时辰，就有人送来一张请柬，并指明是给萧王爷的！

此时正是午夜时分，这个时候外面别说人，就是鬼影也没有一个，而以萧天耀的功夫，除非武神以上的人，不然任谁也无法在不被他发现的情况下跟踪他。

可偏偏对方就能在他前脚抵达碧海阁，后脚就把请柬送上来。

无疑，这是一种挑衅，对萧天耀的挑衅。对方用这种方法告诫萧天耀，碧海阁对他来说没有秘密。

看着跪在地上、大气也不敢喘一下的管事，萧天耀脸色不变地道：“呈上来。”

“是。”碧海阁管事吓得全身发颤，握请柬的手一直抖呀抖，险些把手上的盒子抖出去。

“王，王爷……”请柬装在木盒里，外面有一把乌黑的小锁，管事不知这小锁是什么，可萧天耀一眼就看出来了。

天外玄铁，对方拿天外玄铁打锁，可见来历不小。

接过木盒，萧天耀轻轻用力，只听“啪”的一声，木盒碎成粉末，那把小锁却纹丝不动。萧天耀也不管它，取出里面的请柬。

请柬用的是黑色硬纸，高贵而大气，没有什么特殊的符号，封面上写着“萧王爷亲启”五个字，用的是金色的颜料，字体瘦长而飘逸，风骨天成。

“好字。”萧天耀赞了一句，打开请柬，里面只有一句话和一个落款。

苏茶公子在时某人家中做客，敬请萧王明日午时三刻光临寒舍。

时逸寒

没有说自家的地址，也没有说自己的身份，就只有“时逸寒”三个字，可见写请柬的人有多么嚣张，又有多么狂妄。

当然，他有这个资格嚣张。天藏影月的少主不嚣张、不狂妄，谁还有嚣张、狂妄的资格？

“又是你。”萧天耀的目光，落在“时逸寒”三个字上。

他对这位少主可是印象深刻，毕竟他当时就是学了他的月影分身，用来对付帝国大皇子轩辕挚。没想到，这才多久的时间，两人又遇上了，只是这一次他换了一个身份。

“啪……”请柬被萧天耀随手放下，声音很小，可就是这一声响，把管事吓得扑通一声跪下：“王爷！”

“送信的人可在？”萧天耀没有看管事，淡漠地说道。

“回，回王爷的话，在，在的。”管事急忙说道，生怕慢了一秒，萧天耀就不高兴。

“告诉他，本王会准时到。”萧天耀特意加重“准时”二字，管事忙点头，见萧天耀没有别的吩咐，逃命似的跑了出去。

管事离去后，萧天耀并没有回房休息，而是起身往外走去。

时逸寒约他明日午时三刻见面，可并没有说他不能今晚提前去。既然知道绑走苏茶的人是谁，又知道关押苏茶的地方，他还要等到午时三刻，那就蠢了。

是夜，月沉如水，清冷的月光洒在无人的街道，衬得夜间越发地静默，就如同一幅静美的画。这时，一抹黑色的身影却突然出现，打破了夜的静美。

身着黑色锦衣的萧天耀，不知何时出现在这条街道，不急不缓地往前走着，从容闲适，如同闲庭信步，周围的安静与清冷都无法阻拦他的脚步。

萧天耀看似走得缓慢，可眨眼的工夫人就走到街的另一头，来到一个十字路口。不过，萧天耀并没有急着迈步，而是在岔道口停下脚步。

片刻后，暗卫出现：“王爷，天藏阁的办事处在明午街，影月楼的办事处在兰淮河畔。”

也就是说时逸寒在这里有两处地产，而时逸寒所说寒舍到底是哪里，就需要萧天耀自己去猜了。

当然，时逸寒也没有说，他一定会待在天藏阁或者影月楼的办事处。萧天耀要是上错了门，那就只能怪他自己笨了。

“嗯。”萧天耀听罢，应了一声，似乎一点儿也不觉得为难，抬步就向左拐。

这条路，通向兰淮河畔，也就是影月楼的办事处，靠近兰淮河畔的兰兮楼！

兰兮楼是青楼，越是夜晚越热闹，今日也不例外。兰兮楼灯火通明，人声鼎沸，远远就能听到里面传来的莺歌燕舞声。不过，萧天耀没有走正门，他是翻墙进去的。

走进兰兮楼，萧天耀连犹豫都没有便往前迈步，不知情的人见到这一幕，还以为他是兰兮楼后院的常客。

兰兮楼后院有假山、小池，还有一座很有名的湖心楼叫兰兮小筑，萧天耀此时要去的就是这里。兰兮小筑建在湖中央，没有路，想要进入兰兮小筑只有两个选择，一个是乘小舟，另一个则是飞过去。

岸边到兰兮小筑的距离不到三十米，这点距离萧天耀自是不会放在眼里，只轻轻一动人便落到兰兮小筑外。

萧天耀的动作很轻，甚至落地的那一刻都没有发出一丝声响。可是，他迈步时却刻意加重了力度，就好像是故意要惊动里面的人一样。

而很快，里面就传来一道清朗却玩世不恭的声音：“不请自来是贼也。”

“不问自取是偷也。”萧天耀推门而入，就见一身白衣的时逸寒，坐在桌案前焚香煮茶。

时逸寒举止优雅，煮茶的动作更是如同行云流水，让人赏心悦目，要不是知晓时逸寒的身份，萧天耀都会以为，这是一个养尊处优的贵家公子。

萧天耀走进来，时逸寒手上的动作没有停，只抬头看了萧天耀一眼，见萧天耀冷着一张脸，时逸寒笑道：“王爷不必如此严肃，时某人不过是想知道碧海阁的主人是谁罢了。至于苏茶公子，时某人不过是请他过来做客，不会对他怎样。”

“现在你已知道，该放人了。”萧天耀走进来，在时逸寒对面坐下，看向时逸寒的眼神平静而淡漠，却给人一种不容拒绝的压迫感。时逸寒倒茶的手一顿：这个男人的气场，好可怕！

虽说萧天耀此时气势迫人，可时逸寒也不是普通人。刹那的停顿过后，时逸寒无事人一般，继续煮自己的茶。动作自然、从容，完全不受萧天耀的影响。

而萧天耀也很快就收回了威压，淡漠地坐在时逸寒对面。

身为天藏影月的少主，时逸寒无疑是骄傲的，想要用威压去威胁他，那是愚蠢的行为。

萧天耀刚才不过是告诉时逸寒，他萧天耀，从来不惧怕与时逸寒动手。

时逸寒收到了这个信息，并没有生气，只是笑了笑，继续做自己的事。

敢和他们天藏影月抢生意，就足以说明萧天耀的狂妄。

时逸寒煮好茶，倒了一杯递到萧天耀面前："萧王爷，尝尝看。"

说话间，自己先端起一杯喝了起来。

和煮茶的动作一样优雅，此刻的时逸寒身上没有半丝江湖人的气息，那般尊贵清雅的气质、从容优美的动作，比起萧天耀这个皇族中人也丝毫不差。

萧天耀举起茶杯，却没有急着喝，而是等时逸寒喝了一口，才动口。

同样是品茶，时逸寒喝出了浊世佳公子的清雅，而萧天耀却喝出了皇家人的霸气。

一杯茶饮尽，时逸寒放下杯子，戏谑地道："萧王，我要下毒，不会下在水里。"

"红梅初雪，真要下毒就可惜了。"萧天耀放下杯子，杯子已经空了。

"萧王果然识货。"时逸寒并不意外萧天耀能喝出他用什么水煮茶。萧天耀可不是什么江湖莽夫，他是东文的王爷，是先帝最喜爱的幼子，什么好东西没有见过？

"比不上时少主有雅兴。"萧天耀神色淡漠，没有嘲讽的意思，只陈述事实。

他虽是皇室中人，却没有这个闲情雅致过这种精致的生活。

时逸寒笑了笑没有说话。

萧天耀接着道："时少主，话也说了，茶也喝了。说吧，你有什么条件？"

"条件？萧王在说什么？时某人听不懂。"时逸寒装傻，拿起一旁的帕子，慢悠悠地擦着手。

萧天耀不容时逸寒装傻，直接道："时少主要请苏茶住多久？"时逸寒刚才说苏茶只是做客，萧天耀也不点破，只顺着时逸寒的话道。

"苏茶公子才住了不到三天，萧王你也太急了。"时逸寒仍旧不正面回答。

"苏茶是本王的左右手，时少主应该明白他对本王的重要性。"萧天耀脸色不变地说道。

"不过是一个做事的人罢了，没有苏茶，自有红茶、绿茶、黑茶的，要是王爷找不到称手的人，时某人倒是可以替王爷介绍几个。"时逸寒擦完手，将帕子丢入盆中，拿起一旁的茶点吃了起来。

显然，这是一个很会享受生活的人，一个和萧天耀截然不同的人。

萧天耀不讨厌，但也不会随同，仍旧冷着脸道："本王的人，只有本王能处置。"

萧天耀把话说到这个分上，时逸寒再装傻就太不给脸了："萧王想要把人带走也不是不可以。"

时逸寒说到这里便不再往下说，笑盈盈地看着萧天耀，摆明是让萧天耀主动问。

"什么条件？"萧天耀很配合。

先提条件的那个，并不表示就是输家。

时逸寒也不刁难，爽快地道："跟我打一架，你输了，关了碧海阁，向天藏阁道歉，并保证再也不动我天藏阁分毫。你赢了，可以带苏茶走，碧海阁你继续开着，天藏影月不会再找你们麻烦。"

萧天耀之前拆了天藏阁分部的事，闹得天下皆知。面对势力强大、武功高强的萧天耀，天藏阁拿他一点儿办法也没有，胖特使虽然气愤，却不敢真对萧天耀展开报复与追杀，就怕报复不成反被杀。

可是，倘若这件事就这么不了了之，天藏阁的威名何在？萧天耀拆了天藏阁却一点事也没有，以后是个武神都跑去拆天藏阁，他们天藏阁还要做生意吗？是以，当时逸寒知晓碧海阁的幕后老板是萧天耀后，就立刻想到了这两个条件。正好一劳永逸地把事情都解决了，省得他来回奔波。

时逸寒提的条件并不好办，关掉碧海阁只是银钱上的损失，这个倒没有多难，但是……

亲自上门去天藏阁道歉，就大大地折了萧天耀的名声，这事要传出去，萧天耀的名声必会一落千丈。

不过，这两个条件萧天耀都没有放在心上，因为他知道他不会输。无论时逸寒提什么条件，他都不放在心上，但这并不表示时逸寒说什么，他就认什么。至少，光带走苏茶这个条件远远不够。

萧天耀看了时逸寒一眼，说道："关掉碧海阁可以，去天藏阁道歉也可以，不过倘若本王赢了，条件要改一改。"

"王爷有什么要求，尽管提。"时逸寒一副"我很好说话"的样子，可实际上他并没有承诺什么，他要拒绝萧天耀的条件，也就是一句话的事。

当然，只要条件不离谱，他也不会拒绝，他不认为自己会输给萧天耀。

萧天耀抬眼扫了他一眼，没将时逸寒的小心机放在心上，说道："本王除了带走苏茶外，时少主还需要告诉天藏阁一声，以后别再泄露本王的消息。当然，作为补偿，本王会把碧海阁给关了。"也就是说，不管是输是赢，萧天耀都会把碧海阁关了，关掉这个他经营了数年才开始有起色的产业。

"萧王大气。只是萧王的消息价值千金，光一个碧海阁，我真的太亏了。"时逸寒不开口，绝对是翩翩佳公子，可一开口就破功了。

这完全就是一个锱铢必较的商人！

萧天耀淡淡道："时少主不答应也可以，天藏阁卖一次本王的消息，本王就拆一次天藏阁。"拆到天藏阁不敢卖他的消息为止。

"你……"时逸寒一噎，差点儿没吐出一口血。

无耻，无耻，太无耻了！居然威胁他！简直过分！他时逸寒会怕威胁吗？

"萧王，你可清楚得罪天藏阁的后果？"威胁是吗？他时逸寒也会。

"那么时少主可清楚得罪本王的后果？"萧天耀完全不将时逸寒的威胁放在眼里，用同样的口吻反问时逸寒，见时逸寒变脸，萧天耀又不咸不淡地补了一句，"时少主应该清楚，四国有多少人厌恶天藏阁的存在。如若本王站出来，号召这些人共同对付天藏阁，你说天藏阁会有什么样的下场？”

这不是威胁，这是恐吓！

时逸寒脸上的笑瞬间消失……

第十七章　偏偏对你动了心

时逸寒知道萧天耀这话并非说说而已，他是真的会这么做，而凭萧天耀的本事，也能做到。

天藏阁在东文四国的名声并不好。天藏阁做的情报买卖，只认钱不认人，除了不卖皇室的消息外，谁的消息都卖，也敢卖。

天藏阁背景雄厚，势力强大，别说某方势力，就是一国皇帝也不会轻易开罪天藏阁。天藏阁在四国中是独特的存在，没人敢惹，但不表示所有人都喜欢天藏阁。

事实上，四国几乎没有人喜欢天藏阁，包括那些在天藏阁买消息的人。因为他们很清楚，只要有人出钱买他们的消息，天藏阁转身就会把他们给卖了。

有人说天藏阁此举很公正，做生意嘛，认钱不认人再正常不过。可是，那种被人盯着，一切都在他人掌控之中的感觉真的很不好，尤其是对于那些强者来说。

天藏阁自建立以来，每隔一段时间就有人上门挑事，虽说他们最后都被天藏阁杀一儆百了，不过由此也能看出来，这片大陆上讨厌天藏阁的人有多少。

此时，要是有一个武功高强且势力不弱的人跳出来，将这一股力量组织起来，会是难事吗?

萧天耀是东文的亲王，手握重兵，本身又拥有斩杀三个武神的实力，放眼四国都是数一数二的，要是萧天耀站出来对付天藏阁，那些憎恨天藏阁却又奈何不了天藏阁的人，会不靠上来吗?

天藏阁确实强势，底蕴丰厚，但不表示天藏阁是打不倒的，一旦有足够的力量，天藏阁同样可以消失在历史的洪流中，就好比当年雄霸天下的圣元王朝!

天下之势，分久必合，合久必分。当年强大而神秘的圣元王朝，都没有逃过灭亡分裂的命运，更何况天藏阁？

要知道，和圣元王朝相比，天藏阁根本不够看。圣元王朝能分裂，皇都能沦为无人居住的鬼城，天藏阁又有什么理由推不倒？

萧天耀这话是威胁，是恐吓，却也是实情。说完这句话后，萧天耀就没有再开口，而是极有耐心地等时逸寒回答。

而时逸寒又能如何？他还能真拿天藏阁的未来，去赌萧天耀会不会发疯吗？

时逸寒只一想就摇头了，他没有那么蠢，为了这么一件小事，和萧天耀结下不死不休的仇。

萧天耀的条件虽然难办了些，但也不是不能答应，再说萧天耀就敢保证，他时逸寒一定会输？

无疑，时逸寒是骄傲的，他不认为自己会输给萧天耀。权衡一番后，时逸寒笑了一声，爽快地道："就按萧王的意思办。"

左右他们天藏阁要拿到萧天耀的消息也不容易，现在四国也没有人敢买萧天耀的消息，真要输了他损失也不大。

"时少主果然是办大事的人。"萧天耀微微勾唇，看不出是笑了还是没笑，但这话确实是赞美，虽然有那么一点点儿嘲讽的味道。

时逸寒只当听不懂，站起身问道："萧王是现在出手，还是休息一晚，明天再来？"他记得，他和萧天耀约的是明天，萧天耀提前到来，可是反客为主呀。

这么一想，时逸寒脸上的笑就绷不住了。萧天耀可不就是反客为主嘛。今晚，他除了提出比武的提议外，还有什么是按他的意思办的？从头到尾，都是他时逸寒按萧天耀的意思办。

念及此，时逸寒的脸立刻阴沉下来，望向萧天耀的目光也透着几分不善："萧王爷，我刚刚才发现，你是个谈判高手，你不从商可真是浪费了。"

士农工商，时逸寒让萧天耀堂堂王爷去从商，这绝对是羞辱，可萧天耀不仅没有生气，反倒煞有介事地点头："哪天本王不当王爷了，倒是可以考虑时少主的提议。杀杀人、卖卖情报并不是多难的事。"

那认真的神情，正经的语气，要不仔细听，还真听不出萧天耀话中的嘲讽之意。时逸寒深深地吸了口气，没有再和萧天耀说下去。

他怕自己会气得杀人，他最讨厌萧天耀这种一本正经说着嘲讽话的人，简直让人浑身别扭。

时逸寒此时一肚子火，见萧天耀没有要走的意思，便摆出一个请的姿势："既然萧王不打算走，我们就过两招好了。"

"也好，毕竟明天还有明天的事。"萧天耀没有拒绝，从容起身。

"明天？"时逸寒似乎听出了萧天耀话中的意思，微微一笑。

萧天耀的意思是，他明天还过来？

今夜都把事情办妥了，萧天耀明天找他干吗？

萧天耀点头："时少主有请，本王自然是要来的，就怕时少主没空招待本王。"

"萧王放心，我明日必会备上美味佳肴与美人，恭迎萧王大驾。就怕萧王明天来不了。"萧天耀说时逸寒没空招待，是暗指时逸寒今晚会被他打趴下，而时逸寒这话也是说萧天耀今晚会被他打趴下。

不得不说，这两个男人都是骄傲狂妄的主，也是不肯饶人的主。两人可谓是棋逢对手。

萧天耀好似听不出时逸寒话中所指，严肃地说道："美酒美菜可以有，美人就不必了。"

"怎么？萧王怕美人有毒？"时逸寒一脸诧异，随即又一副恍然大悟的样子，"你看我……差点忘了萧王不好女色。"

"女色"二字咬得极重，似有所指。

萧天耀全然不放在心上，低沉而缓慢地解释道："不，并非本王不好美色，而是王妃好妒，要让她知晓本王在外面拈花惹草，怕是要好一通闹。"

萧天耀丝毫不顾形象，大方承认惧内，可把时逸寒惊了一跳："萧王这是惧内？"他该笑老天爷果然是长眼的，恶人自有恶人磨吗？

"本王娶了她，自然要让她顺心。"萧天耀没有避重就轻，可也没有承认，好似惧内并不是什么大事一样。

"萧王果然非常人。"时逸寒突然发现，面前这个男人似乎也没有那么讨厌。

他和萧天耀的矛盾不过是天藏阁与萧天耀之间的矛盾，还有双方生意上的利益之争罢了。

身为天藏影月的少主，时逸寒不可能放任萧天耀一再打天藏影月的脸而不作为，是以他虽然不讨厌萧天耀，但也无法和萧天耀友好相处，成为朋友。

该说的说了，该谈的也谈了，时逸寒无意与萧天耀深交，便先一步走了出去："三百招内定胜负。"他无意与萧天耀作生死之战，只需要分个胜负即可。

"可以。"萧天耀没有意见，面对时逸寒这个劲敌，他也给出了足够的尊重，第一时间取出了缠在腰间的长软剑。

薄而长的软剑灌注内力之后，"唰"的一下变得笔直，如同沉睡的雄狮苏醒，露出狰狞的獠牙，杀气逼人。

"好剑！"时逸寒是识货的人，当即赞道。

当然，他更想夸萧天耀。长软剑不是什么人都能用的，萧天耀能驾驭这等宝剑，可见他的实力有多强，但基于高手相斥的原则，时逸寒心里再欣赏萧天耀，嘴上也不会说出来。

“时少主的寒铁重剑也不差。”萧天耀不紧不慢地夸了一句，看不出诚意，只是中肯的评价。

藏剑山庄第一铸造师用千年寒铁打造的重剑，怎么可能差？

“一把新剑罢了，比不上萧王手中的长软剑，这是圣元王朝旧物吧？”时逸寒眼眸微眯，望向萧天耀的眼神透着一丝诡异。

萧天耀脸色不变，点头应是：“确实是圣元王朝皇室珍藏之物。”

“我以为圣元王朝的旧物，全被皇室中人沉入海底了，原来还有漏网之鱼。”时逸寒看长软剑的眼神，又多了两分喜欢。

“总有胆大者敢私藏，本王不过是运气好罢了。”萧天耀淡淡地解释道，而这个解释让人挑不出半点错来。

圣元王朝灭亡后，圣元王朝皇室中人将王朝千万年来的宝藏全部搬到船上，全族人随着大船一起沉入海底。至此，圣元王朝消失，而属于圣元王朝的财富与藏宝也全部消失。

但这不表示大陆上再也没有圣元王朝皇室珍藏的东西。如萧天耀所说的那样，这世间总有胆子大的人，他们在搬运时私下藏了一些东西，只是流通出来的东西不多，以至于有价无市，发现一件都会引起哄抢。

世间无人知晓萧天耀手上的长软剑是如何得到的，不过除了时逸寒外，还真没有第二个人能看出此剑乃是圣元王朝皇室珍藏之物。

萧天耀手中的长软剑锋利无比，是不可多得的神兵利器，只是样子太过平实，根本引不起旁人的注意。

萧天耀见时逸寒双眼盯在长软剑上，便提醒道：“时少主，出手吧。”

先发制人，后发制己。高手过招，有时候就是半招的差距，萧天耀将出手的机会让给时逸寒，等于把先机给了时逸寒。

时逸寒收回目光，眼眸微眯，没有客气：“既然萧王开口，我就不客气了。”他还不知萧天耀现在有多强，先出招试上一试对他有益。

两人只打三百招，时逸寒就不需要考虑保存体力的问题，双手握剑，以极刁钻的角度朝萧天耀劈去。

这一剑又快又猛，一瞬间，地上的灰尘，四周挂的纱幔，都因这一招而呼呼飞舞。再加上重剑力道上的优势，这一剑极具压迫性，似能开天辟地，霸气十足。

萧天耀忍不住赞道：“时少主，好力道！”能将重剑的力道完全发挥出来，时逸寒的实力深不可测，萧天耀没有大意，举剑与之相触，很快便退了一步，而时逸寒也退下半步。

第一招，时逸寒先出手，退半步，萧天耀退一步，要说时逸寒赢了也可以，要说打成平手也没错。不过这个并不重要，这才刚开始。

“萧王是第一个不避开我的重剑，并且接住了它的人。”只一招，可时逸寒却十分痛快。

和人打架，遇到武功弱的没意思，遇到武功高的只有被虐的份，只有棋逢对手才最畅快。

萧天耀实话实说："千斤之重，破天之势。倘若本王事先知道这重剑的威力，必不会硬接。"虽然只是轻轻一碰，萧天耀却明显感觉到虎口一痛。

时逸寒刚刚那一剑，力道惊人，要不是萧天耀有了武神的实力，怕是接不住。

无疑，萧天耀这句话是对时逸寒的赞美，时逸寒面上不显，心里却很高兴："再接我一剑试试。"他的重剑，就是他母亲也不敢接，萧天耀能接住，着实不简单。

说来萧天耀和时逸寒两人也挺有意思的。萧天耀冷漠霸气，一看就是霸主气势，却用轻巧的长软剑；时逸寒温和俊逸，完全是翩翩浊世佳公子，偏偏用霸气强硬的重剑。

不过，两人的武器虽与他们各自的气质不搭，拿在手上却没有丝毫违和感。因为，不管萧天耀是拿软剑还是重剑，旁人第一眼注意到的永远不是他的武器，而是他这个人，什么武器对萧天耀来说都不重要，而显然时逸寒也是如此。

对于他们这个级别的高手来说，飞花落叶皆可成为武器，手中的武器只是辅助，有或者无对他们来说影响不大。萧天耀之所以一直用长软剑，不过是因为他习惯了，还有就是这把剑对他来说有特殊的意义。至于时逸寒，他完全是因为觉得拿重剑的男人很霸气！

当然，重剑太重，有时候很不方便，时逸寒虽然习的是重剑，但他并不经常用重剑。今晚之所以会拿重剑，是因为它就在兰兮小筑，不然他也不会拿重剑和萧天耀打。要知道，重剑的分量可不轻，对于养尊处优的时逸寒来说，背着重剑到处跑，累不说，还会影响他时某人俊逸潇洒的形象。

时逸寒第一招被萧天耀接下后，紧接着出了第二招，第三招，最后更是连续出了数十招，招招霸气十足，完全不在乎自己会不会力竭，完全是疯子似的打法。

萧天耀眉头微皱，一连接了时逸寒数十招，虎口一阵阵发麻。见时逸寒又一次砍过来，萧天耀身形一动，以一种诡异的角度，闪到了时逸寒的左侧，避开了他劈下来的剑。

萧天耀这个动作十分灵动，一般人根本看不清他是怎么做到的，时逸寒却是看得清清楚楚，因为萧天耀用的是……

"月影分身，你什么时候学会的？"时逸寒眉头紧皱，想到之前轩辕挚送来的消息，他还以为轩辕挚输不起，拿他们天藏影月当幌子，现在看来，萧天耀是真的学会了月影分身，而且还学得不错。

"在时少主你用的时候。"为了不让时逸寒查这件事，萧天耀回答得十分爽快。

"我用的时候？什么时候？你怎么看到的？"时逸寒没有停下攻击，速度反而更快。

他要知道，萧天耀的月影分身到底学到了什么地步。

"无意中看到一眼。"萧天耀没有详细解释，当即按着月影分身的步伐走了起来，速度很快，步伐也十分稳健，很快就出现残影，不过萧天耀此时只能分出四道残影。

只是看了一遍，没有人指教，能学到这个地步已是十分难得，就是时逸寒也很震惊："你看了几遍？"虽然只能分出四道身影，可这也很恐怖了好不好！

要知道，他当初学月影分身时，可是他娘一招一招指点的，就是这样也花了一个月的时间，才能分出四道身影，而他还被娘亲赞为有天赋的人。他这天赋和萧天耀一比，成了什么？

萧天耀不知时逸寒心中所想，回了时逸寒一剑，将时逸寒逼退半步后，说道："一遍。"

"一遍？"看一遍就学会了，这让练了一个月的人情何以堪？

时逸寒脚下一个踉跄，险些跌倒在地。萧天耀这是来报复他的吗？报复他绑了苏茶？还是报复他断了碧海阁的生意？或者报复他的天藏阁卖了萧天耀的消息？

"时少主若想再演练一遍，本王也不介意。"萧天耀趁时逸寒失神之际，手中的长软剑一闪，挽了一个剑花，将时逸寒逼退，化防守为攻击，朝时逸寒的面门刺去。

"小人！"时逸寒不想萧天耀会突然进攻，险些就被划伤了脸。

萧天耀淡淡道："战场无父子。"他经历的每一场战争，都是不赢即死，所以他从不在对战中分神，哪怕他一直在说话，也不会分散注意力。他从不小瞧任何一个对手，也从不轻视任何一场战争。

时逸寒不屑道："你这人太没趣了，真不知你夫人怎么看上你的。"过招而已，萧天耀至于这么玩命吗？他又不会杀了萧天耀。

萧天耀没有回答时逸寒的话，只用更加凌厉迅速的招式告诉时逸寒，在对战时分神、说话是多大的失误。一步输，步步输。在时逸寒分神的刹那，萧天耀反守为攻；在时逸寒不以为然的时候，萧天耀再次逼近，并趁机占了上风，将时逸寒压着打！

时逸寒刚开始还很从容，可打着打着就发现自己越来越吃力，甚至他竟然被萧天耀逼进了屋内。

时逸寒脸色微变，脑中飞快闪过两人交手的画面，陡然发现自己只是一时失了先机，就被压着打了。

"萧王，你果然……厉害。"时逸寒猛地斗志勃发，双眸发亮，眼神专注，看萧天耀的眼神也从之前的不在乎，变得认真谨慎。

萧天耀一看就知时逸寒晋阶了，不是武功上的晋阶，而是心态上的晋阶。之前的失误，让时逸寒发现了自己的错，而他很快就改正过来，只是为时已晚！当时逸寒失了先机，就注定他败北！

萧天耀从不会给对手机会，当他占据主动权后，时逸寒想要抢回主动权，几乎是痴人说梦，哪怕时逸寒被逼得使出月影分身，也没有办法从萧天耀手中抢回主动权！

三百招，除了前面几十招由时逸寒发起进攻外，后面两百多招，时逸寒全部处在被动防御中，完全没有进攻的机会。

萧天耀的长软剑，好几次从时逸寒的要害擦过，要不是时逸寒反应快，又有月影分身的速度加持，怕是早已重伤。

萧天耀发起进攻后，就没有再说话，也没有给时逸寒说话的机会，剑光飞速闪过，完全看不清他是怎么动的，就见数十招闪了过去。

这样的速度下，要打三百招根本不需要多少时间，不到半个时辰，两人已拆了三百招，而最后是萧天耀闪到时逸寒身后，长软剑抵在时逸寒的背上："时少主，你输了！"

萧天耀声音平稳，没有一丝起伏，好似刚刚与时逸寒激战的人不是他一样。

他早就可以赢了，可仍旧耐着性子，陪时逸寒过了三百招。当然，他之所以陪时逸寒慢慢打，并不是顾忌他的身份，而是想要借机多看看时逸寒的月影分身。他的月影分身，还有很大的进步空间。

"愿赌服输，萧王放心，我时某人是守信的人。"虽说输得很不爽，但时逸寒是个爽快的人，输了就是输了，他不会给自己找借口，也不会赖账，"明天一早，苏茶公子就能回到碧海阁。"他的目标从来不是苏茶。

苏茶确实很有经商的天赋，可时逸寒从来没有将苏茶当回事。这世间聪明、能干的人多的是，要是没有人支持，苏茶不过是一个有几分小聪明的商人，这样的人虽然不多，但也不是找不到。

"本王相信时少主的人品。"萧天耀将剑收回，缠在腰上，抬脚就往外走，可从时逸寒身边走过时，时逸寒突然出声道："萧王，且慢一步！"

他还有问题！

"刚刚又看了一遍，你的月影分身学到了几成？"萧天耀看一遍，就能分出四道残影，他刚刚可不止演示了一遍。

"怎么，时少主想为人师？"萧天耀没有正面回答。

这世间不是什么人都大方到可以任由别人学自己绝学，在回答时逸寒的问题前，他要先知道时逸寒的态度。

"你若想拜我为师，我就勉为其难地收下你。"明知不可能，时逸寒还是说了出来。

他并不是心胸狭隘之辈，月影分身虽是时家的绝学，但他也不会看不得别人学，萧天耀有本事从他身上学到，那也是萧天耀的本事。

"拜你为师？"萧天耀以审视的目光，将时逸寒从上到下打量了一遍，"你能教本王什么？月影分身吗？"

"月影分身你不都学得差不多了吗？还需要我教吗？"时逸寒傲归傲，却也有自知之明，萧天耀的实力远在他之上，今天这三百招，萧天耀刻意压制了自己的实力，给足了他面子。

"知道就好。"萧天耀留下这话，头也不回地走了，任由时逸寒在后面大喊"等一等"，也不肯停下半步。

时逸寒郁闷坏了：“你还没有告诉我，你的月影分身到底学到了什么程度呢。”他还想问，萧天耀明天找他还有什么事呢？

心里的疑问没有得到解答，时逸寒很郁闷，情绪低落地坐下，习惯性地去拿茶具，结果发现一片狼藉。

“怎么会这样？”时逸寒这才注意到，高雅精致的兰兮小筑，此时已一片混乱，多宝槅上那些名贵摆设早已碎成一片，他那套花了大价钱买来、只用了一次的茶具，也碎成渣渣。

简单来说，屋内除了梁柱外，已没有一样是完好的，就是门窗也被打得稀巴烂。

“我太高看萧天耀了，什么手下留情，陪我打足三百招，明明就是借机毁我的兰兮小筑，可恶！”时逸寒心里那叫一个憋屈。

他倒不是心疼这些东西，他就是气萧天耀太可恶，居然借打斗为名，毁他的住处。兰兮小筑都变成这个样子了，他今晚住哪呀？

时逸寒气得直咬牙：“萧王果然是睚眦必报的小人。”萧天耀最好没事求到他头上，不然他一定不会答应！

萧天耀留下气得跳脚的时逸寒，潇洒离去，而他回到碧海阁的第一件事，就是召见管事，让他把碧海阁的人全部送到城外的庄子上，看管起来，不许任何人离开。

管事吓得冷汗直流，慌忙道：“王爷，碧海阁上下数百人，每个人都各司其职，各有所长，天藏阁收买的奸细只有一两人，真的要把所有人都赶走吗？”

管事不是笨蛋，王爷前脚到，天藏阁后脚就送来帖子，摆明是告诉他们，碧海阁有天藏阁的人，碧海阁的一举一动，都在天藏阁的掌控下。

萧王一出去，管事就亲自排查碧海阁的人员，可惜他查了半天，也没有查出可疑之人，能进入碧海阁的人，个个家世清白，而且全家都在王爷手底下做事，不可能出现什么家人被威胁、收买一类。

面对管事的请求，萧天耀没有生气，他冷冷地说道：“你能保证，天藏阁安插进来的人，只有一两个？你能保证，你一定能揪出所有的奸细？”

管事的胆子并不大，他平时在萧天耀面前，从来不敢多说一句，之前那句辩解是为了解释自己的失职，刚刚那一句已用尽他所有的勇气，他现在根本不敢开口，连连应是。

萧天耀双手放在扶椅上，看着胆战心惊的管事，又补了一句：“明天，本王不想在碧海阁见到任何人，明白吗？”

这话是告诉管事，连同他自己都要从碧海阁消失，都要待在庄子里不得外出。

管事的脸色瞬间惨白，却不敢辩解，强压下喉咙喷涌的血气，悲凉地退下。

萧天耀看着管事的身影，无声一笑：他倒要看看，是时逸寒的人藏得深，还是他的手下厉害。

没错，萧天耀将碧海阁的人全部丢到庄子上，除了保险外也是迁怒。天藏阁的人混在其中，他手底下那些人居然没有发现，这样的人留之何用？

奸细就是奸细，就算平时掩饰得再好，关键时刻还是会露出马脚，要是他手下那些人能谨慎一些，肯定能发现奸细的异常。他给了管事时间，也给了碧海阁上下时间，要是他们能在他回来前，把奸细揪出来，那么即使没了碧海阁给这些人打理，也会有一个碧江阁、碧水阁。

可是，没有！他与时逸寒打了一场回来，这些人仍旧没有把奸细揪出来，可见碧海阁这些人并不如他所想的那么能干，而这样的人被舍弃，他需要不舍吗？

宁可错杀，绝不放过，这是他的行事准则。这些人虽然能干，可也不是不可取代，与其把人放在眼皮底下，整天防备东、防备西，不如把人全关起来。

管事走后，萧天耀没有立刻回去休息，而是撑着脑袋，静静地坐在那里，手指有一下没一下地敲打着桌面，脑子里却在想着林初九对上轩辕挚会如何做。

他走得潇洒，也相信依林初九的韧性和能耐，毕竟林初九那女人怕死，在生死面前她总是能爆发出强大的求生意志，每每化险为夷。可相信归相信，他仍免不了为林初九担心。林初九那女人一点儿武功也不会，军中也没有一个人能制得住轩辕挚，尤其是轩辕挚油盐不进，万一不管不顾打起来，林初九怕是拦不住。

萧天耀眉头微皱，轻叹："林初九，你可千万别让本王失望，本王还想着带你回家。"

"回家"二字咬得极轻，极轻。

而萧天耀口中的"回家"，自然不是指回东文京城萧王府那么简单……

林初九不知萧天耀的担心，就是知道了她也没有时间管他。匆匆吃了饭，林初九便收拾东西来到流白的帐篷，和朱御医换班。

"王妃你可来了，快，快请进。"朱御医时不时就在帐篷门口张望，一听到外面有脚步声响起，就快步迎了出去。

"朱御医，你这是有多急？"林初九被朱御医连拖带拽地拉进来，险些绊倒。

她是不是太亲民了，以至于朱御医忘了她是萧王妃，都敢对她"动手动脚"了？

朱御医不好意思地傻笑一声："我这不是担心流白公子嘛，而且外面还有那么多病人，我哪有时间在这里浪费？我的时间可是很宝贵的。"

"你的时间宝贵，不能在这里浪费，所以我的时间就不是时间了？"林初九没好气地白了朱御医一眼，吓得朱御医急忙解释："王妃，我不是这个意思，我的意思是，意思是……"

朱御医抓耳挠腮地"是"了半天，也没有"是"出一个所以然，林初九懒得与朱御医废话，大发慈悲地让朱御医忙去，这里交给她就行。

"那王妃，我这就走了。"朱御医眼前一亮，抓起药箱就往外走，走到门口的时候，想了想还是停下来，说了一句，"王妃，你有事就叫我，我今晚不睡。要不半夜的时候，我再来换你？”

林初九道：“不必了，等流白的情况稳定下来，我让药僮照顾他。”发高烧很危险，不过也没有必要让个大夫贴身守着，这太浪费医疗资源了。

“那行……王妃，我走了。”朱御医这次是真走了，头也不回，脚步飞快，就好像有野兽在背后赶他一样。

朱御医走后，林初九为流白检查了一番，见他情况稳定，给他灌了两碗盐水，就不再用药，只坐在一旁守着。

昏暗的烛光映在林初九的脸上，衬得她的五官柔和了不少，颇有几分灯下美人的静美，可惜屋内除了一个昏迷不醒的流白外，再无第二人能看到这样的美景。

林初九在一旁坐了没有多久，就开始犯困了，她检查了一下流白的情况，打算在一旁眯一会儿。

流白情况稳定，这里又是军营，林初九不认为会发生什么奇怪的事，放心地入睡了，却不想她刚眯眼没多久，流白突然睁开了眼。

流白一连昏迷了几天，偶有清醒的时候，脑子也是昏沉沉的，根本分不清自己在哪里。难得清醒了片刻，流白努力睁开眼睛，待到适应室内的光亮后，流白这才打量四周。

只一眼流白就知道他此刻正躺在自己的帐篷里，心中的戒备瞬时就放下了。

有些渴，想要喝水，流白张了张嘴却发现自己发不出声。移头，想要看看屋内有没有人，却发现自己床边趴了一个人。

“呃。”流白一惊，脑子刹那清醒，死死地瞪着林初九。

“王，王妃？”流白惊吓得张了张嘴，仍旧没有发出声音，可眼中的错愕充分表明了他此时的心情。

他完全不能明白，林初九怎么会趴在他的床边？难道是林初九救了他，现在还留下来照顾他？可是，这怎么可能？别说他和林初九的关系恶劣，林初九不一定会救他，就算林初九肯救他，王爷也不会准林初九留下来照顾他才是。林初九是谁？那是萧王妃。他流白是谁？虽说王爷拿他当兄弟，其实也只是一个地位比较高的属下罢了。就算伤得再重，也不可能劳动王妃亲自照顾。然而事实摆在面前，林初九就趴在他的床边守着他。

“为什么？”流白看着林初九的侧脸，喃喃自语。

他不明白，林初九为什么会救他？又为什么会亲自照顾他？他对林初九从来都不好，甚至一度看不起林初九，林初九为什么这样？难道这就是墨姑娘说的“医者仁心”吗？

想到墨玉儿，流白心中又是一痛。当初，他初见墨玉儿时，正好看到墨玉儿给一老妪看病。那老妪见墨玉儿年轻，根本不相信墨玉儿能医好她，对墨玉儿极尽嘲讽，可墨玉儿却不生气，一直站在那里任老妪骂。

那老妪身体本就不好，骂人时一口气没有喘过来，突发急症，大夫赶不及，墨玉儿不计前嫌上去施救，成功控制住老妪的病情，让老妪一家感激不尽。

那时候他问墨玉儿，那老妪那般辱骂你，你为何还要救她？

墨玉儿告诉他：医者仁心。

就是那一个回答，让他对墨玉儿心动了。

心动，有时候就是那么的不可思议。一句“医者仁心”，他流白对墨玉儿心动了，打心底认为墨玉儿是纯洁美好、善良高贵的女孩，值得世间最美好的一切。

后来得知墨玉儿喜欢天耀，他也不觉得有什么不对，天耀那么优秀的人，墨玉儿会喜欢他再正常不过。而像墨玉儿那么美好的姑娘，完全配得上天耀，至少比林初九更配。

那时候在他心中，墨玉儿除了出身江湖外，没有一处配不上天耀。相反，林初九这个奸相之女，除了出身外，还有哪里配得上天耀？

是以，那段时间他没少撮合天耀与墨玉儿，也没少在天耀面前说林初九的坏话。

他一直都知道林初九讨厌他，一如他讨厌林初九。实不料林初九居然会放下身份，彻夜照顾他。要说医者仁心，这才是真正的医者仁心吧？

毕竟他和林初九之间存在不少矛盾，而且依林初九的身份，她若不愿意，没有人可以勉强她救他。

流白扪心自问，默默地思考了一会儿，又点了点头。虽说他一直迷迷糊糊的，却也听到了朱御医的话，知道自己再烧下去就会变成傻子，而林初九会彻夜守着他，想必是怕他烧成傻子吧？

林初九！萧王妃！流白合上眼，在心里默念这两个名字。从这一刻起，林初九就是他心中唯一的萧王妃，他会如同尊敬天耀一样尊敬林初九。

流白的身体还很虚弱，能转醒实属意外，合上眼，把事情想通后，流白又沉沉地睡着了。

约莫半个时辰后，林初九从浅眠中醒来，抬头看了一眼流白，见流白脸上的红晕消了不少，松了口气。

起身，活动了一下身体，看到流白的嘴唇很干，林初九用棉签沾了水，给流白润润唇，不想陷入昏睡中的流白正渴得难受，拼命地吸吮着棉棒上的水，林初九见状只得拿漏斗给他灌水。

只灌了一杯水，再多林初九就不敢了，怕呛到流白，也怕流白喝多了水要尿。

灌完了水，林初九又为流白检查一番，见流白已经在退烧了，算算时辰，又给流白喂了一粒药，等了片刻，不见流白有别的反应，林初九便提起药箱往外走。

“去，让人告诉朱御医一声，让他派两个药僮照顾流白。”真以为她会留在这里照顾流白一宿？当她是谁呀？萧天耀吗？

想到萧天耀，林初九的好心情又没了。一想到那个男人，林初九心里就窝火。萧天耀这个男人对她太狠了！萧天耀从来没有为她考虑过，也没有想过她林初九就是再坚强也是一个女人，她会怕的！

眼中泛起一层雾气，林初九抬头看天，用力眨了眨眼，将眼中的泪眨了回去。没人疼、没人哄，她悲伤流泪给谁看？看着漆黑无边的天空，林初九眼中的悲恨与不满渐渐平息下来，片刻后，林初九便如同无事人一般走回营帐。

刚过来，守在营帐外的金吾卫便上前道：“王妃，莫清风公子求见，说王妃什么时候有空，可否拨冗一见？”

林初九道：“让他明天下午过来，我现在没空。”三更半夜的，谁有闲情陪莫清风谈正事？

“王妃，莫清风公子说事情很重要，事关全军上下的存亡，请你尽快见他。”是人都看得出来林初九对莫清风很不满，金吾卫真的一点儿也不想为莫清风说话，可又怕耽搁正事，只得硬着头皮开口。

“关乎全军上下的存亡？让他现在过来。”总归是胆小怕事，林初九暗想。

莫清风估计是真等急了，林初九前脚走进营帐，药箱才刚刚放下，莫清风就过来了。

“参见王妃。”莫清风一进来，就单膝跪下，给林初九行了个大礼。

他这是在请罪，为昨天的不信任，以及放任林初九一个人面对危险。

林初九在主位上坐下，看也不看莫清风，也没有叫他起来，只道：“莫少有什么急事，非得现在见我？”

萧天耀说得好听，军中事务由她全权负责，可她一个女人要怎么处理军务？

事实上，军中的事务完全是由莫清风在打理，她的存在不过是遇到危险和麻烦，就出来稳定人心，必要的时候也要为全军上下牺牲。

林初九没有叫起，莫清风自然不敢起来，跪在那里说道：“王妃，前去探查大皇子驻地的探子回来了，他们带来了一个重要的消息。”

“什么消息？”林初九接了一句。莫清风也不卖关子，直接道：“探子在北历与东文边境处，发现大皇子一行的足迹，同时在隐蔽处发现了一座矿脉，经查里面全是天外玄铁，已开采了九成，有六成以上被运了出去。”

也就是说，轩辕挚会出现在战场上，并不是冲着萧天耀来的，他的目的是那处矿脉。

“天外玄铁？那可是好东西呀。”之前在萧王府的书没有白看，林初九知道了很多以前不知道的知识。天外玄铁的价值，她很清楚。

莫清风见林初九明白什么是天外玄铁，便没有解释，而是低声问道：“王妃，我们该怎么做？”

天外玄铁就在眼前，要说不动心那是假的，可真要去抢，得罪轩辕挚事小，惹来中央帝国的不满，那才是大事。要是能神不知、鬼不觉地昧下剩下的天外玄铁，那就好了……

第十八章　救不了自己的命

天外玄铁的诱惑实在太大，即使明知中央帝国与大皇子不好惹，莫清风还是想要试一试，看看有没有机会，从中央帝国手里抠一点儿天外玄铁出来。

只是，这办法不好想，至少莫清风就束手无策，所以他才急急来问林初九。

王爷说了，有什么决定不了的事，就来找王妃，由王妃定夺。

怎么办？

林初九看着莫清风，莫名地发笑，难办的事就全部交给她来办，她能怎么办？

林初九一脸嘲讽地道："我想了办法，倘若抢到天外玄铁还好，要是抢不到，还得罪了中央帝国，这个责任谁负？"

这是最极端的两种可能，最大的可能是他们抢到了天外玄铁，可也暴露了自己，得罪了中央帝国。

匹夫无罪，怀璧其罪。他们没有那个能力保得住天外玄铁，就算得到了也不一定有命用，中央帝国怎会允许？

天外玄铁的矿脉可不比几件天外玄铁的战甲，别说中央帝国，就是北历、西武、南远，哪个国家不想要天外玄铁？

有了天外玄铁，一国的兵力都会上涨，面对这么大的诱惑，任何一个国家的帝王都不会放弃，中央帝国也不会放任。

林初九问得平静，却十分尖锐，莫清风一怔，一脸尴尬："这……"他就是拿不准主意，才来找林初九。

林初九无视莫清风的尴尬，继续道："王爷虽然把军中事务交给了我，可你我都清楚，我在军中也就是起一个安定军心的作用，具体的事务还是由你和几位将军决定。我无法插手军务，也不会插手军务。在这样的情况下，你们站在什么立场上，要我在享受不到掌管军权的权力下却要背负掌管军权的责任？”

“王妃，王爷临走之前交代过，军中一切事务都由您决定，您有掌管军权的权力。”莫清风急忙说道，为了证明自己所言不假，又补了一句，“王妃，王爷临走前说，军中一切听您的，日常琐事就不要拿来烦您，凡有大事需请您决断，您的决定就是他的决定。”

莫清风这话听着没错，甚至从明面来看，这是把林初九拔到了萧天耀那个高度。萧天耀在军中也是不管琐事，只有大事才会呈到萧天耀面前，可是林初九和萧天耀，还是不同的。

林初九没有再争辩，只道：“事关重大，我要乾坤独断必会引得众将领不满。此事，待明日召集众位将领再议。”别说没有办法，就是有办法林初九也不会张口。

这世间之事，不怕一万就怕万一，就算她有万全的把握，万一发生了意外，这后果由谁承担？她林初九吗？她倒是想承担这份责任，可惜她还没能耐与中央帝国抗衡，也承受不起中央帝国的怒火。

莫清风见林初九一直在打太极，心知林初九是不想管这事。可莫清风仍不肯放弃，劝说道：“王妃，此事事关重大，不可外传，还需要请您决断。”

天外玄铁的重要性可想而知，就算知道金吾卫的将领都可信，莫清风也不敢冒险。这种事多一个人知道，就多一份风险，萧王不在军营，他赌不起。

“快马加鞭告诉王爷，由王爷决定。”林初九闭上眼，一副不想多谈的样子。莫清风只当没有看到，继续道：“王妃，消息来回至少得三天两夜，我们会错过先机。万一大皇子折回矿脉，我们就没有机会了。”

“大皇子顾忌身上的毒，他现在不敢乱来，除非遇到大事，不然他也不会离我们太远，你让手下的人小心一些，别惊动了大皇子就好。”不过是两天的时间，林初九不相信莫清风没有办法把大皇子留下。

莫清风看林初九一脸坚定，心知多说无益，只得叹气道：“王妃，此事不宜再拖，我这就给王爷传信，也请王妃再想想，我们是抢还是不抢？”莫清风有九成的把握，萧王给出来的答案，一定是让他们听王妃的。

萧王很相信王妃，对王妃也很有信心，在无法及时掌控事态变化的情况下，依萧王对王妃的信任，把事情交给王妃决定再正常不过。

莫清风有时候真搞不懂，林初九到底为什么不高兴？王爷让王妃见机行事，给了她足够的权力，也给了她足够的尊敬，王妃还有什么好不满的？

莫清风不懂，所以他不能理解林初九的想法。带着几分不满，莫清风离开了林初九的营帐，留下林初九一个人，撑着脑袋，头痛地坐在那里，忧愁得睡不着。

莫清风给她带来一个大麻烦，天外玄铁这等珍宝不能错过，可他们哪来的底气，从中央帝国手里抢东西？

要知道，这可比杀中央帝国三个武神要严重得多。杀了武神，回头想办法托托关系，说说好话，在帝国面前放低姿态，这事十有八九能解决，可天外玄铁关乎一国军事力量，中央帝国绝不会姑息。

“真是头痛。”林初九揉了揉太阳穴，烦躁地趴在桌子上。

莫清风能猜到的事，她怎么可能猜不到?

她有七成的把握，萧天耀得到消息后，会把这件事丢给她处理。在外人看来，这是萧天耀对她的信任，同时也是萧天耀对她的肯定，可是外人不知她承受了多大的压力。

她不是萧天耀，她没有办法像萧天耀那样，弹指间将强敌杀个片甲不留，也没有办法像萧天耀那样，抬手间就做出能改变人生的决定。

她是林初九，一个再普通不过的女人，数十万人的性命压在她身上，太重了。不知是压力太大，还是又累着了，林初九趴在桌上就睡着了，直到凌晨时分被冻醒！林初九扶着脑袋，好半天才记起自己这是在哪里。

“居然在外面睡着了，真是蠢死了。”吸了吸鼻子，林初九双手环抱自己，将身上的衣服拉紧，摸黑往室内走去。

倒在床上，林初九本想窝在被子里好好地暖和一下，可躺了半天也不见暖和，林初九没办法，只得把亲兵叫来：“给我打两桶热水来，要很热的水，再去找一些姜来，我要用。”

林初九着了凉，声音明显带着鼻腔，亲兵一听就明白，二话不说就跑去提水，至于林初九要的姜，亲兵没有拿来，而是说道：“小人已请药僮帮忙熬了姜汤，王妃要喝的时候，吩咐一声就是。”

林初九点点头，待亲兵把水倒进浴桶后，林初九就让人出去，然后独自泡在热水里。

冰冷的四肢泡在温热的水中，很快就暖和起来，甚至额头上还冒出细细的汗珠。

林初九舒服地靠在浴桶上，眼睛微眯，渐渐有了睡意，可林初九却强迫自己睁开眼。她一个人在营帐里，暗卫是不敢靠近的，她要是在浴桶里睡着了，估计等到天亮都不会有人知晓。

自己的身子自己疼，林初九虽然心情不好，却也没想过拿自己的身体出气，泡了一刻钟左右，林初九便从浴桶里走了出来。

泡了一个热水澡，出了一身汗，林初九感觉自己轻松了不少，至少脑袋不像刚刚那么昏沉沉的。

换上衣服后，林初九出去让亲兵给她端姜汤来，不想亲兵去了半天，姜汤没有端来，倒把朱御医给带来了。

“王妃，听说你着凉了？”朱御医双眼通红，精神却十分亢奋，一看就知他一夜未睡。

林初九正按着太阳穴，听到朱御医咋咋呼呼的声音，抬头道：“朱御医，你怎么来了？”

“我听说你让人熬姜汤，特意过来看看。王妃，把手伸出来，我给你把把脉。”朱御医完全不拿自己当外人，绕过亲兵就上前给林初九诊脉。

医者不自医，而且她这个破身体自己知道。林初九没有拒绝，伸手让朱御医把脉，本以为没什么事，不想朱御医按着林初九的脉搏，脸色越来越难看。

“怎么了？”林初九原本不在意，可看朱御医的脸色，不由得问了一句。

作为病人，最害怕大夫的黑脸。

朱御医没有立刻回答林初九的话，而是静静替林初九把完脉，收回手才一脸凝重地道：“王妃，你知不知道你的身子有多虚？”

朱御医平时不是嬉笑，就是暴跳，难得一本正经，这样子着实吓人。林初九就被吓了一跳，点点头：“我知道，之前墨神医给我诊过脉，还有不少大夫也诊过。有的说我活不过十年，也有的说我活不过三年。”总之不长命。

“那你自己呢？可给自己诊治过？”墨神医的名号朱御医听过，不过他一向不信服墨神医。什么神不神医的，不过是医了几个疑难病症，能算什么神医？他一年医的病人，就比墨神医一生医的病人多。如果神医就是只医几个病人，那他宁可一辈子也不要做神医。

林初九知道朱御医肯定是诊出了什么，也不隐瞒，直言道：“我知道的，我之前中了慢性毒药，正在慢慢调理，过两年体内的毒素清了，身体就会慢慢转好。”她中毒一事，有人诊了出来，有人没诊出来，是以外面的人都不清楚她的身体到底怎样。

“慢慢转好？你确定？你这段时间身子又受损了，你知道吗？”朱御医黑着脸，训斥道。

林初九垂眸，点头：“我知道。但不严重，调理一段时间就好了。”

“调理？你当自己是神呀？就你这破身子，怎么调理都会折寿，你知不知道？你别看自己活蹦乱跳，就是外面看着好，内里早就虚了，你不仅要调理，还得静养。静养懂不懂？就是少做事，别伤神。你心事太重，不利于恢复。”朱御医跳起来，指着林初九就劈头盖脸地骂了起来。

林初九一声不吭，待到朱御医说完，才道：“朱御医，你是聪明人，应该清楚我现在的处境。这些话就别说了，你给我开药吧。”

她很清楚自己的身体，虽然虚弱，但慢慢调养是能好的。而且萧天耀之前不知给她吃了什么，那东西虽然奇怪，却很养人，她吃了萧天耀给的那果子后，明显感觉脚步轻盈了许多。林初九相信，她就算是折寿，也能活到四五十岁，这样她就满足了。

“你，你……好吧，我不说了。你自己就是大夫，应该比我更清楚。”朱御医见林初九一副无动于衷的样子，就知林初九早就知道，并且认命了，只得将到嘴边的话咽下。

朱御医不高兴，看到桌上有笔墨纸砚，也就不去翻自己的，拿起桌上的纸笔就写起药方，一边写，一边嘀咕：“真是不能理解，明明自己就是大夫，而且医术还不差，怎么就被人下了慢性毒药呢？这得多蠢才会让人得手。”

“这么蠢还能嫁给王爷，可真是傻人有傻福，王爷娶到你可真是倒霉，这么一个破身子，也不知能不能生孩子。要是不能生孩子那可就好玩了，到时候王爷指不定得纳多少小妾，你没个子嗣傍身，以后还不得被人欺负死？”

林初九一脸尴尬，看着越说越起劲的朱御医，默默地别开脸……

许是处理及时，林初九吃了药，睡一觉起来就没事了，整个人神清气爽，好得不能再好，完全没有一丝病容。

林初九对自己的健康状况还是很满意的，虽然身体虚了一点，却也不是弱不禁风。

可林初九满意，朱御医却不满意。在朱御医看来，就林初九那破身子，她好意思说自己是大夫，他都不好意思说他是大夫。身为大夫，身边的人却身子这么虚，这绝对是丢他的脸，砸他的招牌。

一夜未睡的朱御医，回去就给林初九抓了药，还把珍藏了几年的雪参拿出来切成片，给林初九入药，以便她调理身体。亲手抓的药，怕小药僮熬不好，还亲手熬了端到林初九面前：“王妃，快喝吧，这药培根固本，对你的身体有好处。”林初九的身子虚，不能大补，他开的药十分温和，正好对症。

“我……”看着那一碗散发着浓郁药味的黑汁，林初九泪流满面，她没有告诉朱御医，她喝不下汤药吗？

“我什么我，还不快喝？等到药冷了，药效就差了。”朱御医嘴里叫林初九王妃，却从来没有把林初九当王妃看，整天和林初九大呼小叫的，而林初九也习惯了。

林初九看着送到自己面前的碗，泪流满面：“我能不能……晚点喝？”看着朱御医的黑脸，林初九着实不敢说不喝。

“晚点是晚多久？晚点你还会喝吗？”行医多年，朱御医太了解林初九这样的患者了，也自有一套对付他们的办法，“你要晚多久，你说，我等你。实在不行，我去拿个炉子给你温着。”

“朱御医，一定要这样吗？”林初九的脸垮了下来，可怜兮兮的。朱御医没好气地白了林初九一眼：“别跟个小孩子似的，连喝个药都怕，你连宫里的小皇子都不如。还有，别用这种惹人怜爱的眼神看我，我不是萧王，不会心软的。”

朱御医傲娇地别过头，用实际行动告诉林初九，他是不会妥协的。

林初九无奈，只得将药接过来：“这药我得喝多久？”要是只有两三天，她就忍忍，朱御医也是为了她好，做人要懂得惜福。

“三个月，一天三次。”

“什么？”林初九闻言跳了起来，碗里的药汁洒出不少，“怎么要喝这么久？”让她去死吧，她宁可折寿一年，反正年纪大了，病在床上活着也是受罪。

“小心，小心，别把药洒了。”朱御医小心地捧着碗，训斥道，“你知不知道这药多贵？这一碗可值好几两银子。不过你要是洒了，我也不会省这个钱，了不起再给你熬一碗。放心，我已经准备好了三个月的药量，三个月后我们再看，到时候我给你调整药方。”

“啊……三个月后还要再喝？我能不能不喝？”林初九手一抖，差点将碗打翻，气得朱御医狠狠瞪了她一眼：“亏你还是大夫，居然怕喝药，说出去丢你师父的人。赶紧的把药喝了，我告诉你，这也就是你，换作别人，想要我开这药方？做梦！”

“这药方很特别吗？”林初九闻闻药，发现除了药味，她什么都闻不出来。

“朱家不传秘法，你说特别不特别？”朱御医一脸得意地道，“那什么墨神医治病厉害吧？可要论起调理人，我们朱家甩他几截。你试试，按我说的办，我保证三年的时间就能把你的身体完全调理好，无病无痛过一生。”

“真这么神奇！”林初九默默地算了一下，觉得有个三五年，她自己也可以把身体调理好，只是她无法像朱御医保证的那样，保证自己无病无痛。

她的身体，根基受损，用自己的治疗方法，不管怎么样，最后都会伤本、折寿。

“这可是皇室不传秘法，你赶紧喝吧，反正你喝到就是赚到了，相信我。”朱御医拍着胸脯，举止滑稽，一副不靠谱的样子，林初九却看到了他眼中的深沉，以及一闪而逝的沉重。

林初九知道，朱御医是个有故事的人，想来这药就算没有朱御医说的那么神奇，也不会差到哪里去。

“谢谢你，朱御医。”林初九不是不知好歹的人，朱御医都拿出秘方给她调理身体了，她怎能不领情?

虽然很厌恶药味，林初九仍旧捏着鼻子一口灌了下去。

“这就对……”朱御医一句话还没有说完，就见林初九放下碗，飞快地抓起桌上的茶壶，往嘴里灌水。

“好难喝。”灌完一壶水，仍旧是一副要吐不吐的样子，整张脸皱成一团，眼中蓄着泪，看上去就像是被人欺负了一样。

朱御医傻眼了：“喂，喂，喂，没有那么难喝吧？”他从没见过谁喝个药，能喝出这么大的动静，真的连小孩子也不如。

“身体本能的反应，真的没有办法。”林初九强压下呕吐的感觉，捂着心口，一脸痛苦。

“不是吧？你每次喝药都这么折腾？”一天三次，三个月不就是要折腾近三百次？这好人也能折腾坏吧，他刚刚是不是把话说得太满了？病人完全不配合，三五年真的能把林初九的身体调理好吗?

“好像是的。”林初九看朱御医一副头痛的样子，笑了出来。她不会告诉朱御医，看到朱御医头痛，她就觉得乐呵。

朱御医眉毛拧成一团，郁闷地道："那我现在说……不给你熬药了，还来得及吗？"

"你确定？"林初九眼前一亮，可惜不等她高兴太久，朱御医就气急败坏地跳了起来："你做梦吧，就是吐死也得给我喝。作为一个大夫，自己居然是个短命鬼，这么一个破身子，你丢得起脸，我还丢不起呢。我以后照三餐给你送，你给我老老实实地喝。我可告诉你了，我不是王爷，不会对你怜香惜玉，你就给我认命吧！"

"王爷也不会怜香惜玉，我一早就认命了。"林初九笑了笑，带着一丝苦涩，朱御医张嘴欲言，看到林初九那副郁郁不快的样子，立马打住。

他知道，林初九的压力很大，很累。就如同他当年在宫里做御医时，皇上非要他救那些几乎不可能救好的病人一样。

他同情林初九，可也仅仅是同情，他帮不了林初九，也不敢帮。

他不知道林初九的真实能力，但他相信萧王的眼光。萧王敢把军营上下数十万人交到林初九手里，就表示林初九有这个能耐。

朱御医绝对是心宽体胖的典型，前一秒还忧郁深沉，下一秒就欢脱地拿着空碗走了，留下林初九一个人哭笑不得。

她还想问一下朱御医，流白怎么样了？现在看来只能自己亲自跑一趟了。

在军营行走，穿女装多有不便，即使所有人都知晓她的身份，林初九依旧是一身男装，朝营帐外走去，亲兵一见林初九出来，就恭敬地上前行礼："王妃。"

"免礼。"林初九轻点头，脚步不停。

一路上，凡是见到林初九的士兵，皆会停下来，后退一步，给林初九让路，待林初九从自己身边走过时，低头给她行礼，道一句"王妃"。

这是军中将领、强者才有的待遇，如果林初九只是萧王妃，在军中怕是连自由行走都不能。可林初九不仅是萧王妃，还是智退大皇子轩辕挚的人。是以，她当得起这份荣耀。

习惯是一件很可怕的事，刚开始林初九还有些不习惯，次数多了林初九已能应付自如。

流白的营帐外仍是静悄悄的，不过一进去就听到朱御医的徒弟们欢快的声音："王妃的药可真是神了，只一个晚上流白公子就退烧了，之前人还醒了，看着精神不错，应该是不会再烧了。"

"王妃昨晚照顾流白公子到半夜才回去，流白公子要是不退烧，都对不起王妃的辛苦。"

"王妃人真好，居然肯纡尊降贵地照顾流白公子，亲自去伤兵营给受伤的士兵包扎，我从来没有遇到过像王妃一样好的贵人。"

"你们不知道，前几天王妃在伤兵营，一天给几百个伤兵包扎，我听王妃身边的亲兵说，王妃回去后累得手打抖，吃饭时连筷子都握不住，可第二天还继续去。"

"有王妃在，我们的压力都小了，只需要帮忙换换药就成。可惜王妃这两天没有过去，伤兵营的人都盼着呢。王妃一个顶我们几十个人呢。”

“王妃还会去吗？之前王妃的身份没有曝光，是以九公子的身份去的。现在全军营上下都知道九公子是王妃。那些伤兵谁还敢让王妃亲自包扎？”

“你说的也有道理，真是可惜了。师父说王妃医治外伤又快又好，有王妃在，大夫们的压力骤减，现在王妃不去，那么多伤兵可怎么办？”

“王妃为什么要是王妃呢？医术那么好，当王妃真是可惜了。”

……

“咳咳……”林初九站在门口听了一会，见里面的人越说越离谱，不由得轻咳一声提醒道。

“哐当……”朱御医的两个徒弟连忙闭嘴，扭头一看，就见林初九正站在门口，一个个尴尬得不行，扑通一声就跪下了：“王，王妃恕罪。”

“起来吧。”林初九没有与两个小徒弟计较，从两人身边穿过，走进营帐内室。

只隔一道帘子，之前流白昏迷不醒听不到外面的动静，现在流白烧退了，身为习武之人，外面有一点儿动静，他都会察觉到。

那两个小徒弟不知，他们自认为私下的谈话，早就被流白全听去了，甚至流白比两个小徒弟还要早发现林初九的到来，只是他没有出声提醒。

他想知道，林初九会如何处理私下议论她的人？

结果让流白颇为失望，因为林初九就像什么都没有发生一般，淡然自若地走进内室，看到他清醒过来，也没有太大的表情，平静地道：“醒了就好，回头吃一点儿流食，补充体力。”

流白心中莫名感到失望，却不明白怎么一回事，强撑着下床，单膝跪在林初九面前，真心说道：“多谢王妃救命之恩。”

“救你是王爷的命令，要谢你就去谢王爷。”林初九后退一步，神情淡漠，完全没有上前扶流白起来的意思，也没有借此表现自己仁和善良的一面。

她从来没有想过用这种小恩小惠收买萧天耀身边的人，或者说，她从来没有想过收买萧天耀身边的人。

“王爷是王爷，王妃是王妃。要是没有王妃施以援手，流白这条命也就不在了。”流白从两个小徒弟的谈话中，明白了他之前的病情有多凶险。

连朱御医都没有办法，都要任他自生自灭。如果不是林初九，他怕是真会成为傻子。

“你要谢便谢吧。”林初九本就不擅长把脉，见流白一直跪着不起，也不上前，只站在一旁观察他的气色，“看你气色不错，应该是退烧了，回头让朱御医再看看，好生调养几天就没事了。”

林初九一直不喜欢流白，甚至讨厌。讨厌流白的清高，讨厌流白的自以为是，讨厌流白眼中不加掩饰的鄙夷与轻蔑。

她不明白，流白有什么资格鄙视她？有什么资格看不起她？

流白觉得她林初九配不上萧天耀，认为她林初九挡了墨玉儿的路，抢了墨玉儿的幸福。却不知，这一切从来都不是她林初九要的。

看着流白跪在她面前，一脸感激的样子，林初九没有感动、高兴，只觉得好笑。她不知道流白是真感激她，还是做做表面功夫，总之这样的流白她也不喜欢。

流白要是清高、傲气，厌恶她，那就厌恶到底，说不定她还能高看流白一眼。现在流白因为她医好他，便一副感恩戴德的样子，真叫人觉得讽刺。

因为厌恶，所以不愿意多作停留，林初九交代了这一句后转身就走。

因为是女子，不方便在军营乱转，林初九并没有在外面随处走，一出流白营帐就朝自己的帐篷走去，准备回去看看书，或者琢磨一下天外玄铁的事。

不想刚走几步路，身后就传来朱御医的喊声："王妃，王妃，快，快……救命！出人命了，伤兵营那要出人命了！"

林初九停下脚步，扭头看去，就见朱御医被身后的亲兵给架住了："军营重地，不得喧哗！"

"什么喧哗？我没有喧哗，我找王妃救命。"朱御医死命推开亲兵，可惜他的力道和亲兵一比，实在弱得不行，怎么挣扎也动不了半分。

林初九摇摇头："让他过来。"

"是。"亲兵立刻松开朱御医。朱御医得到自由，不是第一时间跑到林初九面前，而是站在原地整理了一下衣服，瞪了亲兵一眼，才朝林初九跑来。

朱御医这么急匆匆，大庭广众之下叫住林初九，是因为伤兵营有一个病人的伤势恶化了，而且情况非常糟糕。

周平的腿，当时朱御医也保不住，还是林初九做主保下来的，后来恢复得也很好，只是不知为何，昨天突然开始恶化，今天甚至开始溃烂。

倒不是说朱御医自己处理不了，而是周平之前是林初九医治的，现在情况有点复杂，朱御医也不敢轻易动手。

朱御医三言两语将事情说完后，有些不确定地道："事情就是这样的，王妃，你要去看看吗？"

林初九的身份摆在这里，又是一个姑娘，谁都没有资格要求她去给周平看病。所以朱御医问出这个问题时，心里也很忐忑，尤其是林初九没有立刻回答，朱御医更觉得自己是唐突了。

周平怎么能和流白比？周平不过是一个普通的小兵，流白却是王爷的左右手，甚至是王爷下令一定要治好的人。

王妃身份暴露后，会纡尊降贵地给流白医治，但不表示她还会往伤兵营跑。

这么一想，朱御医更觉得自己考虑欠妥，忙补了一句："王妃，是我唐突了，王妃你就当……”

“没事，我只是在想，周平的伤口怎么会突然溃烂？”林初九打断朱御医的话，见朱御医一副做错事的样子，也知自己的迟疑给人带来了压力，干脆地道，“我和你去看看。”

“王妃，你要过去？”朱御医眼前一亮，甚是惊喜。

虽说他来找林初九，心里就是抱了林初九会同意去的打算。毕竟林初九之前肯隐瞒身份，在伤兵营为伤兵医治，就表明她不是喜欢拿身份说事的人。

只是，之前是之前，现在身份暴露了，别说林初九是萧王妃，就她是女子这个身份，经常往伤兵营跑，和一群大老粗待在一起，传出去也不好。

朱御医在林初九迟疑的时候，就做好了被拒绝的打算，却不想林初九居然答应了，这叫朱御医怎么不高兴？

“不去看，怎么知道他的伤为什么会恶化？”林初九转身朝伤兵营走去，同时让亲兵回去拿她的药箱，药箱里面的东西不多，但处理外伤还是可以的。

“王妃，你真是好人。我真的没有见过你这样的人。”朱御医一脸感慨。

他放弃太医院的俸禄和身份，跑到边关来当军医，那些人就一阵吹捧，说他高风亮节，可和林初九一比，他算什么？

林初九是萧王妃，可以说是除了皇后外，天下最尊贵的女人，却能不怕脏、不怕累地为那些受伤的士兵医治，这种胸怀别说是女子，就是男子也做不到。

人性本惰，天生就能享受人间富贵，为何要辛苦劳作？

林初九知晓有病人在等自己医治，走得很快，几乎是小跑着往前走。赶到伤兵营时，气息还有几分紊乱，脸颊微红，即使身着男装，也带着几分女子的姿态。

伤兵营的伤兵们看到这样的林初九，着实愣了一下，还是朱御医咳了一声，这些人才反应过来，飞快地低头行礼。

“不必客气，你们身上有伤。”林初九深吸了口气，平复紊乱的气息，随即熟门熟路地朝周平所住的帐篷走去。

周平的伤势较重，与另外七个养伤的人住一起。不过帐篷里除了几个养伤的人外，还有周平的几个手下。这群人看到林初九进来，一个个又惊又喜，似乎不敢相信自己所看到的。

“小人拜见王妃娘娘。”周平几个手下跪得爽快，那几个身上带伤的也挣扎着要起床。林初九忙制止：“好了，身上有伤，不必多礼。”这就是身份暴露后，林初九不愿意来伤兵营的原因。

她是来给人医治的，可那些受伤的人见到她后，完全不管自己能不能站起来，执意起身给她行礼，甚至胆怯的都不敢让她医治，她根本没有办法和之前一样工作。

唉，也不知她还有没有机会完成医圣之心要求的医治三千病人的任务。要是没有完成的话，她估计会受到医圣之心严厉的惩罚。

“王，王妃……”周平伤得最重，脸上泛着不正常的红晕，好在脑子还算清醒，见到林初九站在帐篷口，沐浴在阳光下，周身萦绕着金光，有些羞愧地低下头。

虽然，他也不知自己在羞愧什么，可就是有一种无颜见林初九的感觉。

林初九点了点头，冷着脸，看上去十分不好惹。

倒不是林初九想这么不近人情，而是这里的情况容不得她笑颜甜语。她现在是萧王妃，就算来给伤兵医治，也要保持自己的形象，不能让人认为萧王妃是二傻子。

林初九没有多作停留，走进营帐，扫了眼几个伤者，见他们的伤势恢复得不错，满意地点了点头。

只是一个很小的动作，可那几个伤兵见到林初九向他们点头，一个个激动得不行，在心里呐喊：王妃，是王妃，王妃向我点头了！

要不是林初九还在营帐里，他们十有八九会激动地狼嚎！

这就是军营，他们这群当兵的也许粗暴，也许蛮横，也许不讲理，可他们也有可爱的一面。

周平的情况非常糟糕，伤口不仅红肿发炎，还溃烂了。一掀开被子，就能闻到一股腐烂的臭味。

缠在伤口上的绷带已经解开，林初九能清楚地看到周平伤口上的腐肉和白骨。

“你最近吃了什么？碰了什么？”林初九皱了皱眉，本想碰碰伤口，发现自己没有戴手套，手伸到一半又收回来了。

“没，没碰什么，也没有吃什么。”周平结巴了一下，才开口。

面对南远的象兵、北历的骑兵，周平都不怯，可和冷着一张脸的林初九说话，周平怯了。

对上林初九漆黑平静的眸子，周平总感觉自己无所遁形，好像内心所有的想法都能被林初九看穿。

“真的什么都没有吃？什么都没有碰？”林初九皱眉，眼中闪过一抹不解。

周平的伤一看就是外伤感染，她前两天还来看了周平的伤，恢复得极好，现在突然外伤感染，如果不是吃错了东西，碰了不该碰的东西，那会是什么？

“我，我……”周平再次结巴地开口，刚说出“我”字，就被提着药箱进来的亲兵打断了：“王妃，您的药箱。”

“放桌上。”林初九走上前，打开药箱，换上干净的外袍，走到周平床前。

“让我看看你的伤口。”林初九示意众人让开，这才弯腰用镊子拨开周平的伤口，这一看林初九的脸色就更难看了，“你的伤口上有泥土，还有虫子的死尸，你确定你没有碰到脏东西？”

林初九用镊子将虫子的尸体夹出来，放在盘子上：“你好好想一想，这两天到底做了什么？”

“我……”周平眼神闪烁，低头不敢看林初九。

“说，不说我怎么给你医治？”林初九心里恼火，面上却没有表现出来。

“我……前天晚上，喝了一点儿酒，回来时摔了一跤，碰到了伤口。”这一次周平没有结巴，但声音很小，比蚊子大不了多少，除了离他最近的林初九外，旁人一个字也没有听到。

“喝酒，摔伤。”林初九冷笑，“你可真是……不怕死呀！你真以为你这条腿包扎好了，就一定能恢复如常吗？”伤还没有好就喝酒，磕裂伤口，简直是找死。

林初九语气不变，可明眼人都能听得出来她不高兴。原本站在帐篷里的人见状纷纷后退，把自己缩在角落里，只当自己不存在。就是朱御医也悄悄站在一旁，生怕惹火上身。

他就是大夫，当然清楚周平这伤有多严重，这个时候跑出去喝酒，还磕到伤口，简直找死。要换作是他的病人，他铁定拿棍子敲死他。

周平一脸煞白，头也不敢抬，弱弱地道：“王妃，小人错了，恳请王妃救小人一命，小人，小人……”周平一阵哽咽，想要解释，可对上林初九没有表情的脸，周平半个字也说不下去了。

“救你？你以为你是谁？自己折腾，还奢望我救你？你知不知道，我有救你的时间，能救多少人？”林初九最讨厌这种不爱惜自己，最后却要麻烦大夫的人，周平可以说是撞到枪口了。

周平的脸色又白了三分，弱弱地低头不敢说话，也不敢再求情。

林初九是王妃，她说不救，谁敢勉强？

同住的几个伤者很同情周平，可林初九不是一般的大夫，她是萧王妃，他们就是想要求情，也不敢开口呀。

最后还是朱御医看不过去，上前拉了拉林初九的衣袖：“王妃，念在他是初犯的分上，你就再给他一次机会吧。这个人我知道，在战场上十分勇猛，这次杀了十几个北历士兵，立了一个不小的功劳。”

周平手底下的人见到朱御医开口，也纷纷上前求情：“王妃，求求你救救我们大哥，大哥……之所以会去喝酒，都是我们唆使的，与大哥没有关系。”因为王妃智退大皇子，他们高兴，一高兴就跑去喝酒了。

“是呀，是呀。大哥不想喝的，是我们说遇到高兴事，要喝酒庆祝一番。”周平几个属下你一言我一语地求情。

林初九虽然生气，却也没有想过不救周平，便道：“只此一次，下不为例。如果还有下次，你自己等死吧。”

“谢谢王妃，谢谢王妃。王妃大恩，我们兄弟一辈子都忘不了。”周平那几个手下一个个拼命磕头。

周平亦是一脸感激，这个在战场上血溅一身，眼也不眨的汉子，此时却眼眶泛红。不顾自己的伤，挣扎着下床，单膝跪在地上：“王妃，谢谢您。从今天起，我周平这条命，就是王妃您的了。”

类似的话周平之前也说过一次，当时林初九没有当回事，现在仍旧没当回事，只让人将周平扶上床，并且压住他，别让他乱动。

林初九让人搬来一个矮凳，把闲杂人等赶出去，留下死活不肯走的朱御医给她打下手，便坐在矮凳上为周平清理伤口。

让周平喝了一碗麻沸散，待到药起效，林初九就动手，一刀一刀将周平伤口上腐烂的肉剔下来，将刚好起来的伤口挖开、切开，让它血淋淋地敞开……

就如同对待心底的伤一样，不是任由它腐烂，而是将其挖出来，哪怕这个过程再痛，也要撑住。

熬过去，一切就好了！

第十九章　那时喜欢你

伤口腐烂，最好的医治办法就是用刀将腐烂的伤口切开，剔除腐肉，将其暴露在阳光下。

这个过程很痛，真正是刀割一般地痛，哪怕是周平这样的铁汉子，哪怕事先喝了麻沸散，周平也痛得全身痉挛、颤抖，忍不住闷哼出声。

压着他的几个老兵，见周平痛成这个样子，看着十分不忍，几次想要开口求林初九轻一点儿，可抬头看到林初九面无表情的样子，到嘴的话就咽了下去。

别说林初九还是萧王妃，就算她只是一个普通大夫，看她一脸认真，不顾脏与累地给周平清理伤口，他们也开不了这个口，而周平自己更是不敢开口，他这会儿就是痛死，也不会开口让林初九轻一点儿。

这是他自找的，他自己明白。

林初九知道周平很痛，甚至痛得承受不住，可她仍旧没有减速，更没有停下来让周平缓缓。

喝酒、异物感染，再加上医治不及时，周平的情况很糟糕。伤口烂出一个巴掌大的坑不说，本身还发着烧，要不尽快将伤口清理好，别说腿了，周平的命都可能保不住。

林初九的双手被她师父赞为老天爷赏饭吃的手，她的手最适合医治外伤，不过半个时辰，周平的伤口就清理得干干净净。

“今天是危险期，熬过今天就没事了，你们留在这里照顾他，时刻注意他有没有发热，万一发热，就叫人去找我。另外伤口太深、太大，没有办法缝合，只能让它自然生长，以后会留疤，走路时会受影响。”林初九给周平上药，包扎，同时将伤口的情况说给周平听，并再三强调，“再弄裂伤口，或者喝酒，你就直接等死吧，不要再找我。”

“小人……明白。”周平全身汗湿，就像是从水里捞出来一般，躺在病床上，虚弱地开口。

王妃说不要喝酒，那么他以后都不会再喝酒，除非王妃叫他喝。

林初九抬眸看了一眼，没有一丝同情与不忍，面无表情地将医疗垃圾放在一旁，起身去药箱拿药：“朱御医，这药你分三次喂给他吃，每隔四个时辰喂一次。”

“好咧。”朱御医接过来，打开闻了一下，依旧是陌生的味道，不过这一次朱御医不敢乱来，甚至不用林初九说，自己就先一步说道，“王妃放心，我一定不会扣下周平的药。”昨晚那几粒药，他研究了半天也没有研究出个所以然，也不知王妃怎么炼出来的。

想到炼药，朱御医眼睛一亮，大叫一声：“王妃，我想到了……”

林初九正在收拾药箱，被朱御医的喊声吓了一跳，扭头，没好气地道：“你想到了什么？这里全是病人，你就不能小点声吗？”

“没事，没事。王妃我们没事。”除了周平外，其余几个伤兵纷纷开口，表示没有问题。

至于周平？他这会儿已经虚弱到没有力气开口。

“一时激动，一时激动，王妃别生气。我是想到一件对你有好处的事。”朱御医摸摸脑袋，嘿嘿傻笑。

“对我有好处？什么事？”林初九不过随口一问，并不怎么放在心上。

朱御医却不在乎，自个儿嘚瑟地道：“王妃你不是喝不下药吗？明儿个我买个炉子来，把你的药都做成药丸。每天现做，药效也不会差，你看怎么样？”为了能让林初九喝下药，将身体调养好，朱御医也是蛮拼的。

林初九脸色一喜：“做成药丸？这个好呀，药丸我肯定吃得下。”这确实是一个好消息，她今天一上午都绷着脸，此时终于露出一抹笑容。

几个伤兵见林初九突然笑了，一个个愣住，暗想：王妃笑起来，还真像姑娘。

咦？怎么感觉有哪里不对？

王妃好像本来就是姑娘吧？为什么要说像姑娘呢？

几个伤兵摸摸头，默默地不想了……

周平听到朱御医与林初九的对话，虚弱地睁开眼，又看了林初九一眼：王妃是病了吗？

可惜，这个问题他没有资格问。

林初九收拾好药箱后，并没有直接离开，既然来到伤兵营，她当然要帮伤兵包扎，尽快完成医圣之心要求的三千个任务。

“你，你是认真的？这个时候还要留在伤兵营？”朱御医听到林初九要留下来，眼睛瞪得大大的。

其实，林初九现在留在伤兵营并不方便，虽说那些兵油子不敢对林初九怎么样，可终归是个姑娘，成天和一群男人混在一起，像什么样？

“伤者这么多，我留下来帮忙不好吗？”林初九知道朱御医担心什么。事实上，要不是有坑主人的医圣之心，她也不想在这个时候留下来。

身份摆在那里，也就是萧天耀不说什么，要换作别的男人，她就是被休一百次也没有问题。

“好是好，可王爷那里怎么办？”朱御医胆子大，可他怕萧王，萧王一变脸，他就不敢吭声。

“我之前不也是这么做的吗？王爷不会说什么。”萧天耀要是在意，早就说了。

朱御医想想也是：“那我让人给你安排。”

“不用了，还是和之前一样。一个营帐一个营帐地包扎下去。”这样速度才快，才有可能完成医圣之心要求的任务。

“那成，就按王妃说的办。”朱御医见林初九是真心的，不再多说，亲自带着林初九去另一个营帐。

伤兵营的人在知道“九公子”是萧王妃的那一刻，心里就明白她不会再来伤兵营。虽说心里偶尔会有期盼，可却从来没有想过期盼会成为现实。是以，当林初九带着药箱走进伤兵营，说要给他们包扎时，里面的人都傻眼了。

是他们眼花了吧？或者是他们今天早上睁开眼睛的方法不对，不然怎么会看到已经是萧王妃的九公子出现呢？

一干伤兵傻愣愣地坐在那里，连行礼都忘了。而在他们好不容易反应过来，准备行礼时，营帐外突然传来一道焦急的声音：“王妃在哪里？我有要事禀报！”

说话的人，是莫清风……

莫清风这么急切地来找林初九，自然不是小事。

“王妃……”莫清风急急走进来，看到林初九站在那里，匆忙行了个礼，说道，“帝国大皇子请您前往黑甲卫驻扎地，共进午膳。”

现在离午时还有一个时辰，轩辕挚这个时候请林初九前去用午膳，不仅匆忙，还显得极为傲慢。

因为他没有给林初九拒绝的机会，也没有给林初九准备的时间，完全是把林初九当成了呼之即来挥之即去的下人。

朱御医听罢，脸色一黑，其他几个想明白的人，脸色也很难看。可作为当事人的林初九，却是一副毫不在意的样子：“这个时候请我用午膳？大皇子果然是真性情。”

林初九拍拍手，站了起来，可还未迈步，就被朱御医挡住了：“王妃，你不能去。大皇子这个时候请你用膳，绝对不是什么好事。”

林初九给轩辕挚下过毒，轩辕挚这么匆忙地请林初九吃饭，说不定就是要给林初九下毒。

他们势弱，中央帝国强势，到时候林初九去了，就是明知轩辕挚端上来的东西有毒，林初九也得吃。

如果林初九中毒了，他们就失了优势，没有了可以威胁轩辕挚的筹码。

林初九苦笑：“朱御医，请我的人是中央帝国的大皇子，我不能不去。”身份低下，就注定只能任人宰割。

“可是……”朱御医明白林初九的难处，可他真为林初九担心。

他相信萧王的眼光，他不怀疑林初九的能力，只是在绝对的权力面前，她只有低头的份，到时候就算林初九能保全上下，自己也必然要吃亏。

“没有可是，大皇子的邀请，我去也得去，不去也得去。”林初九的心态很平和，说话间已经将手套摘了下来，“我先走了，改天再过来给伤者包扎。”

现在离用膳还有一个时辰，她得梳妆打扮，至少要换一件得体的衣服。她去见轩辕挚，不是代表个人，而是代表东文，代表萧王府。她不能坠了东文的名声，更不能坠了萧王府的名声。

众人见状，得知林初九要走，自是不会说什么，只是一个个用担心的眼神看着她，一副欲言又止的样子。

林初九笑了笑，什么也没有说，带着莫清风与亲兵离开了营帐。

出了伤兵营，莫清风快一步走到林初九身旁：“王妃，我已经让人准备好了热水，另外，您的衣服我也让人准备好了，最慢半个时辰，定会送到您手里。”

林初九点点头：“很好。”莫清风这人虽然奸诈，可做事还是靠谱的，至少比流白强。

莫清风想不到林初九会夸自己，闻言一怔，差点忘了走路，还是身后的亲兵提醒他，他才反应过来，连忙低下了头，以掩饰自己的尴尬。

“不知王妃还有没有别的吩咐？”莫清风低着脑袋说道。林初九没有回头，淡然拒绝：“没了。”

她倒是有吩咐，可这穷乡僻壤的地方，莫清风去哪给她寻能为她梳妆的下人？

“谢王妃体谅。”莫清风真心感谢道，林初九这么好说话，给他省了很多麻烦。

林初九回头看了莫清风一眼，唇角微扬，嘲讽一笑，她都知道不提不合理的要求，不刁难人，可是莫清风自己呢？

阻拦大皇子轩辕挚，掠夺天外玄铁，哪一样不是为难人的事？莫清风却把这些她几乎办不到的事，全推到她身上，让她去处理。

莫清风知不知道，一个不好，她就会成为全军上下的罪人？

林初九畅通无阻地走进营帐，紧跟在她身后的莫清风则被守卫拦住了。莫清风想了想，乖乖地站在外面，和守卫一样守在外面。

营帐内，热水早已备好，林初九无声一笑，寻了里衣、中衣走进去。

身上的伤还没有好，林初九这段时间一直是擦澡，这次也不例外。

按说她还要洗头，考虑到没有那个瞬间擦干头发的人——萧天耀不在，林初九只能放弃。

她长发到了腰下，要是没有人给她擦的话，没有一个时辰干不了。

花了一刻钟梳洗干净，林初九又洒了一些香露，这才开始梳理长发。

头发长且杂，想要梳好必然要花一些时间，还要抹不少的头油，林初九嫌油，平时不怎么用，今天却不得不用，不然她无法把头发盘起来。

林初九本身就不擅长梳头，平时都是下人在打理，要是没有下人服侍，她一般都是将两个辫子盘在后面，现在要去见中央帝国的大皇子，林初九不可能再这样，可太复杂的发式她也不会梳。

抓着头发想了半天，林初九越想越不知怎么办。她的头发太长了，要是不绾起来，会非常乱。可要将头发绾成髻，高高梳起，她又做不到。

头发太长，那就……

"剪了吧！"林初九一咬牙，拿起剪刀，一剪刀下去，将长发剪到刚到腰的部位。

长长一把头发被剪了下来，林初九看了两眼，并不觉得可惜。她一直都觉得自己的头发太长了，长到让她心烦的地步，只是平时没有机会，也没有理由可以剪，今天总算是找到了一个好机会。

为免头发散开，林初九用绳子绑了起来，放在一旁，然后对着铜镜，继续修剪头发。等莫清风拿衣服过来时，林初九的头发已经修好了。

莫清风看到林初九的短发，半天都合不拢嘴："王，王妃，你，你的头发……"

"剪了。"林初九接过衣服和首饰，略看了两眼，点了点头。

莫清风应该是用心了，这些东西虽然没有京城的精致、华丽，可也算是不错了。

"这，这……"莫清风指着林初九的头发，半天不知道说什么好。

林初九看了他一眼，淡漠地道："还有事吗？没事就出去吧。"

莫清风不走，她怎么换衣服？不换衣服，她怎么梳头？

要知道，现在离轩辕挚约定的时间，只有半个时辰了。

"我这就退下。"莫清风显然知晓自己犯错了，连忙告退。

林初九随即拿着衣服去内室。

同一时刻，远在碧海阁的萧天耀，也收拾好，去赴时逸寒的约。

萧天耀和时逸寒约了今天中午见面，不过两人依旧没有约具体的地点。

上一次，萧天耀直接去了兰兮小筑，和时逸寒打了一架，把时逸寒的兰兮小筑给毁了，这一次肯定不能再去兰兮小筑了。

"王爷……"萧天耀一出门，碧海阁的管事就牵了一匹马过来，殷勤地请萧天耀上马。

萧天耀一句话也没有说，接过缰绳，翻身上马。身后的侍卫紧随其后，上马的动作整齐划一，光看着就让人赏心悦目。

“驾……”一行人打马离去，管事站在后面，吃着灰尘，目送萧天耀一行人离去，哪怕明知萧天耀不会回头，管事仍旧一脸恭敬地站在原地，久久不动。

“罗管事，王爷都走了。”小厮见管事半天不动，怕他出事，特意上前提醒了一句。

“啪……”罗管事回过神，反手就给了小厮一记：“你个臭小子，我还需要你提醒？难道我不知王爷走了吗？”

小厮摸了摸头，委屈地道：“那你还站在这里干什么？”

“蠢货。”罗管事瞪了小厮一眼，理了理衣摆，转身往里走，留下小厮站在原地，伸长脖子往前看：“王爷这是要去哪里？”

萧王要去哪里？别说小厮和管事，就是跟在他身后的侍卫，也不知他要去哪里。直到萧天耀在本城最大的酒楼停下，身后的侍卫才知萧王的目的地是鼎盛酒楼。

骏马停在酒楼门口，萧天耀刚下马，就有一个身手不赖的青年上前接过萧天耀手中的缰绳：“贵客光临，我们家少主已恭候多时。”

身后的侍卫也一一下马，这个时候他们才发现，平日里座无虚席的鼎盛酒楼，此时竟空无一人。

萧天耀一言不发地往里走，侍卫本打算跟随，不料被那位青年拦了下来：“几位，这边请。”

“王爷……”侍卫没有动，而是看着萧天耀的背影。萧天耀没有转身，亦没有停下脚步，只抬了抬手。

侍卫见状，不再上前，但也没有跟随那名青年走，而是站在大厅，如同柱子一般。

萧天耀拐了个弯，朝二楼走去。

二楼临街的雅座里，时逸寒倚窗而坐，手上拿着一个酒杯，看上去放浪形骸，潇洒无比，眼中却是精光闪烁。

“萧王可算是来了，本少主等你多时了。”看到萧天耀走进来，时逸寒没有起身相迎的意思，只朝他举了举杯。

萧天耀也没有放在心上，径直在他对面坐下：“本王一直以为，时少主与本王约的是午时。”此时离午时尚有一刻钟，可以说不是萧天耀来晚了，而是来早了。

“我约的是中午。”时逸寒既不承认，也不否认。

萧天耀看了他一眼，没有说话，拿起桌上的酒壶，给自己倒了一杯，一饮而尽。

时逸寒诧异地挑眉：“萧王喝得这么干脆，就不怕酒里有毒？”

“本王相信天藏影月的名声。”没有直接说时逸寒，可见萧天耀是不信他的。

也许，昨天之前他信，可今天真不好说。萧天耀相信时逸寒输得起，但不敢保证时逸寒会不会一时想左，他不能拿自己的命去赌别人的疯狂。

“天藏影月……”时逸寒笑道，“萧王还真是高看我了，我要做什么，可不会管什么天藏影月的名声。不，应该说，我时逸寒想做的事，这天下没有人能管到我。”

“时少主够潇洒。”萧天耀不认可也不否认，和时逸寒一样打太极。

时逸寒不由得笑了出来：“萧王果然是半点亏也不吃。”

“彼此，彼此。”萧天耀举杯，一口喝尽。

“萧王好酒量。”时逸寒也不甘示弱，同样是一口干了。

“啪啪……”放下酒杯，时逸寒拍了拍巴掌，便有一群绝色少年，端着一碟碟精致的菜肴上来。

时逸寒指着放菜的少年，戏谑地道：“知道萧王家教甚严，特意寻了少年，萧王妃应该不会不高兴吧？”

“会。”萧天耀斩钉截铁地说道，“本王的王妃，不喜欢本王身边出现任何美人，不管男女。”

“噗……”时逸寒一口酒喷了出来，差点喷到菜上，幸亏他反应快，先一步转过头。

不要脸，不要脸，萧天耀真的是太不要脸了。

“萧王，你这么诋毁萧王妃，就不怕萧王妃会不高兴吗？”时逸寒眼角抽搐，一副看怪物的样子看着萧天耀。

萧王的脸皮真的太厚了！

“实话，为什么要不高兴？”萧天耀反问，那一本正经的样子，就好像在谈什么严肃的国家大事。

时逸寒看他这个样子，知道再说下去自己占不到什么便宜，索性不再说，提起酒壶给萧天耀倒了一杯酒，又将自己的酒杯倒满：“我说错了话，自罚三杯。”

时逸寒十分爽快地将三杯酒喝完，然后又倒了一杯，朝萧天耀晃了晃杯子：“现在我们谈正事。”他真的很想知道，萧天耀今天还跑来找他，到底是为什么事？

要知道，碧海阁和天藏影月的事，昨天晚上就解决了。

萧天耀没有与时逸寒拐弯抹角，举杯将酒喝尽，放下杯子就道：“解决帝国大皇子的事，本王帮你做一件事。”

知道带走苏茶的人是时逸寒，萧天耀就有这个计划了。或者说，得罪轩辕挚后，萧天耀就想过去找时逸寒，让时逸寒出面解决这件事。

天藏影月和他不同，他的势力更多的是在东文四国，而时家的势力不仅遍布四国，就是在中央帝国也不弱，就是轩辕挚也要给时逸寒面子。

时逸寒顿了一下，笑道：“萧王爷，你能帮我做什么？摆平大皇子，可不是一件容易的事。”虽然对他来说不过是见个面、说句好话的事，可他凭什么要帮萧天耀？

萧天耀能做到的事，他时逸寒有什么不能做到的？甚至，萧天耀做不到的事，他时逸寒都能做到。这样的情况下，他会稀罕萧天耀提的条件吗？

时逸寒完全不把萧天耀提出来的条件当回事，而面上也是这么表现的。

当然，时逸寒还算给萧天耀面子，没有直接说什么，而是举着杯子，轻轻晃着，就是不喝；嘴角含笑，似多情又似无情，就是不说话。

这是拒绝，无声的拒绝。对时逸寒来说，他用这种办法拒绝萧天耀，已是给足了面子，萧天耀要是不识好歹，那就与他无关了。

时逸寒的拒绝这么明显，萧天耀怎么可能不知道？他并不生气，也不着急，只是看着时逸寒，脸上没有表情。

时间一分一秒过去，两人就这么看着，一个眼眸含笑，一个眼神冰冷，看似没有交流，实则火光四射，杀气冲天！

一炷香……

两人以眼神交战，看似谁都没有动，可时逸寒脸上的笑容却越来越僵硬，最后红嫩的脸颊甚至变得惨白，发青……

静，死一般的寂静！

萧天耀和时逸寒之间，好似出现了一道屏障，将外界的一切阻隔在外！

两刻钟，半个时辰……

太阳隐入云层，天空变得灰暗，而时逸寒的脸色也变得铁青。

"哇……"不知怎的，时逸寒突然张嘴，"哇"地吐出一口血。

时逸寒抬手擦掉嘴角的血，看了一眼染血的菜肴，又看向萧天耀，露出一抹冷傲的笑："昨晚，你留了一手？"

居然能逼得他吐血，萧天耀到底是什么实力，为什么他看不明白？比武神更高的境界？他知道这世间有些人能冲破武神，达到更高的境界，可是萧天耀才多大，怎么可能？时逸寒看着萧天耀，眼神晦暗不明，不知在想些什么。

萧天耀看了一眼，淡漠地收回眼神，说道："杀了你，对本王有什么好处？"也就是说，他承认自己昨晚留了一手，否则时逸寒早死了！

"我该谢谢你吗？"时逸寒看着萧天耀，眼神变得冰冷。

他讨厌被人轻视，更讨厌萧天耀这种自以为留一手，实则羞辱他的举动。他时逸寒从来不需要人留手，他时逸寒输得起，哪怕输的代价是命，他也输得起！

萧天耀知道时逸寒的不满与愤怒，可他不在意，轻晃酒杯，不无嘲讽地道："不，你应该感谢你的母亲，感谢你身后的天藏影月。"

倘若时逸寒没有时芊芊这个母亲，没有天藏影月这个助力，他纵是天才又如何？这世间从来不缺天才，但缺能让天才成长的空间与机会。像时逸寒一样有天赋的人不少，但能有时逸寒这番成就的人，却只他一个。不管时逸寒承不承认，他能有今天，和他的身份脱不了干系。

萧天耀这话可谓极直白，也极重，时逸寒不可能听不懂。萧天耀的话一说完，时逸寒就变脸了："萧王果然嚣张。"从来没有人敢在他面前说这种话，萧天耀是第一个，他想……也会是最后一个。

"本王一向实话实说，时少主喜欢也罢，不喜欢也罢。"萧天耀仰头将杯中酒喝尽，再次说道，"时少主，本王的提议你好好考虑三天。这三天内本王都在碧海阁，时少主做好决定，让人告知本王一声即可。"

话落，萧天耀起身离去，根本不将时逸寒放在心上。

看着突然离去的萧天耀，时逸寒咬牙切齿，右手紧握成拳，重重捶打在桌上："可恶！"

"咚……"桌上的饭菜震得一晃，有不少汤汁都洒了出来，而时逸寒俊美的玉颜，也因此染上几许恼怒。

想着萧天耀话中的笃定与威胁，时逸寒怒火高涨："我一定要让天藏阁的人，把萧王一日三餐、吃喝拉撒时的表情全部查出来，然后画成画像，在东文四国传播。"

他长这么大，还从没见过比萧天耀更惹人嫌的人，可偏偏就这么一个惹他嫌的人，他杀不了，也杀不得！就如同萧天耀不敢杀他一样，他也不敢杀萧天耀。因为萧天耀的实力，萧天耀的身份。

同一时刻，林初九也装扮好了，换上了正式一些的衣服与首饰，带着一个小太监走了出来。

小太监原是萧天耀身边服侍的人，不过萧天耀一向不喜欢旁人在身边出现，小太监平日里只能远远地做一些事，极少能近萧天耀的身。

林初九平时一向喜欢宫女服侍，她不歧视太监，可着实不习惯。

可今天没有办法！她身边必须要有服侍的人，而偌大的军营着实找不到一个合适的女子，在没有选择的情况下，她只能带太监出席。

扶着太监的手，踩着矮凳，林初九登上马车，而驾车的车夫则是莫清风。

看到莫清风一身车夫装扮，恭敬地站在马车前，林初九无声一笑。

果然是物以类聚，人以群分。莫清风和萧天耀是一种人，他们利用别人毫无压力，可转身却又自责、补偿。

当然，萧天耀是从来不懂得自责为何物的，也不会因为这种小事而自责，萧天耀顶多是补偿她罢了。

如同没有看到莫清风一样，林初九径直坐进马车，而莫清风也没有说话，尽责地做好一个车夫，驾着马车将林初九送到轩辕挚的营地。

轩辕挚压根没有将林初九放在眼里，这次请林初九过来用膳，轩辕挚将这种轻视发挥到了极致！

事先招呼也不打一声，临吃饭前才让人去叫林初九过来，连准备的时间都不给。紧接着不等林初九到，自己就先吃了起来。

是的，林初九比约定的时间早到一炷香，饶是如此，等她走进轩辕挚的营帐时，轩辕挚已经开始吃了，而且连招呼都不招呼林初九一句，一个人吃得欢快，就好像林初九不存在一样。

林初九微微挑眉，笑了……

她忍得住气，受得了委屈，可她不是逆来顺受的脾气，更不用提她此时还捏着轩辕挚的“命脉”，要是她服了软，轩辕挚还会受她威胁吗？

略等了片刻，见轩辕挚仍没有招呼她的意思，林初九也不站在那里受气，从容地在轩辕挚对面的位置坐了下来，见桌面上没有碗筷，毫不见外地命令道：“来人，送一套餐具上来。”

“啪……”林初九的话刚落下，轩辕挚就放了筷子，冷着脸看着她：“萧王妃，谁给了你资格，让你在本皇子的地盘上指手画脚？”

轩辕挚出身中央帝国，是帝国千尊万贵的大皇子，那一身贵气能压得人不敢抬头，略一发火就能把人吓趴下，就是黑甲卫也会心生惧意，可是……

林初九却像是什么也没发生，脸带笑容，面色不变，反问道：“不是大皇子你给了我这个权利吗？难不成大皇子邀我一同用膳是假的？”邀她用膳，却连碗筷都不给她准备，这真是人干的事？

“伶牙俐齿，萧王怎么受得了你这样的女人？”轩辕挚一脸嫌恶地看着林初九，倒是没有阻止下人给她送碗筷。

他是想给林初九难堪，不过现在看来，林初九这女人脸皮极厚，旁人觉得难堪的事，在她眼中似乎都不是事。

林初九略低头，笑中带着一丝得意：“萧王就喜欢我这样的。”

轩辕挚当即脸黑：“你这女人，怎么这般不要脸？”喜欢什么的能挂在嘴边随便说吗？

“萧王有多喜欢我，东文上下尽人皆知，我实话实说怎么就不要脸了？”萧王当初可是为了她，遍请天下名医。虽说这事知晓内情的人都明白是怎么一回事，可拿来骗骗不知情的外人，还是能瞬间树立起萧王爱妻如命的美好形象的。

“你，这女人……”轩辕挚一时语塞，上下打量林初九一番，刻薄地道，“依本皇子看，萧天耀喜欢你十有八九是骗骗外人，拿你当挡箭牌。你看看你，全身上下都是廉价品，没有一件值钱的东西。你这身装扮，本皇子身边最下等的宫女都不屑穿，可萧天耀却拿来给你穿，可见他有多不把你当回事，也就是你这种蠢女人，才会自以为萧天耀喜欢你。”

当众说一个贵族女子衣服、首饰很廉价，这绝对是很打脸的行为，心理承受能力稍弱的人，立马就会羞红脸，可惜林初九不是一般人。

生母早逝，被林相厌弃的她，穿过比这更差的衣服，听到过比轩辕挚更刻薄的话，见过比轩辕挚更轻蔑的眼神。

她从来都不是天之骄女，她没有骄傲的资格，面对旁人羞辱的言语，心里不是不难过，可她习惯了。是的，习惯到麻木，到最后已经不懂得痛了。

林初九站起来，从容而淡然地致歉：“让大皇子见笑了，这身衣服要是无法入大皇子的眼，我这就去换一套。”再换一身衣服，不一定会比这更好，但一定能让她躲过这顿饭。

虽然她知道，这不可能，可她仍想一试，万一轩辕挚脑子抽了呢，是吧？

“换一身？你还能拿出更好的衣服吗？”没有羞辱到林初九，轩辕挚表示很不开心。

他到现在还忘不了林初九威胁他的事。

林初九道：“来见大皇子，我自然是寻了我现在最好的衣服。”她可拿不出比身上这一身更好的衣服，当然莫清风也拿不出来。

“穷鬼。”轩辕挚高傲地冷哼一声，拍拍手道，“撤了，重上！”

满满一桌菜，少说二十几个，轩辕挚不过是略略动了几筷子，就说撤就撤了，可见帝国生活之奢侈。

林初九看了一眼，没有作声，脸上挂着恬淡的笑，就好像什么事也无法让她生气一样。

轩辕挚一抬头就对上林初九平静的眸子，心里的那股烦躁更甚，语气不善地道：“本皇子还以为，依你的清高，会说本皇子奢侈浪费呢。”他以前也遇到不少女子，讨好他的，清高冷傲的。

前者，不管他做什么都盲目地说好；后者则是一副不将他放在眼里的样子，每每看到他大摆宴席，随意享用山珍海味，都要说他铺张浪费，原以为林初九也是这样的人，结果这女人居然不吭声。

“大皇子说笑了，我林初九从来都不是清高的人，再说我也不觉得大皇子浪费。作为帝国皇子，你享受这一切是理所当然的事。”林初九嘴上是这么说的，心里也是这么想的。

好不容易投胎成帝国皇子，要不好好享受这一切，岂不是对不起自己投的好胎？

林初九的话，让轩辕挚莫名地心情大好：“你这女人……撇去你和萧天耀的关系外，还真让人讨厌不起来。”

可惜，偏偏林初九是萧王妃，还给他下了毒，他要放过这女人，都对不起自己。想到即将端上桌的菜肴，轩辕挚脸上的笑容更大了。

轩辕挚在言语和行为上极力轻视林初九，在菜肴上倒是费了心思。说费了心思有些不恰当，只能说轩辕挚没有在菜肴上怠慢林初九，要说费心思那也是轩辕挚手下的人费心思。

天上飞的，水里游的，山里跑的……宫廷御宴中最上等的菜肴，林初九在这桌上都能看到，有些甚至做得比宫里还要精致。

不过想想也能理解，东文建国不到百年，而中央帝国已传承千年，二者自是没有可比性。

“如何？对今天的菜色还满意吗？”轩辕挚看到了林初九眼中一闪而逝的惊讶，得意地问道。

林初九的身体到底是怎么一回事，瞒得了旁人却瞒不了他。这些菜可是他让人精心搭配的，单吃一道没有什么问题，可要是吃两道以上，再结合林初九那破败、余毒未清的身体，就算不能弄死她，也能叫她折寿十年。

“大皇子准备的菜色，自是极好的。”林初九面上笑得温婉，心里却把轩辕挚从头骂到脚，把自己所知的所有脏话都丢了出来。

她通医理，自然明白食物相克的道理，有些食物在服药期间是不能吃的，偏偏轩辕挚让人端上来的菜，有九成是她不能吃的，剩下的那一成估计也有问题。

这么一桌子菜，不说她全吃了，就是意思意思，一样尝一口也能要她半条命。要知道，她这破败的身子可不比普通人，这么一折腾就算不会当场要了她的命，也得少活十几年。

轩辕挚这一招可谓是杀人不见血，而她明知是陷阱也得往下跳……

轩辕挚够狠！

林初九心里骂着脏话，脸上的笑容却越发地灿烂，眉眼平和，就好像不知道轩辕挚的阴谋一样，有那么一刹那，就是轩辕挚也觉得林初九可能什么都不知，可很快轩辕挚就否认了这个想法，因为在他动了一筷子后，林初九也动筷子了，可她只吃面前的一道菜。

“真正是个聪明的姑娘。”轩辕挚放下筷子，笑着称赞。

明明知道他的算计，却当作什么也不知。他不点破便装傻到底，让他吃这个闷亏。

林初九这个应对的策略再好不过，不用撕破脸，又能规避风险，可惜他不会允许，而林初九与他身份上的差距，注定林初九没有自主权。

轩辕挚放下筷子，林初九也停了下来，带着几分无奈地道：“再聪明也聪明不过大皇子，在大皇子面前我不过是耍点小聪明罢了。”

依旧是笑颜如花，语气淡然，不生气，不愤怒，就好像两人是知交好友，在谈论某件无关轻重的小事，而不是在说生死大事。

“现在恭维我，晚了。”轩辕挚承认，和林初九这种聪明的女子打交道，真的很舒服。如果林初九不是萧王妃，如果林初九没有算计他，他一定会把林初九带回中央帝国，做他的女人。

聪明的女人不需要人费心，养个这样的女人在身边，会很贴心。

“大皇子，我现在道歉还来得及吗？”林初九起身，双手作揖，九十度鞠躬。

轩辕挚没有让林初九起来，也没有接受林初九的道歉，任林初九保持着弯腰的姿势，说道："给本皇子解药，本皇子饶你一命。"

"大皇子，你知道的……不可能。"林初九想也不想就站直，面色不变地说道。

"莫非你要用你自己的命，换他们的命？"轩辕挚剑眉斜挑，一副不敢相信的样子。

林初九实话实说，"不是换他们的命，而是保我自己的命。大皇子应该很清楚我和王爷在东文的处境，要是没有这些人，明年的今天，大皇子就能在我的坟头上看到半尺高的草了。"她倒是不想牺牲自己，可就算她现在拿金吾卫、拿边境数十万大军来换自己的命，事后也逃不掉一死。

人有时候就是这么的无奈，如果她为保护大军而死，那么她就是英雄，她就可以被记在史书上，成为被史官歌颂的女人。反之，要是边境大军全部战死，只有她一个人活了下来，那她就是罪人，也许同样能被记在史书上，可那时候必然是骂名。

"看样子你是不打算妥协了。"轩辕挚点了点头，没有劝说的意思，而是站起来，将桌上的菜每样舀了一点放到盘子里，而后将盘子递到林初九面前，笑得温柔，"本皇子第一次替人布菜，萧王妃可肯赏脸？"

今天，林初九吃也得吃，不吃也得吃，除非她肯拿出解药，不顾边境数十万大军的生死。

面前的菜即使混在一起，仍旧散发出浓郁的香气，可林初九明白，这一碗不是什么"佳肴"，而是"毒肴"。

林初九明知这一碗菜吃下去，自己十有八九要出事，仍旧含笑接过："大皇子亲手端来的，别说是美味佳肴，就是毒药我也会全部吃下。"

明媚的笑容，温柔的语气，好似不知这一碗菜吃下去，会带来什么样的后果一般。

"既然如此，那你就多吃一点，本皇子可不经常给人布菜。"聪明的女人就是引人欣赏，轩辕挚发现自己越发地欣赏林初九了。

面对死亡的阴影，依旧能笑得没心没肺，就是男人也做不到。

"定不辜负大皇子的好意。"林初九后退一步，端着盘子坐下，拿起筷子吃了起来，举止从容，没有一丝的担忧与不安，甚至还时不时地赞美道，"味道很好。"

轩辕挚看着林初九娇美的侧颜，看着她含笑食"毒"，有片刻的怔忡："怎么办？本皇子越来越喜欢你了。"

"你有喜欢我的权利，我也有拒绝你的权利。大皇子，我已婚。"林初九语气轻快，面上带笑，心里却在骂娘：喜欢个屁呀，喜欢她就当面弄死她吗？

林初九很清楚，轩辕挚的喜欢不过是随口说说罢了，他不会因为这一句喜欢，就放弃逼她交出解药，也不会因此饶她一命。她从来不对轩辕挚抱希望，从来不奢望轩辕挚会手下留情，而要她交出"解药"是不可能的，她能做的就是将盘子里的饭菜全吃了。

盘子里的菜分量不算少，林初九吃得慢，等到她吃完就觉得饱了，可不等她开口，轩辕挚又为她盛好了一盘菜，并且亲手放到她面前："既然喜欢，就多吃一点。"

轩辕挚就坐在林初九身侧，那体贴的举动，温柔的语气，就好像他们是一对情人。

“大皇子你真是太客气了。”林初九默默地看着盘子里比之前多了一倍有余的饭菜，面上带笑，心里却郁闷得不行，轩辕挚这是想撑死她吗？

“本皇子和你什么关系，哪里需要客气？喜欢哪道菜直接说，本皇子命人多上几份。”不知是玩兴大起，还是装上瘾了，轩辕挚望向林初九的眼神越发温柔，林初九却觉得瘆得慌。

她宁可轩辕挚用杀人的眼神看她，也好过现在这般。

“大皇子选的菜每一道都很好吃，可惜我的胃小，吃不了那么多，这一盘已是极限了。”她真的吃不下了，除非轩辕挚想要撑死她。

“胃口可真小，不过女子少吃一些也好，如此才能保持曼妙的身材。”说话间，轩辕挚放肆地打量林初九，那眼神和看青楼女子没有什么两样。

林初九暗自咬牙，面上却只是笑笑，只当自己看不懂。

轩辕挚的身份摆在那里，她能朝轩辕挚发火吗？再说了，轩辕挚只是看，并没有说什么，她要是开口点破，那不就是承认自己在轩辕挚眼中，就是青楼女子吗？自找羞辱的事，她才不做。而且，轩辕挚已经答应，只要她吃完盘子里的东西就好，她何必节外生枝？万一把轩辕挚惹毛了，要逼她把桌上的饭菜全吃了怎么办？

林初九不去看轩辕挚，将面前的空盘移开，然后再把盛满菜的盘子放到自己的面前，一口一口地吃了起来。

明知这些东西吃下去，自己的身体会受不住，甚至有可能当场死亡，林初九仍旧没有表露出一丝异样，举止优雅、从容，不见丝毫窘迫与慌乱。

轩辕挚刚开始是抱着开玩笑的心态，坐在林初九身侧；抱着调戏的目的，盯着林初九吃饭，可看着看着，轩辕挚发现自己居然看呆了，心里不受控制地滑过一丝不忍，甚至冲动地问了一句：“你……不害怕？”

明明知道是毒，为什么还能面不改色，从容咽下？这真的是一个女人吗？

“怕呀。”林初九将嘴里的菜吞下，停下进食的动作，扭头看向轩辕挚，回答他的问题。

“既然害怕，为什么不停下来？”他就说嘛，这世间怎么会有人不怕死？

“你会允许我停下来吗？”林初九问道。

轩辕挚摇头：“你可以求我。”让林初九跪在他脚下求他，应该是一件很有趣的事吧？

林初九笑，“我求你，你会放过我吗？”

不等轩辕挚回答，林初九又道：“不会的。事关生死，不是求就有用的。既然明知无用，我为什么要求你？再说……你要的也不是我的命。”她要是死了，轩辕挚身上的“毒”怎么解？

“你可知，你回去后会面临什么？”虽然不致命，可这一桌菜吃下去，林初九绝对不好受。

“引发我体内的毒素，腹部绞痛，上吐下泻，高烧不止，病倒在床，身体虚弱，折寿十年……还有什么我没有说到的吗？”林初九飞快地报出一连串的后果，语气轻快，好似局外人一般。

“全身浮肿，身体发黑，也许还会变丑。”轩辕挚知道后果严重，但具体有什么后果，他需要去关心吗？

他只要交代下去，自有人为他安排好一切。

“真惨。”林初九摸了摸自己的脸，一副怕怕的样子，不想说完她又继续吃了起来，好像她刚刚和轩辕挚说的是别人一样。

“你真的不怕？”轩辕挚发现自己真的搞不懂林初九，这个女人太奇怪了。

林初九道：“吃都吃了，有什么好怕的？左右不过是遭罪罢了，难受十天半个月就好了。”她当然怕了，可她怕有用吗？

她要说怕，轩辕挚是会放过她，还是会安慰他？

“对了，大皇子……”林初九夹菜的手一顿，扭头看向轩辕挚，认真地问道，“大皇子，我吃完了你真的会让我走吗？”

“怎么，怕本皇子不守承诺？”轩辕挚确实没有打算放林初九走，要这么轻易就放她走，那也太便宜她了。

“不是……我怕我会在你这里吐。”说到最后，林初九面上已露出痛苦的神色，左手也按在了腹部上。

“怎么回事？”轩辕挚脸色一变，猛地站了起来。

不过瞬息，林初九已是脸色惨白，额头沁汗，痛苦地喊道：“好……痛。”

“怎么这么快？”轩辕挚眉头紧皱，看林初九一脸痛苦的样子，鬼使神差地想要伸手去扶她，好在伸到一半时轩辕挚反应过来了，生生顿住。

林初九痛得直咬唇，面上仍旧带着笑：“我最近在喝药，有些药与食物相克。”

“明知药与食物相克，你还吃？”轩辕挚用看白痴的眼神看着林初九。

他长这么大，就没有见过比林初九更蠢的女人。知道自己不能吃，知道吃了后果严重，她就不会服软，不会求情吗？

“我能不吃吗？大皇子殿下。”林初九狠狠地吸气，压下一波接一波的疼痛，那倔强的样子让人生气，可又无法克制心中的怜惜。

“你……真是蠢货！”轩辕挚心里烦躁，一甩衣袖背过身去，眼不见为净。

这么蠢的女人，他为什么要心疼？

不，这个女人不仅蠢，还很心狠，对他狠，对自己更狠，这是一个可怕的女人……

第二十章　欲戴皇冠必承其重

林初九额头布满冷汗，虽然面上带笑，可苍白的脸色和微微蜷曲的身子，无不在告诉轩辕挚，她很不舒服，她很难受，几乎到了无法承受的地步。

饶是如此，她仍旧可以谈笑如常。

“你真是一个可怕的女人。”轩辕挚的眼中闪过一抹慎重。

林初九是一个可怕的女人，她对别人狠，对自己更狠，这一点儿萧天耀很早就知道了，而现在轩辕挚也知道了！

这样的女人，聪明的男人都不会招惹，而招惹上了就绝不会放过。轩辕挚很想弄死林初九，免得日后给自已添麻烦，可是……

这个念头刚浮起，就被轩辕挚给拍飞了。

轩辕挚找大夫看了，他的身体确实不对，不知是不是毒，总之随他而来的大夫诊不出。这样的情况下，他根本不可能要林初九的命。

可任由林初九在他这里多痛一会也没有意思，那些乱七八糟的菜已经起效了，林初九在这里是痛，离开这里也是痛。

再说了，万一这个女人真吐在这里，他怎么办?

他可受不了营帐里有酸臭味。

轩辕挚没再为难林初九，双手环抱，略略欣赏了林初九痛苦的样子，就挥挥手，大发慈悲地让林初九走了。

“多谢大皇子，改天王爷回来了，我们夫妻二人再宴请大皇子，还请大皇子赏脸。”林初九痛得全身都在颤抖，仍旧克制住了颤抖的牙关，优雅地行礼，一个字一个字说着辞别的话，严谨认真得如同传世数千年的大家贵族。

“本皇子一定赏脸。”轩辕挚确实想要看看，萧天耀和林初九是怎么相处的。

林初九这么强势的女人，萧天耀能压得住吗？

如果能看到萧天耀被一个女人欺负，想必很有意思。想到这里，轩辕挚的唇角不受控制地上扬，眼带笑意地目送林初九离去。

林初九被轩辕挚看得毛毛的，可她现在一刻都不想多待，哪怕心里再好奇，林初九也没有停下来询问。

心里急着离开，不过林初九并没有表现出来，虽说脚步有几分凌乱，却仍旧走得从容，只在快出营帐时，略略表现出自己的急切。

“还以为你能永远处变不惊呢。”轩辕挚看到这一幕，面露嘲讽，眼露轻蔑。好在林初九看不到，不过，就算林初九看到也没用，她压根就不会在意。

莫清风一直在帐外等着，见林初九一脸惨白、踉踉跄跄地走出来，快步上前，伸手就欲搀扶，却被林初九拒绝了：“不用。”

“王妃……”莫清风皱眉，手僵在半空。

林初九扫了莫清风一眼，无视他眼中的担忧和伸到自己面前的手，从他身边走过，朝马车走去。

莫清风无奈，轻叹了口气跟在林初九身后。

林初九的步伐很稳，但走得很慢，莫清风面无表情地跟在身后，看着林初九单薄却坚强的身影，第一次问自己：他是不是做错了？

大皇子来犯，他把麻烦丢给林初九。发现天外玄铁，他还是把问题丢给林初九。

虽说王爷走之前说了，一切交由王妃决策，可王妃终归是个女子，遇到危险不该是他们这些男人冲在前面，保护王妃吗？为何反倒是王妃冲在前面，保护他们？

看着林初九扶着太监的手，艰难地爬上马车，莫清风又是一叹：“也许对与错都不重要，重要的是王妃做到了，要换作我们，恐怕没有一个人能阻止大皇子出兵。”

收起心中那一闪而过的自责与愧疚，莫清风翻身上马，护在马车身后。

一个时辰！林初九只在轩辕挚的营帐里待了一个时辰，可这一个时辰对朱御医等人来说无比漫长。林初九前脚离开军营，金吾卫后脚就全副武装，列队站在军营最外围，随时准备进攻。他们一直站在门口，等林初九回来，或者等出兵的信号。半个时辰，一个时辰……他们站在那里，如同松柏坚定不移，目光炯炯地看着远方。一个时辰过去，金吾卫的首领已面露不安，派斥候前去探查消息，同时让手下的人做好准备，随时进攻。

就在此时，林初九的马车出现了！

“回来了，回来了，王妃回来了！”斥候急切而欢喜地回来报告。

“回来了？王妃真的平安回来了？”金吾卫首领听到这个消息，面上一喜，双眼放光。

斥候吓了一跳，差点儿就从马背上摔下来，紧紧拉住缰绳，稳住身形后，重重点头：

“将军，王妃平安回来了，我看到莫少就在王妃身侧。王妃要有事，莫少必然不会袖手旁观。”

林初九坐在马车里，斥候不可能知道她的情况，只能从莫清风的情况做推测。

莫清风是去保护林初九的，莫清风都没有事，林初九又怎么可能有事?

只是，他们不知的是，帝国大皇子要折腾一个人，从来不会喊打喊杀，他有的是杀人不见血的法子，有的是让人生不如死的法子!

金吾卫将领收到消息，立刻让人将消息传下去，免得众人担心。

要知道，自从收到帝国大皇子宴请林初九的消息，全军上下就没有一个人能笑出来，尤其是伤兵营的人，每隔一息就要派人出来问情况，都快把人问疯了。

“是!”斥候大声应道。

于是，林初九的马车还没有过来，军营上下就传遍了她平安回来的消息。

而天知道，此时的林初九有多痛苦。

她在轩辕挚面前的痛苦样，有五分真，五分是装的，就为了骗过轩辕挚，好到马车上催吐，把吃进去的东西全吐出来，可是……

不知轩辕挚在饭菜里放了什么鬼东西，她吐了半天居然什么也没有吐出来!

明明都吃撑了，可就是吐不出来，这种感觉真不是一般的难受。

“这就是道高一尺，魔高一丈吗?”林初九捂着绞痛难忍的肚子，趴在马车上，眼中的泪水无声地滑落……

腹部绞痛难耐，就好像有尖刀在里面来回打转一样。胃里翻滚，如同江海澎湃，想吐却怎么也吐不出来。

“唔……”林初九坐在马车里，死死地咬着唇，不让自己痛叫出声。

在马车上痛叫出声，实在太丢人了，虽然她明知轩辕挚的人就在暗处盯着，她要是痛出来，必然会如了轩辕挚的意，可她就是不想这么做!

说她矫情也罢，说她作死也罢，反正她就是这么一个人。她宁可痛死，也不要如敌人的愿，让对方看到自己的丑态。

死要面子活受罪的林初九，一个人在马车上痛得死去活来，等到马车停下来，她却在下人的搀扶下，面带微笑地走了出来。

面上依旧带着痛楚，脸色十分苍白，两鬓汗湿的长发贴在脸上，看上去很狼狈，可她坚挺的背和面上春风般的笑容，却能让人忽视她的狼狈，只注意到她的美好。

“众位将士辛苦了。”林初九下了马车，拒绝了太监的搀扶，看着全副武装、一脸无畏的金吾卫，林初九突然觉得一切都值得。

不是她太伟大，而是如果死她一个，能换所有人的平安，确实更值得。

当然，她心里仍旧委屈，仍旧怨恨，但这与军中的将士无关，纯粹是针对萧天耀。

萧天耀这个男人，不是把她当成女人，而是把她当成女战士。也幸亏她打小就没有父母疼爱，没有养出娇气的毛病，不然她和萧天耀这样的男人真的过不下去。

萧天耀太强，而且野心极大，他要的女人不是一般人。

脑子里胡思乱想着，脚步却没有停，虽然走得很慢，却很坚定，时不时会向身侧的人点头致意，除了略有几分虚弱外，旁人看不出一丝异常。

从军营门口到营帐，那段路很长，就是平时林初九也要走一炷香左右，此刻她虚弱至极，更是走得慢了。

一炷香才勉强走到一半，林初九想过停下来，让亲兵抬软轿过来，可她现在是军中众将士心中的神，如果她倒下了，恐怕会军心不稳。

轩辕挚用这种法子折腾她，恐怕也是为了让她在全军将士面前丢脸，让他们看到她狼狈不堪、虚弱无助的一面，不再把她当成精神支柱。

这么一想，林初九更加坚定了一步步往前走的信念。轩辕挚越是想要看到她狼狈的一面，她越是不会让他得逞。她这人就是这么别扭，自傲又自卑地别扭！

林初九狠狠一咬舌尖，将嘴里的血咽下，面带微笑地与众人招手致意。

她现在不敢说话，怕一开口就会有血流出。

依旧是缓慢而优雅的步调，林初九又走了一炷香，终于走到营帐外金吾卫把守的地方，面上不显，心底却是狠狠地松了口气。

终于到了！

林初九停下脚步，转身，再次朝众人挥手，而这一次她说了两个字："散了。"就这么两个字，已是耗尽了她全部力气，说完后她再也不敢停留，快步走向营帐，如果仔细看就会发现，她此时有多狼狈！

莫清风紧跟在后，要是平时林初九一定会让人把他丢出去，可此刻林初九没有力气。近乎是跌跌撞撞地走进营帐，而一踏进去林初九就撑不住了。

"我……"眼前一黑，身子一软，就往前栽倒，林初九伸手想要抓住什么，双手却怎么也抬不起来，可就在她以为自己会摔到地上时，腰间突然出现一只铁钳，紧紧地揽住她的腰："王妃，小心。"

没有意外，搂着她的人就是莫清风。

林初九想也不想就命令道："抱我回房，让朱御医……过来。"

莫清风一顿，迟疑地看向林初九，林初九什么话都没有说，只是闭上了眼。她现在真的没有力气，她真的一步都走不动了。

莫清风很清楚林初九的情况，暗暗咬牙，闭上眼将林初九打横抱起："王妃，得罪了。"说是抱，却将手伸得远远的，不让自己与林初九有身体上的接触。

林初九安心地闭上眼，任莫清风将她放在床上，又替她盖好被子。

"王妃，我这就去寻朱御医过来。"莫清风见林初九一脸痛苦，不敢耽搁，转身就往外走。

莫清风一走，林初九终于不再强撑了，嘴里溢出痛苦的呻吟。

很痛，很痛，腹部剧烈地绞痛，甚至比生孩子还痛数倍。

“我好痛。”林初九抱着肚子，痛得直打哆嗦，启动医圣之心给自己检查，医圣之心给出食物中毒的答案，而医治方法是先催吐，再清肠胃，然后服用解毒的药剂。

不需要医圣之心诊断，林初九也知道她必须先催吐，可是她抠了半天，也吐不出东西。明明胃里胀得难受，偏偏什么也吐不出来。

“呕……呕……”林初九趴在床上，不断地干呕，想要将胃里的东西吐出来，可吐了半天连点酸水也没有吐出来。

朱御医匆忙赶来，一来就看到林初九把自己折腾得人不像人，鬼不像鬼。

“王妃，你怎么了？”朱御医忙放下医药箱，上前扣住林初九的脉搏。

林初九抬头，虚弱地道：“食物中毒，给我开一点儿催吐的药。”也不知轩辕挚给她吃的那些菜中到底加了什么料，胃里不断翻滚，腹部一阵绞痛，就连脑袋瓜也痛，可就是吐不出来，也拉不出来。

“还真是食物中毒，大皇子给你下了药。”朱御医原本对自己的诊断还不自信，听到林初九这么一说，就知自己没有诊错。虽说催吐不是难事，可那催吐的法子，却挺恶心的……

正常的情况无法催吐，催吐剂也无效，那就只能用一个办法催吐了——猪大粪！

挑一点猪大粪放在鼻尖闻闻，实在不行那就含一点，很快就会吐出来！

至于你说这样很脏很恶心？

你要知道，兽医在给猪、羊医治时，就会尝粪便，对于大夫来说这并不是什么难以接受的事，因为他们这些大夫，偶尔也要观察病人的粪便。

只是知道归知道，真要让林初九去尝猪大粪，林初九还是做不到。

“呕……”林初九干呕一声，痛苦地道，“开，开催吐药，不要猪大粪。”她还没有严重到那个地步，现在真的不行。

“催吐药汁对你无效，何必浪费时间？”朱御医一看林初九这情况，就知事情很难办。

林初九这是让医学高手，用各种相克的食物给暗害了，想用平常的法子，根本无法让她催吐，必须得用杀手锏，可林初九真没有尝粪的勇气。

“你去开药，剩下的……我来想办法。”她试试看再吃一点儿催吐药，应该会有效。

“那行吧，我去给你熬药，要是太难受了就让人叫我，我给你扎两针。”扎针可以暂时缓解疼痛，可这对林初九来说，是治标不治本。

“嗯，走吧。”林初九摆手，示意朱御医动作快点，同时把莫清风也给赶走了。

人走后，林初九再次吃起催吐药，同样无效。

“真是要死了。”用尽所有的办法，哪怕最后连止痛药都吃了，仍旧没有效果，而且疼痛还有加剧的趋势，林初九痛得直打滚。

莫清风出来后，就被守在外面的金吾卫架出去，不让他靠近营帐，以至于林初九发病时，没有一个人知晓，最终……林初九生生痛晕了过去！

朱御医过来时，就看到林初九一脸惨白地倒在床上，身体一动不动，气息也很微弱，看上去就和死人一样。

“王妃不是死了吧？”朱御医见状，吓得跳了起来，手一抖，碗滑了，药汁全洒地上了，朱御医此刻却管不了这些，三步并作两步走到林初九面前，检查她的脉搏与气息，见林初九还没断气，朱御医长长地松了口气，“没死就好，没死就好。你要死了，我怎么跟萧王爷交代呀？”

可是，朱御医这口气刚松下，又再次提起来，因为他发现林初九的脉搏出问题了。

“跳这么快，这是不要命了。”没错，林初九的心跳猛地加快，比常人快出两倍不止，除此之外，林初九苍白的面容立刻浮现出一股不正常的潮红，让她整个人看上去魅惑至极，就像是中了媚药一样。

然，朱御医很清楚，林初九这不是中了媚药，而是毒发了。

林初九的体内本就压了许多毒素，只是不知为何，这些余毒一直保持着一个微妙的平衡，虽说时间长了能要林初九的命，可控制得当，这些毒素就会一直保持平衡，甚至慢慢被排出去，但现在林初九体内那团毒素打破了这种平衡，疯狂地乱转，好似要将林初九的身体挤爆一样。

“不行了，这变化太快了。”不过是诊一次脉的时间，林初九的脉搏又发生了变化，这次更快更急，而林初九脸上的潮红也越来越浓，好似要滴出血来。

“这简直是要命。”朱御医吓坏了，忙去拿银针，转身过来就将林初九身上的衣服撩起，数根银针扎了下去！

这个时候，他哪里顾得上什么男女之防，现在救人要紧，就林初九这个情况，若不及时救治，只有死路一条。

朱御医知道情况紧急，手上的动作一下不停，很快就将一盒银针扎完。最后一针落下，明显能感觉出林初九脸上的潮红淡了，至于心跳？

朱御医摸了一下脉，发现也好了许多。

“有用就好，有用就好。”朱御医见这套针法对林初九体内的毒素有效，还是很高兴的。安顿好后，朱御医忙去外面找人帮忙。

“药浴，准备药浴的材料，王妃现在就要用。”朱御医冲着门口大喊。

他不担心没人伺候，全军上下关心王妃的人海了去了，他只要对外吼一声，就有一大把的人上前来帮忙。

果然，不到一炷香，热水和药材就拿了过来，药材分量十足，足够林初九用十次有余。

送药材的是朱御医的大弟子，他将药材送达后并没有急着走，而是问道：“师父，王妃怎么样了？”这不是好奇，而是关心。

“王妃被大皇子给坑了，现在情况很糟糕，让大家都安分一些，可别再给王妃添麻烦了，王妃现在可没有力气为你们收拾残局。”朱御医一脸严肃地说道，而他这话明显是说给莫清风和一众将领听的。

这些男人一有事就把事情推给王妃，一有危险就让王妃出面，简直不是男人。

朱御医的弟子显然明白朱御医所指，满脸羞愧地点头，并立刻去传话。

不到半个时辰，全军上下都知林初九为了他们，被帝国大皇子下了毒，此刻正危在旦夕，之前怕大家担心，一直强撑着走进营帐，结果一到营帐人就晕了过去。

消息九真一假，让人挑不出半点儿疑问，且进出营帐的人个个都是一副担忧的样子，这个消息就更加的真实了。

很快，消息就传到轩辕挚面前。知晓林初九命在旦夕，知晓她此刻痛不欲生，求生不得，求死不能，轩辕挚莫名兴奋起来：“果然，只要看到你倒霉，我的心情就好了！”

轩辕挚给林初九喂的那些乱七八糟的饭菜，不仅害得林初九痛不欲生，还成功地打破了林初九体内各种毒素的平衡，致使林初九提前毒发。

毒发得又快又急，朱御医甚至来不及控制。不多时，林初九的脸色就从潮红变成黑青，嘴唇从惨白变成黑紫，甚至指尖都沁着黑，就好像体内的毒素一瞬间全部爆发了出来，蔓延到身体每一个部位。

“该死的。”朱御医很不爽，气得大骂。

可此时他骂什么都没有用，毒发后林初九就晕了过去，一点儿意识也没有，完全就是一副活死人的样子。

朱御医怕林初九就这么死了，又给林初九扎了两针，试图减缓毒素扩散的速度，可朱御医此举也仅仅能稍缓罢了，林初九的手指仍在渐渐变黑。

“王妃会有生命危险吗？”莫清风从来没有看到有人中毒会变成这个样子，不由得面露担忧。

萧王走之前把全军上下的事全部交给了林初九，可却把林初九的安危交给了他，要是林初九有个三长两短，他也不用活了。

“现在还不知道。”朱御医急得满头大汗，一会要盯林初九，一会又要指挥徒弟烧药浴，然后分批丢药。

“朱御医，请你一定要医好王妃，有什么需要尽管跟我说。”莫清风听到朱御医这么说，心里那叫一个愁。

朱御医是军中医术最好的大夫，放眼东文医术也是数一数二的，朱御医说不知道，那王妃是真的有危险了。

“要什么尽管说？我要还魂丹和解毒圣丹，你有吗？”朱御医被莫清风说的大话气笑了，毫不客气地挖苦道。

还魂丹与解毒圣丹是中央帝国的秘药，在中央帝国也只有皇室与七大世家有。前者有肉白骨的名声，后者则有解万毒的名声。

这两种丹药只有中央帝国的大药师会炼制，旁人别说学会了，能看到就算不错了。

“这……”莫清风的师父是武神，与中央帝国也有接触，自然知晓这两种丹药，更明白这两种丹药的尊贵。

“哼……没本事就别说大话，丢人。”朱御医不屑地冷哼一声，又给林初九扎了两针，同时丢了一粒药丸到林初九的嘴里，见林初九将药丸吞下，朱御医稍稍松了口气，嘴上却仍嫌弃地道，“女人就是麻烦，早知道你是女人我就不搭理你。这样我也不会浪费一颗解毒丹，天知道我总共也就这么一颗解毒丹。”朱御医完全忘了，他第一次见到林初九，就知她是女人。

“解毒丹？是……中央帝国的解毒丹吗？”莫清风听到朱御医的话，眼前一亮。

解毒丹也是中央帝国才有的药丸，虽然无法和解毒圣丹相提并论，却也极为珍贵。

解毒丹不是什么秘药，在帝国，普通人有钱就能买到解毒丹，但东文的人想要买一颗，却是不容易。中央帝国对解毒丹这一类药物控制得很严，严禁太多的药物流向东文四国，每年严格规定销量，每一粒都要卖出天价。

当然，有利益就会有商人。黑市上有不少人通过某些渠道，从中央帝国带解毒丹到东文四国，可那价格和中央帝国相比，仍旧是天与地。

比如，在中央帝国一两银子就能买到一颗解毒丹，而在东文、北历等四国，至少要卖到一万两，甚至两三万两。

饶是如此，大多数人也买不到，至少莫清风所在的北域莫家就没有买到，甚至连见都没有见过。

在北域，也就只有北域王手里面有三颗，其中一颗他自己吃了，救了他一命，剩下的两颗被北域王贴身收着，就怕再遇到被人下毒的事。

此刻莫清风看到朱御医手里有解毒丹，怎能不欢喜？

朱御医手里有解毒丹，就表示他有路子能买到，那他出钱让朱御医帮忙买几颗，应该不成问题吧？

可惜，莫清风还没有开口，朱御医就先一步堵住了他的路：“别想了，我手上也就这么一颗，连萧王都没有的东西，你让我去哪里买？”

黑市上是有卖，可黑市一向有特定的客户，并不会向他们这些人开放，至于萧王手上有没有？朱御医觉得这个可能性不大，因为他们家王爷不怕毒。你能指望一个不怕中毒的人，去花心思买解毒丹吗？

朱御医喷完莫清风，就拿屁股对着他，专心地熬制林初九需要的药浴。

约莫半个时辰后，药浴准备好了，朱御医指着林初九对莫清风道：“把她的衣服剥了，丢进药桶。”

“什么？把衣服剥了？朱御医，她可是萧王妃。”莫清风差点儿被朱御医吓尿了。

剥萧王妃的衣服，朱御医这是胆子肥了吧？

“你满脑子在想什么呢？让你剥王妃的衣服，当然只是剥外衣了，难道我会让你把萧王妃脱光？你真是想太多了，你这思想真的太邪恶了。”朱御医摇头晃脑，一副“你没救”的样子。

莫清风一脸尴尬，耳根泛着不正常的红晕，结巴地道：“我，我没有……多想。”

“没多想最好，要是让萧王知道你满脑子就想着把王妃剥光，你就惨了。”朱御医恶人先告状，丝毫没有想过，要不是他没有把话说清楚，莫清风又怎么会想太多？

莫清风的脸“唰”的一下就白了，忙后退两步，拉开自己与林初九的距离：“朱御医，王妃乃是千金之躯，不是我等能碰的，还请朱御医你自己动手。”

说完，莫清风转身就跑出营帐，任凭朱御医在身后怎么叫嚷，莫清风只当没有听到，跑得飞快，把朱御医气得不行。

“小人，小人，一群小人，明明心里就想，还要装出一副君子样，简直是卑劣至极。”

没有人动手，朱御医只能自己动手，帮林初九把外衣解下，然后把人拎起来，丢进药桶。

别看朱御医年纪不小，个子不高，力气却大得吓人，捏着林初九的后领把人拎起来，就像是拎一只小鸡，半点儿也不吃力。

“扑通……”把人丢进药浴里，只要林初九没有沉下去，朱御医就不管她，任林初九以一种极度别扭的姿势窝在药桶里。

在朱御医看来，反正人晕过去了，舒不舒服一点儿也不重要，不想……

林初九虽然痛得睁不开眼，人却是清醒的，或者说林初九此时还有意识，虽然什么都看不见，却知道外面发生的一切，也清楚自己的处境。

她越是明白就越郁闷，恨不得现在就跳出去，把朱御医暴打一顿，让他好好冷静一下。

听到朱御医关于脱衣服与想太多的理论，林初九甚是郁闷。朱御医还真是一点儿也不忌讳男女之妨，也不把她的身份当回事，连她的玩笑都敢开。

不过，朱御医也就是敢在莫清风面前蹦跶，要是她清醒着，或者萧天耀在，朱御医绝对屁都不敢放一个。

她更生气的是，朱御医竟然把她当猪崽一样往药浴里丢。

那药浴也不知是谁准备的，温度高得能把猪毛烫没了，要是清醒的时候被丢进这样高温度的药浴里，她肯定会烫得跳起来。

如果只是烫，林初九也就忍了，左右她现在全身都难受，也分不出哪种痛是烫的，哪种痛是中毒引起的，林初九最不能忍的是，朱御医把她丢进浴桶里后就不再管她，让她以一种极别扭的姿势坐在浴桶里，难受得不行，偏偏她还动不了。

她现在虽然有意识，也仅仅是有意识，身体根本不受控制，她此时的情况就好像灵魂与身体分开了，不过痛觉还在。

她清楚地了解自己的情况与处境，偏偏无能为力，这世间恐怕再也没有比这更悲催的事了。

林初九不知自己在浴桶里以这个极度别扭的姿势泡了多久，她只知道朱御医让人加了三次水、一次药，时刻保持水温不下降，大有把她煮熟的意思。

也幸亏她此时无法动弹，不然她绝对无法在这么高的水温里待这么久，尤其是听到朱御医的话后。

第一次加水时，朱御医直接拎着热水，从她头顶往下浇，还十分嘚瑟地说："哈哈哈……王妃昏迷不醒的时候果然好玩，怎么欺负都不会生气。得趁王妃昏迷不醒的时候，好好虐虐她，谁让她老是拿些稀奇古怪的东西引诱我，害得我这段时间不务正业，连伤兵营的伤兵都没有管了。"

林初九听到这话，差点儿哭给他看了。那些东西是她给朱御医的吗？明明是朱御医自己想要的，她还舍不得给好不好？还有，教朱御医识字的是老鸨吗？"引诱"这个词，不是这样用的好不好？

林初九气得炸毛，特想跳起来踹朱御医一脚，有多远踹多远，最好永远别让她看到，这人忒烦人。她现在别说看，就是一听到朱御医的声音，就有种揍人的冲动。

有些人，真的就是欠揍，比如朱御医！偏偏林初九现在只能干生气，别的什么也做不了。

林初九毒发的消息传到轩辕挚的耳朵里后，轩辕挚就一直让人紧盯林初九的动向，务必要将第一手资讯报给他。

轩辕挚这么关注林初九，当然不仅仅是为了看林初九倒霉，更多的是怕林初九就这么死了。他从帝国带来的大夫，无法解他身上的毒，在此之前，林初九绝对不可以死。

只是，莫清风被林初九毒发的样子吓坏了，生怕她有个三长两短，除了最里面的暗卫、外面的金吾卫外，莫清风还调了五千人，将林初九所在的营帐团团围住。除了朱御医和他的弟子外，连只苍蝇都不能靠近，这样的情况下，别说轩辕挚，就是莫清风对林初九的情况也不太了解。

至于你说问朱御医？莫清风要是能从朱御医嘴里问出一个准话，那就算他厉害了。朱御医是什么人？看着不靠谱，实则他比任何人都看得明白。他清楚地知道，这个时候不管是轩辕挚还是莫清风，都害怕林初九就这么死了。

这样的情况下，他肯定会把林初九的情况往严重了说，让他们急死，同时也让他们为林初九多尽一点儿心，别老弄什么幺蛾子，给他这个可怜的大夫添乱。

再说了，林初九的情况本就很危险，他也没有撒谎，只不过是把最坏的一面说出来罢了。

莫清风刚开始还抱着侥幸的心理，觉得轩辕挚再怎样也不会取林初九的命，可看到林初九毒发时的模样，看到朱御医的徒弟将一桶桶泛黑的药浴抬出来，莫清风越来越不安。

原本他还想着，这事就这么平静地解决，他就不去告诉萧王了，免得萧王说他办事不力，可是眼下，莫清风坐不住了。

林初九真要有个什么三长两短，他又没有报给萧王知晓，这就是罪加一等。

莫清风当天夜里就将情况写明，然后派人快马加鞭将消息送给萧天耀。至于萧天耀能不能及时赶回来，那就不是他需要担心的事了。

萧天耀此时仍在碧海阁，苏茶已经平安回来，而碧海阁从上到下也空了，可以说萧天耀此行的目的全部达到了，只是萧天耀仍旧没有返回的意思，因为时逸寒还没有给出答案。

那天萧天耀找上时逸寒，让时逸寒出面帮他摆平大皇子。说完后萧天耀本就打算离开，反正他把条件摆出来了，时逸寒答不答应是他的事，不想时逸寒让人把苏茶送回来时，带来一句话，让萧天耀等他三天。

时逸寒让萧天耀等他三天，当然不是因为需要时间思考，而是这事他拿不定主意，需要去找天藏影月的当家主人，也就是他娘——时芊芊时夫人！

好巧不巧，今天正好是第三天，可萧天耀没有等到时逸寒的回复，却等到了莫清风的信。

看到莫清风在信上写林初九生死未卜，当即变脸：轩辕挚，好大的胆子！

萧天耀不是一个好脾气的人，以前不是，现在也不是！萧天耀也不是一个会轻易发火的人，但龙有逆鳞，触之必死！不管以前他多么不待见林初九，但现在他最在乎的人就是林初九，林初九就是他的逆鳞！轩辕挚敢触他的逆鳞，简直是找死！

“啪……”萧天耀将手上的信纸捏成一团，手腕轻轻一动，就见那团纸变成了粉末，萧天耀张开手，风一吹，碎纸末满天飞舞。

苏茶睁大眼睛看着，嘴巴张成了O形。

萧天耀拍了拍手，眼神凌厉地看向苏茶：“这里交给你了。”

“王，王爷……时，时……”苏茶吓蒙了，双腿一软，险些跪在地上。

“时逸寒的事你不用管，本王不是求他。”他不过是与时逸寒提一个交易，时逸寒答应最好，不答应他也有别的办法，他萧天耀还不至于为了这么一点儿事，去求人。

“是，是。”苏茶连忙点头，半个字都不敢多说。

哪怕他平日里在萧天耀面前没大没小惯了，可一旦萧天耀发脾气，他就蔫了，再不敢蹦跶。

不是他胆小，而是萧王发火的样子真的好可怕，那凌厉的眼神，迫人的威压，都不是他这种凡夫俗子能承受的，更不用提萧天耀一发威压，他周围的气温都下降了！

他好想滚出去，离王爷远远的。

苏茶小心翼翼地注意着萧天耀的表情，趁萧天耀不注意间踮起脚，悄悄地往后退，一点一点拉开自己与萧天耀之间的距离，以免被萧天耀周边的寒气冻着。可就在他即将成功的时候，萧天耀突然看了过来，那眼神好似要将人看穿。即使萧天耀并没有说什么，苏茶还是心虚地低下头，不敢再看萧天耀的眼睛。

“本王记得，碧海阁还有一批货没有出？”萧天耀完全不提苏茶悄悄往外退的事。这不是第一次，萧天耀相信这也不会是最后一次。

苏茶这人天生就是一个商人，天生就拥有趋利避害的本能，见他发火想要躲开，再正常不过。

“不是一批，是好多。下半年要出的货全部准备好了，现在都不知该怎么处理。”苏茶说到这里十分地郁闷，在心里把时逸寒骂了个半死。

商场上的竞争各凭本事，时逸寒那个臭小子没办法在商场上赢过他，就使黑手，派人把他绑走，害得他们碧海阁没法再做走私的生意，简直是不要脸到极点。

“阿嚏，阿嚏……”刚从时芊芊那里出来的时逸寒，出门就遇到一阵风，迎风飞舞的灰尘扑了他一脸，忍不住打了两个喷嚏。揉了揉鼻子，时逸寒没当回事，大步往前走。

他和萧天耀约了三天，今天就是最后一天，要是他今天赶不回去，依萧天耀那脾气肯定不会等他。

别问时逸寒为什么这么肯定，他是天藏影月的少主，手上握有天下最大的情报组织天藏阁，要是连这种人人都知的事都查不出来，天藏阁还不如关门！

在时逸寒赶回来时，萧天耀正在交代苏茶，让他在半个月内将碧海阁所有积存的货物全部卖给北历，不求赚钱，只要不亏本就行。

“我们这么做，会不会太亏了？”苏茶硬着头皮开口，他虽然怕萧天耀发火，可他更怕不赚钱。

作为一个商人，费尽心思去卖东西，结果却不赚钱……那种感觉，想想就觉得好心塞。

“时逸寒比你更亏。”萧天耀没有解释，留下这句话抬腿就走，把苏茶一个人留在屋内，反复琢磨着他的这句话。

“时逸寒比我更亏，他亏什么了？”苏茶左想右想也没有想明白，不过，要是能让时逸寒亏本，他就是再亏也会做。

别问他为什么，有钱，任性！

“算了，不想了。”苏茶想了许久也没有想出个所以然，果断放弃，可就在他放弃的刹那，他想到了！

“我怎么给忘了？北历战败，没有抢到粮，此时极度缺粮，正是需要大批粮食的时候。我记得之前查到了一个消息，天藏影月早早就准备了一批粮，准备高价卖给北历。要是我先他一步把粮食卖给北历，帮北历暂时渡过这个难关，时逸寒压在手上的粮食可就……”

“哈哈哈……”苏茶叉腰狂笑，“再过一个月就是北历的雨季，到时候北历至少会下大半个月的雨，时逸寒那些粮食要是卖不掉，根本没办法保存，说不定会全部砸在这里。”

“王爷英明，这个办法真是太好了，别说少赚，就是亏钱我也干。”苏茶越想越火热，片刻也舍不得浪费，转身就往外跑，将他得用的管事与幕僚全部召来，共同商讨坑时逸寒的“大计”。

时逸寒在天黑前赶回城，片刻也没有停留，直接跑到了碧海阁见人，可谓是诚意十足，可他没有见到人！

“你说……萧王走了？”时逸寒看着笑眯眯如同狐狸的苏茶，脸上的笑容比苏茶还灿烂，可看苏茶的眼神却一点儿也不灿烂。

萧王找他帮忙，结果还没有到约定的时间自己就走了，萧王真以为他时逸寒不敢动他吗？苏茶无惧时逸寒杀人般的眼神，笑容可掬地点头，一脸真挚地道：“还请时少主见谅，临时有急事，我家王爷迟迟等不到时少主过来，只得先走了。”

明明是萧天耀先走，苏茶却把责任推到时逸寒身上。

时逸寒冷笑：“什么急事这么重要？萧王连半天都等不了？”拆他的天藏阁，学他的月影分身，还逼他合作，最后还放他鸽子，萧天耀还真是没有把他们时家放在眼里。

“事关我家王妃的生死，别说半天，就是半刻我家王爷也等不了。”信虽然被萧天耀捏成了粉末，可里面的内容苏茶却是知晓的。

“你们家王妃要死了？”时逸寒乐了，杀气尽消，一脸戏谑地问道。

看到萧天耀和他在乎的人倒霉，他就高兴。

苏茶却不高兴了，黑着脸道：“你才要死了，你死了我们家王妃都不会死。我们家王妃医术高超，甩墨神医一大截，怎么可能会死？”

“明明是你自己说的，事关你们家王妃的生死，我怎么知道她还没死？”时逸寒没好气地道。

至于苏茶的不敬？时逸寒大度地表示，他不跟急疯了、发神经的男人计较。

他现在好奇的是，哪位勇士那么威武雄壮，居然敢对萧天耀的宝贝王妃下手？不怕萧天耀把他撕了吗？

他虽然没有见过萧王妃，但从萧王的只字片语中，也能肯定萧王妃在萧王府的地位不一般。

萧王是什么人？强势、霸道、高傲、狂妄，还唯我独尊……这么一号人物，开口闭口就是“本王的王妃”，要说他没有把王妃放在心上，时逸寒都不相信。

时逸寒现在迫切地想知道，到底是什么人那么大胆，居然敢动萧王妃?

“谁出的手？”时逸寒想不出来，就问苏茶，可苏茶会告诉他吗?

苏茶但笑不语，就这么看着时逸寒，脸上的笑容如春风般温柔，让人想发脾气都不行。

“笑面虎。”时逸寒冷讽。苏茶半点儿不生气，反击道：“彼此，彼此。”

时逸寒也是一个时常带笑的男子，这不是因为时逸寒爱笑，而是他微微上挑的眉眼，就给人一种纵使不笑也温柔、纵使无情也有情的错觉。

“好大的胆子，敢挑衅我，想再被关几天？”时逸寒说着威胁的话，依旧给人吊儿郎当的感觉。

“时少主可以试试。”真当他苏茶是吃素的？之前会被时逸寒的人带走，那是因为他没有防备，也不知天藏影月会使出这么下三滥的手段，现在？时逸寒想要带他走，也要看他愿不愿意。

“有萧王给你撑腰，你的胆子倒是大了。”时逸寒窝在椅子上，姿态慵懒如同一只大猫，当然也如同大猫一样傲娇，微眯的眼眸透着危险的光芒，充分表明时少主不高兴，很不高兴!

“那是，有人撑腰胆子还不大，那不是蠢货？”苏茶这话看似顺着时逸寒在说，却又意有所指。

举世皆知，时逸寒虽是习武天才，可这并不是他值得旁人艳羡的地方，时逸寒最让人羡慕的是他的出身，他有一个好娘亲。有时芊芊这个第一高手做后台，不管是在四国还是在中央帝国，时逸寒都可以横着走，没有人敢动他。

时逸寒是聪明人，自然听懂了苏茶暗中的嘲讽之意，可是他不在意。

他有个好娘怎么了？他有天藏影月撑腰怎么了？他就是这么命好，天生会投胎。有本事你们也投一个好胎，找一个好娘呀!

不过，不在意归不在意，生气还是必须的，时逸寒看着苏茶，笑得邪气：“如果你们家王爷找我办的事因为你黄了，会怎么样？”时逸寒深知萧天耀的个性，自然是不会用“求”这个字眼。

“说起这事……”苏茶一点儿也不着急，“时少主放心，那件事时少主不想帮也行，左右他肯求和，我们家王爷还不一定乐意呢。”

“他……动了萧王妃？”萧天耀之前还不想与轩辕挚计较，现在突然改口，时逸寒只能想到这个可能。

苏茶点头：“时少主聪明。”虽然没有直接说，可也算是解了时逸寒心中的疑惑，没有一直吊时逸寒的胃口，苏茶表示他还是很善良的。

时逸寒嘴角微抽，苏茶都说得这么直白了，他要还不明白那就是蠢得没药救了。

“大皇子怎么会动萧王妃？”时逸寒与大皇子认识，谈不上有什么交情，不过大皇子的母妃与他母亲的交情还算可以，看在双方母亲的分上，时逸寒不希望大皇子死得太惨。

“大皇子想趁王爷不在，用黑甲卫灭了王爷的金吾卫，王妃使计将大皇子拦住。大皇子不得不退兵，可他心有不甘，于是设下鸿门宴，下毒暗算王妃。”苏茶简明扼要地说道，看似将事情陈述一遍，可每一个字都是偏向林初九。

时逸寒只当没有听懂，问道：“萧王妃不是大夫吗？怎么会轻易中毒？”明明知道得罪了轩辕挚，还去赴轩辕挚的宴，吃轩辕挚端上来的东西，萧王妃也没有他想得那么聪明嘛。

“时少主，我们家王妃不是你。怎么能拒绝大皇子的邀请？怎么能不吃大皇子亲自布的菜？”苏茶虽然没有亲眼所见，但同为这个世界最底层的人，他明白面对位高权重者的身不由己。

时逸寒一时哑口无言，好半晌才找回自己的声音，说道：“萧王什么时候走的？”

“时少主想做什么？”苏茶戒备地看向时逸寒，嘴巴极严。

时逸寒也不隐瞒，大方地道：“我母亲与大皇子的母妃略有交情，托我照看他。”原本还以为能让萧天耀欠他一个人情，现在看来他还得欠萧天耀一个人情了。

唉，大皇子那个猪脑子，得罪什么人不好，居然得罪萧天耀。难道他真以为中央帝国就无敌了，中央帝国的大皇子在四国就能横着走了？

光脚的不怕穿鞋的，萧天耀是东文的亲王，不是东文的皇帝，在很多情况下萧天耀就是一个无赖，天不怕地不怕，做事不需要瞻前顾后，哪怕是凭一时意气，旁人也奈何不了他。

萧天耀本身武力高强，他又是孤身一人，周身没有任何弱点，基本上没有什么东西可以威胁到他，至于萧王妃会不会是萧王的弱点？这个时逸寒还真不好说，假作真时真亦假。萧王对萧王妃的宠溺与在乎完全没有顾忌，摆到了人前，反倒让人觉得不真实。

就好像，萧王妃只是一个靶子一样！

不过，这事时逸寒也只是随便想想，他不是萧天耀的敌人，没必要去研究萧天耀是真在乎萧王妃，还是假在乎，而他的当务之急就是赶紧追上萧天耀，阻止萧天耀借机杀了大皇子或者废了大皇子……

神医帝妃

何处相思明月楼

第②部

【第七卷】

阿彩 著

新世界出版社
NEW WORLD PRESS

图书在版编目（CIP）数据

神医帝妃. 第二部. 第七卷，何处相思明月楼 / 阿彩著. — 北京 : 新世界出版社，2019.12
ISBN 978-7-5104-6780-6

Ⅰ. ①神… Ⅱ. ①阿… Ⅲ. ①长篇小说—中国—当代
Ⅳ. ①I247.5

中国版本图书馆CIP数据核字(2019)第094383号

神医帝妃. 第二部. 第七卷，何处相思明月楼

作　　者：阿　彩
策划编辑：张铁成
责任编辑：张晓翠
责任印制：王宝根
出版发行：新世界出版社
社　　址：北京西城区百万庄大街24号（100037）
发 行 部：（010）6899 5968　（010）6899 8733（传真）
总 编 室：（010）6832 6679（传真）
http：//www.nwp.cn
http：//www.nwp.com.cn
版 权 部：+8610 6899 6306
版权部电子信箱：nwpcd@sina.com
印　　刷：三河市金元印装有限公司
经　　销：新华书店
开　　本：710mm×980mm　1/16
字　　数：407千字　印张：18
版　　次：2019年12月第1版　2019年12月第1次印刷
书　　号：ISBN 978-7-5104-6780-6
定　　价：149.80元（全四卷）

目录

【第七卷 何处相思明月楼】

第 一 章 许你荣华无双 /001
第 二 章 皇帝舞剑意在萧王 /014
第 三 章 影月楼里胭脂红 /029
第 四 章 傲骨不可断 /043
第 五 章 江山梦美人膝 /056
第 六 章 道高一尺魔高一丈 /068
第 七 章 断尾求生的勇气 /083
第 八 章 最后的倔强 /097
第 九 章 覆手定乾坤 /109
第 十 章 翻手天下乱 /121
第十一章 情不知所起 /136
第十二章 血色局中局 /151
第十三章 天家的荣耀 /164
第十四章 恰似你的温柔 /176
第十五章 全世界只有你 /190
第十六章 人不为己天诛地灭 /203
第十七章 含芳殿内许芳心 /218
第十八章 手掌天下权 /236
第十九章 富贵险中求 /256
第二十章 新的征途 /270

第一章　许你荣华无双

林初九比萧天耀晚一天回城，就是为了避开百官的迎接，低调入城。

她当初偷偷离开京城，虽说在战场上立了一点儿小功，可也不好太高调，如果让人翻出旧账，难免会麻烦。然而，她想低调，萧天耀却不成全她。

没有太子亲迎，没有禁军开道，朝廷没有安排任何人迎接，可林初九进城一事还是在最短的时间内传遍了京城，引得无数百姓前来围观。

当然，会造成这么大的轰动，皆因萧王爷亲迎！

东文百姓心中至高无上的战神萧天耀，从来只有旁人迎接他，他不曾迎接过别人，就连皇上亲临萧王府也不曾亲迎圣驾的萧王爷，竟然纡尊降贵地带着亲兵，亲自在城门口等林初九进城。

从城门打开到午时，足足等了两个时辰，也不见萧王爷有半点儿不耐烦。

“传言是真的，萧王爷果然十分看重王妃。”

“萧王爷与王妃夫妻恩爱，这可是好事。”

“萧王爷会亲自迎萧王妃，绝不仅仅是因为看重萧王妃，而是萧王妃值得。我听说萧王妃在战场上立了大功，要是没有萧王妃，这一战我们东文不一定能取胜。”

“我还听说，皇上因为萧王妃立了大功，要将庆功宴延后呢，可见萧王妃是真做了了不得的大事。”

“这个消息我也曾听过，我原本还以为是夸大其辞，现在看到萧王爷亲自来接萧王妃，我信了。”

“萧王妃巾帼不让须眉，也只有萧王妃这样的女子，才配得上萧王爷。”

“嫁人当嫁萧王爷，娶妻当娶萧王妃。”

……

流言就是如此，不管真相如何，有人说，有人信，那就成了。

明明萧天耀什么也没有说，明明皇上延后庆功宴是被萧天耀逼的，可众人不知情，自然是他们觉得怎么合理，就怎么说。

“嗒嗒嗒……”林初九坐着马车，在金吾卫的保护下，不紧不慢地驶向城门，有人远远地看到挂着萧王府标志的马车，立刻避开，让马车先行。

“萧王妃的马车！是萧王妃的马车！萧王妃进城了！”避让的行人跪在一旁，还不忘高声提醒前面的人。

对此，金吾卫和坐在马车里的林初九习以为常。

哪怕没有提前派人开路，只要萧王府的马车出行，路人皆会避退，这是京中不成文的规矩。

马车继续前行，走着走着，林初九和金吾卫就觉得不对了。

为什么这些人在说到“是萧王妃的马车，萧王妃进城了”会那么兴奋与激动？

“去，打听一下，发生了什么事？”这是京城，遍地都是人精，本着小心为上的原则，林初九觉得自己有必要知道原因。

“是。”金吾卫也觉得事有蹊跷，立刻下马寻路人问了一句，可不等路人回答，就看到萧王在金吾卫的保护下，策马朝城外奔来，看那方向似乎是朝他们来的。

“王爷？”金吾卫愣了一下，一时没有想明白，萧王为什么会在这个时候出现在城门口。

“是萧王，萧王来接萧王妃了。”路人看到萧天耀出来，一个个激动得不行，扑通一声就都跪下了，也不管萧天耀能不能听到，个个高喊：“王爷，千岁千岁千千岁！”

“王爷来接王妃进城？”金吾卫刚回过神，又傻了。

王妃什么时候这么神气了，居然能让王爷亲迎？这，这也太，太……不可思议了！这真是他们王爷吗？要知道，他们家王爷，可是连圣上都不曾亲自迎接的人呀！

“嗒嗒嗒……”在金吾卫愣神之际，萧天耀已经到眼前了，金吾卫也不敢细想，双手抱拳，行礼：“属下参见王爷，王……”

萧天耀不等属下说完，就摆了摆手，示意对方免礼，无视众人的打量，笔直地走到马车旁，直接上了马车。

马车内，林初九正在犹豫要不要出来行礼，却见萧天耀上车了，当即吓了一跳：“王，王爷！”

“本王的封号是萧，不是王王爷。”萧天耀十分高冷，语气中透着淡淡的嫌弃。

“进城！”上马车后，萧天耀也不管林初九，直接在主位上坐下，把林初九挤到一边。

马车外的金吾卫又呆了，然而更多的是不解：王爷真的是来接王妃的吗？来接人怎么一句话也不说，直接就上了马车？

要不是看到王爷从城内出来，他们都要怀疑王爷是凑巧遇到王妃，不想骑马，便搭王妃的便车回城。

“别得意，本王不是特意来接你的！”金吾卫猜对了，马车一动，萧天耀就泼了林初九一盆冷水。

林初九原本有点儿小窃喜，听到这话立刻僵住，本着输人不输阵的原则，很不客气地反讽了回去：“我也没想过你是特意接我的。”

“嗯，知道就好。”萧天耀点了点头，一副“本王很欣慰”的样子。

林初九看着他，不知为何，有一种想要咬人的冲动！

这个男人，真是欠揍。

转念想到萧天耀的武力值，林初九默默地打消了这个念头，僵硬地扯了扯嘴角，呵呵地傻笑了两声。

萧天耀抬眼，正好看到林初九敢怒不敢言、只能傻笑的蠢样，唇角上扬，笑得十分荡漾！

可惜林初九没有看到。

有萧王府的标志，又有萧王爷在，守城的官兵根本不敢检查，马车一路不停，直接驶进萧王府。

萧王府内，曹管家、珍珠、玛瑙几人早已在一旁等候，马车一停，便有序上前，给萧天耀和林初九行礼。

当然，曹管家并不敢靠得太近，珍珠、玛瑙几个侍女更是离得远远的，不敢近萧天耀的身，免得被萧天耀嫌弃。

下人不敢近身，自然没有人搀扶林初九下马车，林初九也做好了自己下车的准备，可就在她起身的刹那，一只强劲有力的大手，穿过车帘伸了进来：“下车！”

林初九一愣，僵了片刻，无声一笑，扶着萧天耀的手下了马车：“多谢王爷。”

萧天耀的手强劲有力，林初九下马车时将身体的重量，完全压在萧天耀的手上，也不见萧天耀的手晃动。

不过，林初九一下车萧天耀就收回了手，冷着脸交代了一句：“扶王妃回去，好好伺候。”他便走了。

看着萧天耀毫不留恋，大步流星地朝书房走去，曹管家、玛瑙几个人有一种想要撞墙的冲动，尤其是曹管家，恨不得按住萧天耀的肩膀，问一句：“王爷，你知不知道你在做什么？”

放下正事，在城门口等了两个时辰，才把王妃接回来，却不肯抽出一刻钟的时间陪王妃回院子，这真是人干的事？

曹管家头痛抚额，犹豫片刻，还是大着胆子上前：“王妃，王爷今天一早就去了城门口，压了一堆公务不曾处理，这会儿怕是赶着去处理了。”作为一个尽职的属下，曹管家觉得自己真是够了。

“一早就去城门口，那王爷岂不是等了两个时辰？”林初九眼眉一挑，似有不信。

那男人不是说，不是特意去接她的吗？

等两个时辰是什么意思？

曹管家用力点头：“算算时辰，应该是两个半时辰。”

林初九点了点头，随即看向随萧天耀出城的亲卫：“王爷一上午都在城门口，哪也没有去？”

“回王妃的话，是的！”亲卫并不知萧天耀与林初九之间的“较量”，只是如实回答。

林初九轻轻点头，唇角微微上扬，好心情地道：“不得告诉王爷，我知道他在城门口等了两个时辰的事。”

想到萧天耀在马车上急不可耐地说，“别得意，本王不是特意来接你的”，林初九就想笑。

那么特意、急切地解释，萧天耀这男人还真是不一般。

“不知道，我告诉萧天耀，我知道他在城门口等我的事，那男人会不会脸红？”林初九在心中暗自想着，越想越觉得有可能。

她得找个时间，试试看。

“王妃？你还好吧？”珍珠和玛瑙看着林初九站在原地傻笑，想上前又不敢。

“啊……我没事，走吧。”林初九一脸尴尬，为了掩饰自己的失态，林初九走得很快，曹管家看着林初九渐行渐远的背影，再次摇头：主子的世界，他们这些做下人的，真的弄不明白。

“好了，好了，大家都辛苦了，下去休息吧。”双手背在身后，曹管家示意众侍卫都散了，该干吗干吗去。

“是。”金吾卫与萧王府的亲兵各自散开，互不干涉。

书房内，萧天耀并没有如管家所说的那样，急着处理公务，而是独自坐在椅子上沉思，时不时皱个眉，一副很苦恼的样子。

隐卫几次想要出来汇报事情，却又怕打扰萧天耀，只得乖乖地等待着，不敢乱动。

林初九走了许久，才回到自己的小院，看着眼前既熟悉又陌生的院落，林初九微不可闻地叹了口气。

她又回到了京城，回到这个吃人不吐骨头、杀人不见血的地方。

“最近，京城有什么好玩的事吗？”林初九放缓脚步，不疾不徐地穿过院前的绿草地。

回到了京城，不管她愿不愿意，她都得打起精神，应付京城的那堆人和事。

珍珠和玛瑙是经过特殊训练的下人，虽然林初九问得笼统，可她们还是知道林初九想听什么。

“京城好玩的事，当数萧王打胜仗，京城的一些铺子为了庆祝，将货物都卖得极便宜，可把老百姓高兴坏了，直呼王爷是神仙下凡，他们跟着沾光。”

“除了此事，还有就是皇后前段时间生病了，病因没人知道，听说挺凶险的，后来又不知怎么的，突然好了。”

“还有一件挺轰动的事，前些日子，林相夫人与林二小姐去庙里上香，遇见了微服出宫的周贵妃与文王殿下。周贵妃与文王的行踪被人泄露了，引来一大批刺客。混战中，林相夫人为周贵妃挡了一刀，险些丧了命。”

“林相夫人最终有惊无险，皇上和周贵妃因此十分看重林相夫人，将成车的赏赐送到林府。奴婢还听说，周贵妃十分喜欢林二小姐，林相夫人身体稍好，便隔三岔五地宣林二小姐进宫陪伴。”

“林二小姐与周贵妃走得这么近，太子没有说什么？”林初九眉头微蹙，脚下的步子稍有迟滞。

除非是蠢人，不然不会不明白林家打的什么主意。

左右逢源，林相还真是不怕死。他难道不知，朝廷上最忌讳的就是他这种左右讨好的人吗？

“太子他……”珍珠迟疑了一下，偷偷看了林初九一眼，见林初九因她的停顿而皱眉，忙道，“王妃，太子他……他，他把周贵妃的侄女给，给睡了。”说到最后，珍珠的脑袋都埋到胸前了。

毕竟是未出阁的闺女，这话她着实不好意思说出来。

“把周贵妃的侄女给睡了？这是怎么一回事？太子要与周家联姻？”林初九脚步一顿，眼睛瞪得大大的。

太子是有多蠢，才会被周家算计？又或者，太子是有多天真，才会去算计周家？

太子娶了周家的女儿，就等于少了一个强大的岳家支持。太子不会天真到以为他娶了周家的女儿，周家就会放弃扶持周贵妃和三皇子吧？

“具体的奴婢也不知，这事被压得死死的，消息并没有传出来。只知太子在畅春园饮酒作乐，喝多了，迷了路，走到了周姑娘的院子，把周姑娘给，给……睡了。”说起男女之事，珍珠那张脸又红了。

太子还真是……

林初九摇了摇头，问道：“皇上下旨赐婚了吗？”看样子，太子与周家联姻是板上钉钉的事，只是不知这是谁算计了谁。

“还没说，据说周家并不同意，周贵妃正闹着。不过，这事到底是丑闻，消息并没有传出来，也只有宫里的人和周家知道事情的进展。”珍珠等人再能干，也只能待在王府内，再加上前段时间皇上封了萧王府，王府上下人人自危，哪里有心思去探听消息，她们能查到这些已是不易了。

至于这些事到底是怎么一回事，恐怕只有萧天耀的隐卫，能查明白了。

珍珠和玛瑙毕竟是内院的女子，再能干查到的消息也有限。萧王爷留下来的隐卫则不同，萧王把他们留在京中，就是要他们紧盯朝廷、皇室与一干大臣的动向。

同样的消息，珍珠和玛瑙只能说出大家都能看到的东西，隐卫却能查出深层次、不为人知的情报：“皇后娘娘前段时间无故昏迷，众太医束手无策，周贵妃以为皇后祈福为由，微服出宫，在宫外遇刺，幸得林相夫人相救。

“经查，皇后应该是中了名为‘品茗’的毒。秦太医的师父，曾在中央帝国见过中此毒的人，此毒似乎与帝国世家有关，具体是哪家属下还没有查到。

“此毒每月发作一次，每次发作都会让人痛不欲生，而且每一次发作都比上一次更痛。此药无解，直到中毒的人活活痛死才能结束。

“按秦太医的推测，皇后娘娘中毒至少有15年以上，才会因为毒发而昏迷。而按照‘品茗’的效果，皇后娘娘最多还有两年可活。

“周贵妃就是在太医宣布皇后无救后，提出出宫为皇后祈福，并且特意选了林相夫人常去的那家庙。没有意外的话，那些刺客应是周家安排的。至于原因？当然是离间林相与太子。

“太子误入周姑娘的房间，也与周家有关。被太子误睡的那位周姑娘，虽然是周家名正言顺的嫡长女，然而她并非周夫人所出。周夫人当年难产，孩子一出生就死了，这位周姑娘实际上是外室女，不过是被悄悄地抱进周府，代替了周夫人生的女儿。”

很明显，周家在下一盘很大的棋，而不管是那位周姑娘，还是林相夫人都是周家的棋子。

“盯紧周家与周贵妃，本王不希望有什么意外！”萧天耀双眸微闭，手指有一下没一下地敲打着桌面。

周家、周贵妃、三皇子……果然是不出手则已，一出手必要命中。

一连两件事，周家看似吃了大亏，实则一举毁掉了太子所有的外力。太子睡了周家嫡女，必要娶进门，太子妃出自周家，太子就没有办法通过联姻，获得助力。

林相夫人救了周贵妃，太子必会记恨于林相，再加上太子一直不肯娶林婉婷一事，也让林相十分恼火，如此一来，林相就算是不倒向三皇子，也不会再支持太子。

“是。”隐卫点了点头，略等片刻，不见萧天耀有新的命令，继续道：“苏茶公子让人传消息过来，北历的事情已经解决，他们已秘密返回，不出意外的话，两个月后就能回来。

“北域莫家传了消息过来，北域王频繁与京城的人联系，目前还没有查出他们与京城哪位联系，我们这边也在查，仍旧没有得到消息。

“天藏阁传出消息，说是任凭谁、出再高的价钱，也不会卖王爷您的消息，影月楼不接任何刺杀您的任务。

“孟家似乎出了事，孟修远匆匆离京，不过他让人留了话，让王妃有什么事可以给他写信。

“西武皇子回去后，按王爷所说的放下一切权力，纵情山水，不参与争权。如此一来，反倒赢得了西武皇帝的喜爱。

“南远五皇子南诺离与公主南诺瑶回去后，被其他几位皇子、公主联手打压，两人短时间内恐怕无法离开南远。

“南远前皇室旧部已悄悄聚拢，正在暗中筹备兵变。”

……

萧天耀的隐卫探查消息的本事，不能说是一流，可也绝对不比其他各国的探子差。北历、南远与西武的消息，他们能查到的有限，可重点查几个人的消息还是不成问题的。

隐卫将这段时间查到的消息，一一汇报给萧天耀知晓，不敢有一丝隐瞒。

四国的消息加在一起，数量不是一般的多，待到隐卫将该汇报的消息全部说完，天已经大黑，隐卫悄悄没入黑暗中，萧天耀则坐在书桌前，查看这段时间的官报以及一些隐秘的信件。

如此，又是大半个时辰过去了，站在院外等萧天耀出来的曹管家，左等右等不见萧天耀出来，心里不免有些着急：“王妃要等王爷一起用晚膳，又不让人打扰王爷。眼见用膳的时辰都过了，这叫人如何是好？

“我要不要进去问一问呢？万一王爷忙起来，忘了吃饭，王妃岂不是要干等一晚上。

"可要是打扰了王爷办公，王爷会不会杀了我？

"唉……真叫人左右为难，这要是苏茶公子在就好了。"

曹管家将双手背在身后，在院外来回打转，不停地自言自语，仍旧没有结果。

最后还是看守的亲卫看不过去，上前叫住曹管家："曹管家，你别再走了，再走我们都要晕了。"

本身烛火就暗，曹管家还不停地走来走去，时不时挡下光，简直是要人命呀。

"你当我想走！"曹管家没好气地哼了一声，复而又鬼鬼祟祟地朝亲卫招招手，小声问道，"王爷真的是一个人在书房？"

"曹管家，你都问我们十几遍了。王爷下午没有召见任何人，真是一个人在书房。"亲卫一脸的无力感，要不是怕王爷不高兴，他都跑进去帮曹管家通报了。

"那你说……我这个时候进去找王爷，会不会打扰王爷办公？王爷会不会因此不高兴？"曹管家实在不知如何是好。

可若他不进去通报，让王爷错过与王妃一起用膳的机会，王爷指不定会杀了他。

"以前从来没有人试过，小人也不知。"亲卫摇头，表示无能为力。

"难就难在，以前从来没有人敢用这种事，打扰王爷办公。"就是苏茶与流白也不敢，他们要见王爷，也是因为有正事。

"我到底要不要试一试呢？"曹管家站在月亮门前，幽幽地看着书房的门，叹了口气，最终还是冒着被抽的风险，冲进了书房，一股作气将来意说明，然后低着头站在那里，等萧天耀宣判。

"王妃在等本王用膳？"萧天耀没有立刻给出答复，而是玩味地问了一句。

曹管家连忙回道："回王爷的话，是的。王妃已经等了您半个多时辰了。"时刻不忘在王爷面前，为王妃说好话，他这个管家容易吗？

"嗯。"萧天耀轻轻点头，悠悠起身，"去告诉王妃，可以传膳了。"

"是，是。"曹管家听到这话，眼睛一亮，整个人都来精神了，忙不迭地点头，倒退了出去。

他就知道王爷十有八九会丢下公务，陪王妃用膳，他赌对了！

曹管家自知脚步不够快，火速命人去通知林初九，自己则在一旁等萧天耀，给萧天耀引路。

萧王府没什么丫鬟与嬷嬷，也就不像别人家那样，前院管家无法进后院，曹管家一路在前面引路，直到抵达林初九的院子，这才止步："王爷，请。"

萧天耀接过曹管家手上的灯笼，慢条斯理地往里走，面上神情不变，心里却在琢磨着，林初九等他一起用膳的用意。

林初九那个女人的心思，他就算猜不到十分，也能猜到八分。林初九让曹管家请他来用膳，绝不是为了培养夫妻感情或者讨好他。

那女人，从来就没有想过讨好他！

“十有八九是与庆功宴有关。”最多再加上一个，想从他这里打探京中的动向。

“奴婢给王爷请安，王爷，千岁、千岁千千岁。”得到消息的珍珠、玛瑙早就在院外等候，见到萧天耀走进来，立刻行礼。

“王妃，王爷来了。”翡翠和珊瑚在内室候着，听到外屋的声音，立刻进去请林初九出来。

时间算得刚刚好，萧天耀走到饭厅，林初九也出来了。

“给王爷请安。”林初九微微屈膝，而萧天耀不等她行完礼，就示意她起来。

林初九也不矫情，笑着道：“这么晚了，王爷想必饿了，我们先吃饭吧。”

“嗯。”萧天耀点了点头，看到桌上大多是自己爱吃的菜，对林初九的小心思也多了一些包容，“下次，直接让下人去告诉本王，不必等。”

虽说林初九是有目的，可到底也是花了心思，他对林初九的要求一向不高。

“不敢打扰王爷办公，王爷请。”她觉得，让她刻意等萧天耀吃饭的机会并不多。

两人一前一后入座，林初九知道餐桌上的规矩，待到萧天耀动了筷子，才端起饭碗，不紧不慢地吃了起来。

林初九不似一般的闺中女子，成天坐着不动，她的运动量大，消化也就快，平日里吃得并不少，今天一路奔波，虽然累极，却没有影响她的胃口。

林初九将餐桌礼仪做得极好，可也吃得香甜，不多时就吃完了一碗饭，速度并不比萧天耀慢多少。

萧天耀不是第一次跟林初九同桌吃饭，却是第一次在王府中与她同桌吃饭，见林初九回到王府后仍旧跟在战场上一样随意，脸上的笑容不由得多了几分。

他对林初九的要求不高，却不愿意成天面对一个对他虚情假意的女人。

他看上的，是真实的林初九。

饭点晚了些，不过双方吃得十分满足，萧天耀今晚用得比平时还要多一些，等到放下筷子才发现自己吃得太饱了。

“王爷，要不要去外面走走，消消食。”林初九也吃得稍微多了一些，不过她就算吃得不多，也习惯饭后走一走。

“好。”夫人邀请，为人夫者怎能拒绝，是吧？

林初九知道萧天耀不喜欢丫鬟跟随，便没有带珍珠几人，两人一前一后出了屋子，不紧不慢地朝前院的草地上走去。

林初九不喜欢太黑的地方，到了晚上珍珠和玛瑙会点几盏灯，放在草地的各个角落，虽然蜡烛的光有限，可总比没有的好。

至少，林初九和萧天耀这个时候在草地上散步，不会深手不见五指，也不会看不到对方。淡淡的烛光照在两人身上，朦胧而温暖，两人不紧不慢地走着，别有一番味道。

走了数十步，林初九看着气氛还好，便开口道：“王爷，周贵妃与林家是怎么一回事？”

虽说不喜欢林家，可她出身林家，林家夫人还是她小姨，要是林家出了事，蒙家多少会受影响。

如果林家真的蠢得主动投靠周贵妃一脉，那她就必须提前为蒙家做打算。

萧天耀早有准备，听林初九直接了当地问起，也没有什么不愉快的，淡然地开口道：“放心，周家的算计，与林家无关。”只要林相把持得住，就不会有危险。

不过，依他对林相的了解，林相不一定把持得住。

“不是林家算计的就好。”林初九暗暗松了口气，接着又道，“太子的事呢？莫不是也是周家的算计？”她原先就觉得，太子就是再蠢，也不至于做出这样的事。

“嗯。”萧天耀点了点头，想到林初九与萧子安的交情，萧天耀眉头微皱，“以后离子安远一点。”

林初九代表的不仅仅是她自己，还有萧王府。

“我明白，我会跟周贵妃一脉保持距离。”周家与周贵妃出了手，三皇子有什么想法不重要，他处在那个位置上，容不得他后退。

只是，可惜了那么一个神仙似的人物。

林初九如此听话，萧天耀很是满意，不由得多说了一句：“明日本王会陪你进宫，你不必忧心。”当初大婚后没有陪林初九进宫，险些让林初九着了道，明天……就当是补偿。

明日，皇上、皇后和太子最好识趣点，不要撞到他手上，不然新仇旧恨加一起，他绝不会客气。

“多谢王爷，有王爷陪着，我明天就不用愁了。”林初九眼前一亮，欢快地道谢，甚至好心情地给萧天耀作了个揖，那模样十分讨喜。

萧天耀看着娇娇俏俏、语笑嫣然的林初九，不由得心情大好，可是，下一秒萧天耀就笑不出来了。

林初九突然看着他，一脸戏谑地道：“王爷，听说你今早，在城门口等了我两个多时辰，辛苦王爷了！”

说完，林初九还煞有介事地给萧天耀行了个大礼。

“本王……”没有！

这种事当然不能承认，不然多丢脸，可林初九根本不给他说话的机会，一脸欢快地打断了他的话，“今天累了一天，我就不送王爷了，王爷慢走。”

话落，林初九一溜烟地跑进了屋子，留下萧天耀一个人站在草地上，想要解释一下，挽回自己高大上的形象，却寻不到对象！

“这女人……”萧天耀咬牙切齿地看着林初九的背影，想也不想就追了过去。

这事，他必须解释清楚。他去城门口等了两个时辰不错，可并不是为了等林初九，他是，他是……

对，他只是路过！

可是，还未走近，就听到林初九的笑声从屋内传了出来。不知为何，萧天耀失去了想要解释的念头。

“罢了，你高兴就好。”萧天耀摇了摇头，转身往院外走去，一副“拿你没办法”的无奈样。

“王妃，王爷已经走了。”萧天耀一走，珍珠和玛瑙就小声提醒了一句。

王妃这么捉弄王爷，真的好吗？

“好……准备热水，我要沐浴。”林初九立刻收起笑，但微微上扬的嘴角，怎么也压不住。

热水很快就备好了，泡在温热的水中，林初九舒服得直哼哼，闭上眼睛，想着这两天发生的事。

她不是石头，也不是铁石心肠，虽说在战场上被萧天耀伤了一回，可萧天耀这段时间的举动也让她明白，萧天耀并不是不在乎她的生死，更不会推她去送死。她知道萧天耀的好，只是她心里却仍旧有怯意。

她从不否认萧天耀是一个优秀的男人，她为萧天耀动过心，哪怕是现在，她心里也是喜欢萧天耀的，可是她怕，怕之前发生的事再来一次，怕萧天耀太强，她追不上他的脚步。

她不是一个有野心的女人，萧天耀偏偏是一个野心很大的男人。要做他的女人，不仅仅需要得到他的心，还要有足够的能力，不然战场上的事还会重演。

“果然，回来就是烦心。都怪重楼，要不是他通知萧天耀接我，我也不用这么烦心。”如果远走他乡，再也不见萧天耀，萧天耀会成为她眉心的朱砂痣、窗前的白月光，她会怀念，也许会后悔，却不用过得那么艰难。

“回来了，有些事就不能逃避，也许我真的该好好想一想，今后到底要怎么做。”如果注定无法逃离萧天耀，她唯一能做的就是增强自己的实力，保护好自己。

站在萧天耀身旁，有荣耀、有权势，可也有生命危险。她不能每次出事，都指望萧天耀去救，她必须有足够的自保能力。

“唉……真的很难办。”只要想到站在萧天耀身旁会带来的麻烦，她就忍不住叹气。

“罢了，人活一世，有所为有所不为。难得有机会成为人上人，能轰轰烈烈地过一生也是幸事。”逃不掉，只能面对！

“哗啦……”林初九猛地起身，溅起无数的水珠，地上湿了一片，可林初九却像是没有看到一般，拿起一旁的大浴巾，遮住身子，赤脚踩在了地上。

翡翠和珊瑚听到声音，忙捧着毛巾和衣服进来，为林初九擦拭头发，服侍林初九更衣。

待到头发不再滴水，林初九才回房。

“都下去休息，我这里不需要人服侍。”她一向不习惯有人守夜，后来知道萧天耀经常会在半夜三更摸进屋后，就更不敢让珍珠几个守夜了。

不是怕尴尬，而是怕萧天耀错手杀了她们，林初九相信，这事萧天耀绝对干得出来。

坐在梳妆台前，林初九有一下没一下地擦着头发，同时琢磨着京中那些乱七八糟的事，想着要怎么把蒙家择出来。

周家盯上了林家，依林相的性格，恐怕很难守得住本心，她不能把希望寄托在林相身上，她得先一步为蒙家打算，不能让林相把蒙家拖死。

“别人的娘家都是助力，到我身上，娘家就是坑货。坑了一回还不够，还要坑第二回、第三回，真不知道我上上辈子造了什么孽，怎么就没有父母缘。”生母早逝，林相也不是一个好父亲，她打小就不知父母宠爱为何爱，唯有蒙老夫人，给了她一丝温情。

“难得有一个慈爱的长辈，却……”想起蒙老夫人，林初九的眼眶微红，擦拭头发的手一顿，最后叹息一声，继续擦拭头发。

等到林初九上床睡觉，已是一个时辰后，奔波了一天，她累得不轻，倒床上就睡，至于半夜萧天耀有没有回来，林初九也不知道。她起来时，床上只有她一个人，身侧似乎并没有人躺过的痕迹。

许是害羞了吧！

林初九想到萧天耀昨晚呆滞的反应，就忍不住想笑。对一个高傲的男人来说，拆穿他包裹在冷漠下的温情，真的是太残忍了！

林初九早上吃得极简单，只是再普通不过的清粥小菜，用完早膳，林初九就在珍珠和玛瑙的服侍下，换上了进宫的正装。

正装很重、很繁琐，但也很大气、端庄，换上正装的林初九就像是变了一个人，一瞬间变得极有气势，端庄高贵，让人不敢直视。

“王妃平时应该多打扮，王妃一打扮起来，真正是跟仙女一样好看。”大气、漂亮的林初九并不适合清淡的装扮，正装才能显出她的气质，但是林初九并不喜欢。

面对珍珠几人的赞美与恭维，林初九只是笑笑，并不说话。

她知道自己长得不差，可她并不在意装扮，再美的容颜也经不起岁月的摧残，与其把心力放在装点自己的美貌上，不如过好眼前的生活。

再说了，这世间不缺绝色美人，她长得固然不错，但她却不认为自己能凭这不错的长相，换得一世安宁，换得萧天耀的倾心相护……

第二章　皇帝舞剑意在萧王

盛装后的林初九无疑是美的，虽然不是第一次见盛装打扮的林初九，可在出现的刹那，萧天耀还是有片刻的怔忡。

这个女人，很耀眼。

“很好！”萧天耀上前，握着林初九的手。

林初九莞尔一笑，笑容极淡，黑亮的眸子直视着萧天耀，像是能看尽人心，有那么一刹那，萧天耀觉得自己很狼狈，好像他所有的掩饰，在林初九面前都无所遁形。

不过林初九什么也没有说，在萧天耀的搀扶下，缓缓地登上了马车。

马车布置得比以往更舒适，中间的茶几上还摆放了茶水与点心，显然是为林初九准备的，因为萧天耀从不在马车上吃这些东西。

林初九扫了一眼，再次看向萧天耀，双眸盈满笑意：“多谢王爷。”

“咳咳……管家准备的。”一向从容的萧天耀，对上林初九明亮的眸子，有几分不自在。

这种不受掌控的感觉，真的很糟心。

“我不是说这个，我是说昨天的事……谢谢王爷为我撑面子。”昨晚她仔细想了想，大约明白萧天耀不让她独自回京的原因。

这个男人，也许是想为她撑腰，不想她在京城被人小瞧。

这世道，能让女人硬气起来的，除了娘家就是丈夫的支持，她没有娘家的支持，就要得到丈夫加倍的支持。

“昨天……不必放在心上。”萧天耀面上平静如波，不复昨晚的尴尬，可仔细看会发现他右手小拇指，不自觉地动了动，根本不像他表现得那么平静。

林初九低头，掩去嘴角的笑意，怕把萧天耀逼急，林初九很好心地放过了他，没有再继续这个话题，而是说起去祭拜因保护她而死的几个侍卫的事。

这本就是原先说好的事，萧天耀自是不会不允，但萧天耀也表示林初九去可以，他却是不会去的。

他去了，以前那些因保护他而死的护卫怎么办？以后因保护他而死的护卫又怎么办？

他的身份，注定他不可以任性，不能想做什么就做什么，他做任何事都需要考虑清楚，因为他的一个举动，可能影响巨大。

“王爷放心，我明白自己在做什么，以后也会做好。”林初九知道，萧天耀不去是在告诉她，也是在提醒她，她开了头，以后遇到同样的事，她就得照办，不然会让手下的人寒心。

“嗯。”萧天耀点了点头，看林初九的眼神多了几分探究。

林初九还是那个林初九，却又有什么不一样了。

平生不做亏心事，夜半不怕鬼敲门，林初九大大方方地迎上萧天耀的打量，没有一丝怯意与不安。

她不过是想明白了，不再当鸵鸟罢了。

接下来的路程，两人相对无语，就这么互相看着，直到马车停下，下人提醒：“王爷、王妃，到了。”两人才装作什么事也没有发生，淡然自若地移开眼。

“下车吧。”萧天耀先一步下车，和往常一样伸手扶林初九下车，并没有因为到了皇宫就与林初九生分。

林初九也不觉得扶着萧天耀的手下马车有什么不对，淡定自若地如同扶着小太监的手。

夫妻两人觉得这是再正常不过的事，却不知在一旁等候的大太监却因这一幕，惊得嘴巴大张，好半天都没有合拢。

他在皇宫待了四十多年，跟在主子身边，不知见过多少皇亲贵族、一品大员，从来没有见过哪户人家的丈夫，会亲自扶妻子下马车，会细心地注意妻子下车时，脚步会不会稳。

之前京城盛传萧王看重萧王妃，他原当只是外人瞎传，或者是萧王有意为之，今日一见才知外人所传不及十分之一，萧王这可不仅仅是看重萧王妃，而是把萧王妃放在心尖上了，不然哪里会注意她下马车的事，哪里会仔细地搀扶着，生怕她摔了。

“听说萧王昨日在城门口等了王妃两个时辰，一见王妃便迫不急待地上了马车，原当是百姓夸大其辞，今日看来怕是真的。”大太监站在一旁，不由得摇头。

世人皆知皇上宠爱周贵妃，可皇上的宠爱，不过是把周贵妃当成一个小猫小狗，喜欢就招来哄两句、赏两件好东西，不高兴就把人冷着，哪像萧王这般，会仔细注意萧王妃的需求。

“人跟人真是没有办法比，谁能想到林家大小姐会有今天的造化。”想到被周家逼得在宫里闭门思过的太子，大太监不由得笑了出来。

林家大小姐没有成为太子妃，旁人都说她不幸，今日看来，到底是谁不幸，还真是难说，也不知皇后和太子后悔没有。

萧天耀将林初九扶下马车便松了手，大太监愣神后，很快就恢复如常，低眉顺眼地上前，恭敬地给两人行礼，“奴才拜见王爷、王妃，王爷、王妃万福。”

萧天耀没有吭声，林初九看了他一眼，只得道一句：“免礼。”

大太监似乎早就习惯了，直起身子退到一旁：“王爷、王妃，皇上与皇后已在鸾凤殿等候，王爷、王妃这边请……”

萧天耀仍旧没有吭声，只是看了林初九一眼，示意林初九跟上，便朝鸾凤殿走去，大太监紧随其后，身后还跟着一排太监、宫女，比林初九大婚次日进宫谢恩的排场大了不止一倍。

要是太子看到这一幕，心里不知作何感想。

皇上与皇后早就在殿内等候，皇上气色不错，面上还带着笑。皇后面上还能看得出大病初愈的样子，身子有些单薄，气色也不是很好，不过神情倒是慈爱。

林初九走进去，只看了一眼便收回目光，随萧天耀一同行礼。

“臣参见皇上、皇后娘娘。”萧天耀站在殿中，双手随意地作了个揖，连腰也不曾弯一下。

作为萧天耀的妻子，林初九自然得跟着学。

“妾身拜见皇上，拜见皇后娘娘。”林初九微微福身，并没有跪下。

还是那句话，她是萧天耀的妻子，她与萧天耀荣辱与共，他们二人私下如何暂且不说，但在皇上面前，她必须也只能站在萧天耀这一边。

皇上并没有立刻叫林初九起来，而是略等了一下，才施施然开口，让林初九平身。

林初九对此一点也不意外，皇上一向如此，在大事上争不过萧天耀，就喜欢在小事上刁难人，给人寻不自在，跟后宫的妃子没有什么两样，完全没有帝王气度。

跟皇上相比，皇后就聪明多了，不等皇上多说什么，就温和地开口道：“来人，赐座。”

皇后开了口，皇上自是不会反驳，但脸色明显更难看了，林初九只看一眼，就知道皇上原来没打算让他们坐下。

站与坐，在皇上看来是身份与权势的代表，他坐着，萧天耀站着，就能显示出他的地位，却不知这么做只会让人小瞧。

“真是……”林初九暗暗摇头，不知道怎么说他们这位皇上才好。在小事上刁难她和萧天耀，能改变什么？

除了让萧天耀更不满外，皇上什么好处也得不到，这种损人不利己的事，只有蠢材才会做。

两人依次落座，皇后笑语嫣然地开口：“初九这次可是给我们女人长脸，之前听闻皇上说起初九的事，本宫佩服得不行。要不是本宫身体不适，本宫都想跟你一样上战场，为东文尽一份心力。”

“妾身当不起娘娘的夸赞，妾身当时并没有多想，只是听说王爷遇险，心里担忧，这才不管不顾地去了前线。妾身原是为王爷而去，并无其他想法，圣上和娘娘不怪罪我私自离京，妾身便感激不尽。”皇后客气，林初九自然也会给面子。

左右好听的话，又不要钱。

“身为朝廷命妇，私自离京确实不妥。”皇后缓缓开口，语气温和，并无责怪之意，皇上眉头微皱，扭头看了她一眼，那一眼暗示的意味极浓，皇后却像是没有看到一样，继续道：“然而，你在前线立下大功，挽救了无数战士的性命。没有你私自离京一事，不知我东文要多死多少儿郎。再说，你私自离京也是为了萧王，你们夫妻情深，做嫂嫂的我只会高兴，哪里舍得罚你。”

皇后一句话，就将林初九私自离京一事带过，皇上不满地开口：“皇后……”

“圣上也觉得我说得对吧？”皇后继续装傻，一脸笑意地看着皇上，皇上又气又怒，暗怪皇后不懂事，白白浪费一个能压一压萧天耀与林初九气焰的机会。

当着萧天耀的面，他又不能直接撕破脸，只得强压着怒气，点头附和：“皇后说得是，萧王妃私自出京虽有不对，但看在她没有犯错，反倒有功的份上，此事便就此不提。”

“皇上圣明。”得到皇上肯定的答复，皇后暗暗松了口气。她真怕皇上又犯倔，拿私自离京一事敲打萧天耀和林初九。

今时不同往日，他们现在得捧着萧天耀与林初九，敲打只会加重萧天耀的逆反心理。

“初九，皇上今日叫你进宫，一则是为你表功，另一则是为了明日庆功宴一事。圣上将庆功宴交给我主持，奈何我身子不争气，明日也不知能撑多久，我便向圣上提议，让你明日早点进宫，帮我招待那些诰命夫人，代我接受命妇们的拜见。”事情意外地顺利，皇后怕再生事端，忙把另一件事提出来。

让林初九代皇后受命妇拜见，绝对是对林初九的抬举，皇后本以为林初九会应下，却不想林初九还没有发表意见，萧天耀就先一步拒绝："不行。"

"天耀不同意？"皇后被萧天耀直言拒绝并没有生气，反倒是笑着道，"怕我欺负你媳妇？"

由此可见皇后的心机与手段，轻易一句话，就化解了萧天耀给自己带来的难堪。

"不合适。"萧天耀言简意赅，一个多余的字也没有，也亏得皇后沉稳，仍没生气，反倒是好脾气地询问道："怎么不合适了？明日的庆功宴，初九也是功臣，要是天耀觉得初九代我受命妇拜见不妥，那便让她陪我一同接见命妇，你看如何？"

"朕觉得很好。"为了不让萧天耀拒绝，皇上出言附和一句。

却不想，越是如此，萧天耀越是不会同意，"不好，臣不同意。"

无事献殷勤，非奸即盗。萧天耀可不认为，他这位皇兄会突然转性，接受他的权势凌驾于皇权之上的事实。皇上真要有这么大方，就不会有今天的会面了。

"给朕一个不同意的理由！"皇上不高兴了，语气不复之前的和气，明显能听出一股火药味。

可惜萧天耀完全不当一回事，冷着脸看着皇上，并不言语，皇上自是不会让着他，两人四目相对，杀气四溢。

林初九暗自叹了口气，在两人爆发前，先一步开口："圣上，王爷不同意此事是觉得此事不妥。妾身只是亲王妃，别说代皇后接受命妇的拜见，就是陪在皇后身边受命妇拜见也是不够格的。皇后娘娘身体不适，需要人陪伴，可以请周贵妃陪同。"

和萧天耀所想一样，林初九也不认为皇上与皇后会无缘无故让她陪在皇后身边，指不定明天就有什么算计。与其浪费心力与皇后斗智斗勇，不如把周贵妃推出来，让她们自己斗去。

"贵妃明日还有其他的事，抽不开身。"皇上淡然拒绝，收回与萧天耀对峙的目光，扫向林初九。

林初九坦然迎视，恭敬地道："周贵妃抽不开身，还有周小姐。皇后娘娘，您觉得如何？"真当她刚回京，什么事都不知道呢。

皇后脸色微变，嘴角的笑容僵了半刻才恢复如常，半真半假地怪罪道："初九还是老样子，为了躲懒就把旁人推出来，嫁了人也不见勤快一些。"

"我一向懒散，还请皇后娘娘体谅。"林初九顺着皇后的话，将事情推得更干净。

懒就懒呗，她家萧王爷都不怕皇上，她还会怕皇后不成。皇后对她的评价，并不能影响她的生活。

"初九明日真不愿意陪我？"皇后脸色微变，语气也有些不自然。

饶是沉稳如皇后，面对萧天耀与林初九的一再拒绝，也忍不住生气。

“因与王爷分开多日，这几日我都得陪着王爷，还请皇后见谅。”林初九嘴上说着请罪的话，却不见有半个请罪的动作，仍旧稳当当地坐在那里。好似在她眼中，拒绝皇上与皇后是再平常不过的事。

拒绝皇上这种事，做多了也就和平常事没有什么两样。继萧天耀和林初九拒绝陪同皇后接受命妇的拜见后，两人又直言拒绝了皇上与皇后留饭的命令，并且直白地问皇上，给林初九的赏赐是什么？

要不是为了赏赐，他们二人怎么可能会在今天进宫。

“萧王妃救治伤兵是功，私自离京是过，功过相抵，天耀还要朕给什么赏赐？”皇上真的是要被萧天耀气笑了。

一再拒绝他的提议，还好意思问他要赏赐，简直是太不要脸了。

萧天耀眸光微挑，诧异地看了皇上一眼，确定皇上是认真的，才不紧不慢地道：“本王的王妃私自离京，伤了谁的命？损了谁的利？”

不等皇上开口，自己答道：“既然没有伤人命，又没有损国家的利益，就算是过也是小过。反之，王妃在战场上救了数万战士的性命，利国利民，这不仅仅是功，还是大功，皇上不当赏吗？”

“亲王妃无诏私自离京是抗旨，真是小过吗？”皇上冷笑，眼含嘲讽。

皇后之前将林初九私自离京一事揭过，他本就不满，现在萧天耀自己提起，就别怪他不客气。

“皇上什么时候下过旨，不许本王的王妃离京了？”萧天耀挑眉反问。

将军领兵在外，家眷被留在京，这是约定俗成，大家都心知肚明的事，皇上虽然没有下旨不许林初九离京，但有脑子的人都该知道，在萧天耀领兵期间，林初九是不允许离开京城的。

但是，凭萧天耀现在的地位，他要死咬着没有旨意，没有律法条例，皇上也奈何不了他。

皇上的眼神越发冷了，同样不答反问：“亲王家眷，什么时候能自由离京了？”林初九是亲王妃，没有皇上的旨意不能离开京城，但是……

“皇家祖谱上，并没有林初九的名字！”这件事萧天耀很清楚，过年期间他和林初九不在京城，根本没有人记得他们二人，更不会有人想到林初九还没有记在皇家祖谱上。

他曾想过，要不要让人提醒皇上，把林初九的名字记上去，可想想还是算了。

东文的皇家祖谱，不记也罢。

皇上眉头紧皱，面上有几分不自在，干咳一声道：“这件事是朕的疏忽，回头朕下旨让人开宗庙，将萧王妃的名字记上去。”

皇上犯错，天大的错也是小错，更不用提没有将萧王妃的名字记上祖谱，这算多大的事，现在皇上认了错，并且想办法补了，这事就不用再提。

萧天耀也确实没有再提，但也没有放过此事：“本王的王妃离京时，名字还未记在皇家祖谱上，她那时离京虽有过，却只是小过，皇上你说是不是？”

还是那句话，萧天耀承认林初九有错，但是小错，小错就算罚也不会伤筋动骨。但是，林初九的功却是众人都能看到的大功，皇上要是不赏，萧天耀第一个不答应。

他为了抵御北历大军，折损了五万兵马，花费了上百万两银子，皇上一个子都没有出不说，现在连赏赐也要扣下来，简直是想得太美了。

“小过？”皇上冷笑，双眼冰冷地盯着萧天耀，毫不吝啬地释放帝王的威压，试图用帝王威严逼退萧天耀。

他不是不愿意赏赐林初九，而是不愿意给林初九太大的赏赐，而想要减少赏赐，就只能把林初九的错放大，功劳压小。

“是，小过。”萧天耀没有摆出强硬的姿态，也没有示弱，只和往常一样，平静地迎上皇上的视线，不亲不避也不退让。

林初九则在第一时间低下头，掩去眼中的嘲讽与笑意。

皇上这是送上门给萧天耀打脸。一力降十会，帝王的威严又如何，就凭萧天耀在城外的兵马，皇帝的龙威再盛，也要低下高贵的头颅。

果然，一炷香后，皇上退让了，语气不善地对林初九道：“萧王妃，你要什么赏赐？”

皇上奈何不了萧天耀，只能把难题丢给林初九。

林初九早就知道会是这样，张嘴就道：“雷霆雨露皆是君恩，不过，皇上要是愿意的话，赏赐一些金银给我可好？皇上您知道的，我当初成亲时，家里给的嫁妆虽丰厚，但大多数是衣服、布料和首饰，不怎么实用。”

说到最后，林初九的声音越来越小，当然她也不会忘记摆出局促的样子，捏捏衣角什么的。

“咳咳……”林初九的话还未落下，萧天耀就咳个不停，皇后也是嘴巴大张，一副看怪物的样子看着林初九。

林初九，这……这还要脸吗？

开口直接让皇上赏赐金银不说，居然又黑了林相夫人一把。当初林相夫人是坑了林初九一把，可在嫁妆上并没有亏待林初九，在场的四人谁都有资格说缺银子，就林初九没有资格。

萧天耀更是知道，林初九在出嫁前，坑了林相夫人一大把银子，现在林初九能脸不红、气不喘地说嫁妆里的金银不多，真的是不要脸面呀！

不过，他喜欢。

咳了两声后，萧天耀假借整理衣袖的动作，掩去唇边的笑意。

林初九坑林相夫人银子的事，萧天耀能查出来，皇上自然也能查出来，这事皇上也是知情的，只是他并没有放在心上。

后宅斗争还入不了皇上的眼，这事他也只是随便听听罢了。现在见林初九理直气壮地说林相夫人给的金银少，皇上不免想起此事，当即不满地皱眉，想要斥责林初九胡说八道，转念想到林初九坑林相夫人银子的原因，又生生把到嘴边的话给咽了回去。

林相夫人私下给林初九银子的事，别说林初九不会承认，就是林相夫人自己也不会承认，那是一个哑巴亏，林相夫人不吃也得吃。

皇上冷哼一声，阴阳怪气地道："萧王妃真是让朕大开眼界。"

自林初九与萧天耀进来后，皇上第一次拿正眼打量林初九。果然不是一家人不进一家门，林初九睁眼说瞎话的本事，跟萧天耀有得一比。

"谢圣上夸奖。"脸皮厚的林初九，假装自己听不出皇上怪里怪气的语气，低头一副害羞的样子。

皇后看到这一幕，差点笑出声了。

在萧天耀有意无意的调教下，林初九的脸皮已经厚到了一个境界，任凭皇上与皇后怎么震惊、打量，林初九都跟无事人一样，淡然自若地坐在那里，完全不受影响。

盯着林初九看了许久，也不见林初九有半点不好意思，皇上怒极反笑："萧王妃，你这话要让林相与林相夫人知道，该多伤心！"

不管是明面上还是私底下，林初九的嫁妆都不少，东西也都是好东西，只是适不适合罢了，林初九要说嫁妆少，真的不应该。

"啊？"林初九抬头，适时摆出一副不解的样子，"皇上，你要给我赏赐，林相和林相夫人为什么要伤心？"

"你嫌他们给的嫁妆少，他们不该伤心吗？"皇上知道林初九在装傻，不由得更恼了。

"皇上，我没有嫌他们给的嫁妆少呀。我只是觉得，要是能有更多，那就更好了，毕竟这世上没有人会嫌银子多。"林初九眉头微蹙，好似不能理解皇上的话。

皇上气得肝都疼了，偏偏又不能说破，只得耐着性子道："你不嫌银子少，所以你要的赏赐就是金银这等俗物？"皇上不知林初九是本性贪财，还是装的，但不管是哪一种，他都没有办法喜欢。

“要是皇上赏赐我一些古董字画那就更好了，我可以留着给我女儿做嫁妆。”古董字画极好变现，转手的话也能卖上高价。

“初九这么早就开始给女儿攒嫁妆了？”皇后终于寻到可以插话的机会，忙开口打趣了一句。

“皇后娘娘，不早了，我和王爷成亲都有一年了。”林初九低着头，摆出一副娇羞的样子，好似很不好意思。

可惜，时间太短暂，没有把脸憋红，不然就更真了。

“也是，你们成亲的时间也不短了，是该准备起来了。”皇后点了点头，眼神落在林初九身上，上下打量了一番，无声一笑。

作为过来人，她当然知道林初九并没有怀孕，甚至知道林初九至今还是一个姑娘，并没有与萧王同过房，不过这些事不需要说给皇上听，她自己明白就好。

“皇后娘娘也觉得我现在准备不早吧？人常说养儿一百岁，长忧九十九，女孩儿的嫁妆早些准备才能从容一些。还请皇后娘娘看在未出世的侄女面上，多为我说几句好话，让皇上多给我一些赏赐才好。”林初九再度“厚颜无耻”地开口要赏，皇上真是被她的厚脸皮气伤了。

孩子连影子都没有，就厚着脸皮给孩子讨赏，放眼东文也就只有林初九和萧天耀敢了！

皇上看了一眼角落里的沙漏，心里冷笑：这赏赐他们今天是要不到了！

皇上轻哼了一声，悄悄握紧拳头，掩去心中的冷意，语气温和地道：“萧王妃这话说得不对，你的功劳与过错天耀都为你说清了，哪里还需皇后为你讨赏，依朕看……”

“不好了，不好了……皇上，太子殿下不好了！”皇上的话没有说完，就被太监尖锐的声音打断了，一灰衣太监跌跌撞撞地跑了进来，跪在地上，“皇上，太子……”

“放肆！”皇上怒吼着，打断太监的话，“来人，将这乱闯的狗东西……”

太监哆嗦了一下，急忙道：“皇上，太子殿下出事了。从早上开始就一直在吐血，太医诊不出病因，也没有办法止住血，太医说，说太，太子殿下……”

“什么？”皇后猛地站了起来，因为动作太大，将手边的杯子都打碎了，“你说什么？太子一直在吐血？”

准备拿人的侍卫一进来，就听到这话，当即愣在原地，不敢再上前。

皇上也吓了一跳，一脸紧张地问道：“怎么回事？快说清楚！”

“回皇上和皇后娘娘的话，太子殿下不知吃了什么，从早上起就开始吐血，并且是大口大口地吐血，不多时就吐了一床，奴才急忙请了太医过来，太医却诊不出原因。”太监趴在地上，虽然吓得不轻，但口齿还算伶俐。

“吐血不止？太子是受伤了还是中毒了？”皇后急得从台阶上走了下来，三步并作两步，要不是宫女搀扶着，怕是已摔倒在地了。

皇上也急得站了起来，上前扶了皇后一把，一脸关心。要是不知情的人看到这一幕，还真以为皇上、皇后、太子是夫妻恩爱、父慈子孝的一家人。

皇上与皇后都站了起来，萧天耀与林初九也不好坐着，两人一前一后起身，起身的刹那，两人很默契地交换了一个眼神，又淡定地别开了。

虽然事先并没有沟通过，但林初九和萧天耀都明白，今天这份赏不容易拿到。

可是，不容易拿到他们也要想办法拿到。二十几万大军就在城外，皇上是断然不会拨粮草下去的，他们必须自己筹集粮草，而要筹集粮草就不能少了银子。

皇上这次给萧天耀的赏赐一文不值，他们不找个名目从皇上手里抠点银子，怎么也对不起自己。

“太医说太子殿下并没有中毒，也没有内伤，完全找不到太子吐血的原因，也找不到止血的办法。”太监哭丧着一张脸，整个人蜷缩成一团，看上去好不可怜。

“没有中毒也没有内伤，怎么会这样？”皇后脚下一个踉跄，险些摔倒在地，刚站稳又继续往前迈步，红着眼睛道：“不行，不行，我要亲眼去看看，太子好好的怎么会吐血。”

“皇后别心急，朕与你一同前去。”皇上上前扶住皇后，两人急切地往外走，好似是把林初九与萧天耀忘了一样，可是……

当他们快要走出门口时，皇上突然停下脚步，像是突然想到一般，扭头对林初九道：“朕记得萧王妃你的医术很是不凡，走……随朕一起去看看太子，要是你能医好太子，朕少不了你的赏。”

皇上说完，拉着皇后，带着宫人继续往外走，完全不给林初九拒绝的机会。

“呵……”林初九笑了一声，扭头看向萧天耀。

萧天耀尴尬地别开脸：“去吧，只要不伤着就好。”

萧天耀话中的意思是，随便林初九怎么玩，只要自己不受伤就好。

许是宫里的人提前收到了消息，当林初九与萧天耀，跟在皇上身后来到太子的宫殿时，宫殿的里里外外都围满了人。

有太医、有服侍太子的下人和各宫娘娘派来“关心”太子的宫人，还有不少宫妃，都亲自过来了。

见到皇上与皇后进来，宫妃们忙上前行礼：“拜见皇上、皇后娘娘。”

“免礼。”皇上一脸严肃，脚步很是急切，根本没有停下来看那些精心打扮的宫妃。

皇后就更不用说，过来后直接往内殿走去，一副恨不得现在就冲到太子床前的架势。

林初九与萧天耀晚一步进来，看着屋内几个打扮得花枝招展的宫妃，不由得摇头。

这里，有几个人是真心关心太子的生死的？

恐怕一个都没有，毕竟就连皇后娘娘都不是真心关心太子的生死。

“萧王爷，萧王妃。”刚站起来的宫妃，看到萧天耀与林初九走了进来，一脸错愕，不过很快就将这份错愕收了起来，从容地打了声招呼。

萧天耀对这些宫妃更冷淡，连个眼神也没有给，直接穿过众人，在左侧坐下，林初九慢了半步，朝众人笑了笑，也跟着坐了过去。

几位宫妃看到萧天耀与林初九出现，你看看我，我看看你，一时间不知该走还是该留。

就在这时，皇上身边的太监出来了，对众位宫妃道：“皇上请几位娘娘各自回去，不必留在这里。”有萧天耀这个外男在，宫妃待在这里终归不太好。

“是。”几位宫妃虽然遗憾，错失了一个在皇上面前露脸的机会，可也不敢违背皇上的命令，老实地离开了。

她们一走，她们带来的下人自然也要跟着走，殿内瞬间少了大半的人，空气顺畅了不少。

林初九和萧天耀略坐了一会，就见皇上与皇后一脸愁容地走了出来。

这个时候，只要稍微有点眼色的人，就知道该上前询问太子的病情。可是，不管是林初九还是萧天耀，都没有开口的意思，两人眼观鼻，鼻观心，淡定无比。

皇上原本就有十分怒气，见萧天耀和林初九这样，怒火瞬间飙升到十二分不止。

“啪……”皇上随手抓起一个茶杯，摔在地上，“天耀，太子在里面生死未卜，你这个做叔叔的连问都不问一句吗？”冷情如斯，真正是叫人害怕。

“太子还好吗？”萧天耀从善如流地问道，语气淡然，听不出一丝担忧与关心。

“你，你……”皇上气得直指萧天耀，不断地喘粗气。连做戏都懒得，可见萧天耀嚣张到什么地步。

“皇上别生气，太子还没有好，你可不能病倒。”萧天耀淡漠地说着“关心”的话，虽然没有嘲讽的意思，可皇上却气得不行，好不容易缓过来那口气，又被萧天耀气得上气不接下气。

不等皇上那口气顺过来，就见几位皇子急匆匆地走进来。

“文王殿下到，安王殿下到，七皇子到，四公主到，五公主到……”太监高声传报，等到皇上缓过气，萧子安等人已走到他面前。

“给父皇、母后请安。父皇，母后……太子殿下可好？”三位皇子、两位公主见完礼后，就由年纪最大的文王开口，询问太子的情况，其他人则是一脸担心。

至于，有几分真几分假，那就不好说了。

“太医勉强止住了血，说是……”皇上冷冷地看了萧天耀一眼，收回了眼神，可不等他说完，就被急切跑出来的秦太医打断了：“皇上，皇后……太子殿下，太子殿下又在吐血！”

“又在吐血？你们不是说止住了吗？”皇上瞬间化身为暴龙，朝秦太医怒吼，皇后更是夸张，叫了一句“我的儿”，身子一软，人就晕了。

“皇后娘娘，皇后娘娘……”幸亏皇后身边的下人机灵，一把抱住了皇后，才没有让皇后摔在地上。

“母后，母后，你怎么了？”七皇子小脸煞白，像个小炮弹似的冲到皇后身边，紧紧握住皇后的手，“太医，太医快来！”

太医一窝蜂地拥上前，却被皇上喝退了：“先把皇后扶到隔间。”

于是，众人又手忙脚乱地把皇后扶到隔间，安王与文王没有跟过去，两位公主却跟了过去，还有几个太医。

安顿好了皇后，皇上才有空问太子的情况：“太子怎么又吐血？你们就想不到解决的办法吗？”

“臣无能！”秦太医干脆利落地跪下请罪。

“太子吐了半天的血，你们却一点办法也没有，朕留你们何用？”皇上又急又怒，捏了捏眉头，扭头看向无事人一般的林初九，喝道：“萧王妃，朕带你过来，是让你帮忙医治太子。太子吐血不止，你怎么还坐在这里？”

“我这就去。”林初九没有解释，只淡定地起身，可就在她迈步的刹那，萧天耀拉住她的手，以所有人都能听到的声音道：“尽力就好！”

短短四个字却有两重意思，一是让林初九尽力救太子就行了，不需要为难自己；另一则是遇事尽力就好，不要硬扛。

“王爷放心，我一定会尽力的。”林初九抽回自己的手，朝萧天耀点了点头，在秦太医的带领下，朝内殿走去，“秦太医，跟我说说太子的情况。”

秦太医走得很快，林初九却不管，仍旧保持自己的速度，秦太医没有办法，只得放缓速度，回答林初九的话：“太子的情况十分诡异，既没有中毒也没有受伤，却全身发烫，一直不停地吐血，我用了许多办法，也无法止住。”

“秦太医用了什么药？”

“因不敢肯定太子的病情，是以下官并没有给太子用药。”秦太医斟酌了一下，才道。

“什么法子，可否说说？”林初九问道。

秦太医犹豫了一下，正准备开口，就见在太子屋内的太医突然跑了出来："秦太医，秦太医……快，快，太子的情况不好！"

"啊……"屋内，传来太子痛苦的吼声，秦太医脸色大变："萧王妃，下官先行一步。"

秦太医顾不得等林初九，直接跑了起来。林初九若有所思地看了一眼，脚下迟疑，可最终还是迈步往前走。

她就不信，太子能拿她怎样！

秦太医冲进去后，其他人也跟着冲了进来，不知是因为不小心还是什么，最后一个人进去时，将门带上了。

很快，屋内传出一声惨叫，可不等林初九分辨屋内发生了什么事，声音就没了。

林初九面色微变，快步走到门口，却没有听到屋内有声响，迟疑了一下，最终还是推门而入。

屋内静悄悄的，中间有一个巨大的屏风，将房间隔成了两间，屏风外一个人影也没有，也没有声音。

"怎么回事？"要不是能听到人的呼吸声，林初九都要怀疑自己走错了地方。

林初九站在门口，看着屏风，没有往前，也没有后退。

她还在犹豫，是往前一步还是后退一步。

后退一步自然安全，可她今天退了，明天肯定还有新的阴谋针对她。与其成天防来防去，不如趁萧天耀在，把皇上的算计揭开，拼着受点小惊吓，换取短暂的安宁。

她就不信，皇上敢当着萧天耀的面杀她，皇上就真的舍得牺牲太子！

林初九往前一步，突然，屏风内发出一声低吼，一道黑影猛地蹿起，只听见"哐"的一声，巨大的屏风朝林初九摔来。

"啊……"饶是林初九早有准备，也被惊得后退数步。

不等林初九站稳，就见一血红的身影朝自己扑来。

"太子？"看着一身是血，双眼通红，失去神智的太子，林初九惊得嘴巴都合不拢了。

皇上也太拼了，为了算计她，居然连太子都牺牲。

眼见太子就要扑到面前，林初九闪身避开，同时疑惑地自问："这么大的动静，萧天耀怎么没有过来？"

可不给林初九多想的机会，太子再次扑来，凶狠无比，好似要吃人，好在太子失血过多，虽然凶悍，但动作并不灵敏，林初九几次都避开了。

趁着躲避的当口，林初九看了一眼屏风内的情况，差点就愣住不能动了。

屏风内侧横七竖八躺了五个人，包括秦太医，每个人都是一脸血，有一个小太监的脑袋被打扁了，身上的衣服也被扯开了，可并没有被侵犯的痕迹。

看到那五个人的样子，林初九就知道太子身上的血十有八九不是自己的，而是被他打伤的那几个人的。

发狂的太子见几次都没有抓到人似乎更急了，扑向林初九的动作又急又快，面露痛苦之色，好像在极力忍耐着什么。

林初九眉头紧皱，在躲避太子攻击时，也在留意周围的环境，准备寻个趁手的武器打回去。

萧天耀到现在还没有过来，不是听不到这里的声音，就是因故来不了了，她不能奢望萧天耀过来，只能自己动手解决。

好在太子平日里养尊处优，在女色上又不节制，即使此刻狂暴无比，攻击力也有限，很快林初九就寻到了机会，捡起屏风上的木板，在太子再度扑来时，一板子打了过去。

“嘭……”林初九这一击，用了十成的力道，正中太子脑门，太子当即血流如注。

可是，太子却像是不会痛一般，只略迟疑了片刻，就再次扑了过来，林初九见状也不客气，半蹲下来，手中的木板横在太子脚下，太子一个踉跄往前摔倒，林初九倒地一滚，避开了太子摔下的范围，不给太子起身的机会，再次举起板子朝太子后脑砸去。

这一次，林初九控制了力道，不敢下死力气，只将太子击晕。

“砰”的一声响，太子应声倒下，趴在地上一动不动。

林初九没有急着上前，保险起见，她又补了一下，然后从医圣之心里取出镇定的药丸，给太子服下。

太子吞了药，抽搐了一下，便一动不动了。

林初九拍了拍手，转身往外走。没有意外，屋外一个人都没有，林初九半点都不惊讶，一个人原路返回，然后她就看到空无一人的大厅。

不管是萧天耀、皇上还是大皇子、三皇子都不在殿内，就好像从来不曾出现过，甚至连服侍的下人也不在屋内。

“一个人都没有？”林初九四处扫了一眼，确定真的没有人，便继续往外走。

外头依旧没有人，殿内殿外空荡荡的，连个问话的人也找不到。

直到林初九走出太子的宫殿，才看到有宫女与太监来来回回走动。

要说不奇怪那是骗人的，可现在不是好奇的时候，林初九上前，拦住了一个管事太监：“皇上和萧王去哪了？”

“奴才，奴才不知。”太监正想给林初九行礼，听到林初九问话，礼行到一半，就生生顿住了。

林初九点了点头，继续往前走，路上时有宫女、太监路过，林初九问了好几个人，才知道皇上、大皇子和三皇子都在议事殿，好像是出了大事，具体什么事就问不出来了，萧天耀的下落也没有人知道。

到这里，林初九就彻底明白了。皇上今天要算计、陷害的人并不是她，或者说主要目标不是她，皇上真正的目标是萧天耀，她不过是顺带的，或者说是为了迷惑萧天耀的。

很明显，皇上成功了，萧天耀十有八九是中招了。

至于萧天耀因何事中招，此刻又在哪里，林初九虽然好奇，却没有打探的意思。能让萧天耀中招，并不是简单的事，而且萧天耀明显已经陷了进去，她不能把自己送到皇上面前。

当务之急，她还是离开皇宫回王府要紧，有萧天耀那些手下在，她要打探萧天耀的下落很容易。

没有惊动任何人，甚至没有坐自己来时的马车，林初九直接走出皇宫，与萧天耀的亲卫会合后，直接回了王府。

萧天耀带来的亲卫虽然不解，可看林初九一脸的凝重，便不敢多问，只是以最快的速度跟主子回到王府。

一到王府，林初九连喘口气都来不及，就让曹管家命人去打探宫里今天发生了什么事，而萧王府的暗卫也给力，两个时辰后，今天在宫里发生的一切，就呈到了林初九的面前……

第三章　影月楼里胭脂红

萧天耀被皇上关了起来，罪名是私藏龙袍，图谋不轨！

在林初九去见太子时，随大皇子和七皇子去金吾卫大营的几个官员，拿着一件龙袍找到皇上，说这件龙袍是他们无意中在金吾卫大营里发现的，据他们查到的消息，这件龙袍是萧王爷命人缝制的。

私藏龙袍，带军入京，要说萧天耀没有二心都没有人相信，皇上要不下令拿下他，都不应该。

按说，凭萧天耀的本事，皇宫里的侍卫再多也拿不下他，可不想皇上事先在太子的宫里，给萧天耀下了无色无味的迷药。

那药水无色无味也无毒，对普通人有利无害，可要是武功高手沾了那药，不动武还好，一旦动武就会力气尽失，连普通人还不如。

是以，林初九的医圣之心并没有发现异常，也就不可能提醒她了。

这药水是秦太医提供的，据说是秦太医师父的不传秘药。因药材难寻，秦太医的师父也只配出一小瓶，而这一次为了拿下萧天耀，皇上把那一瓶全用上了。

虽说浪费了一点，可效果也是喜人的，萧天耀中招后，还未出手就失了力气，无力反抗，只能任禁军拿下。

“秦太医，好一个秦太医，亏得萧天耀还帮过他和他师父。”林初九重重一拍桌子，气得不行。

林初九不否认大军压城，但私藏龙袍这种事，林初九可以用项上人头发誓，萧天耀是不会做的，也不屑这么做。

这件事明摆着就是一个陷阱，一个专门针对萧天耀的阴谋。皇上之前故意摆出针对她的样子，不过是转移萧天耀的注意力罢了。

“也不知皇上为了今天的事，准备了多久。”林初九知道，萧天耀带军入城，给了皇上莫大的压力，皇上在惧怕他的同时，也坚定了要除去他的决心。

私藏龙袍只是皇上拿下萧天耀的一个借口，别说私藏龙袍一事找不到证据，就算能找到证据，皇上也不会放过萧天耀。

“不管如何，都要先把人救出来！”

可是，要怎么救？

林初九重重地吐了口气，闭着眼睛坐在椅子上低声盘算着：“萧天耀抗旨不遵，带兵进城是铁一般的事实，无论如何都解释不清，就算解释得清，皇上也不可能放过萧天耀，智取或者示弱是无用的，现在唯一能做的就是……”

林初九猛地睁开眼，站了起来，大声道：“来人！”

“王妃！”一直在外面候着的曹管家，听到声音立马进来了。

“曹管家，去把王爷的令牌取出来，让隐卫带着令牌出城，命金吾卫火速出兵，围了京城！”智取示弱都无用，只能用强的了。

萧天耀现在最大的优势，就是他手上的兵权，没办法求皇上放人，那就直接逼皇上放人。但是，林初九能想到的事，皇上又怎么想不到？

隐卫还未进来，萧天耀的亲兵就来报：“王妃，不好了，数千禁军朝我们王府方向走来，看情况应该是针对我们的。”

亲兵刚说完，沉稳冷漠的隐卫首领就一头大汗急匆匆地走了进来：“王妃，京城戒严，任何人不得进出。”

换言之，皇上不仅让人围了萧王府，还围了整个京城，生生切断了京中人与外界的联系，让林初九无法与城外的金吾卫联系。

“皇上下手还真是快！”从她出宫到现在，不过两个时辰多一点，皇上就把一切都处理好了，可见皇上为了今天准备了多久。

如此看来，皇上之前的示弱以及忍不住找萧天耀麻烦，十有八九是为了迷惑萧天耀，不让萧天耀发现他的真正意图。

“你有几成的把握可以安全出城，联系上金吾卫？”现在，能让皇上忌惮的就是城外二十万大军，她能用的也只有他们。

“属下已经提前发了信号给他们，没有意外的话，他们今晚就会行动。”隐卫首领不同于普通的隐卫，他手上有一定的权力，可他也只能把情况说给金吾卫听，无法命令金吾卫行动，更不可能命令他们对朝廷开战。

一旦开战，就是谋反，除非萧天耀下令，不然金吾卫不会冒这个险。

“那么，外面的禁军呢？你有几成把握？”有救兵，但救兵不能立刻就到，他们至少要撑一天以上，不然她和萧天耀同时落到皇上手里，就算金吾卫再忠诚，也不可能为了两个阶下囚对上朝廷，成为叛军。

“一成都没有，两个时辰内，皇上将我们的人清算了八成以上。”隐卫首领低下头，不敢看林初九。

皇上之所以花了三个时辰才封城、封萧王府，并不是因为他安排不当，也不是因为他人手不够。而是因为皇上要趁萧王府的人什么都不知，还没有查到萧天耀处境的时候，先一步出手清掉萧天耀在京城的人。

皇上这个时候派兵围了萧王府，下令封城，不是因为清掉了萧天耀在京城的人，就是知道萧王府的人得到了消息。以有心算无心，皇上先发制人，自然要占一些优势。

“护送我一个人安全出城呢？”林初九不是笨蛋，自然明白萧王府现在的处境，城内没有足够的人手，萧王府怕是保不住了。

“卑职没有把握，三千金吾卫昨天便出城了。而且皇上有天藏阁的人相助，在城内我们不是皇上的对手，想要出城很难。”

林初九怒道：“天藏阁，怎么又是天藏阁！他们还敢对王爷下手！”不怕在东文的天藏阁再次被拆吗？

“具体的情况卑职也不知，据说是天藏影月的少主，在王爷手中吃了大亏，这次是无条件帮助皇上，皇上正是因为有了天藏阁的帮助，才能在两个时辰内，清掉我们在城中的人手。”对上天藏阁，别说隐卫首领，就是萧天耀也要忌惮三分。

天藏阁做的就是情报买卖的生意，他们的耳目遍布天下，以往顾忌四国皇帝的颜面，在各国皇城都会收敛一些，可现在东文的皇帝为了收拾萧天耀，给了天藏阁最大的便利，他们要在京城找一个人，任凭那人躲在哪里，他们都能找到。

“这么说，我们一点办法也没有了？只能坐在这里等皇上的人抓我们？”林初九看着隐卫首领，眼神平静，没有半丝不安与忐忑。

她不是一个会服输的人，即使情况对她极度不利，她也不会轻易妥协。

隐卫首领将头埋得更低：“王妃，卑职可以一试，但没有太大的把握。从王爷被抓到我们知情，足足过了两个时辰，而这个时间足够皇上和天藏阁的人，将我们安插在京中的人手找出来。”如果皇上没有清掉他们在京中的人手，也许还有可能，可现在……

他真的是一点把握也没有。

“我就说皇上怎么没有在第一时间封城，封萧王府，原来是想利用我们不知情，先下手为强。”林初九恍然大悟，随即又不解地道，“既然皇上准备得这样周全，我是怎么从宫里出来的？”

之前林初九没有去想这个问题，因为她不知道事情有多严重，后来得知萧天耀出事，她没有时间去想，现在却容不得她不想了。

皇上什么都想到了，怎么会放任她离开皇宫？

要知道，如果她和萧天耀一起被皇上拿下，就没有人可以命令金吾卫，金吾卫投鼠忌器，也不敢妄动。

“卑职暗中查了一下，应该是三皇子帮的忙，扣下了皇上的命令。”他们在宫里的人手也折损了不少，能查到萧天耀的消息，还是皇上有意透露了，其他消息他们现在几乎查不到。

“三皇子？报答救命之恩吗？”林初九的脑海里，闪过三皇子萧子安的面容，嘲讽一笑。

她承认，她对三皇子的感觉很不错，那样的一个人让人无法讨厌，可不讨厌并不表示能成为朋友，她和三皇子注定为敌。

不过，今天这件事，她承三皇子的情。

隐卫首领没有回答，片刻后，轻声提醒了一句：“王妃，禁军很快就要过来，还请王妃尽快决断。”如果要走，那么必须趁早；如果不走，也应尽快想好应对之策。

“决断？现在这个情况能做什么决断？”林初九冷笑一声，站起来道，“先离开再说，就算天藏阁布下了天罗地网，我也要试一试。”

“卑职会倾尽全力保王妃平安无事。”隐卫首领郑重地说。

“单保我一个人平安无事有何用？”林初九叹息，走到曹管家面前，郑重地交代道，“府上的人，你要照顾好。”

她离开了，皇上拿不到人，也不知会怎么处理萧王府的人？

她倒是想把他们安置妥当，可现在的情况，哪容得她做这些。

“王妃放心，老奴会安排好府上的人的。”曹管家是府中唯一知情的人，他很清楚林初九这一走代表了什么，但现在的情况，林初九必须走，不走，大家都得死；林初九走了，也许他们还有一线生机。

林初九轻轻点头：“皇上的人来了，不管他们要做什么，你们都尽力配合，不要去抵抗，先保住性命要紧，你们要相信王爷，王爷一定会来救大家的。”

林初九没有说什么不舍的话，现在的情况容不得她想太多。

她只有活着与金吾卫会合，府上的下人才有活命的可能。

“王妃放心，奴才知道怎么做。”曹管家双眼通红，却没有一丝怯意。

他们早就知道会有这么一天，只是没有想到这一天来得这么快，这么突然。

林初九点了点头，没有再说，转而对隐卫首领道："我们走。"现在，没有时间耽搁。

"是。"隐卫首领立刻跟上，出门后加快几步走在前面，为林初九指路，"王妃，这边。"

两人一路跑到萧王府西侧一个角落，隐卫首领上前，在青砖墙上用力一拍，就见那堵青砖墙朝两侧滑动，露出一个能容一个成年人通过的小方口。

"王妃，这是王府的密道，我们从这里走，不会有人发现。"要瞒着皇上建造密道不易，萧天耀花了数年的时间，也就打通了这么一条密道，而且也只能通往城内。

"王爷果然早有准备。"看到这条密道，林初九的心里多了一份胜算。

想来也是，萧天耀敢带兵前来，怎么可能一点安排也没有，大大咧咧地打上门，不是萧天耀的风格。

"王爷说，这条密道是王府最后的退路，不到万不得已不能动用。"因为一旦动用了，就等于暴露了密道，就算皇上一时半刻找不到密道在哪里，也会加强防备。

林初九没有说话，在隐卫首领进去后，她也顺着台阶走进密道，而他们二人一下去，青砖墙又恢复了原样，没有一丝异常。

密道细长且窄，里面有照明用的火把，林初九跟在隐卫首领身后，倒是不用担心什么。

密道不算长，大约走了两刻钟隐卫首领就把火把给灭了："王妃，到了。"

"好。"在隐卫首领打开出口后，林初九跟着爬了出去。

一出来，是一间屋子，家具看上去半旧不新，屋子收拾得十分干净，不像是没有人住的样子，真要有人来查，也不会觉得不对。

"王妃，这里有衣服，你先换上，再把身上的衣服烧了。"林初九回到王府虽然换了衣服，可王府的衣服，就算再朴素也不是普通人能穿的。

"王妃，这座宅子位于西城区，宅子里的人都是王爷的心腹，绝对可以信任。"隐卫首领简单地介绍了一下他们所处的环境，又道，"王妃，趁皇上的人没有反应过来，卑职想先出去打探一下外面的情况，不知可否？"

他虽然想要留下来保护王妃，可也不能跟外面断了联系，他得知道外面是个什么情况，才好想办法带王妃离开。

隐卫首领要出去打探消息，林初九当然没有意见，她又不是不懂事的小姑娘，自然知道让隐卫首领去外面打听消息，比留在这里保护她要好。

别说隐卫首领主动提出，就是他不曾开口，林初九也会让对方去外面打听消息。虽说从目前的情况来看，皇上处在上风，但她不相信萧天耀一点准备也没有。

萧天耀不是那么蠢的人。

现在外面的局势不明，她要做的不是乱冲乱撞，也不是胡乱冒险，而是安静地等消息，只有知道外面发生了什么事，才能知道接下来要怎么做。

安顿好林初九后，隐卫首领就走了，留下了两个人保护林初九的安危："王妃且放心，这二人的武功比之卑职也不差分毫，他们只听王妃您的命令，无论您要他们做什么，他们都会照办。"

隐卫首领不敢保证此地绝对安全，也不敢肯定他出去了能否活着回来，他这话与其说是让林初九安心，不如说是告诉林初九，后面的事可以由林初九自己决定。

她可以选择站在萧天耀这边，在护卫的保护下东躲西藏，也可以选择站在皇上那边，帮皇上收拢金吾卫。依林初九萧王妃的身份，要做成此事虽有难度，却也不是没有可能。

当然要有本事的话，林初九也可以远走高飞，而不管她做什么选择，那两个保护她的人，都会誓死完成任务。

不得不说，隐卫首领这话很让人心动，但在林初九看来，这就是一句废话。她根本没有退路，她与林相不和，根本得不到林相的庇护；而她把皇上已得罪死了，待到没有利用价值后，她就惨了。

要知道，她本身无权无势，也没有利用价值，要是没有了萧天耀，待到皇上收拢金吾卫后，她就一点利用价值都没有了，到时候怎么死的都不知道。

至于远走高飞？

她要是有本事远走高飞，那她宁可纠集金吾卫，带兵闯进皇宫，生擒皇上，救出萧天耀，然后嚣张地当她的萧王妃。

可惜，这个可能不成立，她现在别说出城，能联系上金吾卫就算不错了。

林初九没有把隐卫首领的话放在心上，轻轻地点了点头，什么话也没有说。不管她怎么想，她都没有必要告诉隐卫，哪怕这人是隐卫首领，是萧天耀的心腹。

隐卫首领一走就是一天，一点消息也没有传来，林初九待在这小院，就如同被关进笼子里的小鸟，没有自由也不知外面的情况，要说不心急、不担心那是骗人的。

当然，她心急担心的并不是萧天耀，而是萧王府的下人与亲卫。在没有拿下金吾卫前，皇上是绝对不会动萧天耀的，可萧王府的下人就不好说了。

在皇上眼中，萧王府的下人和蝼蚁没有什么两样，杀了就杀了。

好在，到了第二天下午就有消息传来了，只是那消息说不上多好，至少对林初九来说，那真不是一个好消息。

隐卫首领给林初九传来的消息是：王府被封，府中下人无事，请王妃速速离开小院！

皇上这次封了萧王府，不会像之前那样只封不查，这一次皇上必是要派人查抄萧王府，挖地三尺找出萧天耀的兵符，以便神不知鬼不觉地接收金吾卫。

皇上派来查抄萧王府的人必是抄家好手，也许他们找不到兵符，但要找出密道却是极有可能的。

一旦他们找出密道，林初九待的院子就不安全了，所以隐卫首领才会传消息来，要林初九速速转移。

只是，她又能去哪里？

整个京城都在皇上与天藏阁的掌控下，除非林初九有飞天遁地之术，不然她去哪里都能被皇上和天藏阁的人找出来。

“离开？这京城哪里有容身之地。”林初九捏紧纸条，摇头轻叹，扭头看向墙外，眼中闪过一丝迷茫与犹豫。

她真的不知道要去哪里，才能避开皇上和天藏阁的人。

“等等……天藏阁？”林初九眼神猛地一亮，露出一抹灿烂的笑，“我知道躲哪里安全了。”

林初九招来两个护卫，让他们安排一下，待天黑后送她去影月楼。

没错，就是天藏影月的影月楼，那个青楼，那个天藏影月接杀人任务的影月楼。

天藏阁、影月楼，本是一家，林初九就不相信，天藏阁的人会去查影月楼；就不相信皇上会想到她躲在妓院。

此时，林初九的行踪还没有暴露，虽说两个护卫的本事不如隐卫首领，可要悄悄把林初九送到影月楼还是能办到的。

影月楼虽是天藏影月的地盘，可毕竟是青楼，人来人往十分杂乱，最主要天藏阁不会想到林初九会躲在那里，就算那里遍布天藏阁的人，也不会有人去那一众青楼女子中，寻找林初九的身影。

两个护卫十分高效地完成了任务，成功瞒住所有人把林初九送进了影月楼，将她与一个以艳丽闻名的名妓调换。

那名妓风流妩媚，好浓妆艳抹，平时见人从不下妆，林初九画上浓妆与她有几分相似，再加上夜晚灯光暗淡，只要她不往人前跑，基本不会暴露。

林初九满意地点头，指着地上被护卫打晕的女人道：“你们带着她离开，绝不能让她出现在人前，你们也不要出现在我周围。”这样做很冒险，可也足够安全。

毕竟，无论是皇上还是天藏阁的人都不会相信，林初九会在没有人保护的情况下，躲在青楼。

要知道，一个女人躲在青楼，失身的可能是十成！

而失了身的林初九，还能是萧王妃吗？

也许能，但她没有退路。

护卫自是不肯，就是给他们一千个胆子，也不敢把林初九一个人丢在青楼，可他们又不敢违背林初九的命令，只得咬牙带着那女人离开，留下林初九一个人，开始在青楼的夜生活。

凭林初九的本事，要避开见人接客的命运，那是再简单不过的事，她只要随便给自己弄点小病，或者把自己的脸暂时毁了，影月楼都不会让她接客，可这么做她确实能获得短暂的安全，却也随时都有暴露的可能。

皇上与天藏阁的人，正在满京城的找她，这个时候有点风吹草动，都会引人注意。倒不是说这个时候不能病，而是林初九不能生病，一旦病了就会引人注意，而一引人注意，她的身份也就曝光了。

这世间没有那么多巧合，就算真的是巧合，皇上和天藏阁的那些人也不会相信。

为了能在影月楼多待几天，即使再不愿意，林初九还是老老实实地，做着该做的工作——接客！

熟悉了房间的布置，为自己画上浓妆，确定不露马脚，这才满意地收手。

不多时，就有一粉衣小丫鬟走进来："蔷薇姑娘，皇商薛家的十五少爷来了，指明要见你，妈妈让你快些出来。"

小丫鬟口中的十五少爷，是薛家的人，但并不是嫡出的公子，只是旁支的一个少爷，没有什么权势，但胜在有钱。

"来了。"林初九一脸不耐地说道，那眼神、那神情，无处不透着不屑与高傲。

林初九并不知道那蔷薇姑娘的性格如何，只想着艳丽妩媚的头牌名妓，脾气必然好不到哪里去，高傲不可一世是必然的，而对于接客这件事，不管人前如何表现，私底下必然是不耐烦的。

没有哪个女人，天生愿意过迎来送往的日子。

果然，林初九满心不耐烦的抱怨一句后，小丫鬟不见有什么异常，好似这一切再正常不过。

林初九确定自己没有露出破绽，暗自松了口气，理了理身上的衣服，随着小丫鬟下楼，去见那薛家少爷。

影月楼不同于一般的青楼，影月楼是青楼里最顶尖的存在，这里的姑娘美，消费高，同样环境也好。

没有杂乱无章的大堂，没有人来人往的寻欢客，也没有穿着暴露任人肆意调笑的卖笑女，影月楼里每个头牌姑娘都有自己的绣楼，前来寻欢的客人点了这里的头牌，就可以直接到姑娘的绣楼，与那姑娘享受难得的二人时光。

林初九代替的那名女子是影月楼的头牌，有自己独立的绣楼，小丫鬟嘴里的薛家十五少爷，就在一楼等她。

临近“接客”的地方，林初九心中的厌恶与烦燥越来越浓，她没有办法过这种日子。

在门口稍站了一会儿，勉强压下心中的不耐烦，努力扯出一抹娇艳的笑，这才推门而入。

看到坐在首位上的华服男子，林初九心里膈应，可脸上的笑容却已经绽放，林初九强迫自己开口：“薛少爷，让你久等了。”

“等美人，再久都值得。”很明显，薛少爷是欢场的常客，林初九一进来，他就上前，借机握住林初九的手，“几日不见，蔷薇越来越美了，这神情、这举动，和往日完全不同。”

林初九毕竟不是欢场女子，再怎么装也装不出蔷薇姑娘身上的风尘气，同样她再怎么压制，身为萧王妃的贵气与傲气都压不下去。

浓妆艳抹又神情高傲，这种矛盾的体质分外迷人，薛家十五少看林初九的眼神，就好像要把她吃了一般。

强忍着抽回手的冲动，林初九轻巧地一转身，避开薛少爷的接近，笑道：“薛少就会说好听的哄我，我才不信呢！”

语气有点不自然，毕竟依她的性子，实在说不出娇俏调情的话。不等那薛少爷再次靠近，林初九就走到桌子前，提起酒壶往干净的杯子里倒：“蔷薇来晚了，先罚酒一杯，还请薛少莫怪。”

林初九酒量不错，喝一两杯不在话下，不过她这人喝酒上脸，一喝脸就红，如同染上了上等的胭脂，薛少看着林初九的眼睛都直了，虽没有动手动脚，可那眼神却叫人厌恶，林初九很不喜欢。

掩面避开了薛少的视线，林初九笑问：“薛少这是怎么了，你要一直站在那里吗？”

没错，薛少看林初九看得傻眼了，站在原地一动不动。

“来，来，这就来……”薛少猴急地朝林初九扑来，却被林初九巧妙地避开了。为了不让薛少起疑心，林初九指着一旁的小丫鬟道：“傻站在那里做什么，还不快过来给薛少倒酒。”

薛少只当林初九没有看到，并没有往心里去。

“是。”小丫头吓了一跳，忙跑了过来，提起酒壶就准备倒酒，可不知是受了惊吓还是什么，一个不稳，酒壶摔落在地，酒洒了一地。

“怎么做事的？”林初九呵斥道。

小丫鬟扑通一下跪在地上，磕头求饶：“奴婢该死，奴婢该死，姑娘恕罪。”

“好了，好了，赶紧收拾干净，再让人送一壶酒来。”薛少爷一脸不快地挥挥手，似有不耐，小丫鬟不敢耽搁，忙收拾干净退了下去。

于是屋内只余林初九和薛家少爷两人，就在林初九想着要怎么把这位薛少爷解决时，刚才还急着占林初九便宜的薛少爷，突然像是变了一个人，一脸严肃地掏出一张纸条，递到林初九面前：“快看，看完烧了。”

林初九吓了一跳，面上却不敢表露半分，镇定自若地打开薛少爷递来的纸条，看完，然后重重点头，一个字也没有说。

不是不想说，而是不敢说，她以为那蔷薇姑娘只是一个普通的青楼头牌，她这几天努力“卖笑”，总能蒙混过关，可现在看来，这位蔷薇姑娘可不是普通的名妓那么简单，而是女探子。

“大哥要我告诉你，京城戒严，他短时间内没办法来找你，你自己当心一些，别暴露了。”薛少爷见林初九一言不发，也不觉得意外。

他与蔷薇接触得并不多，虽然见过，可他一个富家少爷，记住一个浓妆艳抹的妓女长什么样，还真是开玩笑。

“我知道了。”林初九低垂着头，轻声应着，同样话不多。

多说多错，让她假装青楼名妓已经很勉强了，再让她做女奸细，她真的压力很大。

值得庆幸的是，那位薛家少爷并没有在影月楼过夜，让林初九陪他喝酒喝到半夜，半醉半醒间就让家丁接自己走了，说是家里有事。

林初九知道，这不过是一场戏，那位薛家少爷没有留下来过夜，并不是因为薛家真有事，而是要把时间留给她，好让她尽快把消息传到南远去。

蔷薇是薛家安排在影月楼的探子，帮薛家和南远互通消息。这次薛家少爷要“蔷薇”传给南远的消息，是东文皇上与萧天耀之间的斗争，并提醒南远这是一个好机会。

什么好机会？当然是攻打东文的好机会。

萧天耀被捉，二十多万金吾卫大军群龙无首，甚至东文有可能会内乱，这个时候攻打东文，必然事半功倍。

只可惜，想法很美好，现实很残忍。好巧不巧，薛家要送给南远的消息，落到了林初九手里，别说林初九不知道怎么联系南远的人，就算知道她也不会把消息传出去。

站在萧天耀的立场上，她确实不满皇上的作为，可她不能光站在萧天耀的立场上想问题，她首先是东文人，作为东文的百姓，她不可能眼睁睁地看着南远趁机攻打东文，不仅不阻止还推波助澜，她做不出这种近乎卖国的事。

是以，回到房内，林初九像是没事人一样，沐浴过后就准备休息。当然，为防万一，她沐浴时身边没人侍候，而一梳洗完就给自己画上了大浓妆，让人看不出她原本的长相。

和衣睡下，才刚闭上眼，就听到一阵长短不一的敲门声，林初九一惊，睡意全无，披上衣服起身去开门。

“蔷薇！”进来的是伺候她的小丫鬟，只是和白天的畏缩不同，小丫鬟像是换了一个人，气势强得不行，眼神凌利地看着林初九。

视线相交之际，林初九暗道不好，正想着如何掩饰，却不想小丫鬟反应极快：“你不是蔷薇，你是谁？”

坏事了！

“这不是你该问的问题。”林初九想也不想，上前，手腕一动，藏在袖口的小刀便稳稳地落到手中，抵在了小丫鬟的喉咙处。

小丫鬟的反应很快，在林初九有动作的刹那，她就要跑，可还是晚了一步，被林初九用刀子抵住了喉咙：“乖点，别开口。”

许是心虚，小丫鬟并没有大声叫唤。

“你是什么人？假扮蔷薇有什么目的？”小丫鬟问道。

“我是什么人不重要，重要的是你是什么人？”林初九问话时，刀尖没入喉咙半寸，有血珠在刀尖处冒出。

“我是南远的人，和原来的蔷薇一起，为薛家办事。”小丫鬟一脸谨慎地看着林初九，眼中满是戒备。

“真的是为薛家办事？”林初九反问，小丫鬟重重点头，为了让林初九相信，特意说道：“蔷薇是影月楼的名妓，她的一举一动虽然没有人盯着，可她本人却没有进出的自由，她收到消息后，都由我传出去。”

“姑且信你。”林初九没有再多问，相不相信都不重要，她也不想知道这里面的情况，她要的是让对方闭嘴，“既然是做探子的，应该知道这个时候该怎么做了吧？”

为了让对方明白，林初九再次加重力道，刀尖没入喉咙更深了一些，血顺着刀尖往下流。

小丫鬟没有叫痛，冷静地道：“伤在脖子处，要是让人发现了，你我二人都没有好下场。”

这就是小丫鬟明知不对，也不敢叫出来的原因。她的身份也是见不得人的，一旦叫出来，林初九固然倒霉，她也不会有好下场。

薛家在影月楼安插一个人，也不是容易的事。

“放心，我既然出手，就不会留下破绽。”虽然她下手重了一点，可她用的刀，刀刃极薄，伤口虽深，却不显眼，只有薄薄的一条，不知情的人还以为是被什么划了一下。

“杀了我，你也没有好下场。”小丫鬟以为林初九要杀她灭口，脸色大变，急切地说道，“你不杀我，我不揭穿你，我们可以相安无事，而且有我为你打掩护，你更安全。”

“这个建议不错，可我要怎么信你？万一我放了你，你出门把我卖了，或者暗中害我，我要怎么办？”互相掩饰是最理想的状态，她和那小丫鬟都有问题，最好的办法就是互相当作不知，彼此相安无事，只是她们彼此无法信任对方。

“你不信我也得信，你的秘密在我手上，我的秘密也在你手上，我们彼此握有对方的秘密，我们只能选择相信对方。”小丫鬟见林初九有松口的迹象，暗暗松了口气，调整情绪努力说服林初九。

“话是这么说没有错，但我这人一向喜欢把主动权掌握在自己手上。”林初九从怀中取出一个药瓶，递给对方，“里面有两粒药，倒一粒出来，吃了。”

“这是什么东西？”小丫鬟从里面倒出一颗药丸，心中暗道不妙，可又不敢反抗。

情势没人强，她没有拒绝的权利。

“你心里很清楚，何必多问。”林初九拿回药瓶，收好，“吃了，你就可以走了。”其实这只是普通的预防风寒的药，做成了药丸，除非这小丫鬟是学医的，不然根本分辨不出药效来。

“解药呢？什么时候给我？”小丫鬟也是一个人物，知道拒绝不了，索性干脆一些。

“三天后。”如果三天内萧天耀还没有翻盘，这地方她也不能待了。

“好！”小丫鬟干脆地把药丸服下，林初九收回刀，丢了一块帕子给她，“擦干净。”

小丫鬟流了不少血，好在伤口并不深，而且血很快就止住了，不仔细看都看不出脖子上有伤，也因此，小丫鬟虽不相信林初九，却也不会怀疑林初九给她的药有问题。

而这，正是林初九想要的结果。

收回小刀，林初九闲适地落座：“好了，现在告诉我，这位蔷薇姑娘的身份，和她所有该做的事。”

小丫鬟是个精明的人，她很清楚假蔷薇要是暴露了，她也讨不到好。是以，不管心里如何想，她在林初九面前，并没有一丝隐瞒。

“据我观察所知，蔷薇的身份除了是薛家的细作外，她还是天藏阁的人，就是不知道她是先为天藏阁办事，还是先为薛家办事。

“蔷薇长得艳丽，作风又大胆，平日里无男不欢，在影月楼恩客无数，姑娘要是不想暴露身份，还得仔细想好要怎么应对，不然一个彻夜纵歌的人突然走上正路，那也是一件奇怪的事。

“至于蔷薇的性格与长相我就不多说了，姑娘学得有八分相似，要不是这样我也不会在一开始认不出来。”

当然，小丫鬟没有在第一时间认出林初九不是蔷薇，除了林初九学得像外，夜晚昏暗不明的灯光也是原因之一。

“这楼里的姑娘是不是个个都不简单？”林初九不相信，她就那么倒霉，随便挑一个人，就挑上一个双面间谍。

这种概率，简直堪比喝水呛死。

“十有八九，据我这些年的观察，楼里的姑娘十个就有五个是天藏阁的人，至于剩下的五个也不会单纯，不过影月楼管得严格，这里的姑娘就是再有本事也翻不了天。”小丫鬟在影月楼待了数年，有心之下，她能看到的东西并不少。

“有意思，这楼里哪些姑娘，是与朝廷联系的？”林初九想问的是，这楼里有没有哪个姑娘是萧王府的人。只是怕身份暴露，不敢直接问罢了。

即便如此，小丫鬟看林初九的眼神也变得怪怪的，甚至忍不住问道：“你跟朝廷有关系？”

“你想知道吗？”林初九勾唇一笑，眼波流转，魅惑无边，夸张的眼线因这一笑往上提，看上去既多情又诱人，饶是小丫鬟也不由得愣了一下，甚至发自肺腑地赞道：“你比蔷薇姑娘好看，你要真代替蔷薇留在这里，怕是要成为第一美人了。”

高贵优雅却又魅惑无边，这样的女人是尤物，是人间极品，哪怕姿色略差，光凭气质也能吸引那些寻欢客的目光。

林初九再次展颜一笑，手指随意地勾起耳边的碎发，似笑非笑地看着小丫鬟：“你还没有回答我的问题，这楼里哪些人与朝廷有关？”真当她不知道这小丫鬟在转移话题吗？

“我……”小丫鬟看了林初九一眼，低下头，“我不能说。”不是不知道，而是不能说。

“真不能说吗？”林初九摆明不信。这世间没有什么不能说的，只有筹码够不够。

小丫鬟苦笑一声：“不是不能而是不敢，天藏阁的耳目遍布天下，楼里姑娘的背后有什么人他们都很清楚，只是不管罢了，可他们不管并不表示会放任我们为所欲为。”

影月楼是青楼，可也是天藏阁的一个据点，甚至是各方势力安插眼线的地方，这地方看似平静，实则乱得吓人。

“凡事都有一个底线，天藏阁的人虽然没有说，可我们心里都明白，在这楼里，不管我们背后认谁为主都能活下来，只要我们有本事，拿到什么消息都可以送出去。但是，如果我们敢自相残杀，暴露楼里其他姑娘的身份，我们就别想活到明天。”

要不是因为这样，影月楼也不会存在至今，也许早就因为楼里的姑娘互相打探身份，互相争斗而垮了。

林初九点了点头："如此，我也就不为难你了，下去吧。有事我会找你。"打听不到朝廷的人，没有办法把萧天耀的情况送到金吾卫的手里，林初九只好死心。

小丫鬟迫不急待地起身，但走之前还是叮嘱了一句："还请姑娘当心一些，这楼里每一个姑娘都不简单，姑娘最好寻一个理由少出这座楼，免得被人看破。"

"多谢提醒。"林初九当然知道她的身份瞒不了多久，假的就是假的，扮得再像也是假的，时间越久露出来的破绽就越多，要是可以，她也想尽快脱身，可她做不到！

小丫鬟走后，林初九放空脑袋坐在椅子上发呆。影月楼不安全，外面更危险，只要她走出影月楼，她的身份就会曝光。

"留下不行，离开也不行，偌大的京城却连个藏身的地方都没有。"想到自己现在的处境，林初九忍不住叹了一口气，趴在桌子上装死，一装就装到天亮，直接拿桌子当床，趴在桌上睡着了。

与此同时，花了三天两夜，皇上派出的禁军终于将萧王府查抄完毕，萧天耀这些年打仗得来的金银珠宝、古玩字画、皇上的赏赐，还有林初九的嫁妆，被禁军一车一车拉回了皇宫。

不知是有意还是无心，拖珠宝的马车的车轴在半路上突然断了，"咔"的一声响后，就看到车上的箱子一一滑落、摔开，哗啦啦……里面的珠宝散乱一地。

一箱接一箱，一车接一车，也不知是禁军带来的马车质量有问题，还是萧王府的珠宝实在太多，不仅仅是一辆马车，中间十几辆马车的车轴都断了，马车上的箱子全部摔开，将里面的珠定、黄金全部摔了出来。

大清早的，街上的人本就不少，虽说禁军办差无人敢凑上前，可那一地金光闪闪的珠宝与黄金，不需要凑上前就能看得清清楚楚。

"金子，好多好多金子！"

"快，快来看呀，好多好多的金子。"

"金子，全是金子，把马车都压断了，我的娘呀，这得有多少！"

"你们看……路都压坏了，我的乖乖！"

从古至今，喜欢凑热闹是老百姓的天性，看到一地的黄金珠宝，虽然知道捡不得、抢不得，可也不能阻止他们过眼瘾。

可同样，仇富也是贫苦百姓的天性，这么多金银珠宝突然暴露在他们面前，有几个人的心能平静？

第四章　傲骨不可断

萧天耀是东文百姓心目中的守护神，在东文百姓心中有着至高无上的地位，并且不可取代。

皇上要治萧天耀的罪，先要找出他的罪名，而要想除掉这么一个大英雄，罪名轻了根本没用。可要给萧天耀安个通敌卖国的罪名，别说满朝大臣，就是普通百姓也不信。

这些年来，萧天耀带领他手下的金吾卫，抵挡了多少次北历、南远与西武的进攻，全东文上下都看在眼里。要不是有萧天耀在，富足的东文早就被其他三国给瓜分了。

通敌卖国的罪名无法安在萧天耀身上，想要将萧天耀斩首示众，就只能让他谋反篡位了！

金吾卫大军压城，要说萧天耀谋反篡位也是行得通的，可萧天耀手上的兵并没有动手，就算皇上凭此定了萧天耀的罪名，他在百姓心中的形象也不会受损，甚至会有人说这一切都是阴谋，是算计萧天耀的阴谋，要是皇上在这种情况下斩杀萧天耀，怕是会引来东文上下的不满。

皇上是不会让这种事情发生的，在处治萧天耀之前，他必然会先毁了萧天耀的名声，毁了萧天耀在东文百姓心中战神、守护神的地位。

在东文百姓眼中，萧王爷是为东文而战，是为守护东文百姓而战，而现在皇上就要推翻这一点。借着从萧王府抄出来的大笔银子，皇上要告诉东文百姓，萧天耀其实是为自己而战。

战乱是最好的发财机会，皇上不管萧天耀有没有借战乱发财，他现在都要把这个罪名，安在萧天耀身上。借此告诉世人，萧天耀不是东文的战神，不是东文的守护神，只是一个借战争敛财，借战争巩固地位的小人，罪大恶极！

这是皇上要让东文百姓知道的，至于真相如何，不需要操心。

历史是由胜利者书写的，皇上不认为真相有必要让人知晓。

一车车的珠宝从萧王府运出来，第一车已抵达宫门口，最后一车还未装车，路上散乱的珠宝在阳光的照射下极其刺眼，也刺激了围观百姓的心。

“好多好多金子呀，我长这么大也没有见过这么多金子。”

“这些金子全是从萧王府运出来的，萧王可真有钱呀！”

初时，普通老百姓只是正常的感慨，可到后面，皇上事先安排好的人，就混在人群里，开始说一些似是而非，引导舆论的话了。

“这一车车不会全是黄金吧？萧王居然这么有钱？这不是比皇上还有钱了？”

“王爷的俸禄一年不就是八千两吗？萧王哪来这么多金银珠宝？”

“蠢死了，王爷这些年打了这么多仗，得到的赏赐也不止这些呀！”

“赏赐？你也不睁大眼睛看看，赏赐会有这么多吗？虽说萧王这些年战功赫赫，可国库一直无银，皇上每次给的赏赐大多是古玩字画，那些东西就算值钱，可也不值这么多。”

这些年来，皇上一直以国库无银为借口，减少军需，减少给萧天耀的赏赐，同时也是为今天埋下伏笔。

国库无银，萧王却富可敌国，你让普通百姓怎么想？

“你看这路都被压坏了，这一车车得多少金子呀？”

“好几辆马车的车轴都被压断了，这一车少说也得几十万两吧，这好几百辆马车，这不得几千万、几万万两金子？”

“我的娘呀，这么多金子，全是金子呀，萧王哪来这么多金子？不对，不对，萧王有这么多金子，怎么前年南方水灾，国库无银，不见他拿银子出来？大前年北方大旱，死了那么多人，怎么不见萧王拿银子出来救灾？”

“还有，还有南疆那边，与南远接壤，前几年不是被南远灭了好几个村子吗？朝廷没有银子，当时还让百官捐银来着，萧王有这么多金子，怎么没有拿出来？”

“这么多金子，这么多金子哪来的？萧王府怎么会有这么多金子？为什么不上缴给朝廷？”

“哪来的？还用想嘛，肯定是从百姓身上搜刮来的，不然他一个亲王怎么可能富可敌国。”

“打仗就是打银子，我们跟南远、西武、北历打了这么多年，国库的银子都打空了，原本还以为是真用在打仗上，现在看来……”

“守护神，哈哈哈，东文的守护神，好一个守护神。”

“守护神？我呸，我看是敛财神还差不多，这么多银子，亏他有脸拿。”

……

一字字，一句句，全是刀子，趁萧王府的人无力招架，一刀刀削向萧王，砍掉萧王的好名声。

“嘣……”在围观百姓热烈议论时，又一辆马车的车轴断了，里面是一颗颗硕大的珍珠。每一颗都有大拇指那么大，纯圆透亮，价值千金，可就这价值千金的珠子，在萧王府却是用箱子，一箱箱的装。此时光芒四射，刺得人双眼发狂，不管不顾地就冲上前去抢。

面对禁军官差，大部分老百姓是畏惧的、是怯弱的，可人为财死，鸟为食亡，当有人带头，有人率先放出心中罪恶的魔兽后，其他人虽然害怕，但也会忍不住跟风。

万一呢?

万一捡到了呢?

万一皇上不处罚他们呢?

法不责众，他们这么多人都抢了，皇上不可能把他们都斩了吧?

而且，旁人都捡了，我要不跟着捡，万一皇上不罚他们，或者被他们偷偷藏了几颗，那我岂不是亏了?

反正他们都在抢，我就是不抢也没有人知道。说不定，我一点好处都没有捞到，还要跟他们一样挨罚呢，与其如此，我不如跟着一起抢，免得吃亏。

是的，吃亏，不抢就是吃亏，为了不吃亏——冲冲冲！抢抢抢！跑跑跑！

在这样的心理作用下，围观的老百姓终于忍不住冲了上去。

“抢呀，快抢呀！”

“好多珍珠，好多珍珠，哈哈哈，我抢到了三颗，足足三颗呀。发了，发了。”

“我也抢到了，金砖，真的是金砖，你们快看呀，是金砖呀。”

“抢呀，抢呀，快抢呀。萧王这些金银珠宝本就来历不明，不抢白不抢。”

“这里面指不定还有我的银子呢，我不是抢，我只是拿回属于自己的那部分。”

“好多，好多！”

……

街道两旁挤满了看热闹的百姓，疯抢事件一发，这些人全部加入疯抢的队伍中，禁军第一时间反应过来，举起长枪刺向疯抢的百姓：“住手，住手！通通给我住手！”

珍珠散乱在地，随地乱滚，大部分都滚到路的两边，围观的百姓低头就能捡，完全不需要冲破禁军的防线。

禁军还要守着马车上的珠宝，并不敢冲进人群，只能在一旁大喊：“住手，我叫你们住手，再不住手，格杀勿论！”

“听到没有，快停下！这些是朝廷的东西，你们吃了雄心豹子胆，胆敢抢朝廷的东西。”

可惜，任凭禁军喊得再大声，说得再严重，疯抢的百姓也不理会，有几个胆大的甚至出手攻击防守的禁军，冲到中间去捡。

“噗嗤……”劝说无效，禁军直接出手击杀疯狂的百姓，长枪刺入腹中，抽出，温热的血飙了出来，溅落在疯抢的百姓的脸上，可鲜血不仅没有制止住他们的行动，反倒刺激得他们更加疯狂：“杀人啦，杀人啦！”

“快跑，快跑呀！”

“不行，不行，我只捡到了一颗，车上还有很多，我要再捡一颗才走。”

“拦住他们，别让他们冲过来。”

“拼了，我们跟禁军拼了，车上的珍珠那么多，我们跟禁军拼了，一人抓一把走。”

“我们人多，跟他们拼了，我拖住这些差爷，你们快抢，快抢呀！”

“车上，车上还有很多，抢呀，抢呀！”

……

混乱，持续的混乱，无人能制止的混乱！

在有心人的引导下，在巨大利益的诱惑下，围观的百姓失去了理智，一个个冲上前与禁军动手，抢夺马车上的金银珠宝，捡起散落在地的金银珠宝。

前方、后方的围观百姓，看到这里有人哄抢车上的珠宝，也忍不住了，热血冲脑之下，做出让自己后悔一生的举动——对禁军出手，主动去抢！

围观百姓疯狂抢夺，禁军自然要护，一场毫无预兆的血战，由此拉开帷幕。禁军手上都有兵器，一个个训练有素，可围观的百姓人数众多，打起来双方谁都没有讨到好，只见血越流越多，人死得越来越多。

“官差快要来了，抢到了就跑，我们这么多人，他们找不到我们的，快跑，快跑呀！”哄抢的百姓是盲目的。这一刻他们被利益蒙蔽了双眼，在有心人的煽动下，抢到了他们一辈子也买不起、见不到的珠宝和金砖，然后就想逃跑。

抢完了，冷静下来了，他们不可能不害怕，现在有人提醒他们快跑，虽然不舍马车上的珠宝金银，可他们大部分还是选择了跑，小部分人仍留在原地，想要抢更多，可最终这些人全部落入官差之手。

皇城脚下，光天化日，发生这样的事，官差要是没有在第一时间赶到现场，他们就不用混了。

“嗒嗒嗒……”这时训练有素的军队也到了。

“这群刁民，杀无赦！”领头将领气得全身颤抖，双眼瞪得如同铜铃，那眼神好似能吃人。

“杀！”官兵得到命令，根本不管你是不是无辜的，举刀就砍了过去，一路如同割韭菜一般，走到哪里杀到哪里。

“跑呀，快跑呀，官差来了，官差来了。”哄抢的老百姓看到这一幕，一个个连滚带爬地往两边散去，而他们一逃，禁军便脱离了掣肘，立刻与新来的官兵一起，联手砍杀哄抢的百姓。

如果说，之前围观的百姓仗着人多，与禁军相互制衡，那么现在就是单方面的虐杀了，无组织无纪律的普通百姓，根本不是禁军与官兵的对手，很快……这条街就被鲜血染红。

宫里，皇上收到这个消息，露出一丝诡异的笑：今天，将是萧天耀永远也无法洗清的污点。高高在上的战神萧天耀，终于落入了凡尘！

待到萧天耀发国难财的名声传开，他要杀萧天耀就再无顾忌了。那些武将也不会因此寒心，说他这个帝王不值得追随！

天耀，别怪皇兄，要怪就怪你不识时务！

萧王府财物遭哄抢一事，致使三千两百名百姓伤亡，官差亦死伤数百，影响极其恶劣，皇上当天就召集了左相、右相以及兵部、礼部和九门提督的人问话，并直接将九门提督革职。

第二天早朝，重点便是商议此事，皇上问话后，刑部尚书先一步出来答话，把一切责任推到了萧王府身上。

财帛动人心，萧王巨额财产来历不明，百姓心中不忿，这才出手相抢，造成死伤无数。

为了证明刑部尚书的话，户部尚书也站了出来，将连夜“核算”出来的萧王府财物数额公布于众。

听到户部尚书报出来的数字，大殿上一片死寂，一个个睁大眼睛，你看看我，我看看你，尤其是几个武将，更是目光呆滞了。

“这，这不可能吧？”户部尚书报出来的那个数据，比东文十年的国库收入还要多，萧王怎么可能有这么多财物？

外人不知，他们这些当兵的可是知道，皇上这些年一直苛扣金吾卫的军饷，萧王每年都要耗费大量的财力物力去养金吾卫。可就是这样，金吾卫也经常饿着肚子训练，装备也是又老又旧，比起其他驻军，金吾卫除了身上的铠甲外，可以说是寒酸至极。

他们一直以为萧王很穷，为了养金吾卫耗尽了家产，耗尽了这些年的赏赐，可现实却狠狠打了他们一巴掌。

“本官一笔笔亲自核算出来的，怎么不可能？”户部尚书唬着一张脸，十分不满旁人质疑他的话。

可惜，大部分武将都一根筋，并不懂得看人脸色：“萧王这些年得到的赏赐加起来，怎么也不可能有这么多银子！”

“当然没有这么多，萧王的赏赐和俸禄加起来，不到萧王府财物的半成。”户部尚书早有准备，呈上一封折子，“圣上，这是萧王历年赏赐所得，与萧王府财物的对比，臣已整理成册，请皇上过目。”

“呈上来！”皇上黑着一张脸，使人都能看到他的不满与愤怒。

一众大臣低头不敢言语，尤其是几个武将，眼中更是透着迷茫：萧王在他们心中，一直是赤胆忠心、为国为民的大将军，他们原以为萧王这次带兵进城，是被皇上逼的。

毕竟，上次萧王在进京途中遇刺一事还历历在目，萧王不想死必然要先下手为强，可现在的情况来看，他们似乎太想当然了。

太监将折子呈到皇上面前，皇上扫了一眼，怒摔：“好好好！亏得朕这么相信他，将三十万兵权交到他手上，从不过问边境一事，却没有想到他是这样回报朕的！”

“皇上息怒！”文武大臣吓得不行，扑通一声跪下，尤其是武将，一个个吓得瑟瑟发抖。

他们这些人，可都是站在萧王那边的，并且坚定地认为萧王无错，现在要怎么办？

萧王虽是皇室宗亲，可也是武将，自古武将手握重兵就会被皇上猜忌，权大功大就会被皇上打压。他们先前看得到的，都是皇上打压萧王、谋害萧王，每每看到都悲从中来，他们似乎能从萧王身上看到自己的未来。

在他们眼中，萧王一心为国、一心为民、忠心耿耿，一生为守护东文而战，为守护百姓而战，这样的人不该受打压，不该死于阴谋算计中。

不需要萧王多言，不需要萧王拉拢，作为武将中的第一人，被皇上如此打压、谋害，他们这些武将自是不会坐视不理。不说上一次萧王出事，他们坚定地站在萧王身侧，就拿这次萧王带兵入城一事来说，他们也是站在萧王那边，为萧王说话。

萧王带兵进城，无异于造反，皇上为此事寝食难安，暗中下令调兵保驾，可他们却一再劝阻，说萧王此次带兵进城不过是为了自保，绝无造反之意。

毕竟，萧王之前在回京途中遇刺，险些丧命于歹人之手，为了不让旧事重演，带兵回城也无可厚非。

皇上当然是不满意，可后来金吾卫只是停在城外，并没有进城的意思，武将们就更有话说了，不管皇上有多想调兵，他们都不配合。

不怪他们视皇命于无物，实在是皇上的作为让人心寒。他们到现在还记得，萧王一身是血地被人抬进京城；他们到现在还记得，萧王大婚当日，三百死士围攻萧王府而无半人救援；他们到现在还记得，战功赫赫的萧王只能坐在轮椅上；他们到现在还记得，萧王伤重之时皇上以莫须有的罪名杀了多少武将，杀了多少萧王嫡系。

他们记得，他们都记在心里……

皇上对付萧王的手段让他们寒了心，也让他们怕了，怕自己被皇上清算。是以，这一次萧王带兵进城，他们一个个都坐视不理，无视皇上的焦虑与不安，不断地在嘴上安慰皇上。

无疑，在皇上与萧王的对峙中，他们站在萧王这边，虽然没有旗帜鲜明地为萧王呐喊，可也用自己的行动和言语支持着萧王。

可是，现实却狠狠地打了他们一巴掌。他们心中的战神，他们心中的守护神，他们心中为了士兵散尽家财的神明，却富可敌国，却借着战争敛下了大量财富，甚至还有谋反之意。

他们，都被人利用了！

当然，这些武将最怕的不是被萧王利用，而是害怕萧王利用了他们，却仍旧无法成事！

萧王府被抄，萧王被捕入狱，就算有二十多万大军在城外，萧王又能怎样？

萧王失去自由，生死不明！

萧王连个继承人都没有，一旦死了，就算城外那二十多万人浴血一战，将京城踏为平地也于事无补，就算将皇上杀死也无用。

东文有百万大军，等到百万大军杀回来，那二十多万人马没有统帅、没有兵器、没有粮草，能支撑多久？

就算他们能支撑，他们的家人子女呢？也愿意跟着他们一条道走到黑？

这一局，萧王输了！

输在没有先下手！

虽是瞬间，可一众文臣武将却在心中将事情来回顺了数遍，有死忠于萧王的武将，不相信这一切是真的，当场悲怆地大问："这到底是怎么一回事？萧王真的贪了那么多银子？我不相信，我不相信这是真的！"

昨天在街上发生的哄抢事件，他们都是知道的，从萧王府运出来的珠宝、金砖，他们也是看到了的，数量确实不少。

可，他们心里仍旧不肯相信这是真的。

萧王，他们心中的战神，怎么可能是一个利用战事敛财的小人？

“如果真是这样的话，那萧王这些年的所作所为算什么？”在无朝廷粮草供给的情况下，萧王依旧带着兵马在边境与南远、北历作战，保护边境的百姓，守卫东文的国土。

他们一直都知道，萧王无法带兵攻破南远、北历，无法将他们打破，不是不想而是做不到。

没有足够的粮草兵器做支持，任凭萧王再能打，也无用。

他们一直都是这么这认为的，可现在皇上却将萧王府的家底抄了出来，告诉他们，他们想错了。

到底谁对谁错？

这话自不需要皇上亲自回答，户部尚书就开口了：“放肆！大殿之上岂容你喧哗，萧王所犯之事人证物证俱在，萧王已认罪，你们还有什么话可说？”

“萧王不可能认罪，我不相信这是真的。皇上，萧王一定是被冤枉的，请你明察，还萧王个清白。”死忠于萧王的武将悲壮地大喊，眼中蓄满泪水。

他当然知道这事与皇上脱不了干系，他求皇上还不如不求，可他必须这么做，必须摆出姿态来。

有人带头，其他人也跟着开口：“皇上，臣相信萧王，萧王绝无不臣之心，更不可能借战事敛财，这其中必有猫腻，还请皇上将此事查清。”

“圣上明鉴，萧王对东文忠心耿耿，为保护东文的疆土常年征战在外，甚至连自己的终生大事都顾不得，臣不相信萧王是那样的人。”

“皇上，臣也不相信萧王认罪了，恳请皇上宣萧王上殿，当场对质。”

“事发至今也不见萧王府的人出面，也不见萧王现身，萧王莫不是已遭不测？恳请皇上将萧王带出来。”

……

多年经营下来，萧天耀虽没有刻意拉拢朝臣，向着他的人却不少。没办法，皇上之前为了打压萧天耀使了不少阴招，致使许多臣子都寒了心。

皇上没有想到，会有这么多人为萧天耀求情，当即大怒：“放肆……你们说萧王没有不臣之心，城外二十多万大军是怎么一回事？无旨带兵入京，抗旨不遵，这就是你们说的忠心？”

萧天耀带兵进城，就摆明了要造反，这样的情况下，这些人还颠倒黑白，为萧天耀说话，简直是该死。

“圣上，萧王带兵入京只为自保，避免旧事重演。”带兵进城是死罪，就算是萧王的死忠部下，也没有办法睁眼说瞎话，说萧天耀无辜。

“自保？好一个自保！既然是为了自保，人进城了为何不让兵马撤离，在天子脚下还有人暗害他不成？”一提起这事皇上就更怒了。

这些人非要一再提醒他，他当初为暗算萧天耀做下的事吗?

要不是有那件事在，他早就杀了萧天耀，哪里会担心寒了朝臣的心?

“圣上，萧王现在被关入大牢，可城外的兵马仍旧没有动静，可见萧王并无不臣之心。”不是没有动静，而是不知要动，也不敢动。

别说朝中大臣，就是普通的百姓都知道现在的京城是一个什么情况。京城被皇上围得水泄不通，连只苍蝇都飞不出去，当然也飞不进来。

虽说事情已过去数天，可他们可以肯定，城外的金吾卫不知现在发生了什么事，十有八九还在奇怪，萧王怎么四五天没有消息传出去。

“圣上，末将亦相信萧王爷不是那样的人，这里面必然有什么误会，恳请皇上明察。”

此言一出，半数武将都开口附和：“恳请皇上明察。”

倒不是他们真的坚定地相信萧王，而是朝廷之争最忌两面倒，即使现在的局势对萧王极度不利；即使他们不知事情真相如何；即使他们心里对萧王隐隐有些失望，也必须、只能站在萧王这一边，为萧王说话。

事情到了这个地步，已容不得他们退缩。他们不为萧王说话，不为萧王争取时间，任由皇上处决了萧王，皇上也不会放过他们。

反之，他们现在多为萧王争取时间与机会，说不定事情能逆转。

“你们说萧王没有不臣之心，就是没有不臣之心，你们谁敢保证？如若萧王真没有不臣之心，那萧王府的财物是怎么一回事？如若没有异心，藏在金吾卫大营的龙袍又是怎么一回事？说他没有异心，你们信吗？”皇上知道要杀萧天耀不容易，可却没有想到，他都把萧天耀的名声毁到这个地步，仍旧有人为他说话。

虽说，这些人有一部分是为了政治立场，不得不开口说话，可余下的人确是真的相信萧天耀，认为这一切都是有人在栽赃他。

他承认，这件事里面有他的手笔，可他也只是将萧王府的财物扩大了百倍来说，剩下的确有其事，至少萧天耀的造反之心，他没有做假。

带兵进城，私藏龙袍，巨额财产来历不明……这三件事中的任何一件，都能置萧天耀于死地，更不用提三件事加在一起。

就算私藏龙袍是被人陷害的，就算巨额财产来历不明是被人栽赃的，可无视圣旨带兵入城却是铁一般的事实，容不得萧天耀狡辩。

现在皇上将这三件事同时提起，质问朝臣，就是不许朝臣为萧天耀辩解。

事实上，皇上也没有给朝臣为萧天耀辩解的机会，话音落下没有多久，皇上又道：“萧王府巨额财产来历不明，引得百姓愤怒砸打，致使数千人受伤，这件事影响极其恶劣，朕要不处置萧王，如何向天下人交代？如何对得起我东文数万万百姓？”

“圣上，此事……还有待查明，恳请圣上明察。”为萧天耀说话的官员实在找不到证据为萧天耀辩解，只得说着这些不痛不痒的话，心里暗暗为萧王担心。

林相一向是识时务的人，虽然在萧王势大时，动了倒向萧王的心思，可现在这个情况，他却是不会放过在皇上面前表现的机会。

作为皇上养的一条狗，林相很清楚在什么时候说什么话，能讨皇上欢心。不需要皇上多作表示，便站了出来，义正辞严地说道：“证据确凿还要怎么查？你莫不是要说，萧王私自带兵回京是被人算计的？私藏龙袍是被人栽赃的？巨额财产来历不明是被人陷害的？”

林相一连三个问题问出来，不等人回答，又抛出三个问题：“世人都知金吾卫只听萧王的话，你说何人能算计萧王将金吾卫带回京城？金吾卫大营守卫森严，连一只苍蝇都飞不进去，文王和七皇子当日去金吾卫大营也是空手进去的，谁能在金吾卫的眼皮底下，将龙袍藏进去？从萧王府查抄出来的财物，比东文十年的税赋收入还要多，你们认为谁有那个能耐陷害萧王？”

林相此言一出，全场皆静，一众武将嘴巴大张，想要出言辩解，却不知从何开口。

皇上虽不满林相之前的摇摆不定，可这一席话却深得他心，看林相的目光和善了几分，林相见了如同打了鸡血，言辞更加犀利：“圣上，天子犯法与庶民同罪，萧王屯兵私用，意图造反，证据确凿，恳请圣上重处，以儆效尤。”

造反只有死路一条，林相所谓的重处，就是斩首。

“请圣上重处萧王，以儆效尤。”林相是皇上的走狗，他的话很多时候就是皇上想要的结果，是以他一说出口，不少文官就开始附和。武将们虽然气得不行，可偏偏林相说得在理，他们再生气也无用，只能干巴巴开口：“圣上，此事……”

可是，他们才一开口，就被林相打断了：“萧王谋反，证据确凿，你们不思为皇上分忧，却不管不顾为萧王求情，为萧王辩解，你们莫不是与萧王一伙的？与萧王一道意图谋反？”

林相这话无疑是把人逼上死路，想要开口为萧王争取时间的大臣，一个个吓得脸色发白：“臣惶恐！”

“臣不敢！”

“皇上明鉴！”

“臣绝无二心！”

作为皇上手下最得用的爪牙，林相从来不需要皇上多言，就会主动替皇上分忧。

“圣上，镇国将军、骠骑将军、陈将军、萧将军……”林相指着右侧的武将，一个个点名，而被他点到名字的人，都是与萧王亲近的人，“这几位将军与萧王私交甚密，之前多次阻拦皇上调兵勤王，臣怀疑他们与萧王合谋，意图谋反，恳请圣上将这几人拿下，细细审问。”

“末将冤枉，末将冤枉！”被点名的几位武将，似早有所料，并不害怕，只是一脸正义地喊冤，没有一丝胆怯与退缩之意。

他们确实是萧王阵营的人，可萧王一向不结交朝臣，他们这些人感念萧王的好，处处帮萧王说话，可谋反一事他们确实没有参与。

也正是因为没有参与，所以他们才能理直气壮地站在大殿上，为萧王说话，为萧王拖延时间。

“是不是冤枉的，不是你们嘴上说了算，需要刑部审了才知。你们刚刚也说萧王是清白的，可事实如何？萧王敛财屯兵，早有不臣之心。”林相科举出手，写得一手锦绣文章，嘴皮子自然厉害，他的话没有多么高大上，可字字如刀，戳人心。

“圣上，末将冤枉，末将为萧王辩解，也是相信萧王的为人，末将绝无谋反之意，恳请皇上明察。”在皇上宣布拿下萧王的时候，他们就知道会有今天。

他们几个虽然与萧王没有过多的私交，可之前那场风暴下，他们几个都被皇上打压，要不是萧王出手压住了皇上的气焰，他们这些人和他们身后的家族早就倒了。

可以说，没有萧王就没有他们，而萧王倒了，他们也落不到好处。现在萧王被皇上拿下，并冠上谋反的罪名，他们这些人就算不为萧王求情，皇上也不会放过他们。

“林相说得有理，是不是冤枉自有刑部的人定论，来人……将人拿下。”林相确实是懂皇上，这几个都是皇上想要拿下的人。

谋反一事牵连甚广，为了坐实萧天耀的罪名，毁掉萧天耀的名声，他花了那么多心思布局，如果只处治萧天耀一个人那岂不是亏了。

这一次，他不仅要把萧天耀除了，还要将他在朝中、军中的势力连根拔起。

在皇上的授意下，林相圆满地完成了皇上交代的任务，花了一天的时间就将萧天耀的罪名定下，并且定于三天后问斩。

与萧王有关的朝廷官员，或者与萧王走得近的官员，也被林相以“不怕一万，就怕万一”“是不是冤枉一查便知”的言论打入大牢，由刑部与大理寺共同审理。

事情到这里，萧王谋反的罪名也就定了，凡是为萧王说话的人，都被归为萧王同党，朝堂上只剩下讨伐萧王、捉拿萧王党羽以及如何收服金吾卫的争论声。

讨伐萧王对文臣来说不是难事，损人不带脏字的词藻一众文臣张嘴就来，一个比一个犀利。

捉拿萧王党羽对他们来说也不是什么难事，能站在这里的官员，至少都是三品以上的大臣，他们只需要张张嘴就好，具体怎么捉人与他们无关，也无需他们到处跑。

对众臣来说，最大的麻烦是如何收服金吾卫！

金吾卫是萧王一手打造出来的，虽是朝廷在册的军队，可因为皇上的私心，金吾卫可以说是萧王花钱养的私军，金吾卫只听萧王令而不知皇令早就不是新闻，想要收服金吾卫几乎是不可能的事。

收服不了，那就把金吾卫全灭了？

只要有脑子的人都不会提出这个建议，要杀光萧王手中的二十几万金吾卫，至少需要五十万兵马才有可能办到。

不能硬夺，不能灭除，那就只能智取了。只是，一众大臣从早上商讨到傍晚，也没有商讨出一个有效的法子。

要放在以往，皇上必会大怒，可今天皇上却心情大好地放过了众人，让众人回家再琢磨，明日早朝前拿出一个对策即可。

一众大臣听到这话在松口气的同时，又不免心情沉重。

金吾卫是一根难啃的骨头，这一点四国皆知，想要兵不血刃地拿下金吾卫，那只有一个字：难！两个字：很难！

然而，拿下金吾卫是铲除萧王势力的关键所在，如果无法收服金吾卫，就算是杀了萧天耀，东文一样会内乱。

“这事不好办！”

“这事要办不好，必会动摇国本。”

一众大臣愁眉不展，时不时与身边的人商讨两句，却无法让眉头舒展开来。同样，被皇上留下来商讨对策的林相、右相也是凝着眉，一脸凝重，右相这只老狐狸更加离谱，无论皇上怎么问话，他都是一句：“老臣实在想不出好法子，还请皇上恕罪。”

很明显，哪怕事情闹到这个地步，右相仍不愿落井下石，踩着萧王巩固他在帝王心中的位置。对右相来说，他和家族都不需要成为天子心腹，他只需要做能臣就行了。

可林相不同，林相无根基，他是皇上心腹，天子近臣，他的作用就是为皇上分忧，无论什么事都必须以皇上的需求为出发点，如果做不到，他这个位置就保不住了。

是以，右相可以不吭声，不发表意见，林相却不能，哪怕他想不到好法子，也要提出一两个意见来。

林相面上虽是一副凝重、为难的样子，心里却早有腹案，故作深思后，林相试探地开口：“皇上，金吾卫只听萧王的号令，之前文王与七皇子在金吾卫大营，却见到萧王妃在指挥金吾卫，您说萧王妃会不会是关键人物？”

林相知道把林初九推出来不厚道，可此时此刻却容不得他多想。别说林初九的出身让他十分怀疑，就算林初九百分百是他的女儿，在他的仕途前程面前，也得退让。

“萧王妃？”皇上听到这话半点也不意外，手指有一下没一下地敲打着桌面，两道剑眉微微皱起，似在思索林相的提议是否可行。

右相一看就知皇上肯定也想到了从萧王妃下手，只是身为帝王，他顾忌面子不好直说，林相这话可谓说到了皇上的心坎里。

右相移眼，看了一眼故作忧虑的林相，心里不由得轻叹了口气：为了前程可以一再牺牲亲生女儿，林相的人品实在有待考证，这样的人不堪大用，也不会有好前途。

当然，这话右相只是在心里想想，并不会说出来，也不会表现出来。右相深知自己这个时候要做的，就是站在这里等皇上和林相商讨完，然后在必要的时候为皇上证明，那些极为卑劣的手段不是皇上的意思，而是林相的意思，是林相唆使皇上，误导皇上。

诚如右相所想的那样，皇上与林相很快就商讨出，以萧王、蒙家的人为诱饵，引萧王妃出面，然后借萧王妃之手控制金吾卫的计划。

当然，这个计划九成是林相说的，皇上只是在必要的时候点点头，或者引导一番，或者提出质疑，然后聪明如林相自会按皇上所想，完善计划并将提出“奸计”的名声，背在自己身上。

“右相，林相此计，你觉得可好？”皇上与林相说完，便询问右相的意见。

右相想也不想就道：“萧王妃乃是林相的嫡长女，林相觉得此计好便好。”亲爹都能毫不在乎地算计自家女儿，他这个外人又有什么好说的，左右不是他女儿，牺牲了他也不心疼。

“老丞相这话不对，萧王妃虽是我的女儿，可也是东文的百姓，是圣上的子民，能为君分忧是她的荣幸。”林相一向机敏，怎么会听不出右相话中的深意。

当着他的面给他上眼药，挑拨他们君臣的关系，右相简直是无耻。

“林相一心为国，大公无私，朕甚是欣慰。这件事便交给林相去办，朕等你好消息。”林相的自私与凉薄皇上早就知道，对于他一再牺牲林初九这件事，皇上半点也不意外。

他看中的就是林相这一点，林相不过是他养的一条狗，林相要是不自私，不凉薄，他养着这条狗有什么用？

第五章　江山梦美人膝

皇上与林相、右相谈话时，遣退了所有的侍从与太监，按说他们针对萧天耀与林初九的阴谋，只有他们三人知道，可就在林相与右相出宫没有多久，一个小太监走进了鸾凤殿。

当然，依他的身份是见不到皇后娘娘的，他顶天也只能见到皇后身边的宫女、嬷嬷。

皇后娘娘依旧如往日那般，用完膳后就倚在贵妃椅上休息。殿里的宫女、太监一个个各司其职，明明站了数十个人，却安静得连呼吸声都听不到。

“哒哒哒……”一阵急促的脚步声响起，虽然声音不大，但因为殿内太过安静，显得异常刺耳。

殿内的丫鬟、太监却是目不斜视，就好像没有听到一样，躺在贵妃椅上的皇后娘娘，也没有睁开眼的意思。

脚步声由远及近，很快来人就走到皇后身旁，福了福身，便上前，在皇后耳旁低声说了几句话。

声音很小，只隐约能听到“皇上”“萧王”“金……”一类的词，根本无法拼凑出有用的消息。

来人说完，见皇后娘娘轻点头，便退在一旁，如同殿中其他人一样，站在那里不言不语。

皇后娘娘仍旧没有睁开眼，并且很快就睡着了，看她舒展的眉头和脸上的笑容，好似睡得极舒适一般。

侍候的宫女太监看到这一幕，一个个瞪大眼睛，不可思议地看着皇后，恨不得问一问身旁的人，他们是不是看错了？可又怕一动会打扰到皇后难得的好眠，于是只能死死地压抑着好奇心。

能在殿内近身服侍皇后的人，都是皇后的心腹，他们每个人都至少服侍了皇后十几年，他们很清楚皇后这十几年过得有多辛苦，看到皇后面带笑容入睡，在场的每个人都恨不得痛哭一场。

十几年了，他们主子终于能带笑入睡，而不是痛得躺不得、站不得、走不得、睡不得。

只可惜，皇后这个好眠只有一个时辰，一个时辰后，皇后就醒了，睁开眼，眼中一点睡意都没有。

宫女上前搀扶，皇后站起身来，神情平静地道："本宫要沐浴，更衣。"

皇后每晚都要泡香汤，对外说是香汤实则是药汤，待到皇后泡完、擦干头发，又一个时辰过去了，而此时已到深夜，皇后也该就寝了。

除了守夜的人，其余人皆退下，巡视的侍卫也不敢靠太近，怕走得太近，脚步声影响到浅眠的皇后娘娘。

宫里人都知道皇后娘娘浅眠，十几年如一日，有一点风吹草动就会惊醒，宫中的侍卫与太监早就习惯天黑后，离鸾凤殿远一些，没事绝不会在晚上出现在鸾凤殿附近，免得吵醒了皇后。

然而，这些人不知，皇后并不单单是为了睡一个好觉，更多的是为了晚上能够行动自由！

侍卫离得远，太监、宫女晚上不敢出现，这样的情况下，皇后或者她殿内的人，晚上要去哪里就自由了许多。

今晚，皇后就有出去的计划！

子夜时分，皇后娘娘起身，换上一身寻常的衣服，披上黑色的披风，将自己从头包到尾，带着一个宫女往宫外走去。

这么多年下来，皇后和她宫中的人早就摸清了巡逻侍卫的规律，巡逻侍卫一走远，皇后就与宫女走出鸾凤殿，身影没入了夜色中。

如同幽灵一般，皇后与宫女熟悉地穿梭在宫中，在不惊动任何人的情况下，来到天牢，来到关押萧天耀的地方。

两人一出现，就有一个身着"卒"字兵服的小兵冒了出来，恭敬地行礼："主子，只有一刻钟的时间。"

"嗯。"皇后并没有露面，只是应了一声，声音带着一丝粗哑与冷冽，完全不见平日的温和与大气。

小兵并不意外，默默地给皇后打开牢房的门，而后退到一旁。

皇后面不改色，带着宫女走入阴暗幽深的大牢，并且一路走到底。大牢的最深处，萧天耀呈大字形被锁在墙上，四肢皆被手腕粗的精铁锁铐住，身子不能动弹，只能紧紧地贴着墙面。

这个姿势很狼狈也很屈辱，萧天耀却神色平静，没有一丝不忿与萎靡，好似被锁在墙面上的人不是他一般。

“萧王爷！”皇后在萧天耀面前并没有装神弄鬼，而是十分干脆地摘下帽子，表露身份。

“皇后娘娘！”萧天耀虽然被锁在墙面上，但精神还不错，看到皇后出现也不惊讶。

“你似乎并不意外我会来？”皇后面无表情地问道。

萧天耀没有回答皇后的话，而是冷冷地反问：“慈恩堂是皇后娘娘的手笔吧？”

慈恩堂的事他一直查不到幕后之人，直到看到皇后出现，他才猛然想明白。

在东文，能让他查不到一点蛛丝马迹的人，绝不是简单的人物，而能在这个时候，出现在天牢，出现在他面前的人，也不是简单的人物。

东文就这么一点大，没有那么多不同凡响的人物，所以慈恩堂背后的人人物，十有八九就是皇后娘娘。

“萧王果然不凡，这么快就想明白了。”皇后知道萧天耀没有证据，可还是爽快地承认了。

她是来找萧天耀做交易的，自然要拿出诚意、展现实力。慈恩堂的事就是她拿出来的诚意，展现出来的实力。

她相信萧天耀是聪明人，知道怎么做对自己才是最有利的。

“皇后娘娘要什么？”萧天耀是个直接的人，尤其是面对他厌恶的人，他更是直接。

“金吾卫！”皇后只有一刻钟的时间，自不会把时间浪费在无用的地方，萧天耀直接，她更直接。

“你觉得可能吗？”萧天耀神色平静，没有一丝异动，好像皇后要的不是金吾卫，他也不在乎金吾卫一样。

“为什么不可能？现在的你保不住他们，给我，我能保你一命，甚至你要东文的皇位也没有关系。”皇后自然知道，萧天耀不会轻易应下，早就做好了与他谈判的准备。

可惜，萧天耀却完全没有谈判的意思，冷漠地拒绝道：“本王的东西，从来都是只有本王自己舍弃的，却从来没有自己保不住的。”

这就是萧天耀，哪怕他被皇上以一种近乎屈辱的姿势锁在墙壁上，哪怕他此时处在弱势，他仍旧自信从容，优雅高贵得如同站在大殿之上，让人不敢轻视。

自然，皇后从一开始就不曾轻视过萧天耀，要说东文谁能让皇后看在眼里，视为不能得罪的人，无疑非萧天耀莫属。

萧天耀的拒绝虽让皇后很不满，但她却没有表现出来，略一思索后，又继续说道："萧王的本事本宫自是相信，然此一时彼一时，萧王现在的处境自身难保，又如何能保住你手上的东西？"

"自身难保吗？"萧天耀垂眸，掩去眼中的精光。

很平淡的一句话，甚至语气没有一丝起伏，可皇后听在耳朵里，却觉得莫名地不安。

暗自吸了口气，皇后将心中的不安压下，再次开口："萧王应该明白，我要的并非东文皇位，我们之间完全有合作的空间。"东文的皇位她当然想要，但她不急，她的儿子还小，还可以等几年。

"皇后又怎能肯定，本王要的就是皇位呢？"萧天耀抬眸，淡淡地扫了皇后一眼，那一眼有打量也有审视。

皇后大大方方地迎视萧天耀的目光，以玩笑的口吻道："萧王不想要东文的皇位，莫不是想要天下一统？"

"不可以吗？"萧天耀语气平淡地反问，让人弄不清他是认真的，还是随口一说。

皇后微微蹙眉："萧王，你应该知道皇上是不会放过你的。萧王府已经被封，你的名声也被毁了，萧王府上下包括你的王妃，都被皇上捉住了。朝堂上为你说话的人，全部被视为你的同党。皇上今天下旨，三天后将你处斩，你觉得你还有未来吗？"

"三天吗？多谢皇后娘娘。"萧天耀仍旧没有一丝情绪起伏，好像要被皇上处决的人不是他一样。

"你……当真一点儿也不惧？"皇后一脸凝重地看着萧天耀，眉头紧锁。

萧天耀已落到这个地步，她不信萧天耀还有后手，还能翻身。

"本王为何要惧！"不是反问而是陈述，萧天耀自信骄傲得让人咬牙。

皇后知道再谈下去也没有意义，当下深吸了口气，面带笑容地道："好，萧王有这个自信就好。不过，我提的合作仍旧有效，如果萧王改变了主意，可以告诉我。"

皇后敢说这话自是有这个自信，她能在皇上的眼皮底下，支开守卫天牢的人，亲自来见萧天耀，就表示她有带萧天耀出去的能力。

"本王会考虑。"这一次，萧天耀没有拒绝到底，而是很认真地点头，虽然他并不需要。

"那么，本宫先告辞了。"得到自己想要的答案，皇后脸上的笑容真诚了几分，高傲地点了点头，优雅地转身，离去。

萧天耀看着皇后渐行渐远的身影，嘴唇轻扬，露出一抹嘲讽的笑：三天吗？真是多谢皇后给他带来这个好消息。

“啪……”皇后一走，被锁在墙壁上的萧天耀就动了，只听“啪”的一声，锁住萧天耀四肢的四把大锁同时被震开，萧天耀从容地落地，轻轻地扭动手腕。

他是比武圣更强的存在，这区区铁链根本锁不住他，至于皇上给他下的毒？

虽是好东西，可那点药有半天的时间，足够他化解。

皇上没有在第一时间杀死他，是皇上的失算！

解开锁铐后，萧天耀并没有急着离开，而是走到牢房的另一角，在牢房前轻敲了数下，很快一个蜷缩在角落里，与黑暗融为一体的影子站了起来，走到萧天耀面前，低声唤了一句“主子。”

“出来！”萧天耀冷声开口，同时将身上的外衣脱下，丢在地上。

那人的手在铁链上轻轻一按，铁链就断成两截，牢房门顺利打开。那人出来后，换上萧天耀的衣服，在昏暗的灯光下，看着与萧天耀有六成相似。

这个与萧天耀有六成相似的人，便代替萧天耀被锁在墙壁上，萧天耀则走进了那间牢房，轻敲墙面，在角落的墙面上取下数块砖，打开了一个仅容一人通过的口子，借着那不大的洞，离开了天牢。

显然，对于今天萧天耀早有准备，天牢根本困不住他。

顺利离开天牢的萧天耀，第一时间出了皇宫，不过他并没有回萧王府，而是在秘密据点与隐卫首领联系，先了解京城的情况。

得知皇上给他安上了为敛财无视百姓生死，拉长战线的罪名，萧天耀无声一笑。

他等今天等很久了，皇上终于出手了！

皇上出手了，他要出手也就名正言顺了！

皇上因为身份的原因，不管怎么打压他、陷害他，旁人都不会说皇上半句不是，只会怪他功高震主，让皇上为难，让皇上受到了威胁。

之前皇上无耻地勾结南远、西武和北历暗杀他，满朝大臣知道真相也不敢说皇上半句不是，顶多就是同情一二。甚至还有一些酸儒把一切责任推到他身上，说他权势过重，贪权恋位，不把兵权交出去才落到被皇上排挤、打压的下场。

他承认自己贪权，不肯把兵权交出去，可是后来他把兵权交出去了，皇上是怎么对待他的兵的？

三十万人马，如同畜生一样被赶到前线，吃不饱、穿不暖，没有兵器、没有战马，还要为皇上杀敌，可就是这样皇上仍旧不肯放过他们，不把他们全部斩杀在前线，就不甘心。

面对这样的皇帝，他真的能把兵权交出去吗？他把兵权交出去了，他还能活着吗？他手下的人还能活着吗？

他承认那些酸儒有一句话说对了，那就是他确实野心勃勃，确实贪权恋位，确实有不可告人的目的与野心，皇上对他出手确实是应该的，但可惜的是，晚了！

现在的皇上，根本没有那个能力把他按下去！

人前，萧天耀什么都不说；人后，萧天耀从不否认自己的野心。

是以，面对皇上的压迫与算计，萧天耀并不愤怒，也不伤心。在皇上一次次对他下杀手后，他与皇上之间就再无兄弟之情，只剩下冰冷的斗争，就如同当年皇上与他那些兄长之间的斗争一样。

不过，不同的是，他与皇上斗，并不是为了东文的皇位，他从来没有把东文的皇位放在眼里，他要的皇上给不起，他要的东西只能凭自己的双手去争取。

只可惜皇上不信他，哪怕他不止一次告诉皇上，他要的不是东文的皇位，皇上也不信他，甚至为了除掉他，联合外敌。

有时候他不禁在想，他们的父皇到底是什么眼光，居然会把皇位传给当今的皇上，可后来他明白了，不是父皇要把皇位传给这个人，而是父皇没有选择。父皇那些聪明的、优秀的儿子都斗死了，只剩下他和当今圣上，而那时他还年幼，皇位只能传给当今圣上。

当今的皇上是见识过兄弟斗争的，也是从兄弟争位中杀出来的，看到他手握重权，哪怕他没有夺位的心，皇上也不会信。

宁可错杀，也不放过，是他们皇室子弟的生存法则，当今圣上是名正言顺坐上皇位的，要杀他这个手握重权的弟弟，只要安一个谋反的罪名，随时都能诛杀。

而他正好相反，皇上是君，他是臣子，君要臣死，臣不得不死。哪怕他有能力杀死当今圣上，也不能动手，不然就是大逆不道，狼子野心，会被天下人唾弃。

而谋反？

师出无名，在很多时候是没有办法成功的，他个人的力量再强，也无法与天下抗衡。

是以，哪怕他手上握有三十万兵马，哪怕他在东文一人之下，万人之上，也没有率先动手把皇上弄死，他一直在等，等皇上出手，等皇上抹黑他，等皇上逼迫他，等文臣武将寒心，等天下百姓寒心，然后他就可以出手了，理所当然地出手，为自己“正名”。

皇上这次给他安了三条罪名，私藏龙袍、卖国敛财、带兵进城，除了最后一条，其他两条他都能轻易推翻。

龙袍是从哪里出来的，他比任何人都清楚；萧王府有多少银子，国库有多少银子，他比户部尚书更清楚，皇上用银钱一事来栽赃他，虽然能彻底毁掉他的名声，可着实不智。

至于带兵进城这一条，这是最致命的罪名，却也是他最不惧的罪名，他怎么可能不知私自带兵进京城是什么罪名?

他敢大大咧咧地把兵马带过来，就是有所准备，他真不怕皇上拿这事定他的罪，他就怕皇上不拿这事定他的罪，皇上要拿这事问他的罪，就是搬石头砸自己的脚。

皇上出的招，萧天耀完全不看在眼里，他没有第一时间离开天牢就是在给皇上时间，让皇上把事情闹大，闹得不可收拾。

只有这样才能显示他的委屈，才能让文臣武将寒心。

“王妃现在在哪里？”相比自己的事，萧天耀更担心林初九的安危。

他早就知道皇上会对他出手，事先便做好了准备，不管皇上出什么招，他都无惧。可是，他准备好了一切，却独独忘了事先与林初九通气，要是林初九落到皇上手里，事情会变得很麻烦。

“王妃现在很安全，属下也不知她在哪里。”隐卫首领如实答道。

“本王让你保护王妃，你不知?”萧天耀脸色一沉，眼中隐有杀气。

隐卫首领心里咯噔一下，忙跪下请罪：“卑职没有保护好王妃，请王爷责罚。”在王爷面前，一就是一，二就是二，事情没有办好就是没有办好，任何解释都是多余的。

“去刑罚堂领五十鞭，两个时辰后，本王要知道王妃的下落。”哪怕正值用人之际，萧天耀也没有手软。

当赏则赏，当罚则罚，没有什么将功折罪，也没有什么功过相抵。

也许在旁人看来他不近人情，可这样的赏罚分明确实有效，他手下的人犯错的几率越来越小。

“卑职领罚。”隐卫首领躬身退下。

此时，躲在影月楼的林初九，遇到了她在影月楼里最大的一次危机。林初九浓妆后，本就与蔷薇姑娘有六七分相似，在昏暗的灯光下，只要不是熟悉的人，都不会认出她。

随后，在那丫鬟的帮助下，林初九更是把蔷薇姑娘平时的举止与言行学了十成，除非极了解她的人，不然绝对不会发现她是假货。

偏偏，林初九遇到了极了解她，又与她深入交流过的人，而这人还容不得林初九不见，因为对方是天藏阁的人。

“黄三十七，薛家的消息为什么不第一时间报上来！”来人半夜潜入，第一句就是质问，要不是他开口快，林初九差点就出手了。

结合小丫鬟之前说的消息，林初九大约猜到了对方的身份，只是小丫鬟也不知蔷薇姑娘在天藏阁的人面前是什么样子，林初九根本无法模仿，只能按她自己的理解来办。

听到来人的质问，林初九犹豫了一下，单膝跪下：“属下有罪，请大人责罚。”她记得萧天耀的属下都是这样的，事情没有办好，请罪总没有错。

“责罚？”来人细细咀嚼这两个字，审视地看着林初九，那神情、那语气，好像不认识面前的人一样。

林初九知道对方怕是起疑了，只是面上却不表露出来，仍旧镇定地道：“是的，请大人责罚。”

“黄三十七，你从来不会主……”来人并没有直接挑破林初九的身份，也没出手，只是似是而非地试探着。

“大人，对不起了！”林初九突然一跃而起，如同猎豹，猛地扑向来人。藏在手中的小刀，露出了锋利的刀尖，刺向对方的喉咙。

“好大的胆子！”来人似乎早有防备，在林初九起身的刹那猛地抽剑刺向林初九，可就在此时，一柄剑从他背后刺入，剑身没入体内，直接将他刺穿了。

“你……”来人想要回头去看，可林初九却没有给他机会，反手一击，长而薄的刀刃将他的喉咙割破，血喷涌而出。

“你们……”来人往后倒，眼睛瞪得大大的，死不瞑目。

他身后的人却没有给他倒下去的机会，一把将人扶住：“姑娘，这人怎么解决？”

没错，在背后下黑手的就是蔷薇身边的那个小丫鬟，为了活命，现在乖乖地听林初九的话。

“收拾干净，放床上去。”林初九一脸嫌弃地将手上的血擦掉。

她是大夫不错，可并不表示她喜欢血，血这种东西，不管是杀人还是救人，能不碰还是别碰的好。

“姑娘，你要走？”小丫鬟是聪明人，一听就知道林初九的打算。

“不走，留在这里等死？”天藏阁的人都找上门来了，她还能待在这？

“你可以选择跟我一起走，放心……我会留你一命。”不管如何，这小丫鬟还是帮了她不少，她不敢用她，但把她带出去，给她安排一条退路还是能做到的。

“姑娘，我不能走。”小丫鬟想也不想就拒绝了。她并不信任林初九，一如林初九不相信她一样。

“随你，我走之前会把解药给你。”林初九并不勉强，也不怕对方把她的身份透露出去。

过了风口，她就安全了。

“多谢姑娘。”得到林初九肯定的答复，小丫鬟松了口气，手脚麻利地处理好屋内的血迹，再把死去的那人装扮成蔷薇的样子，将他塞进被窝里，制造蔷薇还在睡觉的假象。

当然，这么拙劣的装扮骗不了多久，林初九也不需要对方能骗一辈子，有一两个时辰就足够她离开了。

脱掉蔷薇的衣服，换上影月楼里丫鬟的衣服后，林初九洗去脸上的浓妆，重新给自己画了一个妆，让人看不出她的真容。

装扮好后，林初九丢了一个盒子给小丫鬟："这是……"

可是，她的话还没有说完，小丫鬟就抽剑朝她挥来："姑娘，你太天真了。"拿到了解药，她怎么会放过林初九。

"天真？我确实是天真了，不过你也聪明不到哪里去，你就这么肯定我给你的是解药？"林初九后退两步，避开小丫鬟的攻击，在小丫鬟再次进攻前，飞快地道："你最好打开看看，确定盒子里的东西后再动手。"

影月楼里的女人个个不简单，她既然知道了，又怎么可能没有防备。

"什么意思？"小丫鬟面色一僵，停下脚步，飞快地打开盒子。

里面，并没有什么解药，只有一张纸条。

小丫鬟脸色一变，剑尖再次指向林初九："你耍我！"

"看看纸上写了什么再说。"林初九指了指盒子，示意对方打开。

她无害人之意，可也有防人之心。

"你……"小丫鬟打开，看到上面的字，气得全身颤抖，"你无耻！"居然是一条指示，让她按照指示去找解药。

"跟你比，我善良多了。"无耻？她若不留一手，现在就死了，"为了你的小命着想，快去找解药吧。"

"我已经拿到了提示，你就不怕我现在还要杀你吗？"小丫鬟将盒子关上，冷笑。

"杀了我你还能找到解药吗？"林初九笑得甜美，"我都防着你了，又怎么可能蠢得不防备到底。我是给了你提示，可并不表示解药已经放好了。你以为，在我没有安全离开前，我会把解药留下来吗？"其实根本没有什么解药，可这有什么关系，只要对方相信有解药就行。

"我认栽，你走。"小丫鬟绝不是不畏生死的人，她怕死，她不会为了一个无关紧要的人而冒险。

"后会无期。"林初九似笑非笑地看了对方一眼，转身离开。

希望这个小丫鬟在得知她根本没有中毒后，不会气得发疯。

夜晚的影月楼热闹而宁静。热闹是指每栋小楼里都灯火通明，时不时就能听到寻欢客与女子的调笑声；宁静则是指小楼之间距离远，把院门一关，就听不到旁人院子的声音。

林初九身上穿的是丫鬟的衣服，手上端着一壶酒，不疾不徐地从蔷薇的小楼，走到最边上的小楼，偶尔碰到路过的下人，并未对她起疑。

据林初九这几天的观察，影月楼并不如她想的那般简单，这座看似寻常的妓院，每个角落都可能隐藏着令人忌惮的高手。

是以，虽然围墙、小门近在眼前，林初九都没有偷溜出去的打算。

不是不想，而是不敢，凭她的本事根本不可能在不惊动任何人的情况下溜出去。

端着酒，林初九一路走到最角落的莲花居，没有一丝犹豫，林初九推门而入。

和其他小楼的热闹不同，莲花居很安静，要不是里面点了蜡烛，林初九都要怀疑莲花居没有客人。

“什么人？”林初九一踏进莲花居，一枚银质的小刀就擦着她的脸颊飞过，林初九的反应算是灵敏的，可就是这样，脸上还是被银刀划出了一条血痕。

“啪……”将手上的酒壶一丢，林初九摸了摸脸颊上的血，“下手真狠。”幸亏她是大夫，不用担心会在脸上留疤。

“来人，拿下她。”屋内，传来一个女子的娇呵声，紧接着数道黑影从角落蹿出，朝林初九扑去。

林初九似早已料到，在黑影出现的刹那，将手上的铁珠朝屋内掷去。

“轰……”只听到一声巨响，火苗从屋内蹿出。

“什么东西？快，快救人，快救人！”爆炸声响起，屋内一片混乱，刚蹿出来的黑影犹豫片刻，留下两人盯着林初九，其他人则冲进去救人。

“这才刚开始呢，急什么。”林初九笑得邪气，又丢了几枚炸药过去，将莲花居炸了个通响，随后又将手中的暗器射向围捕她的黑衣人。

既然没法在不惊动人的情况下离开，那她就把影月楼搅得天翻地覆，让影月楼的护卫疲于应付。

两个黑衣人与林初九站得很近，被暗器射了一个正着，林初九脸上飞快地闪过一抹笑意，转身就朝被大火包围的莲花居走去。

“快，拿下她。”这下整个影月楼都乱了，无数道黑影从角落里冒出来，可却没有找到林初九的身影……

以有心算无心，林初九在潜入影月楼的第一天，就在思索退路。在影月楼待了这么多天，她不敢说对影月楼有十分了解，可七八分还是有的。

炸了莲花居，林初九趁乱躲在莲花居内，冷眼看着影月楼的护卫到处寻她。

不过，影月楼的护卫也没有太多的时间寻她，因为继莲花居爆炸后，又有几座小楼爆炸了。

虽然炸药威力小，并没有炸死人，却把楼里寻欢的客人和姑娘吓到了。

能来影月楼的客人，能单独点楼里的姑娘的客人非富即贵，爆炸声一响，一个个吓得魂飞魄散。

“快跑呀，快跑呀，要死了！”

“啊……我的脸，我的脸！”

……

炸药威力小，没有伤人性命，但总有一两个倒霉的受了伤，受伤的人一喊，原本没事也有三分事，小楼里的人不管是影月楼的姑娘，还是前来寻欢的客人，一个个飞快地往外跑，挤成了一团。

“快，快开门！”

“别挤我，别挤我！”

这世间没人不怕死，这个时候谁也没有空去管影月楼背后的靠山有多强硬，他们现在只想着平安离开。

影月楼的护卫见现场乱成一片，有心想要维持秩序，让众人不要惊慌，可来楼里寻欢的客人，哪个不是有身份的人，要是时御寒这个少主在，他们必会给时少主面子，可要他们给几个护卫面子，那是做梦。

任凭护卫怎么叫，怎么喊，怎么说楼里很安全，没有人伤亡，往外挤的寻欢客都不当一回事，只拼命地往外挤，生怕爆炸声再响起，把自个给炸飞了。

林初九躲在火花后面，听着外面杂乱的叫声，无声一笑。

又等了片刻，确定外面乱成一团，林初九小心翼翼地探出身子，决定混在人群中往外跑，可她一踏出莲花居，就被人挡住了去路。

林初九一惊，本能地想要出手，结果一动就发现不对，抬头看了一眼，大惊：“王爷？”萧天耀不是被皇上关在天牢了吗？怎么会在这里出现？

“蠢女人！”看到完好无损的林初九，萧天耀暗暗松了口气。

天知道，当他知道林初九在影月楼时，他有多担心。

影月楼可不是一个好地方，至少对林初九这样的姑娘来说，不是好地方。

“你，你怎么在这里？”早就习惯萧天耀骂她蠢，林初九兴不起反驳的念头。

“本王不在这里，你怎么出去？”萧天耀抓住林初九的手，一把将人拽到怀里，脚步一动，闪到假山后。

林初九吓了一跳，挣扎了一下，换来的是萧天耀加重的力道，紧紧地将她禁锢在怀里。

林初九一怔，学乖了，放松身子，依在萧天耀的怀里。

萧天耀满意了，语气温柔了几许：“乖乖别动，等会儿本王带你出去。”这女人虽然蠢，好在还有脑子，知道影月楼不是好地方，不宜久留。

只是，这手法简直粗暴得没有一丝美感。

“王爷，你不是被皇上关起来了吗？你怎么脱身的？”林初九的身高只到萧天耀胸口，依在萧天耀的怀里，要跟他说话，得仰着头才行。

“皇上能关得住本王！？”看到林初九眼巴巴地看着自己，萧天耀忍不住伸手揉了揉她的头。

没办法，此时的林初九像极了求安抚的小狗，他要不揉两下，都对不起她的眼神。

“这么说，王爷你之前是故意让皇上关你的？”林初九没有躲开萧天耀的手，但看萧天耀的眼神多了一份审视。

这要怎么回答？

萧天耀被噎住了，睁着眼睛看着林初九，没有吭声。

他要说是，他怎么解释隐瞒林初九的事？他要说不是，那不是打自己的脸吗？

“王爷，是还是不是？”林初九执意想要知道答案，萧天耀不回答，她就再问。

她要知道，萧天耀是不是将计就计，任她置于险地而不顾。

萧天耀很想说是，可话到嘴边他又咽了回去。他只是不懂情爱，并不是情商低，他要是回了“是”，估计会把林初九推得更远。

虽然觉得承认自己被皇上算计很没用，可想到林初九的坏脾气，萧天耀还是没出息地说了一句：“当然不是，本王没有想到皇上会这么简单粗暴，当日确实中了计，无法动弹，只能任皇上宰割。”

“不是就好。”林初九相信萧天耀不会骗她，也没有必要骗她。

林初九不再抗拒萧天耀，主动将头依偎在他的胸膛：“王爷你可知，我那天在宫里遇到了什么？”如果萧天耀回答是，她永远都不会告诉萧天耀，那天她在宫里遇到了什么。

“遇到了什么？”那天的事，皇上封得死死的，他的人也查不到。

但直觉告诉他，那天在宫里，林初九必然遇到了危险。

“太子发狂，我险些命丧东宫。”林初九也不隐瞒，将那天的事一一说给萧天耀听。

“没有保护好你，本王很抱歉。”萧天耀听罢又是愤怒又是庆幸。

愤怒的是皇上的无耻，庆幸的是林初九没事，当然更多的是庆幸，他没有因为面子问题，在林初九面前死撑。

天知道，要是他告诉林初九，他没有中皇上的计，是故意让皇上关起来的，林初九得多恨她。

不管如何，他当时确实是丢下她，没有管她，让她置于险地。哪怕林初九安全脱身了，也无法抹去他留下她一个人，独自面对险境的事实。

萧天耀心中愧疚，再次摸了摸林初九的头，安抚道：“这笔账，本王定会加倍为你收回。”一再欺负他的女人，是时候跟皇上好好清算了。

林初九没有吭声，只是默默地点了点头。就算没有她的事，萧天耀与皇上之间也不可能善了……

第六章　道高一尺魔高一丈

影月楼守护森严，普通人根本无法自由进去，林初九为了出去也是绞尽脑汁，可有萧天耀在就不一样了。有萧天耀在，别说影月楼，就是皇宫也能来去自如。

“走，本王带你离开。”萧天耀搂着林初九的腰，轻轻一带，将人带入怀中，不等林初九反应过来，一提气，已飞掠而去。

“唔……”林初九大惊，又不敢出声，只能紧紧地抱住萧天耀，免得一不小心摔下去。

萧天耀无声一笑，黑沉的眸子亮了几许，可惜林初九埋在他的怀里，根本看不到。

两人悄无声息地离开了，没有惊动任何人，留下了一个烂摊子给影月楼收拾。

萧天耀从影月楼把林初九带出来后，片刻不留，直接出城。

“现在出城安全吗？”林初九虽在影月楼，可也知外面有多森严，这个时候出城比登天还难。

“谁拦得住本王？”离开影月楼后，萧天耀没有刻意隐藏行踪，完全不将皇上与天藏阁的人放在眼里。

“好吧，你赢了。”她还是老老实实接受萧天耀的保护，不作死就好。

“放心，本王不会输。”萧天耀知道林初九担心什么。

林初九会担心，是因为还不够了解他，日后林初九就会明白一切。

皇上和天藏阁的人不是吃素的，萧天耀与林初九大大咧咧地出现在街头，他们要是发现不了，那可真是见鬼了。

“萧王！”只是，他们以为突然出现在街头的只有萧王妃，猛地看到萧天耀，追捕的侍卫都惊呆了。

“快，快……”侍卫反应过来后，第一时间想到的就是把消息传回宫，可惜不等他说完，就见剑光一闪，所有人都被萧天耀放倒了。

“王爷！”放倒一批侍卫后，萧天耀的人也来了，同时牵来了萧天耀的马。

“清理干净，该杀的全杀了，该废的废了。”萧天耀抱着林初九跃上马，冷酷地下令。

他一直想找机会，清理掉天藏阁在京城的探子，现在机会送到手上，他要放过简直是对不起老天爷。

“是！”隐卫收到命令，拔剑，蹿入两旁的宅子。

萧天耀孤身带着林初九出城，又在大街上拔剑杀人，动静不小，很快就引来了朝廷高手与天藏阁高手的围攻。

“萧王爷，把命留下！”第一拨拦上萧天耀的人，江湖气十足，不用想也知这批人十有八九出自天藏影月。

“什么时候影月楼也做亏本的买卖了？”来者不是杀手，但不妨碍萧天耀把账算到天藏影月身上。

“你在说什么？我们听不明白。”来者装傻，不给萧天耀再说话的机会，下令道，“动手，不留活口。”

“凭你们，还不够格。”萧天耀一拍马背，凌空跃起，拔剑挥出，剑气以他为中心，朝四周散发。

“啊……”冲在最前方的杀手，被剑气逼得后退数步。

“上！”领头的人咬牙，再次下令。

“要杀本王，让你们家少主出手。”只一剑，萧天耀就将冲在前方的人的双腿齐齐削断。

普通武者与武神有着天壤之别，虽说能以人数取胜，但数量却不能少。

萧天耀是比武神更高的存在，围攻他的人虽然武功不弱，数量也不少，可还是不够。

三剑！

萧天耀只出了三剑，就将人全部放倒，还给每个人留了一口气。

死千八百人对天藏影月来说不会伤筋动骨，但突然增加千八百个残废，天藏影月也会头痛。养一群残废，不仅需要药材、食物，还得派人服侍，哪怕天藏影月家大业大，也不会高兴。

解决了一拨，萧天耀和林初九还没有走两步，又被一拨人围上了。

“萧王爷，你武功再高强也只有一个人，你不是我们的对手，束手就擒我们可以给你一个全尸。”语气倨傲，还带着一丝怜悯，看他们站得整齐有序，不用想也知这是朝廷的人。

这一次萧天耀连口都懒得开，甚至连马也没有下，直接出剑，一剑将所有人都放倒，而且是一剑毙命。

如此又有三五拨人围了上来，萧天耀依旧挑着杀。朝廷的人全杀了，天藏影月的人皆被弄残。

“你……就不能给他们一个痛快吗？”耳边哀嚎声不断，听久了林初九也麻木不了。

太，太惨了！

“天藏影月有赡养伤残门人的规矩！”所以，他会最大限度地给天藏影月找麻烦。

“好吧，你高兴就好。”林初九默默堵住耳朵。

她不听，不听还不行吗？

解决了第七批杀手，萧天耀与林初九继续前行。这一次极顺利，走了近半个时辰也不见有人出来。

可是，萧天耀和林初九没有因此放松，反倒将精神绷得更紧。

他们知道，这是暴风雨前的宁静！

从他们离开影月楼到现在，已经过去一个时辰，这个时间足够皇上调派高手来围攻他们。

果然，一炷香的时间，萧天耀与林初九听到了行军声，光凭声音无法断定有多少人，但绝对不会少。

“来的人很多，咱们还打吗？”林初九见萧天耀一路打过来，气也不喘一下，便知他此时仍有余力，便好奇地问了一句。

萧天耀低头看了她一眼：“城中，有十万禁军！”

“什么意思？”林初九一脸不解。

萧天耀默默望天，一脸惆怅：“蠢女人，跟着本王走就对了。”萧天耀将林初九抱紧。

这个女人又蠢又笨，他还是把人抱紧一些，免得被人群冲散了，要知道十万禁军可不是小数目，就是他想要脱身，也得费一些功夫。

“咚咚咚……”脚步声越来越近，脚下的地面都在震动，林初九承认自己紧张了、害怕了。

紧紧地拽着萧天耀的衣服，林初九很想说“如果走不了，你把我放下”，可话到嘴边，却怎么也说不出来。

依萧天耀的骄傲，怎么会把她丢下？

萧天耀似乎察觉到了她的不安，低头吻了吻她的发顶："不用担心，我们可以出去。"

话落，便抱着林初九凌空跃起，朝城门口飞掠而去。

呼呼的风从耳边刮过，最初的慌乱过后，林初九开始享受迎风飞翔的快感。

"咚咚咚……"萧天耀的速度很快，可朝廷的禁军好像无处不在，不管他们走得多快，禁军似乎下一秒就会到达眼前。

天黑，林初九看不真切，只能感觉到黑压压一片朝他们奔来，直到抵达城门口，直到城门上的火把，将四周照亮，林初九才知他们被包围了。

"我们被包围了！"四面八方都是军队，难怪不管他们怎么走，都能听到大军逼近的脚步声。

"嗯。"不仅仅被包围了，皇上还出动了攻城弩。

攻城弩威力强大，能将城墙射穿，一旦被射中，即便是武神也没有活路。

"我们下去。"城门口已被大军封死，萧天耀与林初九在旁人看来就是自投罗网，然而依萧天耀的精明，他怎么可能自投罗网！

两人落下，守城的将领第一时间就发现了，右手轻扬，攻城弩改了方向，齐齐对准他们二人："萧王爷，萧王妃，你们不是我们的对手，束手就擒吧。"

人的精力是有限的，萧王爷武功再高也只是一个人，现在还带着萧王妃那个累赘，他就不信这两人跑得掉。

"凭你也想拿下本王？"萧天耀一手抱着林初九，一手背在身后，姿态潇洒，完全没有被人包围的紧迫感。

"萧王，我知道你武功高强，可这天下并不只有你一个武功高强的人，朝廷也有武神。而且，朝廷还有十万禁军，你武功再高又如何？高得过我的攻城弩？"守城的将领不明白萧天耀哪来的自信，在他看来萧天耀今天必死无疑。

"武神？区区一个武神本王还不放在眼里，至于你的十万禁军和攻城弩？"萧天耀冷笑，"有本事让你的十万禁军一起上，有本事让你的攻城弩不间断地射击，不然只要本王不死，死的就是你们。"

十万禁军是很多，可惜这不是战场，十万禁军没法一起上。

攻城弩确实很强，破坏力很大，可惜攻城弩不可连发，每次射击都需要耗费极大的力气，才能将攻城弩打开。

"萧王不信邪，大可一试。"将领不再多言，直接下令："放箭！"

和攻城弩相比，弓箭的威力虽小，但胜在密集，他没有想过用弓箭射杀萧天耀，此举不过是为了消耗萧天耀的体力。

可是，他的算盘打错了！

万箭齐发形成的箭雨，离萧天耀还有一尺远就自动落下了，萧天耀周身好像有一个无形的屏障，看不见、摸不着，但箭射不穿。

“内气外露！”将领虽无法和武神比，可本身也是高手，多少还有些见识。

“攻城弩上！”将领知道，凭萧天耀这一手，他就是放再多箭也没用，因为箭矢根本无法接近他。

“轰！”弩车被拉开，弩箭裹挟着雷霆之力呼啸而至，似要将面前的一切刺透。

“好强！”林初九是第一次见识攻城弩的威力，面对破空而来的弩箭，林初九只想说，如果只有她一个人，她一定会当场毙命，可有萧天耀在就不一样了。只见萧天耀挥剑一击，剑光破空，极速飞射而来的弩箭突然在半空中顿住，而后一一炸开！

“轰”的一声，木头碎片、铁片四处飞散，在墙面与地面留下无数个窟窿。

“好强！”林初九忍不住又赞了一句，当然这一次她赞的是萧天耀。

“雕虫小技罢了。”萧王爷收剑，一派高人风范。他是绝不会承认，林初九的夸赞他很受用。

“你们一起上！”将领见攻城弩也奈何不了萧天耀，如是下令。

不管如何，先把人拖住再说，至少也要等到宫里的武神前来相助。可就在将士们抽刀冲锋时，城外突然响起震耳欲聋的马蹄声，只听声音就知是大部队来了。

“怎么回事？”将领站在城墙上，看得更远，听得更清楚。

“金吾卫，是金吾卫，金吾卫杀进来了。”站在哨台上的士兵，远远看到军旗，吓得双腿颤抖。

金吾卫，威震四国的金吾卫杀进城了！

“金吾卫！他们不是驻扎在城外吗？离京城足有一日的路程，怎么会出现在这里？”金吾卫早被皇上的人监视了起来，金吾卫有行动，他们没道理不知道。

“小人，小人也不知。”哨台上的士兵结结巴巴，话都快说不清了。

别说他们不是金吾卫的对手，就算他们能与金吾卫打平，可金吾卫的人数比他们多，真要打起来，吃亏的绝对是他们。

城墙下，林初九也听到了马蹄声，不需要问萧天耀，就知道是金吾卫来了。

金吾卫一来，这一局的胜负便决出来了！

金吾卫二十多万人驻扎在城外，要是有所行动，皇上的人不可能不知道。这些人能不惊动皇上的耳目赶来，必然不是主力部队。

此刻赶过来的只有数千人，这数千人是萧天耀提前安排好的，一路化整为零潜伏在皇城外，只等萧天耀一声令下便会集合。

皇上的人根本不知萧天耀还留了这么一手，等到人打到城门口才反应过来。

“守城，守城！”金吾卫威名赫赫，守城的将领未战先怯，把萧天耀交给底下的十万禁军，就专心守城去了，并留下一半的攻城弩给禁军用。

“放箭，放箭，别让他们靠近。”守城的将领打从心底惧怕金吾卫，一开始便将城门守得死死的，生怕金吾卫攻上来。

“投石，投石机呢？别让金吾卫靠近城门，半步也不行。”守城的将领将火力集中，专心对付金吾卫。

几次交锋后，守城的将领见金吾卫并没有攻上来，暗暗松了口气：“不用怕，他们人不多，初步估计只有两千余人，我们一定能守住城门。”也幸亏只有两千余人，要是二十万大军齐至，他一点胜算也没有。

可是，守城的将领高兴得太早了，他是守住了城门却错失了大鱼。

“不好了，不好了……萧王爷，萧王爷出城了！”

“萧王，快……快放箭，萧王出城了。”

萧天耀，在十万禁军的围攻下，在众目睽睽之下，带着林初九出城了，并迅速与金吾卫会合。

“出城？不是让你们守好城门吗？怎么让萧王爷出城了？”将领脸色一白，面上再无逼退金吾卫的喜悦。

他们的目标从来不是击退金吾卫，而是拿下萧王！

“刚刚我们正与金吾卫交手，一时不察，就让萧王跑了。”手下的人发现是自己的失误，一个个哭丧着脸，恨不得时间重来，他们一定会守好城门，不让萧王爷出去。

“完了，完了，这下全完了。”守城将领腿一软，跌坐在地上，半天也起不来。

和金吾卫相比，萧王爷才是最重要的，萧王爷都跑了，他们还打什么？

“将军，我们不能乱。当务之急是出兵去追，萧王身边只有数千人，如果我们能在天亮前把人拿下，不让他们与金吾卫大军汇合，我们还有胜算。”副将上前，用力把将领拉了起来。

现在不是自乱阵脚的时候，他们还有赢的可能。

“对，对，对，追，追，追，快追。千万不能让萧王与金吾卫大军会合。”将领总算回过神，果断下令，命手下的人去追，同时与禁军沟通，看禁军是个什么章法。

在十万大军的围堵下，萧王仍旧跑了，守城的将领有责任，十万禁军也有责任，他们还能怎么办？当然是跟着一起追了。

“留九万人守城，其他人去追，有消息立刻传信，我会派人支援。”禁军统领并不敢把人全部派出城。

京中只有他们这点兵力，他们要走了，皇城就是一座空城，待到萧天耀杀个回马枪，哪怕就是两千人也能破城而入。

“追！”城门打开，数万骑兵列队而出，顺着金吾卫消失的方向追出去，一路狂奔，一个时辰后终于看到了金吾卫的影子。

“快追，他们就在前面。”朝廷的军队看到金吾卫的影子，一个个像是打了鸡血，不断地抽打胯下的战马，希望在下一秒追上金吾卫。

然而，不管他们是快还是慢，他们与金吾卫总是差了那么一点，眼看就要追到了，可下一秒双方的距离又拉开了，眼看就要追丢了，金吾卫却又突然出现。如此反复，朝廷的军队就是再傻也知道他们被耍了，可他们又没有那个胆把人丢下不管。

“这群狗娘养的，仗着马比我们好，就耍着我们玩。”朝廷的军队不忿，大骂。

“金吾卫是萧王的心腹，萧王这些年敛的钱财，有一大部分都花在金吾卫身上，金吾卫的装备怎么可能不好。”有人酸溜溜地附和。

对于皇上给萧天耀强加的罪名，不少人还是相信的。不，应该说绝大部分人都是相信的，毕竟从萧王府抄出来的金银珠宝是铁一般的事实，容不得他们不信。

“不管怎么样，先追上去再说，我们有两万人，就不信干不过对方。”十个打一个，他们是朝廷禁军，装备不比金吾卫差多少，真要打起来也不是没有胜算。

“追！”不管心里有多愤怒，只要没有跟丢，他们就必须追下去，直到把金吾卫追到，或者追丢为止。

当然，他们不会忘记给城中的人传信，让他们时刻关注金吾卫主力大军的动向，他们怀疑萧王很有可能已经跟金吾卫大军会合了。

他们猜得半点也不错，萧天耀带着林初九一出城就与金吾卫分开了，金吾卫负责引开朝廷的追兵，萧天耀和林初九则悄悄赶往营地，与大军会合。

皇上虽将京城封锁，让京城内外无法通消息，可皇上这么大的动作，金吾卫不可能什么都不知。这些天金吾卫没有任何动作，并不是他们在犹豫，不敢有动作，而是他们在等，等他们主子的命令。

金吾卫对萧天耀的忠诚，远比皇上想像的还要可怕。皇上确实没有小看金吾卫，可仍旧不够，在皇上的认知里，金吾卫会因为萧天耀的失败而惶恐，甚至有可能投靠他，然而……

金吾卫永远不可能背叛萧天耀，哪怕萧天耀死了，金吾卫也仍旧是萧天耀的金吾卫，绝不会成为皇上或者任何一个人的金吾卫。

皇上，还是太小瞧金吾卫，太小瞧萧天耀了。萧天耀这样的人，除非当场就将他击毙，不然错过了那个机会，以后就再也没有机会了。

等到来日，两人兵戎相见，皇上或许会明白这一点。

凌晨，朝廷的兵马还在追着金吾卫到处打转，萧天耀已经与金吾卫会合，并商量反击的计划。

林初九知道，萧天耀联系上了金吾卫，局势就定了，皇上没有胜算了。

“呼……”紧绷了数天的神经，在这一刻彻底放松，而这一放松，林初九就觉得自己累，累得不行。

“王爷，我累了，我想睡一觉。”接下来的事不是她能参与的，就算需要她参与，她也要先好好地睡上一觉再说。

在影月楼的那几天，她只有累极了才敢合眼，根本不敢睡死，她现在迫切地需要好好睡一觉，睡到天昏地暗，睡到自然醒。

“去吧，安心睡，有本王在。”萧天耀看到了林初九眼下的青黑，知道她这几天过得不好。

“嗯。”林初九也不跟萧天耀客气，转身就走。

她最惨、最丑、最矫情的一面萧天耀都看到过，她还需要跟萧天耀客气吗？

林初九累极了可以去睡，但萧天耀不行。和林初九一样，萧天耀这几天同样没有睡好，昨夜更是带着林初九奔波了一夜，但是他不能睡，不仅不能睡，大脑还要保持清醒，保持高速运转，不然怎么反击？

皇上给萧天耀定的罪，一是借战争敛财，等于卖国；另一则是私自带兵进城，等于谋逆。萧天耀要反击，就得先清洗自己的两条罪名，而这两条罪名对萧天耀来说，都不是事。

私自带兵进城？不不不，他有皇上的密旨。什么？密旨不是皇上写的，皇上不承认？不承认也没有办法，密旨上落了玉玺印章，皇上就是不承认也无用。

至于借战争敛财？这个萧天耀更不怕，他的萧王府有多少财宝，国库有多少财宝，他比皇上还要清楚。皇上把国库的金银运到萧王府，让百姓误以为萧王府富可敌国，他只要让人清点国库和萧王府的财产，就能知道萧王府到底有多少财宝了。

洗清罪名是小事，萧天耀重视的是各地勤王护驾的兵马，什么时候能到京城。

“勤王的兵马最快什么时候到？”萧天耀知道，皇上知道他带金吾卫回京后，就下了密旨，让各地驻军将领带兵马进城，勤王护驾。

这些人中自有保皇派，但也有与他关系不错的人，那些人收到密旨后，并没有立刻出兵，而是私下给他写了信。

他自然是让他们带兵回京，至于最后要不要勤王，就要看皇上怎么办了。

“最快的是关西的天陇军，有五万兵马。今天晚上就会抵达望风坡，快的话明天一早就能到京城。”金吾卫现在驻扎的地方，就在望风坡附近。如果金吾卫今天没有行动，明天就一定会与天陇军在望风坡开战。

“明天？来得真快！”从望风坡到京城需要一天，他现在带兵赶过去，也要到天黑才能到京城。

时间很紧张！

“王爷，我们怎么办？”副将一脸急切地看着萧天耀，眼中战意盎然。

憋了这么多天，他们早就想大打一场了，不管是跟禁军打，还是跟天陇军打。

萧天耀没有立刻回答，而是低头认真研究地图，片刻后，指了一处山地：“左翼军，带五千人在这里等天陇军。靖安军，带一万人马这里设伏。记住，务必要拖住天陇军的脚步。”

“是，王爷。”被点名的两人站出来领命。

“一个时辰后，点五万人马随我攻城，其他人留守驻地。”萧天耀权衡敌我实力之后，点出五万人。

凭他手中的五万人马，足够对付皇上的十万禁军。

“是。”另有两人出列领命。

领到命令的人一一退下，其他人则仍留在原地，等萧天耀分发任务给他们。

萧天耀没有急着下令，而是继续询问其他几路勤王兵马什么时候到，确定了时间后，才派了相应的人马，在各地等候。

皇上深知金吾卫的实力，也十分忌惮萧天耀，因此他这次不顾边境的安危，竟然召了近五十万兵马进城。

好在这五十万兵马无法同时抵达京城，不然金吾卫同时面对五十万大军，压力不是一般地大。

“万将军，你们拦住岭南军后，立刻派五千人马支援马副将。”兵马有限，萧天耀只能打时间差，最大限度地整合手上的资源。

“末将明白。”几位将领都不是第一次跟萧天耀配合，也不是第一次以少打多，心里丝毫不怯。

在外人眼中，他们王爷带兵厉害，却不知他们王爷最厉害的不是带兵，而是整合兵力。最初，他们金吾卫人数不多，装备差，战斗力弱，短时间内根本达不到精兵的要求，他们能存活下来，全是依赖王爷的指挥。

王爷是个神奇的人，他能将任何一支军队的兵力发挥到极致，不浪费一丝力量。

虽然，有时候会很冒险，只要其中一个环节出了差池，就有可能全军覆没，但只要他们听从指挥，按王爷的要求去做，就一定能转危为安。

当年，那么艰难的时候他们都能走过来，没道理现在会阴沟里翻船。

半个时辰后，所有副将都得到了命令，一一离开，只留下萧天耀一人。

人都走了，萧天耀这才允许自己露出疲态。缓缓地在椅子上坐下，萧天耀揉了揉酸痛的眉心。

这一战他有八成的胜算，但不到最后谁也不知事情会变成什么样，在事情没有结束前，他不能松懈。

这是第一步，也是至关重要的一步。为了这一步他足足筹备了十年，他输不起!

“王爷，流白公子和苏茶公子回来了。”亲兵进来，禀报道。

“让他们进来。”萧天耀眼前一亮，一扫之前的疲态。

流白和苏茶是他的得力助手，有这两人在，他可以省下许多事。

“王爷，我们回来了！”人未到声先至，苏茶和流白一脸急切地走了进来，两人脸上都是掩饰不住的喜悦。

他们这次，差点就回不来了。

而流白和苏茶回来了，萧天耀身上的压力骤减。有流白和苏茶在，萧天耀就不用担心情报不及时，更不用担心粮草的问题了。

简单问过两人在北历的经历，萧天耀也没有安慰他们，只说了一句：“做得很好。”便让两人去休息，休息够了好接手自己的工作。

“我们没事，立刻就能做事。大军一个时辰后就出发，我们先去了解这段时间发生的事，免得耽误大事。”苏茶和流白一直赶路，还要小心北历和影月楼的追杀，要说不累是骗人的，可现在情况紧急，他们哪里睡得着。

“嗯。”萧天耀没有多说，只让两人下去收拾一下。

两人身上的衣服也不知多久没有换了，之前还不觉得，现在清静下来，萧天耀就受不了了。

流白和苏茶也知道萧天耀有洁癖，虽然累极了，但还是老老实实地下去收拾去了。

一个时辰后，大军整装待发。萧天耀换上了光明铠甲，命人拿来红缨长枪，准备出发。

“王爷，所有的消息我都梳理了一遍，暂时没有发现问题。王爷放心，我会让人盯紧各路援军，绝不会有半点差池。”流白以最快的速度了解了情况，进入了备战状态。

苏茶也不遑多让，一个时辰足够他了解军营粮草和武器的存货：“王爷，粮草已经在运来的途中，十天后会有一批兵器到，请王爷放心。”

他们手上有足够支持二十多万金吾卫三年用的粮草，他们之前又得了一批天外玄铁，又从北历买了一批兵器过来，不说足够用三年，应付眼前这场大战是没有问题的。

“很好，这里就交给你们了。”萧天耀绝对信任流白和苏茶，听到两人的汇报，萧天耀满意地点头。

“王爷放心，我们誓死完成任务。”苏茶和流白一脸郑重地保证道。

“保护好王妃！”萧天耀接过手下递来的长枪，留下这句话就走了。

“出发！”萧天耀是个干脆的人，也是一个少言的人，并没有发表什么动员三军的话，也没有解释出兵的动机。

他手下的兵，只需要听令就好。

至于师出有名，讨伐的旗号，那是做给外人看的。

大军极速前行，虽然只有五万人马，可声势浩大、气势惊人，在宫中的皇上第一时间就收到了消息，气得脸色发白。

“蠢货，你们这群蠢货，居然让他跑了，你们是怎么办事的！”皇上气得将桌上的奏折、砚台全部砸在地上。

“皇上恕罪。”看守天牢的副将、禁军统领、九门提督拼命地磕头，被砚台、奏折砸得头破血流也不敢躲一下。

“恕罪，你们叫朕怎么饶恕你们？萧王跑了，在你们的眼皮底下跑了出去，现在带着五万大军要攻城，朕屁股底下的位置都要坐不稳了，你叫朕怎么饶恕你们？你们说？”皇上气得还想再拿东西去砸他们，可桌上已经空了。

“嘭嘭嘭……”三人不敢再求情，只不断地磕头。

皇上越看他们越生气，一生气头就痛，而头一痛皇上就更恼。皇上想到了秦太医，看到秦太医瑟瑟发抖地跪在一旁，皇上就更怒了，指着他大骂：“还有你，你不是说萧王中了药，十天内都不能动弹吗？十天？呵……依朕看，连十个时辰都没有！”

要是早知道秦太医的药没有办法控制萧天耀太久，他当时就会下令杀了萧天耀，哪里会给他逃出去的机会。

“皇上恕罪，那药臣在武神身上试过，确实能让对方十天内无法动武。”试药时皇上也在场，要不是这样，皇上也不会放心地把萧天耀关起来，而不是杀了他。

“朕不想听这些，朕只相信眼前看到的。”皇上恼羞成怒，手边没有趁手的可以砸人的物件，只能一拍桌子，宣泄心中的怒火。

秦太医叫苦不迭，却不敢再多言，只能和禁军统领一样，拼命地磕头，以求皇上恕罪。

皇上发了一通脾气后，就冷静了下来，虽然脑袋还是一抽一抽地痛，却比之前好了许多，看到秦太医四人将头磕了一地血，皇上挥了挥手：“滚，滚滚，都滚出去，叫林相和右相来见朕。”

“罪臣告退。”秦太医四人连滚带爬地跑了出去，生怕晚了一步，皇上就会改变主意。

一刻钟后，林相进宫求见，而右相则告病了。

“病？那老家伙病得还真是时候，朕看他不是病了，而是有二心了！”皇上怒火中烧，那样子，恨不得食其肉，啖其血。

右相出自世族大家，门生遍地，但他从来不站队，这一点皇上一直都知道。

放以前，皇上虽然不满，可也不至于憎恨他，可现在皇上是真的恨，恨右相落井下石。

右相那老狐狸比谁都精明，他摆出这姿态，明摆着是告诉其他世家和他的门人，他不看好他这个皇上。

右相这个姿态一摆出来，那些世家还能为他所用吗？

“去，派太医院院首去右相府，务必要让右相明早可以起来，朕明天一定要见到他人。”右相想躲，可也要看他这个皇上愿不愿意。

想要撇清干系投奔萧天耀，简直是在做梦。

“是，陛下。”太监领命，恭敬地退下。

林相站在一旁，暗自庆幸没有装病。原本他也想请病假不来见皇上，转念想到周贵妃和周家抛出的橄榄枝，林相咬咬牙又来了。

现在看到皇上的反应，林相暗自庆幸自己来了。瘦死的骆驼比马大，皇上不是萧王爷的对手，可要弄死他，却跟捏死一只蚂蚁一样简单，他要是让皇上不快，皇上立马能要他的命。

只是林相来了也没有什么用，他就是皇上养的一条狗，看着权势大，可一无兵权二无根基，他根本帮不上忙。

……

萧王带着金吾卫直奔京城，摆明了是要跟皇上撕破脸。这个时候，皇上除了派兵镇压外，什么阴谋诡计都没有用，可偏偏皇上现在缺的就是兵马。

他虽早早下了密旨，让各地驻军带兵回京，勤王保驾，可最快的一路兵马也要明天才能到，而且来了也不一定能派上用场。

区区几万人马，还不够给金吾卫塞牙缝的。

当然，这并不是说皇上行事不周，准备不全，实在是事情远远超出了皇上的预料和控制。

之前，他把事情想得太简单，自以为拿下了萧天耀，金吾卫就不值得重视，哪里知道萧天耀居然逃了出去，并与金吾卫会合了。

现在天知道进京的援兵，能不能顺利进城。

“林相，你可有办法拖住萧王的脚步？”当局者迷，皇上是一点办法也没有，才会病急乱投医，把林相找来。

“皇上，萧王孤身一人，要寻他的软肋着实不容易。他身边最亲近的人就是萧王妃和苏家的大少，可现在萧王妃和苏家大少不在京中，我们无从下手。”这就是林相，哪怕身居高位，行事仍旧透着一股小家子气，能用阴谋绝不用阳谋。

“苏家大少有什么用，不过是一个属下。萧天耀能为了一个属下，放弃大好机会？”皇上嗤之以鼻，“要是抓到你那大女儿萧王妃，说不定能派上一点用场。”偏偏他手下的人无能，在京中找了三四天，也没有找到萧王妃的身影。

“皇上，臣想到了一个好办法。”林相眼前一亮，“萧王妃与她外祖家关系亲厚，如若我们把蒙家人抓起来，用他们来威胁萧王妃，萧王妃必会就范，而有萧王妃在手，就不怕萧王不投鼠忌器。”

“蒙家？”皇上最近头疼得厉害，脑子也比之前钝了许多，略想了一下才明白过来，当即大喜，“好好好，好一条妙计，爱卿此计可行。来人，去把蒙家老少请进宫。”

“奴才领命。”一旁侍候的太监明白皇上的意思，领命退下。

“皇上英明，有蒙家老少在手，萧王妃必会妥协，到时候圣上不费一兵一卒，便能将萧王拿下。”林相趁机拍马屁，可是皇上只是脑子钝，并不是傻了，略一想又觉得此计还不够保险。

“在天下大事面前，萧王不一定会妥协。蒙家人要拿下，但也不能全指望蒙家人，我们得做两手准备，林相你再想想，还有什么退敌妙计。”皇上现在并不想一举拿下萧天耀，只想多拖几天。几天后，各地的援军就会到，到时候萧天耀就算有金吾卫在手，也不可能轻易破城而入。

“这……请圣上容臣再想想。”林相一脸为难，想了许久，在皇上不耐烦的催促下，才小声地说了一句，“皇上，不如派三皇子出去求援？”

三皇子周子安，周贵妃的儿子，背后有一个领兵的周家。周家手上的兵权不算多，但也不算少，此刻也收到了密旨，私下带兵进京勤王保驾。

凭周家手上的那点人马，成不了什么大事，周家一直希望病好了的三皇子能去军中转一转，好在军中树立威信，收拢一些兵权。

萧王叛乱虽是坏事，可在周家眼中也是一个机会。如果能说服皇上让三皇子私下出城收拢各地援军，到时候三皇子就是援军的统帅。

如若三皇子能带领援军，打退萧王，三皇子离皇位就近了。

当然，周家人也考虑到了三皇子要是败了，结果会是什么。

可现在的情况，即使没有胜算，他们也要赌一把，不然真等萧王破城而入，三皇子不败也不会有好下场。

“子安？他从来没有带过兵。”皇上也想过派人出城，整合各地援军，免得他们一盘散沙，被萧天耀逐个击破。

原本，太子是最好的人选，可那天的事后，太子已彻底成了废人，不堪重用。

“皇上，三皇子天资聪颖，熟读兵法，外祖和舅舅皆是名将，凭他的身份与能力定能震慑那些将领。”林相已经被绑到周家的船上，不得不为周家说话。

皇上知道林相有私心，可林相这话也不无道理。各地的援军分属不同的将领，要让他们听一个人的话绝对不是容易的事，统帅之人没有足够的身份与才能，绝对无法将各地的援军整合起来。

“此事，容朕再想想。”此事事关重大，皇上一时也无法决定。

林相见好就收，不敢再多言，陪着皇上说了几句话，林相见皇上一脸疲倦，机警地提出告退，却被皇上否决了：“近日诸事繁多，林相便留在宫中，方便朕召见。对了，再把林夫人和林小姐、林少爷一起召进宫，免得林相一个人在宫里寂寞。”

皇上是什么人？是天子，是帝王！

为了自己的权力，他可以牺牲任何人。

林相说蒙家人能逼林初九就范，那林相呢？

不管怎么样，林相都是林初九的父亲，如果蒙家人无法威胁到林初九，他不介意拿林家人试试。

有用则好，无用也无所谓，不过是多杀几个人。

“圣，圣上……”林相没有想到皇上这么狠心，顿时全身冰冷，无法思考。

“不过是一家人在宫中小住，不必惊慌。”不管心里抱着什么目的，皇上在面上仍旧是和和气气的。

“是，是。”林相有苦难言，却只能点头认命。

林相被带下去了，很快林夫人、林婉婷和林家老少全被接进了宫，住在皇宫一角，由重兵把守，无旨任何人不得进出。

接林家的人很顺利，可接蒙家的人却出了问题。

蒙家因蒙老太君之死，全家闭门守孝，早已绝迹于京中贵族圈，京中的人至少有大半年没有见过蒙家人出现。

不过，蒙家的下人每天都会出门采买新鲜的蔬果，无声地告诉京城众人，他们家主子还在家。

可是，当禁军冲进蒙家时，却一个人也没有看到，只有一屋子早就烂掉的瓜果蔬菜，和枯死的花草树枝。

“这是怎么一回事？”带队的禁军傻眼了。

没人，他们拿什么回去复命?

“大人，蒙家的人应该早就走了，屋内至少两三个月没有人住。不过一些贵重的东西都还在屋内，并没有带走。”蒙家人走得极低调，而且不是一起离开的，除了随身的细软外，他们什么也没有带走，摆明是早有准备。

“合着萧王早有准备。”带队的禁军转了一圈，还有什么不明白的?

“走，赶紧回宫复命。”以有心算无心，再加上萧王手上的兵力，萧王想不赢都难。

禁军来得匆忙，走得更匆忙……

第七章　断尾求生的勇气

宫内，太医正在给皇上按摩头部，以缓解他的头痛，好不容易让皇上放松下来，皇上又听到蒙家的消息，情绪波动太大，以至于脑疾越来越严重。

“混账东西，混账东西，你们是怎么办事的？蒙家上下几十口人不见数月，你们居然没有发现？”皇上杀人的心都有了。

林初九跑出去可以理解，毕竟她身后有萧王府的隐卫，可是蒙家的人呢？

月前就不在京城了，居然没有人发现，京中那些人到底是干什么吃的？

“天藏阁的人呢？让他们来见我！”皇上盛怒之下倒是没有再出昏招，也没有再砸东西。

“是，是，是。”禁军小头目吓得连滚带爬地跑了出去。

不多时，天藏阁的东文特使进宫了，胖乎乎的东文特使似乎比之前又圆润了些，脸色却比之前差了许多。

东文特使一脸焦急、满头大汗地站在皇上面前，匆忙行了个礼：“参见陛下，陛下万岁万岁万万岁。”

“免礼！”皇上不等对方叩拜下去，就急切地挥了挥手，“特使，天藏阁可知蒙家人的下落？”

“皇上，实不相瞒，天藏阁收集蒙家消息的人，两天前失踪了，之前传来的消息都是蒙家人在京城。”可见，萧天耀真的是早有准备，不仅防了皇上还防了天藏阁。

“如果要你们去追查蒙家的下落，需要几天？”萧天耀越是看重蒙家，蒙家的价值越大。

“这，这，陛下，这事……”东文特使一脸为难。

皇上脸色一变：“特使这是何意？不肯帮朕找人？”

“陛下，不是我们不肯帮忙，而是这事我们天藏阁怕是掺和不了。”东文特使一脸尴尬，闭着眼睛说了出来。

“你什么意思？什么叫你们掺和不了？这事你们天藏阁也起了头，莫不是告诉朕，你们现在要收手？你们可知开弓没有回头箭？”皇上简直是要气疯了，语气也就不客气了。

天藏阁要在这个时候抽手，不是坑死他吗？

东文特使叹气：“陛下，这次真不是我们不厚道，实在是萧王他太可怕了。萧王不知何时掌握了我们天藏阁的信息，他的隐卫联合了一股秘密势力，在东文大肆屠戮天藏阁的探子，天藏阁在东文的探子，除了京中的暂时没有受损外，其他各地的死伤无数。”而且大部分都是重伤致残，不会致命，他们需要花费大量的人力、物力去救治那些人。

这是他进宫前收到的消息，也就是天藏阁的信息传递迅速，不然他还真不知道萧王有这么一手。早知道萧王这么厉害，少主再不满，他们天藏影月也不掺和东文皇权之争，这次真是亏大了。

“你说什么？萧天耀的人在各地屠杀天藏阁的探子？”皇上不敢置信地瞪大眼睛，“这不可能，他手上没有那么多人，他的势力主要在京城。”

彼此都是老对手，皇上虽不清楚萧天耀到底有多少人，但对他的势力分布却很清楚。

“不是萧王的人，是另一队人马，皇上可还记得慈恩堂的事？”东文特使这次倒没有隐瞒或者卖关子。

他和皇上是一条船上的人，虽说这次他们被皇上坑惨了，可同样皇上也被他们坑惨了，作为同样倒霉的人，天藏阁不会落井下石。

“慈恩堂？那股神秘势力？莫不是萧王的人？”慈恩堂的事闹得极大，皇上不可能不记得。

甚至，他一直没有放弃追查，但慈恩堂背后的人就像是消失了一般，一点蛛丝马迹也没发现。

“就是那股势力，不过应该不是萧王的人，如果天藏阁的消息没有错，萧王应该只是跟慈恩堂的幕后主使者合作。”萧王手中的探子、暗卫人数有限，可慈恩堂遍布东文的每个城镇。

如果没有萧天耀插手，天藏阁跟慈恩堂对上绝不会输，偏偏他们跟萧王联手，打了天藏阁一个措手不及。

这次，天藏阁可谓损失惨重，甚至极有可能会从东文消失。

“查，给朕查，立刻查清慈恩堂背后的人是谁！”皇上背后冷汗淋漓，脸上发白，嘴唇直哆嗦。

是气得也是吓得！

在他的眼皮底下，有天藏阁这么一个庞然大物他认了，有萧天耀这个反骨之人他也认了，可慈恩堂凭什么也能在他的眼皮底下嚣张？

那些人，还把他这个皇帝放在眼里吗？

“陛下放心，我们天藏阁已发动四国的力量，全力追查慈恩堂的幕后主使者，一有消息便会告诉陛下。”经此打击，天藏阁在东文的势力将会大大缩水。

天藏阁想要在东文继续发展，必须要得到统治者的支持，比起萧天耀，东文特使当然更愿意与当今圣上合作。

可前提是，当今圣上的位置能坐稳！

“报……”急促而紧张的通报声，打断了皇上与东文特使的谈话。

“快宣！”皇上手一抖，猛地站了起来。

这是军情，有紧急军情才会启动这个通报渠道。

“圣上，萧王携先锋部队抵达城门外，正在宣读檄文，檄文中称皇上身边佞臣当道，诬陷萧王清白，恳请皇上斩杀奸佞，还萧王清白，不然萧王便发兵清君侧。”传令的小兵双手奉上檄文。

“快，快呈上来。”皇上早就知道萧天耀会有这一手，只是没有想到会这么快，手脚不由得哆嗦起来。

按他的推断，萧王的人马最快也得明天一早才到，而明天就有援兵来了。

现在，提早了一个晚上，要是萧王在天明前破城，援兵就是来了也没有用。

太监接过檄文，呈到皇上面前，皇上一目十行，还未看完便已是脸部扭曲，青筋毕露：“萧天耀欺人太甚！”

盛怒之下，皇上将手中的檄文揉成团，狠狠地砸在地上。

东文特使本不想看，见皇上被一纸文章气成这样，不由得好奇，犹豫了一下还是将地上的纸团捡起，展开……

这一看，东文特使的脸皮也不由得抽搐。萧王确实嚣张，在檄文中强硬地咬定他是清白的，他没有以战养兵，也没有通敌卖国，更没有在明明有能力的情况下，不攻打到北历、南远去。

为了证明自己的清白，萧天耀将这些年兵部、户部给的粮草、武器、军需配置以表格的形式，明明白白地列在纸上，每一样写得清清楚楚，时间、地点、朝廷何人经手一一列得清清楚楚。

除此之外，萧王还将萧王府所有的财产公示于众，并将每一笔钱财的来历、支出列得清清楚楚。

为了更直观地证明自己没有富可敌国，萧王将萧王府占地大小、房间多少也列得清清楚楚，最后得出结论，除非萧王府每一处空地都塞满装钱的木箱，并叠放至人高，才有可能装得下刑部和户部对外公布的数字。

萧王没有说一句废话，他用简单直白的数据，告诉世人不是他不想打到北历、南远去，而是朝廷给的粮草与军械支撑不了。

他没有辩解，他只是用最简单的手法告诉世人，萧王府根本放不下那么多银子。

至于私自带兵进城一事，萧王也给出了答案。

萧王会私自带兵进京，是收到了皇上的密旨，他是奉皇上的命令带兵进城，要不然他手上的兵马怎么可以在城外驻扎？

私藏龙袍一事更是无稽之谈，军营重地，别说几个文臣，就是文王与七皇子也不能随意走动，那几个文臣说在军中找到了他私藏的龙袍，简直是可笑。

凭他的本事要私藏龙袍，还能被几个手无缚鸡之力的文臣发现？

萧王这话可谓十分张狂，偏偏他有张狂的资本，他的张狂也对了世人的胃口，东文特使可以想象，一旦这篇檄文传遍天下，萧王的声望必会再高一层。

一纸檄文，萧王没有喊一句冤，却满纸都是冤屈。

当然，萧王虽是满纸冤屈，却没有说皇上半句不是，只说朝廷奸佞当道，媚上欺下，是奸佞小人进谗言，蒙蔽了皇上，恳请皇上将奸佞小人斩杀，使朝政清明。

为了让皇上知道他所指的奸佞小人是谁，萧天耀特意写明了，清点萧王府的刑部、大理寺、户部十分可疑。给金吾卫大军配备粮草、军械，发出兵公文的兵部十分可疑。主管官员升降的吏部也很有问题，另外林相、秦太医、九门提督、周将军、司徒将军等人纷纷在皇上面前进谗，其罪当诛！

一句话，萧天耀此举是要将皇上的心腹一网打尽。皇上现在有两条路可以走，一是把这些人交出来，交给萧王处置，另一则是等着萧天耀率军攻城，破城而入，将这些人全部斩杀。

而不管是哪一种，对皇上来说都是致命的打击，损失了手中的心腹大将，日后皇上就是坐在皇位上也只是一个摆设。

东文特使将手中的檄文看完，犹豫了半晌，最后还是开口道：“陛下，时辰不早了，草民该出宫了。”

这一战皇上几乎没有胜算，他虽然想要帮皇上，却不想把整个天藏阁赌上。且天藏阁一向不参与皇权斗争，之前帮皇上也是因为少主要出口气，至于现在……

皇上要是有胜算还好，天藏阁也算是押对了宝，是为了维护皇室正统，可现在的情况，皇上根本没有胜算，他们要一条路走到黑，只会污了天藏阁的名声，以后南远、北历、西武怕也会动了清掉天藏阁的心思。

“你……你们……”东文特使中途抽手，对皇上来说无疑是雪上加霜。

“陛下，天藏阁做的是小生意，从不参与皇权斗争。”东文特使不给皇上说话的机会，急忙表明自己的立场。

“你们，你们好！滚，滚滚，给朕滚！”皇上虽怒，却也知不能得罪天藏阁，真要把天藏阁惹毛了，他们转手就能把他这个皇帝给卖了。

“草民告退。”东文特使一脸从容，丝毫没有坑了皇上的自觉。

这次的事不是天藏阁坑了皇上，而是皇上坑了天藏阁。为了皇上的事，你知道天藏阁的损失有多大吗？

天藏阁埋在东文的探子被清掉不说，那么多因伤致残的人，天藏阁还要养他们一辈子。

东文特使是个果断的人，为了表明天藏阁的立场，保住天藏阁的招牌，他一出宫就让天藏阁对外宣布，天藏阁暂时撤离东文，待到东文局势稳定再重启天藏阁。

如此一来，除了萧王、慈恩堂的幕后主使者，还有天藏阁自己，就没有人知道天藏阁在东文吃瘪，被萧王收拾了的事。

萧天耀很快就收到了消息，不由得暗道：“天藏阁的人，果然有点意思。”

断尾求生需要勇气，天藏阁果然不简单！

天藏阁下了血本，想要断尾求生，萧天耀自然会成全，毕竟现在的他实在没有精力，也没有那个实力可以一举将天藏阁给灭了。

当然，就算有能力，他也不会这么做。皇后和她背后的慈恩堂还在东文蹦跶，他要把天藏阁给灭了，就剩下慈恩堂一家独大，这对他来说不是什么好事。

“放天藏阁的人离开。”不需要多想萧天耀就做出了决定，他手下的人也习惯听命行事，就算有自己的意见也不会说出来。

有萧天耀发话，天藏阁的人顺利离开，东文特使虽然很憋屈，走之前还是让人捎了一句话给萧天耀：“天藏阁欠萧王一个人情，改日萧王有事尽管开口，天藏阁能帮的绝对不会推诿。”

不得不说东文特使是个聪明人，也能屈能伸，明明心里恨萧天耀，可在情势不利于自己的情况下，却能低下头，假装之前的不愉快都不曾发生。

可惜，他太小看萧天耀，也太把自己当回事了。萧天耀虽不是什么爱记仇的小人，却也不是多大度的人。天藏阁的存在，他如梗在喉，现在是没有机会，一旦有机会他绝不会因为天藏阁低了头就收手。

天藏阁从东文撤离的消息，能瞒得了别人，却瞒不了宫里的几位。

皇后娘娘第一时间就得到了消息：“萧王这一手玩得可真是漂亮，日后天藏阁能否卷土重来，还得看萧王的脸色。”

“娘娘，我们是不是要收手？”皇后身边的嬷嬷一张老脸皱成了一团，浑浊的眸子满是担忧。

“收手？为什么要收手？收了手你当萧王能放过我们，与萧王合作就是与虎谋皮，我们已经得罪了天藏阁，我们收不了手。”皇后笑得矜持高贵，并没有将即将发生的事放在心上。

“我们主动收手，天藏阁总能记我们的好，日后井水不犯河水也好。”依天藏阁的情报网，不可能不知道慈恩堂背后的势力对天藏阁动手，是与萧王有关。

皇后摇了摇头：“嬷嬷你太小看萧天耀，也太高看天藏阁了。天藏阁虽然会低头向萧王求和，但是并不表示他们会放过低头求和的人。”

“萧王这是把我们绑在他的船上，下不来了。”老嬷嬷的脸色很难看，眼眸微凸，看上去很吓人。

“答应与他合作就是上了贼船，不过没有关系，只要他能帮我给母亲、兄长报仇，别说上贼船，就是下十八层地狱，我也不会眨眼。”皇后手腕轻动，长长的指甲在眼前划过，妖娆而美丽。

周贵妃比皇后晚半个时辰收到消息，和皇后的沉稳大气不同，周贵妃收到消息后，整个人差点栽倒在地。

“天藏阁突然撤离，是不是说明他们怕了萧王？是不是皇上要败了？”周贵妃死死地拽着身边大宫女的手，指甲嵌进对方的肉里却犹不知。

和皇后不一样，她的荣辱全系在皇上身上，皇上要是倒了，她也就完了。

“娘娘不会的，皇上手上有百万大军，皇上是正统，萧王谋逆，天理难容。”大宫女不断地安抚周贵妃。

可就是这样，也无法缓解周贵妃的紧张与不安：“快，快去宣我嫂子进宫，我要见她。”她要周家给她一个准信，不然她无法安心。

此时的宫里已是风声鹤唳，周贵妃的大嫂根本没法进来，周贵妃迟迟得不到准信，情绪已处在崩溃的边缘，周子安收到消息，连忙赶过来安慰周贵妃。

三皇子很清楚周家和周贵妃最近的动向，也知道他们有什么打算，他劝阻过，可惜没用，最后只能漠视不理，任由周家折腾，他不配合也不破坏。

三皇子的到来让周贵妃冷静了下来，可是随着时间的流逝，金吾卫慢慢在城门外聚集，援兵却迟迟无消息，又让周贵妃陷入了焦躁不安中。

她有预感，他们周家这次肯定是竹篮打水一场空。

“安儿，我不甘心，母妃不甘心呀！”当周贵妃听到萧王发话，皇上天亮前不把他说的那几个交出去，他就要攻进城，周贵妃终于撑不住，哭倒在地。

她一生风光无限，在家是千娇万贵的嫡女，进宫是皇上宠爱的妃子，偏偏生的儿子一出生就病弱，与皇位无缘。

她原本死了争夺皇位的心，偏偏她的儿子能站起来了，而她的儿子又是皇上最宠爱的皇子，能文能武，她要不争都不甘心。

她去争了，为了增加筹码，她算计了许多人，可结果呢？

她才开始争，结局就定了！

“安儿、安儿，母妃不甘心呀！”周贵妃哭晕了过去，周子安抱着周贵妃，轻轻叹了口气。

在轮椅上坐了多年，他看得很清楚，他们那位父皇是个无情的人，父皇宠他是因为他双腿残废，没有夺位的可能。

这么多年，看大皇子与太子争得你死我活，看皇上时不时在两人之间玩平衡，他就明白他们的父皇根本没有想过把皇位传给哪个儿子，根本没有想过培养继承人。

他们的父皇，权力欲太重，谁要敢冒头争，谁就会成为下一个被养废的太子。

可他说的这些偏偏周家人与母妃都听不进去，一心想要参与夺位。

现在好了，萧王出马了，皇位对萧王来说就是囊中之物，他们就是再怎么争，再怎么夺也没有用。

时间一分一秒过去，皇宫里的人度秒如年，皇宫外的人也是惶惶不可终日。城墙上的兵力短短半天翻了数倍，城中所有的兵马都在第一时间被调到城门处，投石机、攻城弩一类的大型武器，被禁军一架架抬到城门上，对准金吾卫，只等金吾卫动手便发射。

按说，两军交锋，萧王抢占了先机，怎么也不应该给皇上时间，让他把兵器、武器调到前线，偏偏萧王就这么做了。他早早地集结了兵力在城外，却迟迟没有攻城。

……

林初九睡了一天一夜，醒来时已是半夜，草草用过饭，便招来侍卫询问萧天耀的情况。

“回王妃的话，王爷带兵去了城门外，暂时还没有消息传过来。”小兵知道的东西有限，对于前线的情况也不明了，能说的东西自然就更少了。

“王爷有留话吗？”把她一个人丢在军中，总得给她留句话，好让她知道接下来要怎么办吧？

“这……王爷并没有给您留话。”小兵悄悄地抬头，不安地看了林初九一眼。

心里略堵，不过早就知道萧天耀是什么德行，林初九的期望原本也不高，便随意说了句：“我知道了，你下去吧。”

没有任何交代，她就只能待在军中，哪里也不能去，毕竟现在外面形势不明，谁也不知会发生什么事。

“是。”小兵片刻也不敢多留，忙不迭地跑了出去，刚走出去没多久又跑了进来，“王妃，有您的信，宫里送出来的。”

两军还未正式开战，就算正式开战，皇上要给林初九送一封信也不是什么难事。

“拿过来。”林初九接过信，展开，看到上面的内容，不由得笑了出来，“皇上太小瞧我了。”居然拿蒙家和林家来威胁她，简直是可笑。

她当时可是被逼出城的，依她对蒙家的重视，她怎么可能什么都不做？她一安定下来，就秘密给蒙家去了消息，早就把蒙家安顿好了，皇上短时间内绝对不可能找得到蒙家人，拿什么威胁她？

至于林家人，林家人从来没有在意过她的死活，她为什么要去管林家人的死活？

“送信的人还在吗？”林初九收起信，笑得一脸纯良。

“在，说是要等王妃您的回信。”小兵虽不知信中所写，可也能猜到绝无好事。

“回信？”林初九又笑了。

这信怎么回？

她怎么回都不好，她能告诉皇上，她早就知道蒙家人不在京城吗？

要是不管林家死活，她就是不孝，外人不会管她与林家之间的恩怨，皇上也不会管这些，只要她回信，皇上就有攻击萧王的理由。

要是管，她拿什么去管？

她虽是萧王妃，可她一个没有娘家支持的萧王妃，只是萧王的附属，要不是萧王对她还有那么几分心思，她和笼中鸟就没有区别。

“皇上可真是有意思。”大敌当前，不思怎么退敌，却把主意打到她这个女人身上。堂堂帝王面对臣子的挑衅，居然不敢堂堂正正地迎战，专想这些歪门邪路，真不知他这个皇上是怎么当的。

林初九摇了摇头，将信按原痕迹折好放回信封，递给小兵：“把信送去给萧王，另外告诉宫里的人，出嫁从夫，女婿是半子，萧王的做法就是我的做法。”男人间的斗争，想要她背骂名，做梦。

“是。”小兵接过信，恭敬地退下。

宫中送信的人得到林初九的口信，知道这绝不是皇上想要的，有心想要再说什么，可金吾卫传了口信根本不理会他，转身就走了。

送信的人在军营门口等了许久，也没有找到能帮他传话的，只得认命地回宫交差。

一来一回，即使是快马加鞭，也要天亮才能到皇宫，为了尽快让皇上收到消息，送信的人用特殊手法将消息传了回去。

同样，金吾卫为了让萧天耀第一时间收到信，用的也是专用的传信渠道。离天亮还有一个时辰，萧天耀收到了信，当然也收到了林初九那句话。

“出嫁从夫。”萧天耀仔细咀嚼着这几个字，想到林初九说这句话时的神情，冷硬的脸庞不由得柔和几分，低声道了一句，“你几时从过夫？不对，你需要拿本王当挡箭牌的时候，就会乖乖从夫。”

当然，抱怨归抱怨，萧天耀还是接手了这件事。

“来人！”萧天耀随手将信丢在桌上，并没有收起来。

这封信的遣词用字都十分讲究，明面上一点儿问题也没有，信上的字也非皇上或者哪位大人的字迹，不过是普通人誊写的，根本没有一点价值。

“去，让人给林相去封信，问他女儿、女婿有冤，林相该如何选择？”皇上拿孝道压林初九，他就拿亲情质问林相。

情理法，情在理与法的前面，可见比起理与法世人更重情，不然也不会有同宗互庇、子不告父、妇不告夫一说。

在他蒙受冤屈，在林初九为了避难不得不躲进影月楼时，林相这位岳父没有出力，反倒落井下石，现在他要洗清冤屈，这位岳父要不要出力？

同样的用字谨慎，字里字外没有一句不满，同样只是普通小兵的笔迹，同样是以旁观者的口吻质问林相，与皇上给林初九的信有异曲同工之妙。

萧天耀确定无误后，让人将信送去给皇上。

待到信送出去，金吾卫已吃完早饭，列好战队，随时准备进攻。萧天耀这次并没有拖延，时辰一到便带兵至城门中，并命手下副将去叫阵。

经过一天一夜，城门口的武装力量翻了数十倍不止，可以说是武装到牙齿了，这时开战对萧天耀来说并不利，可萧天耀却没有选择退缩，守城的将领不懂萧天耀此举到底为何，不过有足够的时间做准备，他们面对金吾卫也有了信心。

城下，金吾卫副将拿出檄文开始念，守城的将领不等金吾卫念完，就大声断喝：“乱臣贼子，图谋造反，你今天便是叫破喉咙，也改变不了你们是叛贼的事实。”

“我家王爷蒙受不白之冤，即使手握大军仍旧不肯攻城，你们口口声声说我家王爷是乱臣贼子，可敢开城门让我们家王爷在殿上与文武百官对质？你们可敢开库房，将国库与从萧王府查抄的财产，当众清点？你们可敢？你们可敢！”

一句句“你们可敢”砸向守城的将领，金吾卫的士气也因这句话而高涨。

他们的王爷是清白的，你们可敢当众对质？你们可敢当众清点？你们敢吗？

朝廷的人自然是不敢当众对质，更不敢让萧天耀清算国库和所查抄的财产。当然，朝廷不同意并不单单是因为不敢，更多的是为了面子。

萧王说要当面对质，就让人来当面对质，朝廷颜面何在？

萧王说要清查国库，就开国库让他清点，朝廷颜面何在？

而且，谁也不能保证，朝廷答应了萧王的要求，萧王就会退兵。毕竟皇上加诸萧王身上的罪名，有九成是莫须有。真要对质、清点后，证明了萧王是清白的，怎么办？

难道让皇上自打嘴巴，承认自己残害忠良？

别开玩笑了，皇上是不会错的，就算有错也不能认。

事已至此，朝廷与萧王之间除了动手外，再没有第二个选择。

“萧王，你说再多也改变不了你谋逆的事实，放下武器，现在投降，看在你过去的功劳上，圣上也许会网开一面，从轻发落。”城墙上的将领，并不受金吾卫的影响，一口咬定萧天耀叛乱，撸起袖子准备跟萧天耀的手下，大吵十八个回合，可是……

没有了！

他说完后，萧王的手下根本不接话，就好像没有听到一般。而且不仅不说话，甚至也没有出兵的打算，城墙下的金吾卫一个个像木头桩子似的站在下面，一动不动。

“这是怎么一回事？”饶是守城的将领见多识广，也迷糊了。

萧王到底要做什么？

昨晚就来了，明明掌握了最佳的时间，却完全不动。

今天一大早就列队来到城墙下，叫了半天的阵，可叫到一半又停了，完全没有攻城的迹象。

“萧王这是什么意思？”不懂呀，真的不懂呀。

“看萧王的意思是不想出兵？他要不想出兵，带兵进京做什么？”一干将领你看看我，我看看你，在不解的同时又有那么一点气馁。

他们好不容易鼓起勇气，做好了心理准备，要跟金吾卫打一场，甚至还想着赢了该如何庆祝，可结果呢？

他们准备了一天一夜，人家压根就没有打的意思。这种感觉就好比，你做足了准备，用尽全力挥出一拳，结果却打在棉花上，所有的力道都白费了。

“萧王不会不打吧？今天就会有救兵到，这么围下去对萧王没有好处。”守城的将领觉得自己要疯了。从昨天到现在一直绷紧了弦，准备誓死抵抗金吾卫，结果萧王硬是不出兵，生生把他憋了个半死。

手下的人见状，小声地提了一句："将军，要不我们主动出兵吧？"这么僵着也不是办法，每时每刻对着冰冷如同柱子的金吾卫，他们压力很大。

"不行，在兵力上我们根本不是金吾卫的对手，主动出兵必败无疑。"守城的一方天生就占了优势，他们若是主动出击，等于把优势丢了。

"那怎么办？难道就这么耗着？"再这么耗下去，他们的士气都要耗尽了。

"拖得越久对我们越有利，怕什么。"守城的将领总觉得这事不简单，可现在他不敢多想，也不能多想，他的职责就是尽可能守住城门，多守一时是一时。

双方都没有开战的意思，自然是打不起来，可打不起来并不表示他们能放松。即使没有开战，金吾卫仍旧整装待发地站在城墙下，这样的情况下守城的士兵自然不能放下戒备。

双方僵持不下，直到午时左右，金吾卫吃饭的时间到了，紧绷的气氛才稍稍放松。

金吾卫吃饭，守城的将领自然也要吃饭，为了刺激金吾卫，守城的将领特意命人准备了大鱼大肉，并且将大锅搬到城墙上，一时间肉香满城，那味道闻着就让人忍不住流口水。

当兵的大多苦，军粮能吃饱就是好的，大鱼大肉几乎不要想，这一锅锅的肉搬上来，着实是馋人，守城士兵一个个迫不及待地拿着碗去打肉，然后站在城墙上，大口大口地吃起来，边吃还边大声叫嚷："香，香，真是香。"

"这肉可是仙满楼的大厨做的，味儿就是好。"

"真是香死了，这一碗肉吃下去，今天就是大战三百回合，我也有力气了。"

"对对对，吃饱了才有力气打仗，就怕金吾卫那帮龟孙子胆小不开战，一旦他们开战，让他们见识小爷的厉害。"

"硬邦邦的干粮饼子有什么好吃的，我们可都是吃大米、吃肉。还说萧王爱兵如子，我看也不过如此，你看看萧王给你们吃的是什么东西，再看看皇上给我们吃的是什么东西。我劝你们还是早早投降，朝廷自然不会亏待你们。"晶莹饱满的白米饭，淋上香喷喷的肉汁，对当兵的来说就是最好的吃食，饱饱地吃上一顿，握刀都有力气。

金吾卫自然也是馋肉，馋白米饭的，和朝廷的将士们相比，他们的吃食要差上一些，他们跟在萧天耀身边，顶多也只能吃饱，偶尔能吃顿好的，想要顿顿白米饭配肉，那是不可能的。

可是，守城的将领与士兵低估了金吾卫，也低估了萧天耀带兵的手段。金吾卫确实馋肉，可印在骨子里的军纪让他们不敢妄动，哪怕嘴里不断地分泌口水，他们也不会吧唧出声，更不会因此动摇意志。

萧天耀看在眼里，暗暗点头。

金吾卫没有辜负他的用心，也没辜负他的信任。没有因为一顿肉，就对他怀恨在心，认为跟着他只有苦头吃。

金吾卫吃饭的速度很快，不到半个时辰，全军上下便吃完了，而这个时候，天边突然炸开了一朵红色的火焰，看到那朵火焰，金吾卫的气势瞬间为之一变，一个个从木桩子变成铁血沙场的凶徒，浑身上下散发着一股狠戾的气息。

“怎么回事！”守城的将领吓了一跳，差点摔倒在地。

数万人同时杀气冲天地看过来，这气势与压力不是一般人能承受的。

“攻城！”萧天耀简单明了，给了守城将领答案。

萧天耀突然下达攻城的命令，别说守城的小兵，就是将领们也是一头雾水。

“为什么？”为什么早不攻城，晚不攻城，偏偏在这个时候攻城？有什么特别的原因吗？

当然有！

金吾卫很快就给了他们答案：“冲！朝廷的援兵已被拦截，十天内绝无援兵抵达京城。大家冲上去，为还王爷清白，破城而入！”

“为还王爷清白，攻城！”金吾卫高声大喊，这话是喊给自己听的，也是喊给城墙上的士兵听的。

守城的将士有信心坚守城门，是因为他们知道只需要等一两天，就有大量的援兵赶到，到时候不管金吾卫有多强，他们都不怕。

可现在呢？

一枚信号弹告诉守城的将士，他们等的援兵不会来了。

凶悍的金吾卫告诉守城的将士，他们等不到援兵来了。

“将军，这是真的吗？”千户长、百户长听到金吾卫的话，第一反应是不相信，他们咚咚咚地跑来问守城的将军，可是守城的将军自己也不知道。

“金吾卫的话你们也能信？”这种事不管知不知道都不能乱说，一说出去就会动摇军心。

“可是城底下只有几万人，金吾卫大军共有二十四万多人，其他人哪里去了？”大家都不是蠢蛋，看到金吾卫的数量，就猜到其他人去哪里了。

“去拦援军了！”一年轻的千户长，闭上眼，说出众人心里明白，却没有说出口的话。

“没有援军，我们能撑多久？”

“援兵不来，我们守得住城门吗？”

“没有援兵，守个一两天有什么用？到最后还不是要让金吾卫破城而入，与其做无谓的牺牲，不如……”

“好了！”守城的将军见众人越说越不像样，厉声打断，“不管援军会不会到，什么时候到，你们现在要做的就是守住城门，不要让萧王打进城。”

“可是……”我们拿什么跟金吾卫打？

后面的话不用说，守城的将军也明白，再次出声打断：“没有可是！记住，金吾卫虽是我东文的儿郎，虽然与你们在同一片土地上长大，但现在是你们的敌人。”

守城的将军说这话十分高明，不仅挑明了双方对立的关系，更是不着痕迹地告诉众人，金吾卫再厉害也是和你们一样的，他们再厉害也是东文的儿郎，和你们吃一样的东西长大，彼此的差距并不会大。

“将军说得是，金吾卫与我们一样，他们强我们也不弱。”果然，守城将军的话立刻引起一众将士的共鸣，有几个失去斗志的人瞬间士气大涨，如同打了鸡血一样。

“好了，大家专心应战，别让金吾卫突破了防线。”守城的将军见一众将士恢复了斗志，暗暗松了口气。

就在这时，底下传来震耳欲聋的声响。

“轰轰轰……”巨大的攻城木由数十个金吾卫抬着，撞向城门。

城墙上的士兵不断放箭、丢石头，却一点效果也没有。射在金吾卫身上的箭，投郑在他们身上的石头，就如同豆腐一般，碰到他们就碎了。

“这是怎么一回事？”为什么他们不怕弓箭和石块？

“天外玄铁，是天外玄铁打造的战甲，他们身上穿的全是由天外玄铁打造的战甲。”守城的将领虽然没有见过天外玄铁的战甲，可看到冲到前面的金吾卫不惧弓箭石块就明白了。

“之前有消息说，萧王抢了黑甲卫的战甲，是真的？”这个消息皇上早就知道，可下面的人并不确定。

“现在看来应该是真的了。”守城的将军希望是假的，可事实摆在面前，容不得他说瞎话。

“金吾卫有天外玄铁战甲在身，我们还怎么打？”不是副将悲观，而是事实就是如此。

当初，金吾卫遇上黑甲卫也毫无招架之力，要不是萧天耀抓了大皇子，那一战谁胜谁败都难说。

只是，金吾卫有萧天耀这个比武神还厉害的人坐镇，守城的将士们有什么？

“萧王手上的天外玄铁战甲不会多，你们只要拦住这十几人就够了。”守城的将军观察一阵，发现就只有这十几人冲在前面，就明白了。

只是，就是这十几人也不好惹，刀剑破不了战甲，他们只能眼睁睁地看着对方去撞城门，再这样下去，城门早晚会被撞开。

“用石头、最大的石头，别再用弓箭。石头砸不破天外玄铁的战甲，总能砸痛他们，只要痛了、伤了就好。”

“是。”守城的士兵立刻去换石头，只是他们在城内，就算能找到大石块，数量也十分有限，一通打砸，伤了两个金吾卫后，他们手中的大石块就不多了。

“去，再去寻大石头，另外进宫把这里的情况告诉皇上。”守城的将军看萧王命人将伤者抬走，又换了一批人穿着天外玄铁战甲继续攻城，就知道萧天耀这是在打消耗战，目的就是把他们的军需消耗掉。

也是到了这个时候，守城的将军才明白，为什么萧王一点也不在意给他们时间做准备，因为他们做再多的准备都无用，只要金吾卫穿着天外玄铁战甲，他们所做的准备就一点用处也没有。

消息第一时间呈到皇上面前，面对萧王咄咄逼人的进攻，皇上久久无法言语。

“先给了希望，后又狠狠地打碎。先阻援军，又断后路，好好好，不愧为流着皇家血脉的人，果然够狠。”援军来不了，有天外玄铁的战甲在，破城只是早晚的事。

皇上双手紧握成拳，凶狠地看着城门的方向。

为了守住城门，为了守住皇位，他只能动用手中最后的力量了。

第八章　最后的倔强

萧天耀从来都不是一个心慈手软的人，他既然选择了开战就不会再犹豫，也不会手下留情，在他的指挥下，金吾卫以不惧生死的姿态，前仆后继地攻向城门。

面对一波又一波的攻势，守城的将领已无法再保持镇定：“再这么下去，怕是一天都守不住！”金吾卫太强了，强大到让他害怕!

“金吾卫的战斗力本就强，再加上有天外玄铁的战甲相助，我们根本不是他们的对手。”幸亏金吾卫给了他们一天的时间做准备，不然他们这一战打得会更吃力。

当然，吃力也只是一时的，自从朝廷知道萧天耀带兵进京，兵部就做好了准备，只要给兵部一个时辰的时间，他们就能将所有的武器及人员调到前线，抵抗金吾卫。

是以，萧王看似给了他们一天的时间做准备，其实并没有什么用处，因为他们早就准备好了。

“将军，皇上那里可有说法？现在萧王还没有出手，一旦萧王出手，我们只有开城门的份儿。”副将惶惶不安，恨不得现在就下去把城门打开，迎萧王进城。

对上萧王和金吾卫，他们一点胜算也没有，与其苦苦支撑，不如打开城门，也好少死几个人。

“皇上那里……”守城的将领刚开口，就听到一道威严的声音从天而降：“逆贼好大的胆子，还不快放下兵器束手就擒。”

“这是？”守城的将领眼前一亮，扭头看向身后，只见一灰衣老人，以雷霆之姿飞向城墙。

“是守宫门的大人！太好了，大人来了我们肯定能多抵挡一会儿。”守城的将领虽然没有见过这人，却知这人的名声。

东文守宫门的大人是武神级别的高手，也是世人所知的东文第一高手。

老人挟着寒风飞来，立在城墙上，看也不看身后的将领，居高临下地打量城墙下的萧天耀，皱着眉头斥责道：“先帝幼子，为何造反？”

“本王为清白而战！”面对老人萧天耀半点不惧，别说是现在，就是以前他也不怕这位武神，因为死在他手上的武神不少，他不介意再多一个。

“荒谬，你带兵攻城，何来清白可言。”老人一脸正气，双手背在身后，一派高人风范。

“本王的清白，要用血来洗清。”萧天耀冷冷地抬眸，利眼扫向老者，不疾不徐地开口：“大人要么就出手，要么就滚，本王可以当你没有来过。”

在这个实力为上的世界，实力代表一切。如果他打不过守宫门的老人，打不过朝廷的兵马，他就算是清白的也无用。反之，他的实力凌驾于一切之上，他便是造反也没有人敢说二话。

史书，是由胜利者书写的。

“你……放肆！”老人气得满脸通红，像是受了极大的侮辱。

“你不是本王的对手！”萧天耀又给老人补了一刀，逼得老人下不了台：“好一个狂妄的小子，老夫今天就要好好看看，你有多强！”

“呼……”老人飞下城墙，裹挟着强大的气劲，刮得城墙下的金吾卫连连后退。

“欺负弱者算什么武神。”萧天耀一脸不屑，没有借助任何外力凌空跃起，半空中伸出右腿，直踹老者的心窝。

萧天耀这一招简单直白，速度也不快，可不知为何老者却像是无法躲开一般，被萧天耀踹了个正着。

“嘭”的一声响，老人如同断线的风筝，从半空中笔直地摔落在地，甚至因为力道太强，还弹起了半米。

“这，这怎么可能？”城墙上的将士们看到这一幕，直接吓傻了。

老人可是武神，是东文第一高手，怎么连萧王一招也接不住？

“把人扶起来，好生招待。”踹完了人，萧天耀在半空中转了个身，潇洒地坐回马上，脸不红气不喘，就好像刚刚踹人的不是他一样。

“这不不……不可能，你不可能这么强。”老人被金吾卫扶起来了，一张嘴就吐出一口血，一句话说得断断续续的。

“事实摆在面前，本王是清白的！”萧天耀轻抚左手拇指上的扳指，神色从容。

“你，你这个乱臣贼子，你不得好死！”老人根本不能接受自己败在一个年轻人手里，更不能接受败得如此惨。

“你死了，本王还活着。”萧天耀扬了扬手，示意金吾卫把人拖下去。

他没工夫跟个老学究讲道理，就是说服了老人又如何？老人能帮他吗？

不能！

所以，他也没有必要浪费时间了。

“继续攻城，明天天亮之前，本王要看到你们进城！”不给朝廷兵马回神的时间，萧天耀下达继续攻城的命令。

“是！”数万人异口同声的呐喊声，响彻京城上空，别说守城的将领，就是城中百姓也听得清清楚楚，他们知道萧王要打进来了！

不过，京中的百姓并不惶恐，对他们来说，不管是皇上打退萧王，还是萧王打赢皇上都一样，都是东文皇室。

只要不让南远、西武、北历的人攻进皇城，东文的皇帝是由哥哥做，还是由弟弟做，并不会影响他们的生活。

暴力、血腥的攻城战再次拉开帷幕，此刻的金吾卫像是打了鸡血，一个个不要命地往前冲，手中的巨木一下一下地撞向城门，城墙都在晃动。

“将军，我们现在怎么办？”与金吾卫的战意高昂不同，朝廷的兵马像是霜打的茄子，一个个蔫蔫的，根本没有一战的勇气。

没有救兵，宫中的武神都被萧王擒了，他们还有胜算吗？

“誓死守住城门！”守城的将领知道这一战他们没有胜算，可他们不能投降，他们要是敢投降开城门迎萧王入城，皇上绝不会放过他们的家人。

瘦死的骆驼比马大，皇上也许不是萧王的对手，可要对付他们这些人，却像捏死蚂蚁一样简单。

“可是，可是……”副将看着士气高昂的金吾卫，有泪流不出来。

他们现在就是死，也守不住城门呀！

如众人所预料的那般，在太阳从地平线升起的那一刻，城破了！

“降者不杀！”金吾卫冲进城内，整齐地排成两列，将中间的路空出来。

“嗒嗒嗒……”以萧天耀为首的武将们，骑着大马踏入城内。他们每一个身上都穿着天外玄铁所制的战甲，朝廷的兵马就是不要命了，也无法偷袭他们。

“放下手上的兵器，面对城墙而站。”金吾卫上前，缴了他们的兵器，让他们一个个站好。

大家都是东文人，金吾卫对待朝廷的将士们，没有羞辱他们，而给予了朝廷将士们最大的尊重。

朝廷的将士们心中的最后一丝不忿也放下了，配合地放下武器，一个接一个站好。

他们此举也代表了东文大部分官员与百姓的心态，在他们看来不管是萧王还是皇上，都是皇室中人，哪个当皇上他们都不在意，只要不是外族人当皇帝就好。

萧王一行人进城十分顺利，城中的百姓不仅没有阻拦，甚至有一些崇拜萧王的百姓，特意拿出家中的吃食送到街上，给金吾卫们食用。

“对不起，王爷有令，不得拿百姓任何东西。”虽然金吾们又饥又渴，可面对热腾腾的吃食，他们却一个个坚定地拒绝了。

有些人听劝，有些人不听劝执意要将食物和水塞到金吾卫手里，可仍旧遭到了金吾卫的拒绝：“我们不能收你的东西，哪怕是一口水也不行，这是军纪！”

“萧王治兵，果然不凡。”人群中，有几个明显与周遭百姓不同的汉子，低声交谈起来。

“萧王御下严苛，平日也不是刻薄、小心眼的人，我们要是支持他，事后应该不会被清算。”这些是世家派出来的人，他们不是普通的探子，而是世家嫡系。

事关家族的未来，只有亲眼看到了他们才会相信。

“回去商量商量，我们怎么做。”他们从昨晚就开始在城门口附近等着，等到天亮萧王带兵进来，看到萧王对待败军、对待城中百姓的态度，他们也就安心了。

皇宫内，侍卫第一时间将城门口的动向报上：“皇上，城破了！萧王已带着兵马进城了！”

“什么？”皇上一夜未睡，脸色十分难看，双眼布满血丝，听此噩耗，瞳孔猛地睁大，那样子就像是吃人的野兽。

“皇上，城破了，萧王已带兵朝皇宫冲来。”侍卫低着头，没有看到皇上恐怖的样子，但光听声音就知道皇上此时的样子有多么可怕。

“居然这么快，才一个晚上的时间就破了城？”皇上嘴唇发黑，打着哆嗦，几次想要抬起手，却怎么也抬不起来。

“朕，朕要见……”皇上哆哆嗦嗦地开口，可话还没有说完，便一头栽在桌子上，晕死了过去。

“来人，来人呀，皇上晕倒了。”一旁侍候的太监忙上前将皇上扶了起来，不断地喊人，“太医，太医，快宣太医。”

可好半天也不见有太医过来，急得太监大骂：“你们这群人瞎了眼吗？萧王是皇上的弟弟，萧王进宫了又如何，还能为难皇上不成？”

萧王不是外族，就是为了面子和名声，也不可能苛待皇上。

“回冯公公的话，小李子已经去太医院叫人了，太医还未到。”有个小太监怕被迁怒，忙出言道。

他说完没有多久，一个小太监就跑了进来：“冯公公，太医院没人，小人已让侍卫去宫外找太医了。”

“太医院怎么会没人？值守的太医呢？”冯公公气得大骂。

“这几天都是秦太医值守，所以太医院没有安排其他人值守。”这个当口哪有人愿意留在宫里。

“秦太医人呢？”

“秦太医被皇上关了起来，这……这要把人放出来吗？”小太监小心翼翼地问道。

冯公公犹豫了一下，点头道：“去，先把人带过来再说。”

很快秦太医就过来了，不过样子有点吓人，冯公公就被他了一跳：“秦太医，你这是怎么了？”

“无碍，皇上怎么样了？”秦太医的额头在之前被皇上砸破，流了不少血，而且没有得到及时的医治，以至血凝固后，伤口越发狰狞了。

“昏了过去，我唤了半天也唤不醒，秦太医你快看看。”冯公公忙让开路，让秦太医上前诊治。

还未诊治，秦太医的眼中就闪过一抹担忧。没有人比他更清楚皇上的病情，皇上的脑子里长了东西，根本受不得刺激。他本想等技术娴熟后，向皇上提议用开颅法医治，不想发生这样的事，让皇上的病情再次加重。

果然，秦太医一诊脉，就发现事情和他想的一样，甚至比他想的还要严重。

“冯公公，皇上这病……”

“皇后娘娘驾到！”

“贵妃娘娘驾到！”

“太子殿下驾到！”

“安王殿下驾到！”

“文王殿下驾到！”

“七皇子驾到！”

……

皇上晕倒的消息一传出去，宫里稍微有点能力的主子都来了，以皇后娘娘为首，站了一大排。

“皇上这是怎么了？”皇后娘娘脚步凌乱，一脸着急，头上不见一根珠钗，长发披散在背上，想必是刚起来就急匆匆地赶了过来。

周贵妃比皇后娘娘好不到哪里去，显然是一夜未睡，发髻松乱，身上的衣服也是皱巴巴的，一进来就扑到皇上的床前：“皇上，皇上你醒醒呀，皇上……”

周贵妃这一哭绝对是情真意切，半丝不掺假。她得到了消息，萧王已经打进来了，这个时候皇上要是倒了，她怎么办？

“父皇，父皇……”太子、文王、安王与七皇子也不遑多让，一个个又哭又叫，太子尤其哭得凄惨。他已形同废人，之前还狠狠得罪了林初九，现在萧王得势，他还有好日子吗？

秦太医跪在一旁，行完礼后，说道：“回皇后娘娘的话，皇上脑疾发作，病情加重，怕是，怕是……”

偌大的宫殿一瞬间静悄悄的，周贵妃像是被人定住一般，连哭都哭不出来。

秦太医话中未尽的意思，在场的人都明白，如果是放在平时，得知皇上不好，他们面上虽伤心，心里肯定是高兴的。

皇上不好了，皇位才能空出来，他们这些做皇子的才有机会上位。

可是现在呢？

萧王的大军已破城而入，这个时候皇上不好了，他们怎么办？

“怎么办？怎么办？皇上……你好狠的心，你让臣妾怎么办呀！”周贵妃回过神，趴在皇上身上，哭得更伤心。

她这是真伤心了。

“秦太医，父皇他……”太子哆哆嗦嗦地问道，眼神闪烁，悲喜难辨。

现在的他，也不知是该高兴还是悲伤，依他的情况就是没有萧王叛乱的事，也不可能坐上皇位。可他毕竟是名正言顺的太子，如果萧王想要名声的话，他说不定还能捞个皇帝当当。即便只是傀儡皇帝，他也不在乎。

“殿下，皇上他，皇上他……怕是好不了了。”秦太医比在场的所有人都为皇上担心，他是皇上的心腹，给萧王下药的人是他，给太子下药的人也是他，要是皇上倒了，他也就活到头了。

“秦太医，怎么会这样？父皇的身体不是一直很好吗？”萧子安也许是众皇子中，唯一一个真心担忧皇上生死的人。

“皇上一直有脑疾，不宜动怒，最近发作得尤其频繁，臣想了许多办法也控制不住病情，这次萧王的事引得皇上肝火大动，以至于……”秦太医重重地叹了口气，没有再往下说。

大家都是聪明人，都知道秦太医的意思，只是现在这个情况却没有一个人敢说出来，就是愚蠢如太子也不敢嚷着说：“萧王害得皇上昏迷不醒。”

就在众人静默不语时，侍卫急匆匆地跑了进来，一脸惶恐地大喊：“不好了，不好了，萧王带人进宫了，离宫门只差数百米。”

“什么？萧王来了？”

“萧王来了，他居然带兵进宫，他要做什么？”

“萧王来了，要怎么办？要怎么办？”

周贵妃和太子一听到这个消息，吓得大喊大叫，萧子安与大皇子虽然没有吭声，可脸色却十分难看。

唯有皇后与七皇子一脸平静，两人像是局外人一般，站在殿内离皇帝远远的，冷眼看着其他人又哭又喊。

“萧王带兵进宫，他会不会杀了我们？”周贵妃一想到那个可怕的后果，就忍不住哆嗦：“皇上，皇上……你快醒醒呀，萧王带兵进宫了，我们要怎么办呀！”

“父皇，父皇，你快醒醒呀！”太子虽然做着萧王立他为傀儡皇帝的梦，可听到周贵妃的话又害怕了。

当初他可是差点害死林初九，萧王叔会放过他？他兄弟众多，就算萧王要立傀儡皇帝也不一定能轮到他。

还是那句话，当你无用时，你连被人利用的资格都没有。

危机即机遇，对太子、周贵妃来说，萧王带兵进宫是危机，因为萧王掌权后，他们定然无法保证现在的生活及地位，可对大皇子来说，却是一个机会。

大皇子见皇后不吭声，三皇子一心关心皇上的病情，周贵妃与太子毫无头绪，心里明白他的机会到了。

“父皇，儿臣绝不会让萧王带兵进宫，儿臣这就去召集兵力，共同抵抗萧王！”这是夺兵权的最佳时机，他不想错过。

不管最终是谁上位，只要有兵权在手，他就是安全的。

大皇子说完，转身就要往外跑，太子不是蠢的，当即反应过来，忙挡住大皇子的去路：“子文，本宫是太子，此事就交给本宫好了。”有兵权，就是萧王也不能轻易弄死他，实在不行他带着手下的兵马逃出城，说不定还能遇到援兵，杀回来。

“子安，子安……快，快去找你大舅舅，让他带兵进宫护驾。”谁都不是蠢的，太子能反应过来，周贵妃自然也能明白。

萧王不是外族，他同样是皇族，就算日后萧王登基，他也不可能把东文的大臣都杀尽，如果他们手上有兵权，至少有与萧王抗衡的能力。

京中的兵马虽不多，可整合起来也有数万人。有这数万人在手，再加上皇子身份，想要东山再起不是没有可能。

太子、文王和周贵妃都看到了机遇，三人你争我抢，可是他们都晚了一步！

一直做局外人的皇后见三人扭打起来，当即毫不客气地呵斥：“都给我住手，你看看你们像什么样子！”

“皇，皇后娘娘！”虽说皇上并不喜欢皇后，可皇后的威压还是很重的，一旦皇后发怒，就是周贵妃也怯了，只得乖乖地住手。

当然，她就是不住手也不行，她一个女人哪是太子与文王的对手。

文王是武行，以一敌二也极轻松。不过太子与周贵妃松手了，他也不好再战，稍稍收拾了下衣服，文王不客气地道："母后，萧王的兵马就要进宫了，请母后容许儿臣集结兵力，抵抗金吾卫。"

说完，也不管皇后怎么回答，转身就要走，可刚走没有两步，就听到皇后下令："拦住他！"

"咚咚咚……"门外的侍卫身着重甲冲了进来，挡住文王的去路："文王殿下，请留步。"

"母后，你这是什么意思？"文王的脸色微变，隐隐有种不好的预感。

莫非，宫廷已落到皇后手里？

"皇上昏迷前，已将一切事务交到本宫手里，除朝政外所有的事务，都由本宫全权处理。"皇后扶着七皇子的手，走到主位上坐下，"你们现在谁都不能出宫。"

"你，你什么意思？皇上不可能这样对我！"周贵妃第一个不信，她是皇上的枕边人，比任何人都清楚皇上对皇后的态度。

皇上敬皇后，甚至还有点恐惧皇后，但绝对不会信任皇后，给皇后权力。

周贵妃坚信皇上不会将权力交给皇后，更不会让皇后全权处理宫中事务，可是那有什么用？

皇后已经掌控了局面，宫中所有的侍卫都听皇后的命令。

文王想要反抗，皇后直接下令，将人关进大牢。太子想要捞好处，皇后让人把他"请"下去休息。周贵妃要闹，皇后不用开口，身旁的嬷嬷便上前，狠狠地甩了周贵妃两记耳光。这两巴掌是让娘娘明白，宫里，皇后才是主子。

萧子安上前欲护周贵妃，却被侍卫强横地拉到一旁，老嬷嬷更是阴恻恻地劝说："安王殿下还是保护好你自己再说，贵妃娘娘毕竟是皇上喜爱的妃子，皇后娘娘不会拿她怎么样。"

"子安，子安，不要管母妃，他们不敢要母妃的命。"周贵妃的脸被打得红肿，心中又惧又怕，拼命地想要挣开宫人的钳制，却怎么也挣不开。

萧子安看了周贵妃一眼，又看看四周的侍卫，闭上双眼，朝皇后说道："子安明白，多谢皇后娘娘教导。"百无一用是书生，就算他贵为皇子又如何，在侍卫的蛮力下，他什么也做不了。

"本宫就知你是个聪明人。"皇后满意地点了点头，戴着护甲的手指轻轻扬起，一脸温和道，"子安，你是皇子，这个时候该担起皇子该担的责任。"

"你要做什么？你要我的安儿做什么？"萧子安还未开口，周贵妃就先叫了起来。

虽然皇后什么也没有说，可直觉告诉她，不是好事。

"贵妃妹妹你多心了，本宫不过是一介女眷，这个时候能做什么？"皇后斜眼扫了周贵妃一眼，眼露不屑。

就在此时，又有侍卫进来通报："皇后娘娘，萧王已抵达宫门口，大军已就地解散，萧王请皇上开城门，准他上殿申辩。同时，文武大臣亦随萧王一道，在宫门外等候。"

这就是萧天耀，先把你打痛了，打得没有反抗之力，再出来与你辩解。

"知道了，告诉他们，皇上突发旧疾，宫里有点乱，让萧王与大臣们稍等片刻。"皇后娘娘轻轻点头，一派从容，完全没有被萧王逼宫的惶恐。

周贵妃原先只当皇后机敏，先一步掌控了内廷，看到这一幕她脑中有了一个大胆的猜测："你，你与萧王勾结？"

一定是这样的，要不是这样皇后怎么可能反应这么快，萧王又怎么会不带兵攻打皇宫？

"贵妃请慎言。"皇后不高兴地皱眉，"皇上一直夸贵妃娘娘玲珑心，解语花，怎么今天频频失误，连话都不会说了？"

"皇后，你别顾左右而言他，你先回答我的话，你是不是跟萧王勾结了？你这么做对得起皇上吗？你有没有想过后果？一旦萧王登基，你以为你还能做皇后，做皇太后吗？"周贵妃已经认定了皇后与萧王勾结，对着皇后又骂又叫。

皇后却是不理会，等到她骂够了，才徐徐开口："贵妃妹妹，萧王他带兵攻城只为证明自己的清白，你日后切莫再说什么萧王登基的话了。你要知道，污蔑一品亲王，就是本宫也保不了你。"

皇后说完便站了起来："时辰不早了，子安你快去换朝服，去宫门口迎你萧王叔。本宫也去换朝服，稍后会在大殿上等你们。"

显然，主动权仍旧在皇后手里，萧子安只是被皇后推出来的一个傀儡。萧子安可以选择不配合，可别忘了周贵妃在皇后手里。

看了一眼被宫人死死扣住的周贵妃，萧子安闭上眼，重重点头："儿臣领命！"此时他们母子二人根本不可能是皇后的对手。

"子安，子安……"周贵妃看着萧子安走出去，不停地大喊。

她就是再蠢也知道她连累了儿子，以后凡是个人都知道，第一个向萧王低头，为萧王打开宫门的人就是她儿子。

以后，以后……她的儿子已经没有以后了！

"母妃你放心，儿臣不会有事。"萧子安倒是出奇地平静，他原本就没有争皇位的心思，便是名声坏了也无妨。

"安儿，安儿，娘对不起，对不起你。"周贵妃哭得伤心欲绝，眼泪鼻涕糊了一脸，没有一丝美感。

这一次萧子安没有回头，而是独自一人，在侍卫的注视下，一步步走出宫殿。

“安儿，安儿……”看到萧子安的身影消失在眼前，周贵妃瘫倒在地。

皇后走过来，在她身边停了一下：“贵妃妹妹，你儿子是个聪明人，本宫也不屑跟个女人计较，你就留在这里好好照顾皇上吧。”

皇后说完，牵着七皇子的手继续往外走，从头到尾没有看皇上一眼，七皇子亦是如此。

旁人也许没有注意，秦太医却将这一切看在眼里，扭头看了一眼昏迷不醒的皇上，秦太医突然为皇上感到庆幸。

庆幸皇上昏死了过去，不知道他的儿子根本没有把他当父亲，也不知道他的结发妻子在他身处绝境时，与他的敌人勾结。

皇后带着七皇子回到鸾凤殿，在宫人的服侍下，快速换上了正装，七皇子同样换上了皇子的正服，紧绷着一张脸，看上去严肃极了，也颇具威严。

“我的皇儿长得真好。”皇后摸了摸七皇子的脸，一脸欣慰。

七皇子板着一张脸，没有吭声。

皇后也不介意，轻声问了一句：“子墨，怕吗？”

“不怕，母后你放心，我绝不会让你失望的。”明明是小小的人，却如同成人一样严肃，让皇后感到欣慰的同时，又忍不住心酸。

皇后突然蹲了下来，将七皇子抱在怀里：“子墨，是娘对不起你，让你小小年纪就背负这么多。娘也不知道这次与你萧王叔合作到底是对是错？”

萧天耀是个狠人，她与萧天耀合作就是与虎谋皮，但凡有一丝可能，她都不想与萧王合作，可偏偏她一点办法也没有。

“母后别怕，我会保护你的！”七皇子的眼中闪过一丝慌乱，可很快就镇定下来了。

母后只有他了，他必须坚强，哪怕他面对的人是萧王叔，也不能退缩。

……

萧王带兵破城而入，到了宫门口却解散兵马独自进宫，满京城的人都不懂他这么做的用意，直到三皇子萧子安亲自来宫门口相迎，满朝大臣才明白过来。

原来，萧王早有准备！

“萧王叔，皇后娘娘已在大殿等候，请……”萧子安神色淡漠，无喜无悲。

萧天耀看也没有看他一眼，径直往宫内走去，身后的大臣们见状，也一一跟上。

有几个大臣故意落后几步，走到萧子安身边，低声询问皇上怎么了？

可惜萧子安什么也没有说，只是摇了摇头。

众人无奈，只得忐忑不安地随萧王进殿。

大殿上，皇后娘娘牵着七皇子站在龙椅旁，龙椅的位置空空的，显然皇上是不会出现了。

不等众人开口问，萧天耀一进大殿，皇后就开口道：“圣上龙体欠安，萧王一事圣上已交由本宫处理，不知各位大人可有异议？”

“皇后娘娘，太子殿下呢？”有一白发苍苍的老臣，站出来问道。

他并不是针对萧天耀，他只是注重规矩。

“太子殿下自上次在庙里受惊，就一直处在半癫狂状态，并未清醒。”皇后说这话时，眼神落在周将军身上。

当日之事虽然隐蔽，但消息稍微灵通些的人都知道发生了什么事。

当日，虽是太子酒醉强迫了周家小姐，可事情真是如此吗？恐怕相信的人没有几个。

“咳咳，好在有安王与七殿下在，太子殿下还是早些养好身体为重。”右相轻咳一声，发表了自己的意见。

而他的话也代表了世家的意见，世家虽然没有明着站在萧王这边，却也没有为皇上说话。

世家发了话，朝中半数以上的臣子都得附和，至于武将的意见……

有兵权的武将不在朝中，在朝中的武将有几个没受过萧王恩惠的。现在的情况明显对萧王极有利，他们怎么可能提出反对意见。

皇上不在，众朝臣也不需要行跪拜大礼，给皇后、七皇子行过礼后，太监搬来凤座，请皇后娘娘坐下。

“皇后娘娘，不知皇上可有交代，萧王一事如何处理？”皇后一落座，便有懂眼色的大臣站了出来。

皇后清冷地道：“皇上说不能冤枉一个忠心的臣子，也不能放过一个心存不轨的恶人。萧王不是说他是奉皇上密旨才带兵进京的吗？那就让他拿出密旨来。”

“萧王不是说，他的王府中并没有那么多金银吗？是户部与刑部官员栽赃陷害吗？那就命人重新核算国库存银与萧王府的财物。”

“萧王不是说，他手下的兵马常年粮草补给不足吗？那就让人重新核算这几年户部与兵部划拨的粮草数量，待到数字出来，萧王说的是真是假，明眼人自能看出来。”

皇后一番话说得义正言辞，可却将皇上的命令全都推翻了，户部、刑部、兵部的三位尚书吓得满头大汗，三人不约而同地站出来，异口同声道：“娘娘，万万不可！”

“哦？有何不可？”皇后娘娘语调不变，可明眼人都听得出来她生气了。

“娘娘，萧王叛乱一事乃是皇上定的案，此事证据确凿，萧王带兵攻城，又派兵阻拦救兵进城乃是铁一般的事实，岂容他辩驳？”户部、刑部、兵部三位尚书当然知道，现在他们说这些没有用，可要不说这些，他们死得会更惨。

真要较真去核算，萧王肯定是清白的。到时候有错的定然不是皇上，而是他们这些具体做事的，是他们栽赃陷害萧王，到时候他们可就不是杀头那么简单了。

“皇上虽定了案，但皇上所得到的消息都是你们说的，你们现在与萧王各执一词，到底谁真谁假，谁又知道？本宫说了，皇上不会放过有异心的人，但也不会残害忠心的臣子，事情到了现在这个地步，萧王有没有叛乱不是凭你们单方面说了算的，萧王既然要核实，自然要给他这个机会。”皇后不疾不徐地开口，论气度与威严，不会比皇上弱太多，一众臣子面对皇后也是小心翼翼的。

“娘娘，臣要见皇上！”户部、刑部、兵部尚书知道，皇后肯定是站在萧王那边，除非皇上出来主持大局，不然局面一定会一面倒地倒向萧王。

“圣上龙体欠安，无法见你们。”

“娘娘，圣上昨天还好好的，怎么今天就龙体欠安了？莫非娘娘不许臣等见皇上？娘娘这么做，有何居心？”左右都是死，三位尚书也管不了那么多了。

“皇上身体如何不是本宫说了算，几位不信可以问秦太医。”她原是准备对皇上下手，却不想，她还没有出手皇上就倒了，可见老天爷都在帮她。

很快，秦太医就被带到大殿上。秦太医已经收拾干净，看上去精神不错，只是额头上的伤疤一时半刻消不了，看上去很明显。

“秦太医，皇上怎么了？秦太医，你有什么话尽管说，这是大殿，没人能动你。”三位尚书急切地看着秦太医，话里暗示的意味十足。

秦太医苦笑一声：“回几位大人的话，圣上的脑疾发作，短时间内怕是无法处理朝政。”他倒是想让皇后和萧王背黑锅，然而，皇上确实是脑疾发作，这事没有办法作假。

“脑疾发作？圣上什么时候有脑疾了？”皇上时常头痛一事，知道的人并不多，就算有几个臣子偶尔见到，也不会多想。

事多，公务繁杂，头痛再正常不过。

“圣上患脑疾有一段日子了，最近发作频繁，昨日更是晕了过去。”秦太医不敢添油加醋，也没有掩饰什么，至少有心眼的人立刻就明白，皇上的脑疾会发作，十有八九跟萧王有关系。

可是，就算有关系又有什么用？

皇上被萧王气得脑疾发作，说出来对皇上也无利。旁人不会说萧王多么可恶，只会说皇上没有帝王该有的胸襟与气度。

皇上脑疾发作是真，无法处理公务是真，那么把事情交给皇后也就合情合理了，三位尚书就是再说什么也无用了，只能眼睁睁地看着皇后下旨，命人重新彻查萧王叛乱一事……

第九章　覆手定乾坤

上面一句话，下面跑断腿。

不管萧王与皇后联手做了什么，也不管重查萧王叛乱一事会牵连多少人，在皇后将话说出口时，事情就已成定局，除非皇上醒来，除非大军进城拿下萧王，不然此事不可逆转。

然而，此时皇上昏迷不醒，太子被架空，周贵妃被软禁，援军被金吾卫挡在城外，寸步难行，事已至此，就是老天爷也无力逆转。

萧王占了上风，户部、兵部和刑部这些为皇上卖命的人自然倒霉了。

在萧天耀拿出密旨，证明他是奉旨带金吾卫回京后，皇上身边的太监被关了起来。

兵部、户部和刑部三位尚书也被当场架空，皇后派人清点封存在户部的萧王府财物，清查兵部与户部近几年给金吾卫的粮草补给。

“林相何在？”把重点的几个人拎出来后，皇后故作诧异地问道。

“回娘娘的话，皇上之前召林相进宫，此刻林相正在清安殿。”皇后身后的太监大声说道。

显然，他这话并不是说给皇后听的。

“既然林相已在清安殿，便把这三位大人也送过去，好好保护他们。”毕竟是朝廷命官，皇后在没有证据的情况下，她无权关押三位尚书大人，只能将其看管起来。

“奴才遵旨。”太监躬身领命，后退数步，招来侍卫将三位大人带走。

三位大人自是不愿，张嘴想要说什么，扭头看到萧天耀，又一个个闭上嘴。他们都是聪明人，他们清楚皇后不过是一个摆设，真正拥有话语权的人是萧王，他们此刻对着皇后大骂，一点用处也没有。

“皇后娘娘，既然本王是奉旨进京，萧王府的封条是不是可以撕了？”事情还未查清，萧天耀先要皇上把萧王府外的人撤走，此举可谓是狠狠地打了朝廷的脸，可在场的人却不敢吭一声，皇后甚至面带微笑地道：“当然可以。侍卫下手不知轻重，不如本宫先让工部派人去修整一番，如何？”

“不必，本王自会处理。”萧天耀冷冷地拒绝，虽说以后他住在萧王府的时间少，可也不会容许旁人插手他的地盘。

“在王府未修整前，萧王住哪里？本宫记得萧王府隔壁有一座院子空着，不如萧王先在那里暂住一段时日？”皇后似乎看不到萧王有多么嚣张，不仅不生气反倒纵容。

萧天耀没有及时回答，而是意味深长地看了皇后一眼，眸间闪过一抹寒意：“不必，本王的王妃还在城外，本王自是要出城，待到事情查清，本王再回京。”

敢往他的府邸伸手，皇后还真是有胆。

“既然如此，本宫就不勉强了。”皇后的笑容越发温婉，可只有她自己知道，她的手心有多疼。

好不容易熬倒了皇上，又要面对位高权重、咄咄逼人的萧天耀，天知道她心里有多恨。

“如若无事，本王先告退了。”萧天耀转身之际，扫了殿中文武百官一眼，顿住身形，转身道，“皇后娘娘，本王听闻刑部最近冤案、错案频发，皇后娘娘还是尽快派人查一查的好。”

萧天耀就差直接说，让刑部把与他相关的官员都放了。

“天黑之前，本宫会让人查明。”不管心里如何想，面上皇后都只能配合。

“本王等娘娘的好消息。”这一次萧王真的走了，在众目睽睽之下，潇洒离去。

皇后看着萧天耀的背影，脸上的笑容越发温和：“皇上龙体欠安，无法处理公务，大事就交给萧王定夺，小事就由右相决定好了，如若没有其他的事，各位大人便散了吧。”

皇后并不急着掌权，她很清楚只要萧天耀在东文一天，她就不可能真正掌控东文。

“臣等告退。”事情已成定局，众位大人自不会多说，一个个躬身退下。

萧天耀一出宫，亲卫便牵着他的马上前：“王爷！”

萧天耀接过缰绳，利落地翻身上马：“你们留在京城，有人不轨，可先斩后奏！”

萧天耀没有减低音量，与其说是给属下下令，不如说是在警告京中那些不安分的人。

“卑职领命！”萧天耀手下的人，更不会刻意降低音量，四个字说得中气十足，震耳欲聋。

萧天耀一言不发，打马离去。此时街上空无一人，萧天耀见状，直接在京中驾马奔跑起来，朝城外赶去。

傍晚时分，萧天耀赶到金吾卫大营，将马交给迎接他的副将，边走边道："事情如何？"

"回王爷的话，一切顺利，援军已全部拦下，伤一千人，其余人皆降。"副将挺着腰板，精神极佳。

"嗯，王妃呢？"之前走得匆忙，也不知林初九怎么样了。

"王妃在营中休息，不曾外出。"副将如实说道。

萧天耀摆了摆手："退下吧。"

林初九所在的营帐外面有四名金吾卫把守，这些人不是为了监视林初九，而是为了保护她，萧天耀一过来就把人赶走了："都退下！"

林初九在营帐内听到萧天耀的声音，立刻放下手中的笔，起身相迎。待到回过神，她已经走到门口，萧天耀也进来了，这个时候她要再折回去，那就太虚伪了。

"王爷，你回来了！"为了不让自己尴尬，林初九努力扯出一抹笑。

"嗯。"萧天耀的眼中闪过一抹喜意。

他说过，他对林初九的要求一向不高，只要林初九尽到妻子该尽的责任就好，比如就像此刻一般，他回来，她起身相迎。

满意林初九表现的萧天耀解下披风，随手一递，身体比脑子反应更快的林初九想也没有想，就将披风接了过来，然后她就呆住了！

我这是在干什么？林初九一拍脑门，忍不住在心里嘀咕。

"怎么了？"萧天耀脚一顿，转身就看到林初九盯着他的披风犯痴。

萧天耀的嘴角不自在地扯了扯：这女人，就这么想他？就不能含蓄一点？盯着他的披风花痴，真是够了！

"本王的披风上有花吗？"萧天耀没好气地白了林初九一眼，他人就站在这里，林初九居然盯着他的披风花痴，简直是没有眼光。

"我只是觉得这件衣服有点眼熟，对，就是很眼熟。"林初九尴尬不已，飞快地扯了一个不是理由的理由。

"眼熟？"萧天耀一脸狐疑地看着林初九，"本王的披风都是这个颜色，你天天见，还眼熟什么？"这么离谱的理由林初九也能想出来，真是越来越蠢了。

萧天耀的唇角，不自觉地往上扬。

"呃……"林初九词穷了，迎上萧天耀漆黑的眸子，更不知道说什么了，一时间尴尬无比，一脸不自在。

萧天耀淡定地移开双眼，掩去眼中的得意："发什么呆，还不快把衣服挂起来。"敢对着他的衣服花痴，却不敢看他，这女人果然是口是心非的家伙，他懒得跟她计较。

"好，我这就去。"林初九飞快地应了一声，也不管乐不乐意，先化解眼前的不自在再说。

挂好衣服，林初九转身，就见萧天耀已在主位上坐下，不客气地道："给本王倒杯茶。"

林初九顿了一下，扯出一抹笑："好！"

"王爷，喝茶。"林初九将茶水放在萧天耀手边，正欲收回手，萧天耀突然伸手去拿茶杯，两人手指相触。酥麻的触感如同触电一般直击林初九的心脏，林初九僵在当场，萧天耀的手亦顿了一下，两人同时看向相碰的手指，说不出来是尴尬还是欢喜。

林初九最先反应过来，飞快地收回手，可刚一动就被萧天耀给握住了："手指怎么了？"

林初九的手指有数道细小的划痕，看上去像是被利器割伤的。

"不小心割伤的。"萧天耀的手很大，而且很温暖，被他握住手，林初九十分不自在，可试了几次也没有把手抽出来，林初九只得忍着。

"什么时候弄伤的？你不是这么不小心的人。"虽说两人真正相处的时间并不多，可萧天耀很清楚林初九有多在乎她的双手。

如果脸和双手同时受到袭击，依林初九的性子，一定会选择保护双手。

"在影月楼，想试着弹琵琶，结果被琴弦割伤了手。"林初九不觉得这有什么好隐瞒的，便直接说了出来。

而且，依萧天耀的脾气，她要是不说出来，绝对不会松开她的手。

"以后，不要再弹了。"萧天耀没有多话，只是冷冷地下令。

林初九本来就不打算再弹什么琴和琵琶，自然老老实实地应下，见萧天耀仍旧没有松手的打算，林初九只得开口道："王爷，你松松手。"握这么紧，她的手都疼了。

"坐下！"萧天耀瞪了林初九一眼，手腕一动，林初九尖叫一声，身子不受控制地朝萧天耀倒去。

"别叫。"萧天耀没好气地呵道，顺手将人固定在腿上。

"王爷，你……"林初九挣扎了一下想要起来，却再次被萧天耀按了回去："不想本王就地把你办了，就别动！"

"你……流氓！"林初九的脸瞬间通红，可到底是不敢动了。

"本王流氓也是你自找的。"萧天耀狠狠地瞪了林初九一眼。

"我……"林初九一脸气闷，可对上萧天耀黑漆漆的、好似要吃人的眸子，却瞬间没了底气，不敢再吭一声。

“乖乖别动，本王给你上药。”萧天耀见林初九气鼓鼓的，敢怒不敢言，眼中闪过一抹笑意。

识时务者为俊杰，他的王妃一向是识时务的人，着实让他忍不住想要逗弄一番。不过，萧天耀一向知道什么叫见好就收，林初九虽然识时务、够聪明，不会硬碰硬，可她也有底线。一旦触及底线，她就像茅坑里的石头一样又臭又硬，固执得能把圣人逼疯。

逗小王妃这种事，偶尔为之、点到即止是情趣，真要像之前那般，把人逼到城外，或者跟他冷战，那就不是情趣，而是自寻麻烦了。

毕竟，把林初九惹毛了，最后要去哄林初九的人还是他。

从抽屉里拿出药膏，萧天耀十分仔细地将林初九的双手擦干净，连指缝也不曾放过，仔细程度，就好像在擦拭上等美玉，让林初九只觉着一阵恶寒，总觉得萧天耀把她的手指当成了美食，随时会张嘴吃掉。

“王爷，只有两根手指受伤了。”心里发毛的林初九，实在受不了萧天耀的速度，还有他的慢动作，忍不住出言提醒。

她的双手白皙水润，伤痕十分明显。萧天耀擦完受伤的手指后，却没有停下来，握着她的其他手指，继续擦拭，动作仍旧是仔细又温柔，让她有一种被变态杀人狂盯上的错觉。

“嗯。”萧天耀应了一声，却仍旧我行我素，连个眼神也没有给她。

林初九心里更慌了，恨不得离萧天耀远远的，可不知萧天耀做了什么，她明明没感觉到异样，身上却使不出力气，根本无法脱离萧天耀的禁锢。

好在只有十根手指，萧天耀的动作就是再慢也有结束的时候。

当萧天耀将帕子放下时，林初九狠狠地松了口气。总算是结束了，被萧天耀专注地盯上，简直比上刑还要可怕。

林初九高兴得太早了，萧天耀将她的手指擦干净后，又拿出一根鹅毛，用鹅毛的羽毛蘸药，然后涂在林初九的伤处。

羽毛之轻可想而知，遇到烫伤严重的病人，林初九也会用鹅毛蘸药给人上药，她每次给人上药时再小心也会用上力气，不然不好上药，可萧天耀却不！

萧天耀几乎没有用力气，任由羽毛轻轻扫过她的手指。

羽毛与指腹接触的刹那，林初九全身绷紧，身子不由自主地战栗；当羽毛的尾端划过伤口时，那种酥麻痒痛的感觉让她喉咙发痒，完全无法思考。

就好像那根羽毛不是从她的指尖滑过，而是从她的心尖滑过，令她全身发颤，身子发软。

“你能不能……”这种感觉太陌生了，陌生到让林初九害怕，林初九忍不住出口提醒，刚开口却被萧天耀打断了：“别打扰本王上药。”

“我就是提醒你用点力。”不然，真的太怪了。

“伤口会疼。”萧天耀一本正经地找理由，鹅毛再次蘸上药，拂过林初九的指尖。

“别……”酥麻战栗的感觉再次袭来，林初九发现自己全身发软，身上热得不行。

“嗯，很快，再忍忍。”萧天耀面上严肃得紧，眼中却满是笑意。

林初九就在他怀里，林初九有多么不自在，他当然知道，可他就是爱看林初九不自在的样子，怎么办呢?

“我……”林初九真的快哭了，她手指上是有伤，可伤得并不深，不需要上药就能好，萧天耀这是要闹哪样?

而且，他真的是在上药而不是在调情？为什么她感觉自己此刻就像是一滩泥，瘫在萧天耀的怀里，连挣扎的力气都没有?

“快好了。”萧天耀不疾不徐，一连给林初九刷了三遍药，直到林初九脸颊飞红，双眸含水这才心满意足地收手。

果然，动情后的林初九顺眼多了。

林初九暗暗松了口气，正庆幸酷刑结束，却见萧天耀从抽屉中拿出一卷绷带。

“你要干什么？”她就是伤了两根手指，萧天耀这是闹哪样?

“缠绷带呀，上好药不需要缠绷带？”萧天耀一副看白痴的表情看着林初九。

林初九没好气地白了他一眼：“这点伤，根本不需要。”连药都不用上，最多两天就能好了。

“需要，手指上有药，会碰脏衣服。”萧天耀一本正经地解释，不容林初九拒绝，直接把人按在怀里，缠上绷带。

林初九抗议无效，只能眼睁睁地看着萧天耀，把她的两根手指包成大萝卜。一层一层又一层，直到把一卷绷带全用完了，萧天耀才终于收手了。

林初九看着被包得奇丑无比又活动不便的手指，欲哭无泪，早知道这样，她早就自己上药包扎了。

“怎么了？不满意？本王给你重新上药包扎。”萧天耀见林初九撇嘴，十分民主地道。

林初九连忙摇头：“不，不，不，我很满意。”再让萧天耀给她上一次药，她铁定会忍不住揍人。

“满意就好，明天本王再给你上药。”显然，某位王爷玩起劲了，林初九默默地抬头，看了萧天耀一眼，没有回话。

萧天耀也不在意，继续道："对了，朝廷已经下旨，会重新彻查本王叛乱一事，没有意外的话，最多五天我们就可以回京了。"

"这么快？"林初九扭头，震惊地看着萧天耀，这才一天一夜，萧天耀就把皇上干趴下了？这也太牛了吧！

她还以为萧天耀这个时候回来，是为了调兵增援呢，毕竟萧天耀带去的人并不多呀！

"快吗？可能是皇上这次比较好说话。"等了一天，花了一晚上才破城，萧天耀完全不明白快在哪里，不过秉持着不与女人较真的原则，萧天耀没有多说。

"呵呵……"林初九没好气地翻了翻白眼，"皇上好说话，母猪都会上树了。"

"呃……"许是自己也发现随口扯的理由太不靠谱，萧天耀又道，"皇上病了，朝政落到了皇后手里！"

"皇后？怎么不是你？"林初九震惊了，她震惊的当然不是皇上的病，她震惊的是居然有人能从萧天耀的虎口夺食！皇后这是什么来头？

萧天耀的眼中闪过一抹尴尬，不过很快就恢复了镇定，说道："皇后是慈恩堂的背后主事者。"皇后的势力并不比他弱，在京城甚至比他还要强上三分。

在京城，他处处被皇上打压，他要安排人手进宫十分艰难。皇后却不同，别说皇上，就是他也不曾拿皇后当对手，皇后要背着他们做点什么，实在是容易的事。

"慈恩堂？皇后她……"林初九惊呆了，嘴巴大张，好半天都说不出话来。慈恩堂的事闹得有多大她是知晓的，她差点就死在慈恩堂的手上。

"没错，皇后就是慈恩堂背后的主子，她的亲信、奸细遍布东文，这次能将天藏阁赶出东文，慈恩堂出力最大。"萧天耀说话时，不着痕迹地观察林初九，生怕林初九不高兴。

当初，慈恩堂险些要了林初九的命，他现在跟慈恩堂合作，林初九应该不会生气吧？

"皇后她想做什么？"林初九眼睛瞪得大大的，仍旧处在震惊中。

至于林初九是否会生气，萧天耀完全是以小人之心度君子之腹了，林初九压根就没往这上面想。

"皇后似乎是中央帝国的人。"萧天耀知道的也不多，只从一些蛛丝马迹中发现皇后与中央帝国有关。

"还有，皇后中了毒，命不久矣，她正在寻解毒的办法。"萧天耀没有告诉林初九，皇后盯上了她，或者说盯上了她身后的林家人。

林家手中有一个秘法，据说可以以命抵命，而这也是林家在背叛圣元帝国后，能迅速在中央帝国立足的根本。

"所以呢？皇后的目的是什么？"林初九一脸茫然地看着萧天耀，是她漏听了什么还是萧天耀没有说完，为什么她还是不明白？

皇后是中央帝国的人，跟皇后要找解毒的办法，有什么关系？而这两件事又与他们有什么关系？

“想知道？”萧天耀微垂下头，看着怀中的林初九，视线落在她的红唇上，喉结不由自主地滑动。

他，很想念她的味道！

林初九点头，萧天耀见状冷硬的脸上浮出一抹奸计得逞的笑，严肃地道：“想知道，就亲本王一下。”

萧天耀目光平静，神色清明，没有一丝调笑与戏谑的味道。

“你说什么？”林初九恍然间以为自己听错了。

“亲一下，本王便告诉你。”萧天耀一本正经地说道。

林初九忍不住伸手摸了一下萧天耀的头：“王爷，你没有发烧吧？”好端端的，怎么会说这样的话？还一脸严肃的样子。

萧王不会是认真的吧？

“本王发烧了吗？”萧天耀脸黑了，抱着林初九的手不由得加重了力道。

这个不识好歹的女人，看不出他正在与她培养感情吗？

“王爷想必是累了，不如早些休息。”确定萧天耀没有发烧，没有病糊涂，林初九便想萧天耀肯定是累了。

指挥攻城，虽然只一天一夜也是劳心劳力的事。还有与皇后合作的事想必也不轻松，能在皇上和萧天耀的眼皮底下，借助慈恩堂建立自己的事业，皇后绝非良善之人。

“本王不累！”萧天耀盛怒之下，不由得再次加重力道。

这女人，生来就是气他的。

萧王下手不知轻重，林初九疼得直拧眉：“王爷，你能松松手吗？”这是要她的命呢？

“你！”萧天耀的脸越发地黑了，不过却也担心自己伤着林初九，到底是松了手。

林初九见状使了个巧劲，从萧天耀的怀里挣脱，因跳得太快险些摔倒在地，好在她身手还算敏捷，只踉跄一步便站稳了。

“就这么急？”萧天耀不曾想林初九会挣脱他的怀抱，待到人摔出去才反应过来，本来以他的本事伸手就能把人捞回来，可看到林初九慌张的样子，又收回了手。

“很急，我要去茅房，王爷你自便！”林初九不知萧天耀是何意，但直觉告诉她萧天耀不高兴了，忙装作肚子疼，捂着肚子就往外跑。

“这是……”萧天耀傻眼了，瞪大眼睛看着林初九，一时间也不明白林初九是在做戏还是真的内急，当他看到衣袍上的血迹，才恍然大悟，不由得哈哈大笑。

“倒是本王误会你了，没想到你是真急了。”萧天耀虽不曾与女子相处过，到底不是一无所知的男人，看到衣袍上的血迹，哪里不明白是怎么回事。

“难怪刚刚闻到了血腥味，本王还以为是自己身上的血腥味没有洗干净，原来……”萧天耀摇了摇头，一副哭笑不得的样子。

且不说萧王如何，林初九好不容易从“中邪”的萧王手中逃了出去，为免萧天耀起疑，哪怕并不内急还是往茅房跑了一趟，这一跑她就哭出来了!

裙子，她的裙子透了血迹!

林初九捂脸：“简直没脸见人了。”她就穿着这么一条裙子跑出来，不知多少人看到了。

林初九越想越郁闷，可又忍不住安慰自己：“幸亏是深色的衣服，幸亏此时天色尚晚，不然我真想找块豆腐撞死。”

“不对，就算旁人没有看到萧天耀也肯定是知道的，我当时可是坐在他身上。”林初九再次捂脸，也顾不得此处是茅房，蹲在那里懊恼不已。

之前不知道也就罢了，现在知道了她哪里好意思穿成这样出去，要知道这军中全是男子，要是让哪个士兵见到，她真的不用见人了。

“怎么办？怎么办？”就在林初九郁闷之际，茅房外传来一阵脚步声，林初九一惊，更是不敢动了。

这处茅房是萧天耀命金吾卫特意为她搭建的，平时只有她一个人会来这里，附近连个守卫的人都没有，这个时候会有谁来?

“嗒嗒嗒……”脚步声越来越近，林初九心有不安，取出一把小刀，站起来避到角落。

“咳咳……”来人轻咳一声，不用多说林初九就知道是谁了，当即收起小刀，可却没有出去。

“本王给你拿了一套衣服，出来取。”没错，来人便是萧天耀。给林初九来送衣服的萧天耀。

知晓萧天耀的来意，林初九连羞愧的力气都没有了，默默地从茅房里走出来。本以为会很尴尬，可此时外面一片漆黑，根本看不清彼此的表情，这才让林初九稍稍松了口气。

“多谢王爷。”林初九走到萧天耀面前，伸手接过衣服。

“快去吧，本王在外面等你。”萧天耀知晓女子面皮薄，这个时候倒没有笑林初九，将衣服递给林初九后，便转身背对着她。

不知为何，在看到萧天耀背影的刹那，林初九突然觉得鼻子发酸，有一种想冲上前抱住萧天耀的冲动。

她记得，她当时奉师父的命令去外面买药。那时候是夏天，她刚来潮根本不懂，染得衣服上全是血，十分明显，可那一次街上全是人，却没有一个人伸手帮她，那些人皆指着她笑，无论男女。

那时的她又羞又恼，一路哭着回到别院，也不知路上被多少人见着了。

后来，她每次来月事都会特别仔细，会提前备一套衣服以备不时之需。这次要不是因为萧天耀强制抱着她，她挣扎过度也不会沾在裙子上。

林初九抱着裙子，深深地看了萧天耀一眼，终是没有上前抱住他，只是默默地转身回到茅房，将脏了的裙子换下。

说是茅房其实并不简陋，毕竟是萧天耀特意命人为林初九建的，虽比不上王府的豪华，却也样样不缺，干干净净，时刻熏着香，并没有多大的异味。

打开萧天耀带来的包袱，看着里面从里到外全套的衣服，林初九捂住嘴，连忙抬起头，才没有让眼泪落下来。

“怎么会是你？”林初九看着眼前的衣服，心里说不出来是什么滋味。

说来也是可悲，她长这么大，明明有父母，但却跟没有父母的孩子一样。

生母死后，她独自一个人生活在别院，照顾她的仆人根本不把她当主子，在没有遇到师父前，她经常饱一餐，饥一餐。

连吃都吃不好，衣服就更不用提了，她身上的衣服都是外面买的，不是大了就是小了。在别院的时候，她经常看到附近的农妇，给自家的孩子缝补衣服，天冷下雨还有妇人拿着衣服，追在孩子身后哄着他们穿上。

那时候，她就在想，要是有人为她缝补衣服就好了，要是有人在天冷下雨的时候，给她送一件衣服，哄她穿上就好了。

许是一直以为得到的太少了，看到萧天耀送来的衣服，她心里竟有一股说不出来的感动，甚至忍不住想哭。

她等了二十多年，想了二十多年，终于有人给她送衣服，终于有人惦记她了。她不是没人要、没人疼的野孩子，她也是有人疼、有人爱的。

看着眼前的衣服，林初九冰冷的心渐渐温暖起来，可是一想到送衣服的人，一想到萧天耀当初的不信任与利用，林初九的心又再度冰冷。

如果，如果他早些如此该多好?

为什么非要等她心冷了，才想着来温暖她的心呢?

双手紧紧拽着萧天耀送来的衣服，林初九拼命压抑自己的哭声，任眼泪默默地往下流。

她要的从来都不多，只想要一个真心待她的人，让她不再孤单一人。以真心换真心，只要有人肯真心待她，她必定也会还以真心，绝不伤害利用对方，可偏偏就是没有。

没有真心待她的亲人，她名义上的丈夫，也不是真心待她。她名义上的丈夫，会逗弄她、会哄着她，也会对她好，可需要她牺牲时，也会毫不犹豫地把她推出来。

“人生果然无法圆满。”哭够了，林初九抬手抹掉脸上的泪，深深地吸了口气，努力扯出一抹笑，轻声告诉自己，“没缺胳膊没少腿，没病没痛长这么大，我比其他人强太多了，我不能要求太多，我已经很幸福了。”

而且，她还遇到了师父，学了一身本领，足够可以养活自己。

“这样就好，不管是谁，至少我的人生没有遗憾，我也是有人送衣服的孩子，我也是有人惦记，有人关心的孩子。”这一次，林初九是真心地笑了出来。

不管萧天耀这个男人多么恶劣，他今天做的这件事着实合了她的心意。

脱掉脏污的衣服，林初九面带笑容地换上干净的衣服，而后将污的衣服包了起来。

用力扯了扯自己的脸颊，林初九面色如常地往外走。

她当然知道哭过后脸上会有痕迹，可现在外面黑，萧天耀根本看不清，她不需要费心去解释自己为什么哭。

林初九一出来萧天耀就听到了，当即转过身，看着黑暗中的身影朝自己走来，萧天耀无声一笑。

“王爷，我们走吧。”林初九语气欢快，不复之前的悲伤。

“嗯。”萧天耀应了一声，待到林初九走到他身边，淡定地握住林初九的手，“天黑，本王牵着你走。”

林初九没有拒绝，却说了一句：“王爷，我刚刚上了茅房，没有洗手。”

萧天耀身子一僵，指关节绷紧，可就在林初九以为萧天耀会甩开她时，萧天耀却像是什么也没有发生一般，继续往前走，可林初九明显能感觉到萧天耀的手指僵硬，甚至步子也有些僵硬。

“哈哈哈……”成功捉弄到萧天耀，林初九一扫方才的郁结，乐得哈哈大笑。

萧天耀心里原本有点小膈应，听到林初九欢快的笑声，却觉得这点小脏污完全可以忍受，要是能让林初九天天这么高兴，他愿意天天任林初九捉弄。

一个真心高兴，一个真心纵容，两人之间竟是难得地和谐，也是难得地欢快，可是这份欢快只到他们回大营前。

萧天耀与林初九刚到大营，流白就急冲冲地走了过来，一脸凝重地道：“王爷，有大事！”

萧天耀一怔，松开林初九的手，林初九愣了一下，脸上的笑容凝住。

萧天耀总是这样，总是在她毫无防备的时候，松开她的手；总是在她以为得到温暖时，推开她。

萧天耀，简直浑蛋！

林初九怕自己会忍不住哭出来，第一时间别过脸，不去看萧天耀。

“初九，别任性。”萧天耀回头看了一眼，见林初九使小性子，只当林初九不高兴他要去忙，虽然沉着脸训了一句，可心底却是欢喜的。

初九从来没有表现出对他的在意，果然今晚培养感情是对的。

“王爷，你去忙吧。”林初九仍旧没有看萧天耀，她从来都不会因为萧天耀丢下她去忙而不高兴，她从来都不是任性、矫情的女子，她只是不想让萧天耀看到她脸上的泪痕，不想去解释为什么前一秒笑得欢快，此刻脸上却有泪。

“无论多晚，本王都会回去。”萧天耀面上严肃，心里却高兴得很。

林初九胡乱地应了一声，头也不回地往营帐走去，萧天耀没有急着走，而是站在原地目送林初九。

流白看到这一幕，终是忍不住：“王爷，王妃是不是有点恃宠而骄？”

流白说这话并不是给林初九上眼药，他是担心林初九把自己作死，忍不住先提醒一句，好将苗头掐死。

以前的林初九并不会这样，虽说流白在之前并不喜欢林初九，可也不得不承认林初九是一个识大体又聪明的女子。

可现在，即使林初九对他有救命之恩，他也要说一句，林初九确实有些过了。

莫不是林初九觉得在王爷心中不一般，所以开始作起来了？

这可不是好事，不管是对王爷还是林初九来说都不是好事。

王爷现在正稀罕林初九，林初九就是使劲作也会纵着她，可一旦因为林初九误了事，依王爷的性子就算不会怪林初九，也不会如以前那般重视林初九了……

第十章　翻手天下乱

萧天耀并非儿女情长的人，虽然不舍林初九，却不会因林初九而耽误正事，待林初九走远，萧天耀便与流白回到议事的营帐。

“什么事？说！”萧天耀一到营帐内，便是一脸严肃，眼中没有一丝柔情与眷恋。

这就是萧天耀，再喜欢一个女人，也不会因她误事。这也是流白为林初九担心的原因，他怕林初九恃宠而骄，失了萧天耀的心。

不过，现在不是说这些的时候。

“王爷，帝国大皇子传来消息，说是中央帝国对你极度不满，准备派人前来东文带你去中央帝国问话。”流白一脸凝重，将收到的消息呈到萧天耀面前。

东文是中央帝国的附属国，一旦萧天耀被带到中央帝国去问话，他在东文建立起来的势力与威望就会瞬间崩塌。

萧天耀接过信，展开，一言不发地看完，冷笑：“皇后果然是有心了。”

信是帝国大皇子轩辕挚寄来的，上面不仅写了中央帝国的动向，还提醒了萧天耀，东文有人与天藏阁联系，想让天藏阁出面给中央帝国施压，尽快把萧天耀带去中央帝国。

“王爷，是皇上吗？”轩辕挚的信并不是直接寄给萧天耀的，流白事先查看过，自然知道上面所写。

“不可能。”皇上还没有那个脑子，而且皇上也没有本事说服天藏阁出面，天藏阁一向不插手四国政务，更不会欠中央帝国人情。

“不是皇上还有谁？”流白一时怔住了，皱眉苦想。

萧天耀沉吟片刻后说道：“本王被带离东文，谁得利？”

流白眼前一亮，惊呼：“是皇后！”

“没错，就是皇后，而今也只有她能说服天藏阁出手。”萧天耀无声冷笑，手指轻敲桌面。

不得不说皇后这步棋走得妙，也走得正是时候。早一刻，晚一刻，天藏阁都不会应下，但在这一刻天藏阁绝对会应。

“她这是要把东文卖给天藏阁？”流白并不蠢，萧天耀一提醒他就想明白了。能打动天藏阁、让天藏阁破例插手四国的事，只有东文同意天藏阁重回东文，和以前一样建立分部。

“不过是和以前一样罢了，何来卖之说？”萧天耀眼中的冷意更盛。

天藏阁纵横四国多年，各国皇帝似乎都习惯了，也不觉得有什么不对，皇后也不觉得让天藏阁重回东文有什么不对，一切不过是照旧罢了。

但他绝不会允许，天藏阁这样的情报机构出现在他萧天耀的地盘上！

“皇后刚刚出手伤了天藏阁的探子，现在又与天藏阁合作，就不怕被天藏阁卖了吗？”想到皇后这段时间的动作，流白忍不住心寒。

默许周贵妃废了太子，与王爷联手架空皇帝，清除天藏阁的探子，现在又与天藏阁合作，想要把王爷弄走，皇后这盘棋下得可真漂亮。

“如果要选择，天藏阁必是选择皇后。”萧天耀并不觉得意外，他与天藏阁的仇恨摆在那里，天藏阁的人只要脑子没有坏掉，就不会任东文的大权落到他手上。

如果他执掌东文的大权，天藏阁将永远无法重回东文，在东文建立分部、安插探子。西武、南远与北历见东文没有天藏阁的探子，打探不到东文的消息，自己国家的消息却任人打探，必然会心生不满。这绝对是天藏阁不乐意看到的。

这世间之事不患寡而患不均，天藏阁绝不会允许这样的事发生，如果能重回东文，天藏阁就是与皇后合作又如何？

流白一时想不到这些，不过并不重要，流白只要知道自己该做什么就好：“我让人去盯着皇后与七皇子？”七皇子是皇后的命根子，只要七皇子在手，流白不信皇后还敢有什么作为。

可是萧天耀却想也不想就拒绝了：“妇人手段，本王不耻。”他不是皇上，他不屑用这种手段去算计，而且现在的他也没有必要用这种肮脏的手段。

萧天耀略一思索，便道：“去，把秦太医给本王找来。”

“是。”流白不懂萧天耀此举的用意，也没有问，转身便去执行萧天耀的命令。

流白走后萧天耀也没有停下来，提笔写了数封信，让隐卫将信送了出去，看了一眼时辰，萧天耀迟疑了一下，下令道："让人给王妃熬碗鸡汤。"他依稀记得鸡汤补身子。

亲卫兵愣了一下，才应是。

萧天耀揉了揉眉心，靠在椅子上，略略放松了下身体，不过片刻门外就响起脚步声，萧天耀立刻坐直，打起精神。

"王爷，秦太医带来了。"流白带着秦太医走了进来。

秦太医额头上的伤已经包扎好了，也重新换了一身干净的衣服，但颓态与低迷仍旧难掩。

"下官拜见王爷，千岁千岁千千岁。"秦太医再不复当初的张狂，一进来便老实地跪拜，眼中没有一丝神采，只有浓浓的不安与惶恐。

他当初仗着有皇帝撑腰，可没少寻萧王的麻烦。

"皇上现今如何？"萧天耀没有让秦太医起来的意思，他虽不是什么一得势就张狂的小人，可也不是圣人，旁人服个软求个饶，就会忘记曾经发生的一切。

"皇上至今未曾清醒，贵妃娘娘责怪臣医术不佳，已召其他太医为皇上诊治。"没有皇上撑腰，又无法让皇上清醒，可想而知秦太医现在有多艰难。

萧天耀并不与秦太医多说，直接问道："你有几成的把握，可以治好皇上的病？"

"王爷？"秦太医一脸震惊地抬头，完全不敢相信自己听到的。

他真的没有听错，王爷这是真的要治好皇上？

秦太医没有听错，萧天耀确实是想医好皇上，当然不是因为什么兄弟情深，不过是政治需要罢了。

皇上不缺皇子，萧天耀也不缺傀儡皇子，但皇上的几个儿子，除了太子外，每个都特别"上进"，特别有志气，就连年幼的七皇子也不是简单人物，想从皇子中挑一个当傀儡皇帝并不容易。

可要让萧天耀扶太子上位，萧天耀自认没有那么大的胸襟，能放任与自己妻子有"婚约"的男人，在自己面前蹦跶。

除此之外，还有一个问题，那就是任何一个皇子上位，都无法压制皇后。皇后是国母，不管哪位皇子继位，她都是皇太后，凭皇后的身份与手上的权势，除非萧天耀自己坐在皇位上，不然任何一个皇子都不是她的对手。

可问题来了，萧天耀现在不可能登基为帝，他要登基为帝，很多事情将做不了，也不可能像现在这么自由，想去哪就去哪。

为了不让皇后做大，为了压制皇后，萧天耀只得让秦太医把皇上医好，把皇上放出来。左右经此一事，皇上的心腹已被他清干净，皇上就是重新坐在皇位上，也只是一个傀儡，顶多可以陪皇后在宫里斗斗，想要染指外面的权力，完全没有可能。

秦太医确定自己没有听错，萧王是真的想要医好皇帝，小心地回道："皇上的病需要开颅医治，臣此前从来不曾试过，只有两成的把握。"正是因为把握不大，他才不敢跟皇上提，只请皇上好生休养。

"开颅？皇兄的病这么严重？"天家无情，萧天耀虽知皇上时常头痛，却不知他病得这么严重。

不是萧天耀不关注皇上的健康，实在是皇上瞒得太深，他根本查不到。

"此前并没有这么严重，只需好好养着就不会有事，这次发病皇上的病情加重了，只有开颅找出病症，才能医治。"确定了萧天耀的心意，秦太医的胆子也大了起来。

到底是兄弟，虽说王爷与皇上争得你死我活，可还是关心皇上的。

"不开颅，你可能让皇上清醒？他又能活多久？"要是救回来，只有三五个月的寿命，那就没有多大的意思了。

三五个月后他还得另寻继承人，多麻烦！

"依皇上的情况，就是醒了也撑不了多久，最多只有半年的寿命。"皇权旁落，地位不稳，依皇上的心性肯定会不顾龙体，要与萧天耀争权，到时候一折腾只怕更活不了几天。

"如若皇上的病医好了，能活几年？"皇上能活太久也不是好事，他虽然不是什么好人，可也不想杀亲兄弟，手上染了自己亲人的血，终归不是一件快乐的事。

"皇上的身子外强内虚，最多只有十来年可活。"其实皇上的年纪并不大，但皇上当年做皇子时，为了皇位与众位兄弟子勾心斗角，互相算计，耗费了无数心力。

登基后，皇上没过几年太平的日子，萧王又成长了起来，皇上又忙着与萧王斗，这些年一直都活在算计中，思虑过重，身子怎么能好？

"退下吧。"萧天耀得到了自己想要的答案，就让秦太医下去了，独自坐在营帐内，思索着哪种方法可行。

十来年着实是太长了一些，他只要皇上能撑个三五年就好了，可要扶其他皇子上位，恐怕就不是十来年的事了。最主要的是，其他皇子的身份和能力压不住皇后，到时候皇后背后给一刀，就麻烦了。

"算来算去，最后还是要便宜了皇上。"萧天耀闭上眼，摇了摇头。

他布了多年的局，才把皇上的气焰按下去，现在却要再次扶皇上起来，想想都觉得憋屈。不过，他相信皇上和皇后更憋屈。皇上这次醒来，再次坐上皇位，一切都会和以前不一样，这样大的落差也不知他的好皇兄能不能受得了。

至于皇后，恐怕会气得吐血。耗了十几年，等了十几年，盼了十几年，好不容易把皇上熬倒，可以掌权，却没想到手中的权柄还没有焐热，又要被皇上夺走。

不过，这一切都怪不得他，要怪就怪皇后野心太大，要不是皇后动了心思，想要借中央帝国打压他，他也不会这么坑皇后。

“就这么定了。”萧天耀重重一敲桌面，“来人！”

“王爷。”隐卫现身，跪在萧天耀脚下。

“去，让人盯紧皇宫，别让皇上出事。”依皇后的狠毒，很有可能对皇上下手。

“是。”隐卫领命退下。

子夜时分，皇宫里突然冒出大批刺客，这些刺客的目标十分明确，直朝皇上的寝殿冲去。

“有刺客！”

“快，快保卫皇上。”

“来人呀，快来人呀，有刺客刺杀皇上。”

……

一拨接一拨的黑衣刺客，从皇宫的角落里冒出来，冲破一道又一道的防线，直冲向皇上的寝殿，不过一会儿的工夫他们就冲到了殿前。

“不好，这些人是冲着皇上来的。”皇后虽然掌控了宫廷，可皇上寝殿外的侍卫却都是皇上的心腹，他们誓死也会保卫皇上。

现在皇上遇刺，除了他们外，宫里竟无侍卫出来阻拦刺客，他们确实本事不弱，可光凭他们几个是根本挡不住刺客的。

“贵妃娘娘，刺客快要冲进来了，你带着皇上先走。”皇上的侍卫见拦不住刺客，便让周贵妃带着皇上离开，可周贵妃却一动不动：“走？我们能走去哪？整个宫廷都在那个女人手上，我们一出去就是死。”

周贵妃并不傻，皇宫中这个时候出现刺客，就算这些刺客不是皇后派来的，也必然与皇后有关。

“贵妃娘娘，宫里不安全，你必须带着皇上立刻离开，你要担心皇后下黑手，就带皇上去皇后的鸾凤殿。”皇后再怎么胆大，也不敢当众要了皇上的命。

“鸾凤殿？”周贵妃眼前一亮，背起皇上就往外走，“好，我这就带皇上去鸾凤殿！”

人的潜力是无限的，尤其是在被逼到绝境后，人往往能爆发出前所未有的强大力量，就像此刻的周贵妃。

“娘娘，你只管往前跑，我们会保护你。”侍卫见周贵妃神勇无比，不需要人帮助就能背起皇上，也就不再管她，一心应付眼前的黑衣杀手。

“我知道！”周贵妃的一张脸涨得通红，却咬牙坚持住了。她的步子迈得虽然不快，却还算稳健。

皇上寝殿外的侍卫是皇上在宫中的心腹，个人实力并不弱，面对黑衣杀手一波接一波的进攻，他们确实吃力，但应付起来并不是太难。

“贵妃娘娘，这边！”很快，在侍卫的保护下，周贵妃背着皇上冲出了寝殿。

殿外一片安静，连个禁军的影子都没有，就好像整座皇宫的人耳朵全聋了一样，根本听不到这里的厮杀声。

“皇后那个贱人，她不得好死。”周贵妃气得不顾礼仪，破口大骂。

“娘娘，鸾凤殿外恐怕还有一番恶战，你且小心。”侍卫护着周贵妃冲出杀手的包围，帮周贵妃减轻了负担，架着皇上一同往外跑。

“我知道。”周贵妃一脸坚毅地点头，视线扫向三皇子所住的宫殿，“也不知其他人怎么样了？”她怕，怕皇后那个贱人，不肯放过她儿子。

“娘娘放心，他们要的是皇上的命。”旁观者清，侍卫很清楚皇后并不把三皇子、大皇子等人看在眼里。

只要萧王不临阵反水，皇位一定会落到皇后的七皇子手里，任凭三皇子、大皇子本事再大，也无力一争。

“没事就好，没事就好。”得知自家儿子不会有事，周贵妃不再迟疑，跟着侍卫快步朝鸾凤殿跑去。

一路上除了他们自己外，一个人影也没有，平日里三步一岗，人来人往的皇宫，此刻就像是一座死城。周贵妃看到这一幕，心中又惊又惧，恨不得生生撕了皇后。

没有意外，鸾凤殿外早已有黑衣杀手在等候，周贵妃等人一出现，黑衣杀手便持刀扑了过来。

“娘娘小心！”侍卫将皇上交到周贵妃手里，迎上杀手的大刀，同时大声叫喊，“来人呀，有刺客……保护皇后娘娘，来人呀，有刺客要刺杀皇后娘娘。”

侍卫知道这个时候说保护皇上没用，宫内宫外全都是皇后的人，他们要的就是置皇上于死地，怎么会出来保护皇上。

可是，侍卫就是说有刺客要刺杀皇后也没有用，皇后早就把禁军调走了。此刻，偌大的宫殿里根本就没有几个人，就算有人听到了侍卫的求救，也不会出来送死。

敌众我寡，皇后派出来的刺客全都是经过严苛训练的死士，侍卫很快就落了下风，周贵妃和皇上身边的人越来越少，周贵妃架着皇上连连后退，两人身上染满了鲜血，看上去狼狈至极。

黑衣杀手越逼越近，鸾凤殿就在眼前，周贵妃却进不去，她半抱着皇上，绝望地大喊：“皇上，皇上你醒醒，你醒醒呀，你看看这个毒妇，你看看她的心有多狠。”

“皇上，你睁开眼看看呀，你睁开眼呀！”周贵妃几近崩溃，不断地摇晃皇上，拍打皇上，希望皇上能醒来，能为她撑腰。

可是，一点效果也没有，任凭周贵妃怎么拍打，皇上也没有清醒的迹象。

眼见周边的侍卫一个个倒下，眼见没有活的可能，周贵妃抱着皇上不再跑了，闭上眼，等待死亡的来临。

而隐卫，就是在这种状况下出现的！

和黑衣杀手同样的装扮，却有着黑衣杀手没有的精气神，如同天神一般从天而降，挡在周贵妃与皇上的面前，为他们抵挡黑衣杀手的进攻。

“你们，你们是皇上的人？”仅剩的几个侍卫看到有帮手出现，顿时双眼放光。他们就知道皇上一定有后手。

隐卫首领头也不回地说道：“不，我们是萧王的人，奉萧王的命令保护皇上。”

“什么？”侍卫傻眼了，周贵妃也傻眼了。

萧王不是与皇后联手，要置皇上于死地吗？怎么又派人来保护皇上？

“我们家王爷要的只是清白。”隐卫首领义正辞严地说道，说完这话就不再理会周贵妃与侍卫，全力应付眼前不要命的黑衣杀手。

隐卫的加入致使战局陡变，黑衣杀手很快就失了优势，被隐卫压制住。

鸾凤殿内，宫人收到消息，急匆匆往里跑：“皇后娘娘不好了，萧王，萧王的人来了，他们出手救下了皇上。”

“萧天耀？来得真快！”皇后娘娘愣了一下，不过很快就镇定下来了，可一旁的七皇子却无法镇定：“母后，萧王叔这是什么意思？”早上才合作，现在就反悔，这是要撕毁合约吗？

“兄弟情深，萧王不忍皇上横死。”原本她还想将刺杀皇上的罪名推到萧天耀身上，现在看来是不行了，萧天耀果然聪明了。

“母后，萧王叔是不是听到了什么消息？”七皇子胆子不小，可一向谨慎惯了。

“他能听到什么消息？他的手能伸到中央帝国不成？”皇后不以为意地说道。

她承认萧天耀能力卓绝，可惜出身不好，在小小的东文，他就是再有能力又如何？能翻天不成。

“母后，就算萧王叔不知中央帝国的消息，可他此举也必有原因。要知道萧王叔从来不会做无用的事，他怕是不会站在我们这边了。”七皇子也不认为萧天耀能查到中央帝国的消息，但却隐隐猜到了萧天耀的用意。

皇上不死，他就不可能登基为帝，他们母子也就不可能得到东文的权柄。

七皇子能想到的事，皇后当然也能想到，可她并不在意，她人在深宫，她比萧天耀更了解皇上的身体状况。

“皇上脑中有疾，秦太医只有两成的把握，他就是救下皇上又如何？还能让皇上醒来不成。”

要不是为了栽赃萧天耀，把萧天耀按死，她是不会对皇上出手的，毕竟皇上在她心中，已经是一个死人。

“就算皇上能醒又如何？他的病医不好，没几个月可活，这么多年我们都等了，还怕这几个月？”皇后一向是有耐心的人，否则她也等不到今天。

至于萧王，就算今天的事扳不倒他也没有关系，还有中央帝国在。她在宫里折腾这些不过是小打小闹，为了吸引萧王的注意力，让萧王把精力和目光都放在宫内、放在她身上，免得萧王发现中央帝国的动作，提前做准备。

“母后说得是，只是萧王叔不是别人，母后还是提早防备的好。”七皇子固然聪慧，可年龄有限，他的见识与阅历限制了他，让他习惯了听从自己母亲的话。

“子墨放心，母后一定会扶你登上皇位。”皇后摸了摸七皇子的头，一脸慈爱。

与中央帝国有关的事，皇后一句也没有告诉七皇子，不是不想让七皇子背负太多，而是她很清楚，七皇子虽是她的儿子，可也是东文的皇子。

他不会为了她这个母后，把整个东文都赔上。

七皇子依在皇后的怀里：“儿臣不想做皇上，儿臣只想母亲能不受病痛的折磨。”他打小就养在皇后的膝下，他太清楚他的母后过得有多苦。

“等你登上了皇位，我们有了足够的能力，就能拿到解药了。”皇后温柔地摸着七皇子的头顶，眼神却凌厉地看着远方。

殿内，母子二人相依相偎；殿外却是一片腥风血雨。隐卫虽然占了上风，可架不住黑衣杀手人数众多，饶是隐卫的本事再强，一时半刻也拿不下他们，一场恶战在所难免。

“我们现在怎么办？还要去鸾凤殿吗？”周贵妃扶着皇上，小心翼翼地问着身边的侍卫。

“不去，萧王肯出手就是要保皇上，有萧王在，皇后成不了气候。”皇上身边的人并不知晓皇后与慈恩堂的联系，只当皇后是在萧王的扶持下，才有今天的地位。

“萧王也不是什么好人。”她不相信皇后，也不相信萧王，她现在能相信的就是皇上身边的人。

“总比皇后好，萧王再不好也不会要皇上的命。”真要取皇上的命，萧王完全可以将计就计，让皇后的人杀了皇上，再出面治皇后的罪。

“你说得也是。”周贵妃重重地点头，抱着皇上没有再动。她并不在乎皇上的生死，只是现在的局势对她极不利，皇上活着，她和安王才有未来。

隐卫也不在乎周贵妃怎么想，见皇后派出来的死士没有退缩的意思，禁军也不出现，隐卫不再犹豫，放出信号，请求宫外的大军支援。

宫廷内虽由皇后掌控，京中的兵马却在萧王的掌控中，宫外的兵马见到信号燃起，立刻派出一个百人小分队进宫探路。

没有意外，在宫门口这支小分队被禁军拦住，小分队的人都是金吾卫的精锐，面对禁军半点不怯，一边发信号请大军前来支援，一边以自保为主与禁军打了起来。

宫里宫外的消息全在皇后的掌控中，宫门口发生的事，第一时间传到了皇后的耳朵里，皇后却只是轻应一声，没有退让的意思。

“母后……”七皇子心有不安，拉了拉皇后的衣袖。

皇后摇了摇头，叹息：“子墨，你到现在还没有看明白母后的用意吗？”

七皇子一震，沉思片刻，有些不敢确定地道：“母后你想借此机会，除掉太子殿下？”一石二鸟？

算计不成萧王，就算计太子？

皇后满意地点头：“没错。母后原本是想算计萧王，毕竟萧王势大，要是能先把他除了，我们母子就无忧了。可母后也知萧王不是一般人，所以出手时做了两种准备，如果萧王出手坏了咱们的计划，咱们就把太子拉下来。太子是国君，在皇上没有下旨废太子前，皇上要有个三长两短，太子继位理所应当，而且太子与周家又有说不清的瓜葛，虽说周家的原意并不是支持太子，可事情发展到这个地步，难保周家不会推太子上位。保险起见，咱们得先把太子废了。”

东文储君之位一向是立嫡立长，太子是嫡长子，打小就被立为太子，太子废了自然只能立七皇子这个嫡次子了。

至于庶长的文王？皇后从来不看在眼里。

“母后算无遗策，是小七想多了。”七皇子小脸一红，低头认错。

“你还小，没有想到这些再正常不过。”皇后微笑着牵起七皇子的手，起身道，“现在，我们母子也该被太子软禁起来了。”就算所有人都知道杀手是她派的，这个局是她设的又如何？她有愚蠢的太子背黑锅，一点也不惧。

皇后已经把一切都安排好了，哪怕隐卫救下了皇上，金吾卫控制住了宫廷，最后被推出来顶事的也只是太子，他们根本寻不到皇后半点错，甚至皇后与七皇子也是受害者。

太子被抓时一脸死灰，并没有喊冤。派人暗杀皇上、收买禁军这些事太子都做了，不过他不知自己被皇后利用了。

隐卫花了一晚上的时间，把事情平息下来，并在第一时间将消息传到萧天耀手里。

“皇后智计无双，不得不服。”萧天耀极少称赞人，更不用说是称赞女人。他至今赞过的女人除了林初九，也就只有皇后了。

“王爷，我们现在怎么办？”流白皱眉问道。

王爷不愿这时登基，按东文的皇位继承顺位，储君之位就要落到七皇子身上。

“控制住内廷，想办法医好皇上的病。”皇后野心太大，他绝不会让皇后一系的人登位。

“朝政怎么办？”皇后之前接手了宫廷事务，却没有染指朝政大权，而是把太子推了出来，现在太子出事，谁来主持大局？

萧天耀略一沉默，片刻后说道：“通知王妃，我们回京！”

“啊？”流白一怔，一时没有想明白萧王此举的用意。

王爷和王妃现在还是戴罪之身，这个时候回京做什么？

“本王摄政！”

辛苦了这么多年，他不可能为他人做嫁衣。

……

萧天耀现在还是戴罪之身，按说他现在应该待在刑部大牢，或者宗人府，可谁敢关押萧王爷？

依萧王现在的权势，他就算是戴罪之身又如何，他要摄政谁敢说不？

萧天耀有十足的把握，可以将朝政掌握在手中，但他绝不会直白地冲入京城，对文武百官说他要摄政，这样太难看了。

萧天耀没有急着回京，而是让手下的人挑起大皇子一脉与周贵妃一脉的矛盾，而后又把隐在人后的皇后逼到人前，让大皇子在与周贵妃夺权的同时，不忘联手对付皇后。

朝堂上，本就因为太子的事乱成一锅粥，现在文王、安王和皇后又斗了起来，以至于朝堂上乱成一团，政务根本无法执行，不管什么事情只要一方同意，另一方就一定会反对，没有理由、不问对错，只为反对而反对。

不过短短几天，朝中的大臣就撑不住了，地方的官员也快哭了，地方出了乱子，折子递上去却连一点动静也没有，地方上发生骚乱，请求朝堂援助也没有反应。

整个东文的朝廷就好像停止运转一般，奏折堆积如山，根本批不下去。

“这样下去不是办法，再这么乱下去东文就要倒了。”文武大臣一个个疲惫不堪，面对文王、安王和皇后的三方争斗，大臣们苦不堪言。

“去请萧王回来主持大局吧，只有萧王才能把这些事压下去。”萧王的心腹适时建议道。

此言一出，刚刚还争论不休的大臣顿时安静下来，一个个你看我，我看你，无一人敢言语。

好半晌后才有人提出反对，但以右相为首的世家，却在此时出声支持萧王摄政，所以反对的声音根本掀不起风浪，很快朝臣就定了请萧王回来摄政一事。

皇后没有参政的权力，朝臣商讨时并没有告诉皇后，待到事情定下后，皇后才知晓此事，当即将手中的一套琳琅瓷杯给摔了。

“母后……”七皇子担心地唤了一句，皇后摇了摇头，坚定地道：“母后没事，子墨，属于你的就是你的，谁也抢不走，母后不会允许他抢走属于你的皇位。”

“母后，我们不是萧王叔的对手，如果他意在皇位，我们谁也不是他的对手。”七皇子知道他的母后手中有一股不小的力量，可是他母亲在朝堂上没有支持者。

她母亲不是东文人，虽然出身不凡，可在东文没有外戚助力，没有人会在朝堂上为他们说话。

“你父皇又不是没有继承人，怎么也轮不到你萧王叔继承皇位。”皇后不知萧天耀的用意，但却隐约发现萧王意不在皇位。

“母后，太子哥哥已经废了，萧王叔要废掉我们几个也不是难事。东文的兵权和政权都掌握在萧王叔手里，谁当皇帝对萧王叔来说都不重要。”只要不是他继承皇位，萧王叔都不会在意。

皇后沉默了一会儿，才道：“这些都是大人的事，子墨你别想这些，母后会把一切安排好。”

“我知道了，母后。”七皇子小脸绷得紧紧的，十分严肃。

众臣商议好后，便推了一文一武两个代表，前往城外求见萧王，请求萧王回来主持大局。

没有意外，萧天耀拒绝了，任凭两位大臣怎么说，萧王都不肯点头，两位大臣只得无功而返。但是，两位大臣却没有就此放弃，第二天又来了，萧天耀这次连见都没有见他们，直接拒绝了。

第三天文王与安王亲自前来，请求萧王回京主持大局，萧王见了两个侄儿，却仍拒绝了他们的请求，不肯回京。

一拒，二拒，三拒，萧王的仁义之名传遍天下，第四天文武百官一商量，决定集体前往城外，请求萧王回京主持大局。

近百名官员赶了一天一夜的路，次日中午，文武百官齐齐跪在金吾卫大营外，请求萧王回京主持大局。

萧王出营劝众大臣起来，早些回京，文武百官无一人肯起：“萧王不回京主持大局，我等便长跪不起。”

“皇上很快就会醒来，朝堂上的事几位大人先辛苦几日，等到皇上醒来一切就好了。”即使是众位大臣来请，萧王仍旧没有一口应下。

这就是格调问题，如果萧王急切地回京主持大局，天下人只会说他急于夺权，就算碍于他现在的权势无人敢当面说什么，可总有人不服，日后也定是一个隐患。

现在，众位大臣一求再求，萧王一拒再拒，充分昭显了萧王不贪恋权势的崇高品德，就算最终萧王回京摄政，那也是为了天下大势着想，而不是为了满足自己的私欲。

“王爷这步棋走得真好。”林初九虽然没有外出，但外面发生的事她一清二楚，当然这不是她刻意打听的，而是萧天耀主动告诉她的。

这段时间萧天耀很忙，每天早出晚归的，不过每天晚上他都会回去陪林初九用晚膳，然后与林初九说说话。

大部分时候是萧天耀说，林初九听，有时候是重要的机密，有时候就只是金吾卫之间发生的一些小事。

初时，林初九着实被吓得不轻。

你能想象萧王捧着一杯茶，跟人说八卦的样子吗？

不管旁人能不能，反正林初九是不能想象的，甚至在这一幕发生时，林初九还是不能接受，每每都惊得合不拢嘴。

即便次数多了，林初九也没有习惯，如果萧天耀说正事还好，要说一些琐碎的小事，不管多少次林初九都觉得惊悚。

不是林初九想太多，实在是画风不对，萧王哪里像是喜欢聊家常、说八卦的人？

萧王回京摄政一事，就是在萧王例行的饭后闲聊时说给林初九听的，当初林初九听到萧王的计划，只想说王爷真阴险。

初听时，林初九并不觉得萧天耀的手段有多高超，历史上这样的事多得是，不是吗？

可是，当萧天耀每天跟她说事情的进展时，林初九才发现她觉得不高超的手段，真正要实施起来并不容易。

你凭什么让朝臣一请再请？

你凭什么让朝臣按你的安排走？

只凭手上的兵权就可以吗？

最初听到萧天耀的计划，林初九就是这么想的，在她看来，萧天耀这么嚣张不就是凭借他手中的兵权吗？

可真等萧天耀一步一步地实施起来，林初九才知道用兵权强迫朝臣臣服，和让朝臣心甘情愿地请萧天耀回朝是不一样的。

萧天耀一步步走来，虽用了兵权震慑众人，但却从来没有直白地拿兵权出来威胁，他一直在算计，算计人心，让朝臣甚至是文王与安王都不得不请他回去主持大局。

因为，除了他以外，再无第二人能在这个时候稳住大局，握稳权柄！

百官亲自跪迎，萧王再拒绝也要有一个度，在百官一请再请后，萧天耀万般无奈地同意回京主持大局。

消息传到林初九的耳朵里，林初九一点也不意外。事情本就是萧天耀一手操控的，萧天耀不回京才怪。

然而，萧王虽然应下回京主持大局，却没有火急火燎地赶回去，而是以安排手上事情为由，拖了一天。

百官自是不同意，纷纷出言恳请萧王即刻动身，萧王没有采纳，百官无奈，只得在金吾卫大营等萧王一晚。

当天晚上，百官入住金吾卫大营，半夜时分听到有大军出动的声音，纷纷惊醒，披衣而出，却只看到一队一队人马往前冲，每个人都行色匆匆，想要拉个人问消息都抓不到人。

“这是怎么一回事？”几位大臣出了营帐，看到同僚，便上前互相打听消息，可大家皆是一头雾水。

“大军出动，莫非有人夜袭大营？”这个时候还有人敢挑衅萧王的金吾卫，是嫌命太长了吗？

“莫不是皇上之前调来的援军？”一位武官大胆猜道，他的话立刻得到了在场大多数人的认同，只是大家除了点头外，一句话也没有说。

半夜援军突袭，还正巧挑在他们入住金吾卫大营的晚上，要说这是巧合谁都不会信。

“出事了？”林初九在营帐内听到声音，立刻穿上外套。

在军营待久了，林初九习惯听到动静就把衣服穿好，以免发生什么事来不及跑路。

站在营帐口，看到金吾卫正在整齐有序地集合，林初九紧绷的心放松了下来，喃喃自问：“是巧合吗？”

她是不信的，这世间哪有那么多巧合之事。

而且，皇上派来的援军根本不是金吾卫的对手，全被金吾卫阻挡在城镇外了，连京城的边都挨不着，怎么可能打到金吾卫扎营的地方。

不用问林初九也知，这支人马必是萧天耀特意放水，才能走到这里的。而萧天耀放他们进来的目的，自然是为了立威！

京中那些大臣，人人都知道萧王手上的金吾卫强悍勇猛，乃是强兵中的精兵，可真正见识过金吾卫威力的人却没有几个。

在今晚，萧王定会让那些人见识到金吾卫的实力，让他们再也生不起反抗之心。

“真是大手笔，嫌攻城战没有打出金吾卫的水平吗？”看到大军迅速集结，又各自分散，饶是见过大场面的林初九也不得不说，在看到金吾卫出动的刹那，她的心在颤抖。

金吾卫的真正本事，只有在两军交锋的战场上才能显露出来，攻城战打不出他们的真实水平。

林初九不是一个爱凑热闹的人，知道不会有危险后，默默地转身，准备回去继续睡觉，可就在她转身的刹那，一身戎装的萧天耀出现了。

萧天耀今晚穿的是一套黑色轻甲，在火把的映照下显得他神秘而又强大，轻甲覆盖在他的肌肉上，就像他的第二层皮肤，完美地展现出了萧天耀的力量以及不轻易示人的好身材！

宽肩、窄臀、大长腿，无一处不充满力量，哪怕不是第一次见，林初九也忍不住惊叹，这个男人有让女人为之疯狂的本钱！

也就是这一刹那的愣神，让林初九错过了最佳的离开时间，被萧天耀发现了她的存在。

没有一丝迟疑，萧天耀丢下亲兵朝林初九走来。

林初九吓坏了，眼睛瞪得大大的，很想跑回营帐，可她不敢也不能！

她不敢在人前不给萧天耀面子，也不能当着这么多人的面，落萧天耀的面子，只能压下躲进屋的冲动，转身站在营帐口等萧天耀走过来。

“王爷。”萧天耀离她还有三步远，林初九便屈膝行礼道。

“免礼。”萧天耀往前两步，站在林初九的面前，低声说：“本王要随大军出战，你且在营中等本王的好消息。”

“恭祝王爷旗开得胜，凯旋归来。”林初九再次福身，公式化地说道。

看着林初九头顶黑亮柔顺的秀发，萧天耀本能地抬手，想要揉一揉，可就在他抬起手的刹那，猛然想起周边还有许多人，只得生生收回，冷着脸道：“本王必会得胜归来，时辰不早了，快回去休息。”

“是，王爷。”林初九起身，后退两步，才转身往里走，直到走进营帐，林初九还没有明白萧天耀走过来跟她说的那两句话，到底是什么意思。

林初九想不明白，索性不想，脱了衣服继续睡觉。

与林初九告别后，萧天耀直接朝外走去，路上遇到以右相为首的众位大人，特意停了下来。

众位大人小跑着来到萧王面前，不安地道：“王爷，这是发生什么事了？”

“众位大人不必惊慌，不过是有宵小之辈过来闹事，本王亲自迎战，很快就会平息混乱，不会让他们有活着离开的机会！”萧天耀轻描淡写地说着冷血的话，可把众位大人吓了一跳，也不敢再问来闹事的宵小是何人，只含糊地带过，顺便恭维了萧天耀几句。

萧天耀脸不红气不喘地应下，让人把众位大人送回去后，便带着兵马出战了。

萧王走后，众位大臣也不敢闹腾，更不敢多话，一个个老老实实地回营，连声都不吭。

他们此次来请萧王摄政是满心不情愿的，要不是萧王挑起皇后、文王与安王之争，致使政务混乱，政令无法通行，他们这些人是怎么也不会请萧王回去的。

萧王的性子他们都知道，说霸道还是客气了，这就是个乾坤独断、说一不二的主，一旦萧王掌权，他们这些官员基本上就不会再有权力，只能点头应是，按萧王的命令办事。

原本还想着，待到萧王回京主持大局，就暗中扶持皇后或者安王一脉，好让他们与萧王去斗，自己坐收渔利，可看到今晚这一出，他们却是再也不敢有这样的念头了。

萧王不仅仅是乾坤独断、说一不二的主，还是一个杀人不眨眼的主，真要把他惹毛了，说不定萧王会带兵上门，直接灭人满门……

第十一章　情不知所起

夜袭金吾卫大营的兵马有三万人，这三万人是驻守南远的边军，在东文也有骁勇之名，领军的杨将军更是声名在外，是东文有名的老将。

当右相等人知道夜袭的兵马，是由杨将军率领的时候，还以为萧王明天没有办法跟他们一起回京，结果天还没有亮，战斗就结束了，前方甚至有消息传来，说萧王活捉了杨将军。

"听说萧王活捉了杨将军，这是真的吗？"外面在打仗，文武百官在军营怎么可能睡得着，一听到消息，大家就跑过来问右相。

"我和你们一样都在军营里，你们不知道，我怎么可能知道？"右相摸了摸自己的胡子，一副高深莫测的样子。

他确实是知道一些，萧王的金吾卫虽然如同铁桶，奸细探子安插不进来，但数十万人总能找出一两个可以下手的人，他打探不到重要的消息，一些琐碎的消息还是能问到的。

只是，有些消息他就算知道也不能说。

"相爷，你就别跟我们打马虎眼了，我们都知道你消息灵通，你就快些告诉我们吧。"与右相相熟的官员，深知右相的本事，根本不相信右相的推脱之词。

"是呀，右相你就告诉我们是不是真的？"其他几位官员见状，也跟着请求，可右相坚定地摇头："这事等萧王回来就知道了。"

"萧王会把杨将军交出来吗？"有一矮小的官员，压低声音道。

萧王要把杨将军交出来，这事牵扯就大了。

“当然会，萧王根本不惧与朝廷开战。”甚至萧王已经跟朝廷开战了。

“杨将军岂不是……”那人一惊，但他知道什么该说，什么不该说，后面就自动消音了。

右相没有说话，只是看了对方一眼，默默地闭上眼。

成王败寇，有时候选择比能力更重要，杨将军不是没有能力的人，但他选错了主子，皇上败了，杨将军自然没有好下场。

这一点不仅右相明白，在场的大臣也明白，要不然他们也不会来请萧王回去主持大局，拥护萧天耀。

天亮时分，萧天耀带着一万俘虏回到大营，为首的就是大臣口中的杨将军。萧天耀没有为难杨将军，也没有把杨将军当成普通俘虏，萧天耀只让人卸了杨将军的武器，派人跟着他而已。

“恭迎王爷得胜归来。”以右相为首的百官，听到消息就出来迎接。

林初九也听到了消息，不过她并没有出来，她默默地在营帐里收拾东西，准备回京。

“嗯。”萧天耀应一声，身上虽然没有沾到血迹，可却散发着一股浓郁的血腥味，右相等人平时没少见血，可闻到萧天耀身上的血腥味，还是吓了一跳。

这么浓的血气味，这得杀了多少人，染了多少血？

右相等人越想越怕，也不敢去看杨将军，恭敬地道：“王爷昨夜带兵出战，想必是累极，不如多休息一天再回京？”

“不必，一个时辰后动身，正好杨将军也一同回京。”萧天耀主动提起杨将军的存在。

他现在所做的事与造反无异，他并不惧与朝廷的兵马正面开战。皇上昏迷不醒，失去了做主权，现在他说什么都行。

“杨将军？莫非昨晚夜袭的人是杨将军？这，这……”右相一脸震惊地抬头，不敢置信地看向萧天耀身旁的杨将军，“杨将军，你怎么能做出这样的事？”

“我做了什么？我奉命进京勤王保驾，我还做错了？”杨将军收到皇上的消息，就亲自带兵进京，可见他绝对是皇上的心腹。

见右相等人倒向萧天耀，杨将军愤怒异常，一脸嘲讽地道：“我就算做错了，也比你们这群两面三刀的乱臣贼子强，我至少不会背叛皇上，不会卖主求荣。”皇上还没有死，就急着迎萧王进京，不是卖主是什么？

“你，你当众污辱朝廷命官，你该当何罪？”右相一脸怒容地指着杨将军，一副气得不轻的样子。

“啪……”杨将军不客气地拍掉右相的手，“别指着本将军，小心本将军剁了你的手。”

“你，你好大的胆子！”右相满脸通红，双手直哆嗦，“杨将军你出兵在外，不知京城的情况，就不要乱出手。皇上重病昏迷，萧王临危摄政，这个时候你不思为国为民，反倒添乱，你是何居心？”

“你们这些人与萧王一起谋害皇上，趁皇上昏迷不醒意图窃国，你们有什么脸面说我？”杨将军自然知道现在的局势对皇上不利，聪明的话他就该倒向萧王，支持萧王，可他不愿这么做。

他是皇上的人，他们杨家的荣耀全是皇上给的，要不是当今圣上，他们杨家早就灭绝了，谁都会背叛皇上，唯独他不会。

“杨将军你真的是错怪王爷了，皇上会昏迷不醒是因为他脑疾发作，萧王这些天一直在寻找名医救治皇上。”右相痛心疾首地说道，看杨将军的眼神，就像是在看不听劝的孩子。

“哼，你们的话我一句都不信。”杨将军冷哼一声，别过脸，摆明不愿多言。

“王爷……”右相等人见状，一脸为难地看着萧天耀。

他们真不明白萧王活捉杨将军是什么意思！

像杨将军这种皇上的死忠心腹，直接杀了才是最省事的。

“一起回京，正好让杨将军看清楚，本王到底有没有谋害皇上。”他要皇上的心腹，亲口承认皇上的病与他无关。

现在的他，还不想背负弑兄夺位的骂名，更不想为旁人做嫁衣。

“王爷说得是，事实胜于雄辩，等杨将军进京自然会知道事情的真相。”右相人老成精，萧天耀一开口，他就猜到了萧天耀的用意，当下配合地说道。

萧天耀满意地点点头，挥手道：“都散了，一个时辰后准时出发。”

话落，萧天耀大步朝营帐走去。

他知道林初九在等他。

林初九确实在营帐里等萧天耀回来，但林初九并不是因为担心他，或者心中记挂他，而是因为外面太吵，她根本没有办法睡，只得爬起来等萧天耀回来。

萧天耀一进军营林初九就知道了，毕竟外面的喊声那么大，除非她是死人，不然不可能听不到。

正想着等会萧天耀进来了，要如何面对他，萧天耀就夹着一身血气走了进来。

一进来林初九就忍不住皱眉：“怎么这么重的血腥味，你受伤了吗？”

身体比脑子反应更快，萧天耀一进来，林初九就自发地起身相迎。

“没有，全是别人的血。”萧天耀看到林初九走近的那一刻，幽深的眸子倏地一亮，再听到林初九半是关心半是责怪的话，嘴角更是抑制不住地往上扬。

他总算把林初九这块石头，焐得有点儿热度了。

“你不是领将吗？怎么还要你冲锋在前？你的亲兵还有金吾卫是干什么吃的？这么小规模的战役也要你亲自出手？”林初九的语气不算好，甚至有些恶劣，萧天耀仍然从她的话中，听出了浓浓的关切之意，当然还有别扭。

“昨晚情况特殊，我才会亲自出手，平时并不会这样。”萧天耀眼中的笑意更甚，语气也温柔了许多。

“哦……那你平时多注意一些，受了伤总是麻烦的。时间不早了，你快把衣服换了，我先出去。”萧天耀的语气那么好、那么温柔，林初九也不好意思说什么了，可让她温柔体贴，轻言软语，她又觉得丢脸，不自在地嘀咕了一句便要往外走。

“你要去哪？”萧天耀一把握住林初九的手。

林初九脚步一顿，反手抽出自己的手，萧天耀怕林初九扭伤自己，只得松开手。

成功解救了自己的手，林初九后退一步，拉开两人之间的距离：“我出去让人给你送热水来。”

她知道萧天耀有轻微洁癖，肯定受不了身上的脏污。正好她也不想跟萧天耀单独相处，萧天耀的眼神太亮了，亮得她害怕。

“那就麻烦夫人了。”萧天耀轻笑出声，特意低下头，压低声音在林初九的耳边说道。

林初九原本不觉得有什么，可萧天耀一笑她就觉得特别不好意思，瞬间血气上涌，脸颊不受控制地泛红，脑海里不断地闪现“麻烦夫人了”这五个字。

林初九觉得自己要中毒了，怕留下来继续被萧天耀毒害，提起裙子就往外跑：“我，我先出去了。”

“夫人，端庄！”萧天耀直起腰，大声道。

林初九一怔，左脚慢了一拍，差点儿摔倒在地，引得萧天耀哈哈大笑，这下别说林初九，就是外面的亲卫也知道萧王的心情很好。

林初九臊得不行，偏偏又不能回去找萧天耀理论，只能憋屈地离开。

很快热水就送来了，不过林初九并没有回来，萧天耀略有几分失望，转念想到林初九明明关心他，却又故作凶悍的样子，心情又好了起来。

以最快的速度沐浴完，萧天耀换上了亲王朝服，见林初九还没有回来，便让亲卫去找人。

他们这次回京，可以说是一扫之前的憋屈，就算不需要高调也不能失了自身的气度，好好准备很有必要。

林初九知道今天要回京，虽说臊得慌，但也没有走远，怕误了正事，亲兵一出去就看到了她。

“王妃，王爷请你进去。”没有人比亲兵更清楚他们家王爷有多宠王妃，亲兵对林初九是越来越恭敬了，生怕惹她不高兴。

“好。”林初九整了整衣衫，借此平复了慌乱的心神，才跟着亲卫回营帐。

本以为进去后，萧天耀会打趣她，不想萧天耀坐在书桌前，头也不抬地道：“衣服在里面，换上。”

林初九愣了片刻才反应过来，屈膝道：“多谢王爷。”她在外面做了半天的心理准备，甚至想了无数种应对方法，结果一种也没有用上，这种感觉真叫人……很是憋屈。

“还愣着干吗？还不快去换衣服。”等了半天也没见林初九走动，萧天耀抬头看了一眼，见林初九傻愣愣、面带委屈地看着他，只觉得好气又好笑。

林初九的脾气最近真是见长了，就这么一点事就委屈上了？

对上萧天耀漆黑幽深的眸子，林初九又是一怔。萧天耀长得太好看了，而且穿什么都好看，穿重甲霸气无比，穿轻甲修长有力，换上亲王朝服又是尊贵无双。

许久未见萧天耀穿亲王朝服，乍一看林初九不禁痴了，好在她最近天天见萧天耀，多少有些免疫，很快就收回了目光，匆匆往室内跑去：“我这就去换，很快的。”

“越来越呆了。”待到林初九从身边走过，萧天耀这才放下用来“装模作样”的笔，靠在椅子上，独自闷笑。

林初九一走到室内，就看到摆满了整张床的亲王妃正服，还有摆了一地的配饰与首饰，当即惊呆了。

“王爷，这些衣服我穿不来呀。”林初九直接懵了，完全顾不得尴尬，张嘴就叫萧天耀来救场。

“怎么穿不来了？”萧天耀就在外面，一听声音就进来了。

林初九指着床上的衣服，快哭了：“很多我都不会穿。”她以为只是普通的正服，哪里知道萧天耀会给她准备九层的亲王妃正服。

这件衣服她只穿过一次，由八个丫鬟服侍，花了半个多时辰才穿戴好。

“你不会穿衣服？”萧天耀一脸惊讶地看着林初九，他记得林初九平时并不喜欢让下人服侍，独自一个人跟他在军营，没有一个人侍候，也不见她有半点不习惯，怎么一回京却连衣服都不会穿了？

“不是，我不会穿亲王妃正服，这套衣服很复杂，我根本分不清楚要怎么穿，也不知哪件在里，哪件在外。”层层叠叠的，这里系一个扣子，那里绑一个带子，甚至左右襟都不对称，她根本不知怎么穿。

“现在已来不及让丫鬟过来了。”萧天耀默默地望天。

别说距离出发还有半个时辰，就是还有一天，也来不及让丫鬟从京城赶过来呀。

丫鬟赶不过来怎么办？只能自己动手了！

萧天耀略一思索，就道：“还有半个时辰，本王帮你，如果不行就放弃。”

他命人把林初九的亲王妃正服送来，原是希望林初九能风风光光地回京。林初九自从嫁给他，几乎没有风光的时候，就连大婚也像是在办丧事一样。

现在正好有机会，他当然希望林初九风光一回，好让京城那些女人羡慕，同时也让她们忌惮林初九，免得有不长眼的动林初九。

可他哪里知道，衣服拿回来了，林初九却不会穿！

“你？你要帮我穿？”林初九的眼睛瞪得大大的，几乎不敢相信自己听到的。

萧天耀知道自己在说什么吗？

“除了本王，还有更好的人选吗？或者你自己能办到？”萧天耀双手环抱，一脸高傲地道。

军中倒是有女人，可那都是军妓，他宁可自己动手也不会让军妓碰林初九一下。

“可是你会吗？”如果可以，林初九真的不想让萧天耀动手。

让萧天耀给她穿衣服，这太可怕了！

“肯定比你强。”他怎么可能会！

这世间有哪个女人，敢叫他服侍穿衣服？

他不拿剑劈了对方就是好的。

“衣服你可以帮我穿，梳妆呢？你会吗？”林初九自是不愿让萧天耀帮忙的，可她好像没有别的选择，只得想其他的办法打消萧天耀的念头。

“你自己不会吗？”连梳妆都不会，林初九到底是不是女人？

“我只会最简单的，不会盘发髻。”林初九指了指自己的头，一脸无辜。

萧天耀气闷不已：“正服不会穿，梳妆也不会，你还是女人吗？这些不都是女子该会的吗？”两条辫子怎么搭配亲王妃正服？还不如不穿，不伦不类的反倒丢脸。

见萧天耀吃瘪，林初九眼神一挑，一脸得意地道：“我是不是女人，你还不清楚吗？”这些天她一直被萧天耀吃得死死的，想想都觉得郁闷。

可她还没有高兴多久，就见萧天耀一脸正经地上前：“本王清楚？本王清楚什么？本王一点也不清楚，不如本王现在验证一下？”

“喂，你要干什么？别乱动。”林初九吓得双手抱胸，连连后退，萧天耀步步逼近，一本正经地道：“本王要验证一下，你是不是女人。”

这话萧王说得特严肃、特认真，完全没有一丝调戏的意味，越是如此林初九越是心慌。

把调戏的话说得这么正经，把调戏的动作做得这么严肃的男人，这是得多闷骚？

“萧天耀，你少耍流氓，我是不是女人你没有眼睛看吗？”林初九连连后退，可室内就这么点大，地上还摆满了首饰盒，她能退的空间实在有限，一个不小心，林初九就踏空了。

“啊……”林初九尖叫一声，身子往后仰倒。

萧天耀原本只是想逗逗她，哪里想到她会摔倒，急忙伸手去拉，不想林初九的手太滑，萧天耀一个没握住，只能眼睁睁地看着林初九往后仰倒。

好在，林初九及时稳住了身子，双手在半空划了两圈，勉强缓了一下，萧天耀见状，再次上前拉住林初九。

可就在此时，一颗珍珠滚到林初九脚下，林初九脚下一滑，不仅仅自己往后摔，甚至把萧天耀也拖下了水。

“啊……”林初九再次尖叫，一脸惊慌。

她身后是一堆大小不一、高低不平的首饰盒，这一摔就算不断两根骨头，也要撞得全身瘀青。

“笨女人！”萧天耀脸色一变，在林初九落地的瞬间，猛地抱住了她，正欲带着林初九跳出去，可就在跃起的刹那，萧天耀放弃了，抱着林初九转了一圈，任由自己摔下去。

“啪……”萧天耀重重地摔在盒子上，生生将身下的盒子压碎了。

“啊！”林初九随着萧天耀一同摔下去，却是趴在了萧天耀的身上，除了受到惊吓外，没有一丝伤。

“唔。”萧天耀痛闷一声，双手紧紧搂着林初九的腰，将她禁锢在自己身上。

果然，选择摔下来是对的。

“对，对不起。”林初九趴在萧天耀身上一动不动，看到一旁被压扁的盒子，更是自责不已，“你有没有伤到哪里？”

“背部撞伤了。”说实话，这点儿伤，对萧天耀来说根本不算什么，要不是他在摔下的瞬间故意收起内力，他压根就不会受伤。

“你起来，我看看。”林初九挣扎着要起身，却被萧天耀按了回去：“别动，让本王缓缓。”别动，让本王抱抱！

“很疼？”林初九不敢动了，一脸担心地道。

“很疼，不知道撞到了什么。”很软，抱着很舒服。左右这些首饰也没有办法用了，不需要半个时辰来装扮，他就是多抱一会儿也没有关系。

“哪里疼？是不是伤到骨头了？”林初九试着伸手去碰萧天耀，却引来萧天耀一声低喘："别动！"

林初九这是在玩火吗？

这女人不知道她现在正趴在他身上吗？身子不断地扭来扭去，蹭来蹭去，到底是什么意思？

"你……禽兽！"林初九是大夫，她当然知道萧天耀的反应不是因为伤，而是动情了！

"要是这都没有反应，本王就是禽兽不如，你也该哭了。"萧天耀并不觉得这有什么。

林初九是他的妻子，他对自己的妻子有反应，有问题吗？

"你松手！"哪怕林初九再大方，也没有大方到可以跟一个男人讨论这种问题，当即恼怒地在萧天耀的胸膛上捶了一记。

可是，她那点力道对萧天耀来说就像挠痒痒，根本伤不了他，反倒引得他心猿意马："本王说了，让你别动！"

再动下去，当心他不顾场合，不顾地点地办了她。

萧天耀确实动了办林初九的心思，他们两人成亲快一年了，感情也有了，按说早该成就好事，可偏偏一直在外奔波，总是寻不到合适的机会。

寻到了合适的机会，气氛又不对，他不想太过刻意，也不想勉强林初九，只得一拖再拖。今天气氛倒是不错，如果他强势一些，水到渠成也不是问题，奈何时机不对！

还有半个时辰他们就要动身回京，林初九到现在还没有梳妆打扮好，他根本没有时间做什么，顶多只能多抱一会儿。

可是就只是多抱一会儿，林初九也不给他机会："快松手，我得换衣服。"萧天耀抱得太紧了，她不是贴在他身上，而是整个人嵌在他身上，哪怕是隔着衣服，也能感受到他滚烫有力的肌肉。

"首饰毁了，不需要穿正服。"萧天耀抱着林初九一动不动。

事实上，不仅仅是林初九不需要换上亲王妃正服，他也不需要，因为他身上的衣服已经毁了，根本没有办法再穿。

"不穿正服我也得换别的衣服。"就她这笨手笨脚样，半个时辰根本没有办法收拾好自己。

难道她真的要萧天耀给她穿衣服？

想想就觉得画面太美，不敢直视。

"不穿正装便穿常服，不需要太刻意。"萧天耀仍旧没有松手。

不能将林初九就地正法，还不许他多抱一会儿？这也太残忍了。

“就算是常服，我也得换衣服，难不成我穿身上这套去？”而且就算她不用换衣服，萧天耀也得换，他的亲王朝服是真丝绸缎，一压便会起褶子，这么一折腾根本没有办法见人。

“有一刻钟足矣。”他可以再抱一刻钟。

“这么说，你是不松手了？”请求无用，林初九索性不再求，一脸高傲地问道。

“本王背部摔伤了，需要缓缓才能起来。”林初九画风陡变，引起了萧天耀的警惕。

他可没有忘记洞房那夜，林初九是怎么威胁他的，他可不想再来一次，太丢人了。

“缓缓是多久？一息还是两息？”林初九的右手抵在萧天耀的胸膛，勉强撑起半个身子。

别说，手肘抵在胸膛上还真不是一般的疼，萧天耀不由得皱眉。娶个懂医的妻子果真比较可怕，因为她知道打哪里用力最小、最疼。

“本王的肋骨好像撞断了。”萧天耀没有正面回答林初九的话，但却暗示林初九，不是他不想起来，实在是起不来呀。

“别动，我给你检查。”林初九脸上闪过一抹愧疚，忙收回右手，趴在萧天耀的身上，双手伸到他背后，头埋在他颈脖间，不时地吸气、吐气，发梢扫过萧天耀的颈脖间，引得萧天耀不由自主地一阵战栗。

就在萧天耀心猿意马之际，林初九的右脚突然往上一抬，膝盖抵在萧天耀的胯间，似笑非笑地道：“王爷，断了几根肋骨？”

为了方便起身，林初九左手撑在萧天耀的胸膛上，将上半身撑起，外人看来就是林初九骑在萧天耀身上。

“唔……”萧天耀痛闷一声，依他的本事只要轻轻一动，就能将林初九弹出去，可他却没有这么做。

林初九不是他的敌人，武功不是用来对付自己夫人的。

萧天耀黑着一张脸与林初九对视：“林初九，你知不知道你在做什么？”这是第二次了！

一连两次被同一个女人抵住同一个地方威胁，想想都觉得憋屈。

“我当然清楚我在做什么，反倒是王爷你，你清楚你在做什么吗？”萧天耀最近越来越可怕了，看她的眼神就像是要把她吃了一样，吓得她都不敢靠近他。

“既然清楚你在做什么，还不快放开本王。”林初九这个笨女人，不会以为凭她那点本事，就能制住他吧？

现在的他可不是大婚时的病弱样，别说一个林初九，就是十个林初九也别想制住他。

“你先松手，我立刻放了你。”到现在萧天耀还没有松开她的腰，可见这个男人有多固执。

“跟本王谈条件，林初九，你的胆子很大！”萧天耀一张面瘫脸，没有一点情绪，谁也看不出他在想什么。

如果是一年前，林初九见到他这个样子必然会害怕，可现在！

林初九半点不惧：“我的胆子一向很大，王爷你不是早就知道吗？”她不是瞎子，也不是死人，萧天耀表现得那么明显，她就是想要装傻也不行。

“胆子大到敢废了本王，你可知废了本王的后果？”这个女人还真不是一般的狠心，居然真的用上了力气，就不怕一个不小心，真把他给废了吗？

“大抵是不会太好，所以我不能废了你，我得直接杀了你才行。”林初九伸出右手，在萧天耀的脖子上比画了一下。

“想杀本王的人很多，你确定你能成功？”萧天耀可以肯定林初九不敢对他下手，现在的林初九可不是当初大婚时的林初九。

现在的林初九有太多的牵挂，她不敢动手，当然她也不会动手。他和林初九根本没有到你死我活的地步，林初九也没有生命危险，怎么也没有对他动手的动机。

“大约是不能，但是……我真的能让你松手。”话落，林初九猛地趴下，双唇落在萧天耀的唇上。

“唔……”萧天耀一怔，瞪大眼睛看着林初九，完全不敢相信林初九主动亲他了。

可是，他还没来得及品尝美人主动献吻的滋味，就感觉双臂一麻，双手不由自主地松开了。

他着了林初九的道！

林初九双手撑地，翻身而起，而起来的第一件事，就是擦嘴巴：“多谢王爷配合。”总算挣脱了萧天耀的怀抱！

“美人计！不错。”萧天耀眉眼含笑，没有一丝不满，右手指腹从唇边滑过，隐隐透着一丝玩味。

既然知道色诱对他有用，可见林初九是知道他想做什么的。要不是时机不对，他还真想陪林初九多玩玩，看看她还能使出什么手段。

……

林初九与萧天耀一番折腾下，已没有多少时间了，两人来不及收拾乱成一团的首饰盒，换了一身便装便出去了。

林初九的衣服最终还是自己换的，萧王倒是想要代劳，奈何林初九不配合。

两人一前一后走出内室，林初九特意放缓步子，落后萧王半步，萧天耀侧头看了一眼，脚下迟疑，最终还是往前迈了一步，没有等林初九。

萧天耀的动作并不大，林初九跟在他身后，自然将这一幕看在眼里，不过她并没有太多的感触。

对她而言，是走在萧天耀身后，还是与萧天耀并肩而行都不重要，只要她是萧王妃一天，只要萧王府没有别的女人，属于萧王妃的荣耀与尊宠就是她的。

当然，得到多少就要付出多少，她在享受萧王妃带来的尊荣的同时，也要背负这个身份带来的责任与压力。

就好比这次的事，她什么也不知道，什么也没有参与，可萧天耀要是败了，她一样要陪萧天耀去死。

两人走出营帐，时间刚刚好，文武百官正在百米外等候，亲兵早已将萧天耀出行的轿辇准备好。

两人一出来，便迎来亲兵与文武百官的行礼声，萧天耀应了一声，便扶着林初九上了轿辇。

萧天耀的轿辇乃是先皇亲赐，仅次于帝王龙辇，整个东文独一无二。轿辇高三米，宽十二米，从外面看上去，就像是一间移动的小屋子，而事实上这架轿辇就是一间能移动的小屋，里面会客厅、休息室、恭房全都有。

轿辇每次出动，都需要百余名壮汉才能移动，耗费极大，自皇上赏赐下来，萧天耀一次也没有用过，这是第一次，估计也是最后一次。

林初九是第一次见到萧天耀的轿辇，差点儿惊呼出声，好在关键时刻她记住了自己的身份，保住了萧王妃优雅高贵的形象，矜持地将手放到萧天耀的手心，任由他扶着登上轿辇。

为保持形象，林初九将背挺得笔直，目不斜视地往前行，虽然严肃呆板了一些，可总比丢人强。

两人走进轿辇，林初九默默地将自己的手抽回来，可一抽，手动不了，再抽，手还是动不了。

“王爷？”林初九停下脚步，侧头看着萧天耀。

都进来了，还握什么握？

“怎么？利用完了就想丢？”萧天耀不仅没有松开林初九的手，反倒握得更紧。

“王爷说什么？我听不懂。”林初九面带微笑，从容优雅，看似亲切实则疏离，一如初见，一如她在外的样子。

“刚刚，本王扶你进来了，现在人进来了，就要把本王踹了？”如果他猜得没有错的话，林初九刚刚根本不知道从哪里上轿辇。

要不是这样，她也不会乖乖地把手伸出来，任由他扶上来。

林初九没有被拆穿后的恼怒，从容地道："王爷，没有你也有下人。"萧天耀不过是代替了下人的工作罢了。

"把本王当下人，你胆子越来越大了。"真当他听不出林初九话中的意思？

"王爷，想太多是病，得治。"林初九用力，抽出了自己的手。

没有意外，手背红了，不过萧天耀还算有分寸，并没有弄伤她，她也就大方地不计较了。

"本王有没有想太多，你最清楚。"林初九这只小狐狸在想什么，他就是猜不到十分，也能猜到七分。

"秦太医之前似乎说过，皇上那病就是因为想太多，你怎么看？"在他的干预下，皇后同意让秦太医继续为皇上医治，可秦太医自己没用，这都快半个月了，一点儿进展也没有。

"皇上的病不是脑疾吗？和想太多有什么关系？"林初九左右看了看，最终挑了一个安全的位置坐下。

"是脑疾，秦太医无法医治，皇上一直不曾醒来，你可能治？"他知道林初九有秘密，也知道在东文除了林初九，估计没有人能医好皇上的病。

至于要不要去中央帝国求医，别说他不会为了皇上去求人，就算他去求，也不一定能求到神医国手。

"不知道，我需要见到皇上才能确定，要是有皇上的医案，你也可以先给我看看，我参考一下。"林初九一脸正色，看萧天耀的眼神也不像之前那般防备。

"去，拿皇上的医案来。"萧天耀在桌子上敲了一记，不多时隐卫就捧着一箱子医案出现了："王爷。"

"给王妃。"萧天耀指了指坐在角落，离他最远的林初九。

这女人还真是会躲，生怕他把她生吃了。

"是。"隐卫转身，将医案呈到林初九的案前，轻轻放下，转身离去。

林初九打开，随手取出最上面的一本，翻看……

这是皇上最近的医案，只记载了皇上的身体状况，还有用药情况。

细细看完皇上最早的医案，林初九心中已有判断，不过为了确定，林初九又抽了中间几分医案查看，看了七八份，才看到有用的信息，这下林初九就更加肯定自己的判断了。

"皇上脑中有瘤子，要治好只能开颅将瘤子取出来。但是在没有亲自诊断前，我不敢保证能医好皇上，我需要看到他的实际情况，再做决定。"开颅医治风险极大，她不敢保证自己一个人能完成，也不能保证能医好皇上。

"秦太医也说过，皇上的头疾需要开颅手术，但他无法做到，你能？"萧天耀看着林初九，幽深的眸子一片平静，像是在打量，又像是在审视，又像是什么也没有，只是随口一问。

林初九看着萧天耀，一时间不知如何回答。

林初九相信萧天耀这话绝不是问问而已，她不知道要如何回答，佯装思索了片刻，才道：“我说了，我要亲眼看过后才能做出判断。”

可萧天耀哪里是那么好糊弄的：“也就是说，你有把握把皇上的头颅打开，而不会伤他的性命？”

这个问题比上一个更刁钻也更直接，林初九没有立刻回答，而是大方地迎上萧天耀打量的视线：“你想问什么？”

“本王想知道，你的医术是跟谁学的！”他们都是有秘密的人，可总有一个人要先坦诚，不是他只能是林初九了，谁叫林初九还没有发现他的秘密呢。

“当然是跟我师父学的。”林初九想也不想就道，这个答案，她不是第一次说，也不会是最后一次。

“你师父是谁，在哪？”

“不知道，他云游四海，我哪里知道他在哪里？”

“还记得他的长相吗？”

“当然！”

“画出来，本王帮你去找他。”很明显，林初九的答案无法让萧天耀满意，林初九自然也知道，可她不妥协。

“拿纸笔来，我给你画。”她的师父虽然常年脏兮兮的，可她还是能画出他的长相的。

萧天耀别具深意地看了她一眼，起身，亲自为林初九拿来纸笔：“画吧。”

“好。”林初九接过纸笔，默默地将毛笔递还给萧天耀，“给我一节炭枝，我不会用毛笔画画。”她在别院连饭都吃不饱，哪有条件学琴棋书画。

“去，取一截炭条来。”萧天耀没有回去，而是在林初九身旁坐下，两人挨得很近，林初九看了萧天耀一眼，很想挪一个位置，可她之前挑的是一个死角，往哪里挪？

自己挑的位置，就是咽着泪水也要坐下去！她忍！

隐卫很快就送来了炭条，林初九挑了一根大小适中的，用小刀削出自己需要的形状，便开始画萧天耀要的师父画像。

林初九这几年时常想起她师父，画的时候自然是流利顺畅，没有一丝滞涩，而且动作从容自信，没有一丝心虚与不安，让萧天耀一度怀疑是他想太多了。

可是，他的隐卫将林初九过去十八年的生活都查了一个遍，也没有找出她所谓的

"师父"。

到底是哪个环节出了问题?

萧天耀看着林初九认真的侧脸，怎么也想不明白。

林初九埋头画画像，根本没有注意萧天耀的异常，很快就将画像画完，转手递给萧天耀："这就是我的师父。"一个脏兮兮的老头，神出鬼没，每次都只会交给她一堆活，极少亲自教导他。

"这人怎么长得这么奇怪？"林初九画得很细致，至少比官府画的画像更直观。

"他有异域血统。"这不是假话，林初九说出来一点儿也不心虚，她师父虽然什么也没有说，可她知道她师父不是东文人。

"知道了，本王让人去找。"萧天耀淡定地将画像收了起来，现在可以肯定林初九没有撒谎，她确实有一个师父。

看样子，他的隐卫还是不够强。

收起了画像，萧天耀也没有起身，而是自然而然地拿起帕子，沾湿，给林初九擦手。

"我自己来。"林初九愣了一下，想要抽回手，可萧天耀握得极紧："别动，快擦好了。"

林初九手上沾了不少炭灰，但并不难擦，只轻轻一拭就干净了，林初九见状也就不再较真，不曾想萧天耀这家伙得寸进尺，明明擦干净了却不肯松手，又拿出一块干净的帕子，重复擦拭的动作。

"王爷，已经擦干净了。"双手被萧天耀握在手心，手指发热，让林初九很不自在。

萧天耀这家伙最近是逮到机会就对她动手动脚，她真的是防不胜防。

"嗯，擦掉手指上的水。"萧天耀很清楚林初九的底线，在林初九发火前，果断地收手。

双手终于恢复了自由，林初九还来不及高兴，就发现萧天耀趁着给她擦手之际，又往里坐了，现在两人几乎是紧挨着，中间最多只能放下一根绣花针。

"王爷，能不能坐过去一点儿？"轿辇这么大，到处都是空的地方，萧天耀却非得和她挤一起，就不觉得拥挤吗?

"林初九，你是不是忘了你的身份？"这女人真是越来越矫情了，明明之前那么可爱，那么讨人喜欢，怎么现在越来越讨人厌了?

"我没忘，不就是萧王妃嘛，怎么，王爷要我现在就履行萧王妃的职责吗？"林初九似笑非笑地看着萧天耀。

"你知道王妃的职责是什么吗？"萧天耀端起矮桌上的杯子，慢条斯理地道。

林初九也不怯，大大方方地道："照顾王爷的起居，安排王府事务，必要的时候……"

不等林初九说完，萧天耀就打断道：“这些都是次要的，最重要的是为本王诞下继承人！”

他年纪不小了，也是时候生个孩子了。当然，晚两年也没有关系，但他们得为要一个孩子而努力。

“王爷现在想要孩子？”林初九一点儿也不怯。

“想又怎么样，不想又怎么样？”现在可以不要孩子，但要孩子的事不能再置之不顾。

成婚快一年了还没有同房，要是让世人知道，他萧王的面子往哪里摆？

“我以为，王爷短时间内，不会考虑要孩子的事。”林初九虽然试着与萧天耀保持距离，但萧天耀最近所有的动向都没有隐瞒她，她又不是傻子，哪里不知道萧天耀的野心。

萧天耀要的绝不仅仅是东文，如果他只是想要东文的皇位，这次就直接造反称帝了。

“本王需要一个继承人。”他做的事，风险太大，不成功就是死路一条，如果能留下一丝血脉也是好事。

当然，会有这个念头是因为他遇到了林初九，在没有遇到林初九之前，他从来没有想过找个女人生孩子。

孩子对现在的他来说是一个负担，而且他也不认为一般的女人，能养好他的继承人。

不过，林初九不一样，他相信林初九一定能培养出一个，他想要的继承人……

第十二章　血色局中局

孩子不是一天就能生出来的，也不是想生就能生出来的，萧天耀虽然表达了想要孩子的愿望，可孩子的母亲不配合，什么都是白搭。

不知是孩子的问题太过敏感还是什么，当萧天耀提出想要一个孩子时，林初九并没有接话，而是别过头不看萧天耀。

萧天耀见状，虽无奈却没有逼她，接下来的路程，两人都没有再说话。

林初九窝在角落写写画画，萧天耀则手执书卷，慢悠悠地看了起来，二人虽然安静得诡异却并不尴尬。

轿辇的速度并不快，到了傍晚也只走了三分之一的路程，征得萧天耀的同意后，一行人在原地扎营休息，准备休息一晚，明天继续赶路。

按他们今日的行程，明天是肯定无法赶到京城的，萧天耀也不可能同意，在傍晚的时候进城。不出意外，他们应该是第三天一早进城。

没有意外，晚上休息时，萧天耀与林初九住在一个帐篷里。两人对此早已习惯，两人都是聪明且理智的人，不管他们两人真实的情况如何，在外人眼中他们都是合法的萧王与萧王妃。

与萧王妃分帐而睡，无异于打萧王妃的脸，萧天耀是不会做的。

当然，这也是因为萧王妃是林初九，而他正好觉得林初九不错，要不然他管对方是不是萧王妃，他不乐意给面子谁也勉强不了他。

而拒绝与萧天耀同眠，这种当众给萧天耀难堪的事，林初九也不会做，在人前她会给足萧天耀面子，不会因两人的私事，给政敌嘲讽他、笑话他的机会。

两人用过晚膳后，按说该梳洗休息了，可林初九却抱着一本书，坐在书桌前看得津津有味，看那样子好似不打算睡觉一般。

萧天耀坐在一旁，翻阅京中送来的折子，时不时抬头看林初九两眼，见林初九假装投入的样子，不由得暗笑。

林初九不是一个能藏得住心事的人，虽然她自以为隐藏得很好，可也只能骗骗外人，他只要看一眼，就能明白她在想什么。

看林初九紧张纠结的样子，萧天耀不用想也知道，这姑娘怕是在担心他今晚会做什么，而她不知道自己该不该拒绝。

毕竟，身为萧王妃，生下他的继承人是她的义务，她要拒绝了，后果不是她能承担的。可要顺从，她心底恐怕还有那么一点儿不情愿。

当然，猜到归猜到，萧天耀可不会好心地告诉林初九，他今晚什么都不会做，他也不会勉强林初九。

有些事，虽说是不是两情相悦都能做，但在两情相悦的情况下，效果总是更好一些。他都已经等了这么多年，不介意再多等几年。

时间一分一秒过去，早就过了两人就寝的时间，林初九却没有起身的念头，萧天耀暗笑一声，放下手上的折子，站了起来。

正在“认真”看书的林初九身子一绷，脑袋几乎要埋在书卷里，一副看得入迷的样子。

“哈哈……”萧天耀忍不住大笑起来，林初九这是不打自招，真是蠢死了。

被人当众拆穿，林初九一脸尴尬，面色臊红，故作平静放下手中的书，起身问道：“王爷，你要睡了吗？”

“嗯，时间不早了，你要快些梳洗，早点儿休息。”萧天耀嘴角含笑，戏谑地看着林初九，无声地告诉林初九，她的小动作他都清楚了。

“我，我还不想睡，王爷你先睡吧。”本就尴尬的林初九，这下更是不敢与萧天耀对视。

她现在真的不知道该怎么办才好！

她不想这么快就与萧天耀有实质上的发展，可萧天耀要是开口，她又不能说不。

她是萧王妃，从律法上说她是萧天耀的妻子，她不能拒绝与萧天耀同房，甚至不能拒绝为他诞下孩子。

当然，她是可以拒绝的，但拒绝后呢？

她要眼睁睁地看着萧天耀娶别的女人，让别的女人为他生下继承人吗？

别说看了，只要一想她的心就疼得厉害。

她对这个男人是有感情的，只是伤得太重、太深，她把感情深深地隐藏了。她心里还有这个男人，她无法接受他和别的女人在一起，尤其是她自己亲手把他推向别的女人。

可要她轻易妥协，将过去的一切一笔勾销，她又意难平。她真的不知道要怎么办才好。

萧天耀轻轻笑了一声，有那么一刹那，林初九觉得萧天耀将她看穿了，就在她尴尬得不知如何是好时，亲卫来报右相求见。

林初九长长地松了口气，悄悄地拍了拍心口，暗道自己逃过一劫。

萧天耀觉得又好气又好笑，见林初九一副惊魂初定的样子，也不好再吓她："早点睡，不用等本王。"

萧天耀不可能在这里见右相，命人将右相带到旁边的帐篷便出去了，不过在离去前，他特意看了林初九一眼，那一眼别具深意。

如果是平时，林初九一定会想萧天耀这一眼内涵的深意，现在的她真没空想这些，见萧天耀离开，她也顾不得形象，直接瘫在椅子上喘粗气。

萧天耀最近真的太难缠了，她都不知道如何是好。

她想像以前那样拒绝他，可每每想到那个特意给她送衣服的身影，她就下不了决心。

那是第一次，有人在她需要的时候给她送衣服；那是第一次，她体会到了被人放在心尖上，被人关心的滋味；那是第一次，她不用再羡慕别人。

看到萧天耀拿着衣服出现的那一刻，她的心狂跳不止，她满脑子里只有他。

也许，对萧天耀来说这只是不经意间的一件小事，但对她来说，却是弥补了她童年的缺失，心中的遗憾。

"我该怎么办？"林初九抬头，看着黑洞洞的屋顶，两眼无神。

她不明白，为什么是萧天耀？

为什么是这个一再伤害她的男人？

为什么是这个她曾动心的男人？

"为什么是你？"如果是别人，也许她还不会这么矛盾，不会这么无助。

偏偏那个人是萧天耀，她曾经心动，甚至到现在她的心里还有他，她无法狠下心来拒绝他。

……

萧天耀此次回京并不低调，别说有心人，就是普通百姓也知道萧王为何回京。

萧天耀此次回京，是为了摄政，谁也不敢保证萧天耀摄政后会还政，哪怕有千万分之一的可能，某些人也会竭力阻止萧王进京，阻止萧王摄政。

天藏阁、影月楼因时逸寒的命令，不敢接与萧天耀有关的生意，但天藏影月不接，并不表示别人不敢接，在四国并不是只有影月楼才接杀人的活。

在萧天耀回京的前一天，除了影月楼外的各大杀手组织，都接到了暗杀萧天耀的生意。

“派一人出手，黄金一百两，杀一位朝廷命官，一百两黄金；取萧天耀首级，黄金一百万两。”这是某个雇主，给某个杀手组织开出来的价格。

无论成功与否，只要派出组织里的杀手就有银子拿，而接到这单生意的，并不止一个杀手组织，东文大大小小的杀手组织，都接到了相应的生意。

杀手本就是为银子卖命，刺杀萧天耀的难度很大，成功的几率几乎没有，但雇主并没有说一定要杀死萧天耀，他们只要出手就行，要是顺利斩杀几个朝廷命官，他们也能拿到不少的赏银。

提前一天，各大杀手组织的人就齐齐出动，沿途埋伏在萧天耀进京的必经之路上，只等时机一到就下手。

各大杀手组织之间并没有联系，也不会有生意上的往来，但这一次大家却默契地选择合作。

在萧王一行人扎营后，潜伏在各处的杀手们暗中联系，大家不约而同地约定一同出手。

月黑风高，正是杀人的好时机，待到杀手们摸清萧王与众位大人的营帐所在，查清巡逻士兵的规律后，便准备出手了。

“一。”

“二。”

暗处，有人在打手势，待打到“三”时，潜伏在暗处的杀手兵分两路，一路对主营下手，一路对文武百官的营帐下手。

“唰……”数十人齐刷刷地出动，提剑朝主营帐冲去。

“有刺客，有刺客！”金吾卫第一时间发现异动，拔刀上前，阻挡冲在前面的刺客。

“我们拖住金吾卫，你们往里冲。”第一拨杀手没有往前冲，而是竭力缠住金吾卫。

这是杀手们第一次合作，他们也约定好了，只要杀死萧王，拿到赏金大家就均分，也就不存在什么功不功劳。

他们是杀手不是军人，他们从来不按功劳分银子，他们只有完成任务，才有赏金可以拿。

大家都是训练有素的杀手，虽是第一次合作，彼此之间并无默契，但却分工明确，各司其职，每个人坚守自己的位置，不贪功不冒进，很快就逼得金吾卫步步后退。

营帐内，心中烦闷的林初九听到外面的动静，再顾不得悲秋伤春，猛地从椅子上跳起，抹了一把脸就取出贴身的匕首，小心地往前走。

没走两步，就被隐卫挡住了：“王妃，请不要外出，卑职会保护你。”

“外面是怎么一回事？”见到隐卫出现，林初九暗暗松了口气。

她见识过隐卫的实力，她知道萧天耀的隐卫有多强。

“一群杀手，应该是冲着王爷来的。”隐卫之所以没有在第一时间出现，就是为了查看外面的清况，并将消息报给萧天耀知晓。

“多少人？能不能挡住？”对于杀手这种生物，林初九还是很忌惮的，要知道她大婚那日，可是有杀手杀进了新房，要不是她还有点本事，早就命丧对方的剑下了。

“很多，属下粗略看了一眼，至少有三十几人，金吾卫正在全力阻挡，困难太大。”萧天耀此次进京，带了五千精兵，数量并不少，但对上杀手并没占优势，杀手从来不会与人正面交战。

“王爷现在在哪？什么时候回来？”林初九知道，隐卫没有把握拦住杀手，现在只能寄希望于萧天耀了。

“王爷与右相等人在一块，那里杀手更多，王爷怕是无法过来。”杀文武大臣赏金虽少，但架不住文武大臣数量多，而且好下手。是以，除了顶尖杀手外，大部分杀手都涌到文武大臣那里，试图多杀几个朝廷命官，以数量来补质量上的差别。

“连朝廷命官也一起下手，皇后好本事！”虽说现在并没有证据，但林初九还是能猜出幕后主使者是谁。

萧子安与周贵妃被皇后困在宫里，太子被关在牢里，文王形同被圈禁，这个时候能大手笔派出杀手，且能避过萧天耀耳目的，只有皇后。

“有王爷在，那些大人不会有事。”这个时候也不能有事，不然死去的大臣的家眷肯定会怪萧王，认为是萧王牵连了他们。

“我这里，只有你吗？”有萧王在，自然没有杀手能近那些大臣的身，可是她呢？

她不敢保证，自己能从杀手手中逃脱，要知道敢来攻击主营的杀手，绝对不是普通人。

“王爷没有别的安排。”隐卫如实回道。

“我知道。”林初九并不觉得意外，也不生气，只是将匕首握得更紧。

今晚这场刺杀萧天耀想到也罢，没有想到也罢，事情都已经发生了，而且萧天耀还给她留了一个人，她该知足了。

毕竟，她不能一直要求萧天耀守在她身边保护她，她享受了萧王妃带来的荣耀，自然也要承担相应的风险。

“王妃放心，属下一定会保护好你，王妃要是不放心，属下可以护送你去找王爷。”虽然一路上可能会有未知的危险，但只要走到王爷身旁就安全了。

这天下，还没有哪个杀手，能在王爷的眼皮底下杀人！

“不必，我相信你。”外面杀声震天，这个时候冲出去，只会成为杀手的目标。

而且，她也该相信萧天耀一次，相信自己一次。相信有萧天耀在她不会有事，相信她自己有自保的能力！

杀手明显是有备而来，很快就有几个人，攻破了金吾卫的防御，冲到了主营帐前。好在，萧天耀也不是毫无准备，在杀手即将冲入营帐时，一队精锐强兵从两侧涌出，生生将杀手挡在了外面。

营帐内，已做好战斗准备的林初九与隐卫同时松了口气。

“果然，王爷是有安排的。”隐卫悄悄地看了林初九一眼，见林初九没有不快，这才松了口气。

别人不知，他们这些隐卫可是清楚王爷有多在意王妃，要是王妃因这件事不高兴，与王爷冷战，那么倒霉的就是他们。

虽说王爷不会打他们，也不会骂他们，可天天对着王爷身上的寒气，他们也会害怕呀！

“王爷早有准备，不会让我们陷入危险。”连她都能猜到，京中有人不想他们回去，萧天耀怎么可能猜不到？

只是她没有猜到，皇后居然能在短时间内，找到这么多杀手。

“王妃，现在外面的情况已经稳定住了，属下护送你去王爷那儿？”隐卫见杀手都被金吾卫牵制住，又起了护送林初九出去的念头。

这是主营帐，是杀手集中火力强攻的地方，他们待在这里不安全。杀手的手段诡异多变，他也没有信心能在混乱中保护王妃。

“不出去，出去了更危险。”萧天耀身后肯定是最安全的，可她怕自己没命走到萧天耀身后去。

隐卫默不吭声，没有再劝。虽然他很清楚杀手的目标是王爷，但也不敢保证那些杀手，不会趁机活捉王妃，拿王妃威胁王爷，真要那样事情就糟糕了。

林初九也没有说话，手中的匕首越握越紧，戒备地看向四周。

她不止一次面对杀手的暗杀，她很清楚一个厉害的杀手，绝对不会与目标人物正面交手，他们会潜在暗处，伺机而动。

外面有很多杀手，有金吾卫在林初九就不惧，她害怕的是潜伏在四周的杀手，这才是真正可怕的存在。

然而，真是怕什么来什么，突然间一枚泛着蓝光的短箭“咻”的一声，朝林初九射来。

“王妃，当心！”隐卫反应极快地推开林初九，挡在林初九面前。

“当……”短箭与长剑相交，发出一声脆响，关键时刻隐卫将短箭打飞出去，可是有第一枚就有第二枚，隐卫刚打飞一枚短箭，第二枚短箭再度飞射而来，隐卫不得不集中全部注意力，防备隐在暗处的杀手。

“短箭有毒，你当心。”林初九第一时间躲在不易被短箭攻击的死角，可是死角能避开短箭的偷袭，却无法避开杀手的正面一击。

当隐藏的杀手破顶而入，手持长剑刺向林初九时，林初九根本无路可躲。

“该死！”林初九低咒一声，面对杀手刺来的长剑，只能仅仅避开要害。

“扑哧……”长剑划破了她的胳膊，血瞬间染红了衣袖。

林初九抱着受伤的胳膊，狼狈地在地上滚了一圈，见杀手再度袭来，林初九大喊：“你们的目标是萧天耀吗？与其杀我，不如活捉我，用来威胁萧天耀。”

“萧王爷在哪？”杀手的动作一顿，让林初九得以喘息。

“萧天耀不在这里，我可以带你们去。”林初九狼狈地起身，右手仍旧抱着受伤的胳膊，怯怯地看着杀手，一副没有杀伤力的样子。

杀手没有动，眼中闪过一抹犹豫。雇主没说要取萧王妃的命，他们杀了萧王妃也没有好处，可要能让萧王妃给他们带路，多少有几分胜算。

“王妃，不可以！”被短箭逼得无法靠近的隐卫，听到林初九的话，大声吼道。

“可不可以，你说了不算。”杀手原本还有一丝迟疑，见隐卫反应这么大，便知道萧王妃还是有用处的，杀手用剑指着林初九，“背过身，带路。”

“好。”林初九十分配合，完全是一副为了活命，什么都愿意做的窝囊样。

“王妃，不可以！”隐卫想要上前，可他刚一动，杀手就将剑架在了林初九的脖子上：“不想她死，就别动。”

“王妃……”隐卫不敢动，只能恨恨地看着林初九带着杀手往外走。

林初九没有回头，一步一步走得异常小心，刚走出营帐就听到身后的杀手大喊：“不想萧王妃死，就给我住手！”

萧天耀安排的精锐，都是为了保护林初九，见林初九被杀手制住，将士们不得不停下来。

杀手见金吾卫配合，心中暗暗松了口气。看样子萧王妃这个人质还是很好用的，刚刚没有杀她果然是对的。

“你们，到我身后来，我们一起去找萧王爷。”挟持林初九的杀手，指着那些与他合作却不相熟的杀手们道。

杀手们见状，第一时间聚在这名杀手身后，在林初九的带领下，往前走。金吾卫亦步亦趋地跟在他们身后，杀手们也不叫停，只让金吾卫退后，与他们保持安全的距离。

走在前面的林初九听到杀手的话，眼中闪过一抹冷笑。

杀手已聚在一块，且和金吾卫保持了足够远的距离，她只要找到机会就可以动手了。

因是临时居住，帐篷都集中搭在一个方位，很快林初九就把杀手们带到了众位大臣所在的营帐。

营帐外，有另一批杀手正在与金吾卫厮杀，他们试图冲破金吾卫的防守，杀进帐篷内，可是半天都没有收获。

就在他们准备放弃时，看到杀手押着林初九走了过来。

“怎么回事？”有人问道。

拿林初九做人质的杀手道：“萧王在里面。”换言之，他们这么多人主攻主营帐，其实是白忙了一场，萧王根本不在营帐内。

“什么？萧，萧王在里面？”攻打大臣营帐的杀手，本就是二三流的，来这里捡便宜，他们哪里知道这里不仅没有便宜可捡，反而撞到了铁板。

“王妃？你们是什么人？放了王妃！”金吾卫看到林初九被杀手制住，厉声质问。

“限你们在一炷香内，把萧王交出来，不然我杀了她。”杀手手腕一动，剑刃在林初九的脖子上划出一道血痕。

林初九眼前一亮，她知道时机到了。

剑划过脖子上的嫩肉，很疼，这点儿疼痛对林初九来说并不算什么，可是林初九却惊慌地大喊：“王爷，救命啊！”

那般惊慌失措的样子，就好像杀手要杀她一般，别说对面的金吾卫，就是她身后的杀手也吓了一跳：这女人也太没用了！

不过没用也有没用的好处，杀手晃了晃手中的剑，成功把林初九吓得全身颤抖后，嚣张地道：“快，去喊萧王爷出来，不然我……”

杀手的话未说完，只见前一秒还惊慌失措的林初九，突然转身、扬手，不知朝他们撒了什么，而他们站的位置又正值逆风口，风一吹林初九洒出来的粉状物，迅速吹散，飘到他们面前。

“抱歉，你没有机会见萧王爷了。”林初九的动作快且准，撒完手上的药粉后，立刻后退。

金吾卫的反应极快，第一时间冲上前，将林初九团团护住。

杀手原没把林初九当回事，尤其是看到她被吓坏后，更是没将林初九放在眼里，不想前一秒还是兔子的林初九，突然变成了大灰狼。

“你，你……”情况陡变，杀手第一反应就是上当了，第二反应就是举剑上前，想要拿下林初九，可惜他只往前迈了一步，就觉得眼前一黑，右手连剑都握不稳了。

“抱歉，骗了你。”林初九笑靥如花，杀手眼前发晕，看不真切，朦胧中只记得林初九得意的笑。

“拿下他们！”成功用药放倒前排的杀手后，林初九毫不客气地下令。

“任务失败，快撤。”后排的杀手反应极快，可他们反应再快也没用，前有金吾卫，后有精兵，他们已经被包围了。

听到杀手捉住了林初九的萧天耀，第一时间赶来，可他看到的不是一个等他拯救的弱女子，而是轻易将杀手放倒的女英雄。

萧天耀的嘴角微抽，却仍旧给亲兵下达命令，亲兵得令后，高声喊道：“王爷有令，格杀勿论。”

不过是一帮杀手，他们不需要留活口，留了活口也问不出什么东西来。

“王爷！”将林初九护在中间的金吾卫，见萧天耀来了立刻让路。

林初九站在原地，见萧天耀一步步朝她走来，不知为何竟有一种想跑的冲动。

可是，她明明没有做错事！

不对，不仅没有做错，还做得很好，她要跑什么？

思索间，萧天耀已经走到她面前，看到她脖子上的血痕，原本就冷硬的表情更加地阴沉：“胆子很大？”

“王爷不高兴？”林初九默默地后退，心虚地别过脸，虽然她不知道自己为什么要心虚。

她觉得自己今天表现得超好，完全是超水平发挥。

“你要本王怎么高兴？”蠢得把自己弄伤，他怎么就看上这么一个女人？

“我破坏了你的计划？”这是林初九唯一能想到的，除此之外她不觉得自己哪里有错。

“你还知道本王有计划？”说不上破坏，但确实是出乎他的意料。他没有想到，林初九居然能把这些刺客放倒。

想到洞房夜林初九的表现，萧天耀又觉得这很正常，他不能用看普通人的眼光，去看待林初九。在林初九身上，什么不可能的事情都会变成可能。

“我都能猜到会有杀手伏杀我们，你怎么可能猜不到。”这个时候跑去文武大臣的营帐，十有八九就是想要施恩于人。

之前用武力震慑众人，现在施恩于人，恩威并施才是用人的上策。

“还不算笨，既然知道本王有计划，还擅自行动？”擅自行动就算了，还弄伤自己，也不知道脖子上的伤会不会留疤。

“我不希望成为你的累赘，也不想被人当成软柿子。”林初九低声说道。

她承认自己有私心，是故意要在人前表现一番，可她是被逼得没有办法了。

皇权斗争，争的是权，夺的是命，在这个过程中谁都不会心慈手软，要让人知道萧王妃是萧天耀的软肋，日后找她麻烦的人会更多。

那些人不敢对萧天耀下手，也无法对萧天耀下手，却会从她这里下手，她必须成长起来。

见林初九情绪低落，萧天耀不由得放软语气：“帮了本王这么大的忙，怎么是累赘！”

“所以，我没有破坏你的计划？”林初九眼前一亮，一脸期待地看着萧天耀。

萧天耀暗叹了口气，言不由衷地道：“没有，你做得很好，不过下不为例。”为了几个杀手拿命冒险，太不值得了。

萧王妃的命，可没有那么不值钱。

“没有下一次了，下一次没人敢找我麻烦。”见识到萧王妃的凶残，还有几个人敢当她是软柿子？

真当她好欺负？

萧天耀觉得好气又好笑，故意板着脸道：“脖子上有伤，回去上药，这里本王会处理。”虽说和计划有些出入，但林初九出风头和他出手也没有什么区别，左右那些大人都得承他的情，感谢他的救命之恩。

“小伤，不碍事的。”虽然没有看到脖子上的伤，但身为大夫，林初九很清楚这点儿小伤不致命，甚至都不会留疤。

萧天耀见林初九毫不在意的样子，脸黑了：“快去上药。”

右相几人一出来，就看到萧天耀黑着一张脸，因为隔得太远，他们听不到萧王说了什么，只能猜测萧王在训斥萧王妃。

想到金吾卫刚刚说，萧王妃以身为饵，诱杀杀手，右相等人忙上前劝说：“王爷莫生气，王妃身上还有伤呢，你可千万不要怪罪王妃。”

“是呀，是呀，王妃以自己为饵冒险诱杀杀手，也是担心王爷，王爷千万别怪罪王妃。”

“王妃今日可是救了我们一命，可是我们的大恩人，王爷要怪就怪我们，千万不要怪王妃。”

右相几人不是笨蛋，虽说这些杀手嘴上嚷着要杀萧王，可大部分杀手都是冲着他们来的，很明显对方是要取他们性命，要不是正好萧王在场，他们怕是早就被潜入营帐的杀手暗杀了。

今天这事，只要不是萧王自导自演的，他们都算是欠了萧王一个人情，虽然杀手会暗杀他们，与他们倒向萧王不无关系，但权力斗争本就如此，如果因为派系不同，拉拢不到人，就用杀手暗杀，手段就太龌龊了，人品也太卑劣了。

萧天耀本就没有生林初九的气，他只是气林初九以身冒险，没把自己的安危放在首位。

不过，这些他才不会说，右相等人误会了那就让他们误会，事情虽然和预计的不一样，但还是达到了他要的效果。

在一众大臣的劝说下，萧天耀黑着脸道："来人，护送王妃回去。"

"是。"亲卫上前，簇拥着林初九离开。

林初九知道这个时候没有自己说话的份，老实地跟着亲兵回到营帐。

"王妃，卑职就在外面守着，有什么事您唤一声。"亲卫恭敬地退下，林初九点了点头，有些蒙地坐在主位上，越想越觉得这事不对。

她身边只有一个隐卫，杀手都潜进营帐了，她要不以身为饵，冒险诱敌的话，根本就没有活路。她完全没有做错好不好？

而且，就算她坏了萧天耀的计划又如何，是萧天耀的计划重要，还是她的命重要？在萧天耀心中，也许他的计划更重要，可是在她心中，自然是她的命更重要，她选择自救有什么错？

"明明没有错，居然还傻傻地认错，我真的没救了。"林初九默默地捂脸，趴在桌上装死。

她是什么时候觉得自己有错的？是萧天耀出来，黑着一张脸跑到她面前兴师问罪，让她觉得自己好像犯了天大的错。

"居然被萧天耀的黑脸吓到了，犯傻地承认自己有错，我简直是蠢死了。"果然气势这种东西很重要，明明她没有做错，可面对态度强硬的萧天耀，她就不自觉地心虚了。

"亏死了，没让萧天耀解释，为什么明知有杀手来，却不派人保护我就算了，居然还被萧天耀训。"林初九觉得自己越活越回去了，明明以前她面对萧天耀时都很冷静，根本不会受萧天耀的气势影响，可现在怎么就把持不住了呢？

"男色误人！"想来想去，林初九也就觉得，只有这个可能了。

被萧天耀重金请来保护林初九，却没有机会出手的第一杀手荆池，见林初九疯疯癫癫的样子，不屑地哼了一声。

这是第几次了？

他接了萧王那么多次保护萧王妃的委托，真正完成的有几次?

上一次是重楼出手，才救下了萧王妃；这一次更好，不等他出手，萧王妃就自救了。

“果然，我也得跟影月楼一样，不接与萧王有关的任务，不管是杀人还是保护人。”接萧王的委托就是砸自己的招牌，再这么下去他天下第一杀手的名号得让人了。

“小池池，你怎么了？”糖糖正在看热闹，见荆池一脸颓废，不解地问道。

“任务没有完成。”荆池冷着一张脸，不快地道。

依萧王的小气，任务没有完成就肯定没有银子付，他拿什么养糖糖?

难不成，他要重新去接杀人的任务?

“萧王的银子不容易赚，那么多杀手都栽在萧王手里，我们还是别出手的好。”搞不清状况的糖糖拉了拉荆池的衣摆，“走吧，萧王的银子不好赚。”

荆池懒得解释，随意点了点头：“确实，萧王的银子不好赚，我们是该回去了。”没有萧王的委托，他总得去接别的委托。

“走吧，走吧，我不喜欢这里。”看到那么多同行死在面前，糖糖表示他很不开心，也不喜欢萧王了。

萧王太狠了，他们不过是拿人钱财替人办事，至于下狠手吗?

糖糖从来不是一个能藏得住心事的人，荆池只看一眼就知道糖糖在想什么，但他没有解释的意思。

糖糖不需要懂这些，这些自有他来处理。

荆池走之前，再次将四周检查了一遍，顺手清理了两个躲在暗处、胆小不敢动的杀手，然后留下一个特殊标记，带着糖糖悄然离去。

有了这两个人，也能证明他出手了，萧王的佣金还是要给的。

随右相等人回到营帐的萧王，没有与右相他们多说，也没有继续谈之前未谈完的公事，简单地说了一句，便丢下众人去处理公务了。

萧王一走，右相等人立刻安静下来，一个个你看看我，我看看你，谁也没有说话。

一个武将模样的人上前，掀开营帐的帘子，左右看了两眼，确定萧王没有派人监视，朝右相等人点了点头。

有沉不住气的人见状，忙开口：“相爷，这事你怎么看？”

“不是萧王自导自演，就是宫里那几个人的手笔。”谁都不是蠢货，自然看得明白。

“恐怕不是萧王，萧王很看重萧王妃，如果是他自导自演的，不会拿萧王妃冒险。”

“不好说，也许萧王就是抓住了我们的心理，故意让萧王妃露面，好让我们信以为真。”

“这些人不是演戏，是真的要杀我们，杀了我们对萧王没有好处。”

杀手动手的瞬间，他们是真切地感觉到了，这些杀手是真的来杀他们的，不是演戏。

正因为这样，众位大臣才愤怒，才惶恐，他们纵横朝廷数十载，不是没有遇到过仇家暗杀，但却是第一次遇到这么大手笔的暗杀。

今天要不是萧王凑巧在，他们这些人怕是要殒命于此了。

“好了，现在不是说这些的时候，这件事透着蹊跷，你们现在只要记住，我们的命是萧王救的就行，其他的事等回京再说。”右相见众人吵了起来，忙出声呵道。

今天这事不管是谁主导的，只要动了手就会有痕迹，一次出动这么多杀手，不可能什么都查不到。

右相的威信极高，他一开口就再无人敢多言，大家一个个严肃得应是。

宫里，皇后在第一时间收到了任务失败的消息。

“啪……”皇后面上不露半点儿情绪，却生生将小指指甲折断了。

“娘娘？”嬷嬷心中一惊，小心地抬头。

皇后娘娘抽出帕子，将断指甲包好，面色如常地道：“收拾好尾巴，别让人查出来，我不希望朝堂不稳。”

这话中还有一个意思，那就是有人查出来，也不能查到她身上。

第十三章　天家的荣耀

萧天耀整顿好军纪，调整好布防后，直接回到了主营帐，并没有与右相等人说什么，好像刺客一事不曾发生一样。

萧天耀的做事效率极高，他回来时林初九还坐在椅子上，为自己的愚蠢默哀。

萧天耀一进来，就闻到了一股血腥味，虽说味道很淡，但确实有。

“你没有处理伤口？”萧天耀脚步一顿，脸色阴沉地问道。

这个蠢女人在干什么？这都多久了？外面的血都冲干净了，她居然还没有把自己的伤口包扎好。

林初九愣了一下，条件反射地站了起来：“王爷？你什么时候进来的？”怎么一点儿声音也没有？

“你很忙吗？”萧天耀几步走到林初九面前，指着她脖子上的伤。

血都干了，这女人居然还没有清理伤口上药，她到底在干什么？

“不，并不。”林初九本能地抬手摸向伤口，可抬到一半才反应过来，还没有包扎，不能随便乱碰。

“不忙为什么不包扎？”难不成在等他？

想到这个可能，萧天耀觉得心情稍好了几分。这女人总算还记得他是她丈夫，知道依靠他。

“我在想，我到底有没有坏你的事。还有，我刚刚要是没有主动与杀手谈条件，会不会横死当场。”林初九并非质问，也不是怪罪萧天耀，她就是没有想明白。

为什么不管发生什么事，萧天耀都是一副理直气壮占了理的样子，好像她做什么都不对，一直在犯错。

要不是她刚刚很冷静，她又要被萧天耀训一顿了，因为她没有给自己的伤口包扎。

“太过，太假。你是女子，你是萧王妃，你不懂武功，没有人会相信你能放倒一群杀手，更不会有人相信，尊贵如你会以身犯险，以身为饵。世人总是会被自己的眼睛蒙蔽，总是喜欢自欺欺人，他们宁可相信今晚的事是一个局，也不想相信你一个女人有那么大的本事。”

无所谓坏不坏事，只是林初九的出手确实超出了他的预计，他没有想到林初九的胆子那么大，更没有想到她居然成功了。

“感觉很有道理，但又有哪里不对！”林初九承认，她又一次被萧天耀说服了，但萧天耀完全是站在他自己的立场，萧天耀好像没有为她考虑。

“不对，是因为你没有站在高处，没有看到全局，你所做的决定只考虑了你自己。”换言之，萧天耀这是在怪林初九没有为他考虑。

原本没有想明白的林初九，立刻就顿悟了：“王爷，你当我傻呢？你什么都没有告诉我，我该怎么为你考虑？明明是你没有提前告诉我一声，你还怪我了？”

萧天耀的口才太好了，她差点又上当了。

不过，现在把事情说清楚也好，之前的认错，就当她在人前给萧天耀做面子。人后还是要把事情说清楚，她才不胡乱背黑锅呢。

“本王不是不想告诉你，是没来得及。”萧天耀轻咳一声，颇有几分不自在。

他不是没来得及告诉林初九，而是还没有这个习惯，他自认把一切都安排好了，林初九绝对不会有危险，也就没有想过要提前告诉她。哪里知道，他算好了一切，偏偏漏算了林初九的反应，林初九比他预想的还要独立一些。

这真不是一个好消息，他以前欣赏的就是林初九的独立自强，现在他却希望林初九能多依赖他一些，最好离不开他。

承认错误这种事萧王爷是不会做的，为了转移林初九的注意力，萧天耀指了指林初九脖子上的伤，一脸严肃地道：“处理你的伤口要紧，其他的稍后再谈。”

“王爷，你转移话题的能力，还真是一如既往地糟糕。”林初九没好气地说道，不过还是给了萧天耀面子，配合地坐下，让萧天耀给她上药。

伤在脖子上，军营又没有铜镜，她自己处理起来会很麻烦，萧天耀肯代劳，她也觉得不错。

“你坐好。”萧天耀的黑脸透着不正常的红晕，明显是不好意思，可惜此时天色太暗，萧天耀又坐在背光处，林初九并没有看到。

很快，亲卫就送来了热水，烈酒、伤药和绷带，放下后就悄悄离去，连多看一眼都不敢。

“坐这来。”萧天耀此时已面色如常，坐到了光亮处，并让林初九也坐过来，好方便他上药。

刹那间，林初九想到上次给手指上药的画面，一时间有些别扭：“要不，还是我自己来吧？”

“过来，别让本王说第三遍。”显然，萧天耀与林初九的思维没有在同一个频道，萧天耀关心的是她的伤，而林初九关心的是自己的贞操。

虽然，一个结了婚的女人，在自己丈夫面前说贞操，有那么一点儿不对。

“只上药，不许动手动脚。”林初九走到萧天耀面前，先约法三章。

萧天耀拿着酒的手一顿，侧着头，似笑非笑地看着林初九：“多谢夫人提醒，本王记得了。”

他原先真没有想到动手动脚这个事，林初九提醒得太是时候了。

“你听到我的话没有？”林初九突然囧了，她好像给自己挖了个坑。

“夫人有令，本王莫敢不从，快坐下。”萧天耀拍了拍身侧的位置，一派君子之风。

看，他都没有像上次那样，把人拉到怀里，多君子。

好吧，不是不想而是不敢，林初九这次伤在脖子上，和上次不一样，要是林初九挣扎，扯到了伤口怎么办？

伤在脖子上，哪怕只是一道细长的小刀伤，也得仔细一些。

“嘶……伤口有点儿疼，你轻点儿。”林初九坐下，不等萧天耀动手就喊疼，免得萧天耀等会儿乱来。

“嗯。”萧天耀应了一声，眼中飞快地闪过一抹杀意。

今晚这事他会好好跟皇后算，皇后不是第一次伤林初九了。慈恩堂那件事，他看在彼此合作的份上忍了一次，可并不表示他忘记了。

皇后敢一再对他和林初九出手，就得承担惹怒他的后果！

时间紧迫，他们第二天一早还要起程回京城，晚上也不知道有没有别的危险，萧天耀虽然很想逗逗林初九，到底还是忍住了。

而且林初九身上并不止脖子上一处有伤，她的胳膊也伤了，好在没有伤到骨头，不影响行动，不然萧天耀不敢保证，盛怒之下的他会不会直接冲进宫杀了皇后。

“下次记得先给自己上药。”萧天耀说上药就真的只是上药，规规矩矩没有半分逾越。

林初九忐忑了半天却换来这么一个结果，说不出心里是什么滋味，总之挺不自在的，这会儿萧天耀开口，她也老老实实地应了。

上好药后，萧天耀便让人准备好了热水给林初九梳洗，可看到林初九受伤的胳膊，又有几分担心：“你自己能行吗？”还是要给林初九准备一个丫鬟随行才行，虽然他并不介意亲自服侍林初九，但他知道林初九肯定不会同意。

“可以的。”林初九轻轻地晃了晃受伤的胳膊，确定不会拉扯开伤口，果断地把萧天耀赶了出去。

别以为她没看出萧天耀眼中的期待，别说她双手同样灵活，就算她一只手没法梳洗，也不会要萧天耀帮忙。

林初九一向独立自主，虽说这段时间被萧天耀宠得脾气好像有点大，但打理自己的生活还是不成问题的，哪怕她此刻受了伤。

小心地脱下脏衣服，林初九用完好的手拧了一块帕子，简单地擦拭一番。

这时的天气还不热，要不是她刚刚躲杀手弄得一身灰，都不需要刻意梳洗。

萧天耀在屋外，听到水声响起，便知林初九可以处理自己身上的伤，站了一会，确定林初九一个人可以，便走开了。

刚走两步，亲卫就过来了：“王爷，流白公子有要事求见。”

“嗯。”流白本在抵御皇上调来的援兵，这个时候来找他，肯定与此事有关。

萧天耀随亲卫来到一偏僻的营帐，流白已经在等候，见到萧天耀进来，流白侧身行礼：“王爷。”

“什么事？”萧天耀从流白身边走过，在主位上坐下。

“王爷，安西的朱将军送上一封信，指名要给你。”流白呈上一封蜡印完好的信件。

萧天耀检查了一遍，确定信没有被打开过，这才将封口挑开，展开信一看，萧天耀就变脸了。

“去请朱将军来见我。”萧天耀反手将信压下，一脸凝重地道。

流白一看就知事情严重，当下不敢怠慢，亲自去请朱将军，不多时就带着朱将军过来了。

朱将军一身便服，全身都包裹在黑衣里，不是熟悉的人绝对认不出他。

“王爷。”朱将军不是皇上的心腹，他只是忠于东文，只忠于坐在皇位上的人。他会进京勤王保驾，也是因为他忠于东文，忠于东文的皇帝。

“朱将军免礼。”朱将军是军中难得的有才干、又爱护手下将士的人，即使双方立场不同，萧天耀一样很尊重他。

“朱将军手上这封信，是何时收到的？”萧天耀扬了扬手中的信。

这信是朱将军让流白呈给他的，但这封信其实是写给朱将军的，朱将军只是换了一个信封，送到他这来了。

“今早。”朱将军选择把信交给萧天耀，就是选择与萧天耀合作。

当然，合作并不表示背叛东文，在朱将军看来他选择与萧王合作，才是忠于东文。

“皇上一直没有醒，这一点秦太医可以作证。”朱将军是个痛快人，萧天耀自然不会藏着掖着。

“末将就是知晓此事，才觉得蹊跷，犹豫再三还是决定将信送给王爷，相信王爷定能处理好。”他给萧王的信，是盖了玉玺的调兵令，而且还是皇帝的笔锋，皇帝的口吻。

习惯服从的他差点就按信上的指示办了，可看到手下一张张年轻的面孔，他终是不忍。

萧王不管怎么说也是皇室中人，这段时间他们与萧王的金吾卫交战数次，损伤却是极小。

他们可以肯定萧王手上的金吾卫，绝对有能力打退他们，可是萧王没有这么做。

两军交战至今，萧王都不曾让手下的金吾卫主动出兵，更不曾对他们发起猛烈的攻击，金吾卫只以防守为主，只为挡住他们。

萧王是东文的亲王，所以在交战时会顾忌东文将士与百姓的伤亡，会克制自己的力量，可是西武会吗？

信上的命令，是要他拿着这封信，向西武的大将军借兵，镇压萧王，可西武的兵马借来了，以后会安安分分地离开吗？而且，西武的兵马一入境，必将是一场恶战，到时候横死的就是他们东文的百姓，东文的将士。

这真是皇上的命令吗？皇上会陷东文百姓于水火之中吗？

朱将军犹豫再三，最终还是决定带着这封信来找萧王。

他不相信皇上会这么做，也不相信这是皇上的命令，即使上面是皇上的字迹，是皇上的口吻，并盖着只有帝王才能掌控的玉玺，但朱将军仍旧不信。

直觉告诉朱将军，这件事不简单。

当然，如果这真是皇上的命令，他也选择交给萧天耀。对东文的百姓与将士来说，一个肆意牺牲他们的皇帝，不值得效忠。

朱将军不知这件事自己做得对不对，但他知道他只能求助于萧王，因为萧王是皇室中人，他定会查清事情的真相，也定会维护皇室的面子。

“朱将军放心，此事本王会解决。本王提醒朱将军一句，这件事到此为止，你没有见过这封信，也没有见过本王。”萧天耀这是直白地告诉朱将军，他不会把朱将军推出去，也不会借这封信抹黑皇上。

不管这封信是不是皇上的手笔，现在都只能不是，东文可以有一个昏庸的皇帝，但不能有一个拿东文百姓的生命当儿戏的皇帝。

这封信一旦暴露出来，东文上下固然会对皇上失望，可也会对皇室、对萧家失望。

不得不说背后之人用心十分险恶，对方要的不是打垮皇上或者萧王，而是打垮整个萧氏皇族！

信件的事并不是一时半刻就能查出来的，萧天耀拿到信件后并没有动作，而是当作什么都没有发生，第二天如约进城。

文王、安王与七皇子率文武百官在城外相迎，萧天耀下马车受了三人与百官的礼后，一同进城。

林初九一直坐在马车里，隔着车窗的帘子远远地看了文王、安王与七皇子一眼。文王一脸阴鸷，安王身形消瘦，看得出来这段时间两人过得并不好。七皇子年纪虽小，但站在两位皇兄身旁，却丝毫不显气弱，不过一张小脸绷得紧紧的，看着就不好相处。

时隔一个月，再相见好像大家都变了。

林初九轻轻叹了口气，放下车帘不再关注外面的情况。

入城后，兵分两路，萧王亲兵护送林初九回萧王府，萧王则进宫与众大臣议事。

萧王府已整修完毕，府中的下人也早早地被放回来了，此时曹管家正带着府中的下人，在大门口迎接林初九。

林初九的马车还未到，萧王府的下人就跪了一地，车刚停稳，就听他们激动地高呼王妃千岁。

不怪他们激动，这段时间对他们来说可谓是生死两重天，要不是主子本事大，翻了身，他们这些人全都回不来了。

“都起来吧。”林初九在下人的搀扶下下了马车，她依旧是一身常服，却无人敢轻视半分。

“奴才叩谢王妃娘娘。”曹管家率一众下人起来，然后带着珍珠、玛瑙、珊瑚和翡翠上前。

“王妃娘娘，你可回来了。”曹管家看着林初九，眼眶先红了。

这段时间他们担惊受怕的，就怕主子出事，现在看到主子无事，他们这颗心才能安下来。

“王妃您瘦了，下次出门您带上奴婢吧，奴婢不怕吃苦也不怕死。”珍珠、玛瑙等四人一时没有忍住，眼泪就落了下来。

被皇上的人带走后，她们以为此生都见不到王妃了，没想到还有回来的一天，真的是太好了。

“好，带上，以后去哪里都带上你们。”经过这件事林初九也知道，她身边的人至少是忠诚的，不忠诚的人回不来。

珍珠、玛瑙等四人虽是萧天耀安排的，但这四人做得很好，她就是亲自调教，也不一定能调教出这么合心的丫鬟。

主仆一场，这四人忠心不二，她也不能刻薄寡恩，凉了人心。

“王妃，你说真的？”珍珠本是那么一说，根本没有想到林初九会同意，一时间又是震惊又是欢喜，完全不知如何是好。

“当然是真的，你们也是跟我一起受过苦的，我怎么能丢下你们？”她自认没有什么事是只能让珍珠几个知道，却不能对萧天耀说的，留下这四人对她的影响并不大。

“太好了，太好了……王妃肯带着我们了。王妃你放心，奴婢一定会尽心尽力服侍你，只效忠你一人。”四个丫鬟你看看我，我看看你，哭成一团。

为了得到林初九的信任，她们一直在努力，本以为依她们的出身，林初九一辈子都不会信任她们，没有想到她们居然因祸得福，得到了王妃的信任。

“好了，好了，在大门口哭什么，不知情的人还以为我欺负你们了。”看着一向稳重的珍珠、玛瑙哭得像个泪人，林初九笑了笑。

没有因为牢狱之灾而变得阴郁，这四人很好。

曹管家见林初九主仆五人站在外面，完全没有进去的意思，不得不出声提醒：“咳咳……王妃刚回来，你们先让王妃进去再说。”

珍珠玛瑙等一听，忙擦掉脸上的泪：“你看奴婢一高兴就忘了，王妃您一路舟车劳顿必是累极了，王妃您快进府，奴婢已经准备好了香汤，被子也晒得干干的，您一定会喜欢。”

伺候林初九这么久，珍珠和玛瑙很清楚林初九喜欢什么，一早就按她的喜好布置好了房间与院落。

“奴婢还给王妃炖了鸡汤，做了桂花圆子，王妃您什么时候想吃都行。”翡翠和珊瑚也不甘示弱，凑到林初九身旁，一脸欢喜地说着。

曹管家见林初九与珍珠四人一脸欢喜，也凑了个趣：“这四个丫头前两天就开始忙碌，一直在盼着王妃您回来。王妃您不知道，这四个丫头胆子大着呢，王爷原先的意思是，让您搬到主院来，这四个丫头非说主院要布置，后院也要布置，这样王妃想睡哪就能睡哪，您看看这四个丫头，哪有做下人的样子。”

话虽这么说，可曹管家却不觉得有什么不对。经此一事，林初九在萧王府的地位扶摇直上，萧王是他们的主子，林初九也是，他们会考虑萧王的需求，现在也会考虑林初九的需求，并不会像之前一样，视林初九为萧天耀的附属。

林初九一愣，随即欣慰地道：“确实胆子大，不过王府的主子虽少，各个院子却要收拾起来，不能荒废了。”

林初九赞许地看向珍珠四人，但嘴上却绝口不提住哪里去的事。有些事能做不能说，当初让她住偏院的是萧天耀，现在萧天耀一句话就想让她回主院，做梦去吧。

不是她矫情，也不是她故意，而是有些面子要争，有些事不能退让，当初萧天耀是怎么对她的，她没有忘，也忘不了。

有些事，不会因为过去就过去了；有些伤害，也不会随着时间而消失。如果装糊涂将前尘过往一笔揭过，她心里也会不舒服，到那时纵然是举案齐眉，也会意难平。

“王妃说得是，咱们王府的主子确实少，许多院子都荒废了，是该收拾起来了，不然等到小主子出生，可就没有地方住了。”曹管家提起住处的事，本是希望林初九能主动提出回主院住，王爷要是知道王妃主动回主院了，必然会很高兴，可哪里知道林初九不接话。

林初九只是笑了笑，这不是她第一次听人提起萧王继承人的事，想必也不会是最后一次，依萧王现在的身份，关心他继承人的人绝不会少。

只是，现在的她，真的能做一个好妻子，一个好母亲吗?

林初九很怀疑，所以她只能当作不知，拖一时是一时。

……

萧王本就手握军权，权倾天下，如若他再执掌政权，他便是东文名副其实的第一人，即使没有登基称帝也和皇帝没有什么区别。

萧王摄政，很大程度是皇后、大皇子与萧子安三派斗争的结果，是众人无可奈何却又不得不承认的事实。

右相等人虽然亲自出城迎接萧王回京执政，但并不表示他们打从心底希望萧王摄政。事实上，朝中大半的人不想萧王摄政，只是他们没有选择。

皇上昏迷后，东文没有一个主事者，太子倒下后，三大派系争权争得厉害，六部只能维持基本的运行，许多事情都无法处理，再这么下去不需要外敌动手，他们自己就先乱了。

这个时候，东文必须要有人站出来主持大局，压制皇后等人，不然他们这些人都要当亡国奴。

是以，就算右相等人再不想萧王摄政，还是出城将萧王迎了回来，并在萧王进宫后，第一时间将政权交到萧王手里。

右相这些人十分清楚，就算他们不出手，政权最终还是要落到萧王手里，与其做无谓的斗争，不如卖萧王一个好，日后指不定有别的好处。

回京第一天，在右相等人的配合下，萧王顺利地接手了政务，但是所有人都知道，萧王接手了政务，并不表示万事大吉。

这段时间，六部政务积压如山，许多早该执行的命令，却因为皇后、大皇子、安王三派的斗争而延迟，底下的官员怨声载道。这个时候萧王要是无法拨乱反正，就会失了人心，以往树立起来的高大形象，也会崩塌。

力挽狂澜这种事做得好了，那就是能力非凡，萧王的声望必将再上一个台阶。若做不好，萧王的名声就会毁于一旦，日后再想接掌政权会难许多。

可以说，萧王接手的就是一个烂摊子，不仅事情多，六部官员也不怎么配合。

毕竟不是每个人都像右相他们那么精明，也不是每个人都能像右相一样，在皇上出事后，立刻倒向萧王而毫无心理负担。

皇上这些年除了在萧王的事上，其他时候表现得都极好，甚至可以说是英明，朝臣对皇上的评价颇高。

皇上当政数十年，心腹并不少，这些人不像林相那般，被皇上当成一把剑，随时刺向政敌，这些人大多被皇上重用，放在了关键的位置上。

饶是萧天耀也不得不说，皇上有用人的眼光，手下也有许多能干的人，在皇上昏迷不醒，皇后等人只忙着夺权的当口，还能保持六部正常运转，着实不易。

不过欣赏归欣赏，当萧王发现六部的人配合度极低后，还是忍不住有了杀鸡儆猴的冲动。

各部公文积压成山，兵部、户部除了日常事务外，竟是什么事也做不了，西武在边境虎视眈眈，驻地的将军早就将情况报上来了，却无人能拿主意。

驻守北历的大军早在一个月前，就上报了伤残士兵抚恤的折子，可至今也没有拿出一个说法来。

北历使臣早早抵达了东文，降书递交了大半个月，却无人过问，更不用说派人跟他们谈和了。

一件件一桩桩，都是急事、要事，除非萧王有分身之术，不然，他一个人怎么也不可能把这些事情办好。

萧天耀之前一直只管兵权，在皇上有意无意的防备下，从来没有掌管政权，六部的官员虽不敢当面跟萧王唱反调，但却可以敷衍、推托，或者拿规章来拖进度。这么做不仅让人挑不出错，还能让人心中厌烦。

萧天耀虽是第一次接手政务，但并不是什么都不懂，六部官员的小动作他看得清清楚楚，可就是因为清楚才更厌烦。他现在还要六部的官员办事，明知他们使坏，也不能拿他们怎样，想想都觉得恶心。

六部官员明面上配合，私底下却小手段不断，以至于萧天耀接手政务容易，真要处理起政务却十分困难。接手政务的第一天，萧天耀就被政务缠住，连宫门都没有时间出。

傍晚时分，在外候命的公公见萧天耀在屋内一点动静也没有，怕这位爷饿着，犹豫再三大着胆子走了进去。

要知道，这位爷进宫后到现在连中饭都不曾用，这要饿出一个好歹，他们这些人可就惨了。

小太监一进来萧天耀就发现了，不过他头都没抬，只当是进来换蜡烛、剪烛芯的下人，不想那小太监进来后，径直走到他面前，然后半天没有动作。

“何事？”萧天耀放下手中的笔，抬头问道。

小太监吓了一跳，扑通一下跪在地上，战战兢兢地道：“王爷，时辰不早了，您要传膳吗？”

小太监一进来就后悔了，一天不吃根本饿不死人，可要惹得萧王不满，十有八九会死在这里。

“用膳？什么时辰了？”萧天耀这才发现，天全黑了。

“回王爷的话，酉时三刻了。”早就过了用膳的时间，要不是这样，他也不会硬着头皮进来。

“这么晚了？”已经过了王府用膳的时间，也不知林初九有没有等他用膳。

“回王爷的话，是不早了，王爷您要传膳吗？”小太监根本不敢说，王爷要不要回府，看王爷这架势，今晚怕是连睡都不会睡。

“传吧，再派人去萧王府说一声，本王今晚不回府了。”这是外宫，不是后宫，遇到政务繁忙之际，皇上也会留大臣在这里休息。

“是，王爷。”小太监得了令，半刻也不敢停留。

很快宫女就把萧王的膳食送来了，萧天耀随意用了几口，便命人将饭菜撤下，继续未完成的工作。

萧王府，一直在等萧天耀回府用膳的林初九，等到饥肠辘辘，等到桌上的菜全凉了，结果等到了萧王今晚不回府的消息。

“知道了，下去吧。”林初九面色不变，可随伺在旁的珍珠、玛瑙，还有努力将自己缩起来的曹管家，却只觉山雨欲来。

……

萧天耀手上那封命朱将军去西武借兵的信，是皇上的笔迹，是皇上的口吻，落的也是皇上才知道放在哪里的玉玺印章，要说这封信不是皇上写的，拿不出足够的证据，绝不会有人相信。

但是，萧天耀可以肯定皇上自昏迷后，就没有清醒过。这封信绝不是皇上亲笔所写，而且从墨迹的颜色来看，这封信也不可能是皇上提前写好的。

不是皇上写的，就只有一个可能，那就是这封信是皇上亲近之人写的，并且对方很了解皇上。

皇上身边有哪些亲近之人？

萧天耀当天晚上就琢磨了一下，很快就锁定了嫌疑人，他们分别是：皇后、周贵妃、林相、秦太医。

皇上未曾昏迷前，能时常接触到皇上的人，后宫中只有周贵妃，前朝就是林相。秦太医不用说，他是皇上唯一信任的太医，这几年皇上连太监都不怎么用，秦太医一直贴身照顾皇上的起居。

至于皇后，则纯粹是因为她势力大，她在宫里不显山不露水，可探子遍布宫中，在所有人都不曾注意到她时，她早已将宫廷握在手中，她有能力也有动机这么做。

看着太监送进来的食盒，萧天耀决定拎着食盒出宫，匆匆离宫其一确实是为了回去陪林初九，其二也不妨碍他算计暗处的人。

他的对手很了解他，他也了解他的对手，甚至他更了解他自己。他和他的对手都清楚，他萧天耀不可能蠢到拎着一个装着饭菜的食盒，只为了让一个女人高兴，而丢下政务回王府。

当然，在今天之前，他也不认为自己会做这样的蠢事，可偏偏他做了，还做得没有一点别扭，甚至还有一丝的高兴。

看着不远处的萧王府，萧天耀暗自摇头：想来，他真的是疯了。如果他的对手知道了，恐怕也会认为他疯了。

“嗒嗒嗒……”马蹄声在夜间十分响亮，萧王府的侍卫远远地就发现了，立刻派人上前查看，这一看留守在萧王府的侍卫傻眼了：王爷，回来了！

“快，快去告诉曹管家，王爷回来了。”最初的震惊与慌乱过后，侍卫各司其职，上前牵马的牵马，开门的开门，进屋通报的进屋通报，并没有因为萧天耀突然回来而乱作一团。

曹管家这会儿正在洗脚，听到消息连脚都来不及擦，湿漉漉的套着鞋就跑出来了，一张老脸笑得灿烂如菊。

他就知道王爷很在意王妃，这不，两个小菜就让王爷大半夜的跑回来了。

“奴才给王爷请安，王爷千岁千岁千千岁。”曹管家一激动，就跪下来给萧天耀行了个大礼。

曹管家都跪下了，其余的下人哪里敢站着，一个个跟着跪下，高呼王爷千岁。

“免礼，通知下去，这个月府中所有人的月例发双份。”他被皇上安上通敌叛国的罪名，萧王府的下人没有背叛他，对他不离不弃，他身为主子自然也不会亏待下人，虽然他一直很缺银子，可该赏的时候从来不吝啬。

银子不是省出来的，是赚出来的，是打出来的。

“王爷，王妃已经赏过奴才了，不过王妃用的是她自己私库的银子。”曹管家没有立刻应下，而是小声地说了一句。

王府的大权仍旧在萧王手中，林初九虽是王妃，却仍旧没有管理王府财务的权力，就是要打赏下人，也只能动用自己的私库。

果然，女人可以没有娘家支持，没有夫家疼爱，但一定不能没有本事，没有钱财。

曹管家这时告诉萧王，自然是提醒萧王要尊重王妃，把萧王府交给王妃定会被打理得更体面。

不想萧天耀完全没听懂曹管家的暗示，只是满意地点了点头。他满意的自然不是曹管家，而是林初九，满意林初九的表现，满意林初九开始有女主人的自觉，知道打赏府中的下人。

“呃……”曹管家到嘴的劝说，生生咽了回来，因为萧天耀已经拎着食盒走了。

从进府到现在，萧王就没有松开手中的食盒，曹管家真想问：王爷您拎着一个食盒到处走，真不怕有损你威严的形象吗？

显然萧王爷是不怕的，他要怕的话，也不会拎着一个食盒满大街走，让他所有的对手，都知道他半夜为了一个食盒奔回了王府。

萧天耀拎着食盒来到林初九住的小院，小院位处偏僻，像是被王府隔出来的一角，要不是曹管家特意安排，连巡逻的侍卫都极少走到这里来。

院内一片漆黑，只有林初九的房间有微弱的烛光，无声地告诉萧天耀，她还没有睡。

唇角轻扬，萧天耀挥退欲上前行礼的侍卫，拎着食盒往里走。走进院内，偶尔能听到虫鸣声，可见林初九院前的那块平地，没少藏虫子。

这样的地方，不是大家夫人愿意住的，可是林初九却不在意，最初也许是不得不住，现在她倒真的是住习惯了，除了不方便外并不觉得有什么不好的。

可是，萧天耀却不高兴了。这个院子的存在，无时无刻不在提醒着，他当初对林初九有多么恶劣。把她一个弱女子孤零零地扔在偏僻的小院，任她自生自灭，这真是一个大男人会做的事吗？

他当时到底是怎么了，才会那般苛待林初九？才会不顾身份与修养，跟一个小女人计较？

萧天耀怎么也想不明白，他虽不是怜香惜玉的人，但也不是恶劣的人，至少不会无缘无故为难一个女子。可偏偏他就为难了林初九，甚至在林初九不断讨好他的时候，一次次将她推开，一次次伤害她。

也许，她是特别的，是不一样的。

走到房门口，萧天耀顿住脚步，略一迟疑才敲门。

他很期待，林初九这会儿见到他，会是什么表情？是高兴地大喊大叫，还是兴奋地冲到他怀里？不管哪一种，他都挺期待的……

第十四章　恰似你的温柔

萧天耀想了千百种可能，独独没有想到，林初九她……根本不开门！

“有事明天再说，我要睡了。”林初九连是谁都没有问，直接不开门，萧天耀站在门口，傻眼了。

不开门，哪来第一眼见到他的惊喜？哪来的激动？哪来的兴奋？

“啪啪……”萧天耀重重地拍打门框，以表示自己的不满。

这个女人，总是能破坏他的好心情。

“谁？”屋内，传来林初九疑惑的声音，在萧王府，下人可不敢这么敲门。

“除了本王，还能有谁？”萧王不高兴，很不高兴，林初九破坏了他的惊喜，也破坏了他的好心情。

“王爷！”屋内的林初九有惊无喜，起身时险些被椅子绊倒，可她的笨拙却取悦了萧天耀。

站在屋外的萧天耀虽然没有看到，但光听声音也能想象出林初九此时的狼狈样。然而，心里高兴归高兴，萧天耀面上却不显露半分，甚至故作严肃地道：“慌慌张张跟个孩子似的，像什么样。”

林初九没有理萧天耀，匆忙打开门，看到站在门外的萧天耀，林初九脸上的震惊还没有收回：“王爷，你怎么回来了？”不是公务繁忙到连吃饭的时间都没有吗？可千万不要告诉她又是路过。

“本王回来陪你用膳。”萧天耀无视林初九震惊的眼神，拎着食盒往里走。

林初九傻愣愣地站在原地，一度怀疑自己看错了：萧天耀手上拎的是食盒，那种装着菜的食盒？

是因为天黑她没有看清，还是她眼睛有毛病了？

“还愣着干什么，还不快过来，莫不是要本王等你？”萧天耀回头，见林初九还站在门口，好笑地摇了摇头。

这女人莫不是高兴坏了吧！

女人果然都是口是心非，嘴上各种抗拒，身体却诚实得很。

“王爷，你怎么回来了？”林初九转身，却没有把门带上，她没打算留萧天耀过夜。

她和萧天耀现在的关系不像之前那么冷淡，可要说好又差上一点，他们现在同睡一张床，感觉怪怪的，总之她很不自在。

“天晚了，本王不该回来吗？”萧天耀将食盒里的菜取出来，放在桌上，又取出两个杯子，倒满酒：“坐下，陪本王喝一杯。”

“这菜，有点眼熟。”林初九看着桌上的菜，隐约猜到了一些，心里有点别扭。

“王妃亲自安排的菜品，只是眼熟吗？”萧天耀举起杯子，似笑非笑地看了林初九一眼。

林初九脸一红，她总觉得萧天耀这一眼包含了许多意思，偏她一时又猜不出来，也不知该怎么回答，只得先在萧天耀对面坐下。

林初九一坐下，萧天耀就缓缓说道：“今天本王一进宫，右相与六部尚书就将政权交了出来，子文与子安也很配合，从头到尾没有添乱。

“各位大臣将政务禀明后，在宫里留了两个时辰，帮助本王熟悉政务，本王要什么他们给什么，问什么他们答什么，完全不见一丝不耐烦。

“按说，事情进行得这么顺利，本王应该很快就能上手，将积压的政务一一解决。然而事情并不是这样，本王再怎么天资聪颖，也是第一次接触朝廷政务；本王知道的再多，也不可能了解六部所有的事情，有规章制度、往年旧例可参照的还好，可那样的事务六部自己都能解决，又怎么可能积压下来？

“积压在案的折子，无一不是难事、急事，这些事不仅要尽快处理，还无例可寻，无规则可参，本王就是想问也找不到人问，更不知该怎么问。

“朝野上下都赞同本王摄政，在本王接手政务时也是全力配合。这样的情况下，本王要是连这点政务都处理不了，无法保证东文的平稳，那就是本王能力不行。到那时，即使本王挂着摄政的名头，也没有多大用处。”

一个有兵权却无处理政务能力的摄政王，在世人眼中就是一个武夫，治理国家光靠武夫之勇是不行的。

林初九很有耐心地听完萧天耀的话，待到萧天耀说完，林初九毫不犹豫地道：“我相信你，一定能完美地处理好东文的事务。”

在林初九看来，萧天耀虽然不是无敌的，但他绝不会被这种小事难住，至今她还没有见到，有什么事是萧天耀做不到的。

“本王也相信，那点小事难不倒本王。”萧天耀举杯，从容自信，完全没有被眼前的困境吓住。

“底下官员的小动作本王明白，左右不过是怕本王乾坤独断，霸道专行，抢了他们手中的权力。所以他们借机为难本王，想让本王明白，政事不是那么好处理的，我想要处理好政务还需要他们的协助，我必须要重用他们才行。”

萧天耀的手略一顿，举杯轻晃，眼中满是嘲讽：“然而，本王不是那么好欺负的人，他们今日给本王下马威，明日本王就能将他们彻底架空。”

他留在宫里处理公务，并非不知怎么处理，而是想要在最短的时间内，把积压的政务全部处理完，打文武大臣一个措手不及。

那些人不是认为，他一介武夫不会处理政务吗？那些人不是认为，没有他们的帮助，他做不到吗？那些人不是认为，他们自己很重要吗？那些人不是认为，皇上是英明仁君吗？那些人不是认为，他们受了皇上的恩情，只能忠于皇上吗？

明天过后，他就要让那些人看看，他是不是只懂得带兵打仗的武夫？东文是不是离了他们就不能运转？他们忠于皇上的下场是什么？他萧天耀从来不是什么好人，有仇报仇，有恩报恩。那些大臣敢给他在暗中使绊子，敢看他笑话，就等着被他一个个收拾吧！

当年，才十五岁的他，就能把军中那些老兵油子一个个收拾得服服帖帖，还收拾不了这些瞻前顾后的文臣？

真当他没用激进的手段破城而入，自立为王就是怕了，就不敢登基称帝了？他并非不敢登基称帝，也不是没有那个能耐，他只是不屑罢了。东文的皇位于他而言，不过是唾手可得的东西，他根本兴不起抢夺的念头。

萧天耀跟林初九说这些，并不是抱怨自己的难处，也不是为了显示自己能干。他只是想告诉林初九，他不是故意不回王府，也不是故意浪费林初九的一片心意，他只是想要尽快解决手中的事。

按说，他完全可以直接告诉林初九，可他什么时候跟人解释过？

萧王府上下，谁敢跟他要解释？他能做到这一步，已经是最大的让步了。

萧王自认做得很漂亮，毕竟这事错不在他。林初九什么都没有告诉他，他根本不知林初九准备了饭菜等他回来一起用膳，要是林初九提前告诉他了，他肯定会准时回来，绝不会让林初九多等一秒。

当然，他也不会蠢到去责怪林初九，与林初九相处这么久，他多少也知道林初九这个女人有多么骄傲，又有多么地记仇，哦，还有小心眼。

他这次责怪了林初九，以后林初九恐怕再也不会等他一起用膳，更不可能亲自准备饭菜了。为了今后的幸福生活，为了夫妻二人之间的安定，他就委屈一点，退一步好了。

萧王自认他已经详细说明了原委，林初九怎么也该高兴了吧？这个时候怎么也该表示一点吧？

可是，等了许久也不见林初九开口，萧天耀心里不高兴，抬头一看，却见林初九右手撑着脑袋，一副要睡着的样子。

萧天耀的好心情瞬间就没了，黑着脸道："林初九，你就没有什么想说的吗？"合着他说了这么多，全是白说了。

"啊？说，说什么？"林初九迷迷糊糊地看着萧天耀，一副没有睡醒的样子。

她确实困得不行，因为刺客的原因，他们硬是把三天的路改成了两天，今天更是天不亮就起来赶路，一路上都没有合眼，回到王府也是琐事缠身，没时间补觉。

"你说这个时候，你该说什么？"他丢下公务，大半夜的跑回来，就算没有惊喜，也该感动了吧？

"王爷，我困了。"林初九眼巴巴地看着萧天耀，一双大眼里蓄着泪水。

萧天耀敲门的时候，她正在擦头发，边擦边打着瞌睡，要不是萧天耀敲门，她估计就趴在梳妆台上睡着了。

"本王还没有用膳！"萧天耀咬牙切齿地说道。

他看得出来林初九是真困了，可问题是他都回来了，林初九难道还只想着睡吗？就不能用她那不太灵光的脑子想一想他吗？

"那让人传膳了吗？"林初九边说边打哈欠，眼泪顺着眼角滑落，一滴一滴，在烛光的照耀下闪闪发光，配上想睡不能睡的可怜样，说不出来地诱人，萧天耀心念一动，等他反应过来，他已倾身上前，右手抚在林初九的脸上，指尖按在林初九的眼角。

两人离得很近，鼻尖隐隐相碰，只要轻轻呼口气，就能把热气呼到对方的脸上。屋内的气氛刹那间变得暧昧起来，林初九刹那间就惊醒了，一脸震惊地喊了一句："王爷？"你这是要干什么？怎么好好的又动手动脚了。

"别动。"萧天耀猛地惊喜，看着放在林初九脸上的大手，萧天耀默默地垂眸。

他都不知道自己的手什么时候放上去的，还真是……

林初九果然是林初九，一个不经意的动作，就让他失控了。

"你，你能往后移一点吗？"热气呼在她的脸上，她真的很不自在，最主要的是她的脸好像很红、很烫。

萧天耀没有动，而是一脸严肃地道："有眼屎，别乱动。"

"王爷，这个笑话一点也不好笑。"林初九用力扯开萧天耀的手，默默地翻了个白眼。

萧天耀想吃豆腐就直说，她刚刚洗的脸，怎么可能有眼屎。

"本王从不骗人。"被林初九扯开手的萧天耀也不生气，伸出右手递到林初九面前，"自己看。"

指尖处，隐有一团白色的黏状物，不需要仔细看林初九就知道那是什么。

林初九冷着脸道："多谢王爷。"

她现在不困了，可也不想理萧天耀，这个男人太不解风情了。就算发现她眼角有眼屎，也不要说出来呀，这让她多尴尬，真是的。

"你欠本王一个道歉。"萧天耀示意林初九递块帕子给他擦手。

这女人越来越会给他脸色看了，不拿出一点威严来不行。

林初九起身拧了一块帕子，主动替萧天耀将手上的眼屎擦掉，干脆地道："王爷，对不起。"她并非矫情的女子，也没有矫情的本钱，是她的错她爽快认错。

"难得这么听话。"萧天耀的眼中含笑，显然萧王的毛被顺平了。

林初九笑了一声，没有接话，转身将帕子放回架子上，刚转身就听到萧天耀道："现在，不困了吧？"

"我说困，你会让我去睡觉吗？"她的瞌睡都被萧天耀吓跑了，这会儿确实不困，但累是肯定的。

萧天耀没有正面回答，而是说道："本王还没有用晚膳。"

"所以……"林初九也没有蠢得主动送上门。

"陪本王用膳。"萧天耀淡定无比地说道，他的话刚落下，门外就响起一阵轻重不一的脚步声，林初九不用问也知道，必是下人送饭菜过来了。

林初九轻叹了口气："出去吃吧，我不喜欢房里有饭菜味。"

"走吧，去花厅。"只要林初九配合，萧天耀并不介意在哪里吃。

两人一前一后走出门，刚跨过门槛，曹管家就小跑着上前，一脸欢喜地道："奴才给王爷、王妃请安，王爷王妃千岁。"

"把饭菜送到花厅。"萧天耀冷冷地下令，说完就朝花厅走去。

曹管家应了一声，连忙安排下人将花厅的灯点亮，等到萧天耀与林初九进去，花厅已亮如白昼。

萧天耀与林初九刚坐下，曹管家立刻命人送上饭菜，看着忙得满头大汗的曹管家，林初九心里竟然诡异地平衡了。

至少，今天没法睡觉的人，不止她一个！

饭菜一一摆上来，看到桌上熟悉的菜色，林初九已经失去了说话的欲望，木着一张脸坐在那里，眼神冰冷地看着曹管家。

曹管家不仅私下打小报告，还阳奉阴违，视她的命令如无物，果然是萧王的好管家！

曹管家忙碌了大半天，心情却极好，可就在他准备带着下人退下，把空间留给萧王与林初九时，突然感觉背脊一寒，抬头望去，只见王爷面色平静，看不出喜怒，心稍稍安了一半。

只要王爷高兴，一切就好办了。

视线轻移，看向林初九，曹管家脸上的笑意瞬时就冻结了，双腿打颤，小心翼翼地上前道："王妃，可是有什么不满？"

王妃的眼神好吓人，比王爷的冷刀子还吓人，难怪他觉得背脊一寒。

"不，本王妃没有什么不满，本王妃满意得很。"林初九在笑，笑得温婉大气，不见一丝阴霾与愤怒，可越是如此，曹管家越是害怕，甚至林初九什么都没说，他就主动道："请王妃恕罪，奴才，奴才……"

结巴了半天，急出了一头的汗，曹管家也没有说出个所以然，他哪里敢说，他是为了王爷王妃好。作为奴才，他们只要听从命令就好，最忌讳打着为主子好的名义，擅自作主。

可是，他要是承认自己自作主张，王妃肯定不会放过他。

"曹管家要说什么，直接说，本王妃恕你无罪。"林初九语气缓慢，神态高傲，王妃的架子端得足足的。

萧天耀默默地坐在一旁，没有为林初九助威，也没有为曹管家开脱。

萧王府的主子除了他就是林初九，他手下的人不仅仅要忠于他，还要忠于林初九。至于他和林初九的命令相悖时，下人要如何抉择，那就不是他要考虑的问题了。

曹管家对林初九的命令阳奉阴违，这是对主子的不敬，按罪当罚。当然，要是曹管家隐瞒不说，那就是知情不报，日后他知晓了也不会放过曹管家。

"扑通"一声，曹管家扎扎实实地跪在地上："奴才擅自做主，还请王妃责罚。"他很清楚他悄悄把饭菜留下，又让人去告诉王爷，王妃必然会不高兴。可是，他就算知道王妃不高兴，还是要这么做，因为他必须把王爷摆在第一位。

这是他的立场，就如同珍珠和玛瑙选择站在林初九那边一样，不存在背叛，只是府中两位主子，不可能永远都和谐统一，他们总有起矛盾、闹情绪的时候，这个时候选择就很重要了，而他选择了王爷。

"王府自有王府的规矩，本王妃罚你什么？"林初九没有看曹管家，拎起茶壶，给自己倒了一杯水。

她又犯困了，需要喝点茶提提神。

“奴才这就下去领罚。”曹管家暗暗松了口气，只按规矩罚他，而不是把他的职务撸了，这就表明王妃默认他站在王爷那边，日后虽得不到王妃全心的信赖，却能让王爷满意。

任何事都不可能十全十美，别说他们家两个主子都是别扭的人，时不时就闹一场别扭，就是两个主子相亲相爱，也是各自有自己的人手，各自有各自的心腹。

人和人之间，哪可能全盘托出，没有一点儿自己的秘密与心事，别说成婚才一年的新婚夫妻，就是血缘至亲也做不到。

“今日回京乃是喜事，责罚减半如何？”林初九的态度摆在那里了，萧天耀自然不会为曹管家说情，也不可能免了曹管家的责任。但他多少也要为曹管家说句话，不然以后曹管家哪里还敢悄悄给他打小报告。

“王爷你说多少就多少，毕竟是王爷的下人，怎么罚他自然是王爷说了算。”林初九含笑开口，眉眼间尽是恭敬，寥寥数语却把萧天耀绕进去了，乍一听好像是萧天耀要惩罚曹管家。

“奸诈！”萧天耀用只有两人能听到的声音，如实评价道，转头就将处罚曹管家的事揽到自己身上：“下去领罚，念在王妃不与你计较的分上，刑罚减半。”

身为一个有担当的男人，必然是坏人他来做，好人夫人当。

“多谢王爷，多谢王妃。”曹管家暗暗抹了一把汗。

不过，他总觉得王爷这话有哪里不对，可一时又想不明白，毕竟他确实是因为王妃没有计较，才得以只接受一半的处罚。

这么一想，他好像不仅不该暗恨王妃罚他，还得感激王妃，毕竟王妃从头到尾，都没有说罚他的事。

走出花厅，寒风一吹，曹管家哆嗦了一下，脑子也清醒了。

王妃从头到尾都没有说罚他，也没有说怎么罚他，是他自动请罚。之后王妃也没有说要罚他，只是王爷说了一句减半，然后王妃同意了，他的处罚就定了下来。

“王妃越来越厉害了。”曹管家忍不住感叹了一句。被罚了，他还生不出一点儿怨恨，王妃这手段太高了。

可是，在曹管家看来，林初九这叫手段高，在萧天耀看来林初九这是不自信，没有主子的权威。

“下人就是下人，不管是本王的心腹，还是你的心腹，他们都是下人，你是主子，他们让你不高兴了，你要罚谁只需要说一声就可以，不需要找理由，也没有必要迂回算计。”曹管家一走，萧天耀就开口教训林初九。

他知道林初九聪明，可聪明人不需要时刻保持聪明，有些事完全不需要费力去算计。身为主子，想要处罚下人，简单粗暴地下令就好，谁敢不服，杀了便是。

“你那是暴君，我不是。”彼此的生活环境不同，林初九已有自己的固有思维，不是萧天耀三言两语就能劝说得动的。

“把心思花在一个下人身上，浪费。”林初九有那个闲工夫，不如多看他两眼，多关心他两句。

林初九不知萧天耀的心思，自然不会顺着他的心意走。林初九就算知道了萧天耀的心意，也不会顺着他的心意走。从大婚至今，她什么时候事事顺着萧天耀的心意走了？

她要是事事都顺着萧天耀的心意走，指不定现在就没有她了。要知道，萧天耀初见她时，是想要她的命，之后萧天耀也是各种方法想把她赶走，要不是她有那么一丁点儿的用处，指不定这会儿坟上都长草了。

林初九不赞同萧天耀的说法，也不愿意接受萧天耀的“教导”，可她更不愿意跟萧天耀争。

林初九没有接萧天耀的话，而是指着桌上的饭菜道：“饭菜快凉了，先吃饭吧。”吃完了，她好去睡觉。

“嗯。”萧天耀看林初九一副又要睡着的样子，知道今天时机不对，只得先将此事揭过。

萧天耀从进城至今，只草草用了几口饭，这会儿确实是饿了，端起碗筷便吃了起来。

萧天耀吃饭的速度不慢，动作却十分优雅，用餐礼仪半点不乱，林初九左手撑着脑袋，眼睛半眯看着萧天耀，小脑袋时不时地点一下。

她又困了。

萧天耀吃到一半，发现林初九不仅没有陪他吃饭，还在打瞌睡，当即放下碗筷，伸手在她脑门弹了一记：“林初九，本王特意回来，是陪你吃饭的！”这个女人居然只顾着自己睡觉，连看他一眼都懒得，这是有多不把他放在心上？

“啊……”林初九吓得跳了起来，脸色煞白，捂着心口怒视萧天耀：“萧天耀，你干什么？”这个男人知不知道，她差点被吓死了。

“怎么，不叫王爷了？”林初九这个女人，每次只有被惹急了，才会连名带姓叫他。

从来没有人连名带姓叫过他，林初九是第一个，可该死的，他居然没有被冒犯的感觉，也不讨厌。

“叫什么叫，你有完没完，我都坐在这里陪你吃饭了，你还想怎么样？”睡意正浓时被人惊扰，林初九整个人都气炸了，浑身都散发着我不高兴，我很不高兴的气息。

“你坐那睡觉，就是陪本王吃饭？”萧天耀阴沉着一张脸，嘲讽地道。

为了林初九，他半夜赶回来，吃着热了不知多少遍的饭菜，林初九还冲他甩脸子？

“我告诉过你，我很困，我想睡觉，是你不让我去睡的。”她又不是故意睡着的，只是身体的本能反应，她能怎么办？

“有精神处罚曹管家，却没精神陪本王吃顿饭？”他就说了处罚下人不需要算计，直接开口就是，把精力浪费在下人身上，却没有精力关注他，林初九真是该打。

“处罚曹管家的不是我，是王府的规矩。”林初九据理力争，绝不承认她处罚了曹管家，她只是按规矩办事，曹管家犯了错受处罚与她何干？

“所以，我们现在讨论的是，你有没有处罚曹管家？”虽说曹管家的事是他主动提起，可见林初九又把注意力放在了曹管家身上，萧王爷再一次不高兴了。

“算了，不说了……我这会儿也不想睡了，我陪你吃饭，吃完了我可以去睡吗？”林初九困得厉害，实在没有精力与萧天耀较真。

林初九敷衍、不耐烦的语气，彻底惹怒了萧天耀，萧天耀一拍桌子，怒道：“不乐意就滚，本王不稀罕！”

萧天耀脸黑如炭，脸上就差写上“本王很生气”五个字。

可是萧天耀不高兴，林初九也不高兴，萧天耀叫她滚，她还不乐意在这多待呢。林初九抬手就要拍回去，可就在拍下去的刹那，看到萧天耀眼中一闪而逝的受伤与紧张，林初九当即顿住，随即收回手。

算了，算她欠萧天耀的，她不跟盛怒中没有理智的男人较真。

林初九叹了口气，好声好气道：“好好好，你不稀罕我稀罕行了吧？我亲自拟订的菜品，我总得尝上一口。”

林初九强忍着睡意，端起碗筷，慢条斯理地吃了起来，每样都夹一筷子尝尝。

“哼……”萧天耀不为所动，只冷冷地哼了一声。

惹怒他之后，坐下来吃两口菜就想把事情揭过，林初九这是在做梦。

萧天耀冷冷地看着林初九，不言不语也不动筷子，林初九将每道菜都尝了一遍，见萧天耀仍旧在生闷气，心里越发无力。

这男人情商高的时候吓死人，低的时候又能把人气个半死。

大半夜的，他能不能不闹别扭？

不就是一顿饭吗？今天没吃成，明天来不行吗？非得半夜跟她较真？

“王爷，你不吃吗？不吃我就让人撤下去。”林初九吃了一圈，就已经半饱了，大半夜的她实在不想吃太多，万一睡不着就麻烦了。

“谁说本王不吃了？王妃亲自准备的饭菜，本王要是不用，岂不是辜负了王妃的一片心意。”萧天耀用冰冷肃杀的口吻，说着本该是夫妻间温情脉脉的情话，听那语气，看那神情，林初九感觉整个人都不好了。

萧天耀到底要闹到什么时候？不就是她没有陪着一起吃吗？不就是她在他吃饭的时候打了瞌睡吗？不就是她没有兴奋激动吗？为了这么点小事就不高兴，萧天耀的接受能力也太差了。

要知道，当初萧王甩了多少冷脸给她看，给了她多少冷刀子，要是她跟萧天耀一样别扭，一样较真，她早就把自己给气死了。再说了，有谁规定萧天耀对她好，她就要感恩戴德地接受了？萧天耀有没有问过，他所谓的好，是不是她想要的？半夜拉她出来吃饭，是为了不想让她遗憾？不想让她失落？

可是，萧天耀有问过她，她想要这样的补偿吗？她接受这样的补偿吗？萧天耀什么都没有问，便一意孤行，末了事情没有按他预想的走，便对她发脾气，萧天耀这是把她当成什么了？任他摆布的娃娃？他的所有物？简直好笑！

有那么一刹那，林初九真的想要掀桌，转念想到掀桌后的麻烦，林初九又忍住了。

她不跟萧天耀计较，可是，萧天耀想要她说好话哄他，放下身段讨好他，那是在做梦！

萧天耀爱吃不吃，爱高兴不高兴。

林初九暗自哼了一声，没有理会萧天耀，而是端起碗筷自顾自地吃了起来。

她不高兴，她要把桌上的东西全吃光，让萧天耀没得吃。

林初九埋头苦吃，看也不看萧天耀一眼，摆明了与萧天耀置气，却不想她这副样子在萧天耀眼里，就是退让。

萧天耀见林初九气得双眼冒火、憋得脸蛋通红也没有开口呛他，唇角微扬，无声地笑了，识趣地没有再多话，免得惹怒了林初九，两人真要吵起来，就不美了。

萧天耀入城至今只用了一顿饭，这会儿确实饿了，看到林初九用近乎“凶残”的动作往嘴里塞饭，萧天耀又默默地放下碗筷，默默地注视着林初九，在她需要的时候，为她夹一筷子菜，或者盛一碗汤。

每每萧天耀为她夹菜，林初九都会抬头看他一眼，眼神冷漠，隐含怒火，无声控诉，那样子看上去就像仗着主人宠爱，故意耍脾气的小猫，娇气又高傲，让人忍不住想要伸手揉揉她的头，或者把她抱在怀里，好好安慰。

萧天耀极力克制，才忍住将林初九抱进怀里的冲动，只是频频为她夹菜，好让林初九多看他几眼。

萧天耀夹得快，林初九就吃得快，一个没忍住，林初九吃撑了，见萧天耀还在给她夹菜，林初九怒了，“啪”的一摔筷子：“不吃了！”这饭没有办法吃了，萧天耀这是要撑死她才高兴吗？

“是不该再吃了。”萧天耀扫了一眼桌上被扫空的盘子，又看一眼林初九的小腹，点头评价道。

“你什么意思？”林初九反射性地捂住肚子，力道太猛，差点就吐出来了，萧天耀吓得脸色大变，忙起身上前扶住她：“胡闹，吃不下还吃。”撑到吐了还在吃，林初九这脾气真要改改。

“你当我想吃？还不是因为你，你不是要我陪你吃晚饭吗？我现在吃了，你满意了吗？”林初九撑得难受，又被萧天耀训斥，好不容易压下的火气，瞬间冒了出来。

“埋头苦吃，有你这么陪人吃饭的吗？”萧天耀语气低沉，听不出喜怒。

“这么说，是我的错了？”林初九仰着头，睁大眼睛瞪着萧天耀，脸上就差写上“你敢承认试试看”几个字。

萧天耀一脸无奈，“行，本王的错，本王没有把话说清楚。”天知道事情怎么会变成这个样子，他明明是赶回来陪林初九用晚膳的，结果林初九不仅没有感激高兴，还生了一肚子的气，这会又吃撑了。

“这还差不多。”得到满意的答复，林初九心情稍好，至于之前的争执，冷静下来的林初九暗暗抹了一把汗，为了这种小事斤斤计较，实在不像她的作风。

林初九深深觉得自己堕落了，为了不让自己再堕落下去，林初九决定暂时离萧天耀远一点：“时辰不早了，我回去休息了。”

林初九推了推萧天耀的手，示意他拿开好让她起身，可萧天耀不仅没有放手，反倒加重了力道，将林初九按了回去：“等着，本王让人送一碗消食汤来。”吃这么多，指不定回去就要吐。

“不用，我回去吐出来就好了。”林初九并没有半夜吃宵夜的习惯，大半夜吃这么多东西，她胃里难受得很。

“伤身，不许催吐，先喝消食汤，回头本王给你揉揉。”萧天耀不容拒绝地说道。

“谁要你揉了，我没事。”林初九脸一红，恼怒地瞪了萧天耀一眼，却不知她这一眼不仅没有杀伤力，反倒像是在撒娇，萧天耀一个没有忍住，伸手揉了揉林初九的脑袋：“你是大夫，有没有事你比本王更清楚。”

“别碰我头，我累了，我要睡觉。”林初九不自在地扭动身子，却被萧天耀无情地镇压：“别逼本王动手，你不是本王的对手。”

“你这人讲不讲理，你不是让我陪你吃饭吗？现在饭都吃完了，你还想怎样？”林初九扭来扭去，就是不肯乖乖听话，萧天耀无奈叹气：“乖乖的，别闹。”

今晚的林初九简直让人头痛，不断地发脾气，把他气得不行，偏偏又狠不下心来教训她。

“你松手，我保证不闹，不然我不敢保证，我会不会现在就吐出来，吐在你身上。”她确实吃撑了也想吐，萧天耀再闹腾她，她不敢保证自己会不会直接吐出来。

萧天耀脸色不变地威胁道：“你试试看，你敢吐，本王就敢把你吐出来的东西，一一灌回去。”

“你，你，你……恶不恶心！”林初九更想吐了，她被萧天耀恶心到了。

“要不要试试？”萧天耀松开手，双手环抱，居高临下地看着林初九，黑亮的眸子坚定冷酷，无声地告诉林初九他是认真的。

林初九盯着他看了半晌，也不见他有任何变化，当即明白萧天耀是认真的，并非说说而已。

“你赢了！”林初九狠狠地瞪了萧天耀一眼，别过头不看他。

她现在看到萧天耀就来气。

“乖乖听话，什么事都不会有。”萧天耀见好就收，坐回了原位，拿起筷子就着桌上的剩菜剩饭吃了起来。

林初九悄悄抬头看了一眼，很想问萧天耀这个有洁癖的人，怎么会吃剩菜剩饭，可一对上萧天耀那双冰冷的眸子，到嘴边的话又咽了回去，她现在不想理萧天耀。

林初九老老实实地趴在桌上，下人送来消食汤，不需要萧天耀开口，她就主动喝完了。

她真的怕萧天耀说到做到，逼她将吐出来的污物吞进去，那么恶心的事只是想想，她就觉得恶心得不行。

林初九十分配合地喝完消食汤，然后又在室内走了两圈，感觉胃里舒服多了。转身，见萧天耀吃好了，林初九开口道：“王爷，时辰不早了，我该休息了。”

“嗯，是该休息了。”萧天耀看了一眼沙漏，此时已到子夜时分，林初九累了一天肯定撑不住了。

抬头，看了一眼精神萎靡、眼露防备的林初九，萧天耀暗叹了口气，放弃与林初九同床而眠的计划，起身道：“本王还有公务处理，今晚不回来了。”说罢，从林初九身边走过，并朝外走去。

今晚他是回来陪林初九吃饭的，虽然过程不怎么美好，但好在结果还算不错，至少两人把这顿饭吃完了。

看着毫不迟疑，头也不回一直往外走的萧天耀，林初九怔在原地，半天都反应不过来。

她以为还有一场硬仗要打，她想了各种拒绝跟萧天耀同床的办法，还想好了萧天耀会说什么，她要怎么回答，可事实却告诉她，她自作多情了。

“这种感觉真糟糕。”林初九看着早已消失在黑暗中的萧天耀，自嘲一笑。

林初九的心情很不美妙，就好像有什么堵在心口一般，明明困得眼睛都睁不开了，可躺在床上却怎么也睡不着，睁着眼睛到天亮。

好在，她不是唯一一个睡不着的人，今晚和林初九一样睡不着的人有很多。比如皇后，比如周贵妃，比如大皇子，比如那些一直盯着萧天耀的官员。

萧王半夜突然拎着一个食盒匆匆地回了萧王府，子夜时分又空着手赶回皇宫，萧王这是知道了什么？还是计划要做什么？

凡是知晓萧天耀动静的人，皆想不通萧天耀的用意，几乎所有知情人都一夜未睡，召集幕僚商讨萧王那一个时辰到底做了什么？

那些背后做了小动作的人，则一个个心虚得不行，顾不得半夜三更的，就把手下的得力干将召来，让他们把尾巴清干净，免得让萧王抓到证据。

不过，这些都与萧天耀无关，紧急赶回皇宫的萧天耀，接着处理剩下来的公务，在天亮前刚刚将紧急的公务批阅完。

“来人，沐浴更衣，宣左右相和六部尚书来见本王。”忙碌了一天一夜的萧天耀，面上丝毫不见疲惫，黑沉的眸子十分凌厉，没有一丝倦意，让人不敢直视。

太监领命，各司其职，半个时辰后，沐浴过后的萧天耀精神焕发地走了出来，而这时大臣们也赶到了议事殿，只差林相没到。

“拜见王爷，千岁千岁千千岁。”萧天耀一踏入议事殿，众大臣就纷纷行礼。

萧天耀从众人身侧走过，在主位上坐下：“免礼！都坐下吧。”

“谢王爷。”六部尚书与右相分两侧坐下，前面空出一个位置，十分醒目。

“林相呢？怎么还不来？”萧天耀明知故问，毕竟皇上半软禁林相的事，并不是什么秘密。

“回王爷的话，林相在宫里，禁军说皇上曾下令，没有皇上的命令，林相不可离开半步。”能被萧天耀叫来的人都是聪明人，不管他们私底下打什么小算盘，做什么小动作，明面上绝对是支持萧天耀的。

“事急从权，去把林相请过来，就说是本王的意思。”萧天耀淡然地开口，好似这是一件再寻常不过的事。

“这……”起身回话的是兵部尚书，毫无疑问，能坐在这个位置上的人，必是皇上的人，他要是应下萧王的话，就是打皇上的脸。

“怎么？不行吗？”萧天耀一抬眼眸，冷声质问。

右相一见，忙站了起来：“王爷，不如让老臣去请？”

这是萧王与皇上的较量，也是站位的关键，他已经摆明车马站在萧王这一边，就不该有犹豫，而且他去请林相也不算跌面子。

“劳烦右相了。”萧天耀不客气地应下。

昨天没有立威，今天总得立个威，免得皇上那些心腹天真地以为，皇上醒来就能再掌权柄。

右相忙道了一句不敢，这才不急不缓地往外走。

右相一出去，萧天耀便合上眼，摆明不愿意开口，六部尚书你看看我，我看看你，无一人敢言语。

他们在等，等右相和林相回来，或者右相自己一个人回来，只是他们也不知，他们期待哪一种可能的发生，因为不管是哪种可能，对他们来说都不是一件好事。

要是右相把林相带回来了，皇上的面子往哪里摆？就算皇上现在昏迷不醒，可他终归没有死，没有死他就还是皇帝，他的话就是皇命，而皇命不可违。

要是右相没有把林相带回来，萧王的面子往哪里摆？皇上昏迷不醒，萧王独掌大权，要是不合萧王的意，萧王能忍得下吗？

这真是一件两难的事。

六位尚书在心里暗暗叹气，面上却没有表露半分……

第十五章　全世界只有你

时间一分一秒过去，一炷香的时间过去了，不见右相的身影，六位尚书不着急，只道是右相年纪大了，走得慢，可两炷香的时间过去了，仍不见右相的身影，六位尚书就坐不住了。

右相这么久还没有回来，十有八九是发生争执了，而跟皇宫禁卫发生争执的最终结果肯定是动手。

兵部尚书坐立难安，犹豫着起身道："王爷，右相这会儿还没有回来，怕是遇到了事，请允许臣前去查看。"右相可是世家大族出身，一大把年纪了，要是有个三长两短可就不好了。

"你？"萧天耀睁开眼，冷冷地扫了兵部尚书一眼，"限你一炷香时间内带右相与林相回来，你能做到吗？"

"这……"兵部尚书一脸为难，萧天耀冷哼一声，"做不到，就给本王闭嘴。"

"是，王爷。"兵部尚书碰了一颗硬钉子，讷讷地坐下。

萧天耀将冷冷的眸光从六人身上扫过，开口道："你们谁能做到？"

六位尚书低头不语，没有一个人站出来。

六位尚书的反应在萧天耀的预料之中，这六人虽是皇上的人，但却胆小怕事，左右逢源，自以为忠心，实则自私无比。

跟随右相一同出城迎他入城的是他们，暗地里给他使绊子，添麻烦的也是他们。这样的人，萧天耀十分不齿，不顾六人的颜面，萧天耀不屑地道："尸位素餐，不堪大用！"

这六人自认是皇上的人，因立场问题不顾国家大局给他添麻烦，他虽然生气但也只能接受，毕竟官场如战场，每个人都有自己的立场，给对方找麻烦再正常不过。

这六人千不该，万不该，在他拿皇上的命令出来立威时毫无反应。要知道，他此举可以说是当众打皇上的脸，只要是站在皇上那一边的人，就不该漠视不管，死也要出来阻止。

可是，这六人做了什么？

他们确实没有更换立场，可他们也毫无作为，没有维护主子的尊严。该坚持立场的时候不坚持，不该坚持立场的时候却拼命坚持，这样的人留着有什么用？

“扑通”一声，六人吓得齐齐跪下，颤抖地喊道：“王爷恕罪。”

“哼……”萧天耀不屑地冷哼一声，闭上眼没有理会他们，也没有派人去援助右相的意思。

要连这么一点儿小事都办不好，右相就不用在朝中立足，右家也不用在东文立足了。世家名门可不是嘴上说说而已，世家名门最大的优势就是根深蒂固、枝繁叶茂的势力。

萧天耀并不着急，耐心地坐在主位上闭目养神，完全无视跪在地上的六位尚书。萧王没有叫起，六位尚书也不敢动，一个个老老实实地跪着，连一点声音也没有发出来。

又过了一刻，门外响起一阵轻重不一的脚步声，跪在地上的六位尚书听到声音后心中不安，悄悄抬头看了萧天耀一眼，感觉萧天耀没有看他们，这才悄悄扭头往后看。

当他们看到右相与林相在禁军的护送下，一前一后朝议事殿走来时，心中说不出来是什么滋味。

不需要萧王亲自出面，只一个右相就能将皇上下令扣住的人带出来，萧王的势力得多可怕？

“老臣拜见王爷，劳王爷久等了。”右相先一步走进来，双手作揖，弯腰行礼。

“发生了什么事？”萧天耀挥了挥手，示意右相免礼。

“林相夫人身子不适，老臣自作主张请来太医，并派人将他们送回去了。”右相多少能猜到皇上扣住林相一家的用意，不等萧天耀开口，他就把事情做好了。

林相比右相晚一步进来，此时的林相已不复之前的儒雅从容，他比右相小了近二十岁，可此刻他站在右相身侧，看上去却与右相年龄相当。可见这段时间的软禁生活，对他的打击极大。

“臣，拜见王爷，王爷千岁千岁千千岁。”林相进来，恭敬地行礼，丝毫没有以往的傲气。

“嗯。”萧天耀点了点头，冷冷地道，“既然来了，便开始吧。”

萧天耀绝口不提让六位尚书大人起来的事，右相与林相都是老狐狸，自然不会多事。

这样的情况下，六位尚书也不敢开口求情，只得继续跪着。

“北历和谈一事，众位可有腹稿？”立了威，萧天耀见好就收，提起正务。

右相略一迟疑，便开口道：“此前皇上曾口头上说赐给北历十万石粮食、五千匹棉布。北历则将皇室名下的三座银矿、一座金矿转给我们东文，并且签属二十年不犯我边境的条约，俘虏充作我东文的奴隶，只是我们还没来得及跟北历商谈，皇上就发生了意外。”

“给北历粮食？”萧天耀轻轻地咀嚼这五个字，冷着脸道，“你们也觉得这个方法可行？”与北历和谈的条约他写好了，但他还是要听听其他人怎么说。

“回王爷的话，我们拿不出十万石粮食，与北历一战后，国库存粮所剩无几。”户部尚书硬着头皮说道。

不是他想冒出头，而是他管着粮草、钱财，到时候和谈协议定了下来，东文拿不出粮草与棉布，就是他的过错了。

“北历就是缺粮少食才会进犯我边境，要是不给足他们粮草，恐怕还会打起来。”兵部尚书一脸担忧地开口。

这是事实，以往并不是没有发生这样的事。东文胜了北历，大家和谈，东文不肯给粮草、布匹，北历人没有办法，嘴上应下和谈协议，可转头就纠集人马，大肆攻入东文，抢夺东文百姓的财物。

北历地处偏冷、荒芜之地，本国适合种植粮草的地方极少，山林野兽亦不多，北历本土所产的粮食，完全无法养活本国百姓。

在北历，每年都有大量的老人、妇人和孩子饿死，许多人为了活命铤而走险。哪怕没有国家组织，也能集齐成千上万的人马攻进东文或者南远、西武抢夺粮食。

东文土地肥沃，百姓富足，是北历人的首选。

北历的土地虽然不适合种植，境内却有许多铁矿、铜矿甚至还有金银矿脉，皇上用粮草换矿脉的开采权，可以说是极好的选择。

“我们与北历交战数十年，不管是胜仗还是败仗，都要给北历粮草，北历也次次签署不侵犯我东文边境的协议，可从来不曾履行过。”工部尚书犹豫片刻，还是开了口。

“对对对，北历人一向不讲信用，他们就是一群养不熟的白眼狼，我们给他们再多的粮草也无用，把他们喂饱了、喂肥了，最后反过来还是要攻打我们，给他们粮草不合算。”

礼部尚书手中并无实权，但此刻和谈却由他主导，应该说东文与北历的每次和谈都是由他们礼部主导，每次他们都与北历谈得好好的，东文也如约守信，北历却次次毁约，而每次北历毁约皇上都要责怪礼部的人无能，是以礼部的人对北历的怨念最深。

“不给粮草，难道要继续打？北历人快要饿死了，他们要再动兵肯定就是要跟我们拼命。我们国库无粮，支持不了大军再次开战。”兵部尚书气得胡子直翘，朝礼部尚书怒吼。

“给了粮草也解决不了事，北历人今年的粮草够了，明年怎么办？后年怎么办？难不成要我们东文一直养着他们？”礼部与户部尚书不甘示弱地反驳。

萧天耀一言不发，手指随意地敲打桌面，看似没有认真听，却将众人说的每个字都听进去了，待到六位尚书吵得差不多了，才冷冷地开口道：“众位大人说的都有道理，然而，光说这些没有用，你们要拿出解决的办法来。”

这群人除了吵来吵去，还会做什么？

这样的人也只有他的皇兄爱用，本事没有，推卸责任的本事却是第一。

解决的办法？六位尚书你看看我，我看看你，一个个面露茫然，似乎不太能理解萧天耀的意思。

“怎么？没有解决的办法吗？”萧天耀一向极有耐心，此刻却不给两位相爷与六位尚书思考的时间，紧接着追问道。

“这……皇上先前的法子，甚好。”兵部尚书一向胆小，见气氛不对，弱弱地开口。

户部尚书见状，也咬牙道：“王爷放心，下官一定筹集十万石粮草。”解决了粮草，北历的事就解决了吧？

“粮草？给他们十万石粮草，就能解决问题？”萧天耀讥讽道。

当然不能！六位尚书暗暗道，可却没有一个人敢说出来，六人面面相觑，谁也不敢开口。

右相神态自若，双眼微合，如同一个墩子杵在原地，好似感受不到外界的气氛。

林相眼神闪烁，嘴唇张张合合，一副想说又不知从何说起的样子，萧天耀淡淡地斜了他一眼，林相身子一紧，心中暗自窃喜，不想萧王扫了他一眼，又移开了眼，完全没有点他说话的意思。

林相眼中闪过一丝失望，可更多的还是不安，犹豫片刻林相决定主动开口，不想萧天耀根本没有给他说话的机会，直接道：“既然众位大人没有更好的法子，就用本王的办法。”

萧天耀指了指桌上的折子，示意内侍递给右相。右相接到折子，半眯的眼睁开，不着痕迹地打量了萧天耀一眼，浑浊的眸子精光顿现。

是“用”而不是“商量”，也不是“看看”，由此可见萧王的强势。

这虽在他们的意料之中，但当事情真的发生后，众位大臣的心里还是很不高兴。

然而，此刻无人敢质疑，至少在没有看到萧王的法子前，他们不会胡乱开口。

右相接过折子，看似平常，实则是慎重地将折子展开，仔细查看萧王的批阅。初时，右相一脸严肃，渐渐地双眼发光，脸色红润，将最后一字看完，右相迫不及待地询问：“王爷，这事真的可行？”

按萧王的法子处理北历的事，好处是显而易见的，只要这事办成了，人人都有利益，右相相信朝中大臣一定会迫不及待地推行此法。

萧天耀没有说话，只是看了右相一眼，这一眼足已表明一切。

他萧天耀敢写出来的东西，就肯定是能做到的。

萧天耀不回答右相也不觉得有什么不对，暗自吸了口气，右相平复好心情，这才转身将折子递给跪在身后的六位尚书大人。

至于一旁的林相，萧王都忽视了他，他当然要紧跟萧王的步伐，假装什么也没有看到。

六位尚书大人接过折子，起来也不是，跪也不是，面上一阵羞愧，萧天耀却像是没看到一样，手指仍有意无意地敲击桌面，虽一句话都没有说，但催促的意味不言而喻。

就在六位尚书放弃求情，准备继续跪着时，萧天耀却开口道：“六位大人起来，坐下吧。”

让人跪一时是惩罚，让人一直跪着就是羞辱了，这里面的分寸，萧天耀一向拿捏得极好。

六位尚书愣了一下，这才反应过来：“谢王爷，千岁千岁千千岁。”他们都已经死心了，打算跪到议事结束，不想事情突然峰回路转，萧王居然开口叫他们起来，心里真是说不出来地高兴。

六位尚书一脸感激地站了起来，在右相与林相落座后，这才小心翼翼地坐下。

被萧王不同寻常的手段折腾一通，他们真的是怕了。跪在大殿内，不仅仅是腿疼那么简单，还有面子与尊严。

六位尚书坐下，开始传阅萧天耀批阅的折子，这一看六人的脸色都有几分不自然，不是不满而是羞愧、心虚。

他们原本以为萧王不擅长处理政务，想借北历一事给萧王施压，让萧王看到他们的重要性，结果呢？

看到萧王批示的折子，他们无地自容。

就北历一事，萧王所提出来的对策，比他们所有人预想的都要好，而且不仅仅只是一个对策，萧王甚至连相应的条款都一一列明了。

看着折子上明确的条款，六位尚书恨不得开口询问，萧王背后的幕僚到底是何人？

他们不相信，这么完善的规则是萧王一个人想出来的。

萧王是厉害，可萧王是人不是神，一个人不可能做到这个地步。

“王爷，下官没有异议。”六位尚书将折子传了一圈，最后又传回右相手里，如同约好一般，众人全都无视林相。

“异议？”萧天耀冷笑，“本王何时征求过你们的意见？”他是告知，不是跟这些人商量。

“是，是，是，是下官说错话了，不知王爷想将此事，交给六部中的哪一部操办？”向北历售粮，虽有朝廷控制，仍旧不是一笔小买卖，不管是谁去做都能获利。

萧天耀对北历的政策，就是开放东文与北历的粮草交易市场，准备光明正大地向北历售粮。

天藏影月不是要打击他的碧海阁，不许他卖粮草给北历，想要控制地下交易市场吗？他就让天藏影月一粒高价粮食也卖不出去，一分银子也赚不到。左右他们不做，天藏影月也要私下卖粮给北历，与其便宜了天藏影月，不如将控制权握到自己手里，让天藏影月看得到吃不到。

“六部中，哪部擅长经商？”萧天耀没有直接回答，而是问了一句。

“户部管天下税收，常年与商户打交道，自然是户部。”户部尚书当仁不让地起身。

有脑子的人都知道这里面的利益，别说掌控主权，就是能在里面掺一脚，也能分到不少好处，这个时候只有傻子才会将事情往外推。

“此次交易不是单纯的生意往来，涉及到两国之事，下官以为礼部也该参与其中。”礼部尚书知道自己实力不够，他不求独吞，只求不被排挤在外。

“北历人粗暴，下官怕他们不遵守规矩，下官认为此事应该交给我们兵部来办，有军方镇压，北历必不敢乱来。”

六位尚书你一言我一语的争论起来，完全没了之前共进退的团结，右相暗自叹气，林相虽不知具体何事，但也知萧王这一手使得有多高明。

六部尚书之前虽不曾有明确的联盟，却也默契地联手给萧天耀制造了不少麻烦。右相本以为萧王要花上一段时间，才能完全接手政务、控制六部，不想一个对北历的计划，就将六部脆弱的结盟打散了。

不得不说，萧王此举实在是高明。光明正大地对北历出售粮食，不仅打破了六部与皇后等人的辖制，让北历对他感恩戴德，还能让他从中赚取一大笔银子。

当然，这些都不是最重要的，最重要的是萧王可以光明正大地在朝廷安插人手，借此掌控朝局。

右相要是知道碧海阁与天藏影月的事，恐怕更会惊叹不已。

对北历出售粮食一事朝臣都没有意见，六部尚书争的只是其中的权力，可惜不管他们怎么争，只要萧天耀不开口，他们就是争到死也没用。

很明显，萧天耀完全没有让六部插手的打算，任凭六部尚书说得再多，他也不曾松口。

六部尚书也不是笨蛋，从萧王的态度就能看出，萧王必然是要将主动权掌握在自己手里的。

不过，没鱼虾也好，拿不到主控权，能从中分一杯羹也好。六位尚书停止争吵，户部尚书主动提议，请萧王新设立一个部门，专职处理对北历售粮一事。

这本就是萧天耀的计划，户部尚书识趣地提了出来，萧王自然不会说不，当即就说道："此事交由右相处理，本王限你三天内与北历达成协议，半个月内在边境设农务司，全权负责东文对北历售粮一事。"

"臣领命。"右相是聪明人，他很清楚萧王虽将此事交由他负责，但农务司的人必然是萧王自己的人。

这事右相看得明白，六部尚书却看不明白，见萧王将事情交给右相，一个个暗自琢磨该如何跟右相套近乎，将族中合适的孩子送进农务司。

有所求自然硬气不起来，接下来萧王所提的事，几位大臣几乎都没有太大的异议，包括把周贵妃的兄长调去西武边境这事，众位大臣也只是象征性地说了几句，便不吭声了。

重要的事都处理完毕，也成功给了六位尚书一个下马威，萧天耀见好就收："时辰不早了，众位大人都散了吧。"

"是，王爷。"看到萧天耀处理政务的手段，六部尚书再也不敢小觑他，一个个恭恭敬敬地应下。

这位可是谈笑间就能将周贵妃一脉给废了的人物，他们虽然不想背叛皇上，可也真的不敢跟这位对着来。

右相与六位尚书依次退下，林相晚了一步，待到其他人都走了，才起身道："王爷，听闻初九已经回京了，不知她现在可好？"

这就是林相，就算所有人都知道，他与林初九父女之间形同仇人，他也可以当作什么也没有发生，仍旧摆出父女情深的样子。

可惜，不是人人都吃他这一套，萧天耀抬眸，冷哼："本王王妃的闺名，也是你能叫的？"他会被皇上拿下，林相可没少出力。

"是，是，是，下官知错。"林相想也不想，就作揖道歉。

能屈能伸，这就是林相。别说皇上此刻昏迷不醒，在皇上露了败相后，林相就想寻退路了，这时退路就在眼前，他怎么可能放过。

无视萧天耀的嫌恶，林相厚着脸皮道："下官在宫中得知王妃的事，一直十分担心，不知下官能否去王府探望王妃？”

只要他进了萧王府，那些捧高踩低的小人就不敢小瞧他，要知道他可是萧王的岳父，只要萧王还认林初九，就得认他这个岳父。

这不，萧王一进京，就把他“救”了出来吗？

“林相是王妃的父亲，当然可以。”萧天耀高深莫测地看了林相一眼，眼中闪过一抹冷意。

林相确实是聪明人，可着实是太聪明了一点，他会让林相明白，什么叫搬起石头砸自己的脚。

林相眼前一亮，生怕萧王反悔，忙道：“下官回去就让人准备，择日便去拜访。”

“嗯。”萧天耀不冷不热地应了一声，林相知道萧王不耐烦了，达成了目标的他也不多留，欠身告退。

处理完最紧急、最棘手的公务，又成功压住了六部尚书的气焰，萧天耀已不需要没日没夜地处理公务，太阳一落山，便乘着轿子回府了。

和昨天一样，萧天耀一出宫就有无数双眼睛盯着，他却像是不知道一样，任由身后的尾巴们跟着，左右这些人也只能跟到王府外，没有本事混进王府。

“王爷回来了！”萧天耀的马车离萧王府还有近百米，府中的侍卫、下人就出门迎接，将偌大的一条街站满，不给有心人混上前的机会。

轿子直接入府，尾随在萧王身后的人，只能眼睁睁地看着萧王进府，不敢往前半步，以免被萧王府的人发现。他们今天可是亲眼看到，萧王府的侍卫抓了好几拨人进去。

萧天耀一下轿子，王府的副管事就上前道：“王爷，今天侍卫抓到了三拨探子，问不出是什么人指派的，身上也没有标志，人全都关在地牢，小人正命人审问他们。”

“另外，王妃似乎有事找您，下午派人来前院问了一遍，不过王妃并没有说什么事，只说您回来了，让人告诉她一声。”

曹管家被罚了，这会儿正在屋内养伤，府中一应事务，暂时交由副管事打理。

“去后院，本王在后院用膳，牢里的人留一口气，明天一早送去刑部。”正好六部尚书闲得很，他给他们找点事做，免得一天到晚拖后腿。

“小的明白。”副管事恭敬地应是，正打算继续汇报府中的事务，可一看萧王大步朝后院走去，副管事只得默默地将到嘴边的话收回。

左右苏茶公子也说了事情不急，等王爷得空来再说，他就不上去讨人嫌了，要知道曹管家就是因为惹怒王妃才会被罚，他一点也不想步曹管家的后尘。

林相的效率极高，一回府就让管家给林初九送了帖子，言明择日来拜访，并且在帖子里暗示萧王同意了。

林初九看到帖子，差点把它撕了。站在她的立场上，她是不愿意见林相的。林相作为父亲确实不曾遗弃她，将她养大了，可是……

林相真的不是一个值得尊重的父亲，在林相眼中她这个女儿，恐怕比棋子好不了多少，要不是她自己争气、萧天耀有能耐，她和萧天耀早就被林相给坑死了。

对于林相，林初九根本无法把他当成父亲对待，没把林相当成仇人，就已经是看在血缘关系的分上，不与他计较了。

她不想与林相计较，林相却找上门来，看到林相派人送来的帖子，林初九恶心了半天。

“当初我跟萧天耀落难时，他在哪里？这会儿我们翻身了，才跑来装什么父女情深，真不要脸。”林初九气得不行。

在世人眼中，天下无不是的父母，只有不是的儿女。儿女孝顺父母天经地义，至于父母如何对待儿女一点也不重要。儿女的命是父母给的，儿女拥有的一切也是父母赐予的，别说打骂利用，就是被父母杀，世人也只会说儿女的不是，不会说父母有错。

在这样的大环境下，她这个做女儿的不回去看望父母已是不对，要是父母上门，再拒不相见，绝对会被世人的唾沫星子淹死。

如果只是她一个人的话，她是不怕的，左右不过是几句闲言碎语，影响不了她的生活，可她身后还有萧天耀！

她是萧王妃，这个身份是保障也是束缚，要是让人传出萧王妃将亲生父亲拒之门外，得势后不见亲生父亲的话，人们只会认为她薄情，萧王不可靠。

他们会想，有一个连亲生父亲都拒之门外，薄情寡恩的王妃，萧王这人又能好到哪里去？跟着萧王或者投靠萧王，真的是条好出路吗？

萧天耀此时正值上升期，名声、威望什么的都不能少，要是这时候被人坏了名声，对他今后的发展极为不利。但要让林初九当作什么都没有发生，给林相当跳板，她也不乐意。想了半天也不知如何解决，林初九决定把事情交给萧天耀，让他去头痛。

萧天耀听到副管事的话，就猜到是什么事，看到林初九递来的帖子半点也不意外。

“林相派人送来的帖子。”只看了一眼，并没有打开，萧天耀就肯定地道。

“嗯，他要在休沐日带妻女前来，说你同意了的。”林初九白了萧天耀一眼，毫不掩饰自己的不快。

不知何时，她在萧天耀面前越来越不装，也不肯委屈自己了，估计萧天耀也发现了，可这人却一直纵容着她。

“让他来，不必担心，你该怎么招待他就怎么招待他。”萧天耀看了一眼帖子，眼中闪过一抹嘲讽。

林相果然能屈能伸，能爬到左相的位置，也不是没有原因的。

“你就这么放过他？”林初九一脸怀疑地道。

她可不认为，萧天耀有那么善良，而且就算萧天耀乐意，她也不乐意。

当初她在外面东躲西藏之际，林相可是带着人到处抓她，那时她若落到林相手里，林相肯定不会放过她。

“急什么，自然有人会收拾他。”萧天耀高深莫测地说道。

林初九一脸疑惑，可很快就想明白了：“你要让人医治皇上？”皇上醒来，肯定不会放过林相这个背叛他的人。

皇上醒来后，奈何不了萧天耀、皇后和根基深的右相等人，但要折腾林相却不成问题。

“不是让人，是你。明日你随本王进宫。”这几日就可以把周家的人打发走，六部的人不听话，他也不怕，皇上的病可不是一天两天就能好的，皇上休养的时间，足够他把自己的人安插进六部。

“明天？要这么急吗？”医治皇上的事，萧天耀早就说过了，林初九并不意外。

“嗯，中央帝国的人快来了，本王势必要去一趟中央帝国，皇上醒来东文才能稳定。”说到这里，萧天耀的眼中闪过一抹冷意。

去中央帝国是他计划内的事，但并不表示他愿意被人逼着去。皇后与天藏影月的举动惹怒了他，这笔账，他萧天耀记下了。

“这么快？”林初九脸色微变。

中央帝国此次来势汹汹，他虽不像普通人那样畏惧，可并不表示他愿意以罪人的身份去。

“已经很慢了。”要是没有大皇子从中周旋，中央帝国的人来得更快。

不得不说，大皇子也是能派上用场的，当初留大皇子一命果然是对的。

“我们大概什么时候会离开？”林初九深吸了口气，压下心中的不安与烦躁。

“最迟两个月后。”大皇子在中央帝国的能力有限，只能拖到两个月后。

“我不敢保证，两个月的时间能医好皇上，万一我医不好皇上怎么办？”大夫治病救命不假，但大夫是人不是神，不是什么病都能治，什么命都能救。

“无妨，还有周贵妃在。”凭他现在在东文的势力，他想支持哪个皇子上位，哪个皇子就能坐上皇位。

只是，这是最坏的打算。

成年的皇子不好控制，他们的后面各有势力，上了位并不会乖乖听话，到时候要把人拉下来，又是一场纷争。而且，他们在身份上矮皇后一截，无论哪位皇子继位，都要尊皇后为太后，凭皇后的手段，她要坐上太后的位置，新皇铁定不是他的对手。

相比成年的皇子，皇上就好控制多了。这一次勤王保驾，皇上把他军中的势力都暴露出来了，他将这些人收服了，就等于是剪掉了皇上的羽翼，没有兵权的皇上就是再有能耐也无用。

相比他，皇上应该更恨皇后才是，毕竟皇上会落到今天这个地步，皇后是最大的功臣。要是没有皇后的相助，他不可能这么快就控制东文的大权。

萧天耀与皇后之间的矛盾，林初九知道，萧天耀一说她就明白，萧天耀这是要用皇上对付皇后。

林初九轻叹了口气："我明天随你进宫，我会尽力救醒皇上。"救皇上不再是单纯的医患关系，而是关系到他们在中央帝国的地位。

要想在中央帝国立足，要想不被中央帝国的人轻视，他们必须保住在东文的权势与地位。

萧天耀想要医好皇上的事，除了秦太医听到一点风声外，旁人半点也不知情。为了不让人知晓他的真正用意，萧天耀让林初九明天打着为他送饭食的名义进宫。

"能换个由头吗？"昨晚那一顿饭吃得太憋屈了，林初九完全不想再提吃饭的事。

"不能，这个理由最恰当。"萧天耀义正辞严地说道。

"真的只是因为这个理由最恰当吗？"林初九没好气地白了萧天耀一眼。

真当她没长脑呢，萧天耀那点小心思藏得又不深，只要她不傻就明白。

"当然，不然还有什么？"萧天耀十分坦然，好似真的没有别的意思一样。

"你觉得我会信吗？"林初九冷笑一声，盯着萧天耀看了半天，萧天耀也不怯，大大方方地与她对视，完全没有一丝小心思被人看透后的尴尬。

对视半晌，萧天耀神色如常，没有一丝异样，林初九眨了眨酸痛的眼睛，叹气："你赢了！"她败在萧天耀的厚脸皮下了。

"你也没有输。"萧天耀收回目光，一本正经地说道。

要是脑子不够灵光，都想不明白他这话是什么意思。

"这么说，你承认你有私心？"林初九眼前一亮，隐有期待，虽然她也不知她在期待什么？

萧天耀看着林初九，目光灼灼地问道："本王有什么私心？"

他承认自己确实存了私心，可是让世人看到萧王妃与萧王夫妻恩爱，总比让皇后发现他的动机，先一步破坏要好，对吧？

"这个……算了，不说这个了。"林初九不自在地别过脸。

萧天耀的眼神太直接了，她有些害怕，而且萧天耀真要说出什么，她还真不知如何回答是好。

萧天耀的眼中飞快地闪过一抹笑意，却没有开口，而是似笑非笑地看着林初九，林初九被他看得更加不自在，想要说点什么打破两人间的尴尬，可张了张嘴，却不知说什么好。

就在此时，副管事走了进来，战战兢兢地道："王爷、王妃，用膳的时间到了，是否要传膳？"

副管事这话问得极有技巧，他这般问，王爷和王妃在一般情况下，只会回答是与否，十分刻意才会说不在这里用膳。

萧天耀没有回答，而是转头看向林初九，等林初九决定。

"看我干什么？"林初九本就尴尬，见萧天耀望过来，没好气地白了他一眼。

萧天耀也不生气，无视副管事诧异的目光，说道："用膳的时间到了。"是不是要传膳了？

后面的话萧天耀没有问出来，但在场的人都明白。

副管事面上平静，内心却是震惊的，他做梦也没有想到，有一天会看到他们家王爷，征求别人的意见。

要知道，他们家王爷一向霸道、独裁，从来不会考虑旁人的意见。

副管事自以为隐藏得很好，却不知他慌乱的神色有多么引人注目，林初九一脸恼怒，恶狠狠地瞪了萧天耀一眼，故作凶狠地道："用膳的时间到了，那就让人传膳呀，问我干什么？"平白让下人笑话，不知情的人还以为她有多凶呢。

萧天耀嘴角微扬，可很快就收住了，斜了副管事一眼，冷冷地道："没听到王妃的话吗？还不快让人传膳。"

"是，是，是，小人这就去传膳。"副管事从没有见过萧王"妻管严"的样子，双腿打着飘走了出去。

林初九更恼了，瞪了萧天耀一眼，便别过脸不理会他。萧天耀暗暗摇头，眼中的笑意越发盛了。

比起万事都依着林初九，他更喜欢看林初九气恼的样子。

当然，他偶尔也会怀念，当初林初九敢怒不敢言的样子，可惜林初九现在被他宠坏了，别说敢怒不敢言，能不给他使脸子，他就满足了。

果然，在林初九的问题上，他的原则一再被打破，他的底线一再被更改。

副管事的动作极快，半炷香的时间就让人把饭菜送来了，四菜一汤，两人吃足够了。

林初九习惯了饭前喝汤，也习惯了自己动手，把下人挥退后，便给自己盛了一碗汤，正欲放下汤勺喝汤，就见萧天耀将碗递到她面前，并且先一步道："谢谢。"

“王爷要喝汤？”林初九一怔，放下汤勺道。

“嗯。”萧王惜字如金，多一个字都不肯说。

“来……”林初九张嘴就欲喊下人，却被萧王打断了，“和你一样多就行了。”

“我没说要给你盛汤。”林初九看着萧天耀，有一种深深的无力感。

这个男人，从来听不懂拒绝，强势霸道，让人讨厌，偏偏她还是会退让。有时候林初九都觉得，自己有自虐的倾向。

“哦。”萧天耀失落地收回碗，没有多言，只是默默地拿起筷子吃饭，看着有几分落寞。

林初九从来不觉得自己是个心软的人，从医那么多年，见多了生死，见多了没钱医治的可怜人，她觉得自己的心够硬了，可看到萧天耀空空的饭碗，落寞的神色却不知为何心里酸得厉害。

沉默用膳的萧天耀，周身好似萦绕了一层说不出来的孤寂，就好像全世界只有他一个人，他被全世界抛弃，他也把全世界抛弃了。

林初九猛地想起，曹管事曾说过萧天耀从小一个人长大，身边危险不断，曾差点死在贴身伺候的下人手里，以至于后来他身边从不用人服侍。

萧天耀，他一直都只有一个人，并不比她这个被父亲遗弃的孩子好到哪里去。

看着手中的汤，再看看萧天耀面前空空的碗，有那么一刹那，林初九的心里充满罪恶感，就好像她伤害了萧天耀一样。

想起，那个在黑夜中，为她送衣服的男人。想起，那个细心为她包扎伤口的男人。想起，那个连夜赶回来陪她吃饭的男人。

有那么一刹那，她心软了，想要开口跟萧天耀道歉，想要开口哄他，想要驱散他周身的孤寂，可在她准备动作的刹那间理智回笼了。

她，不能再退让了。

她退让太多了，以至于退到没有原则，她和萧天耀之间，不能是一方永远强势，一方永远退让，这样走不远……

第十六章　人不为己天诛地灭

萧天耀不是一个情商高的人，被林初九直白地拒绝后，他什么话也没有说，只是默默地用膳。

饭后，两人默契地分开，一个回前院、一个回后院，中途一点交流也没有。

两人都是理智的人，知道这么做对两人都好，却把身旁的下人急坏了，珍珠、玛瑙无数次想要劝说林初九，但想到林初九极其反感她们说王爷的好话，只得默默地将到嘴边的劝说咽下。

第二日，珍珠、玛瑙还在琢磨着，要怎么做才能让他们家王妃与王爷感情变好，就听到林初九道："让厨房提前准备午膳，今天我要给王爷送午膳。"

"王，王妃？你要给王爷送午膳？"珍珠手一抖，差点把林初九的头发扯下一把。

这是她听错了，还是王妃说错了？

王妃居然要去给王爷送午膳，太阳打西边出来了吗？

"怎么，有问题？"林初九扭头，看了珍珠一眼。

珍珠忙摇头，一脸欢喜地道："没有，没有，奴婢这就让翡翠和珊瑚去准备，一定不会误了王妃的事。"她们家王妃终于开窍了，真是不容易。

"嗯。"林初九神色淡漠地点头，心里却十分别扭，偏偏这事昨天就商量好了，她也不好更改。

珍珠三两下便替林初九盘好了头发，急匆匆地跑去找翡翠和珊瑚，让她们盯紧厨房，快些准备饭菜。

交代好了翡翠与珊瑚，珍珠又急急忙忙跑了回来：“王妃，您今天要穿哪套衣服？要戴哪套首饰，奴婢这就去给您找出来。”

“不必，这样就可以了。”她是去给皇上看病的，穿得越简单越好。

“这……会不会太寻常了一些？”王妃可是第一次去给王爷送饭菜，怎么能随便穿？

林初九没好气地道：“我什么样子你们家王爷没有见过？他要在意早在意了。”她最狼狈、最凄惨的样子，都是拜萧天耀所赐，萧天耀见过她最卑微、最无助的样子，在萧天耀面前没有必要装模作样。

翡翠完全误解了林初九的话，一脸欢喜地道：“王妃说得是，王妃穿什么在王爷眼中都是好看的。”

“呵……”林初九不置可否地笑了一声，没有回答。

厨房得知林初九要给萧王爷送午膳，当即将新鲜的食材全部摆了出来，以最快的速度做了几道萧王爷喜欢的菜。

“一共八道菜，翡翠姑娘，珊瑚姑娘，你们看够了吗？”不到一个时辰，厨房就把饭菜做好了，八菜一汤，比平时丰盛许多，可见王府的下人有多重视这事。

“足够了，全部装起来。”翡翠和珊瑚全程盯着，确保每一道菜都色香味俱全，这才让人放入食盒，然后回去复命，可刚走两步就遇到了匆匆跑来的副管事。

“两位姑娘，王妃已经往前院去了，让你们拎着食盒过去。”副管事跑得满头大汗，上气不接下气。

“多谢万管事提醒，这事你随便找个人说一声就好了，哪需要您亲自跑一趟。”翡翠和珊瑚客气地说道。

副管事急忙摇头：“王妃的事哪能交给别人，还是我亲自跑一趟安心。”王妃第一次给王爷送午膳，要是出了差池，他可担待不起。

“万管事说得是。”翡翠和珊瑚笑了一声，“王妃还在等着，我们这就过去了。”

翡翠和珊瑚怕林初九久等，一路走得极快，要不是怕食盒里的饭菜洒出来，两人铁定一路小跑。

紧赶慢赶来到马车处，见林初九还没有过来，两人暗暗松了口气。万幸没让王妃等她们。

林初九只比二人慢了数步，两人刚缓过劲儿，林初九就带着珍珠与玛瑙过来了。

看到排成两列的侍卫、提着食盒的侍女和正中央华丽的大马车，林初九忍不住望了望天。她只是去给萧天耀送个饭，怎么就搞出这么大的动静？

不等林初九感慨，副管事就殷勤地上前：“王妃，马车和护卫已经准备好了，饭菜都是热的，您看什么时候动身？”

“现在就走吧。”林初九虽然觉得这么做太兴师动众，可她也不是矫情的人，她很清楚有多少人想要她的命，即使再不喜，她也没有拒绝让侍卫护送。

身边的侍卫多她才安全，至于侍女，带上珍珠等四人足够了。

在珍珠和玛瑙的搀扶下，林初九坐上马车，带着一群人浩浩荡荡地朝皇宫走去。他们刚出门，守在外面的探子就得到了消息，并且在第一时间将消息传给自家的主人。

林初九还未到宫门，身处深宫的皇后、周贵妃就知晓了她的动向，只是不知她为何而来。

“萧王妃这个时候进宫做什么？她给皇后递牌子了吗？”周贵妃第一反应，就是林初九要见皇后，或者找皇后算账。

得知没有后，周贵妃就蒙了，她做梦也想不到，林初九进宫是为了医治皇上而来。

皇后同样不知林初九的动机，但一收到林初九进宫的消息，皇后就有了深深的危机感。

“林初九不会无缘无故地进宫，她进宫必是有目的，派人去打听打听，另外让人盯紧皇上那边，我不希望出什么意外。”即使萧王爷回京摄政，皇宫依旧在皇后的掌控中，可见皇后的本事。

“奴婢明白。”进来传消息的小太监低眉顺眼地道，待确定皇后没有别的吩咐，便躬身退下。

宫外，林初九的动向在皇后的打探中；宫内，皇后的动向萧天耀也不是一无所知，皇后一动他就收到了消息。

“能隐忍数十年，果然不简单。”只是得知林初九进宫，就有了危机意识，皇后能活到今天并且暗中建立自己的势力，绝不是侥幸。

幸亏皇后提前暴露了，不然对上这么一个潜在暗处的敌人，就算是他也会觉得吃力。

“王妃进宫后，让人把太子放出来，并把七皇子身边的人清干净。”皇后很精明，也善于算计，可惜她有弱点。

一个人一旦有了弱点，许多事就会出现变数。就好比，他有了林初九这个弱点后，许多事就要重新安排。

……

林初九很清楚外面有多少双眼睛盯着她，不过只要那些人不找上门，她就不会放在心上。

男主外，女主内，外面的风风雨雨，林初九相信萧天耀有能力摆平。

到了宫门口，随行的侍卫出示了萧王府的令牌后，守门的侍卫连查都不敢查就放行了，对此林初九半点不意外。

今非昔比，现在的京城中，谁还敢寻她麻烦？

马车驶进宫门，待走到马车无法通行的路时，便有宫人抬着小轿过来，请林初九上轿，不需要林初九走一步路。

这是林初九第一次在宫中得到无微不至的服侍。

看到殷勤服侍的宫人，林初九不由得摇头，难怪每个人都想往上爬，因为只有站在巅峰，才能享受旁人享受不到的待遇，看到旁人看不到的风景。

提起裙摆，林初九坐上小轿，掀起帘子打量宫中的景色。

进宫多次，这是她第一次有闲情欣赏皇宫的景色，也是第一次不用担心会死在皇宫里。

夫荣妻贵不是没有道理的，要是凭她自己，恐怕奋斗一辈子也爬不到今天的地位，可因为她嫁给了萧天耀，她轻而易举就得到了。

抬轿的宫人走得很快很稳，不多时就将林初九送到了萧天耀办公的地方，轿子落下，珍珠上前搀扶林初九下轿："王妃娘娘。"

"嗯，你们都退下，把食盒给我。"林初九站在轿子前，略等了一步，翡翠和珊瑚拎着食盒快步上前，林初九接过，拎着食盒往前走。

刚走两步，就有一小太监上前，殷勤地道："小人给王妃娘娘请安，王爷一早就说了，王妃您来了直接进去就行，不需要通报。"

"嗯。"林初九矜持地应了一声，提着食盒不紧不慢地往前走。走到门口，林初九略顿了一步，正欲抬手敲门，就听到萧天耀的声音从屋里传来："进来。"

林初九收手，推门而入。屋内，萧天耀坐在书桌前，一手执笔，一手执卷，神情专注。

认真的男人最有魅力，对林初九来说此刻的萧天耀魅力无边，她无力抵挡，有那么一刹那，她甚至忘了走路。

一再迷失在萧天耀的男性魅力中并不是什么好事，至少对林初九来说不是。在被萧天耀发现前，林初九回过神来，收回目光，走到一旁坐下。

没有让林初九久等，萧天耀批完手上的折子便放下了笔，抬头道："你来了！"

平淡如水的语气，平凡无奇的三个字却戳中了林初九的心，林初九神色一柔，半是调侃半是认真地道："来了，给你送午膳。"

林初九指了指桌上的饭菜："还是热的，可以直接吃。"

"嗯。"萧天耀起身走了过来，在林初九身侧坐下，然后看着她。

林初九愣了一下，随即反应过来，认命地打开食盒，取出里面的饭菜。

这位就是大爷，即使不爱让人贴身侍候，可能不自己动手的时候，他是绝不会自己动手的。

米饭一共有两份，菜的分量足够林初九与萧天耀两人吃，林初九自然不会客气，侍候好萧大爷后，便端起饭碗吃了起来。

萧天耀用餐礼仪极好，吃饭时极少说话，林初九打小就习惯一个人吃饭，也养成了吃饭不说话的习惯，两人沉默地进食，屋内只有他们咀嚼饭菜的声音。

本以为这份沉默会持续到两人吃完饭，却不想两人的筷子，同时夹向同一盘中的最后一块肉。

“咔……”两双筷子绞在一起，林初九与萧天耀同时一愣，抬头看向对方。

林初九反应快，也习惯退让，先一步收回手：“你吃。”

“味道不错。”萧天耀夹起，咬了一口。

林初九的目光落在剩下的半块肉上，点头道：“确实，厨子的手艺很好。”不知是有人陪她吃饭的原因，还是今天中午的菜做得真不错，她胃口大开，比平时吃得都多。

萧天耀的眼中闪过一抹笑意，手中的筷子突然调转了一个方向，递到了林初九面前：“张嘴。”

“啊？”林初九一愣，嘴巴微张，萧天耀顺势将那半块肉，塞到她嘴里，收回筷子。

“唔……”林初九本能地咬了一口，瞪大眼睛看着萧天耀。

她能告诉萧天耀，她虽然没有什么洁癖，可她并不喜欢吃人家的口水吗？

这块肉，她记得萧天耀咬了一半的。

“味道如何？”萧天耀轻挑眼眸，问道。

“还……不错。”林初九嘴角抽搐，给自己下了无数道暗示，才囫囵地吞下嘴里的肉。

“今天的菜色确实很不错。”萧天耀夹起一筷子菜，尝了尝。

林初九的眼睛一直盯着萧天耀的筷子，几次都想提醒萧天耀，他的筷子十有八九沾了她的口水，他真的不介意吗？

看萧天耀吃得欢快，她又不敢开口，生怕提醒了萧天耀后，萧天耀会恶心到吐。

两人吃完，林初九认命地收拾好碗筷，问道：“我们现在去找皇上吗？”这才是她今天的真正目的，送午膳只是顺带的。

“走吧。”萧天耀起身，却没有往前走，而是突然转身，林初九猝不及防，一头撞进萧天耀的怀里。

“嘶……”萧天耀的胸膛太硬，撞得林初九生疼，不等她抱怨，就见萧天耀伸手按在她的唇上。

“你干……”

“唇上有菜渍。”

“啊？”

林初九愣住，一脸尴尬，萧天耀低头看了她一眼，轻笑：“骗你的。”

“你……”林初九的脸更红了，不过这一次是气的。

“走了，本王带你去见皇上。”萧天耀只当没有看到，背过身，拉着她的手往书房里走。

“放手。”林初九被萧天耀拖着走了两步，差点又撞在萧天耀身上。

“嗯。”萧天耀应了一声，却没有松手，反倒握得更紧，林初九吃痛，忍不住抱怨：“你轻点。”

萧天耀稍稍减轻力道，可林初九仍不满意：“再轻点，很疼。”

“嗯。”萧天耀嘴上应了，行动上却没有任何表示。

“让你轻点呢，太用力了。”

“啊……还要再轻点儿。”

“嗯，这样可以了，不能再用力了。”

藏在角落里的隐卫，看不到两人的动作，只听到两人或轻或重的声音。听了半晌，隐卫默默相视一眼，然后别过脸，耳根通红。

……

萧天耀所用的办公房后面有一扇门，原本是为了方便办公的大人们，免得他们绕来绕去，现在却方便了萧天耀与林初九。

两人为了避人耳目，从后门来到一间小书房，在里面换上了早已备好的侍卫与太监的衣服。

不用想也知道，换上侍卫服的必然是萧天耀，做太监打扮的是林初九。

“你去太医院找秦太医。”萧天耀并不与林初九一道行动。

在宫中，皇后耳目众多，一个侍卫、一个太监走在一起，太引人注目了。

“我知道了。”林初九轻轻点头，并不意外。

她不是第一次进宫，也不会天真地认为萧天耀一回京就能大杀四方，镇住所有人。

萧天耀能在这么短的时间内，在朝堂上站稳脚跟，已比旁人强了百倍不止。

“可知太医院在哪？”临分别前，萧天耀问了一句，得到林初九肯定的答复后，萧天耀便不再多言，目送林初九离去后，转身朝另一个方向走去。

在萧天耀和林初九各自行动时，两个黑衣人悄悄潜入天牢，放倒了看守天牢的侍卫，将关押在里面的太子放了出来。

“你们是来救我的？你们是谁的人？”太子被关在天牢，虽然没有受刑，看上去却是人不像人，鬼不像鬼，见有人来救他，猛地跳了起来，毫无气度，比市井粗汉还不如。

黑影人没有回答，而是拿出一套侍卫的衣服让太子换上：“殿下，先换上衣服，离开这里再说。”

“对对对，先离开这里再说，这个鬼地方孤待够了。”太子如同饿狗夺食，从黑衣人手中抢过衣服，手忙脚乱地往身上套，也不管整不整齐，黑衣人扫了一眼，只当没有看到。

他们的目的是把太子引到七皇子面前，至于其他的……不是他们要操心的事。

“殿下，我们快走吧，要让皇后娘娘的人发现了，我们就糟了。”黑衣人按计划，给皇后上眼药。

“母后？”太子听到皇后二字，脚步一顿，脸上露出痛苦之色，疯狂地大骂：“为什么？为什么母后要我的命？我到底做错了什么？她为什么要这么对我？”

太子的精神本就不太正常，黑衣人一刺激，他就有发狂的征兆了。

黑衣人暗喜，继续道：“殿下，你还把那个阴险的女人当母亲，她根本就不是你的母亲，你的母亲是被她害死的。”

“你说什么？”太子抓住黑衣人的手，大声质问。

黑衣人“苦口婆心”地道：“殿下，你没有听错，你的母亲根本不是皇后娘娘，你的母亲是陈昭仪。当年皇后和陈昭仪同时怀孕，皇后生的是死胎，她为了保住后位，下药让陈昭仪提前生产，然后对外宣布陈昭仪难产而死，一尸两命。”

“不，不可能，不可能，我怎么可能不是母后的儿子，你们胡说，小心孤治你们的罪。”太子双眼浑浊，不见一丝清明，黑衣人知道太子已经疯了。

“殿下，您要不信可以亲自去问，小人不敢骗你。”黑衣人一副忠心耿耿的样子，太子怒极，将人推开：“孤当然要去问，孤怎么可能不是母后的儿子？孤可是嫡长子，是嫡长子，是太子，是太子！”

太子已经完全崩溃了，理智告诉他，他很有可能不是皇后的亲生儿子，如果他是皇后的亲生儿子，他怎么会落到今天这个地步？

可是，他不能接受呀！

嫡长子是他引以为豪的身份，他凭借嫡长子的名份，才一直坐在太子的位置上，如果他不是皇后之子，不是嫡长子，那他是什么？

一个笑话吗？

“我不信，我不信，我要去问清楚，我一定要去问清楚。”哪怕现在的他根本没有机会坐上皇位，他也要问清楚，他不能像个笑话一样过一辈子。

太子跌跌撞撞地往外走，两个黑衣人立刻跟上，并在后面劝说太子先去找七皇子，拿七皇子当人质，不然他们还没有碰到皇后，就会被侍卫给杀了。

“对，对，先去找七弟，我知道七弟在哪里，你们脱掉身上的衣服，跟我走。”太子在宫里生活了十几年，自然知道一些隐秘的小路。

两个黑衣人相视一眼，飞快地将身上的衣服脱下，露出穿在里面的侍卫服。

显然，他们是早有准备的。

有萧王安排的人里应外合，太子很快就找到了七皇子。

“七弟！”太子看到七皇子，从死角走了出来。

“太子哥哥？”七皇子看到来人心中一惊，面上却不曾表露出一丝惊慌，只是悄悄地后退两步，给侍卫打手势。

“太子？我算什么太子，我现在是阶下囚，阶下囚你知道吗？七弟。”太子双眼通红，已经疯魔了，完全没有理智可言。

七皇子小小的身子绷得紧紧的，看了看太子身后的两人，柔声劝说道：“太子哥哥，这一切都是暂时的，母后不会……”

他的话还没有说完，就被太子打断了：“母后？她真的是我的生母吗？如果她是我的生母，她为什么不救我？我怎么会落到这个地步？”

“太子哥哥，你在胡说什么！”七皇子的瞳孔猛地一收，神色慌乱。

他毕竟还是一个孩子，听到太子的话难免慌乱。

“胡说？我真的是在胡说吗？看看你，再看看我？这些年母后有多偏心，你还不知道吗？”对于黑衣人的话太子原本只信五分，此时看到依旧金尊玉贵的七皇子后，他就十分肯定了。

他是太子，犯的是谋反的罪，他被打入天牢，皇后与七皇子却一点事情也没有，可见他的母后能耐不小，就算保不住他，也有能力让他在牢里过得好一些，可事实呢？

他在天牢里过得连猪狗都不如，随便一个小差役都能在他头顶拉尿，他根本就是一个笑话。

“太子哥哥，你冷静一点儿。”七皇子看着越走越近的太子，心中不安。

他碰到萧王叔都不怕，可看到疯魔的太子，他真的怕了。

“冷静？”太子阴冷大笑，“七弟，你太子哥哥从来没有一刻，像现在这么冷静。我许久没有去给母后请安了，走……陪太子哥哥去见母后。”

太子说完，就扑向七皇子……

七皇子身旁的侍卫早有防备，在太子扑上来的刹那，他们便抽刀迎上，可是他们快，太子身后的两人更快。

“不得伤害殿下。”太子身后的两人提刀上前，为太子挡住了侍卫的攻击，轻轻松松地把他们隔开了。

“七弟，乖乖陪孤走一趟，孤不会伤害你。”太子奋力一扑，却被七皇子闪开了，可七皇子还来不及喘气，太子又扑了过来，七皇子再次避开，并大声道：“皇兄，你冷静一点，别被人利用了。”

“利用？孤一生都被你们母子利用，孤还有什么利用价值？”数次扑空，太子愤怒异常，失去理智的他，这个时候想不到自己有多么可怕，他只知道七皇子在躲他，而躲避就代表心虚。

七皇子的侍卫，见七皇子暂时没有危险，暗暗松了口气，这是皇宫，很快就会有侍卫过来，就算侍卫不过来，皇后得到了消息，也会派人过来救七殿下。

诚如两个侍卫所想的那般，巡视的侍卫听到打斗声，很快就寻了过来，七皇子的侍卫见状，大喊：“他们要行刺七皇子，快，拿下他们。”

“是，大人。”巡逻的侍卫看到被太子追得狼狈的七皇子，立刻上前相助，试图拿下太子，帮七皇子脱困，可他们刚上前，就被太子带来的两人拦住了。

这两人与七皇子的侍卫交手数招，虽不见败迹，但也看不出多厉害，七皇子的侍卫本以为这两人只是普通侍卫，可不想数十个巡逻侍卫一拥而上，这两人也能轻松拦下，可见这两人不是寻常人。

“你们是什么人？”七皇子的侍卫忍不住问道。

两人想也不想，就应了一句：“我们自然是殿下的人。”

“不可能，你们绝不是太子的人。”能在七皇子身边贴身保护的人，必然是皇后的心腹，他们知道的比旁人多。

太子身边真要有这等高手，也不会落入天牢，任人欺凌。

“你们太小看殿下了，你们真当殿下一点防备也没有？”两人根本不怕给太子拉仇恨，轻轻松松就给太子冠了一个“能干”的名声。处在疯癫中的太子听到这话，也是毫不犹豫地认下来了：“你们太小看孤了，真当孤一点防备也没有吗？”

太子说话间，再次朝七皇子扑去，这一次太子运气极好，居然抓住了七皇子的衣摆：“哈哈哈，孤看你这次往哪里跑。”

“太子哥哥，你，你……放手，你，你听我说……”七皇子被一个疯子追得跑了半天，早已气喘吁吁，虽用力挣扎，却怎么也挣脱不了太子的钳制。

一力降十会，任凭七皇子多么机灵、聪明，遇到疯了的太子也没办法。

“七殿下，小心。”侍卫见七皇子被太子抓住，又怒又急，想要冲过去救人，却一再被两人挡住。

“你们两个最好祈祷七殿下无事，不然皇后娘娘定会灭你们九族。”侍卫救不了人，只能放狠话。

“我们等着。”两人毫不在意地应了一句，见七皇子已被太子拿下，其中一人将信号放了出去，并抽身而退，来到太子身旁：“殿下，既然有七皇子为质，我们该去找皇后娘娘了。”

“对对，该去找母后问个明白了。”太子连连点头，疯了的他力道极大，拎着七皇子就往前走。

“放开七殿下。”七皇子的侍卫忙冲上来，却被另一人轻松拦下。“你们最好别追上去，不然伤了七皇子，可就不好了。”

“你们……”七皇子的侍卫与巡逻的侍卫不敢上前，只能咬牙看着。

“哈哈哈……”太子见侍卫不敢上前，得意地大笑。

被太子拎在手中的七皇子又羞又怒，一双深沉的眸子完全不似七岁的孩童，他死死地看着护送太子的人，突然道：“我见过你，你是萧王叔的人。”

护送太子的那人一怔，面上却不表露半分，太子也像是没有听到一般，继续往前走，可七皇子却不死心，又道：“太子哥哥，我见过此人，他是萧王叔的人，你被萧王叔利用了。”

护送太子的人身子绷紧却没有急着解释，太子也是哈哈一笑，好似全然不在乎。

“太子哥哥，我没有骗你，他们真是萧王叔的人，你不要被他们骗了。”七皇子急切地说道，一副极为太子担心的样子，不想太子毫不在意地回了一句：“那又如何？”

七皇子一慌，忙道：“太子哥哥，萧王叔这是在利用你，挑拨你我兄弟间的感情，你别上了萧王叔的当。”

太子嘲讽一笑：“你我兄弟间还有感情吗？七弟……我知道他们不是我的人，我知道他们是有目的放我出来，我也知道他们是故意引我来找你，可是那有什么关系？我在天牢里只有一个想法，那就是见你和母后，问清楚母后为什么要这么对我！萧王叔给了我这个机会，就算是利用我又如何？我要没有利用价值，萧王叔会帮我吗？”

太子依旧癫狂，可他说出来的话，却让人不敢拿他当疯子对待，至少护送太子的那人是不敢了。

在宫里长大的孩子，就是再蠢也比普通人有头脑。

“太子哥哥……”太子把话说到这个份上，七皇子是一点办法也没有了，只能任由太子拎着他去鸾凤殿。

路上，自然有侍卫想要上前营救七皇子，可太子一把刀架在七皇子的脖子上，侍卫就不敢上前了，生怕太子一个错手，把七皇子给杀了。

有了七皇子这个人质，太子顺利来到鸾凤殿。

皇后早就收到了消息，为七皇子的安全考虑，皇后虽然担心却没有冲出去，而是在鸾凤殿内等太子上门。

在得知七皇子被太子抓住的那一刻，皇后就知道这事不简单，十有八九是萧天耀的手笔，可是知道又如何?

她的儿子在一个疯子手里，她就算知道萧天耀有算计，她也没有那个心力去管萧天耀要做什么，当务之急是救她的儿子出来。

……

就在皇后与太子纠缠之际，萧天耀已趁乱混入皇帝的寝宫，林初九也悄悄与秦太医会合，悄无声息地来到了皇上的寝宫。

“去看看他怎么样了？”萧天耀比林初九先一步抵达皇上的寝宫，已将寝宫里的侍卫清空了。

“好。”林初九连喘口气的工夫都没有，一进来就被萧天耀催着去给皇上诊治。

秦太医匆匆地给萧天耀行了个礼，正准备跟上去，可他刚往前迈了一步，就被萧天耀给叫住了：“秦太医，留步！”

“请王爷准臣进去帮忙。”秦太医一脸祈求地看着萧天耀，他怕，怕林初九会对皇上下黑手。

萧天耀轻蔑地看了他一眼，没有回答。秦太医还真把自己当回事了，他要对皇上下黑手，需要费这么多工夫吗?

秦太医神色讪讪，缩了缩脖子，不敢再吭声。

萧天耀冷哼一声，从他身边走过，来到内殿。

殿内，林初九坐在床边，一脸严肃地为皇上诊脉，萧天耀走进来她也没有发现。萧天耀看了一眼，默默地在角落里寻了个位置坐下，静静地看着林初九。

林初九给皇上诊完脉后，眉头紧皱，脸上的神情也比之前严肃了几分，哪怕什么也没有说，萧天耀也知道皇上的病情怕是十分棘手。

林初九花了许久的时间诊脉，诊完脉后又仔细检查了皇上的头部，她的脸色越来越难看。

“没救了吗？”萧天耀的眉头也忍不住皱紧，皇上要是死了，东文的事情就得另作安排，到时候又是一桩麻烦事。

“啊！”林初九吓了一跳，转身看到萧天耀，拍了拍心口道，“王爷，你什么时候进来的？”怎么跟鬼似的，一点动静也没有。

“皇上没救了吗？”萧天耀没有回答，而是重复自己的问题。

“有救，但很麻烦。”林初九不自觉地被萧天耀牵着走了，“皇上的病拖得太久了，就算能救也活不长。”

“无妨，本王只需要他多活几年。”他原本就没有想过让皇上长长久久地活下去，能拖一两年，让他把中央帝国的事解决好就成了。

“如果只要皇上活几年的话，难度不是很大，我可以做到。”林初九说这话时，一点也不高兴。

作为一个大夫，却无法将病人的病治愈，她无疑是失职的。

“很好，你需要什么？本王会尽快安排。”萧天耀满意地点头，至于林初九心中的小别扭，萧天耀只当没有看到。

林初九这会儿是没有想明白，等她想明白就好了。

“一间独立的、封闭的、干净的、明亮的房间，别的没了。”秦太医不敢动手医治，想来也帮不上她的忙，她只能靠自己了。

“好，三天内本王会让人安排好，你做好准备。”萧天耀干脆地定了医治的日期，林初九愣了一下，本想反对，可最终发现自己好像提不出什么反对意见，只得默默地闭眼，老实地点头。

见林初九一副老实呆愣的样子，萧天耀的眼中飞快地闪过一抹笑：“好了，时间差不多，我们该离开了。”前后半个时辰，凭皇后的手段，足够她拿下太子。

“我……”林初九想了下道，“我回去给皇上准备一些药，你让人喂给他吃。”皇上昏迷了大半个月，虽有秦太医等人精心照料，可身体比常人虚弱太多，需要好好调理。

“好。”萧天耀满不在乎地应下，皇上注定是失败者，他醒来也改变不了这个事实。

两人一同往外走，到了门口才各自分开。

“先回太医署，本王会让人去接你。”萧天耀冷冷地扫了秦太医一眼，直把秦太医吓得低下头，这才收回视线。

“嗯，我会小心的，你……”林初九本想说“你也当心”，对上萧天耀黑漆漆的眸子，她却怎么也说不出来。

总觉得这话由她说出来，略感羞耻。

然而，林初九不说并不表示萧天耀不懂，萧天耀似笑非笑地看了林初九一眼，说道：“本王也会当心的。”

“谁管你当不当心。”心思被人拆穿，林初九一脸尴尬，瞪了萧天耀一眼，率先离开。

萧天耀笑了一声，没有多言，可是他的笑声还是让林初九很不爽，偏偏她又没脸回来找他理论。

两人各自离开，按原路返回，这一次林初九比萧天耀先一步回到书房，略等了片刻，萧天耀才带着一身血气走进来。

“怎么了？”林初九脸色微变，快步上前，担心地问道。

“遇到了皇后与太子，耽误了些工夫。”萧天耀神色淡然，见林初九面露忧色，补了一句，“本王没有受伤。”

“我才不管你有没有受伤呢，太子怎么了？”林初九继续嘴硬，为了掩饰自己的尴尬，甚至把太子拎了出来，不想她这话却惹得萧王不高兴了。

“怎么？你很关心太子的生死？”萧天耀很介意林初九与太子扯在一起，毕竟这两人曾是未婚夫妻。

林初九倒是没有多想，本能地回道：“太子的生死跟我有什么关系，我只是想知道皇后的心有多狠！”就算太子不是皇后亲生的，皇后也养了他十多年，太子也叫了她十多年的母后，要是皇后一点情分也不讲，着实是让人心冷。

“皇后？”提起皇后，萧天耀面上便冷了几分，“那个女人的心不是一般狠，不仅仅对太子狠，对自己也狠。”

恐怕，皇后就只把七皇子一人放在心上了。

为了让太子放开七皇子，皇后不惜自残，以此逼迫太子。

“所以，皇后杀了太子？”林初九瞪大眼睛看着萧天耀。

“没有，本王救了他。”皇后倒是想要杀太子，但运气不太好，正好被“路过”的萧天耀遇到，萧天耀顺手便救下了太子。

“你居然会救太子？”听到萧天耀轻描淡写地说他救了太子，林初九很震惊。

站在萧天耀的立场上，皇后杀死太子对他是极为有利的事，他完全可以拿这件事往死里打压皇后，给皇后安上一个谋害亲子的罪名。

萧天耀没好气地白了林初九一眼：“就算太子不是皇后所出，也是本王的侄子。”他再冷酷也不至于看着自家侄子，惨死在自己面前而无动于衷。

再说了，太子现在就是一个废人，让他活着又不影响大局，让他活着又有什么关系?

“我差点忘了太子是你侄子。”萧天耀与太子年岁相差无已，平时他对这几个侄子也不上心，她还真没有想到这一茬。

萧天耀摇了摇头，没有说话，直接走到内间换下侍卫的服饰，重新换回王爷的朝服。

“走吧。”萧天耀淡淡地扫了一眼撑着脑袋坐在桌前发呆的林初九。

“哦。”林初九应了一声，跟着萧天耀来到前院办公的房间。

屋内，应该是有人进来收拾过，饭菜混杂的味道已经闻不到了，只有淡淡的墨香。

林初九看了一眼已在书桌前坐下，准备办公的萧天耀，主动道：“时辰不早了，我先回去了。”萧天耀这明显就是送客，她要不识趣一点，指不定就让人嫌了。

“嗯。”萧天耀抬头看了林初九一眼，没有说话。

他还以为林初九会等他一起回去，还想着快些把折子批完，好早些陪林初九回去，却不想林初九用完了他就丢。

萧天耀默默地将视线放在折子上，他怕多看林初九一眼，会忍不住掐死她这个不解风情的女人。

林初九见萧天耀一心放在政务上，便没有再多停留，转身拿着食盒就往外走，走到门口，突然听到“啪”的一声响，林初九回头就看到萧天耀一脸怒容，还有他手中被折断的笔。

林初九缩了缩脖子，加快速度往外走，心中暗道：也不知哪个倒霉的惹得萧天耀不高兴，依萧天耀的性子那人十有八九要倒霉了。

不过，这些都与她无关，她现在要做的就是回家，准备好为皇上治病所用的药物。

林初九拎着食盒，步履轻松地走出皇宫，在侍卫的护送下高调地返回萧王府。

一直紧盯着她的探子，没有忽视她的好心情，她前脚回到萧王府，后脚就传出萧王妃进宫一趟心情极好的消息。

有人推断萧王的心情恐怕也不错，这个时候拿北历的事去找他商量，肯定很容易通过。

然而，他们也只敢想一想，这个时候进宫，不是摆明了告诉萧王，他们派人盯着王府了吗？

“唉，白白错过了一个机会，真正是可惜呀。”

“也不知萧王到底是个什么意思，我们递交的章程全都被打回来了。”

“对北历售粮是块大肥肉，谁不想咬一口，虽说大头握在萧王手里，可小头总得给我们一点机会吧？”

“萧王今天的心情肯定不错，要是这个时候去找他，指不定就能拿到一点好处，偏偏……”

他们不敢呀！

一群大臣不断地摇头叹气，为自己错过一个好机会而遗憾，可等他们在傍晚收到太子逃出天牢，挟持七皇子、重伤皇后的消息后，一众大臣暗自庆幸自己没有进宫。

真要进宫了，指不定就惹了一身腥。

太子逃出天牢是大事，这消息肯定瞒不住，萧天耀也没有隐瞒的打算。当天下午就对外正式承认了此事，严厉谴责了看管天牢的侍卫，以失职罪处置了负责天牢的将军，并下令重新整治天牢，绝不允许同样的事再发生。

萧天耀的命令一下，天牢就正式被金吾卫接管了，之前负责看管天牢的将军是皇后的人，平日里十分低调、谨慎，几乎寻不到他的错，这一次可算是栽了。

皇后收到消息气得差点从床上栽下来，要不是身上的伤实在严重，她肯定会亲自去找萧天耀。

“萧天耀，欺人太甚！”皇后躺在床上，死死地咬着唇，才将到嘴的咒骂咽了回去。

她费了近十年的时间，才将天牢控制在手中，结果萧天耀轻轻一动，就把她十年的心血全毁了。

“母后，你别乱动，太医说你差一点就伤到肺腑，绝不能乱动。”历经被太子挟持、亲眼看到母亲自残的七皇子，脸色白得吓人，小身板好像随时都会倒下。

“小七，母后，母后恨呀！”十年心血一遭毁，她怎么能不恨？

“母后，没有关系的，留得青山在，不怕没柴烧。而且事情也没有严重到那一步，萧王叔现在嚣张咱们就让他嚣张，等中央帝国的人来了，他就嚣张不起来了。”要是放在平时，七皇子就是再愤怒也不会说出这样的话，但是今天不一样，他今天不仅仅是愤怒，更多的是害怕。

害怕母后出事，害怕只有自己一个人。他再聪明，再早慧也是一个孩子。

“对，中央帝国，只要中央帝国的人来了，萧天耀就完了，他现在做什么都没有用。”皇后眼中闪过一抹狠厉，“小七，让人给天藏影月去个消息，告诉他们萧王要公开对北历售粮。”

消息稍微灵通的人都知道，北历购买的粮食，九成都是由天藏影月提供的，天藏影月凭此从北历赚取了大量的财富。现在萧天耀以东文的名义公开对北历售粮，就是从天藏影月的嘴里夺食，天藏影月要是能忍才有鬼。

天藏影月收到这个消息后，不需要她多言，就会催促中央帝国的人快些赶到东文，好阻止萧天耀的行动。

“母后，这么做……”七皇子没有立刻应下，而是为难地看着皇后。

他是想要将萧王叔拉下来，但却不想损害东文的利益，他毕竟是东文的皇子。

七皇子还没有说完，就被皇后打断了：“小七，你要明白，你不把萧天耀拉下来，东文再怎么强大都与你无关。如果损失一些利益，能将萧天耀拉下来，有何不可？”

就算损失了一些利益，可至少东文是他们的。

“母后，我明白了。”心底的最后一丝疑虑打消，七皇子重重地点了点头。

人不为己，天诛地灭。萧王叔，不要怪我！

第十七章　含芳殿内许芳心

断人财路，犹如杀人父母。

萧天耀很清楚，一旦天藏影月的人知道他要公开对北历售粮，就一定会催促中央帝国的人加快速度赶到东文，好阻止他的计划。

明面上，他让大臣们商讨章程，拿出具体的办法，私底下他已经命人组建了农务司，只等苏茶回来接手即可。

“王爷，皇后派人给天藏影月送了信，没有意外的话，中央帝国的人最多还有十天，就能赶到东文。”萧天耀刚写信给苏茶，让他尽快回来接手农务司，就听到了属下的汇报。

对此萧天耀半点也不意外，皇后的格局太小了，她虽然聪明，但目光短浅，她只能看到眼前那片方寸之地。

萧天耀意外的是，使团的人怎么会来得这么晚？

“十天？他们在路上遇到了什么？”按计划，就算没有天藏影月的催促，中央帝国一行人也能在十天内赶到。

“使团的一个少年，在庆安城看上了一个少女，陪了那女子三天。”隐卫直言道，不等萧天耀询问，又继续道，“据查，那少年很有可能是帝国小皇子，与帝国三皇子一母所出。那个女子应该是大皇子的人，她完全是按帝国小皇子喜欢的女子准备的。”

世上没有那么多凑巧的事，一个普通的小城，也不可能突然出现一个绝世美人，可惜帝国小皇子似乎不明白这个道理，为了一个女人在一座小城多待了三天。

不过，三天对于帝国使团来说并不算什么，毕竟他们不赶时间。

“帝国的小皇子？有意思。”萧天耀靠在椅背上，手指有一下没一下地敲打着桌面，笑得不怀好意，隐卫背脊发寒，连呼吸都小心翼翼。

直觉告诉他，他们家王爷要出大招了，帝国的小皇子十有八九要遭殃了。

“本王记得，他们要来京城，最快的路就是走新安江对吗？”萧天耀似闲聊一般问了一句，隐卫却不会真当这是闲聊，思索一下才道：“如果他们要赶时间的话，走新安江是最快的。”

如果不赶时间的话，帝国使团肯定不会走新安江，那条江并不太平，可要是天藏影月催促，使团很有可能为了节省时间而走新安江，毕竟他们来自中央帝国，不会把东文的小匪盗放在眼中。

“本王记得，我们在新安江上建了几座水库？”萧天耀敲打桌面的频率不变，可隐卫却感觉自己的心跳在加快。

“回王爷的话，当年我们在新安江上建了三座水库，此时水库应该是满的。”隐卫暗暗吸了口气，才平息狂跳的心脏。

五年前，早在五年前王爷就做好了准备，真的太可怕了。

幸好，幸好他不是王爷的敌人，王爷真的太可怕了，早在五年前就算好了这一步。

“水库塌了，会淹掉多少良田？”仍旧是闲聊的语气，好似要毁掉水库，淹死帝国使团一行的人不是他一般。

“至少有三千亩良田会受损，其中有一半是我们的。”萧天耀开口询问之时，隐卫就猜到了萧天耀的计划，是以此刻听到萧天耀的话，隐卫半点不意外。

他们家王爷，从来不会问没用的事。

“咚……”萧天耀重重地敲打了一下桌面，站了起来，“让人筹集银子，事后把另一半的良田买下来。”

“是，王爷！”隐卫悄悄按了按自己狂跳的心脏，暗自吐了好几口气，才将心中的紧张消除。

他们这次设计的可是帝国小皇子，一个不好就有可能引来灭国之灾，这事必须得好好计划，不能让人看出破绽，不然就麻烦了。

……

第二日，萧王休沐，林相一大早就带着夫人、女儿和儿子上门，管事按规矩将人引入花厅，便让林相稍等片刻。

不过短短数天，林相看上去却老了许多，林夫人与林婉婷也是一脸憔悴，林婉婷已没有了昔日的张扬，但眉眼间的戾气却不曾消减。

倒是林相的独子没有变，眉眼间清明依然，小身板挺得笔直，像是个小大人，看到林相对王府管事笑得谄媚，他显得不是尴尬而是失望，明显是懂得个中的利害。

萧天耀与林初九过来时，正好看到这一幕，两人默契地相视一眼，视线相对的那一刻，林初九脸色一红，尴尬地别过脸。

她也不知道自己是怎么了，遇到事后第一反应就是找萧天耀。

这么依赖萧天耀，真的不好！

萧天耀与林初九一踏入屋内，林相就发现了，忙起身上前行礼："下官参见王爷，王爷……"

"免礼。"没让林相行完礼，萧天耀便开口了。

他这不是给林相面子，而是给林初九面子，不管怎么说，他的王妃林初九是林相的女儿，就算他再厌恶林相，也得给他一点面子，不然旁人还只当他不把王妃当回事。

"多谢王爷。"林相面露感激，一副激动的样子。

林初九看了一眼，默默地抬头看屋顶。

相比林相现在点头哈腰的蠢样，她更愿意看林相当初嚣张狂妄的样子，至少那样的林相自信，多少还有一点文人的风骨，不像现在这般一副软骨头的样子。

"王妃娘娘。"林相略一迟疑，才唤了一句萧天耀身后的林初九。

对于讨好萧天耀，林相一点压力也没有。萧天耀天生就是皇家人，比他们高一等，他对萧天耀恭敬讨好再正常不过，可要他讨好昔日任他打骂的女儿，着实是有些难度。

别说林相不适应，就是林初九看到他这副样子也觉得别扭，点了点头后，林初九道："父亲，你还是唤我初九吧。"

"咳咳……初九，你母亲、妹妹和弟弟说许久没有见你，想你了。"林相尴尬地咳了一声，指了指身后的林夫人三人，大声道，"还愣着干什么，还不快过来给王爷、王妃见礼。"

皇上已经注定惨败，他为皇上做了那么多事，可以说是彻底把萧王得罪死了。这次，他无论如何也要求得萧王的谅解，力求萧王放过他。

林夫人与林婉婷僵在原地，脸上一阵青一阵白，她们虽然早有心理准备，可真要她们放下身段去给林初九行礼，她们还是无法接受。

从来都是林初九被她们踩在脚底，从来都是林初九任她们戏耍，即使后来林初九嫁给了萧王爷，她们仍旧没有把林初九当回事，依旧是以高高在上的姿态斜睨林初九，可现在呢?

现在却要她们给林初九行礼，向林初九低头，这让她们怎么接受?

就算她们心里明白这是没有办法的事，可真正要她们向林初九低头，她们却做不到，至少现在还做不到。

林相独子倒是从善如流地上前，一本正经地给萧天耀与林初九行礼："草民见过王爷，见过王妃。"言词中没有一丝不满，也没有一丝难堪。

林初九看着这个陌生的异母弟弟，心中叹息了一句：多好的孩子，可惜命苦，有林相这么一个父亲，生生毁了一生。

萧天耀看了林初九一眼，见林初九并不厌恶林家这位少年，淡淡开口道："免礼，坐吧。"他家王妃讨厌的，他绝不能给对方面子；他家王妃不讨厌的，他也没有必要给对方难堪。

"多谢王爷、王妃。"林家少爷不卑不亢地应了一声，退至林相身侧，完全不管身后尴尬的母亲与姐姐，林初九忍不住莞尔一笑。

聪明人固然好，但她身边有太多的聪明人，和聪明人打交道太累，偶然见到呆头呆脑的少年，还真觉得颇有意思。

萧天耀与林初九看也不看站在一旁犹豫着该不该上前行礼的林夫人与林婉婷，两人径直在上位坐下。

林相见状，扭头，狠狠地瞪了她们一眼，随即又满脸笑容地上前，与萧王闲话家常。

林夫人与林婉婷尴尬异常，站在原地上前不是，后退亦不是。好在萧天耀没有与林相说太久的话，就把林相与林家少爷带去书房，让林初九招待林夫人与林婉婷。

"我们去花房坐坐？"林初九起身，客气地询问了一句，不等林夫人与林婉婷开口，就命下人去花房摆好桌椅。

林夫人与林婉婷一脸难堪，却不得不跟上。

三人来到花房，下人已将桌椅、茶点摆好，林初九招呼了一句"坐"，便在主位上坐下。

"多谢王妃。"林夫人艰难地挤出四个字，林婉婷却是一个字也说不出来，一张俏脸憋得通红。

林初九只当没有看到，淡定自若地坐下，自顾自地品茶、吃点心，完全没有照应林夫人与林婉婷的意思。

林夫人与林婉婷见状，心中又是庆幸又是焦急，庆幸林初九没有给她们难堪，着急不知要怎么开口求情。

她们打从出生就不曾开口求过人，就算是讨好太子、皇后与周贵妃，那也不需要放下身段，可今天她们却要放下身段，去求一个她们看不起的人。

林婉婷与林夫人在心里挣扎了许久，几次想要开口主动挑起话题，可一看到林初九那张洋溢着幸福的脸，她们就开不了口。

林婉婷与林夫人有求于人却开不了口，林初九当然不会主动开口，她本就不愿意招待林家人，她们不开口，林初九乐得清闲。

与林初九这边的冷清不一样，林相一到书房就主动拿出朝堂的政事与萧天耀攀谈起来，并不着痕迹地点出皇上在六部安插了哪些人，哪些人是皇后一派的，哪些人又与周贵妃走得近。

当然，林相也不会放过这个机会，告诉萧天耀他在朝堂上有多少力量。

林相为相近二十载，深得帝宠，他想要安插人手那是再简单不过的事。京城水浑，实权官职被世家把持，可世家要把持地方上的官位就没那么容易了，林相在六部虽没有多少亲信，但在地方上却有不少亲信。

“早年，承蒙皇上厚爱，让我主持了三届科举，那三届科举录取的仕子近千人，有不少都身居高位，甚至还有一人已是封疆大吏。”为了让萧天耀放过他，林相不遗余力地展现自己的实力。

“平日里，我虽不曾与他们联系，然他们都记着我这个座师的恩情，如若有事他们绝不会推辞。

“南边一向被世家把持，税收一年不如一年，我有一个学生就在南边为官，他之前查到了一些东西，与那些门阀世家有关，可却不知该交给谁？”

……

林相为了让萧天耀松口，几乎是连老底都交代出来了，说了半天终于换来萧天耀一句，“改天带他来见本王！”

林相一听，大喜：“有王爷这话，我就安心了。”萧王肯接他递的投名状，想必是肯放过他了。

“时辰不早了，我就不打扰王爷了，先行告辞了。”林相摸不清萧天耀的脾气，不敢多留，目的达成便自觉地告退。

“嗯。”萧天耀连头都不曾抬一下，摆明了不会送林相。

林相也不敢要萧天耀送，走出书房，林相便让下人把林夫人与林婉婷请来，一家四口在萧王府门口会合。

林相解决了一桩心事，心情大好，见林初九也不曾出来相送，眼中闪过一抹不喜，但想到这是萧王府又生生忍住了。先渡过这一关再说，其他的事以后有的是机会。

林婉婷一向乖觉，见林相神色不对，立刻猜到了一二，一回到林府，就自责地道：“爹爹，我跟娘求了姐姐许久，我们甚至都跪了下来，姐姐仍旧不肯帮我们向王爷求情，我们该怎么办？”

“婉婷，不得胡说。”林夫人心有不安，忙拉了林婉婷一把。

“娘，我没有胡说，姐姐确实不肯帮我们求情，我们求了她许久，她都不曾松口，丝毫不顾骨肉亲情。”林婉婷睁着眼睛说瞎话，林夫人虽然不安，可她不敢让林相知道她们干坐了一上午，一句话都没有跟林初九说，所以只能装糊涂。

“初九？她果真不肯帮我们求情？”虽然与萧王达成了协议，但听到林婉婷的话，林相仍然很不高兴。

在林相看来，林家的孩子自当为林家牺牲，婉婷不能例外，林初九也不能例外。

“姐姐不肯，还说……没有落井下石已是看在骨肉亲情分上。”林婉婷低着头，一副伤心的样子，实则是不想让林相看到她眼中的虚。

林相不疑有他，阴沉的眼中闪过一抹忿恨，恨恨地道：“养不熟的白眼狼，不过是个贱种，她真当自己飞上枝头就能变成凤凰，小心到头来一场空。”

林夫人与林婉婷一愣，错愕地看着林相，一脸震惊。

林相似察觉到自己说错了话，生硬地咳了一声，甩袖往屋里走去。

林相递来的投名状十分有分量，不过萧天耀并没有亲自动手，确定账本无误后，萧天耀就把事情交给了林相。

林相不会天真地以为，光凭一本账本，就能让他不计前嫌，将过往一笔勾销吧?

要不是看在林初九的面子上，林相一家早就玩完了。

林相接了这么一个苦差事，推也不是，不推也不是。推了，萧王定然会认为他的诚意不够，不推就意味着他要得罪大半的世家。

“都怪那个孽障不肯给我求情，要是她肯在王爷耳边说两句话，王爷定不会为难我。”不敢说萧天耀的不好，林相只能把气出在林初九身上。

“本想看在父女一场的分上放过你，既然你连帮为父求个情都不肯，就别怪我狠心了。”林相想到找上他的黑衣人，心中暗暗下了决定。

对方想要能证明林初九是帝国林家的人，而他正巧有证据。

至于对方要怎么利用林初九的身份，或者帝国林家会怎么对待林初九，那就不是他要操心的事了。

林初九不仁，就别怪他不义。

回到府内，林相操办起萧天耀交代的事，同时将与林初九身世有关的东西准备好，只等黑衣人上门便将东西交给对方。

萧天耀一向坚信用人不疑，疑人不用，将事情交代下去后就没有再过问，白天依旧和往常一样去宫里处理政务，与众位大臣扯皮。

在萧天耀的强势下，那些混迹朝堂的老油条最近听话了许多，可他们听话并不表示臣服了萧天耀。萧天耀也不会天真地以为，一时的听话就是忠诚，他没有停下替换这些人的计划。

萧天耀借太子之事换掉了天牢守卫后，又借一起权贵弟子斗殴事件换了九门提督，把人全部换成自己的人。

一众大臣看到了萧天耀的手段，不由得害怕，甚至犹豫着要不要再次结盟，和之前一样抵抗萧天耀，挑萧天耀手下人的错。

是人就不可能不犯错，被萧王换下来的人确实都犯了错，他们没有求情的理由，可萧王的心腹就不会犯错?

就算萧王的心腹不会犯错，那些心腹的家人、好友呢?

真要针对一个在官场的官员，是一件很容易的事。

“这事要么不做，要做就得一击必中，不然萧王要是出手反击，我们肯定吃不消。”

“萧王对付的都是军方，他不会对我们这些文臣，还是暂时按兵不动的好。”有人愿意跟萧王对上，可也有人不愿意。

萧王的手段他们见识过了，太可怕了，如果可以，他们一辈子也不想跟萧王为敌。

“我们不出手，萧王就会放过我们吗？我听说林相最近蠢蠢欲动，怕是会有大动作。”

“林相那人一向不要脸，他要出手怕是许多人都会遭殃。”

“林相当年就是靠帮皇上打压对手而上位的，这次怕是要用相同的办法，我们还是早些准备的好。”

……

这些都是大臣们私下的讨论，萧天耀并不知情，不过他就算知道也不会理会，左右让林相去跟他们斗，管他们谁胜谁负。

三天的时间一晃就过去了，萧天耀如约准备好了林初九要的房间，并且提前将皇上送了进去。

“你有五个时辰的时间，五个时辰后，必须把皇上送回去。”萧天耀亲自把林初九送到了这座偏僻的宫殿。

这座宫殿十分破旧，位处皇宫的西北角，周边是宫女、太监住的地方，平时极少有侍卫出没。

好在，这座宫殿只是外表破旧，内里还算干净整洁，至少林初九很满意。

“四个时辰，你就可以来接人。”算上麻沸散的时间，四个时辰足矣。

“嗯，放手去做，不要有负担，本王在外面等你。”萧天耀知道林初九有秘密，所以他没有提出一起进去，只是在外面等她。

“好。”林初九呆呆地看着萧天耀，轻轻一笑。

有那么一瞬间，她突然觉得这个男人好得不得了，好得让她忍不住心动。

放手去做，不要有负担，因为任何后果他都背得起。

这个男人坏起来的时候很坏，可好起来的时候，真的很好。

“等我！”林初九走了两步，又停了下来，回头说了一句。

等我，等我医好皇上的病，等我想明白，等我走出自己画的牢笼，等我敞开心扉，等我重新接纳你。

“嗯。”萧天耀不知林初九所想，只轻轻点了点头。

带着十足的自信，林初九拎着小药箱走进萧天耀为她准备的房间。房间完全是按她的需求而建，屋内纤尘不染，林初九在外间换了干净的衣服和鞋子，这才走了进去。

皇上躺在木床上，虽然昏迷不醒，但脸色看上去很不错，林初九上前检查了一下，确定皇上无事，便拿出事先熬煮好的麻沸散给皇上服下。

等待麻沸散起效的过程中，林初九将皇上的头发剃掉了。

清除脑内的瘤子需要开颅，不需要切开多大的口子，但剃掉头发是必须的，不然无法医治。

半个时辰后，麻沸散起效，林初九暗暗吸了口气，打开医圣之心，取出所需要的药物，开始为皇上医治……

同一时刻，听闻动静的皇后与周贵妃，得到萧天耀正守在西北角的废殿外，纷纷派人出来打听，可是任凭她们怎么打听，也问不出一个所以然。

然而，越是问不出来，她们越是认为这里面有问题。

“萧王不会无缘无故站在废殿外，殿内必有异常。”不说皇后，就凭周贵妃的脑子，也能猜出来。

“这事不对，本宫一定要亲自去看看。”越是打探不到消息，心里越是不安，周贵妃坐不住了，起身就往外走。

皇后听到下面人的汇报，并没有急着再派人去打听。她知道，周贵妃那个蠢女人，一定会坐不住。

如果可以，周贵妃也不想亲自出面，正面对上萧天耀对她半点好处也没有，可除了她，宫里还有谁，有资格和萧天耀说话？

除非她不想从萧天耀嘴里套话，不然她必须亲自出面。

“给本宫换一身鲜亮些的衣服。”周贵妃看了看身上的衣服，皱眉道。

虽然只是去打探消息，但想到要正面对上萧天耀，周贵妃仍然心生怯意，为了增添信心，周贵妃想换一套华丽的衣服，好在气势上压倒对方。

宫女、太监深知周贵妃的心思，立刻寻来一套紫色的宫装为周贵妃穿戴好。

只是，这一折腾足足花了一个时辰，皇后收到消息，差点没有把嘴气歪：“愚蠢的女人，除了脸外她还有什么？”

只是探个话，搅乱萧天耀的好事，居然还要换衣服，换衣服也就罢了，那个蠢女人居然花了一个时辰来换衣服，简直愚不可及。

“萧王还在废殿外吗？”皇后强忍着怒气问道。

“在的，萧王没有离开，外面还有侍卫防守，比之前更多。”小太监连忙说道。

“好在，萧王还没有走，不然本宫杀她的心都有了。”皇后的脸色稍霁，眼中的杀气也淡了不少。

“去，派人盯着，必要的时候见机行事。”这就是皇后比周贵妃聪明的地方，就算她再想打探萧天耀为什么守在废殿外，她也不会亲自出面。

“是，娘娘。”小太监躬身退下。

七皇子一直坐在旁边没有说话，直到小太监下去了，七皇子才上前：“母后，让我去看看，下面的人怕是不敢对萧皇叔动手。”

萧王守在废殿外，里面必然有重要的东西，想要知道萧王爷在里面藏了什么，不动武是不可能的。

“现在局势对我们不利，能不出面就不要出面，不管私底下如何，明面上我都不想与他撕破脸。”皇后想也不想就拒绝了。

这一次政变，她虽然帮了萧王，可她能在前朝立足全是借萧王的光，她和萧天耀私底下怎么斗都没有事，要当众撕破脸，她就会更加艰难。

她绝不会与萧王撕破脸。

“可是，萧王叔今天明显有鬼，要是错过这个机会，我们以后想要找他的错就难了。”七皇子心有不甘地说道。

被太子挟持威胁的事，是他一生的耻辱，他绝不会放过幕后主使者。

“君子报仇十年不晚，小七，凡事不可操之过急。”自己的儿子自己清楚，七皇子一开口，皇后就知他的想法。

被太子摆一道的事她也生气，但现在不是报复的好时机。

“母后……”七皇子一脸不满，他虽然沉稳，可终归是个孩子，尤其是在自己母亲面前，难免会有小性子。

“小七，别让母后失望。”皇后看着七皇子，眼神冷漠，隐含失望。

七皇子一怔，忙收敛情绪，低头认错：“母后，是我错了。”

皇后没有说话，只是深深地看了七皇子一眼，然后闭上眼……

周贵妃花了一个时辰换好衣服，临出门又觉得身边带的下人太少，没有安全感，硬是让侍卫护送她一起过去。

一番折腾，又浪费了半个时辰，等到周贵妃带人来到废殿外，已是两个时辰后。

然而，周贵妃还没有接近废殿，就被侍卫挡在了外面："站住！萧王有令，任何人不得靠近含芳殿。"

"大胆，什么时候本宫要去哪里，还要萧王允许？"周贵妃虽然惧萧天耀，可并不表示她会把萧天耀的手下当回事。

"今天不可以！"周贵妃的气势不弱，可侍卫却半点面子也不给。

"哼！如果本宫今天非进含芳殿不可呢？"周贵妃沉着脸，往前一步，侍卫怕手中的刀伤到周贵妃，忙后退一步，也就是这一退，给了周贵妃底气，"今天，本宫一定要去含芳殿，我看你们谁敢拦我。"

"贵妃娘娘，请你止步，否则别怪我们不客气了。"侍卫确实不敢伤周贵妃，这里毕竟是皇宫，真要伤了周贵妃，难保不会有人借此生事。

"不客气？本宫倒要看看，你怎么对我不客气？"周贵妃见侍卫不敢动手，更加嚣张，带着她的人一步步往前走。

"拦住他们！"守在殿外的侍卫见状，不得不下令出手。

"你们敢！"侍卫还没有动手，周贵妃就大声呵道。

"贵妃娘娘，你可以看看我们敢不敢。"离含芳殿还有十几米，侍卫这一次半步也不敢退。

伤了贵妃娘娘很麻烦，可要是让人走进含芳殿，他们会更麻烦。

"你们胆敢伤我？"周贵妃不信邪地往前一步，哪知这一次侍卫宁可伤她也不肯后退。

"得罪了，贵妃娘娘。"侍卫看了一眼大刀上的血，脸色不变。

"你们……"周贵妃脸色一沉，可就在侍卫以为她会发火之际，周贵妃突然往大刀上撞去。

"贵妃娘娘，小心！"侍卫吓了一大跳，连连后退。

周贵妃这次是打定主意自伤，侍卫退得快，她扑上前的速度更快，哪怕侍卫再小心，刀刃仍旧划伤了她的胳膊。

糟糕！

侍卫暗道不好，果然周贵妃一受伤，就扯着嗓子大喊："啊……刺客，有刺客，快来人呀，有刺客！"

皇后娘娘想要利用她，也要看她肯不肯。

真当她是蠢货，不知道个中利害吗？

周贵妃带来的人都是心腹，看到周贵妃的举动，也跟着大喊：“来人呀，快来人呀，贵妃娘娘受伤了。快来人呀，贵妃娘娘遇刺了……”

皇后的人一直隐在暗处，听到含芳殿外的动静，皇后娘娘的人知道机会来了。

“动手！”随着暗处的人一声令下，原本连巡逻侍卫都不会路过的含芳殿，突然涌进来近百侍卫。

“快，保护贵妃娘娘……”

“娘娘，刺客在哪里？”

“快，拿下刺客。”

……

做戏做全套，皇后的人进来后，并没有急着冲进含芳殿，而是摆出捉拿刺客的架势。

“刺客在那里，他跑进了含芳殿，这些人是刺客的同伙。”周贵妃抱着受伤的胳膊，故作惊恐道。

“贵妃娘娘，伤你的人是我们，含芳殿没有什么刺客。”侍卫自是不会任由周贵妃胡说，然而皇后的人根本不打算听，仗着人多，举刀逼上前：“有没有刺客，让我们查了就知道了。”

只要进了含芳殿，他们就不担心没有刺客。

皇后的人与守在含芳殿外面的侍卫互不相让，皇后的人执意要进含芳殿，捉拿所谓的刺客，而萧天耀的侍卫自是一口否认，可他们的话哪有周贵妃的话有分量！

周贵妃一口咬定刺伤她的刺客跑进了含芳殿，与皇后的人一唱一和，大有不冲进含芳殿绝不罢休的架势。

“怎么办？”守在含芳殿外的侍卫面露不安，犹豫着要不要动手。

对方的人数明显比他们多，真要动手的话，不一定能讨到好。

倒不是打不打得过的问题，而是真要动手，会引来大批的巡逻侍卫前来，到时候反倒会坏事。

“拖着，只要不让他们闯进含芳殿就行。”能被萧天耀安排守在含芳殿的人都是他的心腹，他们就算不知含芳殿里有什么，也知绝不能让人闯进去。

站在最前方与周贵妃等人对峙的侍卫点了点头，底气十足地将刀横在面前，大声道：“含芳殿内没有什么刺客，摄政王就在含芳殿，你们谁敢往前一步？”

含芳殿这边的动静这么大，不可能瞒得住后宫的人，与其让周贵妃拿“刺客”的事当幌子闯进去，不如直接把萧王暴露出来。

“摄政王？他怎么会在含芳殿？”皇后的人听到这话并不意外，他们本来就是冲着摄政王萧天耀来的，此时询问不过是装装样子。

“王爷的事，你们也敢过问，胆子大了！”搬出萧天耀后，侍卫明显松了口气。

他们家王爷有多凶残，宫里宫外人人皆知，没看到周贵妃只是听到萧王爷的名字，就吓得瑟缩了一下吗？

不过怕归怕，周贵妃却没有退缩，气势十足地道：“王爷的事我们确实不敢过问，但这是后宫！王爷来后宫做什么？”皇后的人果然没用，最后还是要她出头！

“这是王爷的事，贵妃娘娘还是少问为好。贵妃娘娘不小心被利器所伤，你们还不快请太医给娘娘医治。”侍卫冷漠地指了指周贵妃的胳膊，语气森冷，隐隐透着威胁之意。

他们已经伤了周贵妃，就算不敢杀她，让她伤重一点却不是什么大事。

“大胆！后宫之中还没有本宫不能管的事！摄政王私闯后宫，莫不是要祸乱宫廷！”周贵妃想了想，还是不敢把淫乱后宫的罪名安到萧王爷的头上。

侍卫没有正面回答周贵妃的话，而是客气地道：“贵妃娘娘，你的伤口一直在流血，真的不需要请太医吗？”

“你们别顾左右而言他，你们今天要是不给本宫一个解释，本宫必要好好查一查，看看摄政王躲在含芳殿里做什么？”周贵妃胳膊上的伤并不严重，放在普通人家连包扎都不要，止了血就没事了。

“来人，冲进去！”周贵妃后退一步，朝皇后的人马挥了挥手。

用皇后的人手办事，到时候皇后也脱不了干系，得罪萧王这种事，当然不能只让她一个人做。

皇后的人马一怔，随即异口同声地道：“是！”左右是周贵妃下的令，出了事自有周贵妃背黑锅，他们不用担心牵连到皇后娘娘。

双方人马各怀心思，各有算计，这一刻却默契无比，周贵妃一声令下，皇后的人就拔刀上前。

侍卫一看就明白，今天这一场恶战在所难免，对方是宁可得罪萧王也要闯进含芳殿。

“唰……”侍卫不再退缩，抽出佩刀就准备应战，可就在此时，响起一道威严的声音：“大胆！”

“王爷！”侍卫扭头望去，脸上一喜。

周贵妃与皇后的人皆僵着一张脸，尤其是皇后的人，他们一个个举着刀正准备往前冲，这个时候放下不是，继续打也不是。

他们皆不明白萧王爷怎么会突然出来，萧王爷不是在含芳殿内有重要的事要办吗？

“摄政王！”周贵妃反应极快，率先对萧天耀打招呼，她身侧的人见状，纷纷跪下行礼：“卑职（奴才）参见王爷，王爷千岁千岁千千岁。”

萧天耀站在高高的台阶上，居高临下地打量众人，完全没有叫起的意思。皇后的人与周贵妃的人齐刷刷跪了一地，却久久没听到萧王爷叫起，既不安又愤怒。

然而，王爷却没有理会他们的意思。

“贵妃娘娘来此，有何贵干？”萧天耀无视一众跪下的人，冷冷地问向周贵妃。

他还以为，他在含芳殿闹出这么大的动静，应该早早就有人来过问，结果两个时辰过去了，周贵妃才带着人过来。

宫里的人，果然越来越胆小，越来越无用了。

“王爷，有刺客伤了本宫，逃到了含芳殿，还请王爷准我身后的人进去查看。”周贵妃一口咬定，她的伤是刺客刺伤的。

这一次含芳殿外的侍卫没有吭声，也没有像之前那般，承认伤周贵妃的是他们。

贵妃说了，她的伤是被刺客刺伤的，他们是多傻才会自投罗网？

“刺客？”萧天耀玩味似的看了周贵妃一眼，视线落到侍卫身上，问道，“你们可有看到刺客？”

“回王爷的话，卑职一直守在外面，并没有看到什么刺客。”侍卫有问必答，多余的话一句也不说。

“贵妃娘娘，你听到了……本王的人没有看到刺客，娘娘还是带人去别处寻吧。”萧天耀这是给了周贵妃一次机会，只要周贵妃顺着台阶下，今天这事就算了，可周贵妃会同意吗？必然是不会的！

她鼓足勇气才带人杀到含芳殿，要是半途而废，她之前所做的一切岂不是笑话？

“摄政王，本宫亲眼看到刺客进了含芳殿，你的人是在包庇刺客。”上下牙一磕，想怎么说就怎么说，周贵妃一点也不觉得，往萧天耀的侍卫身上泼脏水有什么不对。

“可有证据？”萧天耀厌恶地看了周贵妃一眼。

没脑子的女人，难怪会被皇后推出来当探路石，简直愚蠢得不可救药。

他亲自站在这里，就说明含芳殿谁也别想进！别说周贵妃，就是皇后想要带人闯进含芳殿，都没有可能。

这个没脑的女人，莫不是以为她比皇后更嚣张？能让他萧天耀低头？

跟萧天耀、皇后等人相比，周贵妃确实不能算聪明，但她绝对比大多数人要有脑子。不然也不能在宠妃的位置上，一坐就是几十年，生生把皇后压了一头。

她当然知道萧天耀出来后，自己能带人闯进含芳殿的可能微乎其微，但只要有一线的可能，她也不想放过。

萧天耀越是不让人进含芳殿，就越说明含芳殿有问题，里面指不定藏着能扳倒萧天耀的秘密，她要不试一试，就这么放弃，她一定会后悔死。

不过，跟萧天耀硬杠上，她绝对讨不到好，指不定她身后的周家也要倒霉。

周贵妃暗暗吸了口气，柔声道：“摄政王，我的人真的看到刺客跑进了含芳殿。要是王爷担心这些人笨手笨脚的弄坏含芳殿，不如让我亲自去查一查？”

“谁看到的？”萧天耀不耐心地道。

这个没脑子的女人，不会以为他和皇帝一样，是个女人哀求两句就会心软吧？

周贵妃也不打盆水看看自己是谁。

周贵妃没有回答，而是瞥了一眼身侧的人，立刻就有一个宫女站了出来：“回王爷的话，是奴婢看到的。”

“哪只眼睛看到的？”萧天耀继续问，那宫女愣了一下，也不敢抬头，只小声道：“两只眼睛都看到了。”

“挖了她的眼睛。”萧天耀眼也不眨地下令。

“是。”侍卫领命上前。

宫女吓了一跳，腿一软就跪了下去：“贵，贵妃娘娘……”

“大胆！”周贵妃脸色一变，挡在宫女的面前：“摄政王，这是后宫，谁给了你权力，让你对后宫的人用刑？”

当着她的面处罚她的人，以后她还有脸在后宫立足吗？

“本王想做什么，还需要人给权力？谁有资格给本王权力？”萧天耀终于正眼看了周贵妃一眼，这一眼却满是嫌弃。

没办法，他一向讨厌没脑子的女人。

萧天耀的话一落下，侍卫就绕过周贵妃，将她身后的宫女拖了出来，有人上前阻拦，直接被侍卫一脚踹飞。

皇后的人本想看在大家暂时是同盟的分上帮一把，可看萧王的人这么嚣张，犹豫了一下并没有出手。

他们的目的是冲进含芳殿，牺牲一两个小丫鬟算什么？

“救命呀，救命呀，贵妃娘娘救命呀……”宫女被侍卫像拖死狗一样拖了出来，又哭又喊。

“你，你，你……”周贵妃又气又怒，要不是身后的人扶着她，怕是要气晕过去。

“拖下去，别脏了这里的地。”萧天耀看也不看周贵妃，直接下令。

侍卫将宫女拖了下去，远远的还能听到她的哭喊声：“娘娘救命，娘娘救命。”

许是知道叫娘娘没用，宫女又撕心裂肺地大喊：“王爷饶命，王爷饶命，奴婢再也不敢，王爷……”

可惜萧天耀不为所动，他冷冷地扫向周贵妃及她身后的人：“还有谁，看到刺客进了含芳殿？”

这一次无人敢吭声，萧天耀的目光所到之处，众人纷纷低头，不敢与之对视。

萧天耀似嫌不够，片刻后，又道："贵妃娘娘，你看……没有人看到刺客进了含芳殿，你还不去别的地方寻刺客吗？"

"摄政王，你别太过分！"面子里子全丢干净了，周贵妃气得全身发抖，要不是还有一丝理智在，她就下令让人强闯了。

"本王从来不做过分的事。"就算做了，他也有本事兜得住！

周贵妃用力咬唇，借疼痛让自己冷静下来："摄政王，这是后宫，含芳殿里住的人曾是皇上的妃子，你独自在含芳殿一待就是两个时辰，你到底意欲何为？"

周贵妃这话就差直接说，萧天耀与皇上的妃子有染了。

"本王要做什么？需要告诉你吗？贵妃娘娘，别忘了后宫之主不是你。"萧天耀毫不掩饰眼中的鄙夷。

他讨厌没脑的女人，更讨厌没脑子还要纠缠的女人，很不幸周贵妃这两样全占了。

"皇后娘娘身子不适，这后宫的事，本宫自有过问的权力。今天你要说不出一个所以然，别怪本宫请三司前来。"周贵妃这是豁出去了。

女人就是容易感情用事，自觉被打脸的周贵妃，已顾不得考虑，将萧天耀得罪死的后果。

"去，本工绝不阻拦。"萧天耀打了一个响指，片刻后就有下人抬了一把椅子上来，放在他身后。

萧天耀一撩衣袍，霸气地坐下："本王在这里等着，贵妃娘娘慢走不送！"

"你，你……太嚣张了！"周贵妃气得直粗喘气，衣袖一甩，转身就走，"你给本宫等着！"

周贵妃走了两步，见下人没有跟上，大呵："还愣着干什么，还不快跟上！"

周贵妃高调而来，狼狈离去。

"是，是！"周贵妃带来的宫女、太监和侍卫，一个个慌忙跟上，你挤我，我挤他，杂乱无章，十分好笑，可此刻却没有一个人敢笑出来。

皇后的人没有跟着离去，一个个面面相觑，不知如何是好，最终咬了咬牙道："走！"

萧王在此，他们要是硬闯的话，肯定也能闯进去，但是……后果呢？

皇后娘娘没有出面，自是不会有事，可他们这些动手的人，事后萧王会放过他们吗？不用想也知道，萧王绝不会让他们好过。

消息传回鸾凤殿，皇后气得生生把指甲折断了："没脑子的笨女人，这么好的机会都能错过。既然放话说了要请三司来，为什么不请？"

"萧王能坐下，你就不能吗？萧王能坐在那里等，你就不能坐在那里等吗？"

“这一走，再过去还能查到含芳殿里的东西吗？”

“这世间怎么会有这么没脑的女人？以前看她还算聪明，现在真是越来越没用了！”

七皇子看皇后气得全身颤抖，小声提醒了一句：“母后，要不让大皇兄去试试？”

大皇子确实是一个好人选，他手上有兵，萧天耀这次血洗京城，他受到的损失最小，可还是那句话，能在宫里活到今天的人，谁也不是傻子，七皇子想要利用大皇子，问过大皇子的意愿了吗？

七皇子上下嘴皮一合，大皇子就会蠢得为他卖命？为他得罪萧天耀？天真！

“小七，你觉得你大哥是有多傻，才会在没有任何好处的情况下，带兵进宫与你萧王叔起冲突？闯进含芳殿找一个不确定的证据？”皇后冷冷地看着七皇子，这一次她的眼中没有任何情绪，连失望都没有。

七皇子被问得一怔，许久都没有说出话，皇后却没有放过他，一直看着他，在等他的答案。

七皇子暗暗地吸了口气，说道：“母后，大皇兄要好处，我们给他好处就是。”

“你觉得，要有多大的好处，才会让你大皇兄不顾一切地对上你萧王叔？你要明白现在除了萧王，谁都不知含芳殿里有什么，也不知萧王在含芳殿里做什么。甚至我们都不敢肯定，萧王是不是故意布了这么一个局，引我们往里跳。强闯进去的人很可能在得罪萧王后，发现自己只是白忙一场。”皇后没有直接否定，也没有直接给出解决方案，而是引导七皇子思考。

这才是真正的教导，如果太子早早地看到这一幕，也许他早就会想到自己不是皇后亲生的。

七皇子没有立刻回答，而是想了一下才道：“大皇兄这次吓到了，他现在只想封王，远离京城，如果我们能帮他拿到一块富饶的封地，让他带兵全身而退，也许他会同意冒险。”

皇位争夺战从来都不会温和，一旦加入这个战场，不是你死就是我活。大皇子也争过，但才开始就被众人的凶残吓退了。

当然，大皇子也不全是被吓退的，主要是萧天耀的动作太快，他们这些皇子什么都来不及做，萧天耀就已经占据了半壁江山，让他们连扑腾的机会都没有。

既然争位无望，那便尽快抽身而退，以保全实力。大皇子现在想做的不是争皇位，而是如何全身而退，带着自己的兵回封地，但萧天耀不会允许！

作为一个靠军权起家的男人，萧天耀比任何人都清楚军权的重要性，他是绝不会同意让大皇子带兵到封地上去的。

大皇子却不肯就此放弃，这段时间他一直在蹦跶，希望走别的路子，可以让他带兵离京、全身而退。

这个时候，要是皇后一派许诺，能帮他争取一块好的封地，并让他带兵离开，大皇子绝对愿意出头。可问题来了，皇后一脉在朝堂上的话语权，还比不上周贵妃一脉，大皇子根本不会信他们能做得到。

“母后，大皇兄想要的东西，我们办不到。”七皇子低下头，一脸气馁。

“我们是办不到，但看摄政王不顺眼的并不是只有我们，一个人办不到的事，并不表示两个人、三个人也办不到。”皇后轻扯唇角，露出一抹冷冽的笑。

这笑，让人背脊发寒，就是七皇子也觉得害怕。他知道，每当母皇露出这样的笑，就会有人要倒霉。

“母后的意思是与周贵妃联手？”若是周贵妃肯点头，共同给萧皇叔施压，也不是没有可能。

“你让人缠住老三，其他的事母后自会处理。”明显，皇后就是想跟周贵妃联手。

“儿臣明白。”七皇子一扫之前的阴郁，脸上扬起一抹明媚的笑，皇后见状也不由得露出了一个笑脸，“我儿很好！”

一句夸赞顶得了无数赏赐，七皇子整个人都明亮了起来，像是会发光一样。

和皇后、七皇子母子同心，共同想办法对付萧天耀相反，周贵妃与三皇子萧子安正为此事吵得不可开交。

说是吵似乎有些过，一直都是周贵妃单方面在骂，萧子安根本没有与周贵妃争执，只是在周贵妃骂完后，不冷不热地补一句：“母妃，不管你说什么我都不会同意，周家根本没有能力与萧王叔抗衡，你这么做只会拖累外祖和舅舅。”

“你这是看不起你外祖？怪我没有给你一个好外家？”周贵妃在萧天耀那里受了气，回来又被儿子训，此时她已气得没有理智可言。

在萧天耀面前，她还能忍一忍，在自己儿子面前，她实在忍不了。

“母妃，我从来没有说过这样的话，我只是劝你不要做出让自己后悔的事。”萧子安看着眼前陌生又熟悉的周贵妃，心里涩涩的。

他的母妃，原来并不是这么不讲理的人，也不会这么疯狂。他的母妃，原来曾是一个连大声说话都不会的温柔女子；他的母妃，是不管遇到什么事都能保持优雅风度的女子，可现在呢？

他的母妃却像市井泼妇一样大喊大叫，完全没有气质与修养可言。

到底是环境改变了她，还是她原本就是这样？

“我不会后悔，我只知道要是错过这次机会，我一定会后悔。含芳殿里明显有鬼，要不抓紧这次机会，以后我们哪里还有机会寻萧天耀的错，把他拉下来？”萧天耀反常的举动，让周贵妃更加坚定地认为含芳殿里有不可告人的秘密，只要查到了，就一定能把萧天耀拉下来。

不把萧天耀拉下来，她的儿子就永远没有机会。这么好的机会，她不想放过。

萧子安叹气：“母妃，你太高看自己，也太小看萧王叔了。就算含芳殿里有不可告人的秘密，就算含芳殿的秘密可以把萧王叔拉下马，你闯进去查到了又能怎么样？”

他的母妃不会天真地以为，只要有证据就能把萧王叔拉下马吧？简直是可笑！

萧王叔可不是靠规矩上位的，他是靠兵权上位的，只要萧王叔手上有兵权，谁也奈何不了他。

“当然是揭穿他的真面目，让世人都知道他卑劣龌龊的一面。”虽然不知道含芳殿里有什么，但周贵妃相信里面的事绝对不能摊在阳光下，甚至干净不到哪里去……

第十八章　手掌天下权

含芳殿位处偏僻，靠近宫女、太监住的地方，但里面住的人却是皇上的女人，即使这些女人是皇上不要的女人，可她们也是皇上的女人。

萧天耀一个男人，在后宫妃子的住处待了那么久，还派重兵把守，不许任何人进去，要说没有什么，旁人都不信。

当然，真要说有什么也牵强了一些，依萧王现今的权势什么女人要不到，至于冒这个险吗？

但是周贵妃却不管，她坚定地认为这里面有问题，任凭萧子安怎么说都不动摇，执意要进去打探。

“不弄清萧天耀在含芳殿里做什么，我不甘心！”这就是周贵妃的理由，没有一条条的根据，就只是不甘心这么简单。

面对如此固执的周贵妃，萧子安身心俱疲，同时也明白像他母妃这样的女人，只能共富贵，不能共患难，因为她承受不起共患难的压力。

就好比现今，没有了父皇的宠爱，没了周家的庇护，他的母亲就失去了理智，失去了往日的风采。

跟疯子是没有办法沟通的，萧子安也不想跟周贵妃沟通，周贵妃不听劝，那他就强制不让周贵妃出门好了。

萧子安学着萧天耀让人拿来一把椅子，坐在周贵妃的殿门口，不让她出去。

“你，你，你……快给我让开！”周贵妃气极，萧子安不为所动，手执书卷，心无旁骛地看了起来。

“子安，我叫你让开你听到没有？”得不到回应周贵妃更加不满，语气也越发地恶劣。

“母妃，你想出宫，除非从我的尸体上踏过去。”萧子安头也不抬，修长的手指划过书页，随手翻过一页。

“子安，你在威胁母妃？”周贵妃气得全身颤抖，这一次萧子安没有回答。

周贵妃越发生气，指着下人道：“你们……把三殿下带下去。”

“母妃，你想做的无非是推儿臣上位，如若儿臣废了、死了，你争得还有意义吗？”萧子安看着周贵妃，温润的眸子里满是疲倦。

他一直以为母妃是个淡泊名利的人，他一直以为母妃是真心爱他的，不然也不会为了他，不再要孩子，可自从他的腿好了后，他才知道一切都是假象。

母妃确实是真心爱他，但更爱权势。母妃对他的爱也不纯粹，如果不是他得父皇喜欢，母妃未必会喜欢他。

失望是必然的，伤心是必然的，可这个女人是他的母妃，这些年为他愁白了头发的母妃，他无法冷心冷肺的不管她。

周贵妃本不想理会萧子安的威胁，可看到萧子安眼中的疲惫和失望，她莫名地不安：“子安，你这话是什么意思？”

“字面上的意思，母妃莫不是忘了我的命是谁救的？”萧子安抬头看着周贵妃，握书卷的手不由得加重了力道。

他最不想与萧皇叔为敌，偏偏他的母妃不听劝，一再被人利用。

“你的命是林初九救的，跟萧天耀有什么关系？”周贵妃当然明白萧子安在说什么，可她不承认。

“当时她已是萧王妃，你以为没有萧皇叔的同意，她能救我吗？”萧皇叔明知把他医好后会是一个对手，仍旧选择救他，这份胸襟与气度是他没有的。

“你也回报了她，皇后数次刁难她，皆是我为她周旋的，甚至这次萧天耀对周家出手，我也忍了！”周贵妃认为她做得够多了。

“母妃，你何必自欺欺人，只要她是萧王妃，皇后就不敢真动她。至于周家，你不忍又能如何？你有与萧王抗衡的力量吗？”萧子安真的觉得很累，外面的事已经够他心烦的了，偏偏他的母妃还要拖后腿。

“母妃，你当这次只有你一个人收到消息，知道萧皇叔在含芳殿吗？母妃，整个内廷都在皇后的掌控中，你知道的消息皇后早就知道了，你当皇后不知含芳殿内有鬼吗？可皇后为什么不出手？”

“为什么？”提起皇后，周贵妃冷静了不少。她这一生最大的敌人就是皇后，她不能表现得比皇后差。

“因为皇后知道你会出头，所以她不出面，只派几个人在一旁看着，跟在你身后捡便宜。”偏偏他母妃还沾沾自喜地认为把皇后拖下了水，殊不知皇后是心甘情愿地下水。

“她能捡到什么便宜？你都能看出来，你当萧天耀看不出来吗？萧天耀与皇后之间的合作十分脆弱，只要轻轻一碰就会碎，这就是一个机会，我们不能放过。”周贵妃自认行事周全，借此事不仅能给萧天耀添乱，还能打破萧天耀与皇后的联盟。

要不是这样，她也不会非闯含芳殿不可。

“母妃，你真当皇后与萧皇叔的结盟还在吗？他们的结盟早就破裂了，只是没有对外说罢了。”因为都需要打对方的幌子行事，所以大家默契地不说。

这一点他看得明白，因为他把自己当局外人，从来没有想过争皇位。

“你说……这，这不可能，他们前不久才联手对周家出手。”周贵妃连连后退，不肯相信萧子安的话。

“母妃，我没有骗你的必要。这事算我求你，你再别掺和了，至于萧皇叔在含芳殿里做什么，这个你不用担心，皇后比你更心急，你不出面她自会寻别人出面。”为了打消周贵妃的念头，萧子安不得不把话掰开、揉碎。

没办法，不掰开、不揉碎，他母妃根本听不懂，也听不进去。

“这是真的吗？”周贵妃虽然依旧怀疑，但却不像之前那般执拗，萧子安见周贵妃松口，暗松了口气：“母妃你信我，只等片刻，皇后就会想办法把我支走，然后派人跟你商量联手一事。到时候不管皇后的人说什么，你只管应着便是，但要是让你做什么，你绝不能行动，尤其是不能自己出面！”

简单地说，就是嘴上满口应下，行动上完全无视。

皇后最好不想算计他们母子，不然就别怪他们翻脸不认人。

害人者，人恒害之。皇后若不心存恶念，没有害人之心，自然不会遭人算计，萧子安不认为自己有什么错，他没有出手反击就已是厚道了。

周贵妃也觉得萧子安此举甚好，可还是有一个问题：“万一皇后娘娘不来呢？萧王已在含芳殿待了两个多时辰，他不可能一直待下去，说不定下一刻就走了。”

“皇后不来，母妃就当此事没有发生。”合着，说了半天，他母妃还是没有打消闯入含芳殿的念头。

女人固执起来，真的可怕，他今天算是见识到了。

“不行！”周贵妃想也不想就否决了，“我一定要知道萧天耀在含芳殿做什么！”

事情又回到了原点，萧子安无力地叹了口气，他此时已没有耐心给周贵妃解释，只道："母妃别急，皇后一定会派人来的。"

"我等半个时辰，半个时辰内皇后没有派人来，我就去找她。"听了萧子安的劝后，周贵妃也多了一个心眼。

皇后才是后宫之主，这事发生在后宫，当然是让皇后出面。

萧子安沉默，没有回答。

半个时辰后的事半个时辰后再说，他现在一句话都不想多说，反正多说无用。

时间一分一秒过去，周贵妃坐在殿内时不时抬头看一眼沙漏，眼见沙漏过半，皇后的人仍旧没来，忍不住开口道："子安，人怎么还没有来？"

"半个时辰还没有到，母妃不必着急。"萧子安一脸淡然，好似胜券在握，让周贵妃不由得怀疑，她这个儿子是不是知道了什么。

周贵妃无奈，只得再等，受萧子安影响，她的心情也慢慢地平复了下来，见沙漏只余三分之一，周贵妃也没有急着催促。

她相信她儿子，不会无的放矢。

老天爷似乎特别疼爱萧子安，当沙漏只余五分之一时，殿外响起小太监急切不安地喊声："不好了，不好了，贵妃娘娘，不好了，不好了……"

周贵妃的心跟着一跳，待到小太监进来，便沉着脸道："何事不好？"

"老太太，老太太……背过气了！"小太监连滚带爬地跑进殿内，一把鼻涕一把泪水地道。

"你说什么？"周贵妃猛地起身往前，因为走得太急，还将一旁的摆设撞倒了。

"娘娘，周将军派人传来消息，说老太太……快不行了，求娘娘请秦太医过府。"小太监气都不喘，一口气说完，生怕晚了一步周贵妃会不高兴。

"秦太医，秦太医……"周贵妃一听自己的老母亲不好了，失了分寸，急急忙忙地喊道，"快，快让人去请秦太医。"

萧子安也急，可他却比周贵妃冷静许多："母妃，秦太医今天要给父皇施针，他走不开。"这个时候别说只是周家的老太太要死了，就是她母妃要死了，也请不动秦太医。

"那怎么办？子安，你外祖母可不能有事，她要去了，你外祖和舅舅他们……"后面的话周贵妃不敢说，她确实是关心自己的母亲，但她更担心母亲死后，家里的男人要丁忧，前朝没有支撑。

"母妃不必心急，我请郭太医随我一同去周府看望外祖母。"虽然早就知道母妃的为人，可听到母妃关心的不是外祖母的生死，而是舅舅等人丁忧的事，萧子安仍旧觉得心寒。

也许是他要求太多了，生活在皇家却想要纯粹的感情，简直是天大的笑话。可偏偏他什么都看得透，唯独在感情一事上看不透。

“郭太医？好好好，他一直为你外祖母看病，有她在我也能安心，你快去，有什么需要让人进宫告诉母妃，母妃让人给你送过去。”周贵妃不是不担心自己的母亲，只是这份担心排在权势后面。

“母妃，你放心，我会照顾好外祖母，你一定要记住我的话！”萧子安不用想也知道，周家出事必是皇后的手笔，目的自然是把他弄出宫。

他不在宫里，他母妃被人一激，指不定什么事都能干得出来。他的母妃虽然聪明，但因为生长环境的原因，格局太小、目光短浅，跟宫里的女人斗是一把好手，可要放到前朝，只会被人吃得骨头都不剩。

“我知道，我知道……你快走，别耽误了你外祖母的病情。”周贵妃急忙推萧子安出去，她不是笨蛋，她母亲病得这么巧，容不得她多想。

“母妃，你自己当心。”萧子安仍旧放心不下，如果可以他现在根本不想出宫，可他的母妃不能出宫，他外祖母的病也不能等，要是他不带太医走一趟，不仅仅母妃会不高兴，就是周家人也会不满。

而且他也赌不起，不怕一万就怕万一，万一他外祖母是真的病重呢？

所以，明知这事十有八九是陷阱，他也只能闷头往里跳。

现在，他只能寄希望于母妃能聪明一点，别再被皇后利用。

萧子安满心不安地离去，临出殿门前又看了周贵妃一眼，见周贵妃不像之前那般急躁，心中稍稍安稳一些。

希望事情不要太糟糕，他一点也不想与萧皇叔对上！

皇后和周贵妃一直紧盯着含芳殿的萧天耀，萧天耀自然也会派人盯着她们的动向。

虽不知她们在殿内的谈话，可看两宫的人出去办了什么事，见了什么人，萧天耀就能将她们的计划猜个七八分。

“支开子安，皇后是想跟周贵妃联手吗？”手指随意地敲打着扶手，萧天耀神色淡漠地看着远方，完全不将皇后与周贵妃的举动放在眼里。

一力降十会，东文的兵权在他手上，东文的政权在他手上，皇后和周贵妃能翻出多大的风浪？

别说没人能在他的防守下闯进含芳殿，就算有人闯进去了，知道了含芳殿里的事又能如何，他有机会说出去吗？

“王爷，可要出手阻止？”隐卫小声地询问道。

萧天耀神色不愉地冷哼了一声：“不必管皇后与周贵妃，让她们尽管放马过来。”

不管她们想做什么，都不可能成功，他答应林初九的事，就一定会做到。

皇后的人兵分两路，一路去跟周贵妃谈合作，一路去说服大皇子出面。由于萧子安事前交待过，周贵妃故作矜持地拿捏一番后，便应下了，大皇子却没有那么好说话。

“要我出面可以，先把我的封地定下来，圣旨也要先给我。”还是那句话，这世间谁也不是笨蛋，皇后想要空手套白狼那是不可能的。

“封地可以定，但圣旨现在还不行，玉玺并不在娘娘手中。”没有落印，圣旨就是一张废纸。

“没有圣旨，我怎么相信你们的诚意？”什么都没有拿出来，就一句空话便想让他出头，皇后想得太天真了。

来人沉默片刻，说道：“皇后娘娘可以先给你懿旨。”

“娘娘的懿旨不能决定朝堂上的事，你觉得萧皇叔会认吗？”要不是实在没有办法，大皇子绝不会搭理皇后的人，他已经在皇后手上吃过一次亏了。

“这是娘娘的诚意，待到事成之后，娘娘与周家会推动王爷准你回封地的事，有娘娘和周家出面，王爷您还要担心什么？”虽然手上没有一点东西，皇后的人仍是一副底气十足的样子。

萧王爷摆明了不会让大皇子带兵回封地，大皇子想要达成所愿只能靠他们，大皇子不是他们的唯一人选，但他们却是唯一能给大皇子助力的人。

“风险太大，你们也只是推动，并不敢保证事情一定能成。”但他却是要实打实地跟萧皇叔对上，这买卖怎么看怎么亏本。

“娘娘要是一口保证，王爷能信吗？”来人不疾不徐地说道，见大皇子不为所动，又补了一句，“娘娘会给王爷准备人手，王爷只要出面就好，就算有什么事，皇后娘娘也会站在你这边。”

要让大皇子出面，又要让大皇子出人手，大皇子肯定不会同意，可要有皇后的人在，大皇子恐怕是愿意的。有皇后的人在，事后萧王爷要清算，皇后娘娘也逃不掉。

大皇子略一思索就应下了：“好，我可以帮娘娘出面，但我还有一个条件。”

“殿下请说。”来人暗暗松了口气，面上却不表露半分。

“拿到皇后懿旨后，我还要见一见周贵妃，我要贵妃娘娘的亲口承诺。”周贵妃与皇后不和，谁知周贵妃会不会帮忙，不亲耳听到周贵妃的承诺，他是不会相信的。

至于皇后的懿旨，虽然没用，但有皇后的懿旨在手，事情不成他也能倒打皇后一耙，说皇后干涉朝政。

“可以！”这一点，来人可以保证，“殿下要是没有别的要求，不如我们现在就进宫？”进出宫来回要一个时辰，他们怕萧王爷走了。

“好！”

交易达成，大皇子也不拖泥带水，当即就与皇后的人进宫了，确定萧王爷还在含芳殿后，大皇子让人去禀报了皇后一声，直接去见周贵妃，得到周贵妃的亲口承诺，大皇子这才没了顾忌，带着皇后安排的人朝含芳殿走去。

此时，萧天耀已在含芳殿守了三个半时辰，皇后与周贵妃也越发肯定，含芳殿里一定有什么东西，不然萧天耀不会一待就是大半天。

大皇子虽然怀疑这是萧天耀设下的圈套，但他和皇后、周贵妃一样，抱着不怕一万就怕万一的念头，认为试探一下也有必要。

万一这不是圈套，万一含芳殿里真有什么重要的事呢？

要是错过这一次，他们会后悔一辈子！

大皇子很快就带人来到了含芳殿外，不同于周贵妃的胡搅蛮缠，大皇子十分有礼数，在外面等着，只让人进去通报一声，说是有要事求见萧王爷。

“去，把人带进来。”萧天耀坐在含芳殿的偏殿看书，听到侍卫来报，头也不抬地道。

不多时，大皇子就随侍卫进来，一路走来，大皇子虽目不斜视，却将角角落落都扫了一遍，发现含芳殿虽然破旧，却异常地干净、整洁，可见萧王爷是早有准备。

“侄儿给皇叔请安，皇叔千岁。”大皇子进殿后，双手作揖给萧王行礼。

“坐。”萧天耀仍旧没有抬头，神色淡漠，完全不把大皇子放在眼里。

大皇子早就习惯了，也不觉得怠慢，老老实实地在萧天耀下首坐好：“皇叔，皇后娘娘听闻你在含芳殿待了近四个时辰，特让侄儿过来问问，可有什么能帮得上忙吗？”

皇后阴险，想要推他去承受萧皇叔的怒火，他虽应了，可并不表示他会一个人背，横竖只要他查到消息就好。

“你能帮什么？不给本王添乱就行。”萧天耀一点也不客气，眼角的余光扫向放在殿侧的沙漏，见沙漏所剩不多，眼中的寒意渐深。

大皇子来得太不是时候了！

大皇子面色不变，继续道：“皇叔，这里是含芳殿，住的都是犯了事的妃子，皇叔在含芳殿一待就是四个时辰，皇后娘娘担心您。”

“担心本王什么？皇后莫不是以为，那些女人能伤得了本王？”萧天耀当然知道大皇子的意思，可那与他有什么关系？

“皇叔，这是后宫，这里住的都是父皇的女人，按理说你不能踏入。”大皇子索性把话撕破，“后宫不管发生什么事，都应该交给皇后娘娘处理。”

“所以呢？”萧天耀放下书，好整以暇地看着大皇子，一副很感兴趣的样子。

可是，大皇子却觉得压力极大，在萧天耀的注视下，大皇子不由自主地挺直了背脊，站起来道：“皇叔，侄儿是奉娘娘的命令，接手含芳殿的事，还请皇叔配合。”

“要赶本王走？”萧天耀冷哼一声。

大皇子连连摇头：“皇叔误会了，侄儿不是这个意思，只是这含芳殿的事，皇叔不宜插手。”

“本王非要插手呢？”萧天耀抬头，看了大皇子一眼。

大皇子一窒，随即豁出去似的道：“皇叔，这是后宫事务，如果皇叔非要插手，侄儿只能不客气了。”

想要皇后和周贵妃出力，他也不能一味地和稀泥，不然皇后与周贵妃绝不会为他的事出力。

“不客气？本王今天倒要看看子文你怎么不客气。”萧天耀脸色不变地说道。

“皇叔，侄儿得罪了。”大皇子强压下心中的不安，咬牙道，“来……”

刚说出一个字，就被一道急促的女声打断：“萧天耀，萧天耀……出事了！快，你快过来，我需要你的帮助！”

林初九？

她怎么会在这里？

大皇子听到林初九的声音，当即愣住了，等他反应过来，萧天耀已从他身边飞掠而过。

“果然有事！”大皇子眼前一亮，快步跟了上去。

可是他快，侍卫的动作更快，还没有走两步就被侍卫拦住了：“殿下，请止步！”

“让开！”大皇子心急，伸手去推侍卫，不想侍卫纹丝不动。

“你……”大皇子的瞳孔猛地放大，眼中闪过一抹震惊。

他可不是太子、萧子安之流，他是在军中待过的人，身体素质比一般的士兵都强，不至于推不开一个普通侍卫。

大皇子不信邪，又试了一次，这次也是一样的，任凭他使尽全力，对方也纹丝不动。

这说明什么？这说明，萧皇叔今天带来的侍卫不是普通人；这说明，萧皇叔今天在含芳殿做的事，重要到不能让外人知晓。

此刻，大皇子顾不得与侍卫纠缠，丢下一句狠话后，转身就出去了。

皇后给他的人就在外面，只要他确定萧皇叔在含芳殿是真有事，而不是故弄玄虚，随时都能下令围了含芳殿。

侍卫看到大皇子快步离去，犹豫再三还是没有将大皇子拦下。他们就是扣下大皇子也没有用，外面全是皇后的人，皇后的人不会管大皇子的死活，反倒会借机生事。

萧天耀听到林初九的呼救，以第一时间冲进内室，就看到躺在小床上一动不动的皇上，还有一脸凝重，手握尖刀，白衣染血的林初九。

这画面十分有冲击力，胆子稍小的人都会被吓住，可萧天耀却像是没事人一般，轻描淡写地问道："这是怎么了？"

"大出血，我需要给皇上补血。"林初九戴着口罩，只露出两只眼睛。

"要本王的血？"萧天耀绝对是聪明人，林初九一开口他就明白了。

"是。"除了萧王，她不知还能找谁。

"好！拿碗来。"萧天耀一句也没有问，接过林初九递来的刀子，就朝手腕处划了一刀。

"哗啦"一声血流下来，幸亏林初九反应快，及时拿干净的碗接住，"你这动作也太快了，要是我没有看到，不是白白浪费了。"

"一点血罢了！"萧王摇了摇头，浑不在意。

他是凌驾于武圣之上的高手，放一点血根本伤不了他的根基。

然而，他自己不在意，林初九却不能不在意。在萧天耀放了两碗血后，林初九飞快地上前为他止血，待到血止住，给萧天耀包扎好，才放他出去："再给我半个时辰的时间，皇上一定不会有事。"

"慢慢来，不要着急。"萧天耀知道，林初九定是听到了外面的动静，怕她着急，便叮嘱了一句。

"嗯。"林初九忙着救人，应了一声，端着萧天耀的血就往里走。

萧天耀看着她离去的身影，唇角轻扬，直到林初九的身影从视线中消失，这才转身往外走。

萧天耀一出门，在外焦急等候的侍卫就上前道："王爷，大皇子带兵围了含芳殿，说是奉皇后的命令接管含芳殿，限我们一炷香时间内离去。"

"嗯。"仍旧只是应了一声，这一声却淡漠冷傲，简短得令人害怕，但侍卫听在耳朵里却只觉得安心。

有王爷在，谁也不能踏入含芳殿半步。

殿外，大皇子只命人将含芳殿包围，并没有大声叫闹，也没有派人乱闯，看上去给足了萧天耀面子。

当萧天耀带着侍卫出来时，大皇子更是第一时间上前行礼："皇叔！"

萧天耀没有搭理他，径直在殿门口的椅子上坐下，居高临下地扫了大皇子一眼，冷冷地问道："子文要本王一炷香时间内离开？"

"皇叔，子文是奉命办事。"这个时候大皇子也不再自称"侄儿"了。

"皇后的命令？懿旨在哪里？"萧天耀问得直接，并不在大皇子身上纠缠。

“皇后娘娘的口谕，”大皇子怕萧天耀不信，又补了一句，“后宫一应事务皆由皇后拿主意，皇叔私自带兵进入含芳殿，于礼不合。”

“于礼不合？”萧天耀嗤笑，抬了抬手，身后的侍卫会意，上前一步道：“太子谋逆犯上，屡教不改，皇后身为太子亲母，不司管教，一味宠溺，无母仪天下之风范，难当教养皇子之重责，经内阁商议，七皇子交由德妃教养，皇后娘娘闭宫思过十年，以反省自身！”

“这，这是什么？”大皇子愣在当场，恨不得是自己听错了。

“殿下，这是经内阁起草，摄政王同意的诏令，已落印！”为了让大皇子死心，侍卫特意将诏书反过来，让大皇子看清上面的玉玺印鉴。

“什么时候的事？为什么事先一点消息也没有？”大皇子感觉自己的心脏，好像被一只无形的大手握在手里，闷得他喘不过气。

萧皇叔，太狠了！

“今早决定的事，还来不及对外宣布，殿下不知实属正常。”侍卫面无表情地说道。

“皇叔！”大皇子似受了极大的打击，不敢置信地看着萧天耀。

萧皇叔怎么敢？怎么敢要皇后闭门思过？他到底知不知道自己在做什么？

“怎么？子文对内阁和本王的决定有异议？”萧天耀抬眸，不冷不热地看向大皇子。

大皇子犹不死心地道：“皇叔，皇后乃一国之母，只有父皇才有资格处置。”皇后要是倒了，他的事也就不可能办成了。

“你父皇会同意的。”在皇上知道皇后的所作所为后，根本不可能容得下皇后。

这道旨意，原是准备留在皇上不行的时候再拿出来的，偏偏皇后找死，他就只好帮皇上把皇后处理了。

“父皇昏迷不醒，怎么可能同意？”大皇子悄悄地给身后的人打了个手势，让他们先把这里的情况报给皇后知晓，好让皇后提前做准备。

“本王说你父皇会同意，他就会同意。”萧天耀一点也不介意，显示自己的嚣张，察觉到大皇子的动作，萧天耀不屑地冷笑，“子文，本王给你一个机会，你现在带人封了鸾凤殿，本王当作今天什么也没有发生。”反之，这笔账一定会跟萧子文清算。

“皇叔，这事……”大皇子此刻想死的心都有了。

萧天耀说是给他机会，实则是断他的退路。他要是选择带兵去围鸾凤殿，不说他跟皇后的结盟成不了，事后皇后不报复他就是好的，可他要是拒绝，萧天耀绝不会放过他。

他怎么就把自己逼到了这个田地？

他真是吃饱了撑着没事干，明明都打算走了，怎么还掺和到这些事里来了，把自己弄到两难的境地。

萧天耀连眼皮也不抬地说道：“本王给你一炷香的时间，一炷香后本王替你决定。”

他的话一落下，就有侍卫点了一支香放在一旁。

看着香一点一点燃烧，大皇子脑门上的汗更多了，心也越发乱了。

他很清楚萧皇叔的手段，如果他今天反水去围了鸾凤殿，萧皇叔也只是当今天的事不曾发生，一样不会给他封地，让他带兵离京，他依旧还是窝在京城的一个小王爷。

反之，他要是不按萧皇叔说的办，萧皇叔绝对不会放过他，别说封王带兵离京，就是能活着离京都是一个问题。

当然，这个前提是萧皇叔斗倒了皇后；要是最后获胜的是皇后，他今天帮了皇后自然是有好处的，反之他若围了鸾凤殿，依皇后的脾气，他绝对不会有好下场。

这事，不管他怎么做决定最后都是豪赌，可对比他能获得的东西，他下的赌注太大了，他不想赌。

“萧皇叔，侄儿也是奉命办事，皇叔您能放过侄儿吗？”能当作什么都没有发生，让他就这么出宫吗？

萧天耀似笑非笑地道：“你觉得，有人打了本王的脸，本王能放过他吗？”

大皇子带兵围了含芳殿，就是打他的脸，别说现今他大权在握，就是当年他处处被皇上打压，也不会轻饶大皇子。

他萧天耀的脸面，不是那么好踩的。

“皇叔，侄儿给您登门道歉。”就此离去，只是断了与皇后的盟约，要带兵围了鸾凤殿，就是把皇后得罪死了。

他心底，虽然已经认定皇后今日斗不过萧皇叔，可担心日后皇后东山再起报复他。

皇后手上有多少势力他并不知晓，但看皇后能与萧皇叔合作，就可以推断出皇后手中的势力不小，他还是谨慎些好，免得最后成了皇后出气的对象。

皇后奈何不了萧皇叔，要折腾他却不成问题。

“你觉得，本王稀罕这些虚名？”依旧是不答反问，语气不轻不重，却把大皇子急着满头流汗。

看一眼烧得只剩一半的香，大皇子再次作揖，恭敬地道：“皇叔，侄儿一时糊涂，恳请皇叔高抬贵手。”贪心果然要不得，要不是贪图皇后给的好处，他也不会落得进退两难的境地。

“本王知道你糊涂，现在给你一个改正的机会。”至于大皇子能不能抓住机会，他就不管了。

他又不是圣人，没有普渡众生的责任。

“皇叔……”大皇子真的要哭出来了，要不是四周的人太多，他真想跪下来求萧天耀放过。

“好了，本王不想听那些废话，你不能决定本王就替你决定。”萧天耀一脸不耐地看着大皇子，见大皇子急得不行，不由得摇头，“亏你还是领兵的人，这点决断都没有，如何带兵上战场？如何指挥千军万马？”

为帅者，最忌犹豫不决，更忌讳什么好处都想要。这世间哪有那么多便宜事，哪能事事尽如人意。

有得必有失，执着于两全其美不过是累人累己，最后指不定一场空。

“我，我……”被萧天耀一训斥，大皇子急得说不出话来，他想要解释，可事实摆在面前，他怎么解释也只会显得苍白无力。

萧天耀没有搭理大皇子，半眯着眸子，神情淡然。

“皇叔……”大皇子眼巴巴地看着萧天耀，却是一点办法也没有，萧天耀根本不理会他，直到……

“王爷，一炷香的时间到了。”侍卫小声提醒。

“皇叔，侄儿……”拖到最后，大皇子终于下决定了，可萧天耀已经不肯给他机会了，“把大皇子送回文王府。”

由精兵送回去，明显就是犯事了。

“皇叔，侄儿没有犯错。”事已至此，大皇子只能咬牙硬扛，他不能在得罪萧天耀后，又得罪皇后与周王。

“知道本王是你皇叔就好。”身为长辈，他要教训一个晚辈子侄，谁敢挑错？

“皇叔，你这是蛮不讲理。”大皇子气极，“我不服。”

“哼！”萧天耀笑得嘲讽，“跟本王讲理？你什么时候这么天真了？”他们这种人会跟人讲理吗？理是什么？在拳头比不过人的时候，理是好东西，可在拳头比人大的时候，他要讲什么理？

“皇叔，你……”自知求饶无用，大皇子想要命身后的人动手，可还没有开口，就听到萧天耀道：“本王要是你就不会动，你觉得这区区百人能拿本王怎么样？子文，看在你叫本王一句皇叔的分上，本王给你一个忠告。跟人合作要看清对手，别看到有好处就跳进来，也不看看自己有没有那个本事能拿到好处。”

他真的很想敲开萧子文的脑袋看看，他哪来的胆子敢带兵围他！就凭猜测他在含芳殿做了不可告人的事？就算萧子文有证据，证明他确实做了不可告人的事又如何？萧子文是能拿下他，还是有本事收拢他手上的势力？萧子文是有多天真，才会认为凭他带来的人就可以拿下他？

别说这百十来人，就是皇宫所有的禁军、京城所有的兵力也拿不下他，别忘了他在城外有二十多万金吾卫。

“成王败寇，皇叔棋高一着，侄儿输了便是输了，皇叔何必挖苦侄儿。”大皇子心有不甘。

如果不是萧天耀突然拿出诏书，他也不至于会败。

“蠢货！”萧天耀失望地摇头，“你怎么不用你的脑子好好想一想，为什么皇后要许下一堆承诺让你出面，而不是让子安或者七皇子出面。”

“当然是因为……”因为什么？

因为他有所求，因为他手上有兵，因为他出面了，子安和小七不会受牵连，因为……

归根结底还是因为他好用，有利用的价值，又不需要为他考虑后果。

“皇叔，事已至此，侄儿再说亦无益，侄儿所求不过是全身而退，皇叔不肯成全，我只能自寻出路。”如果不是萧皇叔不肯放他一马，不肯让他离开，他又何至于冒险？

这一切都是萧王逼他的！

“如若你赢了，本王处在你的位置，你会放本王全身而退吗？”萧天耀摇摇头，眼中飞快地滑过一抹失望。

他一直都知道萧子文在宫里不容易，不然也不会跟他一样去军中，从最底层的小兵做起。他也一直想放萧子文一马，奈何有些人就有作死自己的本事。

“皇叔，你手上可是有近三十万金吾卫，谁都不可能放你离开。”

“三十万与三万有什么区别？不都是兵吗？”

皇后会同意，那是因为现在权柄不在皇后手中，萧子文带不带兵离开京城，对皇后来说没有什么影响。

日后，一旦皇后一脉掌了权柄，第一个要收拾的就是手握兵权的萧子文。一如这些年，皇上打压他。

“当然不一样，我手上这点兵只为自保，成不了气候。”萧子文依旧坚定自己没有错，他没有母族可以依靠，没有人为他打算，他留点兵在手上有错吗？

“本王信你，你自己也不信。”萧天耀看着还在那死鸭子嘴硬的萧子文，顿时失去了说话的兴致，“罢了，本王懒得与你多言，回你的王府好好思过。”

果然，跟蠢人说话就是费脑子，他还是愿意跟聪明人打交道。

“侄儿领命。”这一次萧子文没有再求情，亦没有愤怒。

他不是真蠢，他只是不肯承认，自己的小心思被萧天耀看透罢了。他确实是被萧天耀的雷霆手段吓着了，可他也没有放弃夺位的念头。在看到萧皇叔谈笑间排除异己、打压群臣，独掌大权后，他更加渴望取代萧皇叔，成为至高无上的存在。只可惜，他终究是棋差一着，只能羡慕地看着萧皇叔独掌权柄。

大皇子被押走后，他带来的侍卫并没有离开，他们并不是大皇子的人，他们只忠于皇后，这个时候他们不能走，也不会走。

“至于你们，是要本王的人动手，还是投降？”萧天耀随意扫了一眼，漫不经心地道。

对于一个动辄指挥十几万兵马的大元帅来说，这点人真的不够看，别说出手，他连指挥手底下的人作战的欲望都没有。

“萧王爷，你祸乱后宫，指鹿为马，我等誓死保卫皇后娘娘，保护七殿下。”皇后的人不肯走，自然要为自己的行为找理由。

“祸乱后宫？指鹿为马？”萧天耀笑了一声，一脸轻蔑，“动手，让他们看看什么叫指鹿为马。”

至于祸乱后宫，抢夺别人的孩子，害死皇子亲母，算不算祸乱后宫？

皇后这些年在后宫做的龌龊事还少吗？她不会天真地以为，她做的事都没有人知道吧？

“是！”侍卫得令，立刻持枪上前，皇后的人也不甘示弱，他们的人比侍卫多，自以为仗着人多的优势，可以将萧天耀一派的气焰压下，不想交手不过一刻钟，就被对方压着打。

“你们到底是什么人？”这些人明明不是金吾卫，怎么一个个能以一敌三，甚至以一敌五？

“蠢货。”一个侍卫实在看不惯皇后的人的蠢样，好心地说了一句，“金吾卫在战场上能以一敌十，你不会天真地以为，我们家王爷身边的护卫，会比金吾卫差吧？”

能成为萧王侍卫的人，每一个放在战场上都比金吾卫强。萧王能练出一支近三十万人的金吾卫，又怎么可能训练不出一支不到百人的精锐护卫？

“你们……”是他们大意轻敌了，以为仗着人多就能压住萧王的气焰，却不想最终被人压着打。

就在皇后的人气愤不已时，萧天耀又开口了，“不必留活口，本王不需要证人。”他不是指鹿为马吗？他需要什么证人。

“萧王爷，你别太过分，我们怎么说也是……”后面的话，那人没有说出来，就被杀了。

“我跟你们拼了！”鲜红的血刺激了皇后的人，这群人瞬间斗志高昂，一个个红了眼。

然而，实力的差距摆在那里，任凭他们怎么拼命也无用，两炷香的时间后，侍卫顺利地收割了所有的人头。

“王爷，人都死了！”死了，就没有对证，他们说对方犯了什么错，就犯了什么错。

“嗯，把地冲干净，带着诏令去鸾凤殿。”萧天耀起身，掸了掸衣服上的皱褶，转身往里走。

皇后不是喜欢让人围殿吗？他成全她！

待到萧天耀步入含芳殿，侍卫便捧着诏书，带着手下的兵浩浩荡荡地朝鸾凤殿走去了。

萧天耀此举并没有隐瞒任何人，周贵妃一直注意着含芳殿的动向，听到消息后吓得跌坐在椅子上：“好险！幸亏我听了子安的话，不然……不然，闭宫反省的就是本宫了。”

萧王果然狠辣，这一招釜底抽薪，直接把皇后禁足了，任凭皇后本事再大也蹦不出后宫这片天地。

没有皇后在外支持，七皇子一个孩子能成什么气候？

“皇后这一脉算是彻底废了。”周贵妃说这话时，不免有些幸灾乐祸。

太子废了，皇后和七皇子也废了，萧天耀摆明了没有称帝的想法，她的儿子是不是可以称帝了？

周贵妃越想越觉得是这么一个理，眼前一亮说道：“听说林相最近与萧王走得很近，你说我让子安纳林家二小姐为侧妃，是不是就与萧王绑到一条船上了？”

“娘娘，这事还是跟三殿下商量吧。”服侍周贵妃的大宫女，听到周贵妃头脑一热的想法，差点吓得跪下了。

娘娘，让三殿下跟萧王成为连襟，这么可怕的想法，你到底哪来的？

满京城谁不知萧皇叔有多厌恶林相一家，娘娘你这么做真不是把三殿下推进火坑吗？

先不说周贵妃的想法不切实际，单说皇后收到消息后，气得差点背过气。

“萧天耀，他，他怎么敢！”皇后坐起来，紧紧地抓着被角，生生将指甲折断了。

“娘娘，我们现在该怎么办？”一向稳重的老嬷嬷，这个时候也慌了。

这是一个皇权至上的时代，诏令一下，任凭她们娘娘有翻天的本事，也翻不出这小小的鸾凤殿。

“萧王已经出招了，本宫要不接招怎么对得起他！”皇后咬牙切齿地道。

“娘娘？”老嬷嬷有种不好的预感。

“东文太平了这么久，也该来点天灾人祸了。”皇后阴沉着脸，透着一股杀气，老嬷嬷抖了一下，稳定心神后才道：“娘娘，您是要……”

皇后略一想便道：“让南方的人……”

可她的话还没有说完，一个小太监就急急忙忙地跑了过来：“娘娘，出大事，出大事了！”

“慌什么慌？有什么事好好说。”皇后心中一凛，面上却是一副沉稳的样子。

她马上就要闭宫反省，这个时候她要是不表现得镇定一些，底下的人定会乱。

“娘娘，新安江突然决堤，把帝国使团的人冲散了，据天藏阁传来的消息，混在使团中的小皇子失踪了！”说到最后，小太监已经哭了出来。

他们都是皇后的心腹，十分清楚帝国使团的到来代表了什么。

“什么？新安江决堤？好好的怎么会决堤？”皇后如遭雷击，呆坐在床上，随即哈哈大笑，“使团的人到了东文，萧天耀怎么可能不知道，我低估了他，是我低估了他。”

她一直以为萧天耀的势力在京城，没想到在外面也不小，不仅这么快就知道了使团到来的消息，还神不知鬼不觉地扰了使团的路。

“连天藏阁都敢动，萧王怎么可能只有一张底牌，是我失算了！”帝国小皇子失踪，使团一时半刻便无法赶到京城，萧王还能继续嚣张。

“娘娘，事情也许没有你我想的那么糟。帝国小皇子失踪，使团的行踪无须再隐瞒，使团的人可以直接说出来意，同样能压下萧王的气焰。”老嬷嬷这个时候反倒冷静下来了。

“你知道使团的人为何隐瞒行踪吗？”皇后看着老嬷嬷，眼中满是悲凉，“不是他们愿意，而是帝国几位皇子之间博弈的结果。天藏阁说动了帝国动萧天耀，可也有人想保他，帝国的使团此次前来，是带萧天耀去帝国问话，并不是治罪。”

如果帝国使团是来治萧天耀的罪，那完全不需要隐瞒，直接高调宣布就好。

偏偏，使团的人并没有那么大的权力，他们是客客气气来请萧王去帝国问话，至于结果现在还不好说。

这样的情况下，爆出使团是要带萧王走的消息，不仅没有多大的效果，反倒给了萧天耀做好准备的机会。

他们原本的打算是，使团突然来到京城，什么也不说就把萧天耀带走，让萧天耀没有个准备，也没有安抚底下人的时间。

如此一来，皇后一派的人就能趁机抢夺萧王手上的资源，可不想，眼见使团就要到京城了，却出了这样的事。

“这绝不是意外！”想到自己刚刚的想法，皇后越发肯定新安江决堤乃是人为。

“萧王这是在警告我们吗？”老嬷嬷心有余悸。

萧王一连出手，不就是在告诉皇后娘娘，他们与天藏影月做的事，他都知晓了。

“管他是警告还是出招，既然萧王动手了，我们也就不用客气，新安江不是已经决堤了吗？那就让长江的分流都决堤好了。”皇后眼也不眨地说道。

老嬷嬷顿时惊住：“娘娘，长江分流决堤，住在附近的百姓可就遭殃了呀。”

这可不比新安江决堤，新安江附近住家极少，只有良田，毁的也就是今年的收成。

“那又如何？”显然，皇后娘娘是知道的，可老嬷嬷还是忍不住劝说：“娘娘，长江分流太广，影响太大，一旦决堤，数十万百姓必将流离失所，到时候东文怕是不稳了。”

到时候百姓食不果腹、衣不蔽体，必然会引起大乱。

“不过数十万百姓闹事罢了，我东文的铁骑还踏不平区区流民？”皇后并不觉得有什么，普通百姓罢了，敢闹事的杀了便是。

“娘娘，如此一来，他日七殿下登位，接手的也是一个烂摊子。”老嬷嬷不是皇后，她未进宫前只是普通的农家女，她吃过苦，也知道外头百姓的苦。

长江分流一决堤，多少人得卖儿卖女呀！

“如若是太平盛世，怎能显出我儿的圣明。此事，我意已决，不可再劝。”皇后娘娘态度坚决，完全不给人说不的机会。

老嬷嬷见状，虽有千言万语，也只得化为一句：“老奴这就去办。”哪怕是丧尽天良，她也要把这事办好。

“去吧！”皇后娘娘闭上眼，脸色稍好几许。

老嬷嬷离开没有多久，侍卫就带着诏书将鸾凤殿给封了，皇后娘娘没有挣扎，甚至没有多问。

倒是七皇子收到消息后匆匆赶来，见鸾凤殿被封，他要去德妃那里住，又哭又闹，完全不复平日的沉稳。

殿内，皇后娘娘听到声响，一句话也没有说，任由七皇子哭闹。

她的儿子长大了，是时候让他独自面对一切了！

鸾凤殿外发生的一切，萧天耀都知道得一清二楚，也知道皇后得用的老嬷嬷在鸾凤殿被封之前就悄悄出去了。

不过，萧天耀并没有把人追回来的意思，只是让人继续盯着，最好能顺着她找出皇后的据点。

皇后手中的势力太大，且背后关系错综复杂，就是他也弄不清楚皇后到底有多少人，是以这些日子他才会任由皇后蹦跶。

此次，要不是皇后咄咄逼人，他也不会拿出诏书，把皇后关起来。

不然，把皇后逼得狗急跳墙，做出什么失去理智的事，可就不美了。

含芳殿外的动静影响不到林初九，皇后与萧天耀之间的斗法，也影响不到林初九医治皇上。

有了凌驾于武圣之上的强者——萧天耀提供的血，再加上林初九救治得当，皇上的情况很快就稳定下来，保险起见，林初九多观察了一个时辰。再三确定皇上没有问题，林初九才让人去通知萧天耀，把皇上秘密送回去。

“皇上已经没有大碍，六个时辰内就会醒过来。这是我写的注意事项，你让人按上面的要求做就行了，不一定非要秦太医盯着。”林初九知道萧天耀会让秦太医一直照顾皇上，是因为秦太医的医术足够好，而且太医也没有多少实权，留与不留并不会影响大局。

可是，林初九作为大夫，她很清楚一个医术好的大夫，能有多大的能耐，远的不说，就说前不久横生的墨神医。要不是他当年犯的事被爆了出来，得罪了孟家，哪怕是萧天耀也不一定能扳倒他。

“嗯。”萧天耀快速扫了一眼，便递给了身后的人，“安排好。”

“是，王爷。”侍卫接过，小心地收好。

萧天耀看了看林初九疲倦的脸色，说道：“时辰不早了，回吧。”话落，就握住了林初九的手。

林初九愣了一下，想要抽出来，却挣不开萧天耀的钳制，只得道：“我的手很脏。”

“哦。”萧天耀应了一声，表示知道，可却没有松手的意思。

林初九无奈，只得任由萧天耀握着她的手。

两人毫不避讳，相携出宫，周贵妃得到消息，嘴巴好半天都合不拢：“萧王到底在做什么？林初九什么时候进的含芳殿？”

有林初九在，谁还能说萧王与后宫女子有染？

偷情还带自己的夫人，这话说出去谁也不会信。

萧王与林初九离开含芳殿不久，刑部的人就从含芳殿，抬了一具尸体出来。

“这是什么意思？萧王在含芳殿查案？他为什么不早说？”周贵妃觉得自己完全蒙了，她完全不明白萧天耀葫芦里到底卖的什么药？

如果是查案的话，有什么不能见人的？干吗非要偷偷摸摸，遮遮掩掩的？

周贵妃想不明白，只能把疑问压在心头，准备等到晚上萧子安回宫，询问萧子安。

萧子安不愧为看得最明白的人，周贵妃把事情一说，他就猜了个八九不离十。

“萧王在含芳殿恐怕是另有所图，刑部的人出现只是为了掩饰他的真正作为。当然，也不排除萧王在故弄玄虚，引皇后上钩。”

这不，不仅仅是皇后，就是周贵妃与大皇子，也在这场博弈中输得惨烈。

“阴险，萧王实在是太阴险了。”周贵妃听完萧子安的分析，又惊又怒，同时又忍不住暗自庆幸，她听了子安的话，没有像皇后和大皇子一样，被萧王削得脸面全无。

萧天耀与林初九一同回府，本该各自回自己的住处，林初九却叫住了萧天耀，让他跟她一起回去洗手，沐浴更衣。

萧天耀本想说，他回自己的院子也可以沐浴更衣，但林初九盛情邀请，他怎么能拒绝，而伤了妻子的脸面呢？

于是，两人相携回了林初九的院子，管事机警地让人把萧天耀的衣服送来，还不止一套，美其名曰不知王爷要穿哪套。

林初九看着面前颜色相近，款式相近的衣服，嘴角微抽，扭头看向萧天耀："王爷，你要穿哪套？"

"你决定就好。"对于穿着，萧天耀从来不在乎。

"那就这套吧。"林初九也懒得继续问，随意指了一套，萧天耀点头同意，他一向不在意这种东西。

"王妃，不知其他的衣服要放在哪里？是否要单独收拾一间屋子出来？"管事打蛇随棍上，舰着脸道。

"放哪里？哪来的放哪去。"林初九装傻，拒不接管事的话。

萧天耀都已经住进她的院子了，要是再把衣服拿过来，以后他们的住处还分你我吗？

"这，这……王爷装衣服的柜子被虫蛀了，一时半刻寻不到合适的箱子。"管事一脸小心地看着林初九，生怕林初九不满。

萧天耀听到管事的话，什么也没有说，只是默默地看着远处。

他手底下的人还真是蠢，就不能好好用用脑子，想一个靠谱的理由吗？

这话说出来他都不信，更不用提林初九了。

管事见林初九没有开口，又忙不迭地补了一句："王妃要是不信，小人可以把衣箱抬上来。"

他说的是真的，绝对不是临时想的理由。

林初九看了看管事，又看了看萧天耀，确定两人没有事先串通后，犹豫一下，闭上眼道："玛瑙，收拾一间屋子，把王爷的衣服放好。"放就放吧，反正她拒绝得了萧天耀的衣服，也拒绝不了萧天耀的人。

萧天耀神情不变，可眼眸却倏地一亮，整个人都好似鲜活了起来。

"是，王妃。"管事长长地松了口气，好似生怕林初九下一秒就会反悔一样，飞快地退了出去，催促玛瑙去收拾屋子。

屋内的下人一瞬间全走了，只余萧天耀与林初九。萧天耀走了两步，从身后抱住林初九，林初九身子一僵，却没有挣扎。

萧天耀将下颌抵在林初九的肩膀上，闭上眼道："初九，今天，本王很高兴。"

林初九终于有了软化的迹象。

"少得意，我只是在下人面前给你面子。"林初九唇角微扬，可嘴上却说得刻薄。

其实，两人像斗鸡一样的日子着实累，如果退一步能过得舒心，她退一步也不是不可能，不过只此一次！

萧天耀要是再不信她、再负她，哪怕两人不能和离，一辈子要绑在一起，她也不会退让。她宁可像刺猬一样把萧天耀和自己扎得鲜血淋漓，也不委曲求全。

“有妻如此，夫复何求。”萧天耀并不拆穿林初九的话，林初九有多别扭，他比任何人都清楚。

现在，就让林初九在嘴上占点便宜，他只要有实际的好处就行……

第十九章　富贵险中求

为了寻找出皇后的背后势力，流白在应对援军的同时，不忘花精力紧盯皇后身边的老嬷嬷，很快流白就有了发现。

顾不得手边还有一大堆事没有做完，流白在当天夜里就打马回程，半夜三更跑到萧王府，要求见萧天耀。

萧天耀一向是个工作狂，每每不工作到三更半夜都不会休息，流白以往没少在这个点找他，大部分的时候萧天耀都没有休息，偶尔碰到他休息了，萧天耀也会不厌其烦地起来。

政务重要，而且流白会在这个时候找他，必然不是小事！

事实也是如此，这一次的确是一件大事，但这一次，萧天耀却十分不高兴，不仅让流白等了很久，进来的时候更是黑着脸。

“流白，你最好有重要的事！”不然本王剁了你！

后面的话萧天耀没有说，但个中意思十分明了。

“王爷？你，你没事吧？”流白愣住了，不解地看着萧天耀。

他最近没有犯错，更没有做错事呀？王爷这是怎么了？

萧天耀没有理会他，径直在椅子上坐下，冷着脸道：“快说，什么事？”流白到底有没有脑子？半夜三更跑来找他，不知道会扰人清梦吗？

“是，是查到皇后的动向了。”流白被萧天耀吓了一跳，急忙道。

“说。”萧天耀满是不耐，语气急躁。

流白虽不知原由，可也知萧天耀不高兴，飞快地道：“皇后的人好像在打长江支流的主意，我们的探子查到了消息，他们正准备将消息传出去，让各地的人动手。”

“打长江支流的主意？皇后想做什么？”不会是他想的那样吧！

“放堤，淹屋、淹田。”流白道。

“制造乱世？皇后好本事。”萧天耀一听就知道皇后的打算。

不得不说，皇后确实是个狠人，有胆识、有魄力，但还是那句话，格局不够大，只盯着眼前的小利益。

“这是一个机会，皇后要联系各地的人，我们可以顺藤摸瓜，一举揪出皇后在各地的探子。”当然流白也知道皇后的打算，不过他看到的是另一面。

“顺藤摸瓜？你要让皇后的人得手？”不出手，怎么能找到他们？

“嗯！”流白毫不迟疑地点头，这是一个机会，也有可能是唯一的机会。

皇后的势力分布得太广太杂，他们根本没有办法一一清除。

“你考虑过长江流域的百姓吗？”流白此举不失为一个好法子，但太伤天害理了。

“这事并不是我们做的。”伤害那些百姓的人不是他们。

“你想过后果吗？”长江支流处处决堤，灾民遍地，东文必将大乱。

“圣上失德，天降惩罚，但灾乱时期我们在中央帝国，等我们从中央帝国回来，事情也处理得差不多了。”此乃一石二鸟之计，不仅能找出皇后的大半势力，还能拖住皇上，让皇上无心做旁的事。

“效果虽好，但是……不行！”萧天耀想也不想就拒绝了。

流白不解：“为什么不行？此举对我们有百利而无一害。”

“本王说不行就不行，立刻截住他们的消息，杀了传消息的人。”支流决堤的好处虽多，可太伤天害理了，他虽杀人不眨眼，却从不伤及无辜百姓。这是原则。

“王爷，你这是妇人之仁。”流白不赞同地道。

“你说是便是，按本王的命令办即可。”萧天耀不容拒绝地说道。

流白也确实不敢拒绝，但仍旧不忘补一句：“王爷，错过这个机会，我们要找出皇后的人就更难了。”

“无妨。”以后有的是机会，不差这一时。

流白无奈，只得叹息。

“王爷，新安江传来消息，帝国的小皇子被影月楼的人救了，影月楼的人正安排他秘密前来京城，不日将会到达。”这也是一件急事。

影月楼的人若将小皇子送来了，他们之前的努力不是白费了？

萧天耀沉吟片刻，说道：“明日本王便会下旨剿匪。”

“这办法好极了。”流白眼前一亮，连连点头，再也没有比光明正大地剿匪来得好了。

“还有别的事吗？”萧天耀不耐烦地问道。

流白愣了一下摇头道：“没，没事了。”

“没事就滚，以后除非天塌下来，不然晚上不要来找本王。”萧天耀说完，起身就往外走，如同一阵风从流白身边走过，留下流白站在原地一脸不解：“为什么呀？怎么突然晚上不能来了？”

流白不解，可书房中除了他再无旁人，也无人为他解答。

萧天耀打发了流白后，立刻回到后院，到了门口悄悄放轻脚步，轻轻推门而入。

“回来了。”床上的人儿含含糊糊地道，看不到表情，可光听声音也知道她这会儿定是睡眼惺忪，一副要醒不醒的样子。

“嗯。回来了。”萧天耀走到屏风后，将外衣脱下，又擦了擦手，这才走到床边、躺下，从身后抱住林初九。

半睡半醒间的林初九没有拒绝，但也没有配合，只是任萧天耀抱着，并没有往他怀里靠。

“流白来找我，说是皇后动用了她在暗处的人，想淹了长江流域，我让人阻止了。”萧天耀习惯了，什么事跟林初九说一声，不为听她的意见，只是两人说说话。

因为，他不知道除了公事外，他还能跟林初九说什么？

“皇后还真是……不怕死。”林初九打了一个哈欠，嘀咕了一句，“皇后是日子过得太好了，不知百姓疾苦。”

她知不知长江流域被淹，多少人会没命？知不知没了生路的百姓，会有多可怕？

“皇后被逼急了，便想用不寻常的手段，好拉本王下来。”如果他执政期间出现这么大的天灾，必然会引起民愤，失去民心。

皇后的算盘打得极好，就是心太狠了一些。

“确实是好办法，可惜时机不对，真要让她成功了，倒霉的也是皇上。”萧天耀医好皇上的病，就是要还政于皇上。

当然，还政并不表示还权，皇上就算重新执政，也只是做一个摆设罢了，他手上的权力有限。

……

皇后虽然奉旨闭宫自省，不像之前那么自由，可外面的消息还是能传进来，只是比之前麻烦了一些。

三天后，任务失败的消息传到了皇后手里！

皇后沉默了半晌，什么话也没有说。

五天后，皇上醒来的消息，传进了鸾凤殿，皇后脸色大变："不，不可能，本宫问过所有大夫，皇上不可能醒来，皇上怎么可能醒来？"

皇上醒了，她还是那个不受宠的皇后，不管做什么都要受制于皇上。

"是谁？是谁救了他？秦太医吗？那个老东西答应了本宫不会尽力，他居然敢，他居然敢！"皇后双手紧握成拳，青筋暴起。

秦太医虽是皇上的心腹，可在皇上昏死后倒向了皇后。当然，秦太医并没有伤害皇上，他只是不作为，放任皇上慢慢等死，没有冒险去救皇上。

"回娘娘的话，依奴婢打探到的消息，那天萧王让人围着含芳殿，就是为了救治皇上。"小太监低下头，小心翼翼地道。

自从娘娘奉旨闭宫自省后，整个人就变得异常暴躁，十分可怕。

"原来是在含芳殿！萧天耀可真是有本事，连本宫都瞒了。"皇后此刻后悔无比，心都在滴血，恨自己当时太谨慎，没有带人强闯含芳殿。

要是那时强闯了含芳殿，不仅可以阻止萧天耀救人，还能给萧天耀冠一个弑君的罪名。

可惜，千金难买早知道。

而这还不是最让皇后气愤的，最让皇后气愤的是萧天耀居然出手救皇上，他是不是疯了？

刚醒来的皇上，得知是萧天耀安排林初九救了他，和皇后的反应一样。

"天耀他疯了吗？"整个东文都在萧天耀的手里，只要他一死，萧天耀就能以皇太弟的名义登基，他为什么要救他？

秦太医跪在地上，战战兢兢地道："臣也问过萧王爷，萧王说他从来没有想过要东文的皇位。"

"哈哈哈，不想要东文的皇位？谁信？他要是不想要东文的皇位，就该早早地把兵权交上来，朕还会杀一个无兵无权的逍遥王爷不成？"要不是萧天耀的权势日益加重，名声越来越响，他也不会对萧天耀出手。

真当他堂堂帝王，愿意与他国勾结，陷害自己的大将军，自己的亲弟弟吗？

秦太医低头不语，见皇上的情绪越来越激动，这才出言提醒道："圣上，您刚刚醒来，暂时不宜劳累，你还需要以静养为主。"

"朕已经睡够了，不需要再静养。"睡了数月终于醒来，皇上恨不得立刻就把权柄夺回来，哪里可能静养。

一想到萧天耀成了摄政王，手上握着东文的政权，他就静不下来！

“去，把林相、右相、太傅和六部尚书宣进宫，朕有话要问他们。”萧天耀掌权多时，也不知外面是什么情况，他现在迫切需要了解外面的情况。

“这，这……”秦太医一脸为难。

皇上还以为，江山还是原来的江山？他的臣子还是原来的臣子吗？

虽说萧王没有动这些人，可这些人是绝不会再向着皇上，就算他们倒向皇上，恐怕皇上也不会相信他们。

“怎么，他们敢抗旨不成？”皇上自然明白现在的境况和原来不一样，可只要他是皇帝，他就有资格召见他的臣子。

“圣上，当时是右相亲自带着文武百官，去城外请萧王爷摄政的，林相前些日子频繁出入萧王府，近来又频频帮助萧王打压政敌，十分得萧王看重。”秦太医说完，紧张地看着皇上。

他怕，怕皇上一怒之下又气得晕了过去。

却不想，皇上今天十分冷静：“无妨，你尽管宣旨便是。”早就料到的事，皇上虽然失望，却不至于愤怒。

他从来都知道，收买人心的不是感情而是利益，他昏迷不醒，给不了手下人利益，那些人会倒戈再正常不过。

不过，现在他醒了！曾经背叛他的人，日后他会一一清算！

随着秦太医外出宣旨，皇上醒来的消息便不是秘密，不仅得到了旨意的大人们知晓了，京城稍微有点人脉的人家也都知晓了。

“皇上醒了，这可如何是好？”一众墙头草大臣简直有撞墙的冲动，他们好不容易下定决心跟着萧王，为萧王卖命，皇上怎么就醒来了？

“皇上醒了？醒得还真是时候！”右相是只老狐狸，新安江的事能瞒得了别人，瞒不了耳目众多的世家之首——右家。

“萧王每步棋都走得精妙至极，别人家我们管不着，我们右家还是要紧跟萧王的步伐才好。”右相一脸平静地整了整衣冠，并不将皇上的宣召当回事。

他们右家，一向只忠于东文朝廷，在皇上昏迷不醒、各皇子争权，把朝廷弄得乌烟瘴气之际，请萧王进京摄政，他做得没有错！

至于私心，这世间谁没有私心，皇上也有私心，皇上要是没有私心，东文的局面也不会变成现在这个样子。

和右相相反，林相听到这个消息想死的心都有了。他好不容易下定决心，要跟着萧王一条路走到黑，皇上却醒了！

“皇上怎么就醒了呢？皇上怎么能醒呢？”有那么一瞬间，林相真的很想自杀。

他知道，皇上一定不会放过他，依萧王的心性，萧王会重用他但却不会帮他。

他死定了！

如果自杀的话，也许还能保住家人，可在举刀对准自己的那一刻，林相怎么也下不了手。

“啪……”刀落在地上，林相瘫坐在椅子上，一瞬间像是老了数十岁。

不管右相与林相怎么想，皇上还是皇上，哪怕他只挂着一个名，皇上召见，他们就是再不愿意也得乖乖进宫。

林相与右相在宫门口遇上，和右相的从容淡定不同，林相面如死灰，也不敢像往日那样走在右相前头，而是恭敬地给右相让路。

右相什么也没有说，林相给他让路，他也不得意了，和往常一样不疾不徐地走着，浑身都透着一股大家之风。

看到走在自己前面的右相，林相终于明白自己和右相之间的差距了，不是一个官职，也不是一个位置能填拢的。

他和右相差了太多太多，所以右家才是世家之首，而他很快就会成为过去式……

皇上醒来后，行事比之前更有章法，虽然召集了左、右相和六部尚书问话，却只是问了问朝堂上的情况，并没有责怪他们或者流露出夺权的意思。

问完话后，皇上每人表扬了几句，还分别赏赐了一些东西，并且道：“朕的病太医叮嘱需要静养，朝堂上的事一切照旧。”

按说皇上不夺权，一切照旧，大家都好，可被召见的几位大人却极度不安。没有哪个皇帝不想掌权，他们宁可皇上摆明车马，向萧王宣战，跟萧王夺权，也好过皇上打太极。

“唉，这日子什么时候是个头？”兵部尚书手中的权柄不小，当时也是一心向着皇上的，可萧王爷的手段实在太高，他就是不想低头也要低头，可他好不容易下定决心低头，皇上他又醒了。

“早知道，当日就该辞官不干。”吏部尚书更头痛，他前些日子帮着萧皇叔换掉了不少皇上的人，现在皇上醒了，他怎么办?

“神仙打架，小鬼遭殃，我们还能怎么办，走一步看一步呗。”礼部尚书悠哉地说道。

作为一个没啥实权的尚书，礼部尚书一直觉得自己之前的日子过得太憋屈，可最近简直不要太轻松。

“你倒是说得轻松，我们这些人怎么走？”他们这些人可是手握实权的，是第一个就要站队的，要是不站队，指不定第一个倒霉的就是自己。

“你们愁什么，那位都没愁呢。”礼部尚书指了指林相，笑得不怀好意。

礼部尚书当年也是惊才绝世的人物，会被皇上丢在礼部，就是因为他得罪了林相，本以为林相会一直在他面前嚣张下去，没想到真是三十年河东，三十年河西呀。

“也是，要急也是那位急，我们愁什么。”看到有人比自己更倒霉，就不觉得自己倒霉了。

林相是皇上身边的第一人，皇上要收拾背叛者，第一个肯定是动他。

“不知道萧王会不会保他？”不管怎么说，林相也是萧王的岳父，要是萧王连自己的岳父都不保，那也太叫人心寒了。

“你看着吧，萧王不会让他倒下的。”哪怕是做给人看，萧王也要保林相。

是的，哪怕是做给别人看，萧王也会保住林相的位置不动，但也仅仅如此，他不会给林相更多的帮助。

“有林相牵制皇上，许多事就好办了。六部尚书已经背叛了皇上，他们没有第二条路可以走，只能一条道走到黑。”萧天耀对苏茶说了他的心思。作为一个背叛者，不能一条道走到黑，就只有死路一条。

这个时候，六部尚书就算向皇上表示忠诚，皇上也不会信他们，就算迫不得已要用他们，日后也会一一清算，这一点在官场上混的人精都明白。

“原来你在这里等着他们呢，我就说你当初怎么不把六部的官员都换了，反倒费心去收服他们，原来是有这一出呢。”苏茶听到萧天耀的话，大呼高明。

换上新人，萧天耀去了中央帝国，指不定那些人就倒向了皇上，可保留六部的老人就不同了。这些人已经背叛了皇上，就算再次选择投靠皇上，皇上也不会相信他们。一次不忠，百次不容。这个道理不仅皇上清楚，背叛了皇上的官员也清楚。

“对，除非他们犯蠢，不然他们只能站在本王这一边。”这个时候他什么都不用做，以右相为首的世家利益集团，就会死死地保住他的位置。

只要他在，他们才能保住现在的富贵。

“有这么一出，我们就不用担心东文的事了。”苏茶这会儿是彻底放心了，王爷早就算好了一切，他白担心了一场。

“嗯，明日本王会下令，你去北历边境，全权负责对北历交易一事。”他的人，也是时候出现在官场上了。

“明天？这么快？”虽说早有准备，苏茶还是吓了一跳。

“有天藏影月的人护着，帝国使团很快就会来到京城。”哪怕他安排人一路剿匪，也只能拖上十天半月。

“天藏影月这次是跟我们杠上了？”最近几件事都与天藏影月对上，而且每次他们都吃亏，苏茶光想着就生气。

“动了他们的大头，要是不反击就不是天藏影月了。”萧天耀不觉得时逸寒做得不对，要换作他，他也会这么做的。

“天藏影月太霸道了。”要不是天藏影月赶尽杀绝，威逼他们，他们也不至于会如此。

“本王也霸道。”格局不同，看待问题的角度也不同，萧天耀不认为苏茶有错，但有些事，并不能只站在自己的立场上去想。

虽说他们不需要为人着想，但却不能完全以自我为中心。萧天耀很清楚，皇上这会儿不夺权，不是不想而是不能，因为他怕自己夺了权会引得东文大乱。

但是皇上不夺，并不表示萧天耀可以当作不知，继续做他的摄政王，他摄政是因为皇上昏迷不醒，现在皇上醒了，他自然要还政于皇上。

第二日，萧天耀落印，同意苏茶前往边境筹办农务司，正式对北历售粮。

当日的公务处理完后，萧天耀就当着文武大臣的面，亲口说他将不再摄政，今后所有政务都将由皇上御笔亲批。

皇上醒了，本就该处理政务，众位大臣没有劝说，只称赞萧王高风亮节，气度不凡。

萧天耀只笑不语，亲口说出自己不再摄政后，萧天耀就进宫去求见皇上了。

“朕身体不适，不见！”皇上自然知道萧天耀当众还政一事，但他这会儿并不想接手政务。或者说，他要的不是萧天耀“还”给他，而是自己夺回来。

萧天耀“还”给他的只是一个空架子，他虽有亲政的名声，但许多事情都做不了主，这样的政权他要来何用？他要的，是从萧天耀手中夺回实权。

皇上不肯见，萧天耀也不生气，随手抽出一封信，叫人转交给皇上：“务必要皇上亲启。”

他知道皇上是聪明人，一定会配合他上演兄友弟恭的戏码，一起等待帝国使团到来。

萧天耀给皇上的那封信，就是当日前来勤王保驾的朱将军秘密送给萧天耀的，是以皇上的口吻、皇上的笔迹，并落上了皇上私印的通敌卖国的信件。

这样的一封信，要是落到有心人手里，皇上怕是跳进黄河也洗不清。

“这信是怎么一回事？”看到信的刹那，皇上自己也蒙了。

他是当帝王的人，就是再蠢、再傻也知道，与他国合作这种事，是绝不能留下文字证据的，他身边又不是没有人，随便叫一个人传话，也比写信好万倍。

“奴才不知，是萧王命奴才呈给圣上的。”小太监如实说道。

“可有人看到？”这封信，简直是要毁他一生的名誉。

“无，萧王殿下吩咐，不许任何人查看。”小太监低眉顺眼，没有一丝心虚与不安，摆明了是什么都不知。

如果是以往，皇上本着宁可错杀，也不放过的原则，必会取对方的性命，可现在，偌大的宫廷，他能信任的人越来越少，他在宫中的人杀一个便少一个。

“退下吧。”皇上拿着信，心里却想起另一件事。

不等把信处理完，皇上就下旨，将宫中的太监宫女放出去，重新采选。如此一来，不管那些人是谁的人都不重要，反正这些人全部在宫外。

消息一出，鸾凤殿的皇后差点吐血，好不容易趁皇上昏迷不醒，把内廷掌握在手中，在宫中各处布了眼线，皇上的一句话就让她功亏一篑了。她就说了，皇上不该醒！

周贵妃得知此事，脸色也不怎么好看，这段时间她也没少做小动作，不过相比皇后，她的损失几乎可以忽略不计。她的荣宠都来自皇上，皇上好了，对她只有好处没有坏处。

解决了宫中的用人问题后，皇上才将注意力放在信上，细细地将信看完后，皇上亲自将信烧了，将灰烬碾碎，泡在水里，这才安心。

当夜，皇上就把暗中的人找了出来，让他们去查，他昏迷前谁有机会动他的私印。

皇上的人下了狠心去查，可惜最终只查出几个宫女、太监，这些人早在皇上昏迷不醒时失踪了。

线索断了，这封信的来历也就断了，所有的线索都在萧天耀手里，可萧天耀是绝对不会告诉他的。

“朕，这一次输得不冤。”这一局的交锋他输了，不过皇上并没有往心里去，毕竟他那时昏迷不醒，便是输了也不可耻。

信件的事就此过去，但皇上心中的怀疑却没有消。现在他不相信任何人，尤其是他身边的人，查到皇后与周贵妃的种种动向后，他更是谁都不信。

花了五天的时间，将后宫料理干净后，皇上才知帝国使团已经来了，顿时心情大好，又安心养了十日。这十日，皇上并非在安心养伤，而是在暗中联系旧部，准备一举夺权。

半个月后，皇上大病初愈，首次上早朝。早朝上，皇上暗中联系的人，一连上了三封折子，其中最重要的一封就是改革。

皇上要重新改革官制和军部，要将六部改为十部，取消内阁，军部将领领军的地方也不再是终生制，而是轮换制，每三年轮一次，从今年开始轮换。

改革的方案一出，满朝皆惊，林相和六部尚书皆神色不安，他们不用脑子想也知道，皇上这是在针对他们。

“众位爱卿可有异议？”皇上高居首位，将一众大臣的神色尽收眼底，见他们神色慌张，不屑地一笑。

皇上就是皇上，他的权威任何人都不能挑衅。

皇后再能干又如何？他金口一开，皇后花数十年布的局，便轻松可破。

萧王权势再大又如何？他有北域王的财力支持，有中央帝国的声援，他有足够的底气改革，削分六部的权力。

满朝大臣不言不语，低着头看着鞋尖。

这个时候不发表意见，就是不同意，但皇上并不将他们的反对放在眼里，直接点了萧天耀的名：“天耀，你怎么看？”

“臣弟无异议，皇上改革六部，大大地减轻了众位大人的负担。军方的轮流制虽会影响士兵的凝聚力，但慢慢磨合就无事了。”萧天耀满不在乎地开口。

改革？皇上闷了十五天，就闷出这么一个损招？皇上以为改革会动到他的利益？不，改革动的是世家的力量，世家绝不会允许皇上改革，削弱他们的权势。

“萧王无异议，右相呢？你们可有异议？”皇上象征性地询问道。本以为有萧王带头，这些人不会吭声，没想到右相一开口就道：“皇上，六部改十部，朝廷官员数量不够，需要重新选拔官员，不知这些人如何选择？另外，增加近一半的官员，国库可有银子支付相应的俸禄？”

东文虽富，但富的是百姓，朝廷每年的税收也只勉强够用，突然增加近一倍的官员，哪来的银子？

“银子的事不用担心，朕已让北域重新交税，北域王已同意了。”要是没有事先准备，皇上怎么敢胡乱开口说改革。

“那真是太好了，不知北域是定税制？还是分税制？北域王可说一年上交多少税收，由谁派人去收？”右相一连串的问题砸下来。

皇上早有准备，一一回应。

北域用的是定税制，他们交上来的税收，正好可以养多出来的四成官员，北域付出这么多只有一个条件，保证新增的四成官员中有一成是北域人。

这世上没有无所求的，北域给出这么多好处，只要一成的名额算是亏了，但这种事最终谁胜谁亏，谁说得准呢？

要知道，这四成人可是全靠北域养的，一旦北域翻脸，东文的国库就要出问题了。

事关重大，右相的问题虽然得到了解答，可仍旧没有表态同意改革。同样，武将们对皇上所说的轮换制，也持排斥的态度。

带兵不是儿戏，朝廷拨的银子根本不够养兵，他们的兵都是自己花钱一点点养的，已经养出了感情，皇上突然要他们交出来，不管是出于利益还是出于感情，他们都没有办法接受。

还有，也是最重要的一点，三年的时间太短了，他们甚至还摸不清当地的清况，就要调走了。这样一来，真要打仗，他们拿什么打？

于是，皇上提出改革，除了萧王明确表示没有异议外，文武大臣都不同意。

改革本就不是一朝一夕的事，别说皇上现在势弱，就是皇上势强，想要动朝臣、世家的利益，也需要花费无数的时间与精力。

自皇上提出改革后，就开始跟朝臣三天一小吵，五天一大吵。

为了阻止皇上改革，朝臣每天拿些鸡毛蒜皮的事找皇上，让皇上决策，时不时就为家里的儿子吵一架，然后找皇上说理，让皇上无法专心办公。

刚开始皇上还会用心处理或者认真听一听，次数一多皇上也就懒得搭理，任由朝臣扯皮、争吵。

皇上不搭理，朝臣也有别的办法，皇上一说改革，朝臣就顾左右而言他，反正就是不接皇上的话，要不就是消极怠工，一个时辰能办好的事，硬是拖一天甚至两天。

面对朝臣的不配合和消极怠工，皇上也不生气，慢慢跟朝臣磨，耐心好得不得了。

刚开始朝臣还暗自得意，认为自己的小计谋得逞了，可时间一久就觉得不对了，在萧天耀的暗示下，朝臣很快就明白了皇上的打算："皇上这是在等中央帝国的人给他撑腰，有中央帝国的支持，我们就是再不配合，皇上的改革也能进行。"

东文等四个附属国，天然地畏惧中央帝国，各国的世家也不敢与中央帝国叫板。

"有中央帝国的支持又能如何？中央帝国还能派人一直待在东文盯着不成？中央帝国的人在，我们就配合一二，他们走了咱们就慢慢熬，看谁熬得过谁！"

"我听说中央帝国的人这次过来，是来找萧王麻烦的，你说萧王出事了，我们这些人怎么办？"

虽说他们没有给萧王递投名状，没有明确表示他们是萧王一脉的人，但是皇上已经不会相信他们了，他们只能跟着萧王，萧王要是倒了，他们这些人也没有好日子过。

"萧王不止他一个人，只要金吾卫不落到皇上手里，萧王一脉就不会倒。"萧王能有今日的地位，并不是因为他的身份地位，而是他手中的兵权。只要金吾卫还在手上，就没有人能动萧王，能动萧王一脉。

"难怪萧王一点也不担心。"大家都是聪明人，一点就明白了。

有兵权在，萧王在不在东文并不重要，萧王被中央帝国带走也没有关系，只要他推一个人出来代表他就行了。而且，今时不同往日，现在的萧王不再是一个人，他身后还有他们这些朝中大臣。他们这些人想要保住现有的权势，就不能让萧王一脉倒下，不需要萧王开口，他们就会自发地出力维护萧王一脉的权力，在萧王不在时护住萧王一脉的势力，代替萧王与皇上争权。

"萧王走一步算三步，皇上不是他的对手。"弄清了萧王的盘算，一众被他算计的朝臣虽然憋屈，可也只能认命，谁叫他们已经上了贼船，想要下船已经没有可能了。

他们现在只能维护萧王的地位，以保证自己的权势。

在朝臣讨论萧天耀的计划时，萧天耀也在跟林初九说他的计划。和朝臣商讨出来的差不多，他确实是存着借力打力，借世家的力量跟皇上抗衡，又借林相与世家抗衡，总之就是把东文的水搅浑，让世家与林相不得不为他所用，帮他撑起萧王一脉。

林初九听完，好半天都没有合拢嘴，一脸崇拜地看着萧天耀："你这么阴险，皇上知道吗？"

把朝臣全都算计进来了，有一个心思这么多的弟弟，皇上真是一个悲剧。

“你当皇上为什么要在这个时候改革？”萧天耀一个没忍住，捏了捏林初九的鼻子。

这个女人，怎么可以这么可爱。

“啪”林初九想也不想，就拍掉了萧天耀的手：“说好了，不许动手动脚。”她是愿意给自己和萧天耀一次机会，并不表示他们可以直接跳过相处的阶段，进入夫妻模式，可以随便搂抱。

虽然，他们本来就是夫妻。

“我们原就是夫妻。”萧天耀看着红肿的手背，颇为委屈。

之前林初九没有松口，他还能抱抱亲亲，为什么林初九现在退让了，他却连碰都不能碰呢?

“所以呢？”林初九看着萧天耀，神情高傲，女王范儿十足。

“自然是随你高兴，本王怎样都好。”萧王爷十分没有原则地道。

林初九白了萧天耀一眼，没好气地道：“你还没有说，皇上为什么会在这个当口，提出改革呢？”

“坐过来，本王告诉你。”萧天耀指了指自己的环抱，脸不红气不喘地道。

自从那天林初九明显软化后，他和林初九的地位就对调了，变成了林初九说什么，他就是什么。

他要提出抗议，林初九就会红着眼睛看着他，说：“王爷，我到现在仍旧忘不掉，你摔断我胳膊时的疼痛；也忘不了被你关在牢里，只能等死的悲凉；更忘不掉被你丢下，独自面对帝国大皇子的恐慌；当然，毒发时凌迟一般的疼痛，更是让人刻骨铭心，永生难忘。”

林初九说这话时三分认真七分玩笑，就好像是故意拿这话噎他，可是他知道林初九不是玩笑，她是真的放不下。

这些在他看来理所当然的事，伤了林初九的心，伤得很深很深，让她一度不愿意对他打开心扉。

现在，林初九是以玩笑的口吻，将心底的伤痛赤裸裸地摊在他面前，是在给他一个弥补的机会，也是给他们一个机会。

如果错过这个机会，他和林初九也许还能继续做夫妻，可也仅仅只是夫妻罢了。

萧天耀知道林初九怕什么，所以他会尽可能地宠着林初九，当然他也不会忘记给自己要一点好处，比如现在。

林初九想要知道皇上的目的，那就主动让他抱一抱。除了晚上外，他都好几天没有抱过林初九了。

说实话，他还真有一点想了。

萧天耀是个有耐心的猎人，他一向谋而后动，走一步算三步，他想抱林初九想了大半个月，今天怎么也要得手。

事实上，他也确实得手了！

双手搂着林初九软软的腰，闻着林初九身上熟悉的味道，萧天耀十分满意，同时也万分庆幸自己出手及时。

果然，想要抱自家的王妃，做什么计划、谋什么而后动都不实用，直接出手把人抱在怀里才最实在。

“累死我了！”被萧天耀抱在怀里的林初九，瘫在他的怀里，一动不动。

跑了半天，绕了半天，最终还是被萧天耀抓住了，一点意思也没有。

“下次就该乖乖站在原地不动，等着本王去抱。”跑什么跑？就凭林初九那个小短腿，怎么可能跑得过他。

“你想得美。”林初九没好气地白萧天耀一眼，动了动，寻了一个舒服的位置窝好，问道，“你还没有说，皇上为什么要改革呢？”

都被抱了，当然要问清楚，不然多吃亏呀。

“咳咳……”萧天耀没想到林初九还记得这事，便道，“依我猜测，改革只是幌子罢了，皇上不过是借此吸引朝臣的注意力，他暗中必有动作。”

皇上又不蠢，他虽然脑中有疾，可脑子并没有坏。

“他想做什么？”这是林初九好奇的地方。

“不知道，左右不过是跟北域王合作。不过北域王那人野心勃勃，皇上跟他合作无疑是与虎谋皮。”萧天耀说得十分坦然，不知就是不知，没有必要装。

当然，他也没有必要知道，只要他手上有兵权，无论是谁当皇帝，他都能随时将他们拉下来。

北域王若登上了皇位，事情就好办了。到时，他只要打着匡复萧家的旗号，就能直接带兵杀进京城，而不用担心天下人的唾沫。

“皇上没几年可活了，他这么折腾只会让自己死得更早。”没有人比她更了解皇上的病情，皇上这是在拿命跟萧天耀斗。

“只要还有一口气，就不会放弃。毕竟，天下名医多得是，皇上不会轻易认命的。”别说皇上，任何一个人都不会轻易认命。

明天还未发生，如果不努力一把，谁知明天会不会有奇迹？

“好吧，他是皇上，他想做什么就做什么，只是你真的要放任不管吗？”等到他们去了中央帝国，皇上没了压力，指不定会做出什么事来，到时候东文大乱，对他们没有好处。

“不必管，中央帝国的人来了，皇后必然会出来。皇后的格局虽然小了一些，可用来对付皇上足够了。”中央帝国的人是天藏影月找来的，天藏影月正在跟皇后合作，他们绝不会放任皇后失势。

“你就不怕皇上与皇后联手吗？”林初九将眼睛瞪得滚圆看着萧天耀。

这个男的脑子怎么可以想到那么多东西，为什么她没想到这一点呢?

“有周贵妃在，皇后与皇上是怎么也不可能联手的。”他玩弄的是人心，自然会研究每一个人的心思。

“皇上好强，他不会允许皇后踩在他头上。更何况皇后是借中央帝国的力量起来的，皇上那么忌惮中央帝国，怎么也不会跟皇后联手。”这两人注定会斗得你死我活，他只需要坐山观虎斗，然后杀个回马枪。

“突然不想走了，总觉得你走后，东文会很热闹。”你方唱罢，我方登场，东文的皇位斗争会越来越精彩。

“想得美，本王在哪，你就在哪。更何况，把你一个人放在东文，本王也不放心。”凡是他的敌人，现在没有人不知道，他的软肋是他的王妃。

林初九一个人在东文，肯定会被那些人吃得连骨头都不剩。

林初九笑了笑，没有说话，只是将脸埋在萧天耀的怀里，静静地抱着他。

她其实是不相信萧天耀的，因为她被丢下过，而且不止一次。

世事难料，未来会发生什么谁也说不准，指不定萧天耀日后又遇到什么难事，不得不放下她呢?

所以，保证这种东西，轻易不要做，尤其是在自己也不能确定，能不能做到的情况下……

第二十章　新的征途

时间悄然流逝，离使团进京的日子越来越近，这段时间皇上的改革计划，依旧没有任何进展，众朝臣依旧在跟皇上扯皮。

趁着混乱，萧天耀不着痕迹地添了几把火，让皇上与一众大臣之间的矛盾日益加深，一众大臣联起手来，隐隐有架空皇上的架势。

皇上心急，脑疾再次发作，虽说得到了及时的治疗，可皇上仍旧不安，他害怕，害怕会和之前一样，突然昏迷不醒。

偏偏中央帝国的使团，这两天就要到了，他不能在这个当口寻找天下名医，为他诊治。

“圣上，你的脑疾需要静养，你这样……撑不了多久。”秦太医依旧苦口婆心地劝说，然而效果不怎么样。

“静养？你让朕怎么静养？朕是皇帝，萧天耀嘴上说还政，可至今也没有将玉玺还给朕，至今所有的诏令，还是要有左右相和六部大臣同意才能签发，朕这皇帝做得有什么意思？”不管皇上在人前表现得多大方，人后他只剩下焦虑与愤怒。

萧天耀所说的还政，只是将政务交给他看一眼，具体处理政务的人，还是朝中的重臣，他这个皇帝一点权力也没有，顶多就是可以管管后宫的事。

臣子太能干，他完全被架空了，他这个皇帝，可有可无！

“圣上，您这个时候跟左相、右相斗起来，只会如了萧王的意。”秦太医虽不从政，可看了这么多年，多少也能看明白一点。

萧王在使团来临前，挑拨皇上与朝臣争抢落印的权力，不就是故意加深双方的矛盾吗。

“朕知道，可是朕不甘心。”有些事，他心里明白，但不能接受。

落印的权力在朝臣手里，兵权在萧天耀手里，他这个皇帝做得还有什么意思？

秦太医叹了口气，没有说话。

他就是知道皇上不行了，才会转而投向皇后，可没有想到皇后也倒下了，现在他要怎么办？

秦太医很快就知道自己该怎么办了。

帝国使团抵达东文的第一件事，不是说萧王爷的事，而是提出要见皇后，并表示了对东文皇后的赞赏。

皇上是聪明人，听到这话哪里不明白帝国使团的意思，当即就让人去把皇后请来了。

至于皇后禁足一事，皇上半句也没有提。

皇后显然是早有准备，不到半个时辰就盛装出现在众人的眼前，雍容华贵地向众人问好，一路笑语嫣然，不见一丝阴霾。

帝国使团的人是第一次见皇后，可有天藏影月的人提前交代，帝国使团的人对皇后很是亲切，有时候还会冷落皇上。

皇上本想借使团的人，搭上帝国皇室，从帝国皇室借力，现在看来他不仅借不到力，反倒会给皇后添加助力。

自皇后出现，皇上全程绷着一张脸，明显透着不快，帝国使团的人看出来了，可他们会在乎吗？

使团中，年纪最小的一个少年，从进来就不曾开口说话，也没有给皇上行礼。使团的人没有直接介绍他的身份，皇上等人心里都明白，这人必是帝国的小皇子。

皇上一心想要找话题，跟小皇子搭上话，小皇子始终不吭声，就在皇上准备放弃时，不吭声的小皇子突然主动问皇后：“皇后，我是不是见过你？我觉得你很眼熟。”

皇后似乎也很诧异，愣了一下才道：“你说我吗？小公子怕是认错人了，我一直生活在东文，除非小公子之前来过东文，不然不会见过我。”

“我没有到过东文，但感觉你很眼熟。”帝国的小皇子今年十四岁，是个半大小子，之前因新安江决堤一事，险些死在新安江，他对东文的印象极差，是以自进宫后，他就不曾开口说话。

“小公子怕是认错人了。”皇后笑语嫣然地道，帝国小皇子盯着她看了半晌，最后点了点头，“可能是我看错人了。”

帝国小皇子说完这话，又闭上了嘴，不再言语，丝毫不管自己的话会给东文众人带来什么影响。

然而，不管众人心里怎么想，面上却是顺着帝国小皇子的话，半句不提。

很快，宴会过半，帝国使团的人终于说出他们的来意：“先前，我国三位武神大人惨死东文，另有近十位黑甲卫惨死，经查此事与贵国的萧王有关。我皇陛下英明，怕错怪好人，特命臣前来东文，请萧王殿下去帝国问话，不知可否？”

和萧天耀所知的一样，帝国使团的人并不敢定萧天耀的罪，言谈中极为客气。

“这事朕也听说过，当日之事情况紧急，萧王并非有意为之。”皇上开口，看似替萧天耀辩解，实则是坐实了他的罪名。

“这么说，萧王杀我帝国武神的事是真的？”使团中的副使见状，立刻站了起来。

“萧王当日并非……”皇上还要解释，话还没有说完，就被萧天耀打断了：“皇上，当日你在京城，当日的事你怕是不知情。”

皇上还真是好了伤疤忘了疼，以为在中央帝国的人面前抹黑他，就能让中央帝国的人出手吗？

简直是天真。

皇上面上一冷，说道：“使团的人就在这里，当日到底发生了什么事，不如天耀现在告诉我们？”

“皇上，你没有听到使团的人说吗？帝国皇帝请我去帝国问话，这些人怕是没有资格。”皇上为了抱紧中央帝国的大腿，还真是连脸面都不要了，不过是几个使者，就放下身段讨好，真正是丢尽东文的脸面。

“天耀，使臣是代表帝国陛下前来的。”皇上沉着脸训道。

副使也跟着补了一句：“皇上说得没有错，我等是代皇陛下前来，怎么就没有资格了？”

“你们确定，你们有资格？”萧天耀没有生气，只是平静地问道。

“我们当然……”副使想也不想就张口，幸亏正使反应快，一把将人按住：“萧王殿下说得没有错，我们确实没有资格。”

他们要有资格，皇上就不会让他们请萧王去帝国问话了。

今日，他们要说了他们有资格，萧王解释了，定不会跟随他们去帝国。

虽说，他们这次也带了武神过来，可武神的数量并不多，真要动起手来，不见得是萧天耀的对手。

“既然如此，那只能等本王去帝国了。”萧天耀见对方没有上当，也不生气，淡然地坐下。

“我们怎么……”副使心中不忿，张口小声地问了一句，不想话还没有说出来，就被小皇子一句“愚蠢”给打断了。

副使立刻蔫了，不敢再言语。

正使见状，暗暗松了口气，同时不敢置信地问道：“这么说，萧王殿下是愿意随我们去帝国了？”他没有想到，萧天耀会这么好说话。

萧天耀绝不是一个好说话的人，他要好说话，之前就不会对中央帝国的武神下手，也不会落了大皇子的面子。

“帝国有请，本王不敢不从。”萧天耀给足了对方面子。

这下不仅帝国的使臣震惊，就连随行的帝国小皇子也愣住了，来之前几位皇兄都说了，这是一个难缠的主，怎么可能这么配合?

“萧王殿下准备什么时候出发？”为了试探萧天耀，帝国小皇子主动开口问道。

“本王自然是跟着使团走，使团什么时候出发，本王就什么时候走。”东文的事情他已经布置好了。

流白也借抵抗勤王大军的机会，在军中树立起了威信，成功接手了金吾卫。他不在的这段时间，流白会代他守住金吾卫，守住他在东文的一切。

至于朝堂那块儿？他相信以右相为首的世家大臣，不会让他倒下的。

“三天后，我们就返回帝国，萧王殿下可有异议？”帝国小皇子怕萧天耀反悔，立刻决定了时间。

“本王没有问题！”萧天耀当即应下，没有一丝不情愿，如此一来反倒把众人弄得一头雾水，不知他葫芦里到底卖的是什么药。

萧天耀的爽快出乎皇上与皇后的预料，两人不免会多想，不过想到萧天耀离开后，他们就能放开手脚做事，也就不再多想了，只求这三天不要再出什么意外，好让萧天耀顺利离开。

为了让萧天耀痛快地离开，这三天皇上对萧天耀十分客气，不管萧天耀开口要什么，皇上都点头同意，不知情的人还以为这两兄弟感情有多好，知情人则是笑而不语。

三天后，萧天耀安排好一切，带着林初九，随帝国使团的人一同出发，前往中央帝国。

三皇子萧子安奉皇命为萧天耀一行人送行，亲自将人送到城门外。

城门外，送君亭，萧天耀正与右相、林相告别，萧子安见林初九一个人站在角落，走上前去。

“皇婶！”萧子安恭敬地行礼。

“三殿下。”林初九也客客气气地回礼，有些生疏，一如初见。

萧子安微不可闻地叹了口气，他知道母妃和周家人，在萧王落难时做了许多不光彩的事，他没有资格要林初九原谅，更没有资格要求林初九与他亲近，只是……

有些事萧子安还是忍不住说出来："皇婶，中央帝国与东文不同，你可以不用去的。"

中央帝国强者为尊，且帝国的人一向看不起四个附属国的人，萧王爷还好，他怎么说也是武神，在帝国能得到礼遇，可是林初九就不同了。

萧王爷在帝国能护住自己，不一定能护住林初九，就算他能护住林初九，也不可能时时守着林初九，林初九去中央帝国很危险。

"夫唱妇随，王爷要去中央帝国，我自然要跟随。"林初九知道萧子安是出于好意，但是她没有办法接受。

中央帝国对她来说确实危险，可东文对她来说难道就安全了？萧天耀不在京城，皇上会放过她？皇后会放过她？明的不行，暗的呢？与其待在京城，天天防备皇上、皇后，不如随萧天耀一同去中央帝国。

她相信萧天耀，相信萧天耀能保护她，而且她也没有弱到，需要萧天耀十二个时辰守着她的地步。

"皇叔娶到您，很幸运。"萧子安不知林初九所想，以为林初九与萧天耀夫妻一心，哪怕明知有危险，也执意与萧天耀一同去帝国。

林初九知道萧子安误会了，可她并没有解释的打算，她与萧子安之间什么都没有，以后也同样什么都不会有。

两人相对无语，另一边，萧天耀已跟右相、林相说完了话，转头看到林初九与萧子安站在一块儿，眼中闪过一抹不悦。

同为男人，他自是清楚萧子安看林初九的眼神，那眼神让他十分不喜，不管是以前还是现在。

不过，萧天耀并没有表现出来，只冷冷地道："去马车上等本王！"

"是，王爷。"在人前，林初九永远都是温良听话的萧王妃，绝不会给萧天耀难堪，微微福身，林初九便带着丫鬟朝马车走去。

林相看到林初九渐行渐远的身影，几度欲上前，最终却又停下了脚步。林相自以为做得隐蔽，殊不知他的小动作，全都落在了萧天耀的眼中。

林相此举，萧天耀就算没有猜到十分也猜到了七分。

想来，帝国林家怕是知道了林初九的存在，他们十有八九会找上林初九，而这一切都是林相造成的。

林相暗中算计他的王妃，还指望他留在东文的势力能护他，简直是可笑。

萧天耀敷衍了林相几句话后，淡漠地转身，朝马车走去，脚步坚定，步伐稳健，丝毫没有前往中央帝国的不安与兴奋。

右相眼中闪过一抹赞许，更加坚定了站在萧天耀这一派的决心。右相没有急着离开，他一直目送萧天耀离去，直到看不到萧天耀一行人的身影，这才转身回城。

离去前，右相不着痕迹地看了林相一眼，摇了摇头：林相是聪明反被聪明误，算计了一生，连自己的亲生女儿也算计，最后却仍旧看不透，活该被萧王放弃。

马车上，林初九半趴在萧天耀的怀里，看着窗外不断倒退的风景，心情低落起来。

“怎么？舍不得？”萧天耀有一下没一下地拍着林初九的背，很轻、很慢。

“有点不舍。”也有对前路的迷茫与不安。

这是人的通病，离开了熟悉的地方，去一个新的地方，会好奇、会期待，也会不安、也会迷茫。

“我们还会回来的。”皇上以为他这一走，就再也不可能回来了吗?

简直是天真。

他还会回来的，再次回来时小小的东文就拦不住他了!

“再回来，恐怕已是物是人非。”萧天耀这段时间跟她说了许多，虽说萧天耀从来没有说过他的目的，但是从他的字里行间，林初九猜到了他的野心。

这个男人的野心大得很，他要的从来都不是东文，他要的是这天下，是能与中央帝国平等的天下，而不是属于中央帝国的附属国。

“物是人非又如何？在东文有你不舍的人吗？”说起来，林初九的生活圈还真是极小，自从嫁给他后，林初九就一直围着他，根本没有属于自己的生活圈，也没有属于自己的朋友。

当然，这一切都要怪他，是他把林初九拘在了身边，不让她飞出去。

“没有，但还是不舍，突然不想走了。”许是雏鸟情结，她一睁眼就在东文，所以现在离开难免伤感。

“傻话。”萧天耀没好气地拍了拍林初九的脑袋，“免得你胡思乱想，本王给你说一些事。”

“什么事？”林初九无精打采地问道。

萧天耀换了一个姿势，把林初九抱在怀里：“跟你说说中央帝国的情况。”

中央帝国的事很难打听，之前萧天耀对其所知也十分有限，可自从与大皇子“结盟”后，中央帝国的事对萧天耀来说，就再也不是秘密。

中央帝国并不是皇权至上，帝国的世家把持了大部分的权力，世家的权势与地位，比之东文有过之而无不及，就是帝国皇帝有时候也要向世家低头。

中央帝国有七大世家，分别是东阳、北唐、南荣、西陵和花、唐、林。前四家又是七大家中的顶尖存在，是帝国老牌世家，号称中央帝国的四条龙腿；后三家是新兴世家，但势力不可小觑，其中又以花家为最。

“这次帝国的人对我们这么客气，除了大皇子外，还有东阳家和花家的帮助，要是没有他们，事情会很难办。”是以，在中央帝国他们也不是完全没有依靠，至少还有这两大世家可以依靠。

“花家我能理解，东阳家是怎么一回事？他们为何会助我们？”林初九和花家的人打过交道，花家是个重情义的家族，但东阳家呢？他们跟东阳家可是一点关系也没有。

“东阳家与花家有姻亲，关系十分密切，也是因为有东阳家的相助，花家才会越来越强盛。”世家之间多有联姻，但并不是每一次联姻，都能为两家带来大好处。

但，花家与东阳家的联姻，给花家带来了不少好处。

“这么说来，我们在中央帝国也不是孤立无援？”这次东阳家与花家帮了他们，就等于把他们划到了羽翼下，旁人轻易不敢动他们，不然就是打东阳家和花家的脸。

“不必担心中央帝国的事，我们不会在中央帝国待太久。”萧天耀拍了拍林初九的背，笑得高深莫测。

“呃？”林初九一脸不解，总觉得有什么她不知道的事，这次萧天耀却没说，只笑而不语。

林初九知道萧天耀必有计划，而他不说必然是因为很重要，是以也就不再追问。

接下来的日子，萧天耀继续跟林初九说中央帝国的事，差不多把知道的全说给林初九听了。

“大皇子在中央帝国势微，母家虽有兵权，但并不强。”

“二皇子是最强势的，母妃得宠，又有陈家相助，好几个世家都很看好二皇子。”

“三皇子好文，母家是书香世家，背后没有任何支持者，圣宠也不浓，除非出现极大的意外，不然绝不可能继位。”

“四皇子无母族支持，然个人实力不容小觑，幼年得二皇子母妃照顾，与二皇子走得极近。”

“五皇子天生残疾，同样与大位无缘。”

“六皇子娶了白晋帝国的公主为妃，常年待在白晋，继位的可能性为零。”

“再来就是这次来东文的小皇子，他与二皇子亲近，看着没有上位的野心，实际如何并不知情。”

生于皇家，除非先天没有继承权，不然是个人都会想要争一争。

“世家明面上与皇室牵扯较少，实际上每个家族都会暗中向某位皇子倾斜，不过这些都与我们无关，我们不插手帝国的皇权斗争，我们只是去中央帝国走一趟。”萧天耀再一次强调不掺和的态度，但林初九却是不信，因为萧天耀强调太多次了。

林初九也不试探，直接问道："大皇子已经回帝国了吧？莫清风呢？我许久没有看到他了。"

"果然什么都瞒不了你，莫清风随大皇子一起回帝国了。"萧天耀并非有意隐瞒，只是有些事不好说出来。

毕竟，这个队伍里，并不是只有他们的人。

"就知道你早有准备。"习惯了萧天耀走一步看三步的性子，要是哪天萧天耀没有提前做安排，林初九都要怀疑有问题了。

"此事并非不想告诉你，只是……"有些事，他不知如何开口。

比如他的身世，林初九的身世，他不知道林初九能不能接受，所以想要缓一缓、等一等，等他和林初九的感情更好了，再说此事。

"我知道，你不必事事告诉我，你只要保证我的安全，别把我随便丢在中央帝国就好了。"她其实还是害怕被丢下的，尤其是害怕被丢在陌生的环境里，她没有别人想象的那么坚强。

"一定不会！"这是萧天耀给林初九的承诺，林初九看了他一眼，笑了："信你一次。"

……

傍晚时分，一行人错过了客栈，只能在野外扎营。

萧天耀与林初九早已习惯了这样的生活，并不觉得有什么，可帝国的小皇子却不能接受。

他长这么大，还没有在野外睡过，一看到野外脏兮兮的环境，和漫天飞舞的虫子，小皇子就不满了，冷着脸道："我不睡野外！"

"小公子息怒，东文的人建议我们在野外睡一晚，下一个城镇不适合住宿，还请小公子将就一晚。"帝国的使臣说道。

"我没有睡过野外！"小皇子一再强调，眼中满是厌恶。

"小公子，你可以睡在马车里。"帝国使团的马车，比萧天耀的更豪华、更宽敞，别说睡一个人，就是睡三个人也不成问题，可马车再好，拿来睡觉也没有床舒服。

"不能去镇上吗？天还未全黑，可以再走一个时辰。"小皇子以商量的口吻说道，随行的使臣犹豫了一下，点头，"可以！"

原本他们就计划去下一个城镇，是萧天耀提议在这里扎营的，说是下一个城镇不太平安，帝国的人自然是相信萧天耀，可不想小皇子不满意。

帝国的人前去与萧天耀沟通，萧天耀的人已经搭好了帐篷，自是不肯同意，帝国的人顿时面露不满，可萧天耀完全不把他们放在眼里，摆明了要在这里扎营。

帝国的人怒极，可他们又不是萧天耀一行人的对手，只得忍气回去，向小皇子禀告。

小皇子也是个倔脾气，见状直接道："他们不走，我们走，随后会合就是。"

使团的人原本不同意，可见萧天耀半点不给他们面子，也想借机挫挫萧天耀的锐气，当即就带着小皇子与随行的侍卫走了，动静十分大。

"他们就这么走了，你不拦吗？"林初九等帝国的一行人走远了，才上前去问萧天耀。

"正好，给他们一个教训！"

两方人马，总要有一方占据主导权，刚开始还能客气，后面可就不能客气了，而他一向不喜由别人主导。

萧天耀和林初九选择在野外扎营，而不是赶往下一个城镇，并非是吃不得苦，不想赶路，更不是故意与使团的人作对，而是因为下一个城镇不太平。

萧天耀之前以剿匪的名义，拦了帝国使团数十天，但一路上也没少剿匪。

流白那人虽然有时候脑子不太好使，可执行萧天耀的命令，从来都是不折不扣，萧天耀说要剿匪，他必然会一路剿匪。

这一路上，流白剿灭了大大小小无数个土匪窝，着实是为百姓干了一件实事。可是流白带着正规的军队一路剿匪，却在下一个城镇吃了苦头，要不是他跑得快，差点就栽在那里了。

帝国使团和小皇子赶去的那个城镇，确实离他们不远，环境也很好，但那个镇对外来人来说却不是什么好地方。

那个镇叫石头镇，顾名思义，镇上盛产石头。确切地说那个镇不是盛产石头，而是除了石头外什么都没有。

那个镇遍地都是石头，地底也全是石块，没有可以种植粮食的地方，镇上的人只能靠着那些石头吃饭，偏偏那些石头还不值钱。

早些年，周边的镇子要修路、建房需要买石头，镇上的人还能靠卖石头、打石头挣点辛苦钱勉强度日，随着周边的镇和村子都建好了，石头镇上的石头就没有销路了。

石头卖不出去，地里又种不了粮食，镇上的人没有活路，怎么办？为了活命，镇上的人只能打劫路人了。

石头镇不是进出京城的必经之路，但也算是一条主道，从南边进京的人，要从石头镇走可以节省两天的路，许多不知情的人就会栽在石头镇上。

有过路人的补给，石头镇的人顽强地生活下来了，且日子越过越好。

经过几年的发展，石头镇的人全民皆匪，就连刚会走路的孩子，都知道帮着大人给路过的人下套。

石头镇上下一心，当地官府虽然有心治理，可面对一座石城，面对不打劫就会饿死的全镇百姓，根本无从下手，只能对石头镇人的行为睁一只眼，闭一只眼。

好在，石头镇的人这些年没少打劫路过的人，不过他们还算有原则，通常只要钱财和物品，从不取人性命。

遇到强烈反抗的，石头镇的人也会下杀手，毕竟你不能指望一群强盗，常年累月地跟你谈原则，讲善良。

石头镇的人如此猖狂，这些年不少人去官府告状，官府也曾派兵剿灭，可一进石头镇就蔫了，没有一个人能在石头镇动武，可他们一出石头镇就好了。

官府几次派兵进镇都铩羽而归，甚至传出了石头镇有神明保佑，如此一来官府就更加不管了。

路过的人也只当倒霉，毕竟石头镇实在是太邪门了，他们可以肯定没有被下药，可偏偏一到石头镇就失去了战斗力，只能任石头镇的人宰割。

帝国使团的一行人一个个锦衣华服、高头大马，一看就是肥羊，他们到了石头镇，镇上的人绝不会放过他们。

“使团的人中不乏高手，不一定会中招。”得知石头镇的情况后，林初九并不是很担心他们。

“石头镇没有你我想的那么简单，流白当时带的可是一千人的精锐，差点也折在石头镇上。”萧天耀承认武神很厉害，可他的金吾卫也不弱。连上千人的金吾卫都没有办法在石头镇讨到好处，帝国使团的人一定会栽。

“石头镇是不是有什么我们不知道的东西？”这是林初九唯一能猜到的，不然一群乌合之众怎么可能在武神手里占到便宜。

“嗯。”萧天耀点头道，“据流白查来的消息看，石头镇有一种特殊的石头，无色无味，人只要接触到它，就会全身酸软无力，效果堪比最强的软筋散。”

“最可怕的是，那石头对石头镇的人没有任何影响，只有外地人才会中招。而石头镇到处都是石头的建筑，椅子、凳子、床全是石头，你根本不知道自己因何中的招，在哪中的招，等到你发现，已成为待宰的羔羊。”

那种怪石的杀伤力实在太大，不管多少人，只要进入石头镇，都会失去战斗力，直至离开石头镇才能好。

“那倒是挺有意思的，要是有机会，弄一块来看看。”作为大夫，林初九不是研究狂人，但对这种有特殊功效的石头，还是挺感兴趣的。

“如果它能抵制武神，确实值得我们花时间研究研究。”萧天耀承认他是故意的，故意不说明白石头镇的情况，让帝国小皇子带人去探路。

“真阴险呀，你！”相处这么久，林初九还不了解萧天耀嘛，一看萧天耀的表情，她就知道萧天耀打的什么算盘。

“本王提醒过他们，是他们不听人劝。”萧天耀完全不觉得自己不厚道。

不愿意听人劝，总得要吃点亏。帝国使团的人不听萧天耀劝，带着小皇子前往石头镇，一行人快马加鞭，终于在天黑的时候，赶到了石头镇。

一步入石头镇，看到干净整齐的街道，大街上和气、富足的百姓，帝国使团一行人十分满意，当即就问了路人，寻到了镇上最好的客栈入住。

帝国使团的人不差钱，一进去就将整间客栈给包了，一顿好吃好喝后，众人各自去休息，只留四个人值守，但他们完全没有注意到镇上极少有外地人。

临睡前的那一刻，使团的人还在暗骂萧天耀一行人不懂得享受，活该在野外喂虫子，幸亏他们听了小殿下的话来到镇上，不然今晚指不定怎么过呢。

可他们并没有高兴太久！赶了一天的路，帝国使团的人都睡得死死的，可他们就是睡得再死，该有的警觉还是有的。

客栈外一有动静，使团的人就发现了。

“你们要干什么？”石头镇的人一出现，值守的人就发现不对劲，当即就抡起长枪，想要阻拦，可一动却发现自己全身无力，“我们这是怎么了？”

“咳咳……”镇上一名领头似的人物走了出来，咳了两声道，“几位在我们镇上犯了事，恐怕我们不能留几位，现在就请各位离开吧。”

话落，石头镇的人完全无视他们，大摇大摆地走进客栈，冲进他们的房间，嚣张至极。

值守的人气得脸色发青，可他们现在没有战斗力，只能忍着气跟进来，好声好气地问道：“我们犯了什么事？”

“我怀疑你们杀了人，我们镇上最美的姑娘豆腐西施突然失踪，我们翻遍了整个镇子也找不到人。我们镇上的人一向和乐，从来没有发生过这样的事。今天我们镇上就来了你们这一群外地人，我们虽无证据证明是你们杀了人，可因为你们的到来，给我们镇上带来了危险，所以我代表镇上的人，请诸位立刻离开。”领头的人一番话，说得义正辞严。

这也就是许多被抢的人报官也无用的原因，石头镇的人一上来，就给你扣上个大罪名，又因为没有证据才不报官，只是把人驱逐，这事放在哪里都是合理的。

至于调查，谁能在石头镇这个诡异的地方，查出有用的证据？

“既然有人死了，那就应该报官，把我们赶走有什么用。”小皇子穿着寝衣，坐了起来，看着一群粗鄙的村民，嚣张地坐在他的房间，强忍着杀人的冲动。

他醒来的刹那，也发现自己全身无力，比普通人还不如。饶是小皇子被保护得再好，也知他们中了人家的招。

“我们镇上的事，一向由我们自己解决，从来不报官，这是我们镇上的规矩。”领头的人半点不把小皇子的怒火放在眼里。

在石头镇打劫这么多年，他们什么样的人没有见过，怎么可能会被一个小少年吓着？

虽然，这个少年一看就知出身不凡，可是那又如何，进了石头镇就得按他们的规矩办事。

“来人，把他们丢到镇外去。”领头的人二话不说，直接指挥身后的人动手。

小皇子当即大怒：“朱令能，还不快出手。”

朱令能便是随他们而来的武神，小皇子把最后的希望寄托在他身上，可很快小皇子就失望了。

“公子，属下中招了，无法动武。”朱令能的声音从隔壁传来，光听声音就知他这会十分气闷。

“该死的，这是怎么一回事？”小皇子很肯定，他们今晚吃喝的东西都没有问题，也没有碰触乱七八糟的东西，他完全不知是什么时候中的招，甚至连武神也不可避免地中招了，这简直是可怕。

小皇子大怒，用力捶床，可他现在就只有走路的力气，这一拳捶下去也是软绵绵的，毫无力气。

“这是神明的惩罚，惩罚你们这些外地人，在我们镇上作乱。”谎话说多了就成真了，就连石头镇的人也相信，镇外的人一入镇就失去力气，是因为神明在保护他们。

“我不相信什么神明的惩罚，你们给我下了什么药？”小皇子一定要弄清楚，不然日后有人拿这药对付他，他根本没有招架之力。

“我们没有下药，我可以对天发誓，我们也没有做任何手脚。外地人，是你们在我们镇上作了乱，这是你们该受的惩罚。”领头的人沉声说道，同时提醒动手的人，快点把这几个人丢出去。

“别碰我，我自己会走。”小皇子的一张俊脸阴沉得吓人，他拒绝村民的碰触，可石头镇的人哪里理会他，一粗汉上前拎起他，不顾他的挣扎，一把夹在腋下，威胁道：“别乱动，再乱动我就杀了你。”

粗汉腋下有浓重的狐臭，差点把小皇子熏晕过去，小皇子顾不得形象，用力蹬腿大骂：“该死的，你们这群贱民，还不快放了我。”

“吵死了。”粗汉一脸的不快，随手抓起桌上的一块抹布，塞进了小皇子的嘴里。

“唔……”小皇子惊恐地瞪大眼睛，双眼一翻晕了过去。

“小公子！”随行的侍卫见状，忙上前想要解救小皇子，却被石头镇的人一脚踹趴下了，一个个被拖了出去，就连帝国的那名武神也不例外。

到了石头镇，管你是武神还是皇子，在他们眼中都一样。

很快，小皇子一行人就被丢出了石头镇，除了身上穿的衣服外，马车、马，金银全部落在了石头镇。

帝国使团一行人狼狈万分，其中又以小皇子为最。

石头镇的人一走，侍卫连忙爬到小皇子身边，解救小皇子。

取出了嘴里的脏布后，小皇子很快就清醒了，却不肯睁开眼。少年的自尊心和身为皇子的骄傲，让他无法坦然面对刚刚发生的事。

侍卫自知失职，见小皇子闭眼装晕，当即祸水东引：“是东文的王爷，是东文那个王爷把我们害得这么惨的，他肯定知道这个鬼地方有问题，所以不肯来。他是故意害我们的，不告诉我们这个镇有问题，就是为了让我们出糗。”

随行而来的武神朱令能，他的职责就是保护小皇子，小皇子在人前失了面子，他有不可推卸的责任。为了不被小皇子责怪，他立刻附和侍卫的话，把所有的错都推到萧天耀身上：“对，你们说得对，是萧王爷，一定是萧王爷故意设局害我们，想要折辱我们，这笔账我一定要跟萧王爷算！”

正使和副使今晚一路被人拖出来，亦是丢尽了脸面，在侍卫和朱令能把责任推到萧天耀身上后，两人并没有反对，甚至心里也是这样认为的。

要是萧天耀多说一声，他们也不会落到今天这个地步，他们心里也是怨萧天耀的。

在侍卫与朱令能一番慷慨激昂、正义十足的说辞下，小皇子心中的怒火压下了丢脸的耻辱，睁开了眼，一字一字地道：“萧天耀，萧王爷，本殿下记住你的名字了！”

萧天耀与林初九一直躲在暗处，将使团一行人的言行尽收眼底，听到小皇子用吃人的口吻叫出萧天耀的名字，林初九默默地看着萧天耀，无声问道：他们真的要现在救帝国使团的人吗？不给他们一点儿教训吗？

神医帝妃

春江花朝秋月夜

第2部

【第六卷】

阿彩 著

新世界出版社
NEW WORLD PRESS

图书在版编目（CIP）数据

神医帝妃. 第二部. 第六卷，春江花朝秋月夜 / 阿彩著. — 北京 : 新世界出版社，2019.12

ISBN 978-7-5104-6780-6

Ⅰ. ①神… Ⅱ. ①阿… Ⅲ. ①长篇小说－中国－当代 Ⅳ. ①I247.5

中国版本图书馆CIP数据核字(2019)第094127号

神医帝妃．第二部．第六卷，春江花朝秋月夜

作　　者：阿　彩
策划编辑：张铁成
责任编辑：张晓翠
责任印制：王宝根
出版发行：新世界出版社
社　　址：北京西城区百万庄大街24号（100037）
发 行 部：（010）6899 5968　（010）6899 8733（传真）
总 编 室：（010）6899 5424　（010）6832 6679（传真）
http：//www.nwp.cn
http：//www.nwp.com.cn
版 权 部：+8610 6899 6306
版权部电子信箱：nwpcd@sina.com
印　　刷：三河市金元印装有限公司
经　　销：新华书店
开　　本：710mm×980mm　1/16
字　　数：407千字　印张：18
版　　次：2019年12月第1版　2019年12月第1次印刷
书　　号：ISBN 978-7-5104-6780-6
定　　价：149.80元（全四卷）

目录

【第六卷 春江花朝秋月夜】

第一章 冲冠一怒为红颜 /001
第二章 以彼之道还施彼身 /014
第三章 放你在心尖上 /029
第四章 愿时光倒流 /041
第五章 从此萧郎是路人 /058
第六章 他的林初九 /074
第七章 爱你在心口难开 /088
第八章 萧王不高兴 /101
第九章 有仇立刻报 /116
第十章 你那么骄傲 /129
第十一章 萧王的反击 /144
第十二章 我们不一样 /158
第十三章 魔宫的主人 /174
第十四章 山重水复疑无路 /186
第十五章 柳暗花明又一村 /198
第十六章 孤男寡女共处时 /211
第十七章 多情却似总无情 /223
第十八章 高手过招不见血 /239
第十九章 任性的代价 /250
第二十章 奈何一往情深 /261
番外1 天之骄子时逸寒 /275
番外2 人间财神是苏茶 /278
番外3 至诚至忠唯流白 /281

第一章　冲冠一怒为红颜

林初九由于食物相克引发的毒到底能不能解、会不会有生命危险、什么时候能脱险、会不会留下后遗症……这些莫清风自己也不知道，所以他不可能在信上告诉萧天耀，他只能客观地把事情经过写出来，把朱御医跟他说的那些话，一字不改地告诉萧天耀。

朱御医为了惩罚莫清风，为了让轩辕挚放下戒备，将林初九的情况说得十分严重，好似林初九下一秒就会死掉一样。

可想而知，当萧天耀收到莫清风的信有多么愤怒与担心。为了尽快赶回来，萧天耀三天三夜不曾合眼，一路跑死数匹战马。

轩辕挚一直关注着林初九的情况，见林初九三天都没有醒来，心里也着急，犹豫再三还是写信回中央帝国，请求帝国皇帝也就是他的父亲，赐一枚解毒圣丹给他。

解毒圣丹这样的药，在中央帝国也不是人人都有的，皇室虽有收藏，却不在轩辕挚手里，轩辕挚要用也得求他的父皇。

当然，轩辕挚写信回去要解毒圣丹并不是给林初九用的，他是准备给自己用的。看林初九这个情况十有八九是醒不过来了，他还是别把希望放在林初九身上，早些求父皇赐一粒解毒圣丹吧。

至于解毒圣丹能不能在他毒发前送到，大皇子也不知道，可他总不能坐着等死吧?

除了盯着林初九外，大皇子还让人紧盯四周，注意萧天耀的动向。是以，当萧天耀一出现在边境地界，轩辕挚就知道了。

“这么快就赶回来了，想必萧王这一路吃了不少苦头吧？”轩辕挚听到手下的汇报，心中暗喜。

趁你病要你命。萧天耀一路风尘仆仆，不管是精力还是体力都消耗过多，而且此时身边没几个人，他带上黑甲卫一起围攻萧天耀，有七成以上的把握可以杀了萧天耀。

没了萧天耀，他还需要顾忌谁？

林初九吗？

之前不敢动林初九，不过是忌惮萧天耀罢了，没了萧天耀，林初九就是有本事给他下药又如何？

他有的是办法拿下林初九，也有千百种办法能从林初九手上拿到解药，要是林初九表现得好，他还可以把人带回中央帝国慢慢玩。

轩辕挚越想越觉得此事可行，当即点兵，带着九百黑甲卫去围杀萧天耀。

九百余铁骑同时出动，声势浩大，萧天耀远远就听到了动静，派人前去探后，很快就知是轩辕挚带着黑甲卫过来了。

“果然不怕死！”萧天耀见轩辕挚现在还敢找上门，不知该说他勇气可嘉，还是说他蠢笨无知。

“停，隐藏。”萧天耀抬手，示意身后的护卫与暗卫通通躲起来，别出来添乱。

来者是有武神实力的轩辕挚和以一敌千的黑甲卫，他的暗卫与侍卫冲上前，只会被黑甲卫困死。

“是。”暗卫和侍卫当即拉住缰绳，翻身下马，并将马放走。

而此时，萧天耀早已一马当先，冲向前方。

两方人马迎面而来，一方是单人单骑，另一方则排场极大，黑压压的一片。

“大殿下，是萧天耀。”轩辕挚身旁的人，在萧天耀出现的那一刻，就发现了他。

“停！”大皇子减缓速度，让马停了下来，看着从一个小黑点到渐渐人影清晰的萧天耀，大皇子勾唇一笑，“胆子真大，明知本殿下在此，还敢送上门来找死。”轩辕挚承认，他敬佩萧天耀的勇气。

轩辕挚停下，萧天耀也减缓了速度，离轩辕挚十米远时停了下来：“吁……”

双方对峙，大皇子一脸得意，眼神阴鸷；萧天耀面无表情，没有一丝惧意，甚至主动道：“大殿下这是什么意思？”

“萧王看不出来吗？本殿下在迎接你。”轩辕挚一脸欠扁地说道。

在轩辕挚看来，这一局不管怎么样，他都必胜。

萧天耀只有一个人，就算他的暗卫与侍卫及时出现，也没有能耐与他的黑甲卫对抗。

“迎接本王？本王还以为大殿下是来赔罪的。”萧天耀之前看在中央帝国的面子上，给轩辕挚三分脸面，可惜轩辕挚自己不珍惜，既然如此就别怪他打脸了。

“赔罪？”轩辕挚嘴角微抽，“萧王好大的口气，开口就敢要本殿下赔罪。”他是帝国的大皇子，别说他没有错，就是他有错也没有人敢叫他赔罪。

不过是有几分武功，就敢叫他赔罪，萧天耀受得起吗？

“本王一向如此，大殿下今日才知？”萧天耀毫不客气地开口，眼神冰冷，完全不将轩辕挚放在眼里，“本王给你一个机会，现在滚……我们的账，回头再算。”虽然想教训轩辕挚一顿，好给林初九出气，可现在他更想先见林初九。

他总要知道林初九好不好。

“滚？你敢叫本殿下滚，你当自己是个什么东西？”轩辕挚大怒，双眼通红，青筋暴起。他长这么大，还没有人叫他滚过，就连他父皇也不曾。

和轩辕挚一样，萧天耀的眼眸此刻也是通红的，不过他并不是生气，而是熬的。

整整三天没有睡，累极了也只是靠着树合合眼，眼睛早就熬红了。

不过，轩辕挚算到他长途疲惫，却没有算到他此时身体虽倦，精神却不受影响，轩辕挚这个时候带人来围他，简直是找死。

他能拿下轩辕挚一次，就能拿下轩辕挚两次。上一次碍于满场的将士在，他就是拿下了轩辕挚也要把人放了，可这次不同了！

这一次他孤身一人，轩辕挚没有什么可以威胁到他的东西，这次他要是拿下轩辕挚，轩辕挚和中央帝国就准备大出血吧！

萧天耀身子略往前倾，在旁人看来这是一个再正常不过的举动，可是与萧天耀交过手的人明白，这是萧天耀准备进攻的姿势。

可惜轩辕挚虽与萧天耀交过手，却没有注意到萧天耀出手前的小动作，是以当萧天耀抽出长软剑，跃身而起，朝他扑来时，他完全没有想到，直到萧天耀的剑逼近，轩辕挚才反应过来。好在他还有实战经验，面对萧天耀来势汹汹的攻击，轩辕挚虽然反应慢了一拍，可在危机关头还是堪堪闪过，避开了要害。

当然，凭轩辕挚的本事，在这种情况下也只能避开要害，想要做到更好几乎是不可能的。

在避开攻击时，轩辕挚的右肩不可避免地受了伤，而这个时候黑甲卫也反应过来，快速上前保护轩辕挚，同时围住萧天耀。

“萧天耀，你好大的胆子！”轩辕挚从马上跌落，捂着受伤的右肩，怒吼。

上一次与萧天耀对战，萧天耀还不敢对他下杀手，这一次居然直接下杀手，刚刚要不是他避得及时，怕是会命丧于此。

“本王一向大胆，大皇子现在才知吗？”萧天耀站在轩辕挚的马背上，风吹得他的衣袍与长发不断飞舞，肆意而张狂，围在他四周的黑甲卫一时间竟然不敢上前。

这样的萧天耀，让人感到害怕。

“你……好，好，本殿下今天倒要看看，你能张狂到什么地步？”轩辕挚在黑甲卫的搀扶下站了起来，一张俊脸变得扭曲而可怖。

他堂堂皇子，在黑甲卫面前丢了这么大的脸，以后还有什么脸面指挥黑甲卫？

“哼……”萧天耀不屑回答轩辕挚这么没脑的问题。

一直以来，他萧天耀依靠的都是他自己，他想张狂便张狂，想低调就低调，谁能奈何?

“杀了他。”萧天耀的倨傲激怒了轩辕挚，他堂堂帝国大皇子都不曾这么张狂，萧天耀一个小国的王爷，有什么资格张狂?

当然，萧天耀就是不张狂，轩辕挚也不会放过他，轩辕挚永远忘不了被萧天耀威胁的耻辱。

“手下败军也想取本王的命！”萧天耀不屑地扫了黑甲卫一眼，而这一眼彻底激怒了黑甲卫。

黑甲卫是中央帝国战无不胜、攻无不克的王牌之师，至今还少有败仗。上一次与东文的金吾卫交手，可以说是他们人生中最惨烈的一次败仗，虽说他们的失败很大程度上与轩辕挚有关，可要是他们够强，萧天耀又怎么可能在他们的眼皮底下拿下大皇子，又用大皇子威胁他们?

“杀！”黑甲卫的血性与暴虐，此时被完全激发出来，他们现在什么都不想，什么都不管，只想一件事，那就是杀了萧天耀。

杀了萧天耀，一雪前耻!

黑甲卫蜂拥而上，挂在马侧的短棍不知何时被他们接了起来，变成一把把长枪，朝萧天耀刺去……

好在萧天耀身边的位置就那么几个，黑甲卫就算一拥而上，也不可能九百人全部朝萧天耀出手，能靠近萧天耀的人也不过就是那么丨几个而已。

不过十几个普通高手，萧天耀会怕吗?

一剑！只一剑，萧天耀便将离他最近的十个黑甲卫全杀了，速度之快让人不敢相信。

“不可能，这怎么可能？！”轩辕挚在一旁，看得最清楚，完全不敢相信。

这才多久没有见，萧天耀的月影分身居然又有精进。这完全不可能，时家根本不可能将月影分身教给萧天耀，也不可能指点萧天耀。而没有人指点，萧天耀的月影分身，怎么可能进步得这么快?

“你到底跟谁学的月影分身，你就不怕时家报复你吗？”轩辕挚看着萧天耀，说不出是羡慕还是嫉妒。

月影分身是时家独创的武功绝学，不知有多少人垂涎，不知有多少人想偷学，可那些人只能学一点皮毛。而且就算有人学得再好，也没有人敢像萧天耀一样，光明正大地用。

时芊芊那女人可不是一般的霸道，一旦让她知道有人偷学月影分身，可是会直接打上门的。

“本王的事，就不劳大殿下费心了。”萧天耀解决一批黑甲卫后，便朝轩辕挚发起攻击。被动地等人打上门，不是他的风格!

“保护大殿下。”黑甲卫吃过萧天耀的亏，怕萧天耀又拿轩辕挚做人质威胁他们，连忙拥上前，将轩辕挚团团护住。

轩辕挚已见识过萧天耀的武功，虽然气愤，却不敢像上次那般，仗着自己也是武神，就想与萧天耀一较高下。

作为帝国的大皇子，他就是再自视甚高，也不会蠢得拿自己的生命去冒险，他现在可不敢保证萧天耀不敢杀他。

“哼……”萧天耀抬眸，不屑地看了轩辕挚一眼，正好与轩辕挚视线相交，轩辕挚心里愤恨，却生生忍住了。

他绝不上萧天耀的当！

只一眼萧天耀便不再理会轩辕挚，化被动为主动，将挡在面前的黑甲卫一一绞杀，速度之快、下手之狠，就是黑甲卫也吓了一跳。

黑甲卫虽然没有武神的实力，但他们百人联手，却有灭杀武神的能力，可现在呢？他们在萧天耀面前，好似一点优势都没有，和普通人没有什么区别。这种认知让黑甲卫十分不满，也让黑甲卫忌惮。

“列阵！”黑甲卫的统领一脸严肃地下令。

“唰唰唰……”前锋小队拖住萧天耀的脚步，中锋则下马，将安置在马背上的马鞍取下，然后以最快的速度，拼成盾牌，列成圆形阵式，将萧天耀围在中间！

漆黑的盾牌竖起，一瞬间将萧天耀周身的光芒压住了，黑甲卫拿着盾牌，步步逼近，明明只有几百人，却生生摆出数万士兵才有的气势！

这就是黑甲卫，中央帝国让人谈之色变、闻风丧胆的黑甲卫。而此刻，这支让人忌惮的王牌之师，正围攻萧天耀一个人！

黑甲卫在战场上的实力毋庸置疑，但这不表示单打独斗的时候，他们同样有碾压对手的实力。至少他们九百余人围攻萧天耀占不到一点便宜，哪怕摆出最强的攻守阵式，将他们最强的实力拿出来，他们仍旧不是萧天耀的对手。

黑甲卫结阵应敌，试图将萧天耀困在阵中，然后一点点耗死他！

可惜，这个想法很美好，实施起来却很有难度。

首先，他们判断错了场地！这里不是战场，没有那么大的空间让他们发挥。

其次，他们判断错了对手。这里不是战场，他们的对手是萧天耀而不是数量庞大的敌军！萧天耀只有一个人，不管是进还是退都灵活多变，有天然的优势，不像他们以前在战场上遇到的敌军，面对他们的围攻，短时间内无法全部抽身而退。萧天耀只有一个人，而且他武功高强，凭萧天耀的本事，想要从包围圈中跳出去简直轻而易举，黑甲卫根本困不住他。

最后，也是最重要的一点，那就是他们太高估自己，低估了萧天耀！

多次的胜利，还有对东文这等小国的歧视，让他们高估了自己的实力，也低估了对手，没有把萧天耀当成他们无法战胜的强敌来对待，只当萧天耀是一个难缠的对手，凭他们的本事一定可以将萧天耀拿下，或者绞杀。

种种错误便造成了现在的结果！

当黑甲卫摆好阵式，堪堪将萧天耀困在阵中，正准备出手时，却发现阵中已没有人！

人呢？黑甲卫愣住了，等到他们反应过来，往后看去，就看到萧天耀如同大鹏展翅，一跃冲到轩辕挚的面前，手中的长软剑轻轻一动，便将轩辕挚身旁的护卫斩杀，然后抬脚一踢，直接把轩辕挚踹飞了！

“保护大殿下。”黑甲卫这个时候也顾不得围攻萧天耀了，保护轩辕挚才是重点。要是轩辕挚落到了萧天耀手里，他们就是有百般招式也使不出来。

可是，他们能有萧天耀快吗？他们能追得上萧天耀吗？

萧天耀把轩辕挚踢飞的瞬间，就朝轩辕挚奔去，根本不给轩辕挚回神的机会。

“萧天耀，本殿下记住你了！”轩辕挚被踹得飞了起来，幸亏他反应快，在半空中调整好姿势，在落下的时候并不是摔落，而是足尖轻点。

“记住又如何？你能杀了本王吗？”轩辕挚刚落下，萧天耀的剑就逼到了他面前，轩辕挚连拔剑的时间都没有，只得飞快地后退，以避开萧天耀的攻击。

可避了一剑还有一剑，萧天耀手中的剑如同游龙，一再逼近轩辕挚，直到他退无可退。轩辕挚脸上、肩膀上全是剑伤，愤怒地大喊：“萧天耀，你竟敢动我，帝国绝不会放过你！”

“帝国会为了一个死了的皇子，付出多大的代价？”萧天耀嘲讽地道。

“帝国的尊严不容挑衅，你杀了我就是挑衅帝国的尊严。”四国已经越来越不安分了，要是他死在东文，帝国没有什么表示的话，四国就会更难控制。

“正好，本王正想试试，挑衅了帝国的尊严，帝国会怎么做？”萧天耀无所畏惧地说道。而他这话把轩辕挚吓住了：“你，你不怕帝国灭了东文，让东文皇帝换人？”

“无所谓，本王又不是东文的皇帝。”萧天耀根本不将轩辕挚的威胁放在眼中，察觉到身后的黑甲卫逼近，萧天耀加快攻势，并且再次使出月影分身，一瞬间分出四道残影，分别守在四方，将轩辕挚团团围住。

为了攻破轩辕挚的心理防线，萧天耀挑衅地道：“本王用月影分身把你们全杀了，你说帝国是找本王的麻烦，还是找时家的麻烦？帝国可愿意为了你，得罪时芊芊？”

当年，时芊芊都敢打帝国的脸，现在又怎么会怕帝国找她麻烦？

“你……”轩辕挚这下是真说不出话了，他相信萧天耀有那个能力，将在场的人都杀了。

黑甲卫能对付别的武神，可想要杀死萧天耀几乎不可能。

“看样子大皇子也是明白人，如此……最好不过。”萧天耀身形一动，与轩辕挚换了一个位置，如此一来轩辕挚身后就是黑甲卫，而他则面对着黑甲卫。

轩辕挚见黑甲卫就在自己身后，迫切地想要与萧天耀分开，可萧天耀会让他如愿吗？

他与轩辕挚调换位置，不过是防备黑甲卫偷袭，可从来没有想过放任黑甲卫帮助轩辕挚。

他的目标从始至终都只是轩辕挚，他今天无论如何都要把轩辕挚拿下！

萧天耀与轩辕挚打得难解难分，黑甲卫几次想要上前却找不到机会，甚至刚一靠近，就被萧天耀强劲的内力给震了出去。

“该死！”黑甲卫首领低咒一声，试了几次后仍旧无法靠近，便下令弓箭准备。

别看黑甲卫只有一千人，可里面什么兵种都有。每一个黑甲卫都擅长两种以上战法，在战场上既是先锋，也是弓箭手。

五十个弓箭手立刻出列，张弓搭箭对准萧天耀，可萧天耀与轩辕挚不断地走动，方向从来没有固定过，弓箭手根本就不敢乱动，就怕射中了轩辕挚。

“你们……冲上去，就是死也要掩护大殿下撤回来。”弓箭手本就是提前防备用的，首领没有想过光凭那几个弓箭手，就能挡住萧天耀。

首领这次下令，是让几个不怕死的先锋冲上前，用命拖住萧天耀，好为轩辕挚争取时间，让他可以顺利后退。

只要轩辕挚与萧天耀分开，黑甲卫就没了顾忌，到时候无论是用箭还是用弩，他们都能拖住萧天耀。

这是杀敌八百自损一千的招术。可以说是最劣等的战术，可黑甲卫现在没有选择。

得到命令的敢死队，没有丝毫的迟疑与害怕，沉稳地出列，上前……然后听从首领的命令，打算用自己的血肉之躯拖住萧天耀，可就在他们即将接近战斗圈时，让黑甲卫吐血的一幕发生了……

轩辕挚被萧天耀拿下了！

在黑甲卫准备以牺牲数十人为代价，强行分开轩辕挚与萧天耀的时候，轩辕挚再一次被萧天耀生擒。

萧天耀的长软剑架在轩辕挚的脖子上，冷冷地道：“大殿下，让你的人退下！”

不同的场合，相同的情形，相同的对话，相同的语气！

“萧天耀，你敢！”轩辕挚快气炸了。

又一次落到萧天耀的手里，这绝对是对他的污辱。他声势浩大地带了几百人想要生擒萧天耀，结果不仅没有拿下萧天耀，反倒是他又一次落到萧天耀的手里，这不是对他的污辱是什么？

“本王都做了，还有什么不敢的？”萧天耀略加重力道，剑刃离轩辕挚的脖子更近了，轩辕挚甚至能感觉到剑刃划破肌肤的刺痛。

轩辕挚不敢动，甚至连说话都不敢大声，憋闷地道：“萧天耀，你是不是忘了我的身份？你最好快点放了我，不然帝国不会放过你。”

虽然知道萧天耀不怕帝国，可身份是他唯一能用的，也是他唯一能压制萧天耀的东西，没了身份，萧天耀更不会将他看在眼里。

“你的身份？大殿下，你现在是阶下囚，这才是你的身份，你最好配合一点儿，也能少受一些苦，不然别怪本王下手太狠。”有时候萧天耀真想把轩辕挚的脑袋敲开，看看他的脑袋里到底装了一些什么。

轩辕挚不会以为，就凭他中央帝国大皇子的身份，就可以在东文为所欲为，他这个东文小国的亲王，就不敢拿他怎么样吧？

确实，中央帝国皇子的身份，在四国很好用，可也不是什么人都会把他当回事。他萧天耀敢杀中央帝国派来的武神，就表示他不惧中央帝国。

“萧天耀，你敢威胁我？你就不怕帝国的报复吗？”轩辕挚没有想到，萧天耀半点儿也不将帝国放在眼里。

要是这样还威胁不到萧天耀，他还有什么能威胁到萧天耀的？

“看样子大殿下是不愿意配合了？无所谓，本王也不需要你的配合。”萧天耀没有与轩辕挚继续叽歪，吹了一声口哨，只见一匹通体火红的骏马，“嗒嗒嗒”地朝他奔来，黑甲卫想动，萧天耀冷笑一声，“伤它一根汗毛，本王断你们大皇子一条胳膊。”

黑甲卫一听，立刻顿住，不敢上前，只能用杀人的眼神看着萧天耀。

“萧天耀，你竟然拿本殿下和一匹马相提并论？”轩辕挚见黑甲卫不敢动，心里那团火越烧越烈，恨不得现在就杀了萧天耀。

“哼……不知所谓。”萧天耀不屑地哼了一声，也只有轩辕挚这种不知人间疾苦的大少，才会在这个时候计较这些。

拿轩辕挚和马比？还真正是侮辱了他的马，轩辕挚哪里比得上他的马？

“咚……”萧天耀懒得与脑子不清楚的轩辕挚瞎扯，一掌将人劈晕，然后像丢货物一样，把轩辕挚丢到马背上。

“萧王，你想怎样？”黑甲卫看到萧天耀的动作，心里着急，可却不敢乱来。

“本王请你们大殿下上门做客。”萧天耀留下这话，翻身上马，在黑甲卫的目送下，嚣张地打马离去。

“可恶！”黑甲卫看着萧天耀离去的身影，几次想要下令放箭，可看到趴在马尾处的轩辕挚，又生生忍住了。

萧天耀可以不顾忌大皇子的生死，可他们不能。要是大皇子死在他们手里，他们也就不用回去了。

就这样，黑甲卫眼睁睁地看着萧天耀带着轩辕挚离开，连一步都不敢追。

有轩辕挚这个人质在手，萧天耀一路上十分顺利，再没有哪个不长眼的敢出来捣乱。

一路顺利抵达军营，不过萧天耀出发前并没有给莫清风消息，军中没人得到萧天耀这两天要回来的消息。是以，当巡视的士兵看到萧天耀的身影时，差点儿没给吓呆：“王，王爷回来了！”

一同巡视的小兵，听到这话一巴掌拍向他的后脑勺：“发什么癫？王爷有紧急公务外出了，一时半刻根本回不来。要不是这样，那什么帝国皇子也不敢给我们王妃下毒。”

小兵被打了一巴掌却不生气，而是执拗地指着左侧：“你看……是王爷，真是王爷的马。王爷还带了一个人回来，那人是谁？”

“什么？真是王爷？”打人的小兵一听，忙扭头望去，这一看就把他惊得摔在地上，“真，真是王爷回来了？”

反应过来后，小兵忙不迭地爬起来，大喊：“快，快告诉将军，王爷回来了。”

“还有莫少，快告诉莫少王爷回来了，王妃有救了，我们王妃有救了。”巡视小兵一个个大喊大叫，有几个甚至哽咽地哭了出来。

“王爷回来了，黑甲卫不敢再欺负我们了。王妃不用再为我们受委屈了。”

“王爷回来了，王爷总算回来了，我们等到王爷回来了。”

……

萧天耀是全军上下的主心骨，萧天耀在，则军心稳！

萧天耀在军中的地位，在将士们心中的地位，无人可以取代，就是林初九也不行。

“快，快，快移开栅栏，让王爷进来。”小兵虽然喜极欲狂，可却谨守纪律，没有一个人乱跑乱跳，顶多是声音大了一点。

“哗啦啦……”栅栏被移开，萧天耀几乎没有减速，直接冲进军营，而士兵们早已识趣地避到两边，为萧天耀让路。

“卑职拜见王爷，王爷千岁千岁千千岁。”两侧的士兵知道萧天耀此时看不到他们，可该有的礼数半点不少，一瞬间，整个大营上下都充斥着“王爷千岁”的声音，这一下，就是伤兵营的伤兵们也知道萧天耀回来了。

莫清风正与流白商量接下来要如何应付轩辕挚，突然听到外面震耳欲聋的喊声，两人眼前一亮，对视一眼，同时收起手上的卷宗，飞快地跑了出去。

王爷回来了，什么事都好办了！

莫清风与流白两人喜出望外，拔腿就往外跑，远远看到一匹通体火红的马，莫清风与流白就知是萧王回来了。

两人一刻不停，追着马往前跑，不过他们两个速度再快，也快不过萧天耀的坐骑，直到萧天耀在营帐前停下，两人才堪堪追上。

“王爷。”莫清风与流白气息微喘，可却掩不住他们眼中的喜悦。

萧天耀翻身下马，看也不看两人一眼，指了指身后的马道：“把人关起来，别让人跑了。”

“啊？人？”莫清风与流白一怔，顺着萧天耀所指，这才发现马背上还有一个人，一个大活人，而他们居然没有发现。

两人羞愧地低下头，等到他们再抬头时，萧天耀已丢下所有人，大步朝营帐内走去了。莫清风与流白本能地想要跟上前，可刚走一步就被金吾卫拦住了：“没有王爷和王妃的命令，任何人不得进入。”

莫清风与流白这个时候可不敢闹事，也不敢叫萧天耀让金吾卫放行，只得摸摸鼻子退下，去处理马背上的人。

两人并不知马背上的人是谁，等到小兵将人拖下来，两人这才看清马背上的人的长相，当即惊呆了：“这是帝国大皇子？”像死狗一样，被他们王爷带回来的人，居然是在他们面前嚣张无比的帝国大皇子？

“王爷去把帝国大皇子捉来了？”流白抬头，看着萧天耀的背影，默默地竖起大拇指。

他们家王爷就是牛，居然能在黑甲卫的重重守护下，把轩辕挚给活捉回来，这可不是一般的强，至少十个他加起来也做不到。

“哈哈哈，老天爷也在帮我们，活捉了帝国大皇子，我们就可以好好和帝国、黑甲卫谈条件了。”莫清风大笑，好像要将之前所有的郁气都笑出来。

全军上下，没有一个人比他更痛苦；也没有一个人，比他的压力更大。天知道，在林初九独自面对轩辕挚，在林初九被轩辕挚逼着吃下有毒的食物时，他有多么愤怒！要不是他无能、懦弱，他们王妃哪里需要受这样的威胁与侮辱！全军上下五六十万男儿，最后却要靠一个弱女子来救，这简直就是打他们这些男人的脸！

现在好了，王爷回来了，还把轩辕挚这个混蛋活捉回来，他们再也不用再担心轩辕挚和黑甲卫了，他们现在可以将所有的精力都放在医治王妃身上了，也可以给王妃报仇了。

要知道，他们王妃已经昏迷了整整三天！而他也三天没有合眼。

王妃没有脱险，他根本无法合眼，一合上眼，他的脑海里就自动浮现出林初九痛苦地在床上打滚的样子，还有林初九吐血的样子！

那样的林初九，让人心疼，可更多的是让人敬佩。明明是那样瘦弱的一个女子，却在最后关头，扛起全军上下所有人的安危，代替萧王成了全军上下的守护神。

萧王在他们心中的地位无人可及，同样，林初九这个萧王妃，在他们心中也是无可取代的。

不管怎么样，莫清风始终记得，当帝国大皇子带着黑甲卫冲过来时，是林初九挡在前面，替他们化解了致命的危机。

林初九，当得起他的尊重！

莫清风深深地往林初九住的营帐看了一眼，不等旁人反应过来，就像拖死狗一样，把轩辕挚拖走了。

轩辕挚落到他手里，这笔账他们可以慢慢清算了！

流白反应过来，快步跟了上去，看莫清风一路拖着轩辕挚走，流白嘴角微抽，却没有说什么，只让人将一地的血迹清理干净，免得污了他们家王爷和王妃的眼。

萧天耀大步走进营帐，朱御医看到有人进来，习惯性地想要吼一句，一回头就看到萧天耀那张标志性的冷脸，当即吓得呆住了，讷讷道：“王，王爷……”

声音弱了不止一个档，怎么看都像小绵羊。

“嗯。”萧天耀不轻不重地应了一声，连个眼神也没有给朱御医，直接往内室走去，可是……

朱御医却像兔子一样跳了出来，挡在萧天耀的身前：“王，王爷，你现在不能进去。”

王妃正在泡药浴呢，除了侍女外什么人都不能进去，就是王爷也不行，他得替王妃守好呀！

“呃？”萧天耀挑眉一问，冰冷的眼神把朱御医吓得一颤，却又不得不硬着头皮，挡在萧天耀面前解释清楚。

“任何人？也包括本王？”萧天耀的声音充满威胁的意味，大有朱御医敢点头，他就敢把朱御医丢出去的架势。

朱御医这人什么都不好，可有一点，那就是他会看人脸色，萧王表现得这么明显，他要是看不出来就蠢死了。

他虽然很想为林初九多挡一下，可他真的不敢得罪萧王，他只能卖了林初九。

“任何人当然不包括王爷，王爷您请，您请……”朱御医迅速变脸，马上让路，甚至还殷勤地给萧天耀打帘子。

林初九要是看到的话，一定会怒其不争，太没有原则了，太没有风骨了！

朱御医实在太没有大局观了，她这会儿病得半死不活，还等着朱御医救，萧天耀就是再不高兴，也不会在这个时候整朱御医，朱御医只要死撑两秒，萧天耀就会妥协。偏偏朱御医没骨气，连一秒都撑不住，萧天耀一个冷眼扫过来，他就蔫了。

帘子掀开，一股热浪扑面而来，屋内白烟氤氲，水蒸气模糊了双眼，饶是萧天耀也看不真切，只能凭着记忆避开屋内的椅子与床，走到放浴桶的位置。

越接近，温度就越高，萧天耀的俊脸泛了一层红，衣服早已湿透。

不悦地皱了皱眉，而这份不悦，在看到林初九全身通红，像一只煮熟的大虾一样坐在浴桶里时达到巅峰。

朱御医这是要做什么？居然在浴桶下面放火盆，这是要把林初九煮熟吗？

不过，萧天耀虽有不满，却没有动什么，只是拿起一旁的白毛巾，为林初九擦拭脸上和脖子处的汗珠。

“对不起，本王来晚了。”室内没有外人，又知道林初九听不到，萧天耀这才低低地说出了道歉的话。

对林初九，他是充满歉意的，这份歉意并不会因为林初九是他的王妃就减少半分。林初九就算是他的王妃，也不必承担这些。京城，哪个王爷的正妻，会像林初九这般辛苦？

只是骄傲如他，根本无法在林初九清醒时，说出道歉的话。

“你说得对，嫁给本王……是你的不幸。”这一擦，萧天耀才发现，林初九身上沁出来的汗珠，居然是灰色的。

按莫清风信中所说，林初九已经昏迷了三天，也就是说她已经被朱御医“煮”了三天。三天过去了，林初九流出来的汗珠还是灰色的，可见她身体里的毒素有多浓。

“你……到底承受了多少痛苦？”萧天耀擦汗的手一顿，手指在林初九的脸上轻轻摩挲，“莫清风说，你痛得在床上打滚。本王记得，你是一个很能忍痛的人，想必是痛到极致，才会那般失态。”

萧天耀的手指很粗糙，不多时就将林初九的脸捏青了！

“咳咳……”萧天耀忙移开手，想要将那个瘀青抹掉，却发现……他轻轻按两下，又在林初九身上留下了一块青紫。

看着林初九脸上左一块青，右一块紫，萧天耀脸黑了：“怎么这么嫩？”

他明明没怎么用力，怎么就又青又紫了呢？

他绝不承认自己力气太大，一定是林初九的皮肤太嫩了。这样不好，以后他岂不是连抱都不能抱了？

想到这个问题，萧天耀的眉头皱得死紧，然后手欠地在林初九胳膊上捏了一下，没有意外，又留下了一块瘀青。

萧天耀的手一顿，默默地收回，并将林初九的手放回药桶里，看着林初九紧闭的双眼和没有表情的脸，萧天耀面色微赧，低声说了一句：“本王不是故意的。”所以，你别放在心上，大不了等你醒了，本王让你捏回来。要是你力气小，捏不青，本王不介意你用咬的。

“咳咳……”将脑子里奇奇怪怪的念头拍回去后，萧天耀一脸严肃地蹲在林初九对面，看着林初九的脸，面色柔和了许多。

摸了摸林初九的头，萧天耀低声道：“本王已经回来了，你只要好好养伤就行。伤害你的人，本王不会放过他。本王回头就让朱御医，按照轩辕挚给你准备的饭菜，为他准备双份，并要他全吃下去。”

轩辕挚怎么伤害林初九的，他会双倍讨回来。轩辕挚把林初九害得这么惨，他又怎么会轻易放过轩辕挚？

“你要快点好起来，不然你就没有机会亲眼看到轩辕挚痛苦惨叫的样子，也没有办法亲手报仇。你清楚本王的脾气，本王不会等你。”萧天耀说这些话的时候，硬邦邦的没有一丝温度，甚至因为语气别扭而更显生硬。

“林初九，你最好不要有事。否则，你知道的，本王不是一个善良的人，一向有仇必报。你要是死了，本王就把轩辕挚宰了给你陪葬。你这么聪明，应该知道杀轩辕挚的后果。本王要是杀了轩辕挚，中央帝国必然会要东文交出本王，本王为了活命肯定要与中央帝国打起来。到那时这天下必是战火连天，生灵涂炭！”萧天耀一字一字将可能发生的事，用平静的语气说给林初九听。

“林初九，你清楚了吗？你要是死了，你就是罪人，你会害得百姓流离失所，受战火牵连。”似是嫌不够严重，萧天耀加重语气，把结果说得更惨烈。

“林初九，本王言出必行。你要是死了，本王绝不会伤心，只会宰轩辕挚为你陪葬，让这天下的无辜百姓为你陪葬。”萧天耀说话时，手指再次抚着林初九的脸，只是这一次他的动作很轻，很轻，轻到没有在林初九脸上留下一点儿伤。

“林初九，你若不想做这天下的罪人，就早点醒来。”萧天耀定定地看着林初九，眼中是自己也不知的担忧与深情。

他其实是害怕的，害怕林初九就这么死了。

林初九对他来说是不同的，在他还不知道的时候，林初九就悄悄地住进了他的心里。

轻轻地摩挲着林初九的脸，突然发现林初九眼角有一颗泪珠，萧天耀一怔，用指腹拭去那滴泪珠，而后将那一滴泪珠放入嘴里……

萧天耀长长地松了口气，随即又有些别扭：“原来你能听得到。林初九，偷听本王的心声，是要付出代价的。本王等你醒来一一跟你清算。”

回应萧天耀的又是一颗泪珠。

萧天耀再次将那颗泪珠拭去，高傲地道：“本王很讨厌女人哭，不过看在你这么惨的分上，本王就不嫌弃你了。”

高傲、施舍的语气，这就是萧天耀，哪怕是示爱也是这么的与众不同，也是这么的欠扁，让人很想揍他一顿。偏偏林初九这个时候连睁眼的力气都没有，哪里有力气揍萧天耀！

而萧天耀似乎吃定了这点，又捏了捏林初九的下巴，直到把林初九的下巴捏青了，这才松手。

“好好养伤，待本王得空再来看你。”倾身上前，在林初九的唇上轻啄一下，满脸通红，连耳根也发红的萧王，脚步匆忙地往外走。

知道林初九还有救，他就能安心地去处理别的事了……

第二章　以彼之道还施彼身

萧天耀风尘仆仆地赶来，又在内室闷出一身汗，身上的衣服早已拧成一团咸菜。朱御医看到萧天耀满身是汗，衣服皱巴巴地缠在身上，差点儿就笑了出来。

“王爷。”关键时刻朱御医忍住了，原因自然是林初九现在生死未卜，他要是有胆在这个时候在萧王面前笑出来，萧王肯定会宰了他。

朱御医强忍着笑，低着头，憋着气，就怕自己会忍不住笑出来。

“王妃何时会醒？”萧天耀的声音冷冰冰的，完全没有在室内的温柔与多情，朱御医完全不觉得有什么不对，要是萧天耀突然变得温柔多情，他才会吓到。

“回王爷的话，如果没有意外的话，王妃明天就能醒了。”朱御医谨慎地答道，而他特意加重语气的“意外”二字，没有意外地引来了萧天耀的注意：“意外？什么意外？”

“呃……”朱御医没想到萧天耀听得这么仔细，愣了一下才道，“王爷，王妃她曾经中了慢性毒药这事，不知王爷可知？”

“嗯。”萧天耀点头，颇有几分不自然。好在朱御医一直低着头，根本看不到。

“王爷，王妃体内的毒不止一种，下毒的人十分高明，用几十种甚至上百种毒相互制衡，达到一个平衡的状态，保着王妃暂时死不了。这一次大皇子给王妃用毒，打破了王妃体内毒素的平衡，这才造成王妃毒发。我现在要做的就是用药物调和，让王妃体内的毒素，再度回到一个平衡点。”为了能做到这一步，他头发都掉了一半，他容易吗？

这也就是林初九，要换作是别人，哪怕是皇后娘娘，他老朱也不救。为了救林初九，他不仅头发掉了一半，就是私藏的好药也少了不少。

朱御医一想到这事就肉痛，眼巴巴地看着萧天耀，希望萧天耀能明白他的处境，给他一点儿好处，可萧天耀此刻只关心林初九的身体。

“没法解王妃的毒？”萧天耀一个冷眼扫向朱御医，瞬间就把朱御医的小心思给吓飞了。朱御医连忙点头：“回王爷的话，臣做不到。”

“你做不到，可有人能做到？”萧天耀以前并不在乎林初九体内的毒，只当可以慢慢调节，有的是时间，可这一次轩辕挚的举动敲醒了萧天耀。林初九不是九命猫妖，她没有九条命给他玩，这种会要人命的东西，还是早早地解了好。

萧天耀的问题不好答，朱御医沉默片刻，才小心翼翼地道：“也许中央帝国可以，臣记得中央帝国有解毒圣丹。”只是那解毒圣丹太难得了，恐怕帝国大皇子手里也没有。

“解毒圣丹？本王记住了！”只听其名未见其物的东西，也许只有这种从不在世人面前露面的圣药，才能彻底地解掉林初九体内的毒。

不等朱御医开口，萧天耀又道：“好好医治王妃，有什么事随时告诉本王。对了，王妃泡完药浴，告诉本王一声。”他的女人他自己会照顾，不需要别人将她抱进抱出，女人也不行！

“是。”朱御医不知萧王心中所想，只当萧天耀是关心林初九，心里默默为林初九高兴。

不管怎么样，林初九的牺牲也算是值得了，至少萧王心里有她。

把该说的事都交代完，萧天耀并没有急着出去，而是把朱御医赶走，而后让侍从送水过来。

让一个有洁癖的男人，顶着一身汗湿的衣服黏糊糊地出门，那是不可能的。他穿着这身衣服，和朱御医说这几句话已经是极限了。

略作收拾，萧天耀又恢复一身清爽，除了朱御医外再无第二人看到他狼狈的样子。

萧天耀没有把流白和莫清风叫进营帐，而是征用了苏茶之前住的营帐办公。

“王爷！”流白和莫清风同时进来，行礼道。

“免礼，坐！”萧天耀虽然冷漠，可对手下的人一向仁厚。

“谢王爷。”流白与莫清风落座。流白犹豫了一下，开口问道：“王爷，苏茶还好吗？”兄弟一场，他很担心苏茶。

“无事。”萧天耀无意多说，也没有看流白，视线落在莫清风身上。

莫清风是一个聪明人，不等萧天耀开口，就先一步起身道：“王爷，军中一切安好。有王妃在，黑甲卫与轩辕挚不敢越雷池半步。”

“嗯。详细说一说当天发生的事。”如果是以往，莫清风把重点说出来，萧天耀就不会再追问，可这一次，萧天耀想要知道，林初九面对轩辕挚的点点滴滴。

莫清风给他的消息，只有一句：“王妃用计挡住了大皇子，并当众给大皇子下了毒！”

以前萧天耀不会关心林初九是怎么做到的，现在却想知道，林初九一个弱女子是怎么给轩辕挚下毒的，还当着黑甲卫的面。

莫清风不知萧天耀想听什么，他并不敢废话，也不敢偏重谁，只将当时发生的事、他看到的情景一一复述出来。

没有个人感情，没有个人观点，只是客观地陈述事实，这就够了！

“王妃当时伤得可重？”原来那个女人的肩膀还受了伤，回头他得好好看看，那女人身上还有哪里受了伤。

“王妃回来后，咳了血。不过王妃说没事，属下也不敢给王妃传大夫。”莫清风低着头，不敢看萧天耀。

莫清风就是再迟钝，也能看出萧天耀对林初九不同寻常的关心。

以前王爷就很关心王妃，可一直都表现得不明显，今天他看出来了！

这样也好，他们王妃值得王爷好好待她，王爷对王妃好一些也是应该的，王妃为王爷做了太多太多，远远超过了一个王妃的责任。

“居然咳血了。”萧天耀隐在桌子下的手，紧握成拳。

一次，两次……林初九每一次受伤，他都不在林初九身边，他感觉自己似乎是一个不合格的丈夫！

这个认知，让萧天耀很不满，心里很不舒服，可他还是自虐地继续问莫清风，关于林初九赴轩辕挚邀请的点点滴滴，还有毒发时的样子。

这件事莫清风写得还算详细，可信纸就那么一点儿大，莫清风写得又匆忙，很多事都不可能写全面，萧天耀只能从只言片语中猜测当时的情况。

现在让莫清风重复一遍，也能核实他的猜测有没有误。

林初九中毒也就是三天前的事，莫清风将整个过程看在眼里，他个人更是因为这件事三天都无法合眼，现在萧天耀要他重复一遍，他甚至不需要思考，脱口就能说出来。

很快地，莫清风就将当天发生的一切，原原本本说给萧天耀，而这些和萧天耀的猜测八九不离十。唯一失误的就是，萧天耀没有想到，林初九在赴轩辕挚的邀请前，居然还在伤兵营给伤兵医伤。

林初九是有多伟大？自己的伤还没有好，就跑去伤兵营忙活，简直是愚不可及。

“愚蠢！”萧天耀低声骂了一句，莫清风与流白没有听清，错愕地抬头：“王爷你说什么？”他们只是闪了一下神，错过了什么吗？

萧天耀没有理会两人，冷冷地问道：“轩辕挚呢？看好了吗？让人好吃好喝养着他，别让他死了。”要是死了，可就不好玩了。

“王爷放心，大皇子的身体好得很，王妃给他下的毒，现在对他还没有生命危险。”莫清风不知林初九给轩辕挚下的毒有多厉害，反正大夫能查出来，却不知如何解。

而就是这毒，让轩辕挚不敢乱动。

“很好。”萧天耀满意地点头，转而又道，“天外玄铁矿脉是怎么一回事？消息可属实？”

没有人不眼红天外玄铁，如果他没有发现就算了，现在发现天外玄铁的矿脉就在他眼皮底下，他要是错过这次机会，恐怕再也没有机会寻到天外玄铁的矿脉。

听到萧天耀问起天外玄铁，莫清风与流白同时松了口气。

天知道，他们看到王爷不断问王妃的事，一句正事也不提，心里有多着急。他们一方面为王爷重视王妃而高兴，可另一方面，他们又担心，王爷会不会从此只爱美人不爱江山？会不会为了美人，从此不“早朝”？

现在，见萧天耀还记得问起天外玄铁，两人高悬的心终于落下了。王爷没有变，只是他的心里除了公事外，还有王妃罢了。而王妃也只是占了一个小角落，至少不影响王爷做决定。

莫清风生怕一迟疑，萧天耀又把心思从公事转到林初九身上，忙打起精神道：“王爷放心，天外玄铁矿脉的事是真的，我亲自去查看过，确实是天外玄铁无误。大皇子将黑甲卫带走后，那里只有不到五十名黑甲卫看守，如果要动手的话，这个时候正好。”

王爷回来了就是好，不仅把轩辕挚活捉，还能把轩辕挚手里的天外玄铁夺到，人生呀，简直不要太圆满了。

可惜，萧天耀并没有采纳莫清风的意见，而是冷冷地下令：“让人盯着，切勿轻举妄动。”

萧天耀自是不会放过天外玄铁，但也不会像莫清风那样，一看到天外玄铁就不管不顾地扑上去。

轩辕挚不算什么，他一根手指就能捏死，但轩辕挚背后的中央帝国，却不得不顾忌。

天外玄铁太重要了，他要是杀了轩辕挚，又抢了中央帝国的天外玄铁，中央帝国肯定不会放过他。

天外玄铁他肯定是要的，但一定要好好谋划，至少不能让中央帝国的人知道是他得到了天外玄铁。

“王爷？”莫清风不解地看向萧天耀，莫非王爷的意思是不动天外玄铁的矿脉？

“本王自有打算。”萧天耀无意多说，眼眸微动，视线落在流白身上。流白一怔，忙起身：“王爷！”

“身上的伤可好了？”萧天耀淡漠地问道，光听这语气就知道萧天耀并不是关心流白，只是想要确定这件事。

“已经大好，不会影响行动，请王爷吩咐。”流白有些激动地说道。

他还以为王爷会因为他之前的失职而不满，现在看来，王爷应该是不生气了。

“这就好。明日起程去碧海阁，帮苏茶处理碧海阁的事。”他让苏茶坑了时逸寒一把，依时逸寒那种小气的性子，说不定又会对苏茶下手，有流白在一旁护着，他也能安心。

“是。”流白本以为王爷会交给他几件大事，没想到是帮苏茶，心里略有几分小失望，可很快流白又打起精神了。

不管怎么样，王爷把事情交给他做，就表示还相信他，他不能辜负王爷的信任。

萧天耀满意地点头，正欲让两人退下，门外突然响起传令兵的脚步声。在门外问了一声，得到萧天耀的允许后，传令兵走进来，单膝跪在地上：“王爷，黑甲卫求见！”

“黑甲卫？”萧天耀脸上的表情冷了三分，“告诉黑甲卫，本王的王妃命在旦夕，本王没空见他们。”他敢把轩辕挚抓来，就考虑过中央帝国的反应。黑甲卫莫不是以为他抓了人还会轻易把人放了吧。

不让轩辕挚学个乖，他“萧天耀”三个字就倒过来写。

“是。”传令兵接令退下。

传令兵走后，朱御医又进来求见：“王爷，王妃泡完药浴了，可以出来了。”

“嗯。”萧天耀应了一声，抬手示意朱御医退下。朱御医一脸茫然地退了下去，走出营帐才想到，他想问的问题还没有问呢，他到底能不能让人进去把王妃从浴桶里抱出来呀？

莫清风是聪明人，听到朱御医与萧天耀的对话后，立刻道：“王爷，我和流白先退下了。”

“嗯。”依旧是一声轻应，让人听不出情绪。莫清风与流白也不敢多想，躬身退下。出门时看到朱御医还站在营帐外，莫清风好心地问了一句：“朱御医，你怎么还站在这里，不去照顾王妃吗？”

朱御医道：“我还有事要问王爷。”不问清楚，他哪里敢把林初九抱出浴桶，可再不把林初九抱出浴桶，她的皮就要泡皱了，到时候王爷会不会打死他？

“那你快去。”莫清风同情地看了朱御医一眼，王妃的病情那么严重，要是一直醒不了，朱御医肯定会被王爷骂死。

朱御医被莫清风看得感觉怪怪的，面露不解，直到莫清风走远，朱御医才收回视线：“简直莫名其妙。”

朱御医摸摸脑袋，转身就准备进营帐去找萧天耀，可一转身就撞到一块像铁一样硬的肉墙。

“哎哟……”朱御医捂着鼻子，痛叫一声，正想大骂哪个不长眼的，一抬头就看到萧天耀那张冷漠到没有表情的脸，朱御医吓得连连后退，“王，王爷……”怎么这么倒霉，转个身也能撞到王爷？这不是王妃才有的待遇吗？

“下次眼睛睁大一点儿。”萧天耀嫌弃地看了一眼被朱御医撞到的地方，看到衣服上的汗渍，萧天耀的脸色更难看了，当即就将外衣给脱了。

“王爷……”亲兵极有眼力见儿，忙拿了一件新的外衣给萧天耀换上。

朱御医站在那里，目瞪口呆地看着这一幕，完全不能接受自己被人嫌弃到这个份上。

他身上没有多脏好不好？他五天前才洗了澡，不就是蹭了一点儿汗水嘛，萧王至于把衣服都给丢了吗？简直，简直是不把他当人看呀！

朱御医哭丧着一张脸，一副想哭又不敢哭的样子。萧天耀连个正眼也没有给他，大步朝主营帐走去。两侧的侍卫同情地看了一眼朱御医，默默地别开脸。

朱御医该庆幸了，王妃的病还要他医。不然，朱御医刚刚那一撞，足够王爷把他拍飞。

一来一回，还有中途换了一件衣服，稍稍耽误了一点儿时间，当萧天耀回到主营时，就看到林初九的皮肤被泡得发白。

萧天耀眉头紧锁，火速将人从浴桶里捞了出来。

林初九只着中衣，被水一泡早就紧紧地贴在身上，曲线毕露。

“该死。”萧天耀低咒一声，飞快地扯过一旁的大毛巾，将人包了起来。

没有肌肤紧紧相贴的触感，萧天耀很快就冷静下来。把人抱到床上，并且将她身上的水珠擦干。

可做完这一切并不是结束，而是开始！

林初九身上的湿衣服是不能再穿了，必须得换，哪怕萧天耀用内力将林初九的衣服和头发烘干了，可这一身衣服还是要换的。

萧天耀深吸了口气，从柜子里取出林初九的衣服，而后将林初九身上的衣服脱了。

萧天耀脱衣服的动作非常快，几乎是眨眼的工夫，就把林初九全身的衣服都解开了。不过，他并没有急着给林初九换上干净的新衣服，而是怔怔地看着林初九身上的瘀青。

带着薄茧的指腹，轻轻按在林初九青紫未退的左肩，来回摩挲……

“当时，可疼？”美人娇弱无力地躺在床上，萧天耀却没有旖旎的心思，有的只是淡淡的心疼与愧疚。

他对林初九的感情来得又快又凶猛，好似之前压抑的情感，这一刻全部喷涌而出，让他无法压制，而他此刻也不想压制。

因为，这种感觉还不错。

“以后，要是疼，记得告诉本王。”萧天耀轻轻地揉着，内力从指腹流入林初九的体内，借着内力将林初九体内的瘀伤揉散。

一炷香左右，林初九裸露在外的肌肤渐渐变凉，萧天耀的指尖不小心触到她的胳膊，这才反应过来。

“笨蛋，冷也不会说一声。”萧天耀收回手，拿起一旁的衣物，小心地为林初九穿上，动作笨拙而虔诚，没有一丝亵渎。

一件件，穿得很慢，偶尔还会穿错，只这个举动就足以证明，在此之前萧天耀从来没有这样服侍过人。

足足花了两炷香时间，萧天耀才给林初九穿戴整齐，看着静静地躺在床上，神情恬淡的林初九，萧天耀唇角微扬，露出一抹极淡的笑容：“看样子，恢复得很不错。”

替林初九盖好被子后，萧天耀转身往外走，而他不知，在他转身的刹那，躺在床上，如同人偶娃娃一样任他摆布的林初九，手指动了动，耳尖泛着不正常的红。

……

安置好林初九后，萧天耀交代朱御医好好照顾林初九，有事告诉亲卫，这才离开。

依旧是苏茶原来住的地方，现在已经成了萧天耀办公的场所。萧天耀让亲卫将需要处理的公文送来后，便不紧不慢地处理起来。

大部分的公务莫清风都私下处理好了，剩下的都是莫清风无法处理的，比如皇上给萧天耀的密函。

凡是皇上给萧天耀的密函，无论急缓，莫清风都没有动过，全部锁在木盒里，只等萧天耀回来再处理。

京城与边境两地相隔较远，在萧天耀的刻意控制下，消息传播得也没有那么灵通，皇上虽然让人时时刻刻盯着萧天耀的动作，可萧天耀真要做了什么，皇上一时半刻也不可能知晓，就算知晓也不可能立即做出决定。

皇上一共给萧天耀写了三封密函，前两封的内容大多是过问与北历的战事，暗示萧天耀该班师回朝了，用词还算客气，只有最后一封，皇上十分强硬地要求萧天耀立刻回京。

算算时间，最后一封密函发出来时，应该是萧天耀斩杀帝国三位武神，又与大皇子轩辕挚结怨的事传回了京城。

原本，皇帝由于他重用的武将在阵前通敌卖国而十分被动，可萧天耀与轩辕挚结怨的事一传回京，局面就逆转过来了。

萧天耀在战场上斩杀帝国武神、挟持轩辕挚的事根本不可能隐瞒，消息一经证实，东文朝野上下齐声道：萧王废了。

萧天耀得罪帝国大皇子，挑衅帝国尊严是不争的事实，到时候帝国就算是为了面子，也不可能放过萧天耀。

依帝国霸道的作风，必然会把萧天耀带回中央帝国处理。而在东文威风凛凛、手握大权的亲王，到了帝国恐怕连个普通的世家公子都不如，到时候萧天耀就算能保住命，人也废了。

那些混迹朝堂的大臣们，最是懂得看风向，见萧天耀一再得罪中央帝国，原本保持中立，不掺和萧天耀与皇上之争的大臣，立刻站在道德的制高点，指责萧天耀征战北历是劳民伤财，是不顾四国和平，是好大喜功，是野蛮粗鄙。

总之，萧王攻打北历是不对的，打赢了迟迟不回来，就更不对了。北历早就投降了，萧王却屯兵边境，迟迟不肯回京，想做什么？造反吗？

有些聪明的人做得隐晦，而有些愚笨的人就做得十分直接，甚至太子和几个皇子也跳出来凑了一把热闹，大有联手瓜分萧天耀势力的打算。

种种迹象都表明，在京城的那些人都不看好萧天耀，朝堂的风向已倒向了皇上，萧天耀的嫡系在朝堂上被排挤得连说话的机会都没有。

在这样的情况下，皇上对萧天耀自然也不会再小心翼翼，最后一封密函用词也就没有以往的客气与谨慎，字里行间都流露出了帝王的霸气。

密函上，皇上除了问责萧天耀此次出征时的失误，还强硬地要求萧天耀必须在一个月内回京，在大殿上当着百官的面，为他所犯的罪陈情，证明自己的清白。

要是无法证明自己的清白……

天子犯法都要与庶民同罪，萧天耀还不是天子，他犯法又怎么能逍遥法外？

至于边境的士兵与萧天耀的金吾卫？这个不用担心，自然会有人来接手。这世间会领兵的人并不只有萧天耀一个，偌大的东文，还找不出一个人来接手萧天耀手中的兵马吗？一个不行那就两个，两个不行那就十个，难不成没有萧天耀，东文就要灭国吗？

显然，不管是朝臣还是皇上，看到萧天耀得罪中央帝国后，都认为萧天耀废了，所以踩起来毫无压力。

“哼……可笑。”将最后一封密函看完，萧天耀随手就丢在一旁，完全没有理会的意思。

皇上这几年做事越来越没有章法，想必是斗了这么多年，仍旧没有把他斗倒，所以心急了。而人一急就容易出错，也容易被眼前的利益蒙蔽，皇上和他斗了这么多年，居然还不知他萧天耀是怎样的人？

他会像愣头青一样，毫无准备就挑衅中央帝国吗？

简直是愚不可及。

除去皇上的圣旨外，还有几份朝廷的公文，无外乎就是他们要的粮草、兵器、衣服通通没有。还有就是几份公文的誊写本，上面全是状告军中将士欺男霸女、草菅人命、强抢民女。

萧天耀为人一向严肃，平时并不爱笑，可看到公文上所写的内容，却忍不住露出一抹嘲讽的笑。

他手下的兵他知道，偶尔占百姓一点便宜，拿点吃的喝的，他是相信的，可欺男霸女、草菅人命、强抢民女，那绝对是不可能的。

他对手下的兵一向管得严，金吾卫根本没有机会单独外出，京城那些人罗织罪名，真的是一点也不走心。

莫清风也是，这样的公文也留给他看，直接丢了就是。

萧天耀随手将这些不靠谱的公文丢在一旁，拿起暗卫这段时间收集到的消息，仔细查看。

因他得罪中央帝国一事，京城上下都躁动了，朝廷那些官员似乎没有正经事可做，天天就知道盯着他，不过这一次皇上做得稍稍漂亮了一些，并没有在明面上给他难堪，至少没有像之前那般直接派兵围了他的王府。

至于皇上私底下的动作，萧天耀倒是不惧。他私底下能让皇上看见的，皇上就是动了，他也能找回来，而不能让皇上看见的，皇上就是想出手也找不到门路。

不过，皇上左一次右一次地找他麻烦也是挺烦人的，他也许是该班师回朝，把京城的人和事都处理好。不然，他去了中央帝国，这些人再蹦跶，他短时间内就不好收拾了。

略一琢磨，萧天耀便做好决定。

尽快回京城很有必要，不过他必须在回京前，把轩辕挚的事处理完！

怎么处理轩辕挚，是一件需要好好思考的事。先不说轩辕挚在帝国有多大的势力，就说他帝国大皇子这个身份，就足以给萧天耀带来不少麻烦。

萧天耀可以折辱轩辕挚，也能拿轩辕挚换好处，但凡事有个度，不能太过。过了，就会引来中央帝国的反感；而太小心谨慎，雷声大雨点小，又会显得自己无能。

至于杀了轩辕挚？

萧天耀从来没有这个想法，杀了轩辕挚，黑甲卫一定不会善罢甘休，到时候黑甲卫发起疯来，吃亏的还是他手下的兵。

萧天耀相信他能打得过黑甲卫，可他把轩辕挚杀了，又把黑甲卫给灭了，那就不是打中央帝国的脸，而是把中央帝国的脸面放在地上踩了。

现在的他远远没有实力与中央帝国抗衡，这个时候与中央帝国杠上，实在不明智。

他实力强悍，在中央帝国也能位列强者之列。中央帝国是一个强者为尊的国家，尊重强者，可绝不会尊重一个不把帝国当回事，一直踩帝国脸面的强者。

在帝国面前，他不需要低头，但要有一个度，一旦过了那个度，引来中央帝国的不满，中央帝国就是拼着损耗国力，也会把他给杀了。

而且，他原本是占理的那一方，要是杀了轩辕挚，就会从占理变成不占理。

杀轩辕挚是一笔极不划算的买卖，与其杀了轩辕挚给自己添麻烦，他宁可拿轩辕挚换些实在的好处。

就在萧天耀琢磨着要拿轩辕挚从帝国手中换什么时，传令兵再次出现，恭敬地道："王爷，帝国大皇子醒了，想见王爷。"

"嗯。"萧天耀应了一声，却没有急着起身，"黑甲卫可还在？"黑甲卫之前求见，被他拒绝了，但没有离开。

"他们还在军营外，每隔一炷香，便会派人上前，请求见王爷一面。"不过，除了第一次外，后面都没有人替他们通传。

他们王爷说不见，就一定不会见。

"倒是有耐心……"萧天耀冷笑一声，"告诉他们，本王的王妃生死不知，在王妃没有醒来前，本王不会放人。"而林初九什么时候会醒，则由他说了算，他说林初九没有醒，那林初九就是醒了也是没有醒。

"是。"传令兵低头应是，躬身退下。

萧天耀没有让轩辕挚等太久，将桌上的公文略作收拾，便去大牢见轩辕挚。

军中的大牢全部是用石头垒的，冰冷、坚固，外面还有重兵把守，一般情况下根本逃不出去，更不用说萧天耀命人拿天外玄铁打的铁链，将轩辕挚锁住。

不用想也知，锁轩辕挚用的天外玄铁就是黑甲卫提供的。当时萧天耀夺下好几套，除了少数几套奖励给亲信外，其他的萧天耀都让人给熔了，试试看能不能用天外玄铁打适合他们的兵器。

结果令人失望，锻造天外玄铁需要十分高超的技艺，他们东文暂时还没有人能锻造天外玄铁，只勉强打了一副铁链出来，没想到正好派上了用场。

轩辕挚此时十分狼狈，他脸上、身上都是划伤，细小的沙子嵌在肉里，又痛又痒，偏偏双手双脚皆被束缚，根本无法动弹。

“混蛋……萧天耀，你快放了我。”轩辕挚醒来后，发现自己被人锁在刑架上，又气又怒，不顾自己虚弱的身体，破口大骂，可是……

石牢里除了他之外，再没有第二个人，他就是骂到断气，也没有人回应。

“我要是死在东文，你们负得起这个责任吗？”轩辕挚嚣张地放话，威胁意味十足。

他是跑不掉，可要寻死他还是能做到的，他是帝国大皇子，他要是死在东文，别说萧天耀，就是整个东文都要抖三抖。

不得不说，这个威胁很可怕，即使看守他的官兵并不认为轩辕挚会自杀，可万一呢？万一轩辕挚想不开，自个儿撞死了呢？

本着小心为上的原则，官兵还是去找萧天耀通报，而萧天耀也如轩辕挚所愿，亲自来见他。

“参见王爷，王爷千岁千岁千千岁。”看守的士兵远远看到萧天耀走过来，立刻打起精神，早早地抱拳行礼，态度十分恭敬。

石屋里的轩辕挚听到外面的动静，大喊：“萧天耀，你给本殿下滚进来，听到没有！”

萧天耀一走进来，就听到轩辕挚分不清轻重的怒吼，不由得嘲讽一笑。

脚步不停，萧天耀走进石牢。轩辕挚一看到萧天耀，就愤怒地挣扎，扯得身后的绳索“当当”作响：“萧天耀，放了我。听到没有，还不快放了我？”

无视暴怒的轩辕挚，萧天耀淡漠地道：“听说，你要自杀？”

萧天耀走进来，身后的亲兵立刻抬来一把椅子，放在萧天耀身后，萧天耀看也不看，稳稳坐下。

明明是坐在石牢里，明明只是随意一坐，却给人一种坐在龙椅上、坐在大殿里俯视天下的威严与高贵。

轩辕挚一怔，好半天才反应过来，梗着脖子道：“你到底想怎么样？”

萧天耀这一身的气势，比小国的帝王还要强上三分，也不知东文的皇帝是多么无能，居然把一个亲王养得这么尊贵，真是活该皇位坐不稳。

“不是本王想怎样，而是大皇子你做了什么？本王的王妃，就是本王自己都舍不得欺负，大皇子你倒好，趁本王不在，欺负本王的王妃。你说……这笔账，我们该怎么算？”

萧天耀的语速很慢，低沉华丽的声音能让人着迷，可话中隐含的杀气，却又能让人惊出一身冷汗。

轩辕挚只觉得喉咙像是被卡住一样，半天说不出话来……

萧天耀语速不快，语气不重，既无愤怒也无嘲讽，轩辕挚却仍感觉到一股无形的杀气扑向他，令他背脊发寒，无法言语。

轩辕挚又气又怒，不等他想好该如何是好，就见萧天耀淡淡地瞥了他一眼。

同样，这一眼没有轻视，没有高傲，没有羞辱，有的是……无视！

萧天耀压根不把轩辕挚放在眼里，也没把他当对手。面对萧天耀淡漠无视的眼神，轩辕挚有一瞬间羞愧到想要找一条缝钻进去，他真觉得自己无脸见人，可很快，他的羞愧就被愤怒取代了！

萧天耀有什么资格无视他，他又为什么要羞愧？

论身份，他是帝国大皇子，未来极有可能继承皇位。萧天耀呢？不过是一个小国的亲王，除了造反外，根本没有可能继承皇位，萧天耀连他一根手指都比不上，他为什么要羞愧？

论身手，萧天耀是武神，他也是武神，虽说他打不过萧天耀，可他也没有什么好自卑、羞愧的，他是帝国大皇子，他手底下多的是为他卖命的武神，他需要自己出手吗？

论年纪，他比萧天耀年轻，就算他现在不如萧天耀，等他到了萧天耀这个年纪，只会比萧天耀更强。

他没有一处比不上萧天耀，面对萧天耀他为何要自卑？萧天耀又凭什么无视他？

轩辕挚越想越觉得是这么一回事，一瞬间信心大增，抬头，看向萧天耀，狂妄地道：“萧天耀，放了我，我可以当作一切不曾发生。不然……我的怒火，不是你一个小国亲王能承受的。”

“除了这句话，大殿下还会说什么？”萧天耀眼皮轻抬，看了轩辕挚一眼，“大殿下，本王敢捉你，就不怕承担后果。你的怒火？你要是帝国皇帝或者储君，本王也许会忌惮一二。”

轩辕挚唯一拿得出手的就是他的身份，萧天耀偏偏要告诉轩辕挚，他就是看不上轩辕挚的身份。

“三十年河东，三十年河西。萧天耀，莫欺少年穷。”轩辕挚的目标，就是帝国的储君之位、帝国的皇位，但这些都不是能说给萧天耀听的。

帝国的皇帝虽然渐渐老去，可还没有老到要退位的地步，他就是有野心也不能说出来，不能让人抓到把柄。

萧天耀冷笑：“莫欺少年穷？大皇子是想告诉本王，你不会永远只是一个光头皇子？”轩辕挚这话没有错，可是，他萧天耀就永远只是一个小国的亲王吗？

莫欺少年穷？有轩辕挚这样的出身，还要说自己是少年穷，那让普通人怎么活？

“你明白就好。”轩辕挚虽然没有说什么，可却默认了萧天耀的话，“萧天耀，做人留一线，日后好相见。你就敢肯定，你日后没有落到我手中的一天？”

又是一重威胁，加上之前的暗示，轩辕挚就差没有直接告诉萧天耀，今日萧天耀要是不放了他，等他当了帝国的皇帝，萧天耀就死定了。

轩辕挚的威胁如此直白又浅显，萧天耀要是听不懂，那才叫奇怪，可听懂了又如何？他既然得罪了轩辕挚，就绝不可能让轩辕挚当上帝国的皇帝，哪怕最后使出暗杀的手段，也会绝了轩辕挚当皇帝的可能。

萧天耀眼也不抬地说道："本王这人一向短视，等到了那天再说好了。"

不给轩辕挚说话的机会，萧天耀话锋一转，说道："大皇子，我们先算一算之前的账。"

"萧天耀，你别敬酒不吃吃罚酒。"威胁无用，讲理不通，轩辕挚真的要被萧天耀气死了。

他长这么大，还没有见过比萧天耀更难搞的人。不对，他见过一个和萧天耀一样难搞的人，那就是林初九，萧天耀的妻子。

萧天耀无视轩辕挚的话，自顾自地说道："本王特意寻人问了一通，大皇子宴请王妃时，准备了足足一桌菜，今日大皇子大驾光临，本王又怎能怠慢？"

明明是他把轩辕挚捉来的，可萧天耀就是能面不改色地颠倒黑白。

"萧天耀，你……你竟敢这么对我？"轩辕挚脸色发白，眼中闪过一抹惧意，却强撑着不肯低头。

他是帝国的皇子，他绝不能被吓住。

"端进来。"萧天耀抬手，打了一个响指。早在门外等候的小兵，立刻将热腾腾的饭菜端了进来。

"王爷。"小兵端着菜，恭敬地给萧天耀行礼。

"萧天耀，你敢！"轩辕挚疯狂地扯动锁链，双眼通红似血。

他比任何人都清楚，他当日宴请林初九的那一桌都是些什么东西，现在看到萧天耀命人端来同样的菜色，他怎能不害怕？

这一桌饭菜，堪比烈性毒药，这样吃下去，他就是不死也要丢半条命。

"这天下，极少有本王不敢做的事。"萧天耀并没有把话说满，因为他现在就有一件不敢做的事——他不敢对林初九出手！

不过，与其说不敢，倒不如说不舍。这么多年，才遇到一个能合他心意又为他着想的女人，他怎么能舍？

萧天耀站起身，说道："好好服侍大皇子，将这些饭菜，全喂给大皇子吃下。"

萧天耀完全复制了轩辕挚当日宴请林初九的菜色，甚至连分量也复制，足足十二个菜，虽说每个菜的分量不算多，可全部吃下去，就算不把轩辕挚撑死，也能叫他不好受。

"萧天耀，你疯了！"轩辕挚又急又惧，发疯似的扯动锁链。

他真的怕了，怕了萧天耀这个疯子。他真的没有想到，东文这么一个小国的亲王，居然不惧帝国的报复，敢对他下狠手。

"本王一直很清醒，疯的是你——大皇子。"萧天耀转身，头也不回地离去，任由身后的轩辕挚在那里大喊大叫，也不曾停下脚步。

收拾了轩辕挚，他总得去告诉林初九一声，哪怕她听不到！

萧天耀从石牢出来后，就准备去找林初九，刚走两步就看到亲兵急急跑过来："王爷，王爷……王妃她，王妃她……"

"王妃她怎么了？"萧天耀脸色不变，脚步却乱了一拍。

亲兵忙站稳，顺了口气才道："王妃她醒了，醒了！"

"醒了？"依旧没有起伏的语调，亲兵还以为萧天耀不高兴了，一抬头却发现他们家王爷不见了。

"王……"亲兵转了一圈，只看到萧天耀一闪而逝的残影。

王爷的速度好快呀！亲兵看着萧天耀消失的身影，傻愣愣的回不了神。

萧天耀以最快的速度赶到营帐前，却在走进营帐时突然放缓脚步，举止从容，不见一丝急切。

朱御医在营帐内，听到外面有人喊王爷，忙不迭地跑出来，一张老脸笑得像挤成一团的菊花，灿烂得不行，谄媚地道："王爷你可来了，王妃一醒就念着你呢。"

这语气，这姿态，怎么听，怎么看，都像是青楼的老鸨，隐在暗处的暗卫不忍直视。要是让王妃知道朱御医在王爷面前诋毁她，一定会把朱御医的嘴缝起来。

王妃什么时候念着王爷了？王妃醒来的第一句话，明明是："好饿，我要吃肉！"什么时候王爷就是肉了？

更让暗卫不忍直视的是，王爷居然还信了！

王爷相信了朱御医的鬼话，对朱御医浅浅点头，说他做得很好，重重有赏！

暗卫惊呆了，朱御医这种满嘴胡言的人能得赏，这让他们这群诚实的孩子怎么活？难怪他们这么多年都没有得到过王爷的赏赐，越过越清贫，就是他们太诚实了。这是要逼人撒谎吗？

春风得意的朱御医得到萧天耀亲口说赏后，二话不说麻溜地退下，把空间留给萧天耀和林初九。

当属下的，就是要时刻考虑到主子的需求，时刻不忘给主子制造便利。

没有外人，萧天耀自然不需要顾忌，大步走进内室。

屋内的热气早已散去，只有淡淡的药味，林初九虚弱地靠在床头，见到萧天耀走进来，眼中闪过一抹诧异与尴尬，不过很快就释然了。

这是萧天耀的营帐，萧天耀随时都能进来，至于萧天耀之前说的话？

她当时昏迷不醒，什么也没有听到。

林初九看着萧天耀，轻扯嘴唇，虚弱地唤了一声："王爷，你回来了。"

"嗯。"萧天耀高冷地应了一声，在床边坐下，也不说话，就这么看着林初九。

眼神平和深邃，没有炽热，没有愧疚，没有疑问，当然也不会有深情，萧天耀就这么平静地看着林初九，既不移开眼也不开口说话。

时间一分一秒过去，林初九初时还能不在意，只当萧天耀看两眼就会走，不想萧天耀完全没有要走的意思，就这么坐在那里，好像在和林初九比谁的耐心更足。

林初九承认，在比耐心方面，她比不过萧天耀，而且被萧天耀这么盯着看，她真的很不自在。

林初九眉头微皱，开口道："王爷，你找我有事吗？"

"没事。"萧天耀回话速度极快，快到让林初九不知如何接话。

没事？没事一直盯着她看干吗？

"那王爷……你不忙吗？"萧天耀刚刚回来，肯定忙得很，没事跑来和她大眼瞪小眼的做什么？

萧天耀道："忙。"这是实话，先不说军中那些杂事，就是天外玄铁的事也得好好合计合计。

"王爷去忙吧，我这里没什么事。"林初九刚醒，身体虚弱得很，不过是说几句话，就一副有气无力的样子。

萧天耀皱了皱眉，只道："不急在这一刻，本王捉了轩辕挚回来，你想怎么处治他？"

"王爷决定就好，我没有意见。"林初九合上眼，一副不想多谈的样子。

倒不是她对萧天耀不满到不想说话，实在是她太饿了，饿得快没有力气了。

她的肉粥呢？怎么还不来呀？朱御医不是答应了，让人给她熬肉粥的吗？怎么这么久了还没有熬好呀？她都快饿死了。

而此刻，被林初九暗自念叨的朱御医，正在自个儿的营帐里，跟他的徒子徒孙显摆王爷夸他、赏他的事。

至于林初九要的肉粥，朱御医早忘得一干二净。

萧天耀看林初九一脸倦意地闭上眼，只当她不舒服，上前摸了摸她的额头，轻声道："可有哪里不舒服？"

林初九一怔，倏地睁开眼，瞪大眼看着放在自己额头上的大手，呆呆地道："王爷，你说什么？"她光顾着震惊了，完全没有听到萧天耀刚刚说了什么。

"本王问你，可是身体不适？本王叫朱御医来。"萧天耀也发现了，每当他碰林初九，压低声音说话，林初九就会傻掉，这一次也不例外。

"我，我没事。"林初九舌头打结，好半天才找回声音与理智，低声道，"我就是……就是饿了。朱御医说让人给我熬肉粥，到现在还没端来。"

"饿了？"萧天耀的唇角闪过一抹笑意，声音也透着几分轻快，他就说林初九怎么一副有气无力的样子，还以为林初九是在生他的气，没想到是饿了。

"嗯。"她好几天没吃东西了，怎么能不饿？她都快饿死了！

看林初九一副"我很饿，我要吃东西"的呆萌样，萧天耀心情大好，伸手揉了揉她的头顶，弯下腰，压低声音在她耳边说道："下次饿了直接告诉本王，别强撑。"

酥麻低沉的声音在耳边环绕，自制力不高的林初九，脸"唰"的一下就红了，耳尖更是红得离谱。

林初九快哭了，萧天耀能不能离她远一点儿，再这么下去，别人还以为她犯花痴呢。

林初九对天发誓，她绝对不是对萧天耀有什么想法，这只是身体的本能反应！对，一定是这样！只要萧天耀离她远一点儿，这反应就会消失。

“你别靠这么近。”林初九伸手推开萧天耀，可她却高估了自己的体力。

她大病初愈，近四天没有吃一点东西，别说推人，就是连拿筷子都是吃力的，她此时伸手去推萧天耀，就等于是拿软绵绵的小手在萧天耀身上蹭两下，真的没有多大的杀伤力。

林初九也没有想到，她明明就是想要推开萧天耀，怎么就变成去摸了？当即呆了一下。

而被林初九以推开之名“偷摸”的萧天耀也愣了一下，看着抵在自己胸膛的小手，他心情大好，将之握住，轻轻揉了两下：“硌疼手了吗？”

这是调戏，这绝对是调戏，林初九佯怒：“松手。”

林初九想要抽出手，却发现自己仍旧没有力气，手软绵绵的完全不受控制。

“别乱动，本王帮你揉揉。”萧天耀再次在林初九身侧坐下，握着林初九的手，认真而专注地揉捏起来，神情严肃，态度认真，双眼盯着林初九的手眨也不眨，就好像在看什么稀世珍宝。

林初九鼻子一酸，眼泪差点儿就落了下来，她深深地吸了口气，将眼中的酸涩压下，冷冷地道：“王爷，松手吧，我累了，要休息。”

面对萧天耀的“体贴”，她感受不到喜欢与感动，只有酸涩与委屈。

不止一次了！每一次萧天耀伤了她的心，就会过来哄哄她，而她也是一个蠢的，听到萧天耀几句似是而非的话，就忘了萧天耀对她的伤害，下一次仍旧为萧天耀撞得头破血流。

林初九吸了吸鼻子，将眼泪眨了回去，眼神冰冷地看着萧天耀。

她再也不要相信萧天耀的话，再也不要相信萧天耀的体贴与偶尔流露出来的在乎。

萧天耀对她的在乎，就是把她一个人留下，让她一个人面对轩辕挚，面对中央帝国的黑甲卫。

萧天耀的体贴，就是任由轩辕挚逼迫她，明知轩辕挚端上来的东西有毒，她也只能含笑吞下。

她知道萧天耀重视她，要不然也不会在她中毒的时候，第一时间赶回来，并且拿下轩辕挚为她报仇，可是这些有什么用？

伤害已经造成，岂是说治愈就能治愈的？

……

第三章　放你在心尖上

萧天耀总是这样，在她需要他的时候不出现，在她熬过一切的时候，又以救世主的姿态出现。

萧天耀希望她爱他，为他付出，可这世间有不求回报的付出吗？

她不是圣母，没有伟大到可以为了一个男人，不断地付出而不求回报。

林初九别过脸，不去看萧天耀。她怕自己一看，就忍不住将心中的怨恨与愤怒发泄出来。

而现在，在萧天耀面前耍小脾气，是不明智的。她与萧天耀的身份地位决定了在这段婚姻中，萧天耀永远都是拥有绝对主控权的那个人，而她只能看萧天耀的脸色过活。

林初九越想越委屈，情绪一瞬间低落下来，屋内的气氛也怪怪的，萧天耀就是再愚钝也发现了不对劲。

“怎么突然不高兴了？”萧天耀不明白，为何前一秒还好好的，下一刻就突然变脸了？

女人都这么善变吗？

萧天耀一脸不解，握着林初九的手，按也不是，不按也不是。

果然，萧天耀从来不觉得自己有错。

林初九勉强一笑，淡淡地道：“没有，我只是累了。”

和萧天耀这种理智大于情感的人说她的委屈，只会自取其辱，她已经见识过了。

“真的只是累了吗？”萧天耀就是再笨，也分得清什么是不高兴，什么是累了。

“看着本王说。”萧天耀轻扯林初九的手，示意她别过脸来。

林初九猝不及防，猛地转过头，与萧天耀四目相对。

通红的眸子氤氲着一层雾气，眼中似有两簇火苗在冒。

林初九不高兴，很不高兴！

“不高兴？委屈？愤怒？”萧天耀捏着林初九的下巴，不让她有再次别开脸的机会。

“放开我。”林初九冷硬地说道。

萧天耀嗤笑一声：“怎么？不装了？”柔和温顺，这怎么可能是林初九？

受了这么大的委屈，林初九要是能不放在心上，他都要怀疑林初九被人给掉包了。

这个小女人，别看平时好说话，又贪生怕死，却是一个受不得气的，更别说因他受气了。

“装什么装？我什么时候装了？我累了，也饿了，王爷要是不忙，帮我催一下我的粥什么时候能送来。”气势上林初九却不肯服输，狠狠地瞪着萧天耀，并不退缩。

“饿着，先告诉本王，为什么不高兴？因为本王把你一个人留下？没有带你一起去？”萧天耀大致能猜到林初九不高兴的原因，可他不明白林初九为什么不高兴。他把大军留给林初九，将军中大权交给林初九，难道还不够吗？他对林初九的信任与在意，超出了所有人，他几乎是把自己的一切都交给了林初九，她还有什么好不高兴的？

林初九怎么也没有想到，萧天耀居然会问她为什么不高兴。

萧天耀什么时候关心过她的心情？自从嫁给萧天耀后，她不高兴的时候还少吗？以前可没见萧天耀关心过这个，这次是怎么了？心虚了？愧疚了？看到她差点儿毒发而死，所以想要多关心一句，寻求心灵上的安慰？

呵呵，林初九只想冷笑。萧天耀莫不是以为，事后关心两句，得到她的“原谅”，就可以当作一切都没有发生吧？她今天还偏不如萧天耀的愿。

林初九没有急着回答萧天耀的问题，而是定定地看着他，直到把萧天耀看得一头雾水，才开口：“王爷，在你心中我到底是什么？”

林初九并没有直接回答萧天耀的问题，而是反问了一句。

这一句反问，让萧天耀立刻起了警觉。萧天耀拒绝回答林初九的问题：“先回答本王的问题。”直觉告诉他，林初九的问题不简单。

“我的问题很重要，王爷要是不回答，我也没有办法回答你。”在萧天耀心中的地位不一样，她给的回答也不一样。

如果萧天耀说，她和流白、苏茶他们一样，那么她会死心，也不会因这件事和萧天耀生气。

萧天耀拿她当手下，她有什么资格和萧天耀置气？

可如果萧天耀拿她当妻子，当共度一生的人，那么她就得好好和萧天耀算算账了。既然把她当妻子，就得先把她当个女人，别当她是神，真以为她不会死呀？

林初九一瞬不瞬地看着萧天耀，等待他的回答。出于谨慎，萧天耀并没有直接回答，而是认真沉思片刻，才谨慎地道：“你是本王明媒正娶的妻子。”

这个回答，应该能让林初九满意吧？萧天耀心里不怎么确定，面上却没有表露出来，反正林初九是看不出半点儿。

“明媒正娶的妻子？”林初九仔细咀嚼着这几个字，不得不说萧天耀的回答十分投机，看似给出肯定的答复，却只是客观地陈述事实，并未夹杂个人情感。

林初九似笑非笑道：“这么说来，王爷是把我当妻子了？”既然要找萧天耀算账，林初九怎么能容忍萧天耀给她模棱两可的答案？

萧天耀道：“你本就是本王的妻子。”何来“当”一说？

“原来王爷还知道我是你的妻子，我还以为王爷不知呢。”林初九一脸嘲讽，萧天耀听罢，脸色微沉。

林初九却不管，冷声道：“王爷，你也知道我是你的妻子，不是你的属下，也不是你的兵。我可不可以请你把我当成妻子对待，而不是当成手下来用？”

见萧天耀一脸不认同，林初九也不生气，只继续说道：“王爷，我不是武功高强的流白，也不是善于经营的苏茶，更不是精明能干的莫清风。我只是一个女人，一个不会武功，甚至连自保能力都没有的女人，我和其他女人一样，再普通不过了。王爷，我真的不明白，到底是什么事给了你信心，让你这么相信我，竟然把全军上下数十万人的性命交给我，压在我的肩膀上，你就不怕把我压垮、把我逼疯吗？”

林初九说到最后，几乎是用吼的，只是她现在饿得没有力气，就是吼也没什么气势。

可那一脸的泪水，足以说明林初九的委屈与害怕。

萧天耀伸手，笨拙地替林初九擦掉脸上的泪，想也不想就道：“林初九，你不是普通女子，你是本王的妻子，本王相信你能做到。”

这是他心中的答案，也是他当初做决定的原因，事实证明，林初九做到了，不是吗？

“相信我？你到底相信我什么？”古有士为知己者死的义士，可她林初九不是义士，也不会因为旁人一句“信你”，就为那人赴汤蹈火，连命也不要。

“王爷，我只是一个女人，我和其他女人一样胆小、怕事。你能不能别每次都丢下我一个人去面对危险？面对那些想要杀我的人，你知道我心里有多害怕吗？”短短一句话，勾起了所有的委屈，林初九再也忍不住，痛哭出来。

母亲早逝，父亲不管，她从小到大就是一个人，不管遇到什么事，她都要一个人面对，一个人处理，所有人都觉得她一个人可以活得很好，可谁知道她也会害怕？

“你不胆小，也不怕事。你是本王见过的最坚韧的女子。”萧天耀不知该如何安慰林初九，见林初九哭得伤心，只将手放在她的肩膀上，无声地告诉林初九，他还在。

林初九毫不客气地将他的手挥开：“王爷，如果可以，没有哪个女人愿意坚韧，也没有哪个女人愿意自己面对危险。我只是没有人保护，我只是不得不面对。”她从来都不是好强的人，她是被逼的。

“你有本王。”到底是哪里出了错，让林初九认为她没有人保护？他不是一直在保护林初九吗？

“你？轩辕挚带黑甲卫来的时候，你在哪里？轩辕挚逼我吃下那些乱七八糟的饭菜的时候，你又在哪里？”她是怨的，也是恨的……

在她需要萧天耀信任的时候，萧天耀不相信她，随手就将她打入大牢。

在她需要萧天耀保护的时候，萧天耀人都不知在哪里，任她独自面对所有的危险。

在她需要萧天耀照顾的时候，萧天耀在处理公务，任由她独自面对伤痛。

……

“本王去处理事务了。”萧天耀干巴巴地说了一句，他不觉得自己有错，可面对林初九的指控与泪水，他却没了底气。

“所以，你丢下我是不得已？”林初九凄然一笑，笑容里是说不出来的苦涩与悲痛。

她就知道会是这样，反正到最后萧天耀都有理由，就算错的不是她，但也绝不会是萧天耀。

“不是，本王……”萧天耀本想解释，可看到林初九悲伤的眸子，解释的话被他生生咽下。

他想，林初九应该不想听解释的话，可不解释的话，他能说什么？

萧天耀看着林初九，眉头打成了结：哄女人，果然是全天下最难的事，他要怎么做才能哄得林初九高兴？

萧天耀用他分分钟打趴下十几万大军的脑子，很认真地思考这个问题，却发现要哄得林初九高兴，简直比谋朝篡位还难，他想得脑袋生痛，也想不出一个能哄得林初九高兴的办法。

想不到萧天耀索性不去想，直接问林初九：“要本王怎么做，你才会高兴？”只要林初九说得出来，他必然会做到。

“我要你怎么做？”林初九抬头，傻愣愣地看着萧天耀，一度怀疑自己的耳朵是不是出现幻听了，萧天耀居然会说出这样的话？萧天耀真的没有被鬼附身吗？一直以来，都是萧天耀要她怎么做，她从来没有资格要求萧天耀怎么做，她和萧天耀从来都不是平等的。

“没错，你要本王怎么做才会高兴？”萧天耀重复一遍，用事实告诉林初九，她没有幻听，他确实是说了这句话。

“为了让我高兴，我要你做什么，你都会做？”林初九仍旧不相信，又重复了一遍。萧天耀并没有不耐烦，而是认真地点了点头。

他很讨厌旁人浪费他的时间，质疑他的决定，但是林初九不是旁人，不管林初九问多少次，他都不会不耐烦。

这是他的女人应该有的待遇！

“那么……”林初九看着萧天耀，认真而严肃，一字一字道，“我、要、和、离。”

“你、说、什、么？”萧天耀脸色一沉，咬牙切齿地说道。他压在林初九肩膀上的手，力道加重，好似要将林初九压垮。

林初九，她居然敢！

和离？林初九居然要跟他和离？

萧天耀心中似有一团火在烧，烧得他五脏六腑都在痛！

林初九闷哼一声，无视加在肩膀上的力道，倔强地看着萧天耀，又一次重复道："我说，我要和离！和离！"一连重复两次，林初九用这种方法告诉萧天耀，她是认真的。

可是，萧天耀却不想听："本王没有听清楚！林初九，你再说一遍。"这句话，几乎是从牙缝里挤出来的。

他相信林初九只是一时说气话，他愿意给林初九机会，给林初九一个改口的机会，只要林初九改口，他可以当作什么都没有发生。

为了让林初九改口，萧天耀加重了力道，几乎要将林初九按扁在床上。

萧天耀相信，依林初九的聪明，她一定知道要怎么做。可是，让萧天耀失望的是，林初九这次没有和往常一样，委屈自己听从他的安排。

林初九疼得五官皱成一团，仍旧没有服软，她眼中蓄着疼痛的泪水，却没有让眼泪落下来，她睁大眼睛看着萧天耀，不服输地道："王爷说过，我想怎么做都行，王爷忘了吗？"这是萧天耀自己说出来的话，她没有勉强萧天耀，不是吗？

"这句话仍旧有效，前提是你是本王的女人。"林初九想要跟他和离？做梦！

要不是林初九今天提起，他都不知道林初九居然存着与他和离的心思。他不明白，林初九怎么会有这样的想法，他对林初九还不够好吗？和离？林初九居然想跟他和离？简直该死！

看着林初九瘦长的脖子，有那么一瞬间，萧天耀很想将其折断。折断了林初九漂亮的脖子，林初九就再也不会说这些让他想要杀人的话了。

"为什么要与本王和离？"萧天耀是那么想的也是那么做的，大手移到林初九的脖子处，将其卡住。

这是威胁，萧天耀用林初九的生命威胁她，让她改口。

林初九现在只有两条路可以走，要么改口，要么死！

如果是以往，林初九必然会选择第一条路，毕竟她是那么怕死的一个人，可是……

今天她自己也不知撞了什么邪，萧天耀越是如此，她就越是要跟萧天耀对着干，看到萧天耀变脸，甚至看到萧天耀想要杀她，不知为何，林初九竟有一种莫名的快感。

她不高兴，萧天耀也别想高兴！

林初九笑了，无视死亡的威胁，看着萧天耀，学着他的语速，用华丽而缓慢的语调，说道："我厌恶萧王妃这个没用的身份，我明明是你的妻子，在你心中却连一个下人都不如，随时都会被你丢下，随时都要独自面对危险。我厌恶这种颠沛流离，朝不保夕，不知自己什么时候就会死的生活。我厌恶……这一切！"最重要的是，我现在很厌恶你！

最后一句话，林初九没有说出来，说完后就瞪大眼睛看着萧天耀，哪怕萧天耀收紧手，让她无法呼吸，也不曾别开眼。

反抗萧天耀需要勇气，她不知道错过这一次，她还有没有反抗萧天耀的勇气。

萧天耀听到这话，并没有像林初九想的那样暴怒，而是略略松开手，低头与林初九四目相对："你想和离，只是因为厌恶现在的生活？"不是因为别的原因？比如喜欢上了别人，又比如厌恶他这个人？

"是，我厌恶现在的生活，厌恶嫁了人却仍旧什么事都要自己一个人面对的生活。如果我的丈夫给不了我家的温柔，无法与我携手共进，那我为什么要嫁人？我一个人也能过得很好，不是吗？"她不求嫁了人就有人保护她，但如果嫁了人，仍旧什么事都要自己一个人处理，那她为什么要嫁人？只因为喜欢吗？这对别的女人来说也许足够，但对她来说这远远不够。她要是因为喜欢就嫁人，那她就不会认命地嫁给萧天耀。

以前，她能忍下萧天耀的霸道，不在乎萧天耀的抛弃，那是因为她没有把萧天耀当成丈夫。后来，是萧天耀告诉她，想要与她真正在一起，希望他们能在一起一辈子，她才开始把萧天耀当成丈夫。

她听萧天耀的话，把萧天耀当成此生唯一的良人，萧天耀要还是和以前那样，那么他们就不可能过下去。

她林初九可以为外人暂时委屈自己，可以为不在乎的人暂时妥协，但她不会为了一个男人委屈自己一辈子。

她林初九没有萧天耀也能过得很好，现在萧天耀只有两条路可以走，要么改变，要么放手。

然而，萧天耀既不会改变，也不会放手。林初九与萧天耀的谈话，以萧天耀愤怒离去而终结。

萧天耀愤怒离去，林初九却平静了下来，看着萧天耀离去的身影，林初九摸了摸脖子上的伤，唇角轻扬，露出一抹极淡极淡的笑。

她知道萧天耀不会轻易与她和离，能借这个机会，让萧天耀明白她的想法，她就满足了。

错过这一次，她不敢保证，她以后还有这样的勇气，将心里的话说给萧天耀听。

"希望……我们能为彼此妥协。"夫妻双方，要是永远只有一个人单方面地妥协，那么两人绝对走不到最后。

夫妻之间不仅仅要有爱，还要有包容与体谅，这份包容与体谅还不能是单方的，必须是互相的。

萧天耀一味地要求她包容、体谅、妥协，那是不可能的。她林初九是人不是玩偶，退让多了，包容多了，妥协多了，她会感到委屈，爆发时就会很疯狂。

今天，她不就爆发了吗？

这一次她还算温和，只说想要和离罢了，下一次也许就不是和离而是休夫了。

休夫这种事，旁人做不出来，她林初九做起来一点儿压力也没有，而且她并不只是说说而已，她是一定会做到的。

今天，要不是萧天耀一直不松口，要不是她没有那个势力可以逼萧天耀和离，她一定会选择和离，独自一个人生活。

她还差一千多个病人，只要把这一千多个病人医完，她就不用受医圣之心限制，凭她的医术，林初九相信她一个人也能活得很好。

可惜，萧天耀不配合，而她也没有能耐逼萧天耀与她和离。

轻叹了口气，林初九倚在床头，无力地道："不知道朱御医还记不记得我的肉粥。"

她现在心身俱疲，又累又渴，再不来个人给她送吃的，她怕是要饿死了……

萧天耀满腹怒火地从营帐离开，周身的寒气能把人冻僵。他一出来，营帐外的金吾卫就立刻打起精神，一个个抬头挺胸，精神十足，同时不着痕迹地后退一步，以免被萧天耀的寒气冻伤。

萧天耀目不斜视地往前走，沿途不管是侍卫还是将领行礼，萧天耀全都无视。

有几个副将原本有事要找萧天耀禀报，远远看到寒气迫人的萧天耀，几个副将纷纷选择收回前行的脚步，远远就低头行礼，直到萧天耀走远了，才敢抬头。

"王爷这是怎么了？莫不是王妃不好了？"副将抬头，抹了一把汗，胆战心惊地道。

这么冷的天，他能出一头的汗，也是不容易了。

"不是说，王妃已经醒了吗？"他身旁的同僚不解地开口。

他们就是听到朱御医说王妃醒了，才来找王爷的，要知道王妃不好了，打死他们也不会来。

盛怒中的王爷，可不好惹。

萧天耀的怒火十分明显，所有人都能看出来，全军上下没有一个人敢上前捋虎须，众将军本以为今天会这么平静而又诡异地度过，偏偏就有不怕死的找上门！

轩辕挚被萧天耀捉来后，黑甲卫紧跟而来，不过他们并不敢出手，一直在外守着，想要求见萧天耀。即使萧天耀不愿意见，黑甲卫也没有走，一直在外面等着。

远远地，黑甲卫统领看到萧天耀的身影出现在营地，知道机会来了，立刻驱马上前："萧王，萧王，等一等……"

东文的士兵见到黑甲卫的动作，立刻上前阻拦，可黑甲卫却不客气，一刀就砍了下去："我要见萧王，拦我者，死！"

黑甲卫的统领十分嚣张，完全不将东文的士兵放在眼里，凡是有人阻挡，皆是一刀砍过去。

黑甲卫个人实力强悍，身上装备又强，东文的士兵根本不是对手，一瞬间东文的士兵死伤无数，营地很快就乱了起来。

萧天耀此时就在营地外面，自然看到了入口处的骚动。这种事自有营地的将领负责，如果是平时，萧天耀肯定不屑去管，可他今天心情不好！

他心情不好，黑甲卫还找上门，简直是找死！

“嗖……”一眨眼的工夫，萧天耀就出现在军营入口，看见骑着矮马举刀砍向东文士兵的黑甲卫统领，萧天耀的眼中闪过一抹杀意，抬脚将地上的断刀踢起，击向矮马上的黑甲卫。

只听见一声闷响，马背上的黑甲卫统领被断刀击中，巨大的撞击力将他撞得飞了起来，朝后跌去，身后的黑甲卫见状，忙上前接住人。

黑甲卫统领很幸运，没有落在地上，可萧天耀那一击，却打得他五脏六腑都痛，当即吐了一口血。

“将军！”黑甲卫惊呼，一个个痛恨地看向萧天耀。

萧天耀眼皮也不抬一下，冷淡地说了一个“滚”字。

黑甲卫脸色大变，可却没有一个人敢乱动。

黑甲卫统领抹掉嘴角的血，站好：“萧王，要怎么样才能放了大殿下？”

“你们——去死！”薄唇轻启，冷酷而无情。黑甲卫统领脸色微变，继续道：“萧王，你应该明白得罪中央帝国的下场。”

“那又如何？”萧天耀冷漠地看着黑甲卫，完全不将他们放在眼里。

得罪中央帝国？难道他现在放了轩辕挚，就没有得罪中央帝国？

萧天耀这话一点儿也不客气，完全没有把中央帝国放在眼里，可是黑甲卫却没有半点不快。

萧天耀一直如此，从未把中央帝国的威胁放在眼里，要是因为他们两句话就妥协，他们反倒会觉得奇怪。

黑甲卫统领继续道：“萧王，把你的条件摆出来，我们能做到的，就一定会做到。”

捉了大皇子却没有杀，不就是想和中央帝国谈条件嘛？他们现在就代表中央帝国，与萧天耀谈条件。

“本王要你们去死，能做到吗？”萧天耀轻轻一掸，将衣袖上的灰尘拍开，云淡风轻地道。

“萧王，我们是诚心与你谈条件，你别以为我们怕了你。”黑甲卫也是有脾气的，他们是打不过萧天耀，可并不表示他们打不过东文这些小兵，惹毛了他们，拼死打一场，吃亏的也是萧天耀。

“诚心？近千黑甲卫围堵大营，这也能叫诚心？帝国的诚心本王算是见识到了。”萧天耀心情不好，言语自然不会客气。

他连轩辕挚的面子都不给，又怎么会给黑甲卫面子？简直是好笑。

黑甲卫统领被萧天耀噎得无话可说，深吸一口气才道：“我们可以退兵，只要你把大皇子交出来。”

“哼……你退兵本王就交人？你当本王怕你们？”萧天耀不屑冷哼，就这么随意一站，却给人君临天下的压迫感，黑甲卫统领一度有面对帝国皇帝的错觉，不由自主地后退一步。

等到黑甲卫统领反应过来，不由得暗恼自己反应过度，居然被个小国亲王给吓住。为了保住颜面，黑甲卫统领语气不善地道：“萧王，你到底想要怎么样？大皇子可是帝国的人，先不说帝国皇室的决定，单说大皇子的外祖家，也不会放过你。”

大皇子的外祖是一品大将，要不是这样，大皇子也不可能把手伸到黑甲卫里来。

“放心，本王不会杀大皇子。”这是萧天耀给黑甲卫的承诺，可这个承诺并没有让黑甲卫安心，因为萧天耀有千百种方式毁了轩辕挚，根本不需要取轩辕挚的命。

黑甲卫要保的不仅仅是轩辕挚的命，还有他成为储君的可能。

黑甲卫统领深深地吸了口气，强压下心中的怒火，继续道：“萧王，你放了大皇子，我们之间的事一笔勾销，我们黑甲卫在东文期间，与你井水不犯河水。”

这是黑甲卫能做的最大的让步，在黑甲卫看来，他们才是吃亏的那方，不与萧天耀计较，不找萧天耀报复回来，就是给了萧天耀天大的面子，萧天耀要是再斤斤计较，那就是不识抬举。

“一笔勾销？”萧天耀轻蔑地扫了黑甲卫一眼，“你说一笔勾销就一笔勾销，可有问过本王的意见？”

现在要计较的人不是中央帝国，而是他萧天耀，黑甲卫太高看自己了！

萧天耀的轻蔑让黑甲卫统领十分难堪，他一直想要和萧天耀好好谈，可面对萧天耀那张冰冷的脸和天生就高人一等的气质，就是圣人也没法保持好脾气。

黑甲卫统领实在控制不住脾气，开口反讽回去：“怎么，难不成你还想与帝国计较到底？萧天耀，你好大的胆子，不过是一个小小的武神，也敢与帝国叫板。你不过是比一般的武神厉害一些，还真以为自己天下无敌了？在帝国，像你这样的人不知凡几，你真以为自己很特别吗？”

萧天耀确实厉害，还没有突破武神的境界，就能斩杀三个武神，实力可见一斑，可萧天耀并不是无敌，至少在中央帝国就不是，帝国不乏比萧天耀武功更高的人。

现在，要不是在东文的地盘，萧天耀手上又有数十万大军，他们早就和萧天耀打起来了。

他们就算打不过萧天耀，也能把萧天耀累死！

黑甲卫统领说这话时，右手放在刀柄上，挑衅的意味十足。

“哼……”萧天耀冷哼一声，“这是东文，在本王的地盘，是龙也得给本王盘着，别让本王找到打断你们大皇子双腿的理由。”

萧天耀留下这话，转身就走，完全不将黑甲卫放在眼里。

黑甲卫统领一怔，等到他回过神来，就看到萧天耀已走远，忙上前大喊："萧王，等一等……"

萧天耀没有理会，径直往前走，黑甲卫统领本欲追过去，却被东文士兵拦住："站住。"

"让开！"黑甲卫统领抽刀欲将挡路的人解决，可刚抽刀就听到萧天耀的声音传来，"伤一人，本王割大皇子一块肉。伤百人，本王剁他一条腿。"

没了健康的身体，轩辕挚就废了，此生最大的成就也就是一个王爷，永远都不可能登上皇位，黑甲卫要是敢不顾轩辕挚的安全，执意闯进来，待到轩辕挚真的断腿、断手地回到中央帝国，第一个要报复的人不是萧天耀，而是黑甲卫。

因为，是黑甲卫不顾轻重，不理会萧天耀的威胁，执意强闯，才造成这样的后果。

当然，也不排除萧天耀只是说说而已，并不会真的这么做，可黑甲卫赌不起！

"你……"黑甲卫统领听到萧天耀的话，生生将拔出来的刀收了回去，恶狠狠地瞪着萧天耀的背。

他们，输了！

萧天耀仍旧是面黑如炭，哪怕黑甲卫送上门给他削了一顿，恶劣的心情依旧没有得到好转，周身散发的寒气，仍能将人逼退十里。

看守轩辕挚的小兵一路急急忙忙地跑过来，远远地就被萧天耀身上的寒气吓住了，不由自主地放缓脚步，甚至恨不得调头就走。

可是，想到轩辕挚的身份，小兵又不得不硬着头皮上前："王爷，大皇子……大皇子腹痛难忍，嘴唇发黑，好似中毒，一直在喊要见王爷。"

萧天耀脚步一顿，扫了小兵一眼："本王是太医吗？"

"啊？"小兵一愣，连忙摇头，"不是，不是。"

"既然不是，大皇子中毒，你寻本王做什么？"萧天耀的声音冷冰冰的，明明是很平常的语调，却让人备感压力，好像自己做错事一般。

小兵泪流满面，恨不得转身就跑，可又没有那个胆。

"王，王爷……小的，小的这就去寻朱御医。"小兵灵光一闪，终于明白了萧天耀的话。

"嗯。告诉朱御医，只要人不死就成。"萧天耀心情不好，不过不至于无聊到把气撒在一个小兵身上。

"是，是，小的一定把话带到。"小兵连连点头，如同小鸡啄米，旁人一度担心他用力过度，把脑袋给点断了。

"去吧。"萧天耀抬手，示意小兵退下。

小兵如同得到特赦，转身就朝朱御医的帐篷跑去。朱御医这个时候还在和徒弟显摆他得萧王夸奖的事，至于林初九心心念念的肉粥，朱御医早就忘到天边去了。

小兵进来，将轩辕挚的情况详细说给朱御医听，又把萧天耀的话原封不动地转告给朱御医："王爷说了……别让大皇子死了。"

朱御医听罢，立刻哭丧着一张脸："王爷可真是给我找麻烦，那毒可麻烦了。"王爷就不能随便给大皇子下个容易解的毒吗？非得把事情弄得这么复杂，真当那些药浴的药材好找呢？

小兵低头，一句话也没有说，只当没有听到朱御医的抱怨。

事关萧天耀，朱御医不敢抱怨太多，嘀咕了两句就让徒弟去拿药箱，他去守着轩辕挚，免得人死在军营。

这下，朱御医就更想不起来林初九的肉粥了。至于萧天耀？

他这会儿正为林初九闹别扭的事心烦，满心满脑都是这件事，根本想不起林初九还没有吃东西。

林初九坐在营帐里等呀等，足足等了半个时辰，也没有等到吃的，林初九饿得连说话的力气也没有，想到暗卫就在附近，林初九张了张嘴，喊了两句，可是没有人！

任凭林初九喊得再大声，也没有人应。

"人呢？人都去哪了？"林初九刚开始还不觉得有什么，叫了几句仍旧没有人理会她，不知怎么的，委屈涌上心头，眼泪瞬间就流了出来。

生病的人心理本就比平时脆弱，见自己病成这样，身边连一个照顾的人都没有，林初九越想越觉得委屈，眼泪落得更凶了。

"混蛋，混蛋！你除了把我当犯人看着，你还会做什么？"饥饿与疲累席卷全身，林初九挣扎着想要起身，却发现全身酸软，一点儿力气也没有，手一滑，直接从床上跌了下去。

"啊……"林初九趴在地上，痛叫一声，手握成拳，用力在地上捶了一下。

"萧天耀，你混蛋！"眼泪一颗一颗往下掉，林初九趴在地上哭了半晌，才积攒了足够的力气，从地上爬了起来。

扶着床沿站好，林初九又喊了几句："有没有人在？来人呀！"

林初九此时有气无力，哪怕是使尽全力，声音也大不起来，至少门外的金吾卫就听不到，至于暗卫？

他们早在萧天耀进来时就神隐了，萧天耀怒气冲冲地走出去，压根忘了叫他们回来，此时林初九身边除了她自己，还真没有第二个人。

喊了几声仍旧没有人过来，林初九也绝望了，脸上的泪干了，眼中也没有一丝神采，双眸空洞无神，脸上的笑容带着说不出来的悲伤。

"呵……呵"笑出一滴泪，林初九再也撑不住了，眼前一黑，一头栽倒在床。阳光折射进来，照在她的脸上，一半明媚，一半阴暗。

军营的石牢里，朱御医正一脸淡漠地看着在地上打滚的轩辕挚。轩辕挚当初给林初九准备的饭菜真不是一般毒，而他自己此刻就尝到了苦果。

他还没有将整桌的饭菜吃完，只吃了一半就痛得全身抽搐，甚至将刑架扯倒了，抱着肚子在地上打滚。

“痛……痛死我了。你们是死人吗？还不快叫萧天耀来见我？”轩辕挚一脸扭曲，双眼通红似在滴血，好似野兽一般，凶猛而暴戾，完全没有一丝理智。

能让一个大男人，一个拥有武神实力的男人，痛成这个样子，可见这些看似美味的饭菜，混在一起威力有多大。

可是，没有一个人同情轩辕挚！

要不是碍于轩辕挚的身份，恐怕轩辕挚死在牢里，小兵也绝对不会去找萧天耀，更不会去找朱御医。如果可以，他们真的很希望看到轩辕挚活活痛死。可惜，轩辕挚的身份，注定他不能死在东文。

朱御医来了后，给轩辕挚把了把脉，确定他死不了后就不再动了。

王爷不是说了，只要轩辕挚不死就成吗？

放心，他一定会把握好这个度，绝对不会让轩辕挚死。

“我们王妃当时比你还痛，王妃身上还有余毒，你那些饭菜把王妃身上的毒全部引发，王妃当时痛得连知觉都没有，要不是我还有两把刷子，我们家王妃早就被你害死了。”

朱御医知道他这么做是不对的，作为大夫，他应该公平地对待每一个病人，可是这次他真的做不到！

他相信，凡是看到林初九痛得打滚、痛得吐血、痛得全身抽搐、痛得失去神智的人，都没办法不把轩辕挚当仇人。

冤有头，债有主。轩辕挚失了面子，想要找回场子，尽管找王爷去，找林初九一个弱女子算什么英雄好汉？

他们王妃，何其无辜！

第四章　愿时光倒流

主帅帐篷，林初九躺在冰冷的地板上，一动不动。

太阳渐渐西移，很快林初九整个人就笼罩在阴暗中，可是仍旧无人发现。

石牢内，轩辕挚仍旧痛得满地打滚，铁链被拉扯得哗哗作响，朱御医时不时让侍卫上前按住他，给他施一针或者喂一颗药，充分执行萧天耀的命令，只要轩辕挚不死就好。

大营外，黑甲卫还站在那里，哪怕站了一天一夜，他们仍旧身姿笔直，脸上不见一丝倦意，随时都能战斗。

大营内，东文的士兵谨守职责，来回巡逻，每一个人都如同一杆标枪，眼神凌厉，如同巡视领地的猛兽。

京城，皇上在书房与心腹议事，再三确定边境战事已了，萧天耀久久不回京是在边境与帝国大皇子轩辕挚斗气后，皇上又气又怕，再加上久久得不到萧天耀的回信，皇上一时怒火冲头，头疾再次发作。

秦太医被紧急宣进宫，一番诊治下来，皇上的病情有所好转，秦太医劝说皇上静心养病，别为俗事烦恼，可边境的情况摆在那里，皇上怎么能安心？

身体稍好，皇上便宣林相进宫议事，林相深知帝心，不需要皇上明示，便主动请求皇上下旨召萧天耀立刻回京请罪，并且带兵不得超过两百人。

圣旨刚落印，就有传令兵将其带出宫，一路快马加鞭地送到边境。

只是，前一道圣旨送出去不到两个时辰，皇上又加了一道催促的圣旨，让萧天耀以最快的速度赶回京城。

一连两道圣旨，在同一天发出，而这并不是结束，而是开始……

边境，萧天耀还不知皇上已连下两道圣旨要让他回朝一事。他正在查看边境的地图，以及天外玄铁矿脉附近的地势，好借着地利谋取大皇子手中的天外玄铁，只是……

一向清心寡欲，处理起公务没日没夜的萧天耀，此时却怎么也无法集中精神，一看到地图，脑子里就自动闪过林初九布满泪痕的眼；一看到天外玄铁矿脉附近的地势，耳边就响起林初九的控诉：“王爷，我不是武功高强的流白，也不是善于经营的苏茶，更不是精明能干的莫清风。我只是一个女人，一个不会武功，甚至连自保能力都没有的女人。我和其他女人一样，再普通不过了。”

“也许，本王对她是苛刻了些。”萧天耀放下地图，揉了揉眉心，就算他的初衷是因为相信林初九，可把原本属于他的责任全部丢给林初九，确实过了。

没有他在，军中的将士面对轩辕挚和黑甲卫，根本没有还手之力，要不是林初九力挽狂澜，用计拦下轩辕挚，恐怕此次金吾卫会损失惨重。

不过，林初九的表现比他想象中的还要好，他想，他应该找不到第二个比林初九更适合的妻子了。

“林初九……”萧天耀轻敲桌面，嘴里轻轻地唤着林初九的名字，每次唤到林初九的名字，萧天耀面上的神情都会柔和几分。

“初九……”再一次唤林初九的名字时，萧天耀突然僵住了，敲打桌面的手，生生停顿在半空。

“糟了！”萧天耀猛地站起来，神情一瞬间变得凝重，“该死，我居然把她一个人丢在营帐内。”

萧天耀自责地骂了一声，迈起长腿就往外走，步子之大，远超寻常。

“王……”营帐外的士兵见到萧天耀，正准备行礼，刚开口就发现萧天耀人不见了，只留下一道残影。

“我眼花了吗？”小兵抬手揉了揉眼睛，总觉得自己看错了。而像他一样怀疑自己眼睛的人，绝对不止一个，因为萧天耀的速度实在太快了，快到只见一阵风扫过，完全看不到人影。

“王……爷。”守在主营外的金吾卫，也没有比那些小兵好多少，等到萧天耀走进营帐，他们才把最后一个“爷”字喊出来。

萧天耀如同一阵旋风一般冲进营帐，来到内室，而他一走进来就顿住了。

他心心念念，说要好好照顾的女子，此时正躺在地上，脸上惨白发紫，一动不动，就像死人一样。

“林初九，别吓我！”萧天耀快步上前，将林初九抱起来。

触摸到林初九冰冷的肌肤，萧天耀的眼中闪过一抹不安，紧紧地将人抱在怀里，声音带着一丝哽咽与沙哑，要是林初九还清醒着，一定会捂着耳朵大叫：“这声音太好听了，耳朵真的要怀孕了！”

可是，林初九这一次是真的陷入了深度昏迷，此时没有一丝意识，要不是微微起伏的胸膛，提醒萧天耀她还活着外，萧天耀真的会以为林初九已经死了。

林初九全身冻得僵硬，裸露在外的肌肤惨白如纸，抱着她，和抱着一个死人没有什么两样。

“林初九，对不起。”萧天耀将人抱起来，却在起身的刹那，腿一软，又跌倒下去了。

萧天耀一个踉跄，单膝跪在地上，稳稳地抱住林初九，没有把林初九摔出去。

看着林初九青紫的唇，萧天耀心中一痛，低头，吻住了她的唇：“林初九，这次是本王不好。”

在吻上林初九的一刹那，萧天耀的脑子里，突然闪过一身是血的林初九，狼狈而又无助地躺在地牢里，无力地呼喊：“王爷，你相信我，你相信我，我真的没有害你！”

明明没有看到那一幕，明明没有亲自去地牢接林初九，萧天耀的脑海里却清晰地勾勒出地牢里的景象，还有林初九的惨状。

“你说得对……本王总是伤害你。”一瞬间，自责似要将他淹没。他发现，他对林初九真的不好，一点也不好，而这个女人现在还留在他身边，真的不容易。

“你说得对……本王能娶到你，何其有幸。”萧天耀闭上眼，紧紧地将林初九抱在怀里，冰冷的脸没有多余的表情，眼角却有一滴疑似泪珠的东西滑落……

萧天耀发现林初九倒在地上，自然不会放任不管，林初九现在的情况十分危险，没大夫肯定不行，而军中医术最好的当数朱御医。

萧天耀第一时间让人去把朱御医请来，至于轩辕挚？

这个时候谁还有空去管他的死活？朱御医走之前，往他嘴里塞了一颗药，留下一句：“短时间内不会死，要是吐黑血了，再让人来找我。”便提着药箱，朝林初九住的营帐跑去。

一路上，朱御医跑得飞快，那速度就是身后的小兵也跟不上，小兵一路追得直喘气，才勉强跟上朱御医的步伐。

朱御医一路冲进主营，直接杀到内室，看也不看一旁的萧天耀，药箱一放就冲到林初九的床边。

此时林初九已好了许多，至少脸色没有那么苍白，身上也没有那么冰冷，可朱御医看到林初九的时候，还是气得大骂：“你们是怎么照顾王妃的？你们都是死人吗？王妃都快没气了，你们才找我来，你们全都死了，看不到王妃身体不好吗？”

朱御医虽然气极，却不敢对着萧天耀骂，只朝外面的侍卫骂。

只是，在场的人都不笨，不用脑子想也知道朱御医这是在指桑骂槐，重点还是在责怪王爷没有照顾好王妃。

朱御医并没有点明，这个时候要说破反倒难堪，侍卫也只当没有听懂，扑通一声跪在地上请罪。

朱御医虽然时常不靠谱，却懂得见好就收，再说这事也不是侍卫的错，看到侍卫任他骂，还跪在那里请罪，朱御医也不好再骂下去，冷哼一声，甩袖就去给林初九施针。

林初九在地上躺太久了，身体僵硬，血液不通，朱御医给林初九揉了许久，针才能扎进去。

看着林初九青紫的唇，朱御医叹了口气。他是大夫，就算没有亲眼看到，也知林初九为何才会变成现在这个样子。

他倒是有心替林初九出气，可悄悄看了一眼黑着脸的萧天耀，朱御医默默地收回眼神，一脸歉意地看向林初九。不是他不想帮林初九出气，可对方是萧王爷，是萧王爷呀！他真的没有胆！

王妃，我对不起你。早知道王爷一点儿也不在乎你，我就不该把你交给他，我就该一直守着你，就是王爷来了我也不走。

朱御医心里愧疚，他觉得林初九会冻僵昏迷全是他照顾不周的原因，否则林初九也不至于会这样。

因心中自责，朱御医救治林初九的时候就更专心了，给林初九施了针后，立刻让人抬来热水与浴桶，并且让徒弟把他平时舍不得用的紫参取来，给林初九泡药浴。

其实紫参口服效果更佳，只是林初九现在太虚弱，虚不受补，根本受不住紫参霸道的药性，哪怕只有指甲片大小的紫参，说不定都能要了林初九的命。

朱御医的徒弟速度极快，知道是林初九需要，不需要朱御医吩咐，什么药材都挑最好的，很快一锅热腾腾的药浴就烧好了，经朱御医检查后，倒入林初九平时泡药浴的桶里。

朱御医有条不紊地指挥徒弟帮忙，整个救治过程快速高效，不见一丝忙乱。同样，朱御医从头到尾都没有看萧天耀一眼，也没有和萧天耀说林初九的情况。

他不敢得罪萧天耀，那无视总可以吧？

朱御医赌气地想着，手上的动作却没有停，略作检查确定林初九情况好转，便收了针，然后让徒弟去把那两个村妇找来，让她们帮林初九脱衣服，抱林初九去浴桶。

只是，不等朱御医吩咐下去，萧天耀就上前将林初九抱了起来，朱御医张嘴欲说，可对上萧天耀冰冷的眼神，到嘴的话生生咽了回去，只能眼睁睁地看着萧天耀抱着林初九走进浴室。

“现在才担心，早干什么去了？”等到萧天耀走远，朱御医才有胆抱怨，而他也只敢抱怨这一句，说完就老老实实地收拾东西，去外面等着。

浴室与内室只隔了一道屏风，朱御医把林初九当成病人，不会太过顾忌男女之防，可他不在意却不能保证萧王不在意。是以，林初九泡药浴时，朱御医除非必要，不然极少进去。

暗自掐算了一下时间，确定萧天耀应该把林初九放进浴桶了，朱御医隔着门，朝里面喊：“王爷，王妃身体太弱，又冻得太久了，筋脉还没有活络过来，需要给她按按，你看是不是让那两个妇人进来？”

并不是每一次泡药浴，都需要人帮忙按揉穴位，只是这次情况特殊，朱御医又把紫参拿了出来，为了让林初九更好地吸收药性，朱御医这才提出让人给林初九按揉穴位一事。

朱御医让莫清风寻来的两个妇人，是村庄普通的妇人，不过这两天一直跟着朱御医认穴位，给林初九按揉筋脉和穴位，以免林初九躺太久，四肢僵硬。

朱御医说话时，萧天耀刚给林初九解开中衣，听到朱御医的话，萧天耀手一顿，手指不可避免地戳到林初九胸前，柔软的触感让萧天耀一怔，脑子瞬间一片空白，完全想不起朱御医说了什么，自然也不可能回答他。

萧天耀只当什么也没有听到，继续给林初九脱衣服，小心翼翼地把人放进药桶里。

朱御医久久得不到回应，以为萧天耀不高兴了，不过考虑到林初九的情况，朱御医不得不硬着头皮再说一遍：“王爷，王妃现在的情况，需要人替她按揉穴位，好吸收药效，还请王爷为王妃的身体着想一二。”

萧天耀一直在走神，根本没听到朱御医说了什么，自然不会回应。朱御医却不知这一点，还以为萧天耀不高兴，一直唠唠叨叨说个不停，萧天耀终于听到了。

“王爷，王妃现在身子虚，药浴对她有很大的好处，而让人给她按压穴位……”

朱御医嘴巴不停，大有萧天耀不回应，他就能说到天荒地老的架势。萧天耀只听了几句，就不耐烦地打断道：“报！”

“啊？报？报什么？”朱御医的话说到一半，突然被打断，脑子空白了一下，一时间没有接上那根弦。

“穴位！”萧天耀冷冰冰地开口，虽然没有见到人，可隔着厚厚的门帘，也能感觉到萧天耀的不满。

朱御医瑟缩了一下，忙不迭地站稳，飞快地报出一连串的穴位，速度之快，让屋内的萧天耀有片刻的忙乱。

不过，适应了朱御医的速度后，萧天耀便游刃有余，按朱御医的要求，将每个穴位都按了一遍。

“按刚刚的顺序，循环按揉五次。”朱御医一口气报完，自己也累得不行，可不等他喘气，就听到萧天耀道：“再说一遍。”

再说一遍？

朱御医眼睛都瞪大了，他刚刚报得太快，脑子都快空了，再说一遍是没有问题，可让他先缓缓行不行？

朱御医汗流满面，可又不敢让萧天耀久等，只略略喘了口气，又将刚刚的穴位报了一遍，一字不差，一个顺序都没有错。

一连报了两遍，大脑一直保持飞速运转，朱御医一说完，人就累瘫了。

“可！”萧天耀在心中默念一遍，将穴位记住后，就开始赶人了。

依朱御医的精明，要放在平时，这个时候就是萧天耀什么都不说，他也会主动出去，可今天朱御医见识到了萧天耀的不靠谱，生怕林初九又落得摔倒在地，无人照看的惨境，不管萧天耀如何明示暗示，朱御医就是不出去，还美其名曰："王妃情况特殊，小人还是在外面候着，王爷有事随时唤小人一句。"

萧天耀自是不满，可不等他开口说什么，朱御医又道："王妃的身子之前被毁得七七八八，这两天才将将养好了一点儿，要是照看不仔细，怕是大罗神仙也救不了她。"

换句话说，朱御医在威胁萧天耀，要是萧天耀赶他出去，林初九有个三长两短，他就不管了。

这世间什么人都能得罪，就是不能得罪大夫，因为你不知道自己什么时候就要用上他们。

现在林初九随时都要用上朱御医，萧天耀就是再不满朱御医的态度，也得忍一忍。不然，朱御医一气之下，不肯给林初九医治，或者不肯尽心医治怎么办?

大夫医不医治，外行人能看得出来，可尽不尽心，却不是外行人能看出来的，为了林初九的身体着想，萧天耀这个时候不想忍也得忍。

好在朱御医还算识趣，只是在外间候着，萧天耀专心给林初九按揉时，完全把朱御医忽视了，只当他不存在。

每一次按揉约莫要半炷香，中途需要休息片刻，才能按揉下一次，等到萧天耀将五次全部按完，约莫过去半个时辰。

朱御医估摸着时间，对萧天耀道："王爷，让王妃再泡一炷香，就可以抱出来了。"

内室的萧天耀没有应，朱御医站在外间，只能干瞪眼，掐着手指算时间。

一炷香说快不快，说慢不慢，对于手头有事在做的人来说，一炷香不过是眨眼的工夫，可对掐着时间算的人来说，一炷香着实漫长了一些。

刚到一炷香，朱御医就迫不及待地提醒："王爷，时辰够了，再泡下去，王妃的身体该受不住了。"

萧天耀依旧没有搭理朱御医，不过室内传来的"哗啦"声，足以表明萧天耀听到了朱御医的话，只是懒得回复他罢了。

"呃……果然做好人就会惹人嫌。"朱御医摸了摸鼻子，一脸不自在。

他之前卖林初九的时候，没有一点不自在，还得了王爷夸赞；现在想保林初九，却被王爷嫌弃了，想想就心酸。

不过，朱御医绝对不是军中最心酸的，此刻军中最心酸的人非轩辕挚莫属。朱御医走之前，虽然给他喂了一颗解毒药丸，可那药药效实在一般，只能勉强压制毒素，让轩辕挚死不了，该怎么痛还是怎么痛。

轩辕挚不是一个不能忍痛的人，但这种痛深入骨髓，就好像有一把刀插入他的腹部，不停地搅动一样。

“啊……”轩辕挚着实在忍不住了，痛得大喊，“来人，来人，宣御医，宣御医。御医死哪里去了？你们这群狗奴才，再不把御医宣来，本殿下杀了你们！”

轩辕挚痛得失了理智，已经忘了这是东文军营，还以为自己在帝国，是帝国一呼百应、万人簇拥的大皇子。

“来人呀，来人呀……”轩辕挚大喊大叫，五官扭曲，嘴角有黑血流出，看上去十分可怖。

看守的小兵一脸犹豫，不知要不要去给轩辕挚请大夫。

要请的话，又该请谁？

“朱御医正在给王妃医治，我们去请谁？”小兵面面相觑，你看看我，我看看你，完全不知该怎么办，他们可没有胆子去和王妃抢大夫。

“请屁，朱御医不是说了他死不了嘛，让他痛着就是。”一名粗犷大汉犹豫一下，理直气壮地说道，末了还补了一句，“王爷说了，只要人不死就行，其他的别管，嫌他吵的话，把他的嘴堵上就是。”

“说得对，把嘴堵上！”小兵转身寻了两块破布，粗暴地将轩辕挚拎了起来，将破布塞进轩辕挚的嘴巴里，然后就像丢破布一般，把人甩在地上。

做好这一切，小兵就出去了，没有看到轩辕挚不同寻常的安静，和他脑袋下那一摊血迹……

在朱御医的全力救治下，林初九已脱离危险，只是现在还处在昏迷中，一时半刻醒不了。

“王妃暂时没事了，只是不能一直不吃东西，得给她喂一点热汤，不然光饿就能把人饿死。”说这话时，朱御医十分心虚，他这才记起，他忘了叫小厨房给林初九送肉粥了！

悄悄地看了萧天耀一眼，见萧天耀面无表情，朱御医一时拿不准王爷知不知道他失职的事。不过，不管王爷知不知道，打死他都不会承认。

是的，坚决不承认！

这么一想，朱御医就没有那么心虚了，十分淡定地问萧天耀，是要给林初九准备鸡汤还是骨头汤。

萧天耀没有心情和朱御医讨论这些，朱御医刚说到林初九一直没有吃东西，他就想到了林初九之前说的“饿”。

明明林初九都说了她饿，他居然还是忘了给她准备吃的，想必林初九就是饿极了，才会摔在地上。

想到林初九孤零零躺在地上，想到林初九脸上的泪痕，萧天耀的心一阵阵地揪痛，恨不得时间重来，恨不得回到他和林初九吵架之前。

如果时间能够重来，不管林初九说什么，他都不会甩袖离去，丢下林初九一个人，更不会忘了给林初九送吃的。

萧天耀坐在林初九身侧，自责又心疼地看着林初九，而“毫无眼色”的朱御医，仍在萧天耀身旁叽叽喳喳地道：“王爷，鸡汤养人，但得老鸡汤才好。老鸡汤炖起来费时，王妃要是想喝鸡汤的话就得等上一个时辰。骨头汤……”

“滚！”萧天耀回头，眼神如同冷刀子似的飞向朱御医。

他心情正不爽，朱御医却一点儿眼色也不懂。看在林初九还需要朱御医诊治的分上，他不同朱御医计较，但并不表示会放任朱御医指手画脚。

“我，我……我这就滚，这就滚。”朱御医没想到萧天耀说发毛就发毛，毫无准备的他被吓了一跳，转身就往外走，连药箱都忘了拿，走到一半才记起，又折回来拿药箱。

怕被萧天耀发现，朱御医蹑手蹑脚，就像是小偷一样，可就是这样仍未逃过萧天耀的耳朵。萧天耀回头看了一眼，朱御医吓得立刻站好，急忙解释：“王爷，我……我拿药箱。”朱御医指着药箱，以表明自己所言非虚。

“嗯。”萧天耀收回眼神，朱御医如蒙大赦，三步并作两步走上前，拎起药箱就往外跑，刚走到外间，就听到萧天耀在身后道：“记得，让人送汤过来。”

朱御医身子一直，头也不回，连连点头，完全忘了萧天耀根本看不到。

朱御医这次真的是被萧天耀吓坏了，一走出帐篷，人就虚脱了，靠在一旁的柱子上，大口大口地喘气：“王爷真是太可怕了，说变脸就变脸，也不知道提前说一声。明明之前还很好说话，叫他做什么就做什么，怎么突然就变脸了呢？难道是因为王妃没事了，用不上我了，所以就翻脸不认人？”

朱御医大胆猜测，小心求证，结果越想越是这么一回事：“王爷果然是过河拆桥，媳妇娶进房，媒人扔过墙，用不上我了就让我滚，太不近人情了，和王妃简直没法比。”

朱御医一脸郁闷，可不等他调整好心情，看守轩辕挚的小兵就急急忙忙跑过来，隔着百米的距离大喊：“朱御医，朱御医……不好了，不好了。”

朱御医吓了一跳，回过神就朝乱说话的小兵瞪眼：“什么不好了？老夫好得很。”

朱御医知晓这人是看守轩辕挚的人，怕轩辕挚出事，即使万般不愿，朱御医还是拎着药箱走了过去。

“不是，不是朱御医不好了，是……是大皇子，大皇子不好了。”小兵看到朱御医慢悠悠地走过来，急得不行。

这都什么时候了，朱御医还慢慢走，就不怕出事吗？

“大皇子怎么不好了？”不过是百米的路，朱御医很快就走到小兵面前，十分自然地把药箱丢给对方拎。

“大皇子流血了，流了好多血，我，我们都不敢动。”小兵接过药箱，哭着脸道。

朱御医听罢，半点儿也不着急：“不就是流血嘛，他中毒了，流点儿血是正常的。”他们家王妃虽然没有怎么流血，可轩辕挚能和王妃比吗？

轩辕挚毒发后，他又没有怎么管；他们王妃一毒发，他就用上好的药材精心医治。

“是头上，大皇子头上流了好多血，一动不动就跟死了似的。朱御医，你快去看看吧，大皇子看着不好了。”小兵心里着急，生怕轩辕挚死在牢里，死在他手上。

轩辕挚可是帝国大皇子，真要死在他手上，他就是有一百条命也赔不起呀。

“什么？脑袋流血？不会是磕到哪里了吧？”朱御医脸色一变，瞬间从满不在乎，变成凝重担心。

还是那句话，他们怎么折腾轩辕挚都行，就是不能让他丢命，不然帝国肯定会找他们的碴。

“不知道，我们也不敢乱动，朱御医你快去看看吧。”小兵急得快要哭出来了，拉着朱御医就往前跑。

“哎哟，哎哟……你慢点儿，我一把老骨头，跑不动呀。”朱御医被小兵拉得一个踉跄，险些摔倒在地。

小兵哪里顾得上这些，一鼓作气，把朱御医带到石牢：“朱御医到了，你快看看大皇子，他还有没有救？”

“看什么看，你先让老夫……”朱御医扶着石门，大口大口喘气，可他喘到一半就顿住了，瞪大眼睛看着倒在血泊里的轩辕挚，眼中满是惊恐与害怕……

完了，完了，大皇子要死在军营了！

朱御医连连后退，险些摔倒在地。

“怎么会这样？”朱御医扭头，看向看管轩辕挚的小兵。

小兵本就吓得不轻，见朱御医一副“大皇子死了，天要塌下来了”的样子，就更害怕了：“我，我也不知道，我进来的时候，就看到大皇子倒在血泊里……”

小兵隐约可以猜到，应该是他们给大皇子塞布时，把大皇子带倒，以致撞到了脑袋，可这个时候打死他们也不能说出来。说出来了，他们就是罪人了。

“王爷让你们看管大皇子，你们怎么可能不知？”朱御医气狠狠地瞪了小兵一眼，深吸了口气，抢过小兵手上的药箱往里走，“你们到底是怎么看守人的？居然出这么大的事。”要是大皇子有个三长两短，他拿什么跟王爷交代呀？

一想到萧天耀那张冰山脸，朱御医就忍不住背脊一寒，在心里默默祈祷，大皇子千万不要有事！

朱御医还不知道轩辕挚到底是个什么情况，并不敢移动他，只是蹲在他身侧，探探他的鼻息与脉搏，确定轩辕挚还有气在，朱御医狠狠地松了口气。

小兵见状，忙问：“朱御医，大皇子没事吧？”他们之前探了鼻息，大皇子还有气，就是不知道有没有救。

“还有一口气，有没有事谁知道？”朱御医没好气地回了一声，小心地移动轩辕挚的脑袋，动作轻柔得就好像是捧着什么稀世珍宝。

一点儿一点儿将轩辕挚的脑袋移动，朱御医很快就看到了轩辕挚后脑勺上的大窟窿和那块染血的石头，当即狠狠地吸了口气。

这伤，难办了！

伤在后脑勺，伤口有婴儿拳头那么大，虽说现在没有流血，可那只是血凝固了，只要轻轻一动，这血还是会继续流。

轩辕挚已经失血过多，再流下去怕是要流干了，除了头上的伤之外，轩辕挚还中了毒，身体本就比平时虚弱，也不知能不能扛过去。

小兵看朱御医一脸凝重，紧张地问道："朱御医，大皇子还有救吗？"老天保佑，大皇子可千万别死了。

"不知道。"朱御医这话并非气话，而是的确没有把握，"过来，解开大皇子身上的铁链，帮我把人抬出去。"

"钥匙在莫少爷身上，小人得去请示莫少爷。"小兵一脸忐忑地说道。

"赶紧的，顺便抬个担架过来，这里冰冷冰冷的，不适合养伤。"朱御医一脸不耐烦地说道。小兵连连点头，跑得飞快。

莫清风此时正在军营，得知轩辕挚出事，莫清风脸色微变："王爷知道这事吗？"

"王爷还不知，王爷在王妃那儿，不许任何人打扰。"小兵如实禀报。

莫清风知道这个时候去找萧天耀也没用，便拿着钥匙随小兵一同去了地牢。

特事特办，他相信王爷能理解。

莫清风过来的时候，自然也把担架带来了，看到躺在血泊里，面色惨白的轩辕挚，莫清风才知事情比小兵说的还要严重。

"朱御医，大皇子怎么样了？"莫清风走进来，问道。

朱御医此时已冷静下来，只是一张脸臭得很："现在还不知，先把人抬到帐篷再说，这里不适合医治。"

"好，我来帮你。"莫清风上前开锁，然后与小兵一起，在朱御医的指导下，将轩辕挚抬上担架。

朱御医的手一直按在轩辕挚的伤口上，时不时地就提醒一句，让抬担架的人慢一点儿、稳一点儿。可就是这样，轩辕挚脑袋上的伤口还是裂开了，血不断地往外溢，把朱御医吓得不行："赶着投胎呀？我让你们慢一点儿，慢一点儿听到没有？"

军营的地面并不平稳，要是不走慢一点更加颠簸，抬担架的小兵已经走得很慢了，担架也很平稳，并没有颠簸，大皇子的伤口再次渗血跟他们一点儿关系也没有。不过，现在不是和朱御医较真的时候，小兵再次放缓速度。仍旧止不住往外流的血，朱御医没有办法，只得用银针替轩辕挚止血。

银针一落，血很快就止了，只是这银针扎在脑上，要是长时间禁止心脏向大脑供血，轩辕挚很容易脑死亡，就算不死，脑子也会坏。

"快一点儿，赶紧跑。"朱御医不得不催促抬担架的小兵动作迅速一些，以争取时间。

一会快，一会慢，抬担架的小兵都要被朱御医玩坏了，却不敢吱声，朱御医说快，他们就飞快地跑起来，很快就跑到了离石牢最近的帐篷。

“就这里了，把人抬进去。”朱御医也不管这帐篷是谁的住处，直接征用了。

天大地大，人命最大，小兵自然要听朱御医的。

“把人放床上。”朱御医将床上的东西全扫在地上，好方便莫清风等人把轩辕挚放上去。

“小心点，千万别碰到大皇子头上的银针。”轩辕挚的脑袋上还扎着银针，朱御医生怕银针一歪，他救人不成反杀人。

“放心，不会碰到。”莫清风亲自动手，将轩辕挚平放在床上，朱御医见轩辕挚的情况还算平稳，当即松了口气。

“还好，还好，没有出什么意外。”朱御医忙将轩辕挚头上的银针取下。而银针一取下，轩辕挚后脑勺的伤口又开始流血。

这一次朱御医没有惊慌，而是十分镇定地打开药箱，学着林初九给伤者缝合外伤的步骤，给轩辕挚清理伤口、止血、上药、缝合……

而在朱御医紧急救治轩辕挚的时候，萧天耀正在给林初九喂鸡汤，虽然动作笨拙得很，十勺就有七勺流了出来，但认真仔细不敷衍的态度值得表扬。

磕磕绊绊地将一碗鸡汤喂完，萧天耀唤来亲卫，让人再送一碗鸡汤过来。

亲卫快步进来，接过空碗，却没有急着出去，而是一脸凝重，单膝跪在地上。

亲卫只是跪在地上，在萧天耀开口前，并不敢开口说话，他不是流白，没有萧天耀的允许，亲卫根本不敢在这个时候擅自开口。

萧天耀扭头看了一眼，冷声道：“说吧，什么事？”他身边的人虽不是人精，却也不是笨蛋，要不是有重要的事，必不会在这个时候撞枪口。

“回王爷的话，大皇子伤了脑袋，朱御医说大皇子命在旦夕，生死难定。”亲卫说话时声音颤抖得不行，说完后更是低着头，根本不敢看萧天耀。

轩辕挚身份特殊，王爷一再交代他们，一定要看好，不能让他死在东文，可现在呢？

他们还是让轩辕挚出事了！

“伤了脑袋？你们下的手？”萧天耀眼眸一挑，很快就恢复平静，见林初九嘴角有汤渍，淡定自若地拿过放在一旁的帕子，将林初九唇边的汤渍抹去，而后又将自己的手擦干净，丝毫不在意这帕子是林初九用过的。

对于一个有洁癖的男人来说，这可真是不容易。

“回王爷的话，大皇子是自己撞伤了脑袋。”亲卫急忙说道，生怕晚一步萧天耀就不信他们的话。

“嗯。”萧天耀应了一声，表示知道这事了。

至于后续如何处理？亲卫等了半天也没有等到萧天耀的命令，不知如何是好，犹豫再三还是小声地问道："王爷，大皇子……"

"死了再来告诉本王，出去。"萧天耀冷着脸，语气严厉至极，把亲卫吓得差点趴在地上。

"是，是，卑职告退。"亲卫捧着碗，如同捧着圣旨一般，要多恭敬就有多恭敬。

萧天耀一个眼神也没有给，扭头见林初九的衣领沾到汤汁，不由得皱眉。

那一点儿汤汁就如同白玉上的瑕疵，让萧天耀十分不自在，想也不想就动手将林初九的衣服脱下，为她换上一身干净的衣服。

看着怎么折腾也没有反应的林初九，萧天耀心中自责，轻抚她的脸颊，低声道："早些醒来，本王给你赔罪。"只要林初九能平安无事，他不介意赔罪。

很快，第二碗热汤送来了，萧天耀仍是不假他人之手，亲手照料林初九。有了第一次的经验，这一次萧天耀做得十分好，至少洒出来的汤汁没有那么多了，林初九的衣服也没有弄脏。

给林初九喂完汤后，萧天耀起身准备去外间处理公务，还未坐下，亲卫就进来禀报："王爷，外面有一位姓时的公子求见，他说只要说他的姓，王爷就会见他。"

亲卫说完后就低头，借此掩饰心中的忐忑。他知道王爷这个时候没心思见客，可对方衣着不凡，气度非常，他根本不敢拒绝，这才会大着胆子进来通报。

"来得真快。"这天下姓时的人没几个，他认识的姓时的也就那么一个，"让他进来。"

时逸寒找上门，萧天耀自然不会拒绝，就算是看在时逸寒背后势力的面子上，萧天耀也会给他三分面子。

考虑到林初九的存在，萧天耀并没有在主帐与时逸寒会面，而是让人把他带到苏茶原来住的帐篷。

现在，这座帐篷已被萧天耀征用，用来处理一些不算重要的公务，还有接见来客。

时逸寒一身银色长袍，腰间系着同色绣着金丝的腰带，头上只有一根清透碧绿的玉簪，通身再无其他的配饰，看上去简约至极，可这番装扮配上时逸寒精致俊朗的长相，气度高洁，华贵无双。

再加上那双不笑带情、一笑勾人的眸子，瞬间便能吸引所有人的目光。

亏得这军中没女子，不然见到时少主这般俊美不凡的男子，怕是腿软得走不了路。

"萧王，我们又见面了。"不需要萧天耀招呼，时逸寒就在萧天耀对面坐了下来。

时逸寒身上的银色长袍好似自带闪光，一进来就闪花了人眼，此时坐在萧天耀的对面，更是将室内的光华抢去一半，衬得整间帐篷暗淡无光，包括他对面的萧天耀。

这是时逸寒与萧天耀之间无声的较量，时逸寒利用外在条件先声夺人，一进来就压了萧天耀一头，他本人却像是毫无所觉，看萧天耀的眼神平和如常，就好像来见好友一般。

萧天耀自是不会与时逸寒计较，略略往后一仰，拉开两人的距离，轻易就破了时逸寒的压制。

不等时逸寒反应过来，萧天耀就道：“时少主来找本王，何事？”

“确实有一件小事。”时逸寒顺着萧天耀的话，提起正事。

“听闻帝国大皇子轩辕挚正在王爷的军中做客，可有此事？”“做客”二字进可攻退可守，可以谈条件，又不会撕破脸，时逸寒十分喜欢。

上一次时逸寒绑走苏茶，说是请苏茶做客，这一次时逸寒仍旧用了“做客”两个字，不仅给了萧天耀面子，也替轩辕挚圆了场子。

“是有此事。”萧天耀是在众目睽睽之下把轩辕挚带来的，自然不会否认。

“不知萧王可否卖我一个面子，让我把人带走。萧王放心，大皇子出了这个门，与王爷之前的恩怨就此一笔勾销。”时逸寒相信轩辕挚也愿意这么做。

被一个小国亲王给绑了，这种丢脸的事轩辕挚肯定不愿意让帝国知道，否则轩辕挚肯定会被其他皇子抨击得一文不值。

与其把自己愚蠢无能的一面暴露出来，轩辕挚绝对会选择吃暗亏，悄悄地掩下此事。

只要轩辕挚不把事情说给帝国听，帝国自然也就没有理由拿这件事做由头寻萧天耀的晦气。这么一来可谓是皆大欢喜，萧天耀就算没有占到什么便宜，可也没有吃亏。

时逸寒相信，萧天耀一定会同意他的提议，毕竟萧天耀曾找上门，希望他出面帮忙摆平帝国的事，现在他揽下了此事，萧天耀没有理由拒绝。

时逸寒一脸笃定，等待萧天耀的答复，可不想萧天耀却拒绝了。

“为什么？莫不是萧王觉得，我时家的面子不够大？”时逸寒很恼火，十分地恼火。他极少拿时家的面子行事，第一次摆出时家，居然被人拒绝了。

是他时家沉寂太久，以至于让人忘了他们时家的可怕了吗？

萧天耀又摇了摇头：“不，本王很想卖时少主这个面子。”这是实话，让时家欠他一个人情，远比绑着轩辕挚划算。

轩辕挚是帝国的皇子不错，可除了能在东文这四个小国横行外，他还有什么用？

帝国的皇子，没有封王，没有实权，算得了什么？

“那是为什么？”萧天耀的话，让时逸寒的怒火稍稍平息下来。

“本王很想把人交给时少主，就怕时少主不敢接。”把半死不活的轩辕挚给了时逸寒，恐怕不仅无法让时家欠他一个人情，时逸寒还得与他结仇吧？

“你把大皇子怎么了？”时逸寒是一个聪明人，萧天耀把话说得这么明显，他要猜不到那就有鬼了。

“时少主这么说就错了，不是本王把大皇子怎么了，而是他自己把自己怎么了。”萧天耀说得又慢又绕口，时逸寒略想了一下，才明白萧天耀的意思，不由得皱眉问道：“他怎么了？”轩辕挚不会到现在还没有弄清情况，自己作死吧？

萧天耀可不是其他人，萧天耀连他这个时家少主都敢得罪，真要惹毛了萧天耀，他绝不会把一个帝国大皇子放在眼里。

“撞伤了脑袋，生死不明。”萧天耀一脸平静地将轩辕挚的境况说了出来。时逸寒却瞬间不平静了，猛地站了起来：“你说大皇子生死不明？”

折辱轩辕挚是一回事，要轩辕挚的命，又是另一回事，轩辕挚现在生死不明，萧天耀还坐得住？

“你在骗我？”时逸寒不相信，轩辕挚要是死了，萧天耀还能这么冷静？

依帝国霸道的作风，不管轩辕挚的死与萧天耀有没有关系，只要轩辕挚死在萧天耀的地盘上，帝国就一定会要萧天耀赔命。

“本王有必要骗你吗？时少主不信可以亲自去看。”萧天耀轻拍了一下巴掌，“来人，带时少主去见大皇子。”

“是。”守在门外的亲卫得令，走了进来，行礼后摆出一个请的姿势，“时少主，这边请。”

时逸寒一脸怀疑，看了萧天耀一眼，最终还是起身：“萧王，希望你说的不是真的。你应该明白，大皇子要是死在这里，你会有多麻烦。”

萧天耀没有说话，脸上的神情也不见丝毫紧张，让时逸寒越发不解。

时逸寒皱了皱眉，快步往外走，在亲卫的带领下，来到轩辕挚暂住的帐篷，还未走近就闻到一股血腥味。

“大皇子怎么了？”时逸寒走到门口，看到有小药僮进进出出，随便拦了一个问道。

小药僮没有见过时逸寒，可架不住时逸寒气质好，外加身后有亲卫跟着，小药僮慌忙行个礼就道：“回公子的话，朱御医说大皇子撞到了要害，怕是不好了。”

大夫一向喜欢把病情说得严重，可一般情况下绝不会说出“不好了”这三个字，当大夫把这三个字说出来时，那就表明病人十有八九是真的不好了。

“伤得这么重？”时逸寒一直以为萧天耀是骗他的，现在看来萧天耀说得还轻了。

时逸寒脸色微变，大步往里走，刚踏进帐篷，就看到一个穿着白大褂的老头，站在轩辕挚身侧，用一根奇怪的针，将轩辕挚的脑袋缝起来。

“你在做什么？”时逸寒从未见过这种医治方法，见朱御医拿着针，在轩辕挚的脑袋上穿来穿去，只当朱御医要害他，大声喝道，并冲上前拍开了朱御医的手。

时逸寒的动作又急又快，营帐内的人压根没有反应过来。跟在时逸寒身后的亲卫倒是反应过来，可他完全不是时逸寒的对手，压根拉不住时逸寒。

朱御医正专心致志地给轩辕挚缝合，生怕出意外，全部心神都放在轩辕挚的身上，时逸寒突然一喝，直接把朱御医吓了个半死，以至于时逸寒冲上来时，朱御医根本来不及躲避，被时逸寒拍了一个正着……

“啪”的一声，朱御医手中的银针，直接戳进了轩辕挚的伤口。

“啊，啊，啊……”轩辕挚昏迷不醒，就是痛死也发不出声音，大声尖叫的是朱御医，“完了，完了，落错针了，王妃要是看到，非得杀了我不可。”

朱御医又叫又跳，脸色白得吓人，完全没有注意到正在用杀人般的眼神看着他的时逸寒，跑上前想要将插在轩辕挚脑袋上的针取下来，好销毁证据。

朱御医哪想到自己一动，时逸寒就捉住了他的手：“大胆！”

只听见“咔嚓”一声，朱御医的手断了！

这还不够，时逸寒把朱御医的手折断后，又把人甩了出去。

“嘭……”朱御医摔在地上。

“啊……”朱御医发出杀猪似的惨叫声，可他却不是呼痛，而是大喊，“完了，完了，这下全完了！”

完了，完了，他的手受伤了，王妃又昏迷不醒，没人能救大皇子了。大皇子要是死了，他们所有人都要陪葬。

而这一切，都是这个突然冲进来的疯子造成的。

“啊……”朱御医大喊一声，眼泪飙了出来。

他犯了错，犯了大错。现在大皇子要死了，全是他的错，全是他的错呀。

“王妃，我对不起你，我对不起你呀！”朱御医趴在地上，痛不欲生，后悔至极。

“王妃，王妃……”眼泪与鼻涕齐飞，朱御医哭得像个孩子，扭曲的手被他压在身下，而他此刻完全感觉不到痛。

此时，后悔、自责将他整个人都淹没了，他根本不想站起来面对残酷的现实。

“朱御医！”亲卫冲进来，可惜为时已晚，只来得及将朱御医扶起来。

“朱御医，你没事吧？”亲卫扶起朱御医，担心地问道。

他担心的不是朱御医的伤势，而是朱御医受了伤，谁来救帝国的大皇子？

“我……”朱御医刚开口，就被暴怒的亲卫打断：“朱御医，你的手，你的手……”

朱御医的手以一种诡异的姿势弯曲着，根本无法再动。

“啊……疼，疼，疼死我了。”朱御医好似这才发现自己的手被折断了，疼得哇哇大叫，指着时逸寒大骂，“这个混蛋到底是哪来的？来人，来人，快把他押送到王爷面前，告诉王爷，就是这人害死了大皇子。”

“什么？大皇子死了？”亲卫脸色一白，手止不住地颤抖，差点儿再次把朱御医给甩到地上去。

“现在还没有死，可谁敢保证下一刻不死？我这个死样子，怎么给大皇子医治？”朱御医气得不断地抖动自己的手。

亲卫看到朱御医癫狂的样子，不安地道：“朱御医，你真的没有办法给大皇子医治了吗？”朱御医是军中医术最好的大夫，要是朱御医都没法医大皇子，大皇子还有救吗？

“我的手都折了，还怎么给大皇子医治？我自己都要大夫医治。”朱御医一想到这里就悲从中来，再次指着时逸寒破口大骂，“这个混蛋是哪里来的？还不快把人绑到王爷面前？”

朱御医望向时逸寒的眼神，就好像是要吃了他一样：就是这个人，打断了他救治大皇子，毁了他的手，也毁了他医治大皇子的可能，要是东文因此被帝国给灭了，他就是罪人。

“这……”亲卫一脸为难，他不知道时逸寒的身份，可看王爷对这位公子的重视，也知这位公子不一般，哪里敢动手？

“这什么这，还不快把人带走？他就是害死大皇子的凶手。”要不是手受伤了，朱御医真想冲上前，把时逸寒那张脸给挠花。

太可恨了，太可恨了！

时逸寒被眼前的事弄得一头雾水，不过有一点他可以肯定，那就是眼前这个老头并非谋害轩辕挚，而是在救轩辕挚。

“要害死大皇子的人是你。要不是我来得及时，大皇子这个时候已经死了。”想到朱御医之前的动作，时逸寒眼睛微眯，杀气十足。

朱御医气炸了：“什么？你说我要害死大皇子？你……你简直是无耻，无耻。”朱御医气得全身都在颤抖：“来人，来人，快把这个疯子给我丢出去。不对，要告诉王爷，这件事一定要告诉王爷。”

“哼……你以为萧天耀会相信你的话？”时逸寒不客气地冷哼，这里谁都可能暗害轩辕挚，唯独他不会。

“你，你……居然直呼王爷的名讳。”朱御医忌惮地看着时逸寒，气焰一瞬间就弱了。

敢直呼萧王的名字，可见这人来历非凡，朱御医拿不准时逸寒的身份，也不敢多说，跳着脚对亲卫吼：“还愣着干什么？还不快去看看大皇子现在怎么样了？是死了还是没有死？”老天保佑，那一针可千万别戳到要害，不然大皇子可就惨了。

“是，是，小人这就去查看。”亲卫不敢迟疑，连忙上前，却被时逸寒挡住：“离大皇子远一点。”

时逸寒看了一眼朱御医，又看了一眼轩辕挚，总觉得事情有些不对，似乎他做错了？

“时少主，我们也想离大皇子远一点儿，可大皇子这个情况，还需要大夫救治。时少主，请你让让路，不要耽误小人查看大皇子的情况。”亲卫不敢得罪时逸寒，好声好气道。

“大皇子还没有死！”这一点儿时逸寒可以肯定，要不是这样，他也不会给朱御医留一口气。

“没死？太好了，太好了。”亲卫眼前一亮，扭头道，“朱御医，大皇子还没有死，你……你快看看，大皇子还有救吗？”

朱御医闻言松了口气，不过当他看到自己扭曲的右手，又颓废了："现在还没有死又怎样？我这个样子也没法医治大皇子，至于其他的大夫，他们恐怕也没能耐医好大皇子。"

王妃倒是有这个本事，可惜王妃现在自己还需要大夫医治，哪里能来医治轩辕挚？

这话朱御医不敢说，就怕说出来会给王妃添压力，到时候轩辕挚有个三长两短，帝国报复东文，有心人一煽动，说不定就会有人指责王妃，说王妃没有医好轩辕挚，不然他们就不会有事了。

人心太可怕了，朱御医不敢冒这个险。

"这，这可怎么办？"亲卫的脸色白了又白。

"我怎么知道怎么办？我都这样了，你指望我也没有用。小二子你过来，把大皇子头顶上的针取下来，给大皇子上药。"朱御医上前看了，无比庆幸那一针没有扎在要害，要不然轩辕挚早就一命呜呼了。

"是，师父。"小二子上前，麻利地取下针，将多余的线剪断，然后给轩辕挚上药。

这一次时逸寒没有出手阻止，因为他看到了轩辕挚头顶上密密麻麻的线与针脚，猜测朱御医刚刚应该是用针线替大皇子缝合伤口。

这种治伤的方法，时逸寒从未见过，是以，见到朱御医拿着带线的针扎轩辕挚，才会认为朱御医要害轩辕挚。

不是他疑心太重，实在是他之前与萧天耀交锋，完全看不出他在乎轩辕挚的生死。

没有时逸寒的打扰，小二子很快就帮轩辕挚包好了伤口，可接下来的医治怎么办？

要知道，轩辕挚除了头上的伤外，还中了毒，他根本没能耐医治……

第五章　从此萧郎是路人

朱御医的情况十分糟糕，不仅右手被时逸寒折断，时逸寒那一甩，直接让他断了三根肋骨，他这个时候能站起来，完全是凭着一口气。

当然，朱御医凭的不是什么硬气，而是怒气与怨气。他简直快气疯了，恨不得把时逸寒大卸八块。不过，看到时逸寒直呼萧天耀的名字，又一副与大皇子很熟的样子，朱御医就是再气也不敢如何。

朱御医这人虽然经常不靠谱，却对危险有种野兽一般的直觉，直觉告诉他，时逸寒不好惹。是以，即使心里憋了一口气，朱御医也只敢吼两句，再多就不敢了。

在朱御医的提议下，亲卫快步跑去找萧天耀，请萧天耀过来定夺，在等萧天耀过来的这段时间，朱御医与时逸寒都一副恨不得撕碎对方的凶狠样。

当然，只有朱御医在瞪时逸寒，时逸寒压根就没有看朱御医，他这会正盯着大皇子的伤口看。

大皇子那伤，从外表根本看不出是人为的还是自己弄的，他对萧天耀的说法持怀疑态度。

大皇子这样的人，把命看得比什么都金贵，绝不可能拿自己的小命冒险，这里面绝对有问题。

时逸寒摸着下巴，仔细思索。

那边，萧天耀从亲卫口中知道事情的经过后，不由得皱眉：时逸寒还真是一个添乱的家伙。

带着一身寒气，萧天耀大步来到营帐，一进来就看到一脸杀气的时逸寒以及一身狼狈的朱御医。

“王……爷！”朱御医一听到脚步声，就忙转身，不等萧天耀走进来，就夸张地扑倒在地，“王爷，救命呀，救命呀。这不知哪来的浑人，他要杀大皇子，王爷，救命呀……”

朱御医喊得十分夸张，就像是唱戏一般，声音高亢婉转。萧天耀耳朵一动，一脸嫌弃。时逸寒直接堵上耳朵：“你这请的是太医还是戏子？本少主真的很怀疑他的医术。”

“朱御医，你先下去休息。”萧天耀看到了朱御医受伤的手。不过，他让朱御医下去，不是体谅他伤了手，而是受不了朱御医那浮夸的演技。太差劲了。

除了接受不了朱御医浮夸的表演，他那张糊满鼻涕与泪水的脸，也让萧天耀受不了。简直是脏得不能多看一眼，他都要回去多看林初九几眼，好洗眼睛。

“谢王爷，谢王爷。”朱御医不知道萧天耀在想什么，还以为萧王体谅他受了伤，一脸激动地退了下去。

看到凶狠得恨不得吃了自己的大夫在萧天耀面前一脸谄媚，时逸寒嘴角微抽，嘲讽地道：“果然有什么主子，就有什么样的手下。”那个叫苏茶的也是这调调，油嘴滑舌，让人讨厌。

“比不上时少主。”萧天耀完全不给时逸寒面子，高傲地讽刺回去。

“萧王还真是半点儿亏也不吃。”时逸寒没好气地冷哼一声，“有心情嘲讽我，不如想想怎么医好大皇子，大皇子要是死在你这里，帝国绝不会放过你。”

“时少主贵人多忘事，大皇子还没有死，就算死了也与本王无关，害死大皇子的人是你。”只看一眼，萧天耀就知道轩辕挚还有气。

不过，看到朱御医那伤势，萧天耀也知，大皇子危险了。在军中，除了朱御医与林初九外，其他的大夫只能医医普通的伤，大皇子这伤现在没人能医。

时逸寒冷冷道：“萧王倒打一耙的本事果然高明。”他什么都没有做，就凭萧天耀一句话，就要让他背上谋害帝国大皇子的罪名？开什么玩笑！

“本王有没有倒打一耙，时少主你自己心里明白。时少主伤了可以为大皇子医治的大夫，致使大皇子现在命在旦夕，他一旦出事，时少主你就是凶手。”萧天耀说得不疾不徐，神情淡然，那神情绝没有把罪名往时逸寒身上推的意思，只是在陈述事实。

“那庸医明明是要害大皇子，多亏本少主及时阻止，萧王不感激本少主，还把事情往本少主身上推，是不是太过了？”时逸寒承认，他之前的举动确实冲动了些，可他的出发点是好的。

他哪里知道，拿一根针在人脑袋上穿来穿去是在治病。

“时少主心里很明白朱御医是在救大皇子还是害大皇子，本王就不多说了。毕竟，没有人能叫得醒一个装睡的人。”萧天耀扫了时逸寒一眼，幽深的眸子好似能将人看透，也就是时逸寒脸皮厚，没当回事，换成别人，定会心虚地别开眼神，不敢同萧天耀对视。

“时少主，好定力。”萧天耀赞了一句，可这句夸赞却充满嘲讽的意味。时逸寒只当没有听懂，笑着接纳："多谢萧王夸奖。萧王，眼下大皇子在你的地盘出事，你看该怎么办？"

萧天耀淡淡道："伤了就治，时少主把军中最好的大夫弄残了，本王眼下也只能随便让一个大夫过来看看。至于大皇子是死是活，只能听天由命。"时逸寒想把自己择干净，简直是在做梦。

萧天耀一句话就把时逸寒牵扯其中，将他绑在轩辕挚的生死之上。

"这军中，莫不是只有那一个庸医？"时逸寒心里膈应，可他没有弄清情况，伤人在先，被萧天耀捏住了把柄，又能如何？

"朱御医不是庸医，他是东文医术最好的大夫之一，除了朱御医外，在军中也只有本王的王妃有可能救治大皇子，可惜……"萧天耀给了时逸寒希望，接着话锋一转，露出淡淡的遗憾。

"可惜什么？"时逸寒追问，眼神不善地盯着萧天耀，萧天耀这个男人太狡猾了，他感觉萧天耀又给他挖坑了。

"可惜，本王的王妃被大皇子下了毒，现在生死未卜。"萧天耀没有卖关子，时逸寒开口问了，他便大方地说了出来，只是这答案说了比不说还让人郁闷。

"你的王妃医术不是很好吗？怎么会让大皇子下毒成功？莫不是萧王你夸大了萧王妃的本事？"不是时逸寒嘴这么毒，实在是萧天耀这人话不多，可每一句话都能把人气炸。

"大皇子是什么身份？有帝国做靠山，谁敢忤逆他？"萧天耀不客气地反讽回去，不等时逸寒开口，又道，"大皇子身上的毒，就是当日他下给本王妃的毒，本王不过是以牙还牙。"

"以牙还牙？你有什么资格以牙还牙？萧王，你是不是在东文猖狂太久，以至于认为所有的皇帝都要看你的脸色行事？"时逸寒对于此行深表后悔，早知道萧天耀连给轩辕挚下毒的事都敢做，他一定不会来。

萧天耀太傲了，连帝国的面子都不给，又怎么会给他面子？他简直是自找麻烦。

"本王一向忠君爱国，时少主慎言。"萧天耀眼眸轻动，扫了轩辕挚一眼，很快又收回，漫不经心地道，"时少主，大皇子现在就在这里，你随时可以把人带走。"

时逸寒瞪眼："把人带走？你把人弄得半死不活，你叫我带走？"要只是中毒或者受伤，他还能把人带走，可现在呢？

轩辕挚又是中毒，又是受伤，生死未卜，他现在把人带走，就脱不了干系。

"伤是大皇子自己折腾的。时少主，本王敢作便敢当，没必要撒谎。"萧天耀一脸平静，眼中波澜不惊，完全没有被人诬蔑的愤怒和急切辩解的意图，平静得让人无法怀疑他的话。

事实上也没有必要怀疑，他连给轩辕挚下毒都敢做也敢说，还会在乎别的吗？

"就算不是你，也与你脱不了干系。萧王，大皇子要是有个三长两短，帝国绝对不会放过你。”这一点时逸寒可以肯定，为了颜面，为了震慑四国，帝国绝不会放过萧天耀。

“本王在东文等着。”萧天耀平静应下，完全没有挑衅的意思，却无端让人生气，恨不得把萧天耀那张脸给捏扁。

萧王，太欠扁了。

“你……”时逸寒气得想要打人，转念想到自己好像打不过萧天耀，又生生忍住。

这种说又说不过，打又打不过的感觉真憋屈，他时少主什么时候这么窝囊过?

萧天耀完全不受时逸寒的怒气影响，仍旧是慢悠悠地说道：“时少主不把人带走，就请自便，别耽误大夫救他。”

萧天耀说完，眼神扫向亲卫：“派大夫照看大皇子，闲杂人等退下。”

“是。”亲卫双手作揖，恭敬地答道。

“派大夫？军中有医术好的大夫吗？不是说医术最好的大夫就是刚刚那个老头吗？”事关轩辕挚的安危，时逸寒不得不问清楚。

“嗯。”萧天耀轻应一声，完全没有要给时逸寒解释的意思，交代亲卫调重兵保护轩辕挚，不要让闲杂人等靠近后，萧天耀抬脚就往外走。

“萧王，等等……”时逸寒快步跟上前，“大皇子伤得这么重，你不请名医为他医治，就把他丢给普通的大夫？”

“穷乡僻壤，没有好大夫。”萧天耀脚步不停，边走边道。

时逸寒也只能跟上：“没有好大夫你就去请呀，凭你的名号要请一个好大夫还不容易吗？实在不行，你也可以让黑甲卫去请呀，帝国的大夫怎么也比你军中那些大夫强。”

“本王很忙，时少主要是不放心，可以派大夫前来。”萧天耀一句话，就把事情推给了时逸寒。

时逸寒脸都气黑了：“我是来帮你和大皇子调解纠纷的，不是来给你打杂的。”他到底是中了什么邪，才会跑来找虐?

“大皇子都要死了，这纠纷能解决吗？”萧天耀脚步一顿，扭头看向时逸寒。

他原先是想让时逸寒来调解一下双方的矛盾，可现在还有必要吗？人死了，矛盾就解不开。

“你……你就不怕大皇子死了，帝国报复你吗？”时逸寒不明白，萧天耀怎么就不在乎大皇子的生死?

“怕，可是怕他就不会死吗？”萧天耀很快就收回目光，继续往前走。

时逸寒怔了一下，只得再次跟上：“既然怕，这个时候你不该请名医尽力救治大皇子吗？”

“没空。”萧天耀还是那么傲娇的两个字。时逸寒真要吐血了：“帝国……”

“帝国并不是独一无二，帝国也不能想做什么就做什么，帝国还没有强大到可以傲视群雄，无视任何人的地步。”萧天耀不客气地打断时逸寒的话。

“你这话是什么意思？莫非你认识圣域的人？还是认识千翔帝国的人？”时逸寒眼眸一转，便想到一个有能力给帝国施压的势力。

萧天耀没有正面回答，而是说道：“时少主觉得，本王的武功是谁教的？”

时逸寒瞪大眼睛看着萧天耀：“难怪你这么有恃无恐，有圣域的人为你出面，帝国怎么也要给个面子。”

轩辕挚与萧天耀之间的事，根本说不清谁对谁错，轩辕挚死在萧天耀的手里，只能说技不如人。

“本王什么也没有说。”萧天耀适时出言中止时逸寒的脑补，可时逸寒已经先入为主地认定萧天耀与圣域有关系，任凭萧天耀说什么，他也不会收回这个想法。

时逸寒无奈地道：“看样子你是不会在乎大皇子的生死，罢了，既然本少主插了一脚，我便去寻个大夫来吧。”

他们时家与中央帝国皇室有那么一点关系，他没来还好，既然来了，就不能任大皇子横死而不出力。

时逸寒是个行动力极强的人，话刚落下，人就如同清风一般往外走了。萧天耀停下脚步，看着时逸寒消失的方向，无声一笑：时少主，还真不是一般好骗。

希望时少主动作快一些，赶在轩辕挚死之前把大夫请来。

萧天耀收回目光，继续往回走，没走两步就看到金吾卫快步跑来，远远就喊道：“王爷，王妃，王妃……”

林初九醒了，可是状态很不好，或者说她醒来后，整个人都不对劲！

金吾卫怕出事，便急急忙忙跑过来找萧天耀，请萧天耀示下。

萧天耀听到金吾卫的禀报，微亮的眸子再次暗淡下去，一声没吭，直接朝主帐走去。金吾卫见状，只得快步跟上，一路上半个字都不敢哼。

因之前林初九摔在地上，半天都没人发现，萧天耀怕再次发生类似的事，走之前特意把那两个村妇叫进来照顾林初九。

此时，那两个村妇就站在林初九的床旁，可她们却是干站着，拧着衣角，不知所措，根本就没有照顾林初九。

见到萧天耀进来，那两人忙跪在地上，完全派不上用场。

萧天耀眉头轻皱，冷冷地喝了一声：“出去！”

两个村妇连滚带爬跑了出去。

萧天耀则开始打量林初九。

林初九醒了，不过状态十分糟糕，就好像封闭了自己一样。

林初九平躺在床上一动不动，眼睛睁得大大的，看着屋顶，半天也不见眨一下，眼珠子也不移动，如同失了魂魄一般。

这样的林初九和死人没区别。

萧天耀只觉得心脏莫名地揪痛，上前，半蹲在林初九身旁，轻抚林初九的脸颊，唤了一句："林初九。"

没有反应！

"林初九。"加重语气，再叫，林初九仍旧不动。

"林初九！"萧天耀再次加重语气，同时握住林初九的手，在自己的脸颊上轻轻地蹭着，可林初九依旧没有动静，完全把自己封闭了。

萧天耀又是心疼又是生气，用力捏了捏林初九的手，怒道："林初九，别装了，本王知道你能听到。"手被捏得泛青，要是平时林初九早就炸毛了，此刻她却一点反应也没有，任凭萧天耀加重力道，也不曾将手抽回。

萧天耀心中不安，语气越发地恶劣："林初九，别逼本王折断你的手。"

他知道林初九除了在乎自己的小命外，最在乎她那双手，平时都会小心保养，因为她是要握刀的，握救人命的刀。

"耍脾气也要有限度，本王的耐心一向不好。"萧天耀耐心不错，可林初九的冷漠与无声的抗拒，已将他的耐心耗尽。

"最后一次，你再不说话，本王就折断你的双手。"萧天耀握住林初九的手指，加重力道。这力道，这姿势，无不告诉林初九，他是认真的，他说到就能做到，可是林初九仍旧没有给出回应，好似放弃了自己一样。

"你……"萧天耀又气又恼，狠狠地甩开林初九的手，"林初九，你以为本王只是吓吓你吗？"居然连自己的手都不要了，林初九这是疯了吗？

"呵呵……"一直不曾吭声，如同木偶一样的林初九突然笑了，笑着笑着眼泪就流出来了，"我的手就在这里，折呀。"

像是故意激怒萧天耀，林初九说话时，直接把右手抬了起来："折右手，这只手用的机会多一些，折断了我就什么也不能做了。"折断了，她也就彻底死心了。

"林初九，你真以为本王不会折断你的手吗？"萧天耀握住林初九的右手，加重力道。

"不，我相信王爷会，所以王爷你动手吧。"林初九闭上眼，一副认命的样子。

"你这是找死！"紧握林初九手指的姿势没有变，可萧天耀也没有再加重力道，就这么握着，保持在让林初九感觉到痛，却又不会伤了她的地步。

真要折断林初九的手，他不舍，也下不了手！

"不……我在给我们之间做一个了断。你折了我的手，从此你我便是陌路。"林初九侧过头，定定地看着萧天耀。

瞬间消瘦下去的脸颊，衬得她的双眼越发大，也越发空洞无神，明明林初九的眼中空洞得可怕，萧天耀却感觉似有一把刀子，从林初九的眼中飞出，笔直扎进他的心脏。

痛！痛得让人无法呼吸，就好像心脏被人捏住，来回扭拧一般。

"林初九，你做梦！"萧天耀大口大口喘气，从牙缝里挤出这六个字，再次甩开林初九的手，萧天耀厉声道，"林初九，你是本王的妻子，只有本王不要你，你休想摆脱本王，除非本王死！”

手被萧天耀捏得生痛，林初九脸上却没有表露半分，勾唇一笑，邪魅地道：“那我就……找机会杀死你好了。”

“想杀本王？凭你？下辈子都没有可能。”听到这话，萧天耀不仅没生气，脸上的表情也柔和了几许，可惜林初九看不到。

“哼……”林初九笑了一声，“王爷，你之前说你会答应我一件事，这个约定还算数吗？”

“和离与休妻不行。”除此之外，别的事他都可以答应，哪怕是生灵涂炭、颠覆江山，只要林初九开口，他都可以做到。

可惜，林初九不是一个有野心的人，她压根就没有想过这些，她要的只是：“送我回京！”

林初九知道萧天耀不会跟她和离，更不会休了她，可她却不想待在萧天耀身边，至少现在不想。她现在看到萧天耀就烦，她怕自己忍不住会和他吵起来。

不，不能说吵，他们两人之间，怎么也不能说吵，萧天耀绝不会和她吵起来，顶多就是她单方面的“无理取闹”。

“回京？”萧天耀顿了一下，沉默片刻才道，“可以，等你身体好了，就动身。”那时候边境的事安排得差不多了，他也该起程回京城了。

林初九只说要回京城，没说要谁送，他护送林初九回京也是一样的，不是吗？

“我的身体没事，我现在就要走，今天下午。”她是中毒不是受伤，毒解了就没事了，至于身体虚弱，那完全是因为饿的，吃饱了就有精神了。

“不行！”萧天耀想也不想就拒绝。才发生这样的事，他要是让林初九现在就走，他和林初九之间的误会，还有解释清楚的可能吗？

“呵……又是不行。王爷，有什么要求是你能做到的？要不你直接告诉我好了。”林初九侧头看向萧天耀，一脸嘲讽，许下承诺的是萧天耀，现在不履行的也是他。

“不是不行，只是晚些时候罢了。你的身体，不宜舟车劳顿。”萧天耀没有正面回答林初九，那一脸严肃的样子，就好像这就是他不让林初九现在离开的原因一样。

“我是大夫，我很清楚自己的身体怎样，王爷只需要同意就好，其他的事我自己可以安排好。”她现在身子虚，可身上没有外伤，坐马车还是没有问题的。

“本王说不行就是不行，再等半个月，半个月后本王送你回京。”看着一脸倔强的林初九，萧天耀最终还是后退一步，给了一个出行的期限。

“看样子我们又没得谈了，王爷出去吧，我想休息了。”半个月？半个月后，萧天耀都可以班师回朝了，她要愿意等半个月，就不会现在提出来。

她要的是现在就离开萧天耀，最好此生永不相见。

“嗯。”萧天耀看着林初九，张了张嘴，最终什么话都没有说。

现在的林初九根本就是拒绝与他沟通，再说下去，他们极有可能会和之前一样吵起来，而他现在不想跟林初九吵。

交代好暗卫照看林初九，萧天耀便回到处理公务的帐篷，刚进去亲卫就来报，莫清风求见。

萧天耀正在给京城的人回信，听到这话头也不抬，只让莫清风进来。

“王爷，我是来请罪的。”莫清风进来，跪在萧天耀面前，低头请罪。

萧天耀没有看他，握笔的力道不变，写字的速度也不变，根本没有与莫清风交谈的意思，莫清风也不敢再开口，笔直地跪在地上。

一封信长达三页，萧天耀写得虽快，可也用了不少时间，约莫两炷香后，萧天耀才停笔。

萧天耀仍旧没有管跪在下首的莫清风，拿起信纸从头到尾看了一遍，确定无误后，将信纸放在一旁，端起桌上的茶喝了两口，等到字迹全干，便将信纸折起来装进信封，落印，召来暗卫：“快马加鞭，送到京城。”

“是。”暗卫双手接过，闪身离开。

此时，莫清风已经在地上跪了一刻钟，却半点怨言也没有，大有萧天耀不开口，他就一直跪下去的架势。

萧天耀这才正眼看向他：“起来吧，等大皇子死了，再跪。”人还没有死，现在说什么都太早了。

有时逸寒在，萧天耀相信轩辕挚还有得救。

“谢王爷。”莫清风起身，一脸羞愧，“王爷，大皇子的情况十分糟糕，朱御医也不太好。我刚刚去看了朱御医，他断了三根肋骨，右手被折断了，没有一年半载怕是养不好。”

“嗯。其他的大夫怎么说？”萧天耀有一下没一下地敲打着扶手，神情淡漠，看不出情绪。

莫清风想了一下，才明白萧天耀问的是轩辕挚的事，忙道：“其他大夫看过大皇子的伤势后，说朱御医大致已处理好，解毒丸也给大皇子服下了，现在只能看今天，只要大皇子能熬过今晚，就不会有生命危险。”

“嗯。让人盯着，别走漏了风声，本王现在没空管黑甲卫。”要是莫清风失职，让黑甲卫知晓轩辕挚的事，莫清风就只能自己去解决。

“王爷放心，我已经安排好了，绝不会走漏风声。”至于时逸寒那里，莫清风是不担心的，军中的人不知晓时逸寒的身份，他却是知道。

时逸寒是天藏影月的少主，做的是消息买卖的生意，嘴却很牢，没银子……绝不会开口。

“嗯。”萧天耀点了点头，挥手示意莫清风退下，手挥至一半又顿住，“重新找两个人照顾王妃。”那两个村妇哪里能照顾好林初九？

“呃……是！”莫清风这一次应得没有那么爽快，这穷乡僻壤，他去哪儿找让王爷满意的人服侍王妃？

那两个村妇都是他花了大力气找来的，要去找两个更好的，他就得进城了。

莫清风抬头看了萧天耀一眼，见他没说话，只得接令，恭敬地退下。

莫清风走后，萧天耀并没有继续处理手上的工作，而是坐在那里，眼神深邃，不知在想什么……

萧天耀走后，林初九把那两个服侍她的人唤进来，让她们准备一些吃食，她要吃东西。

在床上躺了许久，这几天一直靠汤药吊命，她真的是饿了，现在就是有一头羊在她面前，她也能吞下去，可是她不能！

许久没有进食，她的肠胃不是一般的娇弱，现在只能吃粥和汤类，还得清淡才行。

两个村妇在萧天耀面前，除了瑟瑟发抖外什么也不会做，在林初九面前就好多了，虽然拘谨，可林初九交代的事情，她们也能做好。

很快，林初九要的蔬菜粥就端了上来，林初九一连喝了三碗仍觉不够，却不敢再吃了，她虚弱的肠胃受不了暴饮暴食。

强忍着还要再吃的欲望，林初九让两个村妇将碗收了下去，召来暗卫，让他们去把朱御医找来，她需要朱御医帮她准备一些药材，好在路上用。

萧天耀不同意她今天离开，并不表示她就会乖乖留在这里，脚长在她身上，只要她能从床上起来，她想去哪里，萧天耀管不着。

萧天耀不让她今天离开，那她完全可以明天离开，她真的要走萧天耀拦不住。

林初九把一切都计划好了，不想暗卫却说朱御医受伤了。

"朱御医伤得很重吗？"朱御医那人平日里那般小心，怎么会受伤？而且，在军中，谁敢伤朱御医？

"肋骨断了三根，右手骨折，军中的大夫说没有一年半载养不好。"暗卫如实禀报。林初九却吓了一跳："朱御医这是被人打了吗？谁下的手？"哪怕是两军交战，也不会伤大夫，这是各国的约定。

"听说是天藏影月的少主，他与大皇子相熟。朱御医救治大皇子时，被天藏影月的少主看到，那位少主以为朱御医要害大皇子，便出手伤了朱御医。"暗卫不在现场，这件事也被萧天耀下令封口，详细情况他也不是很清楚。

"天藏影月的少主？还真是会添乱。"林初九咬了咬牙，在心里把那位少主狠狠骂了一通。

"阿嚏，阿嚏……"刚摆脱黑甲卫，回到临时住处的时逸寒，正准备通知天藏阁的人送一个好的大夫过来，刚写完信就狂打喷嚏，鼻涕落在字上，把写好的信给污花了。

"倒霉，又要重写。"时逸寒郁闷地将信纸揉成团，丢在一旁，"自从和萧天耀打交道后，我就一直倒霉，一件事也不顺，早知道这样就乖乖留在家里了。"

时逸寒重新铺了一张纸，认命地研墨，重写。

林初九确定朱御医伤得不轻后，便把暗卫打发走了，同时也让那两个村妇出去，没有她的命令，不许进来。

确定内室无人，林初九这才从医圣之心里拿出自己需要的药，按分量服下。

药里有安眠的成分，林初九吃完药没多久就迷糊过去了，等到她醒来已是两个时辰后。

吃饱、睡足，林初九看上去精神了许多，虽然脸上依旧没有多少血色，整个人却透着一股活力，之前的死气沉沉荡然无存。

林初九醒来时，已是傍晚时分，天色有些阴暗，云层压得很低，好似要下雨一般，让人觉得压抑。

不过，这一切林初九顾不上多想，她正忙着吃东西，好快速恢复体力。林初九喝了两碗粥，又吃了两块糕点，身上有了力气，在村妇的帮助下，换上了干净的衣服，由两个村妇搀扶着往外走。

“王妃，您要出去？小的让人抬轿子来。”金吾卫看到林初九出来，忙上前行礼。

“不必，我走走就好。”林初九拒绝了金吾卫的好意，慢慢地往外走。

她在床上躺了好几天，身体又酸又软，再躺下去不知会变成什么样。

“这……”金吾卫一脸为难，“王妃，王爷说了……”

“王爷那儿，我自会交代。”林初九不等对方说完，就接过话茬。

金吾卫无奈，只得跟在后面贴身保护，同时给同伴使眼色，让他赶紧去禀报给王爷知晓。

金吾卫的动作不算隐蔽，林初九看在眼里，不过没说什么，只是走自己的。

这是军营，是萧天耀的地盘，只要萧天耀想知道，她的一举一动都瞒不过他。

林初九目标明确，她出来除了走一走、消消病气外，还有就是去看朱御医。暗卫虽然说了，可没有亲眼看到，心里总是放不下。

从主帐到朱御医住的地方，有很长一段距离，林初九平时就要走两刻钟左右，此时走走停停，速度就更慢了。

走了两刻钟，才走了三分之一的路，林初九全身是汗，剩下的路她根本走不动了，而且此时天已经黑了，空气潮湿沉闷，看样子好像要下雨，万一半路淋到雨，她就惨了。

“去，抬个轿子来。”林初九想了想，扭头，对身后的金吾卫道。

“啥？”跟在身后的金吾卫不知在想什么，没有听到林初九的话，林初九重复一遍，他才反应过来。

“哦哦哦……轿子，小人这就让人抬顶轿子过来，王妃稍候。”金吾卫转身就跑去找轿子，没走两步就看到同伴抬了一顶轿子过来。

“咦？我没让人抬轿子来呀。”金吾卫愣在原地，一脸不解。

同伴将轿子抬到面前，他还拦住人家，问了一句：“你怎么知道王妃要坐轿子？”这人莫不是王妃肚子里的蛔虫，怎么知道王妃这个时候需要轿子呢？

“啥？王妃要坐轿子了？我不知道，是王爷让我抬来的。说是跟在王妃身后，王妃什么时候想坐就坐。”抬轿的金吾卫飞快地解释了一句，不知是有意还是无心，他解释时特意提高了音量，生怕林初九听不到一样。

“王爷英明。”金吾卫是萧天耀的嫡系部队，个个都把萧天耀奉若神明，知晓这是萧天耀提前安排的，顿时一脸敬佩，比自己得了夸奖还要高兴。

林初九心里郁闷得不行，她前脚说让人抬轿子过来，萧天耀的人后脚就把轿子抬过来了。她这个时候说不坐就真矫情了，可要她毫无芥蒂地坐下去，她又觉得憋屈。

她就这么坐上了萧天耀让人抬来的轿子，不就表示她愿意接受萧天耀的歉意，愿意原谅他吗?

金吾卫不知林初九的纠结，只当自己来得及时，正好在王妃需要轿子的时候出现，这世间再也没有比这更好的事了。

“王妃娘娘，请……”金吾卫欢欢喜喜地上前，将轿子停在林初九身旁。

说是轿子，其实就是木椅加两根棍子，和上山用的竹椅差不多，简陋得不行。

林初九暗自叹了口气，知道矫情下去没有意思，虽然心里不愿，还是默默地坐了下去，而后闭上眼，任由金吾卫将她抬到朱御医的帐篷前。

“王妃，您小心。”一炷香不到，金吾卫就把林初九安全送到，稳稳地将轿子放下，示意两个村妇上前，扶林初九下轿。

“谢谢。”林初九朝抬轿的金吾卫道了一声谢，那四人又惊又喜，忙道不用谢，一切都是王爷的吩咐，他们不过是奉命行事。

林初九但笑不语，朝朱御医的帐篷走去，刚走没有两步，就见天地变色，一瞬间天黑得吓人，紧接着豆大的雨珠像断了线的珍珠，拼命往下落。

“下雨了！”两个村妇吓了一跳，忙护着林初九往里走，“王妃娘娘，快，快躲进去，好大的雨，好大的雨呀。”

“快，快寻地方躲雨。”抬轿的金吾卫见状，连忙将轿子抬起来，朝一旁的帐篷跑去，不想转眼间雨势变大，倾盆而下，声势骇人。

“快，快去粮仓看看，别把粮草淋坏了。”军中的士兵忙乱了起来，哪怕是大雨也不敢躲起来，而是到处跑来跑去，检查粮仓和兵器房。

“快，快去伙房看看，那里地势较低，别积了水。”

……

虽然事出突然，可军中的纪律极好，士兵们跑来跑去却不见慌乱。雨势越来越大，很快就模糊了视线，林初九看了两眼，发现什么也看不清，便转身走进帐篷。

帐篷里除了朱御医外，还有两个小医徒，朱御医的伤已经包扎好了，躺在床上痛得直哼哼，两个徒弟一个贴心地给他敷帕子降温，一个在旁边煎药。

“突然下雨了，也不知道我们的帐篷会不会积水，要是积水可就麻烦了。”给朱御医敷药的弟子忧心忡忡地说道。

“唉，师父还发着烧呢，这帐篷虽然防水，可泡了水还是有湿气，不利于师父休养。”煎药的小徒弟不断叹气。

“听说王爷没有处治打伤咱们师父的人，你说王爷这是什么意思？莫不是不重视咱们师父？”

“我也听说了，王爷好像没有追究那个人的错，就这么让他走了，也没有说给师父一个交代。”

“难不成师父这伤就白受了？王爷这么做，也太叫人心寒了。”

……

许是雨势太大的原因，朱御医师徒三人并没有发现林初九的到来，两个小徒弟旁若无人地抱怨着，直到朱御医听得不耐烦，睁开眼斥责他们，这才发现林初九正站在门口。

“王妃，你，你来了？”朱御医声音虚弱，隐有一丝尴尬。

两个小徒弟猛地抬头，看到林初九站在门口，脸色一白，煎药的小徒弟手一抖，险些把药给洒了。

“王妃，小的给王妃娘娘请安。”两个小徒弟扑通一声跪在地上，身子抖得不行。

“起来吧。”林初九摇了摇头，并没有追究的意思，两个小徒弟忙不迭地爬起来，拘谨地站在角落，低头不敢吭声。

“王妃，那个，那个……他们只是随口说说，有口无心，你，你别往心里去呀！”朱御医尴尬地开口，却不知怎么解释。他的弟子私下说王爷坏话，被王妃当场听到，这叫个什么事呀。

林初九道：“没事，我什么都没有听到。”

“谢王妃。”朱御医习惯性地抬手，想要摸摸后脑勺，却发现自己的手伤了，根本没法抬起来。

朱御医只得郁闷地放弃，抬头，发现林初九还站着，忙道：“王妃，你快坐，快坐。”许是忘了自己身上有伤，朱御医还想坐起来与林初九说话，结果一动就扯动了伤口。

“哎哟，哎哟……”朱御医痛得大叫。林初九一脸无奈：“朱御医，你是不是忘了自己身上有伤？”

“可不就是忘了，我都好多年没受过伤了。”朱御医疼得龇牙咧嘴，眼睛、鼻子挤成一团，“这次可真是要了我的老命，那打我的人是谁？我之前都忘了给他扎一针了。”

朱御医虽然呵斥了徒弟的抱怨，自己心里到底也是不爽的，他被人打成这样，怎么也要打他的人付出代价才行。

“听说是天藏影月的少主。”林初九在朱御医身侧坐下，伸手，示意朱御医静下来，她要给朱御医把脉。或者说，她要用医圣之心给朱御医检查一下。

“天藏影月的少主？时家的人？”朱御医脸色大变，双眼瞪得大大的，死死地看着林初九，等林初九确定。

林初九点了点头，手指搭在朱御医的脉搏上，在给朱御医把脉的同时，顺便查看医圣之心给出的诊断。

“居然是时家的人，我这顿打算是白挨了。”朱御医叹气，像是霜打的茄子。

林初九在京城就听说过天藏阁与影月楼，自然知晓天藏影月的少主是怎样的存在，同情地看了朱御医一眼，仔细查看医圣之心给出的诊断结果。

和暗卫说的一样，朱御医断了三根肋骨，右手粉碎性骨折，不过暗卫没有说的是，朱御医内脏出血了，而且现在还发烧了。

“你的情况很不好，内脏出血，需要清除，而且你现在还在发烧。”军中的大夫擅长外伤与接骨，朱御医的骨头固定得很好，只是右手哪怕休养好了也不会有之前那般灵活。

朱御医自己就是大夫，当然知道自己的情况很不好，可现在军中缺大夫，稍好一点儿的大夫都在大皇子那里。

大皇子的情况，可比他危险多了。他这里能有两个人照顾已是好的，他不能要求更多，更何况：“军中没有哪个大夫，能帮我把内脏的瘀血清出来。”别说旁人，就是他自己也做不到，这样的情况下，他还能有什么要求？

“我能！”林初九斩钉截铁地说道，没有一丝迟疑。朱御医却没有放在心上：“你？你现在这个情况，能管好自己就不错了，我的伤你就不用操心了，死不了的。”

林初九自己都是一个病人，而且病得不轻，要让一个病人给自己医病，朱御医做不到。

“我只是毒发，体弱，养上一两天就有精神了。就算现在恢复不到全盛时期，可要替你清除瘀血还是没有问题的。”

朱御医可不敢让林初九累着，忙道：“王妃，不用，不用的……我的伤没事，养养就好了。”他真心没有胆让林初九拖着病体劳作，要让王爷知道肯定会打死他。

“你的伤没事，可我有事。如果没有意外的话，我过两天就要回京了。”林初九默默地把时间推后了两天，空出时间给朱御医医治。

朱御医一愣：“回京？王爷要班师回朝了吗？”仗都打完了，王爷也是该回去了。

林初九摇摇头：“不是，王爷没有这么快，是我要先回去。”在军中，她唯一能聊得来的就是朱御医，这些事她也没有必要瞒着朱御医。

“啊？王妃你要先回去？京城出事了吗？”莫不是皇上催王爷回去，王爷不愿意回去，就推王妃出去送死吧？

还别说，这种事王爷还真做得出来。王爷对王妃好是不错，可这个好也是有前提的。王爷对王妃有多好，王妃就得承担多大的责任。这一点，旁人看不清，朱御医可是看得清清楚楚，王妃这段时间承受的压力，可不是一个女人能承受的，也亏得王妃坚韧，撑到了王爷回来。

想到这里，朱御医望向林初九的眼神充满同情。林初九一脸不解，却也没有追问，只当朱御医脑子抽了。朱御医脑子经常抽，这不是第一回，也不会是最后一回，林初九现在已习惯。

林初九摇了摇头，道："不是，京城没有什么事，是我自己想回去。在这里待久了，我想京城了。"

如果可以，她真想再待几天，医圣之心要求她医治的人就剩下几百个了，如果她能医完再走，就能摆脱医圣之心的控制，日后再也不用担心被医圣之心坑，或者被医圣之心惩罚了。

可惜，这只能是奢望。别说她现在迫切地想走，就是她不走，留在这里，萧天耀也不会允许她拖着病体，去伤兵营给伤兵医伤。就算她能说服萧天耀，伤兵营的病人也不敢让她这个病王妃医治，她再怎么说也是亲王妃，谁敢让亲王妃带病为他们医治?

朱御医隐晦地看了林初九一眼，隐约猜到了一点，却不敢多问，顺着林初九的话说道："早些回京也好，你一个姑娘家待在军营确实不方便。"

林初九笑了一声，没有否认"姑娘"的说法，在大夫面前撒这种谎，太蠢!

"对了，你……"林初九开口，正想问朱御医泡药浴的药方，不料刚开口就听到外面有人在喊："不好了，不好了，积水了，朱御医的帐篷积水了。快，快给朱御医挪个位置，把朱御医安置到伤兵营去。"

在扎营时，将士们就注意到了地势问题，伤兵营扎在地势最高的位置，只要不是连着下暴雨，一般情况下都不会积水，至于其他人就没有那么幸运了。

朱御医此处地势中等，不过因为朱御医经常在周围挖坑埋药渣，以致水坑无数，雨势一大，水在坑里溢了出来，便朝帐篷倒流。

这还不是最严重的，最严重的是朱御医把四周的土挖松了，大雨一冲，泥土流失，帐篷就无法固定了，眼看着就要倒了，朱御医就是不想走也得走。

换句话说，朱御医这是自己作死。

林初九出去，听到小兵的解释，顿时无语了。她瞪了朱御医一眼，对一旁的小医僮道："给你师父收拾一下，这里不能待了。还有药材，全部包好，可别泡了水。"

"没事，没事，我那些药材，都用油纸包了好几层，就是泡在水里也不会坏。"朱御医一脸嘚瑟地说道，一激动又扯到了自己的伤口，痛得龇牙咧嘴。

林初九直接气笑了……

此时，萧天耀正在帐篷里指挥将士抢险，得知朱御医的帐篷浸水，即将倾塌。萧天耀脸色一变，不顾外面的大雨，拿起一旁的蓑衣就套在身上，毫不犹豫地冲进大雨里。

"王爷，王爷……"帐篷里的几个小将反应过来，连忙追了出去，任凭他们喊得再大声，速度再快，也追不上萧天耀的身影。

等到他们冲出帐篷，只看到漆黑一片和倒天似的大雨，连辨别方向都是难事。

林初九并不知外面发生了什么事，盯着朱御医的徒弟收拾帐篷里的药物，又指挥两个村妇帮朱御医收拾东西，并且把朱御医包好。朱御医现在可是重伤患者，淋不得雨，尤其是伤口处，更是不能沾雨水，一定得仔细包好。

好在朱御医为了包药材，备有不少油纸，林初九不用担心油纸不够，怕两个村妇不够仔细，林初九亲自动手，替朱御医包伤口。

“小心点，千万别碰到手。”林初九轻声叮嘱道。

别看朱御医还有说话的力气，伤势着实不轻，比伤兵营大多数伤兵的伤还要严重几分。朱御医这个时候有力气说话，纯粹是医者的乐观，还有就是他用的药好！

人都是自私的嘛，好药材就那么一点，真要用在伤兵身上，也就够几个人用，给谁都不好，索性谁也不给，留着自己用。

“嗯嗯。”朱御医痛得直哼哼，眼神暗淡没有光彩，完全没有与林初九说话时的精神。

说话的时候还能转移一下注意力，不会那么痛。现在，朱御医只感觉全身都像是刀割一样，痛死他了。

看朱御医可怜巴巴的样子，林初九叹了口气，安慰道：“你刚吃了止痛的药，两炷香后药就会起效，到时候就没有那么痛了。”

“谢谢王妃。”朱御医扯了扯嘴角，露出一抹虚弱的笑，他一向是乐观的人，要不是痛得实在厉害，他也不会露出苦笑。

林初九摇了摇头，小心地用油纸把朱御医上半身全给包了起来，刚收拾好，小兵就抬着担架过来了。

“担架，担架来了。朱御医我们赶紧走，这水都溢进帐篷了。”小兵穿着蓑衣，仍旧一身是水，身上几乎没有干的地方，可见雨势之大。

林初九刚刚出去过，知晓外面是个什么情况，想到朱御医的伤，林初九不由得皱眉：“雨这么大，可怎么走？不能把帐篷加固一下吗？”

不仅仅是雨大，天还黑，根本看不见路，朱御医身上的伤很重，本就不适合移动，万一途中出点什么事，可就麻烦了。

“不走不行呀，朱御医帐篷外面全是坑，里面积满了水，好几个人在外面舀水，才没让水漫进来。而且外面的土地都松了，天晴的时候还好，我们找点土压一压还成，现在我们根本压不住，就是搬石头来也压不住，这帐篷就算不被水淹了，也会被大雨冲倒。”小兵抹了一把脸，这才看清问他话的是林初九，当即吓了一跳，“王，王妃。小人，小人不知道是你，小人……”

说话间，小兵就要跪下请罪，林初九先一步将人扶住：“无事，你们小心一些，把朱御医安顿好再说。”

“是，是。王妃放心，小人一定会小心，绝不会让朱御医出事。”就是他们出事，也不能让朱御医出事。

那小兵怕林初九不放心，又道：“王妃你放心，这里离伤兵营不远，我们会当心的。”朱御医每天都要去伤兵营，他的住处自然不会离伤兵营太远。

林初九点了点头，指着湿漉漉的担架道：“先在担架上铺一层油纸，再把朱御医抬过去。”

“王妃，我们没有油纸了。”小兵低着头，一脸尴尬地道。

朱御医的徒弟听到，抱着一卷油纸跑了过来：“我有，我有，我这里还有油纸。”

手脚利落地将油纸铺好，小徒弟紧张地看了林初九一眼，见林初九没有不快，这才退到一旁。

“来几个人，把朱御医抬起来。”小兵见一切准备就绪，冲着门口喊了一句。

他的话刚落下，就见一道黑影冲了进来，速度之快，来势之猛，把众人吓了一跳。

“啊！”抬担架的小兵首当其冲，踉跄后退一步，险些跌倒在地。小兵气不顺，还没站稳就破口大骂：“你大爷的，谁他娘的跑得这么快，赶着去投胎呀？”

黑影没有理会小兵，身形一闪，来到林初九面前，伸手将人搂进怀里：“林初九，你没事吧？”声音忐忑，带着一丝不安。

雨势太大，来人速度又快，又穿着蓑衣，林初九还真没有看清是谁。见对方朝自己奔来，林初九本能地摆出防御的姿势，可惜还没有摆好，就被人搂进怀里了，正想给对方一肘子，就听到萧天耀熟悉的声音。

“王爷，怎么是你？”林初九挥出去的手，半路收回，生生改为抵在两人中间。

“没事就好。”萧天耀答非所问，倒是松开了林初九，可却不是放开她，而是后退一步，双手按在她的肩膀上，将人仔细查看一遍。

此时，帐篷里的人都吓坏了，尤其是那几个刚刚骂了脏话的小兵，更是吓得瑟瑟发抖，不敢抬头。

我的娘呀，我居然骂了王爷！

几个小兵想死的心都有了，恨不得现在就把朱御医抬出去，别让萧王爷看到他们的脸。

萧天耀可没空理会他们，将林初九从头看到脚，又从脚看到头，再三确定林初九没有出事，可仍旧没有松手。

“王爷……”林初九一脸尴尬，很想推开他，可看到萧天耀一脸严肃，就知她就是说了也没有用，索性别开眼，眼不见为净。

不想一扭头就对上朱御医戏谑的眼神，林初九更是囧得不行。

萧天耀完全无视帐篷里的其他人，确定林初九无事后，便将身上的蓑衣解下，穿在林初九身上。

林初九默默望天，一言不发，任由萧天耀摆布。

林初九一直懂一个道理，那就是不管两人私下怎么吵都行，人前她得给萧天耀面子……

第六章　他的林初九

萧天耀无视林初九的抗拒，强硬地帮她穿好蓑衣，然后拉着她的手就往外走：“这里不是人待的，我们回去。”

这不是赌气的话，这里确实不是人待的，随时都有倒的可能，而且不止朱御医的帐篷，和他相近的几座帐篷也受了灾。

林初九没有说话，却也没有拒绝萧天耀的动作。萧天耀说得没错，这里确实不是人待的，要不是一群小兵在外面不停地舀水，用手抓住帐篷的四周，这座帐篷早就倒了，他们都会被压在里面。

就这样，在众人的目视下，萧天耀带着林初九往外走，一走到门口，萧天耀就将林初九抱起，然后如同一阵风，“唰”的一声消失在众人面前！

“王爷这就走了？”抬担架的小兵，看萧天耀不仅没有追究他们以下犯上的事，甚至问都没有问一句，一个个都傻眼了。

他们，刚刚是白担心了一场？

“不走，留在这里陪你们吗？”朱御医翻了个白眼，“一个个傻愣在那里干吗？还不快过来，把我抬走。”万一帐篷倒了，被压在下面可就惨了。

像是为了证明朱御医的话一样，他的话刚落下，外面的小兵就冒着风雨大喊：“快，快把朱御医抬出去，我们快压不住了。”风太大，雨势又猛，他们人都要被吹跑了。

“来了，来了。”抬担架的小兵忙打起精神，几个人通力合作，把朱御医抬上担架，然后又把帐篷的门给拆了下来，四个人撑起来，挡在朱御医身上，“挡一挡，别让朱御医淋到雨。”

做好准备后，小兵就把朱御医抬了出去。

外面雨大，朱御医帐篷外又有很多坑，深一脚，浅一脚，几个小兵走得很辛苦，时不时就颠朱御医一下，朱御医痛得直哼哼，可他也知现在情况特殊，他不能要求更多，几个小兵已经尽力了。

“还是王妃好，有王爷带着。”又被狠颠了一下，朱御医差点儿没给疼哭，忍不住羡慕起林初九。

而林初九确实是比朱御医好命，不仅身上套了蓑衣，而且一路被萧天耀抱在怀里，脚尖都不曾落地，除了呼呼的风声和哗哗的雨声，林初九几乎没有感受到暴雨的威力。一个愣神间，人就回到了主营帐，将蓑衣脱下，发现自己身上一点都没有湿，只有鞋面淋了雨。

“回房间，换一身干净的衣服。”萧天耀将蓑衣放到一旁，并没有靠近林初九。

和林初九的干爽相反，萧天耀全身都湿秀了，从头到脚几乎没有一处是干的，满脸都是雨水，黑发湿漉漉的，不停地往下滴水。

林初九看了一眼，没有说话，转身回到房内，换了干净的鞋袜。想了想，又给萧天耀取了一套干净的衣服，可等她把衣服拿出去时，萧天耀人已经不在了。

林初九捧着衣服站了半晌，什么话也没有说，只是默默地转身，将衣服放回原处，然后坐在床上，听着雨声发呆。

暴雨下个不停，完全没有停息的意思，时不时就能听到士兵与将领的吼声，唯独没有萧天耀的声音。

一个时辰过去了，两个时辰过去了……雨势不曾减小，将士的咆哮声却小了不少，偶尔还能听到几句，却不像之前那般惊慌，看样子他们已经完成了救援工作。

林初九坐在帐篷里，又等了一炷香，仍旧不见萧天耀回来，也不曾听到萧天耀的声音，更没有人进来帮萧天耀拿衣服。

要知道，萧天耀虽然征用了苏茶的营帐办公，可他的衣服还在这里。

“萧天耀不在营中？”这么大的雨，萧天耀不在营中会在哪里?

这个念头一浮出，林初九就收不回了，越发觉得很可能。

“北历已经退兵，不可能是去北历军营。黑甲卫就在外面，也不可能去找黑甲卫。难不成萧天耀去给轩辕挚找大夫了？”从暗卫的口中，林初九得知轩辕挚的情况不太好，可是……

“就算是去给轩辕挚找大夫，也不会在这个时候动身。”

林初九越想越觉得不对，把之前的猜测全部推翻，可她知道的事不多，除了这些可能外，她一时也想不出别的可能，可就在她准备放弃时，灵光一闪。

“我知道了！”林初九眼前一亮，打个了响指，激动地道，“天外玄铁！萧天耀一定是带人去偷天外玄铁了，如果是我的话，我也会选择在今天动手。天时、地利、人和都占尽了，再也找不到比这更好的机会了。”

夜黑风高，暴雨倾盆，这样的天气最适合打劫。什么都不用做，那倾盆的大雨，就能把所有的痕迹都冲掉。更不用说，黑甲卫还在他们的军营外，萧天耀就是把天外玄铁全搬空了，他们也不会知道。

果如林初九所想的那样，萧天耀把她带回来后，就带着流白与莫清风去了天外玄铁的矿脉，准备洗劫矿脉里的天外玄铁。

这并不是他事先计划好的，而是临时起意。他去找林初九的时候，看到朱御医帐篷外面那些水坑，还有朱御医那座快要倒的帐篷，脑子里就浮出一个大胆的想法，那就是——趁暴雨倾盆去抢矿脉里的天外玄铁，然后制造一起意外，让矿脉倒塌，掩盖所有的证据！

这个办法在平时无法实施，今晚却不成问题。这么大的雨，矿脉滑坡、倒塌再正常不过，就是中央帝国也查不出什么来。

如此天赐良机，萧天耀当然不会放过。之所以走之前没有和林初九说一声，一是怕她担心，再就是没有时间。

他不是老天爷，他不知这场雨会下到什么时候，他必须争分夺秒，一刻也不浪费，赶在雨停之前赶到矿脉，借着大雨为其掩盖，做好这一切。

萧天耀相信，依林初九的聪明，就算他什么都没有说，林初九也能猜到，毕竟他这段时间不管做什么，都没有避着林初九，不是吗？

林初九只是猜测，并不能肯定萧天耀一定是带人去抢天外玄铁了。不过，她也知这种事不能去核实，更不能去问别人，只能闷在心里，甚至事后都不能提。

有些事，能做不能说。毕竟他们现在还没有能耐与中央帝国抗衡。

此时已过子时，离天亮还有三个时辰左右，林初九走出来，看到外面没有尽头的大雨，莞尔一笑。

倾盆大雨也不尽然就是坏事，大雨也有大雨的用途，只是一般人用不上罢了。

林初九又出去看了一眼，见外面一切都恢复如常，除了巡视的小兵，其他人都回了营帐，便放下心来，回营帐休息。

林初九住的是军中最大、最好的帐篷，放下帘子差不多能将外面的声音全部阻隔，是以这一晚林初九睡得很好。

早晨起来时，雨已经停了，不过天气还是阴阴的，地上到处都是积水，帐篷里潮得很，让人极度不舒服。

林初九皱了皱眉，往外走。帐篷外，金吾卫仍旧尽职地守在那里，林初九看他们的衣服还是湿的，脸色也白得吓人。

再看不远处，有许多帐篷都倒了，不少士兵穿着湿漉漉的衣服站在外面，连个避风的地方都没有。

“受灾很严重？”林初九脚步一顿，问向身侧的金吾卫。金吾卫反应极快，立刻道：“回王妃的话，是的……除了粮仓外，大家住的地方都浸了水，生火的干柴也湿透了，勉强只能凑出做饭用的柴火。”

林初九看了一眼，没有说话，转身回到营帐里，确定暗处无人，便从医圣之心里取出一整箱感冒药，将包装全拆了，倒在装衣服的箱子里。

“来人！”做好这一切，林初九这才唤人进来，指着书桌上的木箱道：“这是防风寒的药，你让人去烧水，一碗水加一勺药冲开，先给昨晚一直在抢险的将士们服下。”

勺子林初九准备好了，只是普通的瓷勺，并没有什么特别之处，至于药碗，这就不需要林初九操心了。

金吾卫知晓林初九是个很厉害的大夫，看到这些药一点也不怀疑，感激地道：“王妃仁善，卑职代一干同僚谢王妃大恩。”

大雨过后，身着湿衣服，待在湿淋淋的帐篷里，风一吹就会着凉，很容易引起风寒，每次都会因此死不少人，要是能提前防患，那可真是再好不过。

“先把药抬出去，不够的话就去我之前放药的帐篷取，那里更多。”林初九在军中有一个专门放药的帐篷，那座帐篷昨晚也是重点保护对象，里面的药都没事。

“是，王妃。”金吾卫精神抖擞应道，声音比平时要大上三分。

军中的大夫也准备了防风寒的药材，只是他们带来的药材有限，遇到这么大的雨，他们就是把所有的药都煎了，也只够几百人份。昨天泡在雨水里的人，少说也上千了，他们那点药只是杯水车薪。

林初九就不同了，她有医圣之心在，能拿出足够士兵们用的药。林初九拿出去的药，不需要药僮花时间熬，只需要一碗热水冲开就好了。在金吾卫的协助下，伙夫很快就架好锅烧水，水一开就让昨晚在雨中抢险的人排队领药。

药物一向是重要军备物品，林初九拿出来的药不是凡品，金吾卫十分重视，亲自组织发药，以免发生哄抢事件。

林初九出来时，就看到队伍在缓慢前行，偶尔还能听到金吾卫为她歌功颂德。

“王妃昨夜一晚未睡，就是在为我们准备药材。”

“王妃一直都在关心我们，王妃说了，药量有限，要让昨晚冒雨抢救粮草的兄弟们先喝。”

“大家不要急，一个个来，王妃还在为我们准备药材，还会有的。”

“喝完药，都去干活，发发汗，劈一些柴来，待干了好烧堆火，把衣服烘干。”

……

做了好事就该让人知道，不然怎么收买人心，让旁人敬重她？

是以，明知金吾卫夸大其词，林初九也没说什么，只是默默地朝放药的营帐走去，准备提前放好一些药。

当然，分量不能太多，不然旁人该起疑了。

“王妃好。”

“给王妃请安。”

……

沿途的将士见到林初九，纷纷停下来行礼，语气恭敬，态度端正，比之前更甚。

林初九在军中的地位本就不低，现在则是更高，军中的将士对她是发自内心地敬重与佩服。这与林初九的身份无关，更多的是她的行为、她的能力，让军中将士发自内心地折服与崇拜。

如果有人去军中调查，会发现军中的将士最崇拜的人是萧天耀，最喜欢的人却是林初九。

倒不是因为林初九是女子，而是萧王那一身寒气让人不敢直视，哪怕他们与萧王爷相处的时间更长，轻易也不敢出现在萧王爷左右。

林初九就不同了，虽是亲王妃，却没有高高在上的优越感，平日虽不怎么与他们来往，可瞧着就是和和气气的样子，与萧王爷的高冷做对比，林初九更显亲民。

不过，这些事将士们只敢私下说说，可不敢让萧王爷知晓。一旦被王爷知道他们私下谈论王妃的事，估计会被王爷以训练为名，操练到死。

林初九独自来到存放药材的地方，把一些不需要用的外伤药收回医圣之心，又在箱子里面放了一些预防和治疗感冒、风寒的药。

如此一来，治感冒、风寒的药有了，又不会突然多出来一个箱子，一般人也不会起疑。

林初九召来金吾卫，将存放药剂的两个箱子指出来：“这些药是防风寒的，外面的药用完了，就把这两箱抬出去。”三箱是极限，再多她也没有了。

“是，王妃。”帐篷里的箱子没有变化，金吾卫之前也不曾打开看过，自然不会怀疑什么。

林初九安排好药材的问题后，便准备回去。军营到处都是男子，要不是必须外出，林初九一般都会老老实实地窝在帐篷里，免得给人添麻烦。

不想走出去没几米，就看到一个小药僮气喘吁吁地朝她跑来，看到她便大喊：“王妃，王妃，不好了，不好了。”

“王妃，大皇子，大皇子……”小药僮许是跑急了，一时缓不过气来。

“别着急，慢慢说，大皇子怎么了？”林初九问。

“危，危险。大皇子有危险。石大夫说他救不了，大皇子要，要死了。”小药僮喘着气说道。

“我知道了，我去看看。”林初九点点头，扭头对身旁的金吾卫道，“去拿我的药箱来。”

“是。”金吾卫领命而去。

“前面带路。”林初九知晓轩辕挚伤得很重，却不知他被安顿在哪里，只能由小药僮带路。

“王妃，这边。”惊慌不安的小药僮看林初九气定神闲，也跟着冷静下来，心中暗道：有王妃在，他们根本不用担心。王妃那么厉害，肯定能救活大皇子。

小药僮越想越觉得是这样，脚步也跟着沉稳起来，完全不见之前的慌张。路上林初九问了他一些情况，他都能清晰地表达出来，只是稍稍有点儿小紧张。

林初九所在的地方，离安置轩辕挚的地方有些远，林初九和小药僮走得算快，可也走了差不多一刻钟才到。

远远地就看到有药僮端着血水、热水进进出出，一走近就闻到一股浓郁的药味。

“王妃。”

“王妃来了，王妃来了。”

林初九一走近，众人就赶忙停下手中的活，给她行礼，就连给轩辕挚医治的石大夫，也停下手上的工作，跑到林初九面前：“小人给王妃请安，王……”

“不必多礼。”林初九挥挥手，问，“石大夫，大皇子怎么样了？”

林初九问话时，已走到轩辕挚身侧。

许是余毒未清，轩辕挚脸色发青，又因高烧以至于身上通红，再加上后脑有伤，头上的头发全剃了，整个人看上去十分狼狈，完全没了帝国大皇子的风度与气势。

“大皇子后脑勺的伤红肿溃烂，我不敢乱动，只给大皇子止了血，上了一些药。另外，大皇子一直高烧不退，我让人煎了药，只是效果不好，药完全灌不下去，一点儿效果也没有。大皇子的气息越来越弱，眼看着就要不行了。”石大夫一边说一边冒冷汗。

在林初九面前，石大夫一句也不敢隐瞒，老老实实地报告。

“我知道了。”林初九点了点头，没有发表任何意见，而是上前，亲自检查。

医圣之心的诊断结果和石大夫说的差不多，只不过比石大夫多了两项。一项是轩辕挚失血过多，另一项也就是最重要的一点，轩辕挚脑子里有一块疑似铁片的异物。

只有指甲大小，插在轩辕挚的脑内，肉眼看不到，而这块铁片上面似乎还有锈点，轩辕挚后脑的伤会腐烂，和这块铁片有很大的关系。

“真是……命大。”遇到了她，不然轩辕挚只有等死的分。要知道，一般的大夫没有特殊设备，根本不可能检查得出轩辕挚的脑子里插进了异物。

查不出真正的病因，不仅会错过最佳的医治时间，还会走进治疗误区。

“王妃，大皇子这是有救了？”石大夫听到林初九的话，满怀期待地问道。

“还不能确定，不过问题不大，你让人准备一下，给他换一个干净、干爽的大帐篷，这地方不适合伤患待。”林初九收回手，在屋内寻了一圈，也没有看到可以擦手的布，只得伸手问石大夫要，“干净的帕子，拿来。”

“帕子？这个……没有，纱布成吗？”石大夫一个大老粗，哪里会带帕子这种精致的东西？

“行吧，拿来。”林初九一点也不讲究，拿起纱布细细地将手擦干净。

石大夫见状，嘴角微抽：还真是不是一家人不进一家门，王爷和王妃真不是一般的像。

细细地将手擦干净，林初九便退到一旁，好方便石大夫安排人把轩辕挚抬走，至于去哪儿寻干净的帐篷，这就不是林初九要操心的事了。

如果什么事都要她亲力亲为，她当这个王妃还有什么意思，是吧?

石大夫还没有寻到安置轩辕挚的地方，金吾卫就提着林初九的药箱来了。

林初九接过来，打开一看，确定无误就把金吾卫打发走了。金吾卫出去后，林初九取了一块黑布，挡住了唯一的窗子，这才开始救治轩辕挚。

轩辕挚后脑有异物，需要将他的颅腔打开，才能把异物取出来。之前检查时，林初九就知道了那块异物的大小和所在位置，心里已有医治的方案了。

让小医僮给轩辕挚喂下麻沸散后，林初九又让医僮切了一片人参给他含着，以免他的身体受不住。

林初九屏退了所有人，独自待在房内为轩辕挚医治，金吾卫担心出意外，特派了重兵在外面将屋子层层保护起来。

萧天耀、莫清风和流白三人回来时，就看到石室前围满了人，萧天耀给了流白一个眼神，让他上前询问发生了什么事。

“大皇子怎么了？你们怎么都在这里？”流白上前查问。

金吾卫见到流白，连忙行礼：“流白大人，帝国大皇子病危，王妃正在里面救治。王妃有令，任何人不得进入，我等在外面守着。”

流白一听，默默地后退一步，问道：“王妃在里面做什么？”

自从林初九上次救过流白后，流白对林初九的态度就不一样了。虽不像敬重萧天耀那样敬重林初九，可也差不了太多。

“什么？王妃在救治大皇子？”流白听到这话，语调突然提高。金吾卫吓了一跳，脸色微白：“流，流白大人，有，有问题吗？”难道王妃是奸细，会害死大皇子？

“当然有问题了，问题大着呢。你们是怎么保护王妃的？你们不知道王妃大病未愈吗？这样的情况下，你们居然还让王妃去给大皇子医治，万一王妃累倒了，宰了你们都赔不起。”流白气狠狠地瞪了金吾卫一眼，却也不敢闯门进去，只能转身去找萧天耀，希望萧天耀能把林初九带出来，免得她累倒。

流白快步折回去找萧天耀，萧天耀听罢，沉默片刻道：“让人都散了。”

“是，王爷。”流白低头应是，见萧天耀没有别的吩咐，又提醒了一句，“王爷，朱御医说王妃的身体很虚弱，大皇子伤得很重。”

人是很奇怪的生物，如果林初九一开始就没有碰轩辕挚，那么轩辕挚是生是死，都与林初九无关，可一旦林初九接手医治轩辕挚，却没有医好，那么没有人会去想轩辕挚是因为伤得太重才死的，只会认为是林初九医术不好，没有医好轩辕挚，间接害死了轩辕挚。

流白在萧天耀面前说这话，自然是希望萧天耀出手，把林初九从这一团乱麻中拉出来，不然林初九日后会麻烦不断。

萧天耀明白流白的用意，可是那又如何？

他的女人，想做什么就做什么，就算麻烦不断，那也是他的事。

流白说完，萧天耀连头都不曾抬一下，双眼一直落在手上的书信上。流白见状，无奈地退下。

再次来到石室前，流白把人遣散后，就与金吾卫一起站在外面。不过，他不是为了守卫，而是在想，要是轩辕挚死了，他要如何在第一时间把林初九择干净？

这是一个脑力问题，也是一个超出流白能力范围的问题，流白站在外面想了许久，也没有想出一个所以然，几次想要去找莫清风问问。可又担心他一走，林初九就从石室出来，宣布轩辕挚死了，他错过最佳的解释时间。

“真是烦躁。”越想越想不出好的法子，流白烦躁无比，扯了扯头发，“王妃怎么就不能安分一些？每次都闹出这么大的事来，也不怕把娄子捅大，惹出麻烦。”

在流白喋喋不休地抱怨时，林初九正在为轩辕挚医治。

大病初愈，独自一个人连站两个多时辰，不停地为轩辕挚清理伤口，林初九的体力已经耗到了极致，完全凭借一股气在强撑着。

当最后一针缝完，林初九长长地松了口气：终于结束了。

最后一针落下，林初九靠着床台缓了许久，才有力气拿绷带为轩辕挚包扎。

为轩辕挚包扎好伤口，林初九又细心地为轩辕挚检查了一遍，确定了没有问题，这才往外走……

石门打开，一道光射了进来，刺得林初九睁不开眼，忙抬手挡了一下。

原来，一夜过后，天已经放晴了。

而站在逆光中的林初九，周身萦绕着一圈光尘，一身白衣站在门口，浑身好似有圣光散出。

门外的金吾卫与流白愣了一下，才上前问道：“王妃，大皇子没事吧？”

“王妃，你没事吧？”这是流白问的。

林初九没有立刻回答，而是等到适应了外面的光线才道：“大皇子没事了，最晚两个时辰后就会醒来，让两个小药僮贴身照顾他，醒了，或者有什么突发状况，立刻找我。”

“大皇子没事了？真的太好了。我就知道王妃一定行，王妃就是活神仙。”金吾卫高兴得大喊。

就连流白也长长地松了口气，可流白还没有高兴多久，就发现林初九情况不对。

“王妃，你没事吧？”流白一直注意着林初九的情况，见林初九摇摇晃晃站不稳，紧张地问道。

“我……”林初九张嘴欲言，可却说不出来，伸手想要扶住什么，可整个人好像踩在棉花堆里，双手摸不着任何可以借力的地方，双腿也完全使不上力。

林初九只觉得眼前一黑，身子一晃，毫无预兆地一头栽了下去！

“王妃！”金吾卫吓了一大跳，冲上前就要去抱林初九，却有人比他们更快一步。

“王妃，你没事吧？”流白先金吾卫一步抱住林初九，要不是流白反应快，林初九肯定会直接摔在地上。

“王妃昏过去了。”金吾卫围了过来，唤了几声，见林初九没有回应，大胆地猜测道。

“快去叫大夫，我送王妃回营帐。”流白将林初九打横抱起，疾步朝主营帐走去。

“流……”金吾卫很想说一声，我们去找个担架来，不然王爷看到你抱着王妃肯定要生气，可是流白的速度太快了，金吾卫一个字都没有说出来，流白就抱着林初九不见了。

“好吧，流白大人，我已经尽力了。”金吾卫叹气，转身就去找石大夫。

流白抱着林初九，埋头往前跑，此刻他只担心林初九的安危，根本没有多想，是以在营帐外被金吾卫拉住时，流白直接将人打开：“让开，王妃昏倒了。”

“流……”守卫在外面的金吾卫，眼睁睁地看着流白抱着林初九冲进去，想要提醒流白一句王爷在里面，可惜没有机会。

营帐外的动静怎么可能逃得过萧天耀的耳朵？流白一靠近，萧天耀就察觉到了，等到流白那句话说出来，萧天耀如同一阵风冲了出来，抬脚……

“咚……”正中流白的下盘，流白跌向后方，抱在手中的林初九则因惯性被他抛了出去，流白脸色大惊：“王……”

刚喊了一个字，就看到萧天耀接住了林初九，流白长松了口气，然后就见他直直摔落在地，那一声巨响，就是一旁的金吾卫都为他叫疼。

可是，流白却像是毫无察觉，从地上爬了起来，踉跄着走到萧天耀面前：“王爷，王妃没事吧？”

“哼……”萧天耀冷冷地瞪了流白一眼，抱着林初九转身走进营帐。

“王爷？”流白傻愣愣地站在原地，一脸不解。

王爷好像不高兴，难不成那批天外玄铁有问题？流白心中担心，不顾自己身上的伤，快步跟了进去，还没走两步就被金吾卫拦住了：“流白大人，请留步。”他们刚刚没有拦住流白就算了，要是这次还拦不住，他们就等着去扫马厩吧。

“是不是出了什么事？王爷的心情似乎很不好。”毕竟是萧天耀的营帐，流白不敢硬闯，试探地询问了一句。

“流白大人走后，并没有人来找王爷。王爷心情不好，许是与王妃昏倒有关。”金吾卫仔细斟酌一番，这才回道。

他们能告诉流白大人，王爷心情不好，十有八九是看到他抱着王妃在军营重地到处跑吗？流白大人，你在抱王妃过来的时候，就没有想过王妃是王爷的妻子吗？你明明可以用担架把王妃抬过来，或者让王妃在地上躺一下，回来找王爷的，你为什么要自己抱过来呢？你就不知道男女授受不亲吗？

金吾卫有一肚子的话想说，不过看到流白一脸迷惑，还不知王爷为啥生气的样子，金吾卫一句话也说不出来。

到现在，流白大人还没有弄明白，惹得王爷不高兴的人是他，他们还能怎么样？

“流白大人，你身上有伤，要不先去看大夫？王爷在这里，王妃肯定不会有事。”金吾卫见流白杵在门口一动不动，生怕王爷看到会不高兴，好心地劝说道。

“嗯，我先走了。”流白沉默片刻，一脸凝重地点头。

有王爷在，王妃肯定不会有事，他留在这里确实没有用。

“流白大人慢走。”金吾卫一脸欢快地把流白送走，恨不得点两挂爆竹庆祝一下。

流白走了，王爷的心情应该会好些吧？要知道，王爷心情不好，倒霉的可是他们这些近身服侍的人。

流白走后没有多久，石大夫就被侍卫拖了过来。

石大夫的年纪和朱御医差不多，不过明显没有朱御医那么有活力，平时走路都是慢吞吞的，哪里跟得上侍卫的速度。侍卫嫌他走得太慢，怕耽误林初九的病情，便直接架着他的胳膊，把人拖了过来。

“大夫来了，石大夫来了。”侍卫气都不喘，直接把石大夫拖到营帐门口才松手，而他们一松手，失去了支撑力的石大夫就一屁股跌坐在地上。

“石大夫，你没事吧？”侍卫吓了一跳，忙把人拉起来。

“我，我……”石大夫累得直喘粗气，很想说自己没事，可怎么也说不出来。

“石大夫，你别急，有话慢慢说，你可千万不能有事呀。”侍卫吓了一大跳，忙给石大夫顺气，顺了好一会儿，石大夫才平息下来。而一顺过气，石大夫就指着侍卫的脑袋大骂：“你们这群兔崽子，赶着投胎呢？”要不是个子不够高，石大夫都想敲敲他们的脑袋。

一群猪脑袋，也不看看他多大年纪了，这么拉着他跑，万一路上有个好歹，不是给人添乱吗？

“我们这不是担心王妃嘛！石大夫，你没事吧？”石大夫一发脾气，几个侍卫也害怕了。

在军中，得罪谁也不能得罪大夫，不然你要生病、受伤去找他，绝对会死得很惨。倒不是说军医不给治，或者给他们脸色看，而是给他们最苦的药，然后挑痛的地方下刀子，那可真是要人命。

“就是因为担心，你们才不能急，万一我在路上急出一个好歹，谁去给王妃看病？”石大夫一缓过气，就把两个侍卫打了一顿，那两个侍卫自知理亏，也不敢还手，任由石大夫狠揍。

在军中待久了，别说大夫，就是文弱书生也会变得暴跳如雷。没办法，天天跟这么一群军汉待在一起，再好的脾气与修养都会磨干净。

石大夫在营帐外狠揍侍卫，不仅仅是气侍卫不知轻重，像拖牲口一样把他拖来主营，更多的是因为紧张。

石大夫在军中就是一个最普通不过的大夫，有朱御医这个杏林高手在，他平日最多就是给小兵、参将什么的治治外伤，治治伤风着凉，小日子别提有多滋润了。

在昨天之前，石大夫从来没有给副将以上的人看过病。昨天是他第一次给皇亲贵族看病，而这还是有朱御医指导的，他只需要看着下药就行。

可就是这样，石大夫也小小地紧张了一把。今天被侍卫拉来，给王妃看病，还没有朱御医指导，石大夫就更紧张了，站在营帐外，腿都是软的，更不敢往里迈步。

为了缓解紧张，石大夫这才与侍卫插科打诨，希望能给自己面对萧王和王妃的勇气，却不想他们打闹的声音太大，让王爷给听到了。

萧天耀从来不是一个纵容属下的人，在石大夫狠揍侍卫、指着金吾卫大骂的时候，萧天耀的声音从营帐内传了出来："无视军纪，在军中打闹，罚……三十军棍！"

如同时间冻结，不管是石大夫还是金吾卫都僵住了，片刻后金吾卫才反应过来，"咚"的一声单膝跪在地上："是，王爷！"

没有解释，没有请求，就好像萧天耀下的不是打他们军棍的命令，只是让他们把土翻一下。

"我，我要被罚军棍吗？"石大夫见金吾卫跪了下来，也不敢站着，扑通一声，双膝着地。

这么愚蠢的问题，根本没有人回答，萧天耀直接下令："让大夫进来。"开什么玩笑？林初九正是需要大夫的时候，就算要打石大夫的军棍，也得等林初九没事再说。

"是是是。"石大夫双腿发抖，紧张得连话都说不清楚，却不敢想法子先缓解了，连滚带爬地进了营帐。

金吾卫看到石大夫这副模样，立刻平衡了。虽说打三十军棍很痛很痛，可看石大夫的处境，估计会比他们更可怜。看到有人比他们更惨，他们就平衡了。

石大夫走进营帐，嘴唇还在哆嗦，话也说不清楚，更不用提行礼了。萧天耀也不计较，冷冷地扫了一眼，指了指躺在床上的林初九道："王妃怎么了？"

"扑通……"腿一软，石大夫又跪下了，萧天耀眉头一皱，石大夫正好抬头，这下可吓得不轻，连忙爬起来走到床边，结果没走两步，腿一软又跪下去了。

这一次石大夫也不起来，直接跪在那里给林初九诊脉。

不知是太过紧张还是因为什么，石大夫诊了半天也没有得出结论。萧天耀看石大夫一直握着林初九的手，眉头皱得更紧了。

又等了一炷香左右的时间，萧天耀的耐心耗尽："到底怎么了？"这真是大夫吗？不是哪个大头兵冒充的吧？

"王，王妃……"石大夫一紧张，又慌了，这脉就更没有办法诊了。

"再给你一炷香的时间，诊不出来就给本王滚。"萧天耀让人滚，当然不只是滚出去那么简单，石大夫真要从这里滚出去了，军中也没有办法待了，只能换个活干。

"是是是。"石大夫快吓哭了，想到一炷香的要求，石大夫不得不逼自己冷静下来。

人都是犯贱的，不逼到份上，永远不知自己有多大的潜力。石大夫之前磨叽了半天，也没有办法静下心来诊脉，现在萧天耀一威胁，他反倒冷静下来了。

不到一炷香的时间，石大夫就诊出结果了，结结巴巴地道："王妃是体弱，累，累极了，这才晕过去。没，没事，睡，睡，睡个一天就好了。"

萧天耀眼睛一瞪："你确定？"林初九只是睡着了，不是身体不适？

前两天还虚弱得连一步都走不了，怎么现在就只是累倒了呢？这老头真是大夫，不是哪个奸细冒充的？

"老，小人，小人可以肯定，王妃真的是累极了，不需要开药，最迟明天早上就会醒来。"说到这里，石大夫有些心虚。

王妃会累晕过去，好像跟他有关呢。是他医不好大皇子，让人去找王妃求救的。

"嗯。"确定林初九身体没事，萧天耀周身的寒气一瞬间降了大半，"你可以出去了。"说话也温和了许多，石大夫尤其感觉明显。

"谢，谢王爷。"石大夫如蒙大赦，疯了似的跑了出去，生怕慢了一步，就会落入吃人野兽手里。

萧天耀连眼皮也没有抬一下，他发起怒来，身边的人都是这副模样，见多了。

接着，萧天耀便细心地替林初九脱下外衣，用干净的帕子替她擦脸擦手。

怕惊醒林初九，萧天耀做得很仔细，虽有些笨拙，可每个动作都十分轻柔，别说林初九昏迷不醒，就算醒了，恐怕也没有太多的感觉。

帮林初九收拾好后，萧天耀自己也擦了一把脸，竟然不嫌弃这是林初九用过的帕子。

将脏了的帕子随手丢在铜盆里，萧天耀走回床边，脱下外套，准备陪着林初九一起睡会儿。突然看到林初九干裂的唇，萧天耀便倒了一杯水，准备喂给林初九喝，结果寻了一圈，也没有找到喂水的勺子。

没有勺子，怎么喂？

萧天耀端着水，站在林初九床前，面上虽然没有情绪，眼中却有一丝慌乱与迷茫，好似不知所措。

萧天耀并不是一个会服侍人的主儿，在他的认知里，喂水就需要勺子，没有勺子就没有办法喂水。

可林初九的唇都干到开裂了，不喂水肯定不行。

出去拿勺子？让属下把勺子送进来？让那两个村妇进来给林初九喂水？

萧王价值万金的大脑，瞬间浮现出多种解决方案，最后又全部被他一一拍回。

不好！不行！没有必要！

以上方案都不行，那么该怎么喂呢？

看着林初九干裂的唇，萧天耀薄唇轻动，眼中闪过一抹笑意。他有更好的办法了！

给一个昏迷不醒的人喂水，最快捷、最高效的法子，绝不是去找什么勺子，而是嘴对嘴！

没有一丝犹豫，萧天耀喝了一口水，含在嘴里，然后俯身，吻住林初九的唇。

出于私心，萧天耀一口含的水并不多，渡到林初九嘴里，连一丝都不曾溢出来，只是在萧王爷的双唇离开林初九的双唇时，一条细长的银丝，以两人的唇为点，拉长……

萧天耀的眼中，微不可闻地闪过一丝笑，伸手，以指腹将林初九嘴角的水渍擦拭干净。

看着林初九明显红嫩的唇，萧王爷十分满意。再次含住一口水，低头，以同样的方式喂给林初九。

一口接一口，萧天耀也不知喂了多少口水，反正一杯水见底了，林初九的唇也红肿了，水嫩红亮，好不诱人。

萧王爷的喉结，不受控制地滑动了一下，要不是怕喝太多水，林初九睡得不安稳，萧天耀真想再喂一杯。

喂完了水，萧王爷总算可以安心地躺在林初九身边休息了。林初九今天累了一天，他昨晚也是一夜未睡。

诚如林初九所猜想的那样，趁昨夜暴雨倾盆，萧天耀带着莫清风、流白以及他手中的精锐部队，悄悄潜入天外玄铁的矿脉，将守卫的黑甲卫放倒后，把矿脉里的天外玄铁搬空了。

搬空后，萧天耀又设计了一些意外，造成矿脉倒塌的假象。当然，那几个看守矿脉的黑甲卫，也被压在矿脉里。

那几个黑甲卫身上没有伤，不管怎么查也只能查出他们是被活活压死，或者窒息而死，绝对查不出他们是死于外力。

当然，前提是中央帝国敢光明正大地查这件事。要知道，那条矿脉可是在东文与北历的交界处，中央帝国可是没有给北历与东文打招呼，就私下把矿给挖了。

东文与北历的皇帝到现在都不知这回事，更不知矿脉里有天外玄铁，否则就算不敢与中央帝国叫板，也能凭借这件事从中央帝国要些好处。毕竟，中央帝国理亏在先。

不过，萧天耀觉得中央帝国应该不会光明正大地查这件事，很有可能都不会再挖开那座矿，顶多就是私下查一查。

这并不是凭空猜测，要换作是他，也不会花大力去查，因为那座矿脉已经被挖空了，里面剩下的天外玄铁并不多，就是他拿到手的也不多，顶多也就够几百人打全身的铠甲。

中央帝国绝不会为了那么一点天外玄铁，就暴露他们私下在东文与北历地界上挖天外玄铁的事，太不划算了。

是以，这批天外玄铁，萧天耀拿得一点儿压力都没有。

抱着林初九，萧天耀合上眼，睡得十分安心。

这一睡，就直接睡到天黑，萧天耀醒来后并没有立刻起身，而是半撑起头看着林初九安静的睡颜。

林初九，其实长得很美。不是那种柔弱的美，而是美得张扬，美得外露，美得坚韧。

浓眉大眼，五官明艳，不符合时下的审美，也不符合男子对女子的要求，可萧天耀看着这张脸，越看越喜欢。

指腹轻移，摩挲着林初九的脸颊，萧天耀的眼中有着淡淡的笑意："你呀，也只有在睡着后，才会这么安静，这么乖巧。"

指腹在林初九的眼角停顿，萧天耀的脑中，闪过林初九倔强、淡漠的眼神，眼眸一暗："明明之前还好好的，怎么说生气就生气了？"

到现在，萧天耀也不是很明白，林初九怎么就那么大气性，说他把她一个人丢下来，让她独自面对危险，他也说了以后尽量不会如此。

说他不在乎她，说他不重视她，他也解释了，可这女人似乎听不进去。

甚至，他答应了她一个条件，任何条件都行。哪怕林初九要天上的月亮，他也会拼命去摘，偏偏这个女人就提出要和离的要求。

和离？嫁给他了还想走？林初九真是太天真了。别说他萧天耀认定了林初九这个妻子，就算他看不上，林初九也不可能说走就走。

嫁给了他，自然就是他的人，就算他萧天耀不要，也不能给别人。他的东西，他的人，宁可毁了，也不会让给旁人。

"想要离开本王，你只有一个选择，那就是——死！"指腹按在林初九的眉心，力道和之前一样，说话的语气也没有变，可就是这么平静的一句话，却让人听得毛骨悚然。

好在，林初九此刻还未醒，并没有听到萧天耀这句话。不然……

不然，她似乎也不能怎么样。

萧天耀并没有在床上磨叽太久，静静地盯着林初九的睡颜看了一会，萧天耀便起身了。

"从此君王不早朝"这种事，不是现在的他能享受的。在天下未定，在宏图未展之前，他没有资格"君王不早朝"！

起身，穿上外衣，略作整理，萧天耀便迎着夜风，走了出去。

林初九想回京了，他也该准备准备了。

他的女人，独自来边疆找他、救他，他怎么能让她一个人独自回去？

要让林初九一个人孤身回京，京城那些眼睛长在头顶上的人，指不定怎么编排他的初九……

第七章　爱你在心口难开

林初九是被吵醒的！

她一觉睡到天黑，完全没有醒来的迹象，直到流白在外面喊：“我有急事要见王妃！大皇子的伤情有异，石大夫一点儿办法也没有，只有王妃能救他！”

金吾卫再三告诉流白，王妃还在休息，没有醒来，可流白仍旧不肯离开，压低声音道：“让人进去看看，也许王妃醒了呢。”他已经从石大夫那里知道，王妃的身体没有事，只是累得睡着了。

“这……”金吾卫一脸为难，流白也知这事不好办，他也不想为难金吾卫，只是情况紧急，容不得他犹豫。

“大皇子病情诡异，石大夫束手无措。王妃说今晚是关键的一晚，要是大皇子出事，王妃之前的辛苦不是白费了吗？”这是石大夫劝说流白的话，流白便拿来劝说金吾卫。

金吾卫原本就犹豫不决，此刻更是不知如何是好，思索再三，咬牙道：“我让人进去看看，要是王妃没有醒，还请流白大人在外面等着。”

金吾卫觉得自己真是可怜，流白大人他得罪不起，王爷就更得罪不起，可偏偏王爷这个时候不在军营。

“好。”流白想都没想就答应了。

林初九就是在这个时候出来的。

流白刚开口她就醒了，只是她需要换衣服，还要梳洗一下，这才耽误了一些时间。

“不用叫了，我醒了。”从帐营里走出来的林初九，看上去还有些虚弱，不过精神倒是不错。流白和金吾卫看到她，慌忙行礼：“王妃。”

“免礼。”林初九抬了抬手，神色淡漠地说道。

不等流白与金吾卫多言，直接道："不是说大皇子情况不对吗？走吧，我过去看看。"

林初九直接往前走，流白与金吾卫反应过来，连忙跟在身后。路上，流白想要说什么，可张了张嘴却发现一句话都说不出来。

他和王妃，似乎不怎么熟，至少没有苏茶和王妃熟。

想到苏茶，流白不免有几分担心。苏茶这次做的事可以说是十分冒险，时逸寒不是什么简单的角色，天藏影月也不是什么小门小派，要是苏茶露出什么马脚，让时逸寒或天藏影月的人发现，苏茶可就惨了。

就算天藏影月的人看在王爷的面子上，不会要苏茶的命，可落到天藏影月的手里，苏茶也要吃足苦头。

等这边的事情告一段落，我就和王爷说一声，我去找苏茶吧。流白在心中暗自说道。

在流白神游时，林初九一行人已经走到轩辕挚暂时休养的石室，严肃冷漠的金吾卫在林初九要踏进去前，低声提醒了一句："王妃，小心门槛。"

声音清亮，不见一丝谄媚，让人听着就很舒服。林初九看了金吾卫一眼，什么话也没有说，抬步往里走。

石室内很安静，只有石大夫和他的两个学徒在，石大夫正围着轩辕挚不知在做什么，见到林初九走进来，石大夫忙停下手中的活，快步走到林初九面前："小的给王妃请安。"

"石大夫客气了。"林初九虚扶了一把，眼神落在轩辕挚的身上，"大皇子怎么了？"轩辕挚脸色苍白，看上去并不像发热。

"王妃，大皇子的身体忽冷忽热，好似余毒未清。"石大夫医术虽然一般，可诊断基础病情的本事还是有的。

"余毒未清？我看看。"林初九眉头微蹙，石大夫忙侧开身，好让林初九上前。

素指轻扣，搭在轩辕挚的脉博上，在给轩辕挚诊脉的同时，林初九也用医圣之心给轩辕挚检查一遍。

轩辕挚的脉博时强时弱，林初九诊脉的功夫本就一般，见到这奇怪的脉象，眼中闪过一丝错愕。

石大夫一看就知怎么回事，忙道："王妃，大皇子的脉象一直不稳，小的诊了许久也没有诊出个所以然。"所以，他才会用"好似余毒未清"这样的话。

"嗯，不是余毒未清，是毒发。"这么奇怪的脉象，林初九自然是诊不出来的，她能得出这个结论，是医圣之心给出来的诊断。

"毒发？有人给大皇子下毒？"石大夫惊呆了，也吓坏了。

王妃走之前，可是把大皇子交给他照看，要是大皇子被人下毒了，他有不可推卸的责任。

"不是，应该是本身就在体内，只是现在毒发了。"之前没有诊出来，恐怕就是因为一直不曾发作。

有些毒，潜伏期很长，也不知轩辕挚知不知道自己老早就中毒了。

不过，现在不是管这些的时候，当务之急是帮轩辕挚解毒，不然轩辕挚可能扛不过去。

“去拿一个干净的碗来，要开水泡过。”她要给轩辕挚放点血，好做检验用，顺便也给闲得无聊的朱御医找点儿事做。

对毒，林初九了解得不多，只能借助医圣之心检查轩辕挚中了什么毒，至于怎么解，那是下一步。

“王妃您稍等。”石大夫知道林初九爱干净，平时治病用的工具，都要反复用开水泡，对林初九的要求一点也不意外。

军营用的都是大灶，烧开水很快，转眼工夫石大夫就把泡好的碗拿来了，还有一桶刚烧滚的水，放在一旁给林初九备用。

此时，林初九已换了一身衣服，长发用一块蓝布包起，脸早就被大大的面罩遮住了，石大夫看不到林初九的表情，只能看到她那双沉静如秋水、好似看尽世事的眸子。

有那么一刹那，石大夫愣住了，不禁在想：王妃这么年轻，怎么会有这么沉稳、沧桑的眼睛？她在京城过的到底是什么日子？

林相是有多忽视王妃，才会让王妃一个小姑娘，看上去比他这个老人还要沉稳沧桑？

林初九察觉到石大夫的异常，斜了他一眼，却什么也没有说。接过了石大夫递来的碗，林初九又从医药箱里拿出一把小刀，在轩辕挚的左手食指上割了一道口子，血流了出来，正好落入碗中。

血流的速度不算快，待到装了小半碗，林初九便替轩辕挚止了血，用纱布将碗包好，递给石大夫：“拿去给朱御医，让他检查一下。”朱御医比她擅长解毒，这事交给朱御医，林初九很放心。

“小的这就送去。”石大夫神色凝重地捧着碗，生怕洒出来。

“嗯。你要是没事，就留在那里帮朱御医做检验，我这里暂时不用人。”林初九寻了一个极合理的理由，把人打发走。

和她相比，受了重伤的朱御医更需要石大夫帮忙。显然石大夫也知道这一点，点头应是。

石大夫走后，林初九把两个小药僮也打发走，同样交代看门的金吾卫，没有她的命令不许任何人进来，萧王爷也不例外。

这一次金吾卫没有迟疑，立刻应是。

有些事，一回是奇，两回三回也就习惯了。

交代好一切，林初九折回室内，利落地打开医圣之心，为轩辕挚做诊断。

一刻钟后，医圣之心的诊断结果出来了，轩辕挚的心肺等器官都没有问题，但肾出现衰竭，而且还很严重。

另外，轩辕挚的血液里含有两种毒素。这两种毒素是两个极端，一冷一热，在轩辕挚的体内达到一个微妙的平衡，互相制衡，以致两种毒都无法发作，就算发作也能保持在一个平衡点上，能让轩辕挚死不了。

可现在不行了，两种毒素的平衡被打破，两种毒素不断交锋，都想压制对方，可谁也压不住谁，于是乱成一团。

中医讲究五行平衡，轩辕挚血液里的毒素就是一种小平衡。要是遇到中医大拿，可以再用毒素让轩辕挚体内的两种毒恢复平衡，不过林初九做不到。

“真是有意思。”林初九看到诊断结果，眼中闪过一丝兴味。这是她不了解的领域，而她正好有那么一点兴趣。

“你应该知道自己中了毒吧？”林初九看了看医圣之心检查报告，又看了看轩辕挚，“我听朱御医说，中央帝国有解毒圣丹，连解毒圣丹也解不了你的毒，你这毒可不简单。”当然，林初九也不排除，轩辕挚并不知道自己中毒，这是第一次毒发，可林初九觉得这种可能很小。

但想到朱御医也没有诊出轩辕挚中了毒，林初九又能理解了。轩辕挚这毒要是不发作，估计没有哪个大夫能诊出来。

不过，这些都不是林初九现在要考虑的问题，她现在要做的是查出轩辕挚中了什么毒，然后寻找解毒方案。

然而，这是林初九最不擅长的，她甚至无从下手，医圣之心也不是万能的，轩辕挚中的毒太特别了，特别到就是医圣之心也不知如何解，只能暂时压制。

林初九无法，只得用自己生平所学，来分析轩辕挚所中的毒，可折腾了近三个时辰，林初九依旧一无所获。无奈，林初九只得放弃，只能拿医圣之心提供的办法，先用药暂时压下大皇子体内的毒。

“也不知是你倒霉，还是我倒霉。你什么时候毒发不好，偏偏这个时候毒发。没个熟悉你情况的大夫，谁敢给你用药呀？”林初九给轩辕挚喂了药，又给他喂了一点儿水，收拾妥当，便转身往外走。

门外的金吾卫已换了一拨人，看到林初九出来，长长地松了口气，“王妃，你出来了。”

“嗯，给我准备一点儿吃的，我饿了。”林初九在外面寻了一圈，没有看到可以坐的地方，认命地朝最近的帐篷走去。

“呃……王妃，王爷回来了。说，说让你出来后去见他。”明眼人都看得出林初九很累很饿，急需休息、吃东西，金吾卫也不想在这个时候提这事，可是他们没有办法呀。

王爷有交代，他们莫敢不从。

“王爷来过了？”林初九漫不经心地问了一句。

“没有，王爷一直在营帐里。”金吾卫说完，又补了一句，“王爷有令，请王妃一出来就去见他。”

“好，我这就过去。”林初九叹了口气，迈着沉重的步子，朝主营走去。

金吾卫跟在林初九身后，看林初九越走越慢，不由得提议道：“王妃，要不让人抬个软轿过来？”据他们所知，王妃一整天都没有怎么吃东西，哪里还有力气走路？

“行吧。”林初九略一犹豫就同意了。

和萧天耀碰面需要力气，而她短时间内恐怕没有机会吃饭，她得保存体力。

要知道，现在可不是逞强的时候！

林初九进来时，萧天耀正坐在书桌前看书。

萧天耀的坐姿十分标准，神情也十分认真，除了翻书外再没有多余的动作，可就是这么一个人，却像是发光体一样，就这么干坐着，却能吸引所有人的视线。

林初九一走进来，视线就落在萧天耀身上，眼中除了他之外，再也看不到其他的。

怔怔地盯着萧天耀看了半晌，林初九才反应过来，低头，垂眸行礼道：“王爷。”

室内有淡淡的饭菜香，林初九初时没有发现，直到此刻才闻到了味道，眼眸一瞥，看到左侧小铜炉上，正摆着几道饭菜。

咽了咽口水，林初九发现自己更饿了。

林初九还未进来，萧天耀就知道她来了，之所以没有放下书，是想看林初九进来后会用什么表情面对他，结果林初九居然又看他看到痴。

这女人，真是……花痴！萧天耀瞬间心情大好，放下手中的书，抬眸看了林初九一眼，见林初九悄悄咽口水，眼中笑意更盛。

“咳咳……”萧天耀轻咳一声，见林初九抬头，这才道，“去，把炉子上的饭菜端过来。”

理所当然的态度，不容拒绝的语气，就好像在吩咐下人。林初九没有立刻动，而是抬头看了萧天耀一眼：这是把她当丫鬟使唤？萧王爷对她的喜欢还真是与众不同。

林初九自嘲一笑，垂眸敛眼，掩去眼中的嘲讽，转身将炉子上的饭菜端到书桌前，看到萧天耀将书桌上的笔墨移开，林初九一怔，心中隐有一种萧天耀不是把她当下人，而是没有把她当外人的想法。

萧王，还真是傲娇。

林初九将饭菜摆在桌上，正准备起身，就听到萧天耀道：“坐下，陪本王用膳。”

“王爷，只有一份饭菜。”林初九心有不满，语气难免坏了几分。

在一个饿了一天的人面前吃独食，这真是人干的事？

“不会去拿一副碗筷吗？”萧天耀眼眸一抬，定定地看着林初九，那认真专注的表情，就好像全世界只有林初九一个人。

林初九承认，自己的心不争气地漏跳了一拍，为了掩饰尴尬，林初九急忙转身，走到内室，取了一副干净的碗筷。

放在内室的那副碗筷，是林初九平时喝汤用的，不用的时候就会洗干净放在屋内，取用十分方便。

林初九拿着碗出来时，萧天耀已经在吃了，见林初九走出来，指了指对面的位置："坐。"

林初九捧着碗坐下，就见萧天耀伸手将她手中的碗接了过去，而后将自己碗里的饭，挑了一大半到林初九碗里，冷硬地道："本王吃不下。"

语气霸道，姿态冷傲，完全是上位者给属下人打赏的口吻。这也就是林初九和萧天耀相处久了，要是搁在他们刚成亲那会儿，林初九绝对会把饭菜倒萧天耀脸上。

吃不下就丢给我，你当我是什么？猪还是饭桶？

可现在，林初九知道萧天耀没有恶意，只是要和她一起吃饭，就是方法幼稚了一些。

不过，看到萧天耀别扭的样子，林初九还是很高兴的。萧王不高兴，她就高兴了。萧王不自在，她就自在。

林初九也不嫌弃这是萧天耀吃过的饭菜，端起碗就吃了起来。桌上的饭菜虽是一人份，分量却不少，林初九也不客气，挑自己爱吃的菜吃，完全不看萧天耀，也不管萧天耀。

萧王可是有洁癖的人，而且他一向只吃自己面前的菜，林初九不需要为他布菜，自然不需要管他有没有吃的了。

饭桌上静悄悄的，萧天耀在饭桌上一向不说话，自然也不会去挑话题。而林初九虽不讲究食不言、寝不语，可她现在不想理萧天耀，也不愿意和萧天耀说"废话"，自是不会主动开口。

萧天耀虽然觉得安静了一些，可看到林初九快速却不失优雅的进食姿态，萧天耀又满足了。

林初九饿了，有什么话先吃饱再说。

虽说只是从萧天耀碗里分了一半饭，可那分量和林初九平时吃的差不多，一碗饭吃下去，林初九总算恢复了些元气，看着精神多了。

萧天耀十分满意，不紧不慢地将碗里的饭菜吃了，然后搁下碗："吃饱了吗？"

"可以了。"林初九一天没有吃东西，这一碗饭自然不够，可她也知道饿极了不能多吃，不然胃受不了。

"嗯，收拾好。"萧天耀理所当然地下令，完全不把林初九当外人。

是的，不是把林初九当下人，而是不把林初九当外人。要知道，萧王爷这人有洁癖不说，还讨厌女子。

在林初九嫁进萧王府前，萧王府基本上没有侍女，萧王的身边就更不用说，他的院子那是严禁女子靠近的禁地，就是侍女也不能出现。

林初九是第一个能靠近萧天耀的女人，萧天耀愿意让林初九做这些琐事，就是不把她当外人。

稍稍摸到萧王一点命脉的林初九，虽然心里挺不舒服，到底没有当着萧天耀的面发脾气，将碗筷收拾好，端了出去。

萧天耀一向唯我独尊，她没有能力让他改变，只能忍！

营帐外自有侍卫在，林初九把碗筷递给对方后，转身往营帐内走。

林初九没有直接去找萧天耀，而是先洗净手，这才走到萧天耀面前："王爷找我有什么事吗？"林初九走到书桌前，却没有坐下，而是站在那里询问。

她没打算坐，也没打算和萧天耀多聊。

萧天耀眉头一皱，很想问林初九，他找她就一定得有事吗？

想到林初九还在生气，又生生把这句质问的话压了下来，冷硬地问道："轩辕挚的情况如何？"

轩辕挚的病情并没有什么需要隐瞒的，萧天耀问起，林初九自是不会隐瞒："大皇子后脑的伤我已经处理好了，不会有太大的问题，之前因食物引起的中毒也解了。可不知为何，诱发了潜藏在他体内的毒，我对毒不是很了解，只能勉强压制，暂时没有寻到解决的办法。"

"居然中毒了？"萧天耀轻哼了一声，嘲讽地道，"尽力就好，中央帝国会有人过来接他。"

"中央帝国的人什么时候会来？大皇子体内有两种毒，一寒一热，原本是相互制约的，现在平衡被打破，两种毒交替发作，我不敢保证我用的药能一直压制他体内的毒。"压制不下去，轩辕挚就很有可能会死。费了这么多精力，还让人死在东文军中，那可真是太亏了。

"尽力就好，死了便死了。"萧天耀在得罪轩辕挚时，就做了最坏的打算。

"我会尽力。"林初九没有多说，只是点点头。抬头看了萧天耀一眼，见他面无表情，林初九不知他在想什么，也不想傻站在这里，等了一会，没等到萧天耀开口，林初九便道："王爷，没什么事我先去忙了。"

"嗯。"萧天耀对林初九急欲离开十分不满，可他知道现在不是发火的时候，只能冷着脸应下。

林初九没有说话，俯了俯身便转身往外走，不料刚走两步就听到萧天耀喊着她的名字："林初九……"

连名带姓地喊着，一点儿情绪也没有，和喊苏茶、流白没有什么两样，林初九早就习惯了，一点儿也不意外。

萧王爷待她，一向如此，与流白、苏茶无异。

"王爷，还有事？"林初九脚步一顿，转身问道。

萧天耀看着林初九没有血色的小脸，眼眸微收，抬了抬手，道："没事，你去忙吧。"

林初九一脸疑惑，萧天耀绝不会无缘无故地叫住她，可萧天耀不说，她也不想问，应了一声就走了。

"王妃。"林初九刚走出营帐，被人叫住了。

"王妃，朱御医派人来说，有要事与你商谈。"金吾卫低垂着头，说道。

林初九眼眸微挑，点头道："嗯，知道了。"

朱御医这个时候找她，十有八九与轩辕挚中毒的事有关，林初九没有迟疑，转身就朝伤兵营走去。

朱御医这几天，一直住在伤兵营。

朱御医身份不一样，伤得又重，在伤兵营有一个独立的帐篷，做事说话都极方便，林初九一进去，朱御医就把其他人都打发走了，包括过来帮他忙的石大夫。

看到朱御医这般慎重，林初九眉头微蹙：看样子，事情不简单。

人一走，朱御医就一脸严肃地对林初九道："王妃，大皇子的毒，你不能管。"

"你查出什么了？"朱御医在林初九面前，一向是没脸没皮的老顽童，极少见他这般严肃。

"我只查出了大皇子体内的毒。大皇子应该是先中了热毒，后被高手用以毒攻毒的法子保住了命。现在，他体内有两种毒，一种至热，一种至寒，而不管哪一种都是阴毒至极，不是寻常人能碰到的，我们最好别碰。"朱御医虽然说得含糊，可凭林初九的精明，还是能猜到一些端倪。

"皇权斗争？"虽是反问，却可以肯定。

朱御医一脸慎重地点头："应该是，我猜大皇子应该知道自己的情况。"要不然，轩辕挚也不会避到东文来。

虽说领着黑甲卫十分风光，可稍微了解中央帝国的人都明白，黑甲卫只听从帝王的命令，大皇子带着黑甲卫也收服不了黑甲卫。

"你有办法把他的毒压下吗？"涉及中央帝国皇室之间的斗争，他们确实不宜插手。

敌人的敌人不一定能结盟，但敌人的同盟绝对是敌人。给轩辕挚解了毒，就表示他们站到轩辕挚这一边，与轩辕挚的对手为敌了。可事实上，他们与轩辕挚也是敌人，要是再得罪轩辕挚的对手，他们就两面都不是人了。

"没有。"朱御医的脑袋立刻耷拉下来，"我只认识这两种毒，但不知怎么解。"这种皇家秘毒，他能认出来已是难得，许多人一辈子也不曾见过。

"如果我们压不下轩辕挚的毒，他极有可能会死在我们这里。"她倒是能压制，可最多只能压制一两天，再多就办不到了。

"那我再想想办法。"此事非同小可，朱御医也不敢掉以轻心。

“我也回去继续查一查，看看能不能找到法子。”她虽然对毒不了解，可总得尽一份心，而且只是压制的话，这事就好办多了。

林初九与朱御医交换意见后，便起身离去，以免打扰朱御医休息。

出来后，林初九并没有急着去看轩辕挚，而是借着月色，在军营慢悠悠地走着。

有些事，她需要想一想，需要一个相对安静、独立的环境，好好想一想轩辕挚的事，可是林初九想月下散步，老天爷却见不得她悠闲，还没有走几步，就有小兵寻了过来：“王，王妃，大大大皇子醒了，他他他要见你。”

小兵跑得上气不接下气，一句话断了无数次。

“大皇子？轩辕挚醒了？”轩辕挚的情况，她比谁都清楚，这个时候能醒过来，可见这位帝国大皇子也不一般。

“醒，醒了，大皇子醒了，要见您。”小兵点头如捣蒜，生怕林初九不相信。

林初九点了点头，随小兵去石室见轩辕挚。

轩辕挚确实是醒了，不过情况并不好，精神也很差，一脸惨白地躺在病床上，一副随时会断气的样子，听到有脚步声，才勉强睁开眼。

“大皇子。”林初九走近，主动问了一声好。

轩辕挚看了林初九一眼，视线落在她身后的小兵身上：“让他们出去，我有话要和你说。”

声音虚弱，却不容人拒绝，林初九偏偏拒绝了：“我不觉得我们之间有什么好谈的，更不觉得我们有私下谈话的必要。”她和轩辕挚没有仇，可因为萧天耀，他们就成了敌对，说起来挺悲催的。

轩辕挚苦笑一声：“你不会以为，凭现在的我，能拿你怎么样吧？”

林初九善意纠正：“别说现在，就是之前的你，也奈何不了我。”不管怎么算，轩辕挚都是她的手下败将。

她在轩辕挚手上吃了一次亏，萧天耀帮她连本带利讨回来了。

“牙尖嘴利，不懂服软，萧天耀怎么就看上你这样的女人？”轩辕挚说完，就开始喘气，明显体力不足。

为了让林初九把人支出去，轩辕挚再次道：“你让他们出去，我就只说一句话。”

本以为还要费一些力气才能说服林初九，不想轩辕挚的话刚落下，林初九应了一句：“好。给你一句话的时间，你们先出去。”后面那句话，是对身后的侍卫说的。

萧天耀手底下的人，都被训练得只懂得服从命令，虽然迟疑了一下，可还是乖乖地退了下去。

屋内只有轩辕挚和林初九两人，林初九拉了一把椅子，在床边坐下：“现在可以说了吗？”

这架势，大有长谈的意思。

轩辕挚看着林初九，目光不明，见林初九反望过来，轩辕挚果断闭上眼：“林初九，我们谈一个交易吧。”

林初九答非所问：“你说只有一句话。”

“接下来的话，你可以选择听，也可以选择不听。”轩辕挚气息微喘，每说一个字，脸上的表情都会起变化。这是疼得。

“继续说……”之所以拉把椅子过来，是因为林初九就知道，轩辕挚这话一时半刻说不完。

“我们长话短说。你应该知道我中毒的事，你替我解毒，日后我无条件帮你做一件事，哪怕你想当东文的女皇帝，只要我有能力，我也帮你。”轩辕挚实在是没有精力，要不然他也不会说得这么干脆。

然而在林初九看来，他这话一点儿吸引力都没有。

不过，轩辕挚还是期待林初九的回答，他相信林初九是聪明人，不需要多说，就应该能从中看到机会。

林初九没有立刻回答，而是沉思片刻，才道：“你怎么知道我能解你的毒？我要能解，早就解了。”

“现在不能，日后肯定能。我这毒……打从出生就有，每年都会发作。你是第一个没有用毒，就把毒压下去的人。”每次发作，他都需要再服一些毒药，用来压制体内的毒，经年累月下来，他身体内的毒素越来越多，而这两年发作得也越来越频繁。

再找不到人解毒，下一次毒发，他很有可能会死。

“原来你体内的毒是一点点叠加的呀，我还以为谁那么厉害，直接用寒毒压制了热毒。”林初九恍然大悟，可心里也透着失望。她还以为中央帝国的大夫医术强到逆天，现在看来并非如此。

“我这毒……不能让人知道，只能私下请人治。”轩辕挚这话说得十分含糊，话里透露出来的意思也很多。

林初九仔细琢磨了一下，就发现这短短一句话，她就听到了很多东西。

首先，轩辕挚是私下请的大夫，那么那些医术极好的人，他就不敢请。中央帝国肯定还有医术高强的大拿。

其次，轩辕挚是私下请人看的，就表示他这毒不能让人知晓，现在她知晓了，就必须要保密，而这世间能保证不泄露秘密的人，除了自己人就只有死人。林初九要么给他解毒，要么准备死吧！

最后，轩辕挚还要告诉林初九，帝国皇室没有人知道他中毒，所以他在帝国还有一争之力，而事实上他也从来没有放弃。

这么说的话，这个交易倒不是不能做，不过有个问题：“万一我解不了你的毒呢？”

轩辕挚体内的毒，明显是复合型的毒素，她没有十足的把握。

“尽力便好，我这毒我自己也清楚。”轩辕挚十分大度地道，不过末了又补了一句，“对了，忘了告诉你，我外祖家在帝国是掌兵权的。慈不掌兵，你应该知道我外祖是什么样的人吧？”

这是威胁，但提前说出来，却叫人不那么反感了。

林初九想了想，点头道：“我可以试一试，但结果如何不敢保证。不过，这件事，你要保密，在没有解毒前，连萧天耀也不能说。”她不想牵扯进中央帝国的皇权斗争中，也不想让萧天耀知道。

“萧天耀？他不是你的丈夫吗？怎么还要瞒着他？”直呼自己丈夫的名字，林初九和萧天耀真的像他们表现出来的那般恩爱吗？

这事值得怀疑。

“我这不是瞒他，而是想给他一个惊喜。他这几天为了大皇子你的事，都愁白了头发。”林初九睁着眼睛说瞎话，可偏偏轩辕挚信了：“哼……现在知道害怕了吧，当初对本皇子出手时，怎么就没有想过本皇子的身份？”

在轩辕挚看来，他帝国大皇子的身份，还是有震慑力的。却不想，萧天耀压根就不在乎他的死活。

当然，萧天耀压根不在乎轩辕挚死活这种事，林初九是绝对不会说给轩辕挚听的。

虽说她和轩辕挚称不上多熟悉，可从为数不多的几次交锋来看，轩辕挚这人骄傲至极，狂妄至极，一向以自己的身份为荣，要是让他知道萧天耀压根不在乎他的生死，估计会气得吐血，交易也就不用谈了。

林初九对轩辕挚所提的交易还是挺感兴趣的，不管她以后会不会和中央帝国打交道，能让帝国大皇子欠她一个人情，总是好事。

虽说轩辕挚这人跟她有仇，不过人品还不错，许是和外祖家从武有关，轩辕挚行事冲动，恩怨都摆在明面上。

与其跟中央帝国其他皇子打交道，她宁可与轩辕挚打交道，怎么说两人也算认识，虽然认识的过程并不友好。

从轩辕挚提的条件就能看出来，轩辕挚并没有要求她一定要解毒，也没有时间限制，可以说是十分合理，且为她着想。这么好的条件，她何必不答应？

不过，这种事也不能答应得太干脆。谈判就是这样，要是对方一提条件，你就干脆地应下，对方还以为你占了多大的便宜，心里铁定会不舒服。

林初九虽然应下与轩辕挚合作的事，却不忘提几个要求。

轩辕挚的交易条件是，解毒后才肯帮她做一件事，不过在解毒前，轩辕挚还得帮她做几件小事才行。

除去不能告诉萧天耀外，林初九还要轩辕挚去中央帝国给她搜集一些医书，如果可以的话，最好在中央帝国给她买套房子，当然，钱她出。

她什么都不多，就是银子多，简直多到没有地方花，别说在中央帝国买一套房子，就是圈下一块地也不成问题。

这些对林初九来说是大事，可对轩辕挚来说就是一句话的小事，轩辕挚虽然觉得林初九这人麻烦，到底还是应下了。

不过，轩辕挚不解的是："你好好的在中央帝国买房子干什么？买了你也住不了，要知道，中央帝国可是不会允许你入住的。"

中央帝国有严格的户籍管理制度，像东文等四国的人，除去武神，基本上没有人可以长留帝国，就是朝廷派去的使者，最多也只能留一个月。

在中央帝国，四国来的人就是下等人，根本没有长期居住资格。

"有大皇子你在，给我弄一个帝国的户籍，还不是举手间的事？"林初九一点也没有觉得自己在使唤轩辕挚，说得那叫一个理所当然。

轩辕挚的脑袋本就疼，听到林初九这话，脑袋瓜子更疼了："林初九，你知不知道帝国的身份对你们四国的人来说，代表了什么？"林初九的要求是不是太多了？居然还要他给弄个户籍，简直是得陇望蜀，贪心不足。

"代表什么？不过就是一个普通人罢了。大皇子，东文虽小，可我在东文是亲王妃，我的丈夫在东文一人之下，万人之上。我这样的身份，愿意在中央帝国做一个普通人，已经很委屈了好不好？"林初九说得煞有介事，脑袋瓜不灵光的话，铁定会被她骗了。

轩辕挚虽说脑袋开了一刀，可还没有到不灵光的地步："既然如此，你还要中央帝国的身份做什么？"

"方便进出呀，指不定我哪天心血来潮，想去中央帝国游玩，有个身份进出会方便一些。毕竟，我这么低调的人，哪愿意见人就说，我是东文的萧王妃。"她绝不会告诉轩辕挚，她这是在为自己寻后路。

她与萧天耀之间，并不像外人看到的那么融洽，他们之间有太多的问题，林初九不知道她与萧天耀能不能走下去。如果有一天，他们两人走不下去了，林初九希望自己能有一条退路。而这条退路，最好就是中央帝国，不然萧天耀一旦寻到她，绝不会放过她。萧天耀可是说了，宁可杀了她也不会放她走，她相信萧天耀说得出口，就一定做得出来，为了自己的小命着想，她必须寻一个安全的退路。轻易不让四国进出的中央帝国，无疑是一个极好的退路。

林初九的解释，轩辕挚压根就不信，可他现在脑袋疼，有气无力，也懒得跟林初九较真。

不过不较真并不表示他应下了林初九的条件："毒还没有解，你就提这么多要求，你真当本皇子是傻子？"

"大皇子，解毒后可是另有条件的，你可不能耍赖。我现在提的不过都是些小要求，算是表明你合作的诚意。这些事对大皇子你来说，不过是抬手间的事。你放心，我这人一向良善，现在拿得越多，日后做得也就越多，对你身上的毒，我也就更尽心。”林初九一脸恬淡，脸不红，气不喘，一点儿没有不好意思。

“你脸皮真厚，胆子真大。”林初九这绝对是在威胁他！要不是实在没有力气，轩辕挚真想掐死林初九。这女人的胆子，真不是一般肥。

“多谢大皇子夸奖。大皇子，我们的交易还有继续的必要吗？”要继续，自然是要先答应林初九的要求，替她把事情办好。

“我拿出了诚意，你呢？你的诚意在哪里？你要知道，我并非没你不可，毕竟你没有十足的把握可以解我的毒，你现在要求这么多，就不怕日后烫手吗？要知道，我的便宜可不是那么好占的。”轩辕挚从来没有见过像林初九这么不要脸的女人，什么事都没有做，就要好处。

“大皇子，你以为你头上的伤是谁处理的？还有，你以为你现在能平静地和我说话，不用忍受毒发的痛苦，是因为谁？”诚意？她要拿出什么诚意？

轩辕挚要她解毒，她肯定要花时间和精力去研究轩辕挚的毒，最后要是解了还好，要是没有解，她就白忙一场了。大夫的时间是很宝贵的，她没兴趣浪费在轩辕挚身上……

第八章　萧王不高兴

林初九给轩辕挚提的那些要求，是双方合作的前提条件。轩辕挚只有答应了，合作才能继续下去。

一般情况下，除非是救命的急事，不然还真没有人会应下这么亏本的买卖，即使林初九提的那些事对轩辕挚来说只是举手间的事。

应下，不仅仅是要帮林初九把那些杂事办好，更多的是代表一种态度。一旦轩辕挚应下林初九的条件，就表示他在这场交易中，处于弱势一方，整个交易的主控权在林初九手上。

虽说事实也是这样，可林初九把事情放到台面上来说，就是打轩辕挚的脸。

林初九也以为轩辕挚不会痛快地应下，不想轩辕挚只是沉默片刻，便点头了：“好，你要的东西，三个月后会交到你手上。”

林初九怔了一下，反应过来后，便露出一抹笑：“大皇子爽快。”

“我不是爽快，我是懒得跟你计较。我头都痛炸了，哪有闲情跟你计较这些琐事？”轩辕挚没好气地瞪了林初九一眼，说到这里，轩辕挚突然想到一件很重要的事，“林初九，我的头发呢？是你剪的吧？你胆子肥了，居然把我的头发全剪了！”

中央帝国没有身体发肤受之父母一说，可你见过光头的皇子吗？

“殿下，我是为了帮你治病。”林初九完全不将轩辕挚的怒火放在心上，好脾气地道，“你后脑撞伤了，里面有一块碎铁片，我不把你的头发剪了，怎么把它取出来？”

轩辕挚的头发根本就不是林初九剪的，林初九接手前轩辕挚的头发就被剃光了。林初九猜测，应该是朱御医的杰作，但这个时候，她只能背锅了。

“你不说我差点儿忘了，我后脑的伤可是拜你丈夫所赐。这笔账，我会跟他算的。”

想到萧天耀居然把他锁起来，轩辕挚又怒又怕。

怒自是不用说，至于怕？

他能在四国横行，仗的就是自己武神的修为，还有帝国大皇子的身份，可一来他打不过萧天耀，二来那厮压根就不将他看在眼里，他在萧天耀手里一点优势也没有，一路被打压，可以说是吃尽了苦头。

“大皇子要算账，还是等伤好了再说吧。”林初九没有劝说，也没有做和事佬的打算。

轩辕挚和萧天耀之间的矛盾，不是她能调解的。

“你居然没有劝我，我还以为你会劝我放下这件事，对萧天耀的不敬既往不咎。”轩辕挚微眯着眼，打量着林初九。

林初九这个女人着实是聪明，明明有机会跟他谈条件，却绝口不提让他与萧天耀和解一事。

“我为什么要劝？王爷敢揍你，就表示他心里有底气，我胡乱插什么手？”这是实话，天大的实话，萧天耀连轩辕挚的生死都不在乎，还会在乎轩辕挚的报复？

“他一个小国的王爷，能有什么底气？我帝国随便一支铁骑，就能踏平东文。”这就是轩辕挚不解的地方，他不明白，萧天耀哪来的底气与他为敌？

据他所知，萧天耀可不认识他的那些兄弟，也不是他某个兄弟的人。在中央帝国，萧天耀根本没有靠山。

“中央帝国的铁骑确实勇猛，前提是中央帝国肯出手。而且，踏平了东文，对帝国来说有什么好处？没好处的事，帝国皇帝愿意干，帝国的朝臣也不会允许。中央帝国，不是一个人的帝国，也不是大皇子你的帝国。”一个富饶的东文能带给帝国的利益，远比一个战乱的东文带来的利益更多，稍有一点脑子的人，就会知道该怎么做。

“连你也看明白了，难怪萧天耀敢不把本皇子放在眼里。”萧天耀是吃定了中央帝国不会出兵攻打东文，才这么有恃无恐的吧？

“王爷不把你放在眼里，与帝国出不出兵无关。再说了，王爷并没有不把你放在眼里，是你先找王爷麻烦，找东文麻烦，王爷不得不反击。不然，要是任由你为所欲为，东文与北历一战，会输得连裤子都没有。”林初九很不明白轩辕挚的强盗理论。

明明是中央帝国强势插手东文与北历的战事，明明是轩辕挚来找萧天耀的麻烦，明明是他们一再为难萧天耀，凭什么说全是萧天耀的错？萧天耀有什么错？不就是打了自恃甚高的中央帝国和轩辕挚一巴掌嘛。中央帝国和轩辕挚没能力找回面子，就把错往萧天耀身上推，简直是可笑。

当然，林初九不会把这些话说给轩辕挚听，说了也没有用，中央帝国与轩辕挚是不会反省的，因为这么多年来，他们踩四国的脸面踩习惯了。

与轩辕挚谈好合作后，林初九又检查了一下轩辕挚的伤口，监督轩辕挚吃了药便走了。

“大皇子你好好休息，我回去查一查你体内的毒。”就算现在没有能耐解，也得找到压制的办法，至少要让轩辕挚活着回到帝国。

“嗯。”轩辕挚应了一声，声音透着一股疲倦，和林初九说了这么多话，他着实是累了。

林初九交代小医徒照顾好轩辕挚，便带着金吾卫走了。不过，她并没有回主营帐，而是跑去找朱御医了。

她想要解轩辕挚体内的毒，得先知道那两种毒的毒性，朱御医明显知道轩辕挚体内是什么毒，不找他找谁？

林初九与朱御医也算是有交情，林初九也不见外，开门见山说明来意。朱御医一听，脸就沉了。

“王妃，这事咱能不掺和吗？”一个“咱”字，充分表明他和林初九是一国的。

“不能，我对轩辕挚体内的毒很感兴趣，我还没有见过这么有意思的毒。”林初九含糊其辞地说道，并没有把她与轩辕挚的交易说出来。

朱御医是军医，也算是萧天耀的手下，林初九不希望这件事让萧天耀知道。这是她给自己找的最后的退路，知情者越少越好。当然，这条退路也不一定能用上，总之有备无患吧。

“真的只是感兴趣？”朱御医不相信林初九的话，可看林初九一脸纯良，又不像是在骗人。

“当然了，一寒一热，你不觉得这毒很有意思吗？要是能同时解开这两种毒，做到帝国的大夫都做不到的事，不是很有挑战性和成就感吗？”林初九双眼发亮，那表情、那动作，和朱御医第一次见到林初九拿出药丸时一样，容不得朱御医不信。

朱御医对轩辕挚体内的毒稍有了解，确定林初九不是真想给轩辕挚解毒后，朱御医就把自己知道的全说给林初九听了。

轩辕挚体内的毒至寒至热，也就是至阴至阳。这两种毒是分别从两种毒草中提出来的，毒草培植的方法十分变态，至寒的毒草是用处子血浇灌，至热的毒草则是用少年的元阳浇灌。当然，毒草并不能直接用，需要加其他的药草一起，才能提炼成毒药，具体的提炼方法朱御医也不知道。

“我曾有幸跟在我家老爷子身后，见过一次这种毒草。矮矮的一小株，养在盆子里。至寒的毒草通体晶莹透亮，至热的毒草则是火红如血，长得还怪好看的。”朱御医语气热烈，神情却是蔫蔫的，一副不愿意提起的样子。

联想到朱御医的劝阻，林初九大胆猜测，朱御医家的老爷子十有八九是因此丧命。

“你们家老爷子，当初解得了这至寒至热的毒吗？”林初九跳过试探的话，直指问题的核心。

朱御医也不知在想什么，林初九问起时，他毫无防备，张嘴就道：“没呢，还没有查出个所以然，就死……”朱御医说到这里，突然顿住，恼怒地瞪了林初九一眼，“我怎么和你说这个？不对，你怎么就猜到我家老爷子是去帮人解毒的？”

“很好猜，你一直叫我不要去管大皇子体内的毒，又说你家老爷子见过这两种毒草，用膝盖想也知道是怎么一回事。”也就是朱御医想不到。

“好吧，猜到就猜到了，反正也不是什么机密的事。”朱御医知道是自己说漏了嘴，索性破罐子破摔，“能养得出这至阴至阳毒物的都不是普通人，当时找我家老爷子治病的那户人家就是顶级豪门，我家老爷子拒绝不了。不想只是看了那两株草药一眼，我家老爷子就死了。王妃，那种人家能不招惹就不要招惹，就算你身份不低，可别忘了这世间身份比你高的人比比皆是。再说，就算身份不如你又如何？人家可以玩阴的。”

“我知道了，我不会卷进帝国皇子之间的斗争里。”朱御医的好意，林初九明白，只是这件事她自有打算。

她不是朱御医，她是萧天耀的妻子，是东文萧王妃，有些事不是她想不掺和，就能不掺和的。

她的丈夫萧天耀，在皇帝眼中可是野心勃勃想夺位的人。至于萧天耀是不是真想夺位，这个一点儿也不重要，只要皇上认定萧天耀想谋反，那么萧天耀就是不想谋反，为了活下去也得谋反。像萧天耀这种身份地位的人，就是退让也无法保全性命，更不用说萧天耀不能退，他一退，他身后的人就惨了。

当然，这些话林初九不会说给朱御医听。

林初九不想让朱御医担心，只道：“这毒我们私下研究就好，不需要让人知晓。”先把解毒的药研究出来，至于给不给轩辕挚解，主动权在她自己手里。

“能寻出解药也好。我家老爷子死的时候，眼睛瞪得大大的，怎么也合不上。我们都猜老爷子是死不瞑目，要是能把解药寻出来，我家老爷子九泉之下也能安心了。”朱御医是真正的对医术感兴趣的人，对医术有研究、有追求的人，听到林初九的话，朱御医想也不想就应下此事。能把解药寻出来，世间就少了一样会害人的毒药。

“等你伤好得空，我们再聊此事。”林初九不知朱御医心中所想，见朱御医松口，林初九暗自窃喜。

她不擅长解毒，医圣之心也没有办法，要是朱御医肯参与，至少有一半的可能。不过，这事不着急，听轩辕挚那口气，他一时半刻死不了，他们有的是时间，就算最后研究不出来也没有关系，左右轩辕挚又没有说，要是没弄出解药，她要付出什么代价。

此时已经很晚了，得到朱御医肯定的回复后，林初九并没有多待，交代他好好休息，便出去了。

不过，林初九并没有回主营，问过小兵得知萧天耀在主营后，林初九果断地朝存放药物的帐篷走去。

大皇子的毒暂时不用解，但她要找出压制的办法，她忙着呢。

林初九走进帐篷，命身后的侍卫将灯点燃，就让他们去外面守着，没有她的召唤不得进来。

至于她待在这里，要不要去给萧天耀报备一声？林初九压根就没有想过这事，他和萧天耀是夫妻又怎样？萧天耀去哪儿也不会告诉她，她为什么要报备？

林初九命侍卫从朱御医那里取来大皇子剩下的毒血，又让侍卫送一笼兔子来。

医圣之心检查不出大皇子中的是什么毒，虽然能勉强压制，可这是治标不治本的办法。想要找出解药，只能另寻他法，在不知大皇子中了什么毒的情况下，林初九只能用最笨的办法，用活体来试药。

用活体试药，是一个漫长又枯燥的过程，失败远比成功的机会多，林初九不得不将全部心神投入到工作中，一投入到工作中，林初九就完全忘记了时间的流逝……

萧天耀在主帐内，将一天的公务处理完，又拿出一本书坐在那里看，说是看书，可他看书的时间，远没有看门口的时间多。

只是，不管他看多少眼，门口都没有一点儿动静，眼见着一个时辰又一个时辰地过去，萧天耀也不见林初九回来。

萧天耀不想处处干涉林初九的生活，也想给林初九自由，可一给林初九自由，林初九就飞出去连影子都看不到，这叫他怎么放心？

眼见天就要亮了，仍旧不见林初九回来，萧天耀的耐心告罄，“啪”地将书丢在桌上，快步往外走，正欲去寻找林初九，就听到营帐外围传来一阵骚动。

萧天耀本就心情不好，见有人在他的地盘闹事，脸当即黑了：“怎么回事？”

一大清早，敢在他的地盘闹事，吃了熊心豹子胆了。

东文上下无人不知萧天耀治下有多严，东文的士兵是绝对不敢在军营闹事的，这个时候敢闹腾的，只有帝国的黑甲卫。

事实上，与萧天耀打过交道后，除非必要，黑甲卫也不想在萧天耀的地盘上闹事。

他们此次出现在东文与北历边境，是为了把私下发现的天外玄铁挖回去。现在，那条矿脉还没有挖完就塌了，他们必须找主事者拿主意，而他们的主事者帝国大皇子轩辕挚被萧天耀扣住了！

黑甲卫没有办法，哪怕不愿意与萧天耀打交道，这个时候也要硬着头皮上。

了不起，他们先不把大皇子救出去，只求和大皇子碰个面，至少能让他们请示一下这事怎么办。

黑甲卫的要求不高，碍于轩辕挚在萧天耀的手里，也不敢闹事。双方虽然起了争执，可黑甲卫一直压着火气，没有动手。东文的士兵也不敢主动与黑甲卫打，双方虽然拉扯不断，却没有大打出手。

只是，不打的话，双方的争执一时半刻就解决不了。这不，直到萧天耀走出来，黑甲卫和东文的士兵还在那纠缠，谁也不肯让步。

“去问问，怎么回事？”萧天耀没有看到就算了，看到黑甲卫在那闹事，他不可能不管。

金吾卫“咚咚咚”地跑过去，又“咚咚咚”地跑了回来，气都不带喘一下地道：“王爷，黑甲卫要求见大皇子。他们表示只是见大皇子一面，请示一些事务，绝不会有别的想法。”这个别的想法，自然是把大皇子救出去。

“准了。”黑甲卫说得含糊，萧天耀却知道，黑甲卫所要请示的事，就是天外玄铁矿脉倒塌的事。

这事他做得干净漂亮，完全没有留下痕迹，黑甲卫就算怀疑矿脉倒塌是人为，也不会想到他身上去。说不定，为了掩饰自己的失职，黑甲卫与轩辕挚还会联手隐瞒此事。他要拦着黑甲卫，不让他们与轩辕挚通气，这事很有可能会报到中央帝国去。虽说报到中央帝国他也不怕，可能省一事是一事。

金吾卫收到命令，再次“咚咚咚”地跑过去，然后带了一个黑甲卫进来。当然，进来的黑甲卫将全副武装都解除了，甚至平时穿的战甲也脱了，看上去和常人无异，只是更加壮实。

黑甲卫不愧为帝国最强的军队，即使是一个人孤身走进东文大营，也不见露怯，大大方方地走到萧天耀面前，双手握拳：“萧王爷！”

黑甲卫行的是江湖礼节，而不是官礼，可见他给萧天耀行礼，并不是因为萧天耀的身份，而是因为他的实力。

萧天耀的身份在东文确实是一人之下，万人之上，见到他的人都得行礼，可在中央帝国，他的身份一点用处也没有，中央帝国的人根本不会承认。

“嗯。”萧天耀应了一声，便让人带黑甲卫去见轩辕挚，并大方地道，“给他们一个独立的空间。”

“多谢萧王爷。”黑甲卫本想提这个要求，不想萧天耀先一步说了出来。

这一次萧天耀没有理会他，先一步走了。黑甲卫站在原地，看着萧天耀离去的背影，却生不出被人轻视的愤怒。

像萧王这样的强者，就是放在中央帝国也是排得上号的高手，他有蔑视他们这些人的资本。

黑甲卫一句话也没有说，在金吾卫的带领下，来到石室与轩辕挚碰面。

轩辕挚此时已经清醒了，精神也不错，却无法掩饰他受伤的事。黑甲卫看到轩辕挚一脸惨白，光着头躺在床上，不由得大惊，“大殿下，你的头发怎么了？”

“死不了。”轩辕挚不知黑甲卫是怎么进来的，看到只有一个人进来，就知这些人没办法救他出去。既然没法把他救出去，他把自己受伤的事说出来，除了显得自己无能外，还有什么用处？

“是。”黑甲卫被训，不敢再问。

“说吧，你来见我有什么事？”萧天耀居然会让黑甲卫来见他，不怕他被黑甲卫救走吗？

黑甲卫没有立刻回答，而是略等片刻，确定无人监听，才道：“大殿下，昨晚大雨，矿脉倒塌。看守的人被压在里面，下午我们把人挖了出来，已经死了。”

“倒塌？好好的怎么会倒塌？昨晚的雨有多大？”轩辕挚猛地坐起，可却不慎扯到了伤口，当即痛得变脸，只得愤愤地躺回去。

黑甲卫如同没有看到一般，平白直述：“很大，持续下了数个时辰，好多地方都积了水。东文的军营也被水淹了，我们的矿脉会倒塌，是由于上方的泥土滑坡，巨石滚落，正好压在矿脉薄弱处。”

“确定是天灾，不是人为？”这是轩辕挚最关心的一点。

如果只是天灾，事情就没关系，那条矿脉已经挖得差不多了，帝国损失不大，他再弄一点天外玄铁回去，这事就可以了结了。

可如果是人为，那事情就大发了，即使他把犯事的人找出来，追回损失，也改变不了他失职的事实。

要知道，这件事帝国并不打算让东文与北历知晓。

“属下查过，没有人为的痕迹。北历的兵马早就退了回去，昨晚我们的人一直守在东文军营外，没有人外出。”黑甲卫来之前，已经把该查的都查清了，要不是有所准备，他们也不敢来见轩辕挚。

虽然种种迹象表明矿脉倒塌是天灾，是意外，可黑甲卫心里还是存着疑惑，因为他们挖出来的天外玄铁不见了！虽然不多，可不见了就是不见了。

他们也想过，那些天外玄铁是被泥土冲进矿底，压在了里面，可在挖到那些天外玄铁前，一切皆有可能。只是，这事他们不敢说出来。一旦说出来，就是他们失职，即使他们失职的原因是为了保护轩辕挚也不行。

“既然是意外，那就把事情报回去，让帝国派人来查。”没有亲眼所见，轩辕挚不敢确定是意外还是人为。但黑甲卫信誓旦旦说了是意外，是天灾，那他就相信这是天灾，是意外。

那条矿脉的天外玄铁已经挖得差不多了，帝国也不会太重视，只要他们所有人都咬定是意外，那就是意外。

黑甲卫与轩辕挚通了气，就敢把事情报到中央帝国了，至于中央帝国派来检查的人会不会查出什么，这一点黑甲卫一点儿也不担心，他们都查不出来的东西，中央帝国那群尸位素餐的家伙能查出什么来？

至于帝国的损失，矿脉里的天外玄铁也不多了，帝国真的没有多少损失，那点损失帝国也不会看在眼里。而且和帝国那点损失相比，他们的前途与命似乎更重要。

正事禀报完，黑甲卫看了轩辕挚一眼，犹豫一下，才道：“殿下，如果没有别的吩咐，卑职先行告退。”他也想再问一遍大皇子怎么受伤了，也想把大皇子救走，可他做不到。

“滚！”黑甲卫的窝囊，让轩辕挚十分不满。帝国最优秀的将士，居然被萧天耀一个小国王爷吓住了，简直是丢他的脸。

黑甲卫双手抱拳，正欲离去，突然想起时逸寒的事，忙道：“大皇子，卑职还有一事禀报。”

“什么事，说！”轩辕挚对黑甲卫已不报希望。与其期待黑甲卫把他救出去，他宁可等自己的伤好。

“天藏影月的时少主来过，与萧王爷碰了一面后，又匆匆离去了。离去前，曾与我们碰过面，说殿下您受了伤，急需大夫，他去寻大夫，让我们不要轻举妄动。”只是，当时黑甲卫并不相信时逸寒的话。

他们不认为萧天耀敢伤大皇子，敢要大皇子的命。就算大皇子受了伤，也不至于严重到要去帝国寻找名医的地步。

事实证明，他们的推断是正确的，大皇子虽然受了伤，可根本没有生命危险。

“让人给时逸寒送消息，就说本殿下无事。还有，谢谢他跑这一趟，回头我会亲自上门道谢。”天藏影月在中央帝国地位不凡，不管时逸寒是因为什么原因帮他，他都要抓住这个机会，与时逸寒搞好关系。

他不奢望时逸寒帮他，只希望时逸寒不要站在他的弟弟们那边，与他为敌。

“卑职明白。”黑甲卫道，他就说了，大皇子受伤可能是真的，但绝不会致命，时少主太大惊小怪了。

萧王爷就算敢把大皇子绑走，也不敢伤大皇子。大皇子真要有个三长两短，东文离灭国也就不远了。

“另外，你们也不必守在外面，萧天耀不敢对本皇子怎样。你们先行回去，清理矿脉，记住，本殿下不希望那条矿脉再出问题。”轩辕挚说得含糊，可个中意思稍微有脑子的人，都能明白。

“殿下放心，卑职一定会把事情办好。”黑甲卫回答得异常坚定。

在矿脉这件事上，他们与大皇子的利益是一致的，不需要大皇子提醒，他们也不会允许矿脉出事。

大皇子不再多说，挥手示意黑甲卫退下，黑甲卫一走，轩辕挚就瘫倒在床，脸上露出痛苦之色。

他此刻虽然是清醒的，可精神并不好，并不像在黑甲卫面前表现的那般轻松，他在黑甲卫面前不过是强撑罢了。

没办法，他是帝国大皇子，落到萧天耀手里已经很丢脸了，要是让黑甲卫知道，他在萧天耀手里吃了大亏，差点死在萧天耀手里，他还有面子吗？

要是传到帝国，就算他那做皇帝的父亲会出面为他撑腰，可他的面子往哪里摆?

别看他在萧天耀面前叫嚣得厉害，事实上除非是死，不然他绝不会把他与萧天耀之间的事摊到父皇面前，太丢人了。

自己的仇自己报，他就不信他堂堂帝国大皇子，奈何不了东文一个小亲王!

萧天耀并没有让人监听轩辕挚与黑甲卫的对话，让人把黑甲卫带去见轩辕挚后，萧天耀就把这件事丢到脑后，跑去找林初九了。

“卑职见过王爷，王爷千岁。”金吾卫对林初九十分崇拜，他们对林初九的命令不再阳奉阴违，萧王一出现，金吾卫就高声行礼，提醒林初九有人来了。

“王妃在做什么？”萧天耀在人前，也很尊重林初九，并没有强闯。

“卑职不知，王妃有令，任何人不得打扰。”金吾卫压根就不敢看萧天耀，低着头，气都不带喘地将话说完。

他们这是第几次拦住王爷了？虽说王爷没有罚他们，可他们每次面对王爷，压力都很大的。

“去问问王妃什么时候忙完。”萧天耀真心没有想过，有一天他要见自己的妻子，会是这般地艰难。

他这是第几次被拦了？虽说林初九情有可原，可他不高兴，很不高兴!

“是。”金吾卫也不敢进去打扰林初九，只是转身，在门口道，“王妃，王爷……”不料刚开口就被打断了：“我出来了。”

紧接着，就看到林初九挑起门帘走出来，朝萧天耀微微屈膝：“王爷。”

“免礼。”萧天耀双手背在身后，本想扶林初九一把，但看到林初九冷淡的神色，萧天耀又生生将手压住，免得自己手贱去扶她，还得不到好。

真是个不会领情的女人!

“随本王来，本王有话问你。”萧天耀看了林初九一眼，见林初九精神尚可，便转身往前走。

他知道，林初九一定会跟上。

在人前，这个女人一向识相，绝不会落他面子，让他难堪。

事情也确实如此，林初九虽然不情愿，可看到左右两侧的金吾卫，还是认命地跟在萧天耀身后。

她是萧王妃，她不能当众给萧天耀难看，不然难堪的一定是她。

此刻，太阳还未破云而出，天正处在将亮未亮之际，生活在这片大地上的人们还未苏醒，耳边只有虫鸣鸟叫，静谧安宁。

微风吹来，夹杂着泥土与雨水的气息，这是大自然的味道，说不上好闻，但这味道却让人无法讨厌，至少林初九就不讨厌。但是她讨厌脚下泥泞的路!

前儿个晚上雨太大，昨天太阳又不烈，地上的泥水并未干，每走一步都会在地上留下一个不深不浅的坑，脚上也沾满了泥，每次抬脚都感觉又重了一分。

林初九不喜欢泥路，偶尔走走那是情趣，可要这么一直走下去，那绝对是折磨人。抬头看了一眼萧天耀从容优雅的背影，林初九默默地将到嘴的话咽了回去。

是萧天耀找她谈事，她才不要主动开口呢，丢份儿!

林初九不开口，走在前面的萧天耀自然不知道她在想什么。萧天耀不疾不徐地走在前面，觉得两人就这么慢慢地走着，即使一前一后，即使不说话，也很舒心。

两人继续走着，萧天耀没有喊停，也没有说话的打算，林初九也没有办法，只得不远不近地跟在后面。

天渐亮，随着一声号角声响起，军中的将士几乎同时起来，原本静寂安宁的军营一瞬间像是活了过来，虽然色彩不变，却多了一丝生气。

看着忙忙碌碌，迎接新一天生活的将士们，林初九的心情随之变好，脚下的泥泞路，似乎也没有那么讨厌了。

萧天耀回头，就看到林初九上扬的唇角，还有那温柔而美好的笑。

他就知道林初九会喜欢!

萧天耀停下脚步，等林初九走过来，可是林初九却没有跟上来，而是跟着停了下来。

萧天耀面露不满，正欲教训两句，还未开口就发现不对劲。

林初九顿在原地，一副痛苦的样子，而下一秒就听到她痛叫一声，双手抱着头，蹲在地上："啊……好痛。"林初九痛苦地大喊，额头瞬间冒出细汗。

"怎么回事？"萧天耀脸色一变，迈开大长腿走到林初九身边，蹲下。

"好痛，好痛，我的头好痛！"林初九抱着头，眼睛闭得紧紧的，汗珠一颗接一颗地落下。

"啊……好痛！"林初九实在忍不住，痛苦地大喊。

她的头好痛，就像要炸开一样，医圣之心不停地提醒，但说了什么林初九却是一点也不知，只知道自己的脑子嗡嗡作响，痛得她想要在地上打滚。

"走，本王抱你去找大夫。"萧天耀将林初九打横抱起，朝伤兵营走去。

"不，不去……回去休息，大夫，大夫没用。"林初九差点咬伤了自己的舌头，根本没有说话的力气。

"本王说了算。"萧天耀压根不理会林初九，直接抱着人朝伤兵营走去。

"没，没用……"林初九张嘴，艰难地吐字。

她此刻就像是缺水的鱼，嘴巴大张，拼命地呼吸，想要借此缓解疼痛。

"没看大夫，你怎么知道没用？"萧天耀见林初九痛苦得拽紧他的衣摆，不由得将人抱得更紧，"别怕，有本王在，不会有事。"

"啊……"林初九想要说，有你在也没有用，可张嘴却是说不出话来，尖锐的疼痛让她连呼吸都是痛苦。

萧天耀走得更快了，他所到之处，不管在做什么的小兵都会立刻停下来，退到两旁，把路让出来。

一路畅通无阻，抱着林初九来到伤兵营，人还未到，声音就先响起：“去，把所有的大夫找来！”

“是，王爷。”看守伤兵营的小兵“咚咚咚”地分头跑开，一个引着萧天耀去空房间，另外几个则去找大夫。

伤兵营是给受伤的士兵用的，里面的条件可想而知，即使能给林初九寻一个独立的房间，硬件也好不到哪里去。

萧天耀抱着林初九一进去，就闻到一股霉味，当被子铺开，那股味道更重。萧天耀抱着林初九，看着散发霉味的被子，犹豫半秒就让人把被子掀了，而后抱着林初九坐在床板上，让林初九半躺在他的怀里。

几近痛晕过去的林初九，此时也计较不了那么多，她正在与剧痛做斗争，根本无心去管萧天耀做了什么。

大夫很快就来了，以石大夫为首的十一位军医鱼贯而入，却不敢靠近。

“王爷。”石大夫离萧天耀三步远，停了下来。

这本是规矩，可此时石大夫跟萧天耀讲规矩，无疑是找骂。

萧天耀一个冷眼扫过去，厉声道：“傻站着干什么，没看到王妃疼得难受吗？”

“是是是……”石大夫一下子就吓蒙了，脚一软，差点摔倒在地。

萧王爷又催了一遍：“快点。”

石大夫正欲软下去的腿，立刻又硬了，忙不迭上前，小心翼翼地道：“王爷，您……您先让我看看王妃。”王妃整张脸都埋在王爷的怀里，他怎么诊呀？

不等萧天耀动作，林初九就先一步扭过头，虚弱地开口：“石……大夫，我没事。”

“疼成这样，还没事？”萧天耀一个冷眼扫向林初九，可惜林初九此时的注意力压根就不在萧天耀身上，根本没有看到。

“王妃，让小人给你看看。”石大夫也不相信林初九的话，略略观看了一下林初九的气色，便扣住林初九脉搏，同时询问道：“王妃，你就是头痛吗？这是第一次发作，还是经常如此？”

大夫最怕顽症，要是经常发作，林初九自己又治不好，那他怕是也医不好的，估计连缓解都做不到。

虽说医者不自医，可要是能缓解，凭王妃的医术，早就缓解了。

“老毛病，熬过去就好了。”只要有医圣之心在，她隔三岔五就要痛上一次，不过最初的剧痛过后，后面就在可以忍受的范围内。

比如现在，就没有之前那么痛了，而她也终于可以冷静下来，看看医圣之心到底抽什么风了。

她，她，她好像因祸得福了！

医圣之心又一次傲娇抽风，害得林初九头痛欲裂，并不是林初九什么事没有做好，而是它一次收到太多病患痊愈的消息，一时间处理不了，所以林初九就悲剧了！

在将士们醒来的那一刻，消息最多，过了高峰期，医圣之心收到的消息渐少，林初九的脑袋也就没有那么痛了。

得知前因后果，林初九泪奔，可又不能当众说什么，只能憋着……

消息越来越少，疼痛也越来越轻，等到石大夫诊完脉，只剩下一抽一抽的痛，就像锤子敲打在身上，虽然同样很痛，可比之前刀绞般的痛好多了。

林初九长长地呼了口气，看上去精神了一些，可众人仍旧能从她细微的表情，看出她此时仍在忍受脑袋炸开的痛。

石大夫诊完脉，他身后几位大夫就齐刷刷地看向他，就是萧天耀的目光也落在他身上。一瞬间成为众人瞩目的焦点，石大夫完全感觉不到骄傲、得意，他现在只想哭，因为他根本诊不出林初九为什么头痛，他说什么？

悄悄地看了林初九一眼，又看了萧王爷一眼，石大夫还没有琢磨好要怎么说，萧天耀就一个眼刀子扫过来，石大夫“扑通”一声跪在地上，哭道：“王爷，小人无能，小人学艺不精，只能诊出王妃身子很弱，身上还有余毒未清，却不知王妃为何头痛。”

林初九身体弱、余毒未清，还是朱御医诊出来的，他就是捡着说，真要是在不知情的情况下为林初九诊断，他也就只能诊出一个身子弱。

“你、说、什、么？”萧天耀一个字一个字，咬得极重，说得极慢，是个人都知道他不高兴。

石大夫恨不得就此晕过去，可面对萧王爷的威压，他又不得不继续道：“王爷，小人无能，小人实在诊不出病因，恳请王爷让其他人试试。”

“你确定他们能诊出来？”萧王爷不高兴，很不高兴。他的初九痛成这个样子，这些人居然说诊不出来？

“扑通……”石大夫的话还没有说完，身后的军医就全部跪了下来，颤抖地开口：“王爷，小人的医术远不如石大夫，石大夫查不出来，小人也没有把握。”他们倒是想要上前一试，可是没有胆子呀。

而且，他们说的也是事实，他们的医术确实不如石大夫，他们是军医，只擅长医治外伤。要是他们什么病都能治，怎么会随军到处跑？

你以为人人都像朱御医那样，有牺牲奉献精神吗？

他们要是医术好，早就想办法留在京城，给富贵人家看病了，哪里会待在军营，成天只能包扎伤口。

“既然无能，本王……”

“王爷！”林初九正在接收医圣之心传来的消息，一回神就发现情况不对，急忙打断萧天耀的话，说道，“王爷，我没事了。”

林初九闪了一下神，没有听到萧天耀和石大夫的对话，不过也能猜到七七八八。

“没事？”萧天耀怒火稍稍收敛了一些，低头看向怀中的林初九。

前后不过一炷香的时间，林初九却像是从水里捞出来的一样，脸白如纸，唇也被咬破了，这还能叫没事？

“真没事，我说了这是老毛病，大夫治不了，要是能治，我早就治了。”头已经不痛了，不过林初九仍旧很虚弱。

刚刚那一波接一波的疼痛，耗尽了她所有的精力。不过，这一次受痛十分值得，她只要痛过这一次，今后就再也不用担心医圣之心坑她。

没错！医圣之心刚刚接收到大量患者病愈的信息，这些人并不是伤兵营的伤兵，而是喝了预防风寒药的将士们。

林初九昨天准备的药，虽不够几十万人吃，可几千人那是妥妥的。医圣之心只要林初九医治三千人，就可以不用再受医圣之心控制，而就在刚刚，林初九完成了这个目标。只要能摆脱医圣之心的钳制，别说只是痛上一刻钟，就是再痛一刻钟，林初九也能忍。

一想到以后不会走得好好的，就被医圣之心要求去给人治病，也不用被医圣之心强制去医治那些她不想医治的人，更不用担心医圣之心强迫她去医治那些她没有能力医治的病人，林初九就满心高兴。

林初九一高兴，脸上就带出了几许，眉眼弯弯地道：“王爷，我真的没事了，让他们去忙吧，别耽误他们正常的工作。”

虽说林初九现在瘦得不行，笑起来没有以前那么讨喜，可萧天耀看着仍旧觉得舒服。

“退下吧。”萧天耀看到林初九的笑颜，心中的担心与怒火也消了，大发慈悲地放过石大夫等人。

“谢王爷不罪之恩，谢王妃救命之恩。”石大夫几人如蒙大赦，磕了一个头就跑了出去，生怕晚了一步，就被萧王爷给叫住。

满屋子的人一瞬间就走空了，偌大的房间里，只剩下林初九与萧天耀两人，而林初九还窝在萧天耀的怀里。

“王爷，放我下来。”虽然萧天耀的怀抱不像他的人一样冷硬冰凉，可林初九还是不乐意靠。她又不是没有腿，自己能站、能走，再不济她能坐。

“嗯。”萧天耀应了一声，可却没有动，仍旧如同老大爷一样坐在那里。

林初九仰着脖子，抬头看了萧天耀一眼，正好与萧天耀视线相对。

没有传说中的火花，也没有传说中的触电般的感觉，两人就这么静静地对视，也不知互相凝视了多久，反正到最后两人都累了，尤其是林初九，脖子一直仰着，真不是一般酸。

林初九收回视线，手指在萧天耀胸膛上戳了戳：“咳咳，王爷松个手，我自己下来。”

萧天耀没想到林初九会突然碰他，身体本能地绷紧、僵硬，而就在这一瞬间，林初九趁机跳下来，离开了萧天耀的怀抱，可是……

林初九高估了自己的体力，以为和以前一样，轻轻一跃就能稳稳落地，却不想身体虚弱的她，双腿完全使不上力，刚落地就感觉双腿一软，然后身体不受控制地往下倒。

“啊——”林初九瞪大眼睛，差点就骂了出来，眼见着就要与地面亲密接触，林初九绝望地闭上眼，放任自己摔下去，只求别摔得太重！

可就在此时，坐在床沿的萧天耀动了！

这个时候迈步必然是来不及，萧天耀飞快地站了起来，倾身上前，一把拽住林初九的衣服，用巧劲一拉，不仅止住了跌势，还让林初九在原地旋转了一圈。

转得晕头转向的林初九，还没有反应过来是怎么一回事，就发现自己居然扑向萧天耀，就像是投怀送抱一般，稳稳地跌进了萧天耀的怀抱！

如同舞曲中的旋转一样，林初九华丽地转身，萧天耀搂住林初九的腰，林初九顺势半躺在萧天耀的胳膊弯里，与萧天耀四目相对。

“这是意外！”林初九保持半倒的姿势，看着萧天耀，眼泪差点掉出来了。

早知如此，她就不强撑着从萧天耀的怀里跳出来了，真的好丢人呀。

“本王相信，这是意外。”一句话，却生生断成两句，平白添了一股别样的味道，让人不想多想都不成。

林初九只感觉自己的脸火辣辣地疼，这是羞的，太丢人了！

亲身体会一把主动投怀送抱，林初九已经知道自己的身体有多渣，再不敢逞强，老老实实地借着萧天耀臂弯的力道站起来，而后果断后退，与萧天耀保持距离。

为避免尴尬，林初九主动转移话题：“王爷，你不是说有事要与我谈吗？什么事？”

“嗯……还有三日，大军即将班师回朝，你打算怎么处置轩辕挚？”萧天耀确实是有正事要说，只不过这事并不重要，什么时候说都一样，萧王爷完全没有必要纡尊降贵地亲自跑去找林初九。

只是，他绝不会承认，他担心林初九。

“班师回朝？怎么这么快？”注意力放在前半句的林初九，不可置信地看着萧天耀，双眼似有火焰在燃烧。

过分，过分，这个男人太过分了！

她刚提出要提前回京，这个男人就弄出一个班师回朝，明明之前一点要回京的迹象都没有，怎么她一要回去，大军就要班师回朝了？

萧天耀皱了皱眉，强调道：“重点不在班师回朝，重点在于你要如何处置轩辕挚。”这个女人怎么这么蠢？

难不成没有摔地上，也会把脑子摔坏？

“怎么处置轩辕挚并不重要，重要的是你为什么突然决定班师回朝。”萧天耀认为林初九的注意力没有放在重点上，可林初九却觉得萧天耀完全搞不清重点。

轩辕挚什么的对她来说一点儿也不重要，重要的是她可能要跟萧天耀一同回京！而这是她不想的！

萧天耀不是笨蛋，他只是情商略低，听到林初九的话，立刻明白了她在意什么，不由得恼火了：“什么叫突然？本王班师回朝还要跟你商量？”

这个女人，就这么不想和他一起回去吗？天知道，他是为了谁的面子，才会急急地班师回朝。

“不，不需要。”林初九立刻明白自己做错了，她居然质疑萧天耀这个霸王的决定，简直是可笑。

林初九冷笑一声：“王爷说得是，您什么时候班师回朝并不需要与我商量。同样，如何处置轩辕挚那也是王爷的事，王爷你决定就好，我没有意见。”

林初九屈膝，低头敛去眼中的愤怒：“没有别的事，我先回去了。”说完，也不等萧天耀回应，转身就往外走。

“你……”萧天耀指着林初九，气得直咬牙。

这个女人，到底在矫情什么？就不怕他一怒之下杀了她吗？又或者，这个女人就是拿准了他舍不得杀她？简直可恶！

萧天耀愤愤地甩袖，大步往外走，没走两步就追上了林初九，可他却没有停留，而是直接从林初九身边走过，脸上就差没有写“本王不高兴”五个字。

林初九停下脚步看了一眼，没好气地哼了一声，继续走自己的路。萧天耀不高兴，她还不高兴呢。

莫名其妙就和这个男人绑在一起，为他流血流泪，却仍旧得不到他的信任，还妄想她去哄他，做梦吧！

她是喜欢萧天耀，可喜欢并不表示她会一直无条件地付出，她林初九贱一次就够了，要再犯贱下去，她自己都瞧不起自己。

无视刻意放缓步调的萧天耀，林初九在转角处，果断与萧天耀选择相反的方向，朝轩辕挚待的石室走去。

还有三天就要离开，有些事她得说清楚，还有轩辕挚的伤和毒，她也得留下足够的药。至于她和轩辕挚之间的仇恨？其实她一直都不知道，她和轩辕挚有什么仇？

如果她没有弄错的话，她和轩辕挚之间的矛盾，全是因为萧天耀。不过轩辕挚折磨她是真，这仇她自己会报！

萧天耀一直往前走，没有回头，可只要林初九在他身后，他就知道林初九离他有多远。察觉到自己把林初九甩得太远了，萧天耀不由得放缓步调，好等林初九跟上来，可结果他等来了什么？他等到的是林初九与他背道而行。

“林初九，你行！”萧天耀的怒火彻底被点燃，“来人，去替王妃收拾东西，今天下午送她回京。”

林初九不是不愿意跟他同行吗？林初九不是要跟他划清界限吗？林初九不是要自己回京吗？

好，他成全林初九。他倒要看看，没有他撑腰，林初九到了京城，面对皇上的施压，面对京中贵妇人的嘲讽，能怎么办！这次，他必须要让林初九看明白，什么叫夫荣妻贵！没有他在后面撑腰，林初九什么都不是！

第九章　有仇立刻报

林初九先一步走了，并不知萧天耀有多暴怒，自然也不知道他的命令。不过，就算知道她也不会在意，反倒会很高兴。

她现在最想做的事，就是离萧天耀远一点，每每看到萧天耀平静得好像什么也没有发生过的面瘫脸，她就有揍人的冲动。

她完全不能理解萧天耀在想什么，也不能明白为什么两人都吵翻了天，他们还能和平相处。是她太蠢了，还是萧天耀气场太强了？可不管什么原因，在林初九看来，都是不可思议的事。

为了能让自己冷静下来，为了不受萧天耀的男色影响，林初九觉得自己必须离萧天耀远一点。有萧天耀在的地方，她就无法用脑子思考问题。

轩辕挚的毒时常会发作，不过伤却没有大碍，只要不扯动脑袋上的伤口，就不会觉得痛。

林初九过来时，轩辕挚已经醒了。当然不是睡到自然醒，而是被外面的动静吵醒了。

作为俘虏，他就算知道自己暂时不会死，可也不敢睡得太沉，外面有一点动静，轩辕挚就会惊醒。

醒了后，知晓没有什么事却又睡不着了，只能睁大眼睛看着屋顶，等人给他送早膳。不想早膳没有等到，却等来了林初九。

“大皇子。”林初九进来前，特意敲了敲门，得到轩辕挚的允许才进来。

“找本皇子何事？”轩辕挚强撑着坐了起来，不愿意在林初九面前失了形象。

“我是来跟大皇子告别的。”林初九将手上的药箱放在轩辕挚床边的小桌上，“顺便给大皇子送一些药。我替你配了压制毒药的药，还有你头上的伤用的药。”

“你要走？”轩辕挚皱起眉头，不高兴地道。

“嗯，王爷三天后班师回朝，我自然也要跟着回去。”林初九还不知，她根本没有三天的时间，不高兴的萧王爷今天就要把她丢回去。

“这么突然？”东文和北历一战都过去大半个月了，东文皇上不知催了多少遍，也不见萧天耀班师回朝，轩辕挚一度以为萧天耀不会回京，就这么带着大军长驻边境，却不想萧天耀突然就要回京了。

这消息，真不是一般突然。

“我也觉得挺突然的，不过王爷这么决定，肯定有他的用意，我跟着走就是。”在轩辕挚面前，林初九将夫唱妇随那一套做得十分完美，没有一丝破绽。

轩辕挚就是觉得有什么不对，也找不出原因，更不用提他压根就不关心萧天耀与林初九之间的事，他关心的是：“既然你们要回京，那本皇子呢？你们打算怎么处置？”轩辕挚不认为，萧天耀会好心地放了他。

可要把他带回京城，他是绝对不会同意的，这会耽误他的正事。

天外玄铁的矿脉虽然塌了，可后续还有许多事，需要他这个明面上的负责人去处理，他要是被萧天耀带回东文京城，矿脉的事就没有人能做主。

到时候帝国来核实的人，没有看到他这个大皇子，指不定认为是他玩忽职守才造成矿脉倒塌。

“我不知道，没听王爷提起。不过王爷应该不会太为难你，你毕竟是帝国皇子，王爷就算再厌恶你，也不会一刀斩了你，你放心好了。”林初九这话说出来，连她自己都不相信，更不用提轩辕挚了。

“萧天耀真要在乎本皇子的身份，就不会扣下本皇子。本皇子可忘不掉，后脑上的伤是怎么一回事。”轩辕挚嘴角抽搐，提起萧天耀就是一副咬牙切齿的样子。

林初九只当没有看到，为了不把轩辕挚气得伤口裂开，林初九果断转移了话题：“大皇子，你应该很清楚自己何时会毒发。我给你准备了一些药，在毒发前半个月开始吃，效果好的话说不定不会毒发，效果不好也顶多是让大皇子难受一下，不会致命。”

林初九打开药箱，露出药箱里排放整齐的药瓶：“蓝色的药瓶，在毒发前半个月，一天喝一瓶，早上一起来就喝，空腹。”

林初九将其摆到轩辕挚面前，然后又拿出一小排红色的药：“红色的，毒发时喝。一天一瓶，一次最多不要超过三瓶。”

“这些药……”轩辕挚看着那些透明的小瓶，双眼放光。这么漂亮的琉璃瓶，在中央帝国也是少见。

“瓶子很漂亮吧？再漂亮也没用，这是装药用的，回头你得一个不少地还我，不然你后面的药就没法装了。”这些琉璃瓶，都是她让苏茶特意打造的，成本极高，大多数是用来糊弄人的，比如此刻。

“看不出来，你身价不菲呀。”轩辕挚虽是帝国皇子，可没有封号，没有封地，没有爵位，因着没有大婚，他还没有出宫建府，也拿不到下面的人的孝敬。

轩辕挚光有一个皇子名号，实际上穷得很，看到林初九一个小国王妃，财大气粗地拿出一排琉璃瓶，轩辕挚那叫一个酸呀。

“我娘就我一个女儿，萧王府就我一个女主人，你说我能穷得了吗？”这就是成婚与没有成婚的区别，成婚了就有财务自由。

不过，林初九手上的钱，全是她娘留下来的，跟萧王府一毛钱关系也没有，萧王府不是林初九当家，萧王府的财务大权也与林初九没有关系。

林初九把药交给轩辕挚后，又交代了他换药的事。轩辕挚本以为他们的谈话到此就会结束，可林初九将药放回药箱后，并没有立刻离开，而是将双手放在药箱上，一脸严肃地看向轩辕挚：“大皇子，我们还有一件事，需要好好谈一谈。”

“什，什么事？”轩辕挚莫名感到不安。

林初九太正经、太严肃了，轩辕挚有一种闭上眼装晕的冲动。可是，帝国大皇子的骄傲，让他实在没脸这么做。

林初九发现了轩辕挚的不安，不由得笑了出来，她不笑还好，一笑轩辕挚就更不安了：“你还是别笑了，笑得我背脊发寒。”总有一种不好的感觉，可轩辕挚又不明白为什么。林初九这么好说话，甚至不计前嫌地为他医伤，按道理他不该不安才是。

“大皇子你想多了，我又不是我们家王爷，一言不合就打打杀杀的。”和萧天耀比，她的脾气好多了，可是……

“你比萧天耀还可怕。本皇子带兵打过来，遇上他，顶多就是被他打回去，可遇上你呢？不是被下毒，就是被绑，现在又是伤又是毒的，为了治伤，本皇子的头发都没了。”想到被剃光的头发，轩辕挚忍不住想哭。

他这样，回到帝国怎么见人？

好好的，什么事都没有做成，反倒在脑袋上开了一个洞，真是越想越委屈。

“你的头发不是我剃的，你的伤也与我无关，至于毒？好吧，我承认我动了一点小手脚。”她真没有给轩辕挚下毒，不过是略施手段，是轩辕挚自己怕死。

“不是你，也是因你而起，否则本皇子会这么惨？”轩辕挚狠狠地瞪了林初九一眼，转念想到两人还有一个合作，轩辕挚又收回视线，“算了，好男不跟女斗，本皇子不跟你计较。”

林初九没好气地白了轩辕挚一眼：“别把所有的错都往别人身上推，要不是你想趁王爷不在来找我麻烦，也不会落到今天这个地步。种什么因得什么果，这一切都是你自己造成的。”

“我……明明是你们家王爷不给帝国面子，我是为了维护帝国的尊严才出手的。”面对林初九似笑非笑的眸子，轩辕挚有些底气不足，说着说着就没声了。

林初九笑了一声，见轩辕挚脸色微红，淡定地道："大皇子，你和王爷之间的事我不管，你们有什么仇什么恨，自己去解决，我们只要算清我们之间的仇和怨就行了。"

"我们之间有什么仇？有什么怨？我不是说了，我不计较你的冒犯吗？"他和林初九不是相处得挺好的吗？他都大度得不计较林初九的冒犯了。

林初九呵呵一笑："你不计较是你的事，我这人记性好，特爱记仇，我可做不到不计较。大皇子，第一次见面，你打伤我的事就不说了。当初是我自己愿意跟你打的，受伤也是我自己的事。我们聊一聊，你请我吃的那一顿饭。"

一想到轩辕挚请她吃的那顿饭，林初九就有杀了轩辕挚的冲动。因为那顿饭，她差点活活痛死；因为那顿饭，她差点毒发而亡。要不是那顿该死的饭，她也不会虚弱成这样！这笔账，说什么也要跟轩辕挚算清楚。

林初九咬牙切齿地看着轩辕挚，那眼神像刀子似的，轩辕挚被林初九看得全身发毛，却仍不忘为自己辩解："那顿饭怎么了？我自己不也吃了吗？"

林初九有多痛，他就有多痛，甚至比林初九更痛，因为他还因此受了伤，引得潜藏在体内的毒提前发作。

"那是王爷的安排，与我有什么关系？"萧天耀为她出了气不错，可她自己那口气还没有出呢。

"你，你……你们夫妻不要脸。我打了一个，凭什么你们两个，一个接一个地报复回来？这么说，我是不是也可以找萧天耀算你给我下毒的账？"轩辕挚就没有见过这么不要脸的人，真的太讨厌了，他后悔死来办这趟差事了。不对，是后悔死惹上萧天耀和林初九这对夫妻了。

早知道这对夫妻这么变态，打死他也不出来挑事。帝国面子什么的，多的是人去找回来，他挖他的矿就好，管那么多是非做什么？

"只要你有那个能力，欢迎你去找我家王爷报仇。单打独斗、群殴都行。"虽然之前的事已经证明，不管是单打独斗，还是群殴，轩辕挚都不是萧天耀的对手。

轩辕挚欲哭无泪，现在假装自己头痛晕过去，会不会显得很矬？

林初九无视，冷酷无情地道："大皇子，你说我们之间那笔账，怎么说？"

"你想怎样？本皇子都不与你计较了，你这女人，能不能识趣一点？本皇子是谁？本皇子可是帝国大皇子，你惹怒了我，想过你的下场没有？"没法装晕，只能摆出强硬的一面，可惜轩辕挚此时躺在病床上，光着一颗大脑袋，实在没有气势可言。

"只要我不去中央帝国，大皇子你能奈我何？"林初九手指轻敲药箱，有一下没一下的，敲得乱七八糟，完全没有规律可言，轩辕挚的一颗心也跟着七上八下。

轩辕挚问道："说吧，你想怎么样？"人在屋檐下，不得不低头。

等着，林初九给他等着，一旦他回到帝国，他绝不会放过林初九和萧天耀！这对夫妻，真的不是一般的可恶。

“我也没有想好。”林初九十分坦然地摇头，她来找轩辕挚本就是临时决定的事，匆忙间哪里能想到那么多。

轩辕挚眼前一亮：“没想好好呀，来日方长，这事我们以后再说，我们以后有的是打交道的机会。”

林初九道：“不行，以后就没有这么好的机会了，今天必须把这事了结了。”开玩笑，轩辕挚可是帝国大皇子，要不是他落到了萧天耀手里，怎么可能任她拿捏？

找轩辕挚算账这种事，错过这个村就没有这个店了，她说什么也要在今天把账算完。林初九不想放过这个机会，可一时半刻又想不到什么好法子。至于以牙还牙直接给轩辕挚下毒，这种简单粗暴的方式林初九是不会用的，这不符合她的风格。

“你说，咱们这账怎么算好呢？”林初九摸着下巴，仔细琢磨。

她这个人记性特别好，而且特别记仇，这仇要不报，她会记一辈子，她今天无论如何，也要把这笔账了结。

“你……这个女人，就不能正常一点儿吗？”要不是还记得自己是帝国大皇子，轩辕挚真想哭给林初九看。

林初九看他的眼神，就像看待宰的猪。可是，林初九还嫌不够，居然和他这个肉票商量要如何宰了他，简直是变态。

这世上，再也找不到比林初九更变态的人了。

“恩怨分明，我不正常吗？”林初九眨了眨眼，很认真地为自己辩解。

“算了……我没有办法和你沟通。你说吧，你想怎样？”轩辕挚放弃挣扎，只求林初九赶紧把结果说出来，他早死早投胎。

“我好好想一想。”林初九左手托着右手肘，右手食指轻敲脑袋，一副认真思考的模样。轩辕挚巴巴地看着她，就等她宣判，偏偏林初九半天不开口，把轩辕挚急得不行，恨不得开口，给林初九提供几个方案。

好在他还有理智，知道林初九是找他算账，他要给林初九提供方案，那就是傻得不行了。

时间一分一秒过去，林初九一脸轻松，轩辕挚却是越来越紧张。要知道最可怕的不是接受宣判，而是等待宣判的过程。

姑奶奶，你倒是快说呀！轩辕挚咬牙切齿地看着林初九，恨不得按住她的肩膀，好把她摇醒。

以后，他要是没有把握直接弄死林初九，那他绝对不招惹，宁可惹萧天耀也绝不惹林初九。

“啊……我想到了！”林初九终于开口了。

“想到什么了？”轩辕挚眼前一亮，随即又黯然下来，忐忑不安地看着林初九，生怕林初九说出什么可怕的事。

“用下毒报复你没意思，说不定最后还要麻烦我自己；打一顿也不解气，我思来想去觉得只有一件事，能让你痛苦很久！”林初九故意卖了个关子，没有直接说，轩辕挚急得不行，催道：“什么事能让我痛苦很久？”他怎么不知道。

林初九拍开轩辕挚的手：“好了，别指着我，我不喜欢被人指着。事情就这么决定了，稍后我会让人给你送药。”

“我不会吃的！”轩辕挚眼眶泛红，又是屈辱又是委屈。他是帝国大皇子，他什么时候被人这么羞辱过？

“在这里你说了不算。配合一点，对你有好处，就如同当日，我明知你准备的那桌菜有问题，我还是含笑吃下一样。”林初九说这话时，莫名地透着一股悲伤。

“我和你是不同的，我不需要委屈自己。”轩辕挚莫名地放低音量，明明是理直气壮的话，可却透着一股心虚。

“你现在需要了，大皇子，我今天就教教你，什么叫人在屋檐下不得不低头，什么叫忍胯下之辱。”像轩辕挚这种出身的人，永远不会明白什么叫不得已，什么叫不得不，更不会明白为什么有人能忍得了胯下之辱。

没有人天生卑贱，如果可以，谁不想高傲地抬起头，挺直背脊，可是生活不容许！

“你……你敢，你敢！”轩辕挚找不到话说，只能用这两个苍白的词来表达自己的愤怒。

林初九笑了一声，没有接轩辕挚的话，而是朝他轻轻点头：“不耽误大皇子用早膳，我先走了。”

留下药箱，林初九转身往外走。

“站住。林初九，你给我站住！”轩辕挚挣扎着起身，想要拉住林初九，可他一动就扯动了后脑的伤，想要下床，身体却虚弱得连站稳都吃力。

林初九没有回头，只是朝轩辕挚摆了摆手：“大皇子，不用送了，我自己会走。”

“谁要送你？你给我站住！”轩辕挚大吼。林初九却像是没有听到一般，自顾自地往外走。

轩辕挚气极，右手握成拳，用力捶打床，以发泄心中的不满。

可惜，不管他多用力，林初九都不曾回头，那扇门也无情地关上。

“林初九，你这个……”不知为何，“贱女人”三个字，到了嘴边，轩辕挚却怎么也说不出来，最后只能气愤地喊道，“林初九，你要敢给我下药，我一定找人废了你。”

“大皇子放心，我会把这句话转告给我家王爷听的。”林初九的声音从屋外传来。

轩辕挚脸色一变，气得不行：“林初九，你这个卑鄙无耻的小人，你除了会告状，你还会什么？”明知他是气话，居然还去告状，简直不要脸。

“我还会下药，大皇子，再给你一句忠告，祸从口出，好好管住你的嘴。”林初九好心地留下一句忠告，心情极好地走人。

欺负人什么的，果然能让人心情变好。

林初九走后没有多久，一碗浓浓的药汁就端到轩辕挚面前："大皇子，请。"

轩辕挚面部一阵扭曲，没有动。

捧着药碗的金吾卫一脸平静，如同木桩子一样站在那里，大有轩辕挚不喝，他就站到天荒地老的架势。

一卧一站，两人对峙许久，轩辕挚终于忍不住，暴吼一句："滚！"林初九欺人太甚，当然还有萧天耀，这笔账他一定会和林初九、萧天耀好好清算。

金吾卫道："王妃说了，伸头是一刀，缩头也是一刀。大皇子，你躲不掉的。"人在屋檐下，还摆这么高傲的姿态，果然是没有吃过苦的帝国大皇子呀。

"你可知我是谁？"一个小兵都敢威胁他，真当他的身份是摆设？他打不过萧天耀，奈何不了林初九，还处理不了一个小兵？

"您是帝国大皇子，可小人的主人是王妃。"金吾卫捧着碗，一板一眼地道。

轩辕挚气极："你们王妃见了我，也得客客气气的，你就不怕我要你们王妃杀了你？"

"王妃要小的死，小的绝无二话。"换句话说，要是你大皇子要我死，我就不会理会了。

打人不打脸，这句话绝对是打轩辕挚的脸，轩辕挚气得大口喘气。小兵发现药碗微凉，体恤地道："大皇子，药冷了会更苦。"他可是亲耳听到，王妃让人加一把黄莲进去，美其名曰降火。

"哼……"轩辕挚冷哼一声，右手突然挥出，打向药碗。

要是轩辕挚全盛时期，凭他武神的实力，别说一个小兵，就是一百个也能一掌拍死，可现在的轩辕挚就是拔了牙的老虎，挥出来的手软绵无力，小兵轻轻一退，就避开了，连药汁都没有洒出来一点。

"大皇子，王妃说了，她那儿什么都缺，就是不缺药。打了一碗喝两碗，打了两碗喝四碗，打了四碗就喝八碗。一碗一年的药效，王妃让您随便打，只要您能喝得下。"明显，这话是林初九提前交代的，林初九之前就猜到了轩辕挚的反应。

"你们家王妃好样的。"居然又威胁他，还不是自己亲自来，而是派一个小兵来羞辱她。

"你们家王妃在哪里？让她来见我。"死女人，上次给的教训不够是吧？真当他没对她下杀手，就是善良好欺呢？

"我们家王妃今天下午就要回京，此时正在收拾行李。"小兵的话，全是林初九提前交代的，可见林初九有多了解轩辕挚。

"不是三天后才走吗？怎么今天就走？"听到林初九要走，轩辕挚还有那么一点不自在。

这偌大的军营，也就林初九稍稍靠谱一点，其他人都把他当阶下囚，这日子根本没有办法过。当然，前提是不提这碗药。

“王妃说，她离家数月，王府许多事务无人打理，她要提前回去为王爷打理好王府，这样王爷回去就能直接入住了。”这话自然是林初九让小兵说给轩辕挚听的，至于真相?

林初九气得差点吐血!

林初九前脚踏出石室，萧天耀身边的亲卫后脚就过来了，简单地行了个礼，就把萧天耀要林初九今天下午就离开的事复述了一遍。

“王爷要我今天下午就走?”林初九听到这话，着实是愣了一下。

她怀疑是自己听错了，或者传话的人说错了，现实却狠狠打了她一把脸：“是的，王爷已经安排好了随行人员，请王妃早些动身，以免晚上赶不到城镇。”

“我知道了。”林初九深吸了口气，才压下想要骂人的冲动，冷着脸道，“告诉王爷，我下午就会离开。”

说完，丢下萧天耀的亲卫，头也不回地朝伤兵营走去。

萧天耀的决定太突然，虽说她早就打算回京，可还是被萧天耀的命令打了个措手不及，别说收拾东西，估计连好好道别的时间都没有。

林初九越想越郁闷，步子也越迈越大，跟在她身后的金吾卫见状，一个个低头不敢吭声，只紧紧地跟在她身后。

“朱御医，我要回京城了，今天下午就走。”林初九来到伤兵营，直接杀到朱御医休息的房间。

“什么?今天下午就走?怎么这么突然?”朱御医还奇怪林初九怎么又来了，一听这话，急得坐了起来，然后再次扯到了伤口，疼得他直咧嘴。

林初九道：“王爷下的命令。不过，我也想先走。”虽说事情如了她的愿，可这种被萧天耀强制驱逐的感觉，还是让她很不舒服。

现在这情况，与她要不要走无关，她完全是被萧天耀强制赶离。

“怎么了?你和王爷又闹矛盾了?”朱御医大概是军中唯一一个知晓林初九与萧天耀不像表面那么和谐的人。

“我们什么时候不闹矛盾了?”林初九在朱御医面前也没有隐瞒，和聪明人说话要是遮遮掩掩、粉饰太平，那太蠢了。

“唉……你多体谅一点儿王爷，他也不容易。”朱御医叹气，却没有追问具体的事，只劝说林初九放开些，“王爷的性子就是那样，有些事自己想开些，别钻牛角尖。”

萧王什么脾气，只要和他接触过的人都知道，想要萧王低头那是不可能的事，不管发生什么事，最后只能是林初九低头。

“有些事，真的没有办法想开。”林初九苦笑一声，见朱御医还要劝说，忙打断，“好了，不说这些不愉快的事了，我过来一是同你告别，另一个也是和你说一声，我还留了一些药在帐篷里，回头你让人收拾一些，能用上就用上，用不上你看着处理吧。”

她留在军中的药已经不多了，上次用那些箱子装了防风寒的药，现在帐篷内都是空的，收拢收拢，也就只有一大箱药，估计用不了几天。

“放心，放心。这种事交给我，妥妥地给你办好。”朱御医一听是药，精神大好，如果不是伤得太厉害，他真想拍胸脯保证。

此时，回到主营，久久没有等到林初九过来的萧天耀，在独自生了半晌的闷气后，终是没有忍住，召来亲卫询问，林初九现在在哪？知道下午要走，可有不高兴？

如果林初九很不高兴，只要她乖乖服个软，他不介意朝令夕改的。

可是，亲卫不知萧天耀心中所想，怕萧天耀怪罪林初九不懂事，好心地替林初九修饰了一番：“回王爷的话，王妃初听到下午要离去，很是震惊，不过很快就接受了。”

“人呢？”很快就接受了？

萧天耀气得咬牙，面上却没有表露出来。亲卫不知，只感觉周身的温度好似下降不少，忙不迭地道：“王妃去了伤兵营，与朱御医告别。”

亲卫说完，悄悄地看了萧天耀一眼，小心翼翼建议道：“王爷，要去请王妃吗？”

“退下。”知道下午就要走，居然不是来见他，而是与朱御医告别。难道在林初九心中，他还不如一个朱御医吗？

萧天耀气得吐血，正好这个时候朝廷特使送来了朝廷的公文，说是机密文件，请萧天耀阅示。

以往，不管朝廷的公文多么急，多么重要，萧天耀都不会见朝廷特使，只让手底下的人把公文转交上来，如此一来，他不在军营时，朝廷也不会知道，可他现在心情很不好！

“让人进来。”萧天耀冷声下令，亲卫大气不敢喘，转身就把朝廷的特使带了进来，而后果断退下，留下朝廷的特使独自面对萧天耀的威压。

“卑职给王爷请，请，请安！”朝廷特使雄纠纠，气昂昂地走进来，想要拿出自己最英气的一面，行个恭敬却不卑微的礼，可礼至一半，朝廷特使的气势就弱了，到最后直接结巴了。

“呈上来。”直接跳过叫起的环节，朝廷特使愣了一下，才知道萧王爷是跟他说话，手脚软了几次，才从地上爬起来，哆嗦着将公文呈到萧天耀面前：“王，王爷请示下。”

“放下。”萧天耀没有伸手去接，也不可能去接这么一个小人物呈上来的东西。

“是，是。”朝廷特使忙将装公文的盒子放下，为表郑重与沉稳，朝廷特使做得很用心，可不知是他运气不好，还是太紧张，即将放下的瞬间手滑了一下，盒子“啪”的一声摔在桌面上。

“唔？”萧天耀不悦地扫了一眼，朝廷特使直接吓趴下来：“王爷恕罪，王爷恕罪。卑职失职，恳请王爷见谅。”

萧天耀连个眼神都没有施舍给他：“打开！”

“啊？是是是。”朝廷特使愣了一下，忙不迭爬起来，可有人比他更快一步。他没有看到对方是怎么出现的，他抬头时对方已站在书桌前，将桌上的锦盒打开，取出里面的公文，双手捧到萧王爷面前。这屋内还有人？朝廷特使瞪大眼睛，很想伸手揉一揉眼睛，可却不敢，只能眼巴巴地看着对方。

萧天耀打开公文，扫了一眼，周身寒气加重。

和之前皇上发来的圣旨一般，仍旧是要萧天耀回京，不过这一次又多了一条命令，皇上派了人来接手萧天耀手中的大军。

当然，皇上用词十分客气，只说派来的人只是暂时接管他手中的兵权，好让萧天耀空出时间，可以回京复命。

像是为了让萧天耀相信他的话是真的一般，公文上出现了三个“暂时”，反复强调，让萧天耀想要忽视都不行。

“哼……”萧天耀冷笑一声，将折子丢在桌上，朝廷特使惊了一跳，背后惊出了一身冷汗，张了张嘴，却什么话也说不出来。

萧天耀头也不抬，铺开纸，研墨，提笔就写了一封回信，不等墨迹干，萧天耀就将信封装，丢进盒子里，手指一弹，盒子就砸向跪在地上的朝廷特使。

“带着信，滚！”萧天耀厌恶地开口。

“砰”的一声，盒子正好砸在朝廷特使的头上，那人却连声都不敢吭，忙不迭将盒子与信装好：“是是是，卑职这就退下。”

拿到萧天耀的回信，朝廷特使也不敢久待，连滚带爬地跑了出去，爬上自己的马就跑了，连休整都不敢，直到跑出数十里，他才反应过来，他居然忘了补给。

没有食物和水的补给，他接下来的几天该怎么办?

带着朝廷重要公函进城，可不是一个好主意。

“终于明白为什么没有人愿意跑这趟差事了，真的很苦呀。”朝廷特使欲哭无泪，只能靠打猎和取河水度日。

朝廷特使的到来，让萧天耀的心情又糟了几分，耐着性子处理了几份公务，时不时就往外看一眼，却始终不见林初九的身影。

临近午膳，亲卫将萧天耀的饭菜端了进来，轻轻放下，正准备退出去，忽听萧天耀道：“王妃呢？”都到吃午膳的点了，林初九怎么也要回来收拾东西吧?

“王妃……她走了！”

“什么？”萧天耀音量不变，语气却有明显的变化，只要和他相处过的人，都知道萧天耀这是不高兴了。

亲卫小心地吞了吞口水，硬着头皮道：“王妃说早点出发，免得赶不上落脚的城镇。”

亲卫虽不明白这里面有什么，可看到林初九走得这么潇洒，甚至走之前都没有来见王爷，就知这里面怕是有什么事了。

“什么时候走的？”萧天耀强压下心中的怒火，只是他紧握成拳、青筋毕露的双手，泄露了他此时的心情。

“半个时辰前。”走之前，还见了帝国大皇子一面。不过，这话亲卫不敢说，他怕说出来后，王爷会更不高兴。

王妃走之前见了很多人，甚至还给这段时间一直保护她的金吾卫说了一声，可却没有过来与王爷告别。

听完亲卫的汇报，萧王周身的寒气，能将人生生冻死……

林初九走得潇洒，却苦了萧天耀身边的亲卫和金吾卫，因为萧王爷下令，要提前一天回京。

萧王爷回京，并不会把所有的大军都带走，但原属于他的金吾卫，萧王爷是不会留下的，尤其当皇上告诉他要派人来接手边境的兵马后。

原本三天后回京，对金吾卫来说就很赶了，现在萧天耀又下令提前一天，金吾卫几乎是不用睡了，得连夜收拾行装才行。

萧天耀的命令一下，军中上下一片怨声载道。不过，全军上下没有人猜到，萧王爷突然决定提前一天回京与林初九有关。

林初九今天下午会离开，本来就是萧天耀下的命令，要真与林初九有关，上午王爷就会直接把班师回朝的时间定在两天后了。

将士们纷纷猜测，王爷之所以下令提前一天回京，定是与之前收到的朝廷公文有关。

“朝廷送信的特使刚走，王爷就下令提前一天回京，必是朝廷又下了什么恶心我们的命令。”

当然，也有人有其他的想法：“我觉得应该是京城出了什么事。之前朝廷可没少催我们回去，王爷不是都不理会吗？”

这个说法一出来，就得到了大部分人的认可。

“京城出了什么事？莫不是给咱们王爷赐了女人，所以王妃才会急急离开，并且都不和王爷说一声？”谁说男人不八卦？一群男人聚在一起没事干，也是会八卦的，只要有人开头。

“不可能吧，我们看到王妃上马车时，还满脸笑容呢，并没有不高兴呀。”说话的人，是这几天一直伴在林初九身侧，保护她的金吾卫。

“王妃可是名门贵女，就算不高兴也不会让你看出来，我猜十有八九就是皇上给咱们王爷赐女人了。你想想呀，咱们王爷已是一品亲王，又手握重权，根本封无可封。这次立了这么大的功，皇上总要赏赐一点什么，金银珠宝皇上肯定不会给，最后十有八九就是女人了。”

金吾卫会这么猜并不是没有道理的，自从萧天耀兵权握稳后，皇上就不曾给萧天耀赏过珠宝。

赏珠宝给萧天耀做什么？让他拿这些银子养兵马？皇上没那么傻。

在金吾卫讨论萧天耀为何会提前回京时，皇上和一干心腹也在讨论萧天耀的事。

北历谈和的使臣都到了，萧天耀却没有班师回朝，这速度还真不是一般慢，不过皇上和林相等人推断，萧天耀这段时间应该就会回来。

当然，萧天耀会回来，并不是因为皇上下旨要他回京，而是边境的粮草吃得差不多了，苏茶又不在京城，无人能为萧王的兵马筹集到足够的粮草，萧天耀再不回来，几十万大军拿什么养？为了粮草，萧天耀也要带兵回京，只是时间早晚的问题，皇上只需要耐心等待即可。

不过，萧天耀肯回京复命，并不表示事情就了结了，皇上可以高枕无忧了。恰恰相反，皇上要考虑的事情更多了。

首先，萧天耀回来后，兵权如何处置？

要知道，皇上之前可是夺了萧天耀的兵权的，后来就算给了萧天耀兵权，可也和金吾卫无关。萧天耀去前线时，金吾卫全部失踪了，皇上给的兵权里并不包含金吾卫。后来萧天耀“找到”了金吾卫，可皇上仍是没有表态，只是默许他们的存在，想着等打赢这一场仗再说。

现在，仗打赢了，金吾卫这笔账怎么算？当初金吾卫“失踪”，这个责任谁负？现在金吾卫“回来”，以后由谁接管？

其次，萧天耀将北历兵马驱逐出境，立下这么大的功劳，该怎么赏？

金银珠宝？华服美人？前者皇上都不一定有萧天耀多，后者萧天耀不会接受。至于封王拜相？萧天耀已是一人之下，万人之上的亲王、权臣，皇上还能给他封什么？封地？在东文弄一个国中国？这种养虎为患的事，打死皇上也不会做。

除了这两个难题外，还有一件事让皇上十分头痛，那就是萧天耀在边境斩杀中央帝国三位武神，得罪帝国大皇子的事。

“现在中央帝国没有发声，并不表示中央帝国不与我们计较。先不说斩杀三位武神的事，就是大皇子那里，中央帝国也不会轻易放下。萧王真是太胡来了，平时张狂也就算了，在中央帝国面前也如此张狂，只顾自己出气，丝毫不顾东文百姓的安危，置东文上下于险地。”

林相将此事说得无比严重，并且把所有责任都推到萧天耀个人头上，完全不去想萧天耀为何会斩杀中央帝国的武神，为何会得罪帝国大皇子。

林相这话代表了一种风向，众位大臣见皇上没有说什么，纷纷附和，甚至直接说萧王爷过大于功，此次不仅不能赏，还要重重惩罚，要将萧王绑了去中央帝国，任由中央帝国发落。

右相那个老头子，这个时候倒是厚道，虽然没有出来为萧天耀说话，却也没有落井下石，只是非常公道地说了一句：“这件事，中央帝国并没有定论，还得看中央帝国怎么说才是。”

中央帝国的态度，才是决定事情走向的关键因素，中央帝国不表态，他们说再多、做再多都是无用，反倒平添笑话。

右相可以说是看着萧王爷长大的，他很清楚萧王爷不是一个鲁莽的人，他敢挑衅中央帝国必是有倚仗的。

中央帝国的事，他们插手不了，也干涉不了，不管中央帝国最后怎么处置萧王，都不是他们能够置喙的，他们只要处理好前两件事就行。

只是，其他人并不这么想，尤其是皇帝……

第十章　你那么骄傲

皇上一向忌惮萧天耀，为了夺萧天耀的兵权，不知费了多少心力，付出了多大的代价，现在他怎么肯轻易把兵权还给萧天耀？

萧天耀在东文与北历一战上的表现可圈可点，虽然小错一大把，可却没有犯大错，皇上根本抓不到他的小辫子，唯一能拿来当理由的就是萧天耀“挑衅”中央帝国的事。这是萧天耀在北历一战上犯的最大的错，也是致命的错。有这个错误在，他不仅不用把兵权还给萧天耀，说不定还能将他的功劳和他这个人完全抹杀。

如大臣提议的那样，他可以主动把萧天耀绑去中央帝国请罪。虽说中央帝国到现在还没有明确表态，可皇上坚信，中央帝国不会放过萧天耀，只要他把萧天耀绑到中央帝国，中央帝国就绝不会轻饶。

虽说这么做东文会颜面尽失，在中央帝国面前抬不起头，可皇上还是心动了。只要能把萧天耀这个祸害解决掉，他不介意牺牲一点儿颜面，只是要把萧天耀绑了，却不是一件容易的事。

萧天耀的武功有多高，至今仍旧没有人知道。之前萧天耀受伤，他派出无数高手，甚至出动了武神，也没有把萧天耀杀了。

现在，萧天耀的武功明显又精进了，甚至能斩杀三个武神。没有五个以上的武神联手围攻，恐怕杀不了他，可他去哪找五个武神？

中央帝国对武神控制十分严格，整个东文也凑不出五个武神。

“难道要主动去找中央帝国？”皇上一不小心就将自己心中所想说了出来，底下的大臣本还在讨论萧天耀回来要如何接待、安置，听到皇上这话，众人立刻消声，齐刷刷地看向皇上。

皇上这话没头没尾，什么意思呀?

皇上完全不知自己把心里话说了出来，见众人看向他，不由得露出疑惑之色：“众位爱卿这是怎么了？”在场的几位都是皇上的心腹，皇上也不藏着掖着，直接问了出来。

众大臣一默，立刻明白皇上刚刚那句话不是对他们说的。不过，皇上既然问起，这个时候自然要有人出面为皇上解答。

作为皇上手中的一把枪，心腹中的心腹，林相责无旁贷。林相也不需要旁人暗示，主动站出来道：“圣上，您刚刚说，要不要主动找中央帝国。”

林相与皇上此时在小书房议事，君臣离得近，林相悄悄看了一眼，见皇上脸色微变，似有几分心虚，立刻道：“圣上，依臣之见此法极好。中央帝国迟迟不见动作，必是在等我们表态。萧王爷斩杀帝国三位武神之事，人证物证确凿，此事容不得我们遮掩。”

林相不愧为皇上手下最得力的干将，皇上那句自言自语的话，到底是什么意思不重要，林相已经把自己的意思表达出来了。之后，不管这句话有什么意思，都是他们这些大臣给出的建议，与皇上无关，皇上只是在斟酌是否采纳罢了。

当然，说完自己的想法后，林相不会忘记讴歌一下皇上：“圣上仁爱，不忍萧王受中央帝国磋磨与羞辱，可萧王这次惹的事实在太大，一着不慎就会引得东文覆国、生灵涂炭。萧王是臣的女婿，可在这件事上，臣却不敢偏帮。臣恳请圣上，为东文百姓着想，送萧王去中央帝国请罪。”

说到最后，林相又是下跪又是痛哭流涕，充分表现出自己的不舍，还有为天下百姓考量的大义之举。

林相会说出这些话，并不是揣摩清了圣意，而是习惯不放过任何坑萧天耀的机会，却不想，他这番话正是皇上所想。

皇上心里是这么想的，面上却还是一副为难的样子：“不行！萧王是朕的皇弟，是我东文的亲王，就算他犯了错，也不能送去中央帝国，任由中央帝国处置。这置我东文颜面于何地?”

皇上说得义正辞严，掷地有声，可在场的哪个不是人精?一听就知皇上是真动了把萧王送去中央帝国负荆请罪的心思。

一时间，几位大臣都愣住了。尤其是林相，他只是随口那么一说，没想到皇上真是这么想的。

皇上这也太狠了!

林相心中狠狠震惊了一把，面上却不敢表露，低着头道：“皇上，萧王犯错在先，去中央帝国负荆请罪，旁人只会赞他知错能改，不仅不会损我东文颜面，天下百姓知晓，也只会赞萧王高义。”

林相说得冠冕堂皇，理由也很充分，可前提是萧天耀会去中央帝国负荆请罪。

凭萧天耀的武功，还有萧天耀在东文的权势，只要他不愿意，谁能逼得了他?这一点在场的人都知道，所以哪怕他们此刻猜到了皇上的心思，也没有人开口附和林相的话。

他们在这里说得再漂亮，把事情商量得再好，萧王不配合一切都是白搭。难不成，要让他们去绑萧王？别说他们没有那个胆子，就是有，也没有那个实力。萧王是什么人？那是可以斩杀三个武神的男人，那是手握重兵的男人，他们可以背后阴一阴萧王，但真要真刀真枪上，给他们一百个胆子也不敢。

皇上见状，面子上有些下不来，草草将这个提议揭过，没有继续讨论下去。

众人和林相暗暗松了口气，不过，嘴上仍旧要夸皇上英明、仁爱。

皇上听着众臣虚伪的夸赞，并不如往常一般心喜，他心里搁着事，不把萧天耀解决，任大臣说出花来，他也高兴不起来。放眼四国，没有人是萧天耀的对手。只有中央帝国能治服萧天耀。可是，要怎么做，才能让萧天耀主动去中央帝国请罪呢？中央帝国不表态，不派人来抓萧天耀，想让萧天耀去中央帝国负荆请罪，几乎是一件办不到的事。

在场的众位大臣，包括林相都不想沾惹此事。于是事情再次回到原点——萧王回京了，他们要怎么待他？

重掌兵权？赏银赏地？这些都是皇上不乐意的，至于赏美人？

这个不需要大臣提议，皇上早就让人物色了数十个绝色佳人，个个都是扬州美人，经过精心调教，只等萧天耀一回来，就赐到萧王府去，就算萧王不受美色诱惑，他后宅也会不宁。

众大臣继续围绕萧天耀的军功展开话题，只是不管他们提什么，皇上都是一副不满意的样子，而能让皇上满意的法子，他们又想不到，于是事情只能不了了之。

皇上与众大臣谈了近两个时辰，结果一无所获。待到皇上开口，让林相留下，其他人出宫时，除了林相外，在场的几位大臣皆偷偷松了口气。

凡是扯上萧王的事都不好办，不是他们不想为君分忧，实在是办不到呀！

众位大臣以最快的速度起身，拱手行礼，火速离开议事房，只留下皇帝与林相两人。

待到人全部走后，林相见皇上没有开口的意思，只得主动道：“圣上留下臣，可是为萧王之事？”

这就是做皇帝第一心腹不好的一点：有麻烦事，旁人都可以走，只有他不能走；遇到难办的事，旁人都可以撂挑子，只有他不行；不仅不能撂挑子，他这个心腹还得帮皇上背黑锅。

“嗯。林爱卿可有好法子？”皇上在林相面前，连最后一层遮羞布都不要。

林相是他手下最听话的一条狗，皇上有足够的自信掌控，他根本不怕林相知道什么。

“萧王的武功深不可测，用阳谋怕是不行。”给林相些许的时间，也许他能想出什么阴损法子，可这么短的时间内，他还真想不出好办法。

就算能想出来也不能说，要让皇上知道，他转念间就能想出这么阴损的法子，会怎么想他？

“用阳谋不行，那就用阴谋，朕把这件事交给你去做，人手任你用，你有几成的把握？”这就是当皇帝的好处，遇到难办的事，直接丢给属下。

林相暗暗叫苦，面上却不表露半分，沉吟片刻后道：“不足三成。”

事实上，林相连一成的把握都没有，可他又不好实话实说，更不能在皇上面前表现得很怕萧王，不敢与萧王对上。

“三成的把握太小了。朕记得你的女儿精通医术，她是萧王妃，有许多事情办起来，会比旁人更容易，你从她身上下手。如果办成了，朕不会亏待她。”皇上微眯着眼，脑海里不由得浮现出林初九与他作对的画面。

那是一个不知好歹的女人，他倒要看看，没有萧天耀这个靠山，她还能怎么嚣张？

“皇上，那孽女一颗心都在萧王身上，臣实在不敢保证能说服得了她。”林相不想在皇上面前认孬，让人知道他这个当父亲的管不住女儿，可他实在没辙。

要是不认孬，他就得去找林初九商量绑萧王去中央帝国，甚至是谋杀萧王的计划。可不用想也知道，他前脚与林初九说了这事，后脚林初九就会卖了他。

“皇上，臣能不能说服她还另说，臣怕那孽女天生反骨，会把事情说给萧王听，到时候可就麻烦了。”一旦让萧王知道这件事，萧王一定会先绑了他们。

就算萧王不敢动皇上，可动他却是分分钟的事。到时候萧王要他的命，就连皇上也保不住。

“你说的不无道理，萧王妃对萧王一片情深，怕是不好策反。不过是人就有弱点，此事你好好琢磨一番，回头给朕一个计划。记住，此事只能你知、我知。”皇上头痛得按了按太阳穴，不给林相多说的机会，挥挥手让他退下。

林相张嘴欲言，见状只得退下，佝偻着身子走出皇宫，满脑子都是要如何才能把萧王绑起来。

找林初九帮忙那绝对是找死，自家事自己明白。他那长女以前看着还好，蠢傻好说话，任由他摆布，可自从嫁给萧王后，就和萧王一样难缠，完全不将他这个亲爹放在眼里。

“不孝女！早知你这般不懂事，当初你一出生，我就该掐死你。不对，就不该让你出生，还能免得你娘受累。”林相不由自主地想起那个他以为此生都高攀不起却嫁他为妻的女子，不由得更恨了。

那个女人是他这一生唯一放在心上的女人，却也是带给他最大耻辱的女人！

“果然不是……”林相含糊地骂了一句，阴沉着脸，踏上轿子。

此时，坐着马车赶回京城的林初九，不知是着凉了还是怎么，一路“阿嚏”不断，听得马车外的护卫担心不已，几次停下来询问要不要休息片刻，都被林初九拒绝了：“不用了，加快速度，争取天黑前赶到城镇。”

林初九倚在软枕上，懒懒地下令，脸颊透着不正常的红晕。

没错，林初九着凉了。也不知是怎么一回事，林初九离开军营没有多久，就觉得身上发冷，自己诊了一下，才知得了风寒。

马车一路行走，颠簸得很，林初九没法给自己抓药、熬药，只能先用预先做的药丸顶上，而后把马车里所有厚重的衣服盖在身上，本以为发发汗就没事了，不想一路睡得晕晕沉沉的，别说好转，反倒更严重了。

病来如山倒，病去如抽丝。林初九这病来得突然，再加上先前身体底子被掏空，可以说身体里没有一点抵抗力，这一病看着就比常人严重。

只是，林初九不愿意叫护送她的侍卫知道，免得这些人一紧张，再把她送回军营。她算是被萧天耀“赶”出军营的，要是刚走就折回去，那她成什么人了？

不知道的人，还以为她故意生病好让萧天耀疼惜她，把她留在身边呢。这么丢脸的事，打死她也不做。

她自己就是大夫，她就不信医不好这小小的风寒。再说了，她以前生病都是一个人扛过来的，她相信这次也不会有问题……

萧天耀不是一个细心的人，林初九又走得匆忙，很多琐碎的事情，安排得就没那么周到了。比如，照顾林初九的下人，萧天耀就没有想到。

不过，这也不能全怪萧天耀，实在是林初九太独立了，完全不像是一个王妃，就算一路上只有她一个人，旁人也不觉得有什么不对。

当初，林初九与苏茶连夜从京城出发，可以说是半逃命的性质，身边除了几个护卫外，什么人也没有带，两人也一路安全抵达了边境。

林初九在军中，一应琐事都是自己做的，后来她病重无法起身，莫清风才寻了两个当地的妇人照顾她。

只是，那两个妇人都有家室，来军中帮帮忙尚可，要跟着林初九回京城就不行了。林初九也不会带上那两个妇人，在京中，就是侍候人的下人也是经过精心培养的，那两个妇人根本不够格，带回京城也只能做做粗活，何必害得人家夫妻、母子分离？

林初九这一次回京，走得匆忙，莫清风也没有办法给她安排服侍的人，至于萧天耀，他压根就想不到这上头来。

这次回京和来时差不多，林初九身边除了一群大老粗外，根本没有可以近身服侍的人。是以，别说林初九只是病重，就是她病得快要死了，只要她不说，那些侍卫也不会知晓。

男女有别，主仆有别。侍卫们只是奉命保护林初九，不敢往她身边凑，以免引起不必要的麻烦。

马车一路疾行，终于赶在天黑之前到了城镇。侍卫财大气粗，直接包下了整间客栈，以免有外人打扰。

林初九一路昏沉沉的，下马车前狠捏了自己一把，这才让自己看上去精神了一些。

马车直接驶进客栈里面，林初九下马车后，就低头往前走。

此时天色已是昏暗阴沉，如果不是凑近仔细看的话，还真看不出林初九不舒服。

侍卫并不敢进林初九的房间，把人送到门口，便在外面轮流巡视起来。

林初九的房内只有她一个人，还是那句话，没有她的命令，外面的侍卫是不敢进来的，所以她就是病死也不一定有人知道。

当然，凭她的医术，倒不至于让自己死于一场小小的风寒。

泡了一个热水澡，林初九精神好了许多，虽然没什么胃口，仍旧勉强自己喝了一碗汤，吃了半碗米饭。

略略消食，林初九终于可以安稳地躺在床上，服下药，人就昏昏沉沉地睡了过去。可不知是白天睡太多了还是因为什么，她睡得不太安稳，一直在做梦。梦里有什么她也记不起，只觉得自己好像被蟒蛇类的生物缠住了，然后又像是鬼压床，全身酸软使不上力道，只能躺在那里，任由重物压在身上。

几次想要睁开眼睛看清楚缠着自己的东西到底是什么，可眼皮太重，怎么也睁不开。

早晨醒来，林初九全身酸痛，就好像真被蟒蛇缠了一晚。

“怎么回事？”林初九坐起来，手握成拳，敲了敲自己沉重的脑袋，不知是生病的原因，还是昨晚真的没有睡好，林初九发现自己的脑子一片空白，完全想不起事。

“我真梦魇了？”林初九看了看自己身上皱巴巴、汗湿湿的衣服，不由得皱眉。

她昨晚到底做什么梦了，怎么就睡得那么累？

可惜不管林初九怎么想也想不起来。不过，昨晚累出一身汗也不是没有好处，至少今天醒来时，她明显感觉自己的身体好了许多，脚步也有力了，完全不像昨天那般头重脚轻。

“估计昨天用的药量太重了。”无法解释噩梦的原因，林初九只能寻一个还算靠谱的理由来安慰自己。

因出了一身汗，被子、衣服全被汗湿了，林初九只得让人送桶热水来，她要沐浴！

为了自己的身体着想，林初九往浴涌里撒了一包药，这药是朱御医给她配的，药性十分温和，强身健体用的，平时也能泡澡用。

泡完药浴后，林初九整个人容光焕发，脸色红润，双眼有神，不见一丝病态。侍卫看到神采奕奕、脚步从容的林初九，一个个嘴巴大张，呆若木鸡。

“怎么了？”侍卫表现得这么明显，林初九想要装作没有看到都不行。

“没……没。”本想说没事的侍卫，被同伴踩了一脚，立刻反应过来，急中生智，跪下来请罪，“卑职忘了给王妃准备早膳，请王妃责罚。”

“无妨，去街上吃也可以，正好尝尝这边的小吃。”林初九并不讲究这些，也不指望一群大男人有多贴心，能照料好她的一日三餐。

侍卫见林初九没有追究，暗自松了口气：“谢王妃不罪之恩，卑职这就去打听镇上有哪些好吃的。”

不等林初九发话，侍卫一溜烟就跑了，就好像身后有什么东西在追他一样。

林初九秀眉微蹙，总感觉哪里不对劲，眼眸一扫，冷着脸看向其他几个侍卫：“说吧，出了什么事？”

她虽然走得仓促，可萧天耀给她安排的侍卫，个个都是精锐，一个个严肃至极，今天早上他们的表现太反常。事出反常必有妖，要说没有事，林初九都不信。

“呃……”被林初九盯上的那位侍卫脸部一阵扭曲，一副为难的样子。

这样子，要说没有什么事，都没有人相信。

林初九不是一个苛刻的主子，但也不会脾气好到任人拿捏。见侍卫支支吾吾不吭声，当即沉下脸：“再给你们一次机会，说！”

这些人虽是萧天耀的兵，可她要收拾他们，也是名正言顺的事。

没办法，谁叫她是萧王妃，萧天耀名媒正娶，上了皇家祖谱的萧王妃！

萧天耀虽然一气之下，下令让林初九提前回京，可并不表示他不管林初九，任其自生自灭。

相反，他十分紧张林初九的安危。这一路贴身保护林初九的侍卫，全是萧天耀精挑细选的。这些人哪怕是放在金吾卫中，也是数一数二的好手。

而且，这些人不仅武功不弱，脑子也不差。遇到危险，绝不是那种只会逞武夫之力的蛮汉。换句话说，这些人就是军中有头脑又有武力的那一帮子人。而这样的人，不可能不明白林初九话中的意思，也不会不明白林初九的不满，只是……

这叫他们怎么回答呢？

几个侍卫都要哭了，他们能告诉王妃，他们被王爷坑了吗？

他们能告诉王妃，昨晚王爷趁黑摸来，还摸上了你的床，早晨出来时，黑着一张脸把我们臭骂了一顿，说王妃病得那么重，我们居然没有发现？

如果只是骂，他们也就认了。做错了事被骂，那是再正常不过的事，可王爷临走前还交代了，一定要劝你在镇上养病，等到大军出发，和大军一起回京。

原本，他们以为这个任务十拿九稳，没有难度。毕竟王妃生病了嘛，要在镇上休养再正常不过，他们一大早都商量好了说辞，准备一套不行，就换一套，无论如何都要把王妃留下。

可是，看到神采奕奕的王妃，他们准备的那些说辞，还有用吗？

原先的说辞不能用就算了，最重要的是王妃精神这么好，这才走了半天的路，他们怎么能违心地说：“王妃，你一路辛苦了，不如我们在镇上休息两天再走？”

可不把王妃留下，他们怎么跟王爷交代？

是以，真的不能怪他们反应不过来，实在是事情太突然了，他们压根就不知怎么办才好。几个侍卫你看看我，我看看你，谁也不肯先开口，都指望对方开口。

林初九好脾气地站在原地，双手环抱，似笑非笑地看着对方，待到他们几个终于不再互相使眼色后，林初九这才开口："商量好了吗？谁出来给我一个解释？或者，你们不打算解释？"不打算解释，这些人就只有一个下场，那就是有多远滚多远，反正别出现在她身边。

"王妃……"被同伴无情推出来的侍卫，上前一步，硬着头皮开口。

"说吧，我等着呢。要说谎也可以，好好编一个靠谱的谎言，别让我一眼就看穿。"这就是林初九，直接而骄傲。

她不介意这几个侍卫骗她，只要能骗过她，让她相信就成。

"王妃，这事……"本来还想寻个喝酒误事、马车出事为理由的侍卫，立刻蔫了，老老实实地道，"王妃，昨晚王爷来了，交代卑职劝王妃在镇上留两天，王爷已下令提前回京，两天后就会与王妃在镇上会合。"

这话自然是美化后的，侍卫哪里敢照实话说。而且，他们说了实话王妃也不一定会信，王妃哪里有一点病态？

要是他们告诉王妃，王爷让她在镇上留两天，是希望她养病，说不定王妃还认为他们在撒谎，为王爷说好话呢。

"王爷来了？什么时候的事？"林初九这个时候没空去管侍卫的话有几成真，她被萧天耀半夜造访的消息惊呆了。

这么说来，她昨晚不是被鬼压床，而是被萧天耀压床了？

"将近子时，天一亮就回了。王爷让我们别把他来的事告诉王妃。"已经把萧王爷卖了，侍卫不介意再卖个彻底。

"所以，你们现在是卖主了？"林初九冷笑一声，极度不善地道。

侍卫吓得脸色一白，扑通一声就跪下："王妃恕罪，卑职，卑职……"侍卫简直想死了。

王爷是主子，他们现在把王爷不让说的事说给王妃听，那就是背主。可王妃也是主子呀，王妃问起，他们要是隐瞒不报，那也是背主。夹在两个主子之间，他们怎么做都是错的。明明费心费力做了不少事，最后却是两面不是人。

"不必向我请罪，被你们出卖的主子不是我。"林初九淡漠地收回眼神，转身朝大街走去。

听到萧天耀半夜来找她，林初九说不出是生气还是什么，总之心里挺复杂的。

她不知道萧天耀为什么要跑这一趟。是想看看她好不好？还是睡不着，需要她这个抱枕？

可不管哪一种，她都高兴不起来。明明昨晚赶来了，却不与她见一面，也不和她说一句话，甚至连只字片语也没有留给她，要不是她发现侍卫的异常，说不定都不会知道萧天耀来过。

来了和没来一样，那何必来？

半夜赶十几里夜路，跑来见她一面，落在旁人眼中，是萧王对她一片深情。而她林初九要是继续与萧天耀闹别扭，那就是不懂事，不识大体，辜负萧王一片深情。

可天知道，她压根就不知道萧天耀来了，她甚至连看都没有看到萧天耀一眼。这样的情况下，萧天耀来了又有什么意思？

“我有时候，真不明白你在想什么，更不懂你的举动到底有什么意义。你不肯说，而我无法理解，我们俩真能走下去吗？”林初九走出客栈，看着昏暗的天空，心情不免有几分低落。

萧天耀，太别扭，太高傲，哪怕是道歉，也不肯低头。喜欢上这样的男人，与这样的男人做夫妻，她真的好累。

诚如朱御医所说的那样，萧天耀就是那样的性格，所以不管出什么事，做出妥协与退让的人只能是她，也必须是她。

可是，萧天耀有性格，有脾气，她就没有？萧天耀的性子就这样了，二十几年走过来，定了型，改不了也不愿意改，那她呢？她就天生没有脾气，可以随时为萧天耀而改掉自己的脾气？改掉自己的倔强？

凭什么！

快马加鞭赶回军营的萧天耀，完全不知自己被手下卖了。昨晚抱着林初九睡了半夜，早上出发时，又看到林初九退了烧，萧天耀这会儿不仅精神好，就是心情也不错。

一想到两天后会与林初九在镇上会合，夫妻俩同时回京，萧王爷的心情就更好了。哪怕他一回到军营，莫清风就跑来问他要怎么处理轩辕挚，萧天耀也不见一丝不耐烦：“把人带来见本王。”

“是，王爷。”莫清风利落地转身，丝毫不提轩辕挚伤得那么重，根本没法过来的事。

轩辕挚是帝国的大皇子不错，可他现在是阶下囚，他们家王爷要见个阶下囚，还要亲自去？

未免太看得起轩辕挚了！

轩辕挚的伤不是作假，哪怕林初九妙手回春救回他一命，他此时也弱得跟纸片人似的，根本无法独自行走，莫清风只能让小兵把他抬到萧天耀面前。

轩辕挚长这么大，没少坐过轿子，也没少被人抬来抬去，却是第一次躺在担架上被人抬来抬去。

看到路过的将士投来打量的眼神，轩辕挚羞愤欲死。他是帝国大皇子，不是什么怪物，这些人看什么看？还有，看就看，一个个是什么眼神，没见过帝国大皇子吗？没见过受伤的帝国大皇子吗？

他除了光着脑袋外，没有哪里不正常，这些人干吗用看怪物的眼神看他？

他承认自己身上确实有不寻常之处，可那件事，只有林初九和他知道，再无第三人知晓，这些人干吗一个个盯着他看？

“那就是帝国大皇子？看上去也不怎么样嘛。”

“之前在战场上，我远远地看了一眼，威风得很，没想到也会有今天。”

“之前带兵来攻打我们的时候多嚣张呀。不知道他有没有想到，自己会落到我们王爷手里。”

“听说还是个武神呢，结果这么没用？我们王爷还不是武神呢，就把他打趴下了，他这武神也太水了。”

“什么水呀，咱们王爷不是武神怎么了？咱们王爷不是武神，照样能打赢武神。敢欺辱我们王妃，就该叫他知道厉害。”

“听说他之前差点死了，还是我们王妃救了他。王妃真是好人呀，要是我的话，我肯定不会救。”

……

轩辕挚原本只觉得羞辱，听到一干将士的议论声，轩辕挚直接愤怒了。

萧天耀那个变态，他的武功能用武神来衡量吗？

那是面对三个武神联手攻击而不惧的男人，那是能同时斩杀三个武神的男人。

他一个小小的武神，怎么可能是萧天耀的对手？

还有那什么林初九，那也能叫好人？

真要是好人，就不会从他手里搜刮了一大堆好处后，还给他下药。

林初九要是好人，全天下就没有坏人了。

还有，萧天耀手下这些兵，简直是可恶。打量就打量，这些人居然交头接耳地议论起来！

交头接耳就算了，当着他这个当事人的面说这么大声干吗？生怕他听不到吗？

这些人还懂不懂什么叫军纪？懂不懂什么叫严肃？

不是说萧王治兵很严的吗？这就是所谓的严吗？

他手下的黑甲卫，可不敢这么放肆，萧天耀手下这些人简直是无法无天。

轩辕挚咬牙切齿，要不是他身体太弱，他一定叫这些人明白，什么叫武神的力量。他打不过萧天耀没有错，可要打这些小兵，来多少他都不怕！

等着，等他痊愈了，离开了这个鬼地方，他一定带黑甲卫过来，教教这些人什么叫军纪！

“这些人，就是萧天耀手下的兵？”轩辕挚最终还是没有忍住，问了出来。

莫清风看了一眼，说道：“不是，他们是朝廷的兵马。”

“朝廷的兵马？朝廷的兵马不归萧天耀管吗？萧天耀是怎么带兵的？”东文居然还分什么朝廷的兵马，萧天耀手下的兵马，萧天耀这是要造反吗？

莫清风看着轩辕挚变幻莫测的脸，没有回答他的话，也没有催促小兵快一点，只按原来的速度，将轩辕挚抬进主帐。

“王爷，帝国大皇子带来了。”莫清风站在下首，朝萧天耀抱拳道。

“放下，退下！”萧天耀放下手中的笔，抬眸看了一眼。

自从轩辕挚的头受伤后，萧天耀还没有见过他，只知他伤得快要死了，具体的情况却不清楚。现在看到轩辕挚光着脑袋，身形消瘦，眼神阴郁，一脸愤怒，不由得多看了一眼。

不错，不错。虽然受了伤，可看轩辕挚的样子，就知他没少受折磨。

这样很好！他把轩辕挚抓来，可不是请他来做客的，阶下囚就要有阶下囚的待遇，就算他的身份是帝国皇子也不例外。

“萧天耀，你就不能让人把我扶到椅子上吗？”莫清风命人把轩辕挚放在地上就走了，轩辕挚气得一脸涨红，等到萧天耀站起来，轩辕挚就更生气了。

萧天耀是故意的，一定是故意的！太过分了！

如果轩辕挚头上有毛的话，这会儿肯定会炸起来。

萧天耀没有回答轩辕挚的话，而是绕过书桌，走到轩辕挚面前：“大皇子，你说本王怎么处置你比较好？”

轩辕挚此时完全就是躺在地上，不走近的话，要和他说话会很辛苦。

“你们夫妻，怎么一个德行？”轩辕挚差点儿吐血。

这话，林初九昨儿个才跟他说过，萧天耀就不能换个说辞吗？

“妇唱夫随，所以她才是萧王妃，本王才是萧王。”萧王绝不承认，听到轩辕挚的话，他很高兴。

果然，他与林初九心有灵犀。

轩辕挚忍不住呵呵了一句：“这么厚颜无耻又失男人面子的话，你怎么就说得脸不红、气不喘？”他就没有见过这么无耻的人！

他发誓，以后除非必要，他绝不跟萧天耀打交道。这男人，太不要脸了！

“本王说的是实话，为什么要脸红气喘？”萧天耀双手环抱，居高临下地看着轩辕挚，“大皇子，别顾左右而言他。说说，本王怎么处置你比较好？”

相隔一天，夫妻俩一前一后问出同样的问题，同样不给他拒绝的机会，任谁遇到这样的事，都无法不生气。

轩辕挚被萧天耀气笑了，要不是他现在身受重伤，无法动弹，哪怕打不过萧天耀，他都要跳起来与萧天耀决一死战。

萧天耀和林初九这对夫妻，简直是欺人太甚！

“我为鱼肉，你为刀俎。萧王问我这任人宰割的鱼肉，不觉得好笑吗？”轩辕挚强忍着杀人的冲动，咬牙切齿地道。

要怎么处置他就不能直接说吗？非要问他。不折磨他，这对夫妻会死啊？

“本王一向尊重对手。”萧天耀脸色平静，一脸正经，绝对没有嘲讽的意思，可是轩辕挚还是觉得自己被嘲讽了！

“尊重对手？这就是你对我的尊重？”轩辕挚已经气得不想说话了。

明明是羞辱他，萧天耀居然厚颜无耻地说是尊重他！还要不要脸了？他终于明白，他为什么会输给萧天耀了。很明显，他脸皮没有萧天耀厚。棋逢对手，谁的脸皮厚，谁的胜算就大。所以，他输得不冤。

“本王已经给了你足够的尊重。”人就是这样，不到最惨的一刻，就不会知道旁人对他的“好”。

作为阶下囚、人质，他没有让人毒打轩辕挚，没有对轩辕挚用刑，更没有把轩辕挚一块块切了，已经是够仁慈了。

“如果不给我足够的尊重，我会是什么下场？”要是可以，轩辕挚一点也不想跟萧天耀说话。

“大皇子没有见过大牢里那些重刑犯的待遇吗？大皇子没有审问过犯人吗？”萧天耀用看白痴的眼神看着轩辕挚。

轩辕挚恼羞成怒：“我当然看过。你别告诉我，你拿那些人和我相提并论？”居然把他当重刑犯，萧天耀想找死吗？

“都是阶下囚，有区别吗？难道就因为你是帝国皇子，你就比别人多一条命？”落到敌人手里，身份只会成为催命符。

萧天耀现在还不想与中央帝国直接撕破脸，不然轩辕挚根本不可能活到现在。

“你……我……”轩辕挚张嘴就想训斥萧天耀，可却说不出话来。

是呀，都是阶下囚，都是“犯人”，他凭什么要求特殊对待？

他已经落到萧天耀手里，可仍旧把自己当成高高在上的帝国大皇子，根本没有身为阶下囚的自觉。

一瞬间，轩辕挚浑身的力气好像被抽干了，萎靡无力瘫倒在担架上，认命地道：“说吧，你想怎么处置我？”

“这也是本王觉得为难的事。”萧天耀之前并没有想过会这么早班师回朝，也就没有去考虑过要如何处置轩辕挚。

他原本打算等时逸寒再次过来，卖时逸寒一个面子，把轩辕挚丢给时逸寒，可现在这个法子明显行不通，他只能另想他法。

“放了你，后患无穷；杀了你，麻烦更大。你说本王是放你还是杀你？”萧天耀又一次把问题丢给了轩辕挚。

轩辕挚已经无力吐槽，有气无力地道：“你问我，我当然是希望你放了我。不过，你肯放吗？”

“放了你也不是不可能的事。”萧天耀点了点头，似在认真思考此事的可能性。

轩辕挚眼前一亮，隐有期待，可下一秒萧天耀就一盆凉水泼了下来："轻易把你放了，难保你日后不继续惹上本王。放你之前，本王总得给你一点教训。"

这个"教训"不仅是轩辕挚以后不敢惹他的筹码，也是轩辕挚不敢报复的筹码。

"你，你想怎么做？"轩辕挚承认自己被吓到了。他可以肯定，萧天耀给的"教训"，一定会比林初九狠千百倍。

"与本王签个条款如何？"萧天耀略一思索，还是决定采用之前想到的方案。

"什么条款？"轩辕挚小心翼翼地问着，心里越来越不安。他总觉得，有什么不好的事要发生。

"本王喜欢幽云十六州，大皇子赠予本王可好？"萧天耀虽是询问，却透着不容拒绝的强势。

轩辕挚瞪大眼睛看着萧天耀："你疯了？"幽云十六州，那可是中央帝国隔开东文等四国的地界，那一片地被中央帝国死死握在手中，四国不敢越雷池一步。

"大皇子应该知道，本王有没有疯。"区区幽云十六州算什么？他还真不看在眼里。

"我只是一个光头大皇子，我有什么资格许你幽云十六州？"别说他了，就是他父皇也不敢应下这样的条件。萧天耀开口就要幽云十六州，不是疯了是什么？

"无所谓，本王并不是真的要幽云十六州。大皇子只要与本王签订一个协议，待他日登基为帝，赠幽云十六州给本王作为谢礼。"萧天耀不紧不慢地说道。

轩辕挚脸色一变，看着萧天耀："萧天耀，你可知你在说什么？"

"本王助你夺位，你把幽云十六州赠予本王。这就是本王与你的约定。大皇子你看可好？"萧天耀重复一遍，像是怕轩辕挚听不懂一样，直接把事情掰开了说。

"我不需要你助，争夺皇位是我自己的事，与你何干？你不过是东文一个小小的亲王，有什么资格说助我夺位？"轩辕挚气极，感觉自己再次被侮辱了。

他要需要四国的人支持，随便暗示一下，就有大把的人奉上人力、物力任他用，哪里需要拿出幽云十六州做筹码。

"可惜，大皇子没有拒绝的权利，没有这纸约定，你觉得本王会轻易放你回去？"萧天耀冷笑地看着轩辕挚，这一次是真的在看白痴了。

这白痴不会真以为他会帮他夺皇位吧？傻了吧！别说他不乐意卷进帝国皇位之争，就算他乐意，也不会帮轩辕挚这个白痴。像轩辕挚这种有勇无谋、空有武力却无脑力的人，只适合当武夫，根本不适合当皇帝。这样的人就算坐上皇位，也是一个被大臣愚弄的蠢皇帝。

萧天耀根本不给轩辕挚讨价还价的可能，转身就将桌上早已写好的"契约"递到轩辕挚面前："大皇子看看，没有问题的话，照抄一遍。"

契约内容不长，但该说的都说了。萧天耀支持轩辕挚夺位，轩辕挚夺位后，把幽云十六州划给萧天耀作为报酬。

有这纸“约定”在，轩辕挚必会投鼠忌器，不敢动萧天耀。一旦萧天耀把这纸约定丢出去，轩辕挚就别再想去争什么皇位了。

中央帝国，绝不会容许一个拿国土拉拢人的皇子坐上皇位！

“你真狠！”轩辕挚看完“契约”，狠狠地瞪了萧天耀一眼。他以为，林初九已经够狠的了，没想到还有更狠的。

他能说，萧天耀和林初九真的不愧是夫妻吗？

一样的杀人不见血，一样的厚颜无耻。

“彼此，彼此。”萧天耀面不改色地道，“本王无意为难大皇子，只要大皇子安分一些，这张契约便会永不见天日。”

该报复的都报复了，该折磨的也折磨了。丢面子、吃苦头的是轩辕挚，他还有什么好计较的？要轩辕挚签下这纸契约，也是为了一劳永逸，免得轩辕挚又报复回来，来回折腾人。他可没有闲情逸致陪轩辕挚这个大皇子玩这种无聊的把戏。

“这样的契约，我不会签的。”轩辕挚骄傲地别过头。萧天耀看了他一眼，冷笑道：“不签那就死。本王不会让一个明知是敌人的人活着离开。”

这里的意思很明显，轩辕挚不签，那就死吧。

“本王能在黑甲卫的重重保护下把你抓来，要在半路上杀你，也不是难事。”如果说前一句只是暗示，这一句就是明示了。

签，活！不签，死！两条路摆在轩辕挚面前，轩辕挚想选哪条，萧天耀都不在意。

“你竟敢威胁我？你以为我会怕吗？”轩辕挚抬头看向萧天耀，双眼似有火焰在燃烧。

“如果本王把你送到千翔帝国，你说会如何？”千翔帝国与中央帝国是敌对，这些年两国时有战事，双方矛盾越来越激烈。轩辕挚要是落到千翔帝国的手里，绝不会有好下场。

“你果然够狠！”轩辕挚敢拿自己的命赌，是因为他知道萧天耀不敢要他的命。

但，要送他去千翔帝国这种事，轩辕挚知道，萧天耀真做得出来，而一旦落到千翔帝国，他的下场估计会比死还要惨。

三年前，千翔帝国一位皇子落到中央帝国手里，就被中央帝国的人直接绑在刑台上，活剐三千刀，痛了三天三夜，生生痛死。

轩辕挚相信，要是他落到千翔帝国，千翔帝国一定会如法炮制，甚至会用更残忍的手法对付他。

萧天耀完全不把轩辕挚的怒火放在心上，云淡风轻地道：“大皇子选哪条路？”

“我还有得选吗？”轩辕挚上下牙咬得死紧，这句话是生生从牙缝里挤出来的。

“本王就知道大皇子是聪明人。”萧天耀转身，将书桌上的笔墨纸砚拿了过来，“写吧。”

轩辕挚死死地瞪着地上的纸笔，恨不得用眼中的怒火，把它们烧了。

好汉不吃眼前亏，虽然心里气得不行，轩辕挚还是冷静下来，执笔，将“契约”重新抄了一份，并签上自己的名字，按上自己的手印。

“大皇子爽快。”萧天耀将“契约”拿起来，看了一遍，满意地点头，赞道，“大皇子的字不错。”很好，没有耍花招，弄出什么错字来。

“我的字不需要你评价。”轩辕挚没有想到，等了大半天，就等到萧天耀评价他的字，差点气得吐血。

萧天耀将“契约”叠了起来：“好了，大皇子你可以走了。”

“什么？你要放我走了？”这么容易？幸福来得太突然，轩辕挚一时不能接受。在他心中，萧天耀狡猾无比，他以为签下这纸“契约”后，萧天耀会趁机提出更多的要求，没想到真的会同意放他走。

“本王一向重诺。”萧天耀一脸平静，声音极轻，也不知这话几成真、几成假。

不过，轩辕挚现在没有心情管这些，他现在只想再次确认一遍：“让我走的意思是，让黑甲卫来接我？”不会只是让他离开这个帐篷吧？

“如果大皇子想要黑甲卫进来接，本王也不在意。”明天就要班师回朝，他没有闲工夫在这种小事上浪费时间。

不等轩辕挚回答，萧天耀就下令道：“来人，去通知黑甲卫过来，带他们的大皇子走。”他又不是没让黑甲卫进来过，轩辕挚不会以为，黑甲卫进了军营就能横着走吧？

“是。”隔着帐篷，传来小兵的声音，随即就是“咚咚咚”的脚步声。

直到这一刻，轩辕挚才相信，萧天耀是真的要放他走。

高悬的心总算落到了实处，轩辕挚也有心情调侃萧天耀了：“我以为，你会趁机要我帮你摆平你斩杀帝国三位武神的事。”

萧天耀手上有那纸“契约”在，就等于抓住了他一个天大的把柄，只要萧天耀愿意，随时都能要挟他，逼他做任何事。

“你想多了。本王说过，那纸‘契约’只为保命用，本王不希望日后再受到大皇子的骚扰。至于斩杀三个武神的事？就不劳大皇子费心了，本王与你的关系，不宜摆到明面上。”他又不是蠢货，握了轩辕挚这么一个大把柄在手上，怎么可能去叫轩辕挚解决这些琐碎的事？

要是他一再用“契约”威胁轩辕挚，有事没事就拿“契约”逼轩辕挚为他办事，轩辕挚一定会想方设法杀了他，甚至不惜两败俱伤。

好钢要用在刀刃上，那纸“契约”的重要性不言而喻，他要么不用，要用的话，就一定要让它发挥最大的价值。

萧天耀相信，轩辕挚刚写的那张“破纸”，一定会派上用场，他只需要等着就好了……

第十一章　萧王的反击

事情很顺利，萧天耀下令后，不到一刻钟黑甲卫就进来了，和上次一样，卸除了全副武装，只不过这一次多了三个人。

四名黑甲卫随亲卫一路走来，气势全开，杀气外泄，一看就不是什么善茬，金吾卫一路戒备地防着他们。

好在，双方虽然剑拔弩张，却没有动手，在金吾卫的虎视眈眈下，黑甲卫走进了主营。

四人带着一身杀气进去，本以为会有一场恶仗要打，不想一进去，就看到他们家大皇子云淡风轻地坐在下首，与萧天耀相谈甚欢。

这，这是怎么一回事？他们眼花了吗？

"殿，殿下，您没事吧？"没有中邪吧？

四个黑甲卫瞪大眼睛看着轩辕挚，心里翻江倒海似的。

轩辕挚扭头瞥了一眼，神情倨傲地道："去，抬个软轿来。本殿下受伤了，没法走。"

轩辕挚头顶上戴了一顶皮帽，虽与他的装扮不相符，却比光头的样子好看了许多。是以，他也没有什么不想见人的意思。

他的头发，一时半刻长不起来，他总得习惯不是。

"是。"黑甲卫转身外出，本以为要去自己的营地抬轿子，却听到萧天耀吩咐金吾卫："去，给大皇子找顶轿子来。"

军中有简易的给伤者用的软轿，林初九用了几次，现在拿来抬轩辕挚，倒也妥当。

"多谢萧王爷了。"轩辕挚嘴角微抽，面上却是一副温和的样子。

一笑泯恩仇什么的，真的太憋屈了，他一点也不想泯恩仇好不好！

"大皇子不嫌本王招待不周就好。"萧天耀面不改色地说着胡扯的话。轩辕挚看了萧天耀一眼，默默地别开脸。

林初九和萧天耀这对夫妻，真的不是一般地惹人嫌，也不是一般地脸皮厚。

这俩人，一个差点就把他弄死，还有脸说“招待”二字，简直不要脸到极点；一个下药害他，还美其名曰是为他好，帮他修身养性，以免纵欲过度。

纵欲过度？他又不是什么无女不欢的色魔，他来边境数个月，连个女人都没有找过，怎么可能会纵欲过度？他在帝国，也不是夜夜笙歌，一般几天才会叫一次通房，明明是再正常不过，怎么可能会精元尽泄，于身体有碍？

轩辕挚面上带笑，一副友好的样子，心里却恨不得将林初九和萧天耀大卸八块，吊起来打。

萧天耀将轩辕挚的表情尽收眼底，却不在意，仍旧是那副冷冰冰的样子，偶尔开口说几句不咸不淡的话，配合轩辕挚维护表面的和平。

黑甲卫感觉到营帐内的气氛似乎不对劲，可军人的习惯使然，让他们不会多管闲事，更不敢随意抬头打量萧天耀与轩辕挚，只默默地站在那里。

不多时，金吾卫抬来软轿，轩辕挚看着简陋的软轿，挑剔地道：“这就是你给本皇子准备的软轿？萧王爷，这是不是太简陋了？”

不高兴，很不高兴。这几块破木板拼成的软轿，完全不符合他帝国大皇子的气质，也配不上他帝国大皇子的身份好不好？

“这破软轿我是绝对不会坐的，萧天耀，你看着办吧。”轩辕挚怒气冲冲地瞪向萧天耀，根本不肯屈尊移臀，坐在那破软轿上。

黑甲卫不敢作声，心中却暗道：这才正常嘛，刚刚看大皇子皮笑肉不笑的样子，真心觉得别扭、违和呀。

“大皇子，你能不能别一惊一乍，你能不能沉稳理智一点儿？”萧天耀冷冷地看了轩辕挚一眼，那眼神就像是在看不懂事的小孩子。

“萧天耀，你在说本皇子无理取闹？”轩辕挚气得差点跳了起来，萧天耀这个不要脸的家伙，拿个破轿子羞辱他不说，居然还说他无理，简直岂有此理！

“大皇子，这是边境，不是帝都。你不会认为，在军中能找到与帝都一样奢华的软轿吧？”他家初九都没有这么挑剔，轩辕挚简直是连个女人都不如。

“本皇子当然知道这不是帝都，可你也不能拿这么一个破东西来羞辱本皇子。”让他堂堂帝国大皇子，坐在几块碎木板拼的“软轿”上出去，这事要传回帝国，他不得被那些好弟弟笑话死？

“这是军中最好的软轿，本王的王妃在军中，也是坐这个。”当然，林初九坐的绝不是这个，萧天耀怎么可能会让别的男人坐林初九坐过的软轿？

“你说……林初九也坐这个？她怎么这么不讲究？太没品位了。”一听林初九也坐过，轩辕挚就没有那么排斥了，他一个大老爷们儿，还能比一个女人更娇气？

“大皇子，你可以说我们的软轿不好，但不能说我们王妃不好。王妃只是随和，不为难我们。”一直不曾开口的金吾卫，听到轩辕挚说林初九不好，冒着违反军纪的危险，开口辩了一句。

“大胆，这里有你说话的分吗？”轩辕挚一听，不高兴了。

什么玩意儿，一个小兵也敢顶撞他，真当他是软柿子好欺负？

轩辕挚当即拉下脸，一脸不满地看向萧天耀：“萧王爷，你说吧，你的人当众顶撞我，这事该怎么办？”

他奈何不了萧天耀和林初九，还奈何不了一个小兵？

该怎么办？当然是处治了。

尊卑有别，主子说话，手下的小兵随意插话，这是犯了大忌。那位金吾卫犯错在先，别说轩辕挚要求萧天耀处理，就是轩辕挚当场拔剑，杀了那小兵，萧天耀都不能说他的不是。

“拖下去，打四十军棍。”自己的人犯错在先，就算明知轩辕挚是在借题发挥，萧天耀也要把这小兵处理了。

事实上，轩辕挚就是不开口，他也会处治。不然，他手下的兵一个个都会胆大妄为，打着为主子着想的名号，无视军纪，无视规矩。

“小人领罚。”胡乱插话的金吾卫面色一白，却十分干脆地跪下来领罪。

在军中，有功赏，有过罚。这是任何人都不能破坏的规矩，他刚刚犯了错，理当受罚。

“只打四十军棍，会不会太便宜他了？”轩辕挚就是一个欺软怕硬、得寸进尺的家伙，见萧天耀妥协得爽快，他皮又痒了。

好吧，他承认他就是嘴欠！

“军中有军中的规矩，他犯了什么错，就受什么罚。大皇子要是觉得轻，可以好好看一看，四十军棍是什么。”萧天耀并不是卖轩辕挚面子才惩罚那位金吾卫，不过是按军中规矩执行罢了。

“固所愿也，不敢请耳。既然萧王诚心相邀，本殿下就勉为其难地看一眼吧。”他奈何不了林初九和萧天耀，还奈何不了一个小兵？

四十军棍不算少，可要是行刑的人刻意放水的话，四十军棍也就是躺一两个月的事。

“本王就不奉陪了。”轩辕挚要观刑，萧天耀没有意见，不管他在与不在，轩辕挚是不是在旁观，行刑的人都不会手下留情，这一点萧天耀很清楚。

“萧王日理万机，不必管本殿下。”轩辕挚也没有想过要萧天耀陪同，有萧天耀在，他还能称王称霸吗？

“嗯，本王让人带大皇子过去。”萧天耀当然不会真的不管轩辕挚，让轩辕挚一个人在军中跑来跑去。

怎么说轩辕挚也是帝国大皇子，他得给轩辕挚面子，以维护明面上的和平。

只是，萧天耀这个人最是护短，知道轩辕挚不好惹，他当然不会让自己的人去触霉头。萧天耀点了大将军，陪同轩辕挚一起观刑。

大将军是皇上的人，明面上是除了萧天耀外，权力第二大的人，可他一个突然升上来的家伙，一没实权二没亲信，除了有个名号外，什么都没有，拿这样的人来招待轩辕挚再好不过。

轩辕挚也很满意，至少这表明了东文和萧天耀对他的尊重。

人活一张脸，他在萧天耀这里丢了不知多少脸，要是不能找回一点面子，他回去了如何在黑甲卫中立足？如何在中央帝国立足？

金吾卫有独立的行刑人员，与朝廷大军是分开的。萧天耀一下令，立刻就有执行刑罚的人前来，将小兵拖下去。

小兵虽然害怕，却没有退缩，也没有流露出半分后悔。他知道那种场合自己不应该插嘴，可他实在做不到任由帝国大皇子侮辱他们王妃。他们王妃是好人，要不是王妃施药救人，他很多兄弟都会死在这里。

“兄弟，是条汉子。”执行刑罚的小兵，知道对方受罚的原因后，很义气地在对方胸膛上打了一拳，“不过，该罚的还是要罚。王爷罚你，也是为了你好。”犯了错不用受罚，以后就会犯更大的错。

小兵一动不动，扯出一抹虚弱的笑：“我知道，你们尽管打，不用手下留情。”这是遇到王爷，要是王爷不在，就凭他对帝国大皇子出言不逊，他这条命就别想要了。

他确实是冲动了，该罚。

“行刑！”执行刑罚的人并没有因为轩辕挚在一旁观刑，就弄得声势浩大，依旧和以往一样，将刑架摆上来，然后把受罚人的盔甲脱去，只留中衣，绑在刑架上。

除了执行刑罚的人，军中并无人来观刑，大家仍旧是该干吗干吗，完全没有人过来凑热闹、看好戏。

看热闹是人的天性，尤其是军中枯燥，有一点事都会引来大批人的围观。

一般情况下，遇到有人被打军棍，凡是知道的人都会凑过来瞧一眼，可是萧天耀手底下的兵却没有一个人往前凑，甚至连打听的人都没有。

“萧王果然治下严明，手下的人很听话。”观微知著，从这个细节就能看出，萧天耀手底下的兵十分自律。

对武者来说自律比什么都重要。黑甲卫能威震四海就在于他们自律，现在看来，萧天耀手下的金吾卫，在个人素质方面，比黑甲卫也不逊色。

能训练出金吾卫这样的军队，萧天耀是一个可怕的人，他服个软，好像也不是什么太难堪的事。

这么一想，轩辕挚心中舒坦多了，看那个顶撞了他，即将挨打的小兵也没有那么不顺眼了。

见对方咬着软木，被绑在刑架上，轩辕挚心中的那点小别扭、小不满，淡了许多。也不再抱着怨恨的心态观刑，而是抱着学习的心态，观察金吾卫的举动。

他外祖家是有兵权的，而他接触朝政也是从兵部开始的。没有意外的话，他以后少不了要在军中历练，现在多学习一些，总是有好处的。

抛下对萧天耀的偏见后，轩辕挚发现萧天耀这人真是不简单。军中几十万人，他却能管得服服帖帖，像是一个人一般，进有度，退有则，比之帝国精心训练的黑甲卫，也不遑多让。

“你们说，要是这些人穿上黑甲，打小就用名贵药材炼体，会比你们差吗？”轩辕挚指着站成两排，如同松柏一样挺立的金吾卫，问向身旁的黑甲卫。

他本是无心一问，不想他身旁的黑甲卫听到这话，面部一阵扭曲……

大皇子这话问得，真是叫人为难。这种问题，他们该怎么回答呢？回答不比他们差，那不是打他们的脸，打帝国的脸？要说比他们差，可这是金吾卫的地盘，他怎么好意思讲？大皇子，你是不想回帝国了吗？

黑甲卫想了半天，也不知怎么回答，只能默默地看着轩辕挚。

轩辕挚一说完，就知道自己这话问得不是时候，不等黑甲卫说话，忙咳了两声掩饰过去，只当这事不曾发生。

轩辕挚身旁除了黑甲卫外，就只有东文大将军。他这会正想巴结轩辕挚，哪里敢戳破轩辕挚想要掩饰的事，只坐在一旁干笑两声，假装这事不曾发生过。

只是，再怎么假装，这事也发生了。就算大家面上不说，心里却是各有想法。

黑甲卫悄悄把这句话记在心里，准备回到帝国后向上级报告。

东文有一只实力强大的金吾卫，对他们帝国来说是好事也是坏事。金吾卫实力强大，如果为中央帝国所用，那么帝国下次与千翔帝国开战，就有一支强力的先锋送死队冲在前面，为他们挡住千翔帝国的火力。如果金吾卫不能为中央帝国所用，那就是坏事了。东文训练出一支这么强悍的金吾卫，又不服从中央帝国的安排，要说他们没有二心，都没有人相信。

不仅仅是黑甲卫，就是陪同轩辕挚的大将军，心底也在暗暗警醒，打算回头就给皇上写信，让皇上防备着金吾卫。

他们原本就知道金吾卫很强，却不知强大至此，连帝国大皇子都夸赞。

“啪……啪……”那名金吾卫被绑在刑架上，行刑的小兵一左一右站好，一下接一下地打下去，每一下都用尽了全部力气，只一下就见了血。

“打这么重？”轩辕挚见过不少打军棍的，不过也只在黑甲卫营中见过下手这么狠的。

“这是金吾卫的纪律，每一棍都要打到见血。”大将军不是第一次见，可每次见到还是觉得很痛，屁股痛。

“他能撑几棍？”如果每一下都打到见血，不到十棍人就得打残，萧天耀不会这么狠吧?

一出手，就把一个兵打残。

“十棍，金吾卫的人要挨军棍，一次最多只打十棍。十棍后，养半个月再来，如此反复，直到把所有的军棍都受完。”十棍只会把人打痛，并不会把人打坏。半个月，那伤刚刚好，可仍旧会痛，这个时候要再被打十棍，那种痛只有经历过的人才知晓。

“你们王爷可真是狠人。”钝刀子割肉最痛，虽然不想承认，可轩辕挚还是觉得，他有点怕萧天耀了，以后见到萧天耀还是绕着走吧。

大将军干笑一声：“效果也是极好的，金吾卫里面，没有一个人挨过两次军棍。”

那种痛，只要经历过一次，就不会再想尝试。他也正在考虑，要不要学萧王这一招，好把手底下的兵油子都治服帖？不过，这事光凭他一个人可办不到，要是全军上下都按金吾卫的处罚条例行事，他手下的兵估计得造反。

轩辕挚草草点了点头，不耐烦地道：“行了，你们慢慢打吧，本皇子先走了。”只打十军棍，有什么好看的。

“是是是，大皇子请。”大将军虽然想巴结轩辕挚，却不知从何下手，见轩辕挚要走，他自是不敢阻拦。

黑甲卫也不想多待，轩辕挚一发话，他们就把那简陋的软轿抬来了。

出了气，知道林初九也坐这破玩意儿，轩辕挚看这简易的软轿顺眼多了。在黑甲卫的搀扶下，安稳地坐了上去，甚至还心情颇好地评价道：“虽然难看了一点，但还算舒适。”

专门为病人打造的软轿，能不舒适吗?

大将军不知该说什么好，只能赔笑，一路把轩辕挚送出营地，直到轩辕挚被黑甲卫接入军中，看不到身影，这才转身。

而一转身，大将军脸上谄媚的笑就收了起来，难得地露出一丝凝重。看大皇子的样子，应该是与萧王谈和了，不会再计较萧王此前的失礼，也不会去中央帝国告状了。

大皇子不计较萧天耀得罪他的事，回到中央帝国不仅不会告状，说不定还会替萧天耀周旋，到时候中央帝国高高拿起，轻轻放下，萧天耀就算会失面子，也不会伤筋动骨。

按说，这事能和平解决，对他们来说绝对是好事，但这不符合皇帝一派的利益。没有中央帝国施压，皇上根本压制不住萧天耀。

“事情，怕是要让皇上失望了。”大将军暗自叹气，心里憋得难受，面上却不敢表露出半分。

这是军营，虽说他手上也有近二十万的兵马，可那些人他调不调得动还两说，就算调得动也打不过金吾卫。

在军中，他挂着大将军的名号，却一点儿实权也没有。不过是占了便宜，在几个有实权的将领因“通敌叛国”被逮后，他被推出来成了皇帝在军中的代表。

只是，萧王都要班师回朝了，他也没有做出一点成绩。今天从大皇子口中探出他对萧王的态度，恐怕就是他唯一的成绩了。

希望，希望皇上看到他的信后，不要气得吐血才好。

……

回到自己的地盘，轩辕挚才感觉自己是真的自由了，而直到这个时候，他才猛地发现，自己执意留下来观刑，好像是一个错误的决定。

要知道，计划永远赶不上变化，要是在他观刑期间发生了什么事，萧天耀毁诺，要强行把他留下，他可是一点办法也没有的。

"突然发现，太嚣张也不是一件好事。"轩辕挚很认真地自我反省，他这次惹来的这场无妄之灾，不就是因为他自恃身份，嚣张过头了吗?

本以为，凭借帝国大皇子的身份，他可以横行四国，却不想踢到铁板了。

"大皇子说得是，东文确实太嚣张了。他们的金吾卫虽然厉害，可还不足以与我们相媲美，在我们面前显摆实力，无疑是关公面前耍大刀。"离开了东文军营，黑甲卫这才敢把心里话说出来。

至于对东文金吾卫的忌惮，这个不需要说给轩辕挚听。

"本皇子……"不是这个意思!

话说到一半，发现黑甲卫的首领在看着他，轩辕挚果断将到嘴的话咽下，改为："你们四个好好说一说这一次在东文军营的见闻。"

轩辕挚为自己的机智叫好，这个时候必须表现出高深莫测的一面。不然，让黑甲卫知道，他是为了赌气才去观刑，肯定会在父皇面前告他一状。

"是。"那四个黑甲卫便将金吾卫的严谨自律说了一遍给首领听，重点是萧天耀如何赏罚分明。

金吾卫军纪严明，素质极高，不畏生死，这一点他们在与金吾卫交手时，就见识过。不得不说，金吾卫曾让他们惊艳过。在四国中，能见到一支不畏他们的杀气，敢和他们打的军队，实属不易。不过惊艳归惊艳，他们并不认为，金吾卫是他们的对手。

黑甲卫的首领听完后，沉默片刻，才道："他们，有很大的成长空间。"

轩辕挚嘴角抽抽，没有说话。他就不明白，那几个人转述的重点都放在萧天耀赏罚分明上，根本没有重点说明金吾卫的表现与纪律，黑甲卫的首领是怎么看出金吾卫很强的?

虽然，他知道黑甲卫首领的评价没有错，可那是因为他亲眼看到了。现在，黑甲卫的首领就凭几句转述的话，就得出金吾卫不错的事，是不是太草率了一点儿? 而且，就凭那什么简单一说，他们就相信萧天耀赏罚分明，会不会太单纯了一点儿?

轩辕挚面无表情地看着黑甲卫首领，那眼神是毫不掩饰的怀疑。

如果是以往，黑甲卫的首领只会当作没有看到，他们直接受命于皇帝，这次与轩辕挚一同出来做任务，只是临时的组合，回到帝都，轩辕挚就不再是他们的上司。

可看到轩辕挚“不畏生死”“孤身亲入”敌营，探来重要情报，黑甲卫的首领就对轩辕挚改观了，也愿意给他尊重。

黑甲卫首领谦恭地问道：“大殿下，我说的有什么不对吗？”

轩辕挚没想到黑甲卫首领会问他的意见，愣了一下才道：“没有，你们说得很对，金吾卫确实有很大的成长空间。”

轩辕挚要知道黑甲卫首领心里在想什么，一定会吐血。

“不畏生死”“孤身亲入”是个什么鬼？他压根就没有想到那些好不好？他完全是……误打误撞。

“大殿下，对金吾卫我们该怎么做？”黑甲卫首领尊重轩辕挚，也乐得卖轩辕挚一个面子。

大皇子是他们此次的上峰，有些事由他上报，他们同样能领功劳，可要是他们越过轩辕挚直接上报，那么他们有功，大皇子就只有过了。

轩辕挚略一想就明白了：“回去后，本殿下会把这件事报给父皇。如果可以的话，最好派人盯着他们，别让他们跳出帝国的掌控。”轩辕挚不是傻瓜，黑甲卫都能看出金吾卫的用途，轩辕挚怎么可能不知？

“卑职这就去整理金吾卫的消息。”军人尊重强者，也尊重勇者。轩辕挚被萧天耀绑走，虽然暴露出了他弱的一面，可凭轩辕挚能完好无损地从萧天耀手中回来，也间接地证明轩辕挚有一定的手腕。更不用提，轩辕挚还“机智”地以观刑为由在军中行走，观察到了金吾卫平日的表现。这对他们收集金吾卫的消息十分有利。

咳咳……同样，要是轩辕挚知道黑甲卫首领对他的评价这么高，他一定会惊得跳起来。

这完全是误会，误会好不好？

说完金吾卫的事后，轩辕挚强打起精神，询问了一下矿脉的事，得知矿脉没有问题，只要等帝国派来的官员检查完，他们就可以回去，轩辕挚心下稍安。

“三天后，安排一下，本殿下要去矿脉看一下。”他相信黑甲卫，可有些事，自己不亲眼看到，就是没有办法安心。

“是，殿下。”黑甲卫没有异议，在帝国检查的人来之前，把事情做妥当，总比事后再补救要好。

轩辕挚身上带着伤，之前和萧天耀周旋了大半天，精力耗费大半，和黑甲卫说了几句后，感觉体力不支。不过，在走之前，轩辕挚不忘提醒黑甲卫：“我记得你们说过，时逸寒来找过我。现在我没事了，你们记得给他传消息说一声。”

时逸寒这家伙能在他有难时出手，轩辕挚还是很感激的，虽然时逸寒那家伙好心办了坏事，差点害死他，可他还是决定不与他计较。

总归，时逸寒那家伙的初衷是好的，这就够了。

时逸寒从军营离开后，立刻赶往天藏阁，让天藏阁的人去寻找隐世名医。

不管什么时候，名医都是难寻的，更不用提隐世名医了，饶是号称掌控天下情报的天藏阁，也花了一天的时间，才找到一个躲在北历山旮旯里的名医。

那名大夫叫什么名字没有人知道，大家都称他木大夫。木大夫早年在北历名声大噪，后来不知为何得罪了北历皇室，被北历皇室追杀，带着一个小徒弟躲在山里，再也不曾出来过。

天藏阁费了好多功夫才找到此人，可惜不管是威胁还是利诱，木大夫都不肯出山。要他治病可以，把病人带到山里去。要是再逼他，他就带着小徒弟逃跑，就算被逮到了他也不医，大不了杀了他们师徒二人。

当一个人又无赖又不要命时，任谁也没办法，天藏阁的人见对方软硬不吃，只得把消息送回阁内。时逸寒正在天藏阁等大夫，结果等到这么一个糟心的事，郁闷得不行。

本着好人做到底，送佛送到西的原则，时逸寒咬咬牙，亲自出马，单人单骑地来到山旮旯，劝说木大夫出山。

只要是人，就不可能别无所求，就算隐世高人也不例外。时逸寒有身份、有本事，他许下只要木大夫肯出山帮他救人，日后天藏影月可以帮他做一件不违背天地良心、不损害天藏影月、不损害他个人利益的事。

木大夫犹豫一下，确定时逸寒不是诓他后，终于答应出山。

“你要保证我们师徒二人的安全。”木大夫出山前，一再重复这句话。

“放眼四国，谁敢动我天藏影月要保护的人？”时逸寒大气地拍胸脯保证，而他也有这个资本。别说四国，就是中央帝国也要给天藏影月几分面子。

“好，我相信你，我们师徒二人的性命就交给你了。”木大夫看了一眼站在角落、懵懂天真的小徒弟，知道自己的决定没有错。他不要紧，可他的小徒弟不能一直窝在山里，不与人接触。

时逸寒亲自出马，成功找到了名医，并且带了回来，可他晚了一步！

半路上，天藏阁的人就送来消息：“萧王妃出手，大皇子已无事！”

看到纸条上的消息，时逸寒差点吐血。萧天耀耍他玩呢？他的王妃既然能医好轩辕挚，干吗还让他去找大夫？真当天藏阁的人吃饱了撑的没事干？

“你们确定，大皇子无事？”时逸寒将纸条握成团，咬牙切齿地道。

“回少主的话，消息是黑甲卫送来的，绝对无错。”他们也派人核实过，大皇子不仅没有生命危险，这会还安全回去了。

“好，很好！”白跑一趟的时逸寒，简直快要气炸了，天藏阁的人见状，十分机警地退开，不敢往前靠，就怕时逸寒发飙。

好在，时逸寒就算是生气，也知道这事与手下无关，并没有把怒火发泄到手下身上，只是冷着脸下令：“回去！”

时逸寒一行人，原本的计划是直接去东文军营，现在轩辕挚用不上他请来的名医，他们只能回天藏阁了。

被时逸寒请来的木大夫，见到这情况，心下忐忑，冒着被迁怒的危险，跑来找时逸寒："时少主，现在病人不要我治，你答应我的条件怎么说？"

"我时逸寒说话算数，就算病人不需要你治，答应你的事一样会做到。说吧，需要天藏影月为你做什么？"时逸寒很不高兴，他白跑一趟不算，居然还搭出一件事，简直是亏大发了。

木大夫也不客气，直接说出自己的要求："时少主，我希望天藏影月能保我小徒弟一生平安。"

木大夫一边说话，一边看时逸寒的脸色，见时逸寒眉毛一挑，怕时逸寒反悔，忙补了一句："时少主别小看我这徒弟，他虽然不爱说话，医术却是极好的，小小年纪就已经尽得我的真传，日后你给他一些实践的机会，他的医术只会比我更高。"

"你说的是真的？"时逸寒脸上的不快消散了几分，难不成，他随口许下的承诺，能换来一个名医？

木大夫忙拍胸脯保证："时少主要是不放心大可试试。我那徒弟人聪明得很，只是打从出生就在山里长大，平日里除了我之外，没接触过第二人，这才看着呆了一些。"

"不用试，木大夫你亲手教出来的徒弟，我还有什么好不放心的？"时逸寒虽然很想试，想想还是放弃了。

不过是一个小少年，就算医术不好，天藏影月也养得起。实在不行，让他去做些杂活，也能在天藏影月活下来不是吗？

"时少主放心，天海不会让你失望的。"在医术上，木大夫对自己的小弟子十分有信心。

"天海就是你的小徒弟？姓什么？"既然是自己要招揽的人，时逸寒不介意给出一点尊重。

有特殊本事的人，总是值得尊重的。

"天海是我在海边捡来的，没有姓。"说起天海的来历，木大夫脸上闪过一丝黯然，不过很快就消失了，双手抱拳道，"时少主，天海就交给你了，既然你说的病人已经好了，我就不跟着去了。"

"你要离开？"这人也太相信他了，不怕他转身就毁诺吗？

木大夫一脸凝重地点头："时少主应该知道，我之所以躲在山里，是为了避开仇人。我现在既然出山了，那些仇人就不会放过我。我不想连累天海，所以打算亲自去会会那些仇人，如果过往的恩怨能解决，我定会去找少主。如果解决不了，我怕是没法回来了。"

说到最后，已是一脸惆怅，很明显，木大夫心里很明白，他这一去是回不来了！

木大夫把小徒弟天海托付给时逸寒后，与小徒弟道了一声别，便毫不留恋地走了。

时逸寒看着木大夫潇洒离去的身影，有那么一刻，他觉得自己肯定病得不轻，要不然他怎么会答应木大夫的要求，帮他养徒弟？

“你的医术有多好？”木大夫走后，时逸寒找上小天海，打算探探底。

天海对人有本能的戒备，不过木大夫有交代，天海看到时逸寒，将全身的刺都收了起来，呆呆地摇头：“不知道，我没有给人医治过。”他也不知道自己的医术好不好，他从来不生病，师父也从来不生病。

“那你跟着你师父，学了多久？”木大夫的医术他是查过的。这个小徒弟要是跟在木大夫身边学了十几年，肯定不会差。

“不记得。”山中无岁月，从他有记忆起，就开始学医术，他也不知学了多久。

“那你认识药材吗？知道怎么诊脉吗？”时逸寒怀疑，自己接收的不是一个未来名医，而是一个麻烦。这小徒弟，似乎不靠谱呀。

“认识，师父拿来的药材，我都认识。诊脉也会，但是我没有给人诊过脉。”天海是个老实孩子，时逸寒问什么他就答什么。

时逸寒原本还想着，要怎么从天海嘴里套话，结果完全不需要套，人家就老老实实地说了，时逸寒也就收起了心里的那点儿算计。

在聪明人面前玩心思会有意想不到的效果，可在天真蠢呆的人面前玩心思，只会把自己玩死。

既然天海会诊脉，时逸寒便想考考他：“你给我诊诊脉。”

“哦。”师父交代了，以后要听这个人的话，所以时逸寒说什么，天海就做什么。

天海打从出生就开始学医，诊脉不算什么难事，不过片刻就有结果了：“你身体很好，没病没痛。不过精力过剩，心火很旺，你最好排解一下，不然会憋坏的。”

“什么意思？”时逸寒莫名的有种不好的预感。

“就是血气太旺，需要疏解呀。书上说，年轻人血气旺是正常，如果可以的话，找个女人疏解一下就可以了。”天海一板一眼地说道，完全不知他的话给时逸寒带来了多大的震惊。

他从来没有想到过，有一天，会有一个小孩叫他去找女人，找女人呀！

“你不明白吗？要是不懂的话，你可以去问问别人，我也不懂什么叫找女人疏解。要不我给你开服药？也有药可以治，只是是药三分毒，如果可以的话，还是别吃药的好。”天然呆天海完全不懂时逸寒的心情，见时逸寒不说话，好心地劝说。

时逸寒再次僵住，好半天才找回声音，艰难地道：“我懂，不需要找人问。我知道怎么做了，你……好好休息，我不打扰你了，有什么需要你跟旁边的人说，不用客气。”

他相信，这个叫天海的小徒弟，医术确实不错。连他需要找女人疏解都能诊出来，简直是奇葩！

时逸寒再不敢与天海多说话，果断地跑下马车，假装什么都没有发生。可马车不隔音，天海的声音又不小，他带来的人又个个都是高手，怎么可能听不到他们说了什么？

时逸寒一出来，就发现他手下这些人看他的眼神怪怪的，视线时不时往他身下瞟。

“看什么看？还不快赶路。”时逸寒不悦道。

“是，是，赶路，赶路。”天藏影月的人立刻收回视线，一个个目视前方，目不斜视，都不敢看时逸寒，可时逸寒还是觉得别扭得不行。

一想到自己之所以会这么别扭，都是拜不谙世事的小天海所赐，时逸寒就想去找萧天耀那个罪魁祸首好好打一架。

要不是萧天耀打伤轩辕挚，他需要去找什么名医吗？不找名医他会遇到天海这个奇葩吗？不遇到天海这个奇葩，他会在手下人面前丢脸，让手下的人都知道，他精力太旺盛，许久没有找女人疏解了吗？

时逸寒决定了，等他把天海安置好，他就去军营找萧天耀打一架。顺便再问一次，萧天耀的月影分身，到底是跟谁学的？

有了目标，时逸寒心里也就没有那么烦躁了，也不去管手下怎么想，左右这些人不敢在他面前说什么。可是，时逸寒低估了手下对他的关心。这些人确实不敢在他面前说什么，可他们却敢做呀。

当天晚上，时逸寒一行人住在镇上最大的客栈。时逸寒回房时，发现他的房间，他的床上，躺了一个活色生香的大美人，而这个美人还朝他勾手指、抛媚眼：“大人……来嘛。”

看到床上玉体横陈的美人，时逸寒没有欲火焚身，只有满满的怒火：“这是怎么一回事？”

“少主！”时逸寒声音很大，住在两旁的手下还以为时逸寒遇到了危险，听到声音立刻赶了过来。结果一冲进来，就发现躺在床上的女人尖叫一声，扯过被子盖住自己。

“少主，出什么事了？”手下的人不明所以，也不敢看床上的女人，一脸不解地看向时逸寒。

“床上这个女人是怎么回事？”时逸寒一脸嫌恶地指着对方，什么女人都往他床上丢，把他当成什么了？

“啊……这是小的为少主寻来的姑娘。少主你放心，这姑娘绝对干净，你可以放心享用。”平时极灵光的人，这个时候却犯蠢了，完全没有发现时逸寒的不满。

干净？享用？听到手下的话，时逸寒真觉得要疯了。这群蠢货到底知不知道自己在做什么？

时逸寒从来没有想过，他手下的人会蠢成这样。真想把他们脑袋敲开，看看里面都装了什么！这一个个都是猪脑呀！

不过是小大夫一句话，居然真给他弄个女人，简直是蠢得没药救了。

他虽然玩世不恭，可他是那么随便的人吗？随便送个女人，他就要？

“你们这群蠢货，谁给了你们胆子，插手我的私事？给我把这个女人丢出去！”时逸寒自认是个好主子，可面对这群蠢货，要保持风度就是圣人也做不到。

“少主，这个女人你不喜欢吗？”天藏影月的人被时逸寒吓了一大跳，心中暗道：果然是欲求不满了，他们家少主以前是何其潇洒的美少年，现在却变得这么暴躁，他们这些做手下的有罪呀，居然都没有发现少主的不对劲。

“不喜欢，丢出去。”什么乱七八糟的女人，也往他床上送。

“是，属下这就把人带走。另外，不知少主你喜欢什么样的？属下这就安排。”虽然这小破地方要寻个出色的姑娘不容易，可为了少主的身心健康着想，再难他们也会把人弄来。

时逸寒刚消下去的火气，再次冒了上来，指着门口，努力用心平气和的语气道：“滚出去！”

时逸寒的手下这才发现不对，抬头看了一眼，见时逸寒真的生气了，当即吓得不行，忙不迭地点头：“是，是，小人这就滚。”

说完，转身就要往外走，刚走两步就被时逸寒叫住了：“把那女人也带出去。”这群蠢货，到底是谁招进来的？这么蠢的人也能进天藏影月？

“小人这就把人带走。”几个属下忙转身，可一碰到床上那女人，那女人就尖叫了起来。

那声音，让时逸寒头更痛了：“算了，我出去。”这鬼房间，满是脂粉味，恶心！

时逸寒转身就走，带走一阵轻风。几个手下你看看我，我看看你，面面相觑。他们好像把事情搞砸了？

不过，少主确实心火很旺，少主以前不是这样的，自从……自从什么时候开始来着？

好像处理完碧海阁的事后，他们家少主就变得暴躁起来。

按说碧海阁主动退出，他们家少主应该高兴才是，可看他们家少主的样子，不仅不高兴，还十分暴躁。

“少主到底是怎么了？”天藏影月的几个老人，第一次见到时逸寒这么暴躁，不由得担心起来。

这样子，不单单是欲求不满呀。

“听说少主与碧海阁的主事者打了一架，莫不是打输了？”天藏阁做的就是消息买卖的生意，他们不敢打听时逸寒的事，可多少有风声传出来。

他的话一出，就被人否定了：“不可能，放眼四国，没有人是我们少主的对手。夫人可是说了，少主的身手，放在中央帝国年轻一代中也是数一数二的高手。在四国基本上可以横着走，只要不遇到那些变态的隐世高手，绝不会吃亏。”

天藏影月的人，对他们的主人时芊芊有着盲目的崇拜，凡是时芊芊说的话全都是对的，她说时逸寒可以傲视四国，那就一定是傲视四国。

“敢和我们天藏影月抢生意，对方绝不是什么小人物，说不定真是什么隐世高手。”

“瞎想什么呢？真要是隐世高手，怎么可能出面做生意？他们要缺银子，随便找个国家供奉就行了。”

当武功达到一定境界，金钱这种东西就是身外之物，不需要做什么，就会有人捧着大把的金银上门。

“而且，少主的性子你又不是不知道，他要是有机会与隐世高手交战，即使输了也会高兴，根本不可能像现在这般……”阴晴不定！

最后四个字，那人到底不敢说出来。

“那少主为什么不高兴？”众人再次面面相觑，想破脑袋也想不出一个所以然。

好在这一路不算长，第二天他们一行人就抵达了天藏阁分部，可不等时逸寒把小徒弟天海安顿好，就有紧急消息送来。

“少主，北历那边出事了，北历不肯要我们送过去的货，说我们的货是次品，要他们收下必须要降价。北历给出的价格，只有原来的三分之一。要是我们不同意那个价格，就把那批货退回来，他们不要。”天藏影月就是混黑的，不仅做杀手、情报买卖生意，还做走私生意，与北历、南远和西武都有生意上的往来。

“好好的，北历怎么会压价？是不是有人动了手脚？！”时逸寒现在精力正旺，没法找女人发泄，自然要寻别的途径发泄，听到“出事”两个字，时逸寒不是郁闷而是兴奋。

“是碧海阁。”提起碧海阁，天藏影月的人就恨得牙痒痒。

之前，因为碧海阁插了一脚，天藏影月的生意少了三分之一。好不容易碧海阁愿意无条件退出，天藏影月本以为可以把之前损失的赚回来，不想刚把货送到北历就遇到了麻烦，而原因还是碧海阁。

“碧海阁又做了什么？他们没有退出吗？”听到碧海阁，时逸寒就想到萧天耀。

对于败在萧天耀手里，时逸寒是有那么一点小郁闷的。

打他出生起，他就一直顺风顺水，从来都是第一，只有赢没有输。可自从与萧天耀交锋后，他好像做什么事都不顺了，甚至一连输了好几次。

“碧海阁退出了。不过在退出前，他们把手头上的货全部卖给了北历，价格比以前便宜三成。还，还透了口风给北历，说我们天藏影月不许他们低价卖东西给北历，以后他们没法跟北历做生意了。”别小看这三成，碧海阁与北历的交易可是高达百万两，三成就是近三十万两银子，一下子便宜了这么多钱，以后天藏影月还怎么卖高价？

而且，碧海阁不仅把价钱压了下来，还在北历面前黑了天藏影月一把，让北历以为天藏影月心太黑，想吃独食，要抬高价格。北历现在对天藏影月有了心结，天藏影月以后还怎么和北历做生意？

第十二章　我们不一样

天藏影月被坑了，被碧海阁坑惨了！

这次的生意黄了不说，经此一事，以后天藏影月要与北历继续合作，也没有以前那么愉快了，甚至北历很有可能换合作的对象，压低整个黑市成交价。

虽说他们天藏影月是最大的走私贩子，但这条道上并不是他们一家独大。走私的利润极高，总有一群要钱不要命的家伙，愿冒着杀头的危险，在两国之间贩卖货物。

在私下交易中，天藏影月也只是占了六成罢了，余下的四成天藏影月不是吃不下，可他们要吃下剩下的四成，付出的代价绝对是巨大的。

而且，不管是东文，还是北历、南远与西武，都不会乐意见到天藏影月一家独大。

天藏影月也不是吃独食的，钱要大家一起赚，他们赚了大头就好，如果私下交易这条线上只有他们一家在做，早晚会出事。

要不是碧海阁这两年发展太快，严重影响了天藏影月及其他走私贩子的利益，时逸寒也不会出面找上碧海阁。

时逸寒找碧海阁时，并没有想过让碧海阁关门，只是让碧海阁安分一些，遵守这行的规矩，别胡乱压价就行。

不得不说，天藏影月是霸道的，它允许其他人一起赚钱，允许百家齐放，但绝不允许有人挑战它的权威，侵犯它的利益。

在这方面，天藏影月和中央帝国很像。

不过，天藏影月并不会乱来，也不会太过仗势欺人。天藏影月虽然嚣张，可行事有度，大多数情况下都“十分讲理”，尽量营造出双赢的局面。

是以，这么多年下来，不管黑道那些人怎么洗牌，天藏影月始终屹立不倒，成为黑暗世界的霸主。

天藏影月在黑暗世界的地位，就如同中央帝国在东文四国的地位。这么多年来，大家早就习惯按天藏影月定的规矩办事，从来没有人敢挑衅天藏影月的权威，可现在那个挑衅天藏影月的人出现了！

碧海阁虽然被天藏影月“逼”得主动退出，以后不再做走私生意，却在最后坑了天藏影月一把，坑了整个做走私生意的贩子一把。

它用低于市价三成的价格，卖了一大批粮食给北历。这个价格一出，不仅仅是北历对天藏影月不满，就是南远与西武也不高兴。

黑市的价格肯定会比市价要高，这一点大家都能接受，可天藏影月定的价格，实在太高，这几年还一直在上涨。

那些稍大的走私贩子与天藏影月团结一致，从不肯降低价格。作为需求方的北历、南远和西武根本没有办法，只得咬牙认下。因为除了这些人外，他们从别人手上买不到量这么大的货。

一直忍，忍了这么多年，北历、南远和西武三国心里是不舒服的，可他们没有办法，也没有契机逼天藏影月降价。

现在碧海阁闹了这么一出，这三国要是不抓住机会，逼天藏影月把价格降下去，那才有鬼。

北历已经向天藏影月施压，不肯收天藏影月送来的货，要求降价，态度十分强硬。

而这并不是结束，北历表明了态度，时逸寒相信西武、南远很快也会跟风，联合起来给天藏影月施加压力，让他带头把黑市成交价降下去。

“少主，这事我们该怎么办？”天藏影月的管事见时逸寒半天不回话，不由得心急了。

这个时候，天藏影月的态度很重要！

要是这次他们让步了，以后黑市的成交价就再也起不来了，甚至还有可能会再次下降。

人都是贪心的，三国尝到甜头后，肯定不会就此收手。说不定，以后有事没事就会联合起来，给天藏影月施压。

“这件事……容我再想想。”事情发生得太突然，时逸寒一时也想不到好的对策。

不得不说，萧天耀这一招极狠。不过是少赚了一笔钱，却掀起了黑市与三国之间的斗争，让北历三国与天藏影月产生隔阂。

当然，东文也不会例外。天藏影月走私到三国的货物，有七成是从东文运出去的，另外三成则是从中央帝国运出来的。天藏影月能从东文收到那么多货物，上头必然是有人的，而这些人都是要拿孝敬的。

天藏影月虽然势大，却只在江湖上，四国皇上虽然卖他们面子，可涉及利益问题，却不是讲面子就可以的。

天藏影月年年把黑市成交价抬高，有很多时候是不得已的。那些官员收的孝敬要提高，他们不提高成交价，如何赚钱？现在北历他们联手，打算逼天藏影月降价，可给东文官员甚至是皇室的孝敬又不能少，这么一来，天藏影月别说赚了，能不亏就是好的。

“价格不能降！”这是他们的底线，一旦在价格上松了口，以后就堵不住了。

“不降价，北历三国不会答应。碧海阁这次做得太出格了，少主，我们绝不能放过碧海阁。”天藏影月的管事忿忿地说道。

碧海阁的做法，无疑是打天藏影月的脸，他们要不给碧海阁一点教训，以后怎么在这条道上混？

“碧、海、阁，不能动！”时逸寒几乎是从牙缝里挤出这句话，可见他此时有多愤怒。

“啊？为什么？碧海阁这么做，可是打了我们天藏影月的脸，要是不给碧海阁一点教训，日后谁都敢挑衅我们了。”天藏影月的管事急忙劝说，希望时逸寒改变念头，可是……晚了！

时逸寒没好气地道：“我答应过碧海阁的主人，只要碧海阁退出这行，我就不找他们麻烦！”

他那时还不解，萧天耀怎么退得那么干脆，原来在这里坑他。这笔账他时逸寒记下了，萧天耀最好祈祷，以后没有求他的时候。

时逸寒这次真的被萧天耀坑惨了，这事要是解决不好，天藏影月不仅会损失惨重，就是声誉也会受影响，日后说出去的话，分量也会大打折扣。

没有办法，时逸寒只得亲自去北历，希望能够完美解决此事，挽回天藏影月的名声。

“这次可真是变成历练了。”刚洗去疲累，还来不及休息，又要再次上路，这对时逸寒来说还真是一件新鲜事。

他是谁？天藏影月的少主，金龙吐珠一样的大少爷，什么时候这么辛苦过？

他虽然是打着历练的名号出来，也处理了几件事，可一直都是以玩乐为主，压根就没有费什么心思，也没有认真过，寻点事打发时间而已。

这次不一样，之前不管遇到什么事，有天藏影月少主的身份在，对方都会给面子，让事情按他的要求走。可这次，北历牵头，南远与西武声援，这三国为了自己的利益，绝不会给他面子。

“遇到萧天耀，我真是倒了八辈子的霉。”时逸寒看着挂在马鞍上的干粮，无声地叹了口气。

他长这么大，什么时候因为赶路吃过干粮？

他得赶在南远、西武与北历通气前，赶到北历解决这件事。为了争取时间，他这一路上，恐怕都得吃干粮了。

“少主，一路顺风。”天藏影月的人把时逸寒送上马，并没有随行。他们跟不上时逸寒的速度，随行只会拖慢时逸寒的速度。

时逸寒翻身上马，扭头对送行的管事道：“给本少主把后方守好了。另外，去给东文的特使说一声，凡是有人买萧王爷的消息，记得不要收银子，全部免费送给对方。要有人去影月楼请杀手杀萧天耀，全部只收五成的银子。”

他时逸寒就不是一个大度的人，萧天耀坑了他一把，他也不会让萧天耀好过。他是答应过萧天耀，天藏阁以后都不会卖他的消息，也不会把他是碧海阁真正主人的事泄露出去。可他不收银子，就不叫卖他的消息吧？不说他与碧海阁的关系，就不算违背承诺吧？

“少主，这，这样做，我们是要站在东文皇帝那边，对付萧王吗？”管事正要把缰绳递给时逸寒，听到这话，手一紧，差点儿惊了马。

“谁说我们要站在东文皇帝那边了？记住，不管是天藏阁还影月楼，都不插手朝廷纷争，我们只做消息买卖和杀人的生意。萧王要是出银子找上门，他同样是我们的客人。”恩怨是恩怨，生意是生意，他时逸寒是江湖人也是生意人，干什么也不会和银子过不去。

“这……萧王要是知道，我们把他的消息免费送人，会不会拆了天藏阁？”这种事萧王做得出来，之前他就做过。

“拆就拆，只要他肯赔银子就行。”时逸寒满不在乎地道。

不就是一座天藏阁吗，只要能让萧天耀吃瘪，别说一座天藏阁，就是十座天藏阁，他也让萧天耀拆。

萧天耀这次把他坑得不轻，而他碍于约定又不能去找碧海阁的麻烦，要是不能从别的地方寻萧天耀的晦气，他不得郁闷死？

送行的管事还想说什么，可刚张嘴就被时逸寒不耐烦地打断了：“好了，其余的事情你们看着办，决定不了的事，就去请示老夫人。”

话未落，就打马离去，眨眼间就不见人影，管事摇摇头：“天海小大夫说得没有错，少主确实是血气太旺。”血气方刚的年龄，不找女人真的行吗？

管事很怀疑……

天藏阁做的是情报买卖的生意，这就决定了他们的探子会遍布天下。但是，这并不表示遍布天下的探子都是天藏阁的人。这里面也会有盯着天藏阁动向的探子，比如萧王爷手下的探子。

天藏阁盯天下人，萧王爷则盯天藏阁少主！

不轻易信任任何一个与自己没有共同利益的人，这是萧王爷的生存法则之一。

时逸寒与他没有共同利益，所以萧王爷无法轻易相信时逸寒。而事实证明萧王爷是对的，时逸寒确实不值得信任。这不，一出事就把他卖了。

“给东文的天藏阁送个口信，就说本王对天藏阁的暗探很感兴趣。”时逸寒的反应在萧天耀的意料之中，所以萧天耀一点也不生气。

至于拆天藏阁？那都是过去的事儿了，现在天藏阁的人敢卖他的消息，他就敢杀天藏阁的暗探，就算杀不干净也没有关系，他并不是为杀而杀。

“是。”隐卫低头应道。

“派人在途中拦下时少主。”好不容易才挑起北历、南远、西武三国与天藏影月之间的斗争，他怎么会允许时逸寒轻松解决？

天藏影月这几年越发嚣张，是时候打压一下了。而北历、南远与西武三国，之前联合他的好皇兄毁了他双腿的事，他可没有忘记，现在就让他们去狗咬狗。

“是。”隐卫领命。

萧天耀又道：“派人去找荆池和子时，本王请他们杀一个人。”荆池就是杀手榜排第一的杀手，子时是他的师弟，一个没有杀过人的杀手。

之前萧天耀就与他们合作过，这两人虽然出自影月楼，可荆池实力彪悍，就是影月楼也不敢太过约束他，就怕他心生不满。

萧天耀直接找他，比找影月楼更省事。

萧天耀没有直接说名字，而是铺开一张纸，在上面写了一个名字——薛承文。

薛承文，东文皇商薛家长子，也是薛家精心培养的继承人，薛家未来的家主。

当然，除此之外薛承文还有一个身份，那就是黑市最大的供货商。

薛家与朝廷关系极好，天藏影月从东文走私出去的货物，有一半是从薛家手里拿的，那些走私贩子也不例外。

薛家可以说是那些走私贩子的上游，也是整个走私链中最关键的一环，要是薛家此时大乱，黑市必然会更乱。

而这还不是萧天耀必杀薛承文的原因，萧天耀之所以要请荆池去杀薛承文，是因为萧天耀查到，薛承文与南远皇子南诺离过从甚密。当初南诺离能从他手中逃出去，薛承文功不可没。

很明显，薛承文不只是一个小商人那么简单。至于他与南诺离相交是出于什么原因，萧天耀虽然还没有查到，可并不妨碍他对薛承文下手。

身为东文的亲王，他怎么可能放过与南远皇子交好的薛承文？

薛承文必须死！

一连下达三个密令后，萧天耀才示意隐卫退下。

隐卫刚走，就有亲兵在外面求见：“王爷，镇上送来的消息。”

“进来。”此时，只有林初九一人在镇上，这消息必然与林初九有关。

“王爷。”亲兵进来，将手中的信高高举起，奉到萧天耀面前，待萧天耀接过信，果断退下，片刻也不敢多留。

王爷看到信后，一定会不高兴。

果然，萧天耀接过信，拆开一看，脸就黑了。

一群蠢货!

什么叫王妃身体很好，完全不见病态？昨晚高烧不止的人是谁？昨晚一直抱着他，叫冷的人又是谁？他遇鬼了不成?

什么叫王妃发现异常，知晓他昨晚造访？林初九昨晚病成那个样子，怎么可能知道他去过？肯定是那群蠢货露出了马脚!

什么叫王妃在镇上逛了一圈，仍决定当天出发？镇上就那么大点，逛一圈最多两个时辰，那群蠢货不会是希望林初九在镇上逛两天吧？他走之前，明明再三叮嘱，一定要劝林初九在镇上休养两天。他说的是休养，不是叫林初九在镇上逛两天，那么大点的地方，林初九怎么可能需要逛两天？那群人到底会不会办事?

萧天耀越看越恼火，最终还是没有忍住，把信揉成了一团，掷在了地上。

好在送信的小兵已不在帐篷内，不然看到萧天耀居然“任性”地把信丢地上，一定会惊呆的。

萧天耀的好心情瞬间荡然无存，虽然面上没有表露出什么，可靠近主帐的人明显感觉主帐寒气更甚，莫清风就在这个时候送上门了。

“王爷，流白传来的消息。”莫清风一进来就发现了不对，可他人都走进来了，还能再退出去不成?

再说，他此刻退了出去，回头还是要进来，何苦自虐来哉?

“呈上来。”萧王虽然心情不好，可该处理的公务还是会处理的，因私忘公这种事，萧王现在还是不会做的。

至于以后？不好说。

萧天耀拆开信，看到上面潦草匆忙的字迹，不由得皱眉。

不需要看内容，只凭字迹就能看出，流白是在极度慌乱中写下这封信。

信上的字不多，但内容却很多。

挡人财路，如同杀人父母。碧海阁私自降价的行为，不仅触犯了天藏影月的利益，也触犯了那些走私贩子的利益，苏茶刚和北历交易完，就被道上的人追杀。

北历还算厚道，出手帮了苏茶一把，即便是这样，苏茶还是出事了。

流白找到苏茶时，苏茶正躲在一猎户家养伤，流白找到他后便带着他离开，现在他们二人都被黑道上的人追杀。

那些走私贩子，都是把脑袋别在裤腰带上的人，为了银子连命都不要，碧海阁此举害得他们损失惨重，他们岂肯罢休。

而且，除此之外，那些走私贩子还在打听碧海阁背后的靠山以及碧海阁收货的渠道。

碧海阁三年前凭空出现，武装力量十分强大，初期不是没有人找碴，想要探听他们的来历，可都被碧海阁强硬地收拾了。

而且，碧海阁从不抢那些走私贩子的生意，碧海阁做的都是大宗生意，与它有利益冲突的是天藏影月。

那群走私贩子见天藏影月没有对碧海阁出手，再加上自己的利益没有受损，走私贩子也就不管了。

敢做这门生意的，背后都有靠山，没有触及到自己的利益，他们轻易不愿意得罪人。

本来大家都相安无事，一起闷声发大财，不想碧海阁突然运了大批粮草到北历，并且以低于黑市三成的价格卖给北历，把大家默认的规则打破了，以致北历这次不收他们的货，逼着他们降价。

粮草这种东西，一路运来耗时耗力不说，损耗还特别大。有不少走私贩子，一年也就只能干这一票，碧海阁这么一闹，可不就是要他们血本无归吗?

辛苦一场不挣钱就算了，还要害得他们亏本，在这样的情况下，那些走私贩子会放过苏茶才有鬼。

而且，苏茶刚和北历做了交易，虽然价格低了三成，可他们的成交量大，苏茶身上可是有几十万两的巨款，为了钱他们也不会放过苏茶。

走私贩子们彼此都熟悉，私下也有往来，几个人凑在一起一合计，发现他们只要把苏茶抢了，以后完全不需要再提心吊胆地来回运货了。

人为财死，鸟为食亡。在金钱的诱惑下，走私贩子们空前团结，联合起来追杀苏茶，搜寻碧海阁的消息。

那些个走私贩子平时看着不起眼，可一旦他们拧成一股绳，那股力量还是很可怕的。

蚁多咬死象，就是这个道理。在走私贩子们没命的追杀下，不仅仅是苏茶，就是流白也吃不消。另外，流白还担心，那群走私贩子会不会查到了什么?

虽说碧海阁行事一向低调、谨慎，也从不与东文那边联系，可就怕有人查到苏茶的身份，继而联想到萧天耀身上去。

苏茶在北历虽然易容改姓了，可难保不会留下什么蛛丝马迹，让人查出来就不好了。

流白的担心不无道理，那群走私贩子一日找不到苏茶，一日查不到碧海阁背后的势力，就一日不会罢休。

就算时逸寒守信，不把萧天耀与碧海阁的关系说出来，可也不敢保证旁人就永远查不出来。

凡事做过就会留下痕迹。碧海阁就算退出了，之前在道上活跃了那么多年，留下的痕迹可不少。

“咄咄咄……”萧天耀看完信后，并没有说话，而是有一下没一下地敲打着桌面。

熟悉他的人都知道，萧王爷这是在想事情。

莫清风跟在萧天耀身边这么久，自然清楚他这个小习惯，默默地收敛气息，尽量减弱存在感，以免打扰到萧天耀。

好在，萧天耀思考的时间并不长，片刻后，就听到萧天耀开口道：“去一趟魔宫，带人前往北历。”既然无法把痕迹完全抹掉，那就用别的痕迹覆盖好了。

那群走私贩子不是想要查出碧海阁背后主人是谁吗？他现在就把这背后主人抛出来，看他们有几个胆子，敢和魔宫对上。

“魔宫？”莫清风虽然跟在萧天耀身边多日，萧天耀也很信任他，可还是比不上跟在他身边长达数十年之久的苏茶与流白。

魔宫的事，莫清风并不知晓，萧天耀也没有说明的意思：“本王与魔君重楼，关系不一般。”他和魔君重楼的关系，确实是不一般，不是吗？

“啪……”萧天耀随手摸出一块血红的令牌，丢到莫清风怀里：“带着它去找魔宫左右护法，他们会帮你把事情办好。”

“群魔令？这是群魔令？”莫清风接住令牌一看，差点吓尿了，而得到萧天耀肯定的答复，莫清风差点晕倒了。

传说中，号令群魔的群魔令，就这么被王爷随手丢出来了？

王爷知不知道这块令牌的价值呀？

这可是群魔令！

江湖上那些杀人不眨眼的老魔头、小魔头见到这块令牌，也会吓得瑟瑟发抖的。

一想到王爷把这么重要的令牌丢给他，莫清风心里就激动得不行。

王爷，太看重他了。他，他绝不能辜负王爷的信任与期待。

“带着它去魔宫，后面的事你看着办。”北历与碧海阁的事，萧天耀没有隐瞒莫清风，随手将流白的信丢给了莫清风。

莫清风是聪明人，知道前因后果，又看到他调集魔宫的人，自然明白他的用意。

“王爷放心，我一定会把事情办好，绝不会让人查到苏茶身上去。”魔宫的人去北历，自然是去背黑锅。

那群走私贩子，找到了碧海阁背后的主人，自然会消停。

“嗯。”萧天耀相信莫清风的脑子。

莫清风有流白的身手，又有苏茶的头脑。这样的人只要品行端正，前途不可限量。

“王爷，没别的事，我这就去办差了。”莫清风现在还很激动，握着群魔令的手，一直颤抖个不停。

萧天耀淡淡地扫了一眼，面无表情……

莫清风一怔，连忙压下心中的激动，学着萧天耀摆出一副面瘫样。

萧天耀仍旧没有说话，只是摆摆手，示意他离开。

莫清风面上恢复正常，心里还是激动无比，暗暗吸了好几口气，这才平静下来。

萧天耀连看都没有看他一眼，右手撑着脑袋，再次陷入深思。

不管遇到多难、多复杂的公事，他都可以以最快的速度，找到最简单有效的解决办法，可与林初九有关的事，他好像怎么也处理不好。不管他怎么做，最后总是事与愿违，林初九极少按他的意愿行事。

“女人，真是麻烦。”萧王爷绝不会承认，他用的办法不对。他坚定地认为，是女人那种生物太复杂，林初九那个女人太麻烦。

明明很简单的事，为什么非要弄得那么复杂？

明明以前很明理的人，为什么最近越发无理取闹了？

难道是他对林初九太好，林初九恃宠而骄？

可平时，也不见林初九像后宫那些宠妃一样，一得宠就颐指气使，嚣张跋扈。林初九好像只会给他摆脸色，朝他使小性子。

这是因为，他和别人不同吗？肯定是的！

想明白了，萧王爷心结解了，情绪顺了，大发慈悲地道：“算了，既然她想独自回京，本王就顺着她的意好了。”免得他强行把人留下后，林初九又不高兴。

不需要去追林初九，萧王爷也就不急着班师回朝了，看金吾卫收拾不过来，再次大发慈悲地松口，多给他们半天的时间，明日下午再出发。

金吾卫收到最新的命令，一个个长出了口气。

大军不进城、不入镇，并不需要刻意赶路，只需要寻找合适的地方就可以休整，晚一点出发影响也不大，可多出半天的时间，却能让他们从容地收拾东西，不需要七赶八赶的。

金吾卫收拾行装的速度仍旧快速、高效，可弥漫在军中的那种紧张的气氛消失了，看上去有序多了。

东文留守在边境的小兵，看到金吾卫在时间紧迫的情况下，不气恼；在时间从容的情况下，不偷懒，不知怎么就觉得脸红。

“和他们一比，我发现我们太懒散了。”要是他们知道多出半天，一定会高兴得欢呼，然后寻机休息一两个时辰，等到最后关头，再急急忙忙去收拾行装。

“他们是金吾卫，跟咱们不一样。”不是每个小兵都有这样的自觉，更多的人则是认为自己与金吾卫不一样，所以他们懒散是正常的，是应该的。

又不会有人用金吾卫的标准要求他们，不是吗？

“他们原来也和我们一样，金吾卫里面有几个人是我老乡，当年我们一同参军的。”羞愧到脸红的小兵，并不认同同伴的话。

可他同伴接下来的一句话，却让他无法辩驳：“一同参军的又怎么样？我还比金吾卫里面大多数人兵龄久呢，有用吗？”

没用，因为你一直不用强者的标准要求自己。所以，你只能与周边同样自我放弃的人，一起浑浑噩噩地度日。

此时，在镇上稍作休息的林初九，也准备出发了。

林初九虽然知道萧天耀的意思，可仍没有留在镇上等萧天耀一起回京的意思。在镇上逛了一圈，吃了早饭，买了换洗的衣服后，便回到客栈，让侍卫动身。

“王妃，王爷……”侍卫硬着头皮上前，可才开口就被林初九打断了，“收拾一下，我们一刻钟后出发。”

林初九完全不给侍卫说话的机会，转身就回房收拾东西去了。

只住了一个晚上，林初九也没有多少东西要收拾，有一刻钟的时间足够了。

再出来，林初九手上拿了一个包袱，里面是她刚在街上买的衣服和零食。

萧天耀给她安排的全是男人，根本不可能替她打点行装，这些事她只能自己做。

无视侍卫欲言又止的纠结神情，林初九拿着包袱，径直爬上马车，钻进车厢，并在第一时间放下车帘，直接用行动告诉侍卫她现在就要走的决心。

侍卫这下就是有千万个理由，也没有机会说出口，只得动身，而为了能在天黑前赶到下一个城镇，侍卫连多磨蹭一会儿都不敢。

林初九一行人是做了伪装的，并没有打萧王府的旗帜，随行的侍卫也是身着便装，做普通护院打扮，可他们的伪装只能骗骗外人，骗不了内行的人。随行的侍卫一举一动，都透着军中的作风，每一个人身上都有极明显的军人气息，这个去不掉。

这一点林初九知道，侍卫也知道，他们不穿军装并不是为了掩饰什么，只是图省事罢了。

他们要是穿了军装，那就是代表军队执行公务，按东文的规矩，他们执行公务进入城镇，就要去官府登记。

他们这次送林初九回京，一路走官道，不知要经过多少个城镇，每到一个城镇就登记一次，不得累死?

为了省心，他们便着便装，把护送林初九的任务当作私下的任务，而不是朝廷公务。

不穿军装可以省下不少事，可也会添麻烦，某些不长眼的小蟊贼就误以为林初九一行人是肥羊，一路尾随他们，想等他们出了城镇，大干一票。

“王妃，我们又被人盯上了。”刚离开城镇，侍卫就发现了端倪。

侍卫就不明白了，那些小混混是什么眼神，怎么就认为他们这一行人好欺负?

人数没有他们多，居然还敢找上门，真以为自己是地头蛇，就很了不起?

“等没人的时候，就解决了吧。”这不是第一次，林初九相信，这也不会是最后一次。

“是。”侍卫默默地打了一个手势，示意前面的人拐个道，往偏僻一点的地方走，好把身后的尾巴解决了。

很快，马车就离开了官道，驶向一旁的小路，尾随在马车后面的混混眼前一亮，快步跑了起来，完全不在乎林初九一行人会发现他们。

在他们看来，林初九这群外乡人，就是发现了他们也没用。

混混一共有二十几人，队伍却拉得很长，第一个跑了过来，最后那个还在十几米外。

侍卫早早就停了下来，站在小道中间等他们，几个小混混见状，感觉情况不妙，远远地站着并不敢上前。

侍卫很有耐心，等到那些小混混全部聚齐了，这才上前："你们不是要打劫吗？动手吧！"

"什么？什么？你在胡说什么？谁说我们要打劫了，我们路过……对，我们路过不行吗？"乡野村镇的百姓见识少，可并不表示他们没有眼色。

越是活在底层的，越是懂得看人眼色行事。之前隔得远，小混混没有发现侍卫的厉害，现在双方站得这么近，小混混已发现端倪。

"路过？你们这是要去哪里？"小混混们打退堂鼓，不想抢了，可侍卫们会放过他们吗？

军人的责任是保家卫国，保家卫国并不是非要在前线杀敌不可，他们惩治这些小混混，也是在保家卫国。

"我们，我们去前面。就是去前面，你挡着我们的路了，我说你们要不要走？不走就把路让出来，让我们走。"小混混自以为聪明地寻到了一个好理由，理直气壮地朝侍卫吼了起来。

"去前面是吗？好，我给你们让路，走吧。"站在前面的侍卫冷笑，侧身示意小混混过去，后面的侍卫则握着刀站在一旁，小混混只要往前走，就等于是送上门找打。

"呃……"带头的小混混，这才发现自己好像挖了一个坑，把自己给埋了。

"还不快走，要我请你吗？"侍卫冷着脸催促。

带头的小混混一脸扭曲，他身后的小弟们也不断地朝他使眼神，拉他的衣服："老大，不能上前，我们跑吧。"

"就是，就是，这些人一看就不好惹，我们还是跑吧。我们什么都没有做，他们也不会知道我们是做什么的。"

"闭嘴！"带头的小混混不耐烦地打断小弟的话，色厉内荏地看向侍卫，一副很厉害的样子，"我现在又不想走了，怎么办？要不，哥几个先走？"

跑？他们两条腿，这群人全是四条腿，他们往哪里跑？

"行呀。可我们走错了，正要折回去，你们几个挡着我的路了。"侍卫冷冷地道，隐有杀气露出。小混混吓了一跳，忙把路让开："要不，我给你让路，你们先走……"

"让路？事情恐怕没有这么容易解决。"虽说这群小混混并没有动手，可侍卫仍旧不打算放过他们，"你们几个既然自己送上门，我要不给你们一个教训，你们怎么学得乖？"

"你，你们要干什么？别过来，别过来，我们什么都没有做，你不能打我。"带头的小混混见情况不妙，转身就要跑，可他们两条腿，能跑得过四条腿的马？

不过眨眼间，小混混就被侍卫围在中间，然后被狠揍了一顿。

侍卫不知道这些小混混手上有没有沾过血，也没有工夫去查，把人揍了一顿后就全部绑起来，然后给官府送信，让官府全权解决。

他们只是兵，并没有权力处置这些人。

解决了那几个小混混后，林初九一行人返回官道，继续朝下一个城镇前行。

林初九并不急着赶回京，一行人的速度不快也不慢，只要保证每天晚上都能找到城镇入住即可。

越往前，离边境越远，城镇就越繁华，不过林初九并不是什么爱凑热闹的人，除了需要购买生活必需品外，林初九几乎不会在镇上逛，可就是这样，还是有小混混盯上他们。

一出城，随行的侍卫就发现，他们又被人盯上了。

事出反常必有妖，随行的侍卫不敢大意，主动询问道："王妃，我们又被人盯上了。"他们最近被小混混盯上的频率也太高了一点儿吧？

"直接走官道，不要再避开他们，如果他们不出手，你们就不要乱动。"每到一个城镇，都会被当地的小混混盯上，一两次可以说是巧合，每次都这样，就有问题了。

"是。"侍卫也察觉到了不对，所以才会特意问林初九一声。

有了防备之心，随行的侍卫没有再把身后的小混混当成普通人看待，而是仔细观察他们的一举一动，试图从中找出有用的东西。

还别说，这一看还真让随行的侍卫发现了不少有意思的东西。

那群小混混一直跟在他们身后，根本不在意被他们发现。在他们经过岔路口没有选择走小道，而是继续走官道时，那群小混混明显愣住了。

"王妃，这群人应该是受雇于人，特意跟在我们身后，引我们走小道的。"随行的侍卫可不是什么简单角色，一番观察下来，他们隐约猜到了对方的用意。

"有人在利用你们的正义感，给我们设伏。"随行的侍卫猜到了，林初九也猜到了。

"王妃，我们怕是遇到麻烦了，你看我们是不是要和王爷他们会合？"侍卫不放过任何一个可能说服林初九与萧天耀会合的机会。

可是，林初九却不肯配合："没有必要，我们走我们的。"

"可是……王妃，我们现在已经被人盯上了，万一遇到麻烦怎么办？"侍卫不肯死心，苦口劝说，"王爷身边有二十多万大军在，我们与王爷会合后，好歹安全上有保障。"

"王爷让你们护送我回京，你们保护不了我吗？"林初九毫不客气地反问，侍卫又一次被堵得无话可说。

他们能说，他们没有信心吗？

说了，不仅仅代表他们无能，还代表了王爷眼光不好，选了他们这群无能的人来保护王妃。

可不承认自己无能，他们劝说王妃与王爷会合的理由，就靠不住了。

这叫他们怎么回答呀？

侍卫看了林初九一眼，默默低头，退下……

随行的侍卫不敢勉强林初九，便写信，将他们发现的情况，禀报给萧天耀知晓。

要是王爷能查出是什么人在背后搞鬼就好了。

林初九与萧天耀只隔了两天的路程，大军里面步兵居多，走得不快，林初九坐着马车也快不到哪里去，双方的距离不算远，但也不近。

侍卫快马加鞭赶一赶，一天一夜也许能跑一个来回。

当天傍晚，信就送到了萧天耀手里。看完信后，萧天耀第一反应，就是要侍卫劝说林初九与他会合，可话到嘴边，萧天耀又咽了回来。

虽然他总是想不明白林初九在想什么，可也知道林初九不愿意与他一同回京，或者说不愿意与他同行。

这是一个让人悲伤的事实，虽然萧天耀不愿意面对，可他不面对，事情也不会有所改变。

萧天耀暗自叹了口气，说道："带一队人马，在暗处保护王妃。"至于背后动手脚的人？他很快就会查出来。

"是。"侍卫急忙应道，生怕应晚了一步，王爷就会要求他劝说王妃与王爷会合。

侍卫退下后，连口茶水都不敢喝，"咚咚咚"地跑去找人，点齐人马就立刻出发，准备在天亮之前赶回去。

一个二十人的小分队出了军营后，很快就没入夜色中，嗒嗒嗒的马蹄声时不时将两旁的飞鸟惊起，给寂静的山林添了一丝活力。

借着这支小分队引起的骚动，一身红衣、戴着半块鬼面的魔君重楼，如同鬼魅一般出现在山林中。

重楼并不是冲着林初九而去的，他是冲着时逸寒去的。

为了拖住时逸寒的脚步，萧天耀派了不少人去伏杀他，可是没有一队人能拖住时逸寒半天。

时逸寒的武功不是最高的，可他的月影分身却最是难缠，同等实力下，时逸寒凭借月影分身可以轻松击败对方。

普通人根本无法拦住时逸寒，只有与他实力相当的人，才有可能。

为了把黑市的水搅得更浑、更乱，重楼只得亲自出马。

魔宫的人站出来，默认碧海阁背后的主人是魔宫，他这个魔君出手阻拦时逸寒，那是再正常不过的事。

时逸寒此时已经走了五天四夜，重楼要追上他并不是容易的事，为了保存实力，重楼不可能一直用轻功，他大多数时候还是骑马。

时逸寒虽然赶时间，可毕竟是养尊处优的公子哥，白天赶路还好，到了晚上他是绝对不会赶路的，必须找地方休息，而且还得是客栈，荒郊野外的地方他是绝对不睡的。

重楼则不同，他没有时逸寒那么讲究。他什么地方都能睡，什么地方都睡得着，而且他白天赶了路，晚上一样可以赶路。

重楼能日夜兼程，并不是他的精力比时逸寒好，而是他比时逸寒更能吃苦，更能忍。在恶劣的环境下，他的生存概率绝对比时逸寒更大。

这种吃苦忍耐的本事，是重楼在一次次的危险中，慢慢锻炼出来的，这是时逸寒永远也比不上的……

在重楼看来，时逸寒这根本就不叫赶路，可这对时逸寒来说，已是艰难无比。

时逸寒真觉得他这段时间过得很苦，每天都要顶着风沙赶路不说，晚上还睡不好。

可以说，他这段日子是他出生至今，过得最苦的一段日子，苦到时逸寒几乎都要放弃了。

他时大少什么时候这么辛苦过？要不是当初碧海阁的事是他亲手处理的，他绝不会这么辛苦地赶去北历。

"萧天耀，你给我等着，这笔账我一定会连本带利找你讨回来。"啃着冷硬的牛肉干，喝着冰冷的溪水，时逸寒眼泪都要出来了。

他从来就没有吃过这么硬的肉，喉咙都磨痛了，说话都难受。他从来没有喝过没煮开的溪水，也不知喝了会不会生病。

"我现在可真的是在历练了。"和之前恣意潇洒的日子相比，现在简直是在地狱，如果这都不算历练，时逸寒真想象不出什么才叫历练。

在时逸寒抱怨日子太艰苦时，重楼与他的距离已经越来越近了，不出意外的话，重楼今晚就能追上时逸寒。

而这些，躺在树干上午休的时逸寒，半点不知。

在时逸寒午休时，重楼正在准备自己的午餐。和时逸寒这个不知人间烟火、出门只带干粮的少爷不同，重楼虽然不会做饭，可在野外却随时能找到可口的食物。

一只野兔，几朵蘑菇，洗干净后往火上一架，重楼就可以闭目休息了，只要时不时地转动两下就行了。

待到兔肉熟了，重楼也休息得差不多了，撒上盐巴，趁热吃完，再吃几口蘑菇解腻，这一餐就算是解决了。

虽然食材简单，可有荤有素，这顿午饭就是放在平常也是极美味的，至少比时逸寒那干巴巴的干粮好。

吃完午饭后，重楼并没有立刻赶路，倚着树干而站，闭目养神。

倚树而立，将后背交给大树，不仅能减轻自己的负担，还能防止背后被人偷袭。

这就是重楼，他时刻都以战斗时的状态要求自己，哪怕身后没有追兵，在外面他也从来不会放松戒备。

约莫半刻钟，重楼起身，将火堆拨开，尽量消除属于他个人的痕迹后，这才上马，继续去追时逸寒。

是夜，时逸寒终于在关城门前赶到了城镇，挑了镇上最大的客栈，财大气粗地包下了整个院子，自己一个人睡。

“老板，送些吃食过来，另外还有热水。”时逸寒不缺银子，辛苦赶了一天路，到了晚上他自然要享受一番。

虽然，这镇上最好的一切，连时逸寒平日生活的水准都达不到，可现在特殊时期，他也只能忍着了。

吃饱喝足，又泡了一个热水澡，时逸寒舒服得直哼哼，终于感觉自己又活了过来。

从来没有吃过这么大苦头的时少主，泡完澡倒床上就睡了，虽然剑没有离身，可却睡得比平日要熟，重楼走进了院子，时少主居然没有醒！

这一点，重楼也挺惊讶的。时逸寒不像那么没有防备心的人。

虽说时逸寒没有吃过苦，可他怎么说也是时芊芊那个传奇女人养大的，时逸寒不可能和初出江湖的毛头小子一样青涩。

一步，两步……

虽然时逸寒没有发现他的存在，可重楼仍旧很仔细，每一步都走得极轻、极稳，如同幽灵一般。

很快，重楼就知道时逸寒住在哪了，因为有人比他快一步找上门了！

这间客栈的老板与店小二鬼鬼祟祟地摸到时逸寒的房门前，悄悄地将耳朵贴到门上，等了片刻，小二才道：“老板，睡死了，没有醒。”

很明显，这是一家黑店，时逸寒的财大气粗，让老板与店小二误认为他是一头肥羊，今晚就准备宰。

“有意思。”重楼没有现身，而是双手环抱，站在一旁，看戏！

店老板左右看了看，确定没有人，这才压低声音对小二道：“我们进去。记住，进去后先把人砍死，别让他有出手的机会。”

“老板放心，我晓得怎么做。”店小二晃了晃手中沉甸甸的斧头，信心满满地道。

店老板十分小心，又看了看，确定屋内屋外都没有动静，这才推开门。

“吱呀……”门开了一条小缝，店老板与店小二一前一后挤了进去。一进去，店小二就举起斧头，冲到床边，对着床上的被子一通乱砍。

黑暗中，他们看不见，可重楼却看得很清楚：时逸寒根本不在床上。

想来也是，堂堂天藏影月的少主，要是死在黑店老板手里，那也太窝囊了。

“啊……”没让重楼等太久，屋内很快就传出一道惨叫声，紧接着就是重物落地声。

听声音应该不是人摔倒，而是店小二手中的那把斧头掉在地上。

扑通，有人跪了下来。

“少侠，少侠，饶命呀。我上有百岁老母，下有未满月的稚子，求少侠饶我一命呀。”

这是店老板的声音，他在向时逸寒求饶，可惜时少主虽然长得如清风明月般风光霁月，却不是什么大善人。这店老板和小二都要杀他，他怎么可能会留店老板一命？

“扰了本少主的好梦，还想本少主放过你，你以为你是谁呀？”话未落，剑已出鞘，“噗”的一声响……是血飙出来的声音。

紧接着，就看到时逸寒提剑走了出来。不过他没有离开，而是站在台阶上，眼神正好落在重楼隐藏的方位：“出来吧！”虽然没有在第一时间发现，可好歹还是发现了不是？

重楼也没有继续躲藏的意思，大大方方地走了出来。

血红的外衣，半块鬼面，这是魔君重楼在人前的装扮。这世上除了魔君重楼外，再无第二个人敢这么穿。

“魔君重楼，怎么是你？”看到重楼出现的刹那，时逸寒着实是惊了一把。

他知道萧天耀派了不少人，想要阻止他去北历，或者拖住他的脚步，可他没有想到，萧天耀居然请动了魔君，这是不是手笔太大了？

第十三章　魔宫的主人

魔君重楼，魔宫的主人，群魔之首！

时逸寒看着魔君重楼，脑子里却在想，萧天耀到底是怎么请动重楼的？而他，如何才能劝退重楼？

说心里话，他不想与重楼打，尤其是现在。

“时少主，好久不见，别来无恙？”重楼站在月光下，任由时逸寒打量，似乎明白时逸寒所想，不等时逸寒开口，就道，“时少主不必多想，本座会出现在此与任何人无关，只是本座想罢了。”

“我想也是，这世间有谁能请得动你？”一个能号令武林群魔的人，怎么可能听命于人？

“时少主过奖了，本座不过是一介俗人。”重楼嘴上说着谦虚的话，态度却是一点也不谦虚。

“魔君过谦了。”时逸寒笑得一派闲适，可仔细看会发现，他的右手已握住剑柄，随时准备出招。

不给重楼继续瞎扯的机会，时逸寒问道：“魔君深夜来访，有什么我能帮得上忙的吗？时某不才，可手下的人却是极能干，不管是杀人还是找人都是好手，魔君有什么需要只管开口就好。”

时逸寒曾与重楼交过手，对重楼颇为忌惮，而这也是他第二个忌惮的人，第一个自然是萧天耀。

不过，相比萧天耀，时逸寒更不想与重楼打交道。萧天耀是一国王爷，牵扯太多，行事理智稳重，时刻都会以大局为重，轻易不会弄得两败俱伤。

重楼则不然，重楼是魔君，行事全凭喜好，无所顾忌，发起疯来恐怕没有人受得了。

重楼双手环抱，站在时逸寒面前，看似什么也没有做，实则一直透过面具注意着时逸寒的表情。

见时逸寒眉头微皱，重楼大致能猜到他所想，当即不客气地道："时少主客气了，既然时少主开口，本座就不藏着掖着了。碧海阁的生意，有本座的一部分在，萧王应时少主的要求，做主把碧海阁结束了，本座虽不满，但不会就此找时少主的麻烦。本座今日来寻时少主，是为告诉时少主，北历那笔生意的收益是本座的，时少主动手前，请容本座先收到银票。"

重楼不疾不徐地开口，理所当然的态度，就像是发号施令的王者。时逸寒虽然忌惮重楼，可别忘了，他可是天藏影月的少主，他要是会被人三两句话就吓住，那就不是时逸寒了。

"原来碧海阁有魔宫参股，我就说萧王一个东文的亲王，就算能寻到货源，也找不到路子与买家，原来是有魔君帮他。"走私的道上，有无数的风险与可能，没有足够大的势力根本撑不住，也无人敢买。

萧天耀的背景确实足够，但他不能出现在台面上。北历皇室那些人，敢买碧海阁的东西，敢联合起来与天藏影月叫板，恐怕就是仗着碧海阁有魔宫在后面撑腰。

"魔君既然对这行感兴趣，不如由我出面，邀请魔君加入天藏影月如何？"独钱不富，时逸寒不是吃独食的人。

可惜重楼不给他面子。

"这事恐怕时少主做不了主。"重楼意味深长地看着时逸寒，心中暗道：时逸寒果然不简单，倘若他只是魔宫之主，恐怕真的会心动。

与天藏影月合作，不仅风险小，利润还高。

"魔君可以说说你的条件，我做不了主，还有我娘在。"时逸寒不是什么热血少年，并不会因为重楼几句话，就被激得热血冲头。

重楼道："本座与萧王合作，货物由萧王出，本座的人负责卖，本座拿七成。"重楼的右手，轻轻摩挲着左手大拇指上的扳指，似笑非笑地看着时逸寒。

时逸寒暗自忍了许久，才让自己保持住脸上的微笑："魔君，天藏影月与萧王不同，天藏影月还有数万手下要养。"

重楼还真是敢开口，一张嘴就要走七成的利润，简直是不要脸。而且，他也不认为，萧天耀会让出七成的利给重楼，萧天耀那货可不是好打交道的人，重楼明摆着就是在骗他。

"本座的魔宫，也有数万手下要养。"重楼把这句话原封不动还给了时逸寒，摆明了寸步不让。

时逸寒沉吟了一下，道："魔君，你每年从碧海阁能拿到多少银子，你与天藏影月合作，同样能拿到那些银子，并且只多不少。"

碧海阁的生意时逸寒很清楚，就算重楼拿走七成的利润，每年也不会超过三百万两，这点银子天藏影月出得起。

“本座不是乞丐，不需要人施舍，本座要赚银子，有的是办法。”时逸寒确实大方，但终是年轻了一些，说话不够委婉，这也就是重楼，要换作真是哪个大魔头，听到时逸寒这种近似收买的话，定会大打出手。

当然，重楼也不是软柿子，语气一变，转头就威胁道：“时少主，你觉得是做杀手生意来钱快，还是买卖情报来钱快？”

重楼明明白白地告诉时逸寒，碧海阁这件事要是不如他的意，他就开始与天藏影月抢生意。

虽说一时半刻动摇不了天藏影月的根基，可却会打了天藏影月的脸。

要知道，这么多年来，杀人与情报的生意由天藏影月独家垄断。也因此，天藏影月才会在别的方面把利润让出来，好平息其他人的不满。

“魔君，天藏影月不是软柿子。”时逸寒摇了摇头，一副为难的样子。

一双桃花眼，笑不笑都含情，看上去和善极了。但重楼知道时少主不高兴，很不高兴。

重楼那句话，无疑是挑衅天藏影月的权威，不把时逸寒这个少主看在眼里。

“本座当然知道天藏影月有多霸道。要不是这样，本座在碧海阁的利益，也不会就此断了。”重楼没有忘记，在碧海阁这一事件上，天藏影月是何等的咄咄逼人。萧王的身份注定了他不能与天藏影月杠上，但是魔君却无所顾忌。

当日，时逸寒有多嚣张，今天他重楼就会有多狂妄。

他是魔君重楼，他无所顾忌。魔君重楼，行事无所谓正邪，做事全凭喜好。只要他乐意，就是赔尽江山他也不会眨一下眼；反之，只要他不乐意，就是捧着金山银山到他面前，他也不会动容。

时逸寒之前在重楼手上吃过一个大亏，回去后就让人好好查了查重楼，对重楼的性格有了三分了解。

听到重楼的话，时逸寒就知道今天这事不会善了，魔君重楼摆明了是来找他麻烦的，这时候不管他付出怎样的代价，都无法阻止重楼。

“今日魔君前来，是为了阻止我去北历？”利诱不成，威胁就更没有用，时逸寒索性摊开来说。

“是，也不是。”在旁人眼中，重楼亦正亦邪，飘忽不定，可只有重楼自己明白，这些不过是他做给旁人看的假面。

“魔君想要如何？”时逸寒桃花眼往上一挑，手指轻轻挑起腰边的玉佩，一副漫不经心的样子。

重楼看了一眼，淡漠地收回眼神：“上次与时少主一战，未能分出胜负，重楼深感遗憾，今日特来找时少主一战。”

说话间，重楼将代表着魔君将要动手的手套戴上！

凡是与重楼交过手的人都知，重楼的武器就是他的手，而他的手从来不直接接触人，他动手前会戴上一副天蚕丝织就的手套。

“上一次，不是时某输了吗？”时逸寒毫不在意地认输，事实就是如此，他也没有什么好藏着掖着的。

“时少主记错了，重楼并没有赢，动手吧。”重楼后退一步，示意时逸寒先动手。

“看样子今日一战在所难免，只是我这一路舟车劳顿，不知魔君可否容我休息一晚再打？”大半夜的，正是好眠时，时少主真不想打架，扰人清梦。

“今晚夜色正好，很适合动手。”今晚虽然有月光，但真的称不上好，重楼摆明了是睁眼说瞎话。

“魔君都这么说了，时某只能奉陪。”时逸寒摇了摇头，一副一点也不想出手的样子。

“唰……”抽出剑，时逸寒脸上仍旧是一副不在意的样子，好像两人只是单纯的切磋。

当然，就算不是单纯的切磋，时逸寒也知自己不会有生命危险。别说重楼取不了他性命，就算能，重楼也不会杀他。

原因很简单，他是时逸寒，天下第一高手时芊芊唯一的儿子，他的身份注定无人敢杀他。

重楼摆明了是让时逸寒先行出招，时逸寒也不客气，他知道自己不一定是重楼的对手，先出手对他有利。

“唰……”剑光闪过，时逸寒往前一步，拉开与重楼的距离，手中的剑直击重楼面门。

重楼不慌不忙，伸手握住剑。

“嗞……”剑刃与天蚕丝手套相交，闪出一阵火花，时逸寒用力抽剑，剑刃从重楼手心抽出，留下一连串的火花，却没有伤重楼半分。

时逸寒挑眉，笑着赞了一句：“魔君这副手套，真是不错。”这样都割不开，真是不简单呀。

“时少主的剑也不弱。”重楼张开手，露出手套上的划痕。

“彼此，彼此。”时逸寒微微一笑，再次提剑上前，这一次时逸寒并没有靠近，而是凭借剑气攻击重楼。

一寸长，一寸强，时逸寒的剑不是长兵器，但和重楼的手相比，他这把剑确实占了优势。重楼不是第一次与用剑的高手交手。时逸寒一动，他就知道时逸寒的用意，重楼并不惊慌，从容后退，待到时逸寒追过来时，猛地上前，拉近距离，然后化被动为主动，让时逸寒无法拉开两人的距离。

“你的武功，怎么这么熟悉？”时逸寒近距离与重楼交手，看到重楼的一招一式，面露不解。

重楼的招式与手法，他好像在哪里见过，可一时又想不起来。

“熟悉吗？时少主可以再看看。”重楼眼也不眨，当着时逸寒的面，使出时逸寒刚刚出过的招。

一招一式，完全一模一样，而且不见一丝涩滞，就好像演练过上百遍一般。

“你居然能现学招式？”这人莫非是传说中的武学奇才吗？

“时少主上次不就见过？”重楼大大方方地说道。

时逸寒脸色一变，一脸严肃地问道：“你和萧天耀到底是什么关系？他的月影分身是你教的？”

萧天耀之前与帝国大皇子轩辕挚交手时曾使用过月影分身，那时他还没有在萧天耀面前用过月影分身，萧天耀不可能是从他这里学的。

“本座与萧王爷是什么关系，与你何干？不过，他的月影分身确实是本座教的。”重楼并不给时逸寒面子，只回答他一半的问题。

“不对，萧天耀也有现学的本事，你和萧天耀不会是同一个人吧？”时逸寒脑中灵光一闪，可很快就否定了，“不可能，你与萧天耀的身形不一样，你们不像是一个人。”给人的感觉也不同，而且重楼成名很早，那时候萧天耀还在东文军中被人欺负，真要有那个本事，萧天耀又怎么会被人欺凌？

“哼……”重楼嘲讽一笑，什么话也没有说，只是加快了攻势，逼得时逸寒疲于应付。

时逸寒看着重楼一再用他的招术对付他，那叫一个郁闷：“魔君，你可知，把月影分身教给萧天耀，会给你带来多大的麻烦？”

他娘可不是好惹的，要是让她知道，有人居然在无人指点的情况下，学会了月影分身，还把月影分身教给了别人，一定会把这人带回去，好好研究！

“那又如何？你以为本座会怕吗？”重楼眼眸一挑，邪气十足，亦是傲气十足，“本座想做什么便做什么，这天下无人能管得了。”

说话间，重楼已逼至时逸寒面前，戴着手套的右手，直接抓向时逸寒的心脏，眼见就要刺穿时逸寒的心脏，却见时逸寒身形一闪，立刻从原地消失了。

“好漂亮的月影分身。”时逸寒跑得快，可重楼的动作也不慢，在时逸寒身形移动的刹那，他的手也跟着动了，而后重楼的手如同铁爪，在时逸寒的肩膀上生生撕下一块皮肉，伤口深可见骨，完全没有手下留情，要是时逸寒躲避不及时，怕是会丧命于此。

“嘶……”时逸寒此时已跃至重楼身后，扭头看了一眼鲜血淋漓的左肩，时逸寒痛得直皱眉，“魔君，你……别太过分！”

他长这么大，还没有受过这么重的伤呢，也不知日后会不会留疤，要让他老娘知晓，估计他得脱一层皮。

“时少主，本座不是与你过家家。”重楼压根没有理会时逸寒，转身，再次朝时逸寒出手。

他确实是不能杀时逸寒，可要让时逸寒重伤却不成问题。

“魔君，你确定要与我天藏影月为敌？”时逸寒从来都不是故作清高的人，他就是天藏影月的少主，未来的当家主人，天藏影月的势力他不用白不用。

“是时少主与本座为敌，本座的面子不是什么人都能踩的。”就算他是来找碴，也要把理由寻好。

“看样子，今天这事不会善了。”时逸寒怒道，顿时使出大杀招，把月影分身发挥到极致，把速度也发挥到极致，一瞬间就出现八个分身，将重楼团团围住。

此时，对重楼来说，他不是跟时逸寒一个人交手，而是跟八个时逸寒交手！

好在，重楼对月影分身并不陌生，时逸寒会月影分身，他也会。虽然没有时逸寒用得纯熟，可用来对付时逸寒还是不成问题的。

重楼能熟练地使用四个分身，保持以一敌二的姿态，完全可以挡住时逸寒的攻击。

“把月影分身用得这么好，要是我娘知道了，一定会很高兴。”用月影分身对付月影分身，重楼确实是武学奇才，“你与萧天耀都有学武的天赋，难怪你们俩能合作。要不是看你们身形、气质都不对，我真要怀疑你们就是同一个人。”

虽然种种证据都表明魔君重楼与萧天耀没有关系，可时逸寒仍想试上一试。毕竟，这世间哪有那么多武学天才，还全部让他遇上了，这也太倒霉了。

“还有空闲说话，看样子时少主并未尽全力。既然如此，就别怪本座不客气了。”重楼没有急着解释，可也没有承认，完全没把时逸寒的话当回事，趁时逸寒分神之际，化被动为主动，朝时逸寒发起猛烈的进攻。

试探无果，重楼又加快了攻势，时逸寒不得不集中精神，好应付重楼的攻势，一时间也没空去想那些不靠谱的猜测。

时逸寒的武功很高，可他的武功全是时芊芊一招一式教出来的，用得再熟练也没有实战经验，真正交手时难免吃亏。

单论武学修为，重楼或许没有时逸寒高深，可重楼有习武的天赋，再加上他的一招一式皆是从实战中积累出来的，真要打起来，时逸寒还真不是重楼的对手。

一番激战下来，就见时逸寒的速度慢了不少，原本的八个分身也化为四个，与重楼交手更是占不到便宜。

四个分身对上四个分身，重楼半点儿也不客气，右手如同幻影，不断地朝时逸寒发起进攻，随着重楼的动作，只见一道道残影从眼前飞过，又交叠在一起。

“好身手！”时逸寒从来没有见过，有人能将手练到这个程度。

原本时逸寒有三分怀疑重楼与萧天耀是同一个人，可现在却不这么想了。他与萧天耀交过手，萧天耀擅长使剑，一手剑术出神入化，即使萧天耀的天赋再好，没有十几年的功底根本达不到那个程度。

重楼则擅长以手为武器，重楼的手是他身体的一部分，可也是他的武器，要将手练得这么灵活，同样光靠天赋不行，重楼必是在手上花了大功夫。

不管是重楼还是萧天耀，年纪都不大，时逸寒不认为一个人能同时练剑、练手，且练到如此造诣。

他娘数十年前，被誉为武林第一人，天赋、勤奋样样不缺，可就是如此，他娘也做不到同时练两种兵器，并且同时达到顶峰状态。

重楼完全不将时逸寒的夸奖当回事，一个虚招骗过时逸寒后，重楼收起手，抬脚朝时逸寒的腹部踹去："时少主，得罪了。"

"嘭……"时逸寒被重楼踹得飞了起来，跌进身后的屋子里，不知将什么砸倒了，发出一声巨响。

"魔君，你该死的……"时逸寒痛骂一声，人却没有出来。

"不过数日，时少主的武功又退步了。"重楼很清楚自己下的手有多重，留下这么一句，转身就走。

"魔君，你给本少主站住。"时逸寒跌进床里，将实木的大床砸碎了，差点被木头给埋了，好半天都爬不起来。

"本座等着时少主上门。"魔君的声音，从很远的地方传来，明显人已经走了。

"还待着干什么，还不快去追？"时逸寒挥开床幔，爬了起来，对着外面怒吼了一声。

"嗖……"两道黑影飞了出来，单膝跪在时逸寒的面前："少主，属下奉命保护少主，只要少主没有生命危险，属下就不能动手。"也就是说，他们绝不会去帮时逸寒找魔君的麻烦。

"本少主被人打残了，你们也不出手？"时逸寒摸了摸背后摔断的肋骨，疼得直抽气。

魔君下手太狠了，不仅是肋骨，就是胸骨也断了好几根，没有十天半个月，怕是起不了床。

这下好了，他没法第一时间赶到北历了。

黑衣人不为所动，一板一眼地道："主子说，实力不济，还去挑衅他人，是愚蠢的行为。少主要为自己的愚蠢负责。"

"是我挑衅他吗？"时逸寒气得差点儿吐血。

明明是魔君上门，找他麻烦，怎么就成了他愚蠢地去挑衅魔君？

这世界，还有天理吗？

重楼下手很有分寸，时逸寒身上的伤不轻不重，休息十天半个月绝对能活蹦乱跳，可这十天半个月，时逸寒是哪也去不了了。

"重楼，萧天耀，这两人绝对有关系。"躺在床上养伤的时逸寒，郁闷坏了。

因为重楼，害得他无法在第一时间赶到北历，只得派其他人去处理，可其他人的分量，哪能比得上他这个少主？

这一次，他们天藏影月怕是不仅要出血，还得失面子。

"查，让人去给我查魔君重楼与萧天耀到底什么关系？重点查他们是不是同一个人？不是一个人也要查清，他们到底是怎么认识的，又是怎么合作的？他们二人之间有什么渊源？"虽说种种证据表明，魔君重楼与萧天耀不可能是同一个人，时逸寒也相信不是，可是万一呢？

反正他现在养伤，闲着没有事做，不如找点事来做。要是因此查出什么有意思的事，那也能多个乐子，不是吗？

天藏阁的人早就习惯了自家少主想一出是一出的性格，虽然很不想随他一起胡闹，可少主交代下来的事，他们也不敢不办。

“少主放心，属下这就让人去查。”天藏阁的管事一再保证会认真查、用力查，一定查出重楼与萧天耀的关系。

“嗯。”时逸寒这才满意，挥挥手示意管事退下，可管事没走两步，时逸寒又把人叫住了，“对了，我受伤的消息瞒下来，别让我娘知道。”要是他娘知道，铁定又是人仰马翻。

虽说，他不介意用自己的身份仗势欺人，可他也不乐意在打输后，要老娘出面，帮自己找面子。

男子汉大丈夫，有仇自己报。重楼打伤他的这笔账他记下了，回头他一定会加倍讨回来。

“少主放心，属下已下禁口令，此事绝不会传出去。”天藏阁管事低下头，悄悄地转换了概念。

不传出去，并不表示不会让自家女主子知晓。女主子就少主这么一个儿子，眼珠子似的疼着，现在少主被人打伤了，他们哪里敢隐瞒？

时逸寒现在满脑子都是找重楼的麻烦，也没仔细去想管事的话，见管事保证了，便让人退下，继续琢磨他与重楼那晚用的招式。

说实话，到现在他还没有弄明白他是怎么输的。明明两人实力差不多，没道理重楼能突然伤了他。

“是他隐藏了实力，还是意外？”最后被重楼重伤的那一招，时逸寒怎么想也想不明白。

那一招太巧了，巧到让时逸寒怀疑那是意外，重楼只是运气好，赢了他一招。

可是，这么多年的经验告诉他，像重楼那样的高手，不可能靠取巧获胜。

“不是意外，难不成重楼真的隐藏了实力？可我怎么一点也看不出来？”按说两人实力相差不是特别大，重楼真要隐藏实力，他应该能察觉到的，可他就是没有发现。

“总不会是重楼的武功高出我一大截，所以他就是隐藏修为，我也不知道吧？”时逸寒立刻否定了这个可能。

他娘说过，这世间武功能高出他一截的，至少是六十岁以上的老头，同龄人当中，连实力和他相当的人都不多。

虽然，在遇到重楼与萧天耀后，他就怀疑他娘说错了，同龄人当中实力与他相当的，他随便就遇到了两个，根本就不是他娘说的不多。可他相信，他娘后半句说错了，前半句肯定没有错。

“真是……想不透呀！”时逸寒发现自己越想越糊涂。而想不明白，他便继续想，反正他时间多得是。

成功打伤时逸寒，阻止他去北历后，重楼便往回赶，与大军会合，可在半路上，他就收到了隐卫传来的消息：“王妃受伤了！”

短短的一句话，却有千斤重，重楼毫不犹豫跃上马，去追林初九！

林初九与大军的方向相同，但并不是走同一条路，重楼没有走弯路，直奔捷径。

重楼不是时逸寒那个贵公子，比起吃苦，没有人能比得上他。连续赶了十多天的路去追时逸寒，与时逸寒大战一场后，重楼也没有停下休整，而是继续赶回去，只是速度稍稍慢了一些。

现在，收到林初九出事的消息，重楼毫不犹豫，再次加快速度，并且每天只休息三个时辰。

除去休息的时间，重楼一直在赶路，从不曾停歇，直到马跑不动才会停下来，重新换马。

重楼赶得这么急，自是担心林初九的安危。

林初九这次受伤并不是意外，而是有人精心布的一个局。

背后之人并没有直接出手，而是一路上利用小混混们诱林初九上钩，后来见林初九识破了他们的计划，又利用城镇里的乞丐与流浪儿，给林初九设了一个必杀局！

林初九不是什么良善的女子，却有一个致命的弱点，那就是她的心不够硬，她没有办法眼睁睁地看着流浪的孤儿死在路边，尤其是在她有能力施救的情况下。

设局的人不知怎么知道了林初九这个弱点，用一个受伤的小乞丐诱林初九下车救人，然后，那个病得快要死的小乞丐，突然跳起来，刺伤了林初九！

好在小乞丐力道小，个子又不高，没有刺到要害，不然林初九这次就死定了！

除去林初九受伤的消息外，重楼陆陆续续又收到了一些关于林初九近况的消息。

林初九受了伤，侍卫做主不再继续赶路，而是在原地等大军前来，好与大军会合。

这一次林初九没有说不，而是十分沉默，算是默许了侍卫的决定。

得知林初九终于妥协，愿意与大军会合，重楼狠狠地松了口气，却仍旧没有停下来。他现在迫切地想要见林初九，只有看到林初九无事，他才能安心。

可就在此时，暗卫又传来一个消息，一个让重楼暴跳如雷、想要杀人的消息：“黑甲卫伏击王妃，王妃下落不明！”

短短一句话，写得又快又急，收尾的时候甚至十分潦草，可以看得出写信的人当时有多急切。

林初九本就被人算计受了伤，现在又被黑甲卫伏击，可谓是雪上加霜。

“黑甲卫！轩辕挚！你们敢！”杀气，以重楼为中心，瞬间向四周散开！

“本座对你们太好了，居然敢一再打林初九的主意。”重楼双眼通红，像是要吃人的野兽。手握成拳，青筋暴起，再次张开手，手中的纸条连同竹筒全部变成了粉末，风一吹便散了。

“啪”的一声，重楼左手拍在马背上，直接弃马，凭借轻功前行，一眨眼的工夫就消失了，留下战马孤零零地在原处，茫然地看着四周，寻找自己的主人。

隐卫传给重楼的消息是林初九被刺伤，严重到需要停下来养伤，可事实上她伤得并不重。

林初九不是一个没有防备心的人，这一路各种反常，足够让她多长一个心眼，保持警戒，不让陌生人近身。

虽说对方抓住了她的心理，利用流浪的孤儿设局刺伤了她，可那小孩毕竟不是专业的杀手，就算被人训练过，可不管是力道还是招式都有明显的缺陷。

在对方出招的刹那，林初九就发现了，只是两人之间的距离太近，林初九只得避开要害，让对方在她腹部划了一刀。

那一刀看着吓人，实际上不过是流了一点儿血，并没有伤及肺腑，缝合好后当天就能继续上路。

林初九之所以不走，听从侍卫的建议，留在原地等大军前来，不过是担心对方一计不成，又生一计。

她又不是蠢蛋，明知路上有人要暗杀她，她还傻傻地独自上路，送上门去给人杀？志气很重要，但小命更重要！

只是，让林初九没有想到的是，她选择留在原地养伤，避开了接下来可能会出现的暗杀，却引来了黑甲卫。

不能说引来了黑甲卫，应该是黑甲卫正好在这个时候找上了门！

黑甲卫的实力先不说，就说黑甲卫那一身天外玄铁制作的铠甲，就不是普通人能刺破的。

保护林初九的侍卫是军中精锐不错，可他们的对手不是普通人，是装备比他们高出上百倍的黑甲卫，他们连划伤黑甲卫都做不到，如何打退黑甲卫？

面对黑甲卫的攻击，保护林初九的侍卫果断放弃进攻，带着林初九逃走。

林初九在侍卫的掩护下，第一时间往林子里跑去，为了分散黑甲卫，蹿入林中后，侍卫将自己的外衣套在林初九身上，分成两路引开黑甲卫。

此次伏击林初九的黑甲卫只有四人，一分散就只剩下两人了。是以，当黑甲卫追上林初九时，侍卫还有一挡之力。

“王妃，快走！”侍卫挡住黑甲卫的攻击，扭头对林初九道。

“刘奇，快……带王妃走。”另外两个侍卫拦住另一个黑甲卫，在黑甲卫的刀挥下来前，朝林初九吼去。

“我们走。”林初九没有一丝迟疑，只在转身之时看了侍卫一眼，希望能将侍卫的样貌记下来：她感谢这些为保护她牺牲性命的人。

除了刘奇外，其他的侍卫都留下来阻挡黑甲卫，林初九便带着刘奇，继续往林中跑。

为了不留下明显的痕迹，两人尽量往杂草丛中挤，然后把四周的草都弄乱，好给黑甲卫添一些麻烦。

如此一来，必然会浪费时间，可同时也会增加黑甲卫搜寻的难度。

“王妃，快……这边。”刘奇走在前面，为林初九开路，看到一条河流，刘奇大喜，先一步走进去探路，确定水不深后，忙叫林初九跟过来。

水能抹去所有的痕迹，他们沿着水流走，黑甲卫就是想找也找不到。这一点儿林初九自然也知，是以她毫不犹豫地撕下裙摆，和刘奇一样走进水里。

脚印到水边便没了，林初九与刘奇在水里走了许久，看到岸边有一片杂草，刘奇说道：“王妃，我们先上岸吧？”

黑甲卫看到他们的脚印消失在岸边，肯定会跟上来。

“好，你先去对面走一圈。”在水里行走十分吃力，而且水越来越深，林初九也不敢走了。

刘奇重重点头，快速跑到河流另一边，在岸上制造了一排排痕迹。是的，是痕迹而不是脚印，他只有一个人，要是留下脚印的话，黑甲卫一眼就能看明白。

在岸边留下不算明显的痕迹后，刘奇又蹚过水，来到另一边，顺着林初九的脚印往前走，同时将脚印抹去，同样只留下一些痕迹。

诚如林初九与刘奇所想的那般，黑甲卫解决完侍卫后，顺着林初九一路留下来的痕迹，很快就追到了水边。

看到脚印在岸边消失，黑甲卫想也不想就道：“他们下水了，追！”

黑甲卫并没有全部下水，一人在水里，一人沿着水流往下。

黑甲卫训练有素，林初九则是一个弱女子，黑甲卫很快就发现了林初九与刘奇留下来的痕迹，只是左右两侧都有，黑甲卫也拿不准林初九往哪里跑了，为了不耽误时间，黑甲卫只得分开行动。

如此一来，能追上林初九的就只有一个黑甲卫了，而要杀一个人，远比杀两个人容易。

林初九与刘奇早就做好了黑甲卫会追上来的准备，是以，他们在半路，设了一个陷阱！

细小的钢丝，按黑甲卫的身高，缠在两树上，隐在草丛里，受伤的野猪被刘奇用草藤困住，杀气腾腾……

除此之外，林初九还让刘奇挖了许多青苔，铺在他们经过的路上，用枯叶掩饰，只等黑甲卫走过来……

细小的钢丝是林初九提供的，细如发丝，隐在树丛里连个影子都看不到，除非黑甲卫的视力极佳，或者没有朝这个方向走，不然中招的概率是九成。

黑甲卫来得极快，林初九与刘奇刚刚布置好陷阱，就听到一阵极轻极密集的脚步声。

“来了！”坐在树上的林初九，朝刘奇比了一个手势，刘奇点了点头，眼神凌厉地看着前方，只等黑甲卫出现。

很快，身着天外玄铁铠甲的黑甲卫，出现在刘奇的视线中，他脚步不停，一路沿着林初九与刘奇留下来的痕迹往前走，直到路过刘奇身边，听到野猪挣扎的声音，这才停下脚步。不等他出招，刘奇就把野猪放手了。

“吼……”野猪的双眼被黑布绑住了，刘奇在放它时，在它屁股上刺了一刀，野猪吃痛，怒吼了一声，闭着眼往前冲。

黑甲卫与野猪面对面而站，野猪往前冲，黑甲卫本能地闪避，这一闪避就让野猪发现了他的存在。

野猪受了伤，脾气大得很，一路横冲直撞，黑甲卫自然不会怕一头小小的野猪，举刀就朝野猪挥去。

野猪闪避不及，被黑甲卫的刀砍了个正着，血溅了一地，当下更疯狂了，不要命地去拱黑甲卫。

黑甲卫退了一步，好拉开距离再次出刀，可不知他触动了什么，数支利箭突然从两侧飞射而来，黑甲卫身形微凝，不得不停下对野猪的攻击，好避开利箭的袭击。

这一避，便给了野猪机会，野猪发了疯似的朝黑甲卫拱去，同时两侧射过来的利箭不断，黑甲卫只得退开一步，然后用刀格开利箭，让它们改变方向，朝野猪射去。

“咄……咄……”一连两支箭，都在半空改了方向，射中了野猪。

野猪本就伤得很重，一连中了两箭，已失去了攻击力，身子一摇一晃，轰地倒地。

没有野猪捣乱，光凭两侧飞射而来的利箭，根本挡不住黑甲卫的脚步，黑甲卫一扭头，就看到了躲在树上朝他放冷箭的林初九。

“哼……”黑甲卫不屑冷哼，举刀就朝林初九冲去。

林初九不慌不忙，继续将短箭装在小弩弓上，朝黑甲卫发射。

“啪，啪……”所有的箭，都被黑甲卫打飞了，两人之间的距离越来越近。

五十米……

三十米……

眼见黑甲卫就要冲到林初九面前，林初九却没有逃走，而是继续朝他放冷箭，黑甲卫连举刀都不需要，只是一个侧身就避开了迎面而来的利箭。

眼见黑甲卫就要扑到林初九面前，可就在此时，黑甲卫不知踩到了什么，脚下一滑，顿时失了重心，往前扑去……

他这一摔，正好摔在钢丝上，只听到一声闷响，细小的钢丝直接割破天外玄铁的铠甲，嵌进黑甲卫的肉里。

可这还不够!

在钢丝嵌入肉里时，发出“嗞”的一声响，黑甲卫惨叫一声，痛苦地捂着伤处，却见他的伤处冒起一阵白烟，一股酸臭味瞬时飘散开来。

林初九在细钢丝上抹了一层剧毒，细钢丝破不开黑甲卫的铠甲，上面的毒却足以割破黑甲卫的铠甲……

第十四章　山重水复疑无路

趁你病要你命！

黑甲卫中了招，不知躲在哪里的刘奇迅速冒了出来，趁机抢走了黑甲卫手中的刀，而后毫不犹豫地举刀刺入黑甲卫的心脏。

天外玄铁是特殊材质，打造的兵器锋利无比，打造的铠甲坚硬无比，可这并不表示它无坚不摧。

这世间，没有什么是真正无坚不催的，得看方法。

用天外玄铁打造的刀，寻到铠甲薄弱之处，只要用点力气，就能将其破开！

刘奇这一刀，轻易地要了黑甲卫的命，而被刘奇杀死的黑甲卫，到死都不明白他到底是怎么死的，一双眼瞪得大大的，似有无尽的不甘。

而这些，与林初九一毛钱关系也没有。

林初九从树上下来，戴上特制的手套将钢丝上的毒药抹掉，将钢丝全部收了起来。

黑甲卫死在这里，此处血腥味浓郁，另外三个黑甲卫要追过来，看到打斗的痕迹必然会小心，根本不会再中招，她把细钢丝留在这里，只会便宜别人。

没错，林初九并不是只布了一根钢丝，因为她也无法确定黑甲卫会走哪个方向，索性除了黑甲卫过来的方位，其他三个方位皆绑了钢丝，而且为了保险，每个方向都绑了三根，高低各不同，只要黑甲卫撞上去，怎么也能要他的命。

没有神机妙算、算尽人心的本事，就只能把所有的可能都想好。

林初九收完钢丝，刘奇也将黑甲卫身上的天外玄铁铠甲剥了下来，只是天外玄铁制作的铠甲十分重，且与刘奇的身形也不相符，刘奇根本带不走。可他又舍不得丢下，只得请求林初九给他一点时间，好让他挖个坑把这套铠甲藏起来。

“不行！”听到刘奇的请求，林初九想也不想就拒绝，“我们没时间浪费，快走。”

另一个黑甲卫寻了一段路，没有看到其他的痕迹，必然会折回。不仅仅是另一个黑甲卫，其他两个解决了侍卫，也会找上他们。

“可是……”刘奇实在不舍，天外玄铁的铠甲，那可是有钱也买不到的宝贝。

“再贵重的东西也是身外之物，命才是最重要的，走吧。”林初九不容商量地说道，完全不管刘奇的心情，转身就往林中深处走去。

刘奇无奈，只得放弃到手的铠甲，只拿起天外玄铁制的刀，快步跟上林初九。

林初九的担忧并不是没有道理，他们不管是布陷阱，还是杀黑甲卫，都花了不少时间，另外三个黑甲卫发现自己追错方向后，立刻调整方向，并且三个人在河边碰了头，然后一起进了林子。

林初九和刘奇根本不是黑甲卫的对手，在实力悬殊的情况下，他们能用陷阱弄死一个那是走运，想要用陷阱同时弄死三个，只能是做梦。

林初九很清楚他们与黑甲卫的实力差距，所以她从来没有想过正面迎敌，解决一个已是不易，当务之急还是利用时间差逃命要紧。

林初九的想法绝对没有问题，而她也确实利用好了这个时间差，拉开了双方的距离，可老天爷似乎看不惯她，在她没命地往前跑时，突然发现前面没有路了！

听到水声，林初九就觉得不对劲，正想与刘奇从侧面走，就见身后有一群鸟雀，受了惊吓扑棱乱飞。

黑甲卫身上的铠甲极重，根本不适合隐藏、追踪，哪怕他们再小心，也不可避免会弄出声响。

“怎么这么快？”林初九秀眉微蹙，脚步一乱。

“黑甲卫的速度比我们快。”刘奇同样是脸色凝重，却一点也不意外。他们王妃不娇气，在树林里奔跑的速度也不慢，可那是相对女子而言，与训练有素的士兵相比，王妃还是差很多，尤其是耐力方面。

也许王妃自己没有发觉，可他却明显感觉到王妃的速度比之前慢了许多。

“该死，只能往前了。”两侧杂草丛生，灌木、藤刺无数，真要走的话还得花时间清理，等到他们清理完，说不定黑甲卫就追过来了。

“王妃，你往前走，我拖住他们。前面有水声，也许能掩住王妃的踪迹。”林初九听到了水声，刘奇自然也听到了。

“你……留下，会很危险。”林初九脚步一顿，心里微酸。所有的侍卫都为她而死，而她除了逃命外什么也做不了。

她一直觉得，那种在生死关头仍旧犹豫不决的人实在是蠢死了，可当事情发生在自己身上时，才明白那不是蠢，而是良心的谴责。

任谁，也无法理所当然地享受旁人用命为自己换来的逃跑机会。

“王妃你放心，他们要找的人是您，他们不会为难小人。”刘奇早就做好了牺牲的准备。

王爷挑出他们，就是为了保护王妃。为保护王妃而死，是他们的荣幸。

“谢谢你们，我会记住你们每一个人。”虽说现在才说这话有些矫情，可这却是她的心里话。

“王妃不必为我们担心，王爷会安排好一切。”刘奇一脸坦然，一点也没有面对死亡的惊恐。

他知道，他就是死了，他的家人也能过得很好。

林初九没有矫情地说不，用力点头，走之前把先前设陷阱用的钢丝，全部留给刘奇：“这些东西给你，你自己当心，不要硬挡。”细钢丝并不占地方，林初九一直贴身收着。

“王妃您放心，我有分寸。”刘奇知道，在时间不够的情况下，他就算有这些细钢丝在手，也无法杀死黑甲卫，不过有总比没有强。

“我走了。”虽然心里很不是滋味，可林初九仍旧咬牙离去。她不能浪费侍卫们用命为她争取的时间。

“王妃千万小心。”一路跟着林初九，刘奇知道林初九不是娇弱无主见的女子，可仍不免担心。

追杀他们王妃的可是黑甲卫，是他们这些人加起来也打不过的黑甲卫。要是王妃被黑甲卫抓住了，就是不死也没有好下场。

“嗯。”林初九努力将眼中的酸涩压下，毫不迟疑地往前走，而在转身的刹那，一点泪落在脚下的叶子上。

刘奇看了一眼，立刻收回眼神，转身去布置陷阱，希望能在黑甲卫赶来前，多设几重障碍，好为林初九争取更多的时间。

时间有限，刘奇的能力也有限，他能做的就是按高度，将细钢丝一一缠好，至于黑甲卫会不会中招，那就不是他能决定的事了。

一共九根细钢丝，除了左右两侧各绑了一根外，其他七根都绑在林初九走过的那条路上，十米一根，要是黑甲卫不小心，还真会中招。

绑好钢丝，刘奇并没有留下，而是猫着腰钻进草丛里，朝另一个方向跑去。

他根本不是黑甲卫的对手，面对三个黑甲卫，他连出招的机会都没有，留在原地就是送上门给黑甲卫杀，与其白白送死，不如给黑甲卫制造一些混乱，好给王妃争取一些时间。

刘奇走后没有多久，黑甲卫就追上来了！

不知是该说黑甲卫走运，还是林初九和刘奇倒霉。黑甲卫第一时间就发现了隐在树丛里的细钢丝。

倒不是他们眼睛尖，而是他们一路挥着刀前行，路上的杂草树木被他们削下无数，树枝、树叶乱飞，不可避免地就撞上了细钢丝，于是细钢丝还未发挥作用，就被黑甲卫发现了。

“精钢？倒是锋利。”黑甲卫用力拽了拽细钢丝，发现居然扯不断，不由得眼前一亮。

这可是上好的材料，虽比不上天外玄铁，却也非常罕见，要是帝国能炼出来，肯定能在战场上派上大用场。

天外玄铁虽好，可惜数量太少，就是中央帝国也只能用天外玄铁武装黑甲卫，再多就不行了。

细钢丝不仅没有伤到黑甲卫，甚至都没有拖住他们的脚步，黑甲卫快步往前，很快就发现林初九与刘奇两人留下的痕迹。

“你往左走，我们往前。”三人看了一眼，立刻分头行动。

黑甲卫身上的铠甲虽然笨重，影响了他们的速度，可他们的耐力足，追了这么久仍旧是气息平稳，速度不减，无事人一样。

而且他们直接用刀开路，前方凡是有阻拦的，全被他们一刀砍飞。如此一来，他们与林初九的距离就越来越近了，林初九甚至能听到他们的脚步声。

“糟糕！”林初九暗叫一声，拼命往前跑。

“在前面，快！”这时黑甲卫发现了林初九的身影，不由得加快脚步。

“该死。”林初九没有回头，可她却知道他们之间的距离越来越近。

林初九没命地往前跑，边跑边骂道：“河呢？水流声这么大，我怎么就看不到河呢？”

“放箭，别让她跑了。”黑甲卫见林初九加快速度，将小袖箭对准林初九的腿，意图将人拿下。

林初九是萧王妃，活着的萧王妃比死了的萧王妃更有价值！

“噗……”袖箭飞射而出，划破虚空，笔直射入林初九的小腿。

“啊……”林初九惨叫一声，脚一软，身子惯性地往前栽倒。

她这一栽，好巧不巧摔在一处下坡处，身体不受控制地往前滚。

“快……捉活的。”黑甲卫见状，加快速度追了过去。

林初九滚了几圈才停下来，一睁眼就看到离她只有十米远的黑甲卫，脸色一白，顾不得脚上的伤，赶忙以最快的速度从地上爬起来。

抬头一看，却见离她前方三米开外是一片瀑布，因地势较低，她滚下来前，根本就看不到。

难怪水流声那么大，却不见河流，原来是瀑布！

林初九回头，看了一眼离她越来越近的黑甲卫，毫不犹豫地往前冲，在黑甲卫即将抓住她的刹那，纵身跃下……

瀑布水流湍急，林初九一跳下去，就被冲得不见了人影，黑甲卫追过来，连个衣角都没有看到。

“怎么办？”两个黑甲卫面面相觑，一时间谁也拿不定主意。

他们身上的铠甲什么都好，但有一个致命的缺点，那就是笨重。平时他们穿习惯了还没有什么，可一旦下水，铠甲的缺点就暴露无遗。

“我们沿着水流往下找。”黑甲卫想了一下才道。

就他们这身衣服，下水只有找死的分，水流这么急，林初九落水后，肯定也是顺着水流漂走了。

“活要见人，死要见尸。我们一定要找到人。”另一人也没有意见，两人跃下山坡，顺着瀑布往下找。只是这一段路都是下坡的路，十分陡峭，而且支流奇多，黑甲卫顺着最大的水流往下找了半天，却连个人影也没有找到。

眼见天就要黑了，寻人更加不便，黑甲卫不由得皱眉：“不会是落到支流里去了吧？”真要是这样，那可就找不到人了。

“不能回头，继续往前走。”选择了，就得闷头往前走。回头，找不到人的可能性更大。

黑甲卫终于打消了回头的念头，两人继续往前走。很快天就黑了，要寻人就更难了，黑甲卫做了两个火把，举着火把继续前行，只是火把的光线实在太弱，可视范围不超过一米，怎么找人？

“今天怕是找不到人了，我们先休息一阵子。”找到下半夜，仍旧没有找到林初九，黑甲卫只得先行休息。

林初九他们奔波了一天，黑甲卫可是奔波了数天才追上，这一路走来，黑甲卫比林初九一行人更累。

在这两个黑甲卫准备休息时，追刘奇的黑甲卫也找到了他们。

“是你？”看清来人的容貌后，两个黑甲卫立刻放下戒备。

“没找到人？”刚到的黑甲卫，见两人的样子就知道了。

“跳水跑了，我们一路沿着水流找下来，没看到人。”都是伙伴，两个黑甲卫也不隐瞒，同时又问道，“你呢？有什么发现？”

“一个小兵，已经死了。不过他死之前发了信号出去，依我推断，最迟明天萧王的人马就会过来。”这算是他的一个失误，没有在第一时间解决掉人，反倒让对方有机会发送信号。

“这就麻烦了，一晚的时间我们不一定能找到人。”两个黑甲卫一听，顾不得疲惫，立刻站了起来。

“找不到也要撤退，我们不能与萧王的人马碰面，要是让他们见到我们，说不定会认出我们。”新来的黑甲卫一脸凝重，他走的路比两人都多，肯定也比两人更累，可现在这个情况，容不得他们停下来。

“那继续找吧，不管怎么样，我们明天都要撤退，最好不要跟萧王的大部队碰面。”几个小侍卫，他们可以轻松解决，可如果敌人太多，他们也没有本事对抗。

“嗯。走。”都是训练有素的军人，即使身体累得不行，可一往前迈步，两个黑甲卫就恢复了精神，不见一丝萎靡。

三人沿着河流一直往前，可这条河流像是没有尽头一般，他们从下午走到晚上，眼见着天就要亮了，仍旧没有走到尽头。

“这条水流，莫不是与我们白天走的那条河相通？”天光渐亮，黑甲卫隐约觉得，他们现在走的这条路有点熟悉。

“好像是。”另外两人也有这个感觉，只是河流里面无法留痕迹，他们一时也不敢肯定。

“如果是的话，我们应该能看到白天留下的痕迹，再寻寻看。”走了一天一夜，黑甲卫又累又饿，却不得不坚持下去。

有了目标，黑甲卫稍稍有了动力，三人一路前行，两个时辰后，他们看到了白天留下的痕迹。

“果然是流到这里来了，看样子萧王妃没有被冲到岸边。”瀑布的水最终流进河里，河流虽有分支，可河里的水流速度并不快，林初九要是落入水里，只会被淹死，而无法被水流冲到岸边。

“一天一夜过去了，萧王妃要是没有被水冲到岸边，这个时候已经死了。”而且尸体就在这水里，只是这一条水流太长，他们没有办法寻找。

“人死了，尸体会浮上来，我们这一路走来，并没有看到浮尸。”死要见尸，没有看到林初九的尸体，黑甲卫还是不甘心离去。

此言一出，另外两人沉默，好半晌才道：“也许被什么绊住了，萧王妃落水时，腿上中了一箭，极有可能被水中的礁石卡住了。”

一直这么找下去也不是办法，眼见就要到晌午，他们再不走，就会与萧王的大军遇上，到时候就是想走也走不了。

“那……我们走吧。”另一个人被说服，闭着眼睛说道。

另外两人暗自松了口气，拍了拍他的肩膀道：“虽说没有抓到活口，略有些遗憾。但萧王妃死了，萧王一样会把这笔账记到大皇子身上。”

现今在东文、北历境内活动的黑甲卫，全是大皇子的人，萧王的人马要是看到黑甲卫的装备，只会认定是大皇子派黑甲卫杀了林初九。

“嗯，我们走吧。”三个黑甲卫商量一番后，扭头从一侧走去，尽量避开萧王的大军。

三个黑甲卫走后没有多久，萧王大军中的先行军就以最快的速度赶到事发地，也就是刘奇发出信号的地方。

先行军在林中找到了死去的黑甲卫的尸体，不过已看不出长相，他的脸被野兽啃烂了，只有身上的天外玄铁铠甲可以证明他的身份。

找到黑甲卫的尸骨没有多久，他们又找到了刘奇的尸体。刘奇的尸首同样被野兽啃烂了，没有天外玄铁铠甲保护的他，只余几块骨头和几片零碎的衣服。

“将人收殓了。”先行军的头头，看到刘奇的惨样，眼眶微微泛红。

他认识刘奇，应该说被萧王选来保护萧王妃的人，他都认识，因为他们都是军中佼佼者，前途不可限量。

如果不是被王爷抽调出来保护王妃，他们是不会死的……

先行军是对林初九不满的，因为林初九先一步离去，因为林初九不肯与大军会合，他们的兄弟无辜惨死，连个完整的尸首也没有留下。

不过，这份不满很快就消失了。他很清楚，他对王妃的不满是没有道理的，被王爷挑出来的侍卫，他们的责任就是保护王妃，为保护王妃而死是他们的荣幸。反之，他们死了却没有保护好王妃，只能怪他们无能。

先行军将刘奇等人的尸骨收殓好，便四处寻找痕迹，顺着痕迹找人，很快就找到瀑布前，也看到了黑甲卫留下来的脚印。

“地上有血，王妃留下来的，脚一轻一重，王妃的脚应该是受了伤。脚印凌乱，王妃当时应该很危险，匆忙中选择了跳下瀑布，并没有做任何安全措施。黑甲卫则没有入水，只是顺着水流在寻人，也不知找到没有。”擅长查看痕迹的小兵，看到脚印后，分析当时的情况。

“让两个擅长泅水的人跳下去，不要游，顺着水流漂，看看会漂到哪里去，其他人跟着我继续找人。”领头的人很快就分好工，各自行动起来。

黑甲卫留下来的痕迹很好找，他们一路向前，根本没有去管支流的情况，可先行军却不能这么做。他们的目的是找林初九，黑甲卫没有找过的地方，他们也要找，绝不能放过一丝可能。

一路上，不断有人被分去支流寻人，领头的人则带着几个人，按黑甲卫留下来的脚印，一路顺着主流前行。

傍晚时分，他们走回了原地，原地仍然只有三个黑甲卫的脚印。

“黑甲卫应该是没有寻到人，又不想与我们打照面，所以先走了。”查看脚印的小兵分析道。

“王妃没有落到他们手里就好。”

“黑甲卫不必追了，我们就是追也追不上了。带人回头，看看他们有没有找到王妃。”当务之急是找到王妃，其他的都可以晚一步再说。

“是。”一行人又折回，与到各个支流找人的小兵碰头，可一路走来，得到的答案都是否定的。

“没有找到王妃。”

“没有看到王妃的痕迹。”

“水流向一暗道，里面极长、极深，没有办法进去。”

“没有人。”

……

此时天已大黑，一行人又在瀑布前碰头，除了跳进水里，顺着水流漂的二人，其他人都无功而返。

“怎么会找不到人？王妃并没有被黑甲卫带走。”每听到一句“没有找到王妃”，领头的脸色就难看一分，“人不在黑甲卫手里，顺着水流又找不到，难不成消失了？”

王爷有多在乎王妃，他们这些人全部看在眼里，要是王妃有个三长两短，他们就不用回去了。

“找，继续找。把水抽干，挖地三尺也要把人找出来。”

“是。”先行军强打精神说道。

他们走了一天一夜，双腿像是灌了铅一样重，可在找到林初九之前，他们却不敢叫累，领头的人命令一下，他们又举着火把，继续顺着水流找人。

来来回回，反反复复，一共寻了三遍，直到那两个顺着水流漂走的人都“漂”了回来，他们也没有找到林初九。

“没有，我们一路寻了过去，一点痕迹也没有，更没有王妃的身影。”

“我派人试了，那条隧道里面处处都是礁石，而且水极深，人根本进不去。”

“找不到，王妃是不是已经逃了？或者根本没有跳下水？”天光大亮，仍旧没有找到人，他们不得不大胆猜测，林初九根本不在水里。

“黑甲卫也没有找到人，王妃的脚印在瀑布前消失不见，人肯定在附近，继续找！”

领头的人双眼通红，一看就知熬得不轻，其他人也好不到哪里去。要知道，他们不仅仅是一夜没睡，还忙活了一夜，精神高度紧绷。

“我们前前后后，把四周都翻了一个遍，王妃要是在附近，我们肯定能找到。”

“头儿，大家找了一天一夜，就算让我们继续找人，也得让我们先休息一下吧？”

“原地休息三个时辰，之后给我接着找。”别说四处寻人的小兵，就是领头的人自己也累了。

休息三个时辰后，先行军继续找人，一直找到第二天天亮，仍旧没有寻到一丝踪迹。

“头儿，两天两夜过去了，就算找到了，王妃怕也是……”后面的话，那人没有说，但个中意思大家都明白。

“头儿，王妃失踪的消息得传回去，由王爷决断。”两天两夜找不到人，王妃肯定是凶多吉少，他们得等王爷的命令，是继续找，还是放弃。

领头的人一脸疲惫地合上眼，哑着嗓子道："传吧，把消息传回去。"按说他们昨天就得把消息传回去，只是他心存侥幸，想要再找一找，这一找又耽误了一天。

大军离他们只隔数十里，消息很快就送回了军营，只是萧天耀并不在军中，根本没有人可以决断，隐卫只能暂时以萧天耀的名义，下达大军停止前行，协助先行军寻找林初九的命令。

虽然下达了寻人的命令，可隐卫却不敢瞒下此事，第一时间把消息送出去了，希望他们王爷能尽快赶过来，不然他们王爷一直不露面，定会让人起疑。

隐卫以最快的速度将消息送了出去，只是他们并不知王爷什么时候才会收到消息，因为他们也不知王爷干什么去了。

消息送出去后，隐卫并没有留在军中，而是去找保护林初九的隐卫。没有意外，他们只寻到了四具尸体，四具伤痕累累、早已冰冷僵硬的尸体。

"不是黑甲卫。"虽说已经过了两天，可北地气温偏寒，尸体还没有腐烂。

"看着像是……死士。"用死士对付隐卫，真是再聪明不过。

"对方也受了伤，恐怕死了不少人，只是尸首被处理了。"死去的隐卫身上有很多伤口，刀刃卷边，一看就知死前有一场激战。

"安葬了，我去寻人。"领头的隐卫将摊子丢给手下，大步往暗处走去。

一个偏远的小镇，突然冒出一堆武功高手，必然会留下痕迹，而对方带伤离去，就算过去了两天，也不可能一点痕迹也寻不到。只要有一点痕迹，他就能把人找出来，查清是谁在背后下的手。

隐卫并不相信这件事是大皇子做的，也许动手的人真的是黑甲卫，但他们并不认为是大皇子轩辕挚指使的。

理由很简单，现在所有的证据都指向轩辕挚，尤其是林中那具黑甲卫的尸体，更是将矛头直指轩辕挚，可越是如此隐卫就越是不相信。

他们一直跟在萧天耀与林初九身边，很清楚萧天耀与林初九是怎么折腾轩辕挚的，也知现在的轩辕挚有多怕萧天耀与林初九。

除非必要，轩辕挚绝不会再与萧天耀、林初九为敌，就算真要与他们二人为敌，也不会笨到大大咧咧地让黑甲卫全副武装地追杀林初九，生怕旁人认不出黑甲卫一样。

不过，隐卫虽不相信这事与轩辕挚有关，还是以萧天耀的名义，送了一个口信给轩辕挚，大致的意思就是说，林初九在路上遇到黑甲卫伏杀，现在生死不明，请轩辕挚给一个解释。

轩辕挚收到这个消息，气得差点不顾伤口跳了起来："栽赃陷害，这一定是栽赃陷害，本皇子怎么可能笨到派黑甲卫去杀人，嫌目标不够明显吗？"

在东文国土上，只有他手上有黑甲卫，就算他要杀林初九，也不会让黑甲卫出手。就算让黑甲卫出手，也不会蠢到让他们穿着天外玄铁的铠甲去，这不是明明白白地暴露自己吗？

要是以前，他也许干得出这样的事，他堂堂帝国大皇子，何需惧怕东文一个小小的亲王？他就是光明正大地告诉林初九和萧天耀，他轩辕挚要杀他们，他们又能如何？

可自从被萧天耀和林初九轮流折磨了一圈，还落下一个极大的把柄在萧天耀手上，他就不敢了。

轩辕挚的理由十分充分，可是传话的人只负责传话，别的什么也不管，也管不了。

传话的人强压下心中对帝国的惧怕，飞快地说道："大皇子不信可以派人查一查，伏杀我们王妃的是不是黑甲卫？"

"本皇子说了不是我，就不是我，有什么好查的？就算是黑甲卫动的手又如何？本皇子从来没有下过伏杀林初九的命令。"轩辕挚见传话的人死咬着不放，气不打一处来，抬脚就是一踢，直接把人踹飞，"告诉萧天耀，本皇子敢作就敢当。是本皇子做的，本皇子不会惧；不是本皇子做的，本皇子就算不怕事，也不会认下。"

他确实怕了萧天耀与林初九，可这并不表示他会给萧天耀的手下面子，一个传话的竟敢一再反驳他，他没有杀了就已经是给萧天耀面子了。

被轩辕挚一脚踹飞的传话人，艰难地爬起来，捂着心口道："大皇子，卑职只是奉命办事，请大皇子饶命。"

"你奉你的命，与本皇子何干？告诉萧天耀，本皇子没有派人杀他的王妃，信不信由他。"轩辕挚冷着一张脸，让黑甲卫把传话的人丢出去。

把人丢出去后，轩辕挚独自坐了片刻，思索再三还是把黑甲卫统领叫了进来："让人去查一查，到底是谁假冒你们的名义去伏杀萧王妃？"他倒要看看，到底是哪个胆子肥的，敢让他背黑锅。

在东文这片土地上，他奈何不了萧天耀，还奈何不了别人？敢叫他背黑锅，他会让那些人明白，得罪帝国大皇子的下场。

"是。"黑甲卫统领点点头。

轩辕挚催促："快去查！"这事不查清楚，指不定萧天耀就会把账赖他身上，然后拿他出气，给林初九报仇。

一想到萧天耀的报复手段，轩辕挚就一阵心悸，恨不得现在就把幕后主使者揪出来打一顿。

黑甲卫的行动并没有瞒着人，隐卫很快就知轩辕挚命人去查王妃被伏一事了。

"有大皇子帮忙，定能事半功倍。"隐卫暗暗松了口气，加快追查的速度。

有轩辕挚与黑甲卫出手，隐卫很快就查到了一些隐秘的线索。伏杀林初九的人，虽不是轩辕挚派来的，却与中央帝国脱不了干系，死在林中的那人也确实是黑甲卫。只是，事关中央帝国，隐卫的手伸不了那么远，没法再查。他们只能查到东文境内发生的事，查是谁与中央帝国勾结给了黑甲卫方便，让他们能悄无声息地来东文杀人。

至于中央帝国那边的事，只能寄希望于轩辕挚，毕竟这事与他脱不了干系，对方特意用黑甲卫伏杀林初九，不就是为了栽赃给轩辕挚吗？只要轩辕挚不傻，就一定不会放弃追查。

轩辕挚绝不是一个傻子，黑甲卫统领一说，轩辕挚就想到了他的那些兄弟。他那些兄弟本就嫉妒他能带黑甲卫来东文办差，一路上没少给他使绊子，要不是他还算机警，说不定早就栽了。

这次，他办的差事出了一点小差池，传到帝国，他的那些兄弟绝不会放过这个机会，就算没有办法亲自前来，也要借力坑他一把。

强龙不压地头蛇，他的那些兄弟不能也不敢亲自前来，便想在东文挑一把锋利的刀，趁帝国来调查天外玄铁矿脉之时，给他添麻烦，好让他父皇看到他惹事、不堪的一面。

很明显，他那些兄弟看上了萧天耀这把刀，特意弄了四个黑甲卫过来杀林初九，好让他与萧天耀结怨。

不得不说，这个计划够阴损的。明知他在萧天耀手里吃了亏，明知他不是萧天耀的对手，还给他惹上萧天耀这个麻烦，这不是摆明了给他难堪吗？

“好在，好在……我与萧王、林初九之间有些不为人知的交易，不然这事真是麻烦了。别让本皇子查出是什么人动的手，敢算计本皇子，简直找死！”轩辕挚越想越生气，要不是有之前的渊源在，指不定萧天耀就真认为是他下的手。

要是萧天耀为了报仇，在帝国监察团过来时派人给他添乱，必会给监察团的人留下一个坏印象，而他的那些皇弟肯定会拿此事做文章，破坏他在父皇心中的印象，毁坏他在帝国的形象。

“太毒了，太损了。查，一定要查清楚到底是谁下的黑手。”轩辕挚坐不住了，当即就写了一封信，让亲信立刻送回帝国，送到他外公手里。

信写完，轩辕挚想了想，又折回书桌前，提笔给萧天耀写了一封信，用词十分傲娇，狂妄得很，可这也改变不了他写信给萧天耀解释的事实。

当然，用轩辕挚的话说，这不叫解释，只能叫信息共享，他写信给萧天耀并不是为了解释，只是把他查到的东西告诉萧天耀，免得萧天耀两眼一抹黑，什么也不知道。

看看，他多善良，简直是以德报怨的典范，连他自己都要被自己感动了。

信第一时间送到隐卫手里，隐卫并不敢拆开，只是用特殊渠道将信送出去。如果没有意外的话，这封信会在第一时间送到萧王爷手里。

信送出去后，隐卫继续追查那帮死士与黑甲卫留下来的线索，至于寻人的事，隐卫并没有参与。

林初九并不是躲起来，而是在山中失踪了。这种情况下，他们去找人并没有什么优势，至少不会比数十万大军强。

隐卫一路追查，很快就抓到了两个死士，虽然没有从死士嘴里撬出什么，可他们仍旧摸到了一点线索。

死士身上没有任何痕迹，可每家训练死士的方法都有自己的套路，只要抓到一两个人，好好研究一下，很快就能锁定目标。

没有意外，与帝国勾结，弄来四个黑甲卫，出自帝国张家的手笔。帝国张家之前因粮食和钱庄的事，与萧王府彻底杠上，甚至暗中出手想把林初九送到中央帝国去，只是最终被林初九逃过，让长公主自食恶果了。

隐卫查到消息后，并没有打草惊蛇，而是将证据整理成册，准备等萧天耀回来再呈上去。

此时，距离林初九失踪已有六天，隐卫把该查的都查了出来，可林初九依旧没有踪迹，甚至连个痕迹都没有找到。

之前金吾卫说的水中暗道也有人潜进去查看了，可仍旧一无所获，并没有发现林初九的身影。

六天过去了，就算林初九之前还活着，现在也不好说，只是一直没有寻到尸体，金吾卫也不敢放弃，一直闷头找人。

只是，因为萧天耀一直没有出现，金吾卫心中多少也有一些不安，猜测萧天耀并不在乎林初九的生死。要不是主帐每天还有命令下来，要他们继续找人，他们都以为王爷根本不管王妃的死活了。

不过，就算是这样，金吾卫在寻人的时候也没有怠慢，他们始终感恩林初九在伤兵营为他们所做的一切。

金吾卫训练有素，虽然心中有猜测，却不会说什么，其他的小兵就不同了，见林初九失踪多日萧天耀也不曾出现，私下便议论纷纷。

“王妃此次怕是凶多吉少，七天呀，人都得死透了。”

“别瞎说，没有找到尸体，一切都有可能，王妃吉人自有天相，一定不会有事的。”林初九在伤兵营救了那么多人，大家都看在眼里，而这也是萧天耀虽不曾露面，一众小兵仍旧认真寻找她的原因。

“唉……就算王妃吉人自有天相，大难不死又如何？王妃她活着也是……”后面的话那人不敢说，可眼神却望向主帐。

在一众小兵眼中，他们王爷就在里面，可除了偶尔有命令下达，并不见王爷露面，怎么看都不像是重视王妃的生死。

其他人心照不宣地看了一眼，然后默默地望天：“王妃是个好人。”

主子的事，他们没有资格议论，他们这些人也只能干着急，什么也做不了，只能暗自祈祷老天爷给王妃一条活路，祈祷王爷能有点良心，对王妃稍微好一些……

第十五章　柳暗花明又一村

七天！

林初九失踪了七天，金吾卫虽然仍在寻找，却已不抱希望了，他们现在的目标是找到林初九的尸体，找到林初九的尸体，他们也算能交差了。

而重楼就在林初九失踪的第七天，出现了！

一路上，重楼已经收到足够多的消息，知道林初九失踪是怎么一回事，也知道金吾卫一直找不到人的事。

重楼抵达林初九消失的那片山脉时已是天黑，他并没有在人前出现，直接潜入树林，来到林初九跳下去的那片瀑布前。

重楼没有犯傻地跳进水里，而是沿着水流走了一圈，最后将目标锁定在那条从山中间穿越而过的水道里。

这片山脉所有的水源都源于这片瀑布，每条支流最终会流向哪里，都能用眼睛看得到，唯有这条从山中通过的水道，看不到水流的尽头在哪里。

这条水道金吾卫也曾派人进去过，但里面一片漆黑，礁石又多，金吾卫费了九牛二虎之力也只能往前走百余米，再往里他们就办不到了。

水道里面危机重重，乱石林立，不管是水底还是洞顶上，到处都是礁石，除了水之外，任何稍大一点的东西都无法穿过水道，更不用提人了。

金吾卫不认为林初九落在水道后，会随着水往里流，几番探查无果后，果断放弃继续深入。但是，金吾卫做不到的事，并不代表重楼做不到。

堂堂魔君，岂会把一条小小的山中水道放在眼里？

重楼脱下外衣，露出里面紧身的夜行服，轻轻一跃，便跳入水中。

“啪……”重楼如同一尾鱼，只留下一圈极小的水波，就如同一枚小石子掷入水中。

因为有目标，重楼不需要多想，以双手为刃划开水波，游向山中的水道。在进山洞之前，重楼跃出水面换了一口气，而后继续往里游。

此时天已完全黑了，隧道里面有多黑对此时的重楼来说，一点影响也没有。一路往前，很快就遇到了金吾卫所说的礁石，数量奇多，奇形怪状，而且十分凌乱，间距也密，很容易就会撞在礁石上，或者被礁石卡住。

不过，这些都难不倒重楼。重楼在水中，身形如同一尾游鱼，摇摆自如，身姿柔软得吓人，不知情的人还以为是一尾大黑鱼在水中游动。

凭借灵活的身形，重楼以极快的速度穿过这片礁石。但是这只是开始，越往里，礁石越多，间距越小，几乎让人无法通行。而这条隧道里的水极深，让人无法在水中行走。水面离隧道顶又特别近，只能勉强冒出一个头，让人无法在水面上行走。

每次冒出头都要十分小心，隧道顶上也倒立了许多礁石，这些礁石锋利异常，一不小心撞上，就算不死也会头破血流。

越往里，重楼越发地谨慎，速度当然也慢了不少，甚至出来换气的频率也比之前更高一些。没办法，越是往里，空气越稀薄，频繁换气再正常不过。

这些，在入水前重楼就知道，同时他也知道这条水道极长，做好了长期奋战的准备，只是让他没有想到的是，他都感觉到了累，游不动了，仍旧不见水道的尽头，甚至不知自己还要游多久，才能游出去。

对未知，人本能地会害怕，努力许久仍旧看不到尽头，看不到光明，很容易就会产生放弃的念头，比如之前的金吾卫们。

如果不是要找林初九，重楼想他也会放弃。

选择了路，坚定地往前走固然有道理；可明知前路不明，看不到光明，还一头走到黑，那就是蠢了。

“看样子，我也得犯次蠢了。”重楼从水里钻出来，倚在礁石上休息。他已经很累了，再不休息的话，怕是会一头栽倒在水里。

原本，重楼只有七分肯定林初九是被水冲进了这条隧道，可在这条隧道里潜了一天一夜后，重楼已有十分肯定，林初九一定就在这条水道里，因为只有落入这条水道，金吾卫才会找不到人。

只是，他不敢肯定林初九是生是死。

这条水道危险重重，别说林初九，就是他突然被水冲进来，也不敢保证能活下来。

“希望你还活着，不然……”想到林初九可能会惨死在水中，重楼呼吸一窒，右手不自觉地放在心脏上。

“我现在想这些做什么？先找到人再说。”重楼暗暗道。

虽然心中着急，可重楼知道现在急不来，调息了一个多时辰才继续前行，累了就寻个地方靠着，慢慢调息，等到体力恢复再继续。

正常情况下，重楼可以连续游一天一夜，也就是说他每停下来调息一次，就是过了一天一夜，而从进入水道到现在，重楼一共停下了三次。

对重楼这样的高手来说，游了三天三夜都没有见到水道的尽头，可见这条水道有多长，又有多危险。

第三次调息完毕，重楼没有急着走，而是靠在礁石上，抬头望着压抑的洞底，无声自问：林初九落入这条水道后，真的能活下来吗？

重楼很怀疑，有那么一刹那，甚至产生了就这样放弃的念头。

他不想见到林初九的尸体，没有见到林初九的尸体，他可以一直坚定地告诉自己，林初九还活着；要是见到了林初九的尸体，他还如何自欺欺人？

可是，不亲眼见到林初九，他又如何能甘心？

“林初九，遇上你，是我的劫！”重楼闭上眼，将纷杂的情绪通通掩去。

不管如何，他都要先见到人再说，无论生死！

吐了口气，重楼已恢复精神，再次潜入水中。他相信，不管这条水道有多长，总有游到尽头的一刻，而在他倒下之前，他一定能游到尽头。

水道里，不管何时都是漆黑一片，一点光线也没有，要不是重楼习惯在黑暗中视物，怕是要迷失在这条看不到尽头的水道里。

花了三天时间，游过了礁石林立的水域，后面便好了许多，甚至水道也不像之前那么窄小了，颇有一种要重见天日的感觉，但是重楼不仅没有放松下来，反倒比之前更谨慎。

在水里，越是危险的地方对他这种外来者来说越安全，危险就意味着轻易没有生物敢靠近。这种看似安全的水域，对他来说反倒更危险，因为谁也不知他会在水里遇到什么。

多年的经验，让重楼在这一刻打起了精神，而为了保险起见，他在体力还未透支的情况下，就先一步冒出水面，静心调息，待到自己恢复到最佳状态，才继续往前。

事实证明，重楼的担心是对的！

往前不过百余米，重楼就发现水里似有一股巨大的拉力，搅得水面左右旋转，差点儿把人搅晕。

等到水面平静下来，他继续往前游时，就看到前面有一团漆黑的、巨大的不明物体，挡住了他的去路。重楼当即停了下来，抽出随身携带的小匕首。

在水里，匕首比长剑好用。水流太大，远攻非常耗费力气，近战才是最佳的选择，重楼虽然更擅长远攻，可近战也难不倒他。

重楼停了下来，想要等眼前的不明物体主动攻击，不想那团物体根本没有动的意思，就那么静立在重楼面前。

敌不动我不动，但在水底，对方有天然的优势，要是一直这么傻傻地与其对峙，最后输的一定是自己。

重楼握着匕首没有攻击，而是小心地朝一侧移动，想要看清这团物体到底是什么东西。

知己知彼，百战不殆。

重楼围着这团物体绕了大半圈，从一侧游到了另一侧，便看到了它团在后头的大脑袋又长又扁，非常丑陋，而且硕大无比，在漆黑的水中更显狰狞与恐怖。

这是一条大水蟒，脑袋有盆那么大，身子有成人的腰那么粗，团在一起，就像是一座小山。脑袋和尾巴都藏了起来，要不是重楼在黑暗中视物的能力还算不错，指不定还看不出这是什么玩意儿。

"看样子，遇到麻烦了。"重楼知道蛇的视力极差，肯定看不到他，但是他相信，这条大水蟒一定发现了他的存在，不然不会出现在这里。

他可没有忘记之前那股巨大的拉力，除了这条大水蟒外，重楼想不出还有什么生物能在水中产生那么大的拉力。

在水中，除非他不动，不然只要轻轻一动，就会引得水流晃动，大水蟒便能轻易捕捉到他的位置。是以，逃跑是不可能的，正面迎战才是王道。

只是，水中有阻力，人在水中无法完全施展开来，饶是重楼再厉害，在水中畅通无阻，也无法像鱼一样在水里来去自如。纵使他有十成的本事，在水中顶多只能发挥五六成。

"也不知这条大水蟒饿了多久。"饿久了，为了猎物它会不要命，最终结果不是你死就是我亡；要是已经吃饱，兴许吃了几下苦头，就会放弃。

可惜的是，重楼没有办法从它的外形判断它此时是处在饥饿状态，还是饱食状态。

重楼握着匕首，没有急着出手，也没有游动，就这么静静地与大水蟒对峙，盘算着最佳的出手时机与方位。

重楼在等，明显大水蟒也在等，等重楼先出手。而在水中，重楼是绝对耗不过大水蟒的，约莫一炷香的时间后，重楼动了！

"哗啦……"重楼破水而出，飞快地跃出水面，手上的匕首不是刺向大水蟒，而是刺向洞顶。

"咔"的一声，重楼用了十分力气，将匕首插入岩石中，而他则像是壁虎一样，倒挂在洞顶。

稳住身体后，重楼不疾不徐地拿出一只手套，戴在右手上。

"哗啦……"又是一道破水声，大水蟒见重楼动了，巨大的身子伸展开来，大脑袋直冲洞顶，张开血盆大口咬向重楼。动作十分凶猛，像是被激怒了一般。

重楼不慌不忙，双眼平静地看着大水蟒，没有一丝惧意，在大水蟒的蛇信子要碰到他的那一刻，重楼这才一个翻转，躲开了大水蟒的攻击。

一击不中，大水蟒自是不甘心，再次扭动身体，张嘴咬向重楼，而这一次重楼没有闪躲，选择正面与它对上！

右手化掌为爪，在大水蟒朝他扑来的刹那，重楼以洞顶的匕首为助力，扑到大水蟒的蛇身上，右手毫不犹豫地抓下，“啪”的一声，刺穿了大水蟒的蛇身。

蛇皮坚硬无比，就是一般的武器也无法将它刺穿，重楼却是轻轻一抓，就把大水蟒抓出一个窟窿，可见他这一招的杀伤力有多大。

不过，这一击并不是伤在大水蟒的七寸，并不能取大水蟒的命。是人都知打蛇打七寸，蛇又怎么会不知它的七寸处是弱点？

既知是弱点，自然要好好保护，重楼想要抓它的七寸并不容易。

重楼收回手，腥臭的血喷涌而出，重楼似乎早就知道血会从哪个方向喷出来一般，早早就避开了，身上居然没有沾到一滴血。

“嘶……”大水蟒受了重重一击，疼得拼命地扭动身体，想要把背上的重楼甩下去，可重楼岂是那么好甩开的？

给了大水蟒重重一击后，重楼的手再次化为利爪，狠狠地抓向大水蟒，而这一次他并没有将手收回，而是任由手指卡在大水蟒的身上。如此一来，任凭大水蟒怎么甩也无法将重楼甩下来。

“嘶嘶……”身体一连受了两次重击，大水蟒痛得几乎失去理智，身体扭成一团，打算生生绞死重楼，不想重楼早有防备，在大水蟒扭动身体的那一刹那，重楼松手往前一跃，双手按在大水蟒的头顶，双腿抵顶在洞顶。

大水蟒一击落空，气愤异常，蛇尾破水而出，甩向重楼，试图将重楼甩下来。

这一次大水蟒成功了！

为了不让大水蟒打中他，重楼先一步松开手，从大水蟒的背上跃开，再次回到自己插匕首的地方，并借着匕首为助力，站在水面上。

“嘶嘶……”一连数次被甩得团团转，大水蟒怒火高涨。

在这片水域，它就是王者，从来没有遇到过它收拾不了的生物，也没有遇到过让它吃亏的生物。不给重楼喘息的时间，大水蟒张嘴扑了过来，蛇信子伸得老长，似要将重楼一口吞了。

重楼眼眸微眯，并没有避开，而是在大水蟒扑向他的那一刹那，抽出卡在石头缝里的匕首，对准大水蟒的蛇信子，挥了一刀，又迅速收回，速度之快让人根本看不清。

“啪……”半截蛇信子落在水里，溅起一阵水花。

“啪啪啪……”大水蟒痛得拼命扭动蛇身，将小小的水道扑腾得到处是水。

重楼冷哼一声，在跌落水里的瞬间，双脚在蛇身上蹬了一脚，翩然后退，完全不让自己进入水域。

这条水道极窄，大水蟒在水里都无法伸展开身子，要是他落入水底，只会被大水蟒堵得没有活路。是以，无论如何，他都不能让自己落入水里，成为大水蟒的盘中餐。

重楼趁大水蟒受伤吃痛，再次发出猛烈的攻击，而这一次直指大水蟒的七寸。

七寸的位置，被大水蟒保护得极好，然而畜生就是畜生，当它占了优势的时候，它能保护好自己的弱点，可一旦被激怒，它就只想着杀了眼前的猎物，丝毫不会考虑自己的弱点是否暴露出来。

重楼就是抓住这个机会，在大水蟒朝他扑来时，双手抓住蛇身，而后再次跃到蛇背上。

“嘶嘶嘶……”再次受制于重楼，大水蟒隐隐察觉到了危险的降临，拼命地扭动身体，要把重楼甩下来，可任凭它怎么动，重楼都稳稳地坐在它的背上，根本不受大水蟒的动作影响。

“啪啪……”大水蟒拼命地拍打蛇尾，身体一前一后，上下起伏，水域被它搅得一团漆黑，洞底的石块受不住它的力道纷纷落下，重楼左闪右躲，避开头顶坠落的碎石。

“嘶嘶嘶……”越是奈何不了重楼，大水蟒越是着急，身体扭动得越是厉害。大水蟒再次将自己扭成麻花状，想要和以往一样，用这种方式把对手生生绞死，不想重楼比它灵活，每每它要动作，重楼就先一步避开。

大水蟒一再受挫，蛇尾因拍打碎石已出现血痕，身体因为伸张得太厉害，几次都被卡在隧道里，给了重楼重伤它的机会。

很快，这片水域就变成了血红色。大水蟒的叫声也越来越弱，却没有就此放弃。

不知是突然灵光闪现，还是知道自己在水面上不是重楼的对手，大水蟒大叫一声，将卷曲的身子竖着张开，扑通一声沉入水底。

在水面上，大水蟒的力道会受阻，可到了水底，它就是王者！

“该死的畜生。”重楼知道，要到了水里，他绝对不是大水蟒的对手，甚至大水蟒不需要出手，耗也能耗死他。

在大水蟒沉下水底的瞬间，重楼毫不犹豫选择冒险攻击！

这一次，重楼气势全开，防御全部收起，只有进攻，目标直指大水蟒的七寸！

大水蟒似乎有所察觉，可它已经往水底沉了，在水流的阻力下，短时间内根本无法将身体蜷起，至于变换方位，那就更不用提了，这条水道太窄，根本容不得它随意转身。

“嘶……”大水蟒察觉到危险，不由得加快往水下沉的速度。相比隧道的窄小，水底的世界更适合它伸展，哪知重楼不给它这个机会。

“噗嗤……”一声，重楼的右手已插入大水蟒的七寸处，在大水蟒吃痛挣扎时，重楼抱住蛇身往下滑，而他的手也顺着往下滑，生生在蛇背上撕出一道口子。

“咕嘟，咕嘟……”鲜红的血从蛇背冒出来，将水染红。

大水蟒疯狂挣扎，发出临死前的惨叫，重楼不慌不忙，在蛇腹倒腾一阵，便取出一颗墨绿色的蛇胆丢入嘴里，直接吞咽。

重楼差不多四天没有进食，又与大水蟒一战，耗费了许多体力，这一颗蛇胆对他来说聊胜于无，不能果腹，却勉强能补充一点体力。

而腹部被切、蛇胆被取、七寸被中伤的大水蟒，此时已完全没有攻击力，巨大的蛇身只是轻微地浮动着。

很快地，蛇身也变得僵硬，带着不甘，带着愤怒，大水蟒闭上眼，巨大的蛇身往水底沉，它搅起的污泥、喷出来的血水，也一点点往下沉……

重楼杀死大水蟒后，并没有立刻前行，而是游到洞壁处，靠在一旁慢慢调息。

经过这么一番激战，他有几分脱力。

这么一条大水蟒，不说它的战斗力如何，就说它的力道就不是常人能对抗的，也亏得他战斗经验丰富，要是真与这条大水蟒比力气，硬碰硬对打，他估计会被活活累死。

约莫一刻钟后，重楼恢复了力气，将刺进缝隙的匕首取下来，继续前行。

一山不容二虎，这片水域有大水蟒这么凶残的生物存在，自是不会有其他实力相当的凶物。接下来的路，重楼再也没有遇到什么危险，偶尔有几条小鱼游过，也是没有任何杀伤力的。

而在一个时辰后，重楼看到了点点的亮光。

一缕一缕的阳光，穿过石头缝折射进水道里，给这片漆黑的水道增添了几点光亮，也给重楼带来了希望。

能见到光，就表示他离尽头不远了。重楼一扫之前的疲累，加快速度往前游，半个时辰后，重楼终于从水道里游了出来。

当太阳照射在身上的那一刻，当双眼能看到除了黑暗以外其他的色彩时，重楼有一种活过来的感觉。

深深地吸了口气，将这几天待在水道里的郁闷吐出来后，重楼这才有空打量周围的情况。

看着两边碧绿的青草，还有不远处茂盛的树木，重楼知道他应该是来到了某片森林的深处，至于此地离瀑布有多远，在瀑布的哪个方位，重楼一时还无法判断。

水道里面七拐八折，在黑暗中他实在不好辨认方向，他根本不知自己身在何处。

“哗啦……”游到岸边，重楼从水里出来，用内力将身上的衣服烘干后，没有急着去找人，而是寻了一块空旷的地方，用枯树枝生了一堆火。

在水里泡了近四天，他有内力护体，虽不至于受水中寒气侵扰，身体多少还是受了些影响，烤烤火对他有好处。而且他也要吃东西，那颗蛇胆是好东西不错，却无法填饱肚子。

在森林深处，永远不缺猎物，尤其是靠近水源的地方。

重楼没有走几步，就遇到一头野猪！

重楼很不幸地遇到了一头正在刨树根的野猪，那头野猪块头十分大，样子十分凶猛，不需要靠近，重楼就知道这家伙不好对付，盘算了一下得失，重楼果断放弃了。

他是来找东西吃的，不是来杀敌的，没必要去挑衅野猪。要知道，能在水源处占据一块地方的家伙都不是那么好惹的。

野猪似乎已经吃饱了，抬头看了重楼一眼，见重楼没有动作，它也没有进攻的意思，只是瞪着眼睛盯着重楼，待重楼走后继续刨树根。

重楼避开了野猪，寻到了一窝兔子，便把兔子窝端了，按习惯把小兔子放了，至于小兔子能不能活下来，这就不是重楼能决定的事了。

物竞天择，森林有森林的规则，他能做的就是这么多。

来到水源边，将兔子清理干净后，重楼绕着水边走了一圈。没有意外，水源附近有很多痕迹，可却完全看不出哪条痕迹是人留下来的。

重楼默默地拎着兔子回到火边，架在火上烤了起来，脑子里却在想，林初九要是落到这个地方，能活下来的概率有多高?

如果林初九在水道里遇到那条大水蟒，她有活下来的可能吗?

重楼怎么想，都觉得林初九能活下来的可能是零。

不说水道里的大水蟒，就说这片水域附近的动物，就不是那么好惹的，就是他轻易都不敢惹，更何况是林初九。

“希望你的命够大。”瞪着火堆，无意识地翻动兔肉，重楼似乎看到林初九站在他面前，对着他笑。

手一抖，手中的兔肉差点掉进火里，重楼摇了摇头，嘴边扬起一抹苦笑，专心地烤着手中的兔肉。

肉烤熟后，重楼把另一只兔子架在火上，便坐在一旁吃了起来。

没有盐，肉也很老，吃起来很柴，重楼却连眉头都不皱一下，一块块把两只兔子吃得干干净净。

吃饱喝足后，重楼仍旧没有急着寻人，而是寻了一棵大树，跳了上去，在树干上睡觉。

磨刀不误砍柴工，这片森林危险重重，他要是不吃饱、睡好，别说寻人，他自己能安全走出去，都算是不错了。

一个时辰后，重楼醒来，没有急着跳下去寻人，而是站在树上四处张望了一下，而后挑了一片高耸的树木多、矮小灌木较少的方位走去。

依他对林初九的了解，那女人真要在这里，肯定会寻视野空旷处暂居，以避开森林中那些擅长埋伏的动物，比如蛇。

森林里，树木参差错落，或高或低，地上矮小的灌木与藤类也极多，如同一张网，网住了进林子的路，可这些对重楼却没有一点影响。

重楼压根就没有想过从地上走，从树上跃起后，重楼提气，以轻功在林中行走，以树为跳板，轻松借力，避开了地上的阻碍物。

一路走来，重楼并没有发现有人走过的痕迹，就在他准备放弃，从另一个方向寻找时，突然看到树上有一道金锁划出来的深痕，看颜色和深浅应该就是这两天留下来的。

“果然没死吗？”指腹轻抚树上的深痕，重楼的眼中闪过一抹亮光。

这道痕迹明显是人留下来的，重楼不认为，这个鬼地方除了林初九那个倒霉鬼外，还会有第二个人。

“果然命大。”高悬的心终于落下，重楼唇角轻扬，露出一抹极浅极浅的笑。

有了线索，要找人就没有那么难了，至少比没有方向、漫无目标四处乱找来得容易。

重楼仔细记住树上那道痕迹的位置，开始在四周的树木上寻找类似的痕迹。

没有让重楼失望，他很快就找到好几道类似的痕迹，一路顺着这些痕迹往前，重楼看到了一间小木屋！

一间建在树上的小木屋！

一间新搭建的，看上去很粗糙，但应该还算结实的小木屋！

之所以说看上去粗糙，应该还算结实，是因为树下有一群狼，正在不断地发力去撞那棵树，而站在木屋外的林初九，虽然冷着一张脸，却没有惊慌。

想必，这座小木屋应该还算结实，不然林初九不会如此淡定。

“这个女人。”看到林初九完好无损地站在小木屋外，重楼想的不是把她抱在怀里，好好地安慰她，而是想把她按在椅子上，狠狠地打她一顿。

这个女人实在太气人了，明明没有死却不想办法传消息出去，而是在这片鬼森林搭了一间木屋，真叫人又急又气。

心里带着气，重楼没有第一时间出现，而是双手环抱，倚在树上，冷眼旁观，完全没有出手的意思。

他还真想看看，这小女人是凭什么本事，在这危险重重的世界活下来的。

然后，让重楼大跌眼镜的一幕发生了！

林初九手上不知拿了什么，朝底下的狼群一喷洒，就看到那些凶狠的狼，一个个像是喝醉了一般，萌态十足地转着圈圈，摇晃着脑袋，随即摔在地上。

“就这样？”重楼看到群狼一一倒下，惊得差点没从树上掉下来。

他预想的生死搏斗呢？他预想的血腥大战呢？居然这么简单就把群狼放倒了，这简直不可思议！

林初九放倒狼群的速度实在太快，效率实在太高，太让人惊艳。是以，她站在小木屋前，用袖箭给地上的狼补刀，重楼一点儿也不惊讶。

这女人聪明谨慎得很，要是她蠢得直接跳下来，他才会奇怪。

林初九给地上的每头狼都补一刀后，并没有立刻下来，而是躲进了小木屋，完全不管树下的尸体。

重楼一脸疑惑地看着木屋，万分不解林初九到底要干什么。

这是森林，是野兽遍布的森林，血腥味一传出去，立刻就会引来许多食肉动物，这女人这么聪明，怎么可能不懂？

很快，重楼就知道林初九为什么不下来处理地上的狼尸了。

肉食动物们对血腥味十分敏感，重楼隐约能听到，有不少动物朝这边跑来的声音，而最先到的是飞在天上的秃鹫，它警觉地看了一眼小木屋，见小木屋里没有动静，这才放下敌意，停在狼尸边。

秃鹫看到刚死去的狼群，并没有急着上前进食，而是戒备地停在离狼尸不远的位置，嘴巴大张，伸长脖子，翅膀一直保持张开的姿势，以便遇到危险随时能起飞。

秃鹫发出一声“咕喔”的叫声，见狼尸没有动静，这才小心地往前一扑，在狼尸上啄了一下，确定狼尸没有反应，这不是陷阱，秃鹫才缓缓靠近。

走到狼尸旁，秃鹫戒备地看了一眼四周，确定没有其他动物在一旁埋伏，果断地张嘴撕下一块肉，囫囵嚼了两下，便吞了下去。

吃了一块，见没有其他动物来抢，秃鹫也就放心大胆地进食，可在吃到第三块肉时，秃鹫突然摇晃了起来，凶戾的大眼满是迷茫之色，扑腾着翅膀要飞起来，可双脚还没有离去，便脑袋一歪，摔在地上了。

“有意思。”知道林初九早有准备，重楼也就安心了。

他不怕林初九有手段，就怕这个蠢女人没有手段，保护不好自己。

秃鹫是第一批，随后还有豹子、野猪过来，不过它们来的时候在半路碰到了，双方厮打了一阵，最后是野猪赢了。

野猪带伤冲过来，看到地上的尸体，想也不想就冲了上去，一阵猛啃，结果自然是和秃鹫一样，摇摇晃晃倒在地上。

野猪倒下后，受伤的豹子和其他食肉动物也扑了过来，因食物不少，它们并没有互相厮打，而是各自将尸体拖到自己的脚下。也有动物想要将它们拖回自己洞穴的，可它们拖着狼尸还没有走远就倒下了，全都成了别的动物的食物。

树下，很快多出十余具尸体，这些尸体大多被啃得支离破碎，血和动物内脏流得到处都是，腥臭味漫天。

重楼越看越觉得不对，这么重的血腥味定会引来更多的食肉动物，林初九这么做简直是在找死。

因为担心，重楼放松的身体不由得绷成一张弓，随时准备出手救林初九。

重楼所想没有错，小木屋下的尸体很快引来丛林之王狮子的注意，一只母狮子带着两只小狮子，朝小木屋跑来。

重楼见状，将随身携带的手套取出来，戴在右手上，可就在此时，一直窝在木屋里的林初九出来了。

重楼的动作一顿，刚探出去的身子又折了回来，静静地隐在树叶后，想看林初九这次又要做什么。

林初九出来时，身上穿了一件轻薄的铠甲，将手脚一起包裹在里面，手上拎了一桶极刺鼻的东西，用盖子挡着，重楼也不知道是什么。

林初九依旧没有下树，而是站在树上，拎起桶子往底下倒。

“哗啦哗啦……”刺鼻的味道传来，重楼呛得差点儿打喷嚏，幸亏他反应及时，生生忍住了。

等重楼适应了这味道，抬头看去，就见地上的尸体冒起一阵阵白烟，瞬间腐烂，散发出一股恶臭味。

林初九做完这一切后，淡定地提着空桶回到木屋内，完全没有一点不适，明显不是第一次。

“难怪能在这里活下来，果然是有些手段。只是，这些奇怪的东西，林初九是怎么带进来的？”袖箭这些还好解释，自从在京城，林初九被人绑了一次后，她就习惯在自己身上放一些小巧的暗器，他就不止一次见过林初九身上带着袖箭、细针等暗器。

可像之前喷狼群的药物，还有刚刚倾倒的药，重楼却一次也没有看到过。

这些东西，是怎么来的？林初九身上，到底有什么秘密？

重楼摩挲着下巴，一脸深思……

药物一类的东西，重楼可以解释为，林初九在森林里就地取材炮制而成，可林初九身上的铠甲、装药的桶子呢？

这些可不是就地取材就能做出来的。而且，林初九拿出来的那些东西都不是什么小件，根本不可能随身携带，更不可能带进森林。

“还真是有意思，本座对你越来越好奇了。”重楼打消了上前找林初九的念头，打算在暗处好好观察一段时间。

机会难得，失不再来。

在林中待了几天，林初九已经习惯了一个人的生活，将地上的尸体处理完毕后，林初九穿着特制的铠甲，从树上爬下来，在离木屋十余米远的地方，翻出一把石片铲子和一个木桶。

石片和木桶沾着泥，一看就知不是第一次用，林初九拿出来后，就蹲在地上，将地上的腐肉连同泥土刮出来，装入木桶里，装满一桶就拎去倒了。

林初九倒泥土和腐肉的地方是一个坑，坑里散发着恶臭味，重楼隔得老远都能闻到，可见那坑里装了多少“宝贝”。

一桶又一桶，林初九不嫌累，也不嫌麻烦，来来回回装了二十几桶，直到把小木屋前面的腐肉全部清干净，这才停下来。

“还真是一个不娇气的。”重楼看得好气又好笑。

林初九真不像是相府千金、王妃之尊，这种又脏又累的活，就是王府那些丫鬟，也不见得做得来，林初九做起来却是驾轻就熟。

收拾好门前的狼藉后，林初九将石铲和木桶放回原位，又抱了一捆枯树枝铺在地上。

做完这一切，林初九拍拍手朝小溪边走去，在小水洼清洗干净后，就去巡视自己设的几个陷阱。成功收获一只倒霉的野鸡后，林初九哼着小曲回到溪边，将野鸡清理干净带回小木屋。

不多时，小木屋内传来小鸡炖蘑菇的香味，那香味该死地诱人，重楼一度考虑要不要出去分一半，可最终还是忍住了。

他想知道林初九的秘密，所有的秘密，不是为了要挟她，只是想要了解这个女人。

好在折磨人的香味只是一时，待到林初九吃完，香味也就淡了。而此时，天已渐黑，鸟儿们纷纷回巢，很是热闹。不过，这番热闹只是暂时的，待到鸟雀归巢后，林中渐渐归于宁静。

在林里，天黑得比外面早，夜晚在林中生火也是极不明智的行为，重楼放弃寻找吃食的打算，跃到小木屋所在的大树上，想要就近观察林初九。可天一黑，林初九就睡觉了，木屋里一片漆黑，重楼就是靠得再近，能看到的东西也有限。

重楼不想惊动林初九，并没有进去，只在外面守着。

树上晚上寒气重，到了夜晚温度会骤然下降，林初九睡在木屋里，又有保暖物可以防寒，倒是没有太大的不适。守在外面的重楼就没有那么幸福了，虽有内力护体，仍旧会觉得寒冷，更不用说他在外面也睡不安稳。

天初亮，重楼就离开了，隐在离小木屋不远的大树上，远远看到神清气爽的林初九从小木屋里走出来，忍不住咬牙切齿！

这女人，真叫人没有办法喜欢！

林中的生活是枯燥的，也是无味的，林初九是个很能给自己找事做的人，简单地吃了几个果子后，林初九又换上一身粗布衣服，提出石铲，在离树十余米远的地方挖沟。

刚开始重楼还没有看出，待到林初九挖出一个半米深的大坑，重楼才知道林初九根本不是在挖沟，她这是在挖战壕。

“倒是个聪明的女人。”重楼赞道。

许是工具不好用，许是力气不大，林初九一上午也就只挖了一个坑，到下午林初九根本没有动，只是将挖出来的土铺到树下，把树底下的坑坑洼洼给填了。

林初九好似闲不住，明明上午的体力劳动把她累得不轻，可下午填完土后，她却没有回去休息，而是装上袖箭，背着一个藤编的背篓往林子里走去。

背篓看着像是新做的，不过做工十分粗糙，一看就是新手之作，重楼不怀疑那是林初九自己动手做的，毕竟那么丑的东西，一般人做不出来。

背着背篓的林初九，压根不知身后有人跟着，和前几天一样，林初九以小木屋为中心，在附近走一走，然后看到认识的草药、野果就采下来，放在背篓里。

深山老林里面遍地都是宝，看你有没有胆往里闯，林初九胆子够大，但也不敢深入，走了五六里就果断回头，可就是这样她还是差点出事了。

林子里，最不缺的就是各种动物，食肉食草的、有毒无毒的应有尽有，林初九回来时就差点被一条毒虫给螫了，幸亏她眼睛尖，发现得及时，不然重楼就要出手了！

重楼不是林初九，他早早就看到那条虫子要去螫林初九，并且已经做好了出手的准备，只是林初九没有给他表现的机会。

成功解决了毒虫后，林初九并没有急着走，而是站在原地四处打量，漂亮的眸子满是疑惑之色。

她总觉得自己被盯上了，好像有一双眼睛在暗处盯着她，可四处寻了许久也没有见到可疑之物。

“难不成，这林中的动物都成精了？”林初九没往人身上想，只当自己被什么野兽给盯上了。

要知道，狼可是群居动物，指不定这附近还有没死的狼，在暗处盯着她，准备复仇呢。

“看样子这几天不能出来了。”没有发现异常，林初九心里更加不安了。

她相信自己的直觉，她绝对是被盯上了，安全起见她还是在木屋里躲几天的好，免得被狼吃了，那可就亏大了。

林初九理了理背篓，加快速度往回走，不多时就走出了一身汗，看上去狼狈极了。

重楼不知林初九所想，不远不近地跟着，姿态悠闲，与林初九的狼狈急切形成鲜明的对比……

第十六章　孤男寡女共处时

林初九是个惜命的人，也是一个明白人，她很清楚自己一个女子在林中有多危险，在发现自己被不明动物盯上后，林初九选择暂避。

林中随便一个动物都能要她的命，在确定盯上她的动物是何物之前，在有万全的把握之前，在对方有所行动之前，她绝不会莽撞出手。

回到小木屋，林初九把背篓放下，就去看自己挖的陷阱有没有收获。一路巡视下来，十分遗憾，连只小耗子都没有。

“要饿肚子了。”林初九看着空空的陷阱，默默地望天。

靠天吃饭就是这点不好，老天爷一个不高兴，她就得饿肚子。

“幸亏还有一条河，希望老天爷给点儿面子。”伤感不过片刻，林初九又打起精神，准备去河边摸鱼。

林初九极少去那条河边，因为河边时常有大型动物去喝水，一不小心就会遇到她惹不起的大东西。

为安全起见，林初九都在小溪用水，能不去河边就不去，免得食物没有找到，反倒成了别的动物的食物。可是，林初九也得吃饭，陷阱没有捉到猎物，她只能冒险去河里捉鱼了。

“希望能幸运点，别遇到了大水蟒。”林初九和重楼一样，都是通过那条暗道进来的，只是林初九比重楼幸运，她虽然遇到了大水蟒，但大水蟒没有注意到她，她命大地躲过了。

虽然没有被大水蟒攻击，可林初九却吓得不轻，要不是如此，她也不会选择暂时在林中生活，而是会想办法沿着水道出去。

林初九走到河边时已近黄昏，夕阳透过层层叠叠的树叶照射进来，像是调皮的孩子，在水面来回晃动。可惜林初九无心欣赏，她全部注意力都放在戒备四周，观察有没有大型生物靠近的。

林初九在一旁观察了许久，确定周围没有大型动物，这才举着树枝一路敲敲打打着走。

打草惊蛇，用棍子敲打两下，能把隐藏在矮丛里的动物惊出来。

许是水里有一条大水蟒的原因，这一片水域再没有别的吃鱼的大型动物，水道里面没有多少大鱼，外面却有不少漏网的肥鱼，林初九刚从水里爬出来时，就靠吃河里的鱼过了三天。

这条河道有一片浅水区，动物们平时很喜欢在那里喝水，林初九自觉地不去那块，而是挑了一片林中动物极少去的深水区。

她水性不错，完全不担心被淹死。到了河边，林初九脱了外衣、里衣、鞋袜，只着贴身的肚兜和亵衣就下水了。

重楼瞪大眼睛看着林初九的身影，有些不敢相信自己看到的。

这个女人，她怎么敢！怎么敢在光天化日之下，光着身子？难道不担心会被人看光吗？

“该死的女人！”重楼忍不住咒骂一句。

林初九这个女人，完全没有一点为人妻的自觉，实在是欠教训！

而很快重楼就骂不出来了，因为林初九带着伤，从水里出来了。

林初九的腿上，被尖锐物划出一道半尺长的血口子，即使隔着数米远，重楼仍旧能看到伤口外翻的血肉。

当然，除了带着伤外，林初九手上还提了一串鱼，也不知她怎么做到的，居然在水底就把鱼穿了起来。

这不是重点，重点是这个死女人都受伤了，居然还没有把手中的鱼丢掉，简直是笨死了。

“蠢女人，你能活到今天真是运气好、命大。”下水捕个鱼也能剐出一道血口子，要不是运气好，真的早就死了！

林初九可不知重楼的抱怨，腿上的伤疼得她直抽气，把鱼丢到一旁，林初九直接坐在地上，检查自己的伤口。

说起来也是她倒霉，在水底遇到一条凶悍的大鱼。那条鱼发现她后，也不管她有没有攻击性，就不断地在水里扑腾、乱撞，卷起了沉在水底的一块铁片。她避开了大鱼的撞击，腿上却被铁片划了一下。

“居然伤得这么深，还真是倒霉。”林初九一看伤口就想哭了，水里那块破铁片也不知沉了多少年，早就生锈了，她伤口上都沾到了锈迹，不清理肯定会发炎。

“我真跟这条水道犯冲，下次再也不来了。”林初九看了一眼伤口，又抬头看了一眼天空，眼见着天快黑了，想了想还是决定回小溪边处理伤口。

天黑了，她又受伤了，这块地方不安全。

不过，为了不让林中的动物顺着血腥味去找她，她还是从医圣之心里拿出药物，简单地清理了一下。

“凭空取物？”重楼本来还在担心林初九的伤口，可看到林初九随意地在空中点了几下手上就出现一个药瓶，他眼眸微挑。

这就是林初九的秘密？如果是的话，那就可以解释林初九那些东西是哪里来的，也能解释林初九为军中将士们提供的那些药又是从哪里来的。

“果然是个有福的。”重楼了然点头，很快就恢复平静，显然是十分淡定地接受了林初九的秘密。

倒不是他接受能力有多强，而是在此之前他心里就有所猜测。要不是这样，他也不会不现身，在暗处观察林初九。

现在看到林初九凭空取物，只是证实了他的猜测罢了，而心中的猜测被证实，反倒轻松了。

左右事实就是这样，他不接受也得接受，不是吗？

林初九处理好伤口，将外套披在身上，朝小溪边走去，一路都十分戒备，可她防备得了动物，却没有防备人，或者说她压根就没有想到，这片林中会有人出现，而且那人还一路盯着她，把她的秘密全看了去。

到了溪边，林初九选了一个隐秘处，将身上的湿衣服全脱了，就着溪水略作清洗，这才换上干净的衣服。

林初九选的地方三面都是草丛，正常情况下动物绝对看不到，要是有动物靠近林初九也会发现，可这世间很多地方，都是能防君子不能防小人！

林初九千挑万选的地方，能防住林中的动物，却防不住一路跟着她的重楼！

林初九所处的位置，四面都是灌木、杂草，可是重楼站在树上，从高处往下看，他什么看不到？

站在高处，底下一切尽收眼底，看着林初九一件件将衣服脱下，重楼的呼吸不由得加重，有好几次都想跳出来告诉林初九这里有人，别再脱了，可他最终还是没有这么做。

“蠢女人。”重楼低骂了一声，继续煎熬地看着，在心里不断腹诽林初九这个没脑的笨女人。

好在林初九的动作还算快，而且在户外，林初九也做不到大大方方地脱光站在那里，稍稍用衣服挡住私秘处后，林初九很快就将干净的衣服换上。

要不是重楼站得高，他根本不可能看到什么。

换上干净的衣服，林初九并没有立刻出去，而是在原地坐下，拿出伤药清创、包扎。

腿上的伤口很深，上面还有锈迹，必须要将沾上锈迹的肉切除。林初九不可能给自己用麻沸散，她只能忍着刀割肉的痛清理伤口。

不可避免，林初九痛得叫了两声，这要是放在平常再正常不过，可不知为何，重楼听到林初九压抑的闷痛声，脸不由自主地红了！

“该死！”耳根都烧红的重楼忍不住骂了一声，连林初九换衣服都没有避开的他，在林初九清理伤口时却避开了。他怕再看下去，会忍不住……

当然，林中凶险，重楼也不敢离得太远，虽然看不到林初九的身影，听不到她的声音，可周围有什么动静，重楼还是能在第一时间赶到。

林初九的动作极快，忍着痛将沾了锈迹的伤肉切除后，火速给自己上药、包扎，整个过程一气呵成，没有一丝迟滞。

处理好伤口的林初九，没有回去休息，而是去溪边清理刚捕上来的鱼。因为腿上有伤，林初九不得不顾忌一二，等到她将鱼全部洗净，天已经黑了。

“糟糕！”因为起得太急，林初九眼前一黑，闭上眼缓了许久才站稳，等到她再睁开眼时，就发现刚刚还能勉强看清的路，这会却完全没有办法看清了。

这并不是天色变化得快，而是林初九之前一直是慢慢适应黑暗，对黑暗没有那么敏感，只要不是伸手不见五指的黑，还是能勉强视物的。这会突然闭上眼，再睁眼，没有适应的过程，自然无法在黑暗中看路。

“居然忘了时间。”林初九一脸苦恼地从医圣之心拿出照明的油灯，拎着鱼快速往小木屋走，可她的腿受了伤，就是走得再快也有限。

“啪啪啪……”林初九深一脚浅一脚地往前走，步子越来越快，越来越急，虽然四周什么也没有，可林初九总觉得不安。

夜晚的树林，对她来说太危险了，她必须尽快抵达安全地带，不然就麻烦了。

“啊……”因为走得太快，林初九踩到一截断枝，脚下一滑摔倒在地，手中的鱼和照明的油灯摔飞了出去。

“果然是福无双至，祸不单行。”林初九苦着一张脸，双手撑在地上，爬了起来，可还没有往前走，就听到了野猪的吼叫声，听声音和动静，应该是朝她这个方向过来了。

“野猪？”林初九脸色大变，顾不得地上的鱼，拾起照明灯就跑。

野猪对她来说，是和狼群一样可怕的生物，她可没有能耐对付，遇上野猪她除了逃命外，别的什么也做不了。

“呼呼……”很明显，野猪就是冲着林初九来的，林初九刚跑没有多久，野猪就追过来了，看到地上的鱼，口水直流，张嘴就咬，嚼了两口就吞下去了。

地上的鱼不少，如果是林初九吃的话，至少可以吃三天以上，可对野猪来说，这点食物只够塞牙缝。

野猪吃完后，继续去追林初九。

两条腿的，还是受伤的，怎么也跑不过四条腿的，尤其是在树林里，林初九根本不是野猪的对手。

听着身后越来越近的声音，林初九知道这样不行，看到前方有一棵大树，林初九毫不犹豫地跑了过去。在爬上去前，林初九举起油灯，对准不远处的野猪，用力砸了过去。

明亮的灯光猛地刺来，野猪视线受阻，猛地停下，当林初九将油灯砸过来时，野猪也没有躲，这点力道对皮糙肉厚的它来说，只是搔痒。

“嘭……”油灯猛地砸在野猪的头上，野猪一动不动，等到油灯摔落在地，它走上前张嘴就吞了。

“啪……”油灯碎成片，树林里仅有的一丝光明消失了，再次恢复原有的黑暗。

林初九此时已经爬上了树了，野猪冲过来时，她很淡定地继续往上爬。

野猪也不是笨的，发现猎物上树后，试着朝树上爬了几下，确定自己上不去后，野猪果断地用强壮的身体去撞击树干，想要把树上的林初九撞下来。

还别说，这一招真的管用，林初九差点就被撞得摔下来，虽然勉强抓稳了，可因为树干不断摇晃，她也没有办法继续往上爬了。

“连头猪都这么聪明，还让不让人活呀！”林初九泪流满面，咬牙从医圣之心里取出细铁丝，并将一头绑上重物，晃了两圈后，林初九猛地用力，甩向远处……

一次，两次，三次……一连试了六次，林初九终于用细铁丝勾住一截树枝，试了试力道，绝对可以承受她的体重。

“嘭，嘭，嘭……”为了吃，底下的野猪也是拼了，一下一下，像是不知道痛一般，死命地撞击大树，想要把林初九撞下来，而大树也确实承受不住它的撞击，树干都开裂了。

林初九明显感觉大树承受不住了，为了不变成野猪的食物，林初九只能拼了！

戴上特制的手套，林初九紧紧握住细铁丝，比了比两者之间的距离，还有细铁丝的长度，林初九知道她必须加快速度，从高处跳过去，不然就危险了。

“嘭，嘭，嘭……”又是一连串的撞击，林初九差点就被撞下来了，为了保住小命，林初九也顾不得继续盘算，艰难地爬上树干，不等站稳，就猛地往前跳。

林初九跳下去的那一瞬间，已经做好了撞上树干，或者从半空中摔下去的准备，可她预想的情况都没有发生！

在她跳下去的瞬间，落入了一个坚硬却温暖的怀抱里。抱着她的人轻功十分了得，几乎没有任何停顿，在半空中一晃，便成功落到另一棵大树上。

“是谁？”林初九睁开眼，瞪着眼前的人。

天色很暗，当重楼那半张狰狞的鬼脸落入她眼中时，林初九吓得失声尖叫：“啊……鬼呀！”

在没人的林子里，突然冒出一个人，脸上还戴着鬼面，不是鬼是什么？

“闭嘴！”林初九尖锐高亢的声音震得重楼耳膜生痛，他实在受不了，大声地朝她说。

“魔，魔君？”林初九对声音很敏感，重楼的声音她听过。初听的时候，她还以为是萧天耀，虽然两人的声线并不一样，可给人的感觉却很相似。

“嗯。”确定林初九站稳后，重楼十分君子地松开林初九，动作之快，就好像很嫌弃与林初九有身体上的接触一般。

天知道，他根本舍不得把人松开。

林初九与重楼打交道的次数并不多，可也知道重楼这人不好惹，小心地移了移，拉开双方之间的距离：“魔君，你怎么会在这里？”这地方，有那么好进来吗？为什么她进来后，找了半天也找不到出去的路。

天知道，她不是不想出去，而是找不到出去的路。

要是有办法，谁愿意待在深山老林里？就算她想远离萧天耀，也不会选择隐居山林，怎么也要找个有人的地方。不然一个人在深山老林待久了，真的会变成兽人！

“路过！”他才不会告诉林初九，他是特意来找她的。

“路过？魔君你怎么会路过这里？”这种鬼地方，连个鬼影都找不到，重楼来这里干吗？

而且，巧合的是，居然正好在她有麻烦的时候出现，这真的是路过吗？别欺负她读书少！

“本座的事，你要过问？”重楼斜了林初九一眼，虽然天色暗，林初九看不真切，却也能感受到敌意。

“不，不，不敢。你说路过就是路过，反正你高兴就好。”就当她读书少，好骗吧。

“怎么，不信？”重楼凌厉的眼神扫向林初九，大有林初九敢说不信，他就灭了林初九的架势。

林初九吓得连忙摇头：“没有，没有，我信，我信。魔君你就是路过，凑巧救了我。多谢魔君相救，救命之恩无以回报，日后魔君有用得上我的地方，尽管开口。”林初九顺口这么一说，等到说完她就后悔了。

万一，万一魔君真要她做什么，她办不到怎么办？

可不等她补救，重楼就道：“知恩图报，倒是个有心的，你细数一下，本座救了你多少次？”

“呃……三次！”如果这次也算的话。

“记住，你欠本座三次救命之恩。”重楼一点也不客气，“现在，你报恩的机会来了，本座连日奔波，需要地方休息，你寻个地方给本座休息。”

“我……”她去哪给魔君找休息的地方？

可不等她把话说完，魔君一个冷眼扫过来：“怎么？不想报恩？”

“不是，只是……我休息的地方很小，怕你睡得不舒服，我正在想哪里还有可以休息的地方。”这荒郊野外的，她去哪给重楼安排休息的地方？

“不必，就在你住的地方，本座不嫌弃，勉为其难地将就一晚。”重楼不容拒绝地说道，林初九还想挣扎，可重楼却已开口询问，“你住的地方在哪里？”这就是重楼，明明什么都知道，偏偏装得一副什么都不知的样子。

“那边，建在树上的一座小木屋。”林初九放弃挣扎，开始努力回想小木屋里是否有可疑的东西。

细想一番，发现会暴露她秘密的东西并不多，因为习惯使然，她出门都会把东西收起来，免得遭“贼”。

当然，这个贼不是指人，而是指林中那些善于爬树的动物。

细想过后，林初九就安心了，也就不排斥让魔君借住了。

可惜林初九还不知，不仅仅是她的秘密，就是她的身体也被人看光了！

木屋离河边有一段距离，即使有重楼带着，他们还是花了两刻钟才找到小木屋所在。

当然，大部分原因在林初九，因为她指错了方向，而对木屋所在心知肚明的重楼，为了不让林初九怀疑，只能在明知是错的情况下，仍旧硬着头皮按错的方向走了。

绕了两圈，在重楼有意无意的提醒下，林初九指对路了。

看到小木屋的刹那，重楼忍不住叹息：让一个“白痴”带路，要找到地方，真的不容易！

“就是这里了，地方有点小，魔君你别介意。”一连几次都指错了方向，林初九也很尴尬，一到小木屋就立马打开门，试图转移话题。

“嗯。”木屋很小，也很矮，林初九那个身高刚刚能站直，但是重楼却不行。

为了不顶坏屋顶，重楼不得不弯腰。

“咳咳，矮了点，魔君你将就一下。”林初九点燃了蜡烛，将小小的木屋照亮。

木屋很小，平时林初九一个人住都活动不开，这会儿一个大男人进来，将木屋塞得满满的，完全没有活动的空间。

“魔……”林初九转身，想要告诉重楼他今晚睡哪，可一转身就撞进了重楼的怀抱。

重楼条件反射性地将人推开，抬手间记起这不是别人，而是林初九，于是改推为抱。

这画面，怎么看都像是林初九主动投怀送抱，重楼犹豫片刻，半推半就地接受了。

“这是意外！”靠在重楼硬邦邦的胸膛上，林初九不争气地脸红了。

不是因为害羞，而是因为丢脸！

“嗯，仔细些。”重楼不舍地松开手。

“多谢魔君提醒。”林初九真的快要哭了。

孤男寡女的，她还是有夫之妇，主动投怀送抱什么的，真的太没有格调。

为了避免类似的事故再发生，林初九很小心地站稳，一点点退开：“地方小，魔君你别介意。”

“不介意。”怀中柔软骤失，重楼心中颇为不舍，面上却没有表露半分，仍旧是一副正人君子的样子，完全看不出他心里已经把林初九“吃”得差不多了。

是以，林初九压根没有想过防备他，也没有想过她“投怀送抱”不是意外，而是某人有心为之。

小心翼翼地与重楼拉开距离，林初九把自己睡觉的地方让了出来，甚至贴心地问重楼吃了晚膳没。

得知重楼没有吃东西，林初九毫不犹豫地把自己仅剩的存粮贡献出来。

“我没有碰过的，你可以放心吃。”一大碗老鸡炖蘑菇，是中午特意留出来的，一直用余火温着，这会还是温热的。

“嗯。”重楼一点也不客气地接过碗，看了林初九一眼，大方地吃了起来。

捧着一个大瓷碗，拿着木制的简易筷子，这怎么看都是乡土风十足的吃法，重楼却吃得优雅无比，速度不慢，却不见急切，光看着就赏心悦目。

当然，前提是忽略他脸上吓人的鬼面。

林初九看了几眼，默默地别开脸，努力控制自己不去闻空气中的香味。

让一个饿着肚子的人，看别人吃得香甜，还要假装自己不饿，真是罪过。

好在重楼的速度快，三两下就把碗里的鸡肉解决了，成功结束了林初九的酷刑。

“我去洗碗。”重楼一吃完，林初九就把空碗接过来。

“嗯。”重楼十分自然地把碗递给林初九，没有一点不好意思。

见林初九在一旁洗碗，重楼起身道：“本座出去一趟。”

“哦。”林初九应了一声，没有追问。

吃饱了急着出去，十有八九是解手，她还是别问了，怪不好意思的。

重楼似乎猜到了林初九所想，别具深意地看了她一眼，淡定自若地起身，弯腰走出小木屋。

“总感觉哪里不对！”林初九不解地摇了摇头，想了一会没想明白，果断不想了。

将碗筷冲洗干净，见重楼没有回来，林初九快速地用剩下的水擦洗了一下自己，又换了一套干净的衣服。

她身上的衣服其实也是干净的，只是爬树的时候弄脏了，腿上的伤也裂开了，不需要缝合，但要重新包扎。

林初九的速度很快，至少在重楼回来前，她就把自己收拾好了，也把屋子收拾干净了，稍稍有些可疑的东西，都被她收了起来。

这时，林初九才发现重楼似乎出去很久了。

“解手也不用这么久吧？难不成便秘？”就算重楼走得再远，这个点也该回来了。

林初九不认为重楼会有危险，凭重楼的战斗力，与其担心重楼会遇到危险，不如担心遇到他的动物会有危险。

“我要不要出去找找呢？”又等了片刻，仍不见重楼回来，林初九不由得皱眉。

重楼出去了大半个时辰，再不回来，她都要怀疑重楼不告而别了。

“再等等吧，这个时候外出实在不好。”林初九走到门口，又默默地退了回来。

她不是重楼，她这个时候走出去就是送死，她还是乖乖的别去找死的好。

“啪……”就在此时，屋外响起树枝折断的声音，林初九眼前一亮，起身透过小窗往外看，正好看到一个人影走过来。

这片林子里，除了她之外也只有重楼这么一个大活人，林初九毫不防备地打开门。

一股淡淡的血腥味随风而来，林初九脸色一变，不安地道：“出事了？”难不成重楼真的是被人追杀，路过此地？

“出什么事？”重楼走近，不解地扬眉，同时将手上处理干净的兔子和野鸡递到林初九面前，“去做饭！”

“啊？你出去找吃的了？”透过昏暗的烛光，林初九这才发现，她闻到的血腥味不是人的，而是动物的。

“你那点东西，只够给本座塞牙缝。”蠢女人，自己晚上没吃难道不知道饿吗？

“呃……”林初九一脸尴尬，“对不起，招待不周。”她一个人，能养活自己都不容易，实在没有存粮招待客人。

“哼……”重楼高傲地冷哼一声，挤开林初九走进木屋，在林初九晚上睡觉的地方坐下，动作自然得就好像来过无数回。

林初九看了一眼，默默别过脸。

孤男寡女的，好在这人是魔君，不会引人误会。不然，她就是跳进黄河也洗不清。

重楼十分贴心，带回来的猎物全都清洗干净了，林初九只要剁开、煮熟就可以了。

林初九身上有一把小匕首，不说削铁如泥，切个肉块却是很容易的事。不过眨眼间，重楼带回来的兔子和野鸡，就被林初九削成一片一片的，不管是烤着吃还是用石锅炒一下，都很容易入味。

考虑到此时已晚，为避免消化不良，林初九找出自己存的干蘑菇和鸡肉一起炖，至于兔肉？

林初九稍稍腌制了一下，便放在石板上烤。

只有盐，胜在重楼抓的兔子肥，油多，只用盐，香味也出来了。

肉片薄，略烤了一会便熟了，林初九手上没有多余的盘子，没办法分装，只得等全部烤熟，才给重楼端过去。

“魔君，做好了。”林初九的厨艺不高，这里的条件也有限，但胜在刀工好，看着还是很有食欲的。

重楼接过却没有急着吃，而是指了指对面的位置：“坐下，一起！”要不是为了这个笨女人，他何至于晚上跑出去打猎？

晚上寻猎物可不容易，尤其是寻这么小、易处理的猎物就更不容易。

“多谢魔君。”林初九也不客气，用手术刀削了一双筷子，在重楼对面坐下，夹起一块就往嘴里送。

许是饿了，虽然只有盐做调料，可林初九仍旧吃得津津有味，左一筷子、右一筷子吃得十分欢乐。

差不多快吃掉一半的时候，林初九突然发现，重楼一直没动筷子。

吃人嘴短，拿人手软。桌上的肉是魔君猎来的，林初九见魔君没有动筷子，自己也不好意思再动了。

“魔君，你不吃？”林初九讷讷地收回筷子，一脸尴尬地询问。

快吃完才问人家吃不吃，感觉略有点不要脸。

重楼没有立刻回答，而是盯着林初九，直把林初九看得不好意思，这才抬手夹了一筷子往嘴里送。

“重楼！”吃之前，重楼重重吐出这两个字。

“啊？”林初九本想继续吃，筷子伸到一半就停了，不解地看着重楼。

魔君叫自己的名字干什么？略怪！

“本座不想再说一次，下次叫错……”后面的话重楼没有说，只是夹起一块肉送到嘴里。

“重，重楼……我知道了，我不会再叫错了。”林初九灵光一闪，立刻明白了重楼的意思。

“嗯。”终于更正了林初九的称呼，重楼心满意足地把盘子里的肉全吃了，一块也没有给林初九留。

林初九一伸筷子，就发现盘子空了。

好吧，公平了。

林初九憋屈地看了重楼一眼，默默地将盘子收走，两人默契地没有开口，甚至鸡肉煮熟了，两人也是默默地吃，没有说话。

“我开个门，散散味。”吃完，林初九认命地去冲洗碗筷，把最后一点存水用完。

屋子里满是鸡肉的香味，能透风的只有一扇门，和一个小窗子，开了半天味道也没有散。林初九犯困了，挣扎再三还是决定破罐子破摔，直接把门关上，再征求重楼的意见：“要不就这样睡吧？”

重楼深深地看了她一眼，点了点头。

林初九都做了决定，还好意思再问他？

“被子只有一床，你将就点，我盖衣服就好。”林初九的被子并不是什么棉被，而是用比较软的干草缝制的，十分粗糙，而且扎人，重楼摸了一把，直接把这破被子丢给林初九，扯过林初九身上的衣服，不容拒绝地道：“睡！”

林初九扯了扯身上的被子，又看了看重楼身上的衣服，泪流满面。

她要怎么跟重楼说，那衣服是她穿过的？她真的不想拿自己穿过的衣服给人盖，总感觉这太亲密了一些，而她这个有夫之妇与别的男人这么亲密，真的好吗？

可是，任凭林初九再有怨念，重楼都不为所动，衣服一盖，闻着熟悉的味道，重楼睡得踏实。

这几天，他真是累狠了，一路奔波，心悬得高高的，根本没有办法好好休息，今晚总算可以睡个安稳觉了。

林初九盯着重楼看了许久，也不见重楼有所动作，就知道没戏了，老老实实地用被子裹住自己，睡觉！

第二天，林初九醒来时，重楼并不在屋内，林初九也没有寻找的意思。还是那句话，在树林里重楼是不会有危险的，有危险的是遇到他的动物。

林初九起身，简单地收拾了一下屋子，正想去打水，就发现桶里装满了水。

林初九一愣，随即扯出一抹大大的笑："看不出来，魔君这么体贴。"

有人干活，林初九也就不客气，用石碗装出一半的水，点燃小炉子烧开，剩下的则全部用来梳洗。

梳洗完毕，林初九又检查了一下伤口。过了一天，伤口已经收拢了，只要不再扯到伤口，养个三五天就好了。

梳洗过后，林初九打算出去找吃的，可打开门，就看到重楼提着几条鱼过来了。

"没走？"林初九看着沐浴在阳光下，踏着金光而来的重楼，用力揉了揉眼睛。

"什么？"林初九声音很小，咬字又含糊，重楼没有听清。

林初九可不敢傻得重复，背一挺，精神百倍地道："你回来了！"当然，林初九不会忘记绽放灿烂的笑容。

"嗯。"重楼拎鱼的手一紧，耳根微微泛红。

林初九的眼神太亮，笑容太灿烂，语气太热烈，让他有一种心爱的妻子在欢迎丈夫回家的错觉。

不过，脸红只是刹那，这个念头一起，重楼的脸就黑了！

心爱的妻子？欢迎丈夫回家？

林初九这个蠢女人还知不知道自己的身份？她可是嫁过人的，她可是有丈夫的，怎么可以对别的男人笑得这么灿烂？即使，这个男人是他自己也不行！

这么一想，林初九的笑容越灿烂，重楼越觉得生气，粗鲁地把鱼塞到林初九的手里，生硬地道："去做！"

说完，看也不看林初九，飞身而下，朝林中深处走去。

"怎么突然变脸？"重楼画风突变，把林初九吓了一跳，抱着鱼站在木屋前，看着重楼渐行渐远的背影，好半天都想不明白是怎么回事。

“难不成，男人每个月也有那么几天？”林初九想破脑袋，也没有想出自己哪里做得不对。

她做得挺好的呀，殷勤、明媚、笑脸迎人，重楼应该不会不满才是呀！

天知道，就是因为她做得太好，所以重楼才生气。

林初九想不明白索性不想，拎着鱼回到屋内，想到重楼的食量，林初九把鱼全煮了，为了去掉鱼腥味，林初九放了一点草药。

很快，乳白色的鱼汤就在锅里翻滚，林初九用筷子戳了戳，确定鱼肉煮熟了，将火弄灭，然后盛了一小碗出来，边吃边等重楼。

让一个饥饿的人闻着香味等人是不道德的，林初九吃得一点心理负担都没有。

吃完一碗，又继续吃，直到吃饱才放下筷子，而这个时候重楼还是没有回来。

林初九挑了挑眉，看了一眼屋外，不确定重楼还会不会回来，索性将门关上，在屋内补觉。

腿长在重楼身上，重楼爱来不来，爱走不走，她管不着。

至于出去的事？林初九并不担心，她相信重楼不会把她一个人丢在这里。

别问她为什么，女人对男人的爱慕还是很敏感的，她多少还是知道重楼对她是不一样的。要不是这样，她也不会一直装傻不叫他的名字，刻意保持距离。

虽然，效果并不好……

第十七章　多情却似总无情

重楼并没有离开，但也没有回来吃早膳，中午的时候也没有回来，直到傍晚时分，重楼才返回小木屋。

“我已经找到了出路，明天就离开。”很明显，重楼不是在跟林初九商量，而是在告知她这件事。

“好的。”林初九一点也不意外，也不觉得重楼过分。魔君大人肯带她出去就好，她哪里敢挑三拣四的。

林初九的爽快，却让重楼十分诧异，挑眉问道：“我以为你不想离开。”

“啊？你怎么会这么想？”林初九一愣，重楼哪只眼睛看到她不想离开？

她吃撑了，才会想要留在这种鬼地方，朝不保夕不说，天知道下一秒会不会成为野兽的食物。

“难道不是吗？连屋子都建了，你真的想过离开吗？”这个死女人，他不来找的话，肯定不会想走吧？

“我当然想离开，我只是找不到路，一个人也不敢乱走。至于建这个屋子，那是因为我刚到这片林子就遇到了大雨，差点被淋死。雨停后，正好碰到一棵被野兽撞倒的树，想着搭个屋子好避雨。”这屋子看着是木制的，其实大部分都是树枝和藤条编成的，并不结实，风大一点，雨猛一点，这屋子就会报废。

“是吗？”重楼很怀疑，凭林初九的本事，想要出去也不是多难的事，顶多冒险了一些。

“当然，我没有必要骗你。”重楼又不是萧天耀，她没有必要撒谎。

“确实，你没有骗本座的必要。既然如此，收拾一下，我们明天一早就离开。”得到了想要的答案，重楼不再纠缠，直接走进小木屋，并吩咐林初九准备吃的。

本就狭窄逼仄的小木屋，因重楼走进来更显小了，连转身的地方都没有，可魔君大人有令，她不得不进去给他准备吃的。

早晨的鱼有剩，林初九煮了一锅鱼汤，分成两份，多的给重楼，少的则自己喝。

两人静静地喝着鱼汤，谁也没有说话。吃完饭，重楼将空碗递给林初九，动作自然，就好像是做了千百遍，林初九也不觉得有什么，接过，洗干净。

和昨晚一样，开窗、开门透了会儿气后，林初九就抱着“被子”蜷在角落里睡。不过，重楼今晚找不到盖的衣服了，因为林初九把衣服收起来了。

“小气的女人！”重楼在心里嘀咕一句，嘴角却忍不住上扬。

这个蠢女人，总算还知道自己的身份，知道避嫌！

第二天一早，林初九醒来时重楼又不在，有了昨天的事，林初九也习惯了，梳洗一番后，将需要带上路的东西包好，用大布袋打了一包，背在身上。

背个大包袱肯定不好看，但林初九不认为重楼会帮她拎东西，就算重楼愿意，估计她也没有那个胆，她得多不怕死，才敢指使重楼帮她做事?

林初九收拾好东西没多久，重楼就回来了，手上拿着几个野果，见林初九收拾好行装，什么话也没有说，把野果递到林初九面前。

果子明显是洗干净的，林初九也不嫌弃，接过，道了一声谢，就“咔哧咔哧”地吃了起来。重楼看了一眼，嫌弃地别过脸：“能下去吗？”不能的话，他就吃点亏，勉为其难地抱一下好了。

“能的，魔……你放心，我一定不会拖你的后腿。”林初九差点儿又叫出魔君，幸亏她反应快，及时改了口。

重楼冷冷地瞥了她一眼，倒是没有多说，足尖一点，跃了下去。

林初九将未吃完的果子塞到口袋里，双手抱着树枝，呼哧呼哧地爬了下来，动作笨拙得像只熊。

“难看死了。”重楼一脸嫌弃，当然他也没有要帮忙的意思。

“安全就好。”林初九倒不觉得丢人，她又不是女神，也没想过在重楼面前做女神，形象这种东西对她来说并不是那么实用，至少现在不实用。

“知道就好，跟紧一点，本座可不会回头救你。”重楼上下打量了林初九一眼，确定林初九没事，这才转身往东边走。

林初九忙跟了上去，并做好了一路小跑的打算，不想重楼一路走得不快不慢，林初九压根不需要费力就能跟上。

“没想到魔君也挺体贴的嘛。”林初九立刻就明白重楼的用意，在心里暗自嘀咕。

重楼刻意放缓步子，林初九就不用着急了，掏出未吃完的果子继续啃，路上看到合心的药草，也会采两株。

林初九停下来采药时，重楼一般都不会等她，每每采完药，林初九都要小跑两步才能跟上。

每次听到林初九在后面跑，重楼都忍不住嘴角微抽：这女人，明明都成亲了，还是亲王妃，怎么就一点也不庄重？不知情的人，还以为是哪个未婚的小姑娘。

不满归不满，重楼从来没有因为林初九停下来采草药而不满，也没有因此加快速度，就像重楼之前所说的那样，他让林初九跟着他走，但绝不会回头救她。

当然，林初九也不需要重楼救。因为，他们这一路上什么危险都没有遇到。

这一路很安全，可林初九也不会傻到以为，丛林里就真的这么安全，安全到连只兔子都遇不上。

一路上，她可没少闻到血腥味，就算没有看到动物的尸体，林初九大致也能猜到是怎么一回事，只是不知是重楼提前清理了，还是重楼的属下清了场。

有重楼带路，一路无惊无险，顺利得就像是在逛自家后花园，让林初九不知道说什么好。

七天后，林初九和重楼走出了那片林子，走到一条小道上。

"那是回东文京城的路，"重楼指着北边的方向，手臂轻移，又指向另一个方向，"那边是去魔宫的路，你要去哪里？"

两个方向，看似给了林初九选择，实际上什么选择都没有。

林初九犹豫了一下，弱弱地问道："我可以都不选吗？"她现在不用受制于医圣之心，算是半个自由身，她不想再回京城了。当然，她更不想去魔宫，面对重楼。

"怎么？想要一个人走？"重楼这句话咬得特别重，说得特别慢，明显是生气了，而且还是很生气。

"我……"林初九迟疑片刻，还是咬牙道，"我没有想过去魔宫，也不打算回京城，尤其是现在。"

"为什么？"萧天耀做了什么？让林初九这么反感去京城？

林初九没有直接回答，而是努力扯出一抹不在乎的笑："你知道，我为什么会落入那片树林吗？"

不等重楼开口问，林初九就道："因为我任性地要自己回京，孤身上路，才让潜在暗处的敌人看到机会，设局伏杀。你知道吗？为了让我安全离开，保护我的人一个个死在我面前。因为我的任性，因为我那该死的说不出来的自尊和自卑，我害死了他们。"

说着说着，林初九脸上流满泪水，没有声音地落泪，看着就让人心酸。

"我害死了那么多人，我怎么……怎么有脸回去？"林初九越说越自责，最后再也撑不住，蹲在地上，低头痛哭，"他们原本可以不用死的，都是因为我，都是我害死了他们，我真的没脸回去了。"

她不是懦弱的人，也不是胆小的人，可她真的害怕回去后，面对死去的护卫的同伴的指责，害怕面对他们家人指责的眼神。

“是我任性，是我不懂事，是我害死了他们。几十条人命呀，都是因为我才断送的，他们，他们……原本不用死的。”林初九咬着唇，竭力不让自己哭出来，可是效果并不好。

这些天，她一直饱受良心的谴责和不安。这些天，她闭上眼，就是那些护卫惨死的画面。

这些天，她一直在催眠自己，让自己忘了那些，不要再去想，可是她做不到。

在森林里还好，巨大的生活压力让她没空多想，而走出森林，她就是再怎么自我催眠，都无法说自己无罪。她有罪，她是害死他们的罪魁祸首。

“我后悔了，我真的后悔了。我不该任性地要求独自回京，我不该自大地以为，我能保护好自己。最后我是活下来了，可是保护我的人都死了。我的任性，害死了那么多人，我真的没脸回京。”

“要不是我任性，要不是我跟萧天耀赌气，事情根本不会变成这个样子。”

“我害死了那么多人，我怎么有脸回去面对他们，我怎么……”

……

林初九越哭越伤心，越哭心中的自责与愧疚越大。重楼站在一旁，几次想要上前安慰，可手伸到一半又收了回来。

他好像不会安慰人！而且，他似乎也没有资格。

等了许久，不见林初九停下来，反倒有哭岔气的迹象，重楼终于忍不住，黑着脸道：“不要哭了，吵死了。”保护她的人全死了，林初九会愧疚、会自责，他能理解，可至于把所有的错，都背在自己身上吗?

他们又不是林初九害死的，是他们实力不济，保护林初九不力才会死的，没有追究他们失职就算好的，林初九自责个什么劲?

“不就是几个护卫吗？他们的职责就是保护你，没有保护好你，反倒死在对手手上是他们自己实力不济，与你何干？”死几个护卫就自责，这样的女人怎么做萧王妃？“又不是第一次有人死在你面前，你伤心什么？”

以前也不觉得林初九心软，之前为保护林初九而死的人也不在少数，林初九虽然伤心，可也没有自责到这个地步。

林初九摇头，哽咽地道：“那不一样，那不是因为我，这一次完全是因为我，他们本来可以不用死的。”

“有什么不一样？不都是保护不力吗？林初九，本座的耐心有限，你给我起来把脸擦干净，本座没有闲工夫陪你在这里瞎哭。”可不就是瞎哭？一群人为了寻找林初九折腾得半死不活，她倒好，安全了不想办法报信，反倒因为自责和愧疚不敢面对，简直是没用。

“你只考虑死去的人，有没有想过活着的人？林初九，做人不要太自私。”重楼看林初九抱成一团，哭得像个小可怜，心里顿时蹿出一股无名的火。

“活着的人？谁？林家没有人在乎我的生死，他们巴不得我早死。”林初九也哭累了，而哭了一场，她心里也没有那么难受了。

她终究不是柔弱、善良的女子。虽然自责，虽然愧疚，虽然把所有的错都背在自己身上，可也不会因此悲伤过度而死。

她是自私的，她自责、她愧疚、她不安，却没有想过抵命。

“你眼中活着的人，就只有林家吗？蠢货！”重楼掐死林初九的心都有了。

这个女人不是一向伶牙俐齿会说话吗？现在这是怎么了？每一句都说得让人窝火，恨不得一巴掌拍死她。

“对哦，还有萧王萧天耀。不过，我的生死对他来说无所谓，我死了他正好可以另娶，他是男子，又不用为我守节。”林初九抹掉脸上的泪，扯出一抹比哭还要难看的笑，“我都失踪二十多天了，萧天耀的人没有找到我，肯定以为我死了，我这个时候回到京城，对谁都不好。与其给人添麻烦，不如就此桥归桥，路归路。”

回去干吗？回到京城，不过是麻烦缠身……

重楼不是一个有耐心的人，听到林初九寻了一堆不回京城的理由，直接脸黑：“既然不想回京城，那就去魔宫。”到了魔宫，他会让这个女人明白，什么叫生活的艰辛，什么叫地位的差别。

真是泡在蜜罐里长大的姑娘，不知道生活的艰辛，居然为了一点小事就放弃旁人穷极一生也达不到的尊荣，简直是愚不可及。

“不用。我不去魔宫。魔……重楼，你把我带出森林已经足够了，我不能再麻烦你了。”林初九哭过一场，把憋在心里的话全说了出来，心里已经好受许多，也有了决定。

“不去魔宫，不回京城，你想去哪？你可知你一个弱女子独自在外，会遇到什么事？”再太平的世道也有吃人的一面，林初九一个弱女子孤身上路，就是送上门给人抢。

“我能保护好自己。”只要不遇到专业的刺客，林初九有信心自保。

“哼……”重楼冷哼一声，“本座倒要看看，你怎么保护自己。”话落，重楼往前一步，抬手朝林初九的后颈一拍。

“唔……”林初九完全没有想到重楼会对她出手，瞪大眼睛看着重楼，身子一软，不甘地闭上眼，“为……”

“笨女人，真以为自己有多厉害。”重楼手一伸，将人抱了个满怀，吹了一声口哨，不多时，一匹通体发黑的骏马，从小路的另一头跑了过来。

“嗒嗒嗒……”骏马在重楼身旁停下，仰头看着他，姿态傲慢，就像重楼给人的感觉一样。

重楼拍了拍马头，抱着林初九跃上马背，拉了拉缰绳调转马头，又替林初九调整了一个舒适的位置。

“啪！”重楼没有急着走，而是打了一个响指。

“主上。”两个黑衣人从树林出来，双手抱拳，恭敬地站在一侧。

“通知金吾卫来接人。”重楼低头看了林初九一眼，嘴角轻扬。

真想知道，林初九一醒来，发现自己不得不回京城，会是什么样的表情。

“是。”黑衣人低头应道。

重楼示意两人退下，一夹马腹，抱着林初九策马离去。

一路狂奔，在天黑前重楼带着人来到驿站外，没有惊动任何人，重楼抱着林初九潜入驿站，把人放在驿站的客房里。

“蠢女人，老老实实地跟着大军回京城，外面的世界不是你想的那么简单。”重楼在林初九背后轻拍了一下，转身离开。

重楼走后没有多久，林初九就幽幽转醒，揉了揉酸痛的脖子，抬头打量眼前的环境。

屋子很简陋，看着不像是客栈，外面没有守卫，肯定也不是魔宫。

“重楼把我丢哪了？”林初九不知自己晕了多久，揉了揉酸痛的胳膊和双腿，下床往外走。

门外一个人都没有，天色很暗，可视范围不超过一米，林初九不敢乱走，站在门口大声喊了一句：“有没有人？”

没人应！

林初九等了一下，又叫了一句：“有没有人呀？”

仍旧没有人应。

林初九迟疑了一下，决定往外走。

顺着长廊，林初九小心翼翼地往外走，刚走到天井的位置，就听到一阵整齐划一的脚步声，不需要出去看，林初九就知道是有军队过来了。

“这是哪呀？”林初九越发不解，重楼又不是朝廷中人，手上怎么会有军队？

就在林初九发愣间，脚步声越来越近，听声音似乎是朝她这个方向来的，林初九愣了一下，本能地想要躲起来，可还没有找到合适的地方，就听到有人大喊：“王妃，卑职严振，奉命迎接王妃回京。”

“王妃？不会是在叫我吧？”林初九傻眼了，愣在原地忘了走。

就在此时，一小队人马，手持火把走了进来，第一眼就看到了站在天井中的林初九，带头的人打了一个手势，身后的人齐刷刷地停了下来。

“卑职严振，参见王妃。”带头的将领双手抱拳，行了一个军礼。

“免，免礼！”看到熟悉的军服，林初九知道了来人的身份，脸皮微抽，好半天才缓过来。

她都说了不想回京城，重楼居然把她丢在这里，通知金吾卫来接她，简直过分！

“多谢王妃。王妃，王爷有要事在身，无法抽身，特命卑职前来迎接王妃。卑职已安排好车马，请王妃上车。”严振一板一眼地说完，侧身摆出一个请的姿势，完全不问林初九愿不愿意走。

“好！”林初九闭上眼，深吸了口气，抬步往外走。

萧天耀知道她没有死，她就不可能再走了，回京城是她唯一的选择。

重楼那个混蛋！暗暗握紧拳头，林初九在心里把重楼骂了个半死。

“阿嚏，阿嚏……”连夜往回赶的重楼，突然打了数个喷嚏，不得不放缓速度，让马儿慢点跑。

“肯定是林初九那个女人在骂我。”连夜赶路的魔君大人语带笑意，一扫之前的低沉，看上去心情颇好。

“驾驾……”喷嚏停了，重楼拉了拉缰绳，再次加速前行。

他得在林初九回去前，给张家一个永生难忘的教训。不然，等林初九安全回来，帝国张家就不会把林初九失踪的事当回事，他要出手打压张家，张家必会认为他小题大做。

人没事，他还要咬着不放，即便是他占理，旁人也会认为他过于狂妄。

世人便是这般，好了伤疤忘了疼，他无意扭转世人的想法，也无意与世人争辩。

在林初九失踪的第二十天，一直没有在人前出现的萧王爷，身着戎装出现在人前，点了一支百人精锐部队进城。

进城后，萧天耀直达张家在城中的铺子，下令：“封店，把人拿下，违抗者杀无赦！”

“是。”萧天耀手下的兵，一向只听令，从不过问缘由，萧天耀命令一下，他们立刻冲入店内，把客人赶出去，封店，拿人。

“你们，你们干什么？你们别乱来，我告诉你，我们东家可是中央帝国的人。”店内的掌柜、小二从来没有遇到过这样的情况，吓慌了神，一个个大喊大叫。

金吾卫根本不搭理，直接捆人，听到萧天耀说了一句“吵”，金吾卫二话不说，把人下巴卸了。

“封店，店内的东西丢出来。”封店还不够，萧天耀还命人把店内搬空。

“唔，唔，唔……”掌柜、小二听到这话，脸色惨白，拼命挣扎。

金吾卫连个眼神也不给他们，把人拖出来后，就开始往外丢东西，至于会不会砸坏，金吾卫压根不在乎，把店搬空，贴上封条。

“告诉帝国张家，没有本王的命令，谁撕了这封条，本王就把谁撕了。”留下一句血腥味十足的话，萧天耀带人继续朝下一个店铺走去。

绑人、清店、封店！

城中，凡是帝国张家的店铺，或者与帝国张家有关的商铺、宅子，一天之间全都被砸、被清、被封了。

而这还不够，清了这座城中张家的店铺后，萧天耀带着一百精兵先一步北上，见城就进，见镇就入，只要有张家的店铺，全部砸了、封了，店里的伙计不管，掌柜全绑了丢入当地大牢，让当地县官看好，没有他的命令不许放人。

一时间，张家损失惨重，除了南边的商铺，其他地方的商铺几乎都遭到毁灭式的冲击，不仅店被关，店内的东西被清，就连开店也不被允许。

出了这么大的事，各地商铺的掌柜虽然被关了，可还是想办法在第一时间把消息送到京城，送到了帝国张家在东文的办事处。

“萧王这是什么意思？要和我张家撕破脸吗？”张家人收到信件，气得差点吐血。

他们在东文的生意，一再遭到萧王一派的打压，粮行、钱庄全部亏损，现在各地商铺又出事，今年别说盈利，能不赔钱就是好的。

“萧王实在过分，他怎么敢！”

“封我张家的店铺，还不许我张家开门，他以为自己是谁？”

“撕了我？我倒要看看萧王有什么本事，敢撕我张家人！真当我们张家人怕了他？”

……

张家在东文的负责人是刚到的，来人是张家的一个少爷，在本家被排挤，这才被派来东文，接手东文的烂摊子。

张家这位少爷心里正不爽，遇到这事就更别提了，吃人的心都有了。

“兰少爷，东文不过是个小国，萧王不过是一个小国的亲王，不成气候。您先喝口茶，消消气，为了一个小人物生气，不值当的。”管事见张家这位少爷气得直喘气，忙倒了一杯茶奉上。

“哼，一个小小的东文亲王，也敢跟我张家叫板。之前看在花家的面子上，不计较他办钱庄的事，他还真当自己了不得了，真以为我们张家怕他了？”兰少爷骂了两句，心气顺了，端过茶喝了一口。

“是是是。萧王爷那就是给脸不要脸，太把自己当回事了，兰少爷你别为那种小人物气坏了身子。”管事知道兰少爷爱听什么，赔着笑，哄着。

“本少爷不气，不就是一个亲王吗，我就不信他能嚣张到哪里去。去，给东文皇帝送个信，就说本少爷要见他。”兰少爷趾高气扬地说道，在他口中，东文皇帝就是他想见就能见的人。

管事一听，暗暗叫苦，不得不硬着头皮道：“兰少爷，你刚来东文，不知东文的情况。这事怕是东文皇帝办不了的。”

“怎么？东文的皇帝敢不给我张家面子？”兰少爷斜了管事一眼，一脸傲气。

“这个倒不是，只是萧王刚刚打了胜仗，这个时候就是东文的皇帝也要给萧王面子。”管事小心地斟酌用词，生怕一个不留神，这位兰少爷不高兴。

“东文的皇帝也管不了他？”兰少爷一脸怀疑。

在帝国，可从来不会有这样的事，帝国的皇帝是个强势的独裁者，说一不二。

管事不敢接话，避重就轻地道：“萧王妃刚刚失踪，生死不明，这个时候东文的皇帝也不好太为难萧王。”

“萧王妃……”一提到这个，兰少爷就不说话了。萧王妃会失踪，旁人不知道是因为什么，他却多少知道一些。

兰少爷尴尬地摸了摸鼻子，突然一顿，猛地跳起来：“不对，萧王这个时候对张家出手，莫不是……”知道了？

“肯定是这样，要不然萧王早不出手，晚不出手，怎么会此时出手？”兰少爷越想越觉得是这个理，然后就再也坐不住了，打发管事，立刻回书房写信去。

此次萧王妃出事，张家虽然有参与，可并不是主谋。他们张家只是帮二皇子一个忙，让二皇子的人可以混进东文伏杀萧王妃，嫁祸给大皇子。

现在事情败露，萧天耀把所有的怒火都发泄在张家身上，就表示萧天耀已查到此事与大皇子无关。

这件事萧天耀能查到，大皇子十有八九也能查到。大皇子知晓二皇子这么坑他，肯定不会轻饶二皇子。

“这事麻烦了，要是二皇子和大皇子因此都怪罪张家，张家可就惨了。”兰少爷嘴上担忧，脸上却是掩不住的兴奋。

虽说这事对张家来说是件倒霉事，可对他来说却是一个机会。

他在第一时间发现了此事，并报给家主知道，家主要是因此而减少了损失，定会记住他，说不定还会把他调回中央帝国。

“要是事情能成就好了。”兰少爷越想越兴奋，越想越激动，洋洋洒洒地写了几千字，墨迹一干就装封，让人火速送回帝国，并再三交代，务必要送到家主手上。

监视张家动向的隐卫，将这一幕尽收眼底，转身就把消息送给了萧天耀。

萧天耀此时离京城并不远，不过两日就收到了信，得知张家已经发现了，萧天耀一点儿也不着急，转身就把信交给暗卫，让他转交给轩辕挚。

先下手为强，后下手遭殃。帝国二皇子陷害轩辕挚一事证据并不多，那身落在树林里的黑甲卫铠甲也不能代表什么。轩辕挚带来的黑甲卫死了不少，黑甲也流失了许多件，轩辕挚没有证据能证明，那身黑甲的主人与二皇子有关。

这个时候，轩辕挚要是不尽快出手，就会被二皇子抢占先机，等到轩辕挚回到帝国就什么都晚了。

“虽说不是大事，本王也算是帮了你。”萧天耀轻敲桌面，眼神冰冷。

帝国那些皇子怎么争权、怎么夺权，他一点儿也不在意，可扯上他的王妃，拿他的王妃当棋子就万万不该。

这笔账，他记下了！那未曾谋面的帝国二皇子，他也记下了！远在帝国的二皇子还不知，他这次不仅栽赃轩辕挚不成，还惹上了一个大敌。

……

不知道是萧天耀的手段起了作用，还是别的原因，林初九这一路走来很平顺，不仅没有遇到伏杀，就连闹事的小匪徒也没有遇到一个。

七天后，林初九与大军会合，得知萧天耀不在军中，林初九长长地出了口气。

请原谅她鸵鸟般地想要逃避，她现在真的不知道该怎么面对萧天耀。如果可以，她这一辈子都不想面对萧天耀，从此天涯陌路，各过各的，可偏偏不行！

林初九与大军会合后，便随着大军一同回京。这一次，林初九半句也不敢提独自回去的事，她死不要紧，可要是因为她的任性，再害死别人就不好了。

因心中有愧疚，林初九与大军会合后，就一直坐在马车里，除非必要绝不外出，见到金吾卫也是客客气气的，更不打听任何事，尤其是与萧天耀有关的事，她一句也不问。

随行保护她的侍卫，看到她冷冷淡淡的样子，心中暗自琢磨，王妃是不是不高兴了？或者责怪他们之前保护不力？

金吾卫心中不安，可却不敢去询问林初九，一路战战兢兢，连眼皮都不敢眨一下，就怕一个眨眼，林初九又遇险了。

双方各有各的想法，一方愧疚自责，一方惶恐不安，双方一直不曾沟通，就这么一路误会地走到京城。

金吾卫有二十多万人，这些人自然是不能进城的，甚至按皇上圣旨上的要求，他们都不能离开边境，可这一次萧天耀没有听皇上的话，他直接把大军带回城了，就在城外驻扎。

手握兵权才有话语权，之前他就是太给皇上面子，一直把金吾卫留在边境，以致他出事后，远水救不了近火，金吾卫在边境被人毒害。

这一次，他不仅要保护好自己，也要保护好金吾卫！

金吾卫和林初九比萧天耀早一步抵达，为了等萧天耀，大军在城外驻扎，并不派人进城面圣。

皇上听到这个消息，差点儿吐血。

“他居然敢，居然敢把金吾卫带回京城。他把朕的圣旨当什么了？他想做什么？逼宫造反吗？”二十多万大军就在城外驻扎，就算城内有十万禁军，可皇上仍旧不安。

别说京城只有十万禁军，就是有二十万、三十万，那些人也不是金吾卫的对手。萧天耀的兵离京城这么近，只要他愿意，随时可以发动政变。

“圣上息怒。”林相和右相扑通跪下，可除了叫皇上息怒外，他们什么也做不了。

“息怒？你们让朕怎么息怒？二十万大军离京城只有一天的路程，只要他愿意，随时可以破城而入，取而代之。兵临城下，朕怎么息怒？”皇上用力按了按自己头痛欲裂的脑袋，强撑着不肯倒下。

他现在绝不能倒下！

“圣上，萧王应该没有造反的意思。”林相犹豫再三，还是硬着头皮开口，“萧王真要造反，就不会丢下大军去封张家的店。萧王带大军回京，恐怕是……”说到后面，林相自动噤声，不敢开口。

皇上头痛欲裂，脑子也没有平时灵光，见林相说一半留一半，当即怒了：“恐怕什么？说！”

林相吓了一跳，急忙开口：“圣上，臣猜萧王此举恐怕是为了震慑。毕竟，毕竟……之前萧王出过事。”

至于出了什么事，大家都默契地不提，毕竟那事要是成了还好，没成就真不是什么光彩的事。

“你这么说也不无道理。”皇上现在最怕萧天耀兵变，林相给了一个萧王不会兵变的理由，皇上虽然不信，可却想试着接受。

萧天耀真要兵变，他是一点儿办法也没有。

“如此，就先下旨安抚三军，免得他们只记萧王情，却不知帝王恩。”情势没人强，就算皇上再不乐意，也只能下旨安抚，甚至重赏。

“皇上英明，皇上英明。”林相见皇上采纳了他的意见，暗自松了口气。

不管怎么说，先过了这一关再说，至于后面的事？

林初九是他的女儿，萧天耀是他的女婿，也许他该去和女儿、女婿好好沟通一下。

右相从头到尾一言不发，对皇帝的决定也没有任何异议，只在和林相一同外出时，右相似笑非笑地说了一句：“林相打了一手好算盘。”就怕最后两头落空，毕竟不管是皇上还是萧王，都不是什么简单角色。

“右相在说什么？我听不懂，我不过是为君分忧罢了。”林相装傻，笑着回了一句。

天知道，他一点儿也不想投靠萧天耀，可现在这个形势，容得他说不吗？萧王大军压城，皇上拿他一点办法也没有，只要萧王愿意，振臂一呼，东文的皇帝就要换人做了。他也想一心一意为皇上分忧，可前提是皇上能一直坐稳皇位。然而，从现在的情况来看，皇上那位子很悬。

“好自为之。”右相丢下一句半是劝说、半是警告的话后，施施然离去，留下林相站在原地又惊又怒。

这世间不缺聪明人，也不缺消息灵通的聪明人，萧天耀带大军回京的事，从来没有遮掩，现在大军就在城外，京城里消息稍稍灵通的人都知道了。

皇后收到消息时，正在花房里修盆栽，一个错手将叶子剪坏了，皇后微微皱眉，让人把精心修了半天的盆栽丢了。

坏了就不完美了，不完美的东西她不要。

“娘娘，我们现在该怎么办？”宫人把盆栽端了出去，只留下皇后和老嬷嬷在，老嬷嬷没了避讳，主动问道。

“怎么办？当然是帮皇上坐稳皇位，他的位子不稳，我的儿子怎么办？”皇后慢条斯理地擦着手，眉头微皱，“放眼四国没有人能制得住萧王，让人给皇上提个醒，让他想办法去帝国找人帮忙。”

“这……倘若帝国插手，万一发现我们的身份呢？”嬷嬷不安地开口。

“不必担心，帝国不会派什么大人物来。”皇后满不在乎，随手将帕子丢在桌上，仪态万千地往外走，完全看不出她每走一步，身体都在承受着剧烈的疼痛。

皇后是个有手段的女人，然而她再有手段、再厉害，也终究只是一个女人，一个被关在后宫失去自由的女人。

她的提醒很有用处，可惜晚了！

萧天耀的金吾卫离京城只有一天的路程，只要萧天耀愿意，随时可以破城而入。

皇上这个时候去中央帝国搬救兵，等到中央帝国的人来，萧天耀已经坐在皇位上，中央帝国会帮谁？

“寻求帝国什么帮助？休得胡言，天耀凯旋归来，我东文大胜，何需帝国帮助？”听到大臣给的建议，皇上的头更痛了，心里也越发烦躁。

他不能告诉大臣，他早就派人去中央帝国了，可帝国压根就不理会。对帝国来说，只要东文在就好，至于谁当皇帝，他们一点也不在意，看中央帝国对南远的态度就知道了。

南远新皇起兵时，南远执政的皇帝也曾派人去帝国求救，帝国根本就不理会。

“圣上，萧王无视圣上的旨意，带兵入城，此事绝不可姑息。”私下面圣的大臣，见皇上拒绝，跪在地上，一副忠心为皇上着想的样子。

皇上头痛地按了按太阳穴，不耐烦地道：“好了，此事无需再说，天耀是朕的弟弟，朕相信他。”

当务之急不是求帝国帮他压下萧天耀的气焰，而是安抚萧天耀，别让他兵变。现在闹腾着打压萧天耀，万一萧天耀寻到理由，真的起事呢？到时候，帝国派人来了又如何？他这个皇帝都死了，帝国还能让他活过来不成？

“圣上……”大臣还想要谏言。皇上十分不耐烦，不等他说完就道：“跪安。”

大臣无奈，满脸忧心地退下。

不过，好歹他完成了任务，至于皇上听不听他的劝，就不是他能决定的了。

皇后收到消息，沉默了许久，才幽幽开口：“是我太高看自己，又太低看陛下了。这个时候哪是求救的时候，这是安抚的时候。”

“娘娘……”随侍的嬷嬷，见皇后垂头丧气的样子，不由得担心。

“我没事。”皇后闭了闭眼，掩去心中的气馁，轻叹口气道，“去寻小七来，本宫有话要跟他说。”

“是，娘娘。”嬷嬷躬身退下，同时把殿中的宫女、太监全带了下去。

不多时，七皇子就来了，与皇后两人在殿内待了半个时辰。母子二人说了什么旁人不知，只知七皇子从皇后这里出去后，就去求见皇上了。

在所有皇子，甚至太子之前，七皇子先一步找到皇上，主动请求去城外安抚三军，同时迎萧王爷回京。

所谓的安抚三军、迎接萧王爷回京，不过是说得好听，实际上是去做人质，表现皇帝的诚意，让萧天耀寻不到出兵的理由。

“七儿，你不必如此，有你哥哥在。”皇上正为萧天耀的事头痛，甚至想着要不要亲自出去迎接，以示恩宠和诚意。

转念一想，他要出城亲迎，就等于向萧天耀服软，将帝王的颜面放在地上，任萧天耀践踏。

“父皇，太子哥哥身体不适，儿臣是嫡子，皇婶也喜欢儿臣，儿臣去再好不过。”七皇子鼓着包子脸，一本正经地解释。

太子重病无法出城去迎接萧天耀，但三皇子萧子安却可以。他是宠妃之子，少年封王，才华横溢，深得帝心，身份仅次于太子，由他代替再好不过。

当然，骁勇善战的大皇子也合适，然而皇上并不喜欢大皇子，这种事大皇子也不会想出头。

只是，三皇子刚跟周贵妃提了一句，就被周贵妃拦住了，死活不让他去找皇帝，不让他去送死。

萧天耀的大军就在城外，要说他没有二心，周贵妃绝不信。这个时候出城去金吾卫大营，就等于落到萧天耀手里，任由他宰割。

要是萧天耀念及叔侄情还好，要是不念叔侄情，去的人就算是皇子、亲王，十有八九也是祭旗的命。

萧子安不想惹母亲生气，便在宫里好言劝说周贵妃，这一耽搁就让七皇子抢了先。

七皇子一番理由解释下来，皇上也有些心动，可一看到七皇子那个小身板，皇上就没有办法点头。

七皇子这才几岁？真要让七皇子去接萧天耀，指不定萧天耀还以为他这个皇帝故意给他难堪。

“小七……”因儿子贴心，皇上心情稍好，朝七皇子招了招手，示意七皇子到他身边来。

七皇子迟疑了一下，默默地上前。

皇上看着和桌子一样高的儿子，满脸慈爱：“小七，父皇知道你的心思，只是你年纪太小了，出城迎接你萧皇叔的事，你去不合适。”

“父皇，儿臣想要为父皇分忧。”七皇子低下头，一副委屈的样子。

“父皇知道你的用心。”满朝大臣，十几个儿女，真正贴心的，也只有这么一个。

“小七，你还小，这些事父皇自会处理，你现在要做的就是好好念书。”皇上看着七皇子，又想到遇事就装病的太子，不由得摇头。

同样是嫡子，差距怎么就这么大？难道是因为，太子打小不养在皇后身边？

当然，这个念头只是一闪而过，皇上就放下来了。他是绝对不会承认，他没有教好太子，太子有错一定是他本人的错。

“父皇……”七皇子扯了扯皇上的衣角，不肯离去。

“乖，父皇还有奏折要批。”皇上心里微酸，暗暗后悔之前待七皇子不够好。同时亦决定，此事一了，他必将七皇子带在身边，亲自教导。

立嫡立长，太子不中用，小七就是最好的人选。

七皇子不得不松开皇上的衣摆，没精打采地行个礼，转身，一步一步走得极慢。

皇上又是感动又是好笑：真是个孩子。

七皇子刚走到殿中央，突然停下来，转身，一脸灿烂地看着皇上：“父皇，你说我年纪太小了不行，那大哥呢？我和大哥一起去，行不行？”

七皇子瞪大眼睛看着皇上，一双黑比白多的眼睛闪闪发亮，满满都是期待。

“此事……”皇上一怔，本能地想要拒绝。七皇子不等他说不，就急忙跑到皇上身侧，拉着他的衣服撒娇：“父皇，父皇，你就给儿臣一个机会吧，儿臣真的想要帮父皇分忧。你让大哥带儿臣去行不行？儿臣给你保证，一定不会让父皇失望。”

面对七皇子祈求的眼神，皇上到嘴边的拒绝怎么也说不出口，叹了口气道：“小七，你可知你孤身去金吾卫大营，代表了什么？”

“嗯，儿臣知道，父皇放心，儿臣一定会办好差事。”七皇子立刻收起嬉闹的孩子样，站在皇上面前，一本正经地行礼。

他当然知道自己出城去迎萧皇叔代表了什么，正因为知道他才要去，哪怕有可能死在外面他也要去。

去了，还能一搏；要不去，如果皇位真的换人做了，作为皇后嫡子，他的下场可以预见。

“小七，这不是闹着玩的。”皇上一脸严肃地看着七皇子，显然是心动了。

“父皇，我是认真的。”七皇子更严肃，小脸绷得紧紧的，生怕皇上不信他。

“这事……”皇上本想应下，想了想还是决定再考虑一二，他心中理想的人选是子安。

“父皇，儿臣求你了。”七皇子扑通跪下，小脸满是祈求，“父皇，儿臣一定会乖乖听大哥的话，也会乖乖听皇婶的话。父皇，你就信儿臣一次吧。”

皇上被七皇子缠得没有办法，想到七皇子与林初九交好，林初九正好在军中，只得点头同意：“好，朕就信你一次，可要听你皇婶的话，别胡闹。”

“谢父皇，父皇放心，儿臣一定不会辜负你的期待。”七皇子一脸慎重地磕头谢恩。七皇子刚起身，太监就进来通报：“圣上，安王求见。”

“子安？”皇上眉头微皱，多少能猜到一二。

七皇子就更不用说了，他心里比谁都明白，可这个时候他不能表现出来。

“父皇，儿臣不打扰父皇和三哥谈正事了。”七皇子扬起纯真的笑容，一脸崇拜地看着皇上。

孩童有孩童的优势，没有人会防备一个孩子。

“去吧。”皇上摸了摸七皇子的头，面带微笑。

七皇子与萧子安在外殿相遇，萧子安显然没有想到会在这里碰到七皇子，愣了一下，还是七皇子给他行礼，他才反应过来，问了一句便进去了。

他根本就没有想到，七皇子先他一步，在皇上面前博尽好感。

七皇子一出殿就去见皇后，将事情经过一一告诉皇后。

皇后满意地点头，将人抱在怀里：“我儿做得很好，母后这就让人去给你大皇兄传话。”做好事不留名这种事，皇后是绝对不会做的。

虽说这次是七皇子拉大皇子一起，才有机会接下这个差事，可要是没有七皇子，大皇子想办这个差事一点可能都没有。

皇后的口信，比皇上的命令先一步到，大皇子得到消息着实是惊了一把。

“皇后这是什么意思？”大皇子可不认为，皇后会单纯地帮他。

他手上有兵权，虽然不得皇上喜欢，可皇上也不会厌恶到不见他，只是和太子、三皇子、七皇子相比，他最不受重视罢了。

“王爷，皇后在拉拢你。”大皇子的幕僚，一脸郑重地说道。

“真要拉拢我，也应该让我帮太子，怎么会是七弟？这事要是办成了，七弟一个孩子能领多大的功劳？”拉拢是肯定的，但为谁拉拢就不好说了。

“如若是太子去，就没有王爷你什么事了。”大皇子手下的幕僚跟了他十几年，大皇子能有今天，他的幕僚功不可没，“王爷，太子最近的表现你也知道。而且，萧王妃原来的身份你不是不知，凭萧王对萧王妃的重视，太子他……”怕是没有机会了。

“说到这个，本王着实是震惊了一把。本王一直以为萧皇叔对他的王妃只是面子情，没想到这次居然为了他的王妃，杠上帝国张家，还真是……叫人震惊。”大皇子想到之前在京城发生的事，还有消失不见的长公主，不由得庆幸自己没有得罪林初九，不然他就惨了。

“王爷，事情不能只看表面。冲冠一怒为红颜不过是掩饰真实目的的理由，你看萧王爷会是为了女人而不计后果的人吗？”幕僚和大皇子的看法相左，他并不认为萧王爷对帝国张家出手，是因为张家伤了萧王妃。

张家伤萧王妃，只是萧王爷出手的理由吧。

“你是说……皇叔他志在帝国？”大皇子不敢置信地开口。

幕僚摇了摇头：“小人也不好说，只是，小人不认为萧王爷封张家的产业，惹怒张家，只是为了萧王妃。”

“你这么说倒是有理，萧皇叔那人做什么事都有深意。”大皇子点点头，十分认可幕僚的话。

事实上，不仅仅是大皇子的幕僚，就是皇上、皇后、林相、右相、轩辕挚，甚至林初九也认为，萧天耀此举别具深意，绝不单单是为了给林初九出气，为了震慑帝国张家。

萧王做事，从来都是走一步算十步，简单粗暴从来都不是萧王的行事风格，萧王如此简单粗暴地对付帝国张家，背后必有深意。

不少人，都开始就此事展开深层次的讨论。

然而，只有老天知道，萧天耀这次还真没有什么深意，他就是给帝国张家，也给其他人一个忠告，别打他媳妇儿的主意。

至于为什么会这么简单粗暴，理由很简单，他现在有足够的权势和地位了，何必要花心思算计？简单粗暴才省事。

……

第十八章　高手过招不见血

第一个主动站出来的人是不一样的，哪怕皇上再偏爱三皇子，哪怕三皇子再合适，皇上也没有动换掉大皇子与七皇子的念头。

君无戏言，他是皇帝，应下自已儿子的事，说什么也要办到。

三皇子虽然遗憾，可他本性豁达、良善，并没有多想，只觉得自已连七皇子都不如，有些羞愧罢了。

第三天，大皇子就收到旨意，让他出城代天子慰问大军，同时迎萧王进城，与圣旨同时到的，还有七皇子。七皇子将一切都准备好了，大皇子只要换衣服出城就行。

大皇子虽然早就知道，可面上还要装作什么都不知的样子，匆匆忙忙换了衣服，才随七皇子一同出城。

在他们动身时，林初九就收到了朝廷送来的消息，让她做好接待的准备。

“王爷还没有回来，大皇子和七皇子是不是来早了？”林初九皱眉，心里十分不耐烦。

皇上这是要做什么?

昨天是林相，打着探望她这个女儿的旗帜，今天又是大皇子和七皇子。慰问大军就不说了，这是帝王恩宠，可迎接萧天耀进城是个什么鬼?

萧天耀根本不在这里好不好，他们这么早来，迎鬼吗?

“这是圣上的旨意，下官也不知。”传旨的礼部官员，将头埋得极低，恨不得自己不存在。

他就是一个小文官，实在没有勇气面对这些杀神。

“好吧，既然圣上要慰问大军，我会让三军列好队，恭迎两位皇子大驾。”林初九不知道皇上葫芦里卖的是什么药，但她知道一件事，那就是萧天耀带着金吾卫驻扎京城外，就不怕表现出实力。

皇上让两位皇子来，不管他们是来安抚金吾卫的，还是来探虚实的，她都要让这两人，甚至宫里的皇上，看到金吾卫的气势与实力。

“王妃，两位皇子只是来慰问大军，不需要兴师动众。”礼部官员本能地觉得不好，可又不敢说得太直白，只能委婉地提醒，希望这位萧王妃能懂事些。

可惜，萧王妃林初九从来就不是一个懂事的人，从她穿着喜服被人抬进萧王府的那一刻开始，就注定在皇上和萧天耀之间，她只能站在萧天耀这一边。

“两位皇子亲临，我怎敢怠慢。要是让王爷知晓，肯定要怪我不懂事。”林初九轻描淡写的一句话，就把事情推到“不懂事”上面。

到时候，萧天耀回来，不管皇上高不高兴，都能寻到完美的理由。

萧王妃一个女子，不懂事嘛。

“王妃，慰问大军自有流程，你只需要按流程办就行了。”礼部官员冷汗直流，他现在可以肯定萧王妃怕是要给两位皇子下马威了，或者说是要震慑一下朝廷。

“哦？慰问大军是什么流程？王爷不在，军师也不在，军中都是一群粗人，我又是一个女人，实在不懂这流程要怎么走。”林初九一脸懵懂，不给礼部官员说话的机会，问向一旁的侍卫，“你们知道吗？”

“回王妃的话，我们不知道。之前，从来不曾接到过皇上慰问我们的旨意。”金吾卫十分给面子，齐声开口。

他们此时说出这话也不是没有怨气的，他们随着萧王爷征战数十载，大大小小立下的战功不计其数，可皇上从来没有下旨慰劳过他们，就是奖赏也是极少。

和其他大军相比，他们明显就是后娘养的孩子。

“都不懂，看样子只能按我们的流程办了。”林初九笑得温柔。

“下官……”礼部官员想说他知道，可不等他把话说完，林初九就让人把他带下去，“这位大人这么早赶过来，想必昨天就动身了，这一路辛苦了。来人呀，带这位大人下去休息。”

“我……”“不累”两个字还没有说出来，礼部官员就被面前四个大汉吓得双腿发软。

在京城待了一辈子，他哪里见过这杀神似的人物？

“大人，请……”金吾卫知道京城这些官员怕他们，故意板着一张脸，一副要杀人的样子。

“谢，谢……”到嘴的拒绝，变成了谢谢，礼部官员连个屁都不敢放，老老实实地随金吾卫下去了。

“果然，人都是犯贱的。上一次萧王凯旋回京，按圣旨的要求没有带兵进城，结果被人伏杀，险些丢了性命。这一次带着金吾卫进京，一路平安不说，皇上还破天荒地下旨慰劳金吾卫，真是好笑。”林初九摇了摇头，转头交代副将安排迎接两位皇子的事。

他们扎营的地方，离京城只有一天的路程，如果大皇子和七皇子今天出发的话，明天才会到。

当然，也不排除晚上到的可能。

“对了，今晚让大家都穿着军服睡。还有，警觉一些，听到鼓声就给我列好队。”其实，林初九一点也不想插手军中事务，她恨不得不跟金吾卫打交道。

每每看到他们，她就会想起那些因保护她而死的人，让她忍不住烦躁起来。

没办法，她心虚！

“今晚？王妃的意思是，两位皇子会在晚上到？”副将皱眉，显然是不认同。慰劳三军，哪会选择在晚上？就算是晚上到，也会等第二天露面。

“谁知道呢。来的是大皇子和七皇子。七皇子年纪尚幼，真要晚上来了，你要跟个孩子计较？”就如同她摆出大军震慑朝廷，朝廷也不能跟她计较一样。

谁让她是女人，不懂事。在许多人眼中，女人和孩子有不懂事、犯错的权利。

“末将明白了。”副将站得笔直，向林初九行了个军礼，才转身走出去。

诚如林初九所想的那样，大皇子与七皇子就是打着晚上到军营慰劳三军的主意。

当然，出这个主意的人是七皇子。

“大皇兄，我们走慢些不要紧。晚上到了，不用在驿站休息，直接进大营，宣圣旨。晚上，大军肯定都休息了，就算没有休息也不会列队摆阵迎我们。要是皇婶不高兴，我就说我路上耽误了时间，这才到晚了。”在大皇子面前，七皇子并不掩饰自己的早慧。

他要拉拢大皇子，当然要表现出实力来。不然，凭一点儿小恩小惠，是无法拉拢强者的。

看到七皇子顶着一张孩童的脸，却像成年人一样严肃地解说自己的计划，大皇子着实震惊了。

大皇子知道七皇子早慧，不是普通的小孩子，虽不至于把他当成孩童对待，可也不会放在心上。

在七皇子面前，大皇子还是很有优越感的，七皇子再早慧，可年纪摆在那里，能有多大的本事？

皇后一脉虽然对他抛出了橄榄枝，大皇子却没有想过去接，皇后明显是想舍弃太子，扶七皇子上位，可七皇子今年才多大？要他为一个小孩子办事，他做不到。更何况，同是皇子皇孙，虽然他不得皇帝喜欢，又没有母族的力量支持，好歹手上有兵权，他也不是没有一争之力，何必委屈自己为他人作嫁衣？

他是接受了皇后一脉的好意，却没有想过与皇后一脉结盟。在他看来，七皇子的年纪是硬伤，就是三皇子也比七皇子有希望，可听到七皇子这番话，大皇子知道他这个七弟，绝不单单只是早慧。

大皇子压下心中的震惊，笑着问道："七弟这法子甚好，只是，你不怕惹恼皇婶吗？"

七皇子一改平日的懵懂与纯真，一脸凝重地道："大皇兄，有舍必有得，我们是父皇的儿子。"天生就与萧王一脉站在对立面，所以他们没有选择。

"父皇让我们来接萧皇叔回宫，慰问大军只是顺带。"大皇子这是告诉七皇子，皇上并没有叫他们给金吾卫难堪。他们是来安抚大军、安抚萧天耀的，要是因此事令萧王不快，最后吃亏的还是他们。

"些许小事，皇婶不会放在心上。"要是萧王在，七皇子也不敢这么做。

"既然如此，那就依七弟。"大皇子暗自琢磨了一下，点了点头。

此事是七皇子牵的头，也是七皇子任性地要在晚上去军营，真要闹得不快，他这个大哥顶多是未尽到劝说的责任，萧王和萧王妃顶多怪他两句，不至于将两人得罪死。

"多谢大哥成全，弟弟定不让你失望。"大皇子一应下，七皇子就改口了，一口一个"大哥"，叫得亲近十足。

大皇子笑了笑，只道了一句："七弟小小年纪就如此不凡，大哥佩服。"宫里的孩子都早慧，可他在七皇子这个年纪，远没有这般沉稳。

要说这一切都是皇后教的？大皇子相信，这里面必有皇后的手笔，可要是七皇子自己没有本事，皇后就是说再多也无用。说与做还是有区别的。

接下来，大皇子不再把七皇子当成一个早慧的孩子，而是忽视他的年纪，将他放到平等的地位，如此一来兄弟二人倒是相谈甚欢，彼此交换了不少信息。

两兄弟既然决定晚上去军营，便不再急着赶路，越晚越好嘛。

晚上，金吾卫都睡熟了，不管他们有什么招都使不出来。

带着这样的想法，兄弟二人直到子夜时分，才抵达金吾卫驻扎的地方。

不过，两人倒不至于傻得直接冲过去，而是停在离驻地十里远处，派人快马前去通传，让金吾卫做好迎接两位皇子的准备。

倒不是大皇子和七皇子不想直接冲过去，可真要这么做了，就不是一句孩子气能解释的，而且没打一声招呼就往军事重地跑，那是找死。林初九就是让金吾卫杀了他们，他们也无处喊冤。

十里路，骑马跑得快，来回也就是一刻钟的事，大皇子和七皇子用冷水洗了一把脸，不疾不徐地往前走。

军营内，早已睡着了的林初九，听到消息一脸郁闷地爬了起来。

"我就知道皇上不安好心。"不满地嘀咕了一句，林初九用冷水洗了把脸，好让自己清醒过来。

营帐外，前来报告的小兵正哆嗦着站在外面，尽力缩小自己的存在感，同时在心里暗自嘀咕，见过血的金吾卫果然可怕，幸亏七皇子英明，决定晚上过来，这要是白天遇到几十万杀神，他的胆子都会被吓破。

“让人进来吧。”林初九打了个哈欠，让金吾卫把人带进来。

“参见王爷，千……”来人进来后，头也不敢抬，扑通一声就跪下了，说到一半才发现自己说错了，一时间愣在当场，不知如何是好。

“说吧，有什么事？”林初九懒懒地看了对方一眼，只当没听到他的话。

“回王妃的话，大皇子和七皇子奉旨慰劳大军，因路上出了差池，耽搁了行程，七皇子不愿意去驿站休息，想要今晚就来大营，不知可否？”来人如实将七皇子交代的话背出来。

“这个时候过来？七皇子一行人现在在哪里？”林初九心里早就明白七皇子的盘算，不过还是装傻问道。

“七皇子一行此时正在十里外。”小兵见林初九松口，心里暗暗松了口气。

“十里外？来人……去迎七皇子进营。”因白天就有准备，林初九一声令下，就有副将站出来，让小兵带路，他带人去接七皇子。

副将带的人并不多，只是一支三十人的小分队，一个个看着和善，并没有吓人的杀气，小兵看到后心中暗喜。

一行人很快就出了军营，而他们前脚一走，后脚军营里的鼓声就响了起来，和衣而睡的将士们听到鼓声，一个个迅速起身，整理衣服，拿上兵器，整齐有序地往外跑。

二十万大军在两炷香内完成了集合，以最好的姿态列队迎接大皇子和七皇子。

林初九没有在人前现身，只在暗处看了一眼便回了主营。

她原也不是非要让金吾卫严阵以待，给七皇子和大皇子下马威，可偏偏这两人还真的挑晚上大家熟睡的时候来，这就怪不得她了。

她这人就是这样，顺着她的毛摸还好，要逆着她的毛，她也不会给对方好脸色。

大皇子和七皇子不想与金吾卫正面较量，不想给金吾卫表现的机会，她偏偏要让金吾卫出来震慑他们一番，让他们明白金吾卫无所畏惧，让他们明白萧王不惧朝廷。

大皇子和七皇子本以为他们深夜赶到，金吾卫肯定来不及准备，到时候不说一团乱，可也绝对展现不出精兵强将的气度，可他们低估了金吾卫，也小瞧了林初九。

远远地，两人就看到金吾卫驻扎的地方点满了火把，衬得半边天都红了。

虽说隔得太远，前方光线太强，他们看不清里面到底是什么情况，可就凭拉车的马吓得不敢前行，在原地踏步，就能猜到金吾卫摆出了多大的阵仗。

“这是怎么一回事？”马车虽然停了，可大皇子和七皇子却不急着下车，而是命人叫来之前去汇报的小兵，让他“好好解释”一番。

“回大殿下的话，小人，小人也不知道。小人之前过去，并不是这样的。”也就是说，金吾卫只花了半刻钟不到的时间，就摆出了这么大的阵仗。

“七弟，你怎么看？”问不出缘由，大皇子扭头看向七皇子。

一路聊下来，大皇子深知自己这个七弟不简单，遇到事也不会无视他。

“皇婶好像早有准备，我们进去再说。”七皇子面带微笑，看不出一丝不满，好像那个提出半夜突袭，好挑金吾卫错、压金吾卫气焰的人不是他一般。

大皇子一怔，随即自嘲一笑：“七弟说得对，我们进去再说。”连个孩子都不如，自己还真是越活越回去了。

两人下了马车，而这时军中职务最高的袁绍已带着兵走了过来。

看到七皇子和大皇子下马，袁绍加快步子，三步并作两步走到两人面前，恭敬地抱拳行礼：“末将袁绍，奉命迎接文王殿下和七皇子。”

袁绍一身铠甲，利落整洁，没有一丝刚睡醒的痕迹，大皇子与袁绍寒暄了几句，大致是解释他们深夜到来的原因，七皇子则趁机将袁绍和他身后几个副手仔细打量了一遍。

七皇子一个小孩，站在大皇子身边，一副精神萎靡、困得不行的样子，任谁看到也不会起防备心。

当他抬起头，强撑着耷拉下来的眼皮，一脸懵懂地看人时，被看的人也不会多想，如果遇到脾气好的，说不准还会回一个善意的微笑。

袁绍和他的副手自是不会哄七皇子，可也不会把七皇子的打量当回事。

大皇子悄悄地扫了七皇子一眼，心中暗暗说了一句“妖孽”，面上却是半点不显，与袁绍寒暄得差不多了，便假装无意地问了一句：“大营里怎么点了这么多火把，每晚都如此？”

金吾卫的物资供给一向不足，据他了解，金吾卫一向节俭，除非深夜行军，不然极少用火把，大多数时候都是点一个大火堆取暖照明。

没办法，火油不够，不省着点用，他们去哪弄这些军需物资？

就算萧王神通广大，会暗自补充军需，可也没有办法像朝廷一样，保证军中足够的供给。萧王也只能保证金吾卫在需要的时候，不会短缺了物资，但绝对多不了。

“回文王殿下的话，只有今晚是这样。王妃说两位殿下奉旨前来慰劳大军，就算是晚上来，我们也不能怠慢，特意将火把点燃，命全军列队迎接。”袁绍并不与大皇子绕圈子，直言相告，同时亦表达林初九和金吾卫的不满。

慰劳大军，就没有晚上来宣旨的，这是弄什么？非要搞得他们措手不及，失了规矩、丢了面子才满意吗？

大皇子面色尴尬，一时不知如何接话。七皇子见状，拉了拉大皇子的衣摆，一脸不安地开口：“大哥，我们是不是来得不是时候？皇婶是不是不高兴我来找她？”

“没有，皇婶那么喜欢你，怎么会不高兴？”大皇子摸了摸七皇子的头，完全是关爱弟弟的好兄长。

安抚好七皇子，大皇子才一脸歉意地对袁绍道：“回头我去给皇婶请罪，小七许久不见皇婶，十分想念，一路上念叨着要见皇婶。这不，眼皮都在打架了，却仍不肯睡，执意要见了皇婶才肯睡。”

这是大皇子和七皇子之前就商量好的说辞，把一切都推给“年幼无知”“想念皇婶”

的七皇子。

林初九怎么说也是长辈，她好意思和一个小孩子计较？

“殿下言重了，王妃得知两位殿下到来，十分高兴，已备好酒菜等候二位。”袁绍一板一眼地说道。

“两位殿下，这边请……”袁绍侧过身，给两人让路，待大皇子与七皇子上前，这才跟在身后。

此地，离军营只有数百米，一炷香的时间就走到了。一踏进军营，大皇子和七皇子就感到一股肃杀之气扑面而来，随行的小兵被这气势吓了一跳，僵在原地忘了走。

就连大皇子与七皇子，在看到整齐有序、一字排开、看不到边际的金吾卫时，也震惊了。

这一个个站得如同松柏，脸上的神情肃杀无比，眼神冰冷，充满杀气，随便一个拎出来，都是杀神似的人物，能把小孩的胆吓破，这么多人站在一起，那气势简直能让人窒息。

大皇子嘴巴微张，久久没有言语，他曾见过金吾卫，知道金吾卫与别的大军不一样，可那时候也只觉得金吾卫比一般的大军要求严格一些，精气神好些，别的倒也差不了太多。

可是，今天一看才知道，他当时看到的只是冰山一角，根本没有了解到金吾卫的全貌。

七皇子最初也被狠狠地镇住了，可他很快就回过神来，大眼睛滴溜一转，震惊地大喊：“这就是金吾卫吗？好厉害呀！”

七皇子的声音不大不小，正好让震惊中的大皇子回过神来。大皇子忙收回视线，夸赞道：“皇叔果然厉害，金吾卫的气势，只怕能与闻名天下的黑甲卫媲美了。”

七皇子继续接话：“黑甲卫是什么？很厉害吗？我皇叔是最厉害的，黑甲卫肯定没有皇叔的金吾卫厉害。”

七皇子说这话时一脸骄傲，满满都是以萧天耀为荣，至于他心里在想什么，就只有他自己知道了……

七皇子决定晚上来军营，就是不想让金吾卫在人前显示实力，哪怕只是在他面前也不行。

要是金吾卫因为忙乱而出丑就更好了，他到时候还可以“大方”地不计较，在皇上面前为他们说好话，可看到眼前这一幕，七皇子就知道他失算了。

金吾卫早有准备，别说他半夜而至，他就是凌晨赶到，金吾卫照样能摆出大阵仗给他、给朝廷一个下马威。

这一刻，不管心里怎么想，七皇子都知道，他能做的就是违心地夸赞萧王，夸赞金吾卫。

陪在大皇子身侧，听大皇子宣完圣旨，听着面前的大军高喊“皇上万岁”“王爷千岁”，七皇子脸上的笑都僵了。

得了赏赐不跪下谢恩就算了，可喊完“皇上万岁”，转头又喊“王爷千岁”是什么意思？

这是明晃晃地告诉他，在金吾卫心中只有萧王这个主子吗？

难怪父皇想要除掉皇叔，换作是谁，都不能忍。

七皇子原先还觉得，他父皇对萧皇叔出手有失仁厚，可看到眼前这一幕，却十分能理解他父皇的心情。

换作是谁，都无法接受在自己管辖的国家内，大军只认亲王不认皇帝，只认领将不识兵符。

可是，心里想归想，七皇子面上却是不会表露出来，甚至还得保持孩童样，一脸欢喜地催促大皇子去见林初九。

皇上下旨慰劳大军，林初九虽是萧王妃，在军中地位不一般，可终归是个妇人，这种场合她不能出面，大皇子和七皇子要见她，得等宣完旨意、发完赏赐才行。

如此折腾了大半个时辰，大皇子在七皇子的催促下，代表皇上说了几句，就面带歉意地对袁绍道：“袁将军，七弟顽劣，还请见谅。”

因七皇子不停地催问，大皇子简单地说了几句话，就结束了慰问仪式，把剩下的事交给随行的官员。

这么做也不算怠慢，皇子来大营慰问大军也就是宣个旨、说几句话，让大军知晓皇上很重视他们就够了。

至于发放赏赐，你想表现出重视，那就留下来全程陪同，不留下来也无妨。

七皇子的催促，只是让大皇子可以名正言顺地不留下全程陪同。

袁绍也不希望大皇子和七皇子全程陪同，七皇子的话正中他的下怀，当即也不客气，直接在前方引路，把人带进主营帐。

而两人走后没有多久，严阵以待的金吾卫也散了，各自回营帐休息，只留下比平时多两倍的人，十二时辰巡视营地。

“两位殿下稍候，末将这就去请王妃过来。”副将把人带进主帐，可林初九并不在里面。

林初九是两位皇子的长辈，没有必要留在这里等他们。

大军解散的动静不小，哪怕是在营帐里，照样能听得清楚。

听到营帐外整齐划一的脚步声，大皇子和七皇子相视一眼，又默契地移开。

不用想也知道，这哥俩今晚确实是被金吾卫惊到了，只是两人心理素质好，没有表现出来罢了。

不多时，营帐外就响起一阵脚步声，大皇子和七皇子暗自吸了口气，在人踏进来前，先一步站了起来，看到林初九在一众副将的簇拥下走进来，两人忙上前行了个礼：“皇婶。”

“子文，子墨，不必多礼。”林初九的年纪比大皇子小，可辈分摆在那里，她在太子面前都能端长辈的架子，在大皇子面前就更不用说了。

“谢谢皇婶。”林初九叫不用多礼，可他们哪里真敢不多礼？不管林初九年纪大不大，只要萧王手中的权力不变，他们就得一直敬着萧王和他的王妃。

没错，他们敬的不是林初九这个萧王妃，而是她身后的萧王。

大皇子和七皇子乖乖地退到一旁，把路让出来。

林初九让随行的金吾卫出去，随后走到主位上坐下，同时也招呼大皇子和七皇子落座：“两位殿下深夜造访，金吾卫准备不周，还请两位殿下别介意。”

前一刻还叫名字，现在就叫殿下，林初九摆明是不想与大皇子、七皇子谈感情。

“皇婶言重了，金吾卫一身正气，只是往那里一站，便是气势惊人，子文今日可算是见识了皇叔的练兵之神。”大皇子一脸“真诚”地夸道。

他这话也确实是有几分真心，他本身从武，手上也有一点兵权，平时也会训练手上的兵，可却没有一个能有金吾卫那样的气势。

一般人听到夸奖，都会自谦两句，可是林初九偏不，她满脸笑容，顺着大皇子的话道：“王爷他确实练兵有道，用兵如神，大殿下这夸赞倒是不虚。”

“呃……”大皇子一愣，脱口而出的赞美被生生咽下，林初九把他的话都抢了，他还能说什么？

“皇婶说得是。”为了不失礼，大皇子只能干巴巴地说一句。

眼见就要冷场，七皇子突然站起来，争宠似的道：“皇婶，皇婶，你别光顾着和大哥说话，小七也来了呢，小七在这里呢，你看看小七嘛。”

七皇子撇了撇嘴巴，眼睛瞪得大大的，长长的睫毛扑闪扑闪的，一副很委屈的样子，真是要多可爱就有多可爱。

看到这样的七皇子，饶是林初九知道他心机深沉，还是无法生气，笑骂了一句：“小七越发胆大了，居然随你大哥一同出城，就不怕皇后娘娘担心吗？”

“皇婶，我禀告过母后，母后知道我来找皇婶你就不担心了。母后说，我的命是皇婶救的，皇婶是最好最好的人，有皇婶在小七什么都不用怕。”七皇子小脸鼓鼓的，为了证明自己的话，还很用力地点了点头，一副孩子样。

大皇子见识过七皇子沉着冷静的一面，又见他毫无压力地在林初九面前撒娇，背脊暗暗发寒。

他这个七弟，真不是一般地厉害。这一番话说得，好像他出了事，就是林初九没有保护好他一般。

大皇子能听出七皇子话中的深意，林初九不可能听不出来。

一般人也许以为，这只是孩子对长辈的信任，随口一说，可林初九知道七皇子不是普通孩子，他这话也绝对不是随便说说。

林初九没有立刻接话，而是面带笑容看了七皇子半晌，直到七皇子撇着嘴，一脸委屈地说“皇婶，我说错什么了吗”，才笑着打趣一句：“七殿下还是这么可爱，难怪皇后舍不得你出门，我要是有这么可爱的孩子，我也不会放心他出门的。”

“咦，皇婶有小宝宝了吗？”林初九一开口，七皇子立马换上灿烂的笑脸，一脸惊喜地道，“皇婶长得好看，皇叔长得更好看，皇婶的孩子肯定很好看。皇婶，皇婶，你什么时候有小宝宝了？宝宝出生后我可以抱抱吗？”

七皇子一脸期待地看着林初九，眼神亮得就好像下一秒林初九就会生孩子一样。

可惜，林初九却没有接话茬，而是故作伤心地道：“小七是说，你皇婶我没有你皇叔长得好看吗？”

“啊，皇婶，我，我不是这个意思，我只是，只是……”七皇子低下头，一副为难的样子。

这般作态还真像是一个普通的、诚实的孩子，稍稍聪明一点的孩子都会急着否认，顺着林初九的话说林初九好看，只有老实单纯的孩子才会坚持自己的判断。

可是，林初九却更觉得害怕！

七皇子本就不是普通的孩子，要是他立刻否认，捧她两句，她只当七皇子比旁的孩子聪明一些，可七皇子这番表现，林初九真的无法把他当作只是稍稍聪明一些的孩子。

这就是一只小狐狸，心机深沉，就是她也不如。

不过，七皇子会演戏，她也不差。林初九当即夸张地捂住心口：“皇婶好伤心呀，原来在小七眼中，你皇叔才是最好看的人。”

“皇，皇婶，不是的，我不是那个意思。”七皇子像是被吓着一样，站在原地，手足无措，好半天才结结巴巴地道，“皇叔好看，皇婶也好看，都好看。”

“好吧，终归还是没有你皇叔好看。罢了罢了，小七的心向着你皇叔，皇婶对你再好也没用。”林初九故作幽怨，用浮夸的演技，表现一个捉弄小孩子的“坏”长辈。

这种明显吓孩子的话，大人当然不会上当，可不懂事的孩子会呀！

七皇子一脸不安，小跑着来到林初九身侧，拉了拉她的衣袖，可怜巴巴地道：“皇婶，小七错了，你……你别生气，我说你最好看，比皇叔好看。”

“小七真乖，皇婶太高兴了。”既然要演，自然要有始有终，林初九伸手将七皇子揽到身边，乐得大笑。

“啊……皇婶你没有生气？”七皇子似乎这才明白林初九是在逗他玩，脸一红，顺势倚在林初九的……肚子上，嘟囔道，“皇婶太坏了，欺负小七。等皇叔回来了，我要告诉皇叔知道，让皇叔罚你。”

“好，好好，等你皇叔回来，我们去告状。”林初九笑得温柔，一副好脾气的样子，心里却十分腻味。她真不习惯与七皇子这么亲近，总觉得很没有意思。

“那皇婶，皇叔什么时候回来呀？”七皇子扬起头，一脸天真，让人毫无防备。

要是林初九少了一个心眼，或者真的知道萧天耀的行踪，指不定就被七皇子套出话了。

但可惜的是，林初九也不知萧天耀什么时候回来。

林初九闲话家常，用哄孩子的语气道："你皇叔在帮皇婶教训坏人，过两天就回来了。小七不要着急，安心地在这里住着，要是不习惯军中的生活，先回京城也行，等你皇叔来了，我再派人通知你。"

既然大皇子和七皇子是来迎萧天耀回城的，那就是打定主意要在军中等萧天耀回来，与其等他们开口，不如主动邀请。

"皇婶，我真的可以住下来吗？"七皇子双眼一亮，猛地从林初九怀里跳出来，一脸惊喜，可转眼又蔫巴下来了，有气无力地道："可是，父皇说，军事重地，我是孩子不能住在这里，要我和大哥在驿站等皇叔。"

"你不是小孩子，你是皇子，没有哪里不能住的。"林初九笑眯眯地说道，一副没有心机的样子，对七皇子刚刚故意一撞，也没有当回事。

没错，七皇子刚刚跳开时，手肘"不小心"撞了一下她的肚子，这一撞肯定不是为了撞而撞，七皇子是用这种方法，来判断她是不是怀孕了。

她要是真怀孕了，肯定会紧张，现在她无事人一般，七皇子肯定能断定，她没有怀孕。

"真的吗？真的吗？皇婶，我真的可以住在军营等皇叔回来吗？"七皇子似不敢相信，一连问了数遍。

林初九好脾气地道："你是皇子，没有人敢拦你。"仍旧不说是她邀请的，只说以七皇子的身份，要住哪里都行。

"皇婶，你……"七皇子一脸欢喜，不过他的话还没有说完，就被大皇子打断了："皇婶，这样不好，你太纵着他了。"

"七皇子是皇子，想住哪里便住哪里，哪里需要我纵着他？"她不应，七皇子和大皇子也不会甘心，与其被两人算计，不如主动一些，还能把人放在眼皮底下。

"大哥，皇婶都同意了，你不许说不。"七皇子一脸傲娇地对大皇子说道，转而抱着林初九的胳膊，一脸欢喜地撒娇，"皇婶，你最好了！我最最喜欢皇婶了。"

七皇子这份欢喜，有三分是装的，却有七分是发自真心的。

虽说之前给金吾卫下马威不成，反被金吾卫镇住有些丢脸，可能顺利住进金吾卫的大营，还是一件很高兴的事。要知道，要是林初九执意不肯，就算他是皇子也没用。

"刚刚还说皇婶欺负你，现在又说喜欢皇婶，你哪句话是真的？"林初九笑着在七皇子的头上敲了一下，动作很轻，不是教训，而是表示亲近。

七皇子也配合，夸张地唤了一声疼，像是配合默契。

大皇子看着相处和谐，比普通人家还要亲近一些的婶侄二人，心里暗自佩服。

别说天家，就是普通人家，婶婶和侄子也不会这么亲近，这两人都不简单，如果可以，他一个也不想惹，可是……

他的身份，注定他无法独善其身。

第十九章　任性的代价

大皇子和七皇子顺利住进营地，因为是林初九邀请的，住哪里自然由林初九安排。

“今天已经晚了，你们皇叔这两天也不会回来，你们先住他的帐篷，改明儿再寻地方。”林初九觉得，把人放在眼皮底下最安全。

大皇子和七皇子连忙推辞：“皇婶，你随便给我们寻一个帐篷凑合一夜就行，哪能住皇叔的帐篷？”他们可是知道，他们那位皇叔有洁癖，要让皇叔知道，他们住了他的地方，回头指不定怎么折腾他们呢。

“无事，这座帐篷一直空着也是空着，两位殿下先凑合两晚，过两天再让人给你们安排住处。”

这座帐篷说是主帅的营帐，可因为萧天耀没有与大军同行，这座帐篷一直都空着。而且，萧天耀就是回来了，也不会住这个帐篷，他直接进城就可以了。

大皇子和七皇子推辞不过，只得应下，而林初九一安排好，就以天色很晚为由溜了，把两人丢给副将去处理。

军中没有丫鬟、太监。大皇子和七皇子知道萧王不太喜欢用宫女和太监，也没有带随身服侍的人，待到军中的小兵替他们打来水后，两位尊贵的殿下只能自己动手梳洗了。

大皇子之前常年待在军中，早就习惯自己梳洗，没有什么不适。倒是七皇子打小长在宫里，从不曾外出，身边也不曾断过服侍的人，大皇子原还担心七皇子不会自己梳洗，可看到七皇子一个人收拾得妥妥当当，就再不敢吭声了。

他这位七弟，是个不凡的，比他们所有兄弟都强，他们在七弟这个年纪，可没有这份能耐。

两位皇子梳洗完毕，躺在床上，听着帐篷外时不时传来的脚步声，想着今晚发生的事，好久也没有睡着。

两人本想说说话，却又怕隔墙有耳，不敢随意说话，只能闭上眼，心里不断地数数，希望能早些入睡，可直到天色将明，两人才睡着。

军中的生活都是有规律的，即使昨晚金吾卫半夜被折腾起来，又是列队又是谢恩的，可今天还是要照常起来操练。

在太阳从地平线上升起，照耀大地之际，军营的大鼓响起，提醒众人该起床了。

金吾卫早就习惯了这样的生活，第一遍鼓声响起，他们就起来了，等到第三遍鼓声响起，他们已列好队，沿着山道跑了起来。

外面动静这么大，大皇子和七皇子两人就是猪这会儿也被吵醒了。二人睡眠严重不足，虽然满肚子不满，可也不敢说什么，强撑着起床。

“大哥，我们出去看看。”七皇子梳洗过后，看着精神了不少。

作为皇子，他们并不像世人所想的那样，可以睡到自然醒，想吃什么就吃什么，想做什么就做什么。相反，他们有严格的作息要求和学习要求，他们比一般人吃的苦更多。

是以，即使睡眠严重不足，大皇子和七皇子在稍作调整后，也缓了过来。他们早就习惯了这种生活。

“走吧，我挺好奇皇叔是怎么练兵的。”同样是带兵打仗，他们的皇叔能打出传奇，他们却不行，可见皇叔必是有秘法，现在有机会近距离观察金吾卫，他们当然不会错过这个机会。

因在军中行走，大皇子和七皇子两人换下了华服锦衣，只着一身练武服，看着清爽大方。走出来时，看守的金吾卫还愣了一下，这才上前给二人行礼。

“免礼！不知我们能否跟着他们一起训练？”大皇子抬了抬手，看着一个接一个跑起来的金吾卫，很有礼貌地开口询问。

想要了解金吾卫是怎么训练的，首先要融入他们，也许他的举动会引来林初九的怀疑和萧皇叔的不满，可难得有此机会，他不想错过。

他相信，他的七弟也不想错过。

金吾卫低头，一板一眼地道：“王妃说，两位殿下身份尊贵，除了有危险的事外，两位殿下想做什么都行。”

没错，林初九根本不限制大皇子和七皇子的行踪，随便他们在军营里走。

林初九的想法很简单，与其和这两位人精斗智斗勇，不如放任他们自己行动，左右他们人在军中，一举一动都在金吾卫的监视之下。

“皇婶太客气。既然没有问题，本王便与七弟随大军在这附近走走，有这么多人我们也不担心安全问题。”大皇子一时间拿不准林初九是什么意思，并不敢因林初九这话就大大咧咧地乱来，打了一声招呼，才带着七皇子一起，跟随大军跑了起来。

因金吾卫人数众多，虽说是绕山跑，速度并不快，起初大皇子和七皇子并不觉得累，可速度不快，架不住这是上山的路，架不住这段路长，跑到半山腰，大皇子和七皇子就发现自己的双腿像是灌了铅，每一步都走得异常沉重。

尤其是七皇子，他就是再早熟，也只是一个孩子，平时虽然不缺乏锻炼，可也没有办法和大军一样，绕着山跑一圈。

“七弟，你还好吗？”大皇子看七皇子小脸白白的，忙停下来，把人拉到一边。

“跑不动了，大哥。”在外人面前，七皇子绝不会逞强。他是小孩子，有撒娇、偷懒的权利，更不用说他现在真的跑不动了。

他是一个聪明人，聪明人不会死逼着自己去做自己做不到的事。

“找背你。”大皇子虽然也累了，可再跑一段路还是不成问题的。

“不，不用。大哥你先走，不用管我，这里前后都是金吾卫，不会有危险。”七皇子毫无形象地一屁股坐在地上，朝大皇子摆了摆手。

“不行，我不能丢下你一个人。”大皇子哪里敢把七皇子丢下，七皇子可是皇后的眼珠子，要是有个什么三长两短，他就死定了。

“那好吧，我们休息一下，然后慢慢走。”七皇子知道大皇子的顾虑，也不勉强。

两位皇子便坐在一旁休息，金吾卫一个接一个从他们身边跑过去，却没有一个人多看他们一眼，一个个专心致志，心无旁骛，大皇子看在眼里，记在心里，暗道：这才是兵，我一定要把自己手下的兵，练成第二支金吾卫！

两位皇子兴致勃勃地随着金吾卫一同训练，最终七皇子也没有跑完全程，由两个金吾卫轮流将他背了下来。大皇子倒是跟着大军跑完了全程，只是大军绕山跑完一圈后，一个个跟没事人一样，略作休息就去领早膳，大皇子却累得像摊烂泥，坚持走到山下就一屁股坐下，半步也移动不了，最后还是七皇子找人把大皇子抬了回去。

“大哥，你还好吗？要不要让人送水给你清洗一下？”大皇子全身湿透了，又黏了一层灰，又脏又难闻，可此刻他根本没有力气顾这些，他现在一根手指都不想抬起来。

“不想动，你别管我，我躺一会儿就好。”要不是金吾卫给他灌了一大碗盐水，大皇子连说话的力气都没有。

“好吧。大哥，你要是饿了就说一声，我让人给你送吃的来。”虽说后面一段路是被人背下来的，可七皇子也累得不轻，实在没有力气管大皇子。

七皇子梳洗用了早膳，便爬上床休息去了，很快就呼呼大睡，估计外面就是打雷，他也不会醒来。

大皇子和七皇子身边都有监视的人，两人一睡下，袁绍就去见林初九，汇报两位皇子的情况。

“大皇子累极了？真是太好了，叫军医没事就去山里寻药，这两天别待在军营。”林初九笑得温婉，完全看不出她在坑大皇子。

运动过量，肌肉拉伤，要是不及时缓解，没个三五天，大皇子都无法正常行走，更别提深入金吾卫内部，而三五天后，萧天耀十有八九已经回来了。

“是，末将这就去安排。”没有战事就没伤员，军医离开两三天并没有什么影响。

林初九又道：“大殿下伤着了，你们多派几个人去保护他。还有七皇子，也不能掉以轻心，知道吗？”

所谓的“保护”其实就是监视，林初九这是在告诉袁绍，别因为大皇子伤着了，就放松监视，相反还要加强。皇子皇孙个个都是玲珑心，谁知大皇子是真伤还是假伤，是为了使苦肉计还是逞强？

“末将明白。”袁绍重重应下，要不是林初九提醒，他就算不会放松戒备，也不会加派人手。

“那几个随行的官员也盯紧点，告诉他们这里是军事重地，禁止闲逛。只许他们在住所附近活动，超过了范围就给我打，打到他们下不了床为止。对了，别说是我说的，得说是王爷曾经下的命令。”林初九想起某些人喜欢玩声东击西的把戏，忍不住又提醒一句。

萧天耀手下这名副将确实有才能，可论心思与手段，却不是朝廷那些官员的对手，更不用提对付大皇子和七皇子了。

“末将明白。”袁绍不知道，除了这句外，他还能说什么。

王妃把一切问题都考虑到了，他们只需要照办就好。

“难怪王爷十万火急把王妃接来，幸亏有王妃在，不然我们都不知道该怎么应付朝廷这一拨接一拨的人。”袁绍走出帐篷，看到不远处大皇子和七皇子的随行官员正与金吾卫起争执，不由得感慨了一句。

这些随行官员与金吾卫起争执，无外乎就是觉得自己没有自由，认为金吾卫把他们当犯人对待，正与金吾卫大吵大闹。

金吾卫吵不过他们，可有军令在身，也不会让他们随意离开，只是挡在他们面前，任凭他们怎么说也不移动半步。

随行官员都是文官，偶有两个武官也是没有上过战场的，只是挂着武职，一直在京城为官，习惯了京中各官员争吵、叫板，见金吾卫不敢吭声，以为金吾卫怕了他们，嗓门更大了。

“你们这些兵痞子，连朝廷官员也敢拦，不想活了？知道东文的律法吗？你们这是以下犯上，按律当诛。”

“现在，给本官让开。看在王爷的面子上，本官不与你们计较。”

“一群没脑子的蠢货，你们是听不懂人话还是怎么了？还不快给本官滚！”

“居然敢拦本官？你们是什么东西？一群只会打打杀杀的莽夫，连本官的看门狗都不如，信不信本官回京就参你们一本？”

……

袁绍过来，正好听到一文官骂他的兵连狗都不如，当即气得脸色发青：“闭嘴！”

“你们这群狗……”有一位官员骂到一半，就看到袁绍那张棺材脸，当即吓得噤声，一声都不敢吭。

“袁将军！”金吾卫听到声音，齐刷刷地转头，抱拳行礼。

有几个脸上明显带着怒容和委屈，可他们并没有告状，只是低头不语。他们是兵，不是妇人，告状这种事他们做不出来。

“免礼！”袁绍踱步走到随行的官员面前，冷着脸道，“你们想离开？”

“不，不，我们并非想离开，只是想要随便走走，这一整天都闷在帐篷里，实在难受。”袁绍是萧王的副手，正三品的武将，官职比他们所有人都高，随行的官员敢骂金吾卫，却不敢大声与袁绍说话。

“随便走走？”袁绍冷哼，那张棺材脸更吓人了，“知道这是什么地方吗？这是军营！军事重地，是你们能随便走的吗？”

袁绍的声音越说越大，最后直接就是吼了。几个文官吓得不行，忙解释：“我们就在附近走走，袁将军可以让人跟着，我们不会乱走的。”

他们确实是有任务在身，可他们今天真的只是想到处走走，熟悉一下环境。哪知道，刚走两步就被人当贼似的拦住了，他们心气不顺，这才与金吾卫吵起来。

“王爷曾说过，军事重地，严禁闲人乱逛。如有外人入营，只能在帐篷一米以内的范围活动，超出一米我等有权利打回去。”袁绍虽然没有心眼，执行力却是极高，林初九说一他就做一，说二他就做二，绝不打折扣。

“什么？我们不能随意走动？凭什么？”随行的官员听到这话，一个个大叫，“你们知不知道，你们这是软禁！软禁朝廷命官是违法的！”

“你们可以不住在这里，驿站离军营只有一个时辰的路程，本将军可以派人送你们离开。”袁绍压根不将他们的恐吓放在眼里，说完就对身侧的金吾卫道，“让人画一条线，过了线就给本将军打。”

“是。”金吾卫高声齐应，挺直背脊，颇有几分扬眉吐气的味道。

袁绍满意地点头，转身就走，却被随行的官员叫住：“袁将军且慢，我们是朝廷命官，朝廷没有哪条律法要求我们进入军营就不能动，你们不能这么做。”

“在别的地方不能，在金吾卫的营地，我能！”袁绍顿下脚步，扭头看了他一眼，头也不回地离去。

他们家王爷摆明不会再妥协、退让，他们何需怕什么朝廷命官？

上头的人强势，底下的人自然不会孬，林初九的态度摆在那里，只要金吾卫不蠢就知道该怎么做了。

金吾卫的态度一摆出来，聪明如大皇子和七皇子就明白了自己的处境，即使没有人会限制他们的行动，两人也不敢再有小动作，顶多就是时不时跟着金吾卫一起训练罢了。

大皇子和七皇子把态度一摆出来，随行官员就算想闹也没有那个胆，一个个只能把气憋在肚子里，乖乖地待在帐篷里，心里默默地想着君子报仇，十年不晚。

“人，果然都是犯贱的，不给他们一点儿颜色看看，就把客气当好欺了。”林初九得知大皇子和七皇子的举动，忍不住嘲讽了一句。

袁将军低着头，只当自己没有听见。王妃可以说两位皇子犯贱，他不能。

当然，林初九也只是发表一下自己的意见，并没有要人应和的意思。

“王爷什么时候回来？”和大皇子、七皇子相比，她更关心萧天耀的行踪。

她不知道该怎么面对金吾卫，更不知道该怎么面对萧天耀。对金吾卫她是愧疚、自责，而对萧天耀她是心虚与无颜。

说她胆小也好，说她懦弱也好，事发后，她第一反应不是勇敢面对，勇于承认错误，而是想要逃避，假装一切都不曾发生过。

“王爷没有送消息回来，按王爷他们的行程，五天内定会回来。”萧王爷要是写了信回来，袁将军必会在第一时间呈到林初九面前，可王爷这次不仅没有写信回来，甚至连个口信也没有。

“五天？我知道了，把消息透露给大皇子和七皇子。”最后五天，大皇子和七皇子要么和现在一样，安安分分等萧天耀回来；要么就急于行动，而不管是哪种，林初九都不怕。

萧天耀回来了，大皇子和七皇子就算有七巧玲珑心，也不是萧天耀的对手。

“是。”袁将军双手抱拳，领命离去。

同一时刻，将京城周边张家的铺子全封了的萧天耀，正带兵朝京城方向赶来，准备与大军会合。

中途休息，隐卫送来一封信：“王爷，苏茶公子的信。”

萧天耀接过信却没有看，而是皱着眉头道：“王妃可有消息？”那女人回来都一个月了，却连一封信都没有给他写，难不成，那女人等着他主动给她写信？

简直是在做梦，这次他无论如何都不会主动给那个女人写信。

“没有！”隐卫不假思索地答道。

萧天耀脸一黑，周身的气息冷了三分，隐卫一抖，萧天耀一个冷眼扫过去，吓得隐卫差点跪在地上。

苏茶给萧天耀写信，是为了汇报他和流白在北历的进展。

重楼重伤了时逸寒，让他无法在第一时间赶到北历，而天藏影月的人没有出面，那些走私贩子无法拧成一股绳，力量有限，在北历皇帝的有意偏帮下，他们两人现在很安全。

作为一个优秀的商人，既然已经搭上了北历皇帝的线，苏茶肯定不会放过这个机会，他以碧海阁的名义，私下与北历皇帝谈了一笔粮草供给的生意。数量不大，但关键时刻能控制北历的命脉，左右一场战争的胜利。

这对萧天耀来说绝对是一个好消息，看完信，萧天耀的心情好了几许，见天色尚早，决定在天黑前再赶一段路，好早些回去。

“出发！”萧天耀起身，率先上马。

随行的侍卫在第一时间收拾好东西，翻身上马，一脸肃穆地跟在萧天耀身后。

萧天耀面上不显，心里却着急赶回去，一路上速度极快，把身后的隐卫累得不行。

为了跟上萧天耀，他们连换气的时间都没有，一路憋着气地跑，随行的侍卫也没有好到哪里去，连日骑马，他们的两条腿早已酸得不行，拉缰绳的手也勒得流血，可他们不敢停！

萧天耀胯下的骏马是上品宝马，他们必须使出吃奶的劲才能跟上萧天耀，一旦松懈下来，就会被萧天耀甩开。

“驾，驾……”为了不被萧天耀甩开，侍卫一路不断地扬起马鞭，抽向胯下的马，直到马累得实在走不动，侍卫这才硬着头皮，对萧天耀道：“王爷，马跑不动了。”他们其实也跑不动了！

从天未亮开始赶路，到月亮出来也不曾休息，就是铁打的人也受不住。

“休息。”萧天耀虽然想要早点与林初九会合，可看侍卫们的马都疲了，还是下令休息。

再跑下去，这些马就废了，到时候反倒影响行程。

“呼……”随行的侍卫面上不显，心底却是狠狠地松了口气。他们确实比一般人强，可跟着王爷在外面奔波了一个月，实在顶不住了。

随行的侍卫拖着疲累的身体，在原地安营扎帐，准备吃食，将马儿喂饱。

等到他们做完这些，就已经到子时了，可他们却不能全部躺下来休息，他们要留一半的人守夜，只能分批休息。

也就是说，如果萧天耀明天仍旧在天不亮就继续赶路的话，他们每个人睡不到一个时辰。

一天睡一个时辰，赶十个时辰的路，这行程想想就辛苦，他们却不敢有怨言，因为他们家王爷也是如此。

这样的情况下，他们还能说什么？跟着一个铁打的主子，他们就是含着血，也要撑下去。

在萧天耀快马加鞭下，五天的行程硬是用三天走完了，随行的侍卫一个个双腿发软，脸色青白，一看就是累惨了！

不过，只要一看他们的马，就知道是怎么一回事。

驻守大营的金吾卫，刚开始还想打趣两声，可看到他们的战马，就只剩下同情了，并且在心里默默地为他们点上一排蜡烛。

跟着王爷出去办差，果然不容易！

萧天耀一回来，大营里的气氛立马不同了。二十多万大军在萧天耀踏进大营的那一刻，不需要任何人命令，纷纷放下手中的活，一个个站得笔直，在萧天耀从他们身边走过的刹那，郑重地行军礼。

没有列阵欢迎，没有声势浩大的鼓声，没有震耳欲聋的口令声，一切都是无声的。萧天耀无声地走过来；金吾卫无声地放下手中的活，站起来行礼。

事先从来不曾演练过，每一个金吾卫对萧天耀的尊重都是发自内心的，虽无声，却能触动心灵最深处的那根弦。

大皇子和七皇子看到这一幕，不由得心惊，兄弟二人对视一眼，又很快移开了。

萧王在金吾卫心中的地位无人可以取代，金吾卫也不是他们想打造就能打造出第二支的，就算他们照搬萧王的训练模式，也只是形似，而做不到神似。

因为，他们找不出第二个可以凝聚军魂的萧天耀！

“除非毁了金吾卫，不然……”他们的父皇一点胜算也没有。

大皇子闭上眼，在心中默道。

七皇子此时心中所想和大皇子差不多，只是他更加深沉一些，面上半点不露。

萧天耀一路赶来，风尘仆仆，大皇子和七皇子便没有上前，只让副将说了一声，改天再来请安。

“王爷，您的帐篷由王妃做主，给大皇子和七皇子用了。”袁将军一路陪同萧天耀走进来，怕萧天耀走错地方，先一步开口。

“嗯，王妃在哪里？”萧天耀脚步不停，继续往前走。

“王妃让人搭了三间茅草屋，就在主营前方。”林初九不爱睡帐篷，总感觉很潮湿，而且现在天气渐冷，她感觉帐篷不暖和，便让金吾卫搭了一个简易的茅草屋。

“嗯，很好！”萧天耀抬头，就看到了不远处的茅草屋，还有站在外面迎接他的林初九。

在看到林初九的刹那，萧天耀冷硬的面部线条，不由得柔和几分。他对林初九的要求一向不高，能出来迎他，他就满足了。

袁将军一怔，忙低下头再不敢看萧天耀。他好像知道了什么了不得的事！

看到林初九盛装等候，萧天耀并没有加快速度，走得反而比之前更慢，跟在他身旁的袁将军刚刚发现了了不得的事，自然不会诧异，只是放缓速度配合萧天耀的脚步。

林初九早早就看到了萧天耀，看到他带着一群人走过来，心里不由得忐忑起来。

她之前已经准备好了说辞，可不知为何，看到被人簇拥走来的萧天耀，她发现自己的脑子一片混乱，之前准备好的说辞全给忘了，满心满眼都是逆光朝她走来的萧天耀，根本想不起自己要说什么。

一步，两步……

不过是百余米的距离，萧天耀却走了许久，每一步都迈得从容优雅，高贵不凡，就好像下凡的仙人，缓步走向他最忠诚的林初九。

一步，两步……

逆着光，萧天耀整个人都处在光晕里，林初九看不清他的脸，只知道那个男人正一步一步朝她走来。

“怦怦怦……”林初九感觉自己的心脏跳得飞快，好像要从胸腔里飞出来一样。

“我这是怎么了？”林初九低头，看着自己的心口，默默地问自己，不等她寻到答案，就感觉头顶似有一片阴云将所有的光都挡住了。

本能地抬头，看到萧天耀那张放大的俊颜。

瘦了，黑了，脏了，丑了，林初九却莫名地觉得，这个男人更好看了。

“王爷……”本能地开口，还没有弄明白为什么，林初九就感觉脸上好像凉凉的，站在她面前的男人，抬手，用指腹在她脸上抹了一下，一脸不耐烦地道：“娇气！”

“我……”林初九想要解释，想要告诉萧天耀她不是娇气，可看着萧天耀的脸，她发现自己一句话也说不出来。

所有的抱怨，所有的解释，在人命面前都是那么的苍白无力。

她气萧天耀利用她，她气萧天耀不把她当人看，她气……很生气，很生气。可是，现在的她没有资格生气。

她跟萧天耀赌气离开，害死了保护她的人；她从山里逃出来，却又不敢面对他；她任性妄为，自私自利，可这个男人却没有责怪半句。他派兵去接她，亲自带兵去封张家的商铺，警告那些打她主意的人。

她知道，萧天耀这么做并不仅仅是为了她，可她的心里还是很高兴。长这么大，她极少极少被人这么护着。她的世界只有她自己，不管好坏，不管是被人欺负了，还是被表扬了，她只能对自己说。

突然，多出这么一个人，在她任性自私时没有放弃她；在她被人欺负时出来保护他；在她不想面对他的时候，主动消失；在她做好心理准备后，又主动走向她。即使这个男人利用她，不在乎她的生死，她似乎也没有办法像之前那样愤怒了。

换一个心情来看，她似乎能理解萧天耀的做法和选择了。

身上背着二十多万大军的生死，萧天耀不能任性，不能自私，他所做的选择必须对大局有利，至于个别的牺牲？

在大局面前，个别的牺牲是不可避免的。

“王爷，我……”林初九看着萧天耀的脸，在她不知道的时候，已是泪流满面。

“蠢女人！”萧天耀一脸嫌弃，手上的动作却很轻柔，不顾属下在一旁看着，轻轻地替她擦拭脸上的泪。

这女人这么蠢，这么点小事，就把她感动得差点儿把自己卖了，居然还想离开他？没有他的保护，这女人被人卖了都不知道。

林初九的眼泪掉得更凶了，好像所有的委屈都找到了宣泄的口子，双手紧紧拽着萧天耀的衣摆，压抑地哭喊着：“王爷，对不起！对不起！我错了，我害死了他们，我错了！你惩罚我吧！”

这段日子她快要把自己逼疯了，害死保护她的侍卫的负罪感，让她无法心安理得地享受金吾卫的保护，更没有面对萧天耀的勇气。她错了，她知道自己错了，以后再也不任性了。任性的代价太大，她背负不起。

有那么一瞬间，萧天耀是慌的，他根本不知该怎么办。他想了千百种可能，却没有想到，林初九会突然拉着他的衣摆哭，还哭得那么蠢！

“真是蠢女人！”萧天耀头痛地抚额，没脸去看身旁侍卫的表情，果断上前，拥着林初九往屋里走。

林初九丢得起这个人，他丢不起。

这女人真是蠢得要死，要是没有他看着，怎么办呀？

“王，王爷，对不起，对不起。”林初九哭得一抽一抽的，此刻的她完全陷入自责与后悔中，根本没有注意到场合不对，也没有发现她已经被萧天耀带进屋了。

“对不起什么？既然有勇气认错，那就好好说说，你错在哪了？”一见面就拉着他不停地说对不起，那就说个清楚好了。

“对不起，我害死了他们。我以后……以后再也不会那么任性了，对不起。”林初九低着头，就像犯了错的小孩，根本不敢去看萧天耀的眼神。

她知道逃避是不对的，可仍旧没有勇气直视。

“害死谁？保护你的人吗？他们活着就是为了保护你，为保护你而死，有什么不对？”萧天耀强压下心中的怒火，说得极慢极慢。

他就知道林初九只记得这件事，只记得那几个侍卫的死，根本没有想过他的担心、他的不满。

“他们原本不用死的，如果不是我先走一步，他们根本就不会死。”林初九已经走进了死胡同，把所有的错都背在自己身上，坚定地认为，如果她没有脱离大部队，那些保护她的侍卫就不会死。

而事实也是这样，但是……

“只有千日做贼的，没有千日防贼的。旁人要杀你，就算这次不行，也有下一次，你防得了一次，还能防一辈子？”帝国张家恨死了他和林初九，不敢对他动手，只能把主意打到林初九身上，没有这一次也会有下一次。

“可是，可是……”萧天耀说得好有道理，可她总感觉有哪里不对。

“没有可是。”萧天耀甩开林初九拽着他衣摆的手，冷着脸道，“林初九，你记住，你是本王的王妃，那些人为保护你而死是他们的荣幸，你没有必要因这种小事而自责。”更没有必要因这种事而不敢来见他。

一想到林初九自认犯了错，就不敢来见他，他就有掐死林初九的冲动。

这个蠢女人，什么时候才能变聪明一点？完全搞不清重点，这个蠢女人到底是怎么才活到这么大的？

“他们……”林初九无法像萧天耀一样，把侍卫的保护当成理所当然的事。

“好了，这件事就此过去，人已经死了，没有什么好说的。你真要觉得不安，回头你去他们的坟头，给他们上三炷香。”要不是为了让林初九安心，萧天耀压根不会提这种事。

从他出生至今，经历的刺杀不知凡几，为保护他而死的人更是不计其数。要是每个保护他的人死后，他都要去上炷香，那他这辈子什么都不要干，光去上香就够了。

与其做这种无意义的事，他更喜欢有仇报仇！

“这样行吗？”林初九皱着眉，并不是很认同萧天耀的做法。

“有什么不行的？人都死了，你的悲伤与自责于事无补，如果我是你，我不会自责，也不会悲伤，我会让自己变得更强大，为死去的人报仇，让旁人不敢再打我的主意，让为保护我而死的人越来越少。”这是一个吃人的世道，他们所处的圈子，不是你吃我，就是我吃你。不想死，不想被吃，就得变强，强到无人敢犯你。

“报仇吗？”萧天耀的话，像是为林初九打开了另一扇大门。

林初九本来就不是什么柔弱的女子，她原先只是走进了死胡同，一直绕不出来，现在萧天耀点拨一番，她虽不至于茅塞顿开，但也找到了新的方向。

“对，报仇。自怨自艾、自责愧疚解决不了任何问题。你真要愧疚不安，就想办法灭了帝国张家，让帝国张家再也不敢打你的主意，让那些想要打你主意的人看清楚得罪你的下场，让他们好好掂量，能不能承受得罪你的代价。”萧天耀一直希望林初九成长起来，成长到能与他匹敌，让他放心，自然不会放过这个教育林初九成长的机会。

“你说得对，自怨自艾、自责愧疚解决不了任何问题。”林初九站在萧天耀面前，重重地点头，“逝者已逝，我愧疚不安也挽回不了他们的性命，与其自责愧疚，不如替他们报仇。”

“你知道就好。”见林初九听劝，萧天耀深感欣慰，看到林初九哭花的小脸，萧天耀又忍不住皱眉，伸手，用指腹将林初九脸上的泪痕擦净，嫌弃地道：“林初九，强者是不会落泪的，你太弱了！”

一看到林初九的眼泪，他心里就有一股说不出来的难受，恨不得把害林初九流泪的人通通宰了。

“我本来就不强。”林初九生气了，鼓起脸，用力拍掉萧天耀的手。

“啪……”一巴掌打下去，正好拍在萧天耀的手背上。

火辣辣的痛让萧天耀十分陌生，看着手背上的红肿，萧天耀忍不住摇头轻笑。他明明可以躲开，却鬼使神差地没有躲，生生挨了一记。

这一记，果然不好受。

“我，我……不是故意的。”本来只是虚张声势，没想到真把人打着了，林初九心虚地往后退了两步。

“本王又没怪你，躲什么躲？”明明被打了，萧天耀却半点气也生不起来，将手背在身后，故作威严地看着林初九。

他怕自己会忍不住笑出来。

林初九这女人确实又蠢又娇，可有什么办法呢？这个女人是他自己看上的，就是再蠢再娇他也认了。

更何况，这个又蠢又娇的女人也不是没有优点，至少每次看到她，他的心情都会好上几分，看到她委屈、不安的样子，再大的火气也消了……

第二十章　奈何一往情深

萧天耀不会因为这种小事跟林初九计较，更不会因为这种小事生林初九的气。

不就是被林初九打了一下吗？在他看来这是夫妻间的情趣，林初九那一下打下来，他又不痛不痒的，要为这种小事生气，他还是萧天耀吗？

然而，萧天耀的话并没有安慰到林初九，反倒让林初九觉得没脸见萧天耀！

冷静下来的林初九，终于发现自己当着那么多人的面，拉着萧天耀大哭的举动有多么丢脸。

“啊……我没脸见人了，我居然在那么多人面前，哭得跟个孩子似的。”林初九感觉脸上火辣辣的，丢人，太丢人了。

再看萧天耀似笑非笑的眼神，林初九更不想见人，双手捂脸，蹲在地上，将头埋在双膝间，假装自己什么都看不到。

“好了，没有人敢笑你。”萧天耀忍不住摇头，怕笑出来会让林初九更不好意思，特意板着脸道。

“太丢人了。”林初九闷声说道，仍不肯看萧天耀。

“有什么好丢人的？许久不见本王，见了本王哭一场怎么了？”萧天耀十分淡定地为林初九寻了一个理由，可比起这个理由，林初九更愿意让众人知道真相。

萧天耀这个理由更丢人好不好！她又不是小孩子，怎么可能因为见到萧天耀就高兴得哭出来？简直不可能嘛。

不过，这话有点伤男人的自尊，林初九聪明地没有说出来，而是随便找了一个借口：“我哭得太难看了。”所以，即使没有人敢笑她，她也不想见人。

“没人敢看你。好了……去洗把脸出来，再给本王拿一套衣服，本王要沐浴。”萧天耀嘴上没有说什么安慰的话，却默默地给了林初九独处的时间，好让她收拾心情。

虽然，在萧王看来这并没有什么丢人的。女人嘛，爱哭是正常的，林初九已经算是好的了。

“我去洗脸。”林初九当即就明白了萧天耀的意思，也接受了他的好意，转身回到内室。

许是之前哭得太伤心了，林初九的眼睛又红又肿，脸上又是泪痕又是灰尘，简直丑得没有办法见人。

这么一张脏兮兮的脸，别说旁人，就是她自己都受不了。林初九就着铜盆里的清水，飞快地清洗干净。

只是脸上的泪痕与灰尘能擦掉，双眼的红肿却不是说消就能消的。林初九手边没有趁手的东西可用，左右寻了一圈，放弃去医圣之心里拿冰，而是将毛巾浸水冷敷，希望双眼的红肿能稍稍消退一些。

想到在外面等她的萧天耀，林初九不敢久敷，待到眼睛没那么肿痛、酸涩后，林初九便放下毛巾，在衣柜里为萧天耀寻了一套衣服，放在浴室。

浴室很小，是内间隔出来的一个小空间，只放得下浴桶和衣架，林初九放下衣服便往外走，却不想一转身就撞到一堵肉墙。

“嘶……”鼻子被狠狠撞了一下，林初九的眼泪差点掉了出来，抬头瞪了一眼面前的人，没好气地道，“王爷，你怎么进来了？还有，你走路怎么一点声音也没有？”

真不知道萧天耀是怎么练的，胸膛怎么那么硬，这一撞，比撞在门板上还要痛。

“你在想什么？连本王进来也没听到？”萧天耀没有回答林初九的问题，而是冷着脸反问。

他在外面等了许久，也不见林初九出去，还以为林初九出事了，结果这女人没心没肺。真是，白担心她了。

“我在想……浴桶是不是太小了。”好吧，林初九承认她刚刚是真的在想事，以至于走神了。

浴桶是按她的身高做的，萧天耀要用的话，必然显小。

萧天耀看了一眼明显是女子用的浴桶，脑子里自动浮现出林初九在里面洗澡的画面，鼻子痒痒的，似有一股热流要涌出。

“咳咳……”为了不让自己失态，萧天耀果断别过脸，一脸淡定地道，“没什么，明日回城，今日本王便将就一晚。”

“那好吧，我让人送水过来。”林初九没有多想，出门在外，与人共用浴桶这种事时有发生，反正洗干净就好了。

林初九揉了揉酸痛的鼻子，抬头看了萧天耀一眼，两人四目相对，对视了许久，林初九发现萧天耀没有让道的意思，只得绕过萧天耀往外走。

萧天耀在林初九绕着他走的那一刻，脸黑了，耳根也红了！

丢人，他堂堂一品亲王，把自己的王妃堵在浴室也就算了，居然想入非非，忘了离开！简直太丢人了！

这事打死他也不会说出去，太丢人了，绝对比林初九在人前拉着他哭，还要丢人。

萧天耀心里憋闷，默默望天，这会儿也不急着出去，而是在浴室里稍稍调整了一下情绪，确保林初九不会看出什么异常，这才往外走。

萧天耀出来时，下人正好提水进来，见到萧天耀立刻避让行礼，萧天耀轻应了一声，扫了一圈没看到林初九，皱眉，脚步一顿，问道："王妃呢？"那个女人不是说没脸见人吗，怎么又跑了？

"回王爷的话，王妃刚刚出去了，小人也不知。"抬水的下人低着头，并不敢与萧天耀直视，自然不知他们家王爷很不高兴。

"蠢女人。"萧天耀低声骂了一句，声音很小，只有他自己听得到，骂完后就出去了，提水的下人什么也没有听到。

走到外间，萧天耀本想去找人，听到屋内哗啦啦的倒水声，抬起的脚又生生收回，紧皱的眉头也舒展开了。

他大约明白那个女人为什么宁可丢脸也要出去了。

……

萧天耀沐浴完毕，林初九仍旧没有回来，萧天耀本想让人去找，可还没有开口，亲卫兵就来报："王爷，文王殿下与七皇子殿下求见。"

萧天耀略一皱眉，冷着脸道："进来吧！"明天就要进城，今天无论如何也要见一面。

"子文、子墨见过皇叔。皇叔回营，没有出营迎接皇叔，实乃侄儿不是，还请皇叔责罚。"大皇子与七皇子联袂步入屋内，一大一小恭敬地行礼。

萧天耀回来得十分突然，事先根本没有给任何人打招呼，金吾卫虽然第一时间知道了，却没有主动告诉大皇子与七皇子。等他们收到消息，赶出去迎接萧天耀时，萧天耀已经随袁副将进营，正在门口与林初九说话。

大皇子和七皇子是想过上前，可他们刚走两步，就看到林初九拉着萧天耀哭，那场合他们要是上前，铁定会被林初九记仇。

为了不得罪林初九，两位皇子默默地后退，只当自己什么也没有看到。

"免礼。"萧天耀冷冷地开口，颇有几分不耐烦，"迎接一事不必放在心上，你我叔侄无需多礼，坐吧。"他就是懒得应付这两位皇子，才会不打一声招呼地回来。

"多谢皇叔。"大皇子和七皇子忙道。

两人依次落座，七皇子在人前继续扮演天真的小孩，大眼睛滴溜乱转，一副好奇的样子。当然，他不会傻到直接开口询问。宫里的孩子可以天真，但绝不能蠢。

大皇子则承担起沟通的主要责任，斟酌片刻，便开口道：“皇叔今日回营，一路风尘仆仆，想必是累极，按说侄儿这时不……”

不等他把客套的话说完，萧天耀就极不耐烦地打断了：“有什么话直接说，本王的耐心有限。”个个都把自己当成林初九了？真以为他闲着没事，有空听他们闲扯？

“咳咳……”大皇子被呛得脸色通红，换来萧天耀更加冰冷的眼神，大皇子神色一凛，忙严肃地道，“皇叔，侄儿是想问您，您什么时候进城？”他也想直截了当地开口，可真要那么做了，万一萧皇叔认为他不尊重他怎么办？

要知道，现在整个东文上下都把萧皇叔当大爷捧着，万一他惹得萧皇叔不高兴，让萧皇叔有理由发兵，他就惨了。

“明日本王便会进城复命。”此地离皇城还有一天的路程，也就是说，萧天耀后天就要进宫面圣。

“这么快？皇叔一路舟车劳顿，不需要休整两天吗？”一天的时间，也不知父皇有没有准备好。

不过，这事无所谓准不准备。他们老早就知道萧皇叔这段时间要进宫复命，要是现在没有准备好，那么永远都准备不好。

“不必，本王早些进宫复命，皇上也能安心。”萧天耀压根不惧东文皇帝，有什么说什么。

“咳咳……”大皇子再次被自己的口水呛住，底气不足地为皇上辩解道，“战场上刀剑无眼，父皇也是担心皇叔的安危，只有见到皇叔才能放心。”

不怪大皇子底气不足，实在是这话他自己都不信。

“是吗？”萧天耀唇角轻扬，似笑非笑。大皇子有一种被人看穿的感觉，狼狈地别开脸，不敢与萧天耀对视。

屋内陷入寂静，萧天耀没有开口打破寂静的意思。大皇子倒是想说什么，可张了张嘴又不知说什么好。

七皇子见状，暗暗叹了口气，扬起天真无邪的笑脸看着萧天耀，小声地开口：“皇叔，你和皇兄谈完了吗？谈完了我可以去找皇婶玩吗？”

他是小孩子，萧皇叔不会跟他计较。

“去吧！”事实也是如此，萧天耀不会跟一个小孩计较，即使这个小孩很有心计，他也不会放在心上。

“谢谢皇叔。”七皇子“哧溜”跳了下来，朝萧天耀作了个揖，转身就跑了出去，萧天耀在屋内，还听到他问侍卫林初九在哪里的声音。

七皇子走了，大皇子也起身告退，萧天耀同样没有为难。不管是大皇子还是七皇子，萧天耀都没有放在眼里，因为他知道他的敌人不在东文。

七皇子有没有找到林初九，萧天耀不知道，直到用晚膳，林初九才出现。

"王爷，该用膳了。"晚膳是林初九端进来的。

萧天耀诧异地看了林初九一眼，见林初九在一旁布膳，萧天耀心里说不出什么滋味，理了理衣服，郑重地开口询问："你是不是有什么事？"无事献殷勤，非奸即盗。

不过，看在林初九难得献了回殷勤的分上，天大的事他也应了。

"没事呀。"林初九一头雾水地看着萧天耀，不太明白他话中的意思。

"真没事？"没事干吗这样献殷勤？

"一直待在大营，我能有什么事？"前车之鉴就在眼前，她现在在军中的每一步都走得很小心，就怕出事。

"嗯。"既然没事，那必是林初九想通了。

想到这一点，萧天耀看林初九的眼神越发满意了。这女人虽然蠢，可还算有脑子，总算想开了，知道讨好他了。

萧天耀满意地点头，起身，净手，转身就看到林初九将干净的帕子递到他手边，这下就更满意了："以后，就这样吧。"夫妻就该有夫妻的样子，成天躲着他像什么样？

"啊？"林初九愣了一下，不太明白萧天耀话中的意思。

以后就这样吧？她今天做什么了？她不就是拉着萧天耀哭了一场，出去散了个步，平复了一下心情。

刚刚回来时，正好遇到小兵送晚膳，她就顺手端了过来，萧天耀去洗手，她发现外面没有干净的帕子，就掏了自己的给他用。

她今天好像没有做什么特别的事，萧天耀这话是什么意思，她怎么听不懂？

"吃饭吧。"萧天耀看着林初九呆愣的样子，只当她不好意思，脸上的笑容又深了几分。

身边多了一个知冷知热的人，果然不一样。

……

第二日，萧天耀带着战利品进城复命。

当然，二十多万金吾卫是不可能带进城的，萧天耀只带了几个副将和押着战利品的三千兵马进城。

这三千人在此战中有莫大的功劳，由他们押送战利品进城，再合适不过。

京城，礼部的官员早就做好了迎接准备，只等萧天耀带兵进城即可。

当天，从城门到皇宫的那条大街就戒严了，不允许普通百姓进出。第二天一大早，太子就奉命带领礼部官员在城门口等萧天耀进城。

辰时，萧天耀的兵马出现在城门口，太子远远看到，先一步出城，下马亲迎，以示尊重。

等到萧天耀一行人走近，战鼓也敲响了，整条大街肃穆庄严，两旁虽有百姓看热闹，可却没有一个人敢吭声，齐齐看向城门的方向，等着萧天耀进来。

“恭迎皇叔凯旋。皇叔一路辛苦，父皇正在宫里等您。”太子并不敢拿大，恭敬地行礼。

“太子客气了。”萧天耀没有下马，居高临下地点了点头，完全不将太子看在眼里。

要说不生气是骗人的，可太子看了一眼萧天耀身后的大军，就缩了脖子不敢吭声。

虽说只有三千人，可这三千人的气势丝毫不比三万大军弱，他真不敢与萧天耀叫板。

“时辰不早了，皇叔……我们进城吧。”太子道。

“嗯。”萧天耀应了一声，打马前行，完全不管太子还没有上马。

萧天耀一动，身后的人自然也要动，太子吓了一跳，为了不被马踢死，只得让道，而这一让可就不是只让萧天耀一个人了。萧天耀不给太子面子，他身后的副将自然也不会把太子放在眼里，一个个打马跟在萧天耀身后，生生把太子挤到一旁。

太子气得脸都绿了，却又不敢发作。

群马前行，虽然速度不快，还是扬起了一片灰尘，太子一身鲜亮的衣服，不多时就布满灰尘的，看上去异常狼狈。

好在，一旁服侍的人还算有眼色，忙上前替太子掸掉了灰尘，又牵来马，扶太子上马。

太子稍作整理，眼见着萧天耀一行人都进了城，太子也不敢耽搁，忙打马上前。

身后的礼部官员见状，暗自叹了口气，忙不迭地跟了过去。

本来，今天该是太子率百官前来迎接，皇上以萧天耀回来得太匆忙，礼部没有安排妥当为由，取消百官出城迎接的环节，只让百官在宫门口迎接。

皇上这么做也没有错，只是现在的形势对皇上极为不利，皇上这么做着实是小家子气了。

萧天耀在东文百姓心中的地位非凡，他此次不仅取得了战争的胜利，还打得北历毫无招架之力，东文的百姓可谓是扬眉吐气，一见萧天耀进城，就高声大喊：“恭迎王爷凯旋，王爷千岁千岁千千岁！”

“王爷回来了，王爷打胜仗回来了！”

“王爷是我东文的战神，战无不胜，攻无不克。”

“战神，战神！”

最后，所有的话都化为两个字：“战神！”

“战神，战神！”

……

声音一波高过一波，气势越来越强。没有人组织，没有人维护，这些声音皆是发自百姓的内心，这是百姓实打实的拥护与崇拜。

“战神，战神！”

即使萧天耀走过去了，欢呼声依旧没有淡下来，面对肃杀冰冷的金吾卫，围观的百姓虽然心惧他们的气势，却没有一个人害怕。

在他们眼中，萧王就是他们的守护神，只要有萧王在一天，他们东文的百姓就不用担心。金吾卫身上的血气与杀气，他们心惧，可却也让他们更加的热血沸腾。

因为，他们知道金吾卫身上的杀气，不会指向他们。

当然，街道两旁的店铺里，不缺出来看热闹的千金小姐，只是那些个小姐根本不敢直视萧天耀，不敢直视金吾卫大军。

一路走来，大街上除了“战神”二字，再无其他声音。

一路走来，所有人的视线都在金吾卫身上，就连守在两旁的禁卫军也是双眼放光，恨不得上前与金吾卫结交一番。

至于萧天耀？

许是他的气势太强，又或者是他太耀眼，根本没有人敢看他，连偷看都不敢，更不用说直视了。

“一看到萧王的影子，我这心脏就不听话地狂跳，我根本不敢看他。”酒楼上，一位大胆的小姐伸出脑袋看了一眼，就忙收了回来，连萧天耀的身影都没有看全。

“萧王太可怕了，你还敢看，我可是连看的勇气都没有。”

“我听说呀，左相和右相都怕萧王爷呢。我原以为是夸大其辞，今日一见，我相信传言属实，萧王实在是太吓人了。”

“原本，我很羡慕萧王妃，可现在我挺同情她的。这么远，只看萧王一眼我就吓得双腿发软，要是天天对着萧王，这日子怎么过呀？”

英雄人人爱，可也要爱得起，像萧王爷这样的英雄，只能远观。

“你这么说，倒也有理。我没敢看萧王的长相，只偷偷地看了一眼他的背影，就吓得缩了回来，这要天天对着萧王，我可能会吓死。”

“别说萧王，就说萧王带进来的兵，也个个都英武不凡。就是我爷爷身边的老兵，也没有他们气势强，要是被他们瞪上一眼，我怕是要吓得腿软。”

这是聚在一起的几位小姐私下的议论，而那些少爷、举子们的关注点又不一样了，他们更多的是看萧王治军之严，御下之强，手下的兵如何厉害。

“要是我能进入金吾卫，我爹娘肯定要高兴死。”

“金吾卫确实比旁人强，你看两旁的禁军，他们就是穿得再好，铠甲擦得再亮，也比不上金吾卫。往金吾卫身边一站，就像是站在大树旁边的小草，根本不起眼。”

“确实比不过，他们太弱了。你看看萧王带来的金吾卫，一个个龙行虎步，虎虎生威，气势不凡，这才是真汉子。那些禁军就是软脚虾，给金吾卫提鞋都不配。”

年轻人聚在一起，自是说些热血的事，那些不该说的话，大家都尽量不说，可不说并不代表不存在。

金吾卫把禁军压得连大气也不敢喘，可以说是狠狠地踩了皇上的面子。

然而，那又如何？

萧天耀进城的那一刻，宫门就已打开，红色的地毯从龙椅下方铺到宫门外，文武百官分列两侧，帝王高坐龙椅上，等着萧天耀进宫。

此次迎接的规格不是最高的，却是迎接萧天耀回京规格最高的一次，以前萧天耀就是打了胜仗，皇上也不会这么隆重地迎接。

萧天耀按规矩在宫门外下马，身上穿着和金吾卫一样的铠甲，手上捧着北历的降书，大步走了进来。

他身后，三千金吾卫纷纷下马，每个人手上都捧着一份战利品，整齐划一地跟在萧天耀身后。

“嗒，嗒，嗒！”三千人同时走起来，可却只有一道脚步声，那声音像是鼓点，敲打在文武百官还有皇上的心尖上。

有那么一瞬间，两侧的官员是激动的、兴奋的、热血沸腾的。不管他们在朝堂上怎么斗，他们都是东文人，东文取得大胜，东文有一支铁骑，这值得每个东文人兴奋，可是……

一想到坐在龙椅上的皇帝，文武百官心中的热血就冷却了下来。皇上就坐在那里，这个时候哪怕再佩服萧天耀，都不能表现出来。文武百官一个个老老实实地站着，在萧天耀迈入宫门的那一刻，按规矩行礼。

“嗒，嗒，嗒！”脚步声近了，萧天耀率先穿过宫门，走进皇宫。文武百官看到他的刹那，一个个转身，作揖，高喊：“恭迎萧王得胜归朝，千岁千岁千千岁！”

萧天耀目不斜视，一路往前，而他所到之处，官员都会齐齐转身，给他行礼，一拨接一拨，直到萧天耀走到台阶下，“千岁”声才停下来。

“臣拜见皇上，万岁万岁万万岁。”萧天耀站在台阶下，行了一个军礼，完全没有跪下来的意思，不等皇上开口，又道，“臣击退北历，夺回失城。这是北历的降书，请皇上过目。”

萧天耀行完礼后便站得笔直，即使奉上北历降书时，也不曾弯腰。

“哈哈哈，好好好，朕就知道你不会让朕失望。”高坐在龙椅上的皇上，不管此刻心里怎么想，面上都不能表露半分。

萧天耀大胜归朝，他只能高兴，只能嘉奖。

不高兴？不想嘉奖？想想离京城只有一天路程的大军，皇上就不敢不高兴了。

“臣万幸没有辜负皇上的期望，没有辜负东文百姓的期望。”萧天耀给面子地应和了一句，待到太监将降书取走，又道，“皇上，臣此次出征，不仅击退北历、夺回失城，还夺得了不少战利品，请允许臣将其奉上。”

萧天耀侧身，好让皇上直接对上捧着战利品的金吾卫。

三千金吾卫，每人手上或多或少都捧了一点东西，但是，这些东西并没有多少价值。

东文并没有打到北历的城池去，能有什么战利品？

萧天耀此次在战场上最大的收获，只有黑甲卫的铠甲和天外玄铁，可这两样东西，萧天耀是不会拿出来的。

金吾卫手上捧的战利品，不过是一些金银和普通的铠甲，拿这些东西当战利品实在寒酸，可萧天耀说出来，皇上就是再看不上眼，也要让金吾卫将战利品一一献上来。

强压下心中的不悦，皇上兴致勃勃地让金吾卫献战利品。

三千人，一人一件地捧上前，饶是速度再快也花了一个半时辰，众大臣看着那堆不值钱的破烂货，一个个索然无味，外加腰酸背疼。

他们可不是训练有素的军人，从辰时开始到现在，他们足足站了两个多时辰，又累又饿，早就撑不住了。要是萧天耀献上的战利品中有什么绝世名品，他们还能激动一把，凭借兴奋的精神支撑住，偏偏萧天耀整了一堆破铜烂铁，完全没有价值，他们没有打瞌睡就是给面子了。

当然，想归想，埋怨归埋怨，在场的大臣却没有一个敢冒头，只能强忍着。

有什么办法？连皇上都要忍着，他们这些人能不忍吗？

终于，最后一件战利品奉上了，众朝臣暗自松了口气，悄悄地竖起耳朵，等着看萧天耀接下来做什么。

没有意外，萧天耀命人奉上战利品的目的，就是为了给手下的人讨赏。

抵御北历有功，萧天耀是铁定要重赏的，但是他属下的人却不一定。虽说军中有严格的军功赏罚制度，有军功就能升职，但并不适用于金吾卫。

朝廷排挤金吾卫的用意十分明显，每次金吾卫立了功，功劳都会减去许多，就算功劳不会被减，兵部与吏部也会死命地拖，拖到拖不下去才会核算出来，有时候金吾卫的功劳太大，朝廷还会出临时的文书，减少封赏。

总之，朝廷要用金吾卫时，金吾卫就是东文的军队；在养金吾卫或者封赏时，金吾卫就好像是萧天耀的私军，朝廷是能不管就坚决不管。

萧天耀开口要赏的那刻，皇上的脸立刻变了，不过隔得远，谁也没有看到。

暗自吸了口气，皇上压下心中的怒火，道：“天耀，朕听说你手下的人，得了好几套天外玄铁的铠甲，可有此事？”既然封赏无法改变，那就多拿一点好处。

要是能让萧天耀拿出一部分天外玄铁的铠甲，他便是大肆封赏金吾卫一次又何妨？

可惜，皇上太低估萧天耀的无耻了。

“皇上，天外玄铁战甲乃是中央帝国黑甲卫的战甲，臣虽与黑甲卫交过手，收缴了几套铠甲，可那都是误会。事后，臣已找帝国大皇子解释清楚，双方也冰释前嫌。天外玄铁的战甲自然也是还给黑甲卫。”萧天耀睁着眼睛说瞎话，脸不红，气不喘，没有一点不好意思。

“果真都还了？”皇上当然是不信的，可不信又能怎样？萧天耀把那几套天外玄铁的战甲捂得死死的，他根本拿不到。

“还了之后，大皇子又赠送了臣几套。皇上要看吗？要看的话，改天臣可以穿进宫。”萧天耀一脸淡定，那张死人脸没有一丝表情，完全看不出他在撒谎，也看不出他在挤对皇上。

皇上气得脸色发白，隐隐感觉头又痛了，萧天耀穿在身上的战甲，他还能让萧天耀脱下来？

萧天耀摆明了不会把天外玄铁献给皇帝，除非皇帝撕破脸，不然别想光明正大地从萧天耀手里挖走天外玄铁的铠甲。

然而，很明显，皇上现在不能，也不敢跟萧天耀撕破脸。既然不能撕破脸，为了保全自己的面子，皇上只能揭过此事不提，将重点放到请赏一事上。

这些年来，金吾卫南征北战，为东文立下了汗马功劳，封赏本来就是应该的，这次萧天耀请赏，也是让皇上把金吾卫该得的还给他们。

想想城外的金吾卫大军，皇上这次非常爽快，当场就下令，命吏部与兵部的人尽快核实金吾卫的军功，然后呈报到御前，让他阅览。

“臣，遵旨。”吏部尚书与兵部尚书一同出列，微垂头，掩去了眼中的担忧与不安。

他们怕，怕皇上事后不爽，要他们出手刁难萧王，那可就麻烦了。

“唉……”暗自叹了口气，两位大臣入列，都愁眉苦脸的。

他们虽是皇帝的人，可现在萧王如日中天，他们也不敢得罪萧王。

要是和以往一样，在核算军功一事上拖延，少不得要被萧王记上一笔，可要是效率高得出奇，不偏不倚地把军功核出来，皇上铁定又会不高兴。

这事，真真是叫人左右为难，偏偏又不能说出来，其他官员明白他两人的心思，可这个场合谁敢说话？

请赏一事告一段落后，皇上命人宣读了嘉赏萧天耀的旨意。

萧天耀已是一品亲王、世袭罔替，一人之下，万人之上，根本赏无可赏，封无可封，可萧天耀立了功，不赏又不行。

以往，皇上都是按萧天耀的功劳大小，赏赐金银，可赏多了皇上也不高兴。

每次打胜战，他赏给萧天耀的都是大量的金银，而这些金银大多数都被萧天耀用在金吾卫身上。

换言之，萧天耀是用他的银子，养自己的兵马，然后还用这些兵马威胁他。

可不赏金银，他还能赏什么？美人？他早就赏过了，全部被萧天耀丢到军营当军妓了。

豪宅？他也赏过了，转手萧天耀就把宅子卖了，换了金银养金吾卫。

亲卫？兵马？这些，皇上打死也不会赏给萧天耀。

与左、右丞相想了半天，皇上终于想到了这次给萧天耀什么封赏。

封地！

萧天耀是一品亲王，本该有封地，而他本身确实有富饶的封地，只是在他年幼时，被皇上找理由收了回来。

这次，皇上没有给萧天耀赏金银、加虚职，而是封赏了两块封地给萧天耀。

只是，皇上封赏给萧天耀的封地，并不是他原先的、富饶的封地，而是两块靠近北域，鸟不拉屎、没有人烟、瘴气横生的封地。

宣旨的太监一念完，全场倒抽了一口气，左相和右相虽知皇上要给萧天耀封地，却不知是这两块地方，一时反应不及，错愕地看着皇上。

皇上不是疯了吧？不是说了要安抚萧王吗？这真是安抚，不是摸老虎屁股？

有这样想法的，自然不止左相与右相两人，其他大臣也觉得皇上疯了，怕皇上看出他们的异常，一个个将头埋得更低，生怕引人注意。

皇上，这真是打人打脸呀！

萧王立下这么大的功劳，居然就给两块没用的封地，皇上这也太让功臣寒心了。

然而，旨意已出，除非皇上要自打脸面，不然绝不会更改，这一点不仅在场的大臣知道，萧天耀也知道。

是以，萧天耀没有吭声，只是站在那里，既不领旨谢恩，也不请皇上收回旨意，任由小太监捧着圣旨站在他面前，只当没有看到。

皇上原本信心满满，自以为压了萧天耀一头，看萧天耀半天不吭声，就这么站在那里，心中暗道不好。

他只顾着自己高兴，却忘了现在的情况，他做了半天孙子哄萧天耀，要是因封赏一事功亏一篑，之前的努力不是白费了？

有心想要安抚萧天耀，可皇上又不想自打脸面，正在一筹莫展之际，皇上灵光一现，大声道：“天耀，萧王妃此次在战场上救治士兵有功，皇后得知此事十分欢喜，说萧王妃是天下女子的表率，定要好好封赏萧王妃，不知你的王妃可有随你一同回京？”

皇上这是给自己找台阶下，暗示萧天耀他会重赏林初九。

“王妃她还在城外，明日本王接她回京，并陪她进宫拜谢皇后。”在皇上的面前，萧天耀自称“本王”，可见他是真不高兴了。

皇上脸色讪讪，到底不敢再惹萧天耀，干笑两声就当此事已过，至于萧天耀没有接的圣旨，这个时候也没有人敢提起。

皇上心里不痛快，却又要给萧天耀做面子，只得打起精神说几句漂亮的话，才让众人散了，晚上再进宫参加庆功宴。

然，皇上的话一出口，萧天耀就立刻驳了：“圣上，此战东文能大胜，功劳有王妃的一半，王妃今日无法回京，还请皇上将庆功宴延后，待王妃进城，一同参加庆功宴。”

“天耀，不可胡闹，庆功宴已备好，怎能更改？”皇上的脸色十分难看，庆功宴如果推后了，他这个皇帝还有什么威信？

“皇上，本王的王妃也是有功之臣。”萧天耀站在原地，完全没有妥协的意思。

说林初九有功的人是皇上自己，这个时候除非皇上想要自打巴掌，不然这事就必须按萧天耀的意思走。

“天耀，自古以来，就没有为女子庆功的。”皇上沉着脸，一脸不快。

萧天耀仍旧不退让：“皇上，自古以来也没有哪个女子如同本王的王妃一般，敢在危难之际奔赴战场，为救治伤兵而不顾自身安危。”

皇上莫不是以为，随口说一句皇后会封赏林初九，就能糊弄他吧？真是天真！

这种场合，皇上敢随便赏两块破地给他，打他的脸面，他也能让皇上下不了台。

人必自重而后人重之，人必自侮而后人侮之。皇上在写圣旨的那一刻，就该想到他的反应。

皇上与萧天耀争的，不是林初九有没有功劳；庆功宴要不要为林初九延后，也不是面子的问题。他们两人争的是权力，争的是地位，今天谁妥协了，气势弱了，日后双方打交道，就再也压不过对方。

在这种情况下，双方都不会轻易退让！退让了，输的不仅仅是面子，还关系到他们的地位、权势。

皇上死死地看着萧天耀，等着他退让，可萧天耀不为所动，神情淡然地站在台阶下，双眸微闭，摆明了不会退让，也不会妥协，更不会给皇上面子。

他有二十多万大军在城外，他需要怕皇上，需要给皇上面子吗？

毫无疑问，这样的情况下，退让的就只有皇帝！

皇帝坐在龙椅上，隔得远，众人看不到他的表情，但底下的大臣们大约能明白皇上此刻的心情。

只是，让他们意想不到的是，皇上并没有生气，而是哈哈大笑。

就在众位大臣以为皇上受了刺激，被萧王气疯了时，却听到皇上大声道：“难怪京城人人都说天耀对王妃一往情深，为了王妃什么都肯做。朕只当是传言，今日才知传言是真的。好好好，看在你们夫妻情深似海的分上，朕准了，准庆功宴延后三日，准萧王妃参加。”

深情，对于手握大权的男人来说，并不是什么好的评价，尤其是这个男人为了一个女人要皇帝更改行程！

皇上这话可谓极毒，就差没有直接说，萧天耀为了讨一个女人的欢心，用军功威胁皇上延后庆功宴。

听懂了皇上话中意思的大臣们，纷纷倒吸了口凉气，一个个将头埋得更低。

神仙打架，凡人遭殃，这种场合他们可不能随便冒头。

一众大臣都能听懂皇上的话外之音，萧天耀怎么可能听不懂？萧天耀抬头，毫无顾忌地打量着皇帝，冷笑：“原来皇上每次携皇后、周贵妃出席庆功宴，都是因为对她们情深似海，臣受教了！”

“胡闹，皇后是国母，是天下女子的典范，她出席庆功宴何错之有？”皇上不曾想萧天耀会攀咬他，面上十分难看。

“那周贵妃呢？贵妃之位确实尊贵，可归根到底仍旧只是一个妾，皇上不顾正妻的颜面，准一妾室出席宫中各种庆典，想必是对周贵妃一往情深。”萧天耀一点也不客气，撕开皇上宠妾灭妻的真相。

这事皇上都做出来了，还不允许他说？

“天耀，这是什么场合？你胡闹也该有个限度。”皇上再次按住自己的太阳穴，感觉脑袋一抽一抽疼得厉害。

“皇上，这话是你先提起的，臣只是顺着你的话说罢了。”要是别的臣子，这个时候肯定匍匐认错，假装这事不曾发生。

不，要是普通臣子，根本不敢在这种场合，拿皇后、贵妃说事，也只有萧天耀有这个胆子，敢在这么严肃、正式的场合，说皇上的私事。

“你……”皇上气得不行，萧天耀无事人一般站在原地，神情淡然，就好像刚刚拿话挤对皇上的人不是他一样。

林相一看这情况，就知道自己再不出场，皇上十有八九得气死。

暗自叹了口气，林相认命地出列：“圣上，萧王一行连日奔波，想必已是累极，不如先请萧王回去休息，其他的事改日再议。”

除了庆功、封赏外，皇上原计划借张家铺子一事敲打萧天耀，让萧天耀不要太张狂，可如今看来，今天并非好时机。

倒不是说时机不好，而是皇上对上萧王爷就沉不住气，白白浪费了大好机会。

皇上面色稍缓，点头道：“林相说得是，天耀一路奔波，想必累极，是该早些回去休息。”皇上也知有些事不能急，虽然心里气得想要吐血，面上却仍旧是一副喜悦的样子。

打胜仗，他身为皇帝，必须高兴！

至于帝国张家的事？不着急，不是还有庆功宴吗？今天没有机会说，就等庆功宴上说好了。

“多谢圣上体谅，万岁万岁万万岁。”萧天耀站在原地，连头都不曾点一下，只是将这话念了一遍。

“众位都散了吧。”皇上起身，文武百官立刻跪下，恭送皇上离去，而文武百官一跪，站在中央的萧天耀及他身后的士兵，就更加显眼了，皇上只看一眼就收回了眼神。

萧天耀完全不将他放在眼里，他真怕自己忍不住，会当场发飙。

“秦太医，快，宣秦太医！”皇上一下朝，就感觉自己的头一阵阵痛得不行，立刻让人宣了秦太医过来。

秦太医来后，连脉都不用诊，只看了看皇上的脸色，就知晓皇上的病情：“圣上，你不能再动怒、劳心，不然病情会越来越严重，到时候药石也枉然。”

“二十多万大军就在城外，你叫朕怎么心平气和？”一想到大皇子和七皇子送来的消息，皇上心里就更烦躁了。

他原就知道金吾卫不一般，可看到大皇子和七皇子送来的消息，他才知道“不一般”还是太谦虚了。

虽说京城内有禁军十万，城外也有五万兵马，可按大皇子与七皇子所言，真要打起来，他连一成胜算都没有。

在这样的情况下，叫他怎么能不急?

“圣上……你的身体要紧。”秦太医虽不知具体情况，可萧王大军压城的事他却是知道的，皇上会心烦再正常不过。

“没有这江山，你当朕还能让你来医治？你们这些人与其说忠于朕，倒不如说忠于朕手上的权力，没有了这权力，你们指不定会做什么。”皇上冷笑，带着几分自嘲的意味。

“圣上明察，臣对圣上忠心不二，绝无二心。”秦太医扑通一声跪下，不断地磕头以表忠诚。皇上没有立刻让他起来，而是盯着他看了半天，确定秦太医没有小心思，这才开口：“好了，要是连你都不信，朕还能信谁？起来吧，给朕医治吧。”

因萧天耀势大，他身边的人都起了心思，他此次虽是试探秦太医，可也有敲打秦太医的意思。

虽然萧天耀大军压城，压得他喘不过气，可他还是东文的皇帝，他是不能拿萧天耀怎么样，可其他人敢跟他耍花招，那就是找死!

番外1　天之骄子时逸寒

有一种人，注定相遇；有一种人，注定为敌。

与萧天耀遇上，是宿命。

人中龙凤萧天耀，天之骄子时逸寒。这样的人，除非不生在同一时空，不然遇上……

不为友，即为敌。

与萧天耀为敌，亦是宿命。

一个是江湖草莽，一个是一品亲王。也许，在话本里，我们可以成为朋友，可以成为惺惺相惜的好友。更甚至，我会成为萧天耀的帝王路上的助力，但在现实中，我们注定为敌。

影月出，天无藏。天藏影月做的是杀人越货的买卖。天藏阁，专挖见不得光的事，影月楼专做见不得光的事，而萧天耀这人，无论是他的出身，还是他要做的事，都不能见光，一旦见光，万劫不复。

这样的我们，怎么可能成为朋友?

萧天耀要做的事，一招不慎，亲朋好友皆要丧命。我是天藏影月的少主，我背负着千千万万人的性命，我不会拿他们的命，去陪萧天耀赌一个见不到光明的未来。

同样，萧天耀也不会相信我，相信我这个唯利是图，为了利益什么都敢卖、什么人都敢杀、不讲江湖道义、不讲家国情怀的黑道头头。

我是黑夜的霸主，萧天耀是白昼的王者，我们注定为敌。

我不知道在萧天耀心中，我们到底是敌还是友，但我知道，在我心中，萧天耀是我宿命中的敌人，是我的宿敌!

第一次交手，在一个荒无人烟的山谷里。

那时，我是我，萧天耀却不是萧天耀。

那一夜，月朗星稀，银白的月光倾泻而下，为漆黑荒凉的山谷披上了一层朦胧的、梦幻般的面纱，我手执长剑与萧天耀面对面而站。

影月楼做的是杀人的买卖，但我无比庆幸，我那天接的是保人命的生意，而不是取人头的买卖。不然，我影月楼就要丢人了。

五百万两白银，保南远皇子南诺离一条命，从魔君重楼手中救下南诺离。

天藏影月从无败绩，这一次也不例外，本少主出马，更不可能失败。

我从魔君重楼手里救下了南诺离，但是我却一点也不高兴。

那一晚，我首次尝到了失败的滋味！

魔君重楼成名已久，我不敢小觑他。一交手，我便使出了时家的绝招月影分身，却不想我拿出时家保命的本事，也只是与魔君重楼打了个平手。

可这不是最让人生气的，最让人生气的，魔君重楼根本没有使出他的绝学，他是用我时家的月影分身打败我的。

而且，是现学的！

我使一招，魔君重楼出一招，就这么一招接一招，生生将我的招式克制得死死的。

我，时逸寒，败在我时家自己的招式下，我便是想回家告状都不行。我娘要知道我在外面丢了这么大的脸，肯定得再揍我一顿。

我输了，还要笑，不能让人知道我输了！

更叫人生气的还在后面，多年后，我问魔君重楼，当时你怎么会想到，现学我时家的月影分身，用月影分身来打败我？

那时，已被我拆穿了身份，位居至高之位的魔君重楼说：“本王使的是杀人的招式，天藏影月的少主要是死在本王手上，会很麻烦。”

合着，魔君重楼当时现学时家的月影分身，根本不是为了卖弄才华，只是为了不杀我。

我与萧天耀见面的次数并不多，那一次过后，再见或者说与萧天耀正面对上，是在很久以后……

那时我才知，做走私生意、与天藏影月抢生意的碧海阁，背后的主人是萧天耀。

那一次，萧天耀退让了，在我的武力逼迫下，萧天耀结束了碧海阁的生意，但我仍旧无法高兴。

那次，我跟萧天耀过招，我又一次，败在自己的月影分身之下。

这是我第二次尝到了失败的滋味，又苦又涩，偏偏还要笑着吞下去。

碧海阁的事了了后，因中央帝国大皇子的事，我又多次与萧天耀交手，而越是与萧天耀交手，我越发可以肯定，萧天耀这个男人就是我时逸寒宿命中的敌人。

我！天藏影月的少主，一代传奇时芊芊的儿子，父亲是中央帝国的皇帝。

我这样的人，一出生就走到他人穷极一生也达不到的人生巅峰，我这样的人注定是焦点。四海八荒，凡是我时逸寒看上的地方，看上的人，就没有拿不下、得不到的。我一度以为，这世间再也找不到出身比我还要尊贵的人，可偏偏……

萧天耀出现了！

东文战神，百战不败的是他。

一统魔道，威震江湖的魔君重楼是他。

天选之子，圣元王朝唯一的血脉是他。

……

我，时逸寒，天之骄子的尊严与骄傲，被萧天耀碾成泥。

我视萧天耀为宿敌，把他当成我的目标，然数十年后，萧天耀见到我，依旧是一句生疏而客气的：“时少主！”

看着娇妻美人在怀的萧天耀，看着登上至尊之位的萧天耀，看着我娘围着萧天耀转，看着……

再看我自己！

孑然一身！

番外2　人间财神是苏茶

在遇到天耀之前，没有人知道我苏茶是谁，没有人知道后来名满天下的大富商苏茶在苏家过着什么样的日子，更没有人知道我苏茶有什么才能。

在我功成名就后，所有人都说萧王是最精明的商人，精明如苏茶也栽在了萧王手里。他们说萧王一直在利用我，从来没有把我当兄弟；说我在萧王眼中，只是一个会攒钱的奴才，地位与萧王身边的狗差不多。不然，萧王用了我那么多银子，为什么我苏茶却没有一官半职，仍旧是一个低贱的商人？

听到这些，我除了微笑，还能说什么？

说这些的人，绝不知道他们眼中金尊玉贵、每日饮琼浆喝玉液、拿金子砸水花消遣的苏茶，过的是什么生活……

早年，父不慈，母早逝，我孤苦伶仃在苏府长大，明明是大富商苏家的嫡长子，却过得比苏家的长工还不如。

苏家的长工能吃饱，能穿暖，没成年前还有父母养着，我却不行。我有娘生，没爹养，苏家偌大的家产也与我没有丝毫关系。

那些年，与其说我在苏家过得比长工还不如，倒不如说我在苏家过得比狗还不如。要不是我自小有些小聪明，有些小手段，怕是早早死在了苏家。

遇到天耀的时候，我才将将满十岁。那时的我，就不得不挑起担子，走街串巷地做生意养活自己，为自己积攒原始资本。

当然，挑着担子卖货，在那些生意人眼中，从来就不是生意。是以，苏家那群人，看到我堂堂苏家大少做着挑货郎，压根就没有把我放在眼里，任由我成天挑着箩筐走街串巷，做着他们看不起的低贱活儿，却忘了苏家最早也是从小摊贩起家的。

许是苏家人天生就会经商，同样是挑担子的小贩，卖着同样的货，我却能卖出比别人更高的价，卖得比所有小商贩都好。

木秀于林，风必摧之。年幼的我，没有任何背景的我，比所有小摊贩都赚钱的我，很快就引起京城其他摊贩的注意。

在一个冬日的傍晚，我被人堵在路上，担子里的货被人抢了，口袋里的银钱也被人抢了，而我也被人狠狠揍了一顿，险些死在外面。

那群揍我的人，踩着我的头，对我说："苏家大少爷，你这辈子别想做生意，苏家早就放话了，不会允许你从商。苏家的人一直盯着你呢，你的弟弟可是放话了，绝不会让你攒到一百两银子。你要攒到了银钱，谁抢到就是谁的，你要去告状，衙门那苏二少会摆平，只要不把你打死，怎么折腾你都行。你连一百两银子都攒不到，你拿什么做生意？拿什么跟苏二少争？"

苏家祖训，能者居之！

我拼了命地做生意，无畏寒暑，无畏风雪，每日走街串巷地卖货，就是想要积攒原始资本，就是想要凭这条祖训，跟苏家那群人争一争，却没有想到，他们根本不给我公平竞争的机会。

公平？

那时候的我天真得可笑，居然认为那样污糟的苏家会给我公平竞争的机会。

但是，我不甘心也无法甘心，做买卖挣钱，利用苏家祖训在苏家站稳脚跟，是我唯一能崛起的机会，而且我打小生活在苏家，我很清楚苏家的人有多重利。

商人重利轻情，这话在苏家人身上体现得淋漓尽致。

苏家是个大家族，虽然我父亲这一支最显赫，但这并不表示我父亲能做到一言堂。我相信，只要让苏家人看到我的潜能，看到我经商的天赋，我就有机会在苏家站有一席之地，而有了一席之地，我就可以争取更多！

银货皆无，全身是伤，我却没有被击垮。我先前能从一无所有，到积攒百两银钱，现在我也能做到。

养好伤，我又继续思索着挣钱的事，只是每每当我快要攒满百两银子，攒满可以租下一个店铺的银子时，我那位同父异母的好二弟，就会让人打劫我，将我身上的银钱搜刮干净。

一次又一次，所有人都以为我会绝望，所有人都以为我会放弃，可我却始终没有放弃。他们抢走一次，我就白手起家再赚一次，且一次比一次，用更快的速度积攒出百两银子。

第一次，我花了一年的时间，从白手起家到积攒百两银子，被他们抢了。第二次，我只花半年的时间，就攒到百两银子，虽然仍旧被他们抢走了，但第三次，我只用了四个月，就攒到百两银子……到后面，只用了十天的时间，我就能轻松地赚到百两银子。

我本以为，即便我始终攒不到银子把我的生意做大，但苏家人至少能看到我在经商上的天赋，然而……

看到我有经商天赋，在我绝望无助时把我拉起来的人，不是我的血脉亲人，而是天耀！

我最好的兄弟天耀！

我的主子，萧王萧天耀！

我不知道他是怎么发现我的，我只知道，在我身处地狱的时候，当我在泥泞中挣扎的时候，是他朝我伸手，将我从地狱里拉了出来，将我从泥泞中挖了出来。

“金麟岂是池中物，一遇风云便化龙。”这是天耀见到我，说的第一句话。

那一天，少年的天耀，一身黑衣从泥泞小道迎面走来。明明当时天色又暗又沉，寒风吹得人瑟瑟发抖，可在我的记忆里，那一天的天耀却是身披霞光，亮得让我睁不开眼。

“想不想直上青云，遇风化龙！”少年的天耀，已初具几分战神萧王的模样，他站在我面前，神情淡漠，语气清冷，明明是热血沸腾的话，从他嘴里说出来却是云淡风轻，好似是再正常不过的事。

我那时，一身布衣，满脸青肿，一身泥土。

是的，与天耀初次相遇，我又被人抢了，还被人打的，而那时的我已经习惯了，甚至有几分丧气与悲凉，但所有的丧气与悲凉，在遇到天耀的那一刻，全都消失了。

我不记得我当时是怎么想的，我只知道我问了一句：“你是谁？”

“萧天耀！”

“我跟着你干，我能赚得比苏家多吗？”

“那得看你的本事。”

“你能保证，没人能欺负我吗？”

“这天下！只有我萧天耀欺负别人的份，没有人能欺负我的人！”

“我跟你干了！”

许是头脑一热，许是太过绝望，我不肯放过任何一丝曙光，那时的我甚至不知“萧天耀”这三个字代表什么，我就伸出手与少年的天耀击掌，许下少年的誓言，发下少年的壮志。

我当时豪言壮志地道：“你要能让天下无人敢欺负我，我苏茶便能为你敛尽天下财富。”

“好！”少年天耀，与今日一样寡言，也与今日一样重诺。

他做到了！

从萧天耀到战神萧王，再到四海一统的帝王，他让天下再无人敢欺凌我，而我苏茶士为知己者死！

好风凭借力，送我上青云！

天耀之于我，不仅仅是兄弟，不仅仅是主子，还是救赎，是希望，是唯一的光明……

番外3　至诚至忠唯流白

战神萧王，财神苏茶！提到萧王萧天耀，大多数人都会提上一嘴苏茶！

无他，苏茶太耀眼了，哪怕天耀光芒万丈，苏茶也在努力散发出属于自己的光芒。苏茶，萧王得力的左右手，萧王的钱袋子，萧王的心腹幕僚，但极少会有人提到我，流白！

我，流白，与苏茶一样，都是天耀的左右手，甚至我比苏茶更早认识天耀，更早为天耀办事，但我的存在极少有人知道，或者说极少有人知道我在天耀身边为他做什么。

与苏茶努力发光不同，我在天耀身边，必须敛尽所有锋芒。

我与苏茶，皆为天耀的心腹，一左一右，一明一暗。苏茶在明，我在暗。是以，世人皆知财神苏茶为萧王立了汗马功劳，却极少有人知道流白为萧王做了什么。甚至在许多人眼中，我流白就是一个仗着与萧王儿时交情，不懂事、爱胡闹的大孩子。

萧王身边的流白，是个不起眼的存在，如果与苏茶放在一起评价，我永远是那个被人瞧不起的，但是……

我不在意！

苏茶是天耀的钱袋子，我却是天耀的眼，是天耀手中的剑！

江湖上有一个赫赫有名的组织，叫天藏影月，有“影月出，天无藏”的美称。我流白在江湖上，没有任何美称，也没有任何雅号，但天藏影月知道的消息，我都知道，天藏影月不知道的消息，我也知道。

流白，便是不留空白！

江湖、朝廷、民间，任何一处我都不放过，我为天耀收集天下情报，从中提取有用的消息呈给天耀。

天耀是要办大事的人，他的眼睛是用来看天下格局的，他的眼里只有天下大势，他看不到的地方，就由我去看。

是以，我是天耀的眼，我为他看那些藏在阴暗里，见不得光的人与事。

天耀要办的是大事，要做成这件大事，要有银子，也要有人。

苏茶在明处为天耀赚银子，而我就是暗处为天耀花银子养人的那个。

收养孤儿，收集情报；训练死士，为天耀的大业保驾护航……天耀剑之所指，便是我心之所向！

天耀之于我是至高无上、独一无二的主子，是患难与共的兄弟，是我能用生命去换的至交好友，这世间任何人都有可能背叛天耀，都有可能出卖天耀，唯有我流白不会。

至忠至诚！这是我流白，对天耀许下的承诺，也是我自己许下的誓言。

跟在天耀身边多年，我没有私心，没有自我，我只忠于天耀，只为天耀办事，只除了一件事——墨玉儿的出现！

清水出芙蓉，天然去雕饰。这是我见到墨玉儿的第一印象。

墨玉儿，是我此生见过的最美的女子，也是唯一让我心动的女子。墨玉儿，如同她的名字一般，如墨玉般珍贵，如墨玉般完美。冷若冰霜，气韵天成。

这是我心中的墨玉儿！

为了墨玉儿，我做了许多许多，我以前不可能、今后也不可能做的事。那段时间，我像是疯魔了一般，为了墨玉儿，我第一次隐瞒天耀，第一次在天耀面前撒谎，第一次不敢直视天耀的眼睛。

我以为，我遇到此生的最爱。我以为，我能在忠于天耀的情况下，给我最爱的女子最好的保护，然而现实却狠狠扇了我一巴掌。

我是天耀的眼，我是天耀的剑，但这双眼只能隐在暗处，这把剑也只能藏在暗处。

在世人眼中，没有萧王萧天耀，我流白什么也不是！这样的人，又怎么可能让墨玉儿倾心？

墨玉儿对我的友好，对我的温情，不过是把我当作接近天耀的工具罢了。

为了墨玉儿，我欺瞒天耀，伤害了天耀珍爱的妻子……

很多年后，我回想起这一段往事，我无数次问自己：我当时在干什么？我怎么会这么蠢？

后悔吗？也许有！

但不是后悔爱上墨玉儿，而是后悔自己为了一个女人而内心动摇，险些背叛了我宣誓效忠一生的主子，出卖了我愿意用生命换取的至交。

不过，经历了墨玉儿的事也不是没有好处。

至少，从那以后，我的内心更加坚定，也更加强硬。

从那以后，我在天耀面前，再没有说过一句谎话，再没有隐瞒过一件事，再没有不敢直视天耀的眼睛。

我流白，发誓一生一世只忠于吾王天耀！

而我，做到了！

神医帝妃

蓬莱宫中恩爱长

第②部

【第八卷】

阿彩 著

新世界出版社
NEW WORLD PRESS

图书在版编目（CIP）数据

神医帝妃. 第二部. 第八卷，蓬莱宫中恩爱长 / 阿彩著. — 北京 : 新世界出版社，2019.12

ISBN 978-7-5104-6780-6

Ⅰ. ①神… Ⅱ. ①阿… Ⅲ. ①长篇小说－中国－当代 Ⅳ. ①I247.5

中国版本图书馆CIP数据核字(2019)第094128号

神医帝妃．第二部．第八卷，蓬莱宫中恩爱长

作　　者：阿　彩
策划编辑：张铁成
责任编辑：张晓翠
责任印制：王宝根
出版发行：新世界出版社
社　　址：北京西城区百万庄大街24号（100037）
发 行 部：（010）6899 5968　（010）6899 8733（传真）
总 编 室：（010）6899 5424　（010）6832 6679（传真）
http：//www.nwp.cn
http：//www.nwp.com.cn
版 权 部：+8610 6899 6306
版权部电子信箱：nwpcd@sina.com
印　　刷：三河市金元印装有限公司
经　　销：新华书店
开　　本：710mm×980mm　1/16
字　　数：396千字　印张：17.5
版　　次：2019年12月第1版　2019年12月第1次印刷
书　　号：ISBN 978-7-5104-6780-6
定　　价：149.80元（全四卷）

目录

【第八卷　蓬莱宫中恩爱长】

第一章　且听石吟 /001
第二章　帝国的威严 /019
第三章　终于等到你 /032
第四章　洞房花烛夜 /044
第五章　在乎你就输了 /056
第六章　最美遇见你 /070
第七章　功过他人评 /084
第八章　从云端跌入尘埃 /097
第九章　一石激起千层浪 /110
第十章　覆手倾天下 /121
第十一章　一举成名天下知 /132
第十二章　千里不留行 /147
第十三章　男儿有泪不轻弹 /159
第十四章　十年之约 /172
第十五章　春宵一刻值千金 /186
第十六章　攘外必先安内 /197
第十七章　以复仇为名 /209
第十八章　天下第一战 /221
第十九章　圣元盛世 /232
第二十章　深藏身与名 /243
番外1　帝后番外 /258
番外2　萧子安 /261
番外3　天选之子 /264
番外4　时芊芊 /266
番外5　轩辕挚 /269
番外6　七皇子 /272
番外7　林婉婷 /274

第一章　且听石吟

萧天耀从来都不是一个以德报怨的人，帝国使团推卸责任的行为，虽不至于把他惹怒，但也足够让他记仇。

萧天耀这人也从来都不是君子，他不会记仇十年，他只会有仇现在就报。

萧天耀放弃通知亲卫前来营救的打算，只当没有看到使团一行人的惨状，带着林初九悄悄潜入石头镇。

石头镇的情况太诡异了，他们根本查不到是哪块石头有问题，为了不再着镇上人的道，他们只能选择夜行。

凭萧天耀超武神的实力，即使带着林初九潜入镇中也是很简单，不过想到镇上的神秘，萧天耀并不敢大意，一路上十分谨慎。

步入石头镇后，萧天耀就更小心了，几乎是每走一会儿都会停下来，以确定自己有没有受到影响。

林初九早早就打开了医圣之心，一路上密切关注医圣之心的反应。

医圣之心有一个很实用的点，一旦她碰触到有毒物质，医圣之心会马上发出警报，提示她防备。

林初九小心翼翼地跟在萧天耀身后，一步入镇上，就开始触摸每块石头，为了不让萧天耀发现她的异常，林初九还特意拿了一颗夜明珠作照明，假装自己是凑上去看石头。

如此一来，林初九的速度不可避免就慢了下来，时不时地就要萧天耀停下来等她："别走太快，我需要看看这些石头。"

"天快亮了，我们没有时间一一查看，挑几块可疑的石头带走。"萧天耀知道林初九有秘密，却不知道她的秘密有多神奇。

“要不我们分头行动，你去挑石头，我仔细查看镇上的石头？”萧天耀在身旁，许多事要避着他，要是分开行动，兴许两人的动作更快一些。

为了让萧天耀同意，林初九又补了一句：“在石头镇，你的武功也派不上多大的用场，真要打起来，你还不如我。而且我们两人在一起，要是中招了，指不定被人一窝端了，分开行动说不定还能留一手。”

“你就这么肯定，这些奇怪的石头，能影响本王？”萧天耀被林初九如此鄙视，表示不服气，他原先看上的，就是林初九的独立、坚强，可现在他突然有点讨厌了。

这女人，大半夜的出门不害怕就算了，居然还敢一个人单独行动，完全是没有身为女人的自觉。

“武神都栽了，你又能好多少？再者，要是对你没有影响，这镇上谁是你的对手？我怕什么？”有一个武功高强的男人，就是这么自信。

萧天耀为什么不惧中央帝国的人？中央帝国的人为什么对他这么客气？花家和东阳家为什么要帮他说话?

因为他能在不到武神境界的时候，连斩三名武神，放眼中央帝国也没有多少人是他的对手。

中央帝国的人对他那么客气，有花家和东阳家力保的因素在，但最大的因素还是萧天耀自身的原因。要是萧天耀本身不强，帝国就算给东阳和花家的面子，力度也有限。

花家会力保萧天耀，无疑是看到了萧天耀的实力，想要提前结交萧天耀，不然等到萧天耀日后更强了，花家再想结交就难了。

萧天耀不是一个古板的人，他知道林初九说得有道理，也知道林初九的本事。对上武神，林初九没有一点儿胜算，对上石头镇的村民，哪怕林初九受石头镇影响，那些村民也不可能从她手上讨到好，萧天耀很快就同意分头行动。

萧天耀知道石头镇上有一座石头庙，那里摆放着各式各样的石头，这是萧天耀的目标。林初九的目标，则是石头镇上各式各样与石头有关的建筑与物件。

两人商量好碰面的时间，便各自分开行动，萧天耀目前还没有受到石头镇诡异石头的影响，一身修为还在，转身很快就消失在了黑夜中。

同样，林初九的身体也没有出现异常，身形同样矫捷，萧天耀一走，她就不用装模作样了，动作就更快，借助医圣之心的力量，一路探查下来，很快就来到镇上最大的客栈，也是七皇子一行人要入住的客栈。

到了客栈，林初九更加小心，轻手轻脚的，就连呼吸声都轻不可闻。

客栈里全是石头的摆件，石桌、石椅、石床，几乎每一样都与石头有关，可是，没有一块石头有问题！

“这不可能！”一一摸完，医圣之心都没有给出提示，林初九快蒙了。

明明萧天耀说过，暗卫也受了影响，没道理她查不出问题的呀？

“到底是怎么一回事？”林初九在屋内转了一圈，没有发现任何问题，眼见已经到了她和萧天耀约定的时间，林初九不得不咬牙放弃。

“明天还得来，真是麻烦！”林初九郁闷得不行，可她真的找不出原因，就是再郁闷也得忍了。

万般无奈，林初九退到城门脚下，刚站稳脚步，突然发现全身瞬间无力，可是医圣之心仍旧一点反应也没有。

“这是怎么一回事？”全身无力的林初九，靠着墙角，小心翼翼地蜷起身子，生怕被人发现。

现在的她，就好像被人抽掉了力气一样，只能勉强走路。

“为什么我中招了，医圣之心却一点反应也没有？”林初九简直要疯了。

到底发生了什么事？为什么她碰到的石头都没有问题，却仍旧中招了呢？

这石头镇简直是太可怕了，她完全不知自己是怎么了。而这还不是最可怕的，最可怕的是已经过了约定的时间，萧天耀却迟迟没有出现。

萧天耀是个非常有时间观念的人，除非出了意外，不然他绝对不会迟到。此刻，能让林初九想到的意外，就是萧天耀也中招了。

连超武神都避免不了中招，可见石头镇的诡异力量有多么可怕！

“这简直是要人命。”查不出病因，林初九完全不敢给自己用药，犹豫再三才决定给自己用一些刺激精神和体力的药，可是问题来了，医圣之心好像崩溃了，根本取不出药。

林初九的冷汗当即就冒了出来：“流白那浑蛋，查出来的消息肯定有误，石头镇上的神秘力量，绝对不是药石那么简单。”

如果只是药石的话，她的医圣之心不会崩溃的，石头镇绝对有他们不知道的力量存在。

“老天保佑，可千万别让我们栽在石头镇。”林初九暗暗祈祷。

林初九知道石头庙此刻必然不安全，可萧天耀迟迟没有出现，哪怕石头庙再危险，她也要跑一趟。

好在，石头镇上神秘的力量虽然会让人的身体虚弱无力，可走路的力气还是有的，只是比普通人要弱上三分，不仅走得慢，还无法控制自己的脚步声。

“真该庆幸石头镇的人没有安排人巡视，不然只要有人经过，我必定会倒霉。”林初九不敢乱跑，默默地沿着墙脚，朝石头庙走去。

石头庙在镇中心，离城门有一段距离，正常情况下按林初九的脚程，走半个时辰就能到，可现在没有一个时辰，林初九绝对无法走到石头庙。可一个时辰后，天都亮了，到时候他们怎么离开？

“还是太自大了。”林初九暗暗叹了口气，只能认命似的往前走。

哪怕还有一刻钟就要天亮，她也要去找萧天耀，不能让萧天耀落到石头镇人的手里。

林初九一路小心前行，右手始终按在袖箭的机关上，左手也握着王府木工制作的小机关，只要一有人出现，她就能瞬间放倒对方。

这就是林初九敢跟萧天耀说，一旦他们二人同时受石头镇的神秘力量影响，萧天耀还比不上她的底气。

她全身上下都藏满了能要人命的机关，虽说这些小东西伤不了武神，更是碰都碰不到萧天耀这种超武神，可要取普通人的命却是不成问题的。

正是因为有这些小机关，林初九才敢去石头庙找人。

不知道是林初九的运气太好，还是石头镇的防御太弱，林初九走了大半个时辰，也不见镇上的人出没，一路上十分顺利。

只是，随着天色渐亮，街道两旁的屋子隐隐有了动静，石头镇上的人一一醒来了。

林初九知道，一旦镇上的人醒了，她必然会被人发现。

石头镇虽然不小，可因为那股神秘力量的原因，石头镇一向没有外人进入，一旦出现陌生的面孔，全镇上的人都能认出来。

为了不让人发现，她必须加快速度。然而，她现在虚弱得只剩下往前挪步的力气，哪有力气加快速度？

“难道要自残？”林初九看了一眼手中的袖箭，试想了一下袖箭插入肉里的痛，只是光想一下林初九就觉得疼，最后果断地放弃了。

“只能想别的办法了。”她没有办法对自己下手，太疼了！

可就在此时，她的手腕突然被人抓住了，林初九一惊，冷汗瞬时冒了出来，有人到了她身边，她居然没有发现？真的是废了！

“什么……”话还没有说完，就被人拉得踉跄一倒，耳边响起一个稚嫩的声音：“姐姐，别出声。”

林初九踉跄一步，站稳，侧身一看，只见一个到她大腿高的小男孩，拉着她的手腕，死命地拉着她往屋里拖。

“你……”林初九一脸莫名地看着小孩，手中的袖箭已悄悄对准对方。

萧天耀可是说了，石头镇上的小孩，只要能走路，就被大人教得会骗外来人了。

“姐姐快跟我来，要被人发现了，你就惨了。”小男孩并不知林初九随时都能杀了他，正紧张地拉着林初九往屋里走。

只是小男孩的力气太小，饶是林初九再虚弱，也不是他一个小孩子能拉得动的。

小男孩试了几次，也没有把林初九拉进屋，急得眼泪都快出来了：“姐姐，你快点，再不走他们就要出来了。”

林初九看着小男孩纯真的眼神，那双眼中没有一丝虚伪，便决定赌一把：“好，我们走。”

她愿意相信每一个孩子都是善良的，因为孩子是最纯真的存在。如果被骗了她也不怨没有分辨能力的孩子，他们会做坏事并不是本性恶，而是受了环境影响和大人的教唆，他们并不知道自己的所作所为是不对的……

林初九无法一直将利箭对着孩子，她选择相信，选择随孩子一同进去。如果屋内有异常，她会毫不犹豫地射杀大人，但是对于孩子，林初九看了一眼，笑了笑：虽说她现在没了力气，可要放倒一个六七岁的小孩子，还是不成问题的。

不过，一走到屋内，林初九就知道她选择相信小男孩没有错。

走到门口，她就闻到了一股浓浓的药味。屋内很小，一眼就能望到底，屋里除了一个躺在床上的病人，再无第二个大人。

一踏入屋内，就听到病床上的人开口道：“绒绒，你怎么回来了？他们又欺负你了？”

听声音是个男人，不过有气无力的，林初九不需要看就知道对方病得不轻。

“爹爹，没人欺负我，是个大姐姐，我在路上看到一个漂亮的大姐姐，我把她带回来了。”一到屋内，小男孩就松开了林初九的手，跑了过去。

“什么大姐姐？”男人似乎很奇怪，挣扎着爬了起来，小男孩很乖，虽然力气很小，却还是使出吃奶的力气，扶着男人坐了起来。

床在屋内的最里侧，林初九能看到对方，对方躺在床上却看不到她，必须得坐起来才行。

“姑娘是外地人？”男人坐起来，看到林初九，暗淡的眸子中闪过一抹诧异。

“躲避仇家，无意中闯入贵镇，发现我没有力气出去，正寻找出路时，就遇上了你家的孩子。”林初九上前一步，好方便对方打量她，以便相信她的话，然而对方只看了一眼，就道：“姑娘想必是特意来镇上的吧？”

“并……”

“姑娘不必对我撒谎，这两年石头镇声名远扬，一般人绝不会来镇上，哪怕是为了躲避仇家。”到了石头镇，会比遇到仇家更惨，没有哪个人会来石头镇避仇。

“咳咳……”林初九一脸尴尬，不过她这人有一点好，那就是识时务，当即爽快地承认，“很抱歉，我不是故意撒谎的，贵镇对我这个外地人来说，实在是太危险了。”

“我明白姑娘的意思，姑娘也不要自责，我和绒绒不会为难姑娘，也不会把姑娘的行踪说出去。不过，要是可以的话，姑娘还是早些出去的好，这里不适合外地人久待，你在这里待得越久，身体就会越虚弱。”男人好心劝说道。

似乎是怕林初九不相信，小男孩在一旁很用力地点头，小脑袋一点一点，如同小鸡吃米一般。

林初九忍不住笑了出来："谢谢二位仗义相救，给你们添麻烦了。"

"不必客气，姑娘先在这里待到晚上，等半夜再出去吧，那时候外面没有人。"男人虚弱地开口，"我身体不适，无法招待姑娘，还请姑娘自便。"

说完，男人便要躺下去，小男孩继续使出吃奶的力气，扶着男人躺下去，看上去乖巧极了。

看到这一幕，林初九的心莫名地柔软了，想也不想就道："我是大夫，能让我看看你的病吗？"

男人身子一僵，呆滞地看着林初九，小男孩则是双眼一亮："姐姐是大夫？"

林初九点了点头："我是大夫，有什么问题吗？"这还是医圣之心不强制她救人后，她第一次主动提出给人看病，这对父子不会认为她是骗子吧？

"没问题，当然没有问题，只是镇上已经好多年没有大夫了。"男人回过神，浑浊的眸子闪着一丝亮光，双眼热切地看着林初九。

小男孩绒绒也不停地点头，崇拜地看着林初九："我都没有见过大夫，我求镇长伯伯给我爹爹请大夫，镇长伯伯说大夫都是贵人，不是我们这种人可以请得起的，也不会给我们这种人看病，请不到的。原来姐姐是大夫，姐姐好厉害呀。"

小男孩眼中的崇拜不含一丝杂质，有那么一瞬间让林初九觉得羞愧。像她这种没有医圣之心强制，就不愿意给病人看病的大夫，有什么好值得崇拜的。

林初九略有几分尴尬地道："大夫并没有多厉害，能治好你父亲的病，才是厉害。"

"姐姐是大夫，一定能治好我爹的病，姐姐，求求你救救我爹。"小男孩绒绒跑到林初九面前，双腿一弯就要跪下来，幸亏林初九反应快，先一步托住他："别跪，姐姐的命可是你救的。"

外面已经热闹起来，要是她晚一步进来，指不定就会被镇上的人发现。

"我救姐姐，不是想姐姐救我爹。"小男孩没有执意跪下，却认真地强调。

林初九一听，脸红了。果然，她不如孩子，孩子做事从不会计较得失，也只有他们这些大人，才会计较得失，算计付出与收获。

"姐姐错了，绒绒别生姐姐的气。"林初九蹲下来，认真地向小男孩道歉。

"绒绒没有生气，姐姐……你快救救我爹爹吧，爹爹病很久了，一直喝镇上伯伯给的药，可是一直没有好。"小男孩一脸不解地摇了摇头，随即又拉了拉林初九的手，请求道。

"好，姐姐这就去给你爹爹看病。"林初九站起来，小步走到床边。

"姑娘，给你添麻烦了。"男人一脸小心地道。

“只是看病而已，说什么添不添麻烦的。”在没有诊断前，她可不能保证一定能医好对方。

林初九在床边坐下，示意男人把手伸出来。

医圣之心依旧处在崩溃中，完全无法使用，不过她把脉的水平已经可以出师，诊断普通的病症不成问题。男人虽然看上去病得严重，可也只是风寒而已，只是因为没有得到及时的治疗，病得更严重罢了。

林初九在把脉时，小男孩一直睁大眼睛看着她，眼也不眨一下，眼中既有期盼也有担忧。

林初九一收回手，小男孩就急切地询问：“姐姐，我爹爹没事吧？”

林初九没有立刻回答，而是看了男人一眼，见男人点头，才道：“你爹爹的病很严重，之前喝的药没有用。”

“那……姐姐，我爹爹会有事吗？你能救我爹爹吗？”小男孩小心翼翼地看着林初九，纯真的眸子中蓄着泪水，好像只要林初九一说救不了，他就会哭出来一样。

林初九很想告诉小男孩，他爹不会有事，可她现在不敢说这样的话！

男人病得很严重，至少比看上去还要严重几分，如果医圣之心能用，她还有几分把握，可现在医圣之心没有办法用，她什么都不敢说。

小孩子什么都不懂，认为生病找大夫就可以了，大人却不会这么单纯。男人见林初九没有立刻回答，就知他的病不好治，甚至有可能治不好。

男人眷恋地看了小男孩一眼，一脸木然地道：“姑娘直说便是，绒绒虽是个孩子，但我只有他一个孩子，不管遇到什么事，他都能承受。”

像是为了验证男人的话一样，小男孩拼命地点头：“姐姐，绒绒是男子汉，绒绒不怕。”

小男孩为了让林初九相信他，特意挺了挺小胸膛，一副小大人的样子。林初九忍不住摸了摸小男孩的头，这才望向男人，道：“你的病原先并不严重，只是拖得太久了，而且一直低烧，烧了至少有半个月了，再这么烧下去，谁也救不了你。你的病必须尽快治疗，但在这石头镇，我找不到我需要的药物。”

“如果找到了药，是不是就有救了？姑娘你要什么药，尽管直说，我会尽量去寻。”男人暗淡浑浊的眸子瞬时迸发出精光，一瞬间燃起了希望。

“我自己做的药，外面寻不到，如果可以的话，你们今晚随我一起出城，我有把握医好你的病。”不管是为了还小男孩的救命之恩，还是出于医生的职业道德，林初九都无法无视这对父子。

她是大夫，不能因为医圣之心不强制她救人，就忘记大夫的职责。虽然，她已经忘记很久了，可现在记起来也不晚。

“离开？我们……”男人眼中闪过一抹迟疑，小男孩不等他说完，就急急地道：“爹，你不是一直说我们要离开镇上的吗？我们跟姐姐一起走吧？”

“绒绒，别乱说。”男人看了小男孩一眼，随即歉意地对林初九道：“姑娘，我们父子二人现在无法离开镇子。”不是不想，而是他们二人病的病，小的小，离开镇子怎么谋生？

他相信这位姑娘看在绒绒帮过她一回的分上，会尽力给他们帮助，照顾他们父子，可他们父子救人并无目的，他不想借这事赖上对方，那太小人了。

“我知道你的意思，如果你觉得给我添了麻烦的话，请你帮我一个忙行吗？”小孩单纯直接，可大人却总爱计算得失，现在对方提起，她就按大人的方式来办。

“你有同伴？”无疑，男人极其聪明，林初九什么也没有说，他就猜到了。

和聪明人说话，自然不需要藏着掖着，林初九直言道：“与我同来的一个男人，他此刻在石头庙，我想请你帮我去石头庙送个信，让他晚上来这里，我们一起走。”

她正愁不知要怎么请男人帮忙，正好机会送上门了。

男人没有立刻应下，而是问道：“如果他被抓了呢？”

“他不会被抓。”林初九斩钉截铁地说道。

男人盯着她看了片刻，随后轻轻点了点头，虚弱地道：“你让绒绒给你送信，他外出不会有人注意。”

“谢谢。”林初九郑重地鞠躬，隐含愧疚。她很清楚让一个孩子去送信，会有多大的危险，可这个家里除了那个孩子外，就再没有合适的人。

为了让男人放心，林初九蹲在小男孩面前，说道：“绒绒，你放心，姐姐一定会保护你和你爹的。”

这是她对这对父子的承诺，在石头镇上，哪怕她自己牺牲，也不会让绒绒有事。

“姐姐放心，绒绒不会有事的，绒绒天天去石头庙呢。”孩子小，并不知道危险，拍着小胸脯保证道。

林初九笑了笑，到底是安心了不少。

小男孩去帮林初九送信了，给男人熬药的重任自然是落在林初九身上。林初九这段时间学了不少药理知识，基本的药物还是认识的。

看了一眼男人喝的草药，林初九将她认识的并且有用的挑了出来，递给男人看：“这几味药你可以用，别的药最好先别用。”

有几种她不认识，有些根本就不是对症的药，镇长完全是瞎给，不仅用药不对，用量也不对，没有喝死人已经不错了。

“麻烦姑娘了。”男人并不懂医理，但他选择相信林初九，因为除了林初九外，他只能等死。他不怕死，但怕自己死后儿子没人照顾。

“互相帮助，你不必客气。”林初九淡淡地点头，完全没有像对待小男孩那样亲切与友好。

不过，男人并不觉得意外。孩子总是容易博取他人的好感，尤其是对女人来说。

林初九不是一个十指不沾阳春水的人，虽然不太习惯用农家土灶，可失败两次后，她就成功地点着了火，烧好了熬药用的小炉子。

有了火，自然要准备吃食，林初九在厨房找了一圈，发现男人家里真是穷得可以，米缸里只有粗面和小米，而且快要见底了，全部倒出来，估计也只够他们吃一顿。

考虑到身体虚弱，需要补充体力，还有晚上他们就要离开，林初九将米缸倒空了，又在菜园子摘了一把青菜，洗净、切碎，准备等会加进去，好做一锅蔬菜疙瘩汤。

林初九的动作不算快，但每一步都做得很仔细，很快疙瘩就全部下锅了，只等熟透就可以吃了。

忙完了手里的活，林初九不可避免地担心起萧天耀。她在男人面前说得理直气壮，其实她心里比谁都担心。

她知道萧天耀的本事不一般，可这石头镇太神秘了，失去了力量的萧天耀，还不如普通人，真要被石头镇的人发现，只有死路一条。

“真是让人烦心。”林初九担忧地叹了口气，坐在灶旁，有一下没一下地拨弄着灶里的火，双眼无神地看着门外。

加了一把火，疙瘩快要熟了，林初九轻叹了口气，强打精神站起来，把切好的蔬菜放入锅中。

就在此时，门突然响了。

林初九一怔，扭头看向门外，完全忘了手上的活，热气涌上来，瞬间将她的手烫红了。

“啊……”林初九痛叫一声，手里的锅盖落在了地上。

林初九吓了一跳，正准备弯腰去捡，手却被人握住了：“你这女人，就不能靠谱一点吗？本……我一个差眼，你就能把自己弄伤？”

斥责声在耳边响起，林初九一抬头，就看到了萧天耀那张黑脸，当即愣了一下，结结巴巴地道：“你，你怎么来了？你没事了？”

居然可以在大庭广众之下，跟着绒绒回来，这个男人的胆子实在太大了，这要落到石头镇人的手上，可就惨了。

“我为什么要有事？”萧天耀斜了林初九一眼，见林初九的手腕上有一道红痕，眼中闪过一抹不悦。

这个女人，就不知道好好照顾自己吗？不会做饭，逞什么强。

“没事？骗谁呢，没事你昨晚怎么不出现？”林初九抽回自己的手，没好气地白了萧天耀一眼。

真当她傻呢，萧天耀的力气明显比平时小了许多，怎么可能没事。

萧天耀没有说话，只是黑着脸看着她，明显不高兴了，林初九却没有哄他，而是没好气地道："不行就别逞强，不然出事了谁去救你？"

她可没有本事救人，就算她能去搬救兵，可也不敢保证萧天耀能等到救兵来。

"区区石头镇罢了，我还不看在眼里。"再次被林初九说不行，萧天耀的心情很不美妙。

"你高兴就好。"萧天耀明显在逞强，林初九没有执意拆穿，对着小男孩道，"绒绒，你带这位叔叔进去坐着，姐姐马上给你们端早饭进去。"

"姐姐，好香呀，绒绒这就带叔叔进去。"小孩子就是小孩子，虽然绒绒很懂事，可在吃了半个月半生不熟的吃食后，突然闻到饭香，怎能不馋。

萧天耀的冷脸很吓人，可为了吃的，绒绒还是仗着胆子拉了拉萧天耀的衣摆，小声地唤了一句："叔叔，我们进去吧，很快就能吃饭了。"

绒绒以为萧天耀和他一样馋了，好心地提了一句，却不知萧天耀这会正恼火得想要宰了林初九！

"叔叔？他叫我叔叔，叫你姐姐，我成你什么了？"他是和林初九差了不少岁，可也没有差一个辈份吧？

这个时候，萧天耀主动忽略了，林初九差点儿成为他侄媳的事。

"一个称呼而已，你总不能让绒绒叫我婶婶吧？"林初九满不在乎地道，并不将一个称呼放心上。

"叫姨！"萧天耀很认真地纠正，姨和叔叔听着还像是一辈人。

林初九正在搅面疙瘩，无意为一个称呼跟萧天耀起争执，随意地点头道："行，叫姨就叫姨。"不过是一个称呼，萧天耀高兴就好。

得到林初九的首肯，萧天耀指着她对绒绒道："你……以后叫她姨。"

小孩子对危险最敏感，虽然他不明白为什么要把姐姐改叫"姨"，可出于对危险的敏锐感，绒绒果断改口叫姨，称呼一改，萧天耀这才满意，在绒绒的带领下去了里间。

里间只有生病的男人，萧天耀看了一眼，一句话也没有说，淡漠地后退一步，退到屋外。

他不喜欢屋内的药味和脏臭味！

林初九的动作极快，萧天耀没站多久，她就把面疙瘩端来了，绒绒极乖，立刻将他们家平时吃饭的小桌子支了起来。

家里没有女人，也没有一个大人收拾，那桌子自然干净不到哪里去，看着桌上厚厚的污渍，想到要在上面吃饭，萧天耀差点儿吐出来。

好在林初九了解他，知道他的性子，没有把汤碗放桌上，而是递给萧天耀：“用开水泡过的碗筷，将就着吃吧。”碗筷破旧灰暗，看着像是沾了脏污洗不干净一般，萧天耀是第一次见到这么脏的碗，一时间僵在原地，迟迟没法伸手去接。

林初九无奈，再次说道：“真不脏，你相信我。”

“我不饿！”萧天耀相信林初九，可汤碗旁边灰色的油迹太明显了，他吃不下。

萧天耀执意不接，林初九也不放弃：“我们需要补充力气，不然没有办法离开，不饿也要吃。”萧天耀说不饿必然是骗人的，他们从昨晚到现在，滴水未进，怎么可能不饿。

“你先吃！”萧天耀知道林初九说得对，但心底仍旧无法接受，尤其是看到绒绒将掉在桌上的疙瘩捡起来，往嘴里塞后，他更是一点食欲也没有了。

“矫情，饿死你算了。”林初九自认脾气不错，可也被萧天耀郁闷到了。

现在是什么情况，萧天耀不知道吗？

他们不吃饭就没有力气，这个时候萧天耀还矫情，简直欠揍。

没有搭理萧天耀，林初九将装满疙瘩的碗放在桌上，转身给屋内躺在病床上的男人打了一碗，才捧着碗慢慢地吃着。

林初九着实是饿了，一碗疙瘩汤很快就下肚了，这个时候绒绒也吃完了，摸了摸微凸的小肚子，绒绒犹豫再三，才低声对林初九道：“姐姐，我还能再吃一点吗？”他吃饱了，可还是想吃，他好久都没有吃饱，也没有吃过这么好吃的汤了。

“姨！”黑着脸站在一旁的萧天耀，见绒绒叫错了，脸更黑了。

绒绒吓了一跳，差点把手里的碗打碎了，在萧天耀的压迫下，忙叫了一声姨。

林初九只觉得又好气又好笑，放下碗耐心地道：“可以再吃一点点，不能多了，不然撑着就不好了。”锅里的疙瘩汤并不少，林初九也不是小气的，只是小孩子真的不宜多吃。

“好，再吃一点点。”绒绒十分高兴，拉着林初九的手朝厨房走去，萧天耀看着那一大一小的身影，又看了一眼林初九放在桌上的半碗疙瘩汤，犹豫再三还是将碗端了起来，默默地吃了起来。

这是林初九吃过的东西，他不嫌脏。林初九一个女人都能吃，他一个男人怕什么？

这么一想，萧天耀看手里的碗顺眼多了，也不觉得它脏到难以触碰了。

可是，半碗疙瘩汤还没有吃完，就听到林初九在厨房里慌乱的大喊：“萧天耀，萧天耀，你快来，你快来……”

她的力气恢复了，就好像被冰封住的人突然解冻一般，力气猛地回到她体内，一时不察她差点儿把锅盖丢出去了。

“发生了什么事？”不知情的萧天耀第一时间冲进厨房，虽然身上软绵无力，可却眼神凌厉，随时能够摆出战斗的姿态。

“我有力气了，你看……”林初九一脸欢喜，为了证明自己的话，林初九伸手推了推萧天耀，轻轻地就把他推得后退两步。

萧天耀的脸又黑了：“别乱动！”他无力是暂时的，林初九别太过分。

“这是证明给你看，不是乱动。”高兴之余，林初九又推了萧天耀两下，直把萧天耀推到屋外才收手。

开玩笑，不趁萧天耀无力的时候欺负他，什么时候欺负他？

踉跄着跌出厨房，萧天耀不仅脸黑，脾气还起来了：“林初九，你够了！”真当他失了力气就是软柿子？

他能从石头庙走到这里，可见他绝不如林初九想的那么弱。

林初九见萧天耀真的不高兴了，忙放缓语气道：“好啦，好啦，跟你开个玩笑嘛。你看我现在恢复了力气，你很快也会恢复力气的。”她能欺负萧天耀的时间有限。

“你是怎么恢复的？”谈起正事，萧天耀也不怄气了，一脸严肃地问道。

“突然就有了力气，我怀疑和我吃的东西有关。”林初九指了指锅里的疙瘩汤，脸上没有嬉闹，只有认真。

小男孩绒绒捧着空碗，站在灶台旁，一会看看林初九，一会看看萧天耀，大眼中满是迷惑，却聪明地没有开口。

“吃食？我试试。”萧天耀无视灶台的脏污，直接用勺子对着大锅吃了起来。

绒绒看着萧天耀一口接一口地往嘴里塞，小嘴一撇，快要哭了：“姐姐，我的，我的……”

绒绒双手举着碗，拼命往林初九面前塞，好让她看到。

“叫姨！”拿着大勺的萧天耀突然顿住，扭头瞪了小男孩一眼，把小男孩吓得呆住了，对着萧天耀唤了一句：“姨。”

“嗯，记住了。”萧天耀满意地点头，舀了一勺放到小男孩的碗里。

林初九站在一旁，看得想发笑，萧天耀看了林初九一眼，不知她在笑什么，继续吃着锅里的疙瘩。

锅里剩下的疙瘩汤，本就只有一个人的分量，萧天耀很快就吃完了，但是力气并没有恢复。

“没用。”萧天耀看着林初九，眸子中隐隐有一丝委屈。

“再等等，明明我吃了有用。”林初九原本想笑，听到萧天耀的话，不免又有几分担心。

他们两人当中，战斗力最强的是萧天耀，她恢不恢复力气不要紧，最主要的是萧天耀要恢复力气才行。

“嗯。”萧天耀冷着脸点了点头，转身走到厨房外，站在外面等。林初九也无心做其他的，坐在门槛上陪着萧天耀等，可是半个时辰都过去了，萧天耀还是没有恢复力气的迹象。

"不行！"萧天耀摇了摇头，神色平静。

要说不失望那是骗人的，可事实已是如此，他就是再失望也于事无补。

"怎么会这样？明明我有效果的。"林初九一脸不解，眼中闪过一抹不安。

她会恢复力气，莫不是与医圣之心有关？如果真是这样，那就麻烦了。

"除了早饭，你还吃了，或者碰了什么？"萧天耀决定寻找根源。林初九能恢复力气必然不是偶然，这里面肯定有原因，只要找到原因就好办了。

"什么都没有吃，就是做了一顿早饭，碰了米缸、水和菜。"林初九一一指给萧天耀看。

萧天耀点了点头，顺着林初九所指一一碰了个遍，最后用水洗了洗手。

小男孩绒绒看着萧天耀像傻瓜似的转来转去，摸来摸去，一脸不解，小脑袋快要歪到脖子上了，却不敢问出来，只捧着碗呆呆地看着林初九与萧天耀。

"再等等。"做完一切，萧天耀再次回到厨房外等着。

这一次没有让萧天耀等太久，不过一炷香的时间，他就发现自己恢复了力气。

"成了！"萧天耀的眼中瞬间迸发出耀眼的光彩，整个人都焕发了活力。

没有失去力气的人，永远不会明白那种情况有多么可怕。

"太好了！"林初九一喜，直接扑向萧天耀。

萧天耀一时不察，虽然在第一时间伸手抱住了她，可还是被林初九撞得后退两步，换来林初九不客气的嘲讽："恢复了力气还是这么弱。"

"弱？你今天第几次说本王弱？说本王不行了？"萧天耀抱着林初九，咬牙切齿地在她耳边低喃。

这个女人简直是胆大包天，之前他没有力气，没法跟她计较，现在嘛……

场合不对，不过没有关系，出了石头镇，他会让林初九明白，他到底弱不弱！

"说笑而已，你千万别当真。"林初九察觉到萧天耀的语气不对，忙从他怀里跳了出来，一脸认真地道，"我们还没有弄清，到底是因为什么才让我们恢复力气呢，我们得好好查一查。"

好不容易有了线索，他们一定要把握住机会，尽快弄清石头镇的秘密。

事有轻重缓急，萧天耀自然知道什么最重要，当即收起心思，与林初九一同查看厨房的用具。

经过再三的查看与询问，萧天耀和林初九一致认为是水的问题，绒绒告诉林初九和萧天耀，他们家没有水井，他们家用的水都是从石头庙偷来的。

在石头庙的后山，有一条溪流，据说那些水是从石头缝里流出来的，每年有新生儿出生，镇长就会抱着婴儿去后山，用石头缝里的水为他沐浴、祈福。

这是石头镇的传统，镇上所有的孩子都必须用庙里的水沐浴，不然会夭折。

庙里的水有特殊意义，自然不会任镇上的百姓随意取用，绒绒家会用庙里的水，是因为他们家没有大人可以打水，绒绒没有办法，只能趁夜晚悄悄地去庙里偷些水用。

绒绒一个小孩就能得手，自然是因为石头镇的防御太弱了。镇上的人仗着石头镇的神秘力量，只在城门口派人守着，其他时候只偶尔有人巡视，只要摸清了巡视的时间，要避开镇上的人去偷打一两桶水，一点问题也没有。

恢复了力气，小小的石头镇就再也困不住林初九与萧天耀了，两人随时都能离开，甚至石头镇的人发现了，他们也不怕。

两人在绒绒家待了一天，等到天黑，萧天耀便去了石头庙的后山，找到了绒绒口中从石头缝里流出来的水。

只是，两人拿到了可以让人恢复力量的水，却仍旧没有找到那股神秘力量。对萧天耀来说，那股神秘力量同样很重要，所以他们暂时还不能离开。

“再等一天，找到原因再离开。”萧天耀略一思索，便决定将离开的时间推后。

他们两个不是镇上的人，随时都可以离开，可是绒绒和他父亲是镇上的人，两人若突然离开，必然会引起别人的怀疑，为了不打草惊蛇，在没有找到原因之前，他们最好先在镇上待一段时间。

“应该是跟某块石头有关，你在石头庙里有没有发现什么异常？”林初九没有异议，萧天耀的武功恢复了，他们别说在石头镇多待一天，就是待上几年，石头镇的人也奈何不了他们。

“没有，很寻常的石头，现在我们不受石头镇的神秘力量影响，恐怕事情会更难办。”他们现在和石头镇的人一样，怎么能发现那不同寻常之处？

“只能按你之前的想法，把所有可疑的石头都带出去，然后一块块分开，让不同的人去试。”医圣之心指望不上了，林初九只能用最笨的办法。

“嗯，我去收集石头，最晚明天就可以离开。”帝国的皇子还在外面，他们不能在石头镇待太久，要让帝国使团知道他们在石头镇做什么，他们就没有优势了。

林初九点了点头，为了加快进度，林初九特意找上绒绒，让他帮忙找一些特别的石头，不要大块的，只要小块的就好。

绒绒是个小孩子，这个年龄的孩子在大人眼中还是贪玩的时候，他去外面寻石头根本没有人怀疑。

第二天，绒绒从外面带回来了数十块石头，大大小小，奇形怪状。当天夜里，萧天耀再次外出，为了不惊动石头镇上的人，萧天耀没有直接从石头庙里偷石头，而是走遍了石头镇上大大小小的石场，从废旧的石场里挑选自己需要的石头。

石头镇的石场分布散乱，饶是萧天耀速度再快，等他跑完所有的石场，天也快亮了。

为了赶在今天出城，萧天耀没有再折回绒绒家，而是发出信号通知林初九，然后带着石头直接在城门口等林初九。

林初九不是娇弱的女子，虽然带着一个病人、一个小孩，却丝毫不影响她的速度，萧天耀刚到城门口，林初九也带着绒绒和他的父亲到了。

远远看到萧天耀的身影，林初九长长地松了口气："石头都收集齐了？"

他们今天挺不走运的，半路上遇到了巡视的人，要不是她反应快，先一步拉着绒绒和他父亲躲了起来，指不定就要暴露了。

"嗯，接应的人很快就到了，再等片刻。"萧天耀接过林初九手中的石袋，抬起袖子，替她擦了擦额头上的汗珠。

"不……"林初九并不习惯在人前做这么亲密的动作，想要拒绝，却被萧天耀制住了："别动！"

两人站得极近，四目相对，看到萧天耀眼中的认真与仔细，林初九面色微赧，不好意思地别开头，却对上绒绒亮晶晶的小眼睛，刹那间只觉得更尴尬了。

为了掩饰自己的尴尬，林初九飞快地扭头，视线飘移，不敢看人。

这一飘，林初九的视线就落到了不远处的石楼上。这座石楼是石头镇上最高的建筑，足有七层，全部由黑色石头堆砌而成，楼顶更是由一块完整的石头打磨而成，看上去神秘又威武。

这座楼，林初九一进城就看到了，之前并不觉得有什么，毕竟石头镇所有的建筑都与石头有关，有一座石楼再正常不过，但今晚林初九却看出了一点不寻常。

不知是站的角度有问题，还是月色的原因，林初九总觉得这座黑色的石楼透着不寻常，隐隐有红色的荧光浮现，很神秘。

心里怀疑，林初九便直接说了出来："萧天耀，这座石楼不寻常。"

"呃？"萧天耀擦汗的动作一顿，顺着林初九所指，扭头望去，不解地道，"有什么不寻常？"不知是角度的问题还是什么，萧天耀并没有看出异常。

"这些石头很奇怪，你没有看到若隐若现的红光吗？"林初九将自己看到的异常说了出来，可不仅是萧天耀，就是绒绒和他父亲也是一脸茫然，表示什么也没有看到。

"是我眼花了吗？"林初九愣了一下，让萧天耀站到她所在的位置，可萧天耀仍旧没有看到所谓的红光。

这座黑色石楼在他的眼中再寻常不过，绒绒也跟着附和："姐……不对，是姨。姨，黑楼在石头镇有很多的，镇上好多好多黑楼，你看，那里还有。"

绒绒用力踮起脚，指着远方。

只是夜色太黑，什么也看不到，但林初九相信绒绒说出来了，必然是有的。

所有人都看不到，林初九也不得不怀疑自己看错了，不确信地道：“可能是我眼花了。”

萧天耀不喜欢林初九低迷、气馁的样子，见她一脸不自信，开口道：“我去取一块石头出来，也许有我们未曾发现的异常。”

左右不过是跑一趟的事，能让林初九高兴就好。

林初九本想说不用那么麻烦，可看萧天耀是认真的，便没有多言，只让他快去快回。

黑楼离他们的所在并不远，依萧天耀的能耐来回不过是眨眼的时间，可不想萧天耀去了半天也不见回来。

“叔叔怎么还没有回来？”这下不仅仅是林初九，就是绒绒也觉得不对劲了，“是不是遇到危险了？”

“危险？”林初九想到石头镇的神秘力量，又想到她刚刚看到的红色荧光，眼前莫名的一亮。

放眼四国，无人是萧天耀的对手，能拖住萧天耀脚步的，只有石头镇的神秘力量！

萧天耀和她一样，都喝了石头缝里的水，可以不受石头镇神秘力量的影响，他此去迟迟未归，只说明一个问题，那就是那股神秘力量太强，他喝的那点水不够。

“你们在这里等我一会儿，我去找他。”没有一丝迟疑，林初九拎着他们准备带出去的水，朝黑石楼跑去。

“姐……”绒绒想要阻止，已经来不及了。

林初九的速度很快，不过眨眼间就来到了黑石楼下，为了确保自己不会受黑石楼的影响，林初九先灌了两口水，这才继续往里走。

黑石楼高七层，林初九一路不停，一口气跑上顶层，果然看到虚弱地倒在地上的萧天耀。

“你来干什么？快走！”萧天耀看到林初九，努力站了起来，让她离开。

这个地方十分诡异，他之前进来还没事，可一到顶层，瞬间就失去了力量，甚至连走出去都做不到。

“果然，这就是石头镇的秘密所在。”林初九没有理会萧天耀，四处打量一眼，快步跑到萧天耀身边，“我是来找你的，怎么可能独自离开。”

“快走，这里不能待！”萧天耀挥退林初九，让她先行离开，可这个时候林初九怎么可能会走？

“我带了水来，我暂时不受影响，你先喝着。”林初九能感觉自己的体力在漫漫流逝，可就算是这样她也不能丢下萧天耀。

萧天耀暗暗地松了口气，见林初九似乎不受影响，便不再多言，大口大口地喝了起来，可人的存水量有限，就算他的身体急需水中的能量，他也不可能将一桶水全部灌进肚子里。

林初九将萧天耀取的水全部带来了，萧天耀猛地灌了数口后，还剩下大半桶，林初九也不嫌浪费，直接往萧天耀身上淋，当然她自己也淋了不少。

石头镇的孩子一出生，就要喝石头缝里的水，要用这水擦身，可见这水泼在身上也是有用处的。

果不其然，水喝下去没有多久，萧天耀就渐渐地恢复了力气："可以离开了。"他此时并没有完全恢复，但行走的力气有了。

"取了黑石吗？"走之前，林初九不忘问一句。

"不用，既然知道了原因，回头派兵围了石头镇便是。"他们能发现石头镇的秘密，旁人进来肯定也能发现，想要永远保住石头镇上的秘密，就不能让人进入石头镇，或者不能把这个秘密留在石头镇。

"以后，金吾卫就驻守石头镇。"以前朝廷不派兵马来，是因为不管多少人，只要一进入石头镇就会失去力气，现在他找到了原因，还怕什么?

"这样也好。"秘密掌握在自己手中，才不用担心泄露。

不需要带笨重的石头，两人的速度更快了，不到一刻钟就折回了原地，绒绒和他父亲正在原地等候。

这个时候，接应的人也到了，对上暗号后，萧天耀和林初九拎起地上的石头，带着绒绒和他的父亲离开了石头镇。

一出石头镇，萧天耀就命人安顿好绒绒和他父亲，而他们带出来的石头都是无用之物，随手丢了便是。

回到营地，两人分头行动，萧天耀去安排接手石头镇一事，林初九则去给绒绒的父亲诊治。

林初九原本以为医圣之心坏了，不想一离开石头镇，医圣之心就恢复正常了，可见那股神秘的力量真的不是一般强，居然能影响医圣之心的正常运行。

林初九猜测，那股神秘的力量极有可能是什么特殊物质，不过这只是猜测罢了。

石头镇虽有神秘力量，可也有能克制神秘力量的水。石头镇的百姓世世代代在镇上生活，也不见谁出事，由此可见那股神秘的力量虽强，但只要有水就能克制，对人体的伤害并不大。

有了医圣之心，绒绒父亲的病就不算什么了，林初九很快就取出了需要的药，让绒绒父亲服下。

当天晚上，绒绒的父亲就退烧了，虽说并未瞬间好转，可却不像之前那般颓废无神，整个人好似鲜活了一般。

绒绒高兴得又蹦又跳，拉着林初九的手道："姐姐好厉害呀，我以后也要像姐姐一样，做很厉害、很厉害的大夫。”

林初九笑着摸了摸他的头，确定绒绒的父亲有所好转后，留下了足够的药给他，在征得他们同意后，安排人送他们去了京城。

“跟着我们并不安全，而且你的身体并不适合赶路，你放心带着绒绒去京城，在京中会有人照应你们。”安顿绒绒父子的生活，是她唯一能帮他们做的。

“姐姐，我们不能跟你一起走吗？”虽然只相处了一天，绒绒却舍不得与林初九分开。

“不能，姐姐……要去很危险的地方，你太小了，不能带上你。”林初九没有骗绒绒。

绒绒闷闷不乐地点头，却很懂事没有再多说。

绒绒是小孩子，他的父亲不是，绒绒不懂林初九出现在石头镇上的原因，绒绒的父亲却知道一二。

听到林初九的话，绒绒的父亲犹豫再三，问了一句：“镇上的人，他们，他们……”后面的话，绒绒的父亲没有说出来，可其中未尽的意思，林初九明白。

“放心，镇上的人不会有事，会有人安顿他们到别的地方，会给他们能种出粮食的土地，虽不能保证他们大富大贵，但只要他们够勤快就能衣食无忧。”

至于石头镇的百姓能不能适应耕种的生活，那就与她无关了，石头镇的百姓要是还想着过打家劫舍的日子，朝廷的人自会出手，让他们接受律法的制裁。

“如此，我也就安心了。”绒绒的父亲听到这话，高悬的心终于落下了。

他一直想要的，就是改变石头镇百姓的生活方式，本以为这个愿望一生也无法实现，没想到他儿子却帮他实现了。

果然，善有善报！

第二章　帝国的威严

萧天耀的动作极快，绒绒父亲的病情一稳定下来，他便安排人将他们父子送往了京城。

当然，萧天耀没有忘记安排大夫随行，不管怎么说父子二人都帮了林初九一回，看在林初九的分上，他也会让人照顾好绒绒父子。

把人送走后，萧天耀便在离石头镇不远的地方扎营，以寻找帝国使团为名在原地停留。

萧天耀所选的扎营地十分隐秘，不熟悉地形的人根本找不到，帝国使团的人正好不熟悉地形。

帝国使团的人被石头镇的人丢出来后，并没有立刻去寻萧天耀一行人，而是在石头镇外等了一天，准备等天黑再次潜入石头镇，一雪白天的耻辱。

有了之前的教训，使团的人这次很小心，可他们再小心也无用，刚进入石头镇没有多久，他们就失去了力气，别说教训石头镇的人，能平安出来就是万幸了。

“这个镇太邪门了，殿下，我们还是别冒险的好。”随使团来的武神，担心在镇上待久了，会失去所有的武功，不敢再进，便努力劝说小皇子，希望他打消潜入镇上报复的念头。

“你们能忍？”小皇子冷着脸，看向正使、副使和随团的武神。

他长这么大，还没有受过这样的侮辱，其他人能忍，他却是不能忍。他一定要杀光这个破镇上的人，一雪前耻。

“殿下，我们要报复何需自己动手，这是东文，我们在东文受到了生命威胁，自然是要交给东文处理，这也是我们帝国对东文的尊重。”文官就是文官，明明是啃不下石头镇这块硬骨头，副使却硬是扯出了一个冠冕堂皇的理由。

“嗯，此言有理，我们去找萧王，让他出面。”小皇子原本不想让萧天耀知道他们如此狼狈，可想到石头镇上的诡异，小皇子的心中另有计较。

有了决断，帝国使团一行人就不再跟石头镇的人耗了，当即离开，去寻找萧天耀一行人。可是一天一夜过去了，萧天耀一行人肯定不会在原地等他们，甚至可能早就走远了。

为了追上萧天耀一行人，侍卫特意弄来几匹马，一行人快马加鞭，可赶了半天的路，仍旧没有发现萧天耀一行人的踪迹。

“莫不是他们在寻我们？”带着这个怀疑，使团的人又折了回来，可是前前后后寻了半天，也没有寻到萧天耀一行人的踪迹。

事情诡异了。

“现在怎么办？”正使和副使在一旁商量，可商量来商量去，也商量不出一个办法，最后还是小皇子下了决断，下令在原地等三天，如果三天内还找不到萧天耀一行人，就去找当地官府。

他们在东文的地盘被人抢了，东文自是要给他们一个交代，萧天耀不在，那就让朝廷出面，左右他们的身份摆在这里，东文的人不敢怠慢他们分毫。

正使和副使自是没有异议，使团一行人便停了下来，在四周寻找萧天耀一行人的踪迹。就在使团的人到处寻找萧天耀的踪迹时，萧天耀的人已取到了足够多的石头镇上特殊的水。

有这些水在，不仅仅是亲兵，就是即将到来的金吾卫，也可以不受石头镇神秘力量的影响。

一转眼，又过了三天，帝国使团的人仍旧没有找到萧天耀的踪迹，无奈之下只得寻找当地的官府。不想他们一到官府，还未说明来意，官府的人就一脸欢喜地把他们迎了进去，说是萧王爷找他们好几天了。

那一瞬间，帝国使团的人吐血的心情都有了。合着他们找萧天耀的时候，萧天耀也在找他们，偏偏两方人马没有碰上。

一想到这里，小皇子就满肚子的怨气，可这事错不在萧天耀，他就是再生气也不能把火撒在萧天耀的身上。

这事错不在萧天耀，石头镇的事却是错在东文。小皇子和使团的人也顾不得面子，将石头镇人的种种恶行添油加醋地说了一遍。当然，他们不会忘记粉饰一番，绝口不提自己奈何不了石头镇的人，只说这是东文，他们给东文面子，不便插手东文事务。

话虽漂亮，可内情如何萧天耀心知肚明，不过现在不是拆穿的时候，而且他也需要以帝国使团遇劫这事为由，调兵围攻石头镇。

萧天耀听完使团义正词严的指责后，面无表情地道："此事本王查清后，定会给帝国一个交代。"

"好，我等你的答复。"使团的人皆是聪明之辈，知道这个时候逼萧天耀并没有用，得到萧天耀的正面答复后，便耐心地等萧天耀的处置结果。

没有让使团的人失望，甚至让使团的人十分惊喜，萧天耀查清事情真相后，立刻下令调兵围攻石头镇，并表示此风不可长，此镇不能留，石头镇上的百姓一个都不能留。

见萧天耀这么给面子，使团的人十分满意，就是帝国小皇子也很满意，他们只当萧天耀是畏惧帝国，不敢让他们不快，完全没有去深究萧天耀所说的"百姓一个都不能留"是不能留在镇上，还是不能留命。

当然，帝国使团的人问过萧天耀，为什么他们一到石头镇就会失去力气，一出来就好了呢?

萧天耀给的答案是，镇上有一种无色无味的香，燃后能让人全身无力，不过效果不强，最多一个时辰就会失效。

为了让帝国使团的人相信，林初九真的制出了那种香，并且让使团的人试了一回。

在试香时，林初九带上了一块黑色的石头，成功地让他们相信，他们在石头镇失去力气是因为此香的作用。

一种能让武神失去力量的香，帝国使团的人自然垂涎，可不等他们开口，萧天耀就说此香于人有害，为了杜绝此类事情发生，要将此香毁掉，甚至萧天耀决定把配制此香最重要的配料一把火烧了。

使团的人嘴上赞同，私底下却悄悄地收集了配料的种子带走，他们自以为做得天衣无缝，却不知他们的一举一动都被萧天耀看在眼里，只是他不说罢了。

借着帝国使团的名义，萧天耀顺利拿下了石头镇，为了不让人发现石头镇的秘密，萧天耀命人将镇上所有的黑石全部挖了出来，除了带到帝国的一块，其余的皆埋于地底，只等需要的时候再取出来。

许是石头镇上的事让帝国使团一行人太没面子了，接下来的路程，帝国使团的人十分配合，哪怕是露宿野外，也没有提出任何异议，虽偶有挑刺的行为，但都在萧天耀的容忍范围内。

帝国使团的人配合，一路上没有再出什么幺蛾子，很快一行人就走出了东文的地界，来到东文、北历、南远三国的交界处。

萧天耀常年与北历、南远的人作战，打得两国毫无招架之力，北历和南远人皆恨不得生吃萧天耀的肉，生饮萧天耀的血，可偏偏他们奈何不了萧天耀，这次也是一样。

有帝国使团的人在，就算南远与北历的人再恨萧天耀，也不能动他半分，甚至还要客客气气地把他视为上宾，不然就是不给帝国使团面子。

南远和北历人可不像萧天耀般敢把帝国的人不放在眼里、敢怠慢帝国的人。一到三国交界处，帝国使团一行人的吃喝住行，就由南远与北历接手了。

为了给帝国使团的人留下一个好印象，南远和北历的人安排得极尽奢华，香车、美人、美酒应有尽有，把使团的人照顾得无微不至。

到此刻，使团的人才有被隆重接待的感觉，才有帝国人的优越感，只是南远与北历的人招待得再好，他们也要离开，路上就算有南远和北历的人沿途打点，可也差了许多。

由俭入奢易，由奢入俭难，使团刚享受了一把，哪里还愿意赶路，一路上抱怨不休，给南远和北历添了不少麻烦，偏偏使团的人还是不满意。

萧天耀看到这一幕，只是冷笑。人就是这样，太轻易得到的东西不仅不会珍惜，反倒会视为理所当然，所以一开始他就不惯着帝国这帮人。

不管帝国使团的人怎么抱怨，也不管他们多么不适应，接下来的路还是一样要走。一个月后，他们便走出了四国的领土，来到了帝国与四国相交的真空地带。

帝国与四国之间隔着一片近万亩的荒地，荒地边缘皆有帝国重兵把守，严禁其他四国的人踏入，也就是这块地方，生生隔开了帝国与四国，让帝国显得更加神秘。

萧天耀和所有四国人一样，是第一次来到这片真空地带，也是第一次见识到这片荒地是多么的荒凉。

不同于西北的荒凉，这片荒地完全是因为人为而造成的荒凉。荒地上长满了绿草，青葱郁郁，十分茂盛，土壤软硬适中，干湿相宜，哪怕不懂务农的人也知道，这地方极适合种庄稼，偏偏因为帝国想要保持神秘感，为了不让四国的人进入，生生将这片地空置出来。

萧天耀坐在马车里，指着眼前的空地，对林初九道："这片地原来有七成是属于居住在北历的百姓的，那时候北历的百姓虽然过得苦，但不至于像现在这般食不果腹，年年都有大量的人饿死。"

北历的惨状可以说是帝国一手造成的，可随着时间的推移，北历人压根不去想这个问题。

"除了这片隔开帝国和四国的荒地外，还有数十万亩良田，原也是北历百姓的，都被帝国占了去。"不仅仅是良田，还有矿脉，全部被帝国强占了。

当年圣元王朝分裂，帝国虽没有趁机吞并圣元帝国，却将圣元帝国最值钱的东西全都拿走了，以至于这么多年来，四国也没有恢复元气，四国的百姓一直在温饱线上挣扎。

"战争图的就是钱财，帝国这么做很聪明。圣元王朝太大了，帝国要是吞并了圣元王朝，他们消化不掉，不出几年就会再乱。"经过这一年多来的恶补，林初九对历史已经十分了解，萧天耀说的事她虽不知内情，却也知他说的是什么。

只是，让林初九不解的是，萧天耀似乎很爱提圣元王朝的事，甚至在说到圣元王朝时，隐有遗憾与伤感，就好像他见过圣元王朝的盛世一样，可萧天耀虽比她大了好几岁，也不可能有机会见到圣元王朝的盛世才是。林初九琢磨了一下，没有琢磨出有价值的东西，便当自己想太多了。

经过重重检查，一行人真正步入荒地。荒地名副其实，除了地上的小草外，连棵半人高的树都看不到，在荒地上根本无法隐藏身形，自然也不需要侍卫来回巡视，偌大的荒地只有他们一辆马车不紧不慢地往前走。

荒地每隔不远便有一哨岗，这是为了防备四国人潜入帝国，也是为了防备帝国的人偷跑到四国，而每到一个哨岗都需要重新检查一遍，哪怕是帝国皇子也不能例外。

“守备这么森严，检查这么严格，这么一层层检查下去，想要偷偷潜入帝国，确实是奢望。”林初九算是见识到了帝国对四国的防备，帝国的人根本不拿四国的人当人看，完全是当贼防着。

“所以，四国人从来探不到帝国的消息，四国不知帝国现在有多强大，也不知他们什么时候动荡，更不知他们又有什么新的发现。帝国让四国人看到的，永远是帝国的强大与富足。可对帝国来说，四国却是他们的后花园，没有一丝秘密。四国有一点动静，帝国的人都会知道，四国扑腾出一点浪花，就会被帝国按下去。”在帝国的强压下，四国根本没有出头之日，永远都只能成为帝国的附属。

萧天耀说这话时语气平静，就像是在陈述客观的事实，林初九却从他的话中听出了失落以及微不可察的野心。

到这一刻，林初九终于想明白了，为何萧天耀提起圣元王朝会有遗憾与伤感。萧天耀是个有野心的男人，他要的从来都不是东文的皇位，他要的是四国一统，再创一个圣元盛世。

有那么一瞬间，林初九真的吓到了，可想想萧天耀的所作所为，林初九又能理解了，看他一手打造的金吾卫就知道他所谋不小。

林初九定了定身形，紧紧地握住萧天耀的手：“会有希望的，我们不是来到帝国了吗？”

她知道萧天耀想做什么，如果那是萧天耀想的，那么她愿意陪他一起。

穿过中央帝国与四国之间的荒地，便看到了帝国高耸的城墙。和四国的城墙不一样，帝国的城墙全部由石头堆砌而成，高约两米，看上去极有气势，单是城墙，就昭显了大国的风范。

就在众人都为帝国的气势折服时，林初九开口道：“这么高的城墙，士兵站在城墙内怎么打仗。”

帝国的人也和普通人一样，并不是什么身高两米、三头六臂的大汉，这么高的城墙挡着，他们要怎么打仗?

林初九的话如同一盆冷水瞬间把随行的侍卫浇了个透心凉。有些事林初九不知道，可他们这些当兵的人却很清楚。

萧天耀从始至终都没有变脸，听到林初九的话，淡淡地道："帝国的这道城墙外只有东文四国，这道城墙不是为了打仗用的。"

这道城墙是为了震慑东文等四国的人，让他们不敢有觊觎帝国的野心。

"原来如此，我就说嘛，帝国浪费人力、物力建这么高的城墙，肯定不会是为了好看。"林初九故意摆出一副恍然大悟的样子。

帝国小皇子听到这话，面露鄙夷之色："你当帝国与东文那等小国一样，爱追求华而不实的东西？帝国从来不会浪费一分一毫，所建的每样东西都是有原因的。这城墙建得高，但并非不实用，城墙上的每个地方都设有小门，一旦开战，这些小门就会打开，不管是投掷石头，倾倒火油都十分便利，而且还安全。"

"城墙上居然设有小门？完全看不出来呀。"林初九上前一步，站在城墙边，仔细观看。

虽不知萧天耀会不会带兵杀到中央帝国，但多看看总没有错。中央帝国比四国强太多了，如果可以的话，他们此次定要多收集一些帝国的消息，以备他用。

"哼，帝国的工匠岂是你们那等小国可以比的。"小皇子无比骄傲地说道，林初九适时地恭维两句，又接着询问城墙上小门的事。

小皇子在东文一路吃瘪，被萧天耀压得大气也不敢喘，现在见林初九讨好地询问他，心里别提有多美了。

再加上林初九问的事，在中央帝国是人人皆知的事，小皇子也不隐瞒，能说的都说给了林初九听。使团的人见状也没有阻止，四国的人进入中央帝国后，能离开的极少，旁人也许还有可能离开，但萧天耀与林初九一行人是绝对不可能离开帝国的。他们就是知道得再多也没有用，他们带不出去。

一个有心询问，一个有意显摆，进入帝国的领土后，林初九和帝国小皇子相处得十分愉快，小皇子也比之前更加开朗，不再时刻端着架子，看着倒像是邻家大男孩。

萧天耀在一旁静静地听着，既没有阻止也没有出言，好似对林初九和小皇子的谈话丝毫不感兴趣一般。

入城后，经过层层检查，帝国给萧天耀一行人发放了临时的身份证明，除了可以证明他们的身份外，也方便他们在帝国行走。

帝国对外来人员控制得十分严格，不能证明身份的人，一旦被发现不管对方是什么身份，都只有死路一条。

"在帝国，没有身份的人是没有活路的，你们可要拿好了。"小皇子一脸矜持地开口，许是年纪还小，小皇子此时还没有上位者的威严，只有少年逞强的骄傲。

林初九在心里发笑，面上却诚恳地道："多谢提醒，我会好好保管的。"

十四五岁的少年，正值自尊心强的时候，这时候最好顺毛摸，不然把人惹毛了，可就麻烦了。

果然，小皇子十分满意林初九的态度，矜持地点点头以示欣赏，至于萧天耀，许是萧天耀在东文对小皇子的态度，或者萧天耀处理石头镇的狠厉，给小皇子留下的心里阴影太强了，虽然已经到了帝国的领土，小皇子还是不敢接近萧天耀，就怕撞到铁板。

入关后，又走了两个时辰，便来到帝国的驿站，驿站似乎早就收到了消息，一切都安排妥当了，只等他们到来。

到了驿站，小皇子又开始显摆："在帝国，只要我们每天正常赶路，沿途就能在驿站休息。只要你入关，或者到达其中一个驿站，下一个驿站就会收到你的消息，会提前安排好一切，完全不需要你操心，也不需要担心会露宿野外。"

小皇子再三强调不会露宿野外，可见他对之前露宿野外的怨念有多深。

身为帝国的小皇子，在随萧天耀出行前，他从来不曾露宿野外，即使是万里迢迢地从帝国去东文，一路上也被照顾得妥妥当当。萧天耀是第一个敢让他露宿野外的人，没有意外的话，他应该会记一辈子。

当天晚上，他们一行人在驿站入住，驿站的确安排得十分周全，真正是像小皇子所说的那样，到了驿站什么都不用管，他们只管赶路就行了。

然而，事无绝对。驿站确实安排得极尽周道，安全问题也考虑到了，可当天夜里，小皇子一行人遇刺了！

刺客这种生物不仅东文有，帝国也一样有，而且和东文相比，帝国刺客的水平更高，杀伤力更强。

驿站确实有守卫，可帝国有这么多驿站，每个驿站的守位能有多强？再者，刺客直接杀进驿站，自然是事先了解了驿站的情况，他们的实力远在驿站守卫之上，甚至远在小皇子身边的武神之上。

刺客中有五名武神，随小皇子前往东文的武神，在五名武神的联手狙杀下当场毙命，而在五名武神的联手下，驿站的护卫也变得不堪一击，不过眨眼间就被打杀了。所有人当中，唯一还有一战之力的就是萧天耀，可萧天耀最强的实力是以一敌三，现在面对五位武神高手，他还有胜算吗？就算他能以一敌五，那其他的刺客呢？他还有余力应对吗？

萧天耀是人不是神，他再厉害，武力值再高也有限度，以一敌五已是勉强，他哪里还有余力应对其他的刺客。

余下的人，除了萧天耀带来的亲卫外，都是没有一点儿武功的人。林初九稍好一点儿，可也仅限于对付普通人，对上武功高强的刺客，她同样没有还手之力。

这厢萧天耀以一敌五还没有落于下风，那厢林初九和帝国小皇子已落入刺客之手，生生拖了萧天耀的后腿。

刺客明显不想要他们的命，拿下林初九与帝国小皇子后，刺客便收起了攻势，对萧天耀道：“东文的萧王，我要是你，我就会束手就擒，以免造成不必要的伤亡。”

为了证明自己的话，杀手架在林初九和小皇子脖子上的刀，往里压了两寸，两人的脖子瞬间出了一道血痕。

刀划破肌肤，发出“噗”的一声闷响，刺痛感令小皇子大怒：“放肆，我是帝国七皇子轩辕煜，你们敢伤我。”

“蠢货！”小皇子一曝出身份，萧天耀就骂了一句。

小皇子正不快，可不等他说话，就听到刺客哈哈大笑：“原来这里面还有帝国的皇子，那可真是太好了，抓到了一条大鱼。”

“什么？你们不知道我的身份？”小皇子轩辕煜愣住了。

这些人不是冲着他来的吗？怎么会不知道他的身份？

“我们现在知道你的身份了，有帝国的小皇子在，皇上肯定愿意出血。”刺客得意地大笑，似在嘲讽轩辕煜的智商。

“你们要钱财？不是来杀我们的？”这些人居然不是冲着他来的，萧天耀在帝国的名声都比他大，轩辕煜感觉自己的自尊再次受到了侮辱。

“杀你们？我好好的杀你们干什么？皇子殿下你不会以为，我们找上东文的王爷是想要他们的命吧？我要他们的命干吗？对我们来说有什么用？皇子殿下，你是猪脑子吗？这么简单的问题都想不明白？”刺客仍旧是一副嘲讽的口吻，鄙夷地看着轩辕煜，似在嫌弃他的愚蠢。

“大胆，我是帝国的皇子，你们胆敢侮辱我？”作为帝国的小皇子，何曾被人这么说过，就算萧天耀再不把他当回事，也不敢侮辱他。

这些刺客简直该死！

“啪！”刺客压根没有把小皇子看在眼里，一巴掌甩了过去：“帝国皇子又如何？落到我们手上就得乖乖听话，不然把你卖到敌国去，看你怎么耍皇子架子。”

小皇子被打得头偏了过去，脸颊瞬间红肿，嘴角出血，当即恨恨地看向刺客，刺客见状抬手又准备甩一巴掌，可还未打下去，就被萧天耀制止了：“够了，你们既然是求财，就不要伤害帝国的皇子，人死了或者残了，你们什么也捞不到。”

“哼……”刺客冷哼一声，收回手，“这话倒是有几分道理，看在东文萧王的面子上，我就暂且放过他。”

“我不会感激你的。”当着附属小国王爷的面被帝国的人打，还被一个附属小国的王爷救，大大地伤了小皇子的自尊心，小皇子故作强硬地道。

萧天耀连看也不看他一眼，对刺客道：“你们想要怎么样？”

“当然是想要你束手就擒了，萧王爷。”刺客重复道，一副有恃无恐的样子。

“你们要的是钱财，总要有一个人出去给你们筹集钱财。”萧天耀试图跟刺客讨价还价，可刺客完全不搭理：“不必，有你们和帝国的小皇子在，帝国自然会出钱赎你们。萧王爷，乖乖吞下这粒药跟我们走，不然……我不敢保证你的王妃会不会缺胳膊少腿。”

刺客的刀架在林初九的胳膊上，大有萧天耀要是拒绝，就砍断林初九胳膊的架势。

“不用担心我，我很好。”被刺客抓住后，林初九从头到尾都没有吭一声，哪怕此刻刀刃砍在胳膊上，她也不曾皱眉，不曾开口要萧天耀救他，甚至脸上没有一丝害怕与不安，她冷静、从容地看着萧天耀，眼中没有企求也没有不安，只有无畏！

不是不在乎，也不是不担心，而是无畏，真正的无畏，不管萧天耀做出什么样的决定，她都可以面对。

看到冷静自持的林初九，小皇子轩辕煜瞬间脸红了。对比林初九的淡定，他简直就像是一个没有长大的孩子，哭哭闹闹，太不懂事了。

小皇子深深地吸了口气，反省自己的行为，努力忽视脸上的痛，保持冷静，和林初九一样平静地看着萧天耀，不干涉他的决定，更不哭闹着求萧天耀救他。他知道，这个时候哭闹没有意义，萧天耀要能救他们早就救了。

“这是什么药？”萧天耀没有接过药，也没有拒绝。

“放心，只是让你暂时失去战斗力，你的实力让我们不得不防。”刺客看了一眼五个武神，意思很明确。

他们出动五个武神都没法拿下萧天耀，可见萧天耀有多难缠，要不事先制住他，后患无穷。

“本王不信你们。”萧天耀仍旧没有接过药，但却不是拒绝。

“你吃一粒给萧王看看。”刺客随手将手中的药，丢给一位武神，那位武神接过，倒出一粒就塞进嘴里，嚼了一下，当着萧天耀的面吞了下去。

“这下满意了吗？”刺客冷冷地问道，隐隐透着几分不耐烦。

“拿来吧。”这一次萧天耀没有拒绝，接过了武神递来的药瓶，倒出一粒，当着刺客的面服下！

小皇子很想告诉萧天耀不能吃，绝对不能吃。萧天耀是他们当中，唯一一个有战斗力的人，也是唯一一个能让刺客忌惮的人，要是萧天耀失去了战斗力，他们就真的只能沦为鱼肉，任人宰割了。

可看到架在林初九胳膊上的刀，小皇子又乖乖地闭嘴了。

这一路上他看得明白，萧天耀与林初九之间的感情非常好，不像一般的皇室婚姻，他们夫妻二人相敬如宾，虽没有什么亲密的举动，可两人之间流转的脉脉情深骗不了人，萧天耀是绝不会拿林初九的安危去冒险的。

萧天耀服下药丸就等于向刺客妥协，不等药效起作用，萧天耀便束手就擒，任由刺客将他拿下。

“咔嚓”两声，刺客上前，第一件事就是将萧天耀的胳膊卸下，可见刺客防萧天耀防得多深。

“我很抱歉。”看着被刺客卸下胳膊的萧天耀，林初九歉意地道。

她自认很努力了，可真要遇到危险，还是一点用处也没有，不仅帮不上萧天耀，反倒拖累了他。

“无事。”胳膊被卸下，萧天耀却面不改色，眉也不皱一下，好像不知道痛一般。小皇子轩辕煜看在眼里，惊在心里，再次感受到了自己和萧天耀的差距。

不过，想到他和萧天耀的年龄差距，小皇子轩辕煜又淡定了，他还小嘛，等他长到萧天耀那么大的时候，肯定也会和萧天耀一样厉害，不，他会比萧天耀更厉害，因为他是帝国的皇子！

萧天耀被擒下，他的亲卫一个个只能和萧天耀一样束手就擒。

“杀了他们，一个不留！”可是，刺客明显不想把亲卫带走，人多了对他们来说是个累赘，直接杀了最省事，可萧天耀不同意：“带上他们，不管你们从帝国皇帝手上拿到多少钱财，他们每个人我出一万两……”

萧天耀说到这里顿了一下，见刺客一副不以为然的样子，才吐出，“黄金”二字。

萧天耀一共带了十二个亲卫，每人一万两黄金，就是十二万两黄金，这绝对是个大数目，别说刺客了，就是小皇子也愣住了。

十二万两黄金呀，用来培养亲卫、死士，别说十二个，就是一百二十个，一千两百个，一万两千个也够了，萧天耀还真舍得。

“十二万两黄金，就为了他们？萧王爷，你确定吗？”显然刺客也是不信的。十二万两黄金可不是小数目，东文一个小小的亲王就算能拿出来，也要伤筋动骨。

不等萧天耀回答，十二亲卫就扑通一声跪了下来，哽咽道：“王爷，我们的命不值那么多黄金，请不要为我们浪费。”

他们感动王爷的维护，但不想让王爷破费，作为王爷的心腹亲随，他们比任何人都清楚，王爷每年养兵需要多少银子，每年为了筹集银子费了多少心力。把十二万两黄金花在他们身上，真的太浪费了，他们宁可一死。他们的命，不值十二万两黄金。

“本王的人，值十二万两黄金。”萧天耀这句话说得坚定。

“王爷……”亲卫齐齐地喊着萧天耀，想要拒绝，可对上萧天耀冷厉的眸子，却一句话也说不出来。

他们早就被训练得只懂听令，他们根本无法违背王爷的命令。

“好，萧王干脆，看在你肯为十二个属下出十二万两黄金的分上，我就麻烦一点把人带走。”刺客爽快地应下，示意手下的人上前，将十二亲卫的胳膊卸掉，至于药，药也是要花银子的，自是舍不得喂给普通亲卫吃。

“萧王爷，我敬你是条汉子，今天这事得罪了。”刺客一身的匪气，江湖味十足，明显十分欣赏萧天耀。

“只希望阁下信守承诺，不要伤害我们。”萧天耀淡淡地道，并不因为对方的看重而骄傲。

“放心，我绝不会为难你们，拿到钱财立刻放人。至于你的亲卫，你什么时候拿黄金来，我就什么时候放人，在此之前绝对好吃好喝地招待着。”刺客大大咧咧地说道，丝毫不担心放走萧天耀后，萧天耀带兵来灭了他们。

“兄弟们，走了。”把所有人都拿下后，刺客一挥手，就把萧王一行人的手脚束上，眼睛蒙上，然后将人一个个丢进马车。

萧天耀、林初九和小皇子是重点照顾对象，三人一辆马车，至于萧天耀的十二亲卫，就没有这么好的待遇了，十二人被麻袋套上，像是货物一样丢在马上，被驮着走。

出了驿站，一行人瞬间没入夜色之中，如同午夜的幽灵，速度之快、动作之轻让人咋舌。

马车极速前行，颠得人难受，小皇子扭来扭去，半天才找到一个合适的姿势，悄悄地压低声音道：“萧天耀、林初九，你们还好吗？那个……我不是故意隐瞒身份的，你们不会生我的气吧？”

小皇子承认，他有点佩服萧天耀和林初九了，尤其是在萧天耀说出愿拿十二万两黄金换十二个亲卫的时候。

那一刻，他真心觉得萧天耀太伟大，太帅了，他认识的人当中，除了他父皇外，没有人能比得上萧天耀。

“我没事，你脖子上的伤还好吗？”萧天耀自是不会理会小皇子，这话是林初九说的。

至于小皇子说的隐瞒身份的事，也只有小皇子自己觉得他把身份瞒得很好，事实上他们早就知道了，只是装作不知。

“有点疼，头有点晕，不太好。”他不仅脖子上有伤，脸还被人打了一巴掌，一说话就更疼了，可不说话，马车内太沉闷，他又觉得不安。

“你忍着点，等到了目的地，让他们给送一点药。”林初九身上有药，可他们现在被绑得跟粽子一样，怎么拿药?

“嗯。”小皇子轻轻地应了一声，像是受伤的小狼崽，低低的，闷闷的，沉默片刻后，见萧天耀与林初九一直没有说话，小皇子又忍不住开口：“你说……他们真的会放了我们吗？万一他们拿到银子，不放过我们怎么办？我们要等死吗？”

小皇子毕竟还是一个少年，又出身皇室，明显被宠坏了，也没有遇到过危险，突然遇到这种事难免不安。

可是旁人能理解他，萧天耀却不能理解：“你怎么在皇宫长到这么大的？”十四五岁的少年了，别说在皇室，就是普通人家，也算是半大少年了，早该知事了，可这位小皇子却天真得可以。

“你看不起我？”轩辕煜虽然被保护得很好，可并不傻，萧天耀的嘲讽他哪里听不出来。

自尊心一再被人打击，轩辕煜的玻璃心已经撑不住了。

“你是真蠢还是假蠢？”不等轩辕煜发火，萧天耀就道，“你不会天真地以为，帝国真的会花银子来赎我们吧？”

“为什么不会？”帝国不会花银子赎他们，这怎么可能？轩辕煜不能接受萧天耀的话，他是帝国的小皇子，是父皇最喜爱的皇子，父皇怎么可能会不拿银子赎他？

“理由很简单，帝国的面子比你的命更重要。”堂堂中央帝国，怎么会向一群土匪妥协，传出去帝国的颜面何在？

当然，这不是最重要的，最重要的是帝国这次妥协了，付了赎金给这群土匪，就等于是在纵容土匪的行为，以后会有越来越多的人效仿，因此受到伤害的人会越来越多。

不管是为了面子，还是为了杜绝这种事情，帝国都不会付赎金给土匪。

轩辕煜不笨，萧天耀把话说得这么明白，他就是再傻也明白了。

“既然帝国不会付赎金，那些土匪为什么要绑我们？”这么简单的道理，他不相信那些土匪不明白。

“那些土匪想绑的是我，不是你，绑了我……我想要活命，自然会让人送赎金来，绑你是个意外。当然，你也不能指望一群土匪能想到这个问题，毕竟他们要是有脑子就不会空有一身本事，还混得去当劫匪了。”萧天耀难得有耐心为轩辕煜解释，可他越解释，小皇子越是不安：“这么说，我们不能指望帝国来救我们了？”

他从小就接受教育，在皇室尊严和死亡之间，必须英勇地选择死亡，可死亡真正临近了，他还是有一点点害怕。是的，只有一点点，这一点点害怕也是因为他太年轻，不想太早死去，他绝不承认他是怕死。

“不，帝国会救我们，但不会出银子赎我们，帝国会用别的办法，但能不能成功两说，所以我们必须另想他法。”这个问题林初九代萧天耀回答了。

为了其他人的生命安全，为了帝国的尊严，帝国绝不会纵容劫匪的行为，只会严厉打击。

帝国会尽可能保住他们的性命，但绝不会为了他们的性命而满足劫匪的要求，让劫匪认为帝国软弱可欺，让其他人有样学样，危害更多人的安全。

“自救是吗？我们现在这个样子，要怎么自救？”什么也看不到，心里难免慌乱，可听到萧天耀和林初九的声音，小皇子轩辕煜却渐渐冷静下来了，冷静地思考脱身之法。

“不要轻举妄动，我们不会丢下你的。”林初九听出小皇子语气中的不安与跃跃欲试，低声提醒道，“你是帝国的皇子，我们怎么也不会丢下你。”

为了让小皇子信任，林初九又补了一句：“要是我们活着，你却出事了，帝国不会放过我们。为了我们的命，我们也会救你，你千万别擅自行动，我们要能出去一定会带上你的。”

帝国这个小皇子被养得跟公主似的，她真怕这位小皇子乱来。

“还有，你千万不能让外面那群人知道，帝国不会花银子赎我们，一定要让他们知道，只要我们好好的，他们就能拿到银子。”不知三人会不会被关押在一起，林初九只能提前叮嘱。

“我能相信你们吗？”小皇子虽然受了惊吓，可该有的防备还是有的。

他毕竟出身皇室，就算再天真，也比一般人家的孩子强许多。

萧天耀适时开口，冷冷地道：“你现在只能相信我们，你根本没有自救的能力。”

别说这位小皇子只是一个十四五岁的少年，就算他成年了，面对五个武神也没有逃跑的能力。

“我明白了。”小皇子似乎受了极大的打压，好半天才应了这么一声，而后就不再说话了。

萧天耀和林初九也没有说话的欲望，马车内一片死寂，只有三人浅浅的呼吸声……

第三章　终于等到你

马车飞速前行，三人皆被蒙上了眼睛，他们根本不知现在正走向哪个方向，也不知还要走多久。

这种情况下，萧天耀和林初九是睡不着的，林初九在心中默默地计算时间，越计算越烦躁。他们足足跑了三个时辰，如果没有意外的话，再过半个时辰天就要亮了。

天一亮，帝国的人肯定能发现他们失踪了，可他们跑了这么远，帝国的人能找到他们吗?

虽看不到，可萧天耀却察觉到了林初九的不安，萧天耀略略移动身子，让林初九靠在他身上："不用担心，有本王在，不会有事的。"

"呃？"萧天耀的语气太笃定，林初九不由得一愣，本能地抬头，却什么也看不到。

"相信本王，不会有事的。"萧天耀低声给林初九保证。

"我知道了。"不知是她想太多了还是什么，林初九总觉得萧天耀这话别具深意，可又想不出哪里有深意。

林初九依在萧天耀的怀里，烦躁的心情渐渐平静下来，小皇子似乎也受了两人感染，渐渐地安稳了下来，不多时就传来浅浅的呼吸声，听着像是睡着了。

大约又走了半个时辰，马车停了下来，但土匪并没有让他们下马车，而是直接将马车抬了起来。

马车被突然举起，林初九吓了一跳，差点滚出去，小皇子也猛地惊醒，在马车里滚了半圈，撞在车厢上，发出"咚"的一声巨响。

小皇子疼得直咧嘴，却连摸也不能摸一下。

“该死的！”这一撞似乎扯动了脖子和嘴角的伤，小皇子忍不住低咒了一声。

萧天耀和林初九没心情管小皇子的情绪，林初九竖起耳朵听着外面的动静。

“有水声……不好，他们这是要把我们抬上船，走水路。”在陆地上多少还能留下一点痕迹，可在水上就无法留下痕迹了。

这时候小皇子也顾不得疼了，他低声问道：“这是不是说，如果帝国的士兵在今天之前没有找到我们，就很有可能找不到我们的踪迹？”

“是的！”林初九应道。

对方计划得很周全，帝国的人想要找到他们，救出他们，恐怕不是容易的事。

绑匪似乎很忌惮萧天耀、林初九三人，压根不让他们见光，直接将他们三人连人带着马车抬上了船。上船后，这群土匪也没有给他们松绑，期间只给他们送了一次水和吃食。林初九和小皇子犹豫再三，吃了！

他们不知道会被这群土匪关多久，要是时间长了，不吃不喝根本受不了。而且想要逃跑，也得先吃饱才有力气。

可是，萧天耀却没有吃，不管是水还是食物，他都没有碰，姿态冷傲，险些激怒了土匪。

林初九坐在一旁，虽然能听到，可却什么也看不到，更不敢自作主张地替萧天耀做决定，只能干着急。

小皇子轩辕煜本想劝说两句，这个时候别管饿不饿，吃一点总没有坏处，可想了想又闭嘴了。

这两人不管是年纪还是阅历都比他足，他一个小孩担心这些做什么？

萧天耀执意不吃，指不定是发现了什么问题呢！

小皇子明显是个藏不住事的人，送食物的土匪一出去，立马低声问道：“这水和食物是不是有问题？”不然萧天耀怎么不肯吃？

“没有问题。”回答他的依旧是林初九，萧天耀是绝对不会回答这么幼稚的问题的。

“没问题萧王为什么不吃？”

“他……”林初九迟疑了一下，才道，“许是不饿。”

嫁给萧天耀这么久，林初九自认还算了解他，萧天耀不吃绝对不是因为不饿、不渴，他肯定是嫌脏。

这男人有洁癖，但不严重，一般情况下都能忍受，但是入嘴的食物不够干净，他绝不能忍受，也不会勉强自己去忍受。刚给他们喂食物的土匪，直接用手抓馒头，萧天耀要是能吃得下去，那才叫见鬼了。

“哦。”单纯的小皇子没有多想，自然而然地接受了林初九的理由。

只是小皇子不会多想，萧天耀却难免尴尬，他第一次觉得自己不喜欢入口的食物被人碰触，是个很矫情的习惯，这扭扭捏捏的行为还比不上一个女人、一个小孩。

可是，这种事也没有办法解释，他这会儿就是告诉林初九，他是真的不渴、不饿，林初九也不会相信吧！

三人再次沉默，静静地坐在马车里，各自守着自己的一片天地。

时间一分一秒过去，林初九默默计算，他们上船后应该又走了三个时辰，估摸着这会儿已经过午时了，可却没有人给他们送吃的，也没有人给他们送水。

“我想小解。”小皇子憋了半天，实在憋不住了。

都快一天一夜了，他哪里能忍得住。

“呃……我试着叫叫人。”小皇子不说林初九还不觉得有什么，小皇子一说，林初九突然也想小解了。

果然，喝水吃东西是一件麻烦事，看萧天耀不吃不喝的，就完全不想小解。

林初九高声喊了几句，立刻就有人过来了，没好气地道：“什么事？”

“我们要小解。”吃喝拉撒，人之常情，林初九也不觉得有什么尴尬的，说得直白干脆，却不想林初九大方方，对方却扭捏了：“什？什么？你们要小解？那个……你们等等啊，我，我去问问。”

说完就咚咚咚地跑了，林初九愣了一下：“我说的有问题吗？”

“你说得太直接了！”小皇子满脸通红地吐槽，作为帝国小皇子，他从来没有像林初九这般，直接告诉旁人我要去小解，真是想想就羞涩。

“无事。”关键时刻自己人就是自己人，萧天耀拍了拍林初九的胳膊，低声安慰道。

不多时，又有人过来了，不过不是告诉他们可以去小解，而是恶声恶气地道：“再忍忍，忍不住就直接尿裤子上，哥几个不嫌弃你们。”

“你说什么？再说一遍！”自上船后就没有开口的萧天耀，冷冷地道，虽然双眼被黑布蒙上了，却仍旧准确无误地“看着”对方。

“我说，我说……”来人结结巴巴，一句话也吐不出来，在萧天耀的威压下，哪里敢重复刚刚的话，最后只弱弱地道：“我说船上有许多不便，如果你们要解手，只能站在船上，对着海水小解……行，行吗？”最后，更是小心翼翼地问了一句。

“算了，还是不用了。”小皇子一听，立刻就拒绝了。

在一群土匪的监督下，对着海面小解？他自认做不到。

林初九就更不用说了，就算她能“厚颜无耻”地做到，萧天耀也不会同意。

小解一事不了了之，不过在萧天耀的威压下，土匪又补了一句：“你们再忍忍，再过一个时辰就能上岸了，到时候就能小解了。”

有了这话，林初九和小皇子终于满意了。不就是一个时辰嘛，他们能忍。

“你可以走了。”得到了答复，萧天耀毫不客气地让人滚蛋，完全没有一点儿阶下囚的自觉，可偏偏那土匪还听话了。

小皇子默默在心里记下了，决定日后效仿之。

土匪一走，林初九就低声问道：“殿下，驿站离海很近吗？你对这片海域熟悉吗？行驶四个时辰能到什么岛上？那座岛可在官府的管辖范围内？”

林初九和萧天耀都不熟悉帝国的地形，只能问唯一的知情人，奈何小皇子也是一个大门不出二门不迈的家伙，面对林初九的提问，小皇子一脸茫然：“我不知道。”

他要知道怎么做，就不用出门长见识了。

“这是帝国的领土，你居然什么都不知道？”林初九的音量不由得提高了。

“没人教我这些。”小皇子理直气壮地说道，一瞬间林初九无语了：“你赢了！”

林初九气呼呼地闭嘴，换来萧天耀低低的浅笑。听见林初九不高兴地哼了一声，萧天耀补了一句：“说了不用担心，有本王在，不会让他们伤害你。”

依旧是笃定自信的语气，让林初九无法不相信。

……

土匪所言不假，一个时辰后他们上岸了，可他们仍旧没有把林初九、萧天耀和小皇子三人从马车里放出来。

三人被土匪直接抬进室内，刚落地，土匪们就把小皇子单独拎了出来：“把他们分开关，免得出事。”

“不要，不要，我要跟他们在一起，我要跟他们在一起。”小皇子自是不同意，可土匪要会听他的，那就不是土匪了。

“别吵，再吵我剁了你的手脚丢海里喂鱼。”土匪恶声恶气地威胁道，小皇子虽然还想挣扎，可还真的不敢了。

他再蠢也知道，这些人并不是臣服于他父皇的臣子、下人，不会听他的话，也不会恭维他，听话是现在最好的选择。

“这两个也分别带走，别关在一起，别让他们有机会说话。”土匪继续交代道，三两下就把所有的人分开了。

林初九被带到一个陌生的房间，土匪依旧没有解开她手上的绳子和蒙在脸上的黑布。

林初九躲在角落里，稍稍动了动手，死结就松开了。可解开了手上的绳索有什么用？在岛上，就算解开了，没有船也走不了。她是会水，可却没有能力在海上游几个时辰。

“先解开再说吧。”林初九动了动手，不过三两下的功夫，就把手上的绳子解开了。

“总算能看得见了。”解开了手上的绳子，林初九第一件事就是把眼睛上的黑布给解了。

没有黑布阻挡，林初九能清楚地看到自己处境。她所待的屋子很简陋，除了一张床什么也没有，普通的木门上了锁，但看着并不结实，随便一脚就能踹破。

如果能找到船，从这里逃出去似乎也不是太难的事。不过，想到土匪那边有五个武神，林初九又打消了这个念头。有五个武神在，难怪人家半点儿不惧他们会逃跑。

“还是等萧天耀来吧。”林初九清楚地知道自己的实力，放弃了凭自己的力量逃出去的计划。

“嗒嗒嗒……”门外响起一阵不轻不重的脚步声，林初九听到声音，立刻将黑布覆上，随意将绳子缠在手上。

林初九刚做好现场复原，就听到“咔”的一声，房门被推开，有人走了进来，而且不止一个。

“人在这里。”土匪开口，声音是林初九听过的。

“你们可以出去了。”来人开口，冷冷的、缓缓的，声音熟悉到让林初九愣住了。

萧天耀?

果然，她的猜测是对的。

“好了，把绳子抽了，我们该走了。”萧天耀见林初九呆在原地，不由得摇头。

他都暗示得那么明显了，他就不信林初九还不明白!

“你，你……你！”林初九甩掉手上的绳子，扯掉脸上的黑布，吃惊地看着萧天耀。

“我什么我？你不是早就猜到了吗？”他才不相信林初九什么都不知道。

“我以为，我以为……”她以为萧天耀只是有脱身之法，哪里知道这个局就是他设的。

“你的手居然伸到帝国来了？不是说帝国对四国的人盯得很严吗？”林初九拍了拍身上的灰，站了起来。

“大皇子动的手，本王只是给个建议。”他的手确实伸不到帝国来，但是大皇子可以。

堂堂帝国大皇子，就算混得再窝囊，手上也有几个人，更不用提轩辕挚混得还不窝囊。

“你这是想去做什么？”林初九走到萧天耀身边，却没有急着出去。

都安全了，她怕什么，当然要把事情问清楚。

“去一个地方拿东西，不能让人发现，只能用这个办法。”让帝国的人以为他和小皇子一起被绑架了，然后暗中行事。

如此一来，就不会有人发现他的踪迹，就算发现也没有关系，帝国没有证据就奈何不了他。

“我能问，去哪吗？”林初九可以肯定萧天耀没有来过帝国，可看萧天耀的样子，似乎对帝国很熟悉。

“帝国的荒城，原来是圣元王朝的都城。”中央帝国占了圣元王朝不少领土，但和广衰的圣元王朝相比，帝国占的那点地方实在不值得一提。

“圣元王朝，你，你……”林初九很想问，你是不是和圣元王朝有关系，可话到嘴边又不知怎么说。

萧天耀静静地看着她，她若问出来，他必定回答，可林初九你了半天，却只说了一句：“算了，不管你是谁，你都是萧天耀，这一点改变不了。”

她管萧天耀与圣元王朝有没有关系，圣元王朝都灭国了，萧天耀想要复国，想要一统都无所谓，反正最终目的是一样的。

萧天耀一怔，没想到林初九想了半天就只想出这么一句话，不过随即萧天耀就笑了。

伸手，摸了摸林初九的头，萧天耀低声道：“没错，本王永远都是萧天耀，这一点不会改变，就如同你永远都是林初九，也不会改变一样。”

原先，他对林初九的出身，对林家的背叛耿耿于怀，现在却看开了。林初九是林初九，林家是林家。更何况，当初林家的选择也没有错，圣元王朝已是山河日下，就算没有林家的背叛，圣元王朝也撑不了多久。

成王败寇，没有谁对谁错，只有谁胜谁败。

林初九不知萧天耀心中所想，见他这么说并未多想，只拉着他的手往外走：“既然要去圣元王朝的都城，我们就快去快回，免得耽误了时间。”

“好。”萧天耀任由林初九拉着往外走，脚步从容，不疾不徐，只是微微上扬的嘴角，泄露了他的好心情。

一直以来，他都只有一个人，现在终于有一个人，可以陪他并肩前行。

劫持林初九、萧天耀的人是大皇子轩辕挚安排的，这岛上的人自然也是他的人，绝不会为难林初九和萧天耀半分。

林初九和萧天耀一出来，岛上的人就安排好了一切。

“你们有十五天的时间，如果十五天内没有回来，事情兜不住，黑锅只能你们自己背，我建议你独自前往，带上她会是累赘。”萧天耀和林初九走之前，假扮土匪头头的人指着林初九，对萧天耀道。

“她不是。”萧天耀冷冷地看了对方一眼，神情淡漠。

“这是帝国，她没有自保的能力，遇到危险你还要保护她。”土匪头这话真是为萧天耀考虑，“在这里，她很安全，我保证。”

“这是本王的事，不需要你费心。”萧天耀很不客气地终结了话题，摆明了不想再谈。

他是不会把林初九丢下的，即使这里看上去很安全。

轩辕挚事先交代过，土匪头头也不敢得罪萧天耀，见萧天耀明显不满，就不再多说，任由两人乘船离去。

他们此时自然不能在原地上岸，他们在海上行驶了一天，然后在一个小渔村附近下了船。

“这是你们的身份，渔村往北，最后一户人家是我们的人，你们办完事后，可以让他送你们回岛上。不过，他只会等你们十四天，过了十四天你们还没有回来，他就会离开。”与帝国为敌不仅仅是掉脑袋的事，还是灭门的事，自然要谨慎一些。

尤其是这事还牵扯到了大皇子，一旦让人发现，大皇子就完了。

“嗯。”萧天耀对此没有异议，十五天的时间虽然紧了一些，但足够了。

萧天耀和林初九一上岸，就换上了帝国普通百姓的衣服，不过却是江湖人士打扮。

两人刻意收敛气息，无论是穿着还是气质，看着都与普通人无异，走在大街上绝不会引起旁人的注意。

凭借大皇子事先安排好的身份，萧天耀和林初九顺利入城，购得马匹后，继续赶路。之后两人不再进城，一路走偏僻的山路，偶尔会遇到不长眼的土匪和强盗，可不等对方把话说完，萧天耀就把人解决了。

一路风餐露宿，很苦，帝国的气候也不如东文，不仅太阳大，风沙还大，不过短短五天的时间，林初九的脸就不复之前的嫩滑，摸上去粗糙无比，林初九不想在意，可还是忍不住不高兴。

女人没有不注意自己容貌的，林初九也不例外，摸着干燥的脸，林初九闷闷不乐，思索着明天要不要把脸包住再赶路，她可不想在帝国走了一圈就老了十岁。

萧天耀听罢，笑了一声：“本王并不介意。”

萧天耀并不是说笑，他是真的不介意。在他看来，女人的容貌虽然重要，但当他认定一个人后，脸反倒是最不重要的。

“你不介意我介意，女子并非只会为悦己者容，也会为自己容。”别人怎么想，林初九不知道，但林初九自己就是这样想的。

她并不爱打扮，但是仍旧喜欢看自己美美的样子，不为别的，就为高兴。

“那你等着……”赶了一天的路，萧天耀自然很累，但他是个疼爱妻子的人，看妻子不高兴，自然要让她高兴。

“你去哪？”林初九抓住萧天耀的衣服，眼中闪过一抹担忧。

这大半夜的，把她一个人丢下，她会怕的。

“去给你找好东西，放心，这里很安全。”萧天耀抱起林初九，把她安置在树上，“你在这里等我一个时辰，我很快就回来。”

“你去找什么？我不需要……”这男人赶了一天的路，还跑去给她找东西，不累吗？

“你就当本王需要。”萧天耀确定四周安全后，提气飘然离去。

“喂……”林初九想把人叫住，可人已经走远了，林初九又不敢大声喊，怕引来野兽，只能默默地闭嘴，窝在树上等萧天耀回来。

没让林初九等太久，萧天耀不到一个时辰就回来了，手上拿着一串硕大的珍珠和几瓶霜脂，只闻味道就知道是好东西。

“你，你……大半夜的跑来跑去，就为了给我取这些东西？”林初九早有猜测，可亲眼看到还是很震惊的。

心，莫名地一跳，总感觉有什么不对了。

“你要的，本王必会替你寻来。”萧天耀将东西递给林初九，“不知道你们女人爱用什么，每样都给你取了一瓶，至于这些珍珠，本王替你碾成粉。”

话落，只听到“啪”的一声，拇指大小，光滑圆润的珍珠，就在萧天耀手中变成了粉末，一一落入了空盒里。

“需要几颗？”萧天耀看着盒中的珍珠粉末，问林初九。

对于女子用的东西，他知道得并不多，知道珍珠粉和霜脂，还是因为幼年在宫中见过。

“三颗就够了。”萧天耀愿意宠着自己，林初九也不矫情，待萧天耀碾好珍珠粉后，又让他去寻几颗鸟蛋。

萧天耀也不嫌林初九事多，曾经冷漠高傲的人，此时却好脾气地去帮林初九寻鸟蛋，帮林初九敷脸，然后又帮她打来干净的水。

这不是萧天耀第一次帮林初九做这些事，却是最让林初九暖心的一次。

“突然发现，你很会哄女孩子。”事毕，林初九窝在萧天耀的怀里，摸着自己明显变嫩的脸，心情极好。

今晚，萧天耀真的是让她刮目相看了。

“本王什么时候哄过女孩子？”他从来不做这样的事好不好。

“你刚刚就在哄我。”林初九扭头，看着萧天耀。

两人本就离得近，这一扭头，两张脸靠得更近了，鼻尖贴着鼻尖，险些撞在一起。

林初九的第一反应就是移开脸，可不等她动，就被萧天耀按住了：“别动！”

林初九一僵，没有动，睁大眼睛看着萧天耀，心里莫名地紧张，又有些小期待，可林初九忐忑不安地等了半天，本以为萧天耀会顺势亲下来，可结果呢？

“啪。”萧天耀在她的脑门弹了一记，很重，绝对有印子了。

“想什么呢？”萧天耀似笑非笑地看着林初九，眼中满满的都是戏谑。

“你，你……”林初九捂着额头，气急败坏地看着萧天耀，有千言万语要说，可话到嘴边却说不出来。

她能告诉萧天耀，她在等这个男人亲她吗？

她能告诉萧天耀，她都做好准备了，只等他亲下来吗？

不能，她只能自个儿生闷气。

“我要睡了。”林初九不开心地瞪了萧天耀一眼，背过身子不理他。

“早些睡。”黑暗中，林初九没有看到萧天耀眼中的坏笑。

萧天耀从背后抱着林初九，没多久就睡着了，林初九听着身后的男人浅浅的、平稳的呼吸声，很快也睡着了。

这样就很好了，真要亲下来，她还尴尬呢。

第二日，第一缕阳光洒下大地，萧天耀就醒了，轻轻地在林初九的额头落下一个吻，萧天耀没有惊动林初九，轻手轻脚地去打水、准备两人早上要吃的东西。

待林初九醒来，梳洗用的水萧天耀已经准备好了，早饭也快熟了。

看着一脸冷傲，忙里忙外的男人，林初九上扬的唇角怎么也压不住。

待在京城，感觉不到这个男人的好，可一出来她就知道他的好了。

按世人对女人的要求，妻子服侍丈夫是天经地义的，别说打水、做饭，按世人对妇人的要求，她每天还得早起给萧天耀穿衣服，可在他们两人身上，这些要求都颠倒了。

“发什么呆，快过来吃东西。”萧天耀见林初九又盯着他发呆，紧绷的脸不由得放松了几许。

这个女人，真是的……每天都要看他看到发痴，真不知天天看，为什么看不腻。

“嗯，来了。”林初九忙走到萧天耀身旁，接过他递来的热汤。

“味道很好。”蛇汤鲜美，蛇肉嫩滑，早上吃正正好，一点也不油腻。

萧天耀的唇角扬了扬，没有说话，默默地吃着自己手上的那份，见林初九将蛇肉吃完，便把自己碗里的夹给她。

“张嘴！”来而不往非礼也，林初九不是矫情，自然也不会小气，萧天耀把碗里的蛇肉都拨给她了，她喂萧天耀几块也是应当的。

有洁癖的萧天耀，毫无心理障碍地张嘴，淡定地吃下林初九投喂的食物。对食物有严重洁癖这种事还是要对人的，喂食物的人换成了林初九，有毒他也能吃得下去。

两人和往日一样，用完早饭，将痕迹清理干净后，便继续赶路。

“没有意外，今天下午就能到了。”萧天耀怕林初九不耐烦，出发前特意说了一声。

他是习惯了连日赶路，也习惯了在路上奔波的日子，但是林初九不一样，就算林初九比一般女子都强，可她终归是女子。

连着赶五天的路，就是大男人也吃不消，更不用提林初九一个女子。

“知道了。”越接近目的地越偏僻荒凉，昨天赶了一天的路，也没有遇到一个人，林初九就知道他们离目的地近了。

圣元王朝的都城早已是废城，方圆百里内只有靠山的小村庄有人居住，这一路上自然也就没有人来往。

“进城前，我们得装扮一下。”萧天耀从马背上取下一个包袱，打开，拿出一套男装，还有一些改变长相的小东西。

他心知帝国就算不派人镇守荒城，也会有所防守。林初九没有什么可以装扮的，换上男装，把脸抹黑，看着就是个十五六岁的少年，雌雄难辨。

“早知道昨晚不用那么辛苦了。”林初九抹了一把漆黑的脸，略有几分忧伤，昨天的珍珠粉白敷了。

“不一样，昨晚是昨晚，今天是今天。”见到林初九的装扮，萧天耀满意地点了点头，换上了自己的行装。

萧天耀的动作很快，不多时就从尊贵无双的王爷变成了普通的江湖大汉。

“完全看不出来了。”林初九啧啧称奇。

“看不出来就对了。”萧天耀对自己的装扮很满意，对林初九的装扮也很满意。

林初九本就比一般女子坚韧，身上没有时下女子的娇弱，穿上男装半点也不违和。不过也就这几年了，等过几年她长开了，再穿男装就不合适了。

打扮妥当，两人不紧不慢地赶往圣元王朝的都城，待到傍晚时分，两人坐在马上已能看到都城的城墙。

“先休息，晚上再入城。”都城一片荒凉，他们此时出现，定会被人发现。安全起见，还是等到天黑得好。

林初九对这里的环境不熟悉，自然没有意见。

依旧是萧天耀张罗吃的，林初九只负责坐在原地生火就好。萧天耀这时不仅要准备吃食，还要查看四周的地形，花了一个时辰才带着两只野鸡回来。

“怎么样？”林初九接过清理得干干净净的野鸡，动手烤了起来。

“表面看一切平静，一个人影也没有。”萧天耀嘲讽地说道。

林初九笑了笑：“看样子，我们晚上会有危险。”真要没有防守，这座空城不可能保管得这么好，也不可能完全没有人。

“嗯。吃饱，晚上有一场硬仗要打。”连他都发现不了对方的存在，可见镇守都城的人，实力远在武神之上。

真要对上了，他不一定有胜算。不过。值得庆幸的是，他不需要跟对方正面交手，他来此只是为了取走圣元王朝皇室留下来的东西。

……

黎明之前是最黑暗的时候，也是人最疲惫的时候，此时的防御可以说是最弱的，萧天耀和林初九就选择在这个时候潜入空城。

“我先去探路，在没有确定对方的实力之前，你先别现身。”萧天耀带着林初九翻过城墙，潜入空城之中，却没有让林初九跟他一起行动。

他是自信，但绝不会自大，在没有确定对方实力之前，他不会拿自己和林初九的命冒险。

“我明白，你自己当心。”林初九一身黑衣，脸也被黑布包裹着，只露出一双眼睛，萧天耀和她一样，两人如同与黑色融为了一体。

萧天耀安顿好林初九，足尖一点，便消失在黑夜中。林初九看了一眼，便默默地收回视线，手上把玩着一个小盒子，双眼微闭，耳朵却时刻注意着周围的动静。

萧天耀一路朝北奔去，圣元王朝的皇宫坐北朝南，在正北方。不过萧天耀的目的地不是皇宫，而是皇庙!

萧天耀是第一次来圣元王朝的都城，但对这里的一景一物却十分熟悉，完全不需要看，闭着眼睛就能找到皇庙所在。

半个时辰后，萧天耀来到皇庙，看着破败的大门，荒凉的庙宇，萧天耀说不出什么感觉，总之不是伤感也不是遗憾。

他虽是圣元王朝的血脉，从小就被灌输要以重建圣元王朝为己任，心里也认定自己是圣元王朝的人，可真正看到圣元王朝的都城、皇庙，他却没有一丝归属感。

这个地方荒凉得只有他自己，这个地方早已不是昔年的圣元王朝，便是他重建了圣元王朝，有些事、有些人也回不去了。

没有半点迟疑，确定四周无人后，萧天耀步入皇庙，一步一步，不快不慢，从容有度，像是在自己家里闲逛。

隐在暗处的四大高手，在萧天耀进来的那一刹那就隐了起来，甚至都不敢看萧天耀，就怕惊扰了萧天耀。

帝国知道圣元王朝有秘密，自圣元王朝灭了后，帝国一直都派人在空城驻守，就是为了等圣元王朝的后人到来。

这些年，有许多人潜入此城，他们的第一目标都是皇宫，今晚来的这人，是唯一一个没有去皇宫，直接来皇庙的人。之前那些人都不是圣元王朝的后人，他们不是想要躲避仇家，就是想要碰运气寻找遗漏的宝贝。

四大高手相信，如今这个人很有可能与圣元王朝有关。

皇庙一共有九层，取九五至尊之意，萧天耀一层一层往上爬，没有动用轻功，但也没有发出声音。

走到第七层时，仍旧没有任何异动，萧天耀就知道他的行踪必是被人发现了，且对方的实力远在他之上，或者与他相仿，但对方明显更擅长隐匿，因为他并没有发现庙里有其他人的气息。

该来的躲不了，萧天耀没有隐藏的打算，在第七层停留片刻，便来到了皇庙第九层。

庙里的东西早已被搬空，每一层都一样，到处都是蜘蛛网，地上布满厚厚一层灰。

萧天耀看着空空如也的皇庙，没有行动，而是喊了一句："出来吧，我知道你们在！"

没有让萧天耀久等，帝国派来的四大高手同时出现，四人目光灼灼地盯着萧天耀，眉头紧皱："超武神？"只是武神的话，绝对发现不了他们的存在。

"四个？一起上还是一个个来？"萧天耀扫了一眼，确定皇庙里没有其他人，心下稍安。

以一敌二他有逃出去的把握，可要再加两个，他就完全没有把握了。要知道，他还要趁打斗期间偷东西。

"小子好大的口气，既然你要找死，我们也就不客气了。"话落，四人同时出手。

不过庆幸的是，萧天耀这次做了万全的准备，特意用天外玄铁打了一套轻甲穿在里面，四个超武神虽然同时出手，但有天外玄铁的轻甲护身，萧天耀只受了一点轻伤。

"好小子，有本事。"第一招只是试探，见萧天耀轻松接了下来，四大高手不免慎重起来。

可是，萧天耀哪里会给他们主动出手的机会，四人只是一顿，萧天耀便持剑上前，主动出击。

第一剑，萧天耀不为伤人，只为破坏四人站的方位，攻破一道防线，以免被四人围着打。

萧天耀的剑同样是由天外玄铁所铸，天外玄铁对四大高手来说并不陌生，也不算什么，只要他们想要，随时能用天外玄铁打造精良的武器。可自从他们达到超武神的实力后，就极少用武器，尤其是驻守这座空城后，他们几乎没有出手的机会，就算要出手，凭他们的本事，只要一招就能把对方捏死，根本用不上武器。

面对萧天耀霸道的剑法，四大高手竟只能与萧天耀打个平手。

"可恶，这小子单人实力远在我们个人之上，切不可大意。"十几年不怎么动武，面对萧天耀这么一个劲敌，四大高手一时还真有些吃力。

还是那句话，几十年过去了，帝国虽然一直派人盯着空城，没有放弃对圣元王朝的监视，但防备却减弱了许多。同理，等了十几年，也没有等到圣元王朝的血脉来，驻守在这里的高手也失了原先的斗志。要是在十年前、二十年前，镇守在空城的绝对不止四个超武神，这四人的实力也绝不是现在这般。

"都当心些，打起精神来，抓活的。"萧天耀明显与以往的闯入者不同，四大高手就是再傻，也明白他的不凡。

如果说之前只是三分肯定，现在他们就有七分肯定，此人与圣元王朝有关。

守了几十年，才守到一个疑似圣元王朝血脉的人，他们说什么也要拿下……

第四章　洞房花烛夜

帝国四大高手一心想要拿下萧天耀，却又不想伤他性命，打起来不免有些束手束脚。

萧天耀对战经验丰富，不久就察觉到了对方的用意，见对方想要活捉自己，萧天耀便没了顾忌，只攻不防，不过百招萧天耀就占了上风。

四大高手也不是什么菜鸟，很快就发现了萧天耀的意图，当即气得吐血："这小子仗着我们不想杀人，居然有恃无恐。"

"只要有一口气就行，别手软。"四人立刻改变策略，不再退让，与萧天耀正面打了起来。

可是，他们主动出手了，萧天耀却不玩了，面对四人强势的攻击，萧天耀跑了。

萧天耀要打，打不过这四人，可要跑却不一定没机会，而且皇庙里有足够的地方让萧天耀躲避。

"这小子，滑溜得紧。"四人打了半天，却只碰到了萧天耀的衣角，当即恼了。

这一战打得真憋屈。

"这小子到底是来干什么的？"又让萧天耀逃过一招，四大高手心里憋屈得不行，这么打下去，什么时候是个头？

"他是想要耗尽我们的体力，既然如此，我们一个个来，看谁先累死谁。"帝国的四大高手见四人无法围堵萧天耀，索性用起车轮战。

他们有四个人，对方却只有一人，这一战不管怎么打，都是他们赢。

四人很快就商量好，三人防守出口和死角，免得萧天耀跑了，留下一人上前拖住萧天耀，而萧天耀等的就是他们一个一个上。

没有被围攻，萧天耀也就不再躲，一对一地跟对方打了起来。

真正交手，萧天耀才发现自己的实力不在对方之下，但萧天耀却没有展露自己的真正实力，而是压制实力与对方打得难解难分，难分高下。

两个超武神的高手交手，就算只是简单的对打，也能让人看得眼花缭乱，其余三人津津有味地看着在场中交手的二人，时不时点评一二，交换心得，避免稍后交手时败在同一招之上。

“这小子武功也不怎么样嘛，看样子是仗着对战经验丰富，才能从我们四人手中逃脱。”打了半天仍旧是平手，四大高手不免有些瞧不起萧天耀。

可也不是没有清醒的：“对方年纪比我们小许多，这个年纪就能有这样的修为，不是一般厉害。”

“确实，听他的声音，看他的眼神，绝超不过三十，此时就能与我们打成平手，世间少有，圣元王朝的底蕴丰厚。”到现在，四人已经十分肯定，来人一定与圣元王朝有关。

无视四大高手的对话，萧天耀不断逼近与他对战的人，逼得对方一再后退，直到退至死角。

萧天耀完全不讲究招式，忽上忽下，几乎把皇庙里的每个地方都转了一遍，屋梁、屋顶、墙壁都不放过。

“他到底在干什么？”刚开始，四大高手还没有什么感觉，可看着看着就觉得不对了。

“他似乎是故意的，他是不是在找什么东西？”观看的三人越看越觉得对方是在找东西，三人默契地对视一眼，一言不发，同时朝萧天耀出手，“不管了，先把人拿下，实在不行杀了也行。”

打了这么久，他们也不知道来人有没有找到东西，万一对方把东西带走，他们岂不是白白守了几十年？

四人同时出手，默契十足，好似结了一张巨网，将萧天耀网在其中，不给他逃跑的机会，可就在此时，皇宫方向突然发出一声巨响。

“轰……”如同山崩，如同地裂，地面、梁柱都跟着颤抖，好像要塌倒一样，漆黑的夜猛地通红一片，虽然很快就恢复了原样，可却把四大高手惊得不轻。

“该死，中计了！”四人一见这情况，便猜测萧天耀的目标是皇宫，当即气得跳脚，“你们两个拦住他，我和老三到皇宫看看。”

四人对自己的本事十分自信，就算是二对一他们也有胜算。

“大哥放心，我们绝不会让这小子离开。”留下的两人也气得不行，手上的招式越发狠辣，完全不给萧天耀活路。

到这个时候，萧天耀自然不会再藏着掖着，不断地变换手中的招式，留下的两人在他手上讨不到一丝好处。

趁两人恼怒之际，萧天耀一跃飞上屋顶，将其中一根屋梁拍断，趁其掉落的瞬间，在屋梁的花纹上抹了一把，将大腿粗的屋梁拍得粉碎，而后取走了嵌在里面的令牌！

圣元王朝的人，在皇庙的梁柱里埋了一枚令牌，并用巧夺天工的本事将梁柱还原，让人看不出一丝异常。甚至，如果打断梁柱的方式不对，里面那块令牌就会碎成粉末，变成废渣。

是以，别说中央帝国的人发现不了，就算发现了，没有圣元王朝皇室中人指点，他们也取不出里面的东西。

拿到东西，萧天耀不再恋战，将两位高手逼退半步后，借着夜色跃出皇庙，蹿入黑夜之中。

“那小子似乎得逞了，快追。”萧天耀的动作极快，取令牌时又有木头的粉末为遮挡，两大高手并没有看清他的动作，只是见他抽身离去，知道他的目的必然达成了。

两人晚了半步，紧追着萧天耀跃入黑暗中，见萧天耀一路往城外奔，两人不由得加快速度，可他们快萧天耀也快，任凭他们怎么追，始终差那么半步。

突然，萧天耀放弃走大道，折进一条胡同里，两位高手隐约觉得不对，可又不敢放松，对视一眼，只得跟着追了进去。

“轰……”两人一踏入胡同，半人高的火焰突然从地上蹿起，整条胡同变成了火海，萧天耀就在火海的另一头。

这点火焰伤不了他们，可却阻了他们的路，两位高手低咒一声：“该死。”

虽说这火焰伤不了他们，可一直待在火中还是极危险的，两人提气，在火海中奔跑，想要尽快跑出火海，可不管他们跑得多快，前面始终都有火焰，等到他们好不容易脱离火海，却找不到人影了。

借着皇宫的爆炸和大街小巷不断冒起来的火焰为掩护，萧天耀成功脱身，等到守在空城的四大高手追出来，他已经带着林初九走远了。

一口气跑了一个多时辰，萧天耀才停下来：“他们应该不会追来了。”这么久还不见追上来，十有八九是追错路了。

他走之前，特意把马放了，那四人定是顺着马蹄印追去了，不然依他们的实力，要追上他和林初九不过是瞬息间的事。

“不会追来就好。”林初九坐在树杈上，背靠树干，缓缓喘气。

这一路都是萧天耀带着她，可一路飞奔，她不仅身累，心也累。

萧天耀见林初九靠在树干上，像小狗一样吐舌头喘气，不由得露出一抹笑，取下水壶递到她面前：“要不要喝水？”

“喝一口。”林初九懒得动手，直接张嘴喝了一口，却被呛住了。由此可见，萧王爷给人喂水的能力略差。

“咳咳……”林初九被呛得猛咳，眼泪都飙了出来。

“没事吧？”萧天耀轻轻拍了拍林初九的背，自责地道。

“被呛了，没事……我喝口水就好了。”林初九本想抱怨两句，见萧天耀一脸担心，抱怨的话就变成了体贴的安慰。

“我喂你。”萧天耀殷勤地递水，可刚一动就被林初九拒绝了，“我自己来。”她不想再被呛一回，虽说要不了命，可咳得嗓子疼。

果然，自己喝水就是省心，不用担心被呛。

一连灌了数口水，林初九才觉得好了些，将剩下的水递给萧天耀：“你也喝一点吧。”这一个时辰，萧天耀出力最大，一路上都是萧天耀带着她跑，此时他必是又累又渴。

萧天耀也不嫌弃，就着林初九喝过的位置，将水全部喝完了，正欲在树下打坐，休息片刻，突然听到一阵诡异的风声。

“不好，他们追来了。”萧天耀脸色微变，手比脑子反应得更快，第一时间抱住林初九，朝东掠去。

风从耳边呼呼刮过，林初九将头埋在萧天耀的怀里，察觉到萧天耀的速度越来越快，心中不安，终于忍不住道：“我们跑不过他们，我记得前面不远处有一条小瀑布，我们先躲一躲。”

对方追错了路，还能在这么短的时间内追上他们，可见对方的速度之快。如果只有萧天耀一人，自然没有问题，可萧天耀要带着她，必然会跑不过对方。

“好，我们先去水里躲一躲。”评估双方的差距后，萧天耀果断听从林初九的安排。

离他们不到一里，就有一个小瀑布，他们白天还在那里打过水，萧天耀自然认得路。

萧天耀抱着林初九，在树梢间纵身轻跃，很快就听到了水流声，估摸了一下距离，萧天耀抱着林初九，一头扎入水中。

扑通一声，萧天耀与林初九同时落入水中，溅起了巨大的水花，等到帝国四大高手追过来时，一切已恢复平静，连一丝痕迹也没有。

四人根本不知这里有瀑布，连停都不曾停留，就一路往前追，四处寻找萧天耀和林初九的身影。

萧天耀和林初九隐入水中，大气也不敢喘一下，更不敢冒头，只是一直闷在水里，就是圣人也受不了。

萧天耀还好，毕竟有超武神的修为，在水里憋个一时半会儿不成问题，林初九却不行，不一会儿，她就开始喘不过气，双手无意识地乱抓，双腿乱蹬。

萧天耀见状，犹豫片刻，握住林初九的双手，吻住她，给她渡气。

“唔……”林初九不由得瞪大眼睛，看着面前放大的俊脸，林初九只感觉脸上一阵燥热，好在这是在水里，萧天耀什么也看不到。

有了萧天耀的帮助，林初九便安静下来，静静地沉在水里。

一息，两息……很快萧天耀也承受不住了，两人往瀑布里面游了数米，借着水帘的遮挡，冒出来换了口气。换完气后，两人又很快沉入水底，以免被人发现。

如此反复，两人在水里躲了大约半个时辰，这才决定往前游。

他们此刻一身是水，要是上岸的话，很容易留下痕迹，只有一直待在水里，等到天亮再行动才是安全的。

有萧天耀带着，林初九游得比以往快了许多，两人不知游了多久，直到游得精疲力竭才上岸，然后往林子里走。

他们这个样子，走官道目标太明显了，只有往林子里走才安全。

萧天耀弄了一个火把，借着微弱的光，在林中寻到了一个可供人藏身的山洞。萧天耀让林初九坐着，自己出去寻了一些枯枝、树叶，在山洞里堆了一个火堆。

两人的身上都湿透了，衣服都需要脱下来烤一烤，只是他们并没有换洗的衣服，把衣服全脱了，穿什么？

林初九脱了外衣，就不肯再脱，再脱下去她就只剩下中衣和肚兜了。她和萧天耀虽有夫妻之名，却无夫妻之实，两人待在一个独立的、半封闭空间，脱得只剩下肚兜，实在尴尬。

只是林初九不知，在全身湿透的情况下，穿着衣服并不比不穿好多少，尤其是她的中衣是白色的，肚兜是红色的……

白衣清纯，红衣妩媚，白色的中衣与红色的肚兜湿透后缠在一起，巨大的色差给人强烈的视觉冲击，萧天耀自认是君子，此时也收不回视线。

“咳咳……”为了保持自己高尚的形象，萧天耀轻咳一声提醒林初九，注意形象。

林初九完全没有接收到萧天耀的暗示，以为萧天耀不舒服，忙凑上前帮他拍背：“王爷，你没事吧？”

“本王……”萧天耀看了一眼林初九半露的上身，默默地闭上眼，不停地告诉自己非礼勿视，可又有一个声音在不停地告诉他，林初九是他媳妇，他看自己的媳妇怎么了？

两个小人在脑海里不断交战，一会这个小人占上风，一会那个小人占上风，把萧天耀折腾得不行。

然而，这还不是最痛苦的，最痛苦的是林初九以为他不舒服，一直在他身上摸呀摸，撩得他全身发烫，身体发红，看着更像是生病了一样。

林初九不是笨蛋，她虽未经人事，但也不是一无所知的女人，刚开始她没看出原因，纯粹是担心，现在看萧天耀满脸通红，面上露出似享受又似痛苦的神情，怎会不知他是怎么回事！

这个时候居然还有心思想这些，他不知道现在是什么情况吗？

“王爷我看你病得不轻，最好去外面吹吹风，清醒一下。”林初九没好气地在萧天耀的腰间拧了一把，不等萧天耀反应过来，就立刻松手起身。

然而，她的动作快，萧天耀的动作更快，林初九还未起身，萧天耀便伸手抱住她的腰：“林初九，是你先撩拨本王的！”

他原来还想放过林初九，做个正人君子，林初九却撩拨他，一再挑战他的忍耐极限，既然如此他就不客气了。

“你放，唔……”还未说完话，她便被萧天耀吻住了。

“唔……”双唇被死死封住，身上缠上了一具火热的身体，肌肤相触的刹那，林初九有一刻蒙了，等她回过神，萧天耀却越缠越紧。

“萧天耀，放手！”林初九恼怒地推开萧天耀。

这个男人也不看看场合，此时此刻合适吗?

“这个时候，不要说话。”萧天耀再次吻住林初九，同时压住她乱蹬的双腿和乱动的手。

“萧天耀，现在不行。”林初九被萧天耀吻得直喘气，脑子缺氧，根本无法思考。

“没有什么不行，林初九，本王会负责的。”人都娶进门了，他已经负责了，现在该轮到林初九负责了。

林初九第二天醒来，身上像是被石头碾过一般，浑身上下无一处不酸。

“浑蛋！”林初九扶着腰坐起来，发现萧天耀那个始作俑者居然不在身边，当即恼了。

那个浑蛋不会把她一个人丢下吧?

不过，在看到干净的衣服和伪装得极好的洞口后，林初九就把这个想法拍飞了。萧天耀真要跑了，就不会帮她收拾干净，也不会帮她把衣服烘干了。

“人去哪了？”把衣服穿好，撤去洞口的伪装，林初九钻出了山洞。

昨晚天色太暗，他们走得又太急，根本不清楚外面是什么样，今天一看发现这里的环境还真是不错，到处都是高耸的大树和藤类植物，极适合躲避。

难怪，追他们的人没有追上，这地方要不是误打误撞，他们还真找不到。

查看了一下四周的情况，确定没有什么危险后，林初九开始收拾地上的枯叶和枯树枝，准备等会儿烧火用。

依这几日的相处，林初九猜测萧天耀这个时候出去，十有八九是在寻吃的，可等林初九看到一身是血、踉踉跄跄走回来的萧天耀时，就知道自己想多了。

“你，你干什么去了？”林初九惊得将手上的枯枝全抛了，慌忙跑到萧天耀身边，扶住他。

“杀人去了。”萧天耀半倚在林初九身上，任由林初九半拖半拉，把他拖回洞里。

萧天耀身上全是血，有自己的也有旁人的，一路走来留下一条条深深的血痕，林初九看得胆战心惊，一颗小心脏扑通扑通跳个不停。

看萧天耀的样子，似乎伤得不轻。

扶着萧天耀坐下，林初九担心地问道："你去杀谁了？把自己弄得这么狼狈？你不会是去杀镇守空城的四大高手吧？"

凭萧天耀的本事，就是在帝国也是数一数二的，一般人根本不可能伤他。

"嗯，把那四个都杀了，以免留后患。"原本他是不想杀的，可昨晚，林初九的一句话，让他下了杀人的决心。

林初九说他们也许会有孩子，一个软软小小的，只属于他的孩子。他想要保护自己的孩子，不想让自己的孩子和他一样辛苦，是以不想把自己的孩子暴露在危险中，就必须永绝后患。

很幸运，那四人为了找他分开行动，他可以一个个下手。

可不幸的是，在他准备解决第三个人时，第四人不知从哪里冒了出来。

生死搏斗，一对二，他赢了，却也付出了不小的代价。

不过，这个代价值得。至少他和林初九安全了，不用担心暴露身份，不用担心帝国的追杀。

"你疯了！"听到萧天耀的话，林初九整个人都不好了。

萧天耀要是能杀那四个人，他们昨晚至于如同丧家之犬一样到处跑吗？她至于因环境太暧昧而失身吗？萧天耀真要能杀那四人，昨天就直接动手了，哪会等到今天。

"他们是一个隐患，不杀他们我们随时都有暴露的可能。"除非他日后在帝国不出手，只要这四人当中的任何一人看到他出手，就会认出他的身份来。而帝国，绝不会允许圣元王朝的皇室后人活着。

"你这么做太冒险了。"这个男人，能不能别这么吓人！

一挑四，他当自己是神呢。

"本王这不是没事嘛。"第一次被人训斥，萧天耀十分不习惯，却不觉得生气，更不会不满，只觉得挺新奇，挺有意思的。

原来，这就是被关心的人训斥、念叨的感觉。

"你都伤成这样了，还说没事？"林初九指着萧天耀身上的伤，十分不满。

这荒郊野外的，她去哪里找药呀？

她原本也取了一些伤药随身携带，可昨晚全部泡在水里了，她现在一点办法也没有。

难不成，她要在萧天耀面前，暴露自己的秘密？

不！医圣之心的秘密绝不能暴露，可是萧天耀伤成这样，她能坐视不理吗？

真是……烦躁！

“只是皮外伤，要不了命。”萧天耀摸了摸鼻子，老老实实地任林初九数落，任林初九把他的衣服剥光。

其实，他身上的伤真的不算严重，他自己也能处理，只是他想知道，林初九会不会为了他，坦诚自己的秘密，所以他故意拖着一身的伤回来。

不仅女人没有安全感，男人也一样。

他知道林初九心里有他，可他还是想要知道，林初九对他的感情有多深。

“腹部都开了一个口子，再深一寸，你的肠子就得露出来，还说没事？”林初九不明白萧天耀的标准是什么，但在她看来萧天耀伤得很重。

腹部有一道两指长的伤口，深可见内脏；肩膀上也被砍了一刀，骨头都露了出来；背上还有一道一尺长的伤口，血肉外翻，现在还在流血。

除了这三道可怕的伤外，还有数十道小伤口，林初九都懒得去数了。

“你先躺好，我去给你打水。”林初九把萧天耀的脏衣服丢在一旁，思索着拿什么去装水。

“不用，外面很危险，而且水并不清澈，不能用来洗伤口。你放心，我不会有事，让我睡一觉就好了。”萧天耀说的是实话，要寻干净的水得去很远的地方。

“你的伤必须尽快清理，不能拖，水的话……我会烧开，过滤干净。”林初九是大夫，她很清楚萧天耀身上的伤，要是不及时处理，会有生命危险。

“不会有事的，这个时候不要出去，万一遇到危险，我没办法在第一时间赶到。”萧天耀拉住林初九，朝她摇了摇头。

“可你身上的伤怎么办？”萧天耀担心她的安全，她也担心萧天耀的安全。

“放心，很快就会好的。”萧天耀无所谓地道。

他以前受过比这还要重的伤，一个人不也挺过来了。

虽然，他有些失望，失望林初九不肯对他坦白身上的秘密，可更多的是理解。

毕竟，他曾经伤害过林初九，不信任林初九，林初九防备他也是应该的。

他相信，以后他和林初九之间将不会再有秘密。

萧天耀不肯让林初九去找水，林初九也无法解释她出去一趟，怎么就能拿到伤药，是以林初九没有再坚持，可萧天耀的伤真的不是一般的严重，哪怕他一直说没事，林初九也知道，他身上的伤并不像他说的那般轻。

看着萧天耀痛苦忍耐的样子，林初九的心里十分挣扎，她不知道自己该怎么办才好。

她想拿出伤药为萧天耀医治，可又害怕秘密完全暴露后，萧天耀会把她视为异类，视为怪物。

“萧天耀，你不能这么睡。”看萧天耀靠在洞壁上，一副要睡不睡的样子，林初九连忙把人叫醒。

这个时候萧天耀不能睡，要睡也得把伤口包扎好，不然他这么一睡，身上的体温必然会下降。

“我很累。”这是实话，一夜未睡，临天亮又跑去杀人，他真的很累，即使身上没有伤他也需要休息。

“你的伤……”林初九看着萧天耀身上的伤，咬咬牙道：“我帮你包扎吧！”

她决定赌一把，不管胜负都要赌一把，她不能让萧天耀拖着这么重的伤赶路，她做不到。

“没有伤药，没法包扎，不用忙了。”萧天耀的眼眸一亮，沉寂的心再次疯狂跳动。

为了掩饰自己的激动，萧天耀飞快地垂眸，掩去眼中的激动。

他就知道，初九是心疼他的。

“我有，我能拿出伤药，但是……”林初九不敢看萧天耀，她闭着眼道，“稍后不管你看到什么，你都不要问！”

她不知道这么做对不对，但她真的无法眼睁睁地看着萧天耀一身是伤，还要带着她赶路，还要保护她。

“你怎么能拿出药？”萧天耀心里明白，可这个时候还是要问一句。

“反正你别管，你闭上眼睛，我取药为你包扎，你要信我就别问。”她不知道该怎么跟萧天耀解释。

医圣之心这种神奇的东西，是上古大巫留下来的，可以说是逆天的存在，就算她能解释清楚，萧天耀也听不懂，更不用说她解释不清楚。

“好。”萧天耀想也不想就应下了。

林初九不肯说，但在他面前已是坦诚了，这就够了。而且，他自己对林初九也不够坦诚，他有什么资格要求林初九什么都说？

察觉到林初九的不安，萧天耀握住她的手：“不用紧张，不管发生什么事，你都是本王的王妃！”这一点永远都不会变。

“我不紧张，我只是有点……”不安。

把秘密展现出来，就像是全身赤裸着站在人前，让她很没有安全感。

“不管发生什么事，都有本王在；不管发生什么事，本王都信你，只信你！”萧天耀握着林初九的手，异常坚定。

心里像是被什么撞了一下，软软的、暖暖的，心中的不安也莫名地消散了。

“我知道了。不过，你说再多也要闭上眼睛，也不许问。”林初九故作俏皮地开口，打破两人间温馨的气氛。

这种温馨，让她有那么一点不适应。

“好，本王不看，也不问。”萧天耀闭上眼，唇角无法抑制地往上扬。

林初九忍不住伸手摸了摸他的脸："相信我，我永远都不会害你。"

不等萧天耀回答，她便从医圣之心中取出了需要的伤药、绷带。

"可以睁开眼睛了。"将药物一一摆开，大大方方地展示在萧天耀面前，可她僵硬的身体，和一眨不眨的双眼，泄露了她紧张的心情。

萧天耀睁开眼，就看到林初九明明紧张却故作轻松的样子，顿时失笑。垂眸，扫了一眼地上的东西，萧天耀没有惊讶只有惊喜，甚至夸了一句："本王的王妃果然很棒，本王很骄傲。"

"你，你不意外吗？"林初九这下真的被惊到了，不过心里却很开心。

萧天耀没有怕她，也没有询问，只有高兴，甚至以她为荣，真的没有什么比这个更好了。

"本王的王妃，怎么可以是寻常人。"萧天耀真的不意外，毕竟这事他早就知道了。

当然，就算他事先不知晓，这会儿也不会震惊。林初九都能自然地接受他与圣元王朝的关系，他又为什么不能接受林初九的不同寻常？

他们本就是不同寻常的人，也因此才能互相吸引。

"你……好吧，算你会说话，本王妃现在心情很好，你快躺好，本王妃大发慈悲，帮你包扎。"林初九心情大好，将药瓶打开，示意萧天耀将腹部的伤露出来。

"多谢王妃手下留情。"萧天耀见林初九放松下来，也乐得陪她打闹，只是他失血太多，只是说了几句话，脸色就白得吓人。

"快，快躺好，不要乱动，我给你清理伤口，把伤口缝起来。"既然已经暴露出来了，林初九就完全没了顾忌。

这样的林初九是最真实的，不像之前那般总是隔着一层纱，看得见摸不着。

萧天耀无比庆幸自己今天的决定，要是没有这一系列事情，不知林初九何时才会在他面前，坦露一切。

萧天耀的伤很严重，按说为了减轻他的痛苦，也为了方便包扎，应该给他喝麻沸散，可现在各方面情况都不允许，林初九只能直接为他清理伤口了。

烈酒洒在伤口上，薄刀划过外翻的死肉，那种痛能叫人发狂，可是萧天耀却像是没事人一样，闭上眼，面容平静，就好像受伤的人不是他一般。

林初九一直都知道，萧天耀很能忍痛，但每次看到他这样都忍不住心疼。人对疼痛的感知是差不多的，萧天耀是人，他没有表现出来并不是不痛，而是他在忍："痛，你可以说的，我会轻一点。"

"嗯。"萧天耀没有拒绝林初九，轻轻地应了一声，可却从头到尾都没有说一句"痛"。

不过，就算如此，林初九的动作也很轻。

花了一个时辰，萧天耀身上的伤被全部处理好了，给他喂了一些药后，林初九就老老实实地坐在一旁看着萧天耀。

萧天耀原本打算合眼休息片刻，可被人直愣愣地盯着，实在是没法合眼。

“你想说什么？”萧天耀看林初九一副我有很多话要说，你快看我的样子，只得出口询问。

“没有。”林初九回答得十分迅速，有点不打自招的意味。她一说完就知道不对了，尴尬地咳了一声，小心翼翼地问道，“你有什么要问我的吗？”

她暴露出这么多秘密，萧天耀就真的一点也不想搞清楚吗？

“没有！”萧天耀回答得同样迅速，可不管是语气还是表情，都告诉林初九他说的是真的，没有一丝虚假。

“你真的不好奇，不震惊吗？”萧天耀的淡定，让她特别没有成就感。

“你就是你，不管你变成什么样，你都是你。”萧天耀承认他是好奇的，也是震惊的，可是他答应了林初九不问。

“好吧，你现在可以休息了。”林初九说不出来是失落还是欢喜，按说萧天耀无条件地接受她的一切，她该高兴，可不知为何，心里总有那么一点不舒服。

林初九表现得并不明显，萧天耀还是发现了，他原本想要休息，见状只得强打精神道：“初九，本王对你，一如你对本王。你不震惊本王与圣元王朝的关系，本王又怎么会因为你的特殊能力而震惊？”

“那不一样……”她那是早就猜到了，萧天耀提起他与圣元王朝的关系，她一点也不觉得意外。

“不，一样的！”萧天耀重重地说道，眼神定定地看着林初九，无声地告诉她，他和她一样，事先都曾猜到，只是彼此默契得不询问罢了。

“你也早就知道？”林初九回想了一下，发现好几次她确实做得不够谨慎，虽说当时给出了理由，可只要有点脑子的人，都不会相信那个理由。

林初九这个姑娘就是嘴硬，其实心里比谁都柔软。

“我就说你怎么一点也不震惊，原来早就猜到了。”这下林初九是真的松了口气。

萧天耀之前的表现实在是太平静了，平静到有点吓人。不过，要是事先就猜到了，那就说得过去了。

毕竟，她也是因为事先就猜到了，所以对萧天耀的身份一点也不意外。

“傻瓜。”萧天耀看林初九一副逃过一劫的样子，忍不住伸手揉了揉她的头。

这个姑娘看着精明，实则粗心得很，也简单得很，对亲近的人毫无防备，要是没有他在一旁看着，可怎么办？

“你聪明就好了，我只要负责貌美如花，不需要多聪明。”林初九也知道在这件事上，她做得确实不完美，所以她不反驳萧天耀的话。

“你呀……”萧天耀听到她近乎无赖的话，不由得失笑，可却没有说什么，只是指了指自己的大腿，让林初九靠着。

林初九昨晚累了一宿，今天一大早又为他身上的伤忙进忙出、担惊受怕，想必也是累了。

“你的伤……”林初九确实是累了，主要是心累。把攸关生死的秘密暴露出来，是需要勇气的，天知道她做出这个决定有多么不容易；天知道她在把药取出来后，又担心萧天耀把她当成妖物；天知道她当时的手脚有多冰冷、多僵硬。

好在，一切都过去了！她没有看错人，也没有爱错人。

“本王不是豆腐，不会一碰就碎。睡吧，等醒来我们就得走了。”他们在路上的时间不多，要是无法在规定的时间赶回岛上，整个岛的人都会有麻烦。

当然，他们也会有麻烦。

“好。”林初九没有拒绝，小心地枕在萧天耀的腿上，没多久就睡着了。

萧天耀见她睡着，也合眼休息。

林初九这一睡就是两个时辰，醒来时，发现自己仍旧枕在萧天耀的腿上，而萧天耀却一直看着她，眼睛里似有红血丝。

“你怎么没睡？”林初九连忙起身，动作不敢太大，生怕碰到萧天耀的伤。

“本王不困。”他的身体确实很疲劳，可精神很好，甚至有些亢奋，他根本睡不着。

“不行，你这个样子必须好好休息。”林初九起身，检查了萧天耀的伤口，确定没有裂开、渗血，暗暗松了口气。

“时间不早了，我去附近找点吃的，你休息个把时辰。”林初九知道萧天耀的身体素质比常人强，睡个把时辰他就能恢复精力。

萧天耀想要拒绝，可看林初九一副不容拒绝的样子，话到嘴边又改口道：“好。”

有人管着，有人关心的滋味，还真的挺不错。

“我很快就会回来，就在附近，不会走远。”林初九见萧天耀没有反驳，嘴角抑制不住地上扬。

想想与萧天耀初见，从来都是萧天耀说什么，她就只能做什么，她完全不能有自己的主意，可现在她居然让萧天耀做什么，萧天耀就做什么，这种感觉还真不是一般的好！

萧天耀如此听话、配合，林初九心情大好，寻找食物跑了半天也不觉得累，更不觉得在“失身”的第二天，照顾萧天耀，包揽所有的杂务有什么委屈的……

第五章　在乎你就输了

萧天耀确实伤得不轻，不过恢复力也十分惊人，第二天看着就跟无事人一样，看得林初九嫉妒不已。

“真的不是人。”林初九围着萧天耀团团转，既担心又嫉妒。她担心萧天耀的伤，嫉妒萧天耀逆天的恢复能力。

“本王是神。”看林初九那副跳脱的样子，萧天耀不由得发笑。

两人的关系改变后，林初九对他的态度就不一样了，这个时候林初九才是真正地把他当成家人了吧！

早知道会有这么好的效果，他早就下手了，何至于等到现在。

“给你点阳光你就灿烂了。神，现在请你告诉我，我们没有马，怎么凭两条腿走回去？”林初九没好气地白了他一眼，麻利地收拾好所有的东西，并把痕迹清除。

在此之前，这些事都是萧天耀在做，可现在林初九高兴，她愿意照顾萧天耀，心甘情愿地做这些事。

作为伤患，萧天耀也不跟林初九客气，安心地享受林初九的照顾。

辰时左右，两人把山洞恢复原状，往外走。

没有马，萧天耀身上又有伤，两人只能靠两条腿走路，走了一个上午才堪堪走到小道上。

路上一个人都没有，更别提能找到马了。

“这里离镇上应该还有很远的路。”凭借这几天的经验，林初九大概能推断出一些有用的信息。

“嗯，到了村子附近我们休息片刻，我去寻马。”看林初九走得满头大汗，一脸灰尘，萧天耀不由得心疼了。

他的女人虽然不娇气，却是一个爱美的人，如果可以，他真的舍不得她受一点委屈。

“好。”林初九确实走不动了，她的双腿本就酸痛，之前完全是凭着一股劲在那里忙进忙出，现在那股劲弱了，疲累感便如潮水般袭来。

此地离最近的村子有半个时辰的路程，两人远远地看到炊烟，便在附近找了个地方休息，并没有直接进村子。

“你休息一会儿，我去寻马。”把林初九安顿好后，萧天耀便独自离去。

林初九没有拒绝，她知道萧天耀此时的状态不宜多动，可是他们必须赶回去，她没有能力去寻马，只能让萧天耀辛苦些。

林初九在原地等了一个时辰，一个时辰后萧天耀骑了一匹马，并带了两套衣服和一些吃食。

“你怎么找到这么多东西的？还这么快？”林初九接过萧天耀递来的包袱，打开一看，吓了一跳。

要知道，他们现在已经没有银子了，就算这里离镇上不远，他们也没有钱财去买东西。而依萧天耀的骄傲，他是绝对不会去偷的。

“端了一个土匪窝。”萧天耀一脸淡定地说道，就好像端掉一个土匪窝和吃饭没有什么区别。

“好吧，你没有受伤吧？”林初九担心的是这个。

“没事，你放心。”对付几个小匪徒，他连半成的力都不用出，哪有可能会受伤。

“脱下衣服让我检查一下，然后你再休息半个时辰。”林初九很清楚这个男人有多爱逞强。

在林初九的坚持下，萧天耀十分无奈地脱下衣服。如林初九猜想的那样，萧天耀背上和腹部的伤都渗血了，腹部的伤口隐隐有裂开的迹象。

“这还叫没事？”林初九指着萧天耀身上的伤口，双手插腰，瞬间化身为严厉的女魔头。

“真没事。”萧天耀看了一眼腹部的伤口，一脸认真地道。

这点小伤在他看来，真的什么都不是，他几乎都没有感觉到痛。

“真被你气死了，真不知道你是怎么活到这么大的。”林初九气闷不已，可看到萧天耀一脸无辜的样子，又没法拿他撒气，只能气闷地给他上药。

萧天耀完全不明白，这点小伤有什么值得生气的，可本着女人生气后一定要哄的原则，萧天耀轻声哄道：“初九，本王真的无事，你不用担心。”

“你就不能多爱惜自己一点吗？”林初九也不是真生气，只是作为大夫，作为妻子，看到病人、丈夫这么不爱惜自己的身体，她无法不生气。

“保证没有下一次了。”萧王爷十分清楚，这个时候跟林初九较真就是找骂，是以他什么话都不说，只爽快地做保证。

果然，林初九立马不生气了。

林初九的动作极快，不一会儿就帮萧天耀把伤口清理好了，又将吃食拿出来，找出适合萧天耀吃的，待到他吃完，又强行让他休息。

“现在你休息，我在这里守着，等你醒了我们再赶路。”他们是赶时间，可再赶时间也不差休息的时间。

萧天耀的恢复能力一如既往地惊人，半个时辰后便已精神抖擞，不见一丝疲累，而休息了两个多时辰的林初九，仍带着几分倦意。

这个时候林初九连嫉妒的情绪都没有了，没办法，人与神的差距太大，实在嫉妒不起来呀！

两人共骑一匹马，那马又非良种，根本快不起来，两人跑了一个下午，也只走了以往两个时辰走的路。

两人什么话都没有说，但心里都明白按这个速度定是不行，他们必须加快速度才行。

是夜，两人在野外休息，第二天一早萧天耀便外出了一趟，等到他回来时便带回了两匹马，且一看就是战马。

“你去军营偷马了？”只一看，林初九就猜到了这马的来历。

这种马除了军中，外面根本没有。

“不是偷，是借。”萧天耀一本正经地解释，林初九听罢，呵呵一笑。

有了战马，两人便不再顾忌，放开了跑，如此跑了一整天，才勉强把昨天下午没有走完的路给追了回来。

接下来的几天，两人又和来时一样，白天赶路，晚上休息，不过一路上照料生活起居的人换成了林初九。

一连赶了七八天的路，两人终于在约定的前一天赶到了海边的小屋，一到小屋，等候他们的人就立刻跑了出来，一脸急切地道：“你们终于来了，快……岛上出事了。”

岛上有麻烦了！

帝国陛下得知小皇子、萧天耀和林初九被绑，匪徒需要赎金才肯放人的消息，当即大怒，气得大骂，并态度坚决地表明，不能给赎金，不然会纵容劫匪，以后帝国的皇子、公主都会有危险，他这个皇帝也会不安全。

当然，消息是通过秘密途径传给帝国陛下的，帝国陛下骂完后，不忘下令隐瞒此事，以免小皇子有危险、百官恐慌、民众不安。

按说这一切都是私下进行的，除了帝国陛下和他的亲信外，无人知晓此事，可是不知哪个环节出了错，皇上私下的话被有心人听到了，这个有心人还十分有心地把这件事宣扬了出去，以至于满京城的百姓都知道，东文来的王爷、王妃和他们的小皇子被绑了。

这还得了！

民众们不干了，连帝国的小皇子都会被绑架，他们在帝国还有安全可言吗？他们还能安心地待在帝国吗？

帝国的将领也不干了，那群嚣张的劫匪简直是在打他们的脸，挑衅他们的权威。将领们怒了，一个个嚷着要严惩劫匪，绝不能姑息。他们要带兵，去剿了劫匪，端了劫匪的老窝，让帝国再无劫匪。

文臣也不干了，洋洋洒洒说了大半天，归根结底就是一句：武将没有出息，居然没把帝国境内的劫匪扫清，害得小皇子出事，害得他们帝国丢脸丢到东文了。这事不能妥协，说什么也不能妥协，一定要诛劫匪的九族，一定要把小皇子、萧王爷和萧王妃平安地救出来。

武将刚开始还很气愤，嚷嚷着要踏平匪窝，听到文臣的话，一个个傻眼了。什么？要把土匪窝全部清了？还要平安把人救出来？按说这是他们必须做的，可劫匪能在帝国境内掳人，可见对方实力不俗，他们倒是不怕跟劫匪干一场，劫匪的本事再大也大不过帝国。可要他们在清了劫匪的同时，还一定要平安地救出小皇子和萧王爷，这事要怎么办呀？万一劫匪半途撕票，盛怒之下把人杀了，他们怎么救人？

武将原本还以为这时能立一个大功劳，但听到文臣站在道德的制高点，不断地给他们指东指西，就明白这事是个烫手山芋，谁接谁倒霉。于是，一众原本争着抢着想要立功的武将们，开始你推我让，一扫往日争先出头的作风，纷纷把“立功”的机会让给别人。

武将们互相甩锅，帝国足足两天，才最终定下来完成任务的人选——帝国的三皇子！

听到这个消息，小皇子的母妃当即哭晕在寝宫，她原本属意的是她的亲弟弟。一是自己的亲弟弟，才会真的把她儿子的安危放在首位，会花心思救人，不会为了立功而牺牲她的儿子。二是在一众武将纷纷避让的时候，她的弟弟此时站出来，就能在皇上面前留下一个好印象，可就在她弟弟准备挺身而出的时候，三皇子却抢先一步，接下了这个差事。

虽说这不是什么好差事，但机遇与挑战并存，越是难办的事，越是无人敢办的事，办好了才能显示出他的才能。

而且，三皇子与小皇子一脉一向亲厚，要是能成功救下小皇子，也能在皇上面前留下一个兄友弟恭的好名声。

总之，这事只要办好了，就有种种好处。当然，前提是办好了，若办不好就什么也别想了。

不过，办不办得好是后面的事，此刻三皇子可谓是出尽了风头。

三皇子在关键时刻挺身而出，为皇上解忧，皇上甚是欣慰，当即狠狠地表扬了三皇子一番，并给他派了十万精兵，一百黑甲卫，随他调遣。

一时间，三皇子风头无双，各方竞相讨好，有几个皇子见状，深深后悔当时没有站出来，没有在皇上面前留下一个好印象。

三皇子春风得意，带着十万精兵浩浩荡荡地前往边境的海岛，准备一举拿下劫匪，救出小皇子和萧天耀等人。

三皇子先声夺人，人未到声先至，等他带兵赶到海边时，三皇子直接放话要劫匪三天内放人，不放人就直接出兵灭岛，岛上的人一个不留，九族皆诛。

岛上的人听到这话气疯了。

有这么救人的吗？有这么嚣张的吗？绑架萧天耀、林初九的劫匪虽都是业余的，可人家也是有骄傲、有尊严的，他们手上有人质，三皇子不好声好气地跟他们谈，不给他们钱财、不给他们安排出海的船，还奢望他们放人，简直是天真。

不放，坚决不放！

不仅如此，劫匪还十分强硬地表示，三个人质共一百万两黄金，一个铜子也不能少。最迟三天后交黄金，晚一天就杀一个人，先从小皇子下手。

双方各自放狠话，然后就没有然后了！三皇子完全没有谈判的意思，把狠话一放就等劫匪放人，劫匪差点没气得吐血。

眼见一天一天过去，眨眼间就到了第三天，按照约定他们今天要是不放人，帝国的兵马就会打过来。同样，帝国不给赎金，劫匪就要杀了小皇子。

劫匪不知三皇子会不会出兵，但他们可以肯定，他们不会也不能杀了小皇子。

这下，真是麻烦了！

就在岛上的人不知如何是好的时候，萧天耀回来了！

“萧王爷，你可回来了！”劫匪头头看到萧天耀，眼泪差点飙了出来。

帝国有十万军队，完全能把这座小岛夷为平地，他们就算有五个武神，可对方有一百黑甲卫呀，真要打起来，他们一点儿胜算也没有。

可现在骑虎难下，他们不想打，三皇子也不会放过他们。

帝国的三皇子来势汹汹，所谓的劫匪首领虽然是客串的，可人家真是纯良的百姓，真不知这事要怎么应付。

见到萧天耀回来，劫匪首领就像看到亲人一样，简单地把事情经过说了一遍后，就问：“萧王爷，你说我们要怎么办？”

这事闹得真叫人不知如何收场，早知道这么麻烦，他们就不弄什么绑架了，直接把人丢到深山老林，让小皇子慢慢走，让帝国慢慢找人就好了。

不需要劫匪首领多说，只一眼萧天耀就猜到了他的想法，当即掷地有声地道：“怕什么，你们手上有人质，三皇子打上门，跟他们打就是。”

帝国的反应在萧天耀的预料之中，要是帝国不出兵，出黄金赎人，他才会觉得奇怪。皇室有皇室的骄傲和尊严，要是事事妥协，事事按对方的意志去办，哪里还有大帝国的风范！

这一战，不可避免！

不过，怎么打不是帝国说了算，而是由他们说了算！

“可我们打不过呀，帝国有十万精兵，还有一百黑甲卫。”他们只有五个武神，连萧王爷都打不过，哪里是帝国的对手。

“把七皇子绑在阵前，他们不敢动。”这个时候比的，就是谁更胆大。

三皇子胆敢嚣张放话，就是吃定劫匪为了性命安全，为了拿到赎金，不会伤害人质，因为一旦人质有事，劫匪也没有生路了。

三皇子敢这么做，并不是因为他不在乎帝国小皇子的生死，反倒是因为在乎，才会摆出一副无所畏惧的样子，以免劫匪拿人质威胁他。

这个时候谁胆怯谁就输了。

“萧王爷，你确定？”劫匪头子不敢相信地问道。

“本王确定。”也许放在私底下，三皇子不会在乎七皇子的生死，可在大庭广众之下，他还没有那个胆子。

“好，我相信你。”反正没有更好的办法了，不如按萧王爷的办法去做，要是失败了，大不了就是一死，反正有帝国的小皇子、东文的王爷给他们陪葬，他们还有什么好怕的。

傍晚时分，三皇子十万精兵在后，一百铁甲卫冲锋在前，开着战船朝小岛驶来，可离小岛还有上百海里时，就遇到了劫匪的船。

“尔等可是前来投降的？”三皇子站在船头，看到这一幕，眼中闪过一抹暗喜。

“投降？”劫匪哈哈大笑，指了指船上的桅杆，嚣张地道：“三殿下，看看上面的人是谁？”

话落，只见桅杆缓缓转动，之前众人还以为上面挂了一块布，这一转动才发现，上面挂的是个人。

“小七？”三皇子大惊，眼中闪过一抹担忧。

“三皇子好眼力，我再给三皇子一天的时间去筹钱，要是拿不出一百万两黄金，我就先把七皇子的胳膊砍了。再等一天，再拿不出黄金，我就把七皇子的双腿砍了，到了第三天还拿不出黄金，我就把七皇子的头砍了。”劫匪头子一脸嚣张，完全不把三皇子看在眼里。

“你们敢！”三皇子气极，偏偏劫匪有人质在手，他就是有十万精兵也不敢乱动。

“我们连绑人都敢，还怕杀人吗？”劫匪头子扫了一眼三皇子身后蠢蠢欲动的黑甲卫，冷冷地提醒道："三皇子，我要是你，我就不会乱动，毕竟我们这些人的命不值钱，七皇子的命却是值钱得很，你要乱动，就是要害死七皇子。"

有了萧天耀支持，劫匪头子十分淡定，完全不把三皇子的威胁放在眼里。

三皇子绝不敢背上一个逼死七皇子的名声，只要劫匪坚持住，就能逼得三皇子退兵。

果不其然，三皇子闻言，耐着性子道："一百万两黄金太多了，我一时间凑不出来，要么少一些，要么多给我两天时间。"

"呵呵……"劫匪头子冷笑，"要是三天前，你好声好气跟我谈，我还能应下，但现在，对不起，一切没得商量。明天日落前看不到黄金，我就砍了七皇子的双手。三皇子，你记住了，你只有一天的时间，不然七皇子会因为你的失误而残废或者送命。"

"一天太短了，我先给你五十万两黄金，你先把七皇子放了，两天后我再给你五十万两，你放了东文的萧王爷和萧王妃。"三皇子并不傻，也能屈能伸，虽说他之前的计划是强攻，可当事情有变，他半点儿也不介意改变策略。

只是，劫匪也不是吃素的："明天送五十万两黄金过来，我放了东文的王爷和王妃。两天后我见到另一半黄金，再放了七皇子。"

是个人都明白，帝国在乎的只有七皇子，东文作为帝国的附属国，一向是帝国说什么就是什么，一个王爷死在帝国，东文还敢派人来找麻烦不成?

"不行，你先把七皇子放了。"三皇子自是不肯答应，以命令的口吻说道，可他忘了对方是土匪头子，不是帝国的良民，怎么可能听他的命令。

"三皇子，我不是在跟你商量，而是告知。你只能按我说的办，要是做不到，没关系，我会把七皇子的双手、双脚剁下来，一块块送去帝国皇城。"劫匪头子摆明不愿意与三皇子多言，说完就下令水手掉头。

"三皇子，话就说到这里了，劝你们立刻撤退，不然就别怪我们不客气。"劫匪头子的话一落下，大船就开始调头，可就在此时三皇子突然下令："放箭，救人！"

是的，三皇子虽说一直在跟土匪头子谈判，可从头到尾都没有放弃强攻救人的计划。

帝国只给他准备了兵马，并没有给他准备黄金，帝国的态度已经摆明了，他们绝对不会向土匪低头，拿银子赎人。

"放箭！"随着三皇子一声令下，一支利箭划破虚空，"咻"的一声射向船桅上的小皇子。

"三皇子，你……"土匪头子懵了，这和萧王爷说的不一样，萧王爷不是说，三皇子不敢在大庭广众之下取小皇子的命吗？可现在是怎么回事?

"去，救人！"三皇子理也不理土匪头子，对身边的武神道。

"咄！"三皇子那一箭射中了桅杆，却没有伤到小皇子半分，而是将吊起小皇子的绳索射断了。

昏迷不醒的小皇子，从高高的桅杆上摔了下来，要不是忙着抢人，土匪头子真的想说一句：“好箭法！”

“杀了他们！”三皇子下了决心，完全没有商量的余地。

诚如萧天耀所说的那般，这是一场博弈，帝国与劫匪之间的博弈，这个时候谁表现得在乎谁就输了。

“你们……不要七皇子的命了？”土匪头子抱住七皇子，一脸铁青。

“你们敢伤我七弟，我要你们九族陪葬。”三皇子是吃定了这些土匪不敢杀七皇子。

七皇子是他们最重要的人质，要是没了七皇子，这些土匪拿什么跟帝国谈条件？

土匪咬牙，可想到萧天耀的话，又生生忍住了：“好呀，有一个帝国皇子陪我们一起死，我们怕什么，左右我们都是贱命一条，不值钱。”

“有本事，你们就杀了七皇子。”为了试探三皇子，是不是真的不在乎七皇子的生死，在帝国武神攻过来时，劫匪头子直接把七皇子推到自己面前，拿七皇子当肉盾，吓得帝国武神连忙收手。

“你，卑鄙！”帝国的武神可不敢拿七皇子的命开玩笑，要是七皇子死在他手上，他的九族都得为七皇子陪葬。

“哈哈哈……我还当你们真不在乎七皇子的生死，原来都是骗人的。”劫匪头子用夸张的笑来掩饰心中的惊慌。

天知道，他刚刚吓坏了。他们手上就这么一张王牌，要是没用了，他们全岛的人都会没命。

“该死！”三皇子看到这一幕，气得大骂。

这群劫匪实在太狡猾了，要不是考虑到人太多，他真想先出手杀了七皇子，如此一来，他倒要看看这群劫匪还有什么本钱，敢跟他叫板。

“三皇子，我劝你退兵，你这些人打不过我。”面对帝国的三名武神联手，他自是不敌，可对方投鼠忌器，根本放不开手脚打，别说只有三名武神，就是三名超武神也无用。

“你们……退回来。”三皇子知道这么打下去没用，不仅救不到人，反倒会激怒劫匪头子。

“唰唰……”帝国的人立刻从战船上退了下去。

所谓的劫匪头子暗松了口气，可就在此时，一直站在战船上指挥的三皇子突然动了！

“嗖”的一声，扑向劫匪的船，扑向七皇子。

三皇子的速度太快，动作太突然，劫匪头子发现了，却反应不及，只能眼睁睁地看着他出手抢走了七皇子。

“嘭……”劫匪头子被打入海中，七皇子被三皇子抢走了。

“好……个阴险的三皇子！”劫匪头子落海，扑腾了两下就沉入了海底。

三皇子抱着七皇子，转身道：“动手，灭……”

话未说完，一把匕首却刺入了他的心窝。

“噗……”三皇子张嘴吐出一口血，低头看了一眼插在心口的匕首，又看了一眼被他抱在怀里的“七皇子”。

“你……”到了这个时候，三皇子才知自己中了计。

被他抱在怀里的“七皇子”，撩起遮脸的长发，露出一张与七皇子有五分相像的脸：“抱歉了，三皇子。”

话落，少年抽出匕首，一个转身，便从三皇子手中挣脱了，并反脚踢向三皇子，将人放倒了。

“拿下三皇子！”少年擦了擦匕首上的血迹，笑得平静。

船上的劫匪一窝蜂似的涌上前，按住了三皇子，帝国的武神与黑甲卫见到这一幕，正欲折回，就听到假扮七皇子的少年道：“我劝你们最好别动，不然，我不介意把三皇子剁碎喂狗。”

少年说得十分平静，却让人无法不相信。

“去，告诉帝国，我现在要两百万两黄金，少一个铜板都不行。”帝国只在乎皇子，并不在乎东文的王爷与王妃，多拿下一个皇子，多要一百万两黄金再正常不过。

这是萧天耀的话，少年牢牢记在心中。

“你们……这群人，不怕帝国撕了你们吗？”一个皇子在他们面前被抓，帝国的武神在感到耻辱的同时，更担心陛下的怒火。

“有本事来呀，再派一个皇子来，我不介意再抓一个。”少年趾高气扬地道，那得意嚣张的样子能把帝国的人气死。

“说得对，帝国的皇子来一个抓一个，来两个抓一双。”被三皇子打下海的劫匪头子，不知何时从海里冒了出来，正爬上船。

“你们最好快点撤兵，还有别忘了告诉帝国陛下，最好请一个皇子送黄金来，除了皇子外，我不希望在岛上再看到帝国的兵。对了，依旧是只有一天的时间，一天没有见到黄金，我就剁了七皇子和三皇子的手，两天见不到黄金就剁他们的脚。”计划成功，成功拿下三皇子，所谓的劫匪头子对萧天耀是真信服了，把萧天耀提前教的话，全部说了出来。

“请多给我们两天时间，我们需要跟帝国汇报。”帝国战船上的副将，见状只能先应下来，但却希望能多争取几天。

“行，就多给你们一天时间！现在！立刻！马上给我退兵，我不希望再见到你们。记住，送黄金时，只能有一个皇子过来，其他人不能跟随，不然我杀了三皇子和七皇子。”劫匪头子一副不容商量的口气。

副将自是不甘心，试着沟通了几次，劫匪头子都不肯再谈，只叫他们赶紧退兵，有多远滚多远。

无奈，帝国的军队只能撤退……

三皇子趾高气扬地带兵去救七皇子，却不想肉包子打狗，自己也有去无回。

消息传到皇宫里，皇帝气得大叫："简直是不把朕放在眼里！"堂堂帝国皇子却成了绑匪手中的人质，这要传出去，帝国的颜面何存？

"皇上，我们现在怎么办？"一众大臣见皇上暴怒，不由得出声提醒。

"怎么办？你们居然问朕怎么办？朕养你们干什么？"帝国皇帝本就恼火，听到这话杀人的心都有了。

大臣们深谙与帝王的相处之道，不等皇上发火，就先一步跪了下来："皇上息怒，皇上息怒。"

"息怒，你们要朕怎么息怒？朕的两个儿子都被人绑了，你们倒是说说，朕要怎么息怒？"皇上气得把桌上的杯子给摔了，碎片溅了一地，打在大臣的脸上，生生打出了血，却没有一个人敢动。

"皇上，歹徒手上有两位皇子做人质，此时我们不宜硬攻，只能智取。"有一大臣自作聪明地说道。

"智取？你倒是说说要怎么智取？"有脑子的人都知道此时不宜出手，可智取不是凭嘴巴说说就行的。

"咱们先应下匪徒的要求，先把两位皇子救出来，再出兵围攻他们。"这话说得好听点叫智取，说难听点就是按匪徒说的办。

"万一匪徒拿到黄金跑了呢？"让帝国拿黄金去赎人，帝国的颜面何在？

如果这事没有暴露出来，帝国也许可以这么做，现在已经暴露出来，举国的百姓，甚至他国都在看着，他们要是拿黄金去赎人，岂不是显得帝国无能，连几个匪徒也抓不到吗？

"海域虽大，但他们能走的路有限，我们提前安排好人手，定能将他们伏击。"自作聪明的大臣得意地说道，可不等他说完，帝国皇帝就用奏折砸向了他的脑门："海域有多大你知道吗？没有百万兵马，怎么也不可能封锁海域。蠢货，你要朕调动百万兵马，就为了围几个土匪？"

"而且，你当那些劫匪是死人吗？出动数十、上百万兵马，他们会毫不知情吗？最主要的是，你有本事在一天之内，调齐百万兵马封锁海域吗？"

兵马未动，粮草先行，这群只会纸上谈兵的蠢货到底知不知道，出一次兵有多大的动静？匪徒就给了两天的时间，两天的时间他去哪里调那么多兵马过去？这群蠢货不会以为帝国的兵马会飞吧，一天就能赶到目的地？

"这，这……"自作聪明的某大人再不敢说话了。

顺应匪徒的要求，拿黄金赎人皇上不同意。调兵，一天之内来不及，就算来得及也怕打草惊蛇，惹怒匪徒。

这也不行，那也不行，众大臣真是一点办法也没有。就在这个时候，大皇子求见。

大皇子骁勇善战，但因其武夫的形象，加上皇上并不是那么喜爱他，致使他在帝国文武大臣心中的地位并不高，这会儿听到大皇子求见，一众大臣都不解了。

他们这位爱用拳头解决事情的大皇子，这是要做什么？

大皇子要做什么？自然是来请命的。

匪徒提了，要求帝国的皇子拿黄金去赎人，可先有七皇子被绑，现又有三皇子被活捉，帝国的皇子一个个都缩起来了，无一人敢动。虽说，这是一个立功的好机会，可天知道有没有命立功，万一和三皇子一样，那就惨了。本着不做不错的原则，帝国的一众皇子纷纷找理由避开了，甚至为了不用去交赎金，帝国的皇子们纷纷唆使门下的人，挑起百姓对匪徒的怒火，逼迫皇上不能拿黄金去赎人。至于三皇子和七皇子的命，大家虽是兄弟，可也是竞争者，少两个竞争者对他们而言有百利而无一害，他们是傻了才会去救自己的竞争对手。

这个时候无一位皇子主动请缨，大家也都默契地不出声，文武大臣也静悄悄的，绝口不提让皇子拿黄金去赎人的事。

谁都没想到，这时候大皇子主动请缨，请皇上给他一百万两黄金，并把三皇子先前带走的十万人给他用，他保证用一百万两黄金把三皇子和七皇子救回来，如果救不回来，他愿以命相抵。

疯了！疯了！

听到大皇子的话，众位大臣面上一副佩服的样子，心里却在暗骂大皇子是蠢货。大皇子的外祖父更是急得不得了，偏偏在圣驾面前，他又不敢开口，只能焦急地看着大皇子，不断地以眼神示意他，让他改变主意。

可是，大皇子完全没有看他。

皇上再三问话，大皇子都十分坚定地表示，自己十分确定。

“好，朕就给你一百万两黄金。”拿黄金赎人是帝国不能做的选择，可也是唯一的选择。

匪徒要两百万两，他们只拿一百万两，虽说同样是向匪徒妥协了，可至少面子上好看。

“儿臣定不负父皇所望。”大皇子领命，没有一丝不安与得意，只有坚定。

那一瞬间，在皇上和众大臣眼中，大皇子的形象好像高大了不少。

有大皇子出面，事情便定了下来，一众皇子在笑大皇子傻的同时，又暗自窃喜大皇子傻得好，要是没有傻傻的大皇子出面把麻烦领走，事情指不定会变成什么样。

现在，有大皇子担下一切，后果自有大皇子背了。

大皇子只带了一百万两黄金，一路轻车简从，第二天中午就赶到了劫匪定的交易地点。

“殿下，真的要拿黄金赎人吗？”三皇子原先带来的武神与将士，看到大皇子带来的黄金，一脸羞红。是他们没用，才会让帝国被一群劫匪威胁。

“三弟和七弟的性命更重要，萧王与萧王妃现在是我帝国的客人，也不能让他们出事，黄金是小事，一切等我们把人救下来再说。”和三皇子的自信满满不同，大皇子沉稳地向大家解释道。

“殿下说得是，现在最主要的是保证三皇子等人的安全，其他的都好办。”众人纷纷道。

“你们谁能和劫匪联系？我想先跟他们交涉一下交黄金的方式以及他们的放人顺序。”大皇子和三皇子的作风完全不同，他一来就先跟劫匪交涉，以确保人质的安全。

此举，得到了全军上下的赞赏。

之前三皇子的做法虽然爽快，可太张狂了；大皇子这么做虽然令人觉得憋屈，却胜在稳妥。

驻守在原地的将领立刻去跟劫匪沟通，劫匪却不肯搭理他们，不愿意谈，要他们直接拿黄金换人，别的没得商量，也没有什么好谈的。

将领又气又怒，可也明白这群劫匪肯定是为了报复，报复之前三皇子对他们的不敬。

“殿下，那群贼人不肯谈。”驻守的将领在劫匪那里受了一肚子气，可却不敢在大皇子面前表现出来。

“唉……”大皇子故作忧愁地叹了口气，“不肯谈，只能等傍晚交黄金时再谈了，我们商量一下办法，如何用这一百万两黄金把人全部救出来。”

大皇子召集驻守在此地的将领议事，商讨应敌之策……

所谓的劫匪头子在岛上，得知大皇子带着金子来了，当即乐得哈哈大笑：“殿下来了，事情总算结束了。”

他们虽然一直为大殿下办些见不得人的事，但从未公然与帝国为敌，这一次真的玩大了，自从把人绑来，他们就一直提心吊胆，生怕出意外。

好在事情进展得还算顺利，没有扯出什么不该扯出的事情来。

萧天耀见他们得意忘形，不由得皱眉：“小心祸从口出。”这事无论如何都不能暴露出去，要让人知道此事是大皇子一手计划的，大皇子就完了。

“萧王爷放心，我知道事情的轻重。”知道此事与大皇子有关的，只有所谓的劫匪头子和五个武神。他们六人的身家性命都在大皇子身上，绝不会出卖大皇子。

“嗯。”萧天耀相信大皇子就是再鲁莽，也不会拿自己的未来开玩笑，他只是提醒一句罢了。毕竟，再找一个像大皇子这样的合作者，真的不容易。

大皇子和将领们很快就想出了应对之策，或者说是大皇子提议，他们附和。

大皇子此次只带了一百万两黄金，可是劫匪却要两百万两，还有一百万两怎么办?

“做假！”把黄金融了，往里面加铜。这么做，普通人根本看不出来。

“交赎金的时间是在晚上，那群劫匪不可能看得清楚。我们在上面放几块纯金的金砖，但其他的都作假。”大皇子几乎没有多想，就说出了这个办法，显然他早就想好了。

“此法可行，我们一口气把黄金给他们，如此一来，就算他们事后知道黄金是假的，也没胆子找回来。”

“找回来好呀，他们要敢找回来，我们就敢灭了他们。”

……

在没有更好的办法前，大皇子的法子相对来说还算靠谱。

只剩下半天的时间，但是他们有十万精兵，这么多人同时动手，别说只是一百万两黄金，再来一百万两他们也能加工完。

离约定的时间还有半个时辰，两百万两金砖整齐地摆在大皇子面前，看着面前金光闪闪的金砖，大皇子摇了摇头。

可惜了，只有一半是金砖，要全是金砖，他就不用愁养兵马的银子了。

不过，做人不能太贪心，这批黄金是意外之财，有一百万两他也满足了。

“殿下，这批金砖足以以假乱真。”有懂行的人上去检查，发现果然如大皇子所说的那样，肉眼根本分辨不出真假。

“很好，装船。”

大皇子带着两百万两真假参半的金砖来到与劫匪约定的海域。大皇子准点抵达，劫匪晚了一炷香的时间才到。

“抱歉，抱歉，我来晚了。”劫匪头子大大咧咧地站在船上，嘴上说着抱歉的话，动作却是十分放肆。

他也不想这么过分，可是萧王爷说了，要是他不摆出傲慢、嚣张的态度，旁人会起疑的。

为了不给大皇子添麻烦，他只能尽可能去做好一个劫匪该做的事。

“是我们来早了。”劫匪要求大皇子独自一人来交赎金，是以，此刻船上只有大皇子一人。

当然，船底下还藏了几个人，这事大家不说也明白，任谁也不会相信，大皇子会孤身前来。

“这是黄金，人在哪里？”大皇子扯掉遮住金砖的黑布，一瞬间整片海域金光闪闪，在夕阳余晖的照射下，金黄色的光芒交织在一起，简直能闪瞎人眼。

那一瞬间，假冒的劫匪头子承认他心动了，心动得想贪下这批黄金。

当然，这个念头只闪了一下，就被他压下了。这批黄金可是大殿下的，他是想死才会闪起这样的念头。

“黄金我看到了，真假我们得验一验，大皇子你意下如何？”假冒的劫匪头子压下心中的贪念，面上仍旧摆出一副贪婪的样子。

“可以，同样我也要验人，万一你又弄两个假的来骗我怎么办？”虽然大皇子可以肯定，他的人绝不敢骗他，但做戏要做全套！

为了这一百万两黄金，哪怕是没有人看，他也要好好把这出戏演下去……

第六章　最美遇见你

大皇子与劫匪头子两人做戏做全套，又是验金子又是验人的，足足花了半个时辰才让双方满意。

“是金砖不错，两百万两也没少。”劫匪头子不知那些金砖有假，验的人也没有发现异常，他真以为那是两百万两黄金。

“现在是不是可以把我三弟、七弟和东文的萧王、萧王妃给放了？”大皇子当然不会忘记自己的职责，他这次是来救人的，当务之急是把人救下来。

“人我们当然会交，但不是这么交的，万一几位安全了，你对我们痛下杀手怎么办？”劫匪头子慢条斯理地说道，一副有恃无恐的样子。

唔唔……三皇子听了，不断地挣扎，似乎是有话要说，可在场的没一个搭理他。七皇子瘦了许多，被人绑着也不动，原本傲慢的神情此时只有平静，清亮的眸子也暗淡了许多。

林初九看到这样的七皇子不由得摇头，当初那个在东文耀武扬威的小皇子已经不见了，也不知这对七皇子来说是好事还是坏事。

“你要反悔？”大皇子听罢，故意摆出一副愤怒的样子。他本就是武将，要摆出凶狠的样子实在是再容易不过。

“不，不，不……我们怎么会反悔呢。我们虽是土匪，可盗亦有道，拿了银子我们就会放人，不过为了我们的安全着想，我要留一个人质在手上，待我们脱离危险后再放，到时候你们自去救人便是。”劫匪让人把萧天耀、林初九和三皇子推上前，留下七皇子在手上。

“这位小皇子年纪小，我就留他压阵好了。”三皇子年纪大，怕他看出端倪，七皇子最好用。

“万一你不放人怎么办？”大皇子自是不会同意。

“殿下，现在这个情况，你只能选择相信我们，除此之外你们别无选择。”劫匪头子一脸匪气道，完全不给大皇子商量的余地。

“大皇子，我让人抛艘小船下去，你且上船来接这三人。”劫匪指了指三皇子三人，一副老子说了算的猖狂样。

大皇子犹豫片刻，沉重地点头，可却提出了一个要求：“换一个人质行不行？我七弟年纪太小，经不起你们再吓。”

“换谁？三皇子吗？也可以，虽然麻烦了一点，但我可以把人打晕。”土匪一副我很好商量的样子，可三皇子却不同意，他嘴巴虽然塞了东西，可还是不断地发出声音，以表达自己的不满。

“怎么办？三皇子好像不同意耶。”劫匪看到，哈哈大笑，明摆着是看不起三皇子。

他们还以为三皇子是个聪明的，现在看来真正是蠢得可以。

三皇子真以为，这里就只有大皇子一人？三皇子真以为，他把七皇子推出去，七皇子会不恨他？三皇子明显不愿意，不断地用眼睛瞪大皇子，大皇子面露忧色，心中却是暗喜。三皇子犯蠢，正好是他表现的机会。

“我三弟和七弟都受了惊吓，便用我做人质如何？你们要下药还是要绑都可以，我只有一个要求，那就是让我三弟、七弟和萧王夫妇平安离开。”大皇子已经可以想象，待他回京后，那些人怎么夸他了。

大皇子挺身而出，以身犯险救幼弟！有了这名声，便是父皇再不喜欢他，也不能不重视他。

“你？”假劫匪看着大皇子，明显不愿意。

“我是帝国的大皇子，我的身份足够让帝国的士兵不敢动。”大皇子一脸无畏，目光坚定地看着假劫匪。

三皇子见状立刻安静下来了，一脸期盼地看着假劫匪，希望他能答应，同时暗暗祈祷大皇子死在劫匪手上，这样大皇子就是有天大的功劳也没用了。

两眼一直放空，不知在想什么的七皇子，听到大皇子的话，眼珠子也动了动，不敢相信，又似不解，看大皇子的眼神就像是在看怪物。

被土匪绑了快一个月了，七皇子早已不是当初那个天真不知事，被保护得极好的小皇子了，他的世界一瞬间被打破了，而他也长大了。

在他看来，皇室兄弟像三皇子这种自私自利的才算正常，大皇子这种宁可自己冒险也要救他们的行为好像有点蠢。

可是，他更喜欢大皇兄了，怎么办？

七皇子眼眶微红，看了一眼以前跟他关系更近的三皇子，默默低头，掩去眼中的失望。

“我身体比三弟和七弟都好，随你们出海绝不会给你们添麻烦，我想你们也不想有皇子死在你们手上。”

“我以前在军营待过，从来没有出过海，对海上的航线一点也不熟，也不可能记下你们走过的路。”

“我……”

为了说服劫匪，大皇子不断列举原因，而在大皇子的极力推销下，劫匪终于同意了。

“好，你坐小船过来，我们放人。”劫匪命人放下小船，又命人把三皇子、七皇子、萧天耀和林初九带上。

两条小船在海中央碰上，大皇子看了三皇子、七皇子一眼，满脸都是担心：“你们没事就好了。”

三皇子抿着唇不说话，七皇子轻轻点点头，小声说了一句：“谢谢大哥。”

萧天耀与林初九没有说话，两人相视一眼，眼中只有彼此能懂的深意。

两艘小船在海中央碰头后，又各自分开，待到萧天耀几人的船驶到黄金船旁边，大皇子所乘的船也来到了劫匪的船旁。

“去拿黄金，我们走了！”押解萧天耀等人的劫匪，轻轻跃上装满黄金的船，抛出一个铁钩给大船，让大船拉着他们走。

“大皇子，上船了。”劫匪给足了大皇子面子，只让人围着他，并没有伤害他。

“我要看到他们平安离开。”大皇子没有动，只是看着萧天耀几人的船，待到他们所乘的船走出视线范围内，这才动了。

可是，他没有上船，而是往水里一跳，大喊：“动手！”

是的，动手！

他是帝国的大皇子，他需要拿出一点血性，拿出一点实力，不能一味地向劫匪妥协。

萧天耀和林初九四人坐的小船一走远，大皇子就下了逐杀令，潜在水底的武神瞬间从水里冒了出来。

“噗嗤……”一出手，就将守在船旁的人杀了。

“你们，你们……”劫匪们乱成一团，劫匪头子睁大眼睛看向大皇子，似乎不敢相信这是真的。

“殿，殿……”劫匪头子很想问大皇子这是为什么？可是下一秒，大皇子的刀就插进了他的身体里。

“殿下……”劫匪头子睁大眼睛看着大皇子，眼中盈满悲伤。

这才是帝国的大皇子吗？他先前是不是想太少了？以为用忠心就能换来殿下的信任。

大皇子借着进攻的机会，倾身上前：“没有伤到要害，跳下去，会有人接应，砸掉所有的船，带着黄金走。”

他是帝国的大皇子，他必须剿匪，但他不会牺牲忠于自己的手下，哪怕他知道这个时候杀人灭口比放他们走更好，他也不想痛下杀手。

灭口很简单，但要再培养一批忠于自己的手下，不容易。

劫匪头子眼前一亮，暗淡的眸子再次明亮起来，没有半丝犹豫，在大皇子抽刀的刹那，劫匪头子跳入水中，拖着伤拼命地在海里游。

“砸船，带着黄金走。”劫匪头子落入海中，不忘通知船上的人。

“扑通，扑通……”假装土匪的武神和死士齐齐跳入海中，帝国的高手自是不会让他们跑掉，紧跟着追了过来。

虽说海中不比陆地，但达到武神这样的高手自有办法，他们就是沉在水底也能坚持半个时辰。

随着双方纷纷落水，战场从船上变成了水底，劫匪们皆是水中好手，帝国的高手在水中讨不了好，有人恋战想要杀掉一两个武神，可同伴的一句话就提醒了他们：“砸了船就走，帝国的救兵就要到了。”

他们虽然个个武功高强，可人数太少了，和帝国的军队对上必败无疑。

劫匪中的武神缠住了帝国的高手，其他人则去砸船，他们身上都带了武器，三两下就把所有的船砸了，只留下一艘小船拖着装满黄金的船。

“你们带着黄金先走。”劫匪中的五个武神，留下来拖住帝国的高手，其他人则纷纷爬上小船。

帝国的高手自是不让，可双方的实力不相上下，帝国的高手想要拦住劫匪不是一般困难。

混战过后，劫匪折损无数，甚至有一名武神也死了，可帝国的高手却没有拦住劫匪的船。

“追上去！”身边所有的船都在往水底沉，但对于武神来说，有一块木板就足够他们在海上行走，可当他们抱着木板追过去时，水底突然冒出一个身影，以闪电之姿击伤了他们，其中大皇子也受伤了，生生拖住了他们的去路。

来人一身鱼衣，看不清长相，甚至连身形也看不清，因为对方的速度太快了，等到他们反应过来，来人已经跑了。

“殿下……”帝国高手的身上都带了伤，看着渐行渐远的小船，一时间拿不准主意。

“等黑甲卫带兵过来。”大皇子目光深沉地看着前方，冷着脸下令。

帝国的高手看了看自己身上的伤，没有多言，一个个抱着木块浮在水面上，等黑甲卫开战船过来。

黑甲卫开的是战船，速度极快，不过半个时辰就抵达了这片海域，远远看到大皇子一行人狼狈地趴在海面上，连忙加快速度上前，把泡在水里的大皇子等人拉上船。

“殿下，这是怎么了？”黑甲卫见众人个个身上带伤，紧张地问道。

大皇子冷着脸没有开口，他身后一个蓝衣武神叹气道：“突然出现一个超武神的高手，挡住了我们的路，让劫匪跑了。要不是那个突然出现的高手，我们铁定能追到劫匪。”

“殿下，我们现在怎么办？”黑甲卫听罢，脸色凝重。

超武神和武神不一样，黑甲卫可以对付武神，却奈何不了超武神。

“追！本殿下就不信，拿不下他们！”大皇子一直黑着一张脸，一副被气得不轻的样子。

他身旁的帝国高手们，张了张嘴，最终却什么也没有说。大皇子会生气是正常的，眼见他们就要抓住劫匪，把黄金带回去，却遇到一个超武神拦路，真是想想都憋屈。

黑甲卫得令，全速追查劫匪的下落，黑甲卫开的是战船，劫匪们只驾了一条小船，还拖着一船的黄金，速度自然会慢下来，按说黑甲卫很快就能追到劫匪，可在海上追了一个时辰也没见看到劫匪的影子。

“殿下，不能再前行了，天太黑，看不清。”劫匪十分精明，约的就是傍晚，不多时天就黑了。

天一黑，漆黑的海面就像是野兽的嘴，这个时候在海上行走很不安全。

“原地休息，明天继续找。”大皇子倒是没有不管不顾地下令追踪，可也没有就此放弃。

“是。”黑甲卫得令，暗暗松了口气。他们是陆上的王牌战队，可在海上的实力却一般，只比普通水师好一点。

半个时辰后，十万水师找到了黑甲卫的战船，与他们会合，三皇子、七皇子、萧天耀和林初九自然也来了。

“大哥。”三皇子重新收拾了一番，看上去精神了许多，眼神却十分阴郁，尤其是看大皇子的眼神，更是透着不善。

大皇子却像是没有看到一样，点了点头，就看向三皇子身旁的七皇子，见他一脸沉默，心存愧疚的大皇子上前摸了摸他的脑袋：“小七这是怎么了？”

七皇子没有避开，任由大皇子碰，可也没有往大皇子身上钻，疏离却不失客气地道：“七弟无事，请大哥放心。”

“大哥一点儿也不放心，你看你现在这个样子，跟个小老头似的。小七别担心，大哥一定会把土匪抓到，给你报仇。”大皇子先前和七皇子并不亲近，可这次的事他确实是坑了七皇子一把，大皇子心中有愧，便想对七皇子好些。

他不知，他此举在旁人眼中却是真正的爱护幼弟，至少比那些嘴上说着疼爱幼弟，关键时刻却只记得自己的人强。

大皇子带着黄金去赎人时，明面上只有他一人，可水底下躲了不少人，他们没有看到当时的情况，却听到了三皇子的话。

这时见三皇子一脸阴郁地瞪着大皇子，那几个听到三皇子话的高手，心里不免有想法了。

三皇子在帝国的威望很高，礼贤下士，风度翩翩，恭敬兄长，友爱幼弟，不仅皇上喜欢他，就是许多大臣也很看好他。这次被皇上钦点来的帝国高手，都是因为看好三皇子才来的，却不想三皇子一再让他们失望。

如果说三皇子没有救出人反被土匪绑，是因为三皇子经验不足，大意轻敌，那么今天赎人的表现，他就是自私自利了。他们不怕死，为主而死是他们该做的事，可要是每次遇到危险，都被主子推出去牺牲，他们无法接受。他们不怕自己跟的主子能力不足，可是他们怕自家主子虚伪、自私自利。

显然，三皇子就是这么一个人。

随三皇子来的高手，已无法继续追随三皇子，是以三皇子一进来，这些人就默契地退开，站到大皇子身边，无声地摆明立场。

黑甲卫是皇上的亲卫，他们从来不偏向任何人，随军而来的高手明显是三皇子的，这时却站在大皇子身边，个中意思不需要言明，在场的人都明白了。

只是，大家都是人精，就算明白是怎么一回事，也不会当众说出来。

护送萧天耀、林初九四人上船的水师统领见到这一幕，心中已有计较，也不过多寒暄，给大皇子行完礼后就退下了。

当然，他没忘记把那几个围着大皇子的高手也带走，有些事就算心里明白，可该问的还是要多问一句。

人一走，室内就空了许多，大皇子也随意了一些，让萧天耀和林初九坐下后，就把七皇子拉到身边，问他有什么需要的，顺便安慰一下他受伤的心灵。

七皇子虽不与大皇子亲近却也不排斥，大皇子问什么他就答什么，兄弟二人看着倒也和乐，可这份和乐却刺伤了三皇子的眼。

三皇子自知他已无法拉拢七皇子，他现在也不想走亲弟的路线了，他现在要夺权。

三皇子见大皇子喋喋不休，不客气地打断他的话："大哥，这些人是父皇交给我的，我是他们的统帅，你坐错位置了。"

大皇子抱着七皇子的手一僵，可很快就恢复如常，抬头看向站在他面前的三皇子，沉声问道："三弟，你想怎么样？"

"不想怎么样，只是提醒大哥注意身份，别喧宾夺主，你的任务只是带着黄金来赎人，灭匪是我的事。"他必须要带一个功劳回京，不然他就永远无法翻身。

“三弟，我奉父皇的命令，接手这里的所有人与事。”大皇子自是不会轻易退让。

三皇子说一句他就让位，岂不是显得他孬。不过，为了表现他友爱弟弟，他不介意再给三皇子一个机会。

“父皇让你接手十万水师是因为我不在，现在我回来了，自然用不上你。”三皇子拿出一道圣旨，“大哥，我有父皇的圣旨在。”

这纸圣旨，是三皇子出发前帝国陛下给他的，原是为了帮他在军中立威，好让他能服众，现在却被他用来夺权。

“既然如此，我明天就带七弟回京，三弟意下如何？”大皇子拉着七皇子站了起来，神情平和，没有一丝怒气。

在外人眼中，大皇子这是有气度，可萧天耀和林初九明白，大皇子这是在挖坑给三皇子跳。

劫匪是一定抓不到的，三皇子愿意接手这个烂摊子，大皇子高兴还来不及。

“如此，我就不送了，大哥，请……”三皇子不仅要夺大皇子的兵权，甚至连大皇子的住处也要抢。

大皇子暂住的这间房，是全船最大的一间，里面有议事厅、有小书房、有卧室。谁住在这间房就代表谁是军中的最高指挥者，三皇子怎么可能让大皇子住着，哪怕一晚也不行。

“希望三弟能顺利找到劫匪。”大皇子虽气，却没有与三皇子撕破脸，侧身给三皇子让位。他姑且让三皇子多得意两天。

“我当然会。”三皇子一脸自信地道。

他当然知道劫匪跑了不好找，可他现在没有办法。夺了兵权他还有一丝奔头，万一找到劫匪，他就翻身了，要不夺兵权，他就会以失败者的身份回京，成为衬托大皇子的绿叶，这是他不能接受的事。

他已沦落至此，只能拼一把。

大皇子冷笑一声，拉着七皇子就出去了，萧天耀与林初九相互看了一眼，也走了出去。

大皇子出去后什么也没有说，只让人安排船明天送他们回京城。可不用大皇子说，只看大皇子被赶出住处，又被逼得要回京，船上的人就知道发生了什么事。

三皇子这是过河拆桥。

只是，这是帝国皇子之间的斗争，大皇子都退让了，他们除了尽量照顾些，还能如何？

大皇子倒是没想到，他坑了三皇子一把还有这么好的效果，面上虽不显，心底却是十分高兴的。

一直被帝国的人忽视的萧天耀和林初九，如同一个旁观者，将船上发生的一切都尽收眼底。

晚上，林初九窝在萧天耀的怀里，小声地嘀咕道：“看来大皇子的未来不可限量。”

大皇子蠢归蠢，但只要把他的蠢放对地方，就是忠厚、诚恳，这样的特质，能让手下的人为他卖命。

“现在，他有五成的机会。”原先，萧天耀并不看好大皇子，和帝国其他皇子相比，大皇子没有优势。可现在，大皇子却把自己的劣势变成了优势，倒是有一争的可能。

“大皇子争气，我们在帝国的日子也就不难过了。”林初九打了个哈欠，动了动身子，找到一个更舒适的位置。

萧天耀没有说话，双眼火热地看着林初九，那眼神好似要把林初九吞下去，可不等萧天耀有动作，林初九就发出了平稳的呼吸声。

萧天耀气闷不已，可看着熟睡的林初九，他又舍不得下手把她弄醒。这些日子林初九虽不至于担惊受怕，但确实累着了。

回来的路上，一切都是林初九一个人张罗。如果是以前，萧天耀一定不会觉得有什么不对，甚至都不会去考虑林初九累不累，林初九能做到就表示她有这个能耐，可现在看着林初九眼下的青黑，和她那熟睡也掩不住的疲倦，他却有一种说不出来的心疼，当然还有那么一点点欢喜。

这个女人为了他，什么都愿意做，什么苦都愿意吃，哪怕明知前路不明，危险重重，也愿意陪着他。

一直以来，他都是一个人，也习惯了一个人，甚至觉得多一个人是麻烦，可是遇到了林初九以后，他却觉得能有个人陪着，人生这条路才有了些滋味。

萧天耀不自觉地加重力道，将林初九抱住，彼此的心脏紧紧地贴在一起，听着彼此的心跳声，萧天耀低头，在林初九的眉心落下一个吻：“此生，遇到你，很好。”

“唔……”似回应又似不舒服，林初九嘤咛一声，稍稍动了动身子，试图挣开萧天耀的钳制，可却是徒劳。

怎么办?

哪怕抱着这个女人会一夜无法入睡，他也不愿意放手。

“林初九，认命吧，本王不会放手。”再次加重力道，将林初九禁锢在自己的怀里，萧天耀才缓缓合上眼。

明天，又是新的一天。

一夜睡得特别难受却又醒不来的林初九，早上睁开眼，就看到了把她死死抱在怀里的萧天耀，没好气地嘀咕了一声：“难怪像是鬼压床，累死我了。”

四肢皆被萧天耀缠住，身子被他压在身下，她居然还能睡着，她真是佩服自己了。

“鬼压床？”林初九一动，萧天耀就醒了，只是他没有睁开眼，听到林初九的话，萧王爷立马不高兴了，敢说他是鬼，林初九的胆子又大了。

一看到萧天耀拉下脸，林初九立刻委屈地道：“你压得我好累，我昨晚都没有睡好。”

睡了一晚，却比不睡还要累，身上的骨头都是痛的。萧天耀最近越来越黏人了，她觉得自己有必要和萧天耀分床睡，不然她真的会死在床上。

“本王昨晚也没有睡好。”林初九还委屈了？昨晚是谁点了火，人就睡了？

林初九眼前一亮，忙道：“那我们今晚分床睡吧，不然两个人都睡不好，太难受了。”

“分床睡？”萧天耀嘴角含笑，笑得十分危险。

林初九顿时知道自己说错话了，立刻改口：“怎么可能，你要敢跟我分床睡，我让你整晚都别想睡。”

“整晚不睡？本王倒是不怕，可你行吗？”萧天耀的眼中盈满笑意，视线若有似无地扫向林初九的腰。

他可没有忘记林初九当天是怎么求饶的，这么弱，也敢跟他说整晚都别想睡？

“你看什么呢，想哪去了……我是折腾得你整晚都没睡好，你别想歪了。”显然林初九知道萧天耀在想什么，当即拉上被子，把自己裹住。

这还在船上呢，前后左右都有人住，隔音差得要死，声音大一点儿隔壁就能听到。

当然，这不是最重要的，最重要的是这床也不知什么人睡过，虽然被子什么的是干净的，可她还是觉得别扭。

她是坚决不会从了萧天耀的，无论萧天耀说什么。

“你要怎么折腾本王？”萧天耀看着卷成蚕蛹的林初九，宠溺地摇了摇头。

林初九想太多了，他就是再急，也不会在这里动她。第一次已经够委屈林初九了，第二次怎么也要好好补偿她，不然让她留下心理阴影，以后不让他近身就惨了。

林初九发现自己好似说错话了，当即恼了：“时辰不早了，你能不能别闹了？”

“到底谁在闹？”萧天耀这下真是哭笑不得，初九变坏了，都会先下手为强了。

“当然是你在闹，怎么，有意见？”林初九拉下被子，跪坐在床上，杏眼瞪得圆滚滚的，气呼呼地看着萧天耀，大有萧天耀敢说有意见，她就敢揍人的刁蛮样。

萧天耀忍不住伸手揉了揉林初九的小脑袋，十分配合地道：“为夫怎敢，时辰不早了，夫人可要起床？”

女人呀，果然不能宠，原先多么听话的姑娘，现在都敢睁睛说瞎话地诬赖他，而他还不能教训她，真是夫纲不正呀！

“别揉我头发，弄乱了我梳不好。”林初九左闪右躲地避开萧天耀的手，可不管她怎么躲，都没法躲开，最后没有办法，只能抓住他的手，用力咬一口，“就不能不动吗？这是别人家的船呢。”

“本王不动。”萧天耀看了一眼手腕上的牙印，默默地叹了口气。

林初九的牙口越来越好了，都快见血了。好在他不怕痛，不然，这日子怎么过？

“起来啦，起来啦，我们今天就要走了。”萧天耀不动，林初九一个人也闹不起来。要不是萧天耀故意逗她，她也不会跟萧天耀闹，她昨晚都没有睡好，累着呢。

“嗯，起来吧。”等真正进了帝国，他们还有一场硬仗要打。

两人不再嬉闹，快速梳洗完毕，本着自己犯的错自己收拾的原则，萧天耀弄乱了林初九的头发，便主动帮林初九把头发梳好。

有人服侍，林初九自然不会拒绝。

半个时辰后，两人光鲜亮丽地出现在大皇子面前，不见一丝疲累，大皇子看到两人，很不厚道地打趣了一句：“咦，动作这么快？我还以为你们不会这么早出来呢。”

他就住在萧天耀的隔壁，昨晚有没有动静他没有听到，但今早的动静，他却是听得一清二楚……

大皇子这话调侃的意味十足，而且是在大庭广众之下说的，要是脸皮稍薄的人，指不定就被他羞得没脸见人了，可是萧天耀和林初九是什么人？他们会因为大皇子一句调侃的话就尴尬吗？大皇子还没有那么高的段数。

萧天耀高冷地扫了大皇子一眼，林初九倒是好脾气地道：“长夜漫漫，想必昨晚大皇子一夜无眠吧？”

“本殿下睡得很好。”确实一夜无眠，可他才不会告诉林初九。而且，他才不是因为什么乱七八糟的事睡不着，他昨晚一直在想这次的事，想想有没有什么疏漏的地方。

想来想去，最大的疏漏就是他的心太软，没有杀人灭口，而是放他们走了，可他真的做不到对自己的人下杀手。

他把人放跑了，当时不后悔，现在却又忍不住担心，这次参与的人会不会背叛他，会不会把事情暴露出来。

越想越担心，越担心心越乱，而后就怎么也睡不着了。

“睡得好就好，要是扰了大殿下的好梦，我就罪过了。”林初九看了一眼大皇子的黑眼圈，笑得戏谑。

大皇子确实如萧天耀所说的，太嫩了。这才多大点事，就把自己折腾得睡不着，至于吗？不过，大皇子越嫩，对他们越有好处，等到大皇子长成铁血果断的帝王，他们就一点儿好处也捞不到了。

“林初九，你这话……怎么听着不对味。”他是被人当面嘲讽了吗？

“大殿下想太多了。”林初九果断转身，没有再搭理他。

凡事点到即止，她只需要大皇子平静下来，不需要为大皇子开解，大皇子不是小孩子，他知道自己在做什么。

说到小孩，林初九不由得看了一眼，站在角落里默不吭声的帝国小皇子。

这半个月不见天日的生活，似乎给这个孩子造成了巨大的影响。短短半个月，一个傲娇的小皇子，就变成了一个沉默寡言的少年郎，这变化真不是一般的大。

这样的变化，对这位尊贵的小皇子来说，也不知是坏还是好？

不过，不管好坏，林初九都没有充当知心姐姐的打算，帝国皇子什么的，他们认识一个就行了，左右他们又不在帝国生活。萧天耀和林初九都是理智的，他们知道自己要什么，该做什么，轻易不会被感情左右。

“小七，我们走吧。”大皇子却不同，看到像是变了一个人的七皇子，大皇子满满的都是愧疚，平时也十分注意七皇子，见七皇子一个人躲在角落里，他便上前把人拉了出来。

沉默阴郁的皇子，别说大臣，就是皇上也不会喜欢，这样的皇子，在宫里并不好过。

这一点，大皇子无比清楚。

“大哥。”七皇子一脸寡淡，好像什么也不看在眼里，对大皇子却还算恭敬。

林初九笑了笑，不够精明，不会算计，心太软也是有好处的，大皇子有他自己独特的魅力，只要大皇子保持本心，他以后的路会越来越好走。

“时辰不早了，我们走吧，不等老三了。”大皇子拉着七皇子，见三皇子迟迟未来，脸色有几分不好看。

他昨晚就说了，他今天要走，他们一行人都在甲板上等了这么久了，三皇子却不曾出现，真正是叫人心寒。

萧天耀和林初九自是没有意见，他们从头到尾都没有把三皇子看在眼里，当然三皇子也没有把他们看在眼里。

船上的将领，还有随军的帝国高手，见到这一幕不由得暗自叹了口气：三皇子太小心眼了，明明三皇子以前不是这么心胸狭隘的人，怎么现在变成这样了？

“大殿下，慢走，七殿下保重。”三皇子不来送，船上的将领、黑甲卫和帝国高手们，却不可能不送。

轩辕挚是帝国大皇子，现在要回去，他们于情于理也要打声招呼。

有的人含蓄地说着保重一类的话，有的则直接大大咧咧地道：“大殿下，京城再见。”

要不是有皇命在身，他们都想随大皇子一同回京，免得去晚了，大皇子身边的人太多，看不到他们。

“京城再会。”大皇子自然明白这些人话中的意思，要说不高兴那是骗人的，可作为帝国大皇子，他必须沉稳有气度，再高兴也要忍着。

一行人登上去帝国的小船，直到大皇子的船走远，也不见三皇子出来，船上的将领越发地失望，可等到中午，仍旧没有见到三皇子出现，众人这才惊觉事情不对，连忙派人去找三皇子，却发现三皇子病倒在床上，整个人烧得迷迷糊糊的。

“三殿下，你怎么了？”随行的将领都吓坏了。

他们船上自然有随行的军医，可医术并没有多好，三皇子病得不轻，也不知随行的军医能不能医好。

三皇子早已烧得昏死过去，根本不可能回答，随行的将领忙喊来军医，军医检查一番，发现三皇子受了伤，伤口没有处理好，又沾了海水，这才引起了发烧。

可找到了病因，并不表示能救，三皇子的病情发现得太晚了，这会儿已经很严重了，军医只能尽力救治，至于能不能救活，他也不敢保证。

“这可怎么办？三皇子可不能出事。”随行的将领听到这话，都急坏了。

三皇子要是死在船上，他们整船的人都惨了。虽说他们不需要为三皇子赔命，可前程妥妥地没了。

“先下岸，送三皇子回京。”军医医不好，宫里的太医总可以吧？

他们早早把三皇子送回去，怎么也是一个活的，至于后面三皇子会不会死，那就与他们无关了，他们已经做了能做的一切。

可就在随船的将领准备把三皇子送回京时，三皇子醒了，且十分强硬地表示不肯回京。

他要病得半死被人抬回京，还有何颜面在皇城立足？就这样回去，不知情的人，指不定以为他是装病，或者被吓病了，而且这一路又是水路，又是陆路，他也不一定能撑到回京城。

他，必须留下，立下大功劳才能回去。

三皇子执意不肯回京，众将士也奈何不了他，便想把大皇子追回来了，由大皇子主持大局。

他们知道三皇子的想法，无外乎就是想把劫匪找到，好将功补过，把他丢脸的事盖过去，可三皇子现在这个样子，怎么主持大局？

“不用，你们按我的命令行事就成了！”三皇子听到将领的提议，想也不想就拒绝了。

他连威胁带恐吓才把轩辕挚弄走，怎么可能会同意把人追回来，把兵权交出去？而且，先把人赶走，再把人追回来，到时候捉到了匪徒，那功劳也是轩辕挚的，跟他没有一点儿关系了。要是没有抓到匪徒，指不定大皇子还会把责任推给他，怪他耽误了事，这种损己利人的事，他才不会做。再说了，追捕劫匪又不需要他亲自动手，他就是病了又如何？

“留两万侍兵执守海域，其余人兵分四路，立刻去追查匪徒和被他们拿走的黄金。对了，派人去匪徒之前停留的岛上，看看有没有线索？”三皇子强撑着病体，把事情一一交代下去。

“是，殿下。”随船的将领虽然担心，却也没有办法。

三皇子最固执，他坚持的事谁也劝服不了，而且他们也希望尽快抓到劫匪，振一振士气。

此次救人失败主要责任在三皇子，但他们也要承担次要责任，要是能抓到匪徒将功补过，对他们也是有好处的。

十万精兵，留下两万人驻守，其他人分成四队追了出去，每一队都有两名武神坐镇，确保就算遇到匪徒也有一战之力。

海域太大，最佳的追捕时间又过了，要在海上找人并不是容易的事，三皇子等人把希望寄托在匪徒先前所待的岛上。

等到三皇子的人登岛，却发现那个岛上什么也没有，匪徒留下来的痕迹，全都被一把火给烧了，三皇子的人一无所获。

最终，他们只能把希望放在海面上，希望能追到人，就算逮不到劫匪，至少也要把黄金找回来，可是一连找了两天，都一无所获。

随船的将领有些沉不住气，三皇子却十分冷静，只让他们继续追，扩大范围追，不追到劫匪绝不善罢甘休。

将领无奈，只得继续在海上寻找目标……

大皇子虽然走了，船上发生的事大皇子却知之甚详，得知他们一走三皇子就病倒了，大皇子不由得哈哈大笑：“果然是报应。”

老三就是太嚣张了，仗着皇上的宠爱，几乎不把他这个大哥放在眼里，这次总算栽了。

“报应？哪来的报应？”萧天耀听罢，冷笑。

大皇子太天真了，老天爷那么忙，哪有空惦记一个普通的凡人？

他们这样的人，哪个不是双手染血，真要报应，他们都要遭报应。

“你出的手？”大皇子并不蠢，萧天耀一开口，他就明白了。

“不然，真会有那么巧合？”他们一走，三皇子就病倒了，哪有那么巧合的事。

“有必要吗？他病不病对我们来说关系不大。”大皇子不认为，这么一件小事，值得萧天耀出手，他可是知道萧天耀的本事的。

林初九见大皇子没有想明白，只得出言提醒：“当然有，三皇子病倒，你才可能回去接掌兵权，才有机会抓到劫匪，找回黄金，才有可能立功。”

经此一事，大皇子的形象虽有所好转，可还不够，大皇子需要一个大功，一个可以令皇上满意又骄傲的大功。

这时候，有什么比救回三皇子、七皇子，抓住劫匪的功劳更大的？

三皇子就是看明白了这一点，才会宁可撕破脸，也要夺回兵权，抢夺立功的机会。

“可是，我并没有回去。”萧天耀的计划虽好，却没有成功。

萧天耀道：“任何事都只有五五之数，我们做了，至少有一点希望，可不做就一点点希望也没有了。”他暗中对三皇子下黑手，也是报着姑且一试的心态。

成了，自然好；不成，他也不损失什么。做人不能太贪心，什么好处都落到一个人头上，就算皇上不会起疑，旁人也会看不下去。

“你说得对，这事确实是五五之数，老三的决定不是我们能左右的。”大皇子转念一想就明白了。

这事，应该是三皇子死活咬住，不肯让他回去，免得他抢功。老三还真是一如既往地小心眼。

“此事过去便过去了，这一路对七殿下好些，回京后也不要断了来往。”既然功劳抢不到了，那就做出兄友弟恭的姿态来。

身为皇子，不管用什么方法，都要先获得皇上的好感，能让皇上满意，才能放开手脚做事，不然就算爬得再高，皇上一句话就会让一切成空。

“放心，我会照顾好老七，老三那里我也只说好，绝不说他半句不是。”大皇子勾唇一笑，眼中闪着精光。

萧天耀都帮他打下了这么好的基础，他要走不好，就真是太蠢了。

萧天耀一行人并不急着赶路，花了七天六夜才赶到帝国的都城，抵达都城时已是傍晚，大皇子把两人带进城后，并没有带两人进宫，而是将他们安顿在了驿站。

“我今晚进宫，看父皇是什么意思。”帝国向来不把东文看在眼里，又怎么会把萧天耀和林初九看在眼里。

而他很清楚萧天耀与林初九的能耐，也清楚这两人的本事，要是帝国把这两人羞辱狠了，以后他和萧天耀、林初九来往就有麻烦了。

萧天耀这个盟友很好，他暂时不想得罪。

“嗯。”萧天耀和林初九没有异议。他们虽不在意帝国的羞辱，却也不想自取其辱，如果大皇子能打点好一切，自是再好不过。

“我明天再来找你们，你们早些休息吧，到了帝国，事情才刚刚开始。”大皇子并不避讳与萧天耀走近。

之前萧天耀出事，他就一直力挺萧天耀，全帝国上下都知道他和萧天耀的关系很好，要是这个时候避开萧天耀，那才让人起疑呢。

“好。”萧天耀没有拒绝，在帝国，大皇子还算好用。

萧天耀和林初九不知大皇子和帝国皇帝说了什么，但帝国皇帝的态度他们却是知道了……

第七章　功过他人评

自大皇子那晚进宫后，就再也没有消息传来，帝国皇帝也没有召见他们，且这一等就是五天。

足足五天，没有一个人理会他们，帝国的人每日好吃好喝招待他们，并没有怠慢，却不让他们出驿站，更不肯将外面的事告诉他们。

“是不是出事了？”事情太诡异了，饶是林初九再淡定，此刻也忍不住多想。

帝国皇帝不理会他们很正常，不召见他们也能理解，堂堂帝国皇帝怎么可能把一个附属小国的王爷、王妃放在眼里。晾一晾他们，让他们等上一段时间再正常不过，可大皇子都不来见他们，甚至不给他们一个消息，这事情就透着诡异了。

“大皇子应该遇到了麻烦，许是三皇子一派的人出手了。”在中央帝国，萧天耀的人根本安插不进来，打听消息这种事也就不用说了。

他带来的侍卫被救出来后，被安排在偏远的驿站，中央帝国根本不允许他将亲信带到皇城。

到了中央帝国，他们完全是两眼一抹黑，什么消息都得不到，不过萧天耀并不着急，也不放在心上。

他很清楚，他和中央帝国是不对等的，在中央帝国眼中他就是一个小虾米，完全不值得中央帝国在意。他之所以会被中央帝国召来，并不是因为中央帝国重视他，而是因为中央帝国权力斗争的结果。

中央帝国的权力斗争不是他能参与的，也不是他能左右的，他能做的就是静等消息，而后尽快解决中央帝国的事，回到东文。

他来中央帝国的目的已经达成了，他没有必要在这里耗着，而待到他下次再来，中央帝国就不敢再轻视他了，那时……

他若不死，就一定拥有与帝国皇帝平等交谈的身份，而不是像现在这般，只能等着帝国皇帝的召见。

萧天耀十分从容，并不在意帝国这几天的冷淡，林初九也不在意，但她担心事情有变，对他们不利。

“局面对大皇子十分有利，大皇子不至于还会吃亏吧？”林初九忍不住皱眉，他们在中央帝国没有人，只能干着急。

“不用担心，不会有事的。”萧天耀手上把玩着一块小小的令牌，神色平静。

林初九不由自主地受他影响，也跟着冷静下来：“好，我不担心。”

萧天耀手中的那块令牌，是他们冒死从圣元王朝的皇庙里取出来的。这块令牌有什么作用萧天耀没有说，林初九也没有问，但是她知道这块令牌的用处必然是惊人的，否则萧天耀也不会冒险去取。

有了萧天耀的安慰，林初九冷静了许多，便安心地在驿站等着，只是这一等又是五天，他们足足在驿站待了十天。

和前面五天一样，帝国皇帝没有召见他们，大皇子也没有给他们传个消息。

这下不需要猜测，萧天耀和林初九就知道大皇子出事了。

大皇子那人虽然狂妄自大了一些，却是个忠厚的人，他做不来过河拆桥的事。萧天耀也不认为他敢卖了他们，或者置他们于不理。

要知道，他手上可是有大皇子的亲笔信，有那封亲笔信在，大皇子一天没有登上帝位，就要跟他们合作一天。

“我们还要继续等下去吗？”等了十天却什么消息也没有，林初九不知道他们还要等到什么时候。

她并不害怕等待，但害怕无止境的等待。等了这么久，帝国就没有一个人来告诉他们，他们还要等多久。

萧天耀沉默片刻，道：“今天过后。”他在帝国没有人手，可凭他的本事，多少还是能查到一点儿消息的，更不用提，他们手上还有能让帝国高手失去武功的神奇黑石。有这些黑石在，他可以轻易出入任何地方。当然，这种奇怪的石头，除非到了非用不可的地步，不然他绝对不会用。

这是他们的底牌，而底牌之所以被称为底牌，就是因为没有人知道。

“也好，这么等着也不是个事，我们至少要知道外面发生了什么事。”有了确切的消息林初九也就不再急了。

萧天耀和林初九自认就是两个小虾米，没有人会关注他们，可事实上他们真的太小看自己了。

萧天耀和林初九的大名，中央帝国的文武大臣可是人人皆知，萧天耀和林初九一进城，就有无数双眼睛盯着他们的一举一动，盯着大皇子的举动，也盯着皇上的动静。

却不想，一连盯了数十天，也不见这三方有任何动作。

大皇子没有动作他们能理解，说起来大皇子也是倒霉，带着一百万两黄金跑去赎人，为三皇子收拾烂摊子，没有功劳也有苦劳。可大皇子人还未到，朝堂上就全是弹劾大皇子的折子，说大皇子行事鲁莽，无视帝国的尊严，坏了三皇子潜入劫匪内部一举将劫匪拿下的计划，当然这个计划的真假只有三皇子知道，别人无从查证。所以，大皇子更是被说成生生浪费了一百万两黄金，要不是他好大喜功，强夺功劳，三皇子早就把劫匪一网打尽了。

武将的枪，文臣的笔。文官杀人是不见血的，一张嘴一支笔，就能把死的说成活的，把活的说成死的。

大皇子的根基在军中，三皇子却是礼贤下士，深得文官拥戴，他一暗示，底下的官员便接二连三出手，动动嘴皮子，就生生把大皇子的功劳扭曲成愚蠢无知的行为，抹杀掉了大皇子的一切。

权力场上的事便是这般瞬息万变，不笑到最后就不能称之为赢家，一时的输赢并不能决定什么。三皇子这么做也没错，他与大皇子是竞争者，大皇子抢了他的功，打了他的脸，他不抹黑大皇子抹黑谁？这个亏，大皇子吃定了！

且三皇子发动的时机刚刚好，大皇子一进城，他就让手下的人上折子弹劾，大皇子连提前准备的机会都没有，一回京就被皇上宣进宫了。

到了宫里，大皇子才弄明白怎么一回事，他自然是要解释的，可他再怎么解释，也改变不了一百万两黄金没了的事实。

且按三皇子的说法，大皇子带着黄金去赎人没有错，可只要大皇子不那么冲动，不贪功冒进，他的计划就成功了。

大皇子本就不善辩论，一时间百口莫辩，除了一口咬定他只是为了救人，没有私心，且不知三皇子的计划外，大皇子根本无法解释。

帝国皇帝本就不喜欢大皇子，见大皇子这个样子更是厌烦，深深觉得大皇子让他丢人了。

要不是大皇子行事冲动，他也不至于背上一个受劫匪威胁，只能拿黄金赎人的骂名。

一想到这些糟心事，皇上就更不高兴了，挥挥手道：“此事朕自有定夺，你且回府闭门思过，没有朕的命令不得出府。”

大皇子心里憋屈得要死，奈何这种事就是谁先说，谁说的声音大，谁就是胜利的那一方，大皇子失了先机，除了吃闷亏外，什么也做不了。

大皇子被皇上勒令闭门思过，且一关就是数十天，皇上连问都不问一句，熟知帝王心思的大臣们，自然不会在这个时候提起大皇子，更不会提起京中还有两个随大皇子一同来的东文王爷和王妃。

这事并不是什么机密的事，萧天耀当晚出去便打听到了消息，林初九听完，嘴巴张得老大："这么说，我们这是被殃及池鱼了。"

林初九想，这绝对不是大皇子第一次背黑锅，要不是这样，大皇子在中央帝国的名声不会这么差。

"算是吧。"帝国皇帝不是不召见他们，也不是故意给他们下马威，而是大皇子都没来得及提，帝国皇帝压根不知道他们的存在。

朝中的大臣观察了数十天不见皇上召见东文的王爷与王妃，以为皇上是故意要冷冷他们，是以也无人敢在皇上面前提起。

这种事很寻常，许多小国的使臣想要求见大国的皇帝，都需要上下打点一番，不然你就是在驿站等一辈子，大国的皇帝也不知道有你这号人。

"既然不是故意冷淡我们，那就不用担心了，我们该怎么样就怎么样吧，反正过段时间大皇子就能出来了。"大皇子又不是笨蛋，三皇子这么坑他，他要不反击那就是孬种了。而且，就算大皇子无法反击，也不可能一直闭门思过，等大皇子出来了，帝国皇帝自然会知道他们的存在。

放下心中的担忧，萧天耀和林初九就彻底静下心来，只把在驿站的日子当作是在度假。

要知道，他们很快就没有机会过这种悠闲的生活了，趁现在多多享受才好，反正驿站的人只是不让他们出去，并不会苛待他们。

只是，这样的生活没过几天，就被人打破了。

帝国的人也不是笨蛋，观察了大半个月，有聪明的人发现，皇上不是给东文来的王爷和王妃下马威，而是压根就忘了这两个人的存在。

如此一来，关注他们的人就少了，大皇子一脉的人也敢有所行动了。

第一个找上门的是花家的少爷花锦容，花锦容与萧天耀、林初九算得上是旧识，因花家小少爷遗失一事，花家欠了林初九一个人情，虽说花锦容很快就还了这个人情，但还了人情并不表示双方就不能再有交集了，有些事不是欠了人情，还了人情就能了结的，至少花锦容就是这么想的。

就凭林初九救了他们家小九，在力所能及的范围内，花锦容愿意帮萧天耀和林初九一把。

花家大少来访，萧天耀和林初九自然要亲自出来接待，双方寒暄过后，花锦容开门见山："你们的事，我明天就会让人提起，到时候你们做好准备。"

中央帝国几个皇子之间的斗争越来越激烈，乱得很，萧天耀和林初九与大皇子扯上了关系，不想死还是早些离开的好。

在中央帝国，那些皇子斗起来，会顾忌旁人身后的家世，可却不会有人顾忌萧天耀和林初九身后的东文。

如果真要有什么事，这两人一定会被最先推出来牺牲，花锦容让他们早些离去，绝对是为了他们好，可萧天耀和林初九却拒绝了！

“你们知不知道自己在做什么？”

听到萧天耀与林初九的拒绝，花锦容有片刻的愣神，是他听错了，还是这两人说错了？

拒绝？他们有什么理由拒绝？这里是中央帝国不是东文，任凭萧天耀和林初九的本事再大，掺和到皇子之争里，也只有被人欺负的份。

“大皇子救过我们。”萧天耀没有回答花锦容，而是一脸凝重地道。

“救？这也能算救吗？他也害过你们。”花锦容惊诧这两人什么时候开始化敌为友了？

“一码归一码，在帝国这件事上，我们很感激大皇子，要不是大皇子，我们必死无疑。”虽说知道一切都是局，可帝国的态度也明明白白地摆在那里，要是他们真的被绑了，帝国也不会救他们，甚至必要的时候，会牺牲他们去换七皇子的命。

现实就是这么残酷，他们在帝国什么都不是，自然不会有人在意他们的性命。

“这件事与大皇子无关，是帝国救了你们。”花锦容听到这话，不由得叹气。

懂得感恩的人总是无法让人讨厌，萧天耀与林初九这么做很好，但情感归情感，花锦容还是想要劝说这两人离开。离开对他们才是最有利的事。

“这句话拿去骗骗别人还好，骗我们真的不行。”萧天耀摇了摇头，又道，“我们会离开帝国，但不是现在，不管怎么样，也要帮大皇子一把。在这件事上，大皇子并没有错，错的是三皇子。”

“就算所有人都知道错的是三皇子又如何，你没有证据。”这是硬伤，这件事没有证据，这个时候谁说得有理，谁就有理了。

“我们现在没有证据，但很快就有证据了。”三皇子在海上待了这么久，想必会抓到匪徒吧！

“什么证据？”花锦容并不想掺和进大皇子、三皇子之间的斗争，但这事关系到萧天耀，如果事情不严重的话，他不介意帮个小忙。

萧天耀看了花锦容一眼，漫不经心地道：“那群劫匪被我杀了。”

“什么？”花锦容惊得差点跳起来。

萧天耀知道自己在说什么吗？这可不是小事！

要知道，三皇子还在海上剿匪呢，且不断传来好消息。

“你没有听错，当日我会被他们抓住，是因为他们拿下了林初九，我不得不妥协。获救后，我便把劫匪全部杀了，黄金还在海上。”萧天耀的语气仍旧是不急不缓，却把花锦容吓得不轻。

“你有什么证据，可以证明你杀了他们？”花锦容坐正，一脸凝重。

这事一个不好，就会把三皇子给拉下来。

“我不需要证据，只要三皇子把匪徒找到了，或者杀了，我就有证据了。”一天一夜的时间，那群人早就消失在海上，隐藏在大皇子的地盘上，三皇子不可能在海上找得到人。

“所以你们是在等，等三皇子回来？”花锦容大约明白是怎么一回事了。

“对，三皇子要是没有找到劫匪还好，要是找到了……事情会很有意思。”萧天耀勾了勾唇，扬起一抹嘲讽的笑。

花锦容的心里发寒，深吸了口气才问道：“大皇子知晓此事吗？”

如果大皇子也知道的话，那么大皇子就太可怕了。

“他不知道，如果三皇子不闹这些事，所有人都不会知道。”他会深藏功与名，反正他又没有真的杀人。

“好吧，既然如此，你们就在驿站等着，我会跟驿站的人打招呼，让你们可以自由出入，但记得别乱走。”花锦容这是以花家的势力让驿站的人松口，如此一来，萧天耀与林初九在帝国做了什么，花家就要负责任。

萧天耀与林初九知道花锦容的意思，当即起身道谢，花锦容没有拿大，也跟着起身，摆摆手道：“别说谢了，你们要是有空就去花家看看小九，估计小九还记得你们，我家老太爷也想见见你们，要不是有你们，小九怕是找不回来了。”

这话绝对是真的，要不是林初九心善关注了慈恩堂的事，花家的小九就算没有落到歹人手里，也没命回来。

“与我们无关，小少爷命该如此。”林初九并不携恩图报，她从来就没有想过利用花家的小九，以达到自己的目的。

当初要不是被大皇子逼得没有办法，她也不会开口，要花锦容帮萧天耀一把。

花锦容满意地笑了笑：“不管如何都是缘分，要是有空就到花家坐坐。”也好让人知道萧天耀与林初九背后是有人的，不是什么人都能欺负的。

“多谢花少，如果方便的话，我们明日去拜访如何？”萧天耀与林初九不是不知感恩的人，也不是愚笨的人，花锦容把话说到这个份上，他们再要拒绝就是不知好歹了。

“好，就这么说好了，我们明日再见。”见萧天耀与林初九明白他的意思了，花锦容也不再多说，随即告辞而去。

花家的面子还是很大的，花锦容一走，驿站的人对他们的态度就不一样了，不仅殷勤地问他们要不要换房间，更是不停地给他们介绍帝国的风景，推荐他们去哪些地方走走。

萧天耀与林初九听罢，点了点头，给了足够的打赏后，两人就换上便装出去了。

到了中央帝国当然要到处走走，当然他们不是去逛风景名胜，他们去的是市井酒家，看一看中央帝国的百姓是怎么生活的，听一听中央帝国的百姓都关心一些什么事。

和东文相比，中央帝国确实十分富裕，街上的百姓极少有人穿着破旧，就是街头小贩穿的衣服也有六七成新，个个脸色红润，眉眼都是笑，一看就知其生活得极好。

可是，帝国的百姓能生活得这么好，全是因为吸了东文四国百姓的血。东文等四国，每年大半的收益都进了帝国的口袋。

帝国，就是一只水蛭，不断地吸食东文四国百姓的血肉，如果四国不团结，不联合起来，四国只会越来越穷，百姓越来越苦，国力越来越弱。

但这些，都不是现在的萧天耀能解决的事。

萧天耀叹了口气，将心中的不满压下，继续与林初九看帝国的百态，听帝国百姓的市井之言……

现今，帝国最热闹的事，莫过于七皇子被劫一事，这事原是皇室的机密，最多就几个朝中大臣知晓，可不知因何缘故，竟是闹得人尽皆知，大街小巷不知多少人在谈论此事。

“要我说呀，大皇子也真是无用，白白浪费了百万两黄金，真正是肉包子打狗，便宜那帮匪徒了。”

“大皇子行事鲁莽又不是一两回了，你们早就该习惯了，大皇子爱出头，又爱争强，一心想着立功，却是丝毫不顾帝国的颜面，和我们这些普通百姓的死活。一百万两黄金呀，这要分给我们得多少银子。”

“大皇子确实无能，先前在东文不也是吃了一个大亏吗？死了三个武神呢，听说还死了好些黑甲卫，损失不少天外玄铁制造的战甲，那些东西都叫东文小国的王爷给抢去了。”

“听说大皇子这次还把那东文的王爷给赎了回来，叫我说，就不该管那东文王爷的死活，不过是一个小国王爷，也敢在我们帝国面前耍威风，真正是有脸了。”

……

酒楼客栈，不知多少人在议论此事，话里话外都是大皇子的不是，偶有几人说大皇子此举最是恰当不过，立刻就被其他人的唾沫喷得不成人形。

人都有从众心理，且天生就有规避风险的想法，在这种情况下，就算是心里认可大皇子，嘴上也不会说，是以众人皆是一面倒地攻击大皇子。

“帝国倒是民风开放，连皇子的事也敢编排。”林初九听了几耳朵，不由得摇了摇头。

论心智，论手段，大皇子真的是差三皇子太多了，三皇子不仅仅在朝堂上发声，直指大皇子，就是民间舆论也被他掌握在手，不断引导百姓打压大皇子。

“都城到底是不一样，走……去对面的茶楼。”听了市井百姓之言，当然要去听听学子、世家公子之言。

知己知彼，方能百战不殆，他们要帮大皇子出主意，总得先了解三皇子其人。

两人从酒楼出来，走到对面的茶楼，要了一间雅间。

没有办法，中央帝国的学子们并不爱坐大堂，只要条件允许，皆是坐在雅间里，雅间里隔音不错，但是那群学子高谈阔论起来，嗓门一个比一个大，萧天耀和林初九就是不想听到也不行。

“大皇子这一局输得不冤，他只会做不会说，纵使做得再好又能如何？”

“大皇子到底棋差一着，要是他能把劫匪抓住，就没有三皇子什么事了。”

“要是大皇子一去，不是忙着救人，而是收拢权力，这会儿也没有三皇子什么事。”

“归根结底，还是大皇子实力不够，无法在救出人质后抓住劫匪。”

“也许三皇子真的早有安排，不然依三皇子的谨慎，怎么可能会轻易被劫匪抓到？我倒觉得这事十有八九是真的，是大皇子的鲁莽坏了三皇子的计划。”

……

和市井百姓一面倒的言论不同，这些学子们多少还是有一点儿脑子的，好歹能分析出一点儿东西来，不会盲从，但多少也会受舆论的影响。

萧天耀与林初九在茶楼听了一天，茶水点心吃了一堆，直到夕阳西下，两人才相携回到驿站。

回来的时候有些晚了，驿站的小吏并没有说什么，而是客气地把他们迎了进去。待到走进驿站，萧天耀与林初九才知，花锦容走后，有不少人来找他们，大多数是大皇子一脉的官员，都是一些小官，倒是没有必要见面。

“明日若有人来，告诉他们，我们去花府了，叫他们不必等了。”萧天耀说道。

驿站的小吏点头称是，表示明白了，萧天耀和林初九很是大方，见驿站的小吏愿意出力，随手就是一把碎银子打赏。

萧天耀与林初九出手大方，小吏自然也愿意捧着他们，什么事都尽心地为他们做好。

第二天一大早，萧天耀与林初九还未收拾好，驿站的小吏就来通报说花家的马车在外面等着。

不得不说，花家真是给足了萧天耀与林初九的面子，不仅让自家大少亲自来驿站给萧天耀、林初九撑腰，这会儿还派了车子来接，无一不昭示他们对萧天耀与林初九的重视。

当然，萧天耀这是沾了林初九的光，花家真正感激的只有林初九。

花家上门，派车来接都做得光明正大，并没有藏着掖着，只要关注花家的人都知道了，而帝国的七大世家彼此都习惯了互相盯着，看别家在做什么，自家可不能落后。

旁的人家见状倒也没有多想，只当花家是个感恩的，可帝国林家得知花家对萧天耀与林初九的看重，却不由得多想了。

在萧天耀与林初九坐车去花家时，林家正在为要不要认林初九而头痛。

“老爷，东文送来的消息可靠吗？林初九真是当年小六和那个女人留下来的孩子？”

“谁知道呢，当年小六是被逼死的，心里恨着林家也防着林家，就算有血脉在世，也不会告诉家里。”

“那我们是认还是不认呢？原先倒也没什么，左右就是一个特殊血脉，现在咱们也用不上，可你看花家对他们的态度，这要认上了，咱们能与花家守望相助也是好的。”

如果是在以往，林家不一定会看得上花家的相助，同为帝国七大世家，花家也就比他们好上那么一点儿，不值得他们上赶着讨好，可花家攀上了帝国第一世家东阳家这么个姻亲，花家的地位就大大的不一样了。

对于花家重视的人，他们也需要好好斟酌，不能敷衍对待。

“先看着，现在还早。”林家主犹豫半晌后，终是没有做出决定。

林初九虽与花家关系深，可她也是东文的萧王妃，这个身份太过敏感，认回来，能不能成为助力还不好说。

……

花家毫不掩饰对萧天耀和林初九的看重，马车刚刚抵达花府门外，花家的大门就打开了，花家大少亲自出来迎接。

如若是旁人，见此景，必然会心生得意，优越感悄然而生，但是萧天耀与林初九不会，他们两个很清楚自己在帝国的身份与地位。

不管他们两人在东文的地位如何超然，到了帝国他们顶多比普通人好一点罢了，他们根本当不起花家如此看重。

看到花家大少站在门口，萧天耀与林初九对视一眼，一同上前，不等花家大少说话，萧天耀就先一步道：“花少，我们当不起你如此看重。”

“当不当得起不是你说了算的，是我们花家说了算，我父亲和母亲正在花厅等二位，请……”不仅仅是花家大少，就是花家家主与当家夫人也在，可见花家接待萧天耀与林初九的规格有多高，可越是如此，萧天耀与林初九越是不安。

但花家大少明显是不愿意多说什么，或者说他也不知有什么内情，萧天耀与林初九就是想问，也得不到答案。

萧天耀与林初九默默对视一眼，什么话也没有说。不管前途如何，已经走到这里了，他们根本无路可退。

花家贵为帝国的七大世家之一，即使是在寸土寸金的皇都，宅子也十分宽敞，看面积少说也有数百亩，萧天耀与林初九坐着马车走了一炷香的时间，才从门口走到主院。

下了马车，花锦容便在前方为两人带路，时不时为萧天耀和林初九介绍一下花家的景色，萧天耀与林初九只听不言。

一行人很快抵达花厅，管事早早地就在门口迎着，一看到几人的身影忙上前行礼：“大少爷，这两位想必就是东文的萧王与萧王妃，果然是人中龙凤。”

说话的是一个上了年纪的嬷嬷，看着十分和善，对萧天耀、林初九很是恭敬。

不管花家在打什么主意，这副做派确实让人心里很舒服。

“老爷一直等着二位呢，二位里边请。”嬷嬷笑盈盈地把二人迎进屋内。

屋内，花家主与家主夫人坐在主位上，看到萧天耀与林初九进来点了点头，萧天耀与林初九主动与二人行礼，可刚弯下腰，主位上的两人就和气地道：“快别多礼，你们二人可是我家小九的救命恩人，快快请坐。”

一句救命恩人，似乎能解释花家为何厚待他们二人，可萧天耀与林初九仍旧心中存疑，只是面上没有表现出来。

“当不得夫人一句救命恩人，一切只是巧合，九公子能化险为夷，是九公子自己的造化。”萧天耀淡淡开口，再次否认救命恩人一说。

萧天耀与林初九从来没有以救命恩人自居，而且他们本身就用了这件事，求了花家帮忙，他们有何资格说自己是花九少的救命恩人，要求花家一直对他们好？

“两位果然如大郎所说，心善！”花家家主见萧天耀神情平静，既不兴奋也不紧张，更加满意了。

明明有机会攀上帝国的世家，这两人却没有一丝心动，可见无论是心性与品性都不坏，把他们二人引见给东阳家肯定不会有太大的问题。

花家如此看重萧天耀与林初九，除去救命恩人这个原因，更多的是因为东阳家想见见林初九，想请林初九为东阳家的大公子医治双眼。

东阳家的大公子十年前双眼无法视物，遍请天下名医皆无效，包括名满四国的墨神医，东阳家也请来了，但都无用。

原本，东阳家也不会注意到林初九，可他们巧合地得知，林初九不仅医术在墨神医之上，还可能有帝国林家的特殊的血脉。

不知是上天对林家的眷顾，还是惩罚，林家每隔一两代，就会出现一个祭者血脉的人。

这个“祭”是指献祭的意思，也就是说林家通过献祭这位族人，可以帮重症病人续命，把那人身上的重病转移到祭者的身上，让这个有着祭者血脉的人承受病痛，代人死亡。

祭者血脉也有缺陷，其只能帮重症病人续命，无法帮老死之人续命，也无法让人起死回生。林家上一代祭者血脉，就是林初九的生父，被林家强逼着为当今圣上献祭，牺牲了自己的性命，救了当今圣上。

拥有祭者血脉的人，一般都无法留下后代，不过要是有人能留下后代，他的后人也一定是祭者血脉。

林家想过许多办法，让祭者血脉的人留下子嗣，都没有成功，林家的祭者血脉隔两三代才会再出一次，可不知出了什么问题，上一位祭者血脉居然留了子嗣，而且这个人十有八九就是林初九。

虽说献祭一次，除了要牺牲一位祭者外，还要付出巨大的代价，但当大人物的生命受到了威胁时，还是愿意一试。

东阳家盯上林初九自然是为了献祭，但他们要的不是林初九的命，他们想要试试能不能将大少爷的眼疾转移到林初九身上。

当然，东阳家不会一上来就要林初九献祭，他们会先礼后兵，也会给林初九机会，让林初九为自家大少医治。

要是林初九能医好大少爷的眼睛最好，医不好的话，东阳家必会要林初九献祭。

至于代价，东阳家最不怕的就是付出代价了，只要萧天耀与林初九愿意，他们什么代价都能付出，哪怕是帮萧天耀夺位。

不过，这些想法花家大少并不知，花家的知情人只有花家主。其他人只当花家主厚待萧天耀与林初九，是感激萧天耀与林初九对花九少的救命之恩。

祭者血脉这种事，林家捂得十分紧，除了各家的当家家主外，其他人都不知情，而且就算他们知情，也不知道林初九拥有祭者血脉。

东阳家与萧天耀、林初九并无交集，要想顺其自然地与萧天耀、林初九搞好关系，最好的办法就是通过花家。

东阳家与花家本就是姻亲，东阳家的大公子也是花家的外孙，要叫花家主一句舅舅，在此事上花家责无旁贷。

有这么一层关系在，花家厚待萧天耀与林初九那是再正常不过的事，不过花家主也明白，凡事过犹不及，与萧天耀、林初九寒暄几句后，便借故离去，把主场交给了花家大少。

花家大少是真心认可萧天耀与林初九二人，见父亲暗示要厚待二人，能帮就帮二人一把，花家大少自是义不容辞。

萧天耀与林初九此次上门拜访，是受花大少的邀请来认个门，也是为了让人看清花家的态度，是以双方谈的都是一些无关紧要的事。

略说了两句，花大少就让人把小九少抱来。小九少如今已快两岁了，能走路了，且会叫人了。

许是刚学会走路的孩子都不喜让人抱，一踏入花厅小九少就挣扎着要下来走，奶娘自是不敢不从，只得让小九少自己走。

小九少今天穿着一身大红的衣裳，脖子上挂了一块金玉，小脸胖嘟嘟的，迈着小短腿一步一摇晃地往里走，看着喜庆极了，也可爱极了，饶是萧天耀也不由得露出一抹笑。

他和林初九若是有了孩子，肯定会比花家这位小九少更加可爱吧？

这么一想，萧天耀就不由得把目光放在林初九的肚子上，可一想到日子，就知道他太急切了，这才不到半个月，就算林初九怀上了也查不出来。

在萧天耀胡思乱想之际，小九少已经走到他们面前，眨着大眼睛一会儿看看林初九，一会看看萧天耀，然后又看向花锦容，纯真的小脸上满是疑惑。

小九少一出现，花锦容就不由自主地笑了出来，见自家小弟一副傻样，脸上的笑容不由得更大了。

“小九，到哥哥这里来。”见自家小弟一副迷茫的样子，花家大少朝他招了招手，可小九少却没有理会他，而是认真地盯着萧天耀与林初九看，甚至还上前一步，走到两人脚边，扬着小脑袋，一脸严肃地看着两人。

林初九和萧天耀笑而不语，即使花家小九少就在他们面前，两人也没有主动亲近的意思。

不是不喜花家小九少，对于一个不到两岁的孩子没有人会讨厌，他们只是不想利用花家九少与花家搭上关系罢了。

可是，小九少却想亲近他们，任凭花锦容怎么叫、怎么招手，小九少都不曾看他一眼，小脑袋只在萧天耀与林初九之间转来转去。

“这孩子一直惦记着你们，一开口说话就叫大哥哥，可却不是在叫我。”花锦容无奈地摇了摇头，一副吃醋的样子。

他的话刚落下，就见一直没有决断的小九少，突然扑向了萧天耀！

是的，不是林初九，而是萧天耀。小九少将小腿一迈，猛得抱住了萧天耀的腿，奶声奶气地唤了一句：“大哥哥！”

萧天耀瞬间僵住了，差点把小九少踹飞，整个人坐在椅子上一动不动，脸上的笑容也有片刻的凝固。

他从来没有接触过这种小小软软的东西，他要怎么做，才能在不伤着这小东西的前提下，把他弄开？

“大哥哥，抱……”小九少却是自来熟，见抱了半天大腿也无人把他抱起来，委屈地撇了撇嘴，张开双臂示意萧天耀抱他起来。

“看来小九真的很喜欢你。”花家大少一副吃醋的表情，却拿自家弟弟没有办法。

“我不会抱孩子。”小九少一松手，萧天耀紧绷的神经就放松了，但却没有把小九少抱起来的意思。

“早晚得会的，先学着。”花锦容看了林初九一眼，意有所指。

刚刚，萧天耀看向林初九肚子的动作虽隐秘，他还是看到了，想来这位东文的萧王爷想要子嗣了。

“王爷他……”林初九见萧天耀僵着身子，本想上前抱起小九少，以缓解萧天耀的尴尬，没想到萧天耀却弯腰将小九少抱了起来。

花锦容说得没有错，以后他和林初九也会有孩子，先拿别人家的孩子试试，以后抱自家的孩子就容易了。

萧天耀小心翼翼地将花家小九少抱了起来，却不敢用力，姿势极其僵硬，生怕一用力就会把怀中的孩子捏坏。

这个姿势不仅大人不舒服，被抱的孩子也不舒服，可小九少却一点也不在意，见萧天耀抱着他，双手一伸，就搂住萧天耀的脖子，窝在了萧天耀的怀里撒娇：“大哥哥，香香……”

小九少说话咬字已经很清楚了，但说话时还是喜欢叠字。

小九少一动，萧天耀就更僵硬了，好似被人定在了原地，可这次却没有人给他解围，林初九正在一旁看笑话呢。

萧天耀不知道在他抱起小九少的刹那，脸上的表情有多严肃，不知情的人还以为他是要赶赴刑场呢！

第八章　从云端跌入尘埃

花家的小九少似是看不到萧天耀的僵硬，也感受不到萧天耀身上的寒气，抱着萧天耀的脖子就是不撒手，任凭花大少怎么哄，就是要赖在萧天耀的身上。

萧天耀在此之前从来没有抱过孩子，也不知道孩子这么缠人，僵着胳膊抱着小九少，无声地向林初九求助，可林初九是个没良心的，完全无视萧天耀求救的眼光，只与花锦容有一搭没一搭地聊着。

花锦容刚开始还担心自家小弟失礼，会惹得萧天耀不高兴，见林初九在一旁看戏，也就不理萧天耀与小九少了，任由一大一小两个男人大眼瞪小眼。

花锦容留萧天耀与林初九在府中吃饭，两人本想拒绝，可他们一说要走，小九少就泪眼汪汪地抱着萧天耀的大腿，一副要哭的样子。

萧天耀不是一个心软的人，可对上小九少可怜巴巴的样子，不由得就心软了。

用过午膳后，小九少仍旧抱着萧天耀不放，就在萧天耀一筹莫展之际，花锦容的一句话解救了他："萧王放心，小九用过午膳就要午睡了。"

小孩子的瞌睡还真是说来就来，花锦容刚说完没多久，小九少的小脑袋就一栽一栽的，一副困得不行的可怜样。

见小九少这副样子，萧天耀郁闷了一上午的心情总算是好了。

奶娘见状，忙从萧天耀手中接过小九少，不想小九少哪怕睡着了也死死拽着萧天耀的衣袖不放。

"我弟弟还真是喜欢你。"花锦容上前，将小九少的手指一根根掰开，心里酸得不行。

自从把小九找回来后，全家人都拿他当眼珠子疼，偏偏小九对谁都不亲近，他们还以为小九就是这个性子呢，不想遇到了萧天耀却亲得不行。

听到花锦容的话，萧天耀哼了一声没有说话：子非鱼，焉知鱼之苦，他一点也不想要小九少的另眼相待好不好！

没了小九少的纠缠，萧天耀与林初九也不再多待，两人告辞离去。

两人一走，花家家主就找花锦容询问两人的境况，得知两人记挂着大皇子的事，花家主当即就道：“跟他们说一声，他们欠大皇子的这个人情，我们花家帮他还，让他早日见了皇上就回去。”

早日见皇上很有必要，至于回去的事情，只要他们人还在帝国，花家主有的是办法把他们留下。

“父亲，你对萧天耀与林初九是不是太好了一些？”花锦容见状，不由得皱眉。

他不是蠢人，父亲的反常让他起疑。

花家主很清楚自家的儿子，要是不把话说清楚，这事不好办。

“东阳家大少的情况你也知道，听说林初九医术不凡，师承高人，东阳家想卖林初九和萧天耀一个人情，而后好请林初九为大少医治，要是能请到林初九的师父最好。”这话十成真，只是花家主没有把东阳家的想法和盘托出罢了。

花锦容一听，当即笑了：“父亲，你把人想得太复杂了，萧天耀与林初九不是我们这些世家的人，行事不需要这么弯弯绕绕的，要想他们帮忙，直接开口就是，他们能帮肯定会帮，帮不了自会拒绝。”

花锦容并未起疑，帝国世家的人做事就是这样，一件事非得弯弯绕绕的，让人看不明白他们在想什么。

“直接开口就怕他们不会尽心。”林初九能医好还行，要是医不好，后面就不好办了。

“不会的，能有机会让东阳家欠个人情，我想依萧天耀与林初九的聪明，一定会尽全力。”跟萧天耀、林初九打了这么多次交道，花锦容不敢说十分了解二人，但对二人的行事风格还是很清楚的。

“好吧，不过大皇子这件事，我们还是要出一把力，听萧天耀的话，三皇子这次怕是要栽了。”世家虽不在各位皇子之中站队，但要是有好处，世家也不介意与某个皇子暂时合作。

有了花家主这句话，再加上东阳家的帮助，第二天，皇上就宣布大皇子思过的时间结束了。

大皇子结束思过，第一事自然是进宫谢恩，顺便打听一下消息，东阳家与花家为什么会帮他。

这一打听，大皇子又是郁闷又是不解，明明帝国是他的地盘，为什么最后他还要靠萧天耀跟林初九，才能解除禁闭？

不过，这些都不重要，重要的是为什么花家和东阳家会看在萧天耀与林初九的面子上帮他呢？

大皇子万分不解，一出宫就去驿站找萧天耀与林初九，把查到的消息一说，萧天耀与林初九也沉默了。

“花家和东阳家到底是什么意思？就算要报答你们救花九少的恩情，也不用一直报吧？”大皇子见两人不说话，忍不住又嘀咕了一句，“你们身上有什么值得他们花心思的？”

大皇子可不相信花家是为了还人情，世家那帮子人比鬼还精，他们绝不会做亏本的买卖，付出这么多必然所求更大。

“不知道，不管他们想要什么，出招便是。”林初九和萧天耀早就觉得有异，可他们就是察觉了又如何，花家与东阳家要做什么还是一样会做，他们阻止不了。

大皇子见萧天耀与林初九什么都不知，不由得提醒道：“你们自己当心些，以后少和东阳家、花家打交道，世家都是一群吃人不吐骨头的货，你们可千万别被人算计了。”

这些年来，大皇子见过太多太多这样的人，世家摆出一副礼贤下士的样子，那群高手便一个个死心塌地地为世家卖命，一副士为知己者死的豪气，殊不知他们不过是被人愚弄的蠢人罢了。

“算了，说这些也没有用，这是帝国，东阳家和花家要做什么，你们也反抗不了。”显然大皇子也想到了这一点，不由得有些烦躁，“我明天就进宫跟父皇说你们的事，希望早点解决掉，也好让你们早点回去。”

在帝国，世家要做什么别说萧天耀与林初九阻止不了，就是他也阻止不了。

“恐怕我们不可能早些离开。”萧天耀听了大皇子的话，却不抱一点希望。

花家与东阳家的目标既然是他们，在目的没有达成之前，就不会让他们离开帝国。

诚如萧天耀所言，大皇子虽然在第一时间在皇上面前提了萧天耀与林初九的事，可皇上并没有立刻召见他们，只让他们等着。

大皇子在皇上面前本就不得宠，而他一解禁就提起萧天耀与林初九的事，本就是冒了不小的风险，一个不好就会惹得皇上对他更不满，再次让他回家思过。

是以，大皇子提了一句就不敢再多说，只想着以后再寻机会。

然而，不知是老天爷不给面子，还是有人存心做梗，一连七八天大皇子都没有寻到合适的机会。

大皇子无法，又怕萧天耀与林初九等得着急，便亲自去驿站跟萧天耀与林初九说了一声。

“父皇不知在想什么，一直不肯召见你们，我刚开始还以为是人为，查了一下却是一点儿痕迹也没有。我也仔细打听过，并没有人在父皇面前给你们穿小鞋，应该是父皇心中另有计较。”

花家这几天时不时就给萧天耀、林初九送点东西，花家的小九少更是每天都来报到，这一件件、一桩桩都让大皇子十分不安，他总觉得花家在酝酿一个大阴谋，又不敢乱说，生怕自己想太多。

不过，花家高调地表示对萧天耀与林初九的看重，也不是没有好处，帝国张家因为东文银庄一事，与萧天耀、林初九结了仇。两人到来之前，帝国张家曾放狠话，要让这两人死在帝国，结果花家一出手，张家就不敢吭声了。

“这事急不来，殿下也不必在皇上面前自讨没趣。”萧天耀与林初九不用打听，只听大皇子说，就知道大皇子在帝国皇帝面前没有多大的面子，要再为他们的事惹得帝国皇帝不满，只怕大皇子的地位会更低。

这样对他们也不利，他们在帝国还需要借大皇子的势。

“可你们一天不离开，我的心里就总是不安，我听说林家最近时不时地会给你们送东西？到底是怎么一回事？”盯上萧天耀与林初九的并不仅仅只有花家，还有一个世家末流的林家。

林家在世家中的地位不高，可对普通人来说，这样的门第却是足够高了，就是大皇子见到林家主也得客客气气的。

没办法，世家在帝国经营了数千年，手上握着帝国最好的资源，世家弟子千千万万，打小就接受最好的教育，各行各业都是世家的子孙，就是皇帝也不敢轻易对世家下手。

“我和林家有点关系。”原先还想着自欺欺人，现在林家找上门来，林初九也无法逃避。

原先她就觉得奇怪，为何林相那样聪明的一个人，对她这个亲生女儿那么狠，原来她不是他的女儿。

“你？你父亲和林家有关系？”大皇子想到林初九的姓，立刻猜到，可随即又否定了，“不对呀，林家怎么会让家中的孩子去东文为官，东文又怎么会用出身帝国世家的人为相？”

帝国世家的生意遍布四国，却不会让家中子弟在各国为官，同样各国也不会任用帝国的人为官。当然，这些都是潜规则，并不会明文规定。非我族类，其心必异，虽说四国依附帝国，却也不想被帝国架空，任大权落入帝国手中。

“我父亲是帝国林家人，但不是林相。”这两天林家的人每天上门，从林家人的嘴里，林初九总算弄清了她的身世。

她那个母亲也是个命苦的人，不计较门户，不计较出身，好不容易看上一个人，不想那人竟是帝国林家的人。

她的亲生父亲倒是没有负她母亲，但却被林家活活逼死了，要不是她的母亲走得快，怕是她们母子二人也死了。

当然，这个残酷的版本不是林家告诉她的，林家人说的是虽然他们不同意这门婚事，可是林初九的生父却以死相逼，林家无奈便准备给她父亲和母亲举办婚礼，可大婚前她父亲病重而死，她母亲伤心之下决然离去，他们那时并不知她母亲有了身孕。

林家这话并没有什么破绽，她真要去查也查不到什么。好在，她身边还有一个萧天耀，萧天耀早早就查了她的身世，虽说帝国的事打听不到，可从蒙家也能查到一二。

从蒙家人口中得知，林初九的母亲并没有得到帝国林家的认可，她母亲跟着她父亲回到帝国，在帝国发生了什么他们不知，只知半年后她母亲回到林家后，心如死灰，说她父亲死了，她想重新找一个人过日子。

千挑万选，她母亲寻了林相。当时的林相只是一个刚考中的小举人，与国公府的千金结亲必是高攀了，可她母亲执意要嫁，蒙家的人也没有办法。

至于后面的事就是那样了，林初九的母亲在生她时难产，身子坏了，没几年就死了，之后林相另娶……

结合萧天耀所查到的消息，还有林家的说词与举动，林初九猜测林家这个时候认她，必有所图，至于图什么就不知道了。

见大皇子一副感兴趣的样子，林初九挑了能说的，说给大皇子听，当然她也想从大皇子口中打听一点儿消息。

“什么？你父亲是林未途？”大皇子听到林初九父亲的名字，当即惊呼了一声。

“怎么？有问题？”林初九脸色微变，追问道。

“问题大了。”大皇子也不瞒林初九，一五一十地道，“林未途是林家主的小儿子，据说十分得宠，可十八岁那年却偷偷跑了，后来听说是被抓回来的，被抓回来后不到三个月，林家就说人死了，尸首直接烧了。”

“被抓回来的？偷跑？”大家族的公子偷跑不算事，可被抓回来怎么会突然死了呢？还把尸首给烧了，这不符合帝国的风俗，帝国的风俗是棺葬。

“具体的事我也不知道，林家捂得很紧，而且族中子弟横死十有八九牵扯了丑闻，一般人也不会有人去过问，你要想知道我可以让人帮你查一查。”大皇子倒是很想跟林初九多说说，可他也不知道呀。

“多谢殿下，如果可以的话，请你帮我查一查，我总觉得这事不太对劲。”二十年前的事，查起来并不容易，可要不查的话林初九又无法安心。

诚如大皇子所言，世家行事，从来不会没有目的……

二十年前的事，又与世家有关，并不是那么好查的，大皇子应下后立刻派人去查，短时间内却没有一丝进展。

大皇子怕萧天耀与林初九着急，也怕这二人认为他没有尽心，隔三岔五就让人给他们传个消息，让他们安心等待。

大皇子倒是想要亲自上门，每次和萧天耀、林初九聊完，他的心情都会好些，对未来也更有信心，可是不行呀！

他的身份摆在那里，要是与萧天耀、林初九走得太近，不仅会给两人添麻烦，也会引人防备，让父皇以为他在拉拢东文的势力。

萧天耀与林初九又不是不知世事的贵公子、娇小姐，大皇子有没有尽力，他们当然清楚。

这边的事还未打听出来，三皇子那边就传来了好消息，三皇子不仅剿灭了劫匪，还把百万两黄金给追回来了。

消息传到帝国，京中上下欢腾，皇上更是当着朝臣的面一再夸赞三皇子，甚至说三皇子有乃父之风。

三皇子人未到帝都，风头却是无人可敌，隐有问鼎储君之位的架势。其他几位皇子见状，急得嘴上都起泡了，不断地想办法要打压三皇子，或者用别的办法压下三皇子的功劳，可是没用！

先前劫匪绑架帝国皇子、东文王爷、王妃一事闹得太大了，再加上大皇子先前因救人放走劫匪的事被训斥，致使这件事被推到了攸关帝国颜面的高度上。

这件事让皇上深感打脸，现在三皇子把劫匪给灭了，把黄金给追了回来，皇上怎么可能不高兴，怎么可能不大书特书。

三皇子功劳再高，能力再大，也是因为他这个英明的父王，他不介意给三皇子一些荣宠，毕竟这个儿子一直深得他心。

几位皇子上蹦下跳，想要压下三皇子的风头，最近频频活动，唯有大皇子和七皇子毫无动静。

大皇子不动的原因很简单，三皇子立了大功，进一步证明了大皇子的鲁莽与无能。

三皇子现在的风头有多盛，大皇子承受的诋毁与指责就有多深。很明显，大皇子不仅失了帝心，也失了朝臣的看重，现在三皇子的声望越来越高，这样的情况下他除了夹着尾巴做人，还能如何?

当然，这只是群臣看到的假象，虽说外面骂声不断，大皇子却一点也不着急，更没有忐忑不安。

萧天耀早就安排好了，只要他按萧天耀的计划行事，三皇子现在被捧得有多高，之后就会摔得有多狠，至于他现在承受了多大的辱骂与诋毁，日后就会得到多大的荣光。

“母妃别担心，三皇兄蹦跶不了多久，我们且看戏吧。”从劫匪手中死里逃生，七皇子一瞬间就像是长大了一样，不仅不再像以前一样，处处需要他母妃照看，反倒能像一个小男子汉一样，站在他母妃面前，为她挡风遮雨。

对于儿子的孝顺，贵妃娘娘自然受用，可心里却是止不住地心疼。她从没想过要儿子去夺那个位置，她只想要儿子快乐就好。是以，她的儿子虽然在宫里生活了十几年，却仍和普通的孩子一样单纯。

贵妃不认为这样有什么不好，那个位置只有一个，皇上的儿子却有七个，去争去抢却没有成功的都只有一个下场，她不想儿子过那样的日子，只想他富贵平安一生。

有一个不争不抢的儿子，不管谁上位，她的儿子都会得到优待。先前，他们这一脉跟三皇子走得近，是因为三皇子最有希望，且对她的儿子也好，她虽不掺和夺位，但多少还是会给三皇子点儿帮助，可在发生了绑架的事后，她才知这一切都是假像。

三皇子那人自私自利，胆小怕事，出了事就把她儿子推出去，要不是大皇子及时相救，她的儿子恐怕不会死在劫匪手里，也会死在三皇子手里。

“母妃，大哥他虽然鲁莽，却是一个重感情的，这一路他对儿子照顾颇多，现在大哥处在低谷，我们能帮就帮帮他吧。”七皇子会这么说，虽有亲近大皇子的意思，更多的却是为自己以后考虑，就如同当初投靠三皇子一样。

他和三皇子可以说是撕破了脸，虽然大家表面上没有说，可七皇子很清楚，他看到了三皇兄卑微、懦弱的一面，如果三皇子登位，第一个死的就是他。

大皇兄与三皇子不对付，这个时候帮大皇兄，就等于是帮自己。

“他……你父亲不喜欢他，他继位的可能性极低。”贵妃自然感激大皇子救她的儿子，可皇权倾轧，一个不慎就会赔上全族的性命，她不能因为感激就下注，这个风险太大，她担不起。

“母妃，父皇不喜大哥，是因为大哥外祖家的手上握有兵权。”以前他以为只要有父皇的喜欢就够了，比如三皇子，就因为父皇的喜爱，超然于众兄弟之上。但现在他看明白了，父皇的喜爱太过虚无缥缈了，真正实用的只有兵权。

他是不可能有机会染指兵权了，但是大皇兄可以。大皇兄手上就有兵权，虽说这两年在父皇的打压下，大皇兄外祖家的兵权越来越弱，可瘦死的骆驼比马大，只要大皇兄的外祖一家不倒，父皇就是再不喜欢大皇兄，也得任由大皇兄带兵征战，时不时立两个功劳，他在军中的威望就会越来越高。

七皇子的母亲并不是蠢女人，一听自家儿子的话，心里就有了计较，只是这事她做不了主，得跟自家父亲先商量商量，再来决定要不要帮大皇子。

七皇子的母族虽不能和三皇子、大皇子比，却也不容小觑，七皇子的母族手里握着户部的大权，如果大皇子能得到七皇子一脉的相助，大皇子便有钱有兵了。

贵妃娘娘心急，当天就召见母族的人，而很快七皇子这一脉，就有了决断！

七皇子一脉的示好来得十分突然，当大皇子得到七皇子一脉的示好时，整个人都惊呆了。这惊喜来得太快、太突然了！

“七弟这是要帮我？”大皇子被这个惊喜砸得晕乎乎的，大脑完全无法思考。

这些年来，因为父皇对他的不喜欢，他一直都是孤零零的一个人，兄弟间没有一个与他亲近的，他在众兄弟间也没有威望。他原本以为会一直这样下去，没想到七皇子突然向他抛出了橄榄枝。

兄弟的认可，对他来说比得到七皇子一脉的帮助更重要。

“你替我转告七弟，他在这个时候帮了我，我日后绝不会薄待他。”大皇子一向重情，且还是一个感性的人，丝毫不去管七皇子一脉为何会做出这个决定，脱口就许诺下来。

来找大皇子的是七皇子的表哥，见大皇子一脸真诚，完全不似作伪，心中不由得万分感慨。他们现在什么也没有帮大皇子做，只是向大皇子示了好，并把七皇子对大皇子的感谢带到，大皇子就把七皇子当成自己人，真正是叫他想也没想到。虽说他也认为大皇子的心机太浅，难成大事，可心里却希望这位大皇子能成事。凭大皇子的仗义与重感情，日后七皇子的日子就不难过，他们身为七皇子的外家，自然也有好处。

他们这一派的人，虽然没有完全倒向三皇子，这些年却没少给他帮助，可那位三皇子是怎么回报他们的？和三皇子一比，就越发觉得大皇子好了。

许是得到的太多、太容易，三皇子不懂珍惜，从来不记他们的好，只把他们的付出当成理所当然的事。理所当然地把他们当成可以任意驱使的狗，一旦没有达成三皇子所愿，三皇子就会把先前所有的好都抹杀掉。

三皇子这样的人不仅自私自利，还薄情寡义，他若上位，七皇子不一定有好日子过，作为七皇子的外家，恐怕也难逃打压。

就冲这一点，他们家也要全力助大皇子上位。大皇子无心机、无城府不要紧，他们有，那些阴谋算计的事他们来帮大皇子做，大皇子只需要做他的仁厚君主就行了。

大皇子不知，他简单直白的一句话，居然让七皇子一脉更加坚定了站在他身边、把他推上皇位的想法，而他现在还沉浸在自己终于有兄弟相助的欢喜中。

事后，萧天耀与林初九知道此事，相视一笑。

大皇子一向鄙视世家打感情牌，借此拉拢人心的做派，却不想他自己也做了和世家差不多的事，只不过两者一个是真心，一个不知是真心还是假意。

萧天耀和林初九可以肯定，大皇子一定是真心的，至于世家，也许也是真心的吧，虽然带着目的的真心叫人反感，可终归也是真心付出了不是吗？

七皇子一脉能做的不多，但有了七皇子的助力，大皇子的日子明显好过了，而且也不缺银子了。

在三皇子带着金砖和满身荣誉，浩浩荡荡地回到帝都时，大皇子也在着手安排坑三皇子的戏码。

三皇子不是说，他把劫匪杀了吗？三皇子不是说，他把赎金全部追回来了吗？他就让三皇子尝尝被人当众打脸的滋味！

三皇子满载荣誉归来，人还未到帝都，二皇子、五皇子等人就收到了一个大消息。海边有渔夫拿黄金去市面上用，发现那黄金被掺进了大量的铜和沙，被人告发到了官府，官府顺藤摸瓜，居然找到了大量的黄金，足足有两百万两！

如果全是黄金还好说，偏偏这两百万两黄金有特殊标记。

这事透着古怪，底下的官员立即呈报上来，恰巧让二皇子一脉的官员发现了。

二皇子与五皇子亲近，五皇子也发现了此事。两人一看底下送来的黄金，再结合大皇子先前所说的，用掺假的黄金赎人一事，两位在阴谋堆里长大的皇子瞬间就明白了。

“站得越高摔得越狠，我们等老三回来栽跟头。”二皇子与五皇子默契地等待着，只等三皇子风光地回来时再爆出此事，把他压死。

“可惜了大皇兄，被老三踩着上位。不过，没有关系，弟弟我会替你平冤昭雪。”二皇子和五皇子都是人精，命人将黄金全部收回，暗中做了个局。

这事，不仅要暴露出来，还要弄得天下皆知。不然，依他那个偏心的父皇，指不定就会为了面子，把这事按下去。

二皇子和五皇子做的事虽然隐蔽，可大皇子一直盯着他们，一有点儿风吹草动就立刻把消息传给了萧天耀与林初九。

萧天耀与林初九虽不曾出驿站，外面的消息却源源不绝地流入了耳朵里。见事情完全按照他们预想的发展，两人在驿站待得越发舒心了。

有二皇子、五皇子出手，三皇子肯定完了，大皇子这事算是解决了，可是林家与花家的事却不是那么好解决的。

虽然心里明白林家和花家没安好心，可萧天耀与林初九却什么也不能做。一是花家和林家还没有做什么，他们不能光凭猜测就定人罪，另一则是，他们就算想要做什么，在中央帝国也做不到。归根结底还是那句话，他们在中央帝国的实力不够。

“这种日子什么时候是个头？”又一次送走套近乎、打亲情牌的林家人，林初九想杀人的心都有了。

“快了，我们很快就能回去了。”萧天耀把玩着手中的令牌，若有所思地看着前方。

他不会让林初九等太久！

……

自从三皇子的声望越来越高后，二皇子、四皇子和五皇子就抱成了一团。在知道三皇子是怎么剿匪的消息后，三人很快就凑到了一起，准备集三方之力，把三皇子扯下去。

“老三明天就要回京了，你们可做好了准备？”二皇子看向四皇子与五皇子，隐隐有三人当中老大的架势。

四皇子与二皇子的关系本就铁，五皇子虽是后加入进来的，但他为人圆滑，与二皇子的关系也不遑多让，听到二皇子的话，五皇子立刻道：“二哥你就放心吧，明天过后，定让三皇兄从云端跌入尘埃。”

“如此我就放心了，老三最近越来越不像话了，要不给他一点教训，他还真当储君之位是他的。”一想到皇上的命令，要他们这些兄弟都去城外迎接三皇子，二皇子的心里就像是吃了苍蝇一样难受。

三皇子这么点功劳算什么？大皇子前些年征战沙场，几次立下大功，更有几次险些命丧战场，也没见皇上让人亲迎，更没见皇上嘉奖。

大皇子半点不知，他的兄弟正在为他抱不平，就算知道了，大皇子也不会放在心上，他早就过了期盼父皇重视的年纪了。

第二天，大皇子早早地就到了皇宫，与众位兄弟和文武大臣碰面后，就去城门口迎接三皇子了。

对此，大皇子并无不满，也不觉得受辱。他在皇上心中一向没有地位，皇上一向看重老三，会这般给老三造势再正常不过。

可是，他不在意，旁人却不这么想。大皇子一进来，满殿的大臣或明或暗地看向大皇子，有同情的，也有幸灾乐祸的，当然也不乏有看好戏的。

要是以往，七皇子必然也是看好戏的那拨人。但此刻看到大皇子被人孤立，七皇子却觉得心里难受。

看大皇子一个人孤零零地站着，犹豫片刻，走到大皇子身旁：“大哥。”他知道这样做不好，可他忍不住。

“七弟？别过来，站一边去。”大皇子看到七皇子，先是一喜，随后又沉下了脸。

他是不得父皇喜欢的皇子，朝臣也看不上他，与他走近对七皇子来说没有好处。

“大哥，我站你身边行吗？”七皇子眼眶微酸，自从被劫匪绑了后，见识到了人间冷暖，他就不再像以前那样天真了，可看到大皇子一心为他着想，还是忍不住感动。

“不行，我这不是什么好位置，站一边儿去。”在人前，大皇子并不给七皇子好脸色看。

大皇子也不想如此，可但凡与他走近的人，都会被父皇厌弃，要不是这样，他身边怎么可能一个支持者也没有？

“可是……”七皇子心里也明白，他就是为自己大哥叫屈，他好好的大哥，父皇凭什么这么作贱人？

“没有可是，过去！”大皇子冷着脸，见七皇子一脸悲伤，心下稍安。

只要不是欢喜就行了，旁人看到还以为他在欺负七弟，这样就够了。

七皇子没有说话，只是看了大皇子一眼，扭头，愤愤离去，那样子像是跟大皇子闹翻了一样。

二皇子、四皇子、五皇子相视一笑，心中隐有一丝得意：他们几个虽不如三皇子得宠，却也比大皇子好多了，和大皇子一比，他们那点憋屈算什么？

六皇子始终站在远处，并不与众位皇子亲近，但又和大皇子的被人排挤不一样，六皇子是不屑与二皇子一流为伍。

略等了片刻，在帝国皇帝的命令下，由二皇子带头，一众皇子与文武大臣浩浩荡荡地赶到了城门口，准备迎接三皇子进城。

由此可见，帝国皇帝是多不待见大皇子，这种摆在明面上的事，帝国皇帝也毫不犹豫地打了大皇子的脸。

“帝国皇帝到底在想什么？就算要打压大皇子，也不至于如此吧？”林初九和萧天耀带着花家小九少，坐在临街的茶馆里，见二皇子走在人群前方，意气风发，不由得皱眉。

大皇子在帝国混得也太糟糕了，不对，应该是帝国的皇帝也太偏心了，堂堂帝王这么对待一个儿子，太过了。

“他是皇帝，他可以为所欲为，且帝国的皇帝在政事上还算英明，在儿子的问题上，大臣不会计较。”萧天耀倒不觉得有什么不对。

“这么做太过了，他有没有想过大皇子会怎么想？大皇子心理承受能力要是差一点，估计早就被活活气死了。”林初九一向护短，虽说她先前与大皇子不对付，可现在大皇子是自己人，她当然得护着。

“帝国皇帝明显不把大皇子当儿子，大皇子只要不把他当父亲，这就平衡了。”皇室的孩子哪有那么脆弱，父子相残的事很常见，有什么好稀奇的。

“你这么说也有道理。”心里不存希望，就不会失望，也不会伤心，可终归是意难平。

林初九轻轻地叹了口气，小九少见状，大眼睛滴溜地转了一圈，用胖手抓了一块糕点塞到了林初九的嘴里：“姐姐，我们不跟大哥哥好了。”

喂完林初九，小九少又抓了一块糕点，往自己嘴里塞，一脸得意地朝萧天耀显摆，脸上就差写上“我就不给你吃，我馋死你”的字样。

林初九见罢，一扫刚刚的不平，忍不住笑了出来，摸了摸小九少的脑袋，一脸欢乐地道：“小九说得对，我们不跟大哥哥好。”

帝国皇帝不重视大皇子不要紧，正好给了他们机会，有他们在，大皇子的地位会越来越稳。

至于三皇子，任凭帝国皇帝再宠三皇子，他今天也要栽！

大皇子一行人在城门口没有站多久，就看到远处有灰尘扬起，不多时皇家近卫的军旗就出现在众人眼前。

先前帝国皇帝给三皇子的十万人马，就是皇家近卫，对皇上最是忠心，自然也对三皇子忠诚。也正因如此，大皇子才会不争不抢，就乖乖交权。

面对偏心的父亲，抢是最无用的办法。

很快军旗离得越来越近，众人也看到了坐在前方，意气风发、神采飞扬的三皇子。看着被一众侍兵簇拥的三皇子，大皇子等人心里要是不酸那是不可能的，可再酸又能如何？他们有一个偏心的父亲，他们的心里再酸也要忍着，脸上再不高兴也要笑出来。这就是天家，没有爬到那个位置，他们都得看人的脸色过日子。

远远的，三皇子一行人就停了下来，尘土渐歇，三皇子下了马车，带着亲卫走了过来，二皇子等人立刻扬起笑脸，带着一众文武大臣迎上去。

“二皇兄，辛苦你出来接我。”三皇子一向是个温文有礼的人，远远地就快步上前，先一步放低姿态。只是他虽放低了姿态，却仍旧没有把大皇子看在眼里。

“四弟、五弟、六弟、七弟，辛苦你们了，还有众位大人，玮何德何能，怎能劳烦众位大人亲迎。”三皇子全名轩辕玮，帝国皇帝亲自取的名字。

“殿下客气了，殿下剿匪有功，当得起我等迎接。”三皇子的声势如日中天，锦上添花这种事此时不做，更待何时？

“三哥立下大功，做弟弟的怎么能不来。”四皇子、五皇子皮笑肉不笑地应和，七皇子站在一旁默不作声，大皇子仍旧被人忽视，六皇子继续保持自己高冷的姿态，不与众人走近。

三皇子扫了一眼，便走到七皇子面前，伸手摸了摸七皇子的头，一脸怜爱地道：“七弟，这是怎么了？不高兴三哥回来？”

这话可谓是诛心了，七皇子一怔，强忍着推开三皇子手的冲动，强笑道：“三哥说的什么话，弟弟怎么可能不欢迎，看到三哥无事，弟弟太高兴了。”高兴可以亲自报仇了！

“七弟高兴就好，三哥还以为七弟在气三哥当日没有亲自送你，这事你可不能怨三哥，三哥当时有正事要忙。”三皇子一副好兄长的模样，七皇子心里憋屈却不敢说什么，只能露出天真的笑：“我不怪三哥，三哥能平安回来，我就很高兴了。”

三皇子一副宽厚好兄弟的模样，他要当众不给三皇子脸，那就是他无理取闹，没有皇子风度。

“七弟这么说我就放心了，三哥这次回来，给你带了不少小玩意儿，一会儿让人送进宫去。”三皇子在众朝臣面前，表现了一番对兄弟的疼爱后，便继续与朝臣寒暄。

七皇子暗暗松了口气，悄悄地扭头看向大皇子，见大皇子一脸担忧地看着他，七皇子露出一抹浅浅的笑。

不是每个哥哥都像三哥那样，这就足够了。

三皇子今天是得胜归来，除了没有抓到活的劫匪外，一切十分圆满，一阵寒暄过后，三皇子便让人抬上两百万两黄金，以昭显自己的成功。

可就在迎接仪式结束，三皇子准备回宫时，意外发生了！

不知从哪冒出一堆人，推着两辆大板车进城。这些人还没有到城门口，就被三皇子带来的侍卫拦下来了，双方拉扯间，板车被撞倒了……

“哗啦……”闪瞎人的金砖，从板车上倾泄而下。

“我的金砖，我的金砖，这是草民献给皇上的金砖，快，快捡起来，别被人抢了。”

“我的金砖呀，我的金砖呀，不许抢，谁都不许抢，这是我的金砖。是要献给皇上的金砖。”

“金砖，好多的金砖呀。”

……

看到散落一地的金砖，阻拦的亲卫震惊了，他们刚刚看到三皇子献上了两百万两黄金，可那隔得远，远没有这些金砖摔在自己面前来得震撼。

“发生什么事了？”

闹出这么大的动静，怎么可能不引人注意，更不用提这一切都是二皇子、四皇子和五皇子安排的。

二皇子一行人立刻停下脚步，指了指闹事的前方，让人前去查问。

不用走近，也能看到金砖闪烁的光芒，那光芒让人欢喜的同时，又让人产生深切的不安，比如三皇子。

三皇子很清楚他这些金砖是哪来的，为了圆他的计划，为了给他添功绩，他外祖家差不多把家底搬空，才为他凑到这些金砖，好让他拿来立功。

他这些金砖根本不是大皇子给劫匪的那些，而是他命人私下打造的。现在突然出现一批金砖，容不得他多想。

三皇子第一时间看向大皇子，却见大皇子一脸平静，好似什么都不知道，反观四皇子、五皇子则是一脸讥讽地看着他。

瞬时，三皇子就明白了，顿时手脚冰冷，眼前发晕。

这是一个局，他落入别人做的局了。

“四弟，五弟这是怎么……”三皇子张嘴就问，可话还没有说完，就被前来汇报的人打断了：“殿下，前方是几个渔民，他们说在海边捡到了一船金砖，足有两百万两，他们不敢私下吞没，便想送进帝都，献给皇上。”

“两百万两金砖？带上来看看。”三皇子心想先把人赶走再说，却让二皇子抢了先。

三皇子虽然担心，却不敢多言，就怕表现太多，让人起疑。可在场的哪个人都不是笨蛋，如果只是金砖还没有人会多想，偏偏汇报的人特别强调了是“两百万两金砖”。

两百万两这个数字，绝不可能是巧合，这世间哪有那么多巧合。

一瞬间，围在三皇子身边的官员，如同约好的一般，默契地后退一步。

立功是好事，可这功劳要是假的，可就是欺君之罪了，到时候任凭皇上怎么偏袒，三皇子也没有出路。

一个心术不正、贪功做作的皇子，担当不了储君的重任……

第九章　一石激起千层浪

两百万两掺了沙的黄金，还有数具泡烂了的尸体，足以证明了三皇子的功劳有水分，更不用提大皇子曾当朝提出，他当初造的那批掺了水分的金砖，隐秘处都有标记，就是为了日后好追查。

抓到这么大的证据，不需要大皇子做什么，二皇子等人就不会放过三皇子。集三位皇子之力，再加上六皇子的推波助澜，三皇子虚报功劳一事，当天就被人捅了出来，群臣迎接也就成了笑话。

可是，帝国皇帝是真的疼爱三皇子，得知此事后，第一反应不是拿三皇子问罪，而是将此事压下，想要私下解决。

但皇帝的儿子都成年了，就代表皇帝老了，儿子手中一个个有权了，已不是他想怎么做，就能怎么做的时候了。

任凭帝国皇帝如何不满，在其他几位皇子的通力合作下，三皇子虚伪、贪功和欺君的事都流传开了，即使帝国皇帝不处治他，三皇子的名声也坏了。

“哈哈哈，你都不知道三皇子的脸色有多难看，就为了看他那张扭曲的脸，一百万两黄金花得太值了。”大皇子乐不可支，半点也不掩饰自己的幸灾乐祸。

当然，他也只敢在萧天耀和林初九面前，这么直白地表现自己的喜恶。

因花家的看重和林家时不时的帮衬，萧天耀与林初九在中央帝国待得如鱼得水，驿站的小吏根本不敢为难两人，此时，这三人就在一处隐秘的庄子，交换各自的情报，还有计划接下来的事。

“你差不多就够了，皇上动不了其他人，却能动得了你。”林初九好心地劝说，言语却不严厉。

大皇子憋屈了二十多年，心里真的是憋坏了，这会让他发泄一下也是好的。

“那老头也只会拿我出气，明明我什么也没有做，只不过说了一句，我在金砖上做了记号罢了。”大皇子的好心情瞬间没了，虽然他已经过了为皇帝偏心而难过的年纪，但终归有几分不舒服。

他的父亲，真的太偏心了，他的三儿子报假功劳他不生气，反倒气他在金砖上做记号，气他说出来。他为什么不能说出来？他被三皇子踩到脚底了，因这事还在家闭关思过，他为什么不能说？以德报怨，何以报德？更何况，他们这些出身皇家的人，有以德报怨的人吗？他那个父皇真是越老越没脑子了，真以为这么多年过去了，他还是那个认命听话的蠢儿子？

对于帝国皇帝的偏心，萧天耀不予置评，只道：“这事很快就会过去，兴许皇上明天就会召见我们。”

“啊？怎么可能？这么快？”最近花家没少在皇上面前提萧天耀和林初九的事，可看皇上的态度，完全是不打算见他们呀。

“总要有一件事来转移朝臣的注意力，不然三皇子如何脱身？”他先前不着急，就是知道有这么一出。

三皇子出事了，为了转移众人的注意力，帝国皇帝一定会召见他们，甚至还会把他们的事当成大事处理，直到三皇子的事冷却下来。

二皇子几人想借此事拉下三皇子，恐怕有点难，最多也只能让对方沉寂一段时间，不过有这个时间，足够了。

“老头子真就这么偏心？”大皇子心中还存着几分希望，在他心中，他的父皇虽然偏心得没边，可终归是个英明的帝王。

第二天早朝，皇帝的心腹提了萧天耀的事，大皇子就知道他还是太天真了，他居然还对他那父皇存着希望，简直是愚不可及。

“一个外人都看得比我清楚，我真是白活了。”也许，他心中仍旧存着期盼，才会美化他的父皇，可惜他的父皇一次次让他失望。

诚如萧天耀所猜测的那样，为了压下三皇子的丑事，帝国皇帝把萧天耀斩杀三个武神的事，当成大事、特事来办，甚至破天荒地准萧天耀在大殿上陈述此事。

众朝臣哪里不明白皇上的意思，几位皇子心有不甘，但皇帝心意已决，执意如此，他们就算再怎么努力也改变不了皇上的决定。

“父皇就不怕寒了我们的心吗？”因共同对付三皇子一事，二皇子几人越走越近，隐隐抱成一团。

不抱团没有办法，三皇子的皇宠太盛，他们三人分开来更不是三皇子的对手。

这一点朝臣也看到了，虽不耻三皇子的行为，可有皇上的态度在，众朝臣对三皇子心里有意见，明面上也不会表现出来，一个个如皇上的愿，把目光放到萧天耀这位东文的王爷身上。

次日早朝，萧天耀随大皇子一同进殿。一众大臣看到这一幕，有人讶然有人冷讽，更有人若有所思。

他们都是消息灵通的人，自然知道萧天耀的妻子是林家的女儿，也知萧天耀与花家交好。

见到大皇子与萧天耀一同出现，有不少大臣都在琢磨，大皇子这是想要得到花家与林家的支持?

猜测归猜测，一众朝臣并不认为，萧天耀一个小国来的王爷，能改变什么。

中央帝国对群臣颇为优待，早朝时并不需要下跪，只行作揖礼，这一点让萧天耀分外满意。

他并不介意给帝王行礼，哪怕是跪下行礼他也能接受，这是这世间的规矩，他就是再高傲也明白自己的处境，可要是能不跪，他自然是喜欢的。

“吾皇万岁万万岁。”随着众朝臣行礼声响起，早朝正式开始。不过，今天皇上没有听朝臣奏请，而是直接问道：“东文萧王何在？”

“陛下！”萧天耀神情平静，出列站在殿中，将四周或审视或轻视或不屑或鄙夷的眼神通通排除在外。

在来帝国前，他就知道自己在帝国是什么地位，他不会意气用事，更不会因为旁人的一个眼神，就做出不合适的举动。

“你就是斩杀我帝国三名武神的萧天耀？”帝国皇帝一开口，便是十分不善，几乎是把萧天耀的罪名定了，可见帝国皇帝对萧天耀半点好感也没有。

想来也是，要是他对萧天耀有好感，就不会把萧天耀千里迢迢地召到帝国来，然后一晾就是大半个月。

帝国皇帝的刁难在萧天耀的预料之中，面对帝国皇帝咄咄逼人的质问，萧天耀十分平静，毫不紧张，从容淡定地应了一声：“是，帝国三位武神是我杀的！”

这是不容更改的事实，任凭萧天耀怎么解释也无用，还不如大方直接地承认，反正帝国也不能因为他杀死三个武神，就要他这个东文的王爷偿命。

东文虽是附属国，但也没有弱到任由中央帝国宰割的地步。

“好，好，好，东文好大的胆子，连我帝国的武神也敢杀，你不怕死吗？”帝国皇帝不想萧天耀会承认得这么爽快，顿时有几分恼怒。

萧天耀承认得这么快，他这个皇帝还如何拿这件事做文章，转移朝臣和百姓的注意力?

“我正是因为怕死，才会杀了那三位。皇上，三位武神围攻我的时候，我还不是武神。”三位武神联手欺负一个普通武者，帝国就不要脸了吗？三打一不算，输了还有脸来要公道，萧天耀真不知道要怎么说帝国皇帝了。

“你说什么？”皇上显然不信，“你当时不是武神？”

萧天耀淡淡道：“这一点大皇子和花家大少可以作证，我前不久才成为武神。”

不等皇上问话，大皇子就站出来道：“父皇，这事儿臣可以作证，当时儿臣与萧天耀交过手，他确实不是武神。”

“这点臣也可以做证，臣的儿子曾说起萧天耀的事，说他当时还不是武神，被帝国三名武神逼得无路可走，才会杀人。”花家主子也在大殿上，适时为萧天耀说话。

花家这段时间，一直表现得对萧天耀十分看重，这个时候要不为他说话，先前的努力就白废了。

花家开口了，林家也有人站了出来：“臣先前与萧天耀交过手，他确实是刚晋升武神不久，臣还看过武神山的登记。”

……

以上种种，皆能证明萧天耀对战三名武神时，只是一个普通的武者，可这只能证明萧天耀实力高强，并不能抹去他杀人的事。

“不是武神，杀了我帝国三名武神，就无需负责吗？”帝国皇帝威严地看着大皇子、花家和林家的人，眼中闪过不满。

大皇子和花家他还能理解，先前萧天耀没到帝国，这两人就一直为萧天耀说话，林家这是什么意思？莫非萧天耀那个王妃，真是林家的女儿？可就算萧王妃是林家的女儿，林家也不至于上赶着帮一个东文的王爷。

“皇上，武神山有规矩，除非被杀者十恶不赦，不然武神不能对普通武者出手。帝国三名武神一言不和就对我出手，我只是自保罢了。”至于自保到杀人，这是很正常的事，他一个普通武者，对上三名武神，能杀他们纯粹是侥幸。

“你这是说你没有错，全都是朕的错了？”皇上真的被萧天耀的无耻气笑了，听他话中的意思，这事责任全都不在他，他反倒是受害者了。

“皇上，我只是就事论事，当时我只是一个普通武者，能杀死三位武神大人纯粹是侥幸。另外，皇上不觉得奇怪吗？我只是一个普通武者，就算运气再好，按说也不是三位武神的对手。”萧天耀爽快地认下皇上的指责，又不忘抛出一个疑点。

帝国皇帝特意把他召来问话，恐怕就是心存疑惑吧！

要知道，一个普通武者能越级杀死武神，已是很奇怪的事，更不用提还是同时杀死三个。这事要不是发生在他身上，他自己都不会相信。

果然，萧天耀抛出这个怀疑后，帝国皇帝就没有再死盯着他杀人的事不放，而是问道：“当时，三位武神可有什么不同寻常的地方？”

这一点，不要说帝国皇帝，就是武神山的人也不能理解，更不能接受。要是普通武者就能斩杀武神，他们还有资格称神吗？

“我不知道，我当时根本无心去想这些，三位武神的威压太强了，我只顾着抵抗三位武神去了。”萧天耀当然不会说实话，他现在的身份可是杀人犯，说那么多不是找死吗？

“是吗？”帝国皇帝自然是不信的，可惜找不到证据。

三位武神的尸体都被炸成渣了，就算还在，过了一年，也查不出什么来。

“不敢欺瞒皇上。”三位武神的威压对普通武者来说，几乎是不能承受的，他这样说并没有错。

可帝国皇帝并不相信萧天耀，他审视地看着萧天耀，状似漫不经心地提起：“朕听七皇子说，他们曾在东文一个石头镇入住，当时随行的武神到了镇上，似乎失去了武功？”

“石头镇有一种毒无味无色，那毒对普通人无害，却会让武功高强者失去武功。不过药效并不久，约莫两三个时辰就能恢复，七皇子一行应该是中了此毒。”石头镇的事萧天耀早有防备，现在皇上就是去查，也查不出什么来。

“七皇子的事发生后，我已派兵将石头镇给围了，将毒草毁去，将镇上百姓移走，现今石头镇只是东文的屯兵处。”石头镇的一切，他已经抹去了，帝国的人有本事就去查，没本事就别在他面前叽叽歪歪。

“三位武神横死的事非同小可，这石头镇多有古怪，非查不可！”为了遮掩三皇子身上的污点，帝国皇帝根本不想这么快就把萧天耀的事解决。

当萧天耀提出三位武神的死有疑点后，帝国皇帝便顺势派人去查，在没有查清事情始末之前，萧天耀不能离开中央帝国，需要随召随到。

当然，作为一直厚爱萧天耀的花家以及对自家孩子“有愧”的林家，自然要给萧天耀争取一些好处。比如，帝国不能限制萧天耀的行动，可以让他在京中自由行走；帝国人不得轻视二人，需给予他们帝国子民同等的待遇；再有，除帝国皇帝外，对于旁人的召见二人可以不予理会。

最后一条，明显是针对三皇子、二皇子和六皇子等人的。三皇子因为贪功作假一事声名扫地，三皇子不能拿其他皇子出气，只能把怒火宣泄在和七皇子一同被绑的萧天耀、林初九身上了。

为了保护萧天耀与林初九，花家与林家可谓尽心尽力。

至于二皇子，纯粹是顺带的，二皇子行事一向狠辣，谁知他会不会在看到花家与林家看重萧天耀与林初九后，意图拉拢两人，给两人添麻烦。

六皇子也是他们重点防备对象，六皇子与萧天耀、林初九倒是没有什么仇怨，可六皇子的外家张家，与萧天耀和林初九结了大怨。

张家原本是东文最大的商人，手上掌握着东文银票的发行权，可因为萧天耀、林初九横插一脚，张家不仅失了东文这个钱袋子，甚至还被帝国皇帝责骂了，这样的情况下，张家和六皇子会放过萧天耀与林初九才怪。

为了保护萧天耀与林初九，花家和林家出了不小的力，且也上心了，对此大皇子心里充满忧虑，不得不再三提醒萧天耀与林初九："我无法劝说你们远离花家和林家，但你们自己还是要当心一些，别头脑一热，就士为知己者死了。"

大皇子跑来驿站找萧天耀、林初九喝茶，三人坐在园子正中央，四面都有空地，就算有人想要偷听也难。

这话大皇子不知说了多少遍，萧天耀与林初九都听腻了，他们知道大皇子的好意，可耐不住每天都被提醒。

萧天耀与林初九刚开始还愿意回答，现在已经懒得搭理他了，见萧天耀捧着茶杯，若有所思，林初九只得接过话题："三皇子的罪证收集得怎么样了？"

"没进展，他行事一向小心，剿匪这事也是他大意了，不然根本不会栽。"提起三皇子，大皇子就憋屈。

"没有罪证那就制造罪证，三皇子最近不好过，想必很需要一个大功劳。"一直没有开口的萧天耀，突然说道。

此时三皇子要立下一个大功，先前他犯的错就会被人遗忘，甚至世人还会主动为他找理由。比如，被属下蒙骗，识人不清等。

"制造罪证？怎么做？"大皇子眼前一亮，眼巴巴地看着萧天耀，等萧天耀为他出主意，萧天耀却只是摇了摇头："帝国的事我不清楚，也不想清楚，左右不过是三皇子要什么，你给他什么便是。"

他当然不可能不清楚，但他不能掺和，现今他插手帝国的事，大皇子也许不会在意，可日后想起这些事，必会忌惮他。任何一个强者，都不会愿意看到有人在他面前指手画脚，大皇子现今虽还没有达到那个境界，可那是早晚的事。他不得不提前防备。

"三皇子要什么就给什么？"这话触动了大皇子的心弦。

剿匪那事能让三皇子中计，就是因为三皇子迫切地想要军功，想要在军中立威，想要染指兵权。

三皇子有文臣的支持，有皇上的宠爱，唯独缺的就是兵权。只是兵权这东西太危险了，一个不好就会弄得得不偿失。

"这事我得好好想想。"突然得到一个这么大的主意，大皇子心里装满了事，无心继续跟萧天耀、林初九喝茶，匆匆说了两句，便心事重重地离去。

好在大皇子还不算蠢，出了驿站就装出一副若无其事的样子，以免被旁人看出什么来。

大皇子走后，萧天耀与林初九并没有挪地，两人继续坐在花园里喝茶，但萧天耀明显心情好了许多，林初九想要忽视也不行。

放下茶杯，林初九叹了口气道："你这是要挑起帝国的内乱？"

大皇子想不到，并不表示林初九想不到，作为萧天耀的枕边人，她无比清楚这个男人有多么腹黑。

这男人就是一个芝麻汤圆，外面看着白白净净，里面全是黑的。

"帝国不会允许四国统一。"帝国必须要先乱，他们自己乱了，就无心去管四国的事，他就能出手统一四国。

"集四国之力，可以与帝国一战。在没有统一前，任何一国都不是帝国的对手。"他不希望在他征战的时候，帝国在背后出手。

他的兵马有限，必须先下手为强，让帝国无力顾及四国的事，那么没有什么比内乱更好的事了。

"大皇子做得到吗？"大皇子不够聪明，也不够狠心，甚至过于忠厚，林初九担心他狠不下心来。

这么多年来，大皇子一直被帝国皇帝压迫也不见他反抗，更不见他有二心，可见大皇子这人有多么忠厚老实。

"人被逼狠了，什么事都做得出来，他无皇宠，无人支持，除了兵权他一无所有，且帝国皇帝一直忌惮他与他的外家，如若不想落到任人宰割的地步，大皇子只能放手一搏。"凭大皇子在帝国的地位，如果不靠武功夺取皇位，永远不可能登上那个位置。

人被逼上了绝路，什么事都有可能做出来。大皇子原本还有一丝迟疑与不安，让三皇子染指兵权，是一件很危险的事，保不准他手上那些人就真的背叛了他，跟着三皇子了。而且，待到三皇子战死沙场的那一刻，他的父皇必然会发现他的用心，到时候为了他心爱的儿子，肯定不会放过他。

一切思量都是多余的，他的好父皇，竟然把他府上一个奴才的死怪到他头上，并对外宣传他残忍暴戾，此时大皇子心中的最后一丝犹豫与担忧彻底消失了。

为父不慈，他这个做儿子的就只能不义了，父皇不是一直想让老三接手他手上的兵马吗？

好，他就给父皇和老三一个机会，让他们可以接手兵权，给老三一个建功立业的机会，让他能青史留名，载入史册。

不需要皇上多言，大皇子十分自觉地交上请罪书，主动承认是他动手打死了那奴才，承认自己脾气暴躁，需要静心修养。

为了修身养性，大皇子恳请皇上，准他将手上所有的事务都交出来，带发去皇庙修行一年。

一年说长不长，说短不短，但真要做什么事，有个大半年足够了。

大皇子此举，可谓是给帝国皇帝和三皇子提供了大大的便利，但是帝国皇帝却没有立刻同意。他总觉得这事不寻常，要知道他这个大儿子，把兵权看得比命还重要，这会儿这么干脆地交出来，莫不是有诈？

别说皇帝，就是其他人得知大皇子所求后，也惊得不行。大皇子的外家更是坐不住了，当天就去找大皇子，不知他们和大皇子说了什么，最后都垂头丧气地出来，一副受了天大的打击一样。

显然，他们没有劝动大皇子，事实上这个时候就算他们劝动了大皇子，让大皇子打消念头也不行，折子已经呈到了皇上面前，皇上绝对不会放过这个机会。

二皇子、四皇子和五皇子也对兵权有想法，得知此事急急地去探口风，最后一个个春风得意地走了出来。

六皇子一向把自己当成超然的高人，看旁人的眼神，都是一副高冷样，此刻也坐不住了，一得知二皇子等人去见大皇子，立刻备上重礼前往大皇子府。

二皇子三人春风得意地出来，想必是得到了确定的消息，而六皇子要做的就是希望大皇子考虑一下，把他手上的兵马交给他。

“大哥你放心，我绝对不会亏待你的人，你走之前是什么样，一年后回来仍旧是什么样，我绝不会动任何一个人，一年后绝对原封不动地还给你，我在这里保证。”六皇子一改先前的清高，承诺的话一句接一句，大皇子却不接话，只是沉默。

六皇子也不生气，上赶着不是买卖，他把自己的诚意摆了出来，大皇子定然会知道，要如何选择才是最有利的。

自大皇子提交了那份折子，一波接一波的大臣、皇子往大皇子府上跑，最后就差三皇子和七皇子了。

三皇子定然是不会去的，他有皇上为他出头，不需要自己抛头露面，至于七皇子，他年纪虽不小，可他从来就没有掺和皇位之争，以前不会，现在也不会，未来更不会，他就算心里急得不行，想要去找大皇子问个明白，这会儿也不能动，只能在宫里等消息。

大皇子一封请罪的折子，如同一块巨石投入了湖中，激起了千层浪，文武百官都在关注，大皇子手中的兵权，最后会花落谁家。

此刻，帝国皇都中最镇定的人，除了萧天耀、林初九外，就只有七大世家的人了。

哪个皇子手上有兵权，哪个皇子登位，对他们来说一点影响也没有，他们该怎么生活，依旧是怎么生活，不管谁坐在皇位上，都不敢对世家下手。但他们不在意并不表示不会关注，七大世家都在分析大皇子此举的深意。

“你们说说看，大皇子这一手是什么意思？”

即使大皇子给人的感觉，一向是有勇无谋，蠢得不行，但七大世家的人却不敢真把他当成傻子。能在宫中活下来，且握着兵权这么多年，也没有被皇上抢走，就算大皇子蠢，他身后的拥护者也不蠢。

“以退为进，又或者他在下一盘不为人知的大棋。”世家作为旁观者，看得比谁都清楚。大皇子手上的兵权，不是那么好拿的。

“至于到底如何，还要看兵权最终落在谁手上。”东阳大公子眉目含笑，坐在椅子上，双眼无神地看着远方。

不是他心不在焉，而是他的双眼无法视物。

“你觉得兵权最后会落到谁手上？”东阳家的家主，还有花家的家主都在，他们都在等东阳大少拿主意。

“大皇子应该是想三皇子拿到，皇上想必也是这么想的。”三皇子母族不强，但深得皇上喜爱。

当然，在他们看来，与其说皇上十分喜爱三皇子，不如说三皇子是因为背后无权，只能靠皇帝的宠爱过活，才入了皇帝的眼。因为不管皇上怎么宠他，三皇子也威胁不到皇帝的位置。

深陷局中的众位皇子看不清，以为他们只需要跟兄弟争皇位，实际上他们真正的对手是那个坐在皇位上，被他们叫作父皇的男人。

依大皇子的举动来看，他现在显然是看清楚了，才会在自己还有能力的时候出手。

“看样子，最后的赢家是三皇子了。”东阳家家主和花家家主皆是聪明人，听到东阳大少这话，他们还有什么不懂的？

只是他们想不到，争来争去，居然是那个所有人都认为不可能的人，最有可能得到那个位置。

“也不知大皇子身后站了哪路高手，居然在这个节骨眼将他点醒了。”花家家主摇头苦笑。

而此时，坐在驿站与林初九闲谈的萧天耀，不停地打喷嚏，一个接一个……

大皇子此举成功转移了众人的注意力，帝国的人此刻已经没有空去谈论三皇子的事，更不用提去关注萧天耀与林初九了。两人很快就被“打入冷宫”，帝国皇帝又如同之前一般，再不理会他们。

不知情的人还以为，是帝国皇帝派人去石头镇调查了，短时间内没有决断，才把他们丢在一旁，可知情人都明白，帝国皇帝此刻所有的注意力，都放在了大皇子身上，他这个时候根本无心管其他的事。

短短七天，帝国皇帝就把大皇子近年来所做的事，全都调查得清清楚楚，尤其是最近的事，更是翻来覆去地查，查来查去，查到了萧天耀头上。

这段时间，大皇子接触最多的人就是萧天耀，且每次都能跟萧天耀聊半天，大皇子会有这么大的改变，要说与萧天耀无关，他是不信的。

帝国皇帝也不客气，直接把萧天耀宣进宫，连寒暄都懒得，直接就问："这些天，你跟大皇子说了什么？"

"大皇子？"萧天耀早就猜到了皇上叫他来的意思，仍旧装傻。

"大皇子突然交出兵权，难道不是你唆使的？"帝国皇帝一怒，拍着桌子问道。

这要是心理素质稍差的人，早被皇上给吓得一惊一惊的，萧天耀却是半点也不受影响，沉稳地道："皇上，你的话，我不明白。"

"不明白是什么意思？"在他面前也敢装傻，东文这个王爷胆子太大了。

"我没有唆使过大皇子什么，也极少与大皇子说话。"萧天耀一脸严肃，没有一丝说假话的不安与惶恐。

"大皇子经常去找你说话，你怎么可能不与大皇子说话？"这话帝国皇帝是半点也不信的。

"大皇子每次来找我，都是他说得多，我只听。大皇子这段时间心情不好，才会去找我闲聊，毕竟我不属于中央帝国，他跟我说些什么，不用担心被旁人听到。"萧天耀一脸正经，说的还真像是那么一回事。

"是吗？大皇子都跟你说了些什么？"帝国皇帝仍旧不信，但却没有继续逼问。

"抱怨不公，不能理解皇上为什么那么讨厌他。大皇子一直说，他在努力想要皇上喜欢他，努力想要得到皇上的夸奖，可惜每次都事与愿违。

"大皇子觉得自己太无能，太没用，才会一次次失败，才会一直都达不到您的期望，让您对他越来越不满。

"大皇子每次找我，都是在诉苦，这样的情况下，我能说什么？最后一次跟大皇子说话，我只说了一句，大皇子让皇上失望、不满，必然是他所做的事不合皇上的心意。如果大皇子能做一件让皇上合心意的事，必然会得到您的看重。

"我说完这话后，大皇子失魂落魄地走了，之后再也没有来找我。至于大皇子的举动，在此之前，我都不知道大皇子做了什么。"他一个天天待在驿站的小国王爷，不知情再正常不过，知道才叫不寻常。

"罢了，你且退下吧。"能问到这些，帝国皇帝已经很满意了，再多萧天耀也不可能说。

萧天耀所言也不无可能，他那个傻儿子有多傻他很清楚。这些年他这么打压，他那个傻儿子仍是任劳任怨，没有一丝不满，为了博他欢心而交出兵权，他还真做得出来。

萧天耀二话不说，转身就走，没有一丝不满，自然也不会谄媚，只是保持适当的客套。

只是客套而不是恭敬，因为他不仅仅是东文的亲王，还是超武神，凭他的实力不需要对皇上恭敬，只要保持最基本的礼貌就行，可是帝国皇帝不知道！在帝国皇帝眼中，萧天耀此举完全没有把他看在眼里，帝国皇帝眸色微沉，却没有说什么。当务之急，是解决他大儿子的事，至于萧天耀，人在帝国，他还能跑了不成！

萧天耀一出殿，就遇到了匆匆赶来的花锦容。萧天耀见状，以为花锦容有急事要进宫见皇上，便避让了一步，没有上前打招呼，不想花锦容却朝他走来了。

"听到皇上召你进宫，担心死我了。"花锦容的额头上还有细汗，眼中是毫不掩饰的担忧，没有一丝虚假的成分。

哪怕明知这是世家拉拢人的手段，萧天耀也表示很受用："皇上只是问了些大皇子的事。"

"什么叫只是，就是问大皇子的事才麻烦，算了……先不说这些，我先去见见皇上，你在宫外等我一下，我们一起走。"花锦容虽然是来找萧天耀的，但也是打着正当的名义进宫的，不然他进不来。

"好。"花家大少开了口，他总不能说不，且他并不讨厌花家大少。

没让萧天耀等太久，不一会儿花家大少就出来了，指了指花家的马车道："我送你回去。"

萧天耀没有拒绝，在中央帝国谁人不知，他跟花家交好，要是拒绝反倒显得矫情。

经过这段时间的相处，花锦容是真不拿萧天耀当外人，一上车就道："天耀，大皇子的事你和初九千万别掺和，皇家的事比你想象中的复杂。"

"我没有掺和，大皇子的事与我无关。"他顶多是提醒了一句，要怎么做那是大皇子的事，他没有权力代替大皇子做决定。

"我知道这事跟你没有关系，大皇子又不是蠢蛋，交兵权这么大的事，怎么可能是你说一句，他就会照做的。能做出这个决定的人，只有大皇子自己，旁人左右不了他。"最多旁人只能点醒他，但这话花锦容没有说。

他和东阳大少的想法一样，认为是有人点醒了大皇子，但他比东阳大少知道得多，是以，他可以轻易地推断出，点醒大皇子的人是谁。且他多少能猜到萧天耀的想法，但那与他有什么关系？

萧天耀能做到哪一步看他自己的本事，花家与萧天耀交好，萧天耀走得越远，花家也会越好。

这世间，独木不成林，萧天耀再强，也需要助力……

第十章　覆手倾天下

帝国皇帝想从大皇子以及他外祖家手中夺回兵权，已经想了数十年，这会儿大皇子主动上交兵权，别说有诈，就是有毒，帝国皇帝也会生生咽下，死也不会将到手的兵权拱手让人。更不用说，他根本没有查到任何可疑之处，顶多就是他的大儿子太蠢、太傻，为了讨他欢喜，连兵权也舍得交出来。

早知道这个儿子这么蠢，这么傻，这么想要得到他的关爱，他早就该出手了，真是白白浪费了十几年的时间。

帝国皇帝是个多疑的人，从萧天耀口中套了话后，又派人查了一遍，确定大皇子真没有别的心思后，帝国皇帝立刻准了大皇子所求，准他将手上所有的事务交出来，准他去寺庙带发修行一年。

为了昭显自己的仁爱、英明，帝国皇帝不仅下旨赞了大皇子一通，更是下旨封他为睿王，睿智的睿，不知是嘲讽还是真的称赞大皇子睿智。

当然，除去大皇子外，其他的皇子也没被皇帝落下，每个皇子都有了爵位。但只有大皇子是一品亲王，其他皇子都只是二品，就连他最喜爱的三皇子，也只捞了一个二品亲王。

然而，大臣们看得明白，饶是大皇子把兵权奉上，在帝国皇帝心中仍旧没有地位，给他一个一品亲王的位置，只是为了封上大皇子的口，安其他人的心。

“皇上这么做，真的是太好了！”林初九收到消息，不由得笑了出来。

帝国皇帝这是嫌大皇子还不够恨他吗？要给其他皇子分封什么时候不好，偏偏就要凑到跟大皇子一起，虽说品级各不相同，但帝国皇帝此举还是狠狠地打了大皇子的脸。

“估计大皇子又要来了。”萧天耀亦是微笑。

“他现在无兵无权，即日就要去皇庙，来告别一趟也是应该的。”林初九点头应道，心里却明白，大皇子这次来，必然又是抱怨与不满。

说曹操曹操到，萧天耀与林初九还没有说几句，大皇子就来了。

没有刻意让下人回避，三人坐在花园中央，有一搭没一搭地闲聊着，三人也不怕有人偷听，若有本事在萧天耀的眼皮底下偷听，他们就是防也无用。

“你们说说，父皇这到底是什么意思？他真当我是傻子？分不清谁好谁坏吗？他这么对我，有把我当成儿子吗？”大皇子本性纯良，用以退为进的法子，拿兵权为饵诱惑三皇子，还存了几分不安，可帝国皇帝此举，将他心中仅剩的一点父子情、兄弟情都给抹灭了。

“我也是他的儿子呀，他怎么就能对我这么狠？”大皇子说到伤心处，眼泪都掉了出来，“我不求他对我宠爱，也不求他对我特别，我只求他别这么讨厌我，别处处打压我，这样的要求也算过分吗？”

“萧天耀，你说为什么？同样是他的儿子，待遇却相差这么大？老三一无是处，他却宠着捧着，我连年征战，他叫我往东我不往西，我都这么听他的话，他怎么还是厌恶我。

“萧天耀，你说……”

大皇子连连抱怨，直说得口渴才停下来，而在大皇子抱怨时，萧天耀与林初九从头到尾都没有说一句话，只等大皇子抱怨完，才不紧不慢地说了一句：“今后，你只当他是皇帝就行了。”

也只有大皇子，才会把帝国皇帝当父亲，这种蠢事七皇子都不会做。

“你说得对，这样想我就不难过了。”大皇子也只是来抱怨两句的，并不是想从萧天耀与林初九这里讨什么主意。

现在，他也不需要讨主意了，他马上就要去城外庙里待一年，这一年他会很安分的，安分到让他那个皇帝父亲关注不到。

“我两天后出城，今后在帝国你们自己当心一些。我跟我舅舅他们说了，让他们多帮帮你，尽快解决这些糟心事，早日离开帝国。另外，你要有事就去找他们，实在不行再去找花家，总之林家最好不要碰，林家人的口碑是七大世家中最差的，花家尚可。”

不管未来如何，在这一刻大皇子是真的把萧天耀和林初九当朋友，哪怕他们相识的过程并不怎么美好。

“在外，做好表面功夫。”萧天耀这人一向有仇报仇，有恩报恩，大皇子为他做了这么多，他自然不介意提点大皇子一句。

这一年，是大皇子的蛰伏期，也是他的潜伏期，一旦失败他就真的回不来了。不过，至少可以保住他和他舅舅一家的命。

“放心吧，我母妃当年给我留了不少人，这些年我不管多艰难都没有用他们，但现在我会用起来。”那些人是母妃让他自保用的，但同样也是为了帮他登位的，只是他先前一直没有想明白罢了。

“你有一个好母妃，如此你该知足了。”人不能太贪心，哪怕不曾见过，萧天耀也能想象出大皇子的母妃是何等聪慧之人，不然也教不出大皇子这种纯粹的人。

“你这么说，好像我多贪得无厌一样。”大皇子没好气地哼了一声，然后傲娇地走了。

他还要跟皇上告别，跟七弟告别，他很忙的，哪有闲工夫陪萧天耀与林初九闲扯。

大皇子花了两天时间，把该走的人都走了一遍，而后低调地离开了京城，甚至没有一个人相送。

但这并不表示无人知晓他离京，事实上各方人马都在关注大皇子的举动。他们很清楚，大皇子这一走，帝都的格局又要重新洗牌了，且会越来越乱。

大皇子走了，兵权被帝国皇帝握在手上。帝国皇帝拿到兵权的第一时间，大皇子的外家便上表请求解甲归田。

皇上假意阻拦后便准了，并安排户部的人帮忙搬家，生怕他们留在京城不走，真正是凉薄至极，也小气至极。

“果然，在外面看帝国什么都好，真正进来才会明白，一切不过如此。”都是人，谁也不会比谁高贵。

萧天耀一脸淡定地吐槽，要不是听到他的话，你绝对看不出他是在嫌弃中央帝国。

林初九听罢，笑着附和了一句：“没来之前，我也觉得帝国很可怕，真正来了，倒觉得还好。”

尤其是刚到帝国的那段日子，帝国的人个个高高在上，还有那一片广袤的荒地，都在无形中提升了帝国在他们眼中的地位和形象，让她心中不安。

可是，来了之后就明白了，你只要有能力，不管在哪里都是一样的。只要你有努力奋斗、不断突破自我的勇气与决心，在哪里你都能成为强者，让人不敢小视。

“很快我们就能回去了。”萧天耀看了看林初九明显消瘦的脸，眼中闪过一抹心疼。

即使在帝国的生活很平静，他们不需要到处奔波，林初九仍旧消瘦了许多。不是自己的地方，便不可能真正的自由、放松，哪怕这个地方没有他们想象中那么可怕，可他们仍旧要时刻保持戒备。

在帝国，林初九不开心。

“早点离开也好，林家最近天天缠着我，要我认祖归宗，话里话外都在暗示我，有林家做靠山，我在东文会如何如何……”一想到这些，林初九就感觉无力。

林家人真当她是傻子呢？这么上赶着要她认祖归宗，要说林家没有目的，她把名字倒过来写。

“拖着，我们很快就会离开，武神山的人就要来了。”武神山是超然的存在，就是帝国也要给他们几分面子。

“武神山的人是为你来的？”林初九一愣，诧异地看着萧天耀，这个男人是不是在来之前，就把一切都算好了？

算好了退路，算好了帝国的局势。

“嗯，我前不久给武神山传了信，我是超武神，他们会派人过来鉴定。”武神山虽然超脱于世俗之外，可也是人来管理的，只要有人在就存在各种关系。

因此萧天耀想要武神山在什么时候派个人过来，并不是什么难事。

“既然如此，林家人那边也不需要得罪，我继续周旋就是了。”人在屋檐下，不得不低头，哪怕是回到了东文，世家的力量也不可小视。

“不必，不开心不见他们就是了。”世家的力量确实不能小视，自然是能不得罪就不得罪，但他也没有弱到，要自己的妻子去讨好世家的人。

“有花家在，他们并不敢拿我们怎么样。”虽说大皇子不断地提醒他们，花家别有用心，但在帝国，花家这面大旗比大皇子好用，要是没有花家的庇护，他们在帝国会很艰难。

毕竟，大皇子自己都举步维艰，怎么可能帮得上他们。

萧天耀轻轻地点了点头，想了想，还是说了一句：“今晚，我去见一个人，成功的话，回到东文我们就什么也不用担心了。”

有些事，他并不是不想让林初九知道，只是不知道如何说，毕竟他习惯了独自一个人谋划，一个人承担所有。

林初九点了点头，并没有多问：“好，你自己当心一些。”这里不是东文，真要出了什么事，她还真不知要找谁帮忙。

“放心，我不会有事。”握了握林初九的手，萧天耀淡漠的眸子中闪过一抹不易察觉的温情和懊恼。

温情不用多说，他跟林初九的关系越来越好了，懊恼则是因为他开始贪恋家的温暖，不想出门了，尤其是在晚上。

是夜，林初九睡熟后，萧天耀悄悄地起身，替她掖好被角，在她的额头上落下一吻，便踏着月色出去了。

床上的林初九似有所感，轻轻地嘤咛了一声，却没有醒。

独自一人，萧天耀的速度快到只剩下残影，不过眨眼间人就出现在城外：“我来了！”

黑暗中，一身银衣的时逸寒淡定从容地走了出来，可在看到萧天耀的刹那，整个人都僵住了："萧天耀，怎么是你？"

"时少主，许久不见了。"人是他约的，萧天耀自然不会意外。

"怎么会是你？"时逸寒眉头紧皱，一脸深思地看着萧天耀，片刻后，问道，"闯圣元王朝废都的人是你？"

"嗯。"这事别人问，萧天耀肯定不会承认，但时逸寒问，他不承认就太假了。

毕竟，放在圣元王朝的东西，到了他手上。

"你和圣元王朝有什么关系？"时逸寒看着萧天耀，眼中充满戒备。

萧天耀没有回答他的问题，而是反问："时少主，你和帝国皇室有什么关系？"

"这是我的事，我告诉你干吗？"时逸寒脸色微变，可也只有那么一刹那。

"同样，本王的事，为什么要告诉你？"同样的话，却是不同的语调，时逸寒的语气很冲，萧天耀则说得云淡风轻。

"看样子，你是圣元王朝的血脉了。"时逸寒笑了笑，又恢复了原有的优雅从容，戏谑地看着萧天耀，萧天耀却没有理会他的挑衅。

"时少主高兴怎么想就怎么想。"萧天耀没有多言，取出从圣元废都取来的令牌，手心朝上，递给了时逸寒，"月影银牌，时少主。"

月影银牌是天藏影月的信物，每代主人只有一块，只能送给一个人。拿到月影银牌的人，可以无条件要求天藏影月为他做一件事，除了窃国外，什么事都可以。

这么多年来，天藏影月只送出过三块月影银牌，到现在，除了送给圣元王朝的那块，所有的月影银牌都收了回来。

萧天耀手中的就是最后一块。

"说吧，你要天藏影月为你做什么？"时逸寒强压下心中的不耐烦，问道。

他不喜欢萧天耀归不喜欢，但天藏影月的名声不能毁，萧天耀手中的这块月影银牌，他一定要取回来。

"本王要帝国的所有人，都查不到与本王有关的消息。"萧天耀说得极其平淡，可这话中却满满的都是陷阱，时逸寒不傻，自然听出来了。

"与你有关的消息？"重点是"有关"二字，这个真不是一般的难。

萧天耀从来就不是一个安分的人，与他有关的消息，真的是太多了。

萧天耀没有正面回答，只道："本王相信天藏影月能做到。"这世间也只有天藏影月能做到，除了他们外，任何人都做不到。

"萧王爷，你这个要求太过了。"天藏影月自然能做到，但要付出的代价太大了。如果是别人提这个要求，时逸寒绝无二话，立刻就会应下，可是萧天耀不行。

无论是四国还是中央帝国，盯着他的人太多了，他这样的人不管在哪里，不管如何低调，注定都会发光发亮，想要让人不注意到他，实在是太难了。

“天藏影月做不到吗？”萧天耀没有跟时逸寒讨价还价，在他看来这些都没有必要。

他提出来的要求，在天藏影月的规定范围内，时逸寒只能选择应下或者不应。

时逸寒没有直接回答萧天耀的话，而是说道：“如果我猜得没有错，你未来想做的事，必然会损害中央帝国的利益，对吗？”如果不是这样，又为何会阻止帝国的人探查他的消息？

“是又如何？不是又如何？”四国一统，必然会影响帝国的利益，但他必须要做。

“你既然知道我与帝国皇室的关系，就该知道我不会放纵你，这样的情况下，你还敢找我谈条件？”时逸寒不知该说萧天耀自信，还是说萧天耀太看得起他了。

萧天耀明知他是帝国皇室中人，居然还找到他，暴露圣元王朝的事，萧天耀就这么相信他？

“本王只知你是天藏影月的少主，时少主，本王最后问你一次，月影银牌你要不要？”时逸寒不要，多得是人想要。

“我天藏影月说出去的话，自然会做到，你的条件我可以应下，但有年限。”时逸寒很想说不要，可不行，他要这么回答，天藏影月的名声就坏了。

做他们这一行的，怎么张狂、任性都不要紧，但不能坏名声，坏信誉。

“十年！”十年的时间，足够了，足够他统一四国。

届时，便是帝国也奈何不了他。

“不行，最多三年。”想到要为萧天耀卖十年的命，时逸寒就想吐血。

萧天耀知不知道，他那个条件有多难达到？与萧天耀有关的消息，真的太多，他们天藏影月在四国的势力，这十年也许只能做这一件事了。这个交易，简直让他吐血。好像每次跟萧天耀有关的事，他都会亏得吐血。

萧天耀坚定地道：“七年，不容商量。”三年的时间太短，他就是再自信，也不会嚣张地认为，凭三年就能一统四国。

开战不是那么容易的事，尤其是同时挑起四国间的混战。

“五年，这是我的底线，再多我宁可让人认为天藏影月不讲信用。”七年太长了，七年足够萧天耀做太多太多的事了，五年是一个折中点，那时候萧天耀想要做的事，十有八九还未成功，那时帝国收到萧天耀的消息，再出手也来得及。

“成交！”很巧，五年也是萧天耀的底线，五年他虽未成功，但他可以肯定帝国必然大乱，而混乱的帝国根本没有能力阻止他。

“月影银牌我收下了，关于你的消息，我们会帮你制造假消息。”成功谈妥，时逸寒取走萧天耀手中的月影银牌，同时将自己的计划说出来。

“但是，要是世家嫡系跑到四国去查你的消息，我不负责拦截，这个要你出手。”这种情况下只能把人杀了，天藏影月不怕得罪世家，但要为了萧天耀而得罪世家，那就得不偿失了。

“可以，消息由你提供。”他的人不可能做得面面俱到，他需要天藏阁的消息。

“可以。”萧天耀做出让步，时逸寒自然也要让步，双方就此谈妥，时逸寒最后问了一句，“萧王爷，还有别的事吗？”

时逸寒不过是客套一说，不想萧天耀半点也不客套，直接道：“有，本王要买东文皇后的消息，她到底是什么人？”

东文皇后似乎知道很多，且皇上好像颇为忌惮她。

“她？帝国先皇的宠妃之女。她母妃涉嫌害死皇后嫡子被处死，她和她双胞胎哥哥一同被厌弃，她哥哥死了，她则被心腹带走了，远离帝国，隐姓埋名。”时逸寒漫不经心地说道，并没有把东文皇后的身份当回事。

“当今帝国皇帝的妹妹？来头还真大。”难怪能让皇上忌惮，原来有这么大的来头。

“她为什么要针对林初九？”既然知道了东文皇后的身份，萧天耀不介意继续问清楚。

时逸寒却不肯回答，而是笑道：“萧王爷，这是第二条消息。”

“开价！”天藏阁做的是消息买卖的生意，他相信时逸寒有分寸。

天藏影月做的是杀人和买卖消息的生意，买主让开价，时逸寒当然不会客气，当即不客气地报了一个数字：“十万两……”

时逸寒说话时，一直看着萧天耀，见萧天耀始终面色如常，在报出十万两后，略一顿，又补了一句，“黄金！”

十万两黄金这个价格绝对可以说是天价，一般人听到这个价格，肯定会认为时逸寒是故意刁难人，或者不想做他的生意，萧天耀却脸色不变，只道：“说！”

“没意思！”一直在等萧天耀变脸的时逸寒，见萧天耀眉头也不皱一下，不由得气馁。

萧天耀这个男人，真的越发惹人讨厌了，尤其是他拿到月影银牌后，更是让人生厌。

要知道，他时逸寒打从出生起，就没吃过亏，直到遇到了萧天耀！

久久没等到时逸寒开口，萧天耀不客气地威胁道：“时少主，本王的耐心有限。”

“一手交钱，一手交消息，这是天藏阁的规矩。”时逸寒并不介意把东文皇后针对林初九的原因告诉萧天耀，但是他不想让萧天耀太痛快。

萧天耀痛快了，他就不痛快了。

“天藏阁在本王这里，什么时候讲过规矩了？”时逸寒明明知道，他此刻拿不出十万两黄金，明显是故意说的。

“咳咳……”时逸寒被自己的口水呛死了，有那么一刹那，他真的有杀人的冲动。

萧天耀这是打他的脸吗？

“时少主，本王再说一遍，本王的耐心有限。”萧天耀再次道，语调不变，语速却放缓了几分。

“本少主也不是好欺负的。”打了他的脸，还要他无偿提供消息，萧天耀简直不要脸。

“本王不介意告诉三皇子几人，你与帝国皇室的关系。”要是那几位皇子，知晓暗夜帝王时逸寒是他们的兄弟，想必夜不能寐。

“你还要脸吗？”时逸寒简直想要吐血，“要说出身，你也不比我差，要是帝国皇帝知晓你的身份，你觉得他们会放过你吗？”

圣元王朝的后人，只要这个消息一传出去，不仅仅是帝国，就是东文四国也不会放过萧天耀。

同样是威胁，可萧天耀却半点不惧：“本王相信天藏影月是讲信用的。”月影银牌是那么好收的吗？时逸寒太天真了，要是没有把握，他怎么可能会来见他。

“所以，你就可以毫无顾忌地威胁我？”时逸寒突然笑了，笑自己果然太单纯了，居然和萧天耀讲道义，这男人明显就是吃人不吐骨头的货，怎么可能会跟他讲道义。

“不，本王在等你的消息，时少主。”这就是萧天耀，不管何时话语的主动权永远由他掌控，任何人也无法抢走。

时逸寒深深地吸了口气，才压下心中翻涌的怒火：“好吧，记得你欠我十万两黄金。”他承认，他怕了，不是怕萧天耀，而是怕麻烦。

要是让帝国那群皇子知晓他的身份，帝国的那些皇子定会联手，他们的实力并不强，但架不住他们人多，真要一起联手，他会头痛死。

要知道，他完全没有跟他们抢皇位的想法，要是因此被人惦记上，那多亏。

时逸寒退了一步，萧天耀自然也不会得寸进尺：“时少主放心，一到东文，本王便会把十万两黄金送到天藏阁。”同时亦会告诉东文皇后，是天藏阁卖了她。

这话萧天耀没有说出来，可时逸寒哪能不明白！

“萧天耀，做人留一线，日后好相见！”时逸寒气得快要吐血，连表面的客套也维持不下去了。

天藏阁做的是消息买卖的生意不错，可一向只在暗中行事，而萧天耀光明正大地往天藏阁送黄金，不是在坑他们是什么？

“黄金太多，如果是银子，本王倒是可以直接给银票。”萧天耀确实没有讨价还价，但却是逼得时逸寒不得不主动让步。

时逸寒很不想退，可却不想惹上东文皇后，更不想日后人人都学萧天耀，这样他们天藏阁还怎么做生意？

“好，二十万两银子！”时逸寒憋着气道。

“成交。”萧天耀点到即止，毕竟他要是逼得太狠了，指不定时逸寒真的翻脸。

每个人都有忍耐的底线，他差不多已经踩到了时逸寒的底线了。

“林家有一种特殊血脉，叫祭者血脉，通过特殊的手法献祭，可以将一个人身上的病痛，转移到祭者血脉的身上。东文皇后身中剧毒三十余年，每天都在忍受剧烈的疼痛，时至如今，要是再找不到解药，她就没有几年可活。她中的是帝国的秘药，几乎无解，想要活命只能通过林家祭者血脉的人献祭，将身上的病转移。”时逸寒快速说完，见萧天耀沉着一张脸，心情莫名地好了。

“看在你有月影银牌的份上，我再免费送你一条消息。东阳家的大少双眼失明，无法视物，亦无人能医。而你那王妃的父亲，就是祭者血脉，他当年逃跑了，最后却被林家抓了回来，为现在的帝国皇帝献祭，不久后就死了。”时逸寒承认，他是故意的，故意夸大祭者血脉的用处，希望萧天耀能受得住诱惑，在身受重伤，或者中毒后，不会把林初九献祭，不然那就真有意思了。

至于卖了帝国皇帝，他会不会觉得不安？当然不会了！他虽拥有帝国皇室的血脉，可跟帝国皇帝并不亲，他们之间根本没有父子之情，把帝国皇帝卖了，时逸寒一点也不觉得不对。

“多谢时少主，等回东文，二十万两一分不会少。”得到了自己想要的消息，萧天耀就不再理会时逸寒了。

事情太多了，他需要好好消化一下，也需要好好想一想。林初九的祭者血脉是一桩天大的麻烦，如果不能解决，他们怕是别想离开中央帝国。

东文皇后、帝国皇帝、林家、东阳家……盯上林初九的人还真多！

没有惊动任何人，萧天耀踏着月色回到了驿站，脱下外衣，在林初九身侧躺下。

萧天耀的动作很轻，但林初九还是醒了一下，并嘟囔了一句：“你回来了！”

然后，转了个身，抱住萧天耀的胳膊，将脑袋靠在萧天耀的肩窝，满满的都是依赖与信任。

一切都这么自然，就好像已经做过千万遍一样，就好像两人本该如此一般。

刹那间，萧天耀便觉得整颗心都软了，不由自主地抱住林初九，双腿与之纠缠，轻轻地在她的额头落下一个吻：“我回来了。”

这是林初九对他的要求，如果起得比林初九早，起床后一定要亲她一下，说一声“我出去了”，要是睡得比林初九晚，回来后也要亲她一下，说一声“我回来了”。

初时，他很不习惯，也觉得别扭，现在他却觉得很好，只是一个简单的小动作，却无比温馨，将彼此紧紧地羁绊在一起。

将林初九搂进怀里，萧天耀低声许诺：“不管发生什么事，本王都会站在你面前，为你遮挡所有的风雨！”

不管是东文皇后还是东阳家，又或者是林家，任何人都别想伤害他的初九。

“很晚了，快睡吧。”不知林初九有没有听清，萧天耀只听到林初九低低的抱怨声。

“好，睡！”萧天耀的唇角微微上扬，忍不住又亲了亲林初九的头顶。

他的初九，真的很好！

清晨，两人一前一后醒来。林初九先醒，她一动萧天耀就醒了。萧天耀醒来的第一件事，不是睁开眼睛，而是吻了吻林初九，低声道：“醒了？”

一大早，就听到低沉磁性，能让耳朵怀孕的声音，林初九不由得哆嗦了一下，触电般的感觉从尾椎往上游走。林初九瞬间清醒了，只是声音仍有一些迷糊：“醒了，你昨晚什么时候回来的？”

“子时一刻，你当时醒了。”萧天耀颇有几分委屈，亏他还觉得初九沉稳，原来这姑娘什么也没有听到。

“是吗？我估计睡糊涂了，别生气。”林初九挠了挠头，一副迷糊的样子，见萧天耀不高兴，立刻凑上去，吻上他的唇，“别生气，这是补偿！”

林初九只想给萧天耀一个吻，可她高估了男人在清晨时的理智，也高估了男人的忍耐力，心爱的女人送上门了，还能忍？

旁人能不能忍萧天耀不知道，但他知道，他是忍不了。此刻，他一定要将林初九就地正法，以补偿这段时间的等待。

“既然是补偿，就要彻底一点儿，夫人你这么做是不对的，本王来教你。”在林初九想要离开的刹那，萧天耀搂住她，按住她的脑袋，加深了这个吻。

“唔……”林初九没有防备，唇齿轻易便被萧天耀撬开了。

“放，放开！”作为大夫，林初九无比清楚，男人在清晨有多可怕，要不是萧天耀一向表现得极具自制力，她绝不会送上门。

“晚了！”萧天耀放开了林初九，可不等林初九呼气，唇又落在她的耳边、唇边、颈脖处……

密密麻麻的吻落下，刚冒出来的胡茬扎得林初九又痒又疼，忍不住躲了起来，低声求饶：“不要，不要……”

这个时候，对男人来说，不要也是要，要也是要，为了挑起林初九的兴趣，萧天耀含住她的耳垂，轻咬着，舔吮着……

他知道，这是林初九的敏感点，只要握住她的敏感点，林初九就会缴械投降。

果不其然，不过是轻轻咬了两下，林初九的声音就软了，身子也软了。

“不要咬，啊……”林初九一句话还没有说完，萧天耀便用力吻住她的耳垂，引得林初九一阵轻颤，脱口而出的叫声又妩媚、又娇柔。

“明明你也想要，对吧？”萧天耀终于停下攻城掠地，给了林初九喘息的空间。

“才没有，你不是说在外面，不要这样的吗？”没了萧天耀的骚扰，林初九终于可以喘气了。

她经不起萧天耀的挑逗，要不是有萧天耀这话，她也不敢随意撩拨萧天耀。

萧天耀右手撑住身子，将林初九扣在身下：“本王发现这个决定太草率了，现在要重新考虑。”

他先前以为不会在中央帝国待太久，是以便决定回到东文，再好好享受他的美人大餐，结果时逸寒却告诉他，东阳和林家都盯上了林初九。

如此一来，他们肯定要在中央帝国多留一段时间，而他已不想再等。

“你这是出尔反尔，你这样做是不对的。”林初九伸出手，挡在两人中间，至于效果？

萧天耀现在没有动，自然是百分百有效，可他真要动的话，林初九这两条细胳膊能挡得住吗？

“你说得都对，但现在本王等不及了，你说怎么办？”他已经迫不及待地想要这个女人了，无论身心！

“你看，本王没有骗你吧？”萧天耀附在林初九的耳边，说话间不忘舔舔林初九的耳垂。

“你，你……”不过瞬间，林初九就开始喘粗气。

“为了本王现在的幸福，为了你将来的幸福。夫人，你就勉为其难帮本王一次吧。”话落，萧天耀吻住林初九的唇，将她所有的拒绝、呻吟全部吞入腹中。

林初九低声地喘着气，此刻她已失去了对身体的掌控，只能任由萧天耀在她身上留下独属于他的痕迹……

第十一章　一举成名天下知

大皇子手中的兵权，一直是帝国皇帝心中的隐患，现在兵权到手，隐患解除，帝国皇帝整个人都放松下来了，也就有心情处理萧天耀的事了。

许是心情好的原因，帝国皇帝并不像先前那般咄咄逼人，态度温和了许多，不过即便如此，萧天耀仍旧占不到一丝便宜，仍旧讨不到好。

帝国的尊严不容挑战，帝国的权威不容挑衅，无论谁对谁错，最终错的都只能是萧天耀，可萧天耀却不是一个会认错，会服软的人，帝国皇帝要萧天耀认下所有的错，萧天耀偏偏不认。

帝国逼迫萧天耀退让的计划落空，帝国三个武神横死在萧天耀手里，萧天耀以绝对的实力震慑了帝国，也狠狠地打了帝国的脸。

与其说帝国对那三个武神的死不甘心，不如说帝国丢不起这个面子。一再要求彻查此事，并要萧天耀来帝国陈述，很大程度上就是为了挽回帝国的面子以及帝国在四国心中的威严。

让萧天耀认错，承认他用卑鄙的手段，害死帝国武神，是挽回帝国颜面、震慑四国的最好办法，可萧天耀不肯！

他不肯按帝国的要求走，反而一口咬定那三个武神有问题，那三个武神仗势欺人，他当时只为了自保，只是侥幸获胜。

当然，帝国也派人去查过，查来查去却是什么也没有查到，也传了消息让潜伏在东文的探子去石头镇查过，依旧无果。

现在，帝国不承认是自己的错，也不肯承认萧天耀本事过人，而萧天耀也不肯承认自己卑鄙无耻用计害死帝国武神，这事便陷入了死循环。

起初，帝国皇帝还有耐心，陪萧天耀慢慢地折腾，想逼萧天耀臣服，可数次对弈，都被萧天耀逼得无话可说，帝国皇帝就怒了。

萧天耀是不是没有弄清楚自己的处境？这是中央帝国，这是他的地盘，萧天耀在他的地盘，还敢这么嚣张，简直是胆大妄为！

今日，帝国皇帝又一次召萧天耀上殿，只是这一次帝国皇帝不再给萧天耀辩解的机会，直接就给他定罪了。

“东文萧王无视帝国尊严，挑衅帝国权威，以卑劣手段，毒杀帝国三位武神，且知错不改，按帝国律法当诛！”帝国皇帝的心腹，按帝国皇帝事先交代的，直接给萧天耀定罪，并呈上一系列证据。

这些证据，自然是石头镇的谜团，他们用种种证据证明，萧天耀没有能力斩杀帝国的三位武神，是给三位武神下了毒，这才得手。

总之，帝国绝不会承认萧天耀强大到可威胁帝国武神的生命，强大到帝国也奈何不了他。还是那句话，帝国的尊严不容挑衅，帝国的名声不容抹黑，萧天耀必须认罪，帝国必须处罚萧天耀。

无视萧天耀冷漠的神情，帝国皇帝当众宣布对萧天耀的处罚，可太监刚开始念，就被侍卫的禀报声打断了：“报！”

侍卫匆匆走进大殿：“陛下，武神山长老亲临，求见陛下！”

“武神山？宣！”帝国皇帝虽然意外，但还是立刻宣人上殿。

武神山的地位超然，帝国虽不需要讨好他们，但最好不要得罪，不然武神山倒向敌国，对他们来说也是一个大麻烦。

武神山派来了三位长老，他们给帝国皇帝行了礼后，立刻表明来意：他们是为萧天耀而来的。

听到这话，在场的文武百官包括皇帝再次愣住了。武神山的人为了萧天耀来帝国，且一来就是三位长老，萧天耀什么时候有这么大的面子了？

“三位长老为东文萧王而来？他做了什么？”帝国皇帝不能理解，直接问了出来。

“东文萧王很有可能是年纪最小的超武神，我们前来鉴定。”是的，武神山会如此重视，并且一次派出三位超武神的长老前来，不仅仅是因为萧天耀是超武神，更多的是因为他是年纪最小的超武神，且很小很小。

超武神并不稀奇，帝国和武神山都有不少，但却从来没有一个像萧天耀这般，不到三十就成为超武神的奇才。

还未到三十就成功晋升为超武神，他未来的路是不是更远？他是不是能达到超武神以外的境界？

武神山那群老家伙，为了了解超武神之外的境界，数十年如一日废寝忘食地研究，现在有一个前途不可限量的年轻人出现，他们怎么能不激动。

这三位长老能来帝国，那也是突破了重围，千辛万苦打出来的，可见萧天耀在武神山有多受欢迎。

“你说什么？超武神！萧天耀是超武神！”

三位长老的话一出，帝国皇帝和殿上的文武百官再次震住，一个个瞪大眼睛看着萧天耀，满脸都是不可思议。

在萧天耀之前，武神山有记载的超武神，最年轻的也有五十多岁，也就是说一般人不到五十岁，根本摸不到超武神的边，萧天耀才多大？

这样的人就是武神山都会将其奉为上宾，帝国真的能随便处治他吗？东阳家真的能随便拿捏他吗？

萧天耀是超武神，只待武神山鉴定就可以确定身份，而在此之前帝国皇帝不能随意处治萧天耀。当然，一旦确定萧天耀是超武神后，帝国就更不能随意处治萧天耀了。

“超武神，好一个超武神，难怪敢有恃无恐地来帝国，原来有这么一张底牌在，东文的萧王果然让人不敢小觑。日后我们更要将两方的关系维护好，不可断了双方的往来。”花家家主回到家，就忍不住摇头。

原本还以为跟萧天耀交好，是萧天耀占了他们的便宜。现在看来，应该是他们花家占了大便宜。

还想送萧天耀一个大人情的其他人，现在是别想了。

一个这么年轻的超武神，只要不横死，未来不可限量，这样的情况下，不管是他们花家还是东阳家，都不能轻易算计他，只能尽力与其交好。毕竟，得罪一个超武神绝不是什么明智之举。

“父亲，萧王爷这人看着冷漠，不近人情，他其实比任何人都看得明白，我们只要和之前一样就行了，太过了会显得动机不纯，别有用心。”花锦容得知萧天耀是超武神，也着实一惊，同时心里也明白，萧天耀怕是早就是超武神了，只是一直不说。

毕竟萧天耀那人，一看就不是什么鲁莽的人，要不是有百分百的把握，他怎么也不可能出手斩杀帝国三位武神。

要知道，当初大皇子欺人更甚，萧天耀不管多么生气，也没有出手斩了大皇子，可见萧天耀的心里自有分寸。

想到这里花锦容不由得更加佩服萧天耀，同时也想到一个问题：“父亲，萧天耀是超武神，当初遇到海盗，他怎么可能一点办法也没有？要知道，那伙海盗中也只有五个武神，凭他超武神的实力，要杀死海盗并不是什么难事。”就算杀不死，也不可能落入海盗的手中，任由海盗摆布。

“这事……”花家主一听，立刻陷入深思。

他们这种人，从来都不相信什么巧合，更不会相信意外，萧天耀一行人一踏入帝国就被绑匪劫走，这事本就透着诡异，现在得知萧天耀的真实能力，就更让人忍不住多想了。

花锦容和花家主能想到的事，帝国皇帝当然也能想到，且他知道的比花家的人更多。

“萧天耀是超武神，区区几个武神劫匪怎么可能制得住他？他被绑的那段时间，有一个超武神的高手，闯入圣元王朝的废都，偷走了圣元王朝的秘宝，这两件事真的没有联系吗？”

“萧天耀年纪轻轻就是超武神，虽有天赋的原因，可上好的练功方法和名师也必不可少，东文一个不到百年的小国，去哪找上好的武功心法？去哪找名师指点？此事想必与圣元王朝有关。”

圣元王朝有着千年的累积，在这方面就是帝国也比不上，帝国皇帝会这么想，再正常不过。当初，圣元王朝最鼎盛的时候，真正是万国来贺，就算中央帝国不依附圣元王朝，在圣元王朝面前，也要低下头颅。

“去，给我查，查萧天耀与圣元王朝的关系！查闯圣元王朝废都的那个高手，到底是不是萧天耀？再查他这段时间，在帝国都做了些什么？”帝国皇帝不相信，小小一个东文国能养出萧天耀这样的人。

中央帝国和七大世家费了无数心血，也养不出萧天耀这样的人，凭东文的底蕴怎么可能养出一个年纪轻轻的超武神。这事必须查，查得清清楚楚才行。

“是。”皇家暗探领命，开始全面探查萧天耀的消息，远的不查，就查他在帝国的动作，可是……

不管他们用什么办法，都只能查到一些表面的消息，再深入就什么也查不到了，就好像有一层无形的光膜挡在他们面前，让他们始终无法深入，无法探查到真相。

帝国皇帝的行动萧天耀当然知晓，可他半点也没有放在心上，他相信时逸寒的能力，更相信天藏影月的诚信。

时逸寒没有让萧天耀失望，不管帝国的人怎么查，皆是无功而返。

“这到底是怎么一回事？莫非萧天耀在帝国期间，真的什么动作也没有？”

“不可能，越是查不到，说明这里面的猫腻越大，萧天耀在帝国的势力远超我们的想象。”

“他被海盗劫持期间，种种线索都证明，他确实是被困在岛上，之所以会束手就擒是因为他的王妃林初九被海盗拿下。”

“种种线索表明，萧天耀被海盗绑走时，极有可能还不是超武神。”

“查不到萧天耀什么时候联系了武神山的人，武神山的人也是突然收到消息。”

……

短短三天，消息如同潮水，从各地汇集到帝都，但都是一些没有用的消息，从这些消息中根本整理不出一条有用的消息。

当然，不仅仅是帝国皇帝，就是东阳等世家也在查萧天耀的消息，可越查他们越心惊。不是因为查到了什么惊天动地的大消息，而是因为有一只无形的手，在阻碍他们，让他们无法深入探查。

“是武神山的人吗？武神山的人在保他？”世家的第一反应，便是如此。

在他们看来，除了武神山还有谁能阻拦他们？

“萧天耀到底是什么人？武神山的人怎么会保他？就因为他是最年轻的超武神吗？这不可能。”帝国皇帝不相信，他太了解武神山那群老东西了，那些老东西根本不理世事，他们除了钻研武道外，什么也不会做，也不敢做，坏了武神山的规矩，对他们并没有好处。

“不管是谁在保他，这人都不能留！”帝国皇帝现在已经不想去管萧天耀到底是什么身份，反正不管什么身份他都不会让他活着离开。

像萧天耀这么危险的人，只有死了，才能让人安心，可现在并不是杀萧天耀的最好时机。

不过，那群海盗的做法倒是可以借鉴，他们不能从萧天耀那里下手，但可以从林初九身上下手。

然而，武神山对萧天耀这个超武神十分看重，帝国皇帝还没有想出怎么从林初九身上下手，武神山对萧天耀的鉴定就出来了。

超武神!

神州大陆最年轻的超武神出现了!

结果一出，萧天耀立刻成了中央帝国最受热议的人物，七大世家再也顾不得矜持，纷纷朝他伸出友谊之手，林家更是殷勤百倍，成车成车的礼物送到驿站，对林初九的态度也和先前不一样了。

只是，这份不一样并不是更加看重，而是不停地往林初九身边塞人，当然不是男人，林家往林初九身边塞的，是林家的嫡小姐、庶小姐和表小姐，美其名曰林初九和萧天耀身边没有人侍候，送两个人过来侍候林初九和萧天耀。

堂堂林家的小姐，自然不可能像丫鬟一样伺候人，林家所说的伺候，不外乎就是伺候萧天耀罢了。

面对一群这样的莺莺燕燕，林初九自然是拒绝，可这里不是东文，不是萧王府，这里是中央帝国，是帝国的驿站，林初九根本没有话语权。

这里是中央帝国，林初九人生地不熟，萧天耀不在驿站，她勉强只能自保，根本无力与林家对抗，只能眼睁睁地看着林家把人送进来。

就算她挡住了这一波又如何？接下来还会有更多，这种事不是女人挡得住的，而是要看男人如何选择。

是以，林初九没有挡，她只是默不作声地看着，如同一个旁观者。

萧天耀超武神身份确定的当天，林家的嫡小姐、庶小姐、表小姐就入住了驿站，浩浩荡荡一堆人，其他人见状，纷纷扼腕，暗道晚了一步，再想把人塞进去，驿站已经住不下了。

当然，如果七大世家的人想要住进来，就是住不下，管驿站的人也会想办法，只是其他六家根本看不起林家这种行为，他们绝不可能这么做，他们要做的是和萧天耀结亲！

不仅仅是其他家族，就是花家与东阳家也在做这个打算。

至于你说萧天耀有妻子？他妻子是什么人？林初九？一个林家的弃子，一个出身东文没背景、没权势的女人，这样的女人怎么可能担得起武神夫人的身份，她要识趣就该主动退位让贤，要是不识趣，他们有的是办法让她变成过去式。

四大顶尖世家也在谋划此事，各自盘算着自家有没有合适的姑娘，寻到合适的姑娘后，又琢磨着要如何与萧天耀沟通，让萧天耀主动解决麻烦的原配，上门提亲。

至于萧天耀会不会同意，四大世家的人压根就没有考虑过，在他们看来，只要萧天耀不是傻子，就一定会应下。

毕竟，娶他们的女儿可比娶林初九强千万倍。娶了他们家的女儿，萧天耀在中央帝国可以横着走，日后即使到了武神山，地位也会与众不同。

武神跟武神也是有区别的，背后没有势力的武神，就只能沦为高级打手，就像这些年从东文、西武、南远和北历进入中央帝国的武神一样，哪个不是成了大家族的打手？成了大家族的打手还是幸运的，倒霉的就成了看城门的，未来一片黑暗。

四大世家私底下在家中商量得轰轰烈烈，明面上却是谁也没有动。虽说先发制人才能占尽先机，可世家都要面子，要是先动了，却被萧天耀拒绝，那多丢脸？

是以，大家都在看，看其他人怎么做，看萧天耀怎么对待林家的那群女人。他们相信萧天耀是个聪明人，而聪明人绝不会看上林家。

萧天耀确实看不上林家的女人，但却与聪明无关，他纯粹就是觉得恶心。

“这些女人到底是怎么一回事？”萧天耀这几天一直跟武神山的人在一起，身份确定后又陪三个长老待了两天，直到三位长老有了新的体会，在屋内闭关，这才回到驿站。

一到驿站，萧天耀就被一群女人给包围了，环肥燕瘦，各色美人均有，要是其他男人见到，定会觉得艳福不浅，可萧天耀只觉得厌烦与恶心。

要不是考虑这是在帝国，他肯定让人把这群女人丢出去了。

“林家送来的，伺候你的。”不仅萧天耀看到这群女人心塞，林初九同样心塞，且比萧天耀更心塞。

她的男人，被一大堆女人觊觎着，这些女人还一个个骄傲地告诉她，她林初九配不上萧天耀，识相的快点让出萧王妃的位置。

她不配？她林初九不配，谁配？她一路陪着萧天耀走到今天，吃过的苦，受过的累，流过的泪，这些人知道吗？不配？就算她真不配，也不是由这群女人说出来，而是由萧天耀说出来，如果萧天耀说她不配，那么她可以退位让贤。

“伺候？林家这是什么意思？”萧天耀想得更深，他想到林初九的特殊血脉，心中的杀气顿起。

林家莫不是想把林初九带走，然后赔一个林家小姐给他？林家太想当然了。

“如你所想的那样，不仅仅是林家，我听说其他世家也有这个想法，帝国七大世家都给你下了帖子，要宴请你。”林初九默默地拿出一堆请柬，这些帖子都是各大家族送来的，上面注明了只邀请萧天耀一人，当然除了花家外。

花家，是唯一一个邀请他们夫妻二人的，也只有花家还记得林初九是萧天耀的妻子，就算动了心思，可终归没有做得那么难看。

初收到这些帖子，林初九说不出心里是什么滋味，这个时候她大概明白了，那些陪着丈夫奋斗，看到丈夫功成名就后，一大堆年轻貌美家世优越的女人贴上来是什么滋味。大概就是心里苦，但又说不出来。

“帝国的世家，还真是有意思。”萧天耀接过帖子，看也没有看，只微微用力，就听见“啪”的一声，厚厚的一叠请柬瞬间变成粉末，风一吹，便散落在尘土中。

“你，你好暴力呀！”林初九吓了一跳，随即笑了出来。她想过千百种可能，独独没有想到，萧天耀会把这些请柬全毁了，这似乎有那么一点失礼，可是她喜欢。

萧天耀见状，暗暗松了口气，上前，伸手揉了揉林初九的发顶，歉疚地道：“以后，不喜欢就不要接。”

不管是世家还是皇帝，他都不需要他们的帮助，他的未来不在中央帝国，也不在那些人的手里。

他萧天耀想要什么，会自己去争取，不需要靠联姻，更不需要牺牲自己的夫人。

“你真的不动心？”林初九没好气地拍掉了萧天耀的手。

这男人也不知从哪里学来的坏习惯，老是仗着身高揉她的头，简直是讨厌。

“动心什么？权势地位吗？你觉得我缺什么？”对于超武神来说，权势与地位不过是唾手可得的东西，他需要心动吗？

“女人呀，后宫三千，各色贵女，任你挑选，你真的不心动吗？我听说四大顶级世家的嫡女，个个美貌端庄，才华横溢，就是皇子求婚都被拒了，你真的不心动吗？”要换作是她，有各色出身名门的贵公子任她挑选，她指不定……不，她是一定不会心动的，因为她不敢！

就萧天耀这个脾气，花家的小九少多让她抱一会儿都要生气，怎么可能允许她看别的男人。而且别的男人再好，也不是她的萧天耀。

“后宫三千不及你一人，那些女人再好也不是你，以后不许胡思乱想。”林初九虽然什么也没有说，但萧天耀却知道她在不安。

他与林初九一路携手走来，林初九有些什么小习惯，他比林初九本人还要了解。他知道，是他没有给林初九足够的安全感，才会让她惶惶不安，才会让她害怕。这事，是他办得不好。

“我才没有胡思乱想呢。”林初九鼻子一酸，眼泪差点掉了出来，为了不让萧天耀发现，林初九主动抱住萧天耀，将头埋在他的胸前，故作凶狠地道，“我林初九的男人，谁敢觊觎，我灭了谁！”

“好，以后，本王可就全凭夫人保护了。”萧天耀听罢，不由得笑了出来。

能说出这样的话就好了，他还担心林初九不争，直接把他拱手让人呢。林初九真要那么做了，他一定会让林初九三天三夜下不了床，让她明白把他让人的后果。

林初九扑哧一声笑了出来，一本正经地瞎扯：“放心，以后你的贞操就由我负责了，你要敢和别的女人有染，我就阉了你。”

“贞操？林初九，你哪里学来的词！”有用贞操来说男人的吗？

“不是贞操是什么？”女人的清白是贞操，男人怎么就不是了？

萧天耀略一思索，说道：“身体，以后本王的身体就由你负责，你负责喂饱本王，这样本王就没有力气看别的女人了。”

“你……好不要脸！”林初九的脸瞬间就红了，光天化日之下，这男人什么话都敢说，也不怕被人听见。

“本王怎么……”萧天耀正欲跟林初九好好辩论一番，可刚一开口，就听到女子矫揉造作的声音响起：“萧王爷……啊……”

也不知是林家的哪位小姐，见萧天耀与林初九抱在一起，居然不闪不躲，而是冲上来，然后大声尖叫。

林初九听罢，立刻松开萧天耀，后退一步，拉开两人的距离。

萧天耀的脸立刻就黑了，林初九说得没有错，果然不是自己家就是不方便，他们夫妻说个悄悄话也有人打扰，这些人就不知道什么叫识时务吗？

“发生什么事了？”女子一尖叫，驿站的人还以为出事了，忙跑过来，就看到萧天耀和林初九一脸冷漠地站在一旁，而尖叫的女子则双手捂脸，一脸羞红。

不知情的人，还以为撞破了什么不好的事。

“萧王爷，你没事吧？”萧天耀的身份不一样了，驿站的人不敢怠慢，忙上前询问。

可不等萧天耀开口，尖叫的女子就一手捂脸，一手指着萧天耀和林初九所站的方向，羞愤地道："他们，他们……不要脸！"

驿站的人一听，一个个愣住了，看了看林初九，又看了看萧天耀，却没有一个人敢发声。

不会是发生了什么香艳的事吧？可萧王爷和萧王妃的衣服整整齐齐的，怎么也不像发生了什么事的样子。

"我们走吧。"萧天耀懒得理会无理取闹的女人，拉着林初九就要走。他刚一开口，那个尖叫的女子就大喊："不行，不行，你们不能走，你们刚刚，你们刚刚……"

那女子欲言又止，一副羞得说不出口的样子，明显是在误导人。

林初九无奈，这姑娘说话藏着掖着，不知情的人还以为她和萧天耀光天化日之下，做了什么少儿不宜的事呢！

"姑娘，我们刚刚怎么了？惹得你尖叫不说，还指着我们骂不要脸。"林初九本身就不是一个好脾气的，先前因为不在自己的地盘，她多有忍让，可现在人家都欺负到头上来了，她再让那她就是包子了。

"你们，你们……反正你们就是不要脸。"那女子十分无赖，侧身对着萧天耀与林初九，一副不敢看两人的样子。

驿站的人员见状，暗叫倒霉，可这会儿退也不是，不退也不是，只能硬着头皮站在这里。

"我们不过是抱了一下，就不要脸了？那你这算什么？"林初九气笑了，林家的女人直接上门抢她丈夫，还有脸指责她不要脸。

驿站的人员听到这话，顿时长松了口气。原来只是抱了一下，还以为撞见了什么不该见的场面，好在是虚惊一场。

"你们，你们怎么可以在大庭广众之下抱在一起，你们不要脸！"那女子见林初九主动挑破，神色微恼，却死死咬住萧天耀与林初九不要脸。

"我们是夫妻，我们小别重逢，抱一下怎么了？"林初九本就不是一个脸皮薄的，更何况她真不觉得两人抱一下怎么了。

"非礼勿视你不知道吗？你一个未出阁的小姐，见到我们夫妻抱在一起，不躲开不说，反倒在这里大呼小叫，姑娘，你到底有何居心？"

她正愁没有机会整治林家这些小姐，这位姑娘既然送上了门，就别怪她不客气了，她今天不把林家这些乱七八糟的小姐丢出去，她就不叫林初九！

林初九一向不喜欢为难女人，可林家这些小姐却找上门，害她想要放过她们都不行。爱慕、追求优秀的男子没有错，可追求有妇之夫，还一副理直气壮的样子，这样的女人真的值得同情吗？

如果她们只是被家族逼着来的，她还能放对方一马。看现在的情况，人家明显是自愿的，且十分积极。

林初九轻蔑地看着对方，见对方一副受了惊吓的样子，林初九冷笑："林姑娘，我再给你一个机会，跟我们道歉，然后立刻搬出去。"

"你，你要我道歉？明明是你的错，凭什么要我道歉？"林姑娘一脸委屈，泪眼汪汪地看着萧天耀，"萧王爷，还请您为小女子做主，您的夫人她，她实在是太过分了。"

不想萧天耀看也不看她一眼，眼中只有林初九，林家姑娘委屈得直咬唇，眼泪一颗一颗掉。

这个萧王爷难道失明了吗？她明明长得比林初九漂亮，家世比林初九好，萧王爷难道不知娶她的好处吗？

"当着我的面勾引我的丈夫，林家真是好教养。"她原本还想给林家几分面子，可对方这副做派真心让她厌烦，林初九懒得与之多言，直接对驿站的人道："把林家的姑娘全部送出去，我不想看到她们。"

爱装纯情小白花是吗？那她就做个恶人，横竖她不介意做个恶妇，最好全帝国都知道她是恶妇，以后不要再打萧天耀的主意。

"啊？萧王妃，这，这……"驿站的人一脸为难，看看林初九，又看看萧天耀。

这位新晋的超武神他们得罪不起，可林家他们同样得罪不起呀。

"你要把我赶出去？萧夫人……这是驿站，不是你家，你，你怎么可以这么霸道。"林家姑娘咬着唇，一副被欺负狠了，却又不想哭出来的倔强样。

一般男人看到美人默默垂泪，必然会心生怜惜，可惜她遇到的是萧天耀。

"半个时辰后，我不想见到她们。"萧天耀知道驿站的人在等他开口，当即不客气道。

女人间的事，萧天耀从来不掺和，横竖林初九不会吃亏，可是这个女人太讨厌，也太恶心了，他多看一眼都觉得脏了眼睛。

"萧，萧王爷……你，你怎么可以这样，这是驿站，这不是……"林家姑娘将眼睛瞪得大大的，不敢相信自己听到的。

这个男人怎么可能会不受她的美色诱惑？她可是林家最漂亮的姑娘，就连三皇子也曾上门求过亲，要不是因为三皇子只想让她为侧妃，她肯定嫁了。

可惜，萧天耀根本不愿意看她，丢下这话拉着林初九就走了。

林家的姑娘见状，想要追上去，她相信萧天耀一定是没有看到她的长相，要知道她长得可比林初九好看数十倍。

"萧……"

林家姑娘刚一动，就被驿站的人拦住："林姑娘，你最好别去，萧王爷的脾气不好。"虽说平时打交道少，可驿站的人还是很清楚，萧天耀有多么冷漠。

“你们给我放手，你们是什么东西，也敢拦我！”萧天耀不在，林家姑娘自然也不用装了，一脸骄纵地训斥道。

“林姑娘，你别为难我们，萧王妃就在旁边，你现在上前也讨不到好。”驿站的人不敢拿林家姑娘怎样，只能拿林初九当挡箭牌，果然林家姑娘一听，就犹豫了。

半个时辰说长不长，说短不短，萧天耀沐浴过后，还没有跟林初九说两句话，林家的小姐便在驿站的人劝说下，一一搬走了。

林家的小姐原本想要低调地离开，毕竟被人逼走实在丢脸，却不知哪个环节出错了，竟是成了人人皆知的事，很快其他六大世家，还有一些正在观望的人家，都知晓了萧天耀一回到驿站，就把林家小姐丢出去的事。

为了挽回颜面，林家的小姐绝口不提萧天耀，只说是林初九不让她们住，把所有责任都推到了林初九身上。

等到消息传到林初九的耳朵里，已是两天后，林初九对此半点也不意外，甚至自嘲地道：“我就知道，我恶妇的名声要传出去。”

这个畸形的世道，功成名就后换妻子在世人眼中，那是再正常不过的事；要是哪个男人洁身自好，除了妻子外没有别的女人，他的妻了就会被人说成是妒妇、恶妇，那个男人在外面也会被人看不起，被认为他怕这个女人。

有些好面子的男人，即使不喜欢家里三妻四妾，为了不让人骂他怕女人，也会纳一两个在后院。

林初九真的不明白，疼爱妻子和怕女人有什么关系？

“要是不喜欢，我们便尽快离开中央帝国。”有超武神的身份，有武神山的人出面，他斩杀帝国三位武神的事便会大事化小，小事化了。

至于帝国暗中的调查与伏杀，有天藏影月在，他根本不怕帝国的调查！而帝国的伏杀，萧天耀就更不惧了，石头镇的神秘黑石可不是带来玩的，先前他还担心没有地方放，现在有林初九在，他还需要担心什么？

“尽快离开吧，这中央帝国真的待得我胃疼。”先前一直憋屈得要死，虽说在萧天耀的保护下，她没有受什么委屈，可想到萧天耀一次次进宫，在帝国皇帝面前低头，林初九的心里就不舒服。

她家王爷，那么骄傲的一个人，她根本舍不得他给人低头。她家王爷，明明没有错，凭什么要他道歉？虽说她家王爷不介意，可是她真的舍不得，她心疼这个男人，心疼这个背负了太多的男人。

……

想要离开中央帝国，就得让帝国皇帝无理由把他们扣下来。

先前，萧天耀一直不曾主动去处理此事，帝国皇帝问起他便敷衍地应两句，态度十分消极，现在却不能这么做了，初九想回去，他当然要尽快把这事办好。

这事归根结底，不外乎就是中央帝国失了颜面，心有不甘，拿权力压人，只要萧天耀寻个权力和中央帝国不相上下的人出面，这事很快就能解决。

如果是以前，萧天耀肯定没有这个能耐，可现在不需要开口，就有人主动上门，要帮萧天耀解决此事。

武神山的长老们，不止一次提过要帮萧天耀解决在中央帝国的麻烦，都被萧天耀拒绝了。

这世间没有无缘无故的好，也没有不求回报的付出，天上掉馅饼这种事最好不要信，武神山的人上赶着帮忙，日后必是有更大的图谋，为了不给自己惹麻烦，萧天耀果断拒绝了。左右，这事他又不是解决不了。

除去武神山的人，七大世家也想出出力，借此拉拢萧天耀，可不等世家出力，萧天耀就自己找上了帝国皇帝。

先前萧天耀一口咬定是帝国武神先动手，他为了自保不得不出手，并且绝不承认自己有错。现在，萧天耀仍旧是如此说的，却不像先前那样一直不认错，而是十分主动地承认错误，承认他误杀人不对，帝国有什么要求尽管提出来，他会尽力满足。

这才是解决事情的态度，但是帝国皇帝不开心，很不开心！

萧天耀这不是想要解决问题，而是想要离开中央帝国，这个想法对中央帝国来说很危险！

像萧天耀这样的人，如果不能为中央帝国所用，那就必须斩草除根，哪怕他与圣元王朝无关也一样。

听到萧天耀简单直白的话，帝国皇帝眼眸微冷，神情却十分慈祥："杀人偿命，萧王爷你可知？"

帝国皇帝的声音十分温柔，没有一丝杀气，可是萧天耀知道，帝国皇帝是真想要他的命，只是不会以这事为由杀他。帝国皇帝要杀他，只会在暗中进行。

"陛下要我偿命？"萧天耀听罢，半点也不担心，"当日那三人意图取我性命，我取那三人性命，似乎也没有什么错。不过，如若陛下执意要我偿命，我也无话可说，毕竟杀人偿命，天经地义。"

"哈哈哈……"帝国皇帝听罢，哈哈大笑，"萧王爷你想多了，朕不过是说笑而已，那三人技不如人，死不足惜，他们能死在最年轻的超武神手中，也算是一件幸事了。"

"陛下，当日我并不是超武神，我说过我斩杀他们只是侥幸。"萧天耀再一次重申此事，他知道帝国皇帝怀疑闯圣元废都的人是他，可是那又如何？帝国没有证据，也找不到证据。

萧天耀压根就不中帝国皇帝的圈套，自顾自地道："如若陛下认为错不在我，那么明日我便起程回东文。”

他现在有资本任性，帝国皇帝也不能太过。

帝国皇帝一听萧天耀要走，立刻沉下脸：“这事还有颇多疑点，你暂时不能离开。”人还没有凑齐，还没有想好如何弄死萧天耀，怎么能让他离开。

“还有什么疑点陛下且问，我一定知无不言，言无不尽，要是陛下还不信，可以让三位超武神同时攻击我，看我能不能斩杀他们。”萧天耀知道帝国皇帝不会轻易放人，如此他便送个理由给帝国皇帝。

“你说什么？你要以一敌三？”帝国皇帝的身子一僵，眼睛却亮了起来。

对呀，他怎么没有想到这个办法，如此一来，他就有光明正大的理由杀萧天耀了，杀不了也能让萧天耀名声扫地。

武神和超武神可不是同一个级别的，萧天耀当初能斩杀三名武神，并不表示他现在能同时对付三名超武神。

“为了证明我的实力，为了证明我没有用卑劣的手段杀那三名武神，只有这个办法，不是吗？”不想欠世家和武神山的人情，这是最好的办法，也只有这个法子才能让帝国皇帝退让。

至于以一敌三会不会太冒险，这个萧天耀一点也不担心，他的实力比一般的超武神强数倍，就算不能将三人全部斩杀，他也能全身而退。

“好，此举甚好，朕同意你的请求，三天后在宫里进行比试，不管胜负你当天就可以离开帝国。”如此一来，不管是输还是赢，他都有办法对付萧天耀。

以一敌三，就算萧天耀能赢，也要付出不小的代价，到时候拖着受伤的身体离开，在路上要是遇到一点儿什么事，他还有活路吗？

能让帝国皇帝松口不是什么容易的事，虽然这么做会很危险，但萧天耀不想错过这个机会。

协议达成，帝国皇帝十分爽快地让萧天耀出宫了。萧天耀前脚出宫，后脚他将对战帝国三名超武神的消息，就立刻传了出去。

皇上这意思是不允许萧天耀反悔！

消息传到各大家族，有人欢喜有人忧，各大世家皆大骂萧天耀狂妄自大不懂事。要知道，萧天耀再厉害也只是刚刚成为超武神，就算他是最年轻的超武神又如何，最年轻三个字代表他前途无量，同时也代表他现在是最嫩的，实力再强也就那样。以一人之力，对战帝国三位超武神，萧天耀还有活路吗？

七大世家在心中已经认定，萧天耀必死无疑，对萧天耀无比失望。而其中又以东阳家的反应最大，他们辛苦谋算了这么久，在萧天耀和林初九身上不知花了多少心血，事情还没有办成，人就要走了，这怎么能行？他们家大少的眼睛还等着林初九救呢，说什么也不能让萧天耀和林初九离开中央帝国！

各大世家都不希望萧天耀这么快离开中央帝国，人在中央帝国他们有的是办法拉拢，可人要走了，他们怎么拉拢？各大世家都在想方设法把萧天耀留下来，可任凭他们怎么做，都无法让帝国皇帝改变主意，更无法改变萧天耀的决定。

“东文这位萧王实在是太张狂了。”除去东阳家和林家，北唐、南荣、西陵、花家和唐家的人都去见了萧天耀，劝说他改变主意，放弃以一敌三的比试，并一再表示，只要萧天耀主动放弃，他们可以进宫为萧天耀说话，可这些帮助都被萧天耀拒绝了。

他提出以一敌三，就是不想欠世家人情，怎么可能会让世家为他说话。大皇子的提醒犹在耳边，就算他不惧帝国的七大世家，也不想与他们有任何交集。他未来的战场不在帝国，没必要与七大世家太过亲密。世家也有世家的骄傲，他们主动去见萧天耀已是放低身份，不想萧天耀半点面子也不给，于是几大世家，对萧天耀心存不满。

“我倒要看看他有没有能力以一敌三，又有没有能力走出帝国？”

帝国皇帝的心思不难猜，几大世家的人都能猜到，他们不相信萧天耀猜不到，可偏偏萧天耀执意送死，他们就是想要拦也拦不住。

“可惜了一个天才。”几大世家的人摇了摇头，一副惋惜的样子，可有几人是在真的惋惜呢？

“萧天耀此次必死无疑，他一死林初九便无人保护。”东阳家已打好了盘算，皇帝不会放过萧天耀，不管萧天耀能不能赢帝国的超武神，下场都只有死路一条。

而萧天耀死了，他们要拿林初九献祭就不是那么难的事了。区区林家，他们东阳家还不放在眼里。

“虽说可惜了一个超武神，可人总要为自己的选择付出代价，萧王爷太狂了。”东阳家主是真的很想拉拢萧天耀，可和自家儿子的眼睛相比，他自然是选择后者。

“父亲，这事终归是我们东阳家做得不厚道，如果可以的话，帮他们一把吧。”东阳大少轻叹了口气。

他并不想用别人的双眼换他的双眼，可他的眼睛必须治好，东阳家需要他，而东阳的家主不能是盲人。

千年世家，看似风光，内里的腐朽有谁知？东阳家想要保存第一世家的名头，就必须要有一个优秀的继承人，一个出色的家主。他并不贪恋家主的位置，可祖父说得对，除了他，这个家根本没有人能担得起保住东阳家的重任。

东阳家是他不能推卸的责任，他必须要保住东阳家第一世家的风华，哪怕为此流再多的血，再多的泪也在所不惜！

“书煜，你想左了，我们东阳家才是厚道的那一个，你想想林家历任祭者血脉的下场。他们无一例外都是痛苦惨死，我们东阳家要的只是林初九的双眼，如果她能医好你的眼睛，我们连她的双眼都不要。”东阳家主听到自家儿子的话，就知道他心软的毛病又犯了。

“父亲说得是，确实是我想左了。”东阳大少听罢，微微一笑，笑容中带着苦涩。

祖父说他唯一的缺点就是心软，想来还真是。

“书煜，你且安心等着，再过两天为父就会把林初九带来。”惹事的是萧天耀，他们虽然一心想要算计萧天耀，可并没有下黑手，他们不过是顺势而为，推波助澜罢了，一切都是萧天耀自己的选择，怪不得他们。

东阳大少轻轻点头，并不言语……

三天的时间一晃而过，这三天仍有无数人上门劝说萧天耀，让萧天耀放弃挑战三位超武神。甚至，就连在城外庙里的大皇子也派人来劝说萧天耀，让他放弃，可萧天耀仍旧没有改变主意。

他有自己的计划，且有九成以上的把握，他不会轻易向任何人妥协，哪怕其中有些人并没有恶意也是一样。

三天一到，萧天耀与林初九在武神山长老的陪同下，一同来到帝国皇宫，将帝国之事做一个了断。

宫内，七大世家的家主和少主皆在场内，除去大皇子外，其他六位皇子也都在，并且比萧天耀到得还要早。

萧天耀和林初九是踩着点到的，仅仅比皇上早了那么一点，两人刚刚进来，还来不及接受众人眼神的洗礼，就听到太监高声喊道：“皇上驾到！”

萧天耀和林初九皆是识时务之辈，听到通报，两人立刻避到一旁，气息微敛，站在人群中和普通人无异。

帝国皇帝在一众侍卫、宫女的簇拥下，踏着红毯走向龙椅，刚坐下就问道：“东文萧王何在？”

“我在！”萧天耀上前，站在殿中央。

一瞬间，众人的眼神齐齐地落在他身上，有佩服、有鄙夷、有羡慕、亦有轻蔑，林初九站在一旁，神色平静，眼中带着自信的笑容：她家王爷，会让这些人明白，什么叫真正的武学天才。

“好，人来了，那便开始吧。”帝国皇帝竟是片刻也不愿意等，武神山的人见状，不由得皱起眉头。

可萧天耀却不在意，点了点头，提气，平步掠起，飞向大殿外的广场擂台。

帝国的三名超武神早已在一旁等候，见萧天耀步入擂台，三人身形一动便出现在擂台上，论速度竟是和萧天耀不相上下，可见帝国皇帝真是下了血本，这三位超武神绝非普通人……

第十二章　千里不留行

帝国皇帝为了取萧天耀的命也是下了血本，今日与萧天耀对战的三位超武神，皆是帝国中能排得上名号的高手，其中有一人更是皇室招揽的超武神中最强的。

“东文萧王此次在劫难逃。”看到这三位武神，七大世家的人纷纷摇头，面露担忧。

“世间有才之人千千万万，从来没有一个像东文萧王这般傲，他这是活该。”有人惋惜自然就有人不屑。

“不过是一个小小的超武神，真不明白他在狂什么，今天过后，我看他有什么好得意的。”

言论从来都不是一面倒，有人轻视萧天耀，自然也有人看好他：“你们呀，把事情想得太简单了，你看东文萧王来帝国这么久，他可曾吃过亏？不曾对吧？他一个小国王爷在咱们帝国半点亏也不曾吃过，大皇子和花家更是对他礼遇有加，你们真以为他是什么小白兔吗？这位东文萧王怕是不简单的，你们且看吧，今天咱们帝国的人能拿下他还好，要是拿不下，他就是鲤鱼跃龙门，日后成龙成凤，就不是我们帝国能制衡的了。”

“你这是长他人志气，灭自己威风，不过是一个小国王爷，就算是超武神又如何，每年死的超武神也不少。”超武神是人不是神，是人就会死，超武神也不例外。

“你们且看着吧。”那人也不多言，说了这么几句就闭嘴了，指了指中央的擂台，示意众人用眼睛看，看东文的萧王到底是真厉害，还是假厉害！

以一敌三，且三人与自己的实力相当，这需要勇气，更需要胆量，显然萧天耀都有，面对三位超武神的威压，萧天耀面色从容，神情不变，随手抽出腰间的长软剑，便站在擂台中央一动不动，明显没有主动出手的打算。

先下手为强，尤其是擂台之战，先出一招，毫无疑问就会占据主攻的优势，三位超武神没有出手，就是要把主动出手的机会让给萧天耀，可萧天耀却不稀罕，他根本没有主动出手的打算。

“好狂妄的小子！”超武神的脾气都不太好，见萧天耀不将他们三人放在眼里，顿时怒了，顾不得风度，更顾不得底下有几百人在看，三人同时出手，分别从正面、左、右三方攻击。

“唰……”三人的身形一动，速度极快，观战的人什么都看不清，只见到一道道残影。

“好快！”只是惊叹一声，就见刚扑上去的三人，又再次退回了原位，速度之快，就好像不曾开战，可萧天耀手中正在滴血的剑告诉众人，他们不仅打了，还见血了。

“天啊，这就是超武神之间的对战吗？我们根本连看都看不清。”速度太快了，快到别说普通人，就是普通的武神也看不清他们的动作，能清楚地看到四人交战情况的，只有武神山的三位长老。

“后生可畏，后生可畏。”三位长老看罢，连连点头，眼中皆是满意的神色。

“这是东文萧王占了上风？”在场的人确实看不清，可他们有眼色，武神山的人明显是站在萧天耀那边。

“看样子是。”虽不想承认，但事实摆在面前，萧天耀仍旧站在原地没有动，那三位超武神却是早已变化了位置。

没有让众人等太久，擂台上的三位超武神没有给萧天耀喘息的时间，再次攻上来，这一次比先前更快、更迅猛，杀气更强，有那么一瞬间，站在擂台下的人都感觉自己要死了。

“天啊，这就是超武神之间的对决？太强了！”

众人惊呼，看着擂台上战成一团的四人，眼都不眨，可是……他们就是把眼睛瞪得再大，也看不清他们在打什么，那四人的速度快到让人什么也看不清，只能感觉到擂台上紧张的气氛。

“轰……”不知是谁出手将擂台炸出个巨坑，烟尘将四人笼罩，这下就是武神山的超武神，也看不清场中四人交战的情况了。

“轰……”又是一声巨响，擂台再次被打出一个巨坑，可奇怪的是所有的碎石都飞不到擂台外，只在擂台中央旋转，然后变成了粉末。

“天啊，这就是超武神对力量的掌控，太可怕了！”场下的少年一个个睁大双眼，眼露崇拜。

少年人都崇拜强者，场中四人无疑是强者中的强者，尤其是萧天耀，年纪和他们不相上下，实力却是他们望尘莫及的，简直是人比人气死人。

“武神也能做到，这并不算什么。”有见识广博的人出言解惑，可此时却没有人理会他们，在场所有人的目光都集中在台上四人的身上，有紧张也有期待。

林初九也不例外，她虽然对萧天耀有十足的信心，知道萧天耀身上带着作弊的黑石，可还是很担心。

为了不让人发现黑石的力量，萧天耀只带了小小一块，力量小不说，短时间内还不会起效，打得这么激烈、这么勇猛，萧天耀不知要吃多少亏。

可这会儿再担心也没有用，战斗已经开始，四位超武神之间的对战，不是普通人可以插手的，他们除了在下面焦急地等待外，什么也做不了。

时间飞逝，四人早已不再站在擂台上，此时他们四人正在半空中打得火热。

四人的速度依旧快如闪电，不过看了这么久，多少也能看出一点儿门道。

“红衣是炎武神，你看他又动了。”

“灰衣的是钟武神，他好像受伤了。”

“蓝衣的是成武神，他在东文萧王的右侧。”

“咦……打了这么久，东文萧王似乎一直不曾动过？”

“好像是呀，我没有看到他的身影，他似乎一直不曾动过，一直都在原位防守，没有主动出招。”

四人交手至今，已过了近一个时辰，萧天耀却一直未曾主动出手，他一直站在原地，任由三人进攻，只一味防守，让众人实在弄不明白他到底要做什么。

萧天耀想干什么？自然是拖延时间！黑石太小，短时间内起不了作用，他只能慢慢拖时间，而主动攻击耗费力气过多，只防不攻能减少内力的损耗，在没有绝对的把握可以将三人同时斩杀前，萧天耀绝对不会主动进攻。

林初九先前什么也看不清楚，现在听人说起，再加上自己眼睛所看，立刻就明白了萧天耀的战术，紧绷的神情不由得放松了几许。

林初九的动作并不明显，面色只是有细微的改变，可在场观战的人，除了盯着萧天耀外，就在观察她的表情，见她渐渐放松下来，他们都不由得皱眉，尤其是帝国皇帝。

原先，他以为动用这三人，不要多久就能取了萧天耀的性命，可现在看来，他似乎低估了萧天耀，看林初九的神情，今天想要取萧天耀的命，怕是不容易。

想到这里，帝国皇帝不由得面露不满，可很快又想开了。

就算现在取不了萧天耀的命，稍后也能取他的性命，他能以一敌三，能以一敌五，敌六，甚至敌十吗？

帝国的超武神确实不多，为皇帝卖命的超武神又要少上许多，可是帝国的武神多。

这些年从东文、北历等四国来了不少普通武神，回头就拿这些人去给萧天耀练手。在人数占绝对优势的情况下，谁胜谁负还真不好说，更不用提萧天耀身边，还带了一个不会武功的林初九。

依萧天耀对林初九的在乎，他们只要拿下林初九，就不愁萧天耀不低头。

如此一想，帝国皇帝心中的不满就消散了，只专心盯着擂台看，看这四人什么时候能分出一个胜负。

是的，分出胜负，而不是决一生死。

在帝国皇帝看来，帝国三名超武神联手，要不了萧天耀的命，同样萧天耀也奈何不了帝国的三名超武神，不然萧天耀早就动手了，何必一直防守？

可是……

帝国皇帝还是高估自己又低估萧天耀了，就在他耐着性子等胜负分出时，萧天耀出手了！

打了近一个半时辰，一直只防御不进攻的萧天耀终于出手了。

“唰唰……”没有人看到萧天耀怎么出招的，只见到一阵剑光飞闪，下一秒就看到一灰衣老头被抛向半空，然后“咚”的一声摔在地上，他身上的衣服没有破损，看上去像是没有受伤一样，血却不断地从他身上渗出。

“这，这是怎么一回事？钟武神他死了？”擂台下观战的人看到这一幕，一个个都傻眼了，眼珠子都要瞪出来了。

他们没想到最先倒下的人不是萧天耀，而是帝国的超武神。而这只是开始，钟武神一倒下，萧天耀就不再防守，开始强势进攻，剑光频闪，少了一个人牵制萧天耀，剩下的两人根本不是萧天耀的对手，在萧天耀的强势逼迫下，两人不断后退，只能尽力防守，再无进攻的机会。

“不好，炎武神和成武神不是东文萧王的对手。”有眼尖的人立刻就看出来，急得想要阻止。

别说他，帝国皇帝在钟武神倒下后，都想要阻止战局，可是萧天耀的速度太快了，他根本不给帝国人说话的机会，杀死钟武神后就极速进攻！

一剑飞过，只见炎武神与成武神的动作突然顿住，紧接着两人笔直地立在半空，片刻后，轰然倒下。

“不……”帝国的人崇拜强者，可他们更崇拜自己国家的强者，看到自己国家的三位强者死在萧天耀手里，他们对萧天耀没有崇拜，只有敌意！

这个男人，太嚣张了！

“你……”帝国皇帝怒起，指着萧天耀，却半晌说不出一句话。

他气，他恨！

他想过千百种可能，却没有想过三位超武神会死在萧天耀手里，这和他预想的相差十万八千里。

“陛下，我赢了！”萧天耀却全然不当一回事，收剑，潇洒落地，沉稳应对。

“你，你……你很好！”当日约定，便是生死不论，这句话帝国皇帝原本是用来坑萧天耀的，没有想到反被萧天耀给坑了。

“多谢陛下夸奖，按约定我是不是可以走了？”萧天耀面色不变，像是看不懂帝国皇帝的嘲讽与不满一样。

“你当日也是这般，将三名武神轻松斩杀的？”帝国皇帝假装没有听到，强扯出一抹笑询问。

“不，比今日艰难许多，毕竟当日我还不是武神。”萧天耀完全不在意帝国的人怎么想。

“好好好，好一个少年天才，朕今日算是见识到了，什么叫名动天下的少年天才了，当年圣元七子想必也不及你半分。”帝国皇帝气得要吐血，在人前他却不能表露半分，不能失了帝国的面子。

“皇上谬赞，圣元七子皆已横死，我与他们自是不一样。”圣元七子是当年圣元王朝最优秀的七位少年，年仅十八岁便是武神，成为超武神指日可待，可不等他们功成名就，圣元七子就为保护圣元王朝而死。

当年，多少人为之惋惜，多少人为之流泪，可再多的惋惜也换不回他们的命。帝国皇帝此时提起圣元七子，并拿萧天耀和圣元七子相提并论，不外乎就是想告诫他，小心落得和圣元七子一样的下场。

少年天才并不可怕，只要在他未成长前把他扼杀了，任你天赋惊人也无用，比如当年的圣元七子，比如现在的萧天耀。

这个道理萧天耀明白，可他更清楚他不是圣元七子，帝国皇帝想要他的命，并不是那么容易的事。

“陛下，如今胜负已分，我已证明了我的实力，如果没有别的事，我便立刻起程回东文了。”萧天耀不给帝国皇帝逃避的机会，再次提醒帝国皇帝，他该回去了。

帝国皇帝原想再试探萧天耀一二，可见萧天耀一再提出要离去，想到自己的计划，帝国皇帝也就不再留萧天耀，只道：“今日你大胜，朕本该为你摆酒庆功，可你执意要离去，朕便不再留你了。他日若无事可来帝国游学，帝国随时欢迎你。”

“多谢陛下！”明面上的客套萧天耀也会，双手抱拳以示敬意后，萧天耀转身，朝林初九走去，在众目睽睽之下握住她的手，“我们回家！”

是的，回家，中央帝国再好也不是他们的家，他们的家在东文！

众目睽睽之下，萧天耀赢了三位超武神，帝国皇帝自然不能说什么，只能按原先的约定，放两人离开，且派了重兵保护。

当然，说是保护不过是监视罢了。

离开帝都十分顺利，两人没有遇到任何阻碍就出了都城，甚至一连三天都不曾遇到半点儿麻烦。

“看样子，帝国皇帝下了一盘很大的棋。”杀了帝国三个超武神，帝国皇帝还能忍他们三天，真的不容易。

萧天耀摸了摸林初九的头，一脸坚定：“别担心，有我在。”

再次入住驿站，萧天耀并不像来时那般轻松，他很清楚帝国皇帝忍不了他多久。

走了三天，他们已经走得足够远了，就算帝国皇帝不出手，他们自己也要悄悄离开，不然他们别想活着走出帝国。

“我不担心，我知道我们一定能走到边境。”大皇子的人就在边境，萧天耀先前从东文带来的人也在那里，只要他们走到边境，就安全了。

“你说，他们今晚会不会动手？”从第一天晚上起，他们就不曾睡过安稳觉，每晚都会轮流守夜。

萧天耀不肯让林初九守夜，但架不住林初九强求。且林初九说得也没有错，他们两人，萧天耀才是主力，萧天耀必须养足精神，只有这样才能面对接下来的战斗。

萧天耀说不过林初九，再加上林初九又是撒娇，又是发脾气的，萧天耀也无奈，只得任由林初九守夜。

两人交换着，一连守了三夜，都没有什么事情发生，可是今夜两人却同时嗅到了一点不寻常。

今夜，恐怕有事情要发生，不过他们也不怕，本着先下手为强的原则，他们每天晚上都会把黑石拿出来，摆在屋内。

他们现在就怕帝国皇帝不派高手来，只要他们派高手来，一准会吓死！

“不是今晚就是明晚，再晚帝国皇帝该睡不着了。”依萧天耀对帝国皇帝的了解，等了三天才动手，已是难得。

“如此，我们就等着吧。”不管今晚会不会来，两人肯定是没有办法睡了。

这个时候，谁也睡不着。

果然，事情如萧天耀所预料的那般，子夜时分，驿站外有动静了。

怀抱着长剑，倚在床头的萧天耀猛地睁开眼睛，黑亮的眸子没有一丝迷茫：“来了！”

帝国皇帝的耐心，比他想象中的稍差了那么一点。

“你自己当心。”林初九十分有自知之明，知晓自己是拖后腿的存在，乖乖地躲在床上不下来。

他们的黑石，就摆在床上。

“啪！”没让萧天耀和林初九等太久，不过一个呼吸间，来人就到了门口，轻轻一扣，门开了。

月光倾泄而入，将门外五个人照得清清楚楚。

“东文萧王！”五人看到萧天耀手持长剑站在屋内，一点也不惊讶。

他们这点动作想要逃过超武神的耳朵，几乎不可能。

“终于来了。”不过五个超武神，萧天耀还真不放在眼里。

一对五，他不是这五个的对手，但要拖到这五人失去武功，却是再容易不过的事。

“东文萧王，得罪了！”五人也不客气，招呼一声就同时扑向萧天耀。

说是同时有些夸张，门就那么一点大，他们不屑破坏门窗，是以五人是分两拨进来的，前三人缠住萧天耀，最后两人却朝林初九扑去。

他们可没有忘记，当初劫匪就是抓住了萧王妃，才逼得这位萧王束手就擒的，只是……

想法很美好，现实很残忍！

当日那几个劫匪能拿林初九当人质，那是因为萧天耀放水了，且林初九毫无准备，要知道无论是萧天耀还是林初九都不是好惹的，这五人想仗着人多占便宜，简直是做梦。

不等人靠近，林初九手上的暗器就飞射而来，一枚枚银针划破虚空，向两位超武神飞去，不用担心被这小小暗器射中，可终归要躲吧?

倒是有一人不想躲，借着掌风将银针打飞，却不知那银针上面沾了什么，衣服碰到了银针，突然就闻到一股怪味，低头一看，好家伙，衣服直接烧毁了。

“这是什么东西?”中招的超武神脸色大变，心有余悸。

这东西杀伤力太强，这要是打在身上，那得多可怕?

可是，回答他的是另一拨袖箭，拇指粗的袖箭同样不知沾了什么，落在地上，立刻发出嗤的一声响，地面瞬间被烧出一个口子。

连地面都能烧毁，可见这东西有多可怕!

扑向林初九的超武神心存忌惮，并不敢全力冲过去，而萧天耀以一敌三虽不轻松，却也吃不了亏，偶尔还能抽个空，替林初九挡住攻击，是以五人冲进来足有一盏茶的工夫，却仍旧奈何不了萧天耀半分。

“这小子实力不凡，我们五人得联手，让外面的人来收拾那个女人。”打了半晌，察觉分散力量不合理，其中一位超武神立刻调整战略。

“好。”五人立刻变化招式，同时发出一个信号，不过瞬间，原本奉旨护送他们的侍卫，就立刻调转枪头对准他们。

可惜，林初九手中的暗器有不少，这些人一时半刻并没有讨到好，且冲在前头的几个倒霉的被暗器所伤，一个个痛得满地打滚。

林初九的暗器令门外的侍卫心生忌惮，但很快就有人提醒道：“不用怕，她手上的暗器有限。”

林初九手上的暗器有限，她就是全副武装也装不了几个，用不了几下就没了，可别忘了，萧天耀与林初九在床上放满了黑石，这个时间足够几位超武神失去战斗力了。

“五位，有没有觉得力不从心了？”林初九明显看出五人的动作慢了许多，很好心地提醒了一句。

“什么意思？”习武之人，对自己的力道十分敏感，五人确实感觉到了不对劲，可一时间又说不上是哪里不对劲。

“很快，你们就知道了！”

是的，很快他们就知道了，知道自己是怎么死的！

高手过招，争的就是那一分一秒的时间，有时候一个呼吸间，就能让你没命。

五位超武神听到林初九的话，有片刻的闪神，而也就是这片刻的闪神，让他们失了先机。

一剑！只一剑，五人同时丧命！

“你，你……”五人惊恐地睁大眼睛看着萧天耀，怎么也想不明白，他们是怎么死的?

他们想要问，可惜已说不出话来。

很明显，萧天耀没有为他们解惑的打算。

轻松解决了五位超武神，萧天耀没有多废话，也没有耽搁时间，提剑走了出来，冷眼扫了护送他们的侍卫一眼：“很抱歉，你们杀不了我。”而他，要把这些人全杀了。

人死了，就没有人会去告诉帝国皇帝，他杀死五位超武神有多么简单了。

“萧王爷，你，你……”护送萧天耀与林初九的侍卫，还想要套套交情，可一想到这三天他们除了监视萧天耀与林初九外，别的什么也没做，就失了套关系的底气。

他们一直把萧天耀和林初九当成死人，压根就没有把他们看在眼里，却不想真正死的人是他们。

回答他们的是萧天耀冰冷的长剑：“本王杀人，从不喜欢多说废话。”

“啪……”血落在地上，溅起一朵朵血花，萧天耀看也不看一眼，转身，便看到早已收拾好的林初九走了出来。

“走吧。”萧天耀将剑擦拭干净，握住林初九的手，往外走。

驿站离帝国皇都并不远，可萧天耀当日下手太狠了，明里暗里的监视者全部被他放倒了，因此帝国皇帝收到他们离开的消息，已是一天后。

“五位超武神同时战死，死于一剑之下？你这话朕会相信吗？”听到手下人上报的消息，帝国皇帝止不住冷笑。

他相信萧天耀本事不凡，可也不会如此不凡吧！他不相信！

要不是亲眼所见，汇报消息的人也不相信，可事实摆在面前，容不得他说不。

“皇上，五位超武神的尸体明日就会送来，皇上可以亲眼查看。”他真的没有骗人，萧天耀真的一剑斩杀了五位超武神。

这样的人，帝国惹不起呀！

短短数日，帝国已有八位超武神死在他手上，再折损下去，帝国手中的超武神都要死光了，到时候别说敌国，就连世家都不会把皇室放在眼里。

这是一个靠实力说话的世界，手上没有足够多的高手，哪怕帝国手中的军队再强悍，也会吃大亏。

“他居然真的一剑斩杀了五位超武神，好，好，好，好厉害的东文萧王，难怪武神山那么重视他，原来他已经强到这个地步，看样子那日以一敌三他还保留了。”话说到这个份上，帝国皇帝还能自欺欺人，那就太好笑了。

“皇上，我们还要继续狙杀萧天耀与林初九吗？”汇报的人见皇上信了，暗暗松了口气。

“杀，不惜一切代价，斩杀萧天耀。”当然要杀，如果这次他们没有派人，没有跟萧天耀撕破脸，也许他们还能保持冷静，可现在不行了。

五个超武神一死，就算帝国肯放过萧天耀，萧天耀也不会放过帝国，萧天耀不死，他日必是强敌。

“是！”来人听到皇上的命令，没有一丝迟疑，虽然他并不认为他们能完成任务，可终归要试一试。

萧天耀在驿站斩杀五位超武神的事，并不是什么隐秘的事，七大世家自然在第一时间就知晓了此事。

原本，还对萧天耀不满的世家，立刻蔫了，话锋突变：“果然是年少有为，东文萧王不简单，他有狂妄的本钱。”

“东文萧王，以后咱们以示好为主，切记不可再刁难于他。”

“林初九，唉……记住，祭者血脉的事绝不可以泄露出去，明白了吗？”这是林家，在林家女被萧天耀丢出来后，林家就知美人计无效。

萧天耀要的不是绝色美人，再美的女人，不是林初九，对萧天耀都无用。

“父亲，放弃吧，我们东阳家得罪不起这样的人。”东阳大少看不见，可也知道他父亲此时的心情。

萧天耀一剑斩杀五位超武神，实在是太震撼了，别说他父亲，就连他也惊住了。

这般卓尔不群之人，绝不是他们东阳家能惹的。

东阳家虽是帝国第一世家，根深叶茂，可他们在乎的东西也多，轻易不敢冒险。

“可是，你的眼睛怎么办？你的眼睛……”东阳家主也忌惮萧天耀，可看到东阳大少的双眼，又不想放弃。

他儿子的双眼，恐怕只有林初九这个祭者血脉的人能救，他不想放过这个机会。

“去找大皇子吧，我们东阳家可以帮他，只要他帮我们牵个线，让我们见一见萧天耀与林初九，之后的事我们自己谈。”他们家一直在算计，一直在等萧天耀与林初九处在绝境，然后再出手相助，却不想萧天耀和林初九太强了，强到不给他们帮忙的机会，他们等了一次又一次，可惜始终没有机会。

现在，他也想明白了，要跟萧天耀这样的强者打交道，只能直来直往，弯弯绕绕的算计，只会落入下乘，一如大皇子，一如林家。

“帮大皇子？他已经失去了继承资格，我们帮他，不等于把宝押在空山吗？”东阳家主皱眉，不能理解，也不能接受东阳大少的做法。

“父亲，大皇子这是以退为进，你且看吧，待一年后萧天耀一飞冲天，大皇子也会跟着得利。”当然，大皇子也会为萧天耀提供帮助，这一点毋庸置疑。

有大皇子牵制中央帝国，萧天耀在东文四国做什么，帝国都管不了。

“你的意思是……”东阳家主眼睛一眯，整个人都惊呆了。

东阳大少看不到，却知道他父亲在想什么，他缓缓点头道：“没错，圣元王朝要崛起了！”

虽然，他并没有查到萧天耀与圣元王朝的关系，但这并不妨碍他做出推断！

为了不打疲劳战，萧天耀与林初九也没有躲躲藏藏，更没有没命地赶路，他们白天赶路，晚上休息，日子过得十分舒心，赶了一个来月的路，两人不仅没有累瘦，反倒看着比先前更精神了。

倒是在途中以逸待劳的高手们，一路等呀，等呀，等了一天又一天，也没有等到萧天耀与林初九的身影，渐渐地有些按捺不住了，等到萧天耀与林初九一出现，他们的动作不免带了一丝急躁。

本就不是萧天耀的对手，再不冷静，他们还拿什么跟萧天耀斗？

一路上，无论是超武神还是武神，又或者是全副武装的黑甲卫，萧天耀皆是来多少灭多少，一点面子也不给帝国留。

这就是强者的骄傲，这就是强者的嚣张，除非帝国出动百万大军，不然他出动多强的高手，萧天耀都不惧。

萧天耀有那个实力，以一人之力挑战整个帝国！

“五次伏杀，死了六位超武神，一百二十七位武神，三千黑甲卫。”除去先前在驿站的那次大手笔伏杀外，帝国大大小小又埋伏了五次，皆是惨败，且死伤严重。

“皇上，还要继续吗？”负责伏杀萧天耀的人，颤抖地问道。

他们真的怕了，面对萧天耀那个杀神，他们无从下手。

“帝国还有几位超武神？”不过一个多月的时间，帝国皇帝看上去像是老了数十岁，如果说先前他正值壮年，雄心勃勃，现在就真的没了锐气。

他的锐气，被萧天耀打光了，这一个多月接连不断的坏消息，将他的自信与霸气摧毁了。

萧天耀，太可怕了！

“还有十三位超武神，其中三位明确表示不会对萧天耀出手。”帝国招揽的超武神，会在帝国需要的时候为帝国卖命，却不是帝国要他们做什么，他们就做什么。

身为超武神，他们或多或少都有一些特权，就是帝国也不能强制要求他们。

“朕知道了，退下吧。”最后十三位超武神，每牺牲一位帝国都承受不起，而一两位超武神对萧天耀根本起不了作用，除非他有那个决心，肯一次动用十位超武神，可是……

他赌不起！

“是。”负责的人听到这话，心里隐约明白，皇上这是放弃了。

说实话，不再继续伏杀萧天耀，就表示他们不用再做无谓的牺牲，可是……

他们已经把萧天耀得罪狠了，这个时候放手，萧天耀会将此事忘记吗？

不会！

等到他日，萧天耀更强大了，帝国还有活路吗？

没有！

帝国无缘无故树了这么一个强敌，却不能灭了他们，他日必是帝国之祸，可就算知道又如何，他们就是再看萧天耀不顺眼，再想杀萧天耀也无用，他们动不了萧天耀。

没了帝国的伏兵，萧天耀和林初九一路上十分平顺，甚至路过某些世家的领地，还能得到隆重的招待。

世家里的人个个都是人精，帝国皇帝在萧天耀手上吃了大亏，他们怎么可能不知晓？

他们和帝国皇帝不一样，萧天耀在帝国时，他们这些人虽然没有怎么与萧天耀交好，但也没得罪他，更没有害萧天耀。

他们现在放低身段与萧天耀攀交情，就算攀不上，萧天耀也不会拿他们怎么样。

这就是世家的处世之道，他们小看任何人，轻易也不得罪任何人，哪怕是个小人物他们也不得罪。

这世道变得太快了，谁也不知下一秒会发生什么事，三十年河东，三十年河西的事，世家看得太多太多了，他们宁可小心谨慎，也不会轻易得罪一个有潜力的人，以免他日遭人报复。

萧天耀与林初九顺利地来到边境，与大皇子的人接应上了，他们却没有第一时间离开，因为东阳家的人托大皇子带了一个口信，想请林初九为东阳家大少医治双眼。

当然，东阳家的姿态摆得很低，他们只想请林初九看一看，能医就医，不能医就算了。

为此，花家的人也出面了，希望林初九和萧天耀能在边境等两天，两天后东阳家的大少就会过来，到时候让林初九看一眼。

是的，亲自上门求诊，东阳家给足了林初九面子。当然，这一切都是看在萧天耀的面子上。

“要应吗？”林初九隐约觉得事情不对，并没有立刻应下，而是私下与萧天耀商量。

东阳家的举动太有意思了，东阳家大少的双眼，又不是这两天才看不见的，如果真要请她医治，她在帝都的时候东阳家就该出手了，这个时候才开口，还真是有意思。

“东阳家不敢拿你怎样，到时候看看就行了，能医就让东阳家欠个人情也好，不能医便走。”萧天耀当然清楚东阳家打了什么算盘。

先前在帝都，东阳家不出手，是想打林初九祭者血脉的主意，他们想先请林初九医治，林初九医得好最好，医不好就软硬兼施，逼林初九用祭者血脉，用她的双眼换东阳大少的双眼。

可惜，东阳家的算盘打得好，却忽视了他的实力，他的实力能让一个国家忌惮，自然也能让东阳家忌惮。

东阳家不敢惹他，只能退而求其次，选择上门求诊，赌万分之一能医好的机会。

要是医不好，依东阳家的圆滑，他们也不会做什么。医好了，自然皆大欢喜，双方的交情又能再上一个新台阶。

有时候，攀交情不是让人欠你人情，就能拉近关系的，更多的时候，你欠对方的人情，也能拉近双方的关系。

“那就等吧，反正也不差这两天。”有萧天耀发话，林初九就不担心了。

夫荣妻贵，她现在真正是明白了。

因为萧天耀，即使是在帝国，即使是当初高高在上的帝国七大世家，也不敢给他们一丝难堪……

第十三章　男儿有泪不轻弹

东阳家的面子不能不给，萧天耀和林初九如约在边境等了两天，东阳家大少如约而至，亲自来到萧天耀与林初九的住处。

双方虽是初见，可在此之前，彼此都听过对方的消息，对对方多少有些了解。

东阳大少双眼无法视物，却不影响他与人交流，简单的寒暄过后，东阳大少笑着道："你们和我想象中的一样。"

夫妻感情很好，男强女不弱，虽然他看不见，却莫名地觉得这两人很配，天生就该在一起。

"你倒是与本王想的有些不同。"一个盲人却是风光霁月，脸上没有一丝阴霾以及对世俗的不满，这样的男人不简单。

"哦？哪里不同？"东阳大少好奇地问了一句。

他是真好奇，想要知道，萧天耀是如何看他的。

"太过温和，不像是世家培养出来的家主。"世家家主精明不外露，强势不显，但绝不会像东阳大少这般。

东阳大少给人的感觉太好说话，太过软绵，没有一点儿世家的气派，而这些综合在一起就是虚伪。

"我还不是家主。"话不多，东阳大少却明白萧天耀的意思，东阳大少适时地露出自己的爪牙，"而且，不管我脾气好坏，我做的决定底下的人都只能执行，没有人能质疑。"所以温不温和一点儿也不重要，只要脑子够清楚就行。

"有道理。"这才像是东阳家的家主，太过温和，会让人觉得他虚伪。

一番试探过后，萧天耀满意地打住话题，率先提道：“东阳大少是来求医的，本王就不拉着你废话了，先让本王的王妃替你看看，不管能不能医，总得给你一个答复。”

他无意与东阳家深交，至少现在并不想，以后有机会倒是可以考虑，毕竟像东阳大少这样清醒的人并不多。

“给你们添麻烦了。”东阳大少没有拒绝，虽然他此次前来，并不全是为了医治眼睛，但终归是希望能再见光明的，不是吗?

“换个地方吧！这个地方不适合诊断。”林初九起身，说道。

她虽然没有说话，可通过萧天耀与东阳大少的谈话，大概可以推断出东阳大少的性格。

这是一个聪明的人，也是一个通透的人，能让他欠个人情，是件很不错的事。

“好。”东阳大少没有拒绝，诚如林初九所言，谈话用的花厅确实不适合诊病，这个地方会让他不由自主地防备起来。

一行人移至偏厅，林初九示意下人扶着东阳大少躺下后，便坐在东阳大少身边，为他诊断。

许是眼睛看不到，东阳大少的听觉十分灵敏，林初九刚一靠近，他的全身绷紧了。

看不见的人对外界更戒备，这是正常的反应，林初九没有急着诊断，先说了几句话，安抚东阳大少的心情。

东阳大少也是个聪明的人，不过两句话，东阳大少就明白了林初九的用意，暗自调整好情绪，对林初九道：“萧王妃，我没事了。”他不是小孩子，虽然会有一丝紧张，但他能够克服。

“放松，你当在睡觉就行了。”林初九见东阳大少已经平静下来，也不再耽搁，倾身上前为东阳大少做检查，同时将医圣之心打开，让医圣之心为东阳大少做更精确的诊断。

一炷香的时间后，医圣之心给出结果：颅内有瘀血，视神经受损，眼膜脱落。

诊断结果出来，林初九收回手，问道：“你是不是摔到过脑袋?”

“刚出生没有多久，伤到了脑袋，不过并没有事。”东阳大少不知林初九为何这么问，可还是如实回答了。

看过太多大夫，他已经习惯不去问原因了。

果然是摔着了，可是这么多年过去了，瘀血怎么就没有清除呢?

林初九想不明白也懒得去想，世家里乱七八糟的事太多，她并不想掺和，只陈述自己的诊断：“有瘀血压到了视神经，影响了你的视线，另外你的眼膜脱落了，需要矫正。”

“我知道我颅内有瘀血，这些年也吃了许多药，可瘀血清了，没多久又恢复如初。”所以他的眼睛一直看不到。

“需要用别的手段清除，另外你的眼睛不仅仅是因为瘀血才看不见，眼膜脱落也是关键原因。”不把眼膜矫正，就算清除了瘀血东阳大少也看不见。

“你，能医吗？”东阳大少没有去问眼膜是什么，左右就是人眼睛里的一种东西，他不知道很正常，毕竟他不是大夫。

他现在想知道的只有一点，那就是林初九能医吗？

“能，你的状态很好，很快就可以医治，之后你让人按我所说的方法照顾你，一个月后你就可以看到了。”林初九说得很轻松。

“你说可以医？”东阳大少怔了一下，才颤抖地问道。

他当然是想要看到的，要不是萧天耀太强，哪怕是要献祭林初九才能让双眼视物，他也会毫不犹豫。

他这样的人，表面再温和也与良善沾不上边。

只不过让他没有想到的是，林初九能医，且听她的口气似乎很简单，而他却因为一个这么简单的病算计了那么久，想来真是讽刺。

“可以的，并不难，你要早些时候找我，现在你已经能看到了。”林初九虽不知祭者血脉的事，但也知东阳大少这个时候找她医病，绝不是简单的医病，所以她一点也不介意，让东阳大少郁闷一点。

东阳大少苦笑一声，但仍旧好脾气地道：“还请萧王妃为我医治。”

他知道，依萧天耀与林初九的聪明，他们应该猜到了他别有用心，他现在只希望这两人不知祭者血脉的事。

不过，就算知道也无事，他们东阳家从来没有表露出什么。

“东阳大少，有些话我得先跟你说……”东阳家的大少爷不是旁人，为了避免不必要的麻烦，在医治前，林初九特意将医治的过程详细地说给东阳大少听并强调，“东阳大少要是觉得危险，可以放弃的，我没有关系。”

东阳大少苦笑一声，沉默片刻，道：“我相信萧王妃的能力。”

“多谢你的信任，但是医治过程是有风险的，如果真出了什么意外，还望你能理解。”东阳大少话中的潜台词她听明白了，无外乎就是把责任推到她身上，不过没有关系，她提前就有准备。

“这是医治前的同意书，你看看，没有问题的话，就请你签字吧。”林初九把经萧天耀同意的同意书递给东阳大少。

东阳大少无奈：“我看不见。”所以，他不会签的。

“那就让个能看得见，又能负责的人来签名。”这个同意书是必须要签的，如此一来，就算真医治失败了，东阳家来找他们麻烦，他们也不怕。

他们怕的不是麻烦，而是没有必要、不讲道理的指责，有这份同意书在，就算东阳家找他们麻烦，也占不到理。

“能不签吗？我相信萧王妃的医术。”东阳大少再一次表示拒绝。

林初九虽然说了医治的过程会有风险，但他真没有把那个风险当回事，可看到林初九拿出一份什么同意书出来，他就莫名觉得会有危险了。

“我也相信自己的医术，但这份同意书也很有必要，这是为了保证我的名誉。而且，对东阳家来说，有没有这份同意书重要吗？我真要把你医坏了，东阳家也不会放过我。”她只是想在道义上，占据优势罢了。

“非签不可？”东阳大少听罢，苦笑，他大约能明白林初九的意思。

“我不是行医济世的大夫，你这个病人我可治也可以不治。”东阳大少不知道，这世间有个词叫多做多错吗？

她不接东阳大少这个病人，她什么事都不会有，东阳家依旧会与萧天耀交好。反之，她接了东阳大少这个病人，本身就要承受了巨大的风险。

一个不好，交好可就要变成敌对了，甚至双方有可能变成死敌。

这样的情况下，她为自己要一份保障何错之有？

“你说得对，我签。”东阳大少略一沉默，就同意了，拿过纸笔亲自签名。

他的眼睛虽然看不到，但并不表示他和废人一样，写个名字还是没有问题的。

“大少……”东阳家的人见状，想要阻止，却被东阳大少拒绝了：“萧王妃说得没有错，她医我这个病人，本身就是在找麻烦，这是应该的。”

东阳大少利落地签完，递给林初九：“这样可以了吗？”

“可以。”林初九接过，转身递给了萧天耀，“王爷，帮我守三个时辰，这三个时辰内，不要让人打扰我。”

“嗯。”已知林初九秘密的萧天耀，默默地点了点头，声音不大，语气不重，可在场的所有人都知道，他这一声是这世间最坚固的承诺，无人能打破。

同时，林初九此举也让东阳家的人明白，她与萧天耀之间的关系绝不是什么依附，或者相敬如宾，她与萧天耀之间比一般夫妻羁绊得更深，且并不是萧天耀永远占主导地位。

医治前的准备工作做完，林初九将麻沸散递给了东阳大少，待到麻醉起效，便示意东阳家的人把东阳大少带到事先准备好的房间内。

看到干净整洁、明亮通透的厢房，东阳家的人心放下一大半，转身出去时也就没那么不安了。

待一干人都出去了，林初九也不浪费时间，换上干净的衣服，将放在柜子里的医治器具拿了出来，并将屋内所有的蜡烛都点亮了，并用琉璃灯罩罩住，好让室内更明亮。

三个时辰的时间说长不长，说短不短，对一直等在外面的东阳家的人来说，这三个时辰可谓是每一刻都是煎熬。对忙得团团转、片刻也停不下来的林初九来说，三个时辰过得很紧张。

东阳大少的情况十分复杂，真正到医治的时候才发现，有些小问题就是医圣之心也没有诊断出来，她不得不中途改变医治方案。

幸亏她经验丰富，不然这次真的要栽了，医不好东阳大少的眼疾不说，还要得罪东阳家。

三个多时辰后，林初九终于将最后的收尾工作做完，整个人差点儿累瘫了，这三个时辰里她的精神全程绷紧，比给东文皇上治脑疾时还要累，不过最终效果还是极好的，至少医治很成功，她不用担心跟东阳家结仇了。

要知道，她要是没有医好东阳大少的眼睛，就算东阳家能继续与他们交好，她和萧天耀也不会相信更无法信任东阳家。

医治成功，林初九把人带了出来，简单地交代了一句，便累得靠在萧天耀的身上，连动的力气也没有了："我好累。"

"安心休息。"萧天耀的眼中闪过一抹担忧，见林初九累得睁不开眼，什么也没有问，只是扶着她回房休息。

林初九这一觉睡了一天一夜，东阳大少都醒了她还没有醒，要说不担心那是骗人的，可萧天耀却没有表露半分，只是一直在旁边守着她。

此举落在东阳家的人眼里，再一次让东阳家的人明白，林初九在萧天耀心中的地位有多重要，暗自庆幸他们没有急着把东阳家的小姐介绍给萧天耀。不然，就不是拉近与萧天耀的关系，而是开罪萧天耀夫妇了。

"像萧王这样功成名就，仍旧对妻子始终如一的男人，真是太少了。"因此事，东阳家的人私底下对萧天耀的评价越发高了。

虽说他们都习惯了，男人功成名就后就嫌弃糟糠妻，抛妻重娶，并不代表他们打从心底认可这种行为。步入上流社会、顶尖世家圈后，一个能撑得起门面的好妻子很重要，可当初你娶了人家，就得对人家负责任，一个连发妻都可以说弃就弃的男人，他真的值得信任吗？

而在林初九仍旧昏睡不醒，东阳大少却平安无事地醒来后，东阳家的人对萧天耀、林初九的评价已经达到了空前的高度，传回主家的信上，有大半的话都是在夸奖萧天耀与林初九。

东阳大少醒来，得知自己的眼睛已无事，只需休养一个月就能看见，心中的激动可想而知。而在知道林初九为医他的双眼而累晕过去后，东阳大少心中更是感动了。

他原先以为，林初九在他签了那个协议后，不会拼尽全力为他医治，现在看来是他是以小人之心度君子之腹了。

"我还是太狭隘了，以己度人，自己的心中充满了小算计，便当人人都是小人。"东阳大少看不见，却不影响他自嘲。

当然，作为世家的继承人，该懂的人情往来东阳大少都懂，得知林初九因为医治他累晕了，东阳大少立刻让人准备了一大堆上好的药材，送去给林初九。

要不是身体不允许，他肯定会亲自去探病。这倒不全是因为要做戏给萧天耀看，其中至少有七成是真心的，真心地感谢林初九医好了他的双眼。

作为东阳家的继承人，双眼对他来说太重要了，就算他不介意看不到，其他人也会介意。

这世间就是这么不公平，有缺陷的人想要取得与常人相同的成功，需要比常人付出得更多，且还不一定有常人走得远，而更不用提，他要的比正常人还要多。

林初九医好了他的眼睛，等于为他减去了无数的障碍，未来的路他能走得更远，也更快。

睡了一天一夜，林初九在第二天傍晚醒来，醒来的第一眼，看到的就是坐在她床边、眼中布满血丝，却仍睁大双眼的萧天耀。

“王爷？”林初九诧异地唤了一声，显然不敢相信萧天耀会一直陪在她身侧。

“你睡了十二个时辰。”萧天耀开口，声音有些嘶哑，还带着一丝不易察觉的不安。

“啊！”林初九抬手，一拍脑门，“我居然睡了这么久？难怪我觉得全身没劲。”

林初九挣扎着要起来，却被萧天耀一把按住：“先躺着，你的身体到底是怎么一回事？”

因为知晓林初九的秘密，萧天耀怕林初九的昏睡与她的秘密有关。是以，他不敢让大夫来帮林初九诊断。

匹夫无罪，怀璧其罪。他不惧中央帝国，也敢把中央帝国最精锐的黑甲卫全部歼灭，可并不代表他能与天下为敌。

天下太大，他只有一个人，他总会有累或照顾不到的时候，所以林初九的秘密，不能让人知晓。

“我看看……”林初九知道萧天耀在担心她，立刻用医圣之心为自己诊断，得出结果后，林初九松了口气，“没事，是最近身体太弱，以至于原先中的毒加剧了。”

萧天耀整个人顿时僵住，好半晌才道：“那……毒，无解？”

林初九自己就是大夫，且医术高超，平日里她也是面色红润，一副健康的样子，要不是林初九说起，他都要忘了当初无数大夫为林初九诊断过，说她性命不长。

“帝国的解毒圣丹应该可以，不过慢慢调养就好，而且我这段时间已经好了许多了。”林初九轻叹了口气，侧过头看着萧天耀，与萧天耀的视线相对，默然无语，寂静无声。

千百种毒素混合成的剧毒，早已浸入她身体的每一个部位，就算毒可解，可受了损伤的身体，却不是那么容易好的。

“对不起！”萧天耀握住林初九的手，低头吻着她的指尖，滚烫的泪从他的眼角滑落，“啪嗒”一声落在林初九的手背上。

“我们再等两天，等到解毒圣丹再走。”他居然忘了林初九中毒的事，到了帝国都不记得拿解毒圣丹。

他，不是一个好丈夫。

林初九只觉得心中一痛，萧天耀这滴泪就好像落在了她的心尖，烫得她的心尖发热。

“和你没有关系，是我自己的错，且我这也不是没救，解毒圣丹可以将余毒排除，之后好好调养就好了。”以前，她从不觉得中毒，没有几年好活是件悲伤的事。可看到周身弥漫着悲伤气息的萧天耀，她突然觉得自己好残忍。

萧天耀的身边没有亲人，没有朋友，他一直都只有一个人，好不容易敞开了心扉，多了一个她，可她却不知自己能陪他多久。

这世间有许多事，并不会以人的意志为转移，生老病死不会，林初九的病也不会。

任凭萧天耀的本事再高，武功再强，也抵挡不了生死，改变不了他人的生死，更无法让林初九的身体瞬间恢复。

诚如林初九所说，她中的毒太多太杂，这么长的时间过去，解毒圣丹可以帮她把身体的毒素排出去，但留下的伤害却不是那么好抚平的。

可这话，林初九不想说给萧天耀听，她伸手，轻轻抚着萧天耀的脸，擦拭他脸上的泪，笑着安慰道：“王爷，你别担心，我不会有事的，我会努力让自己活很久很久的，我会努力陪你到最后。你知道的，我这么小气的女人，是绝不会允许有旁人取代我在你心中的地位的。”

“没有……”萧天耀抓住林初九的手，紧紧地贴在自己的脸上，“除了你，不会再有第二个人。”

这世间只有一个林初九，只有一个这么傻的林初九，在被他伤得遍体鳞伤之后，还依旧对他不离不弃，还依旧陪在他身边。

这么傻，又深得他心的林初九，他怎么可能找得到第二个？

“我还是不放心呢，我家王爷这么好，不知有多少女人觊觎，要不亲眼盯着，我怎么能安心。”林初九笑得温柔，声音低低的，似有安抚人心的力量，萧天耀觉得自己被安抚到了。

萧天耀紧紧地握着林初九的手，笑了出来：“你说得对，本王这么好，不知多少女人觊觎，你得一直盯着，别让其他的女人骚扰本王，要知道本王的脾气可不好。”

“自大！”林初九见萧天耀心情转好，也不由得笑出声来。

她怕死，但又不是那么怕死，不过有萧天耀在，她会努力活很久很久的。

“明明是你说的，怎么就成本王自大了。”他心里仍旧是担心的，仍旧是不安的，但他不想林初九跟着难受。

“我夸你的时候，你不应该自谦吗？”一扫先前的低落情绪，林初九笑得灿烂，萧天耀的心里也好受不少。

空气中似乎弥漫着一股名为暧昧，实则是情欲的气息。没办法，一男一女，还是夫妻在这样的气氛里能做些什么呢？自然是在床上诉说真情了，不过萧天耀却只是抱着林初九，轻轻地道：“就这样，让本王抱一会儿。”他真的心疼林初九。

“其实……没事的。”林初九的头枕在萧天耀的胸膛，低声说道。

她不是水晶娃娃，没有那么脆弱，萧天耀太紧张她了。

萧天耀要做的事很重要，但林初九同样重要，没了林初九，他就是拥有天下又能如何？

林初九换了个姿势趴在萧天耀的身上，两人静静相依，许久后，两人才平静下来。

“起来了，再不出去，旁人指不定以为咱们在屋内干坏事呢。”躺了一天一夜，林初九真的睡累了，她要起来走一走。

“我们是夫妻。”就算做了什么，那也不是坏事，他们是合理合法的。

“夫妻也要起床，快点儿啦，我都饿死了。”一天一夜没有吃东西，林初九真的很饿很饿。

什么话都没有这一句效果好，萧天耀一听，立刻起来了，顺手把林初九捞了起来，拿起一旁的衣服递给她，并贴心地建议道：“要不要让人把吃的端进来？”

“不用，我还得去看看东阳家大公子呢。”东阳大少的眼疾虽治好了，但后续还要调理，她不能丢着不管。

“他没事，东阳家有的是大夫。”这女人，这个时候提别的男人做什么？简直是破坏气氛。

“医好了，咱们总得露个面，虽说咱们不求东阳家什么，但也不希望他们坑我们不是。”林初九知道萧天耀在别扭什么，这个别扭的男人呀，什么时候才能成熟一点儿呢？不过，就算这个男人幼稚一辈子，她也喜欢。

“东阳家一向有大局观，他们不会乱来。”当年，圣元王朝分崩离析，东阳家也没有趁机落井下石，助帝国一臂之力，可见东阳家的人有多谨慎。

要知道，当初如果以东阳家为首的世家掺和了，那么圣元王朝也不会分离成四国，而是会直接成为中央帝国的一部分。

“不管如何，我们在这里，总要打一声招呼。走啦，走啦……”辛辛苦苦医好了东阳大少的眼疾，连个诊金都收不到，要不借机让他们欠下一个大人情，那多亏。

虽说他们的战场不在中央帝国，可他们需要有人钳制帝国的军力，大皇子是一步好棋，东阳家也不能放过呀。

这世间之事不怕一万，就怕万一，双保险才能让人安心。

林初九要去看东阳大少，萧天耀被她磨得没有办法，只能同意，但却要求她吃完东西再走，林初九自然没有异议。

如此，又耽搁了一个时辰，幸亏东阳大少一向不早睡，不然真是太失礼了。

萧天耀已经提前派人跟东阳大少打招呼，萧天耀和林初九过来时，东阳大少已经在外间等他们了。

“看样子你恢复得不错。”林初九上下打量了东阳大少一眼，满意地点了点头。

现在就能下床，可见帝国的大夫有多牛。

“多谢萧王妃。”东阳大少虽能下床，但眼睛仍旧看不到，甚至头上还有一道小刀口。

“不必客气，大夫给人治病，天经地义。”不过，并不是所有的病人大夫都愿意治，像东阳大少这种身份的病人，一般的大夫都不敢接。医好了还好，要是没有医好，不仅会丢掉饭碗，连命都会没有。

“萧王妃你不是大夫，我知道萧王妃是看在大皇子的面子上，才会特意在这里等我两天。”这一点东阳大少很清楚，要不是请了大皇子出面，恐怕林初九是不会理会他的。

他们东阳家虽然没有做什么过分的事，可有那个打算，就是把萧天耀与林初九得罪惨了。

“大少客气，大皇子的面子我不敢不给。”林初九顺势承认，好让东阳大少欠大皇子一个情。

东阳家选择从大皇子身上下手而不是通过花家，林初九就猜到了东阳家的用意，这话也不过是顺水推舟罢了。

“我回去后，定会好好感谢大皇子。”只要不违背东阳家的家训，他会尽力帮助大皇子，这是他们东阳家给出的承诺。

东阳大少相信，这话即使他没有说，林初九和萧天耀也能明白。

说完大皇子能得到的好处，东阳大少又道：“听闻萧王爷在寻解毒圣丹？”

这消息他也是刚刚才知晓的，萧天耀一个时辰前，吩咐人去找解毒圣丹，至于做什么用，他就不知道了。

东阳大少，恐怕做梦也不会想到，医术高超的林初九自己会身中奇毒。

“嗯。”萧天耀应了一声，并没有否定。

他特意让林初九吃完饭再来，就是给东阳大少时间，他相信依东阳大少的聪明，绝不会让他失望。

“我这里有两瓶解毒圣丹，萧王爷要是不嫌少，不如先拿着？”东阳大少确实不会让萧天耀失望，他正愁不知该拿什么做诊金给林初九，就得知萧天耀要寻解毒圣丹的消息，他要是不懂个中的含意，那他就蠢了。

诊金是诊金，人情是人情，这一点东阳大少分得很清，他不会弄错的。

“本王就不客气了。”萧天耀一句客气的话都没有说，直接接过，递到林初九手上。

林初九无声一笑，垂眸，掩去眼中的戏谑。

萧天耀明明就是想要东阳家帮忙找解毒圣丹，却不直说，故意弄这么一出，让东阳家自己把解毒圣丹奉上。

这么一来，不仅东阳家心里没有一丝不甘愿，甚至还会暗自高兴。毕竟他们拿出的东西，就是萧天耀想要的东西，这不仅是付了诊金，还有人情的往来在里面。

“萧王满意就好。”东阳大少面带微笑，看得出来他很高兴。

目的达成，林初九说明了自己的来意：“大少，我帮你检查一下眼睛，顺便换一下药，如果没有问题的话，我们明天就该走了。”

“如此，就麻烦萧王妃了。”东阳大少等的就是林初九这句话，自然不会客气推诿。

萧天耀与林初九不是常人，这两人一向直率，万一他客气了，林初九当真了怎么办？

林初九笑了笑没有说话，将解毒圣丹收好，提着药箱上前。

她是有备而来的。

打开药箱，将需要的药一一摆好，确认无误后，林初九小心地拆掉了东阳大少眼睛上的绷带。

东阳大少的眼睛微肿，红通通的，看着十分吓人，但这是正常情况。

“别睁开眼睛。”察觉到东阳大少有睁开眼睛的迹象，林初九连忙叮嘱了一声。

现在，他还不能见光。

“我会注意的。”东阳大少低低地应了一声。

他刚刚感觉到有光亮了，这是他打记事起，第一次感觉到了光，眼睛第一次对外界有了反应，是以，他心急了。

“心急吃不了热豆腐，十多年都等了，这几天还等不了吗？好好养着，再过二十几天你就什么都能看到了。”医圣之心诊断的结果出来了，东阳大少的眼睛恢复得极好，只要后续不出人为的意外，东阳大少这双眼睛就彻底好了。

“嗯。”感觉到眼睛凉凉的，东阳大少心中的急切也少了几分。

他本身就是一个极有耐心的人，他十多年看不见都不曾放弃、也不曾萎靡，现在很快就能看见了，他更不能着急了。

林初九麻利地给东阳大少换好药，缠上了新的绷带，同时把药箱也留下来了：“每隔三天换一次药，这里面是十天的药，具体的方法和用量我都写上了，先前也教过东阳家的大夫。我明天上午离开，要有什么问题，你可以让人来找我。”

这次，她和萧天耀是真的要走了。

……

四国势微，他们根本探听不到在帝国发生的事，是以，萧天耀和林初九在帝国有多么嚣张，四国的人是半点也不知的，但帝国的消息他们不知道，武神山的消息他们却很清楚。

前些日子，武神山已对外公布了萧天耀晋升为超武神的事，并强调他是最年轻的超武神。

“超武神？他怎么会成为超武神？这不可能，这不可能！”东文皇帝听到这个消息，整个人都要疯了。

他完全不能接受这个事实。

没有人比他更清楚萧天耀的野心，也没有人比他更清楚，他与萧天耀之间的仇，萧天耀成了超武神，他还有出头之日吗？

“超武神？”东文皇后随后也收到了这个消息，她的反应没有东文皇帝激烈，她只是长长地叹了口气。

有萧天耀这个超武神护着，她还能动林初九吗？

不能，所以她只能等死了。

“可怜了我的小七。”汲汲营营一辈子，从帝国逃出来，嫁入东文皇室，成为东文的皇后，她做梦都想着有一天能杀回帝国，叫当年那些错待她的人看一看，他们当年错得有多离谱。

可是，没有机会了，萧天耀不会给她这个机会，这东文的权力，她半分也沾染不得了。

除去东文，南远、北历、西武也纷纷收到了消息，南远此时正陷入内战，南远前皇室与当今皇室打得你死我活，胜负难分，谁都称自己是正统。

北历没有再对外出兵，但内里的情况也很糟糕，去年被萧天耀狠打了一次，北历失了主力部队不说，粮草也没有抢到，只能花高价购买私粮。

走私的粮食数量、价格皆由他人控制，别说北历本就穷，就是有银子也买不到足够的粮，国内的百姓只能吃土啃草，很多地方都发生了暴乱，北历的军队处理本国的骚乱都来不及，根本无力外出征战。

西武的情况也不算好，原本势弱的纪丰羽在萧天耀的支持下渐渐势大，与其他几位皇子争夺得厉害，储位之争已到白热化的状态，虽说没有战乱发生，可要是西武的储君之位一日不定，西武就一日处在危机中。

萧天耀晋升为超武神的消息一出来，北历、南远和西武皆是一怔，随即三国的皇帝都冷静了下来。

四国中出了一个超武神，还是一个手握重兵的超武神，这可不是小事，这事一个不好就会引得四国大乱。

“快去打听清楚，萧天耀这个超武神，日后待在哪里？是帝国还是武神山。”

如果萧天耀日后只生活在帝国和武神山，那就没啥事了，不管是帝国还是武神山，都不是他们能染指的地方，萧天耀去了那些地方，想要做什么那都是萧天耀的事。

可是，消息传来，四国的皇帝皆傻眼了。

萧天耀既不去武神山，也不会待在帝国，他回来了，带着林初九回到东文了。

东文皇帝早就猜到了，所以他一点也不震惊，他一直都知道萧天耀要什么，要不是如此，他也不会处处针对萧天耀。

可东文的皇帝能接受，南远、北历和西武的皇帝不能接受呀。

“为什么回来？他不是超武神吗？还回来干什么？”他们本以为萧天耀此去帝国必死无疑，结果他不仅晋升为最年轻的超武神，他还回来了……

他强势归来，四国的格局还能保持不变吗？

“他回来是什么意思？按规定，武神不是不能留在四国吗？连武神都不能留下，萧天耀这个超武神凭什么可以留下？帝国就不管他吗？”南远、北历和西武的皇帝都要疯了，不断地指责帝国。

这么凶残的一个人，帝国把他放回来干吗？帝国难道不知萧天耀不仅是超武神，还是手握重兵的东文亲王吗？东文有这么一个厉害的人物在，他们三国还有活路吗？以后，他们不仅要向帝国纳贡，恐怕还要给东文纳贡，这简直就是不给人活路。

三国的皇帝担忧不已，不断地指责帝国不管他们死活，可在不久后，得知萧天耀一路斩杀了帝国十数位超武神，三国的皇帝立刻闭嘴了。

他们就说嘛，帝国怎么会放任萧天耀这个超武神回来，原来不是不想留，而是留不住他，只能眼睁睁地看着他嚣张地回来。

至于武神山的人，想必也是管不住吧，不然他们怎么也不会破坏规矩，让萧天耀回东文。

不管萧天耀与东文皇帝之间有什么冲突，对南远、北历和西武三国来说，萧天耀的回归对东文来说就是如虎添翼，日后他们三国不想仰视东文的鼻息过活，就只能抱成一团对战东文。

北历的皇帝不管暴民了，南远的皇帝不把精神放在平息内乱上了，西武的皇帝也警告皇子们不要再争了，现在最重要的事是一致对外。

三位皇帝十分默契地联系了对方，短短数天便结成了联盟，西武和南远往北历运了数十万担粮食，暂时解决了北历的缺粮危机。

北历借了三万兵马给南远，助南远暂时平息了内乱，至于西武，纪丰羽有萧天耀的支持，这是西武上下人人皆知的事，不过他们并没有对纪丰羽出手，而是默默地将其架空。

对西武的皇帝来说，纪丰羽是颗极好的棋子，要是他们三国抱团赢了东文，那么纪丰羽存不存在就无所谓了。反之，要是最后还是东文赢了，那么把西武交给纪丰羽，凭纪丰羽和萧天耀的关系，怎么也能保住西武。

西武皇帝承认他这招太阴险了，可是有什么办法呢？拳头没有人家大，他只能用这些小算计，保住自己的国家。

三方都有意，联盟很快就结成了，萧天耀与林初九一回来，就收到了三国联盟的消息，也收到了三国联合发给他的文书，希望他交出兵权，退隐田园，和先前那些超武神一样，不插手世俗之争。

世俗之争？

萧天耀看到三国送来的文书，笑而不语……

第十四章　十年之约

世俗之争？

这世间哪来的世俗与非世俗，那些躲在武神山的武神和超武神，就真的避开了世俗之争吗？

那些拥有武神和超武神的家族，哪个不是显赫威风，要不是背后有武神和超武神撑腰，那些家族算什么？

所谓的避世、不插手世俗之争，不过是欺骗世人罢了，谁会当真呢？

三国皇帝这份国书，是在逗他玩吗？

萧天耀随手将西武、南远和北历这三国皇帝联名的国书丢在一旁，只当没有看到。

“西武三国是打算联手了吗？”林初九端着一碗热汤进来，看到萧天耀随手丢弃的国书，扫了一眼，问道。

“不联手他们没有活路。”这就是他先前不敢妄动的原因，他就是怕牵一发而动全身，引得三国联合起来对抗他。

他并不怕与三国同时对上，但他不想在以一敌三后，还要面对帝国的施压。

以一国之力抵抗三国已经很吃力了，再加上帝国，他就一点儿成功的可能也没有。

“凭东文的国力，同时对上三国很吃力。”在萧天耀有意无意的教导下，林初九已经对四国的国力有了清楚的认识。

“不会同时对上，南远内乱不止，西武争斗不息，北历百姓不安，各国都危机重重，他们自顾不暇，就算现在三国能联盟，也长久不了。”他从十多年前起就开始在四国布局，对各国的情况了如指掌，且在各国都安插了不少人手，只要他愿意，随时都可以挑起一国内乱。

“原来你都计划好了，那明天呢？你真的要继位吗？”东文的皇帝是个聪明的，看到萧天耀强势回来，便知大势已去，挣扎了几天后，果断提出让位，并来信给萧天耀，说萧天耀进城那日，他会到城门口亲迎，同时退位让贤。

“自然不会。”萧天耀接过林初九手上的汤，同时张开手，让好位置，好方便林初九坐在他怀里。

“正经点。”林初九没好气地白了萧天耀一眼，没有坐。萧天耀却容不得她拒绝，伸手直接把人拉入怀里：“本王很正经。”

林初九半推半就，倒是没有拒绝。自打进入东文领土，萧天耀就没有停，她也忙着调理身体，两人倒是许久没有亲热了。

屋内没有外人，他们夫妻二人亲热一点儿也没有什么。

“别担心，东文的事都不算事。”他们能从虎狼之地的帝国回来，区区东文算什么？

“还是很担心，东文只是开始，后面还有很长的路要走呢。”拿下东文后，萧天耀绝对不会停下来，很长一段时间内，萧天耀都需要四处征战。

虽说凭萧天耀超武神的本事，一般人伤不了他，可萧天耀再强也是人不是神，是人就有疏忽的时候，就会有意外。

“十年，你再等我十年，十年后我给你一个太平盛世。”十年是他给自己定的最终目标，十年内他必会打下四国，打造一个能与帝国相抗衡的圣元王朝。

届时，属于圣元王朝的，他要一一夺回！

“十年后，我都快三十了，那时候我都老了。”她现在已经二十了，十年后便是三十，真的不年轻了。

“这十年你陪我，十年后我陪你。”萧天耀抱着林初九，将头压在她的肩膀上，带着一丝撒娇的意味，热气喷在耳间，引得林初九不断闪躲，伸手推了推他的脑袋：“别闹，说正经事呢，林家说明天要来接我，问我要不要去住几天，我那便宜爹病了，要我去尽孝呢。”

如果是以前，林初九不介意去做个孝女，但现在她已明知自己不是林相爷的女儿，她是真不愿意去林家。

偏偏世人不知，东文的人不知，明面上她仍是林相爷的女儿，林相爷病倒，她这个女儿要不回去看看，会被人骂不孝。

萧天耀此时正值关键时期，作为他的王妃，她也得时刻保持自己的形象，不能被人挑出错来。

“本王很正经，你说……本王都听着呢。”萧天耀老老实实地趴在林初九的颈间。

林初九无力，推了几次也没有推动，只能随他了：“林家的事怎么处理？”

“既然他们找上门，我们明天就上门好了。”有些事林初九不知道，他却很清楚。

帝国林家是怎么知道林初九的身世的？千万别告诉他，是帝国林家自己查出来的。林家真要查，早就把林初九这个祭者血脉带走了，根本不会容许她生活在外面。

他和林初九一到帝国，林家就上门来认亲，可见林家也是刚刚收到消息，想来是东文有人出卖了林初九。

林初九的身世就是他也没有查出来，除了林相还有谁能卖了林初九？

“你要去林家？明天就去？”林初九吓了一跳，猛地回头看向萧天耀，险些撞到了萧天耀的唇。

萧天耀颇为遗憾地抿了抿唇：“明天去不好吗？林家不是要你明天去吗？我们就成全他。”

林家想要脸，他成全林家，就看林家要不要得起这个脸。

“林家只要我去，可不敢让你去呀。”

明天是什么日子？是萧天耀从帝国回来的第一天，萧天耀不进宫，不回府，直接去林家，这是要把林家架在火上呀！不知情的人羡慕林家，林相爷恐怕会被生生吓死。

林初九一想到那个画面，就忍不住想笑！

次日辰时，萧天耀与林初九乘坐马车出现在城门口。一身素衣的皇上，早已率文武百官在城门外等候多时，见到萧天耀的马车出现，皇上没有拿架子，亲自上前迎接。

凭萧天耀超武神的身份，他受得起这个礼，但是萧天耀没有直白地接受，他早早就让人停下马车，先一步下马车，走了过来。

“臣等拜见萧王殿下，千岁千岁千千岁。”文武百官立刻跪下，高呼千岁，声音响彻云霄，可见他们是真的高兴。

萧天耀走之前，已经将东文的朝野收拾好了，朝堂上的官员十有八九是萧天耀的人，就算萧天耀这段时间远在帝国，朝廷上的官员也没有倒向皇上，而是尽忠职守做自己该做的事，只是对皇上的态度比先前好了一些。

而今，萧天耀平安地从帝国回来，同时又晋升为超武神，这些官员就更不可能心生二意了，他们恨不得立刻跪在萧天耀面前表明心志，让萧天耀知道他们有多么忠心。

“天耀！”皇上一身素衣，做平民打扮，快步上前，双手作揖准备行礼，却被萧天耀拦住了：“皇兄，你这是何意？”

萧天耀对东文的皇帝并没有恨到非杀了他不可的地步，更不可能当众折辱皇上。他们不仅仅是君臣，还是兄弟，虽说没有什么感情，但他萧天耀却做不出杀兄弑弟的事。

他要的是一统天下，他要的是做盛世明君，而不是暴虐成性的暴君、戾王。

就像林初九所说的那样，处在他们这个位置上的人，越是能随心所欲，越是不能随心所欲，不管如何面上都必须做得好看，不能让人挑出错来。

依他们的身份，真要整一个人，不需要他们开口，自然会有人帮他们办到，根本没有必要撕破脸。

“天耀，皇兄愚钝，难当大任，东文只有交到你手中才会越来越好，今日我便当着文武百官的面退位，把皇位禅让给你。”这话东文皇上说出来时，心在滴血，却又不得不说。

萧天耀人不在东文，就把持了东文的朝政，他这个皇帝几乎就是一个摆设，这段时间趁萧天耀不在，他花费了大力气勉强拉拢了几个朝臣，对方也是态度暧昧，并不敢明确表示支持他。

军中的大权已经全部被萧天耀的人控制，他这个皇帝别说调动兵马了，就是往兵部安插一个人都做不到。

萧天耀不在东文，他这个皇帝做得就像是摆设，现在萧天耀回来了，而且是强势回归，他这个皇帝还有什么用处？

萧天耀听罢，冷冷一笑；“皇兄，臣弟惶恐，臣弟并无此意。”他确实没有当东文皇帝的意愿，小小东文装不下他。

“天耀，皇兄是认真的，东文只有交到你手中，才能更昌盛。”虽然心中不忿，可东文皇帝也知他别无选择，不得不低头。

萧天耀的风头无人能及，东文皇帝与中央帝国有些联系，隐约知道在中央帝国发生的事，知道萧天耀在中央帝国做了什么。连中央帝国都不放在眼里，连帝国皇帝都奈何不了萧天耀，他这个小国皇帝算什么？他能拿萧天耀怎么样？萧天耀太强了，强到他连跟萧天耀为敌的勇气都没有了。皇位，他主动交出去，还能落个好，要是等到萧天耀伸手来抢，他恐怕连怎么死的都不知道。

萧天耀摇了摇头，微微弯腰，用只有两人能听到的声音说道：“皇兄，臣弟也是认真的，皇位……臣弟不要。”

萧天耀托着皇上的手，很随意的一个动作，却让皇上无法动弹，只能僵着身子站在萧天耀面前。

“不要？”东文皇帝一愣，随即苦笑，“皇兄明白了。”他原先以为他懂萧天耀，知道萧天耀的野心，可今天才明白，他根本不懂萧天耀，也从来没有看清萧天耀的野心。

他原先针对萧天耀所做的一切，在萧天耀眼中恐怕就是一个笑话！

毕竟，萧天耀从来没有想过要和他争东文的皇位。

“皇兄，时辰不早了，回城吧。”见皇上明白了他的意思，萧天耀松手，后退一步。

骤然失了支撑，东文皇帝险些摔倒，幸亏萧天耀再次伸手扶了一把：“皇兄，你的身体不好，还得多加注意才是。”

就皇上这身体，能活几年？他需要背上一个逼兄长退位的罪名吗？皇上，太小看他了。

“好，好，回城。回城。”皇上被萧天耀的话震得失了神智，嘴唇微动也不知在说些什么，反正萧天耀是不介意的。

文武百官见预想的退位禅让没有上演，一个个不由得愣住了。

皇上与萧天耀说话时，他们跪在身后，根本不敢妄动，也没有听到这对天家兄弟说了什么，想要出口询问，可看到皇上神情恍惚，萧王爷一脸冷漠，谁也不敢问出口。准备已久、排场极大的退位禅让仪式，就这么不了了之了。

文武百官呆愣在原地，看着缓缓驶入城内，却无人乘坐的帝王龙辇，一个个你看看我，我看看你。

他们连龙辇都准备好了，全新的，由三千位匠人连续忙了一个月打造而成的，现在看来是派不上用场了。

“这，这到底是怎么一回事？皇上不是说要在今天退位的吗？”

“我连诏书都写好了，这事不提了？”

“皇上这是临时反悔吗？不应该呀，退位让贤一事是皇上自己主动提及的，他怎么可能临时反悔呢？”

“又或者是萧王爷拒绝了？可拒绝不是应该的吗？我们当时不是说好了，要说服萧王直至他同意继位为止吗？皇上这是不愿意了吗？”

众大臣越说越生气，越说越愤怒，对皇上的不满达到了前所未有的高度。

皇上难道不知，东文只有交到王爷手中，才会越来越强大吗？

王爷是超武神，要是王爷坐上皇位，就连帝国也不敢给他们东文脸色看！

“不行，这事咱们还得继续催，不能就这么不了了之。”

众大臣相视一眼，齐齐点头，下定决心要尽早催促皇上退位，好让萧王爷登基。

萧天耀进城后，并没有如众大臣所想的那样进宫或者先回萧王府，而是问了一句：“听说本王的岳父病了，本王要先陪王妃去探病，众位大人请便。”

萧天耀几乎从不称林相为岳父，一向只叫他相爷，这是众人第一次听到萧天耀这么正式、亲切地称呼林相为岳父，可却没有一个人羡慕林相。

在京中，是个人都知道林相和萧王爷之间的矛盾，萧王一进京丢下皇上、文武大臣却去见林相，恐怕另有深意。

林初九坐在马车里，听到这话不由得轻笑了一声，虽然昨晚萧天耀什么也没有说，但她知道林相要倒霉了。

可是，她一点也不同情林相，不可否认，林相确实有才华也确实能干，但前期要是没有蒙家为他护航，为他打点关系，他怎么可能平步青云，怎么可能入得了皇帝的眼？怎么可能有今天？

林相一介寒门学子，在娶了蒙家女，得到蒙家助力的时候就该明白，这天下没有白吃的午餐，不然蒙家好好的嫡长小姐凭什么嫁给你一个穷小子，又凭什么帮你？甚至在嫡长小姐去世后，蒙家又默许嫡次小姐嫁给他？不就为了补偿，补偿林相先前受的委屈吗？

可是，林相得了蒙家的提携，得了蒙家的补偿，事后是怎么回报蒙家的？在蒙家日渐败落时，林相不仅没有出手相助，反倒暗暗踩上两脚。得知皇上要拿蒙家试探林初九和萧天耀，林相默不出声，甚至出手置蒙家于险地。

林初九的母亲带着孩子，嫁给林相固然对不起林相，可林相当时不知情吗？林相要是个男人，当时就把事情闹出来，大家一拍两散，林初九还会赞林相一句有傲骨。可是，林相当时没有这么做，他选择隐忍，选择从蒙家身上拿好处，他一边从蒙家手中拿好处，一边对付蒙家，可见就是一只白眼狼。

对这样的白眼狼，林初九不认为自己需要心软。

萧王与萧王妃高调来到林府，面对消瘦、衰老的林夫人，林初九没有同情，只有厌恶。

不是一家人不进一家门，林相自私薄情，这位林夫人也好不到哪里去，为了一个男人连自己的父兄都不顾，可见也是一个自私自利，不值得同情的人。

至于林婉婷，林初九选择无视，林婉婷落到今天这个地步，全是她自找的，今后过得如何那是林婉婷自己的事，她不会干涉。

而对林相的独子，她同样没有感情也不讨厌，今后这个孩子过得如何，那都是他自己的事，她没有报复已是最大的仁慈。

萧天耀和林初九一样，步入林府后除了说一句“本王来探病”外，就不再开口，高冷地坐在首位上，完全不把林夫人放在眼里。

林夫人心里又惧又恨，可面对气势凌人的萧天耀，林夫人半点不满也不敢表露，怯怯地道：“王爷，王妃……老爷他刚喝了药，还请王爷王妃稍候。”

“嗯。”萧天耀应了一声，完全没有探视病人该有的态度。

别说萧天耀知道林相是在装病，就冲林相做的那些事，就算林相真的病入膏肓，他也不可能去病房中探病。

林相要见初九，要见他，就自己乖乖地滚出来，要是病得起不来，那就爬过来。

想要拿病装可怜，博取同情，也不看他自己够不够格。

林夫人见萧天耀半句客气话也不说，心里憋得不行，又不敢多言，只能拿眼角的余光去看林初九，暗示林初九主动开口，提出去病房探望林相，可林初九双眼微闭，坐在那里，完全不看。

林夫人心里那叫一个堵，磨叽了片刻不见萧天耀、林初九开口，只得无奈地退下，去请“病重”的林相出来见客。

女儿、女婿上门探病，最终却要重病的老丈人亲自出来，放眼天下恐怕也只有萧天耀和林初九做得出来，可偏偏林家人只能忍了。

林相听到林夫人的转述，心里莫名地发虚：萧王这是来者不善呀，莫不是萧王发现了什么吧？

这么一想，林相顿时惊出一身冷汗，原本是在装病，现在却真的要病倒了。

他今天装病，就是想借最后一丝父女情分，希望林初九看在他可怜的份上，出面求萧天耀放过林家，放过他，最好能拉他儿子一把，现在看来他似乎走错棋了。

萧王爷和林初九不在京中的这段日子，皇上处处打压他，林家已经快要撑不住了，他没有办法才想着求林初九。

但显然，林初九这条路，不是那么好走的。

“老爷，老爷，你还好吧？”林夫人见林相一副快要死的样子，心里怕得不行。

她对林相已经彻底地心冷了，可林相不能死，他是这个家的顶梁柱，他要是死了，她和孩子怎么办？

蒙家已经不要她了，她除了林相外，再无依靠。

“王爷和初九他们，他们是不是很愤怒？”林相死死地抓着林夫人的手，眼睛瞪得大大的。

帝国林家的事他做得很隐秘，萧王爷不可能查到。林初九母亲的死他也做得很隐秘，这么多年过去了，萧王爷和林初九肯定也查不到。暗中打压蒙家的事，他同样做得很谨慎，萧王爷和林初九也不可能知道。

“没有，没有，王爷和那个……初九很平静，没有生气。”林夫人张口，差点儿又吐出“贱人”二字，最终还是生生忍住了。

现在的林初九，不是她能惹的。

“没有就好，没有就好。”林相稍稍安心，让林夫人为他穿衣，准备出去见萧天耀、林初九。

不过，他此刻已没有别的要求，只求萧王爷能看在他是林初九“父亲”的身份上，放林家一马，让皇上不要再折腾林家了。

林家根基太浅，根本经不起皇上的报复。

在林夫人的搀扶下，林相每走一步就喘三喘，病恹恹地来到前厅。

他这副重病的样子还真不是装的，当然也不是真病了，只是得知萧天耀和林初九一同登门，心里发虚罢了。

“王爷……初九，你们来了。”林相艰难地跨过门槛，脸色白得吓人。

林初九皱了皱眉，没有说话而是看向萧天耀，以眼神询问他：不是说装病吗？

林相这个样子还真的不像是在装病，至少身为大夫的林初九可以肯定，林相是真的虚。

“死不了。”萧天耀低声说了一句，林相刚站稳就听到萧天耀这话，吓得僵在原地，扶着林夫人的手直哆嗦：“王，王爷……”萧王爷这话是什么意思？

他死不了，所以不管他吗？

这可不行呀，萧王爷要是不管他，他一定会被皇上折腾死，皇上无法报复萧天耀，可拿他开刀却毫无压力。

“林相，坐吧。”萧天耀没有为林相解惑的意思，抬了抬手示意林相坐下，便不说话了。

林相颤抖地坐下，刚开始还挺高兴的，可坐了半天也不见萧天耀与林初九开口，就坐不住了。

别说林相，就是一旁站着的林夫人也站不住了，一双手死死地拧着帕子，低着头不敢让林初九和萧天耀看到她眼中的不满。

花厅的气氛好似分成两截，萧天耀与林初九悠然自得地品茶，林相与林夫人却紧张得心肝肺都疼了，当然也不排除他们是气得。

坐了约莫一炷香的时间，林相越来越不安，脸色白得跟鬼似的，而萧天耀与林初九却仍旧没有表示，甚至看都不看他一眼，完全不像是来探病的。

无奈，林相只得主动开口：“王爷，初九……你们一路舟车劳顿，想必是累了，要不要先休息一下？”

这两人是来探病的吗？这两人是来气死他的吧！偏偏不管是萧天耀还是林初九，都不是他能得罪的，他只能忍了。

“休息就不必了，本王是来探病的。还未进城就听说林相病重，希望初九前来探望，这不一到京城，本王就陪初九来了。”晾够了林相，萧天耀主动开口，可明显一开口就带着火药味。

“臣，臣惶恐，一点儿小病未曾想惊动了王爷的大驾，臣无大碍，只是许久不见初九，想初九罢了。”林相知道今天怕是讨不到好了，心中不安，可却仍旧不想放弃。

“想初九？林相可知我们刚刚从哪里来？”萧天耀今天可算是见识了林相的厚脸皮了。

林相这是多不要脸，才能说出想初九这样的话出来？

不等林相再说话，萧天耀就继续道：“本王与初九刚从中央帝国回来，中央帝国有一个林家，他们说东文有人给他们去了信，说初九是帝国林家的女儿。”

“什，什么？”林相一脸震惊地看着萧天耀，眼中满满都是震惊与不信，不知情的人还真以为林相什么都不知。

果然，眼睛是会骗人的。

林初九轻轻摇了摇头，没有言语。能知晓她身世的人，除了林相就只有蒙家人，蒙家人绝不会出卖她，且蒙家人也没有能力联系帝国林家，剩下的自然就只有林相了。

“听说，林相这段时间跟皇后走得很近，林相想必该知道皇后与帝国的关系。”林相想要装傻，也要看萧天耀同不同意。

“王爷，臣，臣不知，臣真的不知。皇后娘娘只是看在王爷和初九的分上，才会对臣照顾一二。”萧天耀不在帝国的这段日子，皇上一再打压他，打压林家，要不是有皇后出手维护，林家和他怕是早就不存在了。

“你心里明白，初九是谁的女儿，你心里也明白，要不是如此，你怎么会默许林夫人给初九下毒？”明显，萧天耀今天来林府就是为了清算的。

突然被点名，林夫人吓得腿一软，跪坐在地上，连连否认：“王爷，没有，我没有给初九下毒，初九是我姐姐的女儿，我真的没有……”

和林相不同，林夫人的眼睛无法骗人，她一说谎就眼神闪烁，不敢看萧天耀也不敢看林初九。

“本王这么说自然是有证据的，林夫人做过什么，你自己心里明白。”萧天耀第一个想要弄死的人就是林夫人。

敢对他的初九下毒，简直是活得不耐烦了，可初九却说要放林夫人一马，因为林夫人是蒙家女，而她不想让死去的外祖母、外祖父伤心，也不想让舅舅自责。

不管怎么说，林夫人都是她舅舅的嫡亲妹妹，骨肉亲情摆在那里，他们怎么处置林夫人都可以，但一定要给她留一条命，不然蒙家人心里会愧疚的。

林夫人一听就知她狡辩无用，恨恨地咬了咬牙，怨毒地看了林初九一眼，将所有的事揽到自己身上：“是，是，是我做的，给初九下毒的人是我，是我一个人，与我的女儿、儿子无关，王爷你要处治就处治我一个人吧。”

最终，她还是输了，输在她姐姐的女儿的手里，输在她的心软上。她当时，怎么就没有直接弄死林初九？悔吗？自然是后悔的，可惜为时已晚。

“既然如此，本王就成全你。”萧天耀没想到林夫人会这么快认罪，他准备的后手还没有用上呢！

不过，这也算是解决了一件大事。

“来人，送林夫人去刑部。”初九不让他杀死林夫人，那便将林夫人交给律法来处置。

毒杀嫡长女，虽未遂，但罪名也不轻。

侍卫很快就进来，架起林夫人就往外走，林夫人没有反抗，只是睁大眼睛看着林初九，眼中是刻骨的恨意，这让林初九的心中掠过一阵烦躁，她自认对得起蒙家，也对得起林夫人。

萧天耀见状，握住林初九的手，安慰道：“跳梁小丑罢了，不必理会。”

“王爷，王爷……这事，这事是误会，蒙氏做的事，我真不知道。”林相见林夫人被拖走，知道自己的预感成真了。萧王今天不是来探病的，是来索命的。

“是不是误会都不重要，本王今天来是想告诉你，本王不想在京城看到林府，更不想有人拿着初九父亲的身份给初九添乱。现在你有两条路可以走，要么你死，要么整个林家消失。”

林相死了，林婉婷姐弟依旧可以生活在京城，反之他们一家，永不能踏足京城。

他相信，林相会做出最好的选择！

林相一直都是自私的，他口口声声说为了林家，为了儿子将来，实际上他一直都是在为自己，为自己的私心，为自己的野心。

当萧天耀给出他这两个选择后，林相求了许久无用后，便选择了带着全家离开京城，并许下永不回来的承诺。

“你真自私！”听到林相的选择，林初九失望地摇了摇头。

她厌恶林相和林夫人，但对流着蒙家血液的林婉婷和林家小弟却没有那么讨厌。如果林相能英勇地选择死，她会把林婉婷送到蒙家，有蒙家照看，他们的前途不会差。

林相听到林初九的话，眼前一亮，急切地道：“初九，这些年我虽然对你不好，却从来没有想过要你的命，你能不能求求王爷，高抬贵手放林家一马？”

他不想离开京城，更不想死，他奋斗了这么多年，在皇上面前活得像狗一样，就是为了成为人上人，他不想再回到从前。

“你没要我的命不是因为仁慈，而是因为有蒙家照看，否则你真的不会杀了我吗？”林初九看着林相，眼中一片平静。

自从知道自己不是林相的女儿后，她对林相就更加没了感情，对林相的种种行为也能理解。

她不是林相的女儿，甚至是他耻辱的象征，林相不整死她才怪。

“初九，就算我有错，婉婷姐弟没有错呀！他们什么都不知道，他们是蒙家的外孙，看在蒙家的面子上，你放过他们好不好？”林相见林初九提起蒙家，想到林初九没有严惩林夫人，想必是看在蒙家的面子上，连忙拿蒙家说事，可林初九虽然在意蒙家，却不会轻易改变立场。

“我给了你选择，你死，他们会由蒙家抚养。”林相这样的人，连亲生儿女也不会放过，能利用的一定会利用上。林相不死，她绝不会培养林婉婷姐弟。

“初九，你怎么可以这么残忍，他们也是你的妹妹和弟弟呀！”见事情又回到原点，林相又气又怒，可却不敢表露出来，一张脸扭曲得可怕。

“正因为他们是我的弟弟和妹妹，我才会放他们一条生路，不然依我的性格，我会斩草除根。”她从来不是什么良善的女子，杀人于她而言只是抬手间的事。

“你，你太可怕了！”林相惊恐地看着林初九，像是不认识她一样。

“我一直如此，我很早就知道我中了毒，是林夫人下的毒，可我却一直忍着没有说，甚至借此从林夫人手中敲了一笔巨款，你说我这样的人会是良善的人吗？”要不是萧天耀心疼她，非要寻林夫人晦气，她都不会找林夫人麻烦。

她这个人虽然不善良，但也不是不守信用的人。当初拿了林夫人的银子，她就没打算追究此事。

现在，她也不算是食言，她确实没有追究，追究此事的人是萧天耀，且要不是她开口，等待林夫人的绝不是正规的审判，而是生不如死的折磨。

“你，你居然能忍这么久？”林相感觉自己如同坠入冰窖，全身发寒。

这真是他认识的林初九吗？那个被他刻意放纵，养坏的女儿吗？

“你居然不知道？你不会忘了我刚嫁入萧王府，王爷遍请名医为我医治的事吧？当时秦太医也说我身子骨坏了，活不了多久。”林初九一脸诧异地看着林相，不过随后也想明白了，林相从来没有把她当女儿，怎么可能会关注她的生死。

“那事不是假的吗？”那件事闹得很大，林相当然知道，可他一直以为是萧王欲盖弥彰之举。

“是真的。”林初九闭了闭眼，轻叹了口气。

嫁入萧王府仿佛就在昨天，那时的她多难，她能活到今天真的很不容易，林相没有资格求她放过。

“我，我不知道。”林相本能地摇头否认，林初九却无意与他多言：“不管知不知道都没有关系，一切都过去了，我现在过得很好。”

起身，林初九对萧天耀道：“王爷，我们已经来探过病了，走吧。”对林家，她没有一丝留恋。

萧天耀没有二话，随林初九一同起身往外走，林相在身后想要追，可刚起身就跌倒在地。

林相不甘心，爬着往外追：“初九，初九，你等等……初九，你放过我，放过林家吧，放过……”

后面的话萧天耀和林初九没有听到，两人快步走出了外院，刚一出门，就看到与侍卫起争执的林婉婷姐弟。

两人看到林初九走出来，蛮力挣开了侍卫，冲到了萧天耀与林初九面前，扑通一声跪下：“萧王，萧王妃！求你们高抬贵手，放了我母亲，萧王，萧王妃，我们求你了。”

“萧王妃，我给你磕头了，求求你，求求你放了我母亲吧。”林婉婷已没有了往日的娇蛮，看上去就像是失了水分的鲜花，整个人都是木然的。

林家小弟的气色还算不错，只是小小的少年却像个小老头似的，眉眼间有着挥不去的忧愁。

林家这个样子，他们姐弟二人又怎么可能活得没心没肺?

“初九姐姐，我知道我娘犯了错，初九姐姐，我娘年纪大了，你让我代替我娘受罚行吗？初九姐姐，我求你了，我求你了。”小小的少年带着哭音，却倔强得不肯让泪水落下来。

“你可知你娘犯了什么错？”林初九叹气。

她最不想面对的就是林婉婷姐弟二人，她没法对两个孩子硬起心肠，虽然林婉婷并不比她小太多，可在她眼里林婉婷也只是一个孩子，一个被宠坏的小孩子。

“我知道，我在外面听到了，我娘下毒害初九姐姐，我知道我娘有罪，我不敢求初九姐姐放过我娘，你让我代我娘受罚好不好？”所有人都可以怪他娘，唯独他不可以。

他娘对他没有一点儿不好。

“既然听到了就该知道我没有公报私仇，我所做的一切都符合律法，律法会给你母亲最公正的处罚。”林初九将林家小弟拉了起来，“男儿膝下有黄金，别动不动就跪下。”

“可是，我娘，我娘……”林家小弟站了起来，想要求林初九却开不了口。

他很清楚，依萧王爷的身份，要他娘的命只需一句话，可是他们并没有那么做。人要懂得知足，林初九不知道林家小弟懂不懂，不过没有关系，人都是被逼着长大的，他不懂就去学，学不会那就忍着。

“你娘犯的罪，依律法判的话不会太重，最多坐三年的牢，你可选择随你爹一同离开京城，也可以选择在京城等你娘出来。”说起来，她对林夫人还真是厚待。

在东文，母杀女是没有罪的，继母毒害嫡长女倒是有罪，但她没有死，林夫人的罪名就不会太重。只要她和萧天耀不干涉官府审判，林夫人坐不了多久的牢，就可以出来了。

要不是这样，林夫人也不会毫不挣扎，任由侍卫把她带走，更不会绝口不提当年给林初九银子的事。

很明显，林夫人比林相更聪明，她知道什么时候该争取，什么时候该认命。

“我，我……”林家小弟张了张嘴，却不敢说什么。

他当然想要留在京城等母亲出狱，他并不想随父离开，可是初九姐姐会同意吗？且他要留下，婉婷姐姐怎么办？他绝不会让婉婷姐姐跟父亲独自离开的。

“我不要离开京城，我要在京城等我娘出来。”林婉婷听到林初九的话，木然的眸子瞬间迸发出神采，上前握住林初九的手，“初九姐姐，初九姐姐，你救救我，我不想跟着我爹走，你让我留下来好不好？我爹他，我爹他要把我送给一个五十多岁的老头做妾。初九姐姐，我求求你，我求求你呀，我以后都乖乖听话，我以后再也不会任性了，求你不要让我跟我爹走，他还会卖了我的，他还会的……”

林婉婷越说哭得越伤心，撕心裂肺地嚎啕大哭，哭得泣不成声。

她一直都是父亲的掌上明珠，父亲对她可谓是千依百顺，要星星不给月亮，一心为她谋划，想把她嫁给太子，想让她成为未来的皇后。

她也一直把这一切视为理所当然的事，认为父母宠着她是应该的，这些都是她该得的。

虽然后面发生了一些事，让她明白父亲不像表面那么宠她，可她在林家仍旧是独一无二的存在，她依旧有母亲疼着、宠着，不用为生活发愁。

然而，等到林家败落，父亲不顾她的意愿和母亲的反对，要把她送给一个糟老头做妾时，她才明白，她在父亲的心中什么都不是，她只是一颗棋子。

娘说，能救她的人只有蒙家的舅舅和林初九，可是蒙家舅舅和林初九都不在京城，没有人能帮她。

就在她绝望的时候，林初九回来了，哪怕母亲说过林初九不一定会帮她，她还是开口求了。

她不想嫁给一个糟老头为妾，更不想跟父亲走，然后再次被卖。

“这是真的？”听到林婉婷的话，林初九真的被惊到了，林相已经不要脸到这个地步了吗？

“是，是真的。初九姐姐，你能救救姐姐吗？”林家小弟终于忍不住了，眼泪一下就流了出来。

不仅是姐姐，就是他……父亲也想把他送给权贵。

京中，总有一些有特殊癖好的权贵，比如喜爱幼女，又比如喜爱幼童。

他悄悄听到父亲提了，父亲说他的年纪刚刚好，且一直养尊处优，细皮嫩肉，必然会得到贵人的喜欢，把他送到贵人面前，只要他讨了贵人欢心，贵人肯定会帮林家。

只是，这话他并不敢说给母亲听，母亲已经够苦了，他不想给母亲添乱，且要是牺牲他一个，能保住母亲和姐姐的话，他愿意。

林初九没有说话，而是看向萧天耀。她并不想管林家的事，可林婉婷姐弟不仅是林家的孩子，也是蒙家的孩子，是她外祖母的外孙女，她外祖母那么疼她，心里必然也是疼林婉婷姐弟的。

想到疼她的外祖母，林初九鼻子就发酸，那个老人对她真的很好很好，好到让她不知所措。

“你想怎么做都可以，区区一个林相罢了，你还需要放在眼里？”看林家这对姐弟的样子，恐怕对林相已没有父子、父女之情了，留下也无大碍。

“罢了，你们先回蒙家，正好把蒙家收拾起来，好接舅舅他们回京。”就当她没用，就当她妇人之仁吧，只要一想到外祖母，她就没有办法对流有蒙家血脉的人下狠手。

林婉婷姐弟要庆幸，他们不仅是林家的孩子，也是蒙家的外孙，不然她绝不会心软。

“初九姐姐，你不赶我们走了？”林家小弟一听，眼睛瞬间亮了。

“我一直没有想过要赶你们走，是你们的爹要带你们走。”这个黑锅林初九才不帮林相背。

“为什么？父亲他为什么要这么做？”林家小弟不知萧天耀给了林相选择，听到林初九这话，更加坚定地认为林相还想卖他们。

“我和姐姐是他亲生的孩子，他为什么要一再卖了我们？姐姐，为什么？”林家小弟一脸茫然地看着林婉婷，再次痛哭。

他想不明白呀，爹不是说他做的一切都是为了林家好，为他们姐弟好吗？

为什么要卖了他们？

刚刚逃过一劫的林婉婷还来不及高兴，就听到林家小弟的话，当即上前将林家小弟抱在怀里：“不哭，弟弟不哭，以后姐姐保护你。从今以后，我们只有舅舅，只有娘，没有爹。”

那个爹，她不要了，她不敢要了。

“这是众叛亲离吗？”林初九突然觉得，把林家姐弟留下来也挺好的。

这两人跟林相离了心，留在京城对她也无碍，且还会让她落一个好名声。

萧天耀没有接话，只是握住林初九的手，往外走：“林家的事就这么定了，我们走吧。”林家的事，自有人会处理，他们赶了一天的路，初九也累了。

“好，我们走！”林初九动了动手指，与萧天耀十指相扣，并晃了晃相交的手，说道，“我喜欢这样牵手，以后就这样牵着我，这样我就不会走丢了。”

“记住了！”萧天耀低头看了一眼，宠溺地笑了笑。

两人肩并肩相携离去，林婉婷抱着林家小弟，看到两人渐行渐远的背影，哭得更凶了。

原本林初九是要嫁给太子的，如果她不抢林初九的婚事，那么现在与萧王爷幸福恩爱，十指紧扣的人会不会是她？

她，她好悔呀！可现在后悔还有用吗？娘说，以后家里就只剩下她和弟弟了，她要懂事，她不能和以前一样任性了，她要保护弟弟……

第十五章　春宵一刻值千金

从林府出来，萧天耀与林初九直接回了萧王府，根本没有进宫见皇上的意思，皇上也十分自觉，没有在这个时候宣萧天耀和林初九进宫。

事实上，不是皇帝不想宣，而是不敢。他若下旨宣萧天耀和林初九进宫，到时候这两人无视他的旨意，拒不进宫，他是治萧天耀抗旨不遵的罪呢，还是不治呢？

治，他根本治不了萧天耀的罪。不治，他这个皇帝的面子往哪里摆呀？

于是，皇上回宫后就当作什么都不知，萧天耀什么时候愿意进宫，那就什么时候进宫。

在东文，萧天耀除了没有皇帝的名头外，他的权力和皇帝没有什么区别，反倒是他这个皇帝，先前就是一尊摆设，现在萧天耀回来了，他就更是摆设了。

萧王府的人一早就收到了萧天耀要回来的消息，早在一个月前就把王府重新修整了一遍，看着不仅鲜亮了，也比先前更加气派了。

一大早，府中的下人就伸长了脖子，等萧天耀和林初九回来，苏茶和流白也早早把手边的事交代了下去，提前三天赶回了京城，就是为了等萧天耀和林初九回来。

大半年不见，说实话，还真有一大堆的话想要跟萧天耀说。

至于林初九，随便见见就好了，他们没啥要和林初九说的，知道林初九平安回来就行了。可是，王府的众人从天亮等到大中午，也不见萧天耀和林初九回来，甚至一个消息也没有收到。

“快，快去打听一下，王爷是不是进宫了。”曹管家久久不见萧天耀和林初九回来，心里着急了，连忙派人去打听。

王爷就是王府的主心骨，虽说这大半年王爷不在，也没有人敢找他们的麻烦，可王爷不在府上，他们做什么都不方便，甚至出个门都得小心，免得惹来祸事。

现在王爷好不容易回来了，他们等了半天却不见王爷的影子，他们能不着急吗？

打探的人很快就回来了："王爷去了林府，说是探病。"

"探病？林相这病还真金贵，居然劳我们王爷亲自去探。"苏茶一听就笑了，他虽然最近才回京，可对京城的事他了如指掌。

他比什么人都清楚林相那病，林相就是得了想当官的病，王爷要是让他官复原职，他的病立马就好了。不过，依他对王爷的了解，林相那病怕是好不了。

"王爷是陪王妃去的。"他打听到的原话就是这样的，王爷陪王妃去探病。

此言一出，苏茶愣了一下，随即笑了："看样子王爷和王妃的感情与日俱增呀！"果然共患难能促进感情，看样子王妃在中央帝国表现得极好，至少王爷很满意。

"你在说什么？我怎么听不懂？"流白一头雾水，他们是一同进京的，也一同在王府等王爷，得到的消息应该是一样的，可为什么苏茶说的话，他一句也没有听懂呢？

"听不懂就对了，你这榆木脑袋要是能听懂，我还混什么？"苏茶没有给流白解释，不过他还是好心地提醒了一句，"以后对王妃客气点，对王爷有多尊重，就得对王妃有多尊重。不对，是要比尊重王爷更尊重王妃。"

王爷那人要是动了心，十有八九就是妻奴，要不是这样，也不会一进京就把皇上和一众大臣丢下，陪王妃去林府探病。

王爷哪里是陪王妃去探病，那是明晃晃地去帮王妃撑腰，警告林家别打王妃的主意。

"为什么呀？"流白不解地追问，苏茶却不理会他，转身对曹管家道："曹管家，你让人把王爷的房间重新布置一下，弄得喜庆一点儿，最好再点上一对龙凤蜡烛。"

"喜庆？"曹管家愣了一下，定定地看着苏茶，眼中闪过兴奋的光芒，见苏茶点了点头，曹管家狂喜，"苏茶公子，你说的是真的？"

"十有八九，但准备好肯定没有错。"王爷欠王妃一个洞房夜，今晚补上也不算晚了。

不过，这事勉强不来，他们当人属下的，只能尽力帮忙，最后结果如何，还是要看王爷的。

"苏茶公子说得对，准备好总没有错，王爷要是不满意，还能睡王妃原先住的那个院子，那个院子我也让人收拾起来了。"说实话，萧王府的管事真不好做。

他们王爷和王妃两人都是感情内敛的人，他们还真不知王爷和王妃到底进展到哪个地步了，更不知他们这外出一趟，感情是更好了还是出了问题。是以，保险起见，他把所有的院子都打理了，到时候王爷和王妃想睡哪里就睡哪里。

"嗯，快去吧，我估摸着王爷和王妃快回来了。"二人在林家待不了多久，至少他们绝不会在林家吃饭。

“好嘞，我这就去亲自盯着。”曹管家老当益壮，满脸桃红地跑去安排。

珍珠、翡翠等四人听到曹管家的话，一个个眼前发亮，脸颊通红，强忍着害羞问道：“管事，你说的是真的吗？王爷和王妃同房了？”

她们说的同房，自然不是同房而睡，而是做夫妻之间该做的事。

“小丫头片子打听这些做什么，也不害臊，赶紧安排去。”管事敲了翡翠一记，不重，只是为了警告。

“知道，知道，管事你就放心吧，我们保管让王妃满意。”翡翠嘻嘻笑了一声，飞快地跑了。

曹管家看着几个女孩子一个个鲜活无比，也是忍不住笑了。王爷回来了，王府就热闹了，人人都有精神了。

他相信，以后他们萧王府会越来越热闹，人丁越来越兴旺。他几乎可以想象到，日后萧王府满院子小孩儿打闹的场景了。

如同苏茶所预料的那般，萧天耀与林初九中午就回来了，而这个时候珍珠、翡翠四人也把房间布置好了。

看着烧得正旺的喜烛和龙凤呈祥的锦被，曹管家笑得合不拢嘴。

除了没有喜娘外，这房间和喜房没有什么区别了，甚至比当初王爷大婚时布置得还要精细，毕竟当初他们家王爷并不乐意娶王妃，哪里会认真布置什么喜房，都是宫里的人操办的。

“好好好，王爷看了铁定满意。”至于王妃会不会满意，曹管家暂且就不知了。

“曹管家，曹管家……快，快，王爷和王妃回来了。”不等曹管家多看，小厮就急急来报。

“什么？王爷和王妃回来了，快，快……出去迎接。”曹管家一喜，顾不得那许多，转身就往外跑，珍珠和翡翠四个姑娘也顾不得矜持，一脸欢喜地跟在身后。

王爷和王妃终于回来了。

萧王府上下沉浸在兴奋中，就连一向稳重的苏茶也是兴奋得不行，看到萧天耀与林初九下马车的刹那，更是忍不住红了眼：“回来就好，王爷回来就好了。”

是呀，回来就好，平安回来他们高悬的心才能落下。天知道，他们这段时间有多担心，有多害怕王爷回不来。王爷没有回来，他们每一天都像是在悬崖边上，随时都有掉下去的可能。

他们知道他们家王爷很强，一般人要不了他的命，可他们王爷再强，到了中央帝国也只有一个人，双拳难敌四手，在中央帝国遇到了事，连个帮衬的人都没有。

尤其是王爷晋升为超武神的消息传来，他们更是睡不着、吃不好。这是好事，可是中央帝国会放过王爷这个最年轻的超武神吗？

这段时间，苏茶每天都是提心吊胆的，担心会有不好的消息传来，哪怕收到了萧天耀离开帝国的消息，他仍旧不安。

东文等四国就是帝国的后花园，帝国想要在东文的领土上杀个把人，那还不是抬手间的事。甚至不需要帝国开口，东文、南远、北历和西武中的任何一国，都会为帝国提供无条件的帮助。

直到此刻，亲眼看到萧天耀与林初九平安下马车，苏茶才觉得自己的心落到了实处。

“卑职给王爷、王妃请安，千岁千岁千千岁。”苏茶、流白随同侍卫一同单膝跪下，哽咽地给萧天耀与林初九行礼。

“奴婢给王爷王妃请安，王爷、王妃千岁千岁千千岁。”曹管家和珍珠等下人也一一跪下，一个个眼中蓄着泪。

王爷回来了，他们的天就回来了，今后他们再也不担心了，再也不用害怕了。

“都起来吧！”和众人的激动不同，萧天耀平静得很，林初九虽然高兴，但受萧天耀影响，看上去也很冷静。

“谢王爷、王妃。”众人一一站了起来，喜气洋洋地簇拥着萧天耀与林初九入府。

终于踏入萧王府，看着熟悉的一草一物，林初九不由得长长松了口气：“终于回家了。”

“嗯。”萧天耀听罢，冷冷地应了一声，但微微上扬的嘴角，泄露了他的好心情。

在外面，不管过得多舒心，那都不是家，都不可能完全放松。在这里，他们才能真正地放松，不再时刻戒备。

两人回到王府，先去沐浴更衣，才出去吃饭。饭桌上只有萧天耀与林初九二人，下人将饭菜送上来后，就悄声退下了，把空间留给二人。

林初九看着喜形于色的珍珠、翡翠，莫名地觉得有事发生：“总感觉大家都怪怪的，有没有？”这一个个好像兴奋得过头了。

“高兴吧？”萧天耀当然也发现了，他并没有多想，只当府中的下人高兴。

事实上，府中的下人确实高兴，就连苏茶和流白也高兴得忘乎所以，时不时就露出痴傻的笑，看得萧天耀不敢直视。

林初九点点头，没有再问，因为她有点兴奋，甚至兴奋得吃不下饭了。

“多少用一点儿，用完去睡一觉。”萧天耀看出来了，给林初九夹了她爱吃的菜。

这一路上同吃同住，萧天耀已经将林初九的喜好摸清楚了，她爱吃什么，不爱吃什么，萧天耀都一清二楚，给她夹菜绝不会夹到她不爱吃的。

“你也多吃一点儿，看苏茶和流白的样子，应该有很多事要跟你说呢。”林初九也给萧天耀夹了一筷子菜，用的就是她自己用过的筷子。

这要搁在以前，萧天耀指定就嫌弃地把整碗饭都丢了，现在他却吃得津津有味，可见洁癖这种病，是能治的。

两人的胃口不错，桌上的饭菜大半都吃完了，放下碗筷两人也没有急着出去，而是坐在偏厅消食。

两人都没有说话，就那么静静地坐着，享受饭后的片刻宁静。

休息一会儿后，林初九才道："时辰不早了，王爷你去忙吧，我去睡会儿。"她真的有点累。

"嗯，你好好休息。"萧天耀没有拒绝，他刚回府，要处理的事情很多，也是耽搁不得。

林初九把萧天耀送到院外，就转身往回走，而萧天耀一走，珍珠、翡翠便活泼了许多，终于把憋了许久的话说了出来："王妃，你可回来了，你不知道这段时间奴婢们有多想你。"

这话是真话，萧天耀和林初九不在萧王府，府上的人生活得没有重心，毕竟他们的存在就是为了伺候萧天耀和林初九。

"王妃，你以后去哪里都带上奴婢吧，奴婢不会给你添乱的。"珍珠、翡翠四人说到这儿，不由得红了眼睛。

"是呀，王妃，你就带上奴婢们吧，这段时间我们都跟着侍卫训练，就算是在外面遇到危险，我们也不怕。"玛瑙和珊瑚也急急表态。

"好了，好了，不哭了，以后去哪都带上你们。"林初九听罢，仔细看了四女一眼，发现四女的精气神确实不同以往，便知她们所言不假。

"王妃，你可说了要带我们的，我们听到了，你可不能反悔呀。"四女听罢，高兴得直欢呼，眼见着快要到寝房了，这个时候她们才想起她们布置的房间。

四女见林初九心情好，不由得神秘兮兮地道："王妃，我们给你布置了一间特别的房间，快来看看喜不喜欢？"

"特别的房间？"林初九眼睛一挑，任由翡翠四人把她推进房。

然而，林初九一进去就傻眼了。

这特别的房间是重新布置的喜房，甚至连喜被、合卺酒都准备了，林初九看到面前红彤彤的房间，莫名地感到十分怪异。

她和萧天耀都成婚快两年了，这时候给他们布置一间喜房是什么意思？

"王妃，你不喜欢吗？"四女见林初九没有她们预想中的高兴和害羞，不由得不安起来，小心翼翼地问道。

"我和王爷成婚很久了，用不上这些。"且他们早就洞房了，只是不是在喜房，现在弄个喜房，实在是怪异得紧。

“可是，可是……”四女想要解释，却不知怎么说。

她们能在这个时候提醒王妃，她和王爷成婚时的洞房，完全不叫洞房吗？

“别可是，都收了吧。”林初九感觉自己的脸颊红得滚烫，幸亏只有她一个人先回来，要是和萧天耀一起看到这一幕，她肯定羞得抬不起头。

“是，王妃。”四女听罢，虽有不舍，却不敢违背林初九的命令，连忙进屋收拾，刚一动就听到萧天耀的声音：“不必了，你们出去。”

“啊……”珍珠、翡翠四人一听，脸上一喜，立刻停了下来，但没有出去。

“啊，王爷你怎么回来了？”林初九也听到了，却是吓了一跳。

萧天耀不是去跟苏茶、流白谈事情去了吗？怎么就回来了？

“嗯，你让她们退下。”萧天耀耳根微红，面上仍旧是一脸严肃。

林初九听罢，还没反应过来，就吩咐道：“翡翠，你们先下去吧。”

“是，王爷、王妃。”四女一听，立刻低头退下，速度快得不行。

“唉……不对，她们走了，谁来收拾屋子。”待四女走出门槛，林初九突然反应过来，她刚开口就被萧天耀截住了：“不用收拾，就这样！”

他就是为了这间屋子回来的，要收拾了，他岂不是白回来了？

他刚出外院，曹管家就来了，说是苏茶与流白先回去了，不耽误他和初九休息，公务明天再来汇报。

萧天耀是什么人，曹管家把话说到这个份上，他哪里不知这其中必有猫腻。一问，曹管家就说了，他们自作主张，把寝房布置成了喜房。

“胡闹！”萧天耀当即板着脸训了一句，不过双脚却很自觉地往回走了。

幸亏他回来得快，不然林初九就让人把他们的喜房给拆了。

不收拾？

林初九听罢，小脸再次红了：“王爷，别闹了。”不收拾，难不成他们大白天的要洞房？

“不闹，洞房！”萧天耀说罢，打横将林初九抱了起来。

曹管家办事越来越不通透了，布置了喜房也不提前告诉他一声，害得他白白浪费了许多时间。

早知道，他吃什么饭，直接吃大餐了。天知道，他这一路忍了多久，忍得多辛苦。美人在怀，他却能坐怀不乱，连他自己都佩服自己了。

“啊……”林初九惊呼一声，双脚离地，失了重心，她本能地伸手搂住萧天耀的脖子，可随即又发现不对，连忙挣扎，“王爷，别闹了，快放我下来。”

“嗯。”萧天耀听话地将林初九放了下来，却是放在了床上，同时将她头上的发簪抽了。

许是早有预谋，四女只给林初九盘了一个简单的发髻，连首饰都不曾多戴，萧天耀一抽发簪，林初九的一头黑发便散开了，铺在大红的锦被上。

红衣、黑发、美人，强烈的视觉冲击，让萧天耀不由得舔了舔唇。

“王爷……”林初九忍不住低唤了一声，心里莫名地感到羞耻，可又有点小期待。

“很美！”萧天耀覆在林初九身上却没有压下去，而是以手支撑，另一手则轻轻地抚摸着林初九的脸。

有些粗重的触感让林初九的身体不由自主地颤抖，灼热的气息熏得林初九的脸颊发烫，林初九本能地抬手阻挡：“王爷，别闹，天还亮着呢。”

“太亮了吗？”萧天耀低声附在林初九的耳边，轻咬着林初九的耳朵。

林初九只觉得耳朵一颤，脑子有片刻的空白，等她反应过来，屋内的窗帘已经落下，除了红彤彤的喜烛外，再无别的亮光。

“你……”林初九瞪大眼睛看着萧天耀，这男人为了同房居然动武。

武功是用在这种地方的吗？

“天已经黑了，你没有别的要求了吧？”萧天耀轻吻着林初九雪白的颈脖，在上面留下一连串细细的吻。

萧天耀是真的疼林初九，也是真的想要给林初九一个终生难忘的洞房夜，他尽其所能地取悦林初九，让林初九快乐，好让她忘记糟糕的第一次……

洞房花烛夜，自然要在屋内过一夜，等到他们下床时已是次日午时，萧天耀是真正补了林初九一个足足的洞房花烛夜。

“你简直是太疯狂了！”林初九躺在床上，这次是真的连抬手的力气都没有了。

“你还不满意吗？夫人，你这样会把本王榨干的。”萧天耀右手撑着脑袋，侧身看着林初九，一副委屈的样子。

林初九白了他一眼：“你够了，别逼我踹你下去。”

看林初九不再说话，萧天耀笑了笑，问道：“要沐浴吗？”

他知道，初九今天是真的累了，而他也确实是满足了，该收手了，不然以后初九真有可能不让他上床了。

“要，要泡澡，我动不了了。”她真的是累得连抬手的力气都没有了。

“你等等，本王让人送水来。”萧天耀下床，如无事人一般穿好衣服。

萧天耀打开门吩咐外面的人打水，阳光直射而入，照得林初九睁不开眼睛：“什么时候了？”怎么这么亮?

“快中午了。”萧天耀闷笑一声，说道。

“啊……”林初九双手捂脸，“怎么会这么晚？好丢人呀！”一天一夜，传出去别人得笑话死她吧?

“有什么好丢人的，昨天是我们洞房花烛夜。”王府的人还是很贴心的，回头给他们加工钱，通通都加。

“洞房早过了，你是不是忘了，那天你还要杀死我来着。”萧天耀不提洞房还好，一提林初九就怒了。

没有办法，女人就是这样，爱算旧账。

“当时你不是也要杀死本王吗？本王可还记得，你当时说废了本王，也不想想你要真废了本王，你以后怎么办？”萧天耀打趣地说道。

林初九懒懒地应了一声：“我那不是没废嘛！”

萧天耀随口就道：“本王也没有杀你呀。”

“你当时是真要杀我，而我并不是真要废了你。”林初九依旧懒懒的，可脑子却是清醒的。

当时的情况，她记得很清楚。

身为女人，对洞房夜和从来没见过的丈夫不可能不期待，也不可能不紧张。她当时也是有期待、有紧张的，只是萧天耀的一句话，就毁了她所有的期待，也让她没时间去紧张了，因为她要保命，必须保住自己的命。

天知道，那时的她有多么绝望。

“你怎么就知，本王是真心要杀你？”萧天耀听罢，暗道不好，连忙走过来，将林初九抱起，并亲手为她穿上衣服。

虽然是过去的事，但该讨好的时候，还是要讨好的，不然夫人生气了，对他没有好处呀。

“我对杀意很敏感，当时不仅仅是你，就是你的侍卫也想要我的命，要不是我人好，救了他们，我就是一具尸体了。”林初九躺在萧天耀的怀里，任由萧天耀摆弄。

“你想太多了，本王怎么可能会对一个弱女子下手。”不管当时是怎么想的，这个时候都要极力否认，打死他也不能承认。

“你别紧张，我没有放在心上，都过去了的事，当时咱俩不熟，我父亲又是皇上的人，你要杀我再正常不过。”林初九不在意地挥挥手，脸上笑咪咪的，看着也不像是生气的样子。

萧天耀却不敢掉以轻心，一再咬定：“真没有，本王当时就是吓吓你。”

“不承认就算了，反正我自己心里明白，你当时才不是吓吓我。后来我破坏了墨神医为你医治的事，你对我也是动了杀心的，只是那时候你舍不得杀我吧？”她对杀意很敏感，那两次她都感觉到了，萧天耀是真的要杀她。

“没有的事，本王当时虽气却真没有想过要杀你，只是把你关起来，打算小小地教训你一下，免得你下次闯祸。本王当时并不知实情如何，怎么可能会轻易杀人。”他当时也许是真的想要杀林初九，当时的他太愤怒了，他当时并不知墨神医的药出事了。

可以说，当时林初九毁了他唯一可能站起来的机会，他怎么可能不愤怒？那样的情况下，他没有直接杀了林初九，而是把林初九关起来，就已经是厚待了。但同样的，这话不能说，打死也不能说。

“信你才怪，当时……”林初九摆明了不信，正欲提出证据，就听到咚咚咚的敲门声：“王爷、王妃，水来了。”

“快，送进来。”如同遇到了救星，萧天耀连忙开口，让人把水送进来。

有丫鬟在，林初九自然没法继续跟萧天耀算账了，只是笑咪咪地看着他，直把萧天耀看得全身发毛，忍不住拔腿就跑。

他发誓，他要是早知道有今天，他当初绝不会那么对林初九，他一定会把林初九当宝贝捧在手心，什么事都依她。

“王爷，曹管事在外面，说有要事求见。”翡翠不知萧天耀与林初九之间有事，小姑娘一进来就低着头，直到现在也不敢抬头。

这一天一夜的，就算她们再不懂事，也知道发生了什么。

王爷和工妃真是太恩爱了。

萧天耀听罢，顾不得先前打算与林初九共浴的计划，小心翼翼地对林初九道：“初九，曹管事这个时候找本王必是有要事，你看……”能放我走吗?

林初九没有说话，只是似笑非笑地看着萧天耀，直把萧天耀看得万分尴尬，才勉为其难地点头：“行啦，去吧！”

事实上曹管家已经等了一个早上，伸长脖子也不见萧天耀出来，好不容易见到萧天耀出来，还未开口，萧天耀就摆手示意他闭嘴。

“王爷……”曹管家不敢再说，老老实实地跟在萧天耀身后。

“去，准备水，本王要沐浴。”萧天耀的声音仍旧低沉，却不像往日那么冰冷，可见他的心情有多好。

“是，王爷。”曹管家苦笑一声，立刻去给萧天耀备水，待到萧天耀梳洗完，已是半个时辰后。

曹管家见萧天耀出来，急忙道：“王爷，安王在外面等了你两个多时辰了。”

他怕再不提，安王还得继续等着。

“子安？”萧天耀挑了挑眉，似乎很意外。

“是安王殿下。”早知道就该让安王改天再来，可他哪里知道王爷和王妃会在房间里睡一天一夜。

“嗯，让他等着，先给本王传膳。”萧天耀仍旧没有见人的打算，辛苦了一天一夜，他得先填饱肚子。

“是，王爷。”曹管家苦哈哈地笑了一声，在心中默默为安王殿下默哀：这事真不能怪他，他已经在第一时间禀报了，是王爷不给您面子呀。

传膳，用膳……又是半个时辰，这时萧子安已在萧王府等了三个多时辰，中途除了茶水点心外什么也没有用过，可是萧子安面上却没有一丝怨言，他一直静静地等着，十分平静。

“他还在吗？”萧天耀休息够了，随意问了一句。

“安王殿下还在。”安王殿下也是一个固执的人，说等就一直等着。

“让他来见本王吧。”就为萧子安能等这么久，只要他不提不合理的要求，他都会应下。

不管怎么说，萧子安也是他侄子，且为人一向识时务，他并不想赶尽杀绝。

不多时，曹管家就带着萧子安来到书房，萧子安神情从容，没有一丝不满，目不斜视地走了进来，恭敬地行礼：“皇叔。”

“何事？”萧天耀绝口不提萧子安等了半天的事。

同样，萧子安也没有提，就好像他根本没有等萧天耀一样。

“皇叔，我想带着母妃去封地，你看行吗？”没错，此次萧子安前来就是为了告辞的。

京中是什么情况他看得清清楚楚，他的母妃原先想争他阻止不了，现在不需要他劝说，他母妃就会乖乖放手。

皇位，已不是他们这些皇子能争的东西了，皇位属于萧家不错，可不再属于他们的父皇，他们这些皇子就是争到死，也沾不到皇位的边。

“封地？你的封地在哪？”萧子安原先身有恶疾，没有继承权，但皇上却十分厚待他，打算把他留在京城，根本没有给他封地。

“我明日就会向父皇申请，我想去安城。”东文的安城是靠东边的一个小城，不是什么好地方，但也不太差，不过作为亲王的封地有点寒酸了。

“怎么突然想去封地？”这个时候去封地还真是有意思。

“母妃昨天才应下，且我一直有个疑问，还请皇叔为我解答。”萧子安苦笑一声，却如实告知。

他从来都没有争的想法，一直以来想要争的都是他的母妃，哪怕听到萧皇叔回来的消息，没有看到人她仍旧不肯死心，直到昨天亲眼见到完好无损的萧皇叔，得知萧皇叔不会去武神山，也不会去中央帝国，会一直留在东文，他的母妃这才死心，答应随他一同去封地。

“什么问题？”对萧子安这个侄子，萧天耀虽然没有感情，但却愿意给两分面子。

聪明人总是有优待的。

“皇叔，我身上的武神禁制是什么人下的？”这件事他查了许久也没有查到线索，无奈之下，只得求助萧天耀。

“皇后。”萧天耀没有隐瞒，很爽快地就告诉了他答案。

在东文，除了皇上和皇后外，没人有那个能力，可以在禁宫内给一位皇子下黑手。

“原来是她，那我就安心了。”萧子安听罢，长长地松了口气。

“你在怀疑皇上？”萧天耀没有想到，萧子安居然有这个心思。

“我舅舅手握重兵，父皇他……”萧子安苦笑一声，算是默认。

父皇这段时间的表现，让他无法不怀疑。他甚至怀疑父皇会宠着他和母妃，就是因为他曾经身患顽疾与大位无缘，父皇才会放心，不然怎么解释，他的病一好父皇就冷待他，开始亲近七弟了？

“你倒是有脑子，不过这事跟皇上无关。”虎毒不食子，皇上就是再忌惮自家儿子，也不会对自家儿子下手，毕竟那时的萧子安还小。

“皇叔，以后父皇退位了，你能不能劝父皇去安城？”萧子安是诚心请求。

既然不是父皇害了他，他们就还是父子，他愿意孝顺父皇，照顾父皇一辈子。

“本王会告诉他的，没事你可以走了。”既然得知了是皇后下的手，想必周贵妃一脉不会善罢甘休，他等着这两个女人在宫里互撕。

皇后那个女人敢打初九的主意，就得付出代价。

“是，皇叔。”萧子安愣了一下，这才作揖告辞。

转身，步入书房，对上刺眼的阳光，萧子安眯了眯眼，眼中闪过一抹放松的笑。

不管如何，他最终安全脱身了，远离了京城这个是非之地，下半辈子虽不至于富贵，但至少生活无忧，能满足母妃儿孙满堂的愿望了。

此次离京，他没有什么遗憾，唯一的遗憾就是……

萧子安站在院外，回头看了萧王府一眼，轻叹了口气：他唯一的遗憾就是没能见到林初九，没能跟她告别。

那个女人，他曾经漠视过，也厌恶过，更曾心动过，只可惜他心动的时候，她已是他的皇婶，他连开口的资格都没有。

“此生，怕是再也不能相见了。”

此去，天涯陌路……

第十六章　攘外必先安内

强龙不压地头蛇，作为地头蛇，周贵妃的娘家就算败落了，也比一般人家强，要拉下皇后、取皇后的命不可能，但要给皇后找不痛快，却不是多难的事。

皇后的势力虽然不小，但被萧天耀打压一番后，皇后现在就是拔了牙的老虎，只是看着凶悍，实则没有一丝杀伤力。

且以有心算无心，就算皇后手中的势力再广，也不可能面面俱到，更不用提她这段时间一直缠绵病榻，精力不济。

周贵妃对皇后的报复简单又粗暴，皇后不是害了她的儿子吗？那她就对皇后的宝贝儿子下手。

在萧子安请旨求封，前往安城的那一天，周贵妃安排人绑了七皇子，将他的腿打断，弃在了京城大街上。

等到皇后收到消息，七皇子的腿已经没救了，小腿的骨头被人一寸寸捏碎，除非大罗神仙施以援手，不然没有人能救得了他。

“啊……”皇后抱着痛晕过去的七皇子，如同失去幼崽的母兽，痛苦地尖叫，整个皇宫都听到了她凄厉的叫声，却没有一个人前来过问，包括皇上。

皇上好像不知道，他还有这个儿子一般，沉默得让人害怕。

中途，皇后跌跌撞撞地去找了皇上一次，两人谈了什么没有人知道，只知道皇后从御书房出来后，整个人的脸色都不对了，直接冲到七皇子的宫殿，抱起七皇子就往外走：“小七，小七……别怕，别怕，母妃带你回帝国，你的舅舅是帝国的皇帝，他一定能医好你的腿，一定能的。”

“我的小七，是母后不好，是母后害了你。要不是母后想要夺东文的天下，想要回去复仇，怎么会把你害成这个样子。小七，母后错了，母后错了。”

皇后抱着七皇子跌跌撞撞地往外走，走到宫门口却被侍卫拦住了，侍卫不允许皇后出宫。

一番争执过后，连同七皇子一起，皇后最终被送回了自己的宫殿。

当天夜里，时逸寒来到萧王府，非常正式地给萧天耀递了拜帖，只是时间不对，接到时逸寒的拜帖，萧天耀整个人都不好了。

他花了大半夜的时间，才把林初九哄好，夫妻二人正准备重温前两日的洞房花烛夜，时逸寒就跑来打扰了。

“你最好有重要的事找本王，不然本王不介意把你丢出去。”萧天耀黑着一张脸来到书房，周身的寒气能把人冻死。

时逸寒却毫不在意：“怎么？坏了王爷的好事？”这个时间，想来应该是的。

“说，什么事？”萧天耀没有将私生活告诉他人的习惯，冷着脸问道。

“东文皇后！”时逸寒也没有惹人嫌，直接表明来意。

“怎么？帝国要接她回去？”萧天耀倒是挺意外的，帝国皇帝还会记得这么一号人物。

“不，是她让人找我，让我送他们母子回帝国。”帝国皇帝日理万机，怎么可能记得她，又不是同父同母的兄妹，几十年前失踪的一个公主，帝国皇帝会记得才怪。

“如若本王不准呢？”皇后算计林初九的这笔账，他还没有跟皇后算呢！

“我娘小时候得她母妃照应过，就当给我天藏影月一个面子，让我把人带走。你查过她，应该也知道她活不了多久了。对了，我保证她不会泄露你在东文的行动。”要是没有人给她续命，她只有几个月可活，皇后应该是知道了自己的情况，才会下定决心带七皇子回帝国。

在东文，一个没有人照应的小皇子会死得很惨，到了中央帝国却不一样，一个没有继承权的公主之子，不管谁当皇帝都不会陷入危险中。

“本王不想她死得太痛快。”他这人就是这样小心眼。

“她现在每活一天都是痛苦。”全身上下无一处不痛，一动就像是踩在针尖上，也亏得皇后能忍得了。

这样的女人很可怕，要不是遇到萧天耀，指不定东文皇后就成事了。

“不够。”再痛都与他无关。

“你要给她加什么料？我帮你，不收钱。”左右他要做的就是把人送到帝国，至于后续的事就与他无关了。

“让她多活一年，全身无法动弹，但身上每一块肉都在痛，坐立难安，躺卧不能。”

依皇后那人的性格，哪怕是痛到死也不会寻死，她绝对会生生痛一年。

“你还真是残忍，成交！”时逸寒应得爽快。

他也不想这么好说话，可是没有办法呀，萧天耀明显是想要做大事的人，以后萧天耀统一四国，必将不会比帝国差，他提前搞好关系很有必要，毕竟他的天藏影月日后还要在萧天耀的眼皮底下活动。

事情谈完，萧天耀半点也不客气，直接开口赶人：“还有别的事吗？没有，你可以滚了！”

“有，免费送你一个消息，南远、北历和西武联盟了，三国即将出兵，共同对付你，且三国去了信函向中央帝国借兵。不过，我帮你挡了下来。”为了帮萧天耀接下这个消息，他差点儿连亲娘都卖了。

“这是你应该做的。”难不成时逸寒还要他感激?

“好吧，既然你不听这事，我再说一件事吧。魔君重楼，这个名字王爷想必很熟悉吧？”时逸寒就不信，他拿捏不住萧天耀。

他是天藏影月的少主，在天藏影月面前，任何人都没有秘密，萧天耀也不例外，而掌握了所有人的秘密，他还有什么好担心的?

“想死，你可以会会魔君重楼，他会很乐意成全你。”萧天耀完全不受时逸寒的威胁，时逸寒也不生气，继续说道：“看样子王爷是不满意这个消息了，就是不知萧王妃满不满意，毕竟萧王妃与魔君重楼也是相熟的。”

萧天耀的脸色微变，冷声道：“你想干什么？”

时逸寒不提，他险些忘了，毕竟现在的他，想做什么就做什么，根本不需要隐藏身份，如果没有意外的话，魔君重楼将永远不会再出现在人前。

萧天耀语气冰冷，杀意瞬间溢出，时逸寒顿时一惊，脸色大变，冷汗冒出。

他原先还能与萧天耀一战，现在却是连动手的可能都没有了。萧天耀是超武神，在超武神的威压下，他这个武神什么都不是。

幸亏他有一个武力值变态的娘，不然面对萧天耀的超武神威压，他十有八九会跪下。

“萧王爷，有话好说，别动不动拿武力威胁人行不行？咱们都是文明人，君子动口不动手。”时逸寒郁闷得不行，要知道一向都是他拿武力压别人，什么时候轮到他被人欺负了？

堂堂天藏影月的少主被人威胁，真是想想都憋屈。

“你要谈什么？时少主。”萧天耀的语气很慢，慢到让时逸寒心里发毛，可面上却没有表露出来，时逸寒暗暗吸了口气，故作轻松地道：“这不是要开始打仗了吗？我们天藏影月准备发点儿战争财，萧王你看行吗？”

这要换作别人，他绝对不会提前说。打仗时发战争财是他们天藏影月的传统，不趁打仗时发财，什么时候能发财。

“可以。”萧天耀应得爽快，可不等时逸寒高兴太久，他又补了一句，“天藏影月的东西，只能卖给东文，卖给金吾卫。”

“不可能！”发战争财就是要坐地起价，只能卖给萧天耀，他还赚什么。

“那就没得谈了，时少主，慢走不送。”时逸寒是不是忘了，当初天藏影月是怎么逼他关了碧海阁的？

现在想要在他眼皮底下做生意，那就得按他的规矩来。

“萧王，我天藏影月不是那么好欺负的。”时逸寒的脸色顿时就冷了下来，他给足了萧天耀面子，萧天耀却寸步不让，简直过分！

萧天耀这么狠，一点儿面子也不给，他这个少主以后还怎么在天藏影月里面混？

“碧海阁！时少主还记得吗？”别的事他可以给时逸寒一点面子，但这件事不行。

他这人一向记仇，当日时逸寒逼得他不得不关门，不得不亲自去处理，他现在要不把当时的场子找回来，他就不是萧天耀。

“那么早的事，你居然还记得？”提起自己当时仗势欺人的事，时逸寒隐有几分得意。

看吧，连中央帝国也欺负不了的人，就只在他手上吃过亏，简直是想想就暗爽。

“本王这人一向记仇，时少主，别试图挑战本王的底线，本王的底线很高。”换言之，时逸寒的要求只要多一点儿，就是挑战了他的底线。

“你这人真是没有意思，既然如此，我们在商言商，你要的东西按市场价算。”天藏影月压了一堆东西，要是再不卖出去，只能砸在自己手里。卖给萧天耀虽然赚不到多少银子，可总比全亏得好。

“行，本王会让苏茶跟你联系。”有苏茶在，天藏影月占不到便宜。

要论做生意的手段，十个天藏影月也不是苏茶的对手，苏茶以前只是没有势，现在有了他的势，苏茶还需要惧什么？

“苏茶那个大奸商，真是让人头痛。”显然，时逸寒也知道苏茶的名声，可他没有再多说，点了点头表示认可。

在商言商，他会好好跟苏茶谈，真要在苏茶手上吃亏了，他时逸寒也认了。

“告辞了，萧王爷。”时逸寒得到了自己想要的答案，爽快地离去，可刚走到门外却突然顿住，补了一句，“萧王爷你放心，你是魔君重楼的事，我一定会遵守约定，不会告诉给萧王妃知晓。”

这一句话，声音很大，大到可以传到院子外。

“不好！”萧天耀脸色微变，果然时逸寒一走，他就听到了一阵急促的脚步声，林初九人未到，声先到：“萧天耀，魔君重楼是怎么一回事？”

林初九在屋内等了萧天耀半天也不见他回来，便过来寻他，不想还未走到院子里，就听到这么一句话。

萧天耀立刻起身往外走，可刚走到书房门口林初九就过来了，她挡在门口，推了萧天耀一把："给我进去！"

威风凛凛的超武神，被林初九轻轻一推，就跌进了屋内。

"初九，这事本王可以解释。"

"啪！"林初九走进来，关上书房的门，把暗卫的好奇与探究关在了门外。

"解释？解释什么？你不是魔君重楼？你没有以魔君重楼的身份出现在我面前？"林初九眼睛瞪得圆圆的，怒视着萧天耀。

她生气，她真的很生气。她连医圣之心的秘密都告诉给这个男人了，可这个男人呢？居然还对她隐瞒，简直是找死！

"不是，当时的情况……"萧天耀想要告诉林初九，当时的情况容不得他以萧天耀的身份出去，他只能以魔君重楼的身份出现，并在她需要的时候保护她。

"别跟我说当时的情况多糟糕，你只要告诉我，你是不是魔君重楼，当时要我当女奴的人是不是你？半夜闯进我房里，戏耍我的人是不是你？"只要一想到魔君重楼的几次出现，林初九就无法不生气。

魔君重楼每次都在她有危险的时候出现，救了她都不求回报，她真的害怕。她不是天真不知事的少女，她知道天下没有白吃的午餐，魔君重楼一再救她，必有所图。她一直在等，在等魔君重楼的出现，结果呢？

魔君重楼就是萧天耀，而萧天耀这个浑蛋，居然到现在还不告诉她，简直是要气死她。

"初九，本王当时只是逗你玩的，你看……我哪有真让你做女奴。"早知道有今天，他打死也不说要初九当女奴的话。

果然，千金难买早知道。

听到萧天耀终于承认了，林初九不怒反笑："魔君重楼，好一个魔君重楼，萧天耀，耍我很好玩吗？骗我很好玩吗？"

"我真不是……"萧天耀张嘴就要解释，却被林初九打断了："耍我骗我就算了，到现在还不说，你可真行！"

她不气萧天耀当初骗她，当初的情况她知道，萧天耀也是没有办法，可她气萧天耀到现在还想着瞒着她。

这个男人一点儿也不坦诚，指不定还有什么事隐瞒了她，为了惩罚这个男人，她决定了："萧天耀，这个月，你睡书房！一个人睡书房！"

说完，林初九转身就走，萧天耀抬腿就要去追，却听到林初九说："你要出来追，那就两个月……”

一句话，生生把萧天耀吓得站在了原地，不敢动弹。

自林初九发话后，萧天耀果真一个月没有上林初九的床，倒不是因为林初九在怄气，死活不让他上床，而是因为北域出事了。

莫清风传来消息，北域王集结兵力，要反了。

这事在萧天耀的预料之中，只是萧天耀没有想到北域的反应这么快，毕竟他才回到东文，还没有任何动作。而且，他就算是有动作也是针对皇上，不会对一个小小的北域下手，北域王真是太急躁了。

“既然北域王要反，本王就成全他。”攘外必先安内，他正愁不知该从谁下手，既然有人主动献身给他祭旗，他也就不必客气了。

次日，萧天耀着人在早朝上提起此事，不待皇上做决定，萧天耀便站出来，主动请缨，要带兵去平乱。

皇上张了张嘴想要拒绝，看了看满朝大臣皆不吭声，最终只得点了点头。他这个皇上就是摆设，萧天耀会让他过问一句，已经算是给他面子了，他还能强求什么？

圣旨一下，萧天耀次日便带兵出发，甚至他都没有带自己的金吾卫，只是带了朝廷给他的兵，可见萧天耀有多不把北域王放在眼里。

这并不是萧天耀狂妄自大，好钢要用在刀刃上，金吾卫的实力毋庸置疑，但金吾卫只有不到三十万的人马。这不到三十万的兵马是要用来对付南远、北历和西武三国的，要是把金吾卫调来对付北域王，简直是大材小用。

“一路平安。”虽然知道，凭借萧天耀的本事没有人能伤得了他，林初九还是严肃地叮嘱他，要他保护好自己。

“本王外出这段时间，你记得好好调养身体，切不可拿自己的身体开玩笑。在京城，谁要欺负你，直接打过去，不必给谁面子。皇后过两天就会离京，在此期间她要宣召你，你也不必理会。”和林初九的简洁不同，独自出门的萧天耀化身为话唠，不断地叮嘱林初九注意这，注意那，好似有说不完的话。

刚开始林初九听着还很新鲜，但见萧天耀翻来覆去就是这几句话，说得林初九都烦了。

听了半天，见萧天耀仍旧没有住嘴的打算，林初九不得不出声打断：“够了，够了，你说的话我都会照做，没事你就走吧。”

这男人画风突变，她一时真是习惯不了，她还是喜欢他高冷的样子。

萧天耀顿时住嘴，可到底还是不舍：“要不，你跟本王一起去北域？”

他们这才新婚燕尔的，他不放心这不是正常的吗？

“不去，你去打仗，带上我一个女人做什么？”给萧天耀暖床吗？她才没有那么好心呢。

“军医，对了，你以随行军医的身份上战场，这样就没有人会说你什么了。”先前林初九也不是没有做过，凭林初九的医术和她手中的药，她至少能顶十几个大夫。

“打一个小小的北域还用得着我？别闹了，等你跟南远三国开战，我再陪你去。”两人天天黏在一起，她还要不要有自己的独立空间和私生活了？

且蒙家的人就要回来了，她这个时候一点也不想离开京城。

当然，这话绝对不能说给萧天耀听，不然萧天耀一定会被气死，死活把她拖走。

“本王与三国开战之时，你真的会随本王上战场？”萧天耀也没有想过带林初九去北域，北域的事对他而言只是小事，有莫清风在，他不会在北域待多久，林初九陪他去也只是在路上来回奔波。

“自然，你在哪，我便在哪。”为了哄萧天耀赶紧离开，林初九也是拼了。

有了这句话，萧天耀终于不再磨叽了，狠狠地抱了林初九一下，转身往外走。

萧天耀带着朝廷点的十万大军，奔赴北域，在途中，萧天耀就收到了北域王出兵的消息。

北域虽属东文却自成一格，北域王就是土皇帝，几乎不费一兵一卒，就占领了整个北域，并将周边几座小城全部拿下。

北域王一连拿下数城后，片刻也不停歇，一路往北，誓要挥军攻破皇城。萧天耀带的兵，一路从皇城赶往北域的方向，很快两军就遇上了。

“不知天高地厚。”看着威风凛凛的北域军，萧天耀的眼中一片冰冷。

连南远三国都不敢动，北域居然率先动了，简直是找死！

“杀！”萧天耀甚至没有亲自出手，只坐镇指挥，便打得北域二十万兵马溃不成军。

半个月后，北域王战死，北域王的三个儿子夺权，内部一片混乱，最后辅佐北域王的单家杀了北域皇子，夺了北域兵权，投降萧天耀。

面对投降的单家主，萧天耀冷笑一声，淡漠地受了。他知道莫家与单家的仇，但单家人如此识时务，他总得给单家人一点儿面子。

“君子报仇十年不晚，本王现在不能杀降臣，但本王向你保证，日后你要如何处置单家，本王都不会过问。”萧天耀知道莫清风心里有想法，不等莫清风提起，就先把话撂下了。

莫家这些年没少为他卖力，他不会让莫家心冷，对单家这棵墙头草，他确实不喜，但却不会在这个时候杀单家。不仅如此，他还会捧着单家，让世人看到他优待降者，如此才会有更多的人选择投降。

毕竟，除了那些皇帝外，没有几个人想要放弃富贵生活，去搏一个没有可能的未来。

打下北域后，萧天耀收编降兵，带着二十万大军和单家老小回朝，至于北域就交给莫清风治理了。

二十万大军的回归，不仅让皇上看到了萧天耀强势的一面，也让南远三国看到了萧天耀霸道的一面，他们知道不能再等了，再等下去，他们就会被萧天耀一个个击破。

没让萧天耀等太久，当他带着大军回到京城时，南远、西武、北历联手，组百万大军，发兵攻打东文，并放出不杀萧天耀誓不收兵的豪言壮语。

先发制人，后发制已，南远、西武和北历三国见识到了萧天耀的强势，知道依萧天耀的性子，不会放过他们，索性先出兵，以占先机，可他们却不知，萧天耀为了今天早已做足了准备，三国率先出兵，自以为占了先机，在萧天耀手上却半点儿便宜也占不到。

三国的大军来势汹汹，萧天耀也不甘示弱，当即集结从北域带来的二十万兵马，又将京中十万禁军调走，并将这三十万人打散，分别安插进二十万金吾卫。

三十万朝廷兵马全部被打散，分开后单一兵力根本无法和金吾卫比，这样的情况下他们就是有二心也无用。且由金吾卫带着他们，也能提升他们的实力，让他们在战场上发挥更强大的力量。

萧天耀此举无疑是冒险的，要是朝廷军队集体兵变，最后不仅不会成为金吾卫的助力，反倒会给金吾卫添加不小的麻烦，让金吾卫腹背受敌。可别忘了，萧天耀手中的金吾卫并不是只有二十万人，他有近三十万金吾卫。

除去这二十万人，还有近十万重兵在手，萧天耀怕谁？且这十万兵马与所有人都不同，这十万兵马是金吾卫中的精锐，其中有三万是骑兵，还有三千玄铁战兵。

玄铁战兵，顾名思义就是他们身上的装备，皆由天外玄铁所制，却又不像黑甲卫那般全副武装。

玄铁战兵只有兵器和护胸才由天外玄铁而制，其余装备则是由精铁所制，虽不像黑甲卫那般全副武装没有弱点，却比黑甲卫轻便，机动性强。

三千玄铁战兵与三万精锐骑兵分作三路，分别对付南远、西武与北历，玄铁战兵一路为先锋，冲锋在前，勇猛无比，每每一开战就打得对方节节败退，生生在数十万大军中，撕开一个口子。

精锐骑兵则分别护在两翼，作为辅助存在，轻易不动手，一旦他们出手，就表示朝廷与金吾卫的联军支撑不住了。

当然，这样的情况并不少见，三国的百万大军，只多不少，且三国还在不断地往边境加人，给东文带来了不小的压力。

东文充其量只有六十万人马，真正打起来，对方差不多是二打一，交手时东文不可能一直占上峰，在战场上双方互有胜负。

四国大战一旦拉开序幕，事情就不会这么快结束，战事胶着了近半年，东文输少赢多，可却没有办法把南远、西武和北历任何一国给灭了，也没有办法冲破任何一国的防线。

“这群南远人太狡猾了，不是说南远内乱吗？前朝和新朝在争权吗？怎么还能不断地往边境增兵？”东文的将领想要先从南远下手，攻破三国联盟，可眼见南远的防守线松了，南远却忽然增兵，把他们逼退了回来。

苏茶一脸凝重地道：“你的消息落后了，南远新朝与前朝已和平共处，双方分江而治，一称南远，一称西蛮，此次就是西蛮出兵相助。”

本来，南远的内乱不会这么快就平息，可有萧天耀这个外敌在，促使南远内部和平共处，达成了一国两治的协议。

“南远人还真是不要脸。”东文的将领气炸了，他觉得南远前朝那些人是占了他们的便宜。

“天下熙熙皆为利来、天下攘攘皆为利往，南远会这么做再正常不过。你且看着，一旦我们退兵，南远与西蛮定不会甘心，他们还要打起来。”先前有他们家王爷这个强敌在，南远前朝与新朝不得不妥协，放弃前仇，一致对外。待到战事结束，分裂的南远与西蛮必会有一场大战。

“退兵？我们为什么要退兵？不跟他们打到底，不趁机把他们全灭了吗？”将领一听，顿时怒了。

这是多好的机会，三国率先出兵，他们迎战，也是师出有名呀，日后在史书上，也不担心那群史官写得太难看。

“我们还没有那个能力。”苏茶无奈地看着眼前大熊一样的将军，心里暗暗叹气。

他终于明白，王爷为啥非要派人来协助熊将军了，熊将军打仗是好手，可除了打仗外，其他方面真的都很熊，比流白还不爱动脑子，有时候真会把人气得吐血。

“熊将军，你还没有看明白吗？我们现在有对战三国的能力，却没有将三国同时歼灭的能力，这一战只是前奏。”

这一战的目的并不是为了歼灭三国，他们的主要目的是削弱三国的国力，试探三国的深浅，其实也是想试一试帝国的反应。

对天藏影月，萧天耀无法完全相信，时逸寒有中央帝国皇室的血脉，他不敢保证时逸寒在关键时刻，会不会倒向帝国。

这一战算是对天藏影月的试探，试探天藏影月是否守信，也试探天藏影月是不是有那个能力完成约定。

如果能将四国这一场大战抹平，萧天耀就真相信天藏影月有完成约定的能力，至于天藏影月的信用，除非战事结束，天下一统，不然他永远不会完全相信天藏影月。

不过，此刻萧天耀没有心思管这些乱七八糟的事，他现在全部的心思都放在林初九的肚子上。

半年前，四国大战一开始，林初九就按照当初所说的，以军医的身份随同萧天耀出征。

说是出征，其实林初九一直在后方，并没有真正接触战事，因为萧天耀一直坐镇后方，从没有上阵指挥过，林初九夫唱妇随，也只能乖乖待在后方了。

夫妻二人待在后方，平日也没有太多的事需要做，恩爱的时间自然就多了起来。这不，林初九的肚子终于有反应了。

林初九怀孕了，三个月的身孕，但情况很不好，医圣之心提醒，孩子可能天生带着胎毒。

在得知这个消息的那一刻，林初九险些崩溃，可她不怪任何人，她只怪自己。

明知自己体内还有余毒未清，她怎么就不知道防备，让自己怀孕了呢？

“萧天耀，我们的孩子可能会有问题，怎么办？”没有得知怀孕的喜悦，只有满满的不安与害怕，还有说不出来的内疚与自责。

“不怕，不怕，本王在，不会有事的。”萧天耀心中一跳，忙将林初九拥在怀里，轻声哄着林初九说出前因后果，得知只是可能后，萧天耀心下稍安，“没事，只是可能罢了。”

“可是几率很高，甚至有可能会畸形。”林初九很清楚，母亲身体的好坏对孩子的影响有多大。

林初九摸着自己还平坦的肚子，眼中闪着泪光。萧天耀眼眸微沉，低声询问：“你不想要他吗？”

“理智告诉我不能要，可我舍不得他。”这种情况，按理就不该将孩子生下来，生下来孩子苦，父母也苦，可要她放弃腹中的小生命，她又做不到。

“那就生下来，凭我们两人还养不好一个孩子吗？”为了他们的孩子，他会努力加快统一四国的脚步，好让他们的孩子有一个更好的生存环境。

“你说得对，我们一定能养好孩子，我从现在开始调理，对孩子也会有益。”她的身体并不易受孕，这次能怀上实属幸运，很有可能这个孩子是她和萧天耀唯一的孩子。

“我让武神山的人，找个医圣来给你调理。”萧天耀原先就想找个医圣给林初九医治，只是林初九说自己就是大夫，没有必要，且她的身体一直在好转，她自己慢慢调理也是一样。

萧天耀见状就不再提了，可现在为了孩子，萧天耀再次提起，而这一次林初九也没有拒绝。

一个月后，武神山的人送来一个医圣，专门为林初九调理身体，林初九本来打算回王府养胎，可萧天耀拒绝了。

“京中龙蛇混杂，指不定就有什么人盯上本王的子嗣，待在军中反倒安全。”这是后方，战火怎么也蔓延不到这里，且有他在，谁能伤得了林初九。

林初九想了想，没有拒绝，便一直留在军中。

怀胎四个月，隐有一丝显怀，医圣开始为林初九调理，怀胎六月，肚子已经明显显怀了，这时候林初九的腿却时常抽筋，双腿浮肿得厉害，萧天耀每晚都要给她按摩，可效果仍旧不佳。

此时，四国之间的这场大战，也已经打了九个月之久，眼见战火没有休止的迹象，林初九担心是因为自己，拖住了萧天耀的脚步。

“王爷，你要上战场尽管去，不用担心我。我身边有人照顾，不会有事的。”林初九提了几次，她不想做红颜祸水，更不想拖萧天耀的后腿。

“傻瓜，本王是什么人，怎么可能轻易上战场，一旦本王上了战场，就没有回头路了。”现在不管怎么说，还只是四国间的战事，甚至可以说是南远三国联手欺负东文，一旦他这个超武神出手，事情就完全变味了。

他毕竟是超武神，他坐镇后方没有什么，一旦出手，势必会引起武神山的不满，势必会让武神山有借口插手四国之争。是以，不到最后一刻，不到灭三国，一统天下的那一刻，他绝不会出手。

怕林初九担心，萧天耀便将这些事一一分析给她听。林初九听罢，拍了拍脑门，一脸恼怒地道：“你看我，怀孕都怀傻了。”

她最近全部心思都放在孩子身上，不仅傻了，对萧天耀的关心也不够。她知道这样做是不对的，可她控制不了自己，她的孩子太小、太弱，比萧天耀更需要她，她只能先委屈萧天耀了。

“这段时间，辛苦你了。”林初九依在萧天耀的怀里，唇角挂着幸福的笑。

世间最幸福的事，莫过于在她脆弱无助、惶恐不安的时候，有个人陪着她一起。

“辛苦的人是你，等生完这个孩子后，我们就不要了。”只一个孩子，就把林初九折磨得够呛。最主要这才一个孩子，林初九就连看他的时间都没有，真要多生几个，他还有地位吗？

“好。”林初九轻轻应着，至于最后生不生，那就不是萧天耀能控制的，她要怀上了，还能不生？

转瞬林初九已怀孕九个月了，随时都有生产的可能，这时四国间的大战打了足有一年。

这一年，南远三国不断增兵，此时三国的联军足有一百七八十万之多，几乎是三个打一个，真正是三国联手打东文一个。

随着三国的增兵，萧天耀对三国的安排也起了作用。南远与西蛮眼见东文渐渐吃不住了，就不甘分江而治了，少了先前的团结一统、共同对外的热血，内部渐生乱局，不过都是小规模的冲突，还在能压制的范围内。

除了南远本国的混乱外，三国之间的联军也出现了问题，北历缺粮，但将士们皆骁勇善战，南远和西武为北历提供粮草，北历士兵主攻，冲锋在前。

作为主攻，作为先锋，一上战场就要对上萧天耀手中的玄铁战兵，饶是北历士兵再彪悍，也占不到便宜。

初时还不显，时日一长，北历就成了三国兵马中损失最严重的国家，且南远与西武也不是慈善家，北历兵马减少了，对应的粮草供给也就少了。

这下北历不干了，他们拼命打仗，就是为了填饱肚子，为了让身后的家人能吃饱，可现在他们死了这么多人，身后的家人却仍旧吃不饱，这仗还打什么？

历时一年，三国联军破裂，正式宣布退兵，与东文和谈，而在三国宣布和谈之际，怀孕九个月零十六天的林初九发动了……

第十七章　以复仇为名

这个孩子，林初九怀得异常艰难，怀胎九个半月，她在床上躺了六个月。为了这个孩子，她每天把药当饭吃，整个人都瘦脱了形，林初九本以为这个孩子很难生下来，不想生产的过程异常顺利。

历时两个时辰，孩子呱呱落地，哭声很弱，孩子也不像刚出生的孩子那样红彤彤的，而是带着一丝灰气。林初九知道这是因为胎毒，可看到孩子四脚健全，确定没有畸形的刹那，她还是高兴得落泪了。

她自己就是大夫，身边又有医圣在，孩子体内只有胎毒她根本不怕。孩子还小，好生调养两年，很快就能好，她就怕孩子出什么问题，她悔恨一生。

“我们的孩子，很好。”萧天耀只匆匆看了一眼，就来到林初九身边，看着脸色惨白，满头大汗，十分狼狈的林初九，萧天耀眼眶微红：“害你受苦了。”

有一个孩子就足够了，他真的不想林初九再生了，生孩子太可怕了。

“我很高兴。”她亲情缘淡泊，唯一待她好的外祖母也早早去了，这个孩子是与她血脉最亲近的人，有一个自己血脉的延续，她很高兴，真的很高兴。

“等我们回去，我们抱着孩子去看外祖母好不好？”先前她与萧天耀去过一次，之后就再也没有去了，说起来她确实不孝。

“好。”这个时候，林初九别说抱着孩子去蒙家祖坟看蒙老夫人，就是要天上的星星，萧天耀也会想办法为她摘下来。

萧天耀与林初九的孩子一出生，四国的和谈也拉开了序幕。

三国联军率先对东文出兵，且理由是为了讨伐萧天耀，却不想萧天耀从头到尾，都没有出现在战场上。

此刻，又因联军内部出了问题，致使联军战败。作为率先出兵又战败的一方，南远三国完全不占上风，只能任由东文宰割。

萧天耀也不客气，直接开口要三十城，三国各出十城，并且将地方都划好了，只需要三国点头就行。

这种行为无异于强取，三国自不愿意，正欲与东文做进一步的沟通，可他们的“同盟”北历再一次倒戈，在他们商量要共进退时，率先同意了东文的要求，退兵而去。

“北历简直疯了。”南远和西武的皇帝，收到这个消息，气得快要炸了，可在看到北历被划走的十城后，又明白北历为何会同意了。

萧天耀十分阴险，他从北历划走的十城，皆靠近中央帝国，与帝国领土接壤不说，还十分贫瘠，土地上要种什么还只能由帝国人说了算。这样的十座城，对北历来说是负担，萧天耀一开口，他们恨不得立刻奉上。

北历与东文的交接十分顺利，北历连谈都不谈，直接把十座城池奉上，退兵回国。

北历退兵后，东文恢复了与北历在边境上的交易，时不时卖一些粮食给北历，价格不高，但粮食数量不多，仅能保证北历人不饿死。

穷极思变，他们不能把北历逼得太紧，不然北历饿狠了，再次操兵打上一场，对东文来说没有什么好处。

北历这个盟友退了，剩下南远与西武就是再想挣扎也成不了气候，经过长达半个月的商谈，最后南远与西武也退让了，各自奉上十座城池退兵。

至此，四国之间的大战告一段落，但对外的战事结束了，各国内部的斗争却才刚刚开始。

不说南远新、旧二朝之争，就说西武诸皇子也是不甘寂寞。西武战败，朝臣对皇帝有诸多不满，几位皇子蹦跶得更欢了，尤其是纪丰羽，有萧天耀的支持，他在西武诸皇子之间的斗争中，隐占上风。

南远与西武内乱不断，东文其实也好不到哪里去。面对强势的萧天耀，皇上虽然退让了，可总有诸如北域王这样的人，不甘居于人下，想要借机生事。

虽说这对萧天耀来说不算什么大事，派兵镇压即可，可光镇压解决不了问题，也不是处理国事的手段，刚柔并济才是王道，才是治国手段。

是以，战事虽然结束了，萧天耀却无法闲下来，趁着各国休生养息的这几年，萧天耀一步步将东文内部进行整合，在各地实施改革，平息民乱，安抚百姓。

这些年，萧天耀虽未登基，整个东文却由他说了算，在萧天耀的治理下，短短三年，东文就恢复了元气，走出了战争带来的伤害，而这一年他和林初九的儿子萧子福三岁了。

子福的名字与皇室没有关系，这个名字只是萧天耀和林初九对他的期望罢了，希望他福气安康。

小子福也没有辜负萧天耀与林初九的期待，虽然出生时身体不好，可随着这三年的调养，小子福与健康的孩子无异。但就在林初九稍稍安下心来时，小子福遭了算计，被人下毒了！

说是下毒也不尽然，只是吃了相克的食物，引发了体内的胎毒。

小子福当天晚上就发病了，大口大口地吐血，服侍他的下人吓坏了，连忙喊王妃，喊大夫，林初九连鞋袜都不曾穿，赤着双足就跑了过来。

“娘，娘……”脸色惨白的小子福，双眼紧闭，嘴里无意识地唤着林初九，林初九险些崩溃，紧紧抱着小子福：“乖，乖，娘在这里，子福不怕，子福不怕，娘在这里。”

历经三天三夜，在林初九与医圣的联手治疗下，小子福才平安脱险，可经此一事，刚养好的身体又虚了。

“小世子至少要再养三年，才能回到原来的状态。”医圣诊治过后，长长地叹了口气。

小孩子最忌讳折腾，小世子这次可算是被折腾惨了，三年能恢复已是万幸。

林初九心中悲痛，可这个时候说什么都晚了，待到子福的身体好转，林初九才把消息告诉给在外的萧天耀，萧天耀同时下令彻查：“什么人做的？查，给我查！”

他绝不放过，伤害他儿子的人，不管那人是谁！

经过这几年的发展，萧天耀手中的情报网，丝毫不逊色于天藏影月，很快就查到了是谁下的黑手。

南远！确切地说，是南远旧朝那些人。

南远旧朝的小皇子，在旧部的拥护下，与新朝分江而治，被称为西蛮，然而旧朝的人并不甘心如此，他们想要的是整个南远。但他们自身的实力不够，且在四国战事结束后，南远新朝经过三年的休养生息，已经缓了过来，旧朝不甘心守着一隅之地，新朝又哪里愿意割一块地给旧朝的人。

要知道，他们三年前还奉上了十座城池给东文，现在的南远真的很小，小到让南远的皇帝不得不想办法扩张领土。

向外扩张是不可能的了，不管是东文、西武还是北历都不是好惹的，南远看来看去，也只有三年前从他们南远分裂出去的西蛮是个软柿子，最好捏。

南远当即不客气了，先是派使臣谈合并一事，谈不拢，那就开打吧！

西蛮那点武力，根本就不是他们的对手。当初，要不是他们忙着一致对外，为了不让后院起火，南远压根不会退让。

于是，才平静不到三年的南远再次发生内乱，这一次明显更严重，南远的人是下了狠心，要把西蛮给灭了，恢复南远原有的一统。

西蛮渐渐败退，眼看就要撑不住了，有人给西蛮的小皇帝出了一个主意，让他挑起东文，最好是萧王爷对南远的不满，这样一来，有东文、有萧王爷出手，南远就没有精力管他们了。

这确实是一个好主意，只要成功了，别说南远不会有精力管他们，就是南远还能不能有都两说。

经过长达数个月的周密布局后，一场针对萧王唯一嫡子的阴谋展开了。

不知该说他们幸运还是不幸，他们的计划成功了，可萧天耀与林初九，也查到了他们头上。

收到林初九发来的质问国书时，西蛮小皇帝都吓坏了："怎么办？怎么办？"

这时却无一人能回答他，得罪了东文，得罪了萧王爷，他们西蛮还有活路吗？

唯有当初护着小皇帝逃往东文的少年将军，开口道："皇上，萧王妃当初救过你，你怎么会这么做？"

为免被人查出，小皇帝做这事时，甚至都没有把计划告诉给自己最亲近的人。

小皇帝很清楚，他要说了，他的小将军哥哥一定不会同意。

"她救我是有目的的，我这么做也是为了西蛮好。"小皇帝见自己一向依赖的少年将军，出声责问自己，当即怒吼，借以宣泄心中的惶恐与不安。

小皇帝不管不顾地继续说道："因为我是南远的皇子，她才救我的，她救我就是为了把我送回南远，好分裂南远，她不是好人！"

"这些话到底是谁告诉你的？"少年将军不可思议地看着小皇帝，他从来不知道，小皇帝心中是这么想的。

小皇帝可以不感恩，但是不能连是非都分不清，当初他们二人哪里像是一国皇子，将军之子？

当初萧王妃救他们，纯属巧合，至于后面的事……

萧王爷把他们送回南远，的确是存了借他们之手分裂南远的想法，可他们也是心甘情愿的，他们也想回南远，夺回皇位，只能说他们是互相利用，最后谁胜谁败，就看谁技高一筹罢了。

"是太傅，是太傅告诉我的，他跟说我的……"小皇帝被少年将军一吓，立刻把人卖了，少年将军立刻让人去拿下太傅，却被告知太傅自杀了。

线索就此断了，他们查不出到底是何人教唆了小皇帝。

他们查不出来，并不表示萧天耀与林初九查不出来，林初九送一封质问的信给西蛮小皇帝，就是为了引蛇出洞。她不认为小小的西蛮，有能力在东文的领土上，对她的儿子下手。

顺着太傅这条线，萧天耀和林初九很快查出此事与南远有关，与南远五皇子南诺溪有关，与东文皇商薛家有关。

南诺溪与薛家关系匪浅，双方早就勾搭在一起了，这次针对小子福的阴谋，就是南诺溪与薛家联手促成的，他们此举只为一石二鸟，一是要除去萧天耀唯一的子嗣，另一则是要把西蛮丢出去，让东文动手，帮他们灭了西蛮，可惜世事无绝对，他们没有想到，最终自己也暴露了。

薛家就在东文，萧天耀和林初九要对付他们，只需要抬抬手指。

收到消息的三天后，以谋害萧王世子的罪名，薛家全族入狱，诛九族。

同月，林初九以南远谋害她独子的理由，出兵攻打南远。领兵的人是林初九，出兵的人亦是林初九，与萧天耀没有一丝关系。

萧天耀是超武神，他是东文人，插手东文的政务，东文人不说，外人自然也不会说什么，可他要是带兵出征，直接出现在战场上，难免会有以强凌弱，以大欺小的嫌疑。

当然，这些都不是重点，重点是萧天耀一旦出征，南远三国必然会心中不安，为了除掉萧天耀，十有八九会和四年前一样再次联手。

在面对共同的、强大的外敌时，三国就算有再多的嫌隙也会选择联手，因为除了联手，他们别无选择。

并且，如果萧天耀做得太直白，武神山也不可能不管。武神山还是要面子的，要是纵容萧天耀插手尘世的事而没有任何表示，武神山的威严何在?

可是，林初九不同，她只是一个女子，且是一个弱女子，她出兵攻打南远，武神山管不着。

西武与北历两国倒是想管，但他们很清楚，一旦南远灭了，剩下他们两国指定也会很惨，并且他们师出无名，也不敢跟萧天耀对上。

萧天耀一早就发了话，南远谋害了他与林初九唯一的孩子，他们只找南远的麻烦，谁要帮南远，他就灭了谁全族!

为子复仇，就算超武神干涉红尘之事、亲自动手，武神山的人也不会说什么，世人也不会说一句。

无他，这是人之常情，换了谁都会这么做。

以为子复仇为由，林初九带着二十万金吾卫，二十万朝廷兵马，共计四十万兵马攻打南远。

这时候南远新旧两朝的人也顾不得你我了，面对金吾卫这个强敌，新旧两朝再次选择联合，联手抗敌。

南远新旧两朝共计出兵六十余万，应战林初九的四十万兵马。

西武与北历对萧天耀的狠话忌惮不已，不敢在明面上帮南远，私底下却为南远提供了粮草、兵器。

他们很清楚，南远不能被灭，一旦南远被灭，他们两国就是萧天耀砧板上的肉，只能任萧天耀宰割。

“帝国到底在做什么？他们难道不知萧天耀的野心吗？他们就放任萧天耀一统四国？”自四年前三国联军兵败后，西武就没有中断给帝国送信，请求帝国支援。

不仅仅是西武，北历与南远也不断地给帝国送信，请求帝国将萧天耀解决了，或者派兵驻守四国，他们愿接受帝国驻军。

虽说帝国一向强势，将他们四国压得抬不起头来，可他们在帝国面前至少是独立的国家，要是被萧天耀灭了，他们就什么也不是，世间再也不会有南远、西武和北历了。

是以，明知帝国不会那么容易答应，南远三国仍旧不断地求援，请求帝国相助，然而他们这四年来所写的信件如同泥牛入海，没有一丝回应。

写信不行，那就只能派人去帝国了，普通人无法穿越帝国边境线，只能让武神去，三国都派了不少于两名武神前去，却同样一点消息也没有。

武神在萧天耀这个超武神面前什么也不是，可各国的武神仍旧是宝，且数量极其有限，损失数名武神对三国来说简直是致命的打击，他们再也损失不起了。

消息和人都派了出去，西武与北历的皇帝便开始等消息。而他们不知，他们的消息一传出去，就被天藏阁的人截下了，而后天藏阁会仿制一份字迹一模一样，但内容却全然不同的信送到中央帝国。是以，不管西武和北历发了多少求救信，中央帝国都不知道他们真实的情况。

至于他们派出去求援的武神，一出本国境地就被影月楼的人杀了，其中又以荆池和唐唐杀的最多。他们两人是最后一道防线，他们守在四国进入帝国的必经之路上。

“小池池，这是第几拨了，我们还要在这个鬼地方待多久呀？天天吃肉，我都吃上火了。”在寸草不生的边境待了四年多，唐唐已经和野人无异，白净的小脸脏兮兮的，一头长发跟枯草似的。

可是，荆池却半点也不嫌弃，抬手摸了摸他的头：“快了。”等到萧王天下一统，他们就自由了。

之后，无论是帝国还是天藏影月，都奈何不了他们，也无法逼他们做不愿意做的事。

“好无聊呀，我都快把天上的星星数完了。”唐唐点了点头，有气无力地蹲在地上，拿着一块石子在地上画圈圈。

荆池什么也没有说，只是静静地站在一旁。突然，荆池动了，如同闪电一般，抽了长剑，如同猎豹一般扑向敌人。

半炷香后，荆池回来了，身上带着淡淡的血腥味，唐唐吸了吸鼻子：“小池池，这里有你一个人就行了，不如我先走吧？”

“说过多少次了，不行！”荆池想也不想就拒绝了，“帝国上个月派了十五名探子过来，一个月后他们若没有收到回信，定会派更多的人，我一个人不行。”

为了让唐唐心甘情愿地留下来，荆池连“不行”这种话都说了出来，可见也是拼了。

唐唐听罢，只能无奈地点头。

作为小池池最好的兄弟，他怎么可以让小池池一个人面临危险呢?

而此刻的帝国，根本不像荆池所说的那样，有精力派探子来东文。

这三年，东阳家与花家不知怎么了，居然抛下世家的骄傲，开始追捧起了帝国三皇子。

三皇子原本就得帝宠，在大皇子及其母族退出军中后，接手了大皇子的大部分势力，而后在东阳家与花家的帮助下，三皇子迅速站稳了脚跟，并扩大了自己在朝廷和军中的影响力。

这时候，别说三皇子的权势远超其他皇子，比起帝国皇帝也不差什么了，等到帝国皇帝反应过来，想要打压已经晚了。

不管是在朝廷还是军中，都无人是三皇子的对手。其他皇子要么早早就放弃争位，要么就被三皇子打压得无法行动，整个帝国中三皇子一家独大，帝国皇帝想要施展他的帝王平衡之术，已找不到机会了。

人的野心是会无限膨胀的，早些年在帝国皇帝的纵容下，三皇子便把储君之位视为自己囊中之物，以下一任帝王为目标。现在，在三皇子看来，他的目标不再是成为下一任帝王，而要尽快坐上皇位。

三皇子想要尽快上位也不单单是因为野心，帝国皇帝这两年不断地打压他，他不想步大皇子的后尘，只能反了。

“父皇正值鼎盛，没有十几二十年不会退位，本殿下倒不介意等个十几二十年，可父皇他容不得我。本殿下并不怕死，要能让父皇信我，便是一死，本殿下也甘心，可是本殿下死后，父皇定不会放过你们。本殿下不能眼睁睁地看着你们白白牺牲，本殿下也是无可奈何。”这是三皇子兵变前，跟心腹说的话。

这就是三皇子，哪怕到了这个时候，还要找一个冠冕堂皇的理由，以昭显自己的仁德。

作为三皇子的心腹，自是感恩戴德，而东阳家与花家则是但笑不语，心中却是暗道：捧了这个蠢皇子三年，总算要结束了。

在南远指望帝国派兵援救他们的时候，帝国暴发了内乱!

在中秋夜宴上，三皇子公开发难，摔杯抽剑，发起宫变。

三皇子为了今天，足足准备了三年，信号一发出，他的心腹就涌了出来，瞬间就控制住了宫廷。

然而，帝国皇帝也不是吃素的，他早就防着三皇子了，明面上三皇子叛乱成功，实际上三皇子是落入了帝国皇帝的圈套。

当三皇子自以为拿下内宫，只需要逼帝国皇帝写传位圣旨，就能顺利登基时，一名年约三十的少妇，手持长剑，杀进了内宫。

少妇一身大红色劲装，似火焰一般，手中的长剑薄如蝉翼，一路杀进来，剑上连个血珠都没有，可见这把剑有多不凡。

“三皇子在哪里？”少妇一路杀进来，脸不红气不喘，身旁死尸无数，她却连看都不看一眼，一双桃花眼中此刻只有寒冰与怒火。

“你是何人？胆敢擅闯禁宫！”一群武神高手挡在少妇面前，可是他们知道，他们拦不了多久。

他们这一群大男人，竟不如一个妇人有气势。

“时芊芊！”少妇红唇轻启，吐出一个帝国人耳熟能详的名字。

“你，你就是天藏影月的时芊芊？”那个打得他们皇帝在床上躺了足足半年，却没有受到一丝惩罚的时芊芊？

“老娘行不改名，坐不改姓，老娘就是时芊芊，怎么？要打架吗？”时芊芊虽年过三十，仍旧如同年轻时一般脾气火爆。

“不，不……时，时……”一众武神高手不敢直呼时芊芊的名字，又想不到要如何称呼她。

“别磨叽了，叫三皇子出来。”时芊芊反手一挥，将剑背在身后，冷冷地扫着众人，“我数三声，三皇子要不出来，我每隔一息杀一人，杀到三皇子出来为止。”

“时姑娘，别冲动，这是皇家的事，不是你天藏影月能掺和的。”时芊芊的强悍，早在二十多年前他们就听闻了，虽不曾与时芊芊交过手，可看时芊芊一路杀进来，气都不喘一下，就知时芊芊的本事了。

要知道，为了安全起见，三皇子可是在外面安排了超武神看守的，连超武神都拦不住时芊芊，他们这群武神算什么东西？

放眼天下，能与时芊芊一战的恐怕就只有东文萧王了。可惜萧王不在帝国，要是萧王在的话，两人打一场，必会十分精彩。

时芊芊压根就不想跟他们废话，直接开始数：“三！”

“时，时姑娘息怒，这是皇宫，是帝国的皇宫，容不得你撒野。”

“二！”

“时姑娘，你这是要与帝国为敌吗？得罪了帝国对你没有好处。”

“一！”

“时……”

“看样子三皇子是要做缩头乌龟，不肯出来了，那就别怪老娘不客气了。”

被皇帝威胁，不得不来帝国，时芊芊火气正大，见这群人磨磨蹭蹭，时芊芊话不多说，举剑就砍。

是的，时芊芊是用砍的！

薄如蝉翼，以灵巧出尘闻名的名剑蝶翼，在时芊芊手上沦为一把砍柴刀，时芊芊完全不讲招式也不管形象，如同砍柴一样，一路砍过去，直到视线所及，无一人为止。

“老娘这辈子第一讨厌被人威胁，第二讨厌有人挡在我面前，你们倒霉，在我被人威胁的时候挡在我面前。”将面前近二十位武神砍完，时芊芊依旧脸不红气不喘，甚至身上都没有沾染一滴血迹。

杀完人，时芊芊继续往前走，这一次无人敢阻拦她。

殿内，收到消息的三皇子瞬时慌了：“时芊芊，那个女魔头怎么会来？她来做什么？”

“当然是朕请他来的，你当朕不知道你要做什么吗？”帝国皇帝冷笑，看三皇子的眼神再无一丝慈爱。

“父皇，一个时芊芊左右不了结局，你还是快点写诏书吧。”三皇子的脸色很难看，嘴上却不认输。

“是吗？我们走着瞧。”帝国皇帝一脸从容，没有人比他更清楚时芊芊的能耐，对付这群人，有时芊芊一个，足够了。

三皇子不肯承认时芊芊的能耐，他身边的人却很清醒：“三皇子，我们快走吧，时芊芊那个女人很彪悍，我们这些人不是她的对手。”

什么叫高手，高手就是凭借一己之力，可以扭转局势的人，如现在的时芊芊。

不需要千军万马，只需要时芊芊一个人，一把剑，就能杀进皇宫，破了三皇子的局，救帝国皇帝出来。

“本殿下不甘心，本殿下离皇位就差那么一步。”内宫尽在他手，只要他逼父皇写下诏书，他就是皇帝了，可是时芊芊来了。

他虽嘴上不承认，可心里却明白时芊芊有多强。

“殿下，先出宫，我们手上有兵，待到我们召集兵马，再杀回皇城也是一样的。”在京中，他们的兵马有限，这次能成功不过是占了一个先出手的优势。

“殿下，我们这些人不是时芊芊的对手，就算拿到诏书也登不上皇位，不如先行离开，你要不放心，我们可以把皇上带走。”三皇子的心腹中还是有不少聪明人的，不仅劝说三皇子，还安排好了退路。

有了皇上在手上，日后他们带兵进京就名正言顺，到时候面对千军万马，一个时芊芊能如何？

她再厉害也是人，就算没人能杀得了她，可却能累死她。

“好，带上父皇撤退，等我们召集兵马，再杀回来。”经过长达四年的经营，三皇子在军中有举足轻重的地步，他手上的兵马并不少，真要开战，胜算很大。

“孽子！”帝国皇帝听到三皇子与心腹的对话，忍不住大骂，同时暗恨时芊芊磨蹭。

“父皇，你别骂我，我也想要孝顺的，可你看看大皇兄孝顺的下场！大皇兄把兵权交给了你，把什么都交给了你，可你是怎么对大皇兄的？到现在，你还让大皇兄待在庙里，不肯让他回来，你可真不是一般狠心。”三皇子承认，他想要皇位，但更多的是为了活命。

他们这位父皇太狠了，他自认不如大皇兄孝顺、纯善，但他更不想步大皇子的后尘，他只能先下手。

三皇子把一切都算好了，甚至这次叛变，他都没有提前跟东阳家和花家打招呼，就怕花家与东阳家临时倒戈，他这次只用了自己的心腹。

事情也如他预计的那般顺利，不想关键时刻杀出了一个时芊芊。

为了小命着想，三皇子不敢耽搁，听了心腹的话，让人背着皇上就走了。

被帝国皇帝拿时逸寒的身份做要挟，不得不来帮帝国皇帝阻止三皇子上位，这对时芊芊来说是侮辱。面对这样的羞辱，她为帝国出了力，按照约定阻止了三皇子登基，已是给帝国皇帝面子了，再多就别想了，她时芊芊没有那么善良。

在时芊芊的有意放水下，三皇子带着帝国皇帝逃出了皇都，一路逃往帝国南边，在南边召集兵马，以护送帝国皇帝回京的名义，带着重兵再次折回皇都，试图凭借强大的武力登上皇位。

帝国皇都内，剩下的几位皇子在三皇子走后，根本没有一个人想着去救皇上，或者阻止三皇子进城，反倒一个个开始争权，想要趁机称帝，造成既定的事实，好让三皇子回来后，也只能吃一个哑巴亏。

这法子自然是好的，可那几位皇子也不看看，他们有没有这个能耐登上皇位，就算登上了皇位，他们守得住吗？

帝国皇帝还没有死，他还在三皇子手上呢，就算三皇子不争，他们能和皇帝争，能逼得皇帝退位，甘心做太上皇吗？

可惜，在皇位的诱惑面前，几位皇子没有看到其中的危机，他们只看到皇位了，只感觉自己离皇位最近，只要往上一步就能坐上皇位。

几位皇子斗得火热之际，一直被帝国皇帝困在庙里，在所有人心中，早已是废人的大皇子出现了。

在东阳家和花家以及七皇子和大皇子母家旧部的支持下，大皇子拿下了对皇都的掌控权，手上握着皇都二十万禁军，还有新的黑甲卫的控制权。

原先的三千黑甲卫被萧天耀给灭光了，四年前皇上重新训练了一支黑甲卫。不过，这支黑甲卫只有一千人，且只经过四年的训练，和原先的相比实力差远了。

可就算如此，这些黑甲卫也比一般的士兵强，有这些兵马在手，凭借大皇子的天赋，想打赢三皇子并不是难事。

和三皇子相比，大皇子有一个最大的优势，那就是他人在皇都，他只需要守着就好，

而且，大皇子身后有世家和文武大臣的支持。

“东阳家和花家居然临阵倒戈，他们简直是该死。”三皇子收到消息，简直气炸了。

他压根就没有把大皇子当回事，甚至一度认为，他虽不在皇城，但有东阳家和花家在，皇城早晚是他的，却不想东阳家和花家背叛了他。

“还有小七那一家是怎么一回事？他们不是一直独善其身，只忠于父皇的吗？怎么倒向老大了？”三皇子突然觉得他先前同情大皇子的行为，简直是可笑至极。

“终日打雁却被雁啄，老大果然是好样的，连朕也被骗了。”帝国皇帝收到消息，并不如三皇子所想的那样愤怒，反倒是笑了。

帝国的皇子个个都不简单，就连看着最和善的老三，内里也是一个阴狠的主，这些他这个帝国皇帝都知道。

他唯一看走眼的就是老大，他一直以为老大蠢笨无知、是个没用的，没想到老大厉害得很，不仅骗了他，还骗了天下人。

“连东阳家和花家都能收服，老大果然不简单。”帝国的七大世家一家比一家骄傲，尤其是东阳家，当初他想立东阳家的女儿为后，东阳家理都不理他。

哪怕是现在，东阳家也不怎么给他面子，可见东阳家有多张狂。

而这般狂妄的东阳家，却愿意扶持大皇子，可见大皇子的魅力不一般。

三皇子和皇帝都感慨万千，却不知他们感慨的对象此时也是蒙的。大皇子虽然知道，他肯定有东山再起的一天，却没有想到会这么快，他事先一点准备也没有。

最主要的是，他原本以为很难的事，却变得突然万事俱备，只欠东风了，他一点儿也不需要操心，只要站出来，收拢兵权把人员安排到位就行。

顺利接手皇都的一切事务，把几个弟弟压下去后，大皇子并没有急着在人前亮相，而是亲自前往东阳家、花家以及七皇子的母家，向他们道谢。

“多谢，这些事我都记下了，来日定会厚报。”这就是大皇子，他也许没有为君的强势与英明，但却有着帝王没有的醇厚与感恩。有这样一个帝王，对中央帝国来说是幸事，现在的帝国已经足够强大了，帝国现在需要的不是极速扩张，而是平稳发展。而能做到这一步的人，只有性情宽厚、有容人之量的大皇子。

东阳家、花家和七皇子的母家见大皇子得势，并没有忘记他们，也没有自高自大，顿时松了口气。

有些人，身处逆境时什么都好，一旦发迹了就会翻脸不认人，他们真怕大皇子就是这

样的人，好在大皇子不是。

这一刻，东阳家、花家和七皇子的母家终于不再顾忌，全力出手，帮大皇子阻挡三皇子的人马，拿下三皇子。

于是，长达十年的两皇子之争由此拉开了帷幕，而内乱不息的帝国，即使知道了南远、北历和西武的情况，也无力相助。

而不知帝国情况的南远、西武与北历，眼见南远就要破国了，也不见帝国派兵援助，就知道帝国不会管他们了。

西武与北历见东文将全部精力都放在攻打南远上，两国私下一接触，商量出兵从侧面攻打东文一事。

他们不能等，等东文打完南远，缓过气来，倒霉的就是他们了。

正在前线指挥大军与南远作战的林初九，突然收到探子传来的消息，顿时就抓狂了……

第十八章　天下第一战

林初九只是一个普通的闺阁千金，年少时的坎坷遭遇，让她有了与普通闺阁千金不同的经历，但也只限于在医术上，旁的，她什么都不会。她不懂战争，也不会指挥战争，打仗对她来说是很遥远的事，可现在……

她身处战场之中，手握百万兵马，做着调兵遣将的事，一句话就可以决定上千，乃至上万人的生死。

虽说有萧天耀在后方掌控全局，她只需要按萧天耀的要求，把命令下达下去即可，但战场上瞬息万变，有许多突发的情况，就是萧天耀也无法提前预料，萧天耀不可能给她做好安排，这样的情况下，她只能依靠自己。

为了不让自己在众将士面前丢脸，更不能丢脸丢到国外，林初九白天关注战局，晚上就偷偷看兵书，跟着老将学习。

可惜，苦熬了一年，林初九也就只能应付一些小问题，遇到大的调遣兵马的事，林初九还是不敢轻易下命令。

不是不会，而是不敢，不是自己擅长的领域，林初九没有自信，不敢随意下令。她怕，怕她一个错误的命令，会致使将士惨死。是以，对待任何一个调兵的命令，哪怕是小命令，林初九都十分谨慎，生怕出一点差错。

对南远一战，林初九一直保持着这种高强度、高紧张、高压力的状态足足有一年多，她整个人都快抑郁了，眼见着南远就要败了，这一战就要结束了，林初九真的很想仰天大笑。

终于结束了，她终于不用继续坐镇指挥了，哪怕是转达萧天耀的命令，她的压力也很大。

她怕，怕说错话，理解错萧天耀的意思，下达了错误的指令。

她不够硬心肠，不够理智，她真的不是带兵的料，在战场上的每一天，对她来说都是煎熬，尤其是在前线她看不到儿子，这让她更痛苦。

一年零三个月，整整一年零三个月，她没有见到她的小子福，她错过了小子福的童年，没有在小子福生病的时候照顾他，没有在小子福需要她的时候，陪伴他。

她不是一个合格的母亲，她真的太失职了。

眼见南远就要亡国了，林初九便开始着手准备班师回朝一事，可不等她攻破南远，西武和北历又发兵了，那一刻林初九简直想要杀人。

她一点儿也不想再待在战场上，更不想继续坐镇指挥，她只想回家抱抱她的小子福。实在不行，待在战场的后方，为大军提供后勤保障也可以，反正她是不想再坐在营帐里，指挥千军万马，这真的是太为难她了。

得到消息的第一刻，林初九就坐不住了，她当即利用军用渠道，给萧天耀送了一封信，表达她对子福的思念，还有对战争的痛恶。

林初九痛恶战争，战争能带来天下一统，可也给普通百姓带来了挥之不去的伤痛。

战争太残酷了，她有生之年都不想再看到这种大规模的战争，更不想看到尸体遍地，烧也烧不干净的惨状。

信传出去，林初九以为萧天耀会很快来接替她，把她换回去，不想事情完全出乎林初九的预料，萧天耀他……

他来了，不仅他自己来了，还带着林初九心心念念的小子福来了。

小子福已经四岁多，虚五岁了，小子福因为胎里带毒，一出生身子就极弱，极少有白胖的时候，林初九也知道她的儿子，怕是没法和花家小九少一样肉嘟嘟、肥胖胖的了。

她的小子福身形清瘦但很健康，气色也很好，可是儿子的一举一动以及他周身散发的气质，让她很不适应。

她的儿子才四岁，却已有贵族子弟的气韵，小小的脸蛋绷得紧紧的，哪怕是面对她这个母亲，也是有礼而生疏。

“母妃。”事隔一年，小子福再见林初九，没有如林初九预料的那样，扑到她的怀里说想她，也没有如林初九想的那般，红着眼眶抱着她撒娇，叫她娘。

她的小子福看她的眼神中有孺慕，举止上却十分克制，就像一个小大人，从外表看不出他的真实情感与情绪。

“子福，你是不是不记得母妃了？”林初九强压下心中的酸涩与自责，蹲在小子福的面前，轻声问道。

她不是一个合格的母亲，小子福不记得她也是应该的，她只是有一点儿小小的失落。

“母妃你想多了，儿子怎么可能忘记你，母妃……儿子长大了。”小子福一脸无奈，暗暗地看了萧天耀一眼，见他父王果然在用责怪的眼神看他，怪他惹母妃伤心了。

小子福叹了口气，自觉地上前抱住林初九，小手轻轻地拍着她的背，稚嫩的声音中没有一丝情绪起伏：“母妃，儿子忘记谁也不会忘记你。”

他父王的书房中全是他母妃的画像，他这一年每一天里有五个时辰是在书房跟父王学习，他闭着眼睛都能描绘出母妃的样子，怎么可能忘。

抱着儿子小小的、软软的身体，林初九终于被治愈了，可心里还是有一点儿难过：“看到子福对母妃这么冷淡，母妃还以为你忘了我呢。”

“母妃，我长大了。”小子福再次叹气，用稚嫩的语气，说着成年人才会说的话。

他怎么会不想缠着母妃，不想跟母妃撒娇？

他父王不允许呀，而且每天教他那么多东西，他学都学不过来，哪里有时间想母妃。

听到小子福沉稳的语气，林初九有说不出来的心酸，不禁在心中暗想：这一年，她的小子福到底是怎么度过的？

怎么短短一年的时间里，就从娇娇弱弱的小孩子变成一个小大人了？

当然，这话林初九不会当面问，搂着儿子说了半天话，将满腔的思念与母爱宣泄出来，安顿好小子福的生活起居，林初九这才有空理会萧天耀，询问萧天耀这一年到底是怎么带孩子的。

为什么她的小子福，变成萧天耀的缩小版了？

“萧天耀，你到底是怎么带孩子的？咱们家小子福，怎么就变成这个样子了？”她离家前，小子福还是软软的、萌萌的，会抱着她撒娇，这才一年的时间，萧天耀就把她的小子福，教成冷面傲娇男了。

“子福怎么样了？不好吗？”萧天耀故作不解地看着林初九，冷硬的面容严肃异常。

“好？哪里好了？萧天耀，我们的子福才四岁，你看他哪里像四岁的样子。”想到自家儿子小小年纪就跟大人一样，完全没有童心，林初九就忍不住心痛。

“四岁的孩子应该怎么样？”萧天耀还真没有见过多少四岁的孩子，他看到的四岁孩子，哪个不是小大人的样子？而且他的儿子不是普通人，怎么能和普通人的孩子相比？

“当然是像花家的小九少一样，暖暖的、萌萌的，会抱着人撒娇，会亲热地叫我娘，而不是像现在这样，像个小大人似的，看着就叫人心疼。”不管萧天耀心不心疼，反正她是心疼了。

萧天耀叹气：“初九，咱们的儿子不是小九少。咱们的儿子怎么能和小九少一样呢？”

花家的小九一辈子富贵无忧，却不可能大权在握，但他的儿子不同，他的小子福未来是要坐上那个位置的人，不可能和普通的孩子一样撒娇、玩闹。

想要做人上人，就得付出常人难以忍受的血与汗。他的儿子必须优秀，必须比所有人都优秀，才能坐在那个位置上，才能坐稳那个位置，才能教育出出色的下一代。

“可是，子福才四岁呀！”林初九当然知道这一点，可她心疼呀，那是她的儿子呀，她这么努力，这么拼命，就是想要她的儿子过得幸福，过得快乐，而不是往他身上强加一堆责任，小小年纪就开始拼命学习。

“本王三岁的时候，晨起练功，上午跟着夫子读书，中午休息，下午随武师学骑射，晚上学兵法。”他们这种人家的孩子，只要能开口说话就要开始学习，会走路就要开始习武，没有什么小不小的，更不用谈童年。

“初九，你四岁的时候在干什么？”他相信，初九小时候过得也不好。

“我……”林初九一怔，脑中闪过小时候的回忆。

她以为自己早就忘记了，却不想她一直都记得，只是不愿意回想罢了。

萧天耀见林初九不想说，也不逼问，只道：“是玩闹与吃喝吗？”

“不是，很辛苦，我没有童年。”林初九摇了摇头，眼中闪着泪花。

正因为她没有童年，她的童年过得比谁都苦，她才希望她的孩子，能拥有完整的童年，能弥补她的遗憾。

她知道这么做并不一定是对的，她童年缺失的东西，她童年想要的东西，并不表示她的孩子也想要，可理智归理智，情感上她仍旧希望她的孩子，能一生无忧。

萧天耀明白林初九的心思，但他不能按林初九的想法做。

“初九，子福和别的孩子不一样，你不能把他当成普通的孩子来对待，他是我们的儿子，他一出生得到的就比别人多，同样付出的也要比别人多，才公平。”萧天耀上前，拥住林初九，轻声安慰她。

这世间没有那么多天才，想要比别人更出色，想要做人上人，就得比别人更辛苦，付出比常人更多的血与汗。

怕林初九失落，萧天耀强压下心中的担心，说道：“初九，你若想要一个软软的、会撒娇的孩子，可以再给本王生个女儿。”

他们的女儿不需要承担什么责任，哪怕是刁蛮任性也无防，只要开心就好。

“过两年吧，我们这几年南征北战的，陪子福的时间本就少，再生一个孩子，能给子福的时间就更少了。”她的身体在两年前就调理好了，完全可以再生一个健康的孩子，只是她现在不想生。

她的子福吃了太多的苦，至少要等她的子福长大了，有自己独立的生活了，她才会考虑生第二个孩子。

“你说得对，我们现在不生。”萧天耀暗松了口气，努力压下微扬的唇角以及愉快的心情。

天知道，他一点儿也不想再生一个孩子，有一个子福就足够他头痛了。自从有了子福后，林初九最先关注的永远都是子福，他永远都排在子福后面，就好比这次，林初九一年多没有见到儿子，可也有一年多没有见到他呀！

然而，自他们父子进来至今，林初九的眼里和心里都只有子福，哪怕是他们两个单独相处，林初九说的也是子福的事，压根就没有问他一句，也没有发现他是胖了，还是瘦了，真是想想都心酸。

要是他们再生一个孩子，他在家里还有地位吗？初九的眼里还有他吗？真是想想都觉得可怕！

如何教养孩子这个问题，最后以萧天耀大获全胜结束，林初九虽然心疼孩子，可她知道萧天耀说的是对的，她不能拿普通孩子那一套，往他们的儿子身上套，他们的儿子不是普通人。

但是，大获全胜的萧天耀却没有一丝喜悦，因为林初九不高兴了，不仅不让他上床，还召集众将领连夜议事。

萧天耀来了，议事就没有林初九什么事了，林初九直接撂摊子不干，把所有的事都推给了萧天耀。

“夫人，你这样真的好吗？”萧天耀欲哭无泪，一年多独守空房，天知道他对今晚有多么期待，可公事要紧，他就是再期待，也要忍着。

“我在外征战一年，你在家休养了一年，这才忙几天，有什么不好的？乖乖去做事，你可要记住，现在金吾卫在我手上，你是在给我做事，做得好了本夫人重重有赏，可若是做得不好，后果你知道的。”林初九干笑两声，威胁的意味十足。

萧天耀暗道不好，于是问了一句：“什么叫好，什么叫不好？标准是什么？”

“能让本夫人高兴就是好，让本夫人不高兴了，自然就是不好。”最大的标准就是林初九高兴就好。

萧天耀暗暗叫苦，嘴上却一本正经地道：“夫人，你这是主观了，军中赏罚分明，你这样会引得众将士不满的。”

末了，萧天耀又十分严肃地补了一句：“夫人，你带兵一年有余，应该很清楚军中的规矩。在军中，功与过都是写得清清楚楚的，绝不会有含糊的条例，你这样做不符军中的规矩。”

“规矩？什么是规矩，本夫人说的话就是规矩。”萧天耀一脸严肃，林初九则是一副张狂，不讲理的骄蛮样，看得萧天耀忍俊不禁。

林初九顿时黑脸了：“萧天耀，你能不能认真一点！”好好的，笑什么场，害她差点绷不住了。

“好好好，本王认真，本王认真。”真不是他不想认真，实在是林初九故作骄蛮的样子，太可爱了，他忍不住。

“好了，好了，时辰不早了，你快去办事，别让众位将军久等了。”林初九看萧天耀一副强忍着笑意的模样，失了继续玩闹的心情，直接赶人了。

事有轻重缓急，萧天耀自然知道什么是急，什么是缓，他不会为了儿女私情，耽误大事。上前，重重地抱了林初九一下，萧天耀便出去了，转身的刹那利落果断，没有一丝迟疑与不舍。

这就是萧天耀，该柔情万千时他能柔情蜜意，该冷硬果断时他也能冷硬果断起来，他这样的男人天生就是人上人。

萧天耀的到来，让金吾卫们士气大增，同时也改变了原先的作战计划。

许是和习惯有关，林初九更喜欢保守的进攻方式，她不求速战速决，只求以最小的损失，换取最大的胜算，如此一来战线就不可避免地被拉长了。

萧天耀却与林初九相反，萧天耀一向喜欢兵行险招，一向喜欢速战速决，甚至萧天耀喜欢强攻。

在他看来，实力决定一切，只要有足够的实力，他就能碾压对方。

萧天耀也没有将林初九的命令全部推翻，他只是调整了几个作战方案，加快金吾卫进攻的速度。

“王爷，北历和西武的大军怎么办？”南远已是他们的囊中之物，现在最关键的是西武与北历的联军，这两块骨头可比南远难啃多了。

“让他们打！”萧天耀蛮不在乎地说道，并不将西武与北历放在眼里，更不介意损失几座城池。

一时的胜负并不算什么，只有笑到最后的才是赢家。

“是，王爷。”有萧天耀这句话，众将士就不再担忧了。

王爷就是他们的主心骨，有王爷在，无须顾忌西武与北历的联军，金吾卫一心攻打南远。

此时，金吾卫与南远一战已接近尾声，南远败局已现，只是在垂死挣扎罢了。要是林初九继续指挥，南远也许能撑上个把月，可现在萧天耀接手了。

十天！只短短十天的时间，萧天耀便带兵攻破了南远，占了南远皇庭，可惜的是南远皇室全部自尽，放火把皇宫烧了，宫中的珍宝损失大半。

南远被灭的消息一传出去，西武与北历的皇帝就慌了，得知是萧天耀亲自指挥的战争，当即派人前往武神山，请求武神山出面，将萧天耀这个超武神带走。

武神山的人收到两国皇帝的请求，没有拒绝也没有同意，他们把中央帝国的情况，如实说给两国皇帝听，就不再理会两国了。

两国的皇帝，在得知中央帝国的情况后，顿时就明白了：“原来帝国也陷入了内乱，看样子连老天爷都在帮萧天耀了。”

“不，不，不，武神山这个时候把这个消息告诉我们，就是想让我们知道，中央帝国的内乱就是萧天耀的手笔。武神山不想重蹈中央帝国的覆辙，所以不敢插手萧天耀的事。”

能当上帝王的人脑子都不笨，不过是瞬间就想明白了其中的关键。可就算如此，西武与北历的皇帝也不甘心束手就擒，他们仍旧想要争一争，想要搏一搏。

萧天耀是很厉害，可再厉害也是人，是人就有累的时候，是人就会死，且萧天耀厉害，这世间也不是没有和萧天耀一样厉害的人，比如天藏影月的时芊芊。

“如果能找到时芊芊，说服时芊芊出面挑战萧天耀，我们还有胜算。”西武与北历实在是没了办法，他们知道时芊芊很难请，甚至他们想要见时芊芊一面都很难，可事到如今，哪怕只有一丝可能，他们也不能放弃。

西武与北历的皇帝私下一合计，便决定通过天藏阁，联系时芊芊。

为了请动时芊芊，西武与北历也是拼了。两国皇帝许诺，只要时芊芊肯出手，不管胜负他们都无条件同意天藏阁在西武、北历各地设立分阁，无条件支持天藏阁所有的事务。

西武和北历的皇帝，当然知道这么做对国家不利，可和亡国相比，这真的不算什么。

与西武、北历的交易，可以算是天藏阁的大买卖了，天藏阁的人很快就把消息传了上去，时逸寒看到消息，忍不住笑了：“最近怎么这么多人，希望我娘对上萧天耀，这是太看得起萧天耀，还是太看不起我娘了？”

时逸寒知道萧天耀很强，但他更清楚他娘有多强。时逸寒对自己的母亲绝对有自信，他没有拦下消息，让人将消息报给了时芊芊。

时逸寒一直希望他娘出手收拾萧天耀，可是他娘那人很懒，且没有好处的事，他娘从来不做。

当然，有好处的事他娘也不一定会做。他为了说服他娘出手干掉萧天耀，不知许下了多少好处，他娘理都不理他，只一句：“解决不了就来找娘，你当你还是在喝奶的年纪呢？”

这就是他娘，旁人家的孩子被人欺负了，父母都会出头，他家可不是这样。

他小时候被人欺负了，他娘还会为他出头，哪怕是皇子、皇后，他娘也是说打就打，说宰就宰。等他长大了，能独当一面后，他再被人欺负，他娘就不管了。

用时芊芊的话说，她打遍天下无敌手，什么事都要她出手，那生活多没有意思！

身为天藏影月的少主，被人欺负了怕什么，用天藏阁查他的消息，派影月楼的杀手弄死他就好了。放眼天下，谁能逃过天藏阁的追查，影月楼的追杀？有这两大利器在手，还有摆不平的事，那就是无能了，她管起来也没有意思。

败在萧天耀手下后，时逸寒求了时芊芊无数次，时芊芊都不肯出手，对于这一次西武和北历的请求，时逸寒也不抱希望，他娘喜欢有天赋的人，萧天耀天赋这么高，他娘一定舍不得出手宰了他。

不想他娘突然改了性子，一看到消息，不等他开口劝说就应了。

“萧天耀？一次斩杀三名超武神，有意思，这生意我做了。”时芊芊看到萧天耀的生平履历，露出一抹让人发寒的笑，至少时逸寒看着就全身发寒。

他对天发誓，他娘绝不是因为萧天耀一次斩杀了三名超武神，才做这单生意的。

萧天耀斩杀三个超武神的消息，他很早就告诉他娘了，他娘理都不理会，直接说了一句：“斩三个超武神算什么，老娘当年以一敌七，一口气斩了七个超武神。”

这么一句话，把时逸寒憋得差点儿吐血。

人家都说虎父无犬子，他有一个虎娘，他怎么就没有那么逆天的本事呢？甚至他一度怀疑东文皇室抱错了孩子，萧天耀才是他娘的儿子。

当然，不管时芊芊是出于什么原因接下这单生意的，她要对战萧天耀的事都成了定局。

当天，时芊芊就通过天藏阁发出消息，要与萧天耀一决胜负。

注意是一决胜负，不是决一死战，由此可见时芊芊根本不想取萧天耀的命。可就是这样，消息传出去，仍旧令天下哗然。

西武和北历的皇帝自然是高兴，甚至东文的皇帝也是高兴的。

东文的皇帝虽已认命，可并不表示他甘心，要是在这个时候萧天耀死了，压在他头上的大山就塌了，到时候他怕谁？

消息传到帝国，帝国上下也十分震惊，东阳家和花家自然是担心，至于大皇子他则是矛盾的。他不傻，走到今天这一步，他哪里不知这一切都是萧天耀的阴谋。结合萧天耀在帝国失踪的那段日子发生的事，大皇子已经可以肯定，萧天耀就是圣元王朝的人。潜入圣元王朝的皇都，拿走圣元王朝留下的东西的人就是萧天耀，而他一开始就落入了萧天耀的算计。只是，他也明白要是没有萧天耀，就没有他的今天，他很感激萧天耀，可萧天耀太强了，心思又太深了，他又无法不防备萧天耀。

听到时芊芊挑战萧天耀的消息，大皇子犹豫了半天，最终叹息了一声：“罢了，罢了，就当什么都不知道吧，萧天耀能不能活下来，就看他的命。”

他不会帮萧天耀，也不会害萧天耀，以后他与萧天耀不再是朋友，也不再是盟友。如果他们都有命的话，他们很有可能一个是帝国皇帝，一个是圣元王朝的皇帝。

时芊芊的挑战书，以最快的速度送到了萧天耀手上，对此萧天耀不置一词，也不放在心上。

他当然知道时芊芊的厉害，也知道凭他现在的实力绝不是时芊芊的对手，可不要忘了，他有黑石在。有那些黑石，别说一个时芊芊，就是十个时芊芊也不是他的对手。

萧天耀很快就应战了，且公平起见，他将对战的地点，选在天藏阁在南远的分阁。

南远虽被已被灭，可天藏阁在南远的势力并没有受损，分阁也好好地立在那里，阁中全是天藏阁的人，在那里对时芊芊有利。

收到萧天耀反回来的消息，时芊芊不由得挑了挑眉："好个嚣张狂妄的小子，居然敢在我的天藏阁动手，有胆量。"

时芊芊很欣赏萧天耀，甚至有些后悔当时太冲动，接下这桩生意。她并不想与萧天耀一战，她很清楚自己的实力，萧天耀不是她的对手，但凭萧天耀的本事，她想要放水，让他全身而退也不行。最好的结果，肯定是萧天耀重伤。

她一向欣赏有武学天赋的奇才，萧天耀无疑是个中佼佼者，她真的不想伤萧天耀！

时芊芊有十足的把握战胜萧天耀，甚至杀死萧天耀，但她不想伤萧天耀，甚至在动手前还在想，要怎么做才能既不伤萧天耀，又能取得胜利，可结果，是她倒在地上无力挣扎，萧天耀的剑抵在了她的脖子上。

她输了，她时芊芊居然输了！

"这不可能！"时芊芊无所畏惧地看着萧天耀，她并不怕死，同样也不是输不起，只是不能理解。她与萧天耀交了手，她可以肯定萧天耀不是她的对手。且她也没有藏私，没道理最后输的人是她。

"没有什么不可能，本王赢了。"萧天耀赢了，面色平静，眼中没有一丝起伏。

不知情的人只当他沉稳大气，只有他自己明白，他此刻的心情有多么复杂。他一向自负，自认一对一天下无对手，可与时芊芊一交手，他才明白自己有多弱。

时芊芊太强了，两个他加起来都不是时芊芊的对手。要不是初九谨慎，一早将黑石磨成石片，制成铠甲给他穿上，他今天就要交待在这里了。

"你身上是不是有什么秘宝？为什么好好的，我会失去战斗力？"时芊芊不愧为武学上最具天赋的鬼才，只一眼她就看出了问题所在，只是萧天耀会回答她吗？

萧天耀不仅没有回答，反倒威胁道："本王杀了你，天藏阁也不敢报复本王。"

他连时芊芊都能杀，这天下还有谁是他的对手？

"当然，我事先就交代过，我要是死在你手上，是我时芊芊技不如人，天藏阁和影月楼绝不会报复。"时芊芊无所谓地说道，可见她确实不怕死。不过，她不让天藏阁和影月楼为她复仇，绝不是因为她伟大，她只是为天藏阁和影月楼着想罢了。

她武功高到被人称为变态的地步，能杀死她的人，那得多可怕？这样的人是天藏阁和影月楼能动的吗？与其做无谓的牺牲，不如好好过自己的日子。

"本王并不惧，但本王不会杀你。"萧天耀收剑，后退一步，"天藏影月一向守信，时少主也算是一个人物，你是时少主的母亲，本王多少要卖时少主一个面子。"

外界对时芊芊的评价很高，他也相信时芊芊的为人。在初交手时，他明显感觉到时芊芊在放水，甚至有几次可以杀他的机会，时芊芊都放弃了。

当然，时芊芊真要动手，也不一定能杀得了他，由此可见，时芊芊并无杀他之心，既然如此，他又何必与时芊芊交恶。

“这么好的机会居然不杀我，你就不怕我事后报复吗？我杀不了你，却能杀你的妻儿。”没有萧天耀的剑挡着，时芊芊便爬了起来。

她发现，她可以正常行动，但就是没有动手的力气，好像有一股无形的力量，将她的武功压制住了，让她只能和普通人一样。

反观萧天耀，他却一点儿也不受影响。到此刻，时芊芊可以肯定萧天耀身上一定有什么，可凭她现在的样子，能挖出萧天耀的秘密吗？

肯定不能！

这种明知对方有秘密却无法深挖的感觉，对一个做情报生意的人来说，真的是太痛苦了。

时芊芊看着萧天耀，眼神那叫一个幽怨，就好像萧天耀负了她一样。

要不是定力够好，萧天耀差点就失手一剑把时芊芊给捅了。

“时阁主，你最好收回眼神。”不然他真把人杀了，时芊芊就死得冤枉了。

“你的秘密能说吗？我可以拿影月楼跟你交换。”天藏影月，天藏在前，影月在后，只有天藏阁才是天藏影月的根本。

有了天藏阁，哪怕没有影月楼，天藏影月也是天藏影月。时芊芊随手拿影月楼做交易，真的一点儿压力也没有。

“不能，时阁主，没有别的事，本王就先走了。”时芊芊这个女人不太按常理出牌，他并不想跟时芊芊深交。

这个女人太可怕，也太难缠。

“等一等……萧王，我用西武或者北历交换你的秘密，你看这个交易如何？”时芊芊是个好奇心特别重的人，秘密就在眼前，要是无法一探究竟，她真的会抓狂。

不，她现在就抓狂了，心里就像是猫抓一样难受，不把萧天耀的秘密挖掘出来，她肯定会睡不好、吃不好，至少要少活二十几年。

萧天耀这是杀人于无形呀！

“时阁主，别逼本王大开杀戒。”时芊芊先前拿他的家人来要挟他，此刻萧天耀拿整个天藏影月的人来要挟时芊芊。

“你这人，太没意思，你夫人居然没有休了你，简直是奇迹。”时芊芊一脸不快，最终还是妥协了。她已不是当年那个一人吃饱全家不愁的时芊芊了，她拖儿带口的，就算她不怕死，也得为手下的人着想。

“时阁主，约束好你手下的人，别把爪子伸得太长了。”萧天耀知道时芊芊不是那么容易死心的，临走前还是留下了一句威胁的话。

萧天耀前脚离开，时逸寒后脚就出现了，十分夸张地看着时芊芊，疯魔似的抱头大喊：“输了，你居然输了。这怎么可能，娘，你是不是放水了？你怎么会输给萧天耀，还输得那么惨！你真的是我娘吗？我娘什么时候这么孬了？”

刚刚两人一战，时逸寒在后方看得真切，明明先前是他娘占了上风，怎么一眨眼的工夫，她就变成了一个软柿子，任由萧天耀拿捏了？

“娘，你是不是看上了萧天耀了，所以故意放水呀？”时逸寒越想越觉得有可能，要不是如此，萧天耀怎么可能是他娘的对手。

“我放你个大头鬼。”时芊芊上前，在时逸寒的脑门上猛敲一记，“时逸寒，老娘告诉你，老娘宰不了萧天耀，但宰你却是分分钟的事，你要不要试一试！”

虽然败了，但时芊芊一点儿也不郁闷，她很清楚，她只是杀不了萧天耀，不是打不过他，论武功萧天耀不是她的对手。

萧天耀能赢她，完全是凭身上的秘密，可问题来了，萧天耀身上到底有什么秘密呢？居然能让她在瞬间失去战斗力！

第十九章　圣元盛世

萧天耀身上到底有什么秘密，能让她瞬间失去战斗力，变成一个手无缚鸡之力的弱者，任由萧天耀宰割？

这个问题折磨了时芊芊一辈子，直到死她也没有得到答案。萧天耀不说就是不说，任凭她使出各种手段，甚至答应收他家那个病小子为徒，萧天耀也不肯说。

萧天耀不说出秘密就算了，最后她还是收了萧子福那个病小子为徒弟，简直是亏死了！

不仅仅是她亏，就是天藏影月也亏死了。为了让萧天耀主动说出秘密，时芊芊努力跟萧天耀交好，希望双方成为无话不谈的好朋友，彼此之间没有秘密，什么事情都能共享。为了这个目标，时芊芊缠上了萧天耀。

要和一个人成为好朋友，就得在那人身上花时间、花精力、花心血，正巧她时芊芊什么都不多，就是耐心最多、时间最多。为了让萧天耀看到她的诚意，时芊芊一点儿也不藏私，把自己的秘密都说给了萧天耀听。

说完秘密后，在时芊芊看来大家就是朋友了，不管萧天耀承不承认，反正时芊芊对外就是以萧天耀的好友自居了。

朋友有事自然要两肋插刀，时芊芊一点儿也不拿自己当外人，萧天耀要攻打西武、北历，时芊芊毫不客气地把天藏阁和影月楼贡献了出来，为萧天耀的大业出一份力。

萧天耀自然不会接受，可时芊芊不接受拒绝："咱们是朋友，朋友间帮个忙怎么了？更何况你的实力摆在那里，就算我不帮忙，你也能成功不是吗？"

"你知道本王不需要就好。"左右他都能成功，他为什么要欠时芊芊一个人情，还是这么大的一个人情。

“你不需要归不需要，但作为朋友我该尽的力还是要尽的，萧王爷你就别跟我客气了，咱们是朋友嘛。”时芊芊大包大揽，完全不给萧天耀说不的机会。

时逸寒知道后，差点撞墙：“娘，你真的没有看上萧天耀？或者，当初你真的没有抱错儿子？”要不然，他娘怎么对萧天耀那么好？简直是倒贴呀！

他明明是想让他娘出手教训萧天耀的，怎么反倒有一种，把老娘赔了出去的感觉？

不仅仅是时逸寒，就是林初九也觉得不解：“萧天耀，你真的不是时芊芊的私生子？你和时逸寒当时真的没有被抱错？”

要不是时芊芊和萧天耀的年纪相差太大，林初九真要怀疑时芊芊看上萧天耀了。

无他，时芊芊对萧天耀太好了，好到让人发寒。

“本王怎么可能是时芊芊的儿子，你什么脑子，时芊芊的目标是黑石的秘密。”天天被时芊芊缠着，萧天耀也很头痛，可时芊芊的武功逆天到让人害怕的地步，就是他也不是时芊芊的对手，他能把人赶走吗？

且有时芊芊在，子福和林初九的安危就不用担心了，所以他一直在忍。

“要是你一直不说，时芊芊会不会恼羞成怒？”时芊芊明显是不达目的誓不罢休的人，林初九还真怕，时芊芊哪天失了耐心，突然发难，到时候她和子福就惨了。

还是那句话，时芊芊太强了。

“不会。”这一点萧天耀还是相信的，时芊芊心性豁达，不是小心眼的人。

安抚好林初九，萧天耀看了看时辰，说道：“本王与纪丰羽约定的时间到了，得去见他。”

“我去接子福，子福也该下课了。”林初九真的很头痛时芊芊的存在，可也庆幸她的存在。

有时芊芊这个天下第一高手的教导，她的小子福绝对差不了，小子福能拜在时芊芊的门下，实在是幸运。

“嗯，让莫清风跟着你。”即使是在军营，萧天耀也将林初九与子福保护得滴水不漏。

北域稳定后，萧天耀就把莫清风叫来了，由他一直保护林初九和子福。

哪怕有时芊芊在，萧天耀也没有把莫清风撤下来。时芊芊不是他的人，也不是他能全然信任的人，他指挥不了时芊芊，也不可能随意差遣时芊芊。莫清风的实力虽比不上时芊芊，但比时芊芊好用多了。

“放心，我会保护好自己的。”萧天耀每天都要叮嘱一遍，让她小心，注意安全，可就是天天听，林初九也不觉得厌烦，只觉得心里暖暖的。

因为她知道，不管这个男人处在什么样的位置，都会把她和孩子放在第一位。

林初九去接小子福了，而萧天耀则来到营帐，与纪丰羽碰面。

纪丰羽很狼狈，身上多处有伤，且左手没了，被人齐肩砍断，成了残疾。

“你怎么这么狼狈？”萧天耀大惊，不解地问道。

纪丰羽怎么说也是西武的皇子，就算西武乱了，他这个皇子也不至于遭殃。

纪丰羽苦笑了一声：“我父皇起疑了，要杀我。”

“不可能，你什么也没有做。”纪丰羽是他埋在西武的一颗棋子，只是他一直没有动用。

对他来说，棋子只是为了有备无患，用不用还得看实际情况。

“不需要我做什么，只要我那几个皇兄挑唆两句，我父皇就会对我起疑，毕竟我出身低贱嘛！”纪丰羽自嘲一笑，血红的双眼中闪过泪花。

可是，他却没有多说的打算，用完好的右手从怀中取出一张牛皮纸，递到萧天耀面前：“这是西武的军事布防图，希望对王爷有用，最后祝王爷早日攻破西武。”

身为西武的皇子，却希望萧天耀早日攻破西武，可见西武皇帝伤纪丰羽伤得有多深。

“你有什么愿望？”萧天耀展开一看，就知纪丰羽没有骗他。

他查过纪丰羽的事，知道纪丰羽在西武的处境与地位，要不是这样，他也不会选择纪丰羽作为棋子。

“屠、尽、西、武、皇、室。”六个字，纪丰羽一个字一个字说出来，说得异常缓慢，好似每一个字都有千斤重。

屠尽西武皇室？这是萧天耀没有想过的事，他要的是天下一统，不是把人都杀光，杀光西武皇室，对他统一西武没有好处，但看在纪丰羽立下大功的份上，萧天耀还是应下了：“本王允你。”

纪丰羽为他立下这么大的功劳，只有这么一个要求，就算是再不好办，他也要办到。

他萧天耀要是连这点儿魄力都没有，如何对得起跟他一起出生入死的兄弟？又如何对得起纪丰羽拼死偷来的军事布防图。

“多谢王爷，草民就此告退，以后世间再无纪丰羽，只有洛书宇。”纪丰羽以单手行礼，转身走了出去，背影孤寂而落寞，看得人心酸不已。

萧天耀没有拦，自然也没有让人送他，他知道纪丰羽有自己的选择，也有自己的路要走，他阻止不了。

有了纪丰羽提供的军防图，萧天耀如虎添翼，当即调集大量的兵马，制定了新的进攻方案，对西武发起了猛烈而快速的进攻。

是的，猛烈而快速！

西武的将领不是傻子，时间一久必然会发现异常，肯定会更改布防和用兵。

萧天耀突发猛攻，就是不给西武将领时间，让他们即使明白军中出了奸细，出了问题，也没有时间去管。

三个月！只用了三个月，萧天耀的金吾卫便攻破了西武的皇城，踏平了西武的皇宫，并且不给西武皇室投降的机会，直接将西武皇室屠杀干净。

萧天耀屠杀西武皇室的消息一传出去，天下人都在骂萧天耀残暴不仁，西武的百姓亦是惶恐不安，有几个地方都出现了起义的兵马，虽然被萧天耀一一镇压了，却带来了极恶劣的影响。

为了消除后患，镇压叛军后，萧天耀并没有屠杀叛乱的人，而是依法给予首领处罚，至于其他人，查明是普通百姓者，全部无罪释放。

此举，无疑为萧天耀挽回了名声，可这些对萧天耀来说还不够。

他要先前骂他的人，纷纷低下头来给他道歉。

将西武叛乱一事处理好，萧天耀将西武皇室这些年犯下的累累罪行，公之于众。其中最引人注目的，就是二十三年前，西武洛家被灭九族的惨案。

世人皆知西武洛家是被冠以叛国的罪名抄家灭族的，虽然当时有很多人都不能理解，洛家一个书香大族，怎么可能叛国？拿什么去叛国？西武洛家虽是大族，族中读书人有许多，考中科举的也不少，但真正在朝为官的只有寥寥数人，其中官位最高的洛家主也只是一个四品小官。这样的家族，怎么可能叛国？怎么值得敌国费心拉拢？可当时人证物证俱在，又有圣上朱笔亲批，谁敢有异议？

直到今天他们才知道，原来当年洛家根本没有叛国，洛家会被灭九族，只是因为西武皇上看上了洛家主的妻子，想要霸占臣妻，洛家主宁死不从，这才招来满族皆灭的祸事。

而二十三年前，被皇上带进宫的民间女子——梅贵妃，就是当年洛家主的妻子。梅贵妃忍辱负重，委身皇室三年，就是为了伺机刺杀皇帝，只是皇帝命大，梅贵妃失手了，最后只能选择自尽，留下小皇子纪丰羽。

这只是西武皇室滔天大罪的其中一件，这些年不管是西武皇帝，还是那几个皇子，都没少祸害忠良，也没少祸害百姓。为了争储君之位，几位皇子拉拢朝臣，打压对手，栽赃陷害无辜大臣的事，更是没有少做。

看到西武皇室的累累罪行，众人终于明白，萧天耀为何要屠尽西武皇室了，像这样的人，不杀不足以平民愤。

西武皇室的罪行一公布，先前骂萧天耀的人，纷纷改口赞萧天耀英明，为民除害。先前那些人把萧天耀骂得有多惨，现在赞得就有多夸张。

对此，萧天耀不置可否。

文人造反，十年不成，他虽在意名声，但却不会为了名声，而做自己不想做的事。而且，名声这种东西，是可以为人左右的，这不，他就左右了世人对他的评价。

平定西武后，萧天耀并不急着收拾北历，只余最后一个小国，他还要担心什么？

可是，萧天耀不收拾北历，北历却主动送上门了。当然，北历并不是主动送上门给萧天耀打，而是主动投降。

北历皇帝代表北历百姓，主动递上降书，投降了！

此举虽在萧天耀的预料之外，不过转念一想，又觉得在情理之中。北历穷，百姓常年吃不饱，连年的战争，更让北历穷得连一粒米都没有了。

这些年，一直都是南远和西武给北历送粮，这才维持了北历百姓和战士的粮草所需，现在南远和西武灭国了，没人给他们送粮了，北历的将士们都吃不饱，还怎么打？而且，就剩下一个北历，以前北历就打不过东文，现在怎么可能打得过？

北历皇帝不想步西武皇室后尘被萧天耀屠杀干净，还落一个万人唾弃的骂名，只能选择投降。投降了，指不定还能保住一家老小的性命，且百姓还要感激他这个皇帝，让北历的百姓免受战火之苦。

除此之外，他还能给萧天耀增添负担。北历有那么多百姓，可本国却无一粒粮食，现在北历投降了，萧天耀就得筹集大量的粮草，去养北历的百姓，让百姓吃饱。

养一国百姓可不是什么小事，一众大臣见状，纷纷劝说萧天耀放弃北历。北历对东文来说是一个负担，这个寸草不生的地方，根本不值得他们收复，可是对萧天耀来说，北历也好，南远也好，西武也罢，都是圣元王朝的百姓，只要是圣元王朝的百姓，他就不会放弃！

南远破国，西武被灭，北历投降，至此四国一统！

东文皇帝最后的期待，就是时芊芊杀了萧天耀，得知时芊芊败在萧天耀之手后，东文的皇帝就彻底死心了，早早就写好了退位诏书。

在萧天耀平复南远、西武、北历，班师回朝那一日，东文皇上再次率文武百官出城十里亲迎，并当场宣布退位让贤。

萧天耀客气了一番，一拒再拒，在拒绝第三次后，才“勉为其难”地应下。

自此，东文改朝换代，四国成为历史，天下由此翻开新的篇章！

十日后，萧天耀在登基大典上，宣布四国一统，恢复圣元王朝的国号，延续圣元王朝的历法，并以圣元王朝第二十三代君王自居。

当他宣布圣元王朝的国号恢复后，隶属圣元王的老臣，纷纷从殿外走了进来，跪倒在地，叩拜新帝。

直到这个时候，世人才知原来萧天耀是圣元王朝的后人，他不是野心勃勃地想要一统四国，而是责任重大地要复国。

“吾皇万岁万岁万万岁！”其中，有年逾古稀的老者，他们白发苍苍，连走都走不稳，却跪得稳当当，喊话声中气十足。

“吾皇圣明，万岁万岁万万岁。”也有稚子少年，他们先前一直活在暗处，活在山间，隐世而居，学了一身本事，却无处施展，直到此刻才有出人头地的机会。

因为他们的家族有训，他们是圣元王朝的人，圣元王朝一日不复国，他们便一日不出山。他们的父亲、爷爷都死在山里，他们的父亲、爷爷看不到圣元王朝重建，但他们看到了，他们何其有幸。

“吾皇万岁万岁万万岁！”一声高过一声，圣元王朝的老臣并不多，充其量也就百余人，他们的喊声却气势如宏，响彻了云霄。

“子福，你看到没有，他们就是我圣元王朝的世仆，世世代代只忠于圣元，世世代代只为圣元后人拼命。”萧天耀坐在龙位上，将穿着太子朝服的子福召到身前，指着跪在地上的老臣，一一告诉小子福，要他记清这些人的脸。

不管将来如何，至少此刻这些人都是忠于他们圣元王朝的，他们的祖先为圣元王朝牺牲无数，身为圣元王朝的后人，必须记住他们的功劳。

“父皇，我记住了！”子福身穿缩小版的太子朝服，却是有模有样，气势十足。

群臣朝拜过后，登基仪式便接近尾声，最后萧天耀宣布了策封皇后与太子一事。

对此，众朝臣没有任何异议，皇上有妻有子，册封妻子为皇后，长子为太子再正常不过。

至于纳妃一事，世人皆知他们新皇对皇后一往情深，怎么可能纳妃。且最重要的一点，现今金吾卫在皇后手上，皇后手上握着圣元王朝最强的兵马，皇上要纳妃，这是要逼皇后造反吗?

劝皇上纳妃，你就不怕得罪皇后，被皇后带兵抄了吗?

这就是萧天耀英明的地方，早在林初九领兵对战南远时，萧天耀就把金吾卫交给了林初九，并让林初九把自己的人换上。

现在，萧天耀虽然也能调动金吾卫，可是要经过林初九的同意才行，没有林初九点头，在圣元王朝谁也无权调动金吾卫。

兵权就是皇权，手握重兵的林初九可谓权倾天下，哪怕是萧天耀这个皇帝，也要避让三分。

当然，他们夫妻感情好，自然不存在谁避让谁的问题，但这种事他们自己知道就行了，完全没有必要告诉外人。

四国一统，天下初定，萧天耀忙着战后的重建，忙着让四国重新融合，争取早日开创圣元盛事。

原先，战事刚结束，萧天耀还没有宣布他是圣元后人时，东文的百姓还十分有优越感，认为南远、北历和西武的百姓低他们一等。

同样，南远、北历和西武的百姓也十分不安，生怕他们会被欺辱，对于四国一统十分排斥，可当萧天耀登基，宣布他是圣元后人，他是在复国时，南远、北历和西武的百姓，高悬的心终于放下了，甚至在得知消息的那一刻，热泪盈眶，纷纷跪下。

圣元王朝，他们终于又是圣元王朝的百姓，他们终于又回来了，他们终于不用再受帝国的剥削了。

"没有什么南远，没有什么北历，没有什么东文与西武，我们都是圣元王朝的人，我们原先就是圣元王朝的人。"

"我们是圣元王朝的人，日后我们再也不会被中央帝国欺负了。"

"圣元王朝复国了，我们终于可以挺直背脊，可以堂堂正正地走进帝国，再也不用惧怕帝国的人。"

"以后，我们能吃饱，我们能穿暖，再也不会有战乱了。"

……

此前圣元王朝虽然灭国，但余威犹在，南远、西武和北历的百姓，排斥东文一统天下，却不排斥圣元王朝复国。

对圣元王朝来说，不管是东文、西武、南远还是北历，都是背叛者，可也都是圣元王朝的子民，他们所有人都是平等的，没有谁高谁一等，也没有谁低谁一等。

一个圣元王朝后人的身份，一个重建圣元王朝盛世的口号，就将四国之间的矛盾消除了，将四国人民紧紧地团结在了一起，让四国人民自觉地将先前烙在他们身上的东文百姓、西武百姓的烙印消除。此刻，他们就只是圣元王朝的百姓！

圣元王朝复国，举国上下一片欢腾，百姓只有欢欣，没有一丝不满与不安。

萧天耀也没有让他们失望，待到国内情况稳定后，萧天耀就将矛头对准了中央帝国。

当然，萧天耀此举并不是为了挑起战事，他只是要收复属于圣元王朝的国土，收回他们圣元王朝的皇都。

此举，得到全国百姓的支持，不少贵族、大地主，得知萧天耀要对中央帝国出兵，收回失地，纷纷出钱、出粮，就是普通百姓也纷纷捐献钱财，甚至这一年报名参军的人数呈井喷式增长。

对四国，不，对圣元王朝的百姓来说，这些年最痛苦、最耻辱的事，莫过于被中央帝国欺压，莫过于他们的国土、他们的皇都落在了中央帝国的手里。

萧天耀此举，无疑振奋了民心。

为了表明对这一战的重视，萧天耀御驾亲征，留皇后监国，太子参政。

当然，此命令一出，满朝文武大臣皆不满了。无论是先前的四国，还是圣元王朝，都不曾出现女子参政一事，更不曾有皇后监国一事，这简直是太荒唐了。

萧天耀也不解释，只一句："此次攻打中央帝国的先锋兵马，是皇后的人马。"要用皇后手中的兵马，不给皇后权力怎么行？

众大臣听到这话，一个个你看看我，我看看你，皆是郁闷不已，心中暗恨皇上太惯着皇后了，居然把金吾卫这种国之利器交给皇后，简直是儿戏，可他们皇上一向威严甚重，这话他们可以在心里说说，面上却是无一人敢说。

最后，众位大臣与萧天耀各自妥协一步，由太子监国，皇后辅政，不过林初九手上的权力都是一样的，这个国家的事要由林初九说了算，辅政的说法，只是为了让文武大臣心里舒服一点。

林初九对国事没有兴趣，她会参与政事，只是为了给萧天耀守住后方，是监国还是辅政，对她来说都不重要，她只要手中有足够的权力能为萧天耀守得住后方，能为她的小子福守住这天下就够了。

萧天耀称帝第二年，留下了年仅八岁的太子和皇后，带着三十万大军远赴中央帝国与圣元王朝的边界，收复圣元王朝的失地。

此时，中央帝国两皇子之争的内乱已接近尾声。三皇子眼见就要战败，可萧天耀突然出兵，逼得大皇子不得不抽调人马，应对萧天耀的猛攻。

三皇子的压力骤减，如此一来，三皇子便得到了喘息的机会，可以借此恢复元气了。

大皇子坐镇帝国京都，一面要出兵应对三皇子的叛乱，一面要应对萧天耀的兵马，颇为吃力，好在帝国兵强马壮，一时倒也能支应。

只是长此以往下去，两头用兵，分散了兵力，两头都拿不下，对帝国必然不利。

东阳家和花家不是没有想过，劝说大皇子放弃一头，主攻一头，以减小帝国的压力，却被东阳大少拦了下来。

“大皇子知晓我们与圣元王朝的新皇交好，我们这时候劝说大皇子，就算没有那个心思，大皇子也必会以为，我们这么做是不顾帝国的利益，劝说他将圣元王朝的土地和皇城还给圣元王朝。

“圣元王朝的新皇虽与我们交情不浅，可我们终归是帝国的人，绝不能让大皇子抓到把柄，以为我们与圣元王朝联手，损害帝国利益。

“且你们谁敢保证，大皇子两头用兵，就不能同时获胜？要知道帝国可是兵强马壮，国力远胜圣元王朝。

“要是你们这个时候劝说大皇子放弃，大皇子也如你们所愿放弃了，你们谁敢保证，大皇子日后不会后悔？毕竟没有经历失败，没有人会相信自己做不到。”

东阳大少这番话十分在理，东阳家与花家虽然觉得大皇子此举是在削弱国力，最终两头不讨好，到底还是听了东阳大少的话，还是乖乖闭嘴，不再劝说，以免两头不讨好。

左右，帝国最终是大皇子的，大皇子想怎么折腾就怎么折腾，哪怕把帝国折腾没了，他们也没啥损失。

大皇子是个极其执拗的人，同样也极其自信，在无人劝说的情况下，他就这么一直苦苦地支撑着，两头都不肯放过，两头同时开战。

他相信，他最终一定会获胜，只要他再坚持一下，可并不是每一次坚持，都能获得同等回报。

三年，与圣元王朝打了整整三年，中央帝国战败了，圣元王朝与中央帝国首战历时三年，最终以圣元王朝完胜结束。

这一场战争的胜利，对圣元王朝来说无比重要，此战不仅收复了圣元王朝失了近百年的领土，还让圣元王朝的百姓找回了昔日的自信。

看，中央帝国并不可怕。

看，压在他们头上近百年，在他们的地盘作威作福的帝国人，并没有多强，一样被他们的皇帝打败了。

看，他们的皇帝比那什么帝国人强多了，只用三十万兵马就把帝国人打败了，把帝国人赶出了他们的国土。

“赢了，我们赢了，圣元王朝赢了，属于我们的国土，属于我们的皇都，又还给我们了。”

“皇上万岁，万岁万万岁。”

“圣元王朝万岁万岁万万岁。”

“我们赢了，我们赢了，我们打赢了中央帝国。”

“我们赢了，我们赢了……”

获胜的消息一传回朝，圣元的百姓都疯了，一个个又哭又喊，恨不得把这百年来受到的压迫全部宣泄出来。

这些年，他们过得太苦了，现在他们终于翻身了，终于赢了中央帝国，那口憋了近百年的气，终于可以吐出来了。

帝国惨败，大皇子代表帝国与萧天耀进行和谈。

其实也没有什么好谈的，萧天耀的要求很简单，他只要求中央帝国把属于圣元王朝的领土还给他们，把中央帝国这些年从圣元王朝搜刮走的财宝还给他们。

作为战败国，大皇子底气不足，能谈的空间极小，领土这些不容谈判，必须要还给圣元王朝，大皇子能谈的就是赔偿方面的问题。

好在萧天耀还算给大皇子面子，在金钱赔偿方面做了一些让步，只要求大皇子把当年圣元王朝宫中的珍宝，全部归还即可。

至于这些年中央帝国从圣元王朝搜刮走的金银，他可以不要中央帝国还。

圣元王朝近千年的积累，宫中的珍宝每一件都是世间难寻的好东西，大皇子自是不愿。可在这方面萧天耀寸步不让，甚至放话，为了拿回属于圣元王朝的珍宝，他不惜倾全国之力。

最终，以大皇子为首的帝国谈判团，不得不做出退让，同意将属于圣元王朝的珍宝奉还，如有破损的、遗失的，则赔偿同等价值的珍宝或者金银。

谈判结束后，大皇子没有急着离开，而是特意留了一步，等所有人走后，看向萧天耀，问道："你是不是早就料到了，会有今天？"也料到了东阳家与花家不敢劝他。

萧天耀要的，不仅仅是收复失地，还有一场胜仗。只有这样，才能显示出他这个帝王的圣明，才能让圣元王朝的百姓，有强烈的归属感和荣耀感。

因为只有这样，才能让圣元王朝的百姓知道，只有圣元王朝，才能带给他们现有的一切，才能让他们挺直背脊做人。

"嗯。"萧天耀爽快地承认。

东阳家和花家什么心思，他明白得很，东阳大少是聪明人，不需要他多言语，就能明白他的用意，自然会尽力配合他。

"论用阴谋手段，我差你许多。"算计人心，他不如萧天耀，所以他不算计人心，他只以诚待人，这是他从萧天耀身上学到的。

靠着这一点，他一直走到了今天，他虽然还没有登基称帝，对外却能代表帝国。

"你不需要。"大皇子和他不一样，大皇子的处境就是再差，也没有他艰难，大皇子不必和他学。

"对了，朕有一个侄女在中央帝国，回头你帮朕找一找，找到了也不必送回来，就地安顿即可。当然，朕不希望有第三人知晓此事，更不希望她的身份被人发现。"福寿长公主在中央帝国的事，他早就知道了，只是他从来没有打算管。

敢算计林初九，福寿长公主就得付出代价。只是现在情况不一样了，福寿长公主不怕丢人，他还怕丢人呢。

"好。"大皇子应下，没有再多问一句。

他与萧天耀之间亦敌亦友，他无法把萧天耀当成敌人，也无法和先前一样，把萧天耀当盟友。从此刻起，他们两人就是两个国家的主人，可以合作，但有前提。

两国和谈前后只花了半个月，就把所有的细节都敲定。这倒不是因为两国都好说话，而是中央帝国的内乱还未平息，三皇子还在蹦跶，大皇子急着把圣元王朝的事处理完，好腾出手回去解决三皇子这个麻烦，只好便宜萧天耀了。

萧天耀从中央帝国要到了足够的好处，也心满意足地班师回朝了。

只是，萧天耀并没有与大军同行，而是先行一步，悄悄回宫了。

萧天耀急着回宫，自然不是为了处理政务，而是忙着见他的皇后。

连头带尾的，他足足有三年不曾回京，虽说每月都有书信来往，却见不到人，他足足有三年不近女色，他现在一闭上眼，满脑子都是林初九。他恨不得能飞回京城，哪里还有心思陪大军慢慢走。

比大军早五天进城，萧天耀也不在人前现身，而是悄悄地翻进宫去见林初九，要知道林初九一向勤劳，萧天耀外出征战的这几年，林初九一直战战兢兢，不敢有半刻的松懈，就是生病了，也不缺一日早朝，压过一本折子。

这次多日不见她人影，多日不批折子，大臣们怎么可能不多想？

不过，在五天后，大军进城时，看到他们的皇上陪在皇后身边，众大臣心里就明白了。

原来是因为皇上回来了，皇后没空理他们这群大臣。帝后的感情还真不是一般的好，皇上在外征战三年，没有带一个女人回来就算了，居然一回来不是过问朝政，而是去见皇后。

这样的情况下，他们这群老不死的，哪里还敢开口劝皇上纳妃，他们又不是不怕死。

罢罢罢，左右皇后也不是什么爱揽权的小人。皇后的母家十分低调，只有一个异母弟弟支撑门第，看着也乱不起来。与皇后亲近的蒙家，任的也都是虚职，并不揽权参政，绝不会有外戚之乱。

虽然皇上与皇后的子嗣不丰，可皇上的一个儿子顶十个。他们的太子殿下又聪明又识大体，小小年纪就处处透着不凡，而且还是天下第一高手时芊芊的弟子，有这样能文能武的太子，他们还有什么不满意的？

看着并排前行的帝后，看着卓尔不群的太子，看着英武勇猛的金吾卫，看着衣着光鲜的百姓，文武百官不由得露出了笑脸。

帝后和谐，太子聪明，百姓安康，国富兵强，圣元盛世就在眼前，他们该满足了！

第二十章　深藏身与名

林初九没有想到，自己还有再来中央帝国的一天。

看着窗外陌生又熟悉的景色，林初九不由得笑了出来。

当初，她与萧天耀如同犯人一般被带到中央帝国，虽然心中并不害怕，可难免不安，难免彷徨。夜深人静时总会因未知而将中央帝国妖魔化，幻想会在中央帝国遇到什么事，什么人。

可现在，林初九看着充满了帝国特色的建筑，笑了。

现在，她是以圣元皇后的身份来中央帝国，现在彷徨不安的不是她，而是中央帝国的人。

只要她有一点儿不满意，中央帝国这些负责招待他们的官员就得倒霉，甚至中央帝国的新任君王轩辕挚也得受气。

果然，风水轮流转。

想来，当年那些打压、欺辱她和萧天耀的帝国权贵，做梦也想不到，有一天她和萧天耀会以圣元王朝帝王与皇后的身份，出现在中央帝国。

“怎么了？”萧天耀正借着无人打扰之际处理公务，一抬头，就看到林初九对着窗外傻笑，不由得也跟着笑了。

这傻姑娘，哪怕成了母仪天下的皇后，仍旧明媚灿烂一如初见，哪怕连儿子都生了，仍旧如同少女一般纯粹而简单。

“我在看中央帝国。”林初九仍旧趴在窗口，并没有回头看萧天耀。

“中央帝国有什么好看的，不过是一座没有底蕴，空余繁华，仿造圣元皇都的新城罢了。你要喜欢，朕让人将圣元皇都按照旧样重新修缮。”萧天耀伸手揽住林初九的肩膀，强硬地让林初九转过身，“看朕，朕比外面的街道好看。”

“你好看！”林初九哭笑不得，伸手，捏了捏萧天耀的脸，“但你只有你，外面却有帝国百态。”

“他们能让你看到的，只有帝国的繁华一面，帝国的百态你是看不到的。”作为一国之君，他很清楚帝国的做法。

因为，换作是他，他也会这么做的。

“可惜了。上一次，我们只看到了帝国强势、蛮横的一面。这一次，恐怕只能看到帝国强大、富足的一面。下一次，恐怕没有下一次了，这一次出来，那群老家伙就哭天喊地的，差点没指着我骂红颜祸水，祸国殃民。”林初九摇了摇头，轻叹了一声。

从萧王妃升级成为皇后什么都好，唯独少了一点儿自由，出个宫就有千百人盯着，偷偷摸摸地微服出宫更不行，萧天耀不会同意，萧天耀同意了，儿子不会同意。

受邀来中央帝国参加帝国皇帝的加冕礼，是她成为皇后以后第一次离开皇都，说来也是心酸。

“你想出来，我们随时可以出来，不必管那些老家伙。”萧天耀亲了亲林初九的额头，歉意地道。

自打从中央帝国回去后，他就开始征战四方，为一统四国而到处奔波，陪在林初九身边的时间极少。子福出生后，他忙着处理国事，林初九要照顾孩子，又要代夫出征，他们两人单独相处的时间就更少了，便是独处也是急促的、短暂的。

而后，四国一统，他坐上帝王之位，成了至高无上的帝王，给了林初九至高无上的权力与地位，可陪伴林初九的时间却更少了。

国事、公务占据了他大半的精力，余下的时间与精力，也浪费在与朝臣的争斗中，他最该重视关心的林初九，却被他排到了最后。

林初九却是摇了摇头：“我并没有那么想出来，只是……你知道我这个人，也许天生反骨，那群老家伙越是不让我出宫，我越是想要出宫，但真正出宫了，却又觉得没意思了。而且，我也想子福了，把子福一个人留在宫里，我很担心。”

“有他师父盯着，谁能动得了他？你是不是对天藏影月有什么误会？”开玩笑，他儿子的师父可是有天下第一大魔头之称的时芊芊，天藏影月真正的当家人，有时芊芊在，放眼天下，谁能动他的儿子分毫？把他儿子留在宫里，绝对比跟在他们身边更安全。

林初九白了萧天耀一眼：“我丝毫不怀疑时前辈的能力，我只是想我儿子了。作为一个母亲，他不在我身边，哪怕他身边有无数高手保护，有无数下人服侍，我还是会忍不住担心他是不是饿着了，是不是渴着了，有没有着凉，我也担心他想我了，却找不到我。这种做母亲对儿子的担心，你永远不会懂。”

“朕不懂！朕只想知道，朕出门，你会担心朕吗？”萧天耀突然发现，这些年不是他忽视了林初九，也不是他陪伴林初九的时间少了，而是林初九忽视了他，陪伴他的时间少了，他们的儿子占据了林初九大半的时间与精力，余下的时间林初九还要处理公务，留给他的时间少得可怜。

他此刻甚至有些怀念，当初在萧王府，那个全心全意为自己着想，心里眼里只有他的林初九。

“担心你干吗？”林初九诧异地抬头，眼里满是疑惑和不解，“你这么大的人了，饿了不会自己找吃的吗？渴了不会自己找水喝吗？感觉到冷了不会自己加衣服吗？你要想我了，不会给我写信吗？”

“所以，朕出门，你就从来没有担心过朕？”萧天耀咬牙切齿地道。

“当然……”林初九笑着开口，可只说了两个字她就打住了，看了一眼气得脸发黑的萧天耀，林初九心情大好，张嘴在萧天耀的下巴上轻咬了一口，“当然担心你啦，你在想什么呢。”

萧天耀的心情刹那间由悲转喜，他一把抱住林初九，故作严肃地道：“你……都是子福的母亲了，还这么调皮！”

“我怎么调皮了？说担心你也不行吗？难道要我说不担心你吗？”那些个臣子怕萧天耀，林初九却是一点不怕，当即就怼了回去。

“不许不担心！”萧天耀强硬地说道。

“你这人，真霸道！”林初九嘟囔了一声。

萧天耀只当没有听到，压低声音，故作随意地开口：“你担心子福饿着、着凉，那朕出门了，你担心朕什么？”

“你很想知道吗？”林初九仰头看着萧天耀，唇角抑制不住地上扬。

萧天耀一脸正色，板着脸道：“你说，朕便听着，有什么想不想的。”他怎么会让林初九知道，他很想知道！

“既然你都不是很想知道，那我说什么？不说了。”林初九推开萧天耀，再次看向窗外。

萧天耀顿时急了，凑到了林初九身侧：“那什么……你说说，朕听听。”

“你不是不想知道吗？”林初九嫌弃地看了萧天耀一眼，往窗边移了移，与萧天耀拉开距离。

萧天耀哪里会就此罢休，林初九往一侧移两分，萧天耀就跟着移三分，确保能紧紧地贴着林初九：“也不是那么不想知道，你说的话……朕还是想知道的。”

“你挤着我了！”林初九靠着马车侧壁而坐，已没有位置可以移了。

“没事，你坐朕腿上。”萧天耀不给林初九说不的机会，直接将人抱起，放在腿上。

“萧天耀！”林初九吓了一跳。

“嘘！”萧天耀伸出一根手指，抵在林初九的唇上，“外面全是人，你叫太大声，他们会误会的。”

“误会什么呀！我叫你名字怎么了？”林初九话虽如此说，但还是压低了声音。

这是中央帝国，他们是圣元王朝的帝后，真要丢人丢到中央帝国了，回去后，肯定会被那群老臣烦死。

萧天耀低声笑道：“你叫朕的名字没有什么，但你叫这么大声，他们会误会咱们做了一些不可描述的事情。”

“你！”林初九脸一红，扭头，狠狠地瞪了萧天耀一眼，“不要脸！”

“朕怎么不要脸了？”萧天耀一本正经地道，“朕就怕人误会，你在龙辇内打朕，这怎么不要脸了？初九，你想到哪里去了？”

萧天耀严肃又正经，就差在脸上写“朕很无辜”四个字了。

“你敢说你……”林初九伸手，捏住萧天耀腰间的软肋，可刚一动，龙辇就停了下来。

龙辇外，太监轻声细语地道：“陛下，娘娘，到了。”

“咳咳，下马车吧。”林初九拧到一半，只得收回手，给了萧天耀一个“算你好运”的眼神，便从萧天耀腿上下来，站在一旁，整理衣服。

她今天穿的不是皇后大礼时的正装，可也是层层叠叠，十分繁复，她先前坐着一动不敢动，就怕把衣服弄皱了，不想萧天耀却是不管不顾，把她抱坐在腿上，害她的裙子都出现了褶痕。

不过萧天耀也没有好到哪里去，萧天耀腿间的衣摆也皱了，一看就知坐在龙辇里的两人不安分。

“来人！”萧天耀却满不在乎，张嘴命宫人进来，为他整理衣物。

林初九见状，也把翡翠喊了进来，让翡翠为她整理妆容。

翡翠进来，悄悄地看了林初九一眼，见林初九脸颊泛红，双眸泛着水花，连忙低头垂眸，掩去眼中的笑意。

陛下和皇后的感情真好，她们这些服侍娘娘的下人，真的是有福了。

在宫人的服侍下，萧天耀与林初九花费了一些时间，才将衣服整理好。两人出来时，帝国即将加冕的君王轩辕挚已在宫门口等候。

看到萧天耀与林初九联袂而出，轩辕挚的脸色并不好看，冷冰冰地嘲讽了一句：“萧皇好大的架子！”居然让他堂堂帝国的君王，像个臣子一样，在龙辇外等他，萧天耀这是什么意思？

一到帝国就给他下马威，萧天耀这是欺他帝国刚经历内乱，内里空虚，没有能力与圣元王朝一战吗？

“抱歉，出了一点意外。”萧天耀半点不将轩辕挚的怒火放在眼里，可当着帝国百官的面，萧天耀还是解释了一句。

轩辕挚好歹是帝国的君王，人后他可以不给轩辕挚面子，人前可不行。

“意外？萧皇在我中央帝国，能出什么意外？是我国的武圣太少，保护不周？”轩辕挚这话就是赌气了，虽说萧天耀一统了四国，光复了圣元王朝，但圣元王朝的建国时日并不长，无论是综合实力还是武圣的数量，都不如中央帝国。

而这也是轩辕挚在萧天耀面前，唯一可以骄傲的地方。

“不，正好相反。帝国武圣太多，保护得太周到，太安逸了，朕险些睡着了。”萧天耀负手而立，只是往那里一站，就将轩辕挚的气势给压了下去。

帝国安逸太久了！这话，并没有错，但从萧天耀的嘴里说出来，就不是那个意思了。萧天耀是说他的帝国无能人？

轩辕挚脸色发黑，正要说什么，他身侧的一个老臣却拉了拉他的衣摆，暗暗提醒了他一句。

轩辕挚看了那老臣一眼，暗自吸了口气，努力扬起一抹微笑，说道：“是朕招待不周了，萧皇，请！”

他跟萧天耀在宫门口较什么真儿，街道两旁还有一堆百姓在看着呢，那群人不知发生了什么事，还以为帝国与圣元王朝交恶了。

“请！”萧天耀看了轩辕挚一眼，让了一句，便与轩辕挚并肩步入皇宫，宫门关闭，站在宫外街道两侧，踮着脚看热闹的百姓也一一散去，唯有一个挎着竹篮的中年老妇人站在中间，看着紧闭的宫门，久久不肯离去，直到官差过来驱赶，她才弯下腰，步履蹒跚，一步三回头地离开。

她不想离开，她想见一见萧天耀，想要求一求林初九，可是她知道她见不到萧天耀，便是求了林初九，林初九也不会原谅她。她不明白，她怎么就落到了这个地步。她是东文长公主，皇帝最喜欢的妹妹，她在东文一人之下，万人之上。东文一统了四国，她本该风光无限，成为圣元王朝的开国公主，可现实中，她却成了中央帝国的一个最低等的仆妇，一个人人可欺压的仆妇。而曾经那个任由她奚落，任由她嘲讽的林初九，却转身成了圣元王朝的皇后，成了帝国皇帝要亲自迎接的大人物。

这世道，太不公平了！

老妇人缓缓离开，泪水落了一地。

她知道，她回不去了，永远回不去了！

轩辕挚不是一个好脾气的人，也不是一个能屈能伸的人，和帝王相比，他更适合做一位征战四海的猛将。然而，帝国混乱的权力斗争和派系之争，容不得他任性，他唯有坐在帝国君王的位置上，才有可能活命。

好在经年的战争，还有与兄弟之间的斗争，让轩辕挚成长了不少。哪怕气到爆炸，轩辕挚还是强压下怒火，装作什么事也没有，稳妥地与大臣一起走完了迎接萧天耀与林初九的流程，没有出一丝错。

可萧天耀与林初九刚应酬完帝国的朝臣，回到宫殿，还来不及换下身上的衣服，轩辕挚就找借口丢下满殿的大臣们，独自一人跑到了宫殿中找萧天耀与林初九算账来了。

“萧天耀，你在宫门口是什么意思？给我下马威吗？”轩辕挚人未到，声先至。

但好歹，他还记得把宫人都屏退，不然当天晚上就要传出，帝国皇帝与圣元王朝皇帝闹翻的消息，晚上的欢迎宴都无法如期举行了。

“你为这事，来找朕？”在路上奔波了大半个月，进城后又折腾了大半天，萧天耀不累，林初九却是累了。萧天耀正要跟林初九说，让她好好休息，结果话到嘴边还没有说出来，就被轩辕挚给打断了，顿时火气就上来了。

这么多年了，轩辕挚怎么还是一点儿长进也没有！这样的人，是怎么斗败其他几位皇子，坐上帝国君王的宝座的？莫非，就是运气好？

“我就为这事来找你怎么了？你在宫门口，当着文武百官和百姓的面，落我的面子，我还不能来找你？”轩辕挚理直气壮，拉了一把椅子，在正中央坐下。

“你们慢慢聊。”林初九折腾了一路着实是累了，朝轩辕挚微微一笑，就要去室内，可轩辕挚却叫住了她：“林初九，东阳家的大少，希望能单独见你一面，花家的小九少也想见你，你要不要见一见？”

“现在吗？”林初九脚步一顿，转身问道。

“当然不是现在，明天或者后天，晚宴过后，你什么时候有时间想见他们都可以。”轩辕挚白了一眼，想了想还是补了一句，“对了，林家也提了一句，希望你能回一趟林家，祭拜林家的祖先和你父亲。”轩辕挚说到林家，嗤笑一声。

林家在他和三皇子之间左右摇摆，明面上跟东阳家、花家一样支持他，可暗中却给三皇子不少帮助，要不是林家相助，三皇子根本支撑不到现在。林家自以为做得隐秘，以为他什么都不知道，在三皇子彻底倒台后，还在他面前卖好，真正是可笑。要不是看在林初九的分上，他早就灭了林家。

“祭拜我的父亲？去哪里祭拜？在林家那群吃我父亲肉、喝我父亲血的林家人面前，祭拜我父亲吗？”林初九提起林家也是一脸冷漠，脸上一丝笑意也没有。

上一次来中央帝国，她是想要去林家祭拜她亲生父亲，想要见一见林家人的，但可惜的是，林家人看不上她，只想用她的命换权势富贵。这一次，她还真不稀罕了。

上一次在她离开帝国之前，她就拜托花家大少打听了。她父亲死后，尸骨被一把火烧了，林家根本没有给她父亲收尸，更别提给她父亲立墓碑了。

她父亲死了，为林家而死，林家却吝于给她父亲一块地，吝于给她父亲设一块牌位。林家的祠堂，根本没有她父亲的牌位，至少在她成为圣元皇后之前没有。

林家要她回林家祭拜她父亲，她去哪里祭拜?

“咦，你都知道了？看样子不用我多说了，那么我要收拾林家，你也没有意见吧？”轩辕挚大松了口气。

天知道，他早就想要收拾林家了，只是怕林初九想要保林家，想要一个强势的娘家，这才没有下手。

林初九没有回答，而是反问道：“林家后人可以续命，你不留着林家的人给你续命吗？”

作为大夫，林初九是无法接受以命换命的医治方法，但林初九明白，当权者尤其是帝王绝不会介意，甚至会为了保住这特殊的血脉，而保林家千秋万代。

“林家能续命的血脉已经断了，林家唯一能给人续命的只有你，我敢拿你续命吗？”轩辕挚没好气地道。

“也许会出现意外呢？就像我父亲。”林初九却是笑了。

轩辕挚这人，其实还不错，不是吗?

“没有人能活万万岁，天知道我能不能活着等到林家出现下一个特殊血脉的人。要是等不到，我留着林家人何用？留给我的后人吗？我都不敢保证，这个皇位我能坐几天，谁知我能不能传给我的子孙后代，而且子孙后代的事，关我什么事？我父皇也没有为我考虑，我为什么要为他们考虑？”轩辕挚不以为然地道。

他这个人别的本事没有，但自知之明还是有的，他并不适合当皇帝，他虽然出身皇室，曾是帝国大皇子，可从来没有接触过政务，根本不知道要如何做一个皇帝。

“你倒是豁达。”林初九知道，轩辕挚是真的不在乎林家的特殊血脉，“林家的事与我无关，我父亲为林家而活，算是死在林家人手里，林家对我既无生恩，也无养恩，你想怎么收拾林家都不必告诉我。”

哪怕把林家人当成救命草药一样圈养，她也不在意。帝国林家与她没有一点儿关系。

“有你这句话，我就放心了！你放心，我不会让林家那群人蹦跶到你面前来的。”轩辕挚拍着胸脯保证。

林初九笑了笑，道：“没别的事，我先去休息了。”她真的累了，而且她看得出来，轩辕挚来找萧天耀，并不仅仅是为了找萧天耀算账，肯定还有其他的事。

林初九走后，轩辕挚换了一个姿势，扭捏了半天，见萧天耀只看着他，没有主动开口询问的意思，只得悻悻地道：“那什么……萧天耀，你能帮我一个忙吗？”

“以帝国皇帝的身份开口，还是轩辕挚的身份开口求我？”萧天耀并没有坐在轩辕挚对面，而是挑了一个离轩辕挚最远的位置。

轩辕挚眼前一亮，拉着椅子凑到萧天耀面前：“以轩辕挚的身份开口，是不是有好处？”

萧天耀摇头：“没有！”

“那你说什么说？你这人真没有意思！”轩辕挚一脸的嫌弃，又把椅子拉远了。

“说吧，什么事？”萧天耀无意与轩辕挚拉近关系，他与轩辕挚不可能是朋友。

“那……那什么……”轩辕挚张了半天嘴，也没有说出一句完整的话。

萧天耀看了他一眼，起身就往内走，轩辕挚一惊，连忙起身，挡在萧天耀面前：“萧天耀，我儿子你知道的。我的长子，我加冕后会立他为太子，那小子年纪虽不大但比我聪明，他想学武，你收徒吗？”

“收徒？”萧天耀像看白痴一样看着轩辕挚，“你帝国的皇太子拜朕为师，你不怕朕把他教成一个武夫吗？”轩辕挚那点小心思，他哪里不懂。

什么学武不学武，堂堂帝国皇太子会缺一个习武的师父？

“不需要你刻意教，你就让他跟在你后面学就行了。”轩辕挚一脸微笑，沉稳异常，“就当作你在宫门口，落我面子的补偿。我堂堂帝国皇帝，可不能任人欺辱，不是吗？”

“哼！你以为你是帝国皇帝，朕不敢打你是吧？”萧天耀冷笑。

“萧天耀，我让我儿子拜你为师是认真的，而且能教出一个帝国皇帝，你不觉得是一件很有趣的事吗？”轩辕挚一脸正色地说道。

他不懂帝王之道，甚至这个皇位都不一定能坐稳，就算坐稳了，权力也在那些世家手上，他手上没有多少权力。

他可以做一个庸碌无能的皇帝，但他不希望他的儿子和他一样，空有一个帝王之位，却不懂治理国家。

他希望他的儿子能像萧天耀一样，做一个真正的君临天下，生杀予夺，让世家颤抖、惧怕的帝王。

他没有能力教导他的儿子如何做一个帝王，也教不了他儿子帝王之道，他要寻名师又绕不过世家。而且，他也不认为那些大儒能教导出一个英明的帝王，就算那些大儒能教导出一个英明神武的帝王，为了世家的利益，那些大儒也不会把所知所学都教给他的儿子。

更不用说，英明神武的帝王，从来都不是大儒教导出来的。在他心中，唯一能教导他儿子的人，只有萧天耀。为此，他不惜放下骄傲与尊严，求萧天耀教导他的儿子。

“帝国的世家认为你没有心机，是最好的帝王的人选，为了把你捧上皇位，那几家可是牺牲不少，转身就卖了他们，你就不怕他们报复你吗？”萧天耀承认，轩辕挚的提议颇有意思。而且，帝国下一任的帝王由他教导，总比让其他人教导，最后与圣元王朝为敌的好。轩辕挚都不怕他把帝国皇太子教歪，他萧天耀怕什么？

“皇帝或者说皇家，其实也是一个大世家。不过是皇家独大，其他几个世家为了抵抗皇家便联成一气。你我都知道，没有长盛不衰的王朝，没有永远辉煌的世家，起起落落，沉沉浮浮才是永恒。偶然出现一个强势的帝王，给世家一定的压力，对世家来说并不是坏处，世家那群家主都是人精，只要不将他们的家族全灭了，便是一时陷入低谷他们也不会在意。”

鲜花着锦，烈火烹油。

不管是王朝还是世家，不可能永远处在鼎盛期，这一点世家那群家主很清楚，哪怕是没有外界打压，世家每隔百年也会沉寂一段时日。

大世家根本不在乎一时的沉寂，他们握有大量的书籍和人才，握有学习知识的通道，握有开启明智的能力，他们拥有的本事是自己的，随时都有起复的可能。

“你看得很清楚。”萧天耀点点头，在轩辕挚的期待下，同意了他的提议，“如你所愿，朕走之前，会带走你的儿子。”

“我就知道，你不会拒绝！”轩辕挚笑了，他相信萧天耀，也相信他的儿子。

帝国的鼎盛，将由他的儿子创造。

萧天耀也笑了。

子福人小却聪明，给他带个玩伴，给他添点压力也好。想来，有人陪子福玩乐、学习，初九也可以多陪陪他了。

萧天耀与林初九这次来帝国，明面上是受邀参加轩辕挚的加冕礼，实际上却是来跟东阳家和花家谈生意的。

帝国皇权与世家权力之争一直存在，轩辕挚防备世家，为了打压世家，不惜冒险把帝国的皇太子送到圣元王朝给萧天耀教导，东阳家和花家这些顶尖世家又怎么可能坐以待毙。

东阳家、花家与萧天耀、林初九私交甚笃，两家便被推出来，作为探路者来试探萧天耀和林初九，看看萧天耀与林初九有没有意愿与他们合作。

这一点轩辕挚也知道，可他更清楚他阻止不了。他无法改变世家与萧天耀的想法，也无法左右世家与萧天耀的决定，他唯一能做的就是尽最大的力，做好他该做的、能做的一切。

是以，哪怕明知东阳家与花家见林初九的目的不单纯，轩辕挚还是为他们两家传话，让他们两家有机会单独与林初九见面。

反正，他不传话，依这两家的能力，他们私下也能见到林初九与萧天耀。与其让东阳家和花家背着他，在他什么也不知的情况下跟萧天耀和林初九碰面，不如将这些放在自己的眼皮底下，好歹能安心一点儿不是?

欢迎晚宴过后的第二天，林初九就见到了东阳大少。不过，东阳大少并没有跟林初九说什么，他来找林初九只是为了复诊而已。

“皇后娘娘。”东阳大少双手作揖，给林初九行了一礼，寒暄过后，便说明来意，“实在抱歉，打扰了娘娘的休息。这段时日，我的眼睛时不时就会流泪，我请大夫为我医治，却看不出任何问题，不得已这才找上娘娘。”东阳大少一脸的歉意，愧疚连连。

如果不是没有办法，他也不会找上林初九。现在的林初九可不是当年的林初九，现在的林初九是圣元王朝的皇后，他便是东阳家的大少，也没有资格请圣元王朝的皇后为他诊治。

林初九为他看诊不是本分，而是人情，天大的人情。

不过，他们东阳家，不介意欠林初九人情，甚至愿意多欠林初九几个人情。人情往来得多了，关系自然就更亲近了。

“客气了，现在你只是病人，我也只是大夫。”自打成了皇后，林初九再也没有为人看过诊，不是她不想，而是她没有机会，朝臣也不允许，东阳大少找上门，林初九还挺高兴的。

她始终记得，她是一名大夫，先是一名大夫，才是皇后。东阳大少还记得她是大夫，而不是只看到她皇后的身份，可见她的医术是真的好！

“你坐着，我帮你看看。”林初九并不拿架子，大大方方地说道。

东阳大少见状也放松下来了，林初九的态度让他安心了。他还真怕林初九端着圣元王朝皇后的架子，在他面前拿腔拿调。

真要如此的话，他恐怕会对林初九失望，但幸运的是林初九还是那个林初九，当初没有因身份低而怯弱，现在也没有因身份高而自大。

林初九仔细为东阳大少检查了一番，东阳大少的眼疾并不严重，只是用眼过度造成了感染，多休息，用药水清洗眼睛即可。

“你的眼睛太疲劳了，你需要多休息，多去户外走动。我给你写一张药方，你对着药方抓药，将药熬成药汁，待药汁冷后用来洗眼睛，一天三次，三天即可见效。”林初九这段时间极少行医，可医书却看了不少，开个药方不是难事。

“多谢皇后娘娘。”这些话旁的大夫也给东阳大少说过，只是东阳大少并没有听进去，他只相信林初九。

“客气了。”林初九提笔给东阳大少开了一张药方，拿到药方后，东阳大少并没有久留，便告辞离去了。

在宫里，东阳大少与林初九说了什么，做了什么，轩辕挚自是一清二楚，知晓东阳大少只是找林初九看眼疾，轩辕挚并不意外。

在宫里，东阳大少真要跟林初九说什么机密事，他才会觉得奇怪。

东阳大少走后，当天下午花锦容便带着小九少来了。花锦容在林初九面前，少了初见的优越感，多了一丝亲近。

当然，花锦容表现得并不明显，与林初九第一次来中央帝国待林初九的态度相差无几，让人很舒服，生不出一丝不满，也不会觉得生疏。

而小九少则从头到尾都没变，哪怕他长大了，见到林初九仍旧是一脸欢喜地扑到林初九的怀里：“初九姐姐，我好想你。”

小九少抱着林初九的腰，整个人都埋在林初九的怀里，声音软软糯糯的带着一丝鼻音，说不出来的可爱。

“我也想你了。”林初九顺手抱起小九少，和当年一样。只是现在的小九少，已不是当年那个小糯米团子了，现在的小九少颇有分量，林初九抱得很吃力，好在小九少自己也知道，林初九抱了一下，他就滑了下来：“初九姐姐，我重。”

“小九才不重。”林初九笑了一声，顺手放下小九少，让他站在一旁。

“小九听说你来了，昨天就嚷着要进宫，要不是我劝下来，指不定他昨天就去大街上拦你了。”花锦容看林初九待小九的态度与当初别无二样，心下便明白了。

萧天耀和林初九值得合作。

“我也想小九了，要不是皇上说小九要来看我，我都要去看小九了。”小九少站在林初九的身侧，抱着林初九的胳膊，听到林初九的话，眼前一亮：“初九姐姐，你说的是真的？”

“当然！”林初九毫不迟疑地应下。

她在中央帝国的熟人不多，花家算是她最熟悉的人家，也是给了她帮助最多的人家，她难得来一趟帝国，便是花锦容不来见她，她也是要去花家的。

她的身份，注定她不可能再来帝国，这有可能是她最后一次来帝国，她不想留有遗憾。

“初九姐姐你真好，我最喜欢初九姐姐了。”小九少将头一歪，倚在林初九的胳膊上，像是突然想到什么一般，雀跃地道，“对了初九姐姐，我哥哥说你有小宝宝了，我能不能跟你回去，去跟小宝宝玩？我想看初九姐姐的小宝宝。”

“你要跟我去……圣元王朝？”林初九一怔，反应过来，看了花锦容一眼。

花锦容微微一笑，一脸纵容。

小九少用力点头：“嗯！嗯！初九姐姐，我可以跟你去吗？我哥哥说，我小时候还到过圣元王朝，就是在那里遇到初九姐姐的，我哥哥也是从圣元王朝把我带回来的，我想去看看，会不会给你添麻烦？要是会给初九姐姐添麻烦，初九姐姐就告诉我，我让我哥哥送我去，到时候我再跟哥哥去看初九姐姐。”

林初九听到这话，就知花家是默许的，她不知道花家出于什么原因，想让小九少跟她去圣元王朝，但小九少开口了，花家又同意，她也没有反对的理由。

“当然不会给我添麻烦！要是你哥哥同意，我就带小九去圣元王朝，让你看看你当年生活过的地方。”不管花家有什么打算，在林初九看来花家是花家，小九少是小九少，并不冲突。而且，小九少很体贴，一早就给她拒绝的理由了。

“太好了，初九姐姐太棒了！”得到了林初九肯定的答复，小九少高兴得快要跳起来了。

林初九见状，也笑了。

毕竟是在宫里，花锦容与花九少不好久留，两人在宫是待了一个时辰便告辞离去。临出宫时，小九少抱着林初九依依不舍，恨不得留在宫里，花锦容哄了好半天，才将小九少哄出宫。

花锦容与小九少走后，林初九就去找萧天耀，把花家默许花九少跟她去圣元王朝的事，给萧天耀提了：“我看花大少的意思，这应该是花家的意思。不然，小九少不会想到要跟我回圣元王朝。”

她虽然不太喜欢花家的算计，但并不会因此迁怒花九少。左右，她处在这个位置，有些算计不可避免，而且花家也算是光明正大了。

“花家的消息真灵通。”林初九不知原由，萧天耀却是知道。

“什么意思？”林初九不解地问道。

“昨天，轩辕挚求本王收他的儿子为徒，把他儿子带回去教导。”昨天萧天耀没来得及跟林初九说，今天一早林初九又忙着见东阳大少，萧天耀也忙着见帝国的人，便一直没有机会提此事。

“这是……皇帝和世家就开始争了？”林初九了然，不由得摇了摇头。

“他们争，对我们是好事。这一次帝国之行，也算是收获颇丰了。”萧天耀不在乎轩辕挚与世家怎么争，左右他能获利就好了。

天下熙熙皆为利来，天下攘攘皆为利往。这世间之事，不过如此。

林初九笑了笑，什么话也没有说。

有人的地方就是江湖，有人的地方就有斗争。

接下来的几天，萧天耀每日早出晚归，林初九没有过问，而且她也很忙，忙着参加宴会，忙着应付轩辕挚的妃子和林家的人。

轩辕挚还算靠谱，虽然说了要收拾林家，但林初九还在帝国，他就没有对林家出手。

当然，他现在也没有那个时间。加冕过后，他正式接手政务，正忙得头晕脑涨，短时间内根本腾不出来手收拾林家。

只是，轩辕挚没有收拾林家，林家却是不安分的。林初九不肯见林家人，林家人就想方设法托关系进宫，或者混进林初九参加的宴会。

林初九虽有防备，但还是被林家人堵住了两回。

与前一次的趾高气昂不同，这一次林家人在林初九面前打悲情牌，一见林初九就跪下请罪，哭诉他们对林初九的愧疚与不安，而后就拿林初九的父亲说事，只是林初九早就拜托花家打听清楚了她父亲的事，根本不会上林家的当。

林初九只当看戏，任由林家人哭诉，待到林家人哭完，林初九就一言不发，从林家人身边走过，哪怕那人从辈份上来说是她的长辈也一样。

她是圣元王朝的皇后，她有任性的权利，她想走就走，想留就留，根本没有人敢挡她半步，就是林家人也不例外。

林初九贵为皇后，又是帝国邀请来的贵宾，她在帝国做什么都没有人敢说她半句不是。只是明面上没有人敢说，暗地里却有不少人斥责林初九数典忘祖、无情无义，没有母仪天下的气度。

随着林初九一连两次在公众场合给林家难堪，对林初九不利的言论便越传越剧，隐隐有传遍帝国，传向圣元王朝的架势。

此刻，在帝国，无论是东阳等世家还是轩辕挚，都有心与林初九、萧天耀交好，听到外面有不利于林初九的传言，他们自是要出手打压。

当然，做了好事不能不留名，不能不让人知晓。

轩辕挚第一时间，就把这事说给林初九听，想卖林初九一个好，林初九承了轩辕挚这个情，道了一声谢后，微笑地问道："不知陛下要收拾林家，需要几天？"

萧天耀在中央帝国也有自己的人手和探子，林家在外面传不利于林初九的谣言一事，林初九早就知道，她没有出手控制谣言，不过是觉得没有必要罢了。区区林家，她还不放在眼里。

"你……要做什么？"轩辕挚愣了一下，才道，"林初九，你说的收拾是什么意思？"

帝国林家虽然是七大世家中最末的一个，最弱的一个，可也是帝国的七大世家之一，顶尖的世家之一，要收拾林家几天怎么可能做到，至少也要几年呀！

"陛下与世家联手收拾林家，需要几天？"林初九知道轩辕挚没有听明白，便将话说得更直白。

"你要我跟世家联手？"轩辕挚皱眉。

他刚刚接手朝政，触动了世家的利益，与世家的矛盾已压制不住，这个时候他们怎么可能合作？

"这有什么关系？陛下不是才与世家合作，把三皇子打败了吗？"再合作一次，有什么好奇怪的？

只要有共同的敌人，就有合作的机会。

轩辕挚一听，觉得也是这么一个理，而且他现在还不想激化他与世家之间的矛盾，要是能合作一次，缓解双方的矛盾也是一件好事。

林家这事闹得还真是巧了！

权衡利弊后，轩辕挚道："行了，这事我去跟他们商量，你等我消息。"

"我等陛下的好消息。"林初九轻浅一笑。

轩辕挚连连摇头，一脸嫌弃地道："你和萧天耀，真是什么锅配什么盖。得罪你们夫妻，林家真是倒大霉。"

"我与萧皇是天生一对。"林初九优雅地说道，暗中却给了轩辕挚一个白眼。

轩辕挚也得罪了他们夫妻，还不是活得好好的。她和萧天耀是讲道理的好不好，要是林家安分一点，她会找林家的麻烦？明明是林家找上她，关她什么事！

七天！在轩辕挚与世家的联手打压下，七大世家之一的林家，传承了千百年的林家败了！

林家在朝廷为官的子弟，不是因为受贿就是渎职，但凡他们犯的错，全都被人查了出来，人证物证俱在，根本不容林家人反驳。

不仅仅是林家为官的子弟，就是林家的其他子弟但凡有欺男霸女、欺压百姓、以权谋私、犯了律法的都被查了出来，该送官的送官，该判刑的判刑。而这还不是最严重的，最严重的是林家家主被查出与三皇子来往密切，暗中给了三皇子巨额物资与金银，支持三皇子谋逆。

这年头，但凡涉及到谋逆都是大案、重案，那些原本看在姻亲、朋友的分上，想要拉林家一把的人家，听到这个消息纷纷放弃了林家，根本不敢沾惹林家半分。

林家人求救无门，最后只能眼睁睁地看着官兵抄家，看着官兵拿人。他们倒是想过让人去求林初九，可他们还没有开口，负责抄查林家的官差，就低声对他们道："林大人以为，谁有那么大的能力，能推动陛下与世家再次合作？"

林家主听到这话还有什么不明白的？

是林初九！这是林初九的报复，报复林家害死了她父亲，报复林家算计她。

后悔吗？林家主是真的后悔了，他没有想到林初九出手这么狠，一出手就要整垮林家，可现在后悔也晚了。不管是贪污渎职，还是欺男霸女这些都是真的，可这些罪名都不重要，真正要命的是与三皇子勾结这一条。这事被皇上查出来，就算皇上现在放过林家，日后也不会放过林家。

林家败了！

林家的人并没有死绝，一切依帝国律法而办，犯事的人该杀的杀，该关的关，该流放的流放。没有犯事的人，林初九也没有赶尽杀绝，任由他们和以前一样生活，并没有打压他们。

林家除了主家，旁支几乎都没有被牵连进来，他们虽然惧怕林初九的雷霆手段，可同时也感激林初九恩怨分明。

是以，林家旁支的人并没有闹，也没有人说林初九半句不是。当然，林家旁支的人也不敢闹，也不敢说林初九半句不是。林家主家的下场就在眼前，他们就算有九条命，也敢说林初九的不是。

而随着林家的倒塌，林初九在中央帝国一战成名，整个帝国没有一个人敢说她的不是，自然也就没有什么坏话传到圣元王朝去了。

林初九对此十分满意。

她现在是圣元王朝的皇后，谁让她不痛快了，她就让谁一辈子不痛快！小打小闹算什么，她要出手，必是雷霆一击！

收拾完林家，林初九整个人都轻松了，也闲下来了。

没办法，林初九收拾林家的手段太过雷厉，太过迅速，帝国的人都怕了她，生怕哪里惹她不快，索性不敢与她来往了。

林初九也乐得悠闲，而且她来帝国是办正事的，不是闲着没事来玩的。在中央帝国的大半个月，该见的人见了，该办的事办了，该收拾的人收拾了，中央帝国已没有什么值得她再留下来，也没有什么能让她遗憾的，轩辕挚的加冕礼早已结束，她和萧天耀也该回去了。

在林家败后的第二天，她就与萧天耀离开了中央帝国，同时跟他们一起离开的，还有帝国的皇子和花家的小九少。

可他们人虽离开了，属于她和萧天耀的传奇，却永远留在了帝国！

番外1　帝后番外

萧天耀称帝的第十年，林初九诞下一女，取名容宸。

帝后大喜，容宸公主满月那日，下旨大赦天下，并借机推进土改制，将收回国库的田地，均分至百姓名下，并禁止土地交易。

百姓得知这一消息，当即朝京城方向跪下，高呼皇上万岁，皇后千岁，最主要的是公主千岁。

普通百姓不知，只当皇上喜得公主，这才将土地分至百姓手中，可在朝中为官的人，哪里不知公主的出生，只是皇上推广土地改革的理由罢了。

“咱们皇上，可真是要做大事的人。”天下一统，收复失地，现在又推进土地改革，随便一件事都是深得民心的大举。

“听说土地改革是皇后提出来的，听说先前一些重商的政策也是皇后提出来的，这是真的吗？”新晋的大臣对朝中之事知道得不多，便趁机打听一二。

“咱们这位皇后娘娘是女中豪杰，朝中有大半事务都由她拿主意。”某位大臣故作高深地说道。

“这么说土地改革和重商一事，真是皇后娘娘提出来的？皇后娘娘一介女子，怎么懂这么多？”新晋的大臣不明白，也不能理解，要知道他的妻子也是出了名的大才女，可他的妻子只懂诗词书画、管家、女红罢了。

那位大臣依旧没有直接回答，而是义正言辞地说道：“在咱们王朝，天下大事自是由皇上做主。”

可他说完，话锋一转，神秘兮兮地道：“不过，听说皇家的家事都由皇后娘娘拿主意，包括皇上的事。”

天下大事由皇上拿主意，而皇上的事由皇后娘娘拿主意，换言之……

“下官明白了。”新晋的大臣与说话的大臣，彼此交换了一个心照不宣的笑容。

当日早朝，帝国新帝便派使臣前来，恭贺萧天耀与林初九喜得爱女，同时为他们帝国的太子求娶容宸公主。

帝国的大皇子已登基称帝，并策封年仅五岁的长子为太子，现在帝国使臣就是为这位小太子，求娶容宸公主。

这个婚约对两国都有好处，也能缓解两国这些年的矛盾，文武百官听罢纷纷觉得好极。

这天下，也只有帝国太子，才能配得上他们容宸公主，可是……

他们的皇帝陛下听到这话，却脸黑了：“朕的公主还小，不谈婚事。”

天知道萧天耀此刻不仅仅是脸黑，他的心都黑了，黑得要杀人。

他和初九好不容易有个女儿，正高兴还来不及，帝国就派人来求娶，这是在提醒他，他的女儿最终是别人家的吗？

不嫁，不嫁，他的女儿，绝不远嫁。

“陛下，我皇的意思是，两国可以先为太子与公主定下婚约，好让他们打小培养感情。”圣元王朝帝后恩爱，朝廷后宫皆是一片和谐，真正是羡煞旁人。

已当皇帝的大皇子，尤其清楚萧天耀与林初九之间的感情，他这辈子是没有希望找一个心爱的人结为夫妻，只能把希望寄托在儿子身上了。

他相信，萧天耀与林初九教出来的女儿，绝对不会差，而他养出来的儿子也不会差。

“打小培养感情？送去帝国培养？”萧天耀的脸色更阴沉了。

帝国那群小人，他的女儿才刚出生，就把主意打到他女儿身上，简直是该死。

使臣连连摇头：“不，不，不，公主殿下年幼，自是我国太子来王朝陪伴公主殿下。”他们皇帝陛下的意思是，等容宸公主年纪大一点，再拐到帝国去，现在不着急。

“哼……”萧天耀冷哼一声，果断拒绝，“这婚约朕不同意。”

使臣似早有预料，半点也不惊讶，只说了一句：“陛下，不问过皇后娘娘的意见吗？这毕竟是天家的家事。”

虽然，使臣觉得公主与太子之间的婚事，是国家大事，可皇帝明显不应，他只能把这事往家事上提，指不定还有转圜的余地。

“此事，朕就可以做主。”他的女儿，绝不嫁给帝国太子，绝不当什么帝国皇后。

帝国历朝历代来，死了多少皇后？帝国的皇后可不是那么好当的。

“陛下，我皇说除非皇后娘娘亲口拒绝，不然帝国就认定了这婚约。”使臣硬着头皮说道，而他的话一说完，满朝文武大臣皆羞愧地掩面。

丢人呀，丢人呀，丢人丢到帝国了。

这下好了，连帝国的皇帝都知晓，他们家皇上就是个妻管严，皇后娘娘不发话，皇上的话根本不管用。

满朝大臣皆臊得慌，可偏偏他们的皇帝陛下却一点也不觉得不对，反倒说道：“这事皇后也不会同意，朕会让皇后拒绝帝国的婚约。”

虽说他们的皇上说得笃定，可明显就是承认了，这事还得皇后拿主意……

退朝后，文武大臣皆无脸逗留，也没脸和帝国的使臣寒暄，一个个跑得飞快。

皇上怕老婆这种事，他们原先以为只有自己知道，不想现在帝国都知道了，这事可真是……叫人怎么说呢？

退朝后，萧天耀黑着一张脸来到后宫，来到林初九的寝殿，看到只有林初九一个人，萧天耀当即收起满身的怒火，紧张地询问：“容宸呢？”

自容宸公主出生后，萧天耀每天下朝后的第一件事，就是来林初九的寝殿，看他心爱的小公主。

对此，林初九只能说，果然女儿是父亲的小情人。

“时家的小子抱去玩了。”林初九产后略有几分丰盈，浑身都透着雍容的气度，一举一动皆带着诱人的风情，看得人口干舌燥。

萧天耀整整一个月没有碰过林初九，早就恨不得将林初九扑倒，见林初九俏生生地站在自己面前，当即心弦一动，上前抱住林初九：“正好，趁容宸不在，皇后多陪陪朕……”

“大白天的，别闹啦。”林初九脸上一红，抬手挡开了萧天耀，为了转移萧天耀的注意力，特意说道，“对了，时夫人今天跟我说，让我们把容宸许配给她儿子，子福的师父也同意，我也觉得挺好的，你看怎么样？”

时夫人，就是时逸寒的妻子，子福的师父自然是时芊芊了。

“什么？”萧天耀一听，什么别的想法都没有，他现满脑子就只有一件事，那就是：他的女儿刚出生，就被两条大灰狼盯上了！

他不同意，他绝对不同意！

番外2　萧子安

出身皇家，作为一个皇子，我不知道自己是幸还是不幸。我拥有父皇独一无二的宠爱与信任，在宫中拥有堪比太子的地位，可这一切都因为我的身体不好，没有继承大位的可能。

父皇可以毫无顾忌地信任我，给我无尽的宠爱，因为不管父皇多么信任我，多么宠爱我，都不会有大臣倒向我。

我的身体，决定我永远不可能登上大位，我自己也是这么认为的，至少打从我懂事起，我就没有想过当皇帝。

在萧家，任何人都有可能坐上那个皇位，唯独我不可能。当然我的身体，也让人无暇去想这个问题，包括我自己。

一个随时都在跟阎王抢命的人，有什么资格去追求别的？

每一次发病，我都以为自己一定会死去，可我却一次次撑了下来，拼着最后一口气活下来了。

我不舍，不舍得这个世界，我想要看这个世界，明天会变成什么样？如果我死了，我就再也看不到了，所以我努力地活着，哪怕一身病痛，也笑对世界。

每次病发，看着母妃坐在我的床头，眼眶泛红，满脸憔悴，我的心就一阵阵揪痛，有时候忍不住在想，要是我就此死了，母妃是不是可以解脱了？

我要是就这么死了，母妃是不是就可以再生一个健康的孩子？而不用一直受我拖累？

可是，每每兴起这个念头，母妃就会抱着我哭，说："你要死了，母妃也不活了，母妃这辈子只有你一个孩子，再也不会生第二个。"

要说不感动那是骗人的，在皇宫中这个人吃人的地方，在皇宫中这个利益为上的地方，亲情这种东西是奢侈的，而我有幸不仅得到了母妃全部的爱，也得到了父皇的信任与喜爱。

我一直认为我是幸福的，我失去了健康的身体，可却拥有了宫里的皇子一辈子也求不到的真情。

我以为我这一辈子就会这么过下去，直到哪次病发死在床上，可她的出现改变了我的命运。

我知道她是谁，林相的女儿，太子的未婚妻，却嫁给了我的皇叔，成了我的小皇婶。

母妃曾和我说过，她是一个可怜的女人，原先皇后透露出想把她指给我的意思，但被母妃拒绝了，父皇也不同意，他们都认为她配不上我。

这事知晓的人并不多，毕竟皇后只是有这个意向，事情并没有成，我也没有放在心上，我倒不是认为她配不上我，而是像我这种随时会死去的人，就不该娶妻，不该毁掉一个女子的一生。

我和小皇婶初见的时候，对她的印象并不好，觉得她是一个轻浮的女子，太子不喜她着实正常，甚至还在心里为皇叔委屈，可后来发生的事却让我明白，带着偏见看人的我，错得有多离谱。

她，很好，真的很好，这世间再也没有比她更好的女子，哪怕她毁了我的生活，让我看到了残忍的真相，我仍旧感激她，感激她让我成长了，让我明白原先的自己，活得有多么愚蠢。

我的小皇婶并非轻浮之人，那次主动与我攀谈，只是想要借机为我诊断，想要私下确定能不能医好我的病，免得提前说出来，让我空欢喜一场。

我的小皇婶也不蠢，她知道七皇子的心机，知道太子的愚蠢，甚至知道皇后的不善，也知道我母妃不是什么好人，可她仍旧选择为我医治，哪怕明知医好我对皇叔的大业不利，她仍旧选择帮我医治，甚至说服了我的皇叔。

那一刻，我真的很感动，那一刻我也后悔了，心中不止一次在想，要是当时皇后强硬一些，或者母妃退让一步，又或者我自己争取一把，她嫁的人会不会就是我了？

这个念头一浮现，就像是生了根一样扎在我的心里，我时不时就会想起这件事，时不时就会冒出后悔的念头，后悔当时没有争取，后悔当时带着偏见看她，可是……

来不及了！

千金难买早知道，这世间最让人痛心的，莫过于“早知道”，且就算早知道又如何？

我曾不止一次想，如果我回到过去，回到她和皇叔没有成亲前会如何？

我娶了她，一定能给她幸福吗？

不能！

病好后，我才明白我先前活得有多么蠢，我先前自以为看透一切，是宫里活得最明白的人，我以旁观者的姿态，看宫里的人你争我斗，可现实却狠狠狠地扇了我一把掌。

我从来都没有看透任何人，我有的，一直都是可笑的自以为是，可笑的清高，我不是宫里活得最明白的那人，而是活得最糊涂的那一个。

我的母妃是爱我的，但却没有她表现的那么爱我，她爱我但更爱自己，更爱权势，她会对我这么好，是因为除了我，她再也生不出第二个孩子，她会把全部的爱投注在我身上，是因为我得父皇欢心。

这样的我哪怕无法继承皇位，只要多活一天，就能帮她多争取一分皇上的宠爱，甚至未来分封，我的封地权势也不会弱。

我的母妃，她爱我，但更爱自己，更爱权势，同样我的父皇他宠我、信任我，全都是因为我是个残疾，我的身体一好，先前的宠爱与信任就一一消失了，在父皇眼中我也只是一个普通的皇子，再无半丝特殊之处。

在很长一段时间里，我觉得自己就是一个笑话！

身体康复了，我的生活也恢复了正常，我活得和普通的皇子没有什么两样，母妃为我高兴，更高兴的是身体健康的我，可以开始争夺皇位了。

我被母妃逼着与外祖家联系，与大臣周旋，确定未来妻子的人选。我未来的妻子不需要贤良，不需要美貌，更不需要我喜欢，只要她的家族能帮我就行。

看着母亲一一讲述每位姑娘家族的优劣，讲述每一位姑娘的家族能帮我什么，我险些忍不住质问她：是不是家族对我没有助力的女人，我不能娶？如果我喜欢的女人，她的家族对我没有一丝助力，是不是我也不能娶？

娶妻，难道就是为了一份助力吗？那林初九和皇叔呢？

林初九一个被林相放弃的女儿，对皇叔有什么助力？

没有，可皇叔娶了林初九后，仍旧待林初九如珠如宝。

林初九嫁给皇叔后，虽没有家族的助力，可却用自己的所学帮助皇叔，陪皇叔一路走了过来，甚至走到最高的那个位置。这样的女人难道不值得娶吗？

我不知道答案是如何，因为我从来没有问出来，我怕，怕一问出来我就克制不住那份野心。

我甚至不止一次在想，如果我娶了林初九，那么登上至高位的那个男人，会不会是我？

可惜，这世间没有如果……

番外3　天选之子

乱世出英雄！

作为一个见证了圣元王朝衰败，又见证了中央帝国崛起的人，时芊芊一直认为自己算是一个见识过大世面，经历过了大场面的人。

不说使计分裂了圣元王朝和中央帝国，就说当年的圣元王朝，哪怕处在末代，那也是人才辈出、妖孽横生。

别看圣元王朝破国了，可它不是破在敌人手上，而是破在自己人手上。当时的圣元王朝，可真是少年天才遍地走，名士妖孽多如狗，但凡叫得出名字的，在那时都是左右朝局、影响历史的人物。

远的不说，就说她自己，那也是被称之为千百年来最有天赋的武学奇才，是千百年也难出一个的好苗子。

然而，圣元王朝和中央帝国那么多天才、妖孽般的人物加起来，在时芊芊看来，都不如一个萧天耀，就连她这个千百年来才出一个的练武的好苗子，也比不上萧天耀。

那些所谓的天才、妖孽，都是在某一方面有突出天赋的人。比如她，拥有常人难以企及的武学天赋；闻名圣元王朝的景公子，谋智过人，有不出门便能谋算天下的美誉；圣元王朝的战神屠帅，有百战不败的神战之称；还有精通佛学的玉公子；诗文传世的小白公子；心学传人阳公子；道家天才丰公子；有凭一张嘴退敌百万的邑公子；有一剑能破万军的墨公子；有撒米成兵的诸公子……

那时的圣元王朝就像是知道自己走到了末路，在临衰败之前最后绚烂了一把，将所有的灵气都集中在这一刻爆发出来。

那时的圣元王朝，真正是人杰地灵，孕育了无数的天才。无论是景公子、屠帅，还是小白公子，每一个都不是凡人。但这些人再不凡也只和她时芊芊一样，在某一方面有着不凡的表现，不像萧天耀，出色得不像人。

如果说他们这些人，是圣元王朝最后的绚烂，共分了圣元王朝最后的灵气，那么萧天耀就是圣元王朝的亲儿子，天选之子。圣元王朝千百年来的福报、气运、才华，似乎都落到了他一个人身上。

他拥有比她更出色的学武天赋，拥有不比景公子差的谋略，拥有与屠帅不相上下的军事天赋，懂五行、知阴阳。武能冲锋陷阵、摆阵杀敌，个人实力天下无人能敌；文能治国安邦，一统天下，富民强国。

这世间，除了生孩子，就好像没有萧天耀做不到的事。

生子当生萧天耀！

她时芊芊自认不凡，生的儿子更是天才中的天才，便是中央帝国那个死鬼，也想要认回她的儿子，让她的儿子继承皇位。然而，当她第一次从手下口中得知她的儿子在萧天耀手里吃了闷亏却不自知时，她就知这世间天外有天，人外有人。

她的儿子无疑是优秀的、出色的，但对上萧天耀，她的儿子也只是普通人。

果不其然，之后她的儿子与萧天耀交手数次，不仅没有一次占上风，反倒次次被萧天耀算计，不知不觉间为萧天耀所驱使而不自知。

在得知自家儿子犯的蠢后，她也曾骂过自家儿子无能、无用，但当她与萧天耀交过一次手后才知道，有些人天生就让人无法企及，有些人生下来就是用来打击天才的自信的，践踏天才的骄傲的。

比如，萧天耀！

天选之子萧天耀！

番外4　时芊芊

影月出，天无藏！

天藏影月创立至今已有千年，世世代代由时家人掌控，独立于朝廷、江湖，独立于天下任何有权势纷争的地方。

天藏影月是由时家人一手创立的，历代传男不传女，但至圣元王朝末年，时家只有一女时芊芊。

她时芊芊，三岁开始习武，七岁成名，十岁成为武圣，是武神山有史以来记录在册的最年轻的武圣，被武神山称为千年难出一个的练武奇才，可就是如此，在祖宗规矩面前，她也要低头。

她时芊芊是女子，再优秀再出色也是女子，没有资格继承时家的天藏影月，如若她父亲没法生出一个儿子，那么属于时家的天藏影月，就要拱手让人。

甘心吗？旁人是怎么想她的她不知道，但她时芊芊是不甘心的。

女子又如何？她时芊芊比谁差了？她时芊芊虽是女子，但满天下的男子也不如她，她时芊芊凭什么不可以继承天藏影月？她不甘心！

尤其在得知她父亲，为了生出一个合法的继承人，暗中害死了她母亲，另娶妻妾后，她更是不甘心。

她的父亲并不是什么有才能的人，只是娶了有武神血脉的母亲，在她母亲的帮助下，才越过其他兄弟，坐上了时家当家人位置。

她的父亲借助了她母亲的势力，才拥有今天的地位，凭什么在坐稳当家人的位置后，就把她母亲一脚踢开？

她不甘心！

她从三岁开始，由母亲教导，七岁成名，十岁成为武圣，可在她十五岁那年，她的母亲死了，死在她父亲的阴谋算计下。

十五岁，她杀了她父亲怀有身孕的继室，给她父亲灌下了绝子药，然后逃走了，从天藏影月的大本营圣元王朝逃到了中央帝国。

一个武圣，在中央帝国可以过得很好，尤其她的长相更是绝色倾城。

她的武学天赋源自她的母亲，但她的长相却传承自她的父亲。她的父亲长相异常俊美，出尘脱俗，如同谪仙，双眸黑亮清正，一举一动更是清贵高雅。当他在看着你的时候，你会觉得自己是他的全世界，是他心目中最重要的人，是他的唯一。

然而，长相是可以欺骗人的。她的父亲是她见过的长相最出色的男人，同时也是她见过的最冷血无情、自私自利的男人。

她发誓，她绝不会和她母亲一样，被男人的长相所骗，她一定要找一个长得中规中矩，既不好看也不难看的男人，那个男人不能像她父亲一样，有一双会欺骗人的眼眸，也不能像她父亲一样一看就让人觉得是一个深情的人。总之，她要找一个与她父亲完全不同的男人。

但可惜的是，她和她的母亲一样，在挑选男人这方面都没有天赋。

她在中央帝国遇到了长相不出色，但也不难看；眼神不黑亮，但也不浑浊；不算洁身自好，但也不招花引蝶；不算深情但也不绝情的轩辕政烨。

她认识轩辕政烨的时候，还不知道轩辕政烨是中央帝国的皇子。轩辕政烨这人的长相不出色，才干也称不上出色，怎么看都是一个平庸的人，没有人理解她为什么会看上轩辕政烨，可是她知道轩辕政烨的每一处，都符合她对未来丈夫的选择标准。

轩辕政烨自称无父无母，而她时芊芊亦是无父无母。他们以天地为媒，在日月的见证下结为夫妻。

她和轩辕政烨在一起，过了一段神仙眷侣一般的日子，直到轩辕政烨向她坦白身份。

“芊芊，我很抱歉隐瞒了你。我不是什么无父无母的孤儿，我姓轩辕，是帝国二皇子。我母妃病重急召我回去，我必须要回去。你能不能等我？等我回来？”

轩辕政烨回去了，回到帝国皇都，回到了他母妃身边，去做他的帝国二皇子，而我……

那时候的我真蠢！

我等了！

但我没有等到轩辕政烨，而是等到了轩辕政烨的求救信。

他遭刺客暗杀，希望我能找几个朋友去帝国皇都保护他的母亲，并且他在信中告诉我，现在还不能接我回去，因为皇都很危险。

那时的我真天真！

我信了！

给手下去信，命他们去帝国皇都保护轩辕政烨，听从他的调遣。

有一就有二，有二就有三，无三不成理。

在那一次求助后，轩辕政烨又给我写了几回信向我求助。那时，我已察觉到了不对，但我极力忽视心中的不安，同时也想要知道轩辕政烨能做到哪一步？

那时的我，其实已经放弃了轩辕政烨，之所以在他求我时，我还愿意给他帮助，不过想让自己彻底死心，求个心安理得罢了。

而且，那些对轩辕政烨来说很难办的事，对我来说却是举手之劳的事。

我好歹也姓时，中央帝国有天藏影月的分部，我刚到中央帝国的那一年，我就收服了分部的人，在帝国分部，我的话比我父亲那位当家人的话更好用。

轩辕政烨的各方面不算出色，但要比寻常人强一些，有了我的暗中相助，他更是如虎添翼，短短三年就在他那群如虎狼的兄弟中脱颖而出。

之后，他不需要我的帮助了，他迅速清退了我的人，斩断了与我的联系，而后迅速娶帝国大将军的女儿为妻，纳当朝大臣的女儿为妾。

收到轩辕政烨娶妻纳妾的消息，我竟是一点也不惊讶，甚至我还笑了，笑着拎了一壶酒去我母亲的坟前，跟我的母亲分享这个好消息。

是的，好消息！

轩辕政烨负我在先，我时芊芊没有对不起他。

轩辕政烨娶妻纳妾，有了新的妻儿，我时芊芊的儿子只是我时芊芊的，与轩辕政烨无关，与任何人没有关系！

我时芊芊有了时家的继承人，我可以放手杀回去了！

时家，是我的！

天藏影月，是我时芊芊的！

任何人，都抢不走！

可是……

那一天，酒量极大的我，却在母亲的坟前喝醉了。

我醉倒在坟前，隐隐感觉脸上一片冰凉。

醒来，已是次日。

晴空万里！

番外5　轩辕挚

骁勇善战，重情重义。

这是军中同仁，朝中大臣对我的评价。

有勇无谋，居功自傲。

这是我的父皇，当着朝臣的面，对我的评价。

我出身尊贵，是帝国的大皇子，外祖家手握重兵，便是我那位至高无上的父皇，也得给我外祖家三分面子。

按说，像我这种出身的人，注定可以在帝国横行，甚至有我外祖家的兵权在，储君之位早晚会是我的，但事实却截然相反。

我，生母早逝，不得父宠。在我长大懂事时，我外祖家被父皇连连打压，极艰难才能勉强保持现在的权力。

而我又没有按照我父皇的指示，帮着他夺我外祖家的兵权，以至于我的父皇越发厌恶我，恨不得我不存在，横死在外面才好。

被亲生父亲如此厌恶，要说不伤心是不可能的，但皇宫里长大的孩子，似乎天生就懂得衡量利弊。

在我懂事第一次见到父皇，看到父皇眼中的厌恶时，我就知道父皇靠不住；在父皇不分青红皂白，为了皇弟惩罚我时，我就知道我能依靠的就只有我外祖家。哪怕我明知道，我的外祖家，只是利用我保住现在的权力，我也不在意。

至少，在我外祖家，我还有利用价值，而有利用价值，我外祖家就会竭力保住我的性命。不然，一个不得帝心的皇子，如果没有外力保护，我很有可能会悄无声息地死在宫里。

是以，哪怕我明知父皇不喜欢我外祖家，想要借我之手夺取我外祖家的兵权，我也没有如他的愿，反倒是借机与外祖家亲近，趁机在军中混出名头，握稳了我外祖家的兵权。

在父族与母族的夹缝中求生，借父族与母族的斗争暗中积蓄力量。这就是我，那个被父皇评价有勇无谋，只会逞匹夫之勇的莽夫轩辕挚；被外祖家认为重情重义，知恩记情的大皇子。

我不知道他们对我的评价是否中肯，我也不在意，我只知道我要努力活下来，努力握稳权力，如若能得到父皇的喜爱那就更好了。

不是我执着于得不到的父爱，而是在中央帝国，我的父皇是至高无上的存在，他的宠爱不仅仅是单纯的父爱，要是能得到父皇的宠爱，就会有权势和地位，我离那个位置会更近一步。

然而，这一切都只是我的奢望，我这一生都不可能得到我父皇的喜爱，我只能靠自己苦苦挣扎，最后……惨死！

是的，我已经预想到了自己的结局。

我虽有兵权，但只有很小的一部分，手中能调动的兵少得可怜，别说带兵造反，能带着兵占个山头为王就不错了。

靠兵权夺位是不可能！

我的结局，就只有死路一条，或者日后上位的兄弟想要昭示仁慈，给我一条活路，让我苟且而活。

但是，我遇到了萧天耀。

一个改变我、改变中央帝国、改变天下命运的男人！

萧天耀，一个除了出身外，样样都比我出色的男人。

要说不嫉妒他那是骗人的，初见萧天耀，我就想把他杀了，趁他羽翼未丰时将他斩杀，不给他成长的机会，然而我低估了萧天耀。

纵使羽翼未丰，我也不是萧天耀的对手。

我！轩辕挚！帝国的大皇子！第一次与萧天耀交手，就败在了这个帝国附属小国的亲王手里。

别说面子，就是里子我也丢得干干净净，可是我奈何不了萧天耀。不管是阴谋还是阳谋，我都不是萧天耀的对手，甚至在萧天耀的“胁迫”下，我与萧天耀结成了联盟。

与萧天耀结盟，是我这一生中做的最英明的决定，也是最愚蠢的决定。

与萧天耀结盟，在萧天耀的谋划下，我这个最不可能登上皇位的皇子，成了中央帝国的皇帝。

可也因为我与萧天耀结盟，给了萧天耀搅乱帝国朝局、搅乱天下风云的机会，让萧天耀有了一统四国的机会。

东文、北历、南远、西武原是帝国的附属国，可萧天耀却将四国一统，不仅让四国脱离了中央帝国的掌控，更是有了与中央帝国相抗衡的力量。

原本，在中央帝国俯首称臣的东文四国，在萧天耀一统后，不仅可以与中央帝国平等对话，甚至逼得我这个帝国皇帝一再退步！

萧天耀，何其可恶！

午夜梦回，我不止一次对自己说，如果有机会重来一次，我轩辕挚一定不会选择与萧天耀结盟。

然而，我知道那只是梦，因为即使重来一次，结局也是一样。

萧天耀，从来没有给我选择的机会！

我所做的一切，看似是我自己的意志，实则都是萧天耀想要我做的，或者知道我会做的，我从一开始就是萧天耀选中的棋子。

萧天耀以天下为棋盘，天下人皆是他的棋子，作为棋子，我已落到了棋盘上，根本逃不掉……

番外6　七皇子

萧子墨，东文七皇子，中宫幼子，嫡亲兄长是太子。

拥有这样的身份，怎么看都将是一个富贵闲人，这辈子只要享受人间权势，享受人间富贵就好了，然而现实却无比残酷。

我的母后身患恶疾，随时都有丧命的可能，我每一天都活在担惊受怕中，就怕一睁眼，宫人告诉我，我的母后没了。

我的嫡亲兄长也不是我的嫡亲兄长，不过是一个假货，且他虽贵为太子却又蠢又毒，对我没有半点兄弟之心，对母后也没有仁孝之心，不仅无法为我撑起天地，反倒时常拖后腿，要我母后拖着病弱的身体为他收拾烂摊子。

我虽是东文七皇子，中宫幼子，父皇最小的儿子，可我却不得宠。父皇有心爱的妃子，有心爱的皇子，我在父皇心中只是儿子中的一个罢了，而且因为我乖巧懂事，我父皇更是对我多有忽视。

我的身份尊贵，可我却活得不开心，打我懂事起，我就没有真心笑过。

世人都说，宫里的孩子早熟，旁人如何我不知道，我只知道，从我懂事起我就开始担心母后的身体，被迫继承母后的仇恨和野心，按照母后的要求，被逼着迅速长大，学习一切我能学的东西。

用人之道、驭下之道，甚至帝王的心术我也要学。我不仅要学这些，在人前我还要装出天真无邪的样子，不能让人发现我懂这些。

我很累！

每一天都很累，每一天睁开眼，都恨不得这一切能结束，可是……

每当我看到母后疼得全身汗湿，却要装作无事的样子，与人谈笑风声，我就喊不出累，更不敢有一丝逃避的心思。

母后她太苦了。

母后的苦只有我知道，母后只有我，如果我不心疼母后，如果我不为母后努力，我的母后要怎么办?

为了母后，我学习那些我厌恶的权谋心术；为了母后，我使心计玩弄人心；为了母后，我算计疼我宠我的初九姐姐；为了母后，我不敢喊累，不敢逃避；为了母后，我努力长大，想要为她撑起一片天，然而……

我却没有机会!

我的人生，在我还没有长大的时候，就被人生生割裂了。

我的前半生，在东文皇宫——那个将年幼的我压得喘不过气来，迫切想要逃离的地方。

我的后半生，在中央帝国——那个年幼的我，发誓要带着母后杀回去，一雪前耻的地方。

我自认年纪虽小，但见识不凡；我自认年纪虽幼，却是众皇子中最出色的一个。在东文，在皇宫，我看不上我任何一个皇兄，哪怕被父皇赞喻为少年天才的三皇兄，我也看不上。

在我看来，他们能被我一个小孩耍得团团转，简直既蠢又笨，连与我为敌的资格都没有。

可是，在东文皇权斗争，风云变化之际，我看不上的太子、三皇兄都有一争之力，我这个自诩为聪明人的人，别说争了就是连冒头的机会都没有。

而皇叔一出手，我和母后更是连挣扎的机会都没有，就被皇叔丢到了中央帝国。

被困在中央帝国这座小小的院子里，我不止一次地问：到底是因为我年纪太小，还是因为我太蠢?

被困在东文皇宫一角的我，根本不知外面的天有多大，地有多广。

我太自以为是了!

我自诩聪明人，不过是一个没有见识的蠢人罢了!

而现在，被困在院中的我，再也没有机会知道，外面的天有多大，地有多广。

也没有机会知道，我到底是聪明还是愚蠢了。

我这一生，被迫过早地长大，而后又被生生地中止，再也无法长大!

我这一生，从出生到死，都不由自己。

如有来生，我只愿生在普通人家，能让我看看这天有多大，地有多广，让我知道我萧子墨到底是聪明还是愚蠢……

番外7　林婉婷

做人，是不是不能太贪心？

东文相府嫡出的二小姐！这个身份对大数人来说是高不可攀的，可我却不甘心。

不，不应该说不甘心，应该说我贪心，我贪心的想要成为唯一，成为相府唯一的千金，成为相爷嫡出的大小姐。

明明我娘才是我父亲的真爱，明明我娘和我父亲才是人人称羡的夫妻，为什么要有林初九的存在？为什么要有林初九的母亲存在？

林初九的存在无时无刻不在提醒我，我林婉婷，相府嫡出的二小姐，不过是继室所出，我的母亲只是一个填房。

继室所出。填房的女儿。

在很长一段时间，我的耳边都充斥着这些恶毒的言语。我不明白，为什么我的母亲都是相府夫人了，我也是嫡出千金，为什么我就矮林初九一截？

我不明白，同样是我的外祖母和舅舅，为什么每次回到蒙家，林初九能得到外祖母和舅舅的疼惜与关注，而我却总是被忽视的那一个？

我更不明白，为什么我与林初九一同出现，所有人的注意力都在林初九身上，所有人都跟林初九说话，却没有人理会我？

我不明白，不明白同样是相府嫡出的千金，我比林初九差了什么？

为什么林初九一出生，就能被皇后选中成为准太子妃，而我想嫁个好人家都那么难呢？

好在，我娘疼我！

她知道我不想跟林初九一同出现，就把林初九送到外面的庄子，让她自生自灭。

没有林初九的存在，没有林初九抢走别人的目光，我感觉整个世界都明媚了，花更香了，鸟更美了。

林初九不在林府的那几年，是我一生中最快活的日子。我出去参加聚会，我也能成为焦点，再不会有人只跟林初九说话，而无人搭理我了；我跟着娘回蒙家，我的外祖母、舅舅再也不会围着林初九嘘寒问暖，也不会有人跟我分外祖母和舅舅给的礼物了。

林初九不在林府，我就成了林府唯一的小姐，唯一的千金！

可好景不长，林初九已满十八了，她和太子的婚事不能再拖了。我娘就是再有办法，也不可能把林初九困在外面一辈子。

“娘，我不要她回来，她一回来别人就再也不理我了，她一回来就是太子妃。到时候我见到她，还要给她下跪，我不要，我不要……娘，你帮帮我，我不要，我不要跪在林初九面前。她算什么林家大小姐，父亲那么讨厌她，而且娘你也说了，她指不定不是父亲的女儿呢。她一个野种，凭什么抢我的位置，我才是林家大小姐，林家唯一的大小姐。”

林初九的身世，我娘含含糊糊地跟我说了一些，正是因为猜到她极有可能不是我爹的女儿，却占了林家的好处，我才更厌恶林初九，更无法接受林初九回来。

林初九明明就是一个野种，却占了我的身份，我的地位，这不公平！

我才是林家真正的大小姐，林家唯一的大小姐，林初九不过是一个野种！

我记恨林初九的存在，她挡我的路，抢走我的光环，我娘也很讨厌林初九，恨不得林初九去死，可林初九命很大，怎么都死不了。

但可惜的是，林初九的好运到此为止了！

在皇后暗示下，我母亲把林初九接回京城，为林初九与太子准备举办婚礼时，我在我娘的指点下，三两下就勾住了太子的心，让太子公然反抗皇后不肯娶林初九为太子妃，而是要娶我林婉婷为太子妃。

看到太子为了我，那般厌恶林初九，看不上林初九，我的心里是窃喜的。不是窃喜太子对我的看重，而是窃喜我从林初九手中抢走了太子。

而且，我不止从林初九手中抢走了太子，还把林初九推给了残疾、又被皇上厌弃了的萧王。

那时，我林婉婷即将嫁给太子，成为太子妃，成为未来母仪天下的女人。而林初九却只能嫁给一个残疾，一个随时都会死的残疾。

那段时日，我真的是做梦都会笑醒。我每天都在期待，期待林初九哭着跪在我面前，求我饶她一命，求我给她一条生路。

然而，命运却跟我开了一个天大的玩笑！

我费尽心机从林初九手中抢走的太子，不过是一个废物，根本不是皇后的亲生儿子，根本没有可能登基为帝。

而我费尽心机推给林初九的残疾萧王，却成了一统四国、至高无上的人间帝王。

而我，为了活下来，为了活得好一点，不得不跪在林初九面前哭求，哭求她放过我，给我一条生路。

回想我这一生，我无时无刻不在后悔，后悔自己太贪心。

如果我甘心做相府二小姐，做林初九的好妹妹，我一定能过上我想要的锦绣人生，然而……

世间没有后悔药！

时光无法重来！